Familie Weiszheit vor dem Kirchlein in Schieß, 1911
untere Reihe v. l. n. r.: Elise, Tante Lawrentija, Oma Snaige, Snaiges Schwester, Onkel Freddy; oben links Ludwig, gen. Lumo, siehe auch Stammbaum im Anhang

Prolog

Im April 91 stand ich zum ersten Mal vor dem Weiszheithaus, Ecke Kopenhagener und Sonnenburger Straße im Stadtbezirk Prenzlauer Berg. Ich war 19 Jahre alt, trug 250 000 DM in einer Umhängetasche bei mir und wollte es kaufen. Gründerzeit, anderthalb Vorderhäuser, ein Seitenflügel, ein Bombenschaden. In den Regenrohren röchelte Wasser. Von den Eisenträgern der Balkone rannen rostbraune Tränen über die kupfergrüne Fassade. Ein trauriges Haustier im Regen.

Von gegenüber starrten mich unter der Markise eines vietnamesischen Gemüseladens rote Augen aus Gipsgesichtern an. Die Männer rochen bis zu mir herüber nach nassem Hund und hielten sich an Bierflaschen fest.

Die Eingangstür ließ sich nur mit kräftigem Schulterdruck öffnen. Drinnen waberte feuchtgrünes Dunkel wie in einem Tropengewächshaus. Die meisten Briefkästen waren aufgebrochen, hier wohnte kaum noch jemand. Hundert Jahre alt, und dann sowas. Da könnte ich heulen.

Elise Lachner, geborene Weiszheit, meine »Anspruchsberechtigte für die Rückübertragung«, wohnte erste Etage. Mülli, mit bürgerlichem Namen Salvador Müller, ihr Urenkel, öffnete die Tür, gab aber den Weg erst frei, nachdem ich ihm seinen Anteil zugesichert hatte: 20 Prozent des Gewinns. Angeblich wollte er in ein Geschäft mit russischen Jeeps investieren, aber ich roch Merkén und Junkie-Schweiß.

Seine Uroma war 91 Jahre alt, klein, taub und fast blind. Ihre nach Maiglöckchen und Lexikonleder duftende Stube quoll über von Büchern, Skeletten, Schiffsmodellen und Landkarten, wie ein Saal im British Museum. Die Fenster des Eckzimmers gingen nach Süden und Westen, gegenüber lag eine Brache, das bedeutete freien Blick in den Sonnenuntergang.

Lage, Lage, Lage – darauf kam es an, alles andere konnte man ändern.

Elise Lachner hätte natürlich auch selbst einen Antrag auf Rückübertragung stellen können für das Haus, das die KWV sich 1974 gekrallt hatte, aber dessen Bearbeitung würde sich vermutlich länger hinziehen, als sie noch zu leben hatte. Ich bot ihr erstmal 120 000 DM, aber bis auf ein leichtes Zittern ihrer Nasenflügel reagierte sie nicht. Ich dachte, sie hätte mich nicht verstanden, jeder gierte doch damals nach D-Mark. Aber gut, das Haus war ein Schatz. Ich schüttete das ganze Geld auf den Tisch. Eine Viertelmillion in Hunderterbündeln.

Sie beugte sich vor, schnüffelte daran und verzog angewidert das Faltengesicht. Ich ärgere mich heute noch, dass ich in dem Moment nicht geschaltet habe. Ich meine: Wie viele Leute gibt es, die Bargeld hassen, weil es stinkt? Mich. Sonst kenne ich niemanden. Die nasenstumpfe Menschheit glaubt ja »pecunia non olet«, aber Geld stinkt übel: Papiergeld nach Schmutzhänden und Hosentasche, Münzen nach saurem Oxid, am Schlimmsten ist der Scheißegeruch druckfrischer Banknoten.

Als ich Jahre später erfuhr, dass sie meine Urgroßmutter und meine Nase ihr Erbe war, lag sie bereits auf dem Friedhof.

Jetzt sollte ich wohl erstmal erklären, woher die 250 000 DM stammten, damit keiner meiner Gläubiger auf falsche Gedanken kommt. Außerdem müssen Sie wissen, mit wem Sie's zu tun haben, denn ein Mieter erzählt die Geschichte seines Hauses anders als der Eigentümer, und ein Schriftsteller wie mein Großvater schreibt anders als ich, dem die professionelle Beharrlichkeit, die Distanz zum Text, die Ungebundenheit in der Dramaturgie, die Phantasie bei der Gestaltung des Innenlebens der Figuren fehlt. Ich will mich nicht entschuldigen, Sie sollen nur wissen, woran Sie sind. Sie sind ein mündiger Leser, ich gebe mir Mühe. Das ist unser Deal.

In der Wendezeit, da war ich noch nicht mal fertig mit der Lehre als Autoschlosser, hab ich mit Gebrauchtwagen zu handeln begonnen.

Noch vor der Währungsunion. In Österreich hab ich Schrottautos billig gekauft und bei einem Jugo, der eine nach Öl und Harz duftende Kfz-Werkstatt in einem Vorort von Wien betrieb und nebenbei mit Haschisch handelte, repariert. Wann immer ich wollte, griff ich in den alten Medizinschrank und kiffte. Im Glücksrausch hab ich die Karren aufgemotzt mit Spoiler, Lackbildern und Fellimitat auf den Sitzen, bin damit nach Dresden gefahren und hab sie auf dem Schwarzmarkt hinter dem Hauptbahnhof verkauft, wo die Käufer vor Gier drängelten und schrien.

Das Ostgeld rubelte ich am Grenzübergang Hirschberg-Rudolphstein eins zu zehn um, verpackte es in einem luftdichten Kühlbehälter und kaufte in Graz oder Wien wieder Altautos. Das lief so gut, dass ich ein paar Türken als Hilfsmechaniker anheuerte und mich auf den Handel konzentrierte. So bin ich rumgekommen und reich geworden.

Aber nach der Währungsunion sprangen zu viele auf den Zug, Betrüger und Knalltüten dabei, denen einer abgeht, wenn die Leute vor ihnen auf den Knien liegen und um Zahlungsaufschub betteln. Drum hab ich lieber das mit den Rückübertragungsansprüchen aufgezogen, so ab 1993, das lief ruhiger. Feines Tuch und Schlips tragen, nach teuren Aromen duften, Anträge stellen, Mädchen vom Grundbuchamt zum Kaffee einladen, und warten ... warten ... warten. Ich hab Wochen im Dschumm verträumt und Geld verdient im Schlaf.

Okay. Manche Investitionen musste ich abschreiben, aber die übrigen Häuser verkaufte ich nach ein paar Monaten, damals noch steuerfrei, an Immobilienfirmen und Banken aus dem Westen. Die zahlten überhöhte Preise, weil sie dachten, Berlin würde jetzt die Drehscheibe Europas. Wer sich erinnert: 1995 gab es am Alex eine Ausstellung mit 360°-Panoramabild, das ringsum Wolkenkratzer zeigte. Im dazugehörigen Café hab ich mich gern mit den Käufern getroffen.

Ich habe gut verdient, und wenn ich sage »gut«, dann meine ich sechsstellige Summen. Aber ich hab mir keinen Porsche gekauft und keine Jacht. Besitz war mir lästig, wie jede Art von Bindung. Da taucht natürlich die Frage auf, warum ich trotzdem Geschäfte gemacht hab.

Weil ich es konnte vielleicht. Weil ich meinen Siegergeruch mochte. Weil ich keine Angst vor dem Raubtierkapitalismus hatte. Weil ich cleverer war als die Immobilienhaie und meine Verwandten ... aber ich merke, ich muss noch weiter in meine Familiengeschichte zurück, damit Sie verstehen, worum es mir ging.

Mit meiner Mutter wohnte ich seit ihrer Scheidung bei meinen Großeltern in einer Villa am Majakowskiring, in der Straße, in der früher mal Ulbricht und Pieck ihre Häuser hatten. Mein Urgroßvater mit dem schönen Namen Nachtigall war in der Weimarer Republik ein bekannter Professor gewesen, Lehrer an der »MASCH«, der KPD-nahen »Marxistischen Arbeiterschule«, und hatte während der Nazizeit im KZ gesessen. »Kommunistischen Uradel« nannte man das in der DDR.

Seine Tochter war meine Oma Ursula. Sie hatte eine Stimme wie Margot Honecker, war Hausfrau und trank zum Frühstück Sekt, was ihr in meinen Augen etwas sehr Verruchtes gab. Ihr Mann, also mein Opa Werner, hatte einen Spanienkämpfer unter seinen Ahnen und war ein hohes Tier bei der Stasi, zuletzt General. Sein bitterer Kettenraucher-Geruch verfolgt mich bis heute.

Meine Mutter, also Brigitte Gabbert, geborene Heinze, arbeitete als Serviceleiterin im Hotel unter den Linden, einem nach Moschus- und Sandelparfümen duftenden Devisenschuppen, in dem es ein Ablieferungssoll gab für das Westgeld, das die Gäste für die Stubenmädchen auf den Kopfkissen liegen ließen. Fleißig wie ein Bienchen sammelte sie »Goldstaub für den Sozialismus«.

Eigentlich hatten Sprösslinge aus Familien wie meiner schon bei der Geburt zehn Stufen Vorsprung auf der Karriereleiter, denn wir waren die Sieger der Geschichte. Doch ich entpuppte mich als Versager, der in Mathe Fünfen schrieb, der nicht zum Gruppenratsvorsitzenden gewählt wurde, der sitzen geblieben wäre, wenn der Opa nicht in der Schule angerufen hätte, der mädchenhaft empfindlich gegen Gerüche war.

Ach so, mein Vater, den hätte ich jetzt beinahe vergessen. Mutter hatte Jochen Gabbert mit 19 während des Studiums an der DHFK kennengelernt und geheiratet, aber schon ein Jahr später, gleich nach meiner Geburt, wieder verlassen. Vielleicht war er nur ein notwendiges Übel und die Schwangerschaft das Mittel, der ungewollten Sportlerinnenlaufbahn zu entfliehen. Mit 20 begann sie nochmal zu studieren, diesmal Außenhandel in Berlin. Die Stelle meines Vaters nahm Oma Ursula ein.

Nachdem meine Mutter wieder geheiratet hatte – den Direktor des neugebauten Palasthotels –, klaute ich mit 15 das Moped vom Sohn des Maschinenbauministers, der im Nachbarhaus wohnte. Ich kam in den Jugendwerkhof Torgau. Kein Anruf diesmal, keine Rettung. Sie wollten mir eine Lehre erteilen.

Ich hab also Autoschlosser gelernt oder zumindest damit angefangen, denn gleich im Sommer 89 bin ich über Ungarn abgehauen. Vom Aufnahmelager aus habe ich zu Hause angerufen. Mutter sagte, ich sei eine »Enttäuschung auf der ganzen Linie« und legte auf. Immerhin ließ sie mich nicht von der Polizei suchen, obwohl ich erst 17 war.

Ich bin vom Lager direkt nach Wien, weil ich wusste, dass mein Vater in den Achtzigern eine Österreicherin geheiratet hatte. Im Telefonbuch stand ein Jochen Gabbert, Zinnergasse, zwischen Kläranlage und Alberner Hafen. Mir öffnete eine junge und übergewichtige, blondierte Frau mit einem Baby auf dem Arm, die mit südeuropäischem Akzent sagte, Vater liege im Krankenhaus. Sie nannte auch gleich die Adresse, als wolle sie mich loswerden. Ich stellte mich als ihr Halbbruder aus dem Osten vor, aber sie nickte, wie man einem Spendensammler von »Brot für die Welt« zunickt, und schloss die Tür vor meiner Nase.

Das Krankenhaus entpuppte sich als Entzugsklinik. In meinen Träumen war mein Vater der sportliche Volleyballspieler gewesen, als den meine Mutter ihn beschrieben hatte, nun saß ich einem gelbhäutigen Wrack gegenüber, das nach Pisse und Zigarette stank und faselte, Nikola, also die Frau in seiner Wohnung, sei die Tochter einer montenegrinischen Prinzessin und sein Titel laute jetzt Königliche Hoheit. Ich weiß nicht, warum so viele Ex-DDR-Sportler saufen. Vielleicht hat es was mit Doping zu tun.

Später, nach den Balkankriegen, hörte ich Nachrichten über eine Rückkehr des montenegrinischen Königshauses aus Österreich nach Cetinje, in die alte Hauptstadt, und ich stellte mir meine Halbschwester auf einem roten Teppich vor. Die Montenegriner entschieden sich dann aber doch gegen die Monarchie und für die Republik.

In Ostdeutschland blies meinen Altvorderen nach der Wende der Wind heftig ins Gesicht. Opa Werner erschoss sich Heiligabend 1989 mit der Dienstpistole. Oma trank zum Frühstück eine Flasche Rotkäppchen und zum Mittag eine zweite. Onkel Herbert stürzte bei seinem ersten Alpenurlaub in eine Schlucht. Das Hotel meiner Mutter wurde abgerissen und sie entlassen.

Und dann tauchte auch noch der Sohn des Alteigentümers unserer Villa in Pankow auf, ein Musiklehrer aus Vechta, 68er, cooler Typ mit langen grauen Haaren. Sein Vater, ein Komponist, war von den DDR-Kommunisten 1950 enteignet worden und aus Angst vor weiteren Schikanen in den Westen abgehauen.

Oma hatte das immer andersrum geschildert: Sie und Opa hätten die im Stich gelassene Villa vor dem Verfall gerettet.

Eine Million legte ich auf den Tisch. Das war trotz des riesigen Grundstücks zu viel für den alten Kasten, aber der Anblick der Gesichter, als ich Oma und Mutter die Schenkungsurkunde reichte, war es wert.

Irgendwann war die Immobilienschinderei dann aber auch vorbei. Solange du's mit Schlitzohren zu tun hast, die einander übers Ohr zu hauen versuchen, ist es unterhaltsam, aber mit Aktenkofferträgern aus Großkanzleien, die ernsthaft an ihr Gottbegnadetentum glauben, zu reden war einfach übel.

Ende der Neunziger begann der Internet-Boom. Mit Ecki, einem Informatiker, gründete ich eine Firma, um Software für Handelsplattformen zu stricken. Wir stiegen gleich richtig groß ein: 200 Mitarbeiter, Büros in Berlin, Jena, Köln und München. »Webshop« hießen wir. Ich hatte schon immer gern am Computer gespielt und war überzeugt, dass wir die Zukunft gestalten würden.

In Deutschland gab es zu wenig Fachleute, also suchten wir im Ausland. Wir waren mit die Ersten, die Programmierer in Indien beschäftigten. Ich übernahm deren Betreuung vor Ort. Indien hatte ich schon immer cool gefunden, Ravi Shankar, Tantrasex und so.

Anfangs reiste ich viel durchs Land, mit einem Jeep über staubige, lebensgefährliche Straßen, dann rüstete ich alle Unterchefs mit Mobiltelefonen aus und genoss das Leben in Shimla, einer ehemaligen Sommerfrische der Engländer in den Bergen. Meine Freundin Nandini war Ärztin und die Tochter eines Medizinprofessors, sehr hübsch, sehr gebildet, sehr engagiert und von meinem Reichtum kein bisschen beeindruckt. Geld war für sie nur Mittel zum Zweck, sie wollte Politik und Meinung machen. Ich kaufte für sie eine von duftenden Marihuana-Tälern umgebene Teeplantage, wo sie ihre Leprakranken resozialisieren und ihre Studien treiben konnte.

Leute mit Abitur hatten für mich immer schon einen Heiligenschein, und »Professor« war in meinen Augen das Höchste, was ein Mensch werden konnte. Weil ich glaubte, mithalten zu müssen, fälschte ich ein HSC und schrieb mich an der »Himachal Pradesh University« für Kurse in Epistemologie, Psychologie, Philosophie, Geschichte, Statistik und Philologie ein. Ich hing an den Lippen meiner knoblauchduftenden Dozenten und verschlang die empfohlenen Bücher. Warum und wie die Menschen Herrschaft ausübten, welche Rolle Institutionen (und Gewalt) spielten, wie das Recht funktionierte, warum die Menschen Kriege führten, wie alles historisch aufeinander aufbaute, das interessierte und faszinierte mich. Die Macht, die mir als Kind und Jugendlichem undurchschaubar, überlebensgroß entgegengetreten, ja, von der ich unentrinnbar umgeben gewesen war, entpuppte sich als ein Geflecht divergierender Interessen, wurde durchsichtig wie ein Spinnennetz und zerreißbar. Zumindest prinzipiell. Allein das Wissen darum machte mich frei.

In den Vorlesungspausen hielt ich Telefonkonferenzen mit meinen Vertretern, denn die Firma wuchs. Ecki drängte darauf, an die Börse zu gehen. Ich wollte erst nicht, aber die Anleger fraßen uns aus der Hand, bewarfen uns mit Geld, wir wussten nicht, wohin damit. Also flog ich nach Frankfurt, mietete eine Hotelsuite in der Nähe der Börse und kaufte Beteiligungen an allem, was nicht bei drei auf den Bäumen war. Auf dem Scheitelpunkt der Kurse im Februar 2000 betrug der Buchwert unserer Aktien mehr als 160 Millionen D-Mark, aber kurz darauf brach der Neue Markt zusammen. Im Jahr darauf konnten wir die Insolvenz nicht weiter hinauszögern.

Ecki und ich lachten darüber, aber die Anleger wollten uns lynchen. Ich floh nach Indien, wo gerade der Monsun den Boden der Leprakommune durchweichte und die frisch bepflanzten Teeterrassen die Hänge runterrutschten. Nandini war wütend, weil niemand kaufen wollte, was Leprahände angefasst hatten – obwohl Lepra kaum ansteckend ist –, vor allem aber, weil sie herausgefunden hatte, dass ich meine Diplomarbeit an der HPU mit Hilfe eines Ghostwriters geschrieben hatte. Sie trennte sich von mir und ihre ganze Schlaunasenfamilie behandelte mich wie einen Hochstapler. Das tat weh.

Ich zog zu den Leprakranken und schickte erstmal alle Patienten, die laufen konnten, zum Sammeln in die umliegenden Himalaya-Täler, in denen ein betörender Duft von Marihuana lag. Die anderen teilte ich ein zum Trocknen, Sortieren, Klopfen und Backen der Harzriegel. Die Wirkung war phänomenal: Die Leprösen vergaßen schon beim Einatmen des Staubes Hunger und Schmerzen. Was wir nicht selbst konsumierten, verkauften wir an Backpacker im Parvati-Tal und in den Touristenhochburgen von Agra und Amritsar. Das Geschäft florierte, die Kommune wuchs und niemand störte uns. Bis 2003.

Eine Woche nach der Wahlniederlage der Bharatiya Janata Party (mit deren Chief-Minister ich einen Deal hatte) wurde ich in Chandigarh von einer Spezialeinheit verhaftet, so richtig mit Straßensperre, Hubschrauber und Maschinengewehren. Die Zelle, in der ich zwei

Wochen wartete, stank nach Rattenpisse. Der Richter veranschlagte einen Monat Haft pro Gramm. Da ich 12 Kilo Dope bei mir gehabt hatte, überschrieb ich dem Provinzgouverneur die Plantage und ließ mich nach Deutschland ausweisen, mit nichts als meinem Pass und durchgeschwitzten Klamotten am Leib.

Jana, eine Malerin, der ich in besseren Zeiten ein paar Ölbilder für die »Webshop«-Büros abgekauft hatte, nahm mich auf ihrem Hof in der Uckermark auf, wo ich Schweine und Schafe versorgte. Ich lernte reiten, um die Pferde bewegen zu können, und fand mich in einem Leben wieder, das wie ein Gemälde stillstand.

Mit einem Hengst, der allein stand, weil er Streit in der Herde auslöste, freundete ich mich an. Darius war ein ehemaliges Dressurpferd. Wenn wir über die Wiesen zum drei Kilometer entfernten See trabten, interpretierte er meine wirren Bewegungen als Kommandos, hüpfte transversal über die Straße, setzte die Füße über Kreuz oder drehte sich wie eine Ballerina. Fand ich keine Zeit, mit ihm auszureiten, stellte ich mich wenigstens ein paar Minuten neben ihn in den Stall und steckte meine Nase in sein Ohr. Es dauerte dann meist nicht lange und er gähnte, seine Augen wurden klein und der Kopf sank immer tiefer. Ich war seine Herde. Und er meine.

Nach Berlin wagte ich mich angesichts des Furors unserer Anleger nicht. Dass meine Familie mir aus der Klemme half, war natürlich ausgeschlossen. Oma und Mutter hatten die Villa versilbert und brachten das Geld mit Kreuzfahrten, Suff und mit Glücksspielen in den Casinos von Baden-Baden durch. Trotzdem spuckten sie Gift und Galle über die BRD, die Treuhand und den Kapitalismus, als dessen Vertreter sie mich sahen. Ich vermied, ihnen zu begegnen.

In Absentia wurde ich zu Schadenersatz in Millionenhöhe verurteilt und ging, pleite bis auf den letzten Groschen, notgedrungen in Privatinsolvenz. Trotzdem versuchte ich, etwas für meine Leprafreunde in Himachal Pradesh zu tun, die umgesiedelt werden und einem Mountain-Resort Platz machen sollten.

Es war die Zeit des Web 2.0 und der Diskussion über die Liberalisierung weicher Drogen in Deutschland. Mein Internet-Blog, in dem ich Fotos aus dem duftenden Tal, Statements zum Haschischkonsum und sozialkritische Texte zur Aussätzigkeit publizierte, wurde sehr erfolgreich. *Spiegel* und *Wochenschau* griffen das Thema auf, der Entwicklungshilfeverein Pro Life e.V. startete eine Kampagne. Die Aufmerksamkeit zog Spenden an, das Ganze verselbständigte sich. Leider hörten die Verantwortlichen nicht auf meine Warnungen, nach Indien durfte ich nicht und so musste ich zusehen, wie drei Millionen Dollar, die für ein Leprakrankenhaus bestimmt waren, in den Taschen von bestechlichen Polizisten verschwanden. Die Sendung »Horizonte« deckte auf, dass mit Entwicklungshilfe Drogen für Deutschland produziert worden waren, dem Entwicklungshilfeverein wurde die Gemeinnützigkeit entzogen und ich hatte wieder ein paar Feinde mehr.

Ich wäre gern auf dem Hof der Malerin geblieben. Das Leben auf dem Land gefiel mir. Wir schliefen ein paarmal miteinander, aber Jana roch nach Schafswolle und warf mir meine Beziehungen zu anderen Frauen vor. So zog ich weiter. Im Herbst half ich in der Mosterei einer Kommune aus, deren Mitglieder viel über ihre Beziehungen und das Männer-Frauen-Ding diskutierten. Mein Schweigen wurde akzeptiert, weil ich behauptet hatte, schwul zu sein. Auf den Grundstücken der Wochenendler im nahen Dorf schnitt und fällte ich Bäume. Meine Hände wurden schwielig, meine Schultern muskulös und meine Haut sonnenbraun. Dann brach der Winter ein. Schnee wehte in meinen Bauwagen und das Wasser gefror nachts in den Tassen.

Mit dem Geld, das ich in der Kommune verdient hatte, flog ich nach Thailand, wo ich in einem Backpacker-Resort Palmstrohhütten deckte, Möbel reparierte und »fried rice with chicken« kochte. Abends saß ich am Lagerfeuer und lauschte Erzählungen aus fremden, meist aber doch sehr vertrauten Leben und Ländern. Meine Affären waren aufregend und romantisch – und sie endeten nach einer, zwei oder höchstens drei Wochen ohne Tränen, wenn die Frauen ihre

Rucksäcke packten und weiterzogen. Ich blieb fast ein Jahr, bis im Dezember der Tsunami das Resort zerstörte.

Eine Australierin namens Annie, die ich im Notaufnahmelager kennenlernte, lud mich auf die Sheep Station ihrer Eltern ein, die immer Helfer suchten und den Flug bezahlten. In Avon-Valley, Westaustralien, lernte ich Traktor fahren, Schafe scheren und schlachten und baute mit den Nachbarn Ställe und Scheunen, bis sich herumsprach, dass ich mit Computern umgehen konnte. Ich wurde von Hof zu Hof weitergereicht, installierte Netzanschlüsse und programmierte Webseiten oder Internetshops.

Annie war ein schüchternes, etwas pummeliges Mädchen und unsere Beziehung von der leisen Art. Sie kam am Sonntagmorgen, wenn ihre Eltern zum Gottesdienst nach Perth geflogen waren, in mein Bett. Ich nahm es hin, denn sie war unkompliziert, neugierig und der Sex mit ihr tabulos. Sie roch nach frischem Hering. Unter der Woche redeten wir wenig miteinander, und dass ihre Mutter eingeweiht war, erfuhr ich erst, als sie über Familienplanung sprach und über Investitionen, die sich bei »euch« amortisieren würden. Ich legte die Karten auf den Tisch und bat um Geld für die Weiterreise. Annie weinte ein paar Stunden, dann beruhigte sie sich und strickte einen Schal, den sie mir zum Abschied schenkte. Ihr Vater brachte mich zum Flugplatz und umarmte mich lange. Ich hatte den Eindruck, dass er mich gern begleitet hätte.

In den folgenden Jahren verbrachte ich jeweils einige Monate in Südafrika und Mexiko, auf Kuba und in New York, arbeitete als Gärtner, Lastenschlepper und Schiffsmaschinist, lernte Schweißen und Mauern, Putzen und Betten beziehen, Methamphetamin kochen und Ausweise fälschen. Meist blieb ich, wo ich eine Frau kennen lernte, und zog weiter, wenn die Beziehung zu eng wurde.

Währenddessen schwand meine Pankower Verwandtschaft. Oma Ursula schrieb, dass sie mit 81 Jahren wieder geheiratet habe und zu ihrem Mann auf die Krim gezogen sei. Das beigefügte Hochzeitsfoto zeigte sie in den Armen eines jugendlich wirkenden Kraushaars mit recht umfangreicher Kraushaarverwandtschaft vor einem Bungalow in den Bergen, mit Blick aufs Meer.

Meine Mutter erkrankte an Krebs und zog in ein Pflegeheim in der Nähe von Hannover. Ich zögerte meinen Besuch hinaus, bis es zu spät war. 2005 erstickte sie, weil das Atemgerät, von dem sie abhängig war, während des Orkans Tobi ausfiel. Auf der Beerdigung war ich allein mit dem Sarg. Er roch nach Bootslack, Opa Werner und etwas, das ich nicht kannte.

Hin und wieder las ich Sterbeanzeigen von Verwandten, die mir einst auf tabakvernebelten Geburtstagsfeiern und spätsommerlichen Grillpartys auf die Schultern geklopft oder in die »viel zu langen« Haare gegriffen hatten. Es klingt sicher herzlos, aber für mich war damals jede Nachricht von einem Todesfall in dieser Familie eine Befreiung.

2011 erreichte mich der Brief eines Notars: Oma Ursula war gestorben und hatte mich testamentarisch beauftragt, ihre Asche im Bürgerpark zu verstreuen. Ausgerechnet mich! Ich zögerte. Ursula war schon als Lebende giftig gewesen und im Park spielten Kinder, also ließ ich ihre Urne auf dem städtischen Friedhof III versenken, immerhin ganz in der Nähe ihres Wunschortes.

Als ich Dr. Bracher, dem Notar, Vollzug meldete, las er mir eine Erklärung von Oma Ursula vor, die mit den folgenden Worten begann:

> »Ich lernte Kurt Lachner, der sich später Kurt Weiszheit nannte und ein mäßiger Schriftsteller wurde, im Winter 1946 beim Bäumefällen im Bürgerpark kennen. Unsere Beziehung fing mit einem Missverständnis an. Er tat so, als seien wir fürs Teekochen eingeteilt. In einem unbeobachteten Moment rannten wir davon. Schließlich verführte er mich in meinem nahe gelegenen Zimmer. Ich hielt ihn für draufgängerisch und mutig, aber er war nur dekadent.«

Den Namen »Weiszheit« kannte ich, aber wohin sollte das führen? Dr. Bracher reichte mir, als er meine wachsende Ungeduld spürte, ein Buch über den Tisch. Es hieß *Klaus und Karola* und zeigte auf einem verblassten blauen Einband die Umrisse zweier Jugendlicher im FDJ-Hemd. Verfasser: Kurt Weiszheit. Der Notar las weiter vor:

»Kurt hat zahlreiche Details unserer Beziehung benutzt, ohne damit das Wesentliche zu treffen, aber das war nicht der Grund, warum wir uns 1952 trennten. Ich bin sicher, dass Du die Lügen in seinen Werken durchschauen wirst, also spare ich mir Enthüllungen.

Ich würde das Geheimnis seiner Vater- beziehungsweise Großvaterschaft mit ins Grab genommen und Dich unbehelligt gelassen haben, wenn er mir nicht bei seinem Tod das sog. ›Weiszheithaus‹ in der Kopenhagener Straße vererbt hätte.«

Wie aufgezogen lief ich vom Büro des Notars durch den Prenzlauer Berg zur Kopenhagener Straße. Die Nummer 16a war das einzige unsanierte Haus in der ansonsten schon ganz pastellfarbenen Straßenfront, und es sah noch genauso aus wie in meiner Erinnerung. Ich erkannte die Spuren rostiger Tränen auf der kupfergrünen Haut, roch den Moderduft und legte die Hände auf seine warmen Ziegel. Sein Atem pfiff wie bei einem müden, alten Tier.

Die Passanten machten einen Bogen, vermutlich hielten sie mich für besoffen. Das Haus und ich, wir atmeten eine Weile gemeinsam, dann küsste ich es auf die wunde Haut und versprach, es zu retten.

Einer der Schlüssel, die der Notar mir überreicht hatte, passte zu einer Tür im Dachgeschoss. Dahinter herrschte Halbdunkel. Die Luft roch nach Zimt und Nelken, nach Bücherstaub und heißem Teer. Hier hatte der Schriftsteller, mein Großvater, gewohnt. Die hölzernen Bodendielen knarrten unter dem Gewicht meiner Schritte. Bevor ich spätere Eindrücke hineinmische, zitiere ich einfach, was ich damals in mein Mobiltelefon diktierte: »Dach hoch wie ein Kirchenschiff. Keine Fenster, oben schachbrettgroße Dachluken. Risse in zerbrochenen Dachziegeln, man sieht Himmel, viel Himmel. Eimer und Emailleschüsseln voller Wasser. Die Wände mit Büchern und Rotweinflaschen dekoriert, eisernes Öfchen, Spüle in einem Holzgestell, darunter ein Eimer, puh ... Matratze auf dem Fußboden. Eine Tür in der Giebelwand ... befinde mich im Freien. Verkohlte Dachbalken, großflächiger Brandschaden, zerfetzte Bauplanen. Badewanne mit verwelkten Sonnenblumen.«

Ich holte einen Eimer und goss die Pflanzen. In der Ziegelmauer zum Seitenflügel fiel mir eine Tür ohne Klinke auf, die ich mit einem zum Dietrich umgebogenen Schraubenzieher öffnete. Dahinter verbarg sich der merkwürdigste Raum, den ich je betreten hatte. »Geruch nach Lackfarbe, Wacholder und Heu, Stockpilz und Hausaufgabenheft. Fäden kreuz und quer wie ein Spinnennetz, ich muss aufpassen … Regale mit Schachteln, Zetteln, Büchern, Fotos, alles nach Farben sortiert, links rot, Mitte grün, rechts blau, hinten zur Brandwand gelb. Ein Labyrinth in Regenbogenfarben … wo komm ich denn jetzt wieder raus?«

Vorsichtig zupfte ich mal hier an einem Buchdeckel, linste mal dort in ein Album. Hier hatte jemand über Jahrzehnte die schriftliche Hinterlassenschaft eines ganzen Hauses gesammelt. Ich diktierte: »Bücherrücken zum Teil lackiert. Kartons mit Zeitungen, Bücher, Postkarten, Bündel mit Briefen, Reklameblätter, Adresslisten, Zeugnishefte, Mietquittungen …«

Schließlich musste ich mal, krabbelte zurück in die bekannte Welt und pisste in die Regenrinne.

Die ganze Sache hatte leider einen Haken: Ich konnte das Haus nicht erben. Gerichtsvollzieher und Privatdetektive beobachteten mich in der Hoffnung auf Vermögen, das sie pfänden konnten. Zum ersten Mal tat es mir leid, mich nicht engagierter gegen die Gläubiger der Webshop AG gewehrt zu haben, aber nun waren die Fristen verstrichen.

Dr. Bracher erklärte mir, dass, wenn ich das Erbe ausschlüge, der nächste Verwandte in der Erbreihe einträte, nämlich Salvador Müller, der Neffe von Kurt Weiszheit. Salvador! Sofort hatte ich seinen Geruch wieder in der Nase.

Er konnte damals, auf dem Dampfer der Weißen Flotte, kaum volljährig gewesen sein, doch seine schwarzen Locken klebten schon greisenhaft am Schädel, seine Augen waren rot geädert und seine

Haut glänzte von Schweiß. Er behauptete, unfreiwillig ein Gespräch mitgehört zu haben und mir, wohl weil er mich für einen Immobilienspekulanten hielt, das Geschäft meines Lebens vorschlagen zu müssen. Seine Geschichte vom Haus einer Urgroßmutter in Ostberlin und ihrer Enteignung in den siebziger Jahren klang wie tausend ähnliche Geschichten, und auch wenn ich ihm nicht alles glaubte: Das war genau mein Geschäftsmodell. Ich handelte mit Unrecht und Hoffnungen, also fuhr ich nach seinen Anweisungen in die Kopenhagener Straße, wo – wie schon erzählt – meine Verhandlungen mit Elise scheiterten. Danach verfolgte Salvador mich bis in die U-Bahn. Er ließ sich nicht abschütteln, bettelte um eine Entschädigung, einen Kredit, irgendwas, und zitterte dabei immer mehr. Als er sich in einer Kurve festhielt, rutschte sein Hemdsärmel hoch und ich sah die Einstiche in seiner Armbeuge. Am Alex, wo in den Fußgängertunneln der S-Bahn die Drogenhändler Hof hielten, blieb er zurück.

Ich zweifelte, dass er nun, 20 Jahre später, noch lebte, aber ihn zu finden war leicht. Er stand im Telefonbuch: Salvador K. Müller, Versicherungen, Ostseestraße. Das lag im Prenzlauer Berg, gar nicht weit weg vom Weiszheithaus.

Mir öffnete ein übergewichtiger, glatzköpfiger Mann, aber ich erkannte seinen Geruch nach Merkén und den merkwürdigen Ohrring – einen Würfel aus Koralle in einem silbernen Käfig. Er war nicht sauer wegen der Vergangenheit, im Gegenteil. Meine Weigerung, ihm Geld zu leihen, habe ihm vielleicht das Leben gerettet. 1994, so ging sein Geständnis weiter, sei er nach einem tiefen Absturz und dem Tod seiner Freundin Vanessa in einem Substitutionsprogramm gelandet und noch immer auf Methadon.

Ich erzählte ihm von unserer Verwandtschaft und der Erbschaft; er meinte, er habe schon seinerzeit gedacht, dass ich seinem Onkel Kurt ähnlich sähe.

Wichtig war für mich: Er hatte ein regelmäßiges Einkommen, keine Schulden und die Vorstrafen waren aus den Registern gelöscht. Interessiert hörte er sich an, was ich vorzuschlagen hatte. Er sollte das Haus als mein Strohmann übernehmen und vier Jahre später, wenn ich nach der Restschuldbefreiung wieder geschäftsfähig sein würde, zu einem vorher festgelegten Preis an mich verkaufen. Irgendwie, dachte ich, würde ich schon wieder auf die Beine kommen und das nötige Geld verdienen.

Er zündete umständlich eine schokowolkig riechende Zigarre an, folgte mir auf den Balkon und brüllte, während in der Straßenschlucht unter uns der Feierabendverkehr hupte, seine Forderungen: 50 Prozent der Mieteinnahmen nach Abzug der Kosten, mindestens aber 36000 Euro im Jahr, eine große Wohnung im Haus und ein Geschäftslokal mit Publikumsverkehr. Das war unverschämt, aber ich willigte ein. Ich wollte das Weiszheithaus, ich wollte diese Familie, ich wollte Vorfahren, die so waren, wie ich sie mir immer gewünscht hatte.

Wir berieten die ganze Nacht, verhandelten hart und stießen im Morgengrauen mit einer Flasche Rotkäppchen von der Tanke an. Wir würden das Haus sanieren, den zerbombten Vorderhausteil wieder auf- und das Dachgeschoss ausbauen, so lautete der Plan. Im doppeletagigen Keller, wo zu DDR-Zeiten schon einmal ein Club gewesen war, bot sich Gastronomie an. Das seit der Wende stark gestiegene Mietniveau würde uns die Finanzierung erleichtern. Der Vertrag umfasste schließlich 52 Seiten und war alles andere als anfechtungsfest, aber ich setzte darauf, dass Salvador mich auch in Zukunft brauchen würde. Dr. Bracher, der Notar, beurkundete unsere windige Vereinbarung in einem sehr beeindruckenden Zeremoniell.

Ich zog in Kurt Weiszheits Dachhalle, mit nichts als einer Luftmatratze, einem Notebook und meinem Mobiltelefon. Die Bewohner beäugten mich, den »Generalbeauftragten« des neuen Eigentümers, und begannen nach Angst zu riechen. Ich wollte ihnen nichts Böses, aber es gab keinen Weg, die Klischees zu umgehen. Es hagelte Widersprüche gegen die Sanierungsankündigung. Mit jedem einzelnen Mieter musste ich den Zeitplan, den Umfang der Arbeiten und die nach der Sanierung zu erwartende Miete verhandeln.

Sechs der sieben Familien, deren Wohnungen ich in den Neubau hinein vergrößern wollte, willigten gegen Zahlung einer Entschädigung in die Aufhebung des Mietvertrags ein und packten die Koffer. Nur in der 2. Etage biss ich auf Granit. Frau Goldberg, Amerikanerin, hager und grauhaarig, Mitglied des »Ensembles Aoide« und Professorin an der UdK, war weder mit Geld noch mit guten Worten zum Auszug zu bewegen. In ihrer Wohnung roch es wie im Inneren einer katholischen Kirche, irgendwie nach Reue und Seife. Im Salon stand ein riesiger Bechstein und sie erklärte, der Flügel sei beim Bau des Hauses eingemauert worden und habe entfernten Verwandten gehört, die hier in der Wohnung gelebt und von den Nazis umgebracht worden seien. Mit Kurt Weiszheit habe sie seinerzeit die Nutzung vereinbart und sich im Gegenzug zur Pflege und regelmäßigen Stimmung des Instruments verpflichtet. Ich kapitulierte vor dieser Geschichte.

Die Finanzierungsverhandlungen mit den Banken gestalteten sich unerwartet schwierig, weil Salvador auf irgendeiner schwarzen Liste stand und natürlich auch, weil noch nicht genug Gras über meine Verurteilung gewachsen war. Wenn ich überhaupt einmal zu einem Gespräch eingeladen wurde, dann nur, weil ein Mitarbeiter seinem jüngeren Kollegen zeigen wollte, wie tief ein Big Player fallen konnte. Ein Herr Mankel erzählte mir im Fahrstuhl der Landesbank, seine Mutter habe sich mit »Workshop«-Aktien ruiniert. Der zuständige Abteilungsleiter der Charlottenburger Bank holte einen vollstreckbaren Titel gegen mich aus dem Safe. Nur der schüchterne Praktikant der Sparkasse bat mich um ein Autogramm.

Die Wartezeiten während der Finanzierungs- und Ausschreibungsphase nutzte ich, um durch den merkwürdigen Raum im Dachgeschoss zu stöbern. Wie in einem altmodischen Papierladen waren die Bücher und Hefte in den Regalen nach Farben und Dicken beziehungsweise Größen sortiert. Erst auf den zweiten Blick erkannte ich, dass der Archivar sehr wohl inhaltliche Kriterien zugrunde gelegt, aber die Buchrücken und Artefakte, die farblich nicht in sein System passten, mit Lackfarbe überpinselt hatte.

Was mir rätselhaft blieb, waren die Spinnenfäden, Strippen, Seile, die kreuz und quer gespannt waren. Anfangs dachte ich, sie bedeuteten Abstammungslinien, rot beispielsweise die Familie von Kurt Weiszheit, Elise und ihren Vorfahren, aber dann führten die Fäden auch wieder zu Briefen und Fotos von gänzlich Fremden. Manche der Querverbindungen waren am Regalboden mit Reißzwecken angepinnt, andere in Aktenordnern festgeklemmt, manche führten gerade nach gegenüber, andere um die Ecke, wieder andere waren um ihr Ziel geschlungen und liefen danach weiter zu einem dritten, vierten, fünften Ordner oder einem Briefbündel. Ganze Regalmeter enthielten Drehbücher, Manuskripte, Zettelsammlungen und Bücher von Kurt Weiszheit. Verblüfft las ich in *Klaus und Karola,* meine knöcherne Großmutter sei ein heißer Feger gewesen. Sogar Sexszenen gab es zwischen den Aufbauhelfern der FDJ. Wow! Möglicherweise las ich von der Zeugung meiner Mutter!

Mein Opa war Nationalpreisträger der DDR und Literaturfunktionär gewesen. Diese Sorte Staatsschriftsteller hatte mich nie interessiert, aber nun verschlang ich seine Romane aus Neugier auf meine »wahre« Familie, die alles hatte, was meiner Pankower Mischpoke fehlte: internationales Flair, Geschichte, Zauber und Geheimnisse. Die Weiszheits kamen aus dem für mich damals völlig exotischen Baltikum, es gab unter ihnen Litauer, Preußen, Russen und Juden, sie waren Musiker, Waldbesitzer, Schriftsteller und Politiker gewesen. Im Erzählband *Kurisches Flüstern* las ich von Feen, Elfen, Frauen mit Wundernasen und von Kabalen zwischen eifersüchtigen Brüdern. Ein mit Bleistift geschriebener und von Radierspuren verschmierter Stammbaum listete Geburtsorte in Chile, Russland, Bolivien, Frankreich, Israel, Brasilien und Amerika auf. Dank Kurt Weiszheits Beschreibungen erstanden Tote auf, als wäre ich dabei gewesen.

In dem Wälzer *Gustav, der Sucher* ging es um meinen – ich musste kurz rechnen – Ururgroßvater, um den Weiszheit, der Ende des 19. Jahrhunderts in die Reichshauptstadt gekommen war und ein Haus hatte bauen lassen – das Haus, in dem ich saß und las. Ich fand ein maschinengeschriebenes Manuskript mit handschriftlichen Korrekturen, das die Lebensgeschichte von Gustavs Tochter Elise erzählte, also meiner Uroma, der kleinen, blinden Frau, die mit ihren 91 Jahren so intensiv nach Maiglöckchen geduftet und mein Geld nicht hatte haben wollen.

Ehe ich michs versah, war ich in einem historischen Paralleluniversum zu Hause. Ich konnte nicht aufhören, zu lesen und mich im Betrachten von Fotos zu verlieren. Wie ähnlich ich den Weiszheits war! Ich konnte riechen wie Urte, ich hatte Elises sonnenempfindliche Haut, ich war umtriebig wie Gustav, ich wollte das Gute wie Ernst und landete doch irgendwie immer in der Scheiße wie Kurt. Wäre meine Pankower Nomenklaturafamilie, bei der ich aufgewachsen war, zu diesem Zeitpunkt noch am Leben gewesen, ich hätte sie erwürgt – weil sie mir meine wahre Familie vorenthalten hatten!

Zufällig traf ich während einer Immobilienmesse im Flughafen Tempelhof einen alten Bekannten aus der Chefetage der bayerischen Hypothekenbank, der erzählte, er wolle den neuen Berliner Immobilienboom nicht verpassen. »Den richtigen Riecher haben«, nannte er das. Ich hatte ein Déjà-vu, denn schon Anfang der 90er hatte seine Bank sich an einem zu großen Stück Berlinkuchen verschluckt, aber Kapital lernt nicht, da muss man sich als Spekulant keine Sorgen machen. Ich flog nach München, packte die Karten »ehrlich« auf den Tisch und rechnete meine Zahlen vor. Den Bankern dampfte die Gier aus den Achselhöhlen und verleitete sie, uns gegen einen satten Risikoaufschlag von anderthalb Prozent 2,5 Millionen auf Hypotheken zu leihen. Wir konnten anfangen.

Zunächst musste im Dach Baufreiheit geschaffen werden. Weil ich fürchtete, die merkwürdige Ordnung des Archivs niemals rekonstruieren zu können, wenn wir es einmal in Kisten gepackt hatten, bat ich einen Bekannten am Lehrstuhl Bibliothekswissenschaften der HU um Hilfe. Im Rahmen einer Abschlussarbeit »neue Wege in der

Digitalisierung« fotografierten, scannten und speicherten zwei Dutzend Studenten das gesamte Archiv, sämtliche Papiere, Fotos und Gemälde auf Festplatte. Während kräftige Umzugshelfer aus dem Wedding die Kartons in einen Bürocontainer trugen, den wir am Ende der Sackgasse aufgestellt hatten, versahen meine Jungarchivare die Fotos mit Tags, bearbeiteten die Texte mit Texterkennungssoftware und wandelten die Dateien so um, dass sie nach Stichworten und Jahreszahlen durchsuchbar wurden. Nach und nach wurde die Fülle überschaubar, das Beziehungsgewirr luzide. Den Container voller Artefakte lagerten wir am Westhafen ein, für die digitale Kopie schaffte ich einen schnellen Computer an.

Ich dankte den Studenten und Helfern mit einer Einladung ins Due forni, wo die Luft selbst schon so nahrhaft wie eine Pizza roch, dabei wusste ich zu diesem Zeitpunkt noch nicht einmal, wie sehr viel dankbarer ich ihnen bald sein würde.

Am 12. Februar im Morgengrauen rückten die Gerüstbauer an und umbauten das Haus komplett mit einer Kruste aus stählernen Stangen, Laufbohlen und Schutzplanen. Zwei Tage später begann eine Abrissfirma mit dem Abheben der Dachhaut. Alte Ziegel und Dachfenster, Regenrinnen samt Bäumchen, Flugerde und Taubenkot, Drachenleichen und Luftballonreste rutschten in meterdicken Schläuchen straßenwärts in die Bauschuttcontainer. Der Haut folgte das Gebälk, das größtenteils als Sondermüll entsorgt werden musste, weil die Balken mit Teeröl und Hylotox 59 gestrichen waren, einem Holzschutzmittel aus DDR-Produktion, das DDT enthielt. Es roch nach Kalk, Lehm, Stroh und mit fortschreitender Entkernung intimer, wie beim Ausziehen einer alten Frau. Zuletzt roch es nach vollen Windeln.

Am Tag telefonierte ich Handwerkern und Spediteuren hinterher, minderte und bezahlte Rechnungen, hörte mir die Klagen von Mietern an, entschied in Baufragen und lernte Denkmalschutz. Am Abend, wenn meine Beine schmerzten und meine Stimme heiser klang, tauchte ich mit einem Joint zwischen den Lippen in die Geschichte und die Geschichten meiner neuen Familie ein. Ich war glücklich, obwohl es jede Menge Probleme gab.

Bevor wir mit dem Neubau des Dachgeschosses, in dem vier große Wohnungen entstehen sollten, beginnen konnten, wurde das Mauerwerk untersucht. Der Statiker stellte fest, dass die Ziegelsteine der obersten Etage porös waren, vermutlich überhitzt während eines Dachbrandes im Krieg. Die Mieter der betreffenden Wohnungen mussten umgesetzt, die Zwischendecke abgenommen und ein neuer Ringanker gegossen werden.

Das war die schlechte Nachricht. Die gute war: In einem Versteck unter den Dielen der Dachhalle fanden die Bauarbeiter Kurt Weiszheits Laptop. Es war mit einem Passwort gesichert, dessen Entschlüsselung für mich kein Problem darstellte, und als ich die Datei mit dem Namen »Jahrhundertroman/Kochbuch.doc« öffnete, sah ich die Kapitelgliederung einer Familiengeschichte der Weiszheits von 1700 bis fast in die Gegenwart vor mir, sozusagen die Rezeptur für das Zusammensetzen der Puzzleteile aus dem Archiv. Andere Ordner enthielten Dateien mit ausgeschriebenen Kapiteln, Stichworten und Verweisen (»Hefter mit Briefen, zweite Reihe vor Ringbahnwand, Dunkelrotes, Handbreit vor Faden zum Grünen«). Mit Kurt Weiszheits Sortieranleitung auf dem einen und meinen Kopien des Archivs auf dem anderen Computer würde es möglich sein, die Familiengeschichte meiner Weiszheits zu sortieren.

1 Waldreich

Zu Beginn des 19. Jahrhunderts errichteten die Brüder Jonas und Tomas Weiszheit auf einer Anhöhe am Haff hinter der Kurischen Nehrung eine Sägemühle. Sie nannten ihre Siedlung Schieß, nach dem Flüsschen, das hier in den Atmath, einen Mündungsarm der Memel, fließt, damals Kreis Heydekrug, Regierungsbezirk Gumbinnen in Ostpreußen. Heute heißt der Ort Šyša.

Kurt Weiszheit schreibt in *Kurisches Flüstern*:

»Das Wohnhaus besteht aus Lärchenbohlen und hat zwei Etagen, eine für jede Bruderfamilie. An Wintersonnentagen leuchtet es wie ein Schloß aus altem Silber, seine Bewohner duften nach Harz.

Vom Dach geht der Blick frei über die flache Landschaft: Im Norden über die Anlandestelle für das Floßholz und weiter auf eine Moor- und Sumpflandschaft, mit schilfbewachsenen Sandbänken, Reußenstangen und viel graublitzendem Wasser. Im Winter liegen oft Nebel über dem Haff, aber bei klarem Frostwetter ist manchmal die 30 Kilometer entfernte Kurische Nehrung zu sehen. Im Osten wirbelt die Schieß unter Hängeweiden in den großen Atmath. Im Sommer flirren Mosaiklibellen über dem Wasser, winters knirschen die Eisschollen.

Im Süden und Westen breiten sich Wiesen aus, hölzerne Zäune, Moorlöcher und glitzernde Fischteiche. Ein sandgelb gesäumter Steinweg mit Kopfweiden führt entlang der Schieß zu den Kirchturmspitzen von Heydekrug.«

Schon immer hatten die Weiszheits im und mit dem Wald gelebt – als Köhler, Jäger, Harzsammler, Holzfäller, Sägewerker oder Holzhändler. Im Laufe der Jahrhunderte erwarben sie hier einen Jagen, dort einen Forst. So entstand auf beiden Seiten der russisch-deutschen Grenze ein Waldreich, das die Weiszheits durch Verwandtschaftshochzeiten zusammenzuhalten suchten.

Seit 1718 hatte es keine Erbteilung mehr gegeben. Die jeweils ältesten Kinder bekamen den gesamten Besitz, und zwar ohne Ansehen des Geschlechts. Die jüngeren Geschwister mussten sich verdingen. Noch einmal Kurt Weiszheit:

»Der Name Weiszheit rührt nicht etwa von stupender Klugheit, sondern von der Weißheit ihrer Haut, genauer gesagt: Von Inzest. Vetternehen verstärken die Erbmerkmale. Männer wie Frauen sind dünnhäutig und langbeinig, ihre Haare fein und silberblond. Manche sind mit einer empfindlichen Nase gesegnet (oder geschlagen – das ist Ansichtssache), die Augen sind vom gleichen Azurblau wie der Atmath an einem ruhigen Spätsommerabend im Schatten der Uferbäume.«

Die Grenze, die das Waldreich durchzog, war alt wie die Bäume und eine der friedlichsten in Europa: Auf der einen Seite Preußen und das Deutsche Reich, auf der anderen Seite Russlands Provinz Kurland. Für die Bewohner spielte es keine Rolle, ob einer Untertan des deutschen Kaisers oder des russischen Zaren war:

»Man umgeht Zollstationen und Grenzposten, schmuggelt Holz auf Schleichwegen und besucht sich ohne Passierschein. Die Weiszheit-Kinder lernen das Zählen beim Sammeln von Buchdruckern und Kupferstechern, das Rechnen anhand von Holzpreisen, das Schreiben und Lesen beim Kassibern mit der Verwandtschaft.«

Die Weiszheits waren so religiös wie nötig. Sie glaubten an den Gott, dessen Haus am nächsten lag, und wechselten die Konfession, wenn eine Eheschließung Besitzzuwachs mit sich brachte.

»Jüdische Weiszheits makeln in Memel mit Flößholz, die Inhaber der größten Harzhandlung des Baltikums in Tilsit sind katholisch, andere Weiszheits sind russisch-orthodox oder protestantisch, und alle spekulieren auf Wald. Sie haben Namen für den Strudelgnom rechts vom Steg und einen für den stöhnenden Wind im Schornstein. Zahlreich sind ihre Baumheiligen. Sie reden mit der zerbrochenen Weide auf den Schieß-Wiesen und lauschen dem Geisterglucken im Sumpfloch am Weg nach Heydekrug.«

Kurt Weiszheits Familiengeschichte beginnt mit seinen Ur-Urgroßeltern.

»Wilhelm und Snaige, die ältesten Kinder von Jonas und Tomas, sind einander versprochen, seit sie nackt in den Sägespänen krähten ... Der zuständige Pfarrer in Heydekrug wird mit einer großzügigen Spende gefügig gemacht und verheiratet die beiden. Kurz nacheinander bekommt Snaige zwei schöne Kinder, Friedrich und Urte.«

In den achtziger Jahren des 19. Jahrhunderts hungerten die großen Städte im Deutschen Reich nach Bauholz. Die Preise für Gerüststangen, Tragbalken, Dielen und Schalbretter stiegen mit der Konjunktur.

»Wilhelm ist ein sensibler Mann, der den Wald wachsen hört und den Frühlingssturm vor dem Kommen riecht. 1882 kauft er eine Dampfmaschine, die das Zwanzigfache schafft und wetterunabhängiger arbeitet als die Windräder. Eine Dampfschute bringt die Bretter und Bohlen übers Haff zum Memeler Hafen. Von dort werden sie bis nach Danzig und Hamburg verschifft.«

Die Beschleunigung, so meinte Kurt Weiszheit, habe die Menschen krank gemacht:

»Je lauter die Sägen lärmen, die Schiffsmotoren heulen, je mehr Arbeiter auf dem Anlandeplatz schuften und je dichter Kohle- und Gasgestank um Wilhelms Nase wölkt, desto häufiger betäubt er sich mit Moosbeerenschnaps und wird dann selbst zur Dampfsirene. Snaige senkt den Kopf und hält aus. Ihr Sohn Friedrich flieht, kaum volljährig geworden, nach Amerika. Nur Arnas Aschmutat, dem Vorarbeiter des Sägewerks, macht das nichts aus. Er ist vom Kreischen der Säge taub und hört den Meister als Säuseln.«

Friedrichs Schwester Urte bat den Pfarrer um Hilfe gegen den herrschsüchtigen Vater; sie durfte die Schule in Heydekrug bis zur achten Klasse besuchen. 1881 gewann sie, 18-jährig, mit dem von ihr gesammelten »Herbarium ungewöhnlicher und seltener Pflanzen« einen Preis auf der Landwirtschaftsausstellung des Kreises Heydekrug.

Vater Wilhelms Geduld riss, als sie es wagte, sich selbst einen

Ehemann zu suchen – einen Weiszheit zwar, Forstsekretär im preußischen Staatsdienst namens Gottlob-Hermann, aber eigenwaldlos. Er stammte von Moorbauern, Torfstechern und Karpfenzüchtern ab.

»In seinem neblichten Zorn wirft der Vater sie raus, bleibt der Hochzeit fern, enterbt sie, obwohl er schon Friedrich enterbt und nun keinen Nachfolger hat. Seinen Enkel Gustav, der im Jahr darauf geboren wird, will er nicht sehen.«

Was über diese Urte Weiszheit berichtet wird, klingt ein bisschen verrückt:

»Mit dem Kind im Tuch wanderte Urte tagelang durch den Wald, sammelte und bestimmte Kräuter, darunter solche, die in der wissenschaftlichen Welt unbekannt waren. Bei ihrer Rückkehr aus der Wildnis redete sie in Zungen. Manche glaubten deshalb, sie habe mit den Tieren sprechen können«.

Vielleicht hat sie sich auch einfach nur beim Experimentieren mit Pilzen in der Dosis vergriffen?

Den Düften und Gestanken gab sie Namen, weil die überlieferten verloren gegangen waren.

»Die Vielfalt Tausender Namen der Jäger und Sammler für Kräuter- und Tiergerüche war geschrumpft auf eine kurze Liste domestizierter Sorten.«

»Mit Hilfe ihrer [Urte Weiszheits, d. A.] Nase entwickelt der Philologe Rossbach an der Universität Königsberg ein Ordnungssystem. Er teilt die Gerüche in Kategorien, beispielsweise ›appetitlich‹, und weiter in Untergruppen, wie ›fruchtig‹, ›pilzig‹ und ›würzig‹, und die wiederum in die Sektionen ›Sellerie‹, ›Rettich‹, ›Knoblauch‹, ›Ampfer‹ und ›Kampfer‹. Andere Untergruppen werden differenziert nach den von ihnen angelockten Insekten.«

Während Gustav Weiszheit in der Waldeseinsamkeit mit Tieren und Gerüchen aufwuchs, drehten sich am Ufer des Atmath die Schwungräder der Dampfsägen immer schneller, brannte die Luft von Kohle, Ruß und heißem Öl. Ganze Wälder kamen und gingen übers Haff.

Handskizze der Hufen östlich von Heydekrug aus dem Jahre 1760, links unten das erste Haus der Weiszheits in Schieß (oberhalb Schulze)

»Wilhelm läßt Holz in immer gewaltigeren Flößen aus immer größeren Entfernungen holen und handelt mit Kaufleuten, die nicht Weiszheit heißen. Die Verwandten schütteln den Kopf: ›Gier bringt keinen Segen.‹«

Jeweils zur Zeit der Schneeschmelze begann die Hochsaison der Flößerei, Bäche und Flutgräben schwollen und hoben die Flöße über die Sandbänke. Im Frühling 1883 ließ Wilhelm Weiszheit die Forstarbeiter jedoch so viele Stämme auf den Wasserweg bringen, dass sie sich verkeilten. Hinter den Baumbarrieren türmten sich Eisschollen und hinter den Eisdämmen stauten sich brodelnde Seen. Die Bewohner der umliegenden Höfe brachten sich in Sicherheit.

»Die eisige Brühe leckt an den Ufern und füllt die Sumpfwiesen. Wilhelm hört das Dröhnen und flucht, daß die Vögel in den Uferweiden zittern …

Am Sonntagabend kommt Wind auf und schiebt graugrün bemooste Rammböcke gegen die ächzenden Dämme, die schließlich splittern und brechen. Die befreiten Stämme stoßen alle Hindernisse beiseite und den Sägewerkbesitzer vom Steg, wirbeln ihn in Wasserstrudeln herum und zermalmen seinen Körper …

Im Morgenlicht gurgelt das Haff in blausilberner Unschuld. Vergeblich suchen Angehörige und Dzimken mit langen Stangen nach der Leiche. Die Wassergeister schmatzen im Schilf.«

Wenn ein Ertrunkener nicht gefunden und nicht begraben wurde, so wandelte er, sagte man, als nasser Mann um die Häuser, unerlöst wie ein zurückgewiesener Verliebter, bösartig wie ein durstiger Säufer. Die Erzählungen der Menschen seien damals voll von Spuk gewesen, schrieb Martynas Simonaitytė im Nachwort zu seiner Sammlung »Pasakėčias ir Mitai, Mokyklos vadovėlis«:

»Die Geschichten, die zu jener Zeit an langen Winterabenden, bei Familienfesten und am Feuer auf den Flößen erzählt wurden, gaben scheinbar verläßlich Auskunft über das Wesen der Geister, Hexen, Kobolde und Waldelfen, sowie Handlungsanweisungen für den Fall, daß man mit ihnen zu tun bekam …

Übernatürliches und Menschenalltag waren nicht streng getrennt, die Übergänge fließend. Ein falscher Schritt, ein Regelverstoß, wenn jemand beispielsweise bei Mondschein Wäsche draußen gelassen oder einen Menschen zwischen den Ohren eines Hundes durch angesehen hatte, schon hexte man sich selbst oder einem anderen Schaden an den Hals. Das konnte versehentlich oder absichtlich geschehen.«

Snaige war 52 Jahre alt, als Wilhelm starb. Bis zu diesem Zeitpunkt hatte sie das Haus am Fluss nie länger als für einen Markttag verlassen. Nun war das Gebrüll ihres Mann verstummt. Die hölzerne Stille legte sich auf ihre Seele.

»Am Tag der Aussegnung läuft die Witwe hinter einem leeren Sarg her, den langen Weg von Schieß zum Friedhof St. Marien, gefolgt von Weiszheits aus Ostpreußen und Kurland, sämtlich silberköpfig mit schwimmend azurblauen Augen, in ihren schwarzen Trauermänteln aussehend wie Ameisen, die ihre weißen Eier auf den Schultern tragen. Die Heydekruger Stadtbürger fürchten sich und ziehen die Vorhänge zu.«

Nach der Beerdigung fuhr Snaige, im Einspänner kutschiert von Arnas Aschmutat, über Heydekrug und Koadjuthen und dann 20 Kilometer auf sandigen Waldwegen bis zum Forsthaus an der russischen Grenze. Ihre Tochter willigte sofort ein, heimzukehren. Gustav war jetzt fünf Jahre alt und sollte den Geruch der Menschen kennenlernen.

Gottlob ließ sich vom Forstdienst beurlauben und widmete sich mit der Gründlichkeit des preußischen Beamten der Verwaltung des Sägebetriebs. Vor dem ersten Kreischen der Bandsäge am Morgen war er auf den Beinen und trieb die Arbeiter an. Er zählte jedes Brett bei der Verladung, kontrollierte die Hufe der Pferde und die Jackentaschen der Sägearbeiter. Spät in der Nacht prüfte er beim letzten Gang durch die Lagerhallen, ob nicht irgendwo noch ein Trockenfeuer glomm.

Gustav besuchte die Gemeindeschule in Heydekrug. Wenn kein Fuhrwerk ihn mitnahm, »trödelt und träumt« er und brauchte für die knapp fünf Kilometer Kopfsteinweg entlang der Schieß den ganzen Nachmittag. In seiner Klasse der schmächtigste Schüler, wurde er, seiner weißen Haut und seiner neugierigen Nase wegen, »Kaninchen« genannt. Er blieb ein lichtscheues Waldkind, mochte nicht schwimmen und nicht festmeterrechnen und hasste es, mit dem Vater über die Flöße zu springen. So oft wie möglich floh er in die Schießwiesen und versteckte sich.

Hier las er Märchenbücher, träumte von Wunderkräften und hielt die Nase in den Wind. Ringsum duftete das Binsenmeer des Krakerorther Lank, die Stallgerüche vom Gut Kuwertshof würzten die Luft. Weit und hoch wölbte sich das Blau. Wölkchen, die weiß waren wie seine Haare, zogen über die Ostsee in die Ferne.

»Im Flur vor dem Zimmer der Großmutter knarren die Dielen. Er hält den Atem an. Erst hinter der Tür ist er sicher vor dem Vater. … Im großmütterlichen Lehnstuhl liest er Briefe aus Amerika vom Onkel, der sich jetzt Freddy nennt. Mit ihm steckt er die Nase in Kochtöpfe, steigt auf Riesenhäuser, von deren Dächern man die Sterne über den Wolken sieht, in Städten so groß, daß in ihnen Menschen verloren gehen, auf Ozeandampfer, die so schnell schwimmen wie Wale, und kein Tier schwimmt schneller, denn Wale haben eine Fettschicht am Körper, die den Wasserwiderstand fast bis auf Nichts vermindert.

Snaige bringt kalte Moosbeerenlimonade und setzt sich auf einen Schemel in die dunkle Ecke neben dem Ofen, um ihren Enkel zu beobachten. Mit seinen schimmernden Augen und den neugierig gehobenen Brauen sieht er dem kleinen Friedrich ähnlich. Der summte beim Lesen auch immer so leise vor sich hin, wie Wasser kurz vor dem Kochen.«

Urte vertrieb Nachtalben mit Kräutern, die sie auf Gustavs Brust legte, und kochte Essenzen, die ihn froh machten. Am Sonntagmorgen, wenn die Zimken auf den Flößen katholische Lieder sangen, flüsterte sie ihm drastische Geschichten aus den Wäldern ins Ohr:

»Einmal haben die Tannenhexen ihre Füße mit Nebelfäden gefesselt. Sie mußte sich von Baum zu Baum ziehen, über Wurzeln, durch gluckernde Pfützen, ihre Beine zwei bleischwere Klumpen ohne Gefühl. Kriechend wie ein Lurch erreichte sie die Lichtung am Knick, robbte durch den Moorgraben und war gerettet, denn den Graben durften die Hexen nicht passieren. Ein andermal fand sie ein Rehkitz auf dem Weg, das sprang auf und fletschte die nadelspitzen Zähne. Sie wäre zerfleischt worden, hätte sie nicht eine Handvoll Bilsenstroh gegen seine Hufe geworfen, worauf es in Schmerzen winselte und floh.«

Immer lag die Rettung in einem Trick.

Für ihr Herbarium richtete Urte ein eigenes Zimmer ein, mit deckenhohen Schränken und Vitrinen voller Sammelalben, Geruchsproben und Samensäckchen. Gustav steckte seine Nase in die Kisten und sah Feuchtwiesen, stand im Torfstich, flog über Waldlichtungen. Er behielt Mutters Geheimnisse für sich, denn sonst, da war er sicher, wären sie beide als Hexe und Hexensohn verbrannt worden. Sie lebten auch so gefährlich genug: Jeder, der den Wald zersägte, wurde früher oder später von der WUT erfasst.

Gottlob ließ eine zweite Dampfsäge aufstellen und neue Lagerhallen am Fluss bauen. Vier Kähne fuhren jetzt täglich zum Hafen in Memel, die Sägespäne wurden schiffsladungsweise nach Schweden verkauft.

Zum 12. Geburtstag schenkte Gottlob seinem Sohn eine Taschenuhr mit der ernsten Mahnung, das Getrödel und Geschnüffel bleiben zu lassen, das Gegenteil trat ein: Gustav dehnte mit Hilfe des Zeitmessers seine Spaziergänge bis kurz vor dem Abendessen aus, worauf der Vater ihn – ungerührt von seinen Tränen und gegen alle Bitten Urtes – in Pension nach Heydekrug schickte.

Im Privatinstitut des Dr. Schimmeling landete der weiße Hänfling aus dem Wald ganz unten in der Hackordnung. Von Mittag bis zum Abend wanderten die Schüler querfeldein, schwammen durch Flüsse oder rangen in Turnieren. Die älteren Pensionsschüler herrschten über die Jüngeren, die Stärkeren ließen sich von den Schwächeren bedienen. Gustav beschwerte sich, wie er es gelernt hatte, brieflich, doch der Vater ließ die Post ungeöffnet zurückgehen. Der Junge musste sich selbst helfen und kultivierte notgedrungen die Fähigkeit, die der Vater am meisten an ihm hasste.

»Die Nase«, stellte Gustavs Enkel Kurt Weiszheit viele Jahre später fest, »ist dem Verstand bei weitem überlegen in komplexen Situationen, die sich nicht der Metaphysik des Schwarz-Weiß, der einfachen Folge von Ursache und Wirkung subsummieren lassen, in denen zahlreiche Vektoren ineinanderwirken und Ereignisse ineinandergreifen, gleichermaßen in natürlichen Umgebungen wie dem Wald und menschlichen Umgebungen wie einer Schule, und das umso mehr, wenn die Nasenkunst zum Geheimwissen Einzelner geworden ist ... Das Wort ›Witterung‹ bezeichnete einst sowohl Geruchserlebnis als auch Großlage des Wetters ... Waldmenschen rochen Regen und Reifesonne, Beeren und Verderbnis, Sumpf und Felsen ... Ihre Nase unterschied den Gestank der Arglist vom Duft des Vertrauens, den verheimlichten Haß von ungestandener Liebe. Verwandte riechen anders als Fremde, hungrige anders als satte

Menschen, kleine Gruppen anders als große, gleichmütige Männer anders als solche, die in der Brunst schwitzen, Fleißige anders als Faule und so weiter.«

Gustav roch mit seiner »Naseweisheit« die Selbstverliebtheit des Geschichtslehrers Fassnicht beim Monologisieren und bat ihn um Nachhilfe bezüglich eines »Casus der römischen Historie«. Mit großen Augen und offenem Mund staunte und beglückte er den Lehrer, so dass er bald beim Katalogisieren der Bibliothek helfen und mit der Feder Landkarten ausbessern durfte.

Wenn er das Institut verließ, um für die Frau des Lehrers einzukaufen, folgte er seiner Nase. Bei Kurzwarenhändler Matischka am Marktplatz fand er im Hinterzimmer Kisten mit Büchern von Gropius voller Expeditionsberichte, Karten und handkolorierter Zeichnungen; in der Altkleiderkammer von Leileikas durfte er im Tausch gegen Handtücher aus der Wäschekammer der Pension in Märchenbüchern von Walbeinjägern, Piraten und Prinzessinnen lesen. Am besten aber waren die Geschichten, die er in den Gasthäusern am Holzhafen hörte, wo es bissig nach Fisch roch, Dirnen sich verkauften und grauenvolle Morde begangen wurden.

Im Dunkel des Schlafsaales zählte nicht körperliche Kraft, sondern Phantasie.

»Der Hunger, der bei der Schilderung eines Bratenduftes entsteht, läßt sich in jede beliebige Richtung lenken ... Hungrige dünsten einen anderen Geruch aus ... Gruppen koordinieren ihre Stimmung durch ihren Duft. So verbreiten sich Euphorie und Wachsamkeit, aber auch Angst und Aggression ...

Wir können unsere Blicke abwenden und die Ohren zuhalten. Vor der Nase jedoch haben wir keine Klappen. Wir können nicht aufhören zu atmen, wir müssen riechen.«

Seine Nase konnte die Wirkung seiner Worte riechen. Er lernte, die schweißtreibende Spannung zu verstärken, käsige Ängste zu schüren und anschließend in die aromatischen Düfte knabenhafter Verliebtheit aufzulösen. Seine Zuhörer waren noch nicht taub von Radio, Fernsehen und Verbrennungsmotoren, nicht hornhäutig von

Werbelügen und nicht immun gegen Massenhysterie. Sie begannen Gustavs Sonderstellung zu respektieren, zumal er bereitwillig Einträge im Strafheft des Pedells korrigierte, Trockenfeigen aus der Küche besorgte und Prüfungsaufgaben verriet. Bloß den Aufschwung am Reck erlernte er nie.

Dem Vater stieg derweil die Gier, die schon seinen Schwiegervater umgebracht hatte, in den Kopf. Er presste Holz aus den östlichen Verwandten und Kraft aus den Sägearbeitern. Er setzte einen Brettlohn fest, der zum Hasten zwang und die Zahl der Unfälle verdoppelte. Russisch-litauische Saisonarbeiter mit verbundenen Handstümpfen, die Aschmutat zur Grenze brachte, verfluchten den gottlosen Gottlob.

Der nahm zu wie das Vermögen, das er verdiente. Sein Gesicht glühte vor Wut über seine Schwiegermutter, die sich weigerte, ihr Testament zu ändern, weil sie hoffte, dass ihr Sohn Friedrich – »der große Freddy«, wie Gottlob höhnte – eines Tages zurückkehren werde.

Zu Ostern 1890 wechselte Gustav ans Königliche Luisen-Gymnasium in Memel und bezog ein Zimmer im Goldenen Hirschen. Kurts biografischem Roman zufolge befreundete er sich mit dem Sohn eines Schusters und lernte in dessen Familie sozialdemokratische Ideen kennen:

> »Schon in der Roßgartenstraße freut er sich auf den unvergleichlichen Geruch der Werkstatt. Verschiedene Lederaromen mischen sich mit dem heißen Maschinenöl der Presse und dem Herkuleskleber zu einem Duft, der in die Nase beißt und süchtig macht. Er beneidet David um seinen Schlafplatz im Alkoven neben dem Tisch mit dem Kuhfuß und stiehlt im Hotel Handtücher, um sie bei ihm gegen Putzlappen zu tauschen.«

Der Rest des »Coming-of-age«-Kapitels liest sich wie eine Kopie von Bechers Roman *Abschied*: Mit 17 verfasste Gustav glühende Liebesbriefe an Marijke, die Küchenhilfe im Hotelrestaurant, und schwor, mit ihr nach Amerika zu fliehen. Die Angebetete fürchtete sich und schrieb einen Brief an Gottlob:

> »Habe ich Ihrem Herrn Sohn keines Wissens Veranlassung zu sol-

cher Verfolgung gegeben, die nur einzig seiner Vorstellungskraft entsprungen sein kann, und seinem Unvermögen, Bier zu vertragen.«

Kurz vor Weihnachten 1895 kam es zur Katastrophe im Sägewerk: Gottlob Weiszheit schlug einen saumseligen Arbeiter mit einem Holzscheit blutig und entließ Arnas, den langjährigen Vorarbeiter, wegen »sozialdemokratischer Umtriebe«, weil er gewagt hatte, ihn zu kritisieren. Die gesamte Schicht trat in Streik. Urte fing den Boten ab, mit dem ihr Mann die Gendarmen in Heydekrug alarmieren wollte. Sie hasste den Gestank von Blut und Geld, der Leder und Harz verdrängt hatte.

Gottlob besoff sich mit Moosbeerenschnaps. Spätnachts trat er die Tür des Herbariums ein und forderte sein Eherecht. Es gab einen Kampf, Glas ging zu Bruch. Urte floh im Nachthemd zum Fluss, rutschte auf dem reifglatten Steg aus und stürzte ins eiskalte Wasser. Am nächsten Nachmittag, Heiligabend, fand Aschmutats Sohn Jos den weißgefrorenen Leichnam am Schießer Stichkanal. Snaige entzog ihrem Schwiegersohn die Prokura.

»Vom Ärger schwillt ihm der Hals, die Adern winden sich blau um seinen Kehlkopf wie die Schlangen um Laokoon … Hat er nicht alles! War er nicht immer! Undankbar die Welt! … Beim Rundgang um Mitternacht findet ihn die Feuerwache im rauchgefüllten Lager, erstickt zwischen glimmenden Spänen und zerbrochenen Schnapsflaschen, mit blaugeschwollener Zunge und herausgequollenen Augen.«

Der postlagernde Hilferuf seiner Mutter Snaige erreichte Freddy auf dem Central Mail Office in Boston. Seit einem Unfall an der größten Sägemaschine im Hundertmeilenumkreis von Tacoma fehlen ihm Mittel- und Zeigefinger der linken Hand. Schweren Herzens bereitete er seine Abreise nach Europa vor. Am letzten Abend besuchte er das Manhattan-Vaudeville und schaute sich zum zwölften Mal das Programm an.

»Lawrentija Polanski ist mit ihren 19 halb so alt wie er, doch ebenso

hell- und dünnhäutig, dabei herzgesichtig wie die Jungfrau Maria. Ihre Unversehrtheit und ihre dunkelbraunen Blicke machen ihn zum Wallfahrer des Bühnenwunders. Wenn sie ›hello louis‹ singt, klingt in Freddys Ohren ein ›Hallelujah‹ …
Längst hätte er um Lawrentija angehalten, wenn die Eltern nicht so abweisend wären. Er versteht das: Ein Goi aus der alten Heimat erinnert sie an Dinge, vor denen sie geflohen sind, aber nun muß er das Unmögliche versuchen. Er trinkt sich Mut an und klopft nach dem Ende der Vorstellung an die Tür der Familie Polanski, Stuyvesantstreet, 2nd floor. Atemlos erzählt er durch den Türspalt von Waldreich und Hausstand drüben in Europa, erwähnt auch den Dampfer ›Prinz Friedrich‹, mit dem er morgen fahren muß, und bittet schlußendlich um die Erlaubnis, Lawrentija mitnehmen zu dürfen.
Vater und Mutter Polanski haben nur die Hälfte verstanden, aber das reicht, um zu erkennen, dass der junge Mann verrückt ist. Lawrentija sei dem Meir Seligstein, Besitzer des Vaudeville, eine Ehre, versprochen, behaupten sie. In der Küche fällt ein Milchkrug zu Boden, der Spalt Licht schließt sich und Freddy steht im Dunkel des Treppenhauses. Sein Klopfen verhallt. Vom Bürgersteig gegenüber sieht er Lawrentijas Gesicht hinter dem Fenster, dann zieht ihre Mutter mit einem Ruck den Vorhang zu …
Freddys Dampfer ›Prinz Friedrich‹ gerät gleich nach der Abfahrt in schweres Wetter und krängt und rollt. Im Bauch des Eisenschiffes, im Männerschlafsaal der vierten Klasse, hält Freddy einen Eimer umklammert und will sterben. Auf Höhe Grönland wird das Meer ruhiger, der Kapitän befiehlt alle Mann an Bord zur vorgeschriebenen Seenotübung. Freddy wird eingeteilt, die Persennings von den Rettungsbooten zu ziehen, und plötzlich hat er eine Erscheinung: Lawrentijas Herzgesicht, von leuchtend weißen Eisbergen umrahmt. Hallelujah!
Sie erklärt ihm in ihrem reizenden Kauderwelsch, sie habe aus dem Problem Meir Seligstein einen anderen Schluß gezogen als ihre Eltern. Am Morgen nach seinem Besuch hat sie einen Abschiedsbrief bei der Nachbarin hinterlegt, ist mit ihrer Aussteuer zum Pfandleih-

haus gelaufen und hat in der Agentur am Hafen ein Oneway-Ticket für die ›Prinz Friedrich‹ gekauft.«

Lawrentija Polanski und Freddy Weiszheit heirateten im Oktober 1896 in der (evangelischen) Stadtkirche zu Heydekrug. Snaige übertrug Haus, Wald und Werk auf den von der Tradition vorbestimmten Erben.

Lawrentija muss schon bei ihrer Ankunft schwanger gewesen sein, denn sie gebar im Februar 1897 einen Sohn, weißhäutig und mit dem Weiszheit'schen Azurblick, einen Schreihals von Geburt an, den sie Ludwig nannte. Zwei Jahre später wurde Bernd geboren und danach jedes Jahr ein weiteres Kind, bis das Dutzend voll war. Freddy verbat sich religiösen Hokuspokus im Haus, aber dass Lawrentija ihre Söhne auf jüdische Weise beschneiden ließ, akzeptierte er aus »hygienischen Gründen«.

Im Sägewerk führte Freddy amerikanische Methoden ein und ließ standardisierte Serien von Türen und Fenstern fertigen, die in Posen, Breslau und Berlin passten, weil überall mit den gleichen Ziegelformaten, Stahlträgern, Geschosshöhen und Mauerstärken gebaut wurde. Ganze Treppenhäuser reisten in Einzelteilen mit Schiff und Bahn. Ab 1898 ermöglichte die Transsib den preiswerten Ankauf von Lärchen- und Eichenholz aus den sibirischen Wäldern. Man konnte nun von überall her nach Schieß kommen, und man kam auch leichter weg.

Mit Gustav traf Freddy eine Vereinbarung: Der Onkel übernahm die Kosten fürs Einjährig-Freiwillige, stattete den Neffen mit Anzug und Reisegeld aus und sorgte dafür, dass er das Holzhandwerk lernte. Gustav verzichtete im Gegenzug auf Erbansprüche und verpflichtete sich, nie mehr nach Schieß zurückzukehren. Während seiner Dienstzeit bei den Pionieren in Königsberg ließ er sich ein keck nach oben gezwirbeltes Oberlippenbärtchen stehen, wurde fristgerecht befördert und nach zehn Monaten als Unterleutnant der Reserve entlassen.

2 Hausbau

»Ein Herbststurm zerrt an Gustav Weiszheits Jacke, als er, noch steif von 18 Stunden Eisenbahnfahrt, aus dem Portal des Schlesischen Bahnhofs ins Freie tritt ... Die Stadt Berlin empfängt ihn mit Applaus: Die Eisenreifen hölzerner Karren rattern übers Kopfsteinpflaster, lederbeschürzte Gepäckträger läuten ihre Glocken, Bauchladenverkäufer preisen Schokolade und Zigaretten an, Zeitungsjungen rufen Schlagzeilen.

Er fühlt das Vibrieren der Steine unter seinen Füßen und schließt die Augen. Die Berliner Luft riecht nach Vogelkot und Kohlenrauch, nach Laub, Kleidern und Pferdemist, nach feuchtem Mörtel und abziehendem Gewitter; auch Verderbtes ist dabei, würzig wie Fischgräten in der Sonne, und Altes, wie das stehende Wasser des Atmath zwischen den Stengeln des Schilfs.

Von den Simsen des Bahnhofs schauen ein paar Hundert Tauben mit schiefen Köpfen auf den Ankömmling und gurren: Noch einer mehr. Wohin nur mit ihm? Sie flattern hoch, als sich in der Halle eine Lok fauchend in Bewegung setzt. Eine flaumige Feder fällt auf Gustavs Revers, ein Willkommen im neuen Leben ...

Gustav drängt sich durch die Menge zur Straßenbahn, die 12 fährt zum Alexanderplatz. Die Fahrgäste riechen nach Muckefuck und Rührei. Sie rauchen und lesen Zeitung, kramen in ihren Taschen und schwatzen. Wenn sie aus dem Fenster blicken, tun sie das schnell, ruckend wie ein Huhn auf Obacht. Sie haben es noch im Sitzen eilig ...

Vom Alex aus geht Gustav zu Fuß. Die Straßenschluchten riechen nach Anstrengung und Schweiß, die Augen tränen ihm von Kohlenruß und Ammoniak. Fuhrwerke mit Balken und Ziegeln rumpeln an ihm vorbei, die Kutscher peitschen in der bergauf führenden Schönhauser die schwitzenden Pferde ...

Auf der Höhe wird die Luft besser, riecht sogar ein wenig nach Kastanien. Die Häuser sind kleiner, die Grundstücke größer, zwischen den Mauerzeilen erstrecken sich Gärten, Weiden und Lagerplätze …

An einer Droschkenstation biegt Gustav links in die Kastanienallee, wo die Laternen des Prater in der Dämmerung strahlen; gegenüber hängt an einem angejahrten Holzhaus das Schild ›Loreley, feinste Zimmerarbeiten für Stall- und Hausbau‹. Auf einem Emailleschild steht ›zur Werkstatt über den Hof‹, ein schwarzer Finger weist um die Ecke. Aus dem vergitterten Fenster fällt warmes Licht. Gustav riecht Graupen …

Augusta Jürgens, die Tochter des Meisters, pappt dicken Eintopf auf die Blechteller. In ihrem runden geröteten Gesicht mit den schmalen Lippen zeigt keine Regung, daß sie den fettigen Geruch des Schweinebauchs haßt …

Vier Männer sitzen um den Hobeltisch der Werkstatt, die Haare naß gekämmt, die Hände gewaschen. Altgeselle Emil Kunert, ein großer Mann mit kantigen Zügen, spricht das Tischgebet. ›O Gott, von dem wir alles haben, wir danken dir für diese Gaben.‹ Die Gesellen lassen die Verschlüsse ploppen und stoßen an. ›Prost Karl‹, ›Prost Johann‹, ›Prost Hugo‹, ›Prost Emil‹. Die Bierflaschen krachen auf den Hobeltisch …

Plötzlich fegt ein Windzug Späne von den Drechselbänken, wirbelt sie an die Decke, wirft sie in die Suppenteller und läßt den Kanonenofen glitzern. Die Männer spucken und fluchen. ›Brett ran!‹, brüllt Kunert wütend.

Augusta hebt die Nase und die Brauen. Ein weißhäutiger Engel mit blauen Augen und Silberhaaren steht im Sägespangestöber und verströmt Duft von grünem Apfel, unüberriechbar trotz Qualm und Schweinefett und Holzleim. Sie springt auf, reicht ihm den spangefüllten Graupentopf zum Tragen und schiebt ihn aus der Tür, bevor die Gesellen ausgespuckt haben. Gustav staunt. Das kleine Mädchen riecht wie die Schwester, die er gern gehabt hätte, nach Rosen- und Lorbeerblättern. Und wie sie kaninchenhaft die Nasenflügel bewegt … sieht sie nicht aus wie seine Mutter beim Kräuterschnuppern? …

Johann-Christoph Jürgens liegt krank in der Schlafkammer vorn im Haus, zwei steile Treppen hoch. Das Holz ist alt, keine Spur mehr von Harzduft, dafür Holzwurmstaub und Mäusenester. Er hält die Luft an, bis der Schmerz abebbt, den das schnelle Aufsetzen verursacht hat. In seinen Gelenken stechen 40 Jahre Sommerhitze und Eiseskälte. Augusta legt ihm eine Decke über die Schultern und hilft ihm in den Sessel. Sie öffnet die Läden der zwei schmalen Fenster und reicht ihrem Vater die Pfeife. Als sie sich zum Anzünden des Fidibus bückt, stößt sie aus Versehen mit Gustav zusammen …

Jürgens liest das Empfehlungsschreiben aus Schieß. Mürrisch schüttelt er den Kopf. Er will keinen Lehrling mehr, er fühlt sich alt und krank und müde.«

Augusta hat das befürchtet und beschwert sich:

»›Immer treppuff treppab die drei Etagen mit die schweren Töppe und Kohlen, und beim Lampenputzen uffn wacklichen Stuhl, det ick ma noch n Hals brech.‹ Seit dem Tod ihrer Mutter hat sie dem Vater den Haushalt geführt, die Gesellen versorgt und die Bücher in Ordnung gehalten, ist immer ein folgsames Kind, eine brave Tochter gewesen. Aber der Vater hat keine Nase für Menschen und ausgerechnet den Altgesellen mit seinem säuerlichen Muffelgeruch, den harten Händen und dem mürrischen Gesicht auserkoren als seinen Schwiegersohn. Sie senkt ihre Stimme und murmelt: ›Nie en Tach frei und keen Dank.‹«

Im Jürgenshaus herrschte ein strenger Tages- und Wochenrhythmus, eine altväterliche, fast mittelalterliche Ordnung, in der jede und jeder seinen festen Platz hatte. Rings um das Haus jedoch veränderte sich die Welt. Vom Fenster ihrer Küche aus konnte Augusta Entree und Garten des Praters sehen, der nachts im Schein der Fackeln leuchtete. Sie hörte junge Paare beim Tanzvergnügen jauchzen und den Chor der Arbeiter vom Lokomotivwerk Schwarzkopff stolze Lieder singen, in denen sich Freiheit auf Zukunft und Gleichheit auf Selbstvertrauen reimten. Sie roch die Druckerschwärze sozialdemokratischer Flugblätter, das Parfüm der Huren und das Auspuffgas der Autos, mit denen Familien ins »Jrüne« fuhren.

»Meister Jürgens' Blick wandert von der Silberstiftzeichnung seiner verstorbenen Frau Araucana, einem runden Gesicht mit Mapuchezügen und einer gefiederten Haarnadel im hohen Dutt, zu dem Empfohlenen, der im Fenserviereck leuchtet. Das Kind, das sie verloren haben, wäre ein Sohn geworden. Pfeifenrauch steigt ihm in die Augen, eine Träne blinkt. Wie war der Name von dem Möchtegernlehrling?
Augusta bringt ihm seine Schluppen. Er liest den Brief noch einmal. Friedrich Weiszheit in Schieß, alteingesessener Betrieb, na also gut. Wo Sechse essen, wird auch noch ein Siebter satt. Im Weg kann der Strich nicht stehen. Soll er die Kammer unterm Dach haben, dazu Schuhe und Arbeitskluft.«

Die Nase war für Augusta bis dahin mehr Ärgernis als Vorzug gewesen, denn meistens roch ihr Leben schlecht.

»Der bittere Zigarrenrauch von Kunert hängt in ihren Kleidern. Die Kampfersalbe des Vaters muffelt aus ihren Händen, mit denen sie ihm den Rücken massiert. Die Latrinentonne hinter dem Haus stinkt zum Erbrechen. Im Winter qualmen die Öfen, im Sommer verwesen Rattenleichen im Gebälk. Wie gern würde sie ihre Nase verschließen: Flügel zu und gute Nacht …
Nun aber kann sie nicht genug vom Apfelduft des neuen Lehrlings bekommen, der hat so was Anregendes, Appetitliches, Azurblaues, das einem die Brust weitet und den Bauch wärmt! … Wenn Gustav morgens aus seiner Dachkammer steigt, hält sie die Nase in seine Duftschleppe; sie sorgt dafür, daß er oft durch die Küche geht, Holz und Kohlen zu den Öfen trägt, die Treppe fegt. Beim Abendbrot schnuppert sie eine Nase voll Gustavduft auf Vorrat und nimmt ihn mit in ihre Träume …
Sie bemerkt Unterschiede in seinem Geruch, je nachdem ob er lächelt oder traurig schaut: Die Sehnsucht, mit der er von Luftschiffen und Amazonasexpeditionen erzählt, riecht zitronenspritzig; unter den Sticheleien der Gesellen mischt sich Schärfe von Ingwer in seinen Duft … Aber nee, bloß keene Flausen.«

Immer hatte Augusta sich klein, farblos und minderwertig gefühlt, gefangen im altgoldenen Käfig.

»Das dünne Haar und die untersetzte Figur hat sie von ihrer Mutter. ›Ölsockel‹, neckt der Vater sie manchmal. Und erst der Altersunterschied, er 20, sie 26 … Nun kriechen aufmüpfige Ideen aus verborgenen Winkeln: Darf das tägliche Einerlei auf dem Weg ins Himmelreich alles sein, was des Menschen Erdenleben bestimmt? Seit wann hat das Recht ein Geschlecht? Wer zwingt sie, die Schultern hängen zu lassen oder den Kopf einzuziehen wie eine Schildkröte? Sie kann gerade gehen ebenso gut wie andere. Von wegen Ölsockel.

So richtig versprochen ist sie dem Altgesellen Witwer Kunert ja auch gar nicht. Dessen Tochter Martha ist fast so alt wie sie selbst, die würde sie als Mutter doch nie akzeptieren …

In ihrem Kleiderschrank hängt Mutters buntes Strickkleid mit Mapuchemustern, gute Alpakawolle, warum soll sie das nicht mal anziehen? Sie schminkt ihre Lippen und glänzt ihr Haar mit Pomade aus Walrat und Alkannawurzel. Sie flicht Zöpfe und steckt sie zu einem Schopf hoch, glatt eine Handbreit größer macht sie das! Sie müht sich um Hochdeutsch, denn ›das Ickedettekiekemal befremdet manch Reisenden, der unsere schöne Reichshauptstadt besucht‹, steht es in der Daheim.«

Gustav Weiszheit wusste im Moment seiner Ankunft, dass er nach Berlin gehörte, in diese amerikanischste Stadt Europas, mit riesigen Neubauquartieren von Kreuzberg bis Wedding, überwölkt von Kohlegasen und Maschinenfettdüften. Augusta begleitete ihn auf Spaziergängen, obwohl sie für jeden Schritt von Gustav zwei tippeln musste.

»Sonntags, nach der Andacht im Meisterzimmer, wenn die Gesellen zum Frühschoppen aufgebrochen sind und der Vater sein warmes, mit ›Indischem Hustensirup‹ gewürztes Bier getrunken hat, zieht Augusta mit Gustav um die Häuser …

An der Spree stampfen Dampframmen Pfahlfundamente für mächtige Gebäude in den sumpfigen Untergrund. Es riecht nach Kohle und öligem Wasser. Gustav kennt die Baupläne, weiß alles über Gründung und Hochbau, erzählt stundenlang von Himmelsblau und Wolkenschlössern. Seine Träume sind voller Schienen und Bahnen und Gaslaternen, Luftschiffe und Autos … Seine Wangen röten sich dann, er duftet intensiver. Augusta pflückt die Worte wie reife Äpfel von seinen Lippen …

Auf dem Heimweg schmerzen ihre Füße. Er verlautet gerade, warum die Menschen als Folge des technischen Fortschritts selbst auch schneller denken und sprechen, essen und schlafen werden … da unterbricht sie ihn: ›Männer, meinst du.‹ Verwirrt schaut er sie an. ›Ja … Nein … alle … auch Frauen.‹«

Es kann gut sein, dass die beiden auf ihren Spaziergängen an der einsamen Pappel südlich des riesigen Exerziergeländes vorbeikamen, wo an den Sonntagnachmittagen Dienstmädchen auf dem schmalen Grünstreifen Decken ausbreiteten und mit Freundinnen schwatzten. Ammen schaukelten Kinderwagen und gaben im Schatten der Bäume den Säuglingen ihrer Herrschaften die Brust. Hier und dort sang eine Gruppe, die aus dem gleichen Dorf oder der gleichen Landschaft stammte, schwermütige Lieder, man hörte schlesische Mundart und Platt von der Ostsee. Solche, die lesen konnten, lasen anderen Briefe vor oder schrieben ins Heimatdorf.

Noch unterwarf die preußische Gesindeordnung Dienstmädchen in jeder Hinsicht dem Haushaltsvorstand, aber hier, gar nicht weit entfernt vom Geburtshaus Augustas, begann ihre Emanzipation. Einige der Frauen diskutierten Forderungen: nach einer eigenen Schlafkammer, einem freien Tag in der Woche und Schutz vor verliebten Hausherren. Am Rand der summenden Menge patrouillierte ein riesenhafter Polizeiwachtmeister, um einzuschreiten, wenn die Stimmen zu laut wurden.

»Von ihrem Vater erbittet Augusta zu Weihnachten ein Abonnement Universum-Hefte. Wöchentlich 24 Seiten, von den anerkanntesten Experten verständlich geschrieben für wißbegierige Laien, mit zahlreichen Grafiken und farbigen Landkarten, vierteljährlich Sonderhefte zu Themen wie Elektrizität und Polarreisen und Sternenkunde, und zum Jahresende ein Sammelordner gratis. Jedem Tierchen sein Pläsierchen, findet Meister Jürgens.

Augusta hat seit ihrer Schulzeit kaum anderes gelesen als Heiligengeschichten, Reklamezettel und Kochrezepte, nun versteht sie erstmal Bahnhof. Sie besucht heimlich die Lesehalle im Prater, wo eine lederduftende Enzyklopädie steht, die sie unter den Blicken der Männer durchblättert …

Sie legt die Universum-Hefte nach dem Studium auf die Stiege vor Gustavs Kammer. Am Geruch der Luft erkennt sie am nächsten Morgen, wie lange er nachts gelesen hat. Während er den Ofen reinigt und Kartoffeln schält, bringt sie die Rede wie zufällig auf Tiefseetauchen und Evolution, diskutiert mit ihm über modernen Mietshausbau, Schulsport und gesunde Ernährung. Gemeinsam rätseln sie, warum das Wasser im Abfluß sich linksrum dreht. Woher wissen die grünen Blättchen am Vergißmeinnicht, daß sie immer eins links und eins rechts sprießen müssen? …

Manchmal verblüfft sie ihn, etwa mit eigensinnigen Fragen der Art, warum Frauen keine Straßenbahnen lenken können oder wieso Männer zwar vielerlei Waffen, aber keine fortschrittliche Küchentechnik erfänden.

Gustav mag diese merkwürdige Mapuchetochter aus dem Süden, die riechen kann, wer vor ihr im Raum gewesen ist und welche Art Holz im Kamin brennt.«

Der Meister verbot seiner Tochter, ihre Zeit mit dem Habenichts zu verplempern.

»Auch Emil Kunert säuert und kujoniert die Gesellen. Nachts liegt er schlaflos in seiner Altgesellenkammer, fühlt sich alt und allein, die Lebensplanung gerät ihm aus den Fugen. Neuerdings glänzen der Augusta ihre Augen, singt sie Frühlingslieder im Advent und trägt eine bunte Bluse unter der Kittelschürze, weil der fadendünne Litwak ihr schöntut. Selbst schuld, flucht er, hätte längst um ihre Hand anhalten sollen. Gedacht hat er, dass es Ärger gibt mit zwei

Gockeln aufm Hof, aber nicht erwartet, daß noch ein dritter kräht. Das Weh macht ihn wütend. Seine harten Fäuste trommeln an die Wand, zerschlagen Teller und reißen seiner Tochter die Haare aus. Augusta läßt Martha bei sich im Bett schlafen und droht mit Anzeige beim Meister, wenn Emil sich noch einmal vergreift.

Der schickt den weißbleichen Stift nach Bier, nach Holz, nach Leim, läßt ihn nach Feierabend Hobelbänke putzen, die Werkstatt fegen und im Dunkeln Bretterstapel umschichten, steht morgens sogar zeitig auf, um Gustav zu erwischen, bevor Augusta ihn reklamiert. Ein Wettlauf im Frühaufstehen und Gustavwecken entbrennt. Der Umworbene torkelt schlaftrunken durch den Tag. Auf seinen Lippen liegt ein unzerstörbares Lächeln, das Kunert nur noch mehr ergrimmt …

Eines Tages Ende März fährt Augusta im Morgengrau nach Bernau, um ihrer Tante beim Schlachten der Hühner zu helfen. Der Altgeselle heißt den blassen Spund einen Stapel schwerer Eichenbohlen vom Lager in die Werkstatt schleppen. Gustav schuftet und schwitzt. Am Mittag überzieht Schneeregen den Lagerplatz mit einem Eispanzer. Emil Kunert kennt keine Gnade, befiehlt dem Lehrling, die Bohlen mit einer Brechstange loszustemmen und verbietet den Gesellen, ihm zu helfen. Das nasse Hemd gefriert Gustav am Saum, Stücke brechen aus, und als Augusta aus Bernau zurückkehrt, sieht sie ihren Liebling in Fetzen einen Balken über den Holzplatz schleppen wie Jesus das Kreuz zur Schädelstätte.

Beim Abendessen fehlt der Lehrling. Nachts hört sie ihn husten. Am nächsten Morgen steigt sie nach dem Frühstück mit einer Kanne Muckefuck und zwei Buttersemmeln die Treppe zum Boden empor. Die Kammer riecht wie eine Apfelkiste. Gustav liegt mit glänzenden Augen auf dem Bett, das Kissen zerknüllt, seine Stirn glüht.

Augusta zieht ihm das nasse Nachthemd aus, tupft seine silberflaumige Brust mit dem Zipfel ihres leinenen Unterrockes trocken und trinkt seinen Apfelduft. Ihr läuft das Wasser im Mund zusammen. Sie küßt ihn auf die Lippen, leckt seinen salzigen Hals und spürt, wie er zwischen ihren Beinen hart wird. Übermächtig wächst der Appetit.

Einmal will sie doch wissen, wohin das Kitzeln lockt – und koste es auch das Himmelreich. Sie zieht ihr feinseidenes Unterhöschen aus und verleibt sich den Apfelstiel ein.«

Gustav nahm seine Spaziergänge, kaum dass er gesundet war, wieder auf.

»Augusta ist verwirrt. Die Liehiebe ist eine Himmelsmacht, oder nicht? Süß und hold, als Frau wird man überrollt, und der Herr der Schöpfung weiß dann weiter. Und wenn nicht? Sie riecht immer mehr Zitroniges, Flüchtiges im Apfelduft. Gustav schlägt doch nicht mit den Flügeln?«

Ihre Periode blieb zwei Mal aus.

»›Niemals!‹

Vater Jürgens ballt wütend die Fäuste und sinkt vor Schmerz zurück ins Kissen. Das Vogelgezwitscher vor dem Fenster kirrt seine Gedanken. Herumflattern. Singen. Nestbau. Daß sie ihn zum Großvater macht mit so einem! Kunert wird hinschmeißen und dann sitzt er da mit diesem Hansguckindieluft, der keine Geduld zum Friemeln hat. Zwei Türsturze nacheinander und schon ruft er nach einer Maschine mit Hebeln und Schrauben. Und wie er arbeitet, so denkt er auch, husch-husch. Springt von einem Thema zum anderen. Die Quecksilbrigkeit gehört wohl zu dem Fortschritt, den er dauernd im Munde führt.

›Wat gloobt der jrüne Junge bloß, wie det werden soll?‹

›Der weeß noch jar nischt.‹ Augusta schüttelt das Bettzeug auf und reicht dem Vater das Brennnesselwasser …

Beim Fronleichnamsgottesdienst stellt Augusta dem Pfarrer Suckow von Herz Jesu ihren Künftigen vor. Jungfrau ist sie nicht mehr, aber dem Vater zuliebe soll es eine kirchliche Trauung geben. Der Bräutigam wird zum Katholizismus übertreten, im Oktober, er muß erst volljährig werden.

Gustav ist überrascht, wie mühelos ihm ein Wunder gelang. Mit ein bißchen Glück wird das Kind ins neue Jahrhundert geboren. Er malt sich aus, wie es in einem Ballon über den Wolken fliegt, Esperanto lernt und drahtfern spricht, wie es in stählernen Zylindern zwischen bunten Fischen unter den Wellen durchs Meer fährt und einen Stern entdeckt, den es nach seinem Vater benennt …

Pfarrer Suckow kennt die Fährnisse der Großstadt, aber er will es den beiden auch nicht zu leicht machen. Er schickt sie zur Seelenwäsche in die Graunstraße, zu Schwester Argane Kuss.«

Die Nonne aus der Kongregation der Schwestern von der Heiligen Elisabeth sollte über viele Jahre mit den Bewohnern des Weiszheithauses in Hass und Liebe verbunden bleiben. Sie stammte ursprünglich aus Breslau, kam 1885 zur Ausbildung nach Berlin und arbeitete seit 1888 in der Graunstraße als Hebamme in der »Beratungsstelle des Heims für gefährdete Frauen und Mädchen«, benannt nach St. Afra, einer bekehrten Prostituierten und Märtyrerin. Sie war wohl eine ehrgeizige Person:

»Ich will Seelen retten und sei es auch um ein Martyrium, wie die Heilige Afra es hat erleiden dürfen.«

In *Gustav, der Sucher* karikierte Kurt sie als reaktionäre Nonne, aber hier muss doch vermerkt werden, dass die sogenannten Grauen Schwestern selbstbewusst in einem Netzwerk von Frauen aller Schichten, bis hin zur Kaiserin, agierten und sich für höhere Gesundheitsstandards ebenso einsetzten wie für bessere Bildungschancen der Mädchen.

»Sie [Augusta] erstickt fast im Weihrauchgestank, der aus dem grauen Habit Arganes strömt, aber sie würde über spitze Steine kriechen, um ihren Apfelduft heiraten zu können. Sie betet mit der Nonne Rosenkränze und Vaterunser und hört die Ratschläge, von denen sie nicht weiß, ob die nönnische Hebamme ihr damit die Angst vor der Geburt machen oder nehmen will …

Argane erkennt eine Prüfung, wenn sie vor ihr steht. Während sie von der Schöpfung spricht, naseweist Gustav von Naturgesetzen und Evolution, bis sich ihr Kopf um die Sonne dreht oder andersrum. Der Teufel tarnt sich mit der Lichtgestalt des Herrn. Aber sie bleibt standhaft. Nie im Leben hat sie mit den Hüften gewackelt, nie ist sie anders über die Straße geschritten als im rechten Winkel. Allabendlich wäscht sie sich kalt, allmorgendlich betet sie, kniend auf dem Steinboden ihrer Kammer. Der Ring an ihrem Finger weist sie aus als Verlobte des Herrn, Amen. Sollen das bischöfliche Offizialat und der Pfarrer sich täuschen lassen und die Sakramente spenden – sie widersteht der Hitze. Denn siehe, ich sende euch wie Schafe mitten unter die Wölfe.«

»Kunert wirft die Haustür mit aller Kraft hinter sich zu, wütend über seine Entlassung und weil die anderen Gesellen bleiben wollen. Oben in seiner Gruft lauscht Meister Jürgens dem Nachhall. Das Haus ist schon lange keine wärmende, schützende Hülle mehr. Die Lehmfüllung rieselt und die Holzwürmer nagen in den Balken. Seit Augusta nicht mehr mit Torf, sondern mit Kohle heizt, trocknet das Holz aus, schließen die Türen und Fenster nicht mehr. Da kann einer nacharbeiten, so viel er will, immer zieht es irgendwo.«

Gebaut worden war das Haus in der Kastanienallee von Zimmermeister Friedrich Kowalski aus dem schlesischen Gnesen, ebenjenem, der eigenhändig die Jahreszahl 1813 in den Türbalken schnitzte. Mit einem Gesellen baute und reparierte er Windmühlen auf dem Prenzlauer Berg. Sein Enkel Otto Kowalski ging, als die Konkurrenz der Dampfmühlen übermächtig wurde, bankrott und floh vor seinen Schulden nach Chile. In der neuen Welt gab sich der Katholik als Protestant aus, weil seine Kunden pfälzische Glaubensflüchtlinge und protestantisch waren. Er nannte seine Zimmermannsfirma »Loreley« und verdiente mit dem Bau von Siedlungshäusern ein Vermögen. Seine Köchin Maria, eine Mapuche-Frau, gebar ihm eine Tochter, die sie Araucana nannten. Nach ihrem Tod verließ Otto Kowalski Chile, kehrte mit der kleinen Araucana nach Berlin zurück, kaufte das väterliche Haus zurück und erweiterte den Holzplatz innerhalb der nächsten 15 Jahre bis zur Schönhauser.

1863 klopfte der Zimmermannsgeselle Johann-Christoph Jürgens an die kowalskische Tür. Weil er ein geschickter Handwerker war und dem alten Kowalski versprach, seine Tochter auf Händen zu tragen, durfte er in die Firma einheiraten. Doch das Klima bekam Araucana nicht. Schon als Kind hatte sie viel gehustet. Der Sohn, den sie gebar, starb nach wenigen Monaten an unheilbarem Durchfall. Johann-Christoph Jürgens beschloss, allen Besitz zu verkaufen und Araucana nach Chile zu bringen, aber erst kam ein großer Auftrag dazwischen, dann eine zweite Schwangerschaft. 1872 wurde Augusta geboren. Araucana schwand frierend dahin, nach jedem Winter war ihre Haut blasser. Jürgens verpasste den Moment, sie zu retten. Sie starb 1888, im Dreikaiserjahr.

In den folgenden Jahren entstand rings um das einstige Gartengrundstück das Stadtviertel Prenzlauer Berg. Die Vororthäuschen wichen Fünfgeschossern, die Bodenpreise wucherten ins Phantastische. Längst war der Mühlenberg im Norden Berlins nicht mehr stadtnahes Feld, sondern landferne Stadt.

»Bald wird auch Augusta an der Seite eines herzlosen Nichtfrierers dahinsiechen, denkt Meister Jürgens. Eine warme Stube müßte man für die Tochter bauen. Aber wie denn? Er hat kein Gelenk im Leib, das nicht schmerzt.

Und doch. Der Gedanke sitzt fest. Ein Nest für Augusta und seine Enkel. Ein Haus mit dicken Mauern für die Ewigkeit. Ein Anker aus Ziegeln gegen das Flüchtige. Eine Aufgabe für den Schwiegersohn.

Er sieht im Geist die großen, dichten Fenster, eine solide Eingangstür, riecht Eiche und Firnis, fühlt die Wärme. Die Mieteinkünfte werden seine Enkel nähren. Er sieht eine junge Familie am Eßtisch und sein eigenes Bild über dem Buffet. Bumm, bumm, sein Herz wacht auf. Er schüttelt mit Kraft die Glocke …«

Ende des 19. Jahrhunderts waren Meister wie Johann-Christoph Jürgens Motoren eines schwindelerregenden Baubooms. In Prenzlauer Berg, Wedding, Friedrichshain und Kreuzberg entstanden in weniger als zwei Jahrzehnten riesige Zinshaus-Quartiere.

»Gustav wandert mit Goethehut und Notizbuch auf der Suche nach einem Bauplatz stadtauf, stadtab. Die besten Grundstücke sind bereits in der Hand von Aktiengesellschaften, manche gehören habgierigen Bauern, andere der preußischen Krone, und alle spekulieren auf Höchstpreise ... Seine Füße schmerzen, seine Begeisterung kriegt Blasen.

Schließlich liest er im Berliner Morgenblatt die Annonce: ›Genehmigte Planung und bereits eingerichtete Baustelle in verkehrsgünstiger Lage. Berlin Nordost, Kopenhagener Straße.‹ Der Name gefällt ihm. Klingt nach Ostsee.«

Die Kopenhagener Straße erschloss die Parzellen parallel zur Ringbahn, welche die Fernbahnlinien aus Schlesien, Königsberg, Schwedt, Stettin, Hamburg und Lehrte, Anhalt, Görlitz, Dresden und Potsdam miteinander verband. Hier verlief um 1900 die nördliche Bebauungsgrenze Berlins. Von Süden her zuckelte auf der Schönhauser (noch ohne U-Bahn) eine Pferdebahn zur Endstation am Bahnhof »Nordring«. Östlich der Allee waren gerade die Neubauten des Berliner Spar- und Bauvereins fertig geworden: Balkone, große Höfe, feine Wohnungen im Umkreis der Gethsemanekirche, nicht für Arbeiter. Westlich befand sich das Wagendepot der Pferdebahn. Dahinter, in Richtung Wedding, waren erst wenige Grundstücke bebaut.

»Die Häuser stehen in der Kopenhagener Straße noch lückenhaft wie Zähne in einem Kindergebiß. Die Luft ist gesättigt mit Dampf und Kohlegas, mit saurem Bier und Pferdeäpfeln und Holzrauch. Die Pflasterung reicht nur bis zur Kreuzung, die mit rotweißen Holzstangen im Sand markiert ist. Weiter führt die Kopenhagener Straße am Zaun einer Baumschule entlang und endet als Sackgasse an den Gleisen des Güterbahnhofs der Nordbahn.«

Das Baugrundstück – heute im quirligsten Prenzlauer Berg zwei Querstraßen von der Schönhauser entfernt – lag damals am Ende der bewohnten Welt. Auf der nördlichen Seite des Rings waren zwar schon Straßengevierte abgesteckt, aber noch weitgehend unbebaut. Dort trugen Laubenkolonien Namen wie »Hungriger Wolf«, »Vergissmeinnicht« oder »Nordkap«. Hühner gackerten, Schafe blökten. Die Berliner nannten die Gegend »Balkan«, und die Obdachlosen, die mit Haken und Sack bewaffnet im Kehricht der Markthallen nach Verwertbarem suchten, »Naturforscher«.

»Gustav schaut in die bereits ausgeschachtete Baugrube, die ungewöhnlich tief ist, weil zwei Kellergeschosse übereinanderliegen sollen. Die Erde riecht nach Eisen. Die rückwärtige Wand zum Ringbahngraben ist meterstark gemauert, mit einem Tor, durch das ein Fuhrwerk ins Haus fahren könnte. Erloschene Lagerfeuer zeigen Schlafstellen von Obdachlosen. Die Querstraße trägt den Namen ›Sonnenburger Straße‹. Sie führt südlich zum Exer, nördlich endet ihr Stummelstück am Ringbahngraben …

Das Signal am Bahnhof Nordring [heute: »Schönhauser«, d.A.], kurz vor der Brücke, klappt herunter. Ein Zug hält, die Lokomotive faucht Dampf, die Güterwaggons klirren aufeinander wie erschöpfte Kamele einer Karawane, Pfiffe ertönen. Hucker schleppen Kisten über eine Holztreppe die Böschung hinauf und verschwinden in einem Keller an der Schönhauser. Der Wind trägt Leinen-, Kartoffel- und Schweißgeruch herüber …

Lange sitzt Gustav auf der Gründungsmauer und versucht, sich vorzustellen, hinter ihm stünde sein Haus. Am Abend blitzt die Sonne rotgolden auf den Gleisen, sie scheint von Westen in den Ringbahngraben und wärmt sein Gesicht, während in seinem Rücken schon Dämmerung herrscht.«

Anbieter des Grundstücks war die französische Hypothekenbank, die seit 1881 ihren Haupt- und Geschäftssitz am Opernplatz in Mitte hatte.

»Solms junior begrüßt die Bauherren in dem hölzernen Gefängnis, das sein Vater nach eigenen Entwürfen für den Sohnemann hat schreinern lassen. Vertäfelung, Schreibtisch, Besucherbank, Registrier- und Aktenschränke sind aus schlesischem Kirschholz, die Samtvorhänge schlucken das Licht von draußen, nicht mal die Messingbeschläge wagen zu blitzen.

Er zieht die Ärmelschoner hoch und breitet die Bauzeichnung aus: Zwei fast gleich lange Vorderhäuser zur Straßenkreuzung sind vorgesehen, hier und hier, das eine an der Kopenhagener Straße, das andere an der Sonnenburger Straße, dahinter ein Seitenflügel, so daß sich ein zum Bahngraben hin offenes U ergibt.

›Besitzer Friedrich Potzlow‹ steht noch auf dem Plan. ›Ein Schlossermeister‹, erklärt Solms junior mit belegter Stimme, ›hat sich aufgehängt, nachdem seine Frau mit einem Budiker durchgebrannt ist.‹

Er riecht nach Sand, denkt Gustav, nach dem feuchten Sand am Krakerorther Lank. Ein bißchen schilfig, ein bißchen modrig. Solms tut ihm leid.

Die unteren Keller, fährt der Juniorchef fort, sind Kaltlagerräume, die oberen Mieterkeller. Er zeigt auf die von der Bauaufsicht mit grüner Tinte eingezeichneten Verstärkungen an den Fundamenten. ›Hat die Kosten getrieben. Kriegen Sie geschenkt.‹

Im Erdgeschoß bietet ein großer Eckladen Platz für eine Restauration mit Küche und Vereinszimmern, im Vorderhaus zur Kopenhagener Straße kann ein mittlerer Laden eingerichtet werden, ins Vorderhaus zur Sonnenburger Straße paßt noch ein kleines Geschäft. Auf fünf Etagen sind 35 Wohnungen vorgesehen, 25 davon in guter Vorderhauslage, 10 billigere im Seitenflügel. Geschätzte Baukosten summa summarum 200 000 Mark.

Die erforderlichen 2500 Mark für Stempelkosten, Auflassung und Steuer legt Meister Jürgens bar auf den Tisch. Solms unterschreibt das Hypothekendarlehen zu fünf Prozent Zinsen per annum, mit einem Prozent Tilgung zahlbar in Monatsraten während der kommenden 3 Jahrzehnte … Solms seufzt. Zum Zeitpunkt der Rückzahlung wird er 57 sein und den Kirschholzsarg für den nächsten Solms-Junior räumen. Menschen und Vermögen kommen und gehen. Was bleibt, sind Schulden.«

Am 1. Oktober 1899 heirateten Augusta und Gustav, beide ganz in Schwarz, wie es zu jener Zeit üblich war, zuerst im Standesamt in der Templiner Straße und gleich danach in der Kirche Herz Jesu. Im Gartenlokal am Weinberg stieß das Brautpaar mit Weiße an und aß sauren Hering.

»In der ersten Nacht im Nußbaumschiff träumt Gustav wirr. Er läuft durch das neue Haus, in dem er sich noch nicht auskennt, sucht den Ausgang, aber vor seiner Nase schließen sich Türen, verschwinden Fenster. Zimmer werden größer oder kleiner, als ob das Haus atme. Mit klopfendem Herzen wacht er auf.

Augusta schnauft neben ihm. Die Bettdecke wölbt sich über ihrem Bauch, in dem ihr gemeinsames Kind wächst. In seinem Haus, schwört er sich, wird die Zukunft beginnen. Mit Strom wird er die Wohnungen ausstatten und mit einem Aufzug zum Dach, wo Luftschiffe ankern, und bewohnt wird es werden von fortschrittlichen Menschen, die ihre Fenster offen halten.«

Zu Beginn des Winters 1899/1900 stellte Maurermeister Bergfeld aus Pankow die Kellergeschosse und das Parterre fertig, massiv wie die Katakomben einer Festung.

»Gustav steigt in den schwarzen Abgrund. Mit jeder Stufe wird es kälter. Auf Höhe des ersten Kellergeschosses gibt es ein schmales Zwischenpodest, links und rechts Eisentüren zu den Mieterkellern.«

Auf den eingearbeiteten Eisenschienen konnte mittels Seil eine Lore wie ein Fahrstuhl bewegt werden.

»Von unten, wo die Arbeiter Gitter einbauen, dringt blechernes Hämmern. Einen Moment fühlt sich Gustav wie Jonas im Walfisch. Aber das hier ist sein Haus, es wird ihn nicht verschlucken.«

Zum Jahrhundertende sanken die Temperaturen unter null und die Arbeiten stoppten. Das Parterregeschoss wurde mit einer Behelfsdecke verschlossen und die Hilfsarbeiter schlugen Mörtelreste aus den Wannen. Obdachlose holten den Weihnachtsbaum vom Mauerstumpf und verheizten ihn.

Das christliche Abendland hielt den Atem an. Großes stand bevor, man wusste nur nicht genau, was. Die Sozialdemokratie träumte vom Wunderland. Die Geisteswelt fühlte sich ›Fin du Siècle‹. Besonders Schlaue stellten fest, das neue Jahrhundert beginne nicht mit 1900, sondern erst im folgenden Jahr, am 1. 1. 1901, denn Jesus sei ja nicht im Jahre Null geboren. Kaiser Wilhelm II. berief sich auf seinen jesunden Menschenvastand und ließ vorm Zeughaus 24 Kanonen zum großen Geböller aufstellen.

»Meister Jürgens lauscht. Keuchen und Stöhnen hört er. Im Flur knackt eine Diele. Von der Kastanienallee knallen Böller herauf und verhallen zwischen den Wänden der Mietskasernen. Aus dem Prater dringt der Gesang eines Männerchores. Die Hufe zweier Polizeipferde klappern auf dem Pflaster.

Er hebt die Decke, wälzt sich über die Bettkante und setzt sich frierend auf den Nachttopf. Schmerzlaßnach, das Wasser läuft. Sein Spiegelbild hockt in der von Eisblumen umrandeten Fensterscheibe: ein Greis im Leichenhemd, mit zerzaustem Bart. Grämliche Gedanken kriechen wie Kälte an seinen Beinen empor. Nebenan schreit Augusta. Wenns nur endlich vorbei wäre. Vergib mir, Herr. Er hebt sich mühsam vom Topf, setzt sich vorsichtig auf den Bettrand, wartet, bis die Welle der Kreuzschmerzen abflutet. Seine Augen suchen im matten Licht die Silberstiftzeichnung an der Wand. Auf Araucanas Kopf hockt der straffe Haarknoten wie ein greifbereiter Falke. Wen der Herr liebt, den prüft er.

Jürgens wälzt sich zurück in die Wärme der Federn, entschlossen, den Jahreswechsel zu verschlafen. Noch ein neues Jahr. Er hätte drauf verzichten können.«

Im Nachbarzimmer brütete Augusta im Nussbaumbett.

»Sie versucht, die Gerüche zu sortieren. Der Nadelduft, das ist der Weihnachtskranz in der Ecke. Rose und Lorbeer stammt aus ›Schröders feine Essenzen‹ im Wärmekasten des Kachelofens. Aus den Wänden dringt der Geruch von Stroh, Lehm und Holz. Dann ist da wie immer das Kampfer aus dem Rheumaverband ihres Vaters, und grüner Apfel ihr Gustav. Aber Lindenblütenduft mitten im Winter? …

Bei Einbruch der Dunkelheit setzen die Wehen ein, kurz vor sechs. Gustav sitzt auf der Bettkante und dreht nervös an seiner Taschenuhr: Zu früh …

Kurz nach zehn kommen die Wehen häufiger. Er schickt einen der

Gesellen nach Argane, die darauf bestanden hat, als Hebamme gerufen zu werden …

Die Schwester hockt weihrauchdünstend auf einem Klappstuhl, betet einen Rosenkranz und befiehlt ›Atmen!‹. Gustav preßt die Taschenuhr in der Hand, als wolle er das lahmende Jahrhundert herausdrücken. Auf seiner Oberlippe zittern blonde Härchen. Schwester Argane lüpft die Bettdecke. ›Mal bissel hinne gemacht, Frollein!‹

›Noch nicht!‹, flüstert Gustav.

Arganes Stimme klingt streng: ›Das kommt, wann's kommt.‹

›Wie spät?‹, keucht Augusta zwischen zwei Atemzügen. Ihr Bauch wird wieder hart, der Druck in ihrem Inneren nimmt zu, als müsse sie eine Melone zur Welt bringen.

›Halbe Stunde noch!‹

Eine Viertelstunde vor Mitternacht ist es so weit. Jetzt geht es um Minuten.

›Raus jetze! Fruchtblase geplatzt! Und pressen!‹ Schwester Argane schüttelt ein Laken aus.

Augusta fühlt etwas Heißes zwischen ihren Beinen, das riecht nach Lindenblüten …

Gustav steht im Flur und starrt trotzig auf das Zifferblatt. Die Zeiger rucken zögernd, schleppen sich dahin, müde und kraftlos. Leise öffnet er die Tür einen Spalt. Drinnen sieht er einen grauen Rücken und auf den zerknautschten Kissen das rote, fratzenhaft verzerrte Gesicht seiner Frau. Tierische Laute, eine barbarische Schinderei … schnell schließt er die Tür …

Endlich hört er in der Ferne die Kanonen am Zeughaus dumpf krachen. Irgendwo brüllen Besoffene ›Neunzehnhundert hurra‹. ›Vivat Willem‹. Die Glocken von Zion beginnen zu läuten, andere Kirchen fallen ein – und mitten ins Geläut schreit ein Säugling ›Hurra!‹. Er stürmt ins Schlafzimmer und ergreift Augustas Hand, stammelt ›Danke!‹ …

Argane hebt das Neugeborene aus der Wanne, trocknet es im Leinentuch und hebt es prüfend ins Licht. ›Na gut … bißchen mickrig, aber alles dran.‹

Gustav beschnuppert das lindenblütige Wunder, das den Mund verzieht und die winzigen Fäustchen ballt. Einen Moment öffnet es die Augen, die blitzen milchig azurblau. Der kahle Schädel und die faltige Haut am Nacken erinnern Gustav an Oma Snaige …

Beim Ausfüllen des Geburtsscheins stutzt Argane: ›Elise Maria Magdalena … Arau-was?‹

›Araucana‹, antwortet Augusta, ›so hieß meine Großmutter.‹

Unwirsch streicht die Nonne ›1899‹ durch und schreibt ›1900‹.«

Um die Jahrhundertwende gingen im Deutschen Reich pro Jahr vierhunderttausend Kinder »himmeln«, wie Zeitgenossen das nannten, das war ein Fünftel aller Geborenen. Die Lebenserwartung der überlebenden Mädchen betrug 52,5 Jahre.

»Als Baby hat Elise eine blasse Haut und dünne Glieder. Ihre azurblauen Augen schwimmen wie Öl auf einer Regenpfütze, die Oberlippe ist geschwollen … In den ersten Monaten nimmt sie nur wenig zu, aber sie duftet gesund.«

Mit Ende des Frosts, am 1. März 1900, wurde die Baustelle des Weiszheithauses wieder in Betrieb genommen.

»Gustavs Gestalt leuchtet hellbetucht zwischen dem schwarzen Cord der Zimmerleute und den blaugrauen Röcken der Maurer. Er läßt an der Bahndammböschung eine Bretterbude für die Jacken und Brottaschen errichten, davor ein paar Bänke und Tische, und erlaubt Adam, einem Kellner aus der Schönhauser-Klause am Bahnhof Nordring, frisches Bier auf der Baustelle zu verkaufen … Maurermeister Bergfeld wedelt mit der leinenen Bauzeichnung: ›Zeit ist Geld … die Konkurrenz schläft nicht … ein Haus darf nicht länger als ein Kind getragen werden.‹«

Die Rohbauten der beiden Vorderhäuser standen im Juni, die der Seitenflügel Ende Juli. Im Fußboden der Durchfahrt wurden zwei Streifen Granitfahrschwellen verlegt, der Zwischenraum mit Stirnholzpflaster gefüllt. Zum Richtfest am 2. August 1900 ließ Meister Jürgens ein Schwein braten.

»Der Duft lockt Penner und Eckensteher aus den Brachen. Gustav

hat die Eigentümer der anderen Eckgrundstücke an der Kreuzung eingeladen: Theodor Kerbaelen will mit Beginn seines Hausbaus warten, bis die Brücke fertig ist. Witwe Kriebenau baut im Herbst. Die vierte Ecke, diagonal gegenüber, hat die Stadt Berlin erworben, angeblich für eine Schule, vielleicht kommt aber auch ein Krankenhaus hin, man wird sehen, noch sind dort Müll- und Lagerplätze.
Die Gesellen tragen ihren Meister im Lehnstuhl auf die Baustelle. So stolz hält Jürgens den Beitel, daß man das Fahnenknattern der ruhmreichen ›Loreley, feinste Holzarbeiten‹ zu hören meint.«

Gustav schwelgte in Fortschrittsträumen, Jürgens in Perfektionismus, und Augusta sorgte dafür, dass nicht gerade an den Küchen gespart wurde.

»Mit Elise im Arm begleitet sie Gustav, spricht über maßgefertigte Schrankeinbauten, Tellerregale und Speisespinde zur Kühlung von Lebensmitteln, Arbeitsplatten für die Aufstellung von Geräten, leicht zu säubernde Terrazzo-Böden und eine Wandverkleidung aus glasierten Steinen. Sie hat das Universum nicht umsonst gelesen ... Natürlich kostet das. Aber SO ein Haus, lächelt Gustav, baut ja nicht jeder.«

Er ließ Wasserklosetts und dreiflammige Gasherde einbauen.

»›Auch im Seitenflügel?‹, fragen die Handwerker immer wieder. ›Ja, ja‹, knurrt Meister Jürgens, ›auch im Seitenflügel.‹ ... Seine Leute schnitzen Türen und Rahmen, Fenster und Leisten, paßgenau in Handarbeit. Halbware kommt ihm nicht ins Haus, da bleibt er eisern. Er mißt persönlich nach, obwohl er manchmal kaum Luft kriegt vor Schmerz.
Ein Ofenbauer aus Erkner, der Reichspatente auf seine Konstruktionen hält, setzt im Vorderhaus Majolika-Öfen mit Kamineinsätzen und durchbrochenen, vernickelten Türen, in den kleineren Seitenflügelzimmern Fünfecköfen mit Frieseinfassungen, Sockeln und Medaillons. Die Decken erhalten Stuckvouten und Rosetten, Plafondverzierungen und Zierleisten.«

Die AEG schickte einen Ingenieur, um die Verlegung von Stromkabeln zu beaufsichtigen. Dr. Wiener installierte Glühbirnen mit kristallenen Kandelabern im Treppenhaus und verlegte Anschlusskabel, welche allerdings aus Kostengründen zunächst nur von wenigen Mietern zur Elektrifizierung ihrer Wohnung genutzt wurden.

»Das Dach bekommt auf der Ecke ein Türmchen mit sieben kleinen Fenstern und einer Zwiebelhaube, die mit Kupfer beschlagen und poliert wird, daß sie glänzt wie rotes Gold. Darin leuchtet eine mit Spiegeln umkleidete Scheinwerferglühbirne, die man bis Spandau und Potsdam blitzen sehen kann.

Das Haus erhält eine Sockelfassade aus meergrünen Glasbrandziegeln. Darüber schlängeln sich in den Putz geritzte Strichmuster empor bis zur Dachraufe: lichtsuchende Lianen mit Vogelschnäbeln, dazwischen Mapuche-Augen aus gelben, kobaltblauen und goldfarbigen Glasperlen. Vater Jürgens lächelt glücklich. Das Haus wird ein Schatzkästlein für sein Liebstes ...

Mitten im schönsten Sommer-Bauwetter zieht der Maurermeister Bergfeld die Notbremse, weil er seine Arbeiter nicht mehr bezahlen kann. Solms junior weigert sich, die Hypothek zum zweiten Mal aufzustocken. Meister Jürgens kann nicht helfen: Die Firmenkasse der ›Loreley‹ ist leer, denn seit Monaten arbeiten die Gesellen ausschließlich am Weiszheithaus ...

›Verkaufen wir das alte Haus in der Kastanienallee‹, schlägt Gustav vor ... Der Meister erleidet einen Anfall und hustet in sein Kissen. Oft genug mußte er sehen, wie alte Häuser auseinandergerissen werden, wie die vom Dach geworfenen Schindeln zerspringen, wie die Lehmfüllungen stauben und die ganze Konstruktion schließlich, wenn die Balkenverbinder gelöst werden, ächzt und zusammenbricht. Was ihm von Araucana geblieben ist, wird zu Staub. Er dreht sich zur Wand und murmelt: ›Macht doch.‹«

Meister Jürgens wurde am 2. September 63 Jahre alt.

»Augusta kämmt ihrem Vater den Bart und stopft ihm Kissen in den Rücken. Die Gesellen treten zur Gratulation an, stehen in ihrer schwarzen Cordkluft, mit Manchesterjackett und Weste, mit Schlapphut und Stenz linkisch in der stickigen Schlafstube, drehen ihre Mützen, bis endlich Ole Pazckowiak, der neue Vorarbeiter, ein Lied anstimmt und die Gesellen einfallen: ›Heil dir im Siegerkranz, fühl in des Thrones Glanz die hohe Wonne ganz, Liebling des Volks zu sein!‹ Auch Jürgens singt, bis ihm ein Hustenanfall die Luft nimmt …

Die Männer tragen den Meister nach unten vors Haus, wo Ole das Segeltuch von ihrem Geburtstagsgeschenk zieht: Zwei Hauseingangstüren aus Amerikanischer Eiche, von den Gesellen in heimlich-leiser Sonntagsarbeit geschnitzt – die eine mit einer Sonne im Zentrum, die andere mit einem Schiff. Jürgens begutachtet Lianen und Blüten, fährt mit den schmerzenden Fingern über die Intarsien und dankt grimmig: Erstklassige Arbeit. Die Welt wird sich ohne ihn weiterdrehen.«

In der Nacht fing der Meister an zu röcheln. Gustav lief zu Dr. Scheithauer, der seine Praxis in der Schönhauser Allee hatte. Der Doktor ließ die Blumensträuße aus dem Zimmer entfernen und flößte dem Kranken Pelargoniensaft ein, der jedoch nur wenig Linderung verschaffte. Im Morgengrauen spendete der Pfarrer der Herz-Jesu-Kirche die Krankensalbung, im ersten Tageslicht verschied Johann-Christoph Jürgens. Wegen der Spätsommerhitze wurde die Beerdigung auf den übernächsten Tag festgesetzt.

»In der Kapelle des Alten Katholischen Domfriedhofes an der Liesenstraße staut sich Wachs- und Leichengeruch. Der glattgekämmte Bart des Meisters ragt aus dem Sarg wie die letzte Standarte des Zunftzeitalters. Augusta hält die Hand ihres Vaters, bis die Gesellen den Sargdeckel auflegen. In der Nacht tobt ein Sturm, am nächsten Tag ist der Sommer vorbei …

In der neuen Wohnung trägt Augusta ihr Kind durch die leeren, hallenden Zimmer, die nach feuchter Mauer und Tapetenleim riechen. Viele kleine Schritte braucht sie für die Größe der Räume. Alles hier ist fester und solider als im alten Holzhaus, über ihrem Kopf ist Luft. Sie stellt die Silberstiftzeichnung ihrer Mutter und ein Foto von Vater Jürgens auf das Fensterbrett im Eckzimmer, wo man die Sonnenburger Straße entlang nach Süden und Norden, die Kopenhagener Straße Richtung Westen und Osten blicken kann.«

Etliche der Mieter, die sich auf Gustavs Annoncen meldeten, wurden später von Kurt Weiszheit verewigt, so unter anderem die Goldberg-Fräulein, Witwe und Tochter des Kantors der Neuen Synagoge Abraham Goldberg. Die Wangen der beiden Klavierlehrerinnen glühten bei der Besichtigung der zweiten Etage Vorderhaus Sonnenburger Straße. Doch der Bechstein, den sie von der Ablösung der Pensionsansprüche gekauft hatten, ein Paradeinstrument mit blattvergoldetem Rahmen und geschnitztem Notenpult, passte nicht durch die Türen. Gustav ließ die Balkontür noch einmal ausbauen und den Flügel mit einem Flaschenzug in die Wohnung hieven.

»Anfang November ziehen die ersten Mieter ins Weiszheithaus, das trotz des trüben Wetters in farbenfroher Glasperlenpracht leuchtet. Es riecht nach Pferdeschweiß und Bierkutscher. Die Fuhrwerke stauen sich auf der Straßenkreuzung.
Tische, Stühle und Betten werden aufs Trottoir gestellt, Kommoden ins Haus getragen, breitschultrige Hucker stemmen Schränke. Kinder bauen sich Nester in den Schäbe- und Heuhaufen, die nach dem Auspacken von Geschirr und Töpfen im Rinnstein liegen bleiben. Landsleute begrüßen sich. Man hört ostpreußische und schlesische Mundart, Gesang und Gebrüll, Lachen und Weinen. Hausmädchen beginnen die Fenster zu putzen und Gardinen anzubringen. Die Männer hängen Fotos auf und Kruzifixe, Carola Goldberg nagelt eine Mesusa an ihren Türrahmen. Die Frauen sortieren Geschirr und Bestecke in die Küchenbuffets, stapeln Töpfe und Pfannen, streichen Tischdecken glatt und schütteln die Betten auf …
Pünktlich um 20 Uhr geht Gustav zum ersten Mal nach unten, um die Haustüren zu verschließen. Im Treppenhaus rattert der Zeitautomat, von Dr. Wiener installiert, der selbst auch eine Wohnung gemietet hat, vierte Etage, Sonnenburger Straße Vorderhaus … Auf der Straße steht Gustav im Abenddunkel, das Haus leuchtet aus allen Fenstern.

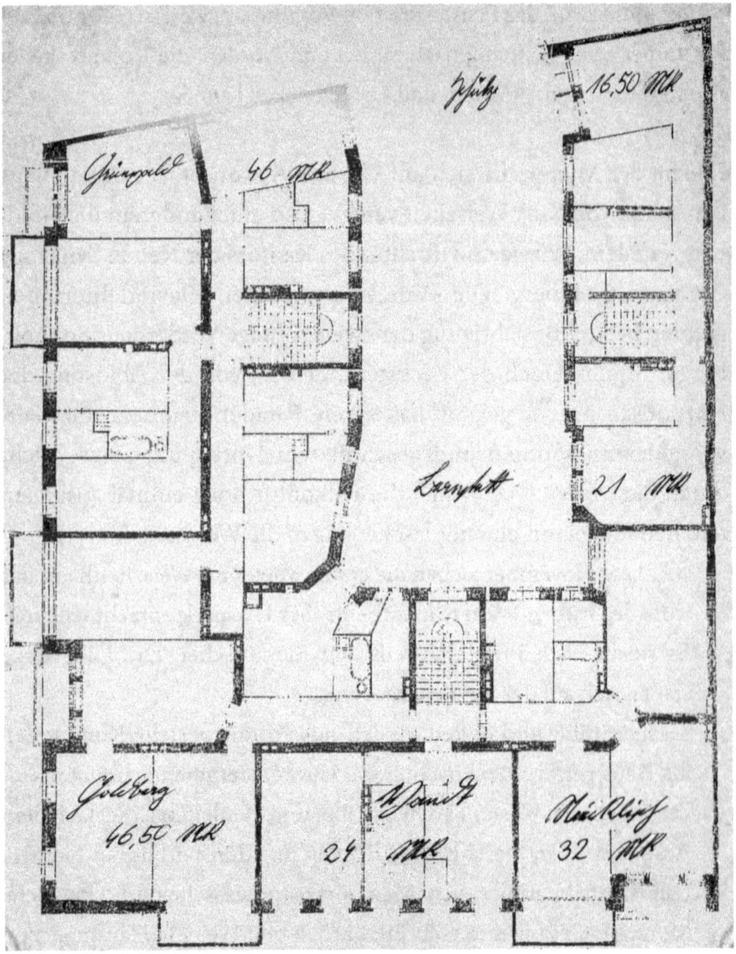

Grundriss 2. Etage mit Namen der Mieter und Miethöhe

Er schaut unauffällig nach links und rechts um sicher zu sein, daß ihn niemand beobachtet, beugt sich vor und lehnt die Stirn an die Mauer. Er hört Dielen, Schwellen und Bohlen unter der Last von Möbeln und Menschen knarren. In den eisernen Strängen gluckert das Wasser, kocht, wäscht, putzt, wird zurück in die Spülen gegossen und stürzt in den Abwasserrohren nach unten. Stadtgas schnauft durch die Rohre, zischt in blauer Hitze auf den Kochstellen und knistert in den Glühstrümpfen der Lampen. Schornsteine saugen Rauch und Kochschwaden aus dem Haus. Während die Erwachsenen an ihren Küchentischen Pläne schmieden und Bier aus Krügen trinken, kämmen die Kinder sich Holzspäne aus den Haaren, kriechen in den Betten zusammen und träumen ihren ersten Traum im neuen Zuhause, von dem ihre Eltern behaupten, daß er die Zukunft zeigt. Gustav fühlt die Wärme der Ziegelmauer auf den Lippen, als er das Haus küßt. Es bebt und atmet einen schweren Seufzer.«

3 Sanierung

Mit dem Fortschreiten des Umbaus fand ich immer weniger Zeit für meine Forschungsreisen in die Vergangenheit. Während im Dachgeschoss des Weiszheithauses am Ringanker gearbeitet wurde, schlugen Arbeiter mit Drucklufthämmern den Putz von der Fassade. Zimmerleute nahmen die Dielen in den Vorderhauswohnungen auf, entfernten die rostgeschwächten Eisenträgerstümpfe der einstigen Balkone und schraubten neue, feuerverzinkte Träger an die Deckenbalken. Bei der Überprüfung der Tragfähigkeit durch den TÜV trat allerdings eine teure Wahrheit zutage: Die Feuchtigkeit, die über mehr als zehn Jahre an den rostigen Trägern ins Innere gekrochen war, hatte das Holz der Balken durchmorscht. Wir dachten an tiefere Befestigungen, mit längeren Stahlträgern, die bis zu den Mittelmauern reichten, aber das hätte schwere Beschädigungen an den Dielen, die wir erhalten wollten, und gefährliches Herumturnen für die Zimmerleute bedeutet.

Aus dem Abrissschutt eines Brauereigebäudes in Bernau bargen wir 8 schwere Doppel-T-Deckenträger von jeweils 18 Metern Länge, die wir im Ringanker auf dem Dach einbetonierten, um später daran die Balkone mit zentimeterdicken Seilstangen aufzuhängen. Das sah futuristisch aus, aber der TÜV war zufrieden. Nach der Fertigstellung hatten wir den Finanzierungsplan um 250 000 Euro überzogen und im ganzen Haus wohnten nur noch sieben Mieter.

Derweil rissen die Arbeiter die unteren Etagen auseinander, entfernten Rabitzwände und Vertäfelungen aus Holzimitat, löchrige Linoleumböden, provisorische Öfen und lebensgefährliche Heißwasserbereiter aus blanken Kupferplatten, elektrische Leitungen mit Stoffumwicklung und korrodierte Wasserrohre. Türen und Fenster wurden in der Werkstatt eines Tischlers restauriert. Es roch nach Syphon, Kohlrüben und Braunkohlebriketts, nach Inflation und Mäusescheiße, Rost und Wasser, Lösungsmitteln und beim Entfernen der alten Gasleitungen nach erbrochenem Knoblauch.

Im Keller waren die Eisengitter, -türen und -treppen so verrostet, dass sie ersetzt werden mussten. Wir perforierten die 90 Zentimeter dicken Fundamente zum Bahngraben auf ganzer Länge mit Löchern im Abstand von 20 Zentimetern und tränkten sie zum Schutz gegen aufsteigende Feuchtigkeit mit Spezialharz.

Als wir so weit entkernt hatten, erfuhr ich, dass die Professorin Goldberg für ein halbes Jahr ans Brook-Center nach New York gehen würde, und freute mich schon, die Wohnung ungestört umbauen lassen zu können, doch vor ihrer Abreise präsentierte sie mir einen Untermietvertrag und legte auch gleich die Papiere ihrer Tochter dazu. Ich schlug den Pass auf und war gefangen.

Sie, also die Papiere, rochen frisch und würzig nach Harz und Heu und Freiheit ... und ach, vom Foto lachte ein freches Gesicht mit geröteter Nase, blauen Augen und schwarzen, vom Kopf abstehenden Locken. Wie Tamino ins Bildnis Paminas verliebte ich mich, und nicht einmal die Berufsbezeichnung »Rechtsanwältin«, die sonst alle Alarmglocken bei mir schrillen ließ, kühlte mein Herz.

Wenige Tage später tobte ein Frühlingssturm durch die Kopenhagener Straße und fetzte die Bauplane vom Gerüst, so dass die roten Ziegel in obszöner Nacktheit leuchteten. Die losen Enden der Befestigungsseile peitschten durch die Luft, ein wildgewordener Karabinerhaken hämmerte Dellen in die Karosserie eines alten Opels, der am Straßenrand parkte. Aus der Einfahrt des gegenüberliegenden Hauses beobachtete ich mit klopfendem Herzen das Schwanken der Gerüstkonstruktion, und gerade, als die ersten Gerüstanker aus dem Mauerwerk rissen, lief die Frau meiner Träume mit wehender Jacke zum Opel und öffnete die Tür. Ich rief meine Warnungen vergeblich, denn im Tosen des Sturmes hörte sie mich nicht. Das Haus schien auf mich zu kippen, also rannte ich hinüber, stieß sie ins Auto und warf mich über sie. Mit ohrenbetäubendem Lärm krachten und klirrten die Eisenstangen und Laufbretter rings um uns aufs Pflaster, harte Schläge trafen meine Beine, sämtliche Scheiben des Opel zersplitterten, das Blech des Daches über uns gab unter dem Druck nach, so dass es mich auf ihr fixierte wie eine Olive auf dem Schinkenhäppchen. Ich spürte keinen Schmerz, denn ihr Duft nach Harz und Heu versetzte mich in eine weite, spätsommerliche Landschaft mit hohem Himmel. Empörung, Schrecken und Spott (als ich mich mit Namen vorstellte) huschten wie Licht und Wolkenschatten im schnellen Wechsel über ihr ausdrucksstarkes Gesicht.

Ich stemmte mich so weit wie möglich hoch, damit sie ihr Handy, das irgendwo in einer Jackentasche unter meinem Bauchnabel brummte, herausziehen konnte. Mit Wurzelziehen und Multiplizieren versuchte ich eine Erektion zu verhindern. Ich hörte, wie sie in einem reizenden Deutsch mit amerikanischem Akzent jemandem erklärte, warum sie Sasha nicht abholen könne. Sie hielt mir das Handy vor den Mund und ich bestätigte ihre Darstellung. Sie legte auf und erzählte, als säßen wir in einem Straßencafé, vom Gesangsunterricht ihres Sohnes, den der Vater begleitete, weil sie selbst keinerlei Harmonie- und Rhythmusgefühl habe – no chance at all –, sehr zur Verzweiflung ihrer Mutter, von der sie eine ganze lange Kindheit mit Klangholz, Triangel und Kalebasse gequält worden war. Wir lachten, was bizarr war angesichts der Tatsache, dass wir aufeinanderlagen und das Lachen ihren Geruch und unseren Körperkontakt noch intensivierte.

Der Wind warf die Stangen über uns herum. Es klang wie Eiswürfel, die ein Riese in seinem Cocktailglas umrührt. Mein unterer Rücken wurde taub, das Auto ächzte, Rettungssirenen näherten sich. Bis hier hatten wir uns gesiezt und beschlossen nun zum Du überzugehen. Unser Ein- und Ausatmen synchronisierte sich. Das war ausgesprochen erotisch, aber nun machte ich mir nicht wegen einer Erektion Sorgen, sondern weil sie ausblieb.

Ich erzählte von meiner Flucht aus dem Jugendwerkhof, von meiner Karriere als Autohändler, Makler und Leiter einer Leprakolonie und sie berichtete vom indischen Robinson-Club, wo sie im Vorjahr mit Sasha Urlaub gemacht hatte (ein Partner kam in der Geschichte nicht vor), und dessen skurrilen Gästen.

Draußen kletterten Feuerwehrleute mit Schweißbrennern auf dem Auto herum und riefen ein ums andere Mal, wir möchten doch bitte unbedingt ruhig bleiben und uns nicht bewegen. Es roch nach verbranntem Lack und Gummi. Mir wurde nun doch etwas eng zumute.

Ich sang ihr »Boat on the River« von Styx vor, das uns Jugendwerkhofinsassen seinerzeit, in Ermangelung rechter Englisch-Kenntnisse, wie eine Freiheits- und Erlösungshymne vorgekommen war. Sie sang – sehr falsch und sehr fröhlich – mit: »Oh the river is wide …«

Gerade als ich sie zum Abendessen einlud, wurde das Dach aufgebogen und ich fühlte mit Bedauern, wie ich von kräftigen Fäusten emporgehoben wurde. Ich zappelte, rutschte von der Trage und als ich aufstehen wollte, merkte ich, wie meine Beine nachgaben. So kam es, dass ich auf den Knien lag, als sie huldvoll winkend auf einer orangeroten Trage an mir vorbei zum Krankenwagen schwebte und ihre Telefonnummer rief.

Infolge der unbarmherzigen Verteilungslogik der Notfallzentrale landete Laura im Unfallkrankenhaus Marzahn, während ich ins Klinikum Friedrichshain verschleppt wurde. Dort stellte man eine Quetschung des Rückmarks in Höhe der Lendenwirbel und einen Splitterbruch des Beckens fest. Nach der Operation gaben sich der Chirurg, die Neurologin und der Orthopäde optimistisch. Das Becken müsse zwar für eine längere Zeit entlastet und deshalb mein gesamter Unterleib »fixiert« werden, aber in acht bis zwölf Wochen könne die Reha beginnen und in einem halben Jahr sei ich wieder ganz der Alte. Nun gut, dachte ich voll ernsthafter Vorsätze, vielleicht war es von Vorteil für die Anbahnung einer Beziehung, wenn mein Unterleib erstmal nicht dazwischenfunkte.

Salvador sorgte sich um den Fortgang der Sanierung, aber die Baustelle funktionierte, da konnte ich ihn beruhigen. Ich telefonierte täglich mit dem Bauleiter, und eigentlich, schien mir, wurde ich nicht allzu dringend gebraucht.

Laura, die nach gründlicher Untersuchung als unverletzt entlassen worden war, besuchte mich fast täglich. Ihr Heuduft war stärker als der Ozon- und Desinfektionsnebel des Krankenhauses. Oft kam sie direkt aus dem Amtsgericht oder von einer Klientin ins Krankenhaus, mit Vollgas und sprudelnd vor Begeisterung oder Empörung. Sie arbeitete in einer Kanzlei, die ausschließlich für Frauen da war, und hatte sich dort auf Mietrecht, Unterhaltsforderungen und Sorgerechtsfälle spezialisiert, meist hochemotionale Streitigkeiten, die sie entsprechend aufregten und mitnahmen. Manchmal stand eine der Frauen nachts heulend vor ihrer Wohnungstür, gezeichnet von Schlägen, schockiert von Drohungen und verstört von Verrat. Laura verarztete Schwellungen, beruhigte und hörte zu. Klientinnen schliefen auf ihrer Couch und saßen an ihrem Frühstückstisch. Das Notfalltelefon der Kanzlei war an zwei Tagen der Woche weitergeleitet auf ihr Handy und konnte rund um die Uhr klingeln.

Nach fünf oder zehn Minuten in meinem Krankenzimmer schaltete sie um, wurde langsamer, lachte, gähnte, sie fühlte sich bei mir wohl. Das erinnerte mich an Darius, den herdenmüden Wallach, aber das erzählte ich ihr nicht. Manchmal legte sie sich auf das leere Nebenbett und schlief ein paar Minuten. Ich lauschte ihrem Atem, roch ihren Duft und träumte mich mit ihr auf eine Sommerwiese. Wir lagen auf frisch gemähtem Heu, Lerchen stiegen in den blauen Himmel, fern läutete eine Kirchenglocke. Wenn sie erwachte, tranken wir Kaffee aus ihrer Thermosflasche wie ein altes Ehepaar, das einen Ausflug macht. Wenn sie an ihren Sasha-Tagen nicht kommen konnte, telefonierten wir.

Noch nie hatte ich eine Frau so behüten, ihr Gutes tun und ihr huldigen wollen. Meine bisherigen, recht zahlreichen Beziehungen zu Frauen waren Eroberungen pragmatischer Art gewesen. Nicht, dass ich nur Sex im Kopf gehabt hätte, denn ich schätzte durchaus anregende Gespräche, war romantisch und liebte Eskapaden. Doch wenn sich Routine auf den Alltag legte, die Frauen unsere Beziehung zu definieren versuchten und Ansprüche für die Zukunft ableiteten, wenn sie mit langfristigen Planungen meine Freiheit einengten, dann bauschte ich belanglose Differenzen auf, um den Bruch herbeizuführen und mich reinen Gewissens verdrücken zu können.

Laura hatte eine umtriebige Kindheit hinter sich – allerdings nicht so freiwillig wie ich: Sie hasste das Reisen. Ihre Mutter war als Pianistin ständig unterwegs gewesen und hatte die Tochter schuljahresweise in verschiedenen Internaten (Zuoz! Farmington! Verneuil-sur-Avre!) geparkt oder in die Campuswohnungen der Universitäten, an denen sie gerade Sommerkurse hielt, mitgenommen. Obwohl Jessica Goldberg wegen einer rheumatischen Erkrankung ihre Konzertkarriere beendet und einen Ruf an die UdK angenommen hatte, fand sie keine Ruhe, zog von Charlottenburg nach Steglitz, von dort nach Köpenick, nach Mitte, Friedrichshain und zurück nach Charlottenburg.

Ich stellte fest, dass Laura viel über ihre Mutter sprach. »Ja«, lachte sie, »she's my Übermutter.« Mit Beginn ihres Jura-Studiums war sie zu Hause ausgezogen und hatte – »Mutter zum Entsetzen« – vom ersten bis zum letzten Semester an der gleichen, nämlich der Freien Universität in Dahlem studiert. Ihr Sohn Sasha war während ihres Referendariats geboren und jetzt neun Jahre alt. Der Vater, ein Musiktheaterregisseur und Professor an der UdK und Kollege ihrer Mutter, war von Anfang an als Partner nicht infrage gekommen. »He's gay«, wiederholte sie, als erkläre das, warum sie von ihm ein Kind hatte.

Ich fragte. Sie wurde ernst. »Ich war eingeladen auf diese Geburtstagsparty von einem gay Student und da war auch Ernest. Wir haben den Abend ganz gelacht und getanzt. Sein Boyfriend Ralf, der ist Lektor von einem Verlag, war auf Trip mit einem Autor in Österreich.«

Professor und Lektor! Ich war beeindruckt und widerstand nur mühsam der Versuchung, mit meinem indischen Uni-Abschluss anzugeben.

»Wir sprachen von Kinderwunsch, weil sie hatten Kurse absolviert, Pflegeelternkurse and such German stuff mit Stempel, was man haben muss für ein Pflegekind. So, wir haben Witze gemacht über Samenspender und wie oft man onanieren muss, bis es klappt, oder ob es ist besser direkt, das war schon bisschen Balzen, bisschen erotisch. Er ist ein schöner Mann, you know, mit graue Schläfen, a face like a duke. Ich war nicht betrunken, höchstens bisschen erheitert.«

Sie hatte Beziehungen hinter sich, die gescheitert waren, weil sie »Festbindung, diesen ganze Ehekram« nicht ertragen konnte. »Ernest war Ende vierzig, für ihn war es das erste Mal mit einer Frau überhaupt und Bang! Gleich beim ersten Mal. Oh, sie sind Wahnsinnsväter, you know! Absolutely hundert Prozent!«

Beim nächsten Besuch brachte Laura Sasha mit ins Krankenhaus. Er war ein dunkeläugiger, etwas dicklicher Junge, der nach Milchpulver und Regen roch und Fragen ernsthaft beantwortete. Laura hielt sich im Hintergrund, bearbeitete ihr Handy und half ihm nur manchmal zurück auf die Spur, wenn er vom Hölzchen aufs Stöckchen kam. Wir unterhielten uns über künstliche Gliedmaßen, Roboter, außerirdische Zivilisationen und die richtige Methode, einen Kirschbaum zu beschneiden. Zum Abschied wünschte er mir gute Besserung: »Ich hoffe, dass du bald wieder aufstehen kannst. Vielleicht gehen wir dann mal ins Kino?« Ich fand, das war viel Empathie für einen Neunjährigen.

Eines Tages erklärte Laura, für drei der Mieterinnen des Seitenflügels Klage gegen die Errichtung des Vorderhaus-Neubaus führen zu wollen. Der »Blick in die Abendsonne« müsse gewissermaßen Bestandsschutz haben, zumindest bei den Altverträgen aus DDR-Zeiten.

Ich hatte es befürchtet. Er war berühmt, dieser Blick, den Ringbahngraben entlang in den Westen, er spielt in Kurt Weiszheits Büchern die verschiedensten Rollen, wie Sie noch lesen werden. Gern wäre ich ihr entgegengekommen, aber Salvador war zu keinem Zugeständnis bereit und so einigten wir uns, ein Gericht die Frage entscheiden zu lassen.

Ich überspielte meine zunehmenden Sorgen über die Lähmung

und Taubheit meiner Beine. Trotz täglicher Massagen konnte ich die Zehen nicht bewegen und spürte Berührungen nicht mehr. Immer wieder wurde ich zum MRT gebracht, als ob die Ärzte den Untersuchungsergebnissen nicht glauben würden. Ich hasste die Prozedur. Schon wenn die Schwester mir den Knopf in die Hand schob und sagte »Sie drücken bitte, wenn Sie sich unwohl fühlen«, begann mein Herz zu rasen. Die Grabkammer weckte alte Ängste. Ich erinnerte mich an die Panik, die mich als Kind beim Schwimmen in der Ostsee angesichts der schwarzen Tiefe befallen hatte. Auch die kräftige Umarmung meines kettenrauchenden Großvaters hatte in mir sofort einen Befreiungsreflex ausgelöst. Im Jugendwerkhof hatte ich einmal einen Spind aus Blech gesprengt und galt anschließend als Herkules, obwohl es nur die Panik des Eingesperrtseins gewesen war, die meine Kräfte verdoppelt hatte.

Die Ergebnisse der Untersuchungen waren deprimierend. Schwellungen und Knochenwucherungen der Wirbel hatten den Rückenmarkskanal verengt. Statt sich zu bessern, verschlimmerte sich mein Zustand durch Vernarbung und Absterben des Nervengewebes.

Drei Monate nach dem Unfall sollte in einer zweiten OP eine Wirbelprothese aus Titan im Lendenbereich eingesetzt werden, um den Druck auf die Nerven zu verringern. Es bestand eine nicht geringe Chance, dass dabei weitere Nerven irreversibel geschädigt würden, ich hatte entsprechend viele Einverständniserklärungen auszufüllen, aber alles ging gut und ich hatte sofort weniger Schmerzen. Jetzt musste ich hoffen, warten und Geduld beweisen. Das war nicht meine Stärke und als sich nach einigen Tagen zeigte, dass es keine – zumindest keine schnelle – Besserung von Empfindungsfähigkeit und Beweglichkeit geben würde, fiel ich in eine schwere Depression. Seit 14 Wochen lag ich festgenagelt auf einer Krankenmatratze, ausgerechnet ich, der ich mehr an Freiheit gewöhnt war als jede und jeder andere meiner beschissenen Familie.

In einem Anfall geistiger Umnachtung erklärte ich Laura, es sei wohl besser, wenn wir uns eine Zeit lang nicht sähen. Sie reagierte bestürzt, wollte reden – was ich nicht konnte – und ging mit Tränen in den Augen. Kaum war sie draußen, bereute ich meine Worte, zwang mich aber, meine »vernünftige Lösung« durchzuhalten, und ging nicht mehr ans Telefon, wenn sie anrief.

In meinem Repertoire sozialer Kompetenzen kam das Reden über komplizierte Gefühlslagen, gar noch über meine!, nicht vor. Man nahm sich selbst nicht wichtig, »die Sache« war größer als wir selbst, so hatten Eltern und Großeltern mir eingetrichtert. Zwar war es mir gelungen, ihrer klassenkämpferischen Ernsthaftigkeit zu entkommen, mich nicht dauernd zu kasteien und selbst zu zerstören, aber der Humor, mit dem ich Verlustängste und Trauer weglachte, war nur eine andere Form der Selbstverleugnung. In meinen zahlreichen Liebesbeziehungen hatte ich wenig dazugelernt, denn ich war jeweils weitergezogen, wenn es mir zu kompliziert wurde.

Jedenfalls wusste ich damals keine andere Lösung. Laura war so fröhlich und so beschäftigt, dass ich dachte, sie sei ohne mich besser dran.

Salvador tat sein Möglichstes, mich abzulenken und bei Laune zu halten. Eines Tages zog er die alte Baubeschreibung des Hauses aus der Aktentasche. Auf einer Skizze kletterten verschnörkelte Linien im Jugendstil an der Fassade empor, fein säuberlich bemaßt mit Bleistift und signiert mit »Jürgens, Zimmermannsmeister«. Die später daraufgekleckster Farbtupfen, Augen und Zwitscherblüten stammten von Gustav. Das Ergebnis, ein Crossover von Pedanterie und Willkür, gefiel mir außerordentlich. Wir träumten und rechneten, aber leider war unser finanzieller Spielraum zu gering für Wandgemälde oder Mosaike. Alles lief auf einen Leichtputz im üblichen Prenzlberger Pastell hinaus. Mir kamen die Tränen, vor Vergeblichkeit, vor Selbstmitleid, aus Frust über den Verlust Lauras.

Salvador beugte sich auf dem Krankenhausstuhl vor, nahm meine Hand und beobachtete mich neugierig, als habe er noch nie einen schluchzenden Mann gesehen. Ich hätte mich nicht wegdrehen können, selbst wenn ich gewollt hätte, aber das Merkwürdige war: Ich wollte gar nicht. Außer ihm gab es niemanden mehr, den ich hätte

Familie nennen können, und dass er irgendwann Mist gebaut hatte oder nicht so erfolgreich war, wie er gern gewesen wäre … Schwamm drüber.

Verblüfft sah ich zu, wie er auf den wackligen Krankenhausstuhl stieg und den Rauchmelder mit Tesafilm abklebte. Er grinste wie der Weihnachtsmann, als er das Fenster öffnete und einen fetten Joint anzündete, den er mir zwischen die Lippen steckte. Der Geruch von Himalaya-Tal breitete sich aus, Frieden legte sich auf meine Seele.

In der folgenden Nacht träumte ich von der Fassade des Hauses. Aus dem glatt getretenen Gehwegpflaster wuchsen grün schillernde Ranken in die Höhe, wanden sich um Regenrohre und Balkongitter, trieben goldene Blätter, zwischen denen blaue Mapuche-Augen zwinkerten, und endeten unter den Dachrinnen in Blüten, die wie geöffnete Vogelschnäbel auf dem berühmten Gemälde von Paul Klee zwitscherten. Aus den Fenstern schauten Frauen und Männer mit blassen Gesichtern und silbernen Haaren, manche versteckt hinter Glas und Gardinen, andere offen lachend und winkend, Frauen mit blumengeschmückten Hüten und Mädchen mit Zopfschnecken und Männer mit Kinn-, Voll- und Schnauzbärten. In der ersten Etage trat Sasha auf den Balkon und ließ ein Papierflugzeug fliegen. Hinter ihm erschien Laura in der Balkontür. Ihr Sohn bemerkte sie nicht, und plötzlich wich die Farbe aus meinem Traum. Wie auf alten Schwarz-Weiß-Fotos überzogen Risse, Kratzer und Knicke Haus und Menschen. Der Papierflieger erstarrte in der Luft, und im Traum wusste ich, dass Laura gestorben war. Das Gefühl war so realistisch, dass ich auf einem nassgeweinten Kissen erwachte. Ich schämte mich für meine hysterischen Ängste und rief unter einem Vorwand in der Kanzlei an. Laura hatte einen vollen Terminkalender und nahm nur Frauen als Klienten.

Am nächsten Tag vereinbarte ich mit Salvador, die Fassade im ursprünglichen Zustand zu rekonstruieren, mochte es kosten, was es wolle. Zwischen den pastellenen Plastikputzen der Nachbarhäuser würde das verrückte Mosaik auffallen, Neugier auf die Geschichte des Hauses wecken und die Vermietung erleichtern. Vielleicht konnte ich ein bisschen PR machen und Artikel über die Entstehungszeit des Hauses schreiben?

Der im Bauamt zuständige Beamte schüttelte zunächst den Kopf und musste dann doch die Genehmigung erteilen. Wir rekonstruierten ja das Original.

4 Frauen

Nach dem Verkauf des Hauses in der Kastanienallee mietete Gustav als Lager und Werkstatt für die »Loreley« einen alten Lokschuppen am Schlesischen Bahnhof, wo die Bausätze von Onkel Freddy ankamen, die seine Gesellen in »echter Handarbeit« zu Einzelstücken fertig schnitzten. Gustav verstand das Repräsentationsbedürfnis und den Besitzerstolz der Besteller; er mochte das damit verbundene Theater und erwies sich als begabter Verkäufer.

Den »staubigen Teil« seiner Firma überließ er dem Vorarbeiter. Ole Pazckowiak, ein großer, nikotindünstiger Mann mit kahlem Schädel, zog mit Frau und seiner taubstummen Tochter Olga in die vierte Etage des Vorderhauses zur Kopenhagener Straße. Von ihm stammt das Musterbuch, das sich heute im Kunstgewerbemuseum Berlin befindet. Es enthält Skizzen von halbindustriell gefertigten Parade-Portalen für Bauherren mit schmalem Portemonnaie.

> »Samstachnachmittach kriechte ich ne Mark in die Hand jedrückt und ging zu Herrn Weiszheit ins Vorderhaus, erste Etage. Da saß der in die Tür, da war son Brett, da hatte der sein Buch druff, da saß der mitn Stift und kassierte die Miete, die wurde ja wöchentlich bezahlt. 2,50 kosteten unsere anderthalb Zimmer mit Küche. Wir waren drei, der Vater hatte nen Unfall gehabt, bei Gleisarbeiten isser totjegangen, Mutter nähte Knöppe an, dreißig, vierzig Stück inner Stunde, für ne Hemdenfabrikation. Das brachte nich viel. ›Meene Mutter läßt sagen, det wa bißken klamm sin, aber nächste Woche …‹ Plinkern nich vajessen. Und denn beugte der sich vor und machte mit die Neese so … wien Kanickel. Der konnte riechen obste ne reine Seele jehabt hast oder lügen tatst.«

So erinnerte sich eine der Mieterinnen an ihre Kindheit.

Das Prekäre der proletarischen Existenzen ringsum bildete einen scharfen Kontrast zu der Leichtigkeit, mit der Gustav bisher durchs großstädtische Leben gekommen war: Er hatte mit Anfang 20 Haus, Frau, Kind und Firma, und er hatte wenig dafür tun müssen.

»Eiszapfen tropfen, Schnee rutscht von den Dächern, die Stadt taut auf und mit ihr die Gerüche nach Pferdemist und Kuhscheiße ... Nachmittags klingelt ein Gendarm bei Weiszheits, ein Riesenkerl. Der Schäferhund sieht neben ihm winzig aus.

›Jestatten: Wachtmeesta Jrünwaldt. Person ohne Papiere, nach eijenen Angaben eine gewisse Martha Kunert, am Bahnhof Nordring bettelnd uffjegriffen. Besagtes Individuum, welchselbiges hinter ihm im Treppenhaus schluchzt, hat anjegeben, Bekannte zu haben, die sie vorläufig beherbergen könnten, nämlich Sie, Augusta und Gustav Weiszheit, wohnhaft Kopenhagener Straße. Sind det Sie?‹ ...

Martha Kunert kriecht auf dem Küchenstuhl zusammen, ein Häufchen Elend mit verschwollenem Gesicht. Gustav bringt ein Glas warme Milch mit Honig, Augusta eins mit grünem Absinth ... ›Der Sigmar hat anjefangen‹, sprudelt Martha rotzend, ›und ick bin zu Ende.‹«

Nach dem überstürzten Auszug bei Vater Jürgens hatten Emil Kunert und seine Tochter Unterkunft bei Sigmar Dessauer, dem Vorsitzenden der Berliner Holzarbeitergewerkschaft gefunden, Linienstraße, zwei Treppen. Dem war das Hausmädchen weggelaufen und Martha übernahm die Stelle, während ihr Vater im Bezirksverband Südwest half, die Forstarbeiter des Grunewalds zu organisieren.

Martha, mit ihren 25 Jahren so unbedarft wie unschuldig, verliebte sich in Sigmar, der so anders war als sie sich einen feinen Herrn vorgestellt hatte. Er interessierte sich für ihre Träume und hörte sich geduldig ihr Gestotter an. Vom alten Rom konnte er erzählen und von der Rolle der Frau im Sozialismus und er wusste, warum Besitzverhältnisse die Grundlage der bürgerlichen Ehe waren. Er machte ihr Komplimente, dass sie rot wurde und nicht schlafen konnte.

»Martha schluchzt. Nein, er hat sie nicht gedrängt. Platz ist in der kleinsten Kammer für ein glücklich sich liebendes Paar, warum nicht zwischen den Besen? Wie hätte sie an die Ehefrau oder die Kinder denken sollen, wo ihr der Schuhputzlappen ins Gesicht hing und die

Salmiakflasche dauernd umfiel? So ein moderner Mann würde doch nichts Unvernünftiges tun. Sieben Zimmer! Da war doch Platz für zwei Frauen.«

Doch der tolle Sigmar versteckte sich, während ihr Vater sie »Hure« nannte und auf sie einschlug. Heulend stolperte Martha auf die Straße, ein Bündel landete neben ihr auf dem Pflaster, die Haustür schlug zu, und sie sah durch den Schleier aus grauen Tränen, wie Sigmars Frau oben die Vorhänge zuzog. Ein Droschkenkutscher brachte sie zur Charité, weil sie nicht aufhören konnte zu schreien.

»Ein paar Wochen später klopft sie halbverhungert und fieberkrank an die Pforte der Grauen Schwestern. Im Mütterheim in Zossen gebiert sie einen Jungen, den sie Hermann nennt, nach dem Meister, von dessen Ableben sie erst jetzt erfährt. Wieder füllt Augusta die Absinthgläser. So viel Elend auf einem Küchenstuhl. Kommt aber noch dicker.«

Zwei Wochen lang hatte Martha sich von der Geburt erholen können, dann musste sie wieder auf die Straße und das Kind im Heim zurücklassen. Sie half auf Gemüsemärkten und schlief im Asyl. Sonntags besuchte sie, wenn nicht wegen ansteckender Krankheiten die Türen des Heimes verschlossen blieben, ihren Sohn. Danach weinte sie auf der langen S-Bahn-Fahrt zurück nach Berlin.

Eines Tages lag ein fremdes Kind in dem Bettchen. Hermann sei in guten Händen, mehr Auskunft dürfe man ihr nicht geben. Sie solle froh sein, dass man ihr nicht die Unterhaltskosten des Kindes berechne.

Martha strich um das Mütterheim, schaute in die Fenster, bis eine Köchin ihr verriet, dass Schwester Argane Kuss den kleinen Hermann in eine Pflegefamilie in Pankow gebracht hatte. Eine Adresse wusste sie nicht. Martha suchte in den Pankower Straßen nach ihrem Kind, schaute in alle Bündel und Kinderwagen, bis die Polizei sie verwies.

»Gustav rasiert sich sorgfältig, wählt den hellen Königsberger Anzug mit einem Einstecktuch aus Delfter Spitze und den Spazierstock aus Ebenholz, vaporisiert ein wenig Moschus auf seinen Kragen und begibt sich in die Graunstraße, wo Argane Kuss in der Kapelle die Kerzen für die Andacht entzündet.

›Wir sind verpflichtet, den für die Aufzucht des armen Wurms geeignetsten Aufenthaltsort zu bestimmen‹, klebt sie eine Altarkerze fest. ›Die Pflegeeltern sind gute Christen und wohlsituiert. Aber nennen Sie mich doch ehrwürdige Mutter, Herr Weiszheit!‹

›Sie würden bei uns wohl Hilfe finden, bei Augusta und mir, die Martha und das Kind.‹ Gustav beobachtet, wie Arganes Hand zittert und heißes Wachs auf ihren Handrücken tropft.

Die Graue Schwester sieht dem irrlichternden Bezauberer in die Augen. ›Sie wäre bei Ihnen in nicht weniger schwierigen Verhältnissen, wenn ich das so frei sagen darf.‹

›Jesus wurde auch in schwierigen Verhältnissen geboren.‹

Argane hat von diesem weißhäutigen Teufel nichts anderes erwartet. ›Nein, Herr Weiszheit. Das können Sie nicht vergleichen. Maria war Jungfrau und Josef bekannte sich zu dem Kind um Gottes willen.‹

Selbstgerecht steht die Wächterin der alten Zeit vor Gustav. Er räuspert sich. Bekennen kann er auch. ›Ich bin der ...‹, das Wort hallt in der Kapelle von Wand zu Wand: ›Vater ... Vater ... Vater.‹«

Gustav Weiszheit erklärte vor einem Notar Hermann zu seinem Kind, mit der Folge, dass das Kind zwar den Namen der Mutter behielt, er aber das Sorgerecht bekam und die finanziellen Verpflichtungen trug. Laut Mietbuch zog Martha Kunert am 5. April 1901 in die 1. Etage Seitenflügel links, ein Zimmer, Klo und Küche an der Außenmauer zum Bahngelände. Martha akzeptierte die Unterstützung, die Hermann zukam, aber keinen Pfennig für sich. Erst nach langem Zureden nahm sie Augustas Einladungen zum sonntäglichen Essen an.

Am runden Tisch im Esszimmer fanden, wenn alle eng zusammenrückten, bis zu 18 Personen Platz. Gustav lud gern Gäste ein. Beim Essen sprachen Nachbarn mit Durchreisenden und Nichtse mit Berühmtheiten.

»Als Kind dachte ich immer, Hermann sei mäkelig. Später erzählte er, daß seine Mutter ihm von klein auf eingetrichtert hatte, nicht hungrig oder gierig zu erscheinen, wenn sie am Sonntag, seifeduftend und aufgebügelt, an unserem Eßtisch Platz nahmen. Er HATTE Hunger und durfte es nicht zeigen. War das nicht grausam?«

Am Samstag nach Marthas Einzug standen zwei Bewerberinnen mit schreienden Säuglingen und leuchtenden Augen vor Gustavs Klappe und baten um eine Wohnung. Ihr säuerlicher Hungergeruch rührte sein Herz. Sie stammten beide aus Breslau, wo sie wegen ihrer Schwangerschaften die Stellung verloren hatten, waren nach Berlin gereist und in einem Berliner Mütterheim mit strenger Zucht und kärglichem Essen gelandet. Wegen der Kinder konnten sie nicht arbeiten, ohne eigene Wohnung nicht einmal mit schlecht bezahlter Heimarbeit Geld verdienen. Sie würden für viele Jahre auf die Almosen vom Verein der »Freundinnen junger Mädchen« und auf Speisemarken von der Wohlfahrtsstelle angewiesen sein, manchmal in der Kleiderkammer des Jugendamtes Kleidung für sich oder das Kind aussuchen dürfen, aber stets vom Entzug des Sorgerechts bedroht bleiben. Nun hatten sie von dem Hausbesitzer gehört, der unverheiratete Mütter nicht ablehnte.

Gustav hatte A gesagt, nun sagte er auch B. Und dann C und D. Der Seitenflügel wurde zum plärrenden und klappernden Mütterheim. Die Frauen teilten sich die Wohnungen, legten für die Miete zusammen oder blieben sie schuldig. Sie halfen einander beim Kinderhüten und arbeiteten in Schichten an einer gemeinsamen Nähmaschine. Tag und Nacht hallte Säuglingsgeschrei durchs Treppenhaus.

»Mit Säuglingen im Brusttuch sitzen sie auf den Stufen vor ihren Wohnungstüren und erzählen, nähen Knöpfe an oder stopfen Socken. An warmen Nachmittagen rücken sie Stühle an die Fenster. Wenn das Abendrot im Ringbahngraben auf den Gleisen glitzert, wird es still im Haus, sinken die Köpfe gegen die Fensterrahmen und die Augen blinzeln müde. Die Kinder schlafen auf dem Schoß ihrer Mutter ein, und wenn ein Lokomotivführer beim Vorüberfahren die Dampfpfeife schrillen läßt, rieseln Rußflöckchen auf ihre Träume.«

1903 eröffnete Erna Heimberger in der großen Vierzimmerwohnung, Vorderhaus zur Kopenhagener Straße, 3. Etage, einen privaten Kindergarten. Sie war Ende 20 und gelernte Hebamme, durfte ihren Beruf allerdings nicht mehr ausüben, nachdem sie wegen Beteiligung an einem Schwangerschaftsabbruch verurteilt worden war und drei Jahre im Frauengefängnis in der Barnimer Straße abgesessen hatte. Auf einem Handwagen schleppte sie heran, was bei Haushaltsauflösungen billig zu erstehen gewesen war: Spielzeug, Salbe, Pflaster, Nuckelflaschen, Windeln, Töpfe, Kissen, Sofadecken, Lamafelle und eine Kiste »Mampe halb und halb«. Ein Tag Betreuung kostete bei ihr 70 Pfennig, Füttern eingeschlossen.

> »Die Heimbergerin verlangt, daß jede Mutter ihre Milch abpumpt, bevor sie morgens ihren Säugling bei ihr abgibt.«

Das war damals keineswegs selbstverständlich, denn die Molkerei Bolle hatte mit einer geschickten Werbekampagne den Eindruck geweckt, ihre pasteurisierte Milch sei für Kleinkinder besser geeignet als Muttermilch.

Auf Ernas Kinn wuchs eine behaarte Warze, die sie mit verschiedenen Mitteln und Strategien bekämpfte, mit Mampe, Sepso, Quark, Kokain und Zaubersprüchen. Manchmal verschwand sie für kurze Zeit, nur um danach größer und buschiger zu prangen.

> »An den Vormittagen spaziert die Kinderhenne mit ihren Schützlingen zum Spielplatz auf dem Exer. Zum Mittag kocht sie Suppe, danach ist Mittagsruhe höchste Kinderpflicht, die sie selbst auf einem durchgelegenen Sofa in der Küche verschläft. Bei schönem Wetter fährt sie mit ihrer Rasselbande zum Rummelsburger See, um zu baden, Ball zu spielen und Stockbrot am Lagerfeuer zu rösten.«

Fast alle Kinder, die im Weiszheithaus aufwuchsen, wurden kürzere oder längere Zeit von Erna Heimberger betreut.

> »Sie roch nach Leberwurststulle und trug eine geblümte Kittelschürze. Niemand im Haus konnte sich vorstellen, daß sie mal jung gewesen war.«

Bertha Schulze wohnte seit 1903 im Seitenflügel 2. Etage links. Sie trug sich als »Korrespondentin« ins Hausbuch ein, weil sie als Gesellschafterin ihren alten Herren mit Vermögen nicht nur vorlas, Tee kochte und Füße massierte, sondern auch ihre Korrespondenz erledigte. Sie war sehr katholisch und ging regelmäßig beichten. Ihre Tochter besuchte die Vorschule der »Schwestern Unserer Lieben Frau« in der Schönhauser Allee und war damit eines der wenigen Kinder aus dem Haus, die nicht in Erna Heimbergers Kindergarten ging.

Als Besitzerin einer Schreibmaschine spielte sie eine bedeutende Rolle im Seitenflügel, denn sie unterrichtete im Maschinenschreiben und Korrigieren und eröffnete damit den jungen Müttern neue Verdienstmöglichkeiten. Sekretärinnen wurden überall gebraucht, in der Telefonzentrale in der Eberswalder Straße oder bei der AEG im Wedding verdiente man besser als mit Heimarbeit. Sogar die Unverheiratetheit geriet den Müttern des Seitenflügels zum Vorteil: Während Ehefrauen von staatlichen Ämtern oder Schulen nicht eingestellt wurden, weil sie dann ihre gesetzliche Verpflichtung, das gemeinschaftliche Hauswesen zu leiten, nicht mehr hätten erfüllen können, galten solche Beschränkungen für sie nicht.

> »An einem der ersten kühlen Herbsttage Ende September klopft Adrian, Dr. Scheithauers Sprechstundenhilfe, atemlos an ihre [Augustas, d. A.] Wohnungstür, sprudelt halb deutsch, halb französisch: Sie soll in die Praxis kommen. Der Doktor hat ein Problem, das sitzt auf dem Cabinet und weigert sich, herauszukommen.
> Scheithauer hat bei der 17-jährigen Frieda Peters eine Frucht im fünften Monat und Verletzungen am Muttermund festgestellt, vermutlich von dilettantischen Abtreibungsversuchen. Das Mädchen riecht nach Angst, hat Fieber, ein dreckstarrendes Kleid am Leib, um die roten Augen trägt sie schwarze Ringe, doch scheint die Einweisung ins Krankenhaus nicht ratsam.
> Augusta beißt die Zähne zusammen, als Frieda sich beim Treppenruntersteigen mit eisernen Laßmichnichtlos-Fingern an ihren Arm klammert.

›Beene hoch, Honigwasser mit Mampehalbundhalb, absolute Ruhe!‹ Die Heimbergerin weiß, was zu tun ist. Die ersten Tage wird die Patientin rund um die Uhr von Martha, Augusta und anderen bewacht, gefüttert, gestreichelt, dann ist sie so weit gestärkt, daß sie weinen kann.

Frieda stammt aus Moabit, hat drei Geschwister, ein älterer Bruder ist schon aus dem Haus, um die beiden Jüngeren hat sie sich gekümmert, nachdem die Mutter gestorben war. Der Vater war so traurig, da hat sie ihn gewärmt. Als er von ihrer Schwangerschaft erfuhr, hat er sie geprügelt und beinahe totgeschlagen. Sie hat im Geräteschuppen eines Kleingartens an der Bornholmer auf einem Sack mit Laub geschlafen und versucht, sich das Kind zu nehmen.

Bertha bringt ein Kleid, das weit genug für den Bauch ist, Franziska besorgt Äpfel, Milch und Honig, andere Frauen des Seitenflügels spenden Tücher, Strümpfe und Kissen. Als Frieda vier Wochen später dick und tropfend in der Weiszheitschen Badewanne steht, riecht Augusta Milch und Eigelb, so wie es sich gehört.«

Die Quelle von »Äpfeln, Milch und Honig« rettete in der Geschichte des Weiszheithauses noch manche Mitbewohnerin. Franziska Lorenz, Jahrgang 1868, arbeitete für Bauer Jordan als Verkäuferin an einem Gemüsestand auf dem Humann-Platz. Sie roch nach Kartoffeln und Sauerkraut, hatte ein wettergegerbtes Gesicht und kräftige Arme. Mit ihren beiden Kindern Hugo und Charlotte wohnte sie Seitenflügel 4. Etage rechts, in Küche, Zimmer und fensterloser Kammer.

Martha Kunert verschaffte Frieda einen Auftrag von Strauß und Honigmann, dem Konfektionsgeschäft in der Schönhauser, und ließ sie nachts auf ihrer Nähmaschine arbeiten. Im Februar 1902 entband Frieda Zwillinge, die sie Victor und Victoria nannte. Das Mädchen war gesund und nahm schnell zu, aber der Junge trank schlecht und schrie viel.

»Victor bleibt ein stummer, grauhäutiger Mickerling mit häufigen Anfällen von Atemnot. Seine Rippen wachsen nicht mit, jede Nacht läuft das Kerlchen blau an und windet sich in Todesangst. Dr. Scheithauer lindert die Atemkrämpfe mit Opiumauszug und bringt das kleine Leben mit Massage über die nächste Stunde. Die Heimbergerin seufzt: ›Wie der kiekt, der weeß schon zu viel.‹«

Schwester Argane Kuss erfuhr von Frieda Peters Aufnahme im Weiszheithaus.

»Entweder, erklärt sie, erhalten die Grauen Schwestern jederzeit Zutritt zum Haus, oder sie wird Frieda samt Kindern in das Heim für gefallene Mädchen einweisen lassen. Sollte Gustav auch diesmal die Vaterschaft beanspruchen wollen, müßte er mit einer Verurteilung wegen Verführung Minderjähriger rechnen ...«

So ergab sich, dass ausgerechnet im Haus mit dem schlechtesten Ruf die Grauen Schwestern am häufigsten ein und aus gingen.

»Argane zieht alle Register der Missionierung. Sie läßt Weihrauch, der sich in Teppichen und Polstern einnistet, durchs Treppenhaus tragen, während die Nonnen im Hof Ohrwürmer singen: ›Ich wollte dich nicht, ach so lange; doch liebtest du und suchtest mich, mich böses Kind aus bösem Samen, im hohen, holden Jesusnamen.‹ ›Maria durch ein Dornwald ging‹. ›Kyrie Eleison‹. ›Macht hoch die Tür‹. ›Pange, lingua, gloriosi proelium certaminis‹ ...

Die vaterlosen Kinder lieben die Geschichten vom unsichtbaren Vater im Himmel und beten, er möge die Straßenjungen züchtigen, welche ihnen ›Bastard‹ hinterherrufen.«

Die Grauen Schwestern kämpften gegen die Tendenz. Überall im Land verbreiteten sich neue Formen der weiblichen Erwerbsarbeit und Kindererziehung. 1902 erlaubte die neue Armenverordnung der Reichshauptstadt Frauen die Berufstätigkeit als Pflegerinnen und schließlich zog mit Dorothea Kleinschmidt sogar eine Frauenrechtlerin (die 1904 als Delegierte am Internationalen Frauenkongress teilnahm) ins Weiszheithaus.

Die Schwestern reagierten auf die »Bedrohung« und kauften am 4. November 1903 mit einer Spende der Kaiserin Auguste Victoria die anderthalbstöckige Remise in der Dänenstraße, auf der Nordseite der

Ringbahn, schräg gegenüber und in Blickweite des Weiszheithauses, um eine Seelsorgestelle einzurichten. Argane übernahm die Leitung, organisierte mit drei Schwestern und einer Novizin Notunterkünfte sowie eine Suppenküche für die zahreichen »Mädchen vom Land«.

»Auf dem Heuboden stinkt es nach Mäusescheiße, doch Argane besteht auch diese Prüfung. Abends sieht sie durch ihr Opernglas in den Fenstern des falschfunkelnden Teufelshauses die Bewohnerinnen unbeschürzt kochen, essen, trinken, bügeln, nähen und Säuglinge wickeln, manche sogar rauchen und trinken. Sie empfangen Männer und ziehen die Gardinen zu, um ihr sittenloses Treiben zu verbergen!«

Argane hatte einen »Maulwurf« im Weiszheithaus, nach Kurts Angaben handelte es sich um Bertha:

»Sie liebe ihre Nachbarinnen trotz deren Verworfenheit, aber sie muß die Schritte später Besucher hören und Erklärungen für ihr Kind erfinden. Mehr will sie nicht verraten. Sie hat schon ein schlechtes Gewissen, weil sie hier sitzt.«

Gustav bevölkerte sein Haus wie ein Fürst seine Residenzstadt. Eine Hebamme hatte er schon, ein Arzt wäre besser.

»Wenn Dr. Scheithauer einen Hausbesuch erledigt hat, begleitet Gustav ihn auf dem Heimweg. Beim Sonntagsessen unterhalten sie sich über Bakterien, Volksgesundheit und die Freikörperkultur, denn Scheithauer gehört einem Nudistenverein an.

Bei Gelegenheit zeigt Gustav ihm die Wohnung im Vorderhaus zur Kopenhagener Straße, erste Etage, über Koslowskis Fotoatelier. Zwei große und zwei kleine Zimmer nach vorn, dazu noch zwei Kammern, Küche und Bad zum Hof gelegen. Perfekt für eine Praxis.

Im Winter 1901/1902 zieht Dr. Scheithauer mit seinem Assistenten ein. Die Frauen des Seitenflügels stehen Spalier. Sägen, Ohrtrichter und Totenschädel, Spekula und Gipszangen, Wandbilder aufgeschnittener Menschen und Spiegel mit goldenen Putten, Kronleuchter und barocke Frauenkleider. Wilde Gerüchte ranken sich um das Verhältnis des Hagestolzes zu seinem schönen Sprechstundenhelfer, der Mönch in einem französischen Kloster gewesen und von Scheithauer entführt worden sein soll.

›Nichts Genaues weiß man nicht‹, hebt Frieda die Schultern.

›Bloß detter französisch kann, steht fest‹, gackert die Heimbergerin.«

In der Nachbarschaft machten Gerüchte wegen der Vielzahl unehelicher Kinder im Weiszheithaus die Runde.

»Im Polizeirevier gehen anonyme Briefe ein mit Beschuldigungen: Im Weiszheithaus werde ein Bordell betrieben und Gustav sei der Zuhälter, in der Heimbergerschen Wohnung fänden verbotene Pokerrunden statt, in den Tiefkellern seien entführte Mädchen gefangen. Grünwaldt [der Polizist, der einst Martha brachte, d. A.] geht auf Befehl seines Reviervorstehers den Anwürfen nach … Er stellt keine Übertretung des Gesetzes fest, konstatiert aber, daß des Nachts Besoffene von der gegenüberliegenden Seite der Ringbahn ›Hurenhaus‹ grölen oder in die Einfahrten der Vorderhäuser pissen.«

Nach der gewaltsamen Auflösung einer Demonstration am 1. Mai 1903 in der Badstraße saß Emil Kunert, zweiter Sekretär der Groß-Berliner Holzarbeitergewerkschaft, mit seinen Genossen in der Gesundbrunnendiele und tupfte sich die blutenden Lippen.

»Das Adrenalin in den Adern mischt sich mit Bier und Schnaps. Nach der vierten Molle schäumt die Rachlust. Kunert schlägt auf den Tisch und zeigt die Zähne. Er kennt da einen Blutsauger, gar nicht weit weg, auf der anderen Seite der Gleise, der hat ihm die Braut genommen, die Tochter verdorben und spielt den feinen Baron auf Kosten des Arbeiters …

Gustav kommt von seinem Abendspaziergang, als der Trupp der Revoluzzer aus der Dämmerung auftaucht. Er hört noch ›drechseln wien Treppenpfosten‹, dann fühlt er einen Schlag an der Schläfe und es wird dunkel …«

Nach seiner Genesung lud Gustav den Polizisten Grünwaldt ein und zeigte ihm die Wohnung zweite Etage Vorderhaus Sonnenburger

Straße. Der Wachtmeister hatte bis dahin in anderthalb Zimmern mit Außenklo unweit der Schultheiß-Brauerei in der Schönhauser gewohnt, mit hochschwangerer Frau und Sohn und Schwiegermutter. Vor seinem Küchenfenster hingen gärfeuchte Schwaden im Efeu an der Brandmauer der Flaschenwäsche.

Die neue Wohnung hatte zweieinhalb Zimmer und Balkon, im gefliesten Bad ein Klo mit Druckknopfspülung, in der Küche Mehrzweckspüle mit fließend Wasser und einen modernen Gasherd, im Salon Parkettfußboden aus Eiche mit Sternmuster und Friesen, und die Miete war mit 17 Mark im Monat gerade hoch genug, um keine allzu offensichtliche Bestechung zu sein.

> »Die Schwiegermutter, eine von Uelzen, schreitet ohne Blick und Gruß ins Haus und zerrt den vierjährigen David übers Trottoir. Valentin Grünwaldt folgt mit dem Baby Salomo auf den Armen, seine Frau Hanne ist hochschwanger und wirkt klein hinter ihrem Mann. Asta, die Spitzhündin mit dem Teddybärfell, schielt nach oben, wo auf dem Heimbergerschen Balkon ein halbes Dutzend Kinder ›wau wau‹ brüllt.«

Ob der Polizist in Wirklichkeit das Haus so abschirmen konnte, wie Kurt Weiszheit das später in seinem Roman *Gustav, der Sucher* schildert, sei dahingestellt, aber natürlich ist es eine schöne Vorstellung, dass die fröhlich-freche Insel der unverheirateten Mütter von einer uniformierten Autorität geschützt wurde.

Von ihrem Vater hatte Elise die Zartheit, die silberhellen Haare, die azurblauen Augen und die weiße Haut, von ihrer Mutter die kleine Statur, von beiden die empfindliche Nase, welche fast immer von Schnupfen gerötet war.

> »Kaum kann sie krabbeln, folgt sie den Gerüchen, die vom Treppenhaus her locken: süße Dämpfe aus Pflaumenmustöpfen und Karpfenpfannen, Bohnerwachs und Haarwasser, Schuhfett und Seifenwrasen. Die geprägten Blumen und Ornamente des Incrusta-Sockels im Treppenhaus der Sonnenburger Straße werden zur Landschaft ihrer Kindheit. In den Treppenhausfenstern glitzern und locken die

bunten Glasmosaike, in denen sich die Mapuche-Augen und die Zwitscherlilien der Fassade wiederholen … Tagsüber stehen viele Türen offen, in den Wohnungen werden Kisten genagelt, Hemden genäht, wird Tabak gelegt.«

Elise genoss ihre privilegierte Stellung als Tochter des Eigentümers.

»Wenn jemand sie auf einen Stuhl hebt, kann sie den Lichtschalter erreichen. Ein Klick und die Glühbirnen im Treppenhaus glimmen wie Abendsonnen. Die Zeitschaltuhr rattert, die Erwachsenen rufen ›Oh‹ und ›Ah‹. Eine Drehung am Gashahn und in der Opalglaslampe leuchtet der Glühstrumpf. Die Welt wird heller, wenn Elise erscheint.«

Um die Relationen zu verdeutlichen: Ein Schuhmacher wie Richard Salzl, Werkstatt im Parterre Vorderhaus Sonnenburger Straße, verdiente mit täglich zwölfstündiger Arbeit etwa 100 Mark im Monat. Im gleichen Zeitraum nahm Gustav den zwanzigfachen Betrag an Mieten ein und konnte über den Firmengewinn der »Loreley« von durchschnittlich 12 000 RM pro Jahr verfügen.

»Aus der Wohnungstür gegenüber [im Treppenhaus zur Sonnenburger Straße] wabern die Nebel der Plätterei Guthermann. In der Etage darüber wohnen auf der linken Seite die Klavierlehrerinnen Esther und Carola Goldberg, Mutter und Tochter, in deren dunklem Flur öläugige Schüler zwischen Regalen mit Noten und Büchern auf ihre Klavierstunde warten und Elise mit den klebrigen Himbeerbonbons, die Mutter Goldberg als Belohnung verteilt, füttern.

Ihnen gegenüber wohnen Grünwaldts. Elise beobachtet, wie die kleine Elfriede an der blaugeäderten Brust nuckelt. Salomo, der Einjährige, schreit, bis Mutter Hanne ihn ebenfalls trinken lässt. Die Oma wackelt dazu mit der Lockenperücke und verdreht die Augen, aber man darf nicht lachen. Manchmal läuft ihr Spucke aus dem Mundwinkel. Gott hat gerufen, seufzt Hanne, doch die Oma hat nicht hingehört.

Wenn am späten Nachmittag Vater Grünwaldt im vollen Wichs die Wohnung betritt, legt Elise sich neben David Grünwaldt, der ein Jahr älter ist als sie, auf das Schaffell im Flur, um das Wunder nicht zu verpassen. Zuerst hebt die Obrigkeit ihre Pickelhaube auf die Garderobe, reckt und kratzt sich am Kopf, schnallt den Leibgurt ab, zieht die Uniformjacke aus, die Hausjacke an. Noch riecht der Mann nach Leder, aber das Lächeln, mit dem er nun David und Elise »entdeckt«, verwandelt ihn schon in Papa Grünwaldt …

In der dritten Etage wohnt Ole Pazckowiak mit seiner kettenrauchenden Frau Gabriele. Seine Tochter Olga kann nicht hören und nicht reden, nur ›ah‹ und ›grrr‹ machen, hat schmale Lippen und weit hinter der Stirnwölbung ansetzende Haare. Ihre Ellbogen und Knie wirken wie Knoten an dünnen Stricken, Füße und Hände schlenkern herum. Dafür zeichnet sie wunderschön und kann durch Wände sehen: Zweites Fenster von links, dritte Etage des Hauses gegenüber, wo Elise nur einen Kanarienvogel im Käfig und Blätter von einem Gummibaum sieht, zeichnet Olga eine Familie, Mann, Frau, drei Söhne, wie sie beim Kaffee auf dem Sofa sitzen.«

Im Parterre besuchte Elise häufig das Fotoatelier, wo sich zwischen Palmwedeln und bemalten Paravents mit Wasserfällen das laute und lebhafte Familienleben der Koslowskis abspielte.

»Alle fünf Kinder schlafen gemeinsam in einem eisernen Bett. Man kann Leinwände hervorziehen und Verreisen spielen. Mal fahren sie in die Alpen, mal nach Venedig. Es gibt einen Papagei aus Holz und Blumen aus Wachs. Die Wohnung riecht nach den Flüssigkeiten, die in braunen und grünen Amphoren schwappen.

Am Sonntag dürfen die Kinder im Bett bleiben, so lang sie wollen. Mutter Gerda erzählt Geschichten von Rübezahl. Irgendwann kommt dann Herr Koslowski vom Frühschoppen nach Hause und zählt, leicht angeschickert, seine Kinder. Immer wieder muß er von vorn beginnen, weil er denkt, er hätte schon wieder eins mehr. Elise versteckt sich unter der Decke und ausgerechnet da pupst Louis.«

Die Jungen trugen Namen berühmter Fotografen: Joseph Nicéphore, Louis Daguerre und William Fox. Die Mädchen hießen einfach Hilde und Camilla. In den Sommerferien verreiste die ganze Familie nach Kuchelna in Schlesien, wo die Erbtante ein Berghotel mit Apfelplantage und Mosterei betrieb. Von dort kamen die Kinder zum Schulanfang braungebrannt zurück.

Vater Koslowski nannte sich »Lichtmaler«. Seine Kinder verteilten in den Häusern der Umgebung Zettel, um den Fototermin anzukündigen. Der Fotograf stellte zur gegebenen Stunde seinen Apparat auf, probierte und korrigierte. »Bisschen Gewese muss sein.« Die Bewohner putzten nochmal schnell über ihre Fensterscheiben und drapierten sich mit Kissen auf den Fensterbänken, die Inhaber der Läden stellten sich im Kreis ihrer Angestellten vor das Schaufenster. Hinterhausbewohner kamen vor die Haustür.

In der folgenden Nachtschicht zog Gerd Koslowski gemeinsam mit Gerda die Fotos auf Karton, fünf Dutzend, bei großen Häusern mit Gastwirtschaft auch mal zehn. Mit den Postkarten gingen seine Kinder von Tür zu Tür. Heute sind seine Fotos wertvolle Dokumente für den Denkmalschutz und erinnern an die Zeit, bevor die Säulchen, Puttchen und Zierstucke abgeschlagen oder die Häuser gleich ganz in Schutt und Asche gelegt wurden.

Die Hinterhäuser wurden nicht fotografiert und nicht die kohleschwarzen Fassaden an der Ringbahn.

> »Wenn man ein Blatt Papier auf das Fensterbrett legte, konnte man eine Stunde später mit dem Finger darauf zeichnen, so dicht fiel der Ruß aus den Schornsteinen der Lokomotiven. Abends kleckssten die Strahlen der im Ringbahngraben versinkenden Sonne dunkelrote Wälder auf die Tapete. Es roch nach heißem Öl und Kohle. Ich hätte jederzeit mit Hermann getauscht, auch wenn ich dann kein eigenes Zimmer mehr gehabt hätte.
>
> In Hermanns Bett haben wir ›Schlafwagen‹ gespielt: Wir klappten uns hoch und lauschten auf die Geräusche vorüberratternder Züge. Moskau. Paris. Bernau. Manchmal betrat eine strenge Schaffnerin den Waggon und suchte nach Schwarzfahrern. Wir hielten die Luft an, denn wir waren ein Liebespaar und auf der Flucht.«

Viel Unglück wäre vermieden worden, wenn Martha oder Gustav dem vorgeblich gemeinsamen Sohn die Wahrheit über seinen Vater erzählt hätten.

»Er muß die Fragen herunterschlucken: Wieso wohnt Elise im Vorderhaus und er bei den Weibern? Warum hat sie ein eigenes Zimmer und er nur eine Ecke? Warum wird Elises Mutter vom Leben dicker und seine dünner? ...

Seine Kehle wird enger, das Schlucken schmerzt, manchmal kann er kaum reden. Scheithauer verschreibt Wickel, Tropfen, Inhalieren, aber kein Mittel hilft. Nicht mal seinen Geburtstagskuchen aus dunklem Mehl und Rübensirup kriegt er runter.

Wie Gräten spießen die Fragen im Hals. Warum muß er sich schämen? Warum muß er die Socken schonen und sich von Mutter die Zehennägel bis aufs Fleisch kürzen lassen? Warum trennt sie die fadenscheinig gewordenen Betttücher in der Mitte und näht sie anders herum wieder zusammen? Warum kann er die Jacke nicht ausziehen, weil Mutter den Stoff für die Reparatur des Kragens aus dem Rücken des Hemdes entnommen hat?

Martha arbeitet die ganze Nacht. Stoff zuschneiden, mit der Maschine nähen, ratter, schnipp, vier Knopflöcher pro Hemd, Knöpfe dran, ratter, schnipp, Eckchen, Falten, das Nächste, ratter, schnipp. Für das Dutzend 2,70 Mark. Ihre Augen sind vom schlechten Licht so entzündet, daß sie vom Abendsonnenlicht tränen.

Hermann versucht zu helfen, durchstöbert die Müllkästen in den Höfen der Nachbarhäuser, angelt leere Flaschen heraus und bringt sie zum Lumpensammler. Mit geringem Erfolg: eine Mark in zwei Wochen und eine zerrissene Hose, für die er Kopfnüsse kriegt.

Herr Honigmann, Inhaber des Konfektionsgeschäftes Strauß u. Honigmann in der Schönhauser, Ecke Milastraße, ist alt und atmet schwer. Er prüft die Nähte der Oberhemden, die Hermann ihm bringt, mit einer Lupe, findet nie einen Fehler, schüttelt aber trotzdem bei der Übergabe des Lohnes den Kopf, als zahle er für lausige Arbeit.«

Erbarmungslos streuten die Nachbarkinder Salz in die offene Wunde. Hilde Koslowski, Tochter des Fotografen, zwei Jahre älter und stärker als die meisten Jungen im Hinterhof, beispielsweise:

»Sie schüttelt ihn am Kragen wie ein Kaninchen. ›Na Bastard? Bist ma noch zu mager!‹ Sie zieht ihm, wenn er den Bund nicht rechtzeitig festhält, die Hosen runter, macht sich über seinen Schniepel lustig und brüllt: ›Mach Männchen!‹ … Die Scham setzt sich in ihm fest wie Staub in einem alten Sofa. Die Einzige, die ihn manchmal verteidigt und der niemand zu widersprechen wagt, ist Elise. Das kribbelt süß und demütigt zugleich …

Er beneidet und bewundert, wie die Trittsteine des Lebensweges ihr eilfertig vor die Füße rutschen. Er liebt es, wenn sie sich mit Hilfe der Gardinen aus dem Atelier Koslowski in eine Prinzessin verwandelt. Er dient ihr, indem er Wasser von der Pumpe holt oder die Schuld auf sich nimmt, als sie im Waschhaus die Schale mit Seifenpulver zerbricht. Er repariert das Tretrad, das sie zum Geburtstag geschenkt bekommen hat, und rennt neben ihr her. Er erinnert sie an die Uhrzeit für den Rückweg und trägt ihre Tasche … Manchmal wird Elises Blick mit einem Mal glasig, dann darf er sie nicht ansprechen, weil sie etwas sieht, das ein Geheimnis bleiben muß. ›Affenliebe!‹ schimpft Mutter …

Elise und Hermann hocken am Fenster der Kunertschen Wohnung und raten Züge. Dem Kohlendampf der Lokomotiven folgt die Parfümschleppe eines Salonwagens, das Desinfektionsmittel eines Toilettenabteils und der Bratenduft aus einer Speisewagenküche. ›Paris-Paris‹ singen die leichten Personenwagen. ›Is-tam-bul‹ schnaufen die schweren Güterwaggons …

Sie unternehmen verbotene Expeditionen durch die Hinterhöfe. Auf den Balkonen rattern die Nähmaschinen. Schmiede, Tischler und Glasbläser, Zigarrendreher und Sattler arbeiten unter freiem Himmel. Männer sitzen im Lederschurz vor ihrem Kuhfuß und nageln Schuhsohlen, Frauen waschen Wäsche oder bemalen Spielzeug im Akkord.

Elise und Hermann klettern über Gitter und Tore und schleichen bis auf die andere Seite der Schönhauser Allee. Bei Cocchi, Bacigalupo & Graffigna am Bahnhof stehen die Straßenmusikanten Schlange, um Drehorgeln und Affen auszuleihen.«

Am Mittwoch nach Ostern 1907 wurden Elise und Hermann gemeinsam eingeschult.

»Die 117. Berliner Volksschule befindet sich schräg gegenüber in der Sonnenburger Straße 20 auf der anderen Straßenseite, keine 200 Meter entfernt. Es gibt eine Turnhalle und eine Aula. Im Speiseraum schenkt das Hausmeisterehepaar Milch zu fünf Pfennig das Glas aus ...

Herr Klotzke, der Klassenlehrer, gilt als streng und humorlos, aber er behandelt Hauseigentümerkinder und Bastarde gleich. Richtige Antwort: eine Bank rauf, falsche: eine Bank runter. Bester Platz ist an der Fensterreihe links vorn. Dorthin strebt Hermann mit Fleiß und Zähigkeit, während Elise – im Rechnen schwach wie ihre Mutter und Mühe nicht gewohnt – sich zugleich in die gegenüberliegende Ecke entfernt ...

Einmal die Woche marschiert die Klasse mit Gesang zur Oderberger Badeanstalt. Zwanzig Minuten Wannenbad, immer zwei Kinder in einer Wanne. Anschließend kontrolliert Klotzke die Ohren, und wer nicht sauber ist, wird vor den Augen der anderen nochmal geschrubbt, egal ob Junge oder Mädchen, ehelich oder unehelich ...

Am Schuljahresende ist Hermann Klassenbester in Geschichte, Deutsch und Werken. Mutter Martha dreht sein Zeugnis in den Händen, sorgenvoll. Wasn das nu wieder? Der Junge überhebt sich. Sie gibt ihm eine Kopfnuß.«

Für Elise wurde der Unterricht unerquicklich. Das Elend fing mit der Brottasche an, die unter ihrer Nase sauerteigig müffelte, und hörte mit den bleischweren Medizinbällen nicht auf:

»Im katholischen Religionsunterricht doziert Schwester Argane über die ›dreifache Bestimmung der Frau zur Gattin, zur Mutter und zur Vorsteherin des Hauswesens‹. Elise ärgert sich, weil sie jedes Mal dran ist, die Erbsünden aufzuzählen.«

Da beide Eltern über »die Nase« verfügten, wuchs Elise mit dem Gefühl auf, es handle sich beim Schnuppern und Riechen um eine völlig normale Sache:

»Mutter riecht an ihrer Hand, um herauszufinden, ob sie mit den anderen auf den Gleisen gespielt hat. Hilde neigt ihren Kopf, damit Elise an ihren Haaren riecht und rät, was es bei Koslowskis zu essen gab. Niemand im Haus ist je ungehalten, wenn sie einem Pfannkuchenduft folgt, im Gegenteil, bewundert wird sie für ihr feines Näschen.«

Es kam der Schultag, an dem sie erkennen musste, dass Gerüche eines jener Felder waren, über die man außerhalb des Weiszheithauses besser nicht sprach:

»Warum machen ihre Klassenkameraden Ekelgesichter, wenn sie ihre Kragen beschnuppert und an Ohren riecht. ›Wie'n Hund‹, wird sie ausgelacht, oder mit einem ›Dit is ja bäh!‹ weggeschoben. Mädchen kreischen, wenn sie ihnen zu nahe kommt, ein Mitschüler schlägt sie auf die Nase, daß sie blutet. ›Wer's zuerst jerochen, aus dem is et jekrochen!‹, brüllt die ganze Klasse und zeigt mit den Fingern auf Elise.«

Für Mitschüler aus sozialistischen Haushalten stellte die silbrige Hausbesitzertochter wohl auch ein willkommenes Feindbild dar, und Hermann bekam Gelegenheit, sich für sie zu prügeln.

»Sie geht nicht mehr mit ihrem Vater spazieren und behauptet, draußen stinke es. Gustav steigt mit ihr ins Ecktürmchen, setzt sich auf den Drehstuhl und nimmt Elise auf den Schoß. Sie lassen die Blicke über die Dächer und durch die Schluchten wandern, von Fenster zu Fenster, immer schneller im Kreis sich drehend. Im Westen, wo jetzt noch die Waggons auf dem Güterbahnhof rumpeln, sehen sie den künftigen Luftschiffhafen. Im Süden ist das Rote Rathaus umstellt von Wolkenkratzern. Anstelle der schwarzen Rauchfahnen des Gaswerks wehen im Osten biegsame Antennen auf Gittermasten, mit denen Strom aus der Elektrizität der Atmosphäre gewonnen wird.

Und im Norden erstrecken sich Parkstädte zwischen Badeseen bis zum Horizont.«

Nach weiteren Demütigungen im Mathematikunterricht begann Elise die Schule zu schwänzen. Sie versteckte sich mit Hugo Lorenz im Dachboden des Seitenflügels, wo wegen des Rußes der Ringbahn niemand seine Wäsche aufhing.

»Aus der Dachluke spucken sie in die Schornsteine vorbeifahrender Züge …

Von allen Jungs ist Hugo mit seinen schwarzen Locken der schönste. Seine braune Haut duftet karottig-lecker. Eines Tages, behauptet er, wird er so reich sein wie Elises Vater und alles kaufen können.

›Mir ooch?‹

›Kla!‹

›Bin aber teuer!‹

›Wie viel?‹

›Million und …‹, sie sucht nach einer noch größeren Zahl, › … und zwölf.‹

›Abjemacht?‹

›Abjemacht!‹«

Hermann litt und schluckte, weil er ahnte, dass Schuleschwänzen für ihn gefährlicher war als für seine Halbschwester. Die folgende Erzählung liest sich, als habe Hermann sich selbst beweisen müssen, dass er kein Feigling war:

»Hell beleuchtet posieren die Puppen hinter der Schaufensterscheibe des Konfektionsgeschäfts. Im Halbdunkel dahinter sieht er den alten Honigmann mit ausgestreckten Armen einen Stoffballen über seinem Kopf verstauen. Hermann wiegt den Stein in der Hand und spuckt darauf.

Das Schaufensterglas explodiert mit Glasregen und Lichtblitzen. Hermann schlägt Haken ins Dunkel der Mila, taucht am Exer ins Gebüsch und lauscht. Sein Herz wummert. Schritte auf Pflaster verhallen zwischen den Häuserwänden. Niemand verfolgt ihn. Die Angst weicht Triumph. Er möchte singen. Der Halsschmerz ist weg.«

Im Kaiserreich war es nicht ungewöhnlich, dass Kinder der Schule fernblieben, um in der Familie zu helfen.

> »Hugo hilft seiner Mutter am Marktstand und schleppt den Kunden für einen Groschen das Gemüse nach Hause.«

Das Kinderschutzgesetz verbot seit 1904 nur die Beschäftigung von Kindern unter zwölf Jahren in gewerblichen Unternehmen.

Es dauerte also eine Weile, bis die Schule reagierte und Lehrer Klotzke zum Hausbesuch erschien.

> »Mit roten Ohren hören sie [Gustav und Augusta, d.A.] seinen Vortrag über Schulpflicht, Vaterland und deutsche Ehre.«

Gustav versuchte, die Situation mit bewährter Methode zu bewältigen, aber:

> »Mit einer schönen Wohnung allein kann er einem unbestechlichen preußischen Beamten keine Versetzung entlocken, da muß er schon Nachhilfeunterricht drauflegen ... Zum nächsten Ersten zieht der Lehrer in die dritte Etage des Vorderhauses Sonnenburger Straße, vier Zimmer und Kammer, mit Fenstern nach Westen. Die beiden älteren Klotzkesöhne Christoph und Johannes trampeln selbstbewußt die Treppe runter; der Jüngere, Harald, trippelt schüchtern ... Hermann verzeiht Elise, gibt ihr Nachhilfestunden, verbessert ihre Hausaufgaben und sagt im Unterricht vor.«

Die Restauration im Weiszheithaus wurde von Arthur Adam, den wir als Bierverkäufer auf der Baustelle kennengelernt haben, gemeinsam mit seiner Frau Trine unter dem Namen »Kleine Meerjungfrau« als Fischrestaurant eröffnet. Vor allem Facharbeiter der Weddinger Großbetriebe, die in der Gegend westlich der Schönhauser wohnten, gönnten sich und ihren Familien ein Essen im Restaurant als Zeichen des sozialen Aufstiegs. Kurz nach der Eröffnung jedoch brach das bis dahin rasante Wachstum des deutschen Maschinenbaus ein, Kapazitäten wurden abgebaut, Facharbeiter landeten auf der Straße und strichen als ersten Haushaltsposten das »Auswärtsessen«.

> »Schweren Herzens brät Trine Adam Boulette statt Hecht und kocht Kartoffelsuppe statt Bouillabaisse. Sie haßt Hackfleisch, und sie haßt

die männerlosen Schlampen vom Seitenflügel, die ihr dieses Schicksal eingebrockt haben. Kann ja nischt werden mit'm Fischrestaurant in SO'NEM Haus …

Arthur keucht mit Essen für Pensionäre treppauf, treppab, schleppt Wärmekisten, läßt seine Kunden anschreiben, obwohl er selbst knapp ist. Anthelme, sein Neunjähriger, wird fett vom übriggebliebenen Räucheraal. Die einstigen Kollegen aus der Schönhauser Klause spotten: Na, wann fängste wieder bei uns an? Wenn wenigstens die Brücke auf die andere Seite der Ringbahn gebaut würde, daß mehr Kunden kommen. So aber steckt die Meerjungfrau in einer sonnigen Sackgasse …

Augusta riecht das Verwesen der Träume: Die Eiskisten, die per Expreßpost direkt aus Stralsund kommen, stinken im Unterkeller. Die Brauerei pfändet die Zapfanlage, die Meerjungfrau verdurstet.«

Die Brücke, von der Arthur Adam hier träumt, hätte die Restauration wohl kaum gerettet, aber sie war schon seit dem Erstbezug ein großes Thema in der Nachbarschaft. Die Händler versprachen sich von einer Verlängerung der Sonnenburger Straße über die Ringbahn in Richtung Norden mehr Publikumsverkehr, die Arbeiter kürzere Wege zum Betrieb und die Hausbesitzer höhere Mieten für die Gewerberäume. Zwischen den entscheidenden Instanzen, nämlich dem Polizeipräsidenten als Verwaltungschef und der Stadtverordnetenversammlung, war die Frage strittig, ob die Investition sich lohnen, ob die Stadt auf dem jenseitigen Ufer des Ringbahngrabens weiter wachsen würde. Es ist klar, welche Position Gustav einnahm. Die Städte in Amerika waren weiter, größer, höher. Bildung und technischer Fortschritt schafften Analphabetismus und Aberglauben, Hunger und Krankheiten aus der Welt.

1907 ging der Eishandel, der vom Unterkeller aus die Läden der Umgebung beliefert hatte, pleite, weil immer mehr Kühlmaschinen das Natureis ersetzten. In den Kellergewölben richtete der Notenstecher Gustav Abramowitz, dem seine Werkstatt am Alexanderplatz zu klein

Gustav Weiszheit, ca. 1910; das Foto trägt auf der Rückseite den Stempel »Photographisches Atelier Koslowski, Kopenhagener Straße 16a«

geworden war, eine Druckerei ein, die Liederblätter für Arbeiter-Gesangsvereine und den *Vorwärts* herstellte.

Da hatten sich die richtigen Gustavs gefunden, kein Thema war vor ihnen sicher: nicht die Entwicklung afrikanischer Ehesitten und nicht heikelste Ideen für Experimente mit starkem Strom. Sie sprachen Esperanto, referierten Artikel im *Vorwärts* und begeisterten sich angesichts der ehernen Gesetze, denen zufolge das Alte zusammenbrechen musste und der Fortschritt unaufhaltsam war.

Elise schrieb später in ihren Erinnerungen:

> »Oft wurde ich in den Keller geschickt, wo es nach Öl, Harz und Sprit roch, um Vater zum Mittagessen zu holen. Manchmal hörten die Männer mich nicht und ich beobachtete sie eine Weile. Sie saßen um einen silbernen Samowar, stritten mit roten Köpfen, fielen sich ins Wort, faßten sich am Ärmel und waren irgendwo mit ihren Gedanken, nur nicht zwischen den Papierrollen und Bleiplatten der Druckerei. Mutter nannte sie die ›Gebrüder Klatsch und Tratsch‹.«

Die sozialistische Bewegung war noch unschuldig, der Glaube an eine bessere Welt nicht vom Blut der Stalin'schen Massenmorde befleckt. Gustav Abramowitz war als Parteimitglied marxistisch geschult, doch Gustav Weiszheit träumte weit weniger politisch, als sein Enkel Kurt später in dem Roman *Gustav, der Sucher* behaupten würde.

Auf Frauen und Mädchen übte Gustav eine merkwürdige Wirkung aus. Er war ja eher schmächtig, kein Womanizer im üblichen Sinn.

»Vom rußdunklen Hintergrund der Mietskasernen heben sich seine helle Haut, sein Silberhaar und seine gepflegte Kleidung ab wie eine Erscheinung aus einer anderen Welt. Er leuchtet.«

Viele Bewohnerinnen des Prenzlauer Bergs, gestern noch Kuhmägde und Tagelöhnerinnen in den halbfeudalen Ostprovinzen, träumten in dunklen Hinterhöfen vom Aufstieg. Sie hielten die Männer aus ihren Dörfern für dreckige Tölpel, die nichts konnten als schuften, saufen und prügeln.

Gustav dagegen duftete und konnte reden. Mit den Visionen, die ihn selbst begeisterten, blendete er seine Zuhörerinnen.

»Die Frauen behängen ihn mit ihren Hoffnungen wie mit Lametta, so daß er schließlich strahlt wie ein Weihnachtsbaum.«

Neben ihm fühlte Augusta sich wie eine verblassende Inschrift. Auf ihren gemeinsamen Spaziergängen schob sie den Kinderwagen und schwieg.

»Sie riecht die feuchte Verzückung der Kindermädchen an der Einsamen Pappel und hört bei Malinke das Getuschel der Hausfrauen. ›Wegen einer Liebesgeschichte soll der enterbt worden sein ... Sohn eines baltischen Barons.‹«

Sie bedauerte, dass Gustav mit ihr keinen Staat machen konnte.

»›Mit meene kurze Beene ...‹, redet sie sich heraus, schickt Martha auf Besorgungen und stellt Elise auf dem Balkon in die Sonne.

Sie ist nicht böse auf ihren schönen, weißen Mann, der im Hinterhof zur Freude der zahlreich aus den Fenstern schauenden Frauen und Kinder in Bühnenlautstärke aus dem Don Ramiro rezitiert: ›Donna Anna! Donna Anna! Heißgeliebte langer Jahre!‹ und im Beifall appetitlich nach Apfel duftet, während sie schon genauso riecht wie das Haus: In der Kopfnote das Wachs, mit dem sie bohnert, im Gaumen Kohl und Kohlenkeller, Waschseife und Zwiebel, und im Abgang der Essig, mit dem sie die Toiletten putzt. Durch und durch mariniert ist sie vom Hausgeruch wie ein Sauerbraten von der Lake, mürbe auch, bloß nicht so lecker.«

Gustav bemerkte ihre Traurigkeit nicht oder er wollte sie nicht bemerken, ihr Grau passte nicht zum Bunt der Bilder in seinem Kopf. Männer seines Schlages hielten sich für fortschrittlich und hatten kein »Problem« mit der Gleichstellung der Frau, im Gegenteil:

»In der Zukunft wird das gesellschaftliche Leben immer mehr ein öffentliches werden«, schrieb etwa August Bebel. »Das häusliche Leben wird sich auf das Notwendige beschränken, dagegen wird dem Geselligkeitsbedürfnis das weiteste Feld eröffnet werden. Große Versammlungslokalitäten ..., Speise-, Spiel- und Lesesäle, Bibliotheken, Konzert- und Theaterlokale, Museen, Spiel- und Turnplätze, Parks und Promenaden, öffentliche Bäder, Bildungs- und Erziehungsanstalten aller Art, Laboratorien usw., alles aufs Bestmögliche ausgestattet.«

Dass es vor allem die Männer waren, die ihr häusliches Leben auf das Notwendigste beschränkten, fiel weder ihm noch Gustav auf.

»Augusta streut Wacholderbeeren und Rosmarin auf ein glühendes Bügeleisen und räuchert das Treppenhaus. Die Mieter öffnen Wohnungstüren, Schubladen und Schränke, auf manchen Gesichtern erblüht ein Lächeln, die Lungen weiten sich – auch wenn der graufade Alltag danach wieder aus den Ritzen kriecht, unaufhaltsam wie Nebel ...

Augusta wünscht sich ein zweites Kind. Gustav läßt sich ihre Küsse auf seine Haare gefallen, ist freundlich, hört zu, lobt ihr Essen, duftet und – verduftet ...

Sie nimmt all ihren Mut zusammen und sucht Dr. Scheithauer auf. Der Arzt zeigt ihr ein Pessar und erläutert seine Anwendung. Die Furcht vor ungewollten Schwangerschaften mache Frauen krank, sagt er, mit modernen Verhütungsmitteln wachse auch die Lust am eigenen Körper. Scheithauer mißversteht ihr Lachen. Na sehnse. Jeht doch ...

An manchem Sonntagmorgen, wenn Gustav aus seinen Träumen erwacht, nur um in die Liederdruckerwerkstatt zum Weiterträumen zu verschwinden, erwägt sie, Trost in der Kirche zu suchen. Es sollen wohl Berge weichen und Kamele durch Nadelöhre passen, doch sie fürchtet Arganes Triumph …

Die Heimbergerin empfiehlt Mampe: ›Dit is wies Leben: halb und halb‹ und leiht ihr zerlesene Romanhefte von der Marlitt, Klemm und Mite Kremnitz, daß Augusta ihr Herz am Kunstfeuer wärme. Die fragt sich, ob sie mit einem Mann zum Anlehnen glücklicher geworden wäre, mit einem wie Kunert? Da muß sie doch lachen …

Bei einem Italiener, der in der Kopenhagener Straße seine ›Gipsfiguri‹ ausruft, kauft sie den größten Adonis, den er hat: Weiß und glatt wie Gustav, doch außerstande wegzulaufen.«

Augusta bewunderte Dorothea Kleinschmidt, die 1903 im Seitenflügel eingezogen war. Die gelernte Hutmacherin schrieb für feministische Zeitschriften wie die *Gleichheit* von Clara Zetkin und bekam Briefe aus England und Frankreich.

Ihre Tochter Gertrud hatte während der schweren Geburt einen Hirnschaden erlitten und lernte nicht sprechen. »Ich fürchtete mich, wenn sie am Mittagstisch saß«, erinnerte sich Elise.

»Sie war älter als ich und kam mir riesig vor. Sie brummte, fraß wie ein ausgehungerter Wolf und furzte während des Essens. Mutter wollte Dorothea beweisen, wie gütig sie war, und als ich einmal die Augen verdrehte, mußte ICH an den Katzentisch.«

Dorothea mochte Gustav Weiszheit gern, auch wenn ihr nicht gefiel, dass Frauen einen Mann vergötterten, statt ihrer eigenen Kraft zu trauen. Sie gab Kontra, wenn Gustav und Jakob beim Essen ihre männlichen Phantasien ins Himmelblau steigen ließen. Warum sollten Frauen, die den Menschen von Morgen gebaren, das Morgen weder mitentwerfen noch mitgestalten? Gustav stimmte ihr zu.

Weil die Honorare nur spärlich flossen, hielt Dorothea sich und ihre Tochter mit Reparaturen von Hüten, dem Filzen von Huteinlagen und Eigenkrationen über Wasser.

»Sie formt Alternativen zu den feder- und blumenbeladenen Wagenrädern auf den Köpfen feiner Damen: praktische, mit bunten Steinen und Blumen verzierte Kappen, die Verkäuferinnen im Warenhaus, Sekretärinnen im Büro oder Telefonistinnen auf dem Weg zur Arbeit tragen können. Ihre Küche ist gleichzeitig Garderobe und Sprechzimmer. Die wartenden Kundinnen lesen sich Artikel über die Pankhurst und Isadora Duncan vor. Unter einem Dorothea-Hut, der sie daran erinnert, daß sie nicht allein sind, gehen sie hinaus in die Welt, die eine Männerwelt ist.«

Das »H« von »Hutmacherin« auf Dorotheas Geschäftskarte war so gestaltet, dass es auch als »M« gelesen werden konnte: Dorothea Kleinschmidt, Mutmacherin.

Vor und während des internationalen Frauenkongresses, der am 12. Juni 1904 in Berlin begann, arbeiteten Dorothea und ihre Nachbarinnen im Organisationskomitee. Augusta bereitete Übernachtungen für die Teilnehmerinnen vor und lernte Dutzende Frauen aus Europa und Übersee kennen, was sie stolz machte, auch wenn sie später nicht mutig genug war, den Kontakt brieflich weiter zu pflegen. Nach dem Kongress versuchte Dorothea einen Arbeiterinnen-Bildungsverein ins Leben zu rufen, was allerdings zunächst am fehlenden Veranstaltungsraum scheiterte. Adam fürchtete – wie die meisten Wirte und Saalbetreiber in der Umgebung – Konflikte mit der Polizei, wenn er an Frauen vermietete, die »politisierten«. Erst sein Nachfolger Griebel Wandt vermietete das »Vereinszimmer« des nun so geheißenen »Nordringers« an Frauen.

Gustav lernte diesen Griebel Wandt auf einer Bank im Polizeipräsidium am Alexanderplatz kennen, während er auf einen Termin wartete, um eine Petition für den Bau der Brücke abzugeben. Der Sekretär eines Ringvereins und Betreiber einer Turnhalle wartete ebenfalls – um sich zu beschweren, dass sein Antrag auf eine Schankerlaubnis abgelehnt worden war.

»›Wie heißt denn Ihr Ringverein?‹, fragte Gustav.

Griebel schaut dem Banknachbarn prüfend ins helle Gesicht. Das kann kein Falsch und Arg verbergen. ›Nordringer‹, improvisiert er, ›ja, wir nennen uns die Nordringer.‹ Er spricht über seine bewegte Vergangenheit als Seemann, Anarchist, Expeditionsführer, Pilot und Bronzemedaillengewinner im griechisch-römischen Stil bei den Olympischen Spielen in London. ›Außer Lachen‹, zitiert er Friedrich Ludwig Jahn, ›gibt es keine Leibesübung, die alle Glieder und Muskeln so gleichmäßig anstrengt wie Ringen.‹«

Die beiden Männer teilten das Leid, jeden Abend von den Beamten auf den nächsten Tag vertröstet zu werden, und sie rächten sich auf die Art der Machtlosen.

»Die Herren mit den Ärmelschonern nehmen lange Umwege in Kauf, um den Flur zu meiden, auf dem die Petenten wegelagern und Witze reißen.«

Gustav war beeindruckt von Griebel, der ihm an Luftigkeit und Fantasie ebenbürtig war und ihn an Chuzpe übertraf. Dass ein »Ringverein« nicht die Förderung des Ringens, sondern die solidarische Unterstützung ehemaliger Strafgefangener zum Ziel hatte, wusste er entweder nicht oder ignorierte es aus Höflichkeit.

Im Pelz und mit Medaillen klimpernd, besichtigte Griebel Wandt die Restauration und den Tiefkeller, der ihm zur kühlen Lagerung von Getränken wie geschaffen schien.

»Ein Dutzend Ringer mit breiten Schultern und kantigen Gesichtern krempeln die Ärmel hoch und räumen Teegläser, Fischpfannen und Spitzendeckchen auf die Straße, hängen eine bunte Laterne über den Eingang und ersetzen den Schriftzug Kleine Meerjungfrau durch Zum Nordringer. Die Schaufenster verkleiden sie mit grünen Butzenscheiben … Ein Schild an der Eingangstür verkündet ›Nur für Mitglieder‹. Zackig schreibt Griebel Wandt daneben ›und ihre Gäste‹. Für Samstagabend lädt er zum Tanz.«

Arthur Adam schleppte sich derweil jeden Morgen im Strom der Arbeiter durch den Gleimtunnel, um in der Kantine der AEG Blechnäpfe zu schrubben. Er trug schwarze Trauer um die Augen, ließ aber gegen allabendliches Freibier die Schanklizenz weiter unter seinem Namen laufen.

»Ein Zigeunertrio spielt Walzer und Polka. Die Ringer des Vereins stehen am Tresen, schüchtern wie Tanzschüler, die Frauen an den Tischen leuchten rot im Schein der Lampions. Griebel fordert die Heimbergerin auf und befiehlt auch seine Leute auf die Tanzfläche. Für viele der Frauen im Seitenflügel ist es der erste Schwof seit Jahren …

Grünwaldt warnt Gustav. Der Griebel sei nicht koscher. Es gebe bereits Anzeigen wegen des nächtlichen Treibens …

Er [Griebel W.] schwatzt der Heimbergerin ein Pulver gegen Warzen auf. ›Indianisches Geheimrezept.‹ Man löst es in Tee auf oder schnieft es vom Handrücken. Die Warze wird blaß, aber zu viel davon schießt in die Ohren und die Heimbergerin kann auf einmal Mütter in der vorbeifahrenden Ringbahn hören, die über ihre Kinder reden.«

Griebel Wandt gestattete den Frauen des »Arbeiterinnen-Bildungsvereins Nordring« nicht nur Versammlungen im »Vereinszimmer« seiner Restauration, sondern erließ ihnen auch noch die Miete.

Dorothea setzte Themen wie »Heimarbeit und Volksgesundheit«, »Öffentliche Kinderfürsorge« und »Die arbeitende Frau als Mutter« aufs Programm. Den Vortrag »Wir Petersburgerinnen« hielt jene Lydia Konstantinowa, die Ende 1904 den Petersburger Frauenstreik organisiert hatte.

»Am Sonntag zur Gottesdienstzeit sitzen Frauen mit erwartungsvollen Gesichtern an den Tischen im Nordringer und trinken Faßbrause. Valentin Grünwaldt steht draußen an der Tür neben Griebel Wandt und verwehrt Männern den Eintritt.«

Die Mitglieder des Bildungsvereins verteilten kostenlose Eintrittsbilletts an Frauen und Mädchen ihrer Nachbarschaft. Der Seitenflügel würfelte aus, wer sonntags die Kinder hüten musste.

»Nur Bertha Schulze schickt zur Vortragszeit ihre hochfeine Tochter Johanna zur Sonntagsschule in die Herz-Jesu-Kirche.«

Regelmäßig wurden die Referentinnen und auswärtige Besucherinnen von Augusta nach dem Vortrag zum Mittagessen eingeladen.

In der Vereinschronik des Arbeiterinnen-Bildungsvereins steht zu lesen:

»Nach dem Vortrag über ›Die Wohnungsfrage im Lichte vernünftigen Städtebaus‹ wurden zahlreiche Fragen gestellt, so daß sich die Veranstaltung bis einhalb 12 Uhr hinzog und sicher noch einige Stunden länger gedauert hätte, wenn nicht der anwesende Polizist auf Einhaltung der vereinbarten Mietzeit gedrungen hätte. Es wurde allseits gewünscht, so bald wie möglich einen weiteren Vortrag mit Herrn Weiszheit folgen zu lassen, welches der Betreffende gern zusagte.«

Die Zuhörerinnen eilten in Scharen zu Gustavs Vorträgen, wiewohl erschöpft vom Nähen, Waschen, Putzen und hungrig in jeder Hinsicht. Manche brachten Stopfzeug mit, um keine Zeit zu verlieren. Andere riskierten Schläge, weil sie das Verbot ihrer Ehemänner ignorierten. Diese Arbeiterfrauen führten ein Leben im Schatten, aber Gustav »redet sich in Glut und läßt ihre Augen leuchten«.

Manchmal musste Grünwaldt schon fünf Minuten vor Beginn der Veranstaltung die Eingangstür wegen Überfüllung schließen.

In *Gustav, der Sucher* unterstellte Kurt Weiszheit seinem Großvater Ansichten, die in den fünfziger Jahren (der Roman erschien 1956) diskutiert wurden:

»Die Stadt von morgen sei die Stadt einer neuen, gerechteren Gesellschaft. Um den Wohnungsbau von Profitgier zu befreien, solle der städtische Grund sozialisiert, die Geschlechter gleichberechtigt und Kindererziehung eine Sache der Gemeinschaft werden. Gesundes Wohnen für alle sei ein großes, gewaltiges Ziel, aber machbar. Je länger er spricht, desto röter werden die Wangen seiner Zuhörerinnen.«

Tatsächlich wirkte Gustav wohl weniger durch die Schlüssigkeit seines Programms als durch die Leidenschaft seines Auftretens. Egal, ob er über Elektrizität und Magnetismus, die Kraft der Vulkane, die soziale Ordnung der Insektenvölker, über Reiz und Rauschmittel oder Seefahrt und Atlantis redete, die Besucherinnen wollten Gustav sehen, anschauen, ihm zuhören und beim Klang seiner Stimme träumen.

Jakob Abramowitz sorgte für die Berichterstattung im *Vorwärts* und erfand schließlich 1907 den Titel »roter Hausbesitzer«. Auch die bürgerliche Presse wurde aufmerksam. Ein Journalist des *Berliner Mittagsblatts* nannte Gustav einen »herzensbrechenden Autodidakten«, die »Zeitung für den Ganzen Prenzlauer Berg« verdächtigte ihn der »socialdemocratischen Schaumschlägerei«.

Wenige Monate nach seiner Unterschriftensammlung wurde der Bau einer Brücke über die Ringbahn angekündigt, was Gustavs Popularität weiter wachsen ließ:

> »Gustav Weiszheit ist der Name, den wir uns merken wollen, denn er ist einer der wenigen Herren aus der vermögenden Klasse, die das Wetterleuchten am Horizont zu deuten vermögen.«

Wer so mit dem Kopf in Wolkenträumen stand wie Gustav, wusste wohl nicht immer, wo seine Füße waren.

> »Manchmal sitzt sie [Augusta] hinten in der letzten Reihe, dunkel gekleidet, fast unsichtbar, und beobachtet ihren leuchtenden, rings von Geschmachte und Geseufze umgebenen Mann am Pult. Einmal wird sie von einer Maulaufsperrenden in die Rippen gestoßen: ›Das ist Einer!‹ Und sie traut sich nicht zu sagen: ›Das ist meiner!‹«

5 Rollstuhl

Ich verbrachte mehrere Wochen in einer Brandenburger Reha-Klinik, absolvierte täglich meine Gymnastik und verschlang Selbsterfahrungsliteratur der Sorte *Mein Weg aus dem Rollstuhl, Wie ich zum zweiten Mal Laufen lernte* und *Kopf hoch, Kämpfer.* Ich versuchte, meine Bitterkeit mit doppelten Kuchenportionen in der Cafeteria zu versüßen. Der Tag der Entlassung nahte, nein: drohte, denn ich wusste noch nicht einmal wohin. Mit meinen Stimmungsschwankungen, Selbstmordgedanken und den vielfältigen Schmerzen meines Leibes hätte ich in eine psychiatrische Klinik gehört. Ich hatte kein Zuhause und keine Familie. Kein Mensch auf der ganzen Welt fühlte die Verpflichtung, mich zu pflegen, oder auch nur genug Liebe, mir aufs Klo zu helfen.

Und noch ein Problem gab es: Ich war arm. Sämtliche Rücklagen waren gepfändet, ein Gehalt als Geschäftsführer hatte ich mir nicht gezahlt. Der Mangel an Geld war eine völlig neue Erfahrung. Bisher hatte ich verdient, wenn ich konnte, und das Verdiente ohne Bedauern wieder verloren. Gewinn war nur ein Gradmesser für meine Schlauheit, ich hatte mich nie über Luxusgüter und Besitz definiert. Auf dem Land und während meiner Reisen war ich fast ohne Geld ausgekommen. Nun aber brauchte ich es mehr denn je, für eine Wohnung, einen Rollstuhl, für Helfer und Transportmöglichkeiten.

Vergeblich, als ob mit dem Körper auch meine Phantasie gelähmt wäre, suchte ich nach Geschäftsideen und Einkommensquellen. Ich kriegte es mit der Angst zu tun und begann gleich nach dem Aufwachen am frühen Morgen zu kiffen. Das machte die Sache nicht einfacher.

Laura, die nach der Rückkehr ihrer Mutter aus den USA wieder in ihre eigene Wohnung nach Dahlem, ans andere Ende der Stadt, gezogen war, schlug vor, die Gerüstversicherung zu verklagen, die sich zu zahlen geweigert hatte, weil ich mich freiwillig in Gefahr begeben hätte. Statt mich geehrt zu fühlen – immerhin wäre ich der erste Mann in ihrer Klientenkartei gewesen –, zickte ich herum, weil ich nicht in die Opferecke wollte. Sie drängte, ich wurde wütend und behauptete am Telefon, ihre Kanzlei lebe schließlich davon, Frauen als Opfer zu definieren. Sie legte auf, und als ich sie nach einer unendlich langen Stunde endlich wieder erreichte, konnte ich hören, dass sie geweint hatte.

Gott, wie mein neues Ich mich ankotzte. Warum fand ich bloß meinen Mut nicht wieder? Die Antwort war natürlich ganz einfach: Mein Rückgrat war gebrochen.

Ich beschloss, in die Kasse zu greifen. Skrupel hatte ich nicht, das Haus gehörte ja eigentlich mir. Die nötigen Bestätigungen über den Baufortschritt fälschte ich, und die Bank zahlte ohne weitere Überprüfung eine Tranche von 150 000 Euro aus. Für den Preis eines Neuwagens kaufte ich einen schnellen und leichten Elektrorollstuhl und mietete mich im Parterre gegenüber des Weiszheithauses ein, einem ehemaligen Friseurgeschäft. Ich mochte den Geruch nach Shampoo, Haarfestiger und Altweiberparfüm, der aus den Wänden kroch. Das Schaufenster ließ ich mit einer Milchglasfolie bekleben – bis auf einen waagerechten Sehschlitz in der Mitte, durch den ich jederzeit die Arbeiten auf der Baustelle kontrollieren konnte. Umgekehrt nutzten Passanten den Sehschlitz als Aufforderung, die Geheimnisse im Inneren des Ladens zu erforschen, aber ich war nicht prüde, und nach einiger Zeit merkte ich, wie das ständige Beobachtetwerden mir guttat: Ich wollte meinem Publikum kein »trauriger Behinderter« sein, also sang und lachte ich, achtete auf mein Äußeres und räumte ständig auf.

Auf meine Annonce meldete sich unter anderen die ehemalige Inhaberin des Frisierstübchens, eine mütterliche Frau von knapp 60 Jahren, die zwar keine Pflegeausbildung hatte, aber erklärte, sie habe vier Kinder trocken gelegt, da werde sie ja wohl mit einem Hosenpisser wie mir fertigwerden. Praktischerweise wohnte Conny direkt über dem Laden und wusste einiges zu erzählen: 35 Jahre lang hatte sie das Weiszheithaus im Blick gehabt und vielen Bewohnerinnen die Dauerwellen gelegt.

»Also das dauerte ja früher ewig. Erst Waschen, dann das Wellmittel, so zehn bis dreißig Minuten, nachher ausspülen, zehn Minuten fixieren und nochmal spülen. Die saßen mit Trocknen so zwei Stunden bei mir. Dabei erfährt man einiges«, was »aber der Schweigepflicht« unterliege.

Sie erinnerte sich an Elise und Kurt, Angelika und Salvador, an die Chilenen und die Punker und an die »Schauspielerin mit der Boa in der zweiten Etage«. Ihre Kinder hatten sich mit Salvador und anderen Kindern von gegenüber gebalgt.

Nur mit dem Dope hatte Conny, obwohl selbst Raucherin, Probleme. Sie brachte mir alle naselang Flyer und Telefonnummern von Drogenberatungen und Selbsthilfegruppen mit.

Eine Abrissfirma legte inzwischen das Fundament des im Krieg zerbombten Vorderhausflügels an der Sonnenburger Straße frei und holte den Schutt aus den Kellern. Danach wartete eine Baugrube mit fünf Meter tiefem Gähnen auf einen Neubau, der nicht kam, nicht kommen konnte, weil ich die dafür eingeplanten Gelder bereits ausgegeben hatte.

Gegenüber Salvador führte ich Lauras Klage gegen den Seitenflügel als Grund für die Verzögerung an, doch schließlich beraumte die Richterin einen Schlichtungstermin an.

Laura legte, während wir im Flur des Landgerichtes warteten, ihre Hand auf meine Schulter. Ich schloss die Augen, von ihrem Duft floss Strom durch meinen Körper, und einen Moment hatte ich die Illusion, sie würde mich heilen, ein Wunder könne geschehen und ich wieder gehen. Dann wurden wir hineingerufen, ich ging gleich in medias res und erklärte meinen Verzicht auf den Neubau des Vorderhauses. Stattdessen sei eine Aufwertung der Seitenflügelwohnungen durch Anstellbalkone und – wegen des Verkehrs auf der Ringbahn – Schallschutzfenster möglich. Falls gewünscht, könnten Wohnungen mittels innenliegender Wendeltreppen zusammengelegt werden, alles natürlich im Rahmen der gesetzlich zulässigen Mietsteigerungen.

Ich fand mich cool, und Laura schaute mich mit großen Augen an, als sehe sie mich zum ersten Mal. Ich interpretierte ihren Gesichtsausdruck falsch.

Spontan schlug ich vor, dass die Mieter als Gegenleistung für unseren Verzicht einen gastronomischen Betrieb akzeptieren sollten. Ich sah eine Terrasse anstelle des Neubaus, Laura im karierten Dirndl und mich am Grill. Über uns leuchteten Lampions am Abendhimmel, leise Akkordeonmusik spielte, eine stumme S-Bahn fuhr im Ringgraben vorbei, die Passagiere winkten. Ein Biergarten wäre der Knaller in dieser Lage.

Die Richterin notierte mit freundlichem Lächeln meine »gütliche Einigung«.

Laura diskutierte nicht, telefonierte bloß kurz mit den Klägerinnen und unterschrieb die Einigung. Ihr »Danke« klang kühl, und als ich mit dem Rollstuhl endlich die Umwege für Behinderte bis auf die Straße bewältigt hatte, war sie verschwunden. Da stand ich nun und hatte keine Ahnung, was falsch gelaufen war.

Einigermaßen konsterniert kam ich zu Hause an. Conny sagte mir auf den Kopf zu, dass Laura natürlich wisse, dass ich in sie verliebt sei, und was eine Frau wohl in dem Verzicht auf den Neubau sehen solle, wenn nicht einen Versuch, sie zu kaufen. Ich behauptete, nichts dergleichen im Sinn gehabt zu haben, aber sie schaute mich nur stirnrunzelnd an. Ob ich ernsthaft glaubte, für Laura ein attraktiver Mann und Partner und ein guter Pflegevater für Sasha zu sein? Ich verneinte, natürlich sei ich das nicht, rein objektiv ... und sie triumphierte: »Genau das ist dein Problem.« Ich sei attraktiv und wohlhabend und im richtigen Alter, klug und mitfühlend, hätte Laura das Leben gerettet, und wenn ich jetzt noch mit »diesen Drogen« aufhörte, genau der richtige Mann für Laura.

Am nächsten Tag feuerte Salvador mich. Ich hätte mich nicht an unseren Vertrag gehalten, also fühle auch er sich nicht mehr gebunden.

Er verzichtete klugerweise auf eine Anzeige, die nur schlafende Banker geweckt hätte, und ich behielt den Rest der zuletzt ausgezahlten Tranche als Geschäftsführergehalt.

In dieser Situation gab es nur noch die Geschichte meiner Familie und des Weiszheithauses, an der ich mich festhielt wie ein Ertrinkender am Strohhalm.

6 Kandidat

Die SPD-Führung versuchte um 1910 ihre Wählerbasis zu verbreitern und neben der Arbeiterklasse weitere, »vom Kapitalismus bedrängte Gruppen für die sozialdemokratische Sache zu gewinnen«, also Ärzte, Lehrer, kleine Beamte und Gewerbetreibende. Das war nicht nur eine demokratische, sondern auch eine wahlmathematische Aufgabe, denn die Stimmen der Besserverdienenden wogen im Land Preußen schwerer als die der proletarischen Stammwählerschaft. Bei den Wahlen 1908 hatten die Sozialdemokraten für ihre 23,8 Prozent der Stimmen nur sieben Sitze, das Zentrum hingegen für 20 Prozent 104 Sitze bekommen.

Gustav Weiszheit ist nicht nur interessant als Hausbesitzer und Steuerzahler.

> »Er ist beliebt bei Hinzin und Kunzin, und haben die auch kein Wahlrecht, so doch einen bestimmenden Einfluss auf ihre Männer.«

Kurt Weiszheit schildert, wie Gustav vor den Wahlen zum Preußischen Abgeordnetenhaus von Fritz Traurich und Julius Schreinemann, Funktionären des Berliner Parteivorstands der SPD, besucht wird:

> »Die Genossen haben Bier mitgebracht und sitzen um den Eßtisch im Eckzimmer. Ein wenig verlegen schauen sie sich um und mustern die Möbel und Bilder. Schon interessant, wie so ein Hauseigentümer sich einrichtet …
>
> ›Und bei die Revolution rolln unsere Köppe?‹ fragt Augusta.
>
> ›Nee, woher denn … habt doch jetz unsan Stalljeruch. Kann Euch nischt mehr passieren.‹
>
> Um Mitternacht ist es beschlossen: Gustav wird für die SPD antreten. ›Die Zukunft ist unser‹, sagt Traurich.«

Während des Wahlkampfs vibrierten die Wände des Weiszheithauses.

»Im Keller haben Abramowitz' Druckmaschinen Konjunktur. ›Das sind‹, entschuldigt der sich, ›Geburtswehen der Zukunft.‹«

Griebel Wandt bot die Hilfe seiner Vereinsmitglieder an:

»›Und zwar paß uff: Wir machen Hausbesuche und führn Jespräche unter Sportsfreunde, so und so, dir solln se wählen. Und wer nich spurt, wird nachbelehrt. Adreßbuch uffm Kopp hintaläßt keene Spuren.‹«

Auch die Frauen des Seitenflügels unterstützten »ihren« Gustav. Im Protokoll über den Vortrag von Alice Salomo, die im Arbeiterinnen-Bildungsverein für ihre Soziale Frauenschule geworben hatte, formuliert Dorothea einen der Gründe:

»Frau Salomo führte aus, daß in allen deutschen Städten zusammen keine 300 Wohlfahrtspflegerinnen angestellt sind, hingegen einige Tausend Männer, obwohl die Frau doch sonst nach männlicher Auffasung [sic] allein für Kinder, Alte und Kranke zuständig ist.«

Die Illustration auf dem Einband der ersten Auflage von *Gustav, der Sucher* zeigt Gustav Weiszheit, ein wurzelnacktes Bäumchen haltend, inmitten von Frauen, die aussehen wie Rosa Luxemburg, bewaffnet mit Hacken und Schaufeln. Die Vorlage dafür stammte aus einem Film, der als einer der ersten Wahlwerbespots der Geschichte gelten kann. Die Idee dazu hatte einer der Mieter des Weiszheithauses.

»1909 eröffnet Erich Weltorff, ehemaliger Eisenbieger vom Zirkus Babylon, im Parterre der Kopenhagener Straße 26, Ecke Ystader, ein Kinematographentheater. Es besteht aus zwei Räumen, zwischen denen die Leinwand gespannt ist. Das Publikum sitzt auf beiden Seiten, die einen sehen den Film richtig-, die anderen verkehrt herum … Die Fenster sind mit schwarzem Tuch verhängt, die Luft ist zum Schneiden. Eintritt 25 Pfennig, 80 Plätze, jeder zehnte Besuch ist kostenlos …

Weltorff übersetzt frei Schnauze die Untertitel der dänischen Filme mit Asta Nielsen, obwohl er gar kein Dänisch kann. Er wirkt selbst wie einem Dämonenfilm entsprungen: In seinem Gerbgesicht sitzen quecksilbrige Augen unter buschigen schwarzen Brauen. In den Pausen sprüht er Wasser mit Parfüm, spielt Akkordeon, erzählt Witze, verkauft Schokolade.«

Weltorff fand für seine Idee offene Ohren bei Gustav, der das Unternehmen aus eigener Tasche finanzierte, beziehungsweise, wie das Mietbuch zeigt, Mitarbeiter über die Verrechnung mit Mietschulden bezahlte. Dorothea Kleinschmidt und Frieda Peters nähten die Kostüme, der Fotograf Koslowski bediente die Kamera und Erich Weltorff führte Regie.

»Zur Premiere besuchen Traurich und Schreinemann das überfüllte Weltorffsche Etablissement. Sie gucken skeptisch, Kino kennen sie nur als Weltflucht und Budenzauber. Was hatter nu wieder angestellt, der buntgescheckte Hausbesitzer ...

Die Goldbergfräuleins spielen Akkordeon: Dem Morgenrot entgegen, ihr Kampfgenossen all ...

Aufblende: Schwarz ragen tote Äste in den Morgenhimmel über Berlin. Schwenk auf müde Arbeiter, die über das nasse Pflaster einer Straße trotten. Gustav erscheint, vom Weichzeichner umflort wie von einem Heiligenschein, mit einem Bäumchen in der Hand. Fenster in den Häusern werden geöffnet, die Scheiben blitzen Signale, Frauen mit Kochlöffeln, Männer mit Zeitung schauen heraus. Victoria, die Tochter von Frieda, die die schönsten Zähne hat, lacht mit offenem Mund.

Ein Mädchen, Elise, bringt einen Spaten und Gustav gräbt am Straßenrand ein Loch für das Bäumchen. Die Anwohner treten mit Arbeitsgeräten aus den Häusern, krempeln die Ärmel hoch, nicken sich zu, schaufeln, pflanzen, wässern. Zum Finale stehen Bäume und Menschen im strahlenden Sonnenschein.«

Angeblich soll der Film bei der Premiere sogar geklungen haben. Harald Klotzke habe, so notierte Kurt Weiszheit nach einem Gespräch in den fünfziger Jahren, mit einer Gänsefeder Wachsstreifen auf die Ränder des Zelluloidstreifens malen müssen, in die Dr. Wiener mit einer Nadel die Tonspur gekratzt habe, welche allerdings durch das Abspielen zerstört worden sei.

»Die Frauen vom Seitenflügel singen bei der Premiere mit: ›Bald siegt Ihr aller Wegen, bald weicht der Feinde Wall!‹ …
Elise wünscht sich, der Projektor möge samt Film in Flammen aufgehen. Sieht sie nicht aus wie ein Junge? Keine Brust, keine Hüften, nur Knochen, Haut und Haare!«

Von Herbst 1911 bis Frühjahr 1912 wurden neben dem Weiszheithaus Fundamente gemauert und Stahlträger mit Dampfhämmern genietet. Ein Geruch wie der beim Zusammenschlagen von Feuersteinen mischte sich in den Kohlewrasen von S-Bahnen und Güterloks. Die Brücke wuchs von beiden Seiten des Grabens und verband im März schließlich die Sonnen- mit der Schönfließer Straße.

»Architekt Alfred Grenander und Stadtgartendirektor Brodersen fahren mit einem Auto vor. Auf den Brückengeländern wehen Girlanden, die Gehsteige sind schwarz von Fracks, eine Polizeikapelle spielt die ›Wacht am Rhein‹, bis alle im Rauch einer Dampflok verschwinden.
Der Stadtgartendirektor reicht Gustav eine Schere. Die Frauen des Seitenflügels jubeln aus den Fenstern, während er das Band zerschneidet.«

Im *Vorwärts* erschien dazu eine von Abramowitz auf den roten Hausbesitzer gedichtete Eloge mit dem Titel »Schneid, Genosse!«, umrahmt von Eichenlaub.

»Schwester Argane spürt Hitze unterm grauen Schwesternhabit, wenn ihr der Lude im Treppenhaus entgegenkommt, mit seinen Ringen klimpert und breit atmet, so daß sie sich vorbeidrängen muß.
Sein Lachen klingt wie Goldmünzen. Verdorben die zarten Pflänzchen ihrer Mühen! Jede Nacht kreischen die Weiber, erleichtern sich betrunkene Kerle an der Ringbahnböschung. Mitternacht ist die Brücke voll von verschlungenen Pärchen. Details hemmungsloser Genußsucht und Fleischlichkeit muss sie erkennen, bevor die Gläser ihres Fernglases gnädig beschlagen …
Eines Morgens beobachtet sie Männer Holzkisten über die Gleise

schleppen. Sieben, dann nochmal drei. Sie huschen im Schatten der Brücke und verschwinden durch das rückwärtige Tor im Weiszheithaus. Am nächsten Morgen hört sie zufällig vom Einbruch in der Zigarettenfabrik von Wölfflin.«

Beamte der preußischen Polizei durchsuchten im Morgengrauen des 14. März 1911 Restauration und Keller des Nordringers und schweißten die Eisentür zum Unterkeller auf.

»Männer fliehen über die Gleise, Schüsse fallen, bei denen zum Glück niemand verletzt wird ... Polizisten verhaften Griebel Wandt im Bett der Heimbergerin und führen ihn in Handschellen, nur mit Unterhosen und Pelz bekleidet, zur grünen Minna.

Der Kommandoführer bittet den ›roten Hausbesitzer‹ in das ›Kaufhaus für Hehler‹, wie die Pressestelle das Lager im Keller später nennen wird. Gustav sieht Regale voller Uhren, Brief- und Handtaschen, bronzene Türknäufe in Kaninchenform und Körbe voll abgeschnittener Markisenfransen.«

Traurich und Schreinemann ließen Gustav fallen wie eine heiße Kartoffel.

»Das Kleinbürgertum schwankt! Ihr eigener Klasseninstinkt ist auch schon angefault vom Rumsitzen, aber jetzt funktioniert er wieder, Genossen, seht dort den rollenden Kopf ...

Augusta ist froh, ihren schönen Mann nun wieder häufiger zu Hause zu haben, und schenkt ihm eine Teekanne mit Windlicht für den Balkon und ein illustriertes Buch über Edelsteinfunde in den Dolomiten.«

Griebel Wandt wurde zu drei Jahren Zuchthaus verurteilt, die er in Torgau absaß. Valentin Grünwaldt erhielt einen Verweis und blieb bis zu seiner Pensionierung 20 Jahre später ohne Beförderung.

Stille Samstagabende gingen ins Land. Die Sonne glitzerte auf den Gleisen, Frauen träumten in den Seitenflügelfenstern von verschwundenen Ringern. Nach dem Debakel um den »Nordringer« wollte kein Wirt mehr die Restauration übernehmen.

Schließlich ersannen Augusta und Dorothea beim sonntäglichen Kochen die Idee für einen Frauentreffpunkt:

»Vor der Eröffnung im April 1911 rattern im Seitenflügel die Nähmaschinen. Bertha beschafft einen ausgemusterten Vorhang, einer ihrer Herren war früher Chorsänger an der Komischen Oper. Aus dem roten Samt nähen die Frauen Wandbespannungen, Vorhänge und Tischdecken. Sie dekorieren Lampen mit Schleifchen und den Tresen mit Papierblumen …

Zur Eröffnung wird die blitzende Messingsonne, die Richard Salzl gehämmert hat, über den Eingang gehängt. Alle wissen, dass er in Dorothea verliebt ist. Und so heißt das Etablissement nun: ›Zur Sonne‹ …

Die Bewohner der Nachbarhäuser kommen so zahlreich ›ma gucken‹, daß die Gaststube den ganzen Tag überfüllt ist. Auf dem Tresen stapeln sich die gespendeten Töpfe, Teller und Bestecke …

Die Heimbergerin kocht in der Restaurationsküche: mal Mais mit süßsauer gekochten Birnen, mal Kohlhaxen, das sind überbackene Strünke von Weiß- oder Rotkohl. Franziska liefert Gemüse und Kartoffeln, die am Verkaufsstand übrigbleiben. Wer von den Frauen des Seitenflügels Zeit hat, schnippelt und putzt, auch die Kinder helfen. Gemeinsames Essen fördert die Verdauung, referiert Gustav und spendiert zum Sonntag Fleisch.«

Die Adams blieben der Eröffnung fern.

»›Hab Hunger!‹ nörgelt Anthelme Adam, der mit seinen 13 Jahren schon so viel wiegt wie seine Eltern zusammen … ›Mit sonne Weiber läßte dir nich ein, Sohn!‹ schließt Trine das Fenster und geht, den Rest vom Eisbein aufwärmen.«

Das Zigeunertrio spielte an den Samstagabenden, wie zuvor schon bei Griebel Wandt, und auch das Schild »Nur für Mitglieder und ihre Gäste« blieb an der Tür. Trotzdem randalierten etliche Male betrunkene Männer aus der Nachbarschaft und belästigten die Besucherinnen.

»Nach Betätigen einer Glocke an der Tür öffnet sich ein Guckloch, durch das der Neuling gemustert wird. Findet das prüfende Auge

Gefallen, wird der Eintritt freigegeben und der Gast steht in einem winzigen Garderöbchen. Eine Dragonerin nimmt ihm Mantel und Hut ab, wobei er gehörig betrachtet und beschnuppert wird. Erst wenn auch diese Nahprüfung bestanden ist, geht es weiter in die Tiefen der Puppenstube.«

In einem Tagesbericht an seinen Vorgesetzten hielt Wachtmeister Grünwaldt fest:

»Die Frauen tanzen miteinander ohne Männer. Das Schnaps- und Tabakverbot wird augenscheinlich eingehalten.«

Statt Bier gab es nur noch Tee und Brause, bis Hilde Koslowski auf die Idee kam, Apfelsaft von ihren Verwandten aus dem Hultschiner Ländchen mit Sud aus Johanniskraut und einem Schluck Mampe aus den Vorräten der Heimbergerin zu mischen.

»Plötzlich sind alle verrückt nach ›ApjoMa‹. Das orangerote, süß-bittere Getränk macht glücklich und eine reine Haut.«

Im März 1913 tauchten in einschlägigen Zeitschriften die ersten Berichte über die sogenannten »Puppenbälle« auf: »Die unter weiblichem Kommando stehende ›Sonne‹ wird gern von Herren des Balletts besucht«, heißt es da, und auch englische Reiseführer empfahlen dem »aufgeschlossenen Reisenden« das Etablissement an der Sonnenbrücke.

»Statt nach Zigarren und Pfeifenqualm duftet es hier nach Parfüm und Puder. Bis in die Morgenstunden wechseln sich Tanzrunden mit Auftritten von Sängern und Pantomimen ab. Lilli Berson singt, nur mit einer Boa bekleidet, von ihren ›Krokodilen zum Küssen und Spielen‹. Nurajeddin Bersajew, erst 19-jährig und noch weit entfernt vom späteren Weltruhm, tanzt auf den Tischen, so leicht und grazil, daß nie ein Tropfen aus den Gläsern schwappt.«

Der Schriftsteller Joseph Lang schrieb:

»Beim Anblick des göttlichen Bersajew sank eine Dame mit Schnauzbart verzückt in Ohnmacht.«

Die Berliner Chansonette Meta Peschke textete nach einem Besuch der Sonne: »Die sonnigen Nächte sahn uns jung, sahn uns glücklich.«

Für die Näherinnen im Haus ergaben sich mit der Herstellung von Blusen, Hüten und Büstenhaltern in Männergrößen neue Verdienstmöglichkeiten. Frieda Peters nähte nach Entwürfen ihrer Tochter Victoria Schürzen. Dorothea scherzte »der Kunde ist Königin« und schaffte einen größeren Spiegel an.

»Wachtmeister Grünwaldt vermahnt einige der Frauenanspucker. Die laufend eingehenden Anzeigen wegen Ruhestörung, Prostitution und Zuhälterei behandelt er mit preußischer Korrektheit: Aktennummer, Zeugen, Protokoll, Stempel, Ablage. Natürlich darf er nicht ermitteln, wenn eine des Verstoßes gegen die §§ 180 und 183 verdächtige Mannsperson sich als Diplomat ausweist.«

Reviervorsteher Hauptmann Runkert, der seinen Polizisten wohl zu großer Nachsicht verdächtigte, veranlasste das Gesundheitsamt, einen Hygieneinspektor zu entsenden.

»Augusta wird übel von dem Toter-Vogel-Geruch, der aus den Kleidern des Inspektors Komalla aufsteigt. Er schnüffelt in alle Ecken der Restaurantküche und macht ein Hundsgesicht dazu. Findet aber nichts zu beanstanden … ›Ich werde die Inaugenscheinnahme zu gegebener Zeit wiederholen‹, verkündet Komalla mit inspektoraler Würde.«

Bertha Schulze erfuhr die Neuigkeit als Erste: Argane sollte ins Gästehaus von St. Afra in Rom versetzt werden.

»Das Herz der lieben guten Clothilde hat aufgehört zu schlagen … Ich wüßte unter den Schwestern keine vorzuschlagen, welche sich besser zur leitenden Mutter in Rom eignete als unsere Schwester Argane Kuss. Sie ist von großer Liebe zu den Armen und Kranken entflammt. Sie tötet sich ab, um anderen helfen zu können.«

In dem Gästehaus der Grauen Schwestern stiegen Kardinäle, Bischöfe und Äbte während ihrer Besuche im Vatikan ab, es war berühmt für seine gute Küche. Doch Argane wollte nicht nach Rom.

»Sie hat es nicht geschafft, die Mädchen des Weiszheithauses auf den Weg der Buße zu führen. Brunft- und buntsüchtiger denn je tanzen sie auf den Tischen … La Puta heißt Hure, Pasta a la Putanesca sind Nudeln mit Kapern und Sardellen. Oh Gott, wie schmeckt der Abschied bitter.«

Sie wurde krank. Ein schwach rosa Hautausschlag, den sie lange unter ihrem grauen Habit versteckt hatte, begann zu nässen. Sie suchte Hilfe im katholischen Krankenhaus, die Ärzte diagnostizierten eine Syphilis. Dass man sich die Geschlechtskrankheit auch bei der Pflege von Kranken zuziehen konnte, war ihr kein Trost. Die Behandlung mit dem gerade erst entwickelten Salvarsan war teuer und kostete etwa den Jahresverdienst einer Näherin.

»Stocksteif sitzt Runa Gasske, die Schwester Argane während ihrer Krankheit vertritt, am Fenster zum Hof und hört sich an, was Dorothea über Frieda Peters zu erzählen hat. Nein, die Phantasie dieser armen Frau geht ins Ungeheuerliche. Der eigene Vater ... Warum sendet der Herr unschuldige Kinder in solch einen Sumpf?«

Victor sah mit seinen zehn Jahren noch immer aus wie ein Vierjähriger und konnte nur mit Mühe laufen. Tagsüber saß er verkrümmt auf einem Treppenabsatz, lächelte die Vorbeigehenden an und war glücklich, wenn ihm jemand bunte Papierschnipsel schenkte, die er zu Mosaiken legte. Er liebte Farben.

»Im Frühsommer 1908 beschließt die Heimbergerin, in der ersten Ferienwoche mit ihren Zöglingen einen Ausflug nach Bernau zu unternehmen. Bauer Jordan hat seine Scheune zur Übernachtung angeboten, die Kinder können in einer Schnitterkaserne essen und im Gorinsee baden.

Richard Salzl näht einen Gurt, mit dessen Hilfe Victor zwischen zwei kräftigen Jungen, die sich Schlaufen um die Schultern legen, laufen kann. Koffer werden gepackt und Bahnbilletts gekauft. Kurz vor der Reise hustet Victor plötzlich Blut und liegt mit Fieber. Was man ihm einflößt, erbricht er. Auf dem Topf kann er sich vor Schwäche nicht halten. Scheithauer weist ihn ins Krankenhaus Friedrichshain ein. Die Ärzte erschrecken beim Röntgen: Die Lunge sei perforiert, ein Wunder, daß er so lange durchgehalten hat. Victor stirbt in der Nacht. ...

Der Gethsemane-Friedhof in Rosenthal erstreckt sich links und rechts einer Lindenallee. Die Kapelle ist voller Menschen, die ihre buntesten Kleider angezogen haben. Den Sarg haben Frieda und Victoria mit Farbschnipseln aus Victors Taschen geschmückt. Die kleine Leiche trägt ein buntes Papierkleid und eine Krone aus Seidenblumen.«

Elise war 13 Jahre alt, als Victor starb, »an Armut und Ungerechtigkeit«, wie sie später schrieb.

»Ich verstand nicht, daß Gott jemanden wie Victor, der roch, wie Buffets innen riechen, nämlich nach altem Holz und aufgegessenen Süßigkeiten, nicht in seinem Himmel haben wollte – nur weil er in ›Sünde empfangen‹ worden war.«

Plötzlich fiel ihr auf, dass überall gestorben wurde.

»Frau von Uelzen, die Oma von David Grünwaldt, wird vom Teufel geholt. Auf dem Treppengeländer kann jeder die Kratzspuren ihrer Fingernägel sehen, mit denen sie sich festzuhalten versucht hat. Kurz nachdem Olga ihre Eltern in einem Sarg gezeichnet hat, stirbt ihr Vater Ole am Staub in seiner Lunge, und wenige Monate später auch seine Frau, die so gut Kakao kochen konnte …

Johanna behauptet, die Seelen wären bis zum Jüngsten Gericht eingemacht wie Kompott. Vater nennt das Aberglauben. Der Himmel besteht aus Luft und die Wolken aus Wasserdampf oder Eiskristallen, die Erde dreht sich um die Sonne, die wieder mit der Milchstraße, wo soll da ein Jenseits sein?«

Nischt für Kinder, weist Richard Salzl ihre Fragen ab. Johannes Guthermanns Stimme heißt aus dem Dampf seiner Plättmaschine den Tod willkommen. Hermann muss Elise auf Friedhöfe begleiten, wo sie Grabinschriften studiert und dem Flüstern der Geister lauscht.«

Schließlich unterband Gustav die morbide Freizeitbeschäftigung der Kinder und brachte Elise zu Dr. Scheithauer.

»Dürr isse, aber jesund. Der Arzt verschreibt Lebertran und ordnet eine Verschickung ins Grüne an. Irjendwelche Verwandtschaft aufm Land?«

Elfriede Grünwaldt und Elise Weiszheit (rechts) mit Asta, dem Hund von Valentin Grünwaldt

Gustav hatte versprochen, Schieß nie wieder zu betreten, also bat er einen Forstadjunkten aus Heydekrug, der nach bestandener Prüfung in die Heimat zurückkehrte, die 13-Jährige unter seine Fittiche zu nehmen.

Mitte Juni ging es los.

»Via Kreuz und Königsberg dauert die nächtliche Fahrt zwölf Stunden. Im Morgengrauen mischt sich ein neuer Duft in den Kohlenatem der Eisenbahn. Elise steht schnuppernd am angekippten Fenster. Es riecht wie Regen mit Fisch. Der Forstadjunkt reibt sich die Augen: ›Jau, dat is dei Oostsee.‹

In Tilsit müssen sie umsteigen, mittags kommen sie in Heydekrug an. Auf dem Bahnsteig wartet ein breitschultriger Mann mit lustigem Gesicht, Bürstenfrisur und silberweißem Schnauzbart. Onkel

Freddy hebt ihr Gepäck aus dem Waggon und trägt es auf den Bahnhofsvorplatz, wo der Einspänner steht. Der Junge auf dem Kutschbock begrüßt sie mit glockenbimmelndem Lachen: ›For dat spacke Marjellche hätten wa den Ziegenwage kunnt nehm.‹
Sein Vater gibt ihm einen Klaps. ›Ludwig‹ heißt der Bengel. Elise spricht während der Fahrt kein Wort mit ihm. Er riecht auch komisch. Wie Zuckerstange.
Sie rumpeln eine halbe Stunde entlang eines Baches über Katzenkopfpflaster. Schläfrig schlurfen Hunde von der Straße und lassen sich am Rand nieder, wie erschöpft von einer großen Anstrengung.
Schieß besteht aus dem Sägewerk, ein paar Wohnhäusern und einem winzigen Kirchlein. Ringsum sonst nur Wiese, Flußarme, Schilfe, Weiden und Tümpel. Es riecht nach ›Oostsee‹, aber in der Richtung, in die Ludwig weist, sieht sie nur grauen Dunst.
Das Wohnhaus der Schießer Weiszheits steht auf einem Hügel und glänzt silbern. Im Garten blühen rote, gelbe und weiße Rosen. Durch ein Spalier von Buschrosen kommt ihnen ein weißer Spitz entgegen und schnuppert an ihren Beinen. Ludwig lacht wieder sein Glockengebimmel, ›Puscheih dat Truschche. Dat is Leon.‹
So eine riesige Küche wie die, in die sie jetzt treten, hat Elise noch nie gesehen. Auf der umlaufenden Bank sitzen Kinder und Frauen und schauen ihr mit azurblauen Augen entgegen. Tante Lawrentija, die Mutter von Ludwig, spricht mit komischem Akzent und trägt ein Baby vor dem Bauch. Sie stellt ihr Tanten, Muhmen, Basen und Nachbarinnen vor. Reihum schüttelt Elise schwielige Frauenhände. Oma Snaige hat weiße Bartstoppeln am Kinn und riecht nach Winter. Ihre Hand, hart wie ein Skelett, hält Elise fest.
›Wer biste?‹, fragt sie mit zischender Stimme. Ihre Nasenflügel bewegen sich.
›Elise Weiszheit‹, antwortet sie brav.
›Lise heißtse!‹ brüllt Ludwig. Und zu Elise: ›Die ist schwerhörig!!‹
›Danke, ick jetzt ooch.‹ Die Frauen lachen, das klingt wie Kiesel-

steine in einem Sauerkrauttopf, auch Ludwig lachbimmelt. Die Vorstellerei geht von vorne los, als die Männer zum Essen kommen. Sie riechen nach Harz. Aschmutat, der Vorarbeiter, hat Sägestaub in den Augenbrauen, sein Sohn heißt Jos. Kinder mit dreckigen Händen schauen Elise neugierig an, alles Geschwister von Ludwig: Bernd, Sonia, Lea, Vincent, Rebecca, Judith, Daniel, Tobias, Jessica und das Baby heißt Jana …

Elise muß vom Berliner Weiszheithaus erzählen, von den Nachbarn und der neuen U-Bahn in der Schönhauser. Die Frauen wollen alles genau wissen.Wie viele Mägde und Knechte habter, wie viele Pferde? Warum wohnen sie mit Fremden in einem Haus, und wieso fährt die Eisenbahn über den Köppen? Gustav, ihren Vater, nennen sie ›Gottlobsohn‹ … Onkel Freddy reicht Schnapsgläser herum. Elise wird schon vom Geruch betrunken …

Die Wände des Hauses, Decken, Fußböden, Treppen schwanken, als Ludwig ihren Koffer nach oben trägt. Jeder Schritt knarzt. Die Luft ist schwer vom Holzatem wie eine sonnenwarme Kutschremise. Auf dem Flur duften Binsenstrohläufer nach Moos und Moor.

Ludwig öffnet das Fenster des Zimmers, in dem sie die nächsten Wochen wohnen soll. Der Ausblick geht über einen sandbedeckten, auf drei Seiten von hölzernen Schuppen umgebenen Anlandeplatz, der durchwühlt ist von Pferdehufen, auf die graublaue See. Eiserne Schienen führen ins Wasser, ein Steg ragt hinaus in den Fluß, wo Flöße und Boote liegen. Mücken sirren herein.

Außer dem Bett gibt es einen Waschtisch, eine kleine Kommode und ein paar Haken für ihre Garderobe. Neben der Tür hängt eine Postkarte, die ihr Vaterhaus zeigt. Von Lichtmaler Koslowski. Die Heimbergerin lacht mit ihrer Kinderschar vom Balkon. Sich selbst erkennt sie auch, erste Etage, da ist sie noch ganz klein, vielleicht vier, fünf Jahre alt, und sitzt auf Vaters Arm. In der zweiten Etage winken die Goldbergfräulein und ganz oben Olga neben ihrer Mutter, die inzwischen gestorben ist. Tränen schießen ihr in die Augen. Sie wagt nicht, sich umzudrehen, und wartet, bis die Tür in ihrem Rücken klappt …

Als sie aufwacht, ist es bereits Nacht, es riecht nach Rauch und Fisch. Merkwürdige Feuer schweben am Himmel. Erst als die Wolken aufreißen und ein schmaler Mond sein fahles Licht ergießt, erkennt sie, daß Lagerfeuer auf Flößen im schwarzen Wasser schwimmen und sich in den Wellen spiegeln.«

So richtig warm wurde Elise mit den baltischen Verwandten zuerst wohl nicht. In einem Brief vom 17. Juli 1912 schrieb Lawrentija an Augusta:

»Lischen stubehockt zu viel. Sie ist lieber einzeln und versteckt.«

»Der Grund, warum ich mich ins Haus verdrückte, war meine empfindliche Haut. Ich wurde von der Sonne nicht braun, sondern puterrot ... Die kleinen Geschwister von Ludwig machten sich lustig über meinen Dialekt, dabei klang das, was sie sprachen, kaum Deutsch. Wenn ich morgens meine Schuhe vermißte, konnte ich sicher sein, daß Bernd darin über den Sägeplatz spazierte. Die siebenjährige Rebecca hatte ein verkürztes Bein und hüpfte auf Krücken neben mir her ... Ich war traurig und hatte Heimweh, aber ich tröstete mich mit den Kätzchen, die in der Trockenhalle wohnten.«

Zu den Mahlzeiten brachten die Arbeiter und Dzimken gegrillte Barsch- oder Welsfilets am Holzstock mit. Manche stellten Selbstgebrannten, Moosbeeren oder frische Flussaale auf den großen Tisch.

»Flutschkeilchen mit Spirkel sind fettglänzende Klöße mit gebratenen Zwiebeln und Speck, zum Nachtisch gibt es Rahm mit Erdbeeren.« Die Frauen tauschten ihre Eingeweihtheiten aus und beredeten Liebeshändel, die Männer diskutierten, was sich im Holzhandel zwischen Memel und Tilsit tat. Wenn alle saßen, sprach der Onkel das Tischgebet. Danach ging das Schwatzen und Lachen weiter.

Eines Morgens stand Ludwig in Elises Zimmertür.

»›Komm. Wir machen einen Ausflug.‹ ... Kein Wort, wo es hingeht. Eigentlich ist es mehr eine Entführung. Er hilft ihr in ein schmales Boot, verstaut Proviant und Wasser unter den Sitzbänken und stößt mit dem Staken ab. Sie passieren eine lange Reihe Flöße. Die Dzim-

ken waschen sich im Fluß, trinken ihren Morgenkaffee am offenen Feuer und winken herüber.
Das Boot gleitet in einen stillen Seitenarm. Ludwig paddelt durch Kanäle im Torfmoor und über offenes Wasser, das nach Seerosenatem riecht. Er hebt herabhängende Zweige hoch und findet Passagen auch dort, wo das Schilf undurchdringlich wirkt. Die Sonne steigt und brennt, doch er scheint nicht müde zu werden. Maulfaul ist er, denkt Elise, oder sauer, weil er von Tante Lawrentija verdonnert wurde, sie zu betutteln.
Die Sonne steht im Zenit, als Ludwig das Boot mitten auf einem Teich an einen Pfahl bindet. Er holt den Proviantsack unter dem Sitz hervor und reicht ihr eine Blechflasche. Das Brot brechen sie mit der Hand, die Wurst beißen sie einfach ab. Nach dem Essen zieht er sich aus, als wäre sie nicht da, und springt mit einem Köpper ins Wasser.
›Komm rin! Is herrlich!‹ Sie blickt angestrengt den Enten nach, die von seinem Lärm erschreckt aufflattern. ›Na los, is nich kalt.‹ Er schaukelt das Boot, und sie verliert das Gleichgewicht. Die Wellen schlagen über ihrem Kopf zusammen, sie fühlt den schlammigen Grund, strampelt und verheddert sich in Schlingpflanzen, Wasser dringt in ihre Nase. Plötzlich fühlt sie kräftige Hände an ihrem Bauch, die Bordwand taucht auf, Ludwigs aufgerissene Azuraugen starren sie erschrocken an. Sie spuckt ihm Wasser ins Gesicht …
Auf der Rückfahrt entschuldigt Ludwig sich tausendmal. Hat ja nicht gewußt, daß sie nicht schwimmen kann. Blut tropft von seinem Unterarm, wo er sich an der Dolle geschnitten hat. Sie reißt die Leinwand des Proviantbeutels in Streifen und befestigt den Verband mit ihrer Haarschleife …
Flüsternd zeigt er auf die Tiere, die sich am Ufer sonnen: Reiher, Wachteln, ein Kiebitz läßt sie bis auf wenige Meter an sich heran. Otter gleiten geräuschlos ins Wasser, und einmal sehen sie einen Elch, dessen riesige Schaufeln wie Mühlenflügel über die Binsen ragen. Ludwigs Zuckerstangenatem kitzelt an ihrem Ohr.
Am nächsten Morgen hat sie einen schrecklichen Sonnenbrand.

Tante Lawrentija gibt ihr ein trägerloses Brauthemd und tupft vorsichtig Bärenfett auf die verbrannte Haut. Die Kinder bekreuzigen sich, weil sie aussieht wie die Dame mit dem blutigen Kopf. Drei Tage muß sie im Schatten bleiben.«

»Noch heute erinnere ich mich an den Duft des frisch geschnittenen Holzes, während Ludwig mich durch die Sägehalle führte und versuchte, mir ahnungslosem Gör die Arbeit zu vergegenwärtigen, die in den Kanthölzern steckte, bevor sie zu Bettpfosten wurden, zwischen denen ich lag, oder zu Dielen, auf denen ich ging, oder zu Schrankbrettern, zwischen denen meine Kleider hingen. Ich schämte mich, mir niemals zuvor Gedanken darüber gemacht zu haben.

Die Pferdeführer schwitzten, wenn ihre Gäule die riesigen, bemoosten Stämme, die von den Dzimken über viele hundert Kilometer auf Flüssen und Kanälen bis zur Anlandestelle herangeflößt worden waren, mit langen Eisenketten an Land zogen. Auf dem Steg standen Männer mit Schaufelhänden, sprachen rollendes Litauisch oder Russisch und tranken Moosbeerenschnaps am hellichten Tag. Das Singen der Säge hörte man bis ins Krakerorther Lank.

Die fertigen Bretter und Bohlen lagerten in den riesigen Trockenhallen, die mit warmer Luft durchpustet wurden. Astiges Holz wurde zu Stempeln und Stützen, fehlerfreies ging als Türen und Treppengeländer nach Berlin, das mit der schönsten Maserung wurde in der Möbelhalle gesägt und gehobelt.

So wurden aus Brettern Schätze und aus gesichtslosen Arbeitern Meister der Schönheit. Ich beneidete Ludwig um alles, was er sah und wußte.«

Angeblich enthielt der einzige Brief, den Augusta und Gustav in diesem Sommer von Elise bekamen, eine detaillierte Anleitung zum Bohlenhobeln.

Nach dem Abheilen des Sonnenbrandes brachte Ludwig Elise das Schwimmen bei. In einem Seitenkanal, unbeobachtbar vom Haus oder vom Steg, schwebte sie auf seinem ausgestreckten Arm im Wasser.

»Ludwig gab mir das Gefühl, fliegen zu können. Ich bewunderte ihn ohne Maßen. Er war der Fürst in dieser wundersamen Welt aus Seen und Flüssen, über Pflanzen und Getier. Er konnte so vieles, was ich nicht konnte, und wußte so vieles, von dem ich bisher nicht einmal geträumt hatte. Anders als meine Berliner Freunde duckte er sich weder vor Eltern noch Lehrern. Ich war 13 Jahre alt, und ich liebte jedes Wort, das er sagte.«

Als im August das Wetter schlechter wurde, fuhren Ludwig und Elise auf Rädern den Atmath entlang nach Norden, über die Heide und auf hölzernen Stegen über blühende Moorwiesen. Sie setzten mit der Klokener Fähre nach Kaukehmen über, versteckten sich im Gras, um Schnepfen zu beobachten, und schlugen sich gegenseitig die Mücken vom Hals.

»Eines Nachmittags treiben grauschwarze Wolken heran. Es grollt und donnert, Windböen wirbeln Blätter durch die Luft, der Himmel verdunkelt sich. Für eine Rückkehr ist es zu spät. Sie stemmen sich gegen den Wind in die Pedale, Sand knirscht zwischen ihren Zähnen. Ludwig zeigt auf ein Holzdach vor ihnen. Die ersten Tropfen fallen schwer in den Staub, als sie den Bootsschuppen erreichen, es riecht nach Ozon. Plötzlich schüttet es aus allen Schleusen. Sie sehen aus der Luke zu, wie die Binsen sich unterm Hagelregen beugen und Blitze ins Haff schlagen. Ein prachtvolles Gewitter. Von der Elektrizität stehen die Härchen auf ihren Unterarmen senkrecht.«

Während Elise einen Sommer verlebte, den sie später als die »die froheste Zeit meines Lebens« bezeichnete, tappte in Berlin ein Junge namens Hermann durch das dunkle Treppenhaus, endlose Ferien lang, allein.

»Er durchwühlt das Bett und die Kleider seiner Mutter, weil er sie verdächtigt, ihm einen Brief vorzuenthalten. Er tigert die Straße auf und ab, hält Ausschau nach Niecklisch. Da kommt der Postbote. Keine Karte, kein Gruß, dabei hat Elise zu schreiben versprochen. Sein Hals schwillt von bösem Verdacht: Er ist für sie nur ein halbverwandter Bastard.

Lehrer Klotzke lädt ihn ein, mit seinen Jungen zum Schulgarten Blankenfelde zu wandern, doch Hermann schämt sich für seine zu klein gewordenen Schuhe. Sein Leben ist ein einziges Schlucken. Bald sieht er aus wie ein Mops mit Scharlach. Wegen der Halsschmerzen trinkt er zu wenig, seine Lippen trocknen aus. Er knispelt daran, bis sie bluten. Martha läßt ihn mit lauwarmem Salzwasser gurgeln. Hilft alles nichts. Den bitteren Geschmack kriegt er nicht aus dem Mund, der kommt von innen.

Sechs Wochen und noch immer kein Brief. Hermann beschließt, die Trennung von Elise nicht zu überleben. Sie wird schon sehen, was sie davon hat! Er bekommt Fieber und wird gelb im Gesicht.

Dr. Scheithauer schickt ihn mit Verdacht auf Gelbsucht ins Krankenhaus Friedrichshain. Auf der Quarantäne-Station muß Hermann für die großen Jungen Tee aus der Küche holen und die Nachttöpfe leeren. Nachts schreit einer, dessen Pisse morgens blutig in die Flasche plätschert. Der Visite-Arzt urteilt: Gelbsucht hat er nicht, aber da er nun einmal da ist, wird er ihm die Mandeln rausnehmen. Nach der Operation muß Hermann im Bett bleiben und Eis lutschen. Mutter besucht ihn, sitzt verlegen auf der Bettkante, er schweigt. Kaum ist sie gegangen, heult er vor heimlichem Heimweh, behauptet aber den anderen Jungen gegenüber, er habe Schmerzen. Der Arzt sorgt sich, behält ihn zur Beobachtung noch eine Woche länger da.

Hermann lernt, daß Gefühle ungesund sind, und beschließt, sich Elise aus dem Herzen zu reißen.

Bei ihrer Rückkehr verrät nur noch der Glanz in Hermanns Augen, daß er Fieber hatte. Jetzt ist er kalt. Jaja, war schön jewesen in Berlin. Und selbst?

An ihn gedacht hat sie natürlich, bloß keine Zeit gehabt zum Schreiben. Sie plappert glücklich und erzählt vom Elch. Hermann läßt sie, schließlich ist sie ein Mädel.

›Fährste nächsten Sommer wieder?‹

Da verstummt sie. So lang noch hin. Ihr Blick schweift in die Ferne. Das brennt in seinem Hals.«

Nachdem die Schule wieder angefangen hatte, wurde Hermann zu Lehrer Klotzke, der seinen Ferienaufsatz in der Hand hielt, gerufen. Thema

»Welche Tugenden zieren den Deutschen Helden, welches ist seine Bestimmung und wie beziehe ich beides auf meinen eigenen Lebensplan?«

»›Also Lehrer will er werden?‹ fragt Herr Klotzke spöttisch. ›Höhere Bildung, ja? Was sagt denn seine Mutter dazu?‹

Hermanns Hals schwillt, weiß er doch, daß Klotzke die ›Seitenflügelweiber‹ nicht leiden kann. Aber der Lehrer wedelt mit dem Aufsatz und grinst. ›Summa cum laude. Kannst wieder einatmen. Hohe Ziele sind kein Makel, Junge.‹

Den Rest hört Hermann wie im Traum: Er soll sich bis zum Ende des Schuljahres fleißig anstrengen, Klassenprimus ist er schon, wenn er Bester des Jahrgangs wird, kann Klotzke ihn für ein städtisches Stipendium zum Besuch einer höheren Lehranstalt vorschlagen.

Hermann wagt nicht, seiner Mutter von dem Gespräch zu erzählen, aber er weiß auch, daß sich ihm kein zweiter Ausgang aus dem Gefängnis seiner zweifelhaften Geburt öffnen wird. Heimlich paukt er auf seinen Botengängen Jahreszahlen, Gedichte, Genealogien der Regierenden Fürstenhäuser und den Kleinen Katechismus.

Georg Merthen, Buchhalter der Firma ›Loreley‹, wohnt in einer Kammer hinter dem Kontor im Seitenflügel parterre. ›Ick schlaf uff Jeld‹, protzt er, dabei steht bloß sein Bett an der Stelle, wo der Tresor in den Boden eingemauert ist. Seit einer Kinderlähmung ist sein rechter Arm dünner als der linke. Wenn er sich aufregt, zuckt der Arm, er kann nichts dagegen machen; es ist, als gehöre der Arm nicht zu ihm ... Die Heimbergerin spricht ›Merthen‹ aus wie ›Merde‹. Aber das ist Neid, ebenso wie Elises Behauptung, er rieche nach altem Scheuerlappen.

Georg ist der Einzige, den Hermann, weil er Hilfe in Mathe braucht, in seine Pläne einweiht. Unter seiner Anleitung übt Hermann Winkelsummen und zieht Wurzeln gegen die Uhr.

Im unruhigen Schlaf träumt er sich im weißen Anzug auf eine Bank am See, umgeben von Licht, Luft und Sonne, neben sich Martha, seine Mutter. Oder ist es Elise, die auf das glitzernde Wasser schaut und leise singt?«

Zu Beginn des neuen Schuljahres Ostern 1914 wurden Hermann und Elise konfirmiert. Kurz zuvor hatte Elise begonnen, Tagebuch zu schreiben, mit Bleistift in blaue, blass linierte Schulhefte – ein Glücksfall für Kurt und natürlich auch für mich.

»War mit Mu bei Strauß und Honigmann. Hellblaues Seidenkleid mit eingewebten Goldfäden. Frie [Frieda Peters, d.A.] muß umarbeiten. Bis zur Konfirmtion [sic] 5 Kilo zulegen!«

Knapp vierzig Jahre später ergänzte Elise:

»Mit 14 haßte ich meinen Körper. Jedes Kleid hing an mir wie ein Geschirrtuch am Haken. Ich weiß noch, daß Hilde sich mokierte, es könne doch gar nicht sein, daß mir Kleider von der STANGE nicht paßten.«

Auch Hermann wurde, mit finanzieller Unterstützung Gustavs, mit einem Anzug ausgestattet:

»Herr Honigmann empfängt Hermann und seine Mutter mit seinem Freundlichgesicht und rückt Martha sogar einen Stuhl zurecht. Habe die Ehre … Er schmilzt vor Höflichkeit, während er Maß nimmt.

Hermann probiert Anzug, Schuhe, Hut und Überzieher, dazu passend zwei Hemden, zwei Paar Socken und einen kleinen Koffer. Ein junger Herr steht im Spiegel, das Ich, das er wäre, wenn sein Vater seine Mutter geheiratet hätte. Gestatten, Stud. cand. ing. Hermann Kunert, künftiger Hausbesitzer und Electrificateur.

›Ein Schirm, mein Herr?‹ unterbricht Herr Honigmann seine Träume und präsentiert das Accessoire, groß wie ein Säbel. ›Ich laß ihn zum halben Preis.‹

Hermann sieht im Spiegel hinter Honigmann seine kleine Mutter, fast unsichtbar im Dunkel zwischen den großen Kleiderständern, in gestopfter Schürze, mit einem verblichenen Tuch um das verarbeitete Gesicht, die Augen vor Aufregung gerötet.

Beschämt gibt er den Schirm zurück: ›Das wird nicht nötig sein.‹

›Natürlich nicht‹, pflichtet Herrn Honigmann ihm bei, ›dem Tüchtigen scheint immer die Sonne.‹«

Elise schrieb in ihrem Tagebuch über alltägliche Vorfälle: Über einen Streit mit Hugo, die ungerechte Beurteilung ihrer Matheleistungen mit »gering« oder eine Verletzung beim Sturz vom Fahrrad. Von Ludwig oder Heydekrug findet sich kein Wort, bis im Juni ihre Ferienreise nach Ostpreußen an Turbulenzen in der politischen Großwetterlage zu scheitern drohte.

»Dabei wissen sie doch, wie ich in der Großstadtluft verkümmere.«

Tatsächlich jagten in immer dichterer und dramatischerer Folge die Schatten eines drohenden Krieges über den Alltag der Bewohner des Weiszheithauses, zwar ohne Internet und Fernsehen, aber nicht weniger dringlich via Zeitung und Treppenhausgespräche. Die Marokkokrise 1911 und die Balkankriege 1912 und 1913 hatten Ressentiments in ganz Europa genährt, den Nationalismus angeheizt und Weltuntergangsstimmung verbreitet.

Doch gab es auch gute Gründe, wie Gustav an die Unmöglichkeit eines Krieges zu glauben. Die Sozialdemokraten waren stark wie nie, ihre Zeitungen kritisierten Wettrüsten und Säbelgerassel. Unter den Linden und im Friedrichshain sammelten sich Tausende Kriegsgegner zu Demonstrationen (für die Jakob Abramowitz Flugblätter druckte).

Kurt Weiszheit schilderte ein Gespräch seines Großvaters mit Karl Liebknecht, das während einer Kundgebung im Mai 1914 stattgefunden haben soll:

»›Die Krähen hacken sich doch kein Auge aus. Unsere Kaiser, Könige und Zaren sind miteinander verschwippt und verschwägert. Wenn die trotzdem einen Krieg vom Zaun brechen wollten, hätten sie das Proletariat und die Unternehmerschaft gegen sich.‹

Karl nickte, und Gustav fuhr fort: ›Wir Sozialisten sind die stärkste der Parteien, in Frankreich und in Deutschland. Die Nationalökonomien sind verzahnt, keine Industrie kann ohne die andere. Die französischen Gewehrfabriken gehören Krupp … was ist?‹

›Das Kapital …‹, setzte Karl an, zögerte und fuhr schließlich fort: ›Es zieht die vaterländische Karte, wenn es sie braucht.‹«

Kurt Weiszheits Romankonzept sah vor, Gustav als ehrlichen, aber naiven Bündnispartner des geschulten Marxisten Liebknecht darzustellen. Manchmal liest sich das recht konstruiert, doch nach allem, was wir über Gustav wissen, sah er tatsächlich lieber rosa als schwarz.

»Augusta riecht den Schweiß der Pferde und das Öl der schweren Kanonen, die auf der Ringbahn unterwegs sind, die Kampflust von Merthen und die Angst der Frauen. Wenn ihr schlecht ist vom Kriegsgestank, hilft nur eins: Gustav zuhören. Er kann so schön idealisieren.«

Das Reifen seines Körpers machte Hermann überempfindlich; er verfolgte das Geschehen auf der Weltbühne mit fiebrigem Interesse und sah die Möglichkeit, die er sich seit einem Jahr in den schönsten Farben ausmalte, nämlich Elise in den Sommerferien an die Ostsee begleiten zu dürfen, schwinden. Während eines sonntäglichen Mittagessens, bei dem wieder einmal die Reisemöglichkeiten besprochen wurden, nahm er all seinen Mut zusammen und setzte sich gerade.

»›Ich könnte Elise begleiten.‹

Elise prustete die Suppe vom Löffel. Gustav sah den blassen Jungen in dem großen Anzug neugierig an.

Hermann zitierte, ohne sich von Marthas Ellbogenstößen stören zu lassen, die Abfahrts- und Anschlußzeiten aller Züge vom Bahnhof in Heydekrug zurück nach Berlin, sowie mögliche Alternativen im Fall einer Störung des Eisenbahnverkehrs aufgrund feindlicher Handlungen einschließlich fälliger Kosten für Zuschläge und Umwegbilletts.«

Gustav gefiel die Ernsthaftigkeit, mit der Hermann seine Ziele verfolgte, und willigte ein.

»Mit einem Blick erfaßt Elise: Kein Ludwig auf dem Bock. Er ist unterwegs, erklärt Onkel Freddy, um Lärche zu beschaffen, denn die

Russen lassen schon seit zwei Wochen keine Flöße mehr über die Grenze – ausgerechnet jetzt, wo die Armee jede Menge Brücken- und Grabenholz bestellt …

Bei der Ankunft in Schieß riecht Elise feuchte Späne, brandige Bretter. Eile liegt in der Luft, es fehlt der warme Geruch langsam trocknenden Holzes …

In der Küche sitzt Oma Snaige mit geschlossenen Augen auf der Bank, als hätte sie sich seit letztem Jahr nicht gerührt. Nur ihre Nasenflügel bewegen sich. ›Die Liese isses‹, brüllt Lawrentija ihr ins Ohr, daß die weißen Haare zittern.

›Sie riecht nach eisigem Wasser‹, denkt Elise, also nach fast nichts mehr.

Bernd stürzt sich von der Seite auf sie und brüllt ›Liese, Liese! Ick hab en Hechte fangt!‹ Er umarmt sie, letztes Jahr noch ein Hosenscheißer und heute schon so groß, daß er Elise bis zum Kinn reicht, und auch er riecht anders, nach Pups und Rahm …

Am Nachmittag, als Ludwig endlich mit einer Fuhre Stämme eintrifft, steht Elise mit Hermann am Anschwemmplatz und läßt die Wellen um ihre Füße spielen. Sie erkennt kaum die raue, tiefer als in ihrer Erinnerung klingende Stimme, die das Entladen der Stämme und Abschirren der Pferde dirigiert. Ihr Herz schlägt heftig, sie friert und doch ist ihr heiß, sie zögert, sich umzudrehen. Warum ist sie nicht größer, nicht schöner? Endlich bemerkt er sie. ›Dat is ja di Lütt!‹

In seiner Hand glimmt eine Zigarette, sein Gesicht ist dreckig vom Straßenstaub, Wimpern und Augenbrauen sind grau, und als er näher kommt, riecht sie etwas, das sie erschreckt. Bevor er sie hochheben und herumschleudern kann wie ein Püppchen, rennt sie an ihm vorbei zum Haus und versteckt sich unter der Bettdecke. Das ist sie für ihn: ein lüttes Mädchen, ein Kind.

In den folgenden Tagen steht sie spät auf, um Ludwig nicht zu begegnen. Er fährt früh mit Gespannen vom Hof und kommt spätabends beladen zurück. ›Užimtas‹, lachen die Dzimken.

Sie wandert mit Hermann über die Wiesen, rudert durch die Kanäle,

zeigt ihm Elche und die Moorinseln der Biber. Hoch und bleichblau wölbt sich der Himmel über dem flachen Land, die Mücken verstecken sich, aber mit Hermann ist es nicht so, wie es mit Ludwig war. Die Birkenblätter glänzen nicht, die Moorlöcher gluckern dumpf und die Hitze dörrt ihre Kehle aus.
Eines Abends erzählt Onkel Freddy, daß Ludwig im Herbst auf die Handelsschule in Königsberg geht. Drei Jahre Studium, danach das Einjährige. Er ist so erwachsen. Elise wird das Herz schwer.«

Hermann spürte, dass Elise mit den Gedanken bei Ludwig war. Neid brannte in seiner Kehle. Dieser Ludwig hatte alles, was ihm fehlte: Waldbesitz und Sägewerk, einen Vater, viele Geschwister, breite Schultern, blaue Augen und vor allem Bartwuchs. Hermann schluckte, musste schlucken, immerzu schlucken.

»Die russischen Flößer treffen sich am Steg, die litauischen Sägewerker vor der Trockenhalle, ums Sägeband hocken die Deutschen. Grüppchen flüstern. Blicke blitzen; noch fällt kein lautes Wort, aber die Luft ist aufgeladen wie vor einem Gewitter.
Hermann schleicht von hier nach dort. Auf der russischen Seite des Waldes sollen Bataillone in riesigen Zeltlager kampieren, in Klemmenhof bei Memel ist nachts ein Spion erwischt worden.
Die Lawrentijakinder spielen Hexenverbrennung. Am blauen Himmel brummen Motorflieger. Elise steht am Fenster, hält wohl Ausschau nach der Staubwolke, sorgt sich um Ludwig, den Herrlichen.
Wenn nur endlich geschossen würde! Sein Hals schwillt, er bleibt im Bett – das erste Opfer eines Krieges, der noch gar nicht angefangen hat. Sterben, sterben, damit die Qual ein Ende nimmt!
Tante Lawrentija quirlt ›Trudengakele‹ mit Bovist, rohen Eier, Bittersüß und einem Schuß Moosbeerenschnaps, und murmelt, während er trinkt, einen jüdischen Segen. Im Rausch hört er sie sprechen: Von Liebeskummer, der vorübergeht. Von feuchten Flecken im Bett, die normal sind.

Ausgeweint und ernüchtert haßt er sie, weil sie ihn durchschaut hat, weil er ist, wie er ist, so schwach und krank an Hals und Gliedern.«

Zwar gab es weder Telefon noch Zeitung in der kleinen Siedlung Schieß, doch führte Friedrich Weiszheit, der »Onkel Freddy« des Romans, die Landsturmrolle des Kreises und dürfte als solcher am 29. oder 30. Juni 1914 von der Ermordung des österreichischen Thronfolgers in Serbien erfahren haben.

Die lange geplante Hochzeit findet trotzdem statt.

»Anfang Juli 1914 bauen die Sägewerker lange Tafeln, Bänke und eine Tanzfläche aus Brettern für die Hochzeit von Jos Aschmutat und Jadwiga, einer armen, aber sehr hübschen Dzimkentochter. Die Kinder schmücken den Weg von der Straße bis in den Hof mit Girlanden. Elise zieht das hellblaue Seidenkleid mit den Goldfäden an, und Lawrentija ruft immer wieder: ›What a beauty you are!‹

Ludwig sitzt im schwarzen Anzug mit gestreifter Krawatte auf dem Bock der Hochzeitskutsche, hinter ihm schreiten und singen mehrere hundert Gäste. Litauer, Deutsche und Russen. Die Luft knistert. Auf dem Festplatz spielt das Harmonikaorchester aus Heydekrug. Elchkeulen und ganze Ziegen braten über den Feuern. Fässer sind aufgebockt, Bier fließt, wie jeder will. Vater Aschmutat geht mit einem Glaskrug von Tisch zu Tisch, schenkt Moosbeerenschnaps aus und bittet, heute nicht über Politik zu reden. Lawrentija überblickt den Festplatz, schickt ihre Töchter zu Tischen, an denen die Stimmen laut werden. Frauen stopfen Schreihälse mit Räucheraal und drücken kalte Gläser in erhobene Fäuste. Die Harmonikaspieler schuften. In den Tanzpausen sitzen Braut und Bräutigam mit geröteten Wangen auf ihrem erhöhten Ehrenplatz unter dem mit Margeriten geschmückten Baldachin und lächeln.

Elise sucht Ludwig mit den Augen. Der hopst im Kreis der Mägde und Arbeiter, Arme in die Hüften gestemmt, sein Schlips weht.

Am Abend kriecht kalter Nebel vom Fluß herauf, die Gäste rücken an die Feuerstellen. Arnas Aschmutat und Onkel Freddy torkeln Arm in Arm zum Ufergebüsch, um sich zu erleichtern. Hermann bringt Elise ein Glas heißen Johannisbeerwein, das ihr in den Kopf steigt. Sie stößt mit ihm an: ›Doswidania pod stolom!‹

Die Dzimkenfrauen stimmen wehmütige Lieder an, deren Sehnsucht das Herz schwer macht. Rauch steigt Elise in die Augen, schnell wischt sie die Tränen in den Ärmel. Sie versteht die Worte. Wie einsam sie ist. Wie undurchschaubar das Leben. Wenn man Glück hat, stirbt man früh.

Sie will aufstehen, um ins Haus zu gehen und sich ins Bett zu verkriechen, aber ihre Beine sind vom Johannisbeerwein in Gummi verwandelt worden. Erschrocken setzt sie sich wieder hin. Ausgerechnet in diesem Moment hört sie Ludwigs Stimme: ›Lise, komm tanzen!‹ Sein Hemd steht offen, die Haare verstrubbelt, das Gesicht vom Tanz gerötet, er schwitzt und duftet so nach Vanille, daß ihr schwindlig wird. Er greift nach ihrer Hand, zieht sie hoch – und dann passiert es: Sie knallt ihm eine, daß das Klatschen auf dem ganzen Platz zu hören ist. Einen Moment herrscht Schreckensstille. Dann ruft jemand erleichtert ›So klingt e Hexekuß!‹ und alle lachen.«

Österreich-Ungarn stellte den Serben ein Ultimatum und drohte mit Krieg. Deutschland versprach den Habsburgern Beistand.

»Tabakduft durchzieht Elises Traum. Ludwig hockt neben ihrem Bett und flüstert ›komm, ich will dir was zeigen‹. Ihr Herz klopft heftig. Leise zieht sie sich an und schleicht aus dem Zimmer, Hermann atmet hinter seinem Paravent …

Es ist gerade erst 5 Uhr, als die beiden den Steg betreten, die Sonne steht niedrig. Ludwig hilft ihr ins Boot und rudert schweigend den Atmath hinauf. Er biegt in die Augustumaler Kanäle und quert hinter Schießgirren das Krakerorther Lank. In Neu-Rugeln treiben sie in schmalen Gräben durch die Gärten. Es duftet nach Adonis und Phlox. Weiden hängen über das Wasser, Enten fliegen spritzend auf. Grün flirrt das Morgenlicht durch ein Birkenwäldchen. Dahinter beginnt das Moor.

Ludwig steuert durch Pfützen offenen Wassers, in denen sich der

blaue Himmel spiegelt. Sein Anblick berührt etwas in Elises Brust, das sie weinen und lachen machen will.
Zuletzt geht es mit Paddeln nicht weiter, Ludwig zieht sich splitternackt aus, gleitet in den Moorbrei und schiebt das Boot. Käuzchen schreien. Schluchzen und Gluckern. Vor ihnen taucht ein schiefes, silbern-grün von Flechten leuchtendes Haus im Sumpf auf, mit morscher Veranda und einem moosbewachsenen Dach.
Ludwig hilft ihr hinauf, vom Moorbrei bekleidet wie von einem schwarzen Anzug. Er zieht eine Tasche unter dem Bootssitz hervor, breitet auf seinem Taschentuch Brot, Schinken und Äpfel aus und entkorkt eine Flasche Sanddornwein. Langsam wandert die Sonne über den Himmel.«

Ludwig hatte ihr an jenem Tag, so notierte Elise später in ihren Erinnerungen, die Geschichte von Lutisha und Ladislaus erzählt.

»Sie waren so jung, man sah noch den Schlag der Herzen durch ihre dünne Haut. Ihre Eltern meinten, für sie vernünftig sein zu müssen, und verboten den Täubchen das Turteln. Da flohen sie in den Wald. Sie bauten auf einer Insel im Moor eine Hütte aus Zweigen, Moosfladen und Birkenrinde und versteckten sich darin, bis die Rufe der Suchenden heiser klangen.
In den ersten Wochen wurden sie beide krank, aber sie umarmten sich gegen die Kälte, und ihre jungen Körper paßten sich an das Leben in der Wildnis an. Sie sammelten Pilze und Beeren, fingen Frösche und stahlen Honig. Gerüchte flogen durch die Dörfer, die Geister der verstorbenen Kinder gingen um. Manch einer ließ Käsebrocken unter dem Vordach liegen oder wickelte Streichhölzer in gewachste Leinwand.
Lutisha und Ladislaus bauten ein Haus, entwässerten ein Stück Land, säten und ernteten. Der Winter brachte sie an den Rand des Verhungerns, aber sie lernten, Vorräte anzulegen, und zogen eine Elchkuh auf. Lutisha gebar zwei Kinder, einen Jungen und ein Mädchen.
Einmal fand ein Jäger ihre Behausung, aber niemand, dem er von sei-

ner Begegnung erzählte, erkannte in der Waldfamilie die vermißten Kinder Lutisha und Ladislaus.
Der Jäger besuchte das Haus nun häufiger. Er brachte Salz und Nägel vom Markt mit und erhielt als Bezahlung köstliches Moosbeerenmus. Eines Tages verletzte er sich bei der Jagd auf Wölfe am Fuß und erreichte die Hütte mit letzter Kraft. Lutisha pflegte ihn eine Woche, bis er wieder aufstehen konnte. Vielleicht blickte sie den Kranken einen Moment zu lang an, vielleicht hatte Ladislaus einen schlechten Tag, jedenfalls zog die Eifersucht in sein Herz. Er beobachtete sein eigenes Haus. Nichts Anstößiges stellte er fest, aber der Argwohn blieb, noch nachdem der Jäger gegangen war. Wozu brauchte Lutisha ein neues Tuch? Was mußte das Essen so salzig schmecken? Sie ihrerseits fühlte sich überwacht, entlief ihm, er schimpfte, trank häufiger vom selbstgebrauten Wein und weinte. Die Arbeit blieb liegen. Die Gräben versandeten. Mit jedem Streit, mit jedem bösen Blick und jedem garstigen Schweigen wurde der Boden nasser, die Saat versank, das Haus rutschte schief, die Kinder wurden krank. Eins der Kinder, der Junge, starb an einem Marderbiß, das Mädchen wurde in einer stürmischen Nacht von einem Ast erschlagen. Im Suff hob Ladislaus das Beil gegen Lutisha, sie erstach ihn mit einem Messer. Da erbebte das Haus, versank und zog die beiden in die Tiefe.
An manchen Tagen, so erzählen sich die Menschen in den Dörfern, steigt Rauch aus dem Moor und zeigt die Stelle, wo sich der Schornstein des versunkenen Hauses befunden hat.«

»Sein Atem riecht nach Tabak mit Karamel und Vanille, das Haar in seinem Nacken fühlt sich feucht an. Elise und Ludwig umarmen sich gegen die Kälte des sinkenden Abends, schweigen mit geschlossenen Augen und lauschen. Das trockene Moor auf seiner Haut krümelt unter ihrer Hand. Vogelzwitschern. Summen von Insekten. Der Wind raschelt in den Birkenblättern.
Etwas Hartes stößt sie an der Hüfte. Ludwigs nackte Weißheit leuchtet aus dem Moorschwarz seiner Lenden wie eine Blume. Elise ist

überrascht. Sein Kopf wird knallrot. Verlegen gleitet er ins Moor. Dann müssen sie beide lachen …

In der Abenddämmerung werden sie auf der Rückfahrt durch die Rugelner Kanäle von einem Patrouillenboot des Landsturms gestoppt. Die Männer mit den schwarz-weiß-roten Armbinden lassen ihre Karabiner sinken, als sie Freddy Weiszheits Sohn erkennen, und begleiten sie bis zur Anlegestelle in Schieß.

Dort gellen in der Dunkelheit Stimmen durcheinander, Bernd ruft: ›Sie sind es!‹

Onkel Freddy befiehlt seinen Sohn ins Kontor, ohne Elise auch nur anzusehen. Das ganze Haus hört sein Geschimpf: Die Mutter ist vor Angst fast gestorben. Österreich hat Serbien den Krieg erklärt. Elise und Hermann fahren sofort nach Hause! Dann die leise Stimme von Ludwig, unverständlich, und wieder laut Onkel Freddy: ›Von meinem Ältesten verlange ich kühle Vernunft!‹

Lawrentija stopft Ziegenkäse, Honig und Elchschinken in die Koffer, bis sie zu schwer sind und wieder ausgepackt werden müssen. Sie wischt über ihre rotgeweinten Augen. ›Little girl, was soll bloß werden?‹«

Hermann und Elise fuhren mit einem der letzten Züge, die von Zivilpersonen benutzt werden durften, nach Hause.

7 Quellen

Je intensiver ich mich mit der Familiengeschichte beschäftigte, umso mehr Widersprüche zwischen den Angaben in den Büchern meines Großvaters und den Archiven tauchten auf. Irgendwas stimmte mit den Quellen nicht. Natürlich, Kurt Weiszheit war als Schriftsteller frei in der Gestaltung und auf seinen Manuskripten stand deutlich »Roman«, aber hatte er nicht seine ganze Karriere auf die Behauptung gebaut, die Geschichte von Gustav, dem Sucher, sei WAHR?

Kurisches Flüstern, in dem das vormoderne Leben der Weiszheits im Waldreich geschildert wurde, schien wenigstens teilweise dokumentarisch; den Briefwechseln mit russischen und litauischen Schriftstellern zufolge war Kurt dort gewesen. Andererseits: Was hatte er schon finden können in einer Überlieferung, die während des 20. Jahrhunderts immer wieder umgeackert worden war? Nach den Deutschen waren die Franzosen, die Litauer, die Sowjets, die Nazis und wieder die Sowjets in die Rathäuser gezogen, hatten Kirchen- und Gemeinderegister verbrannt, Archive aussortiert und Urkunden gefressen, Bewohner vertrieben, umgebracht oder angesiedelt, Schneisen und Lichtungen in die Landschaft geschlagen, Häuser gesprengt oder verfallen lassen, Arbeitslager und Abschussrampen gebaut und den Städten neue Namen gegeben. Die Weiszheits selbst hatten Grund gehabt, Spuren ihrer Abstammung zu verwischen oder Ahnennachweise zu fälschen, viele waren geflohen oder ausgewandert oder ermordet worden.

Die wichtigste Quelle *Gustav, der Sucher* lag in sehr verschiedenen Versionen vor. Einmal schilderte Kurt Weiszheit seinen Opa, also meinen Ururgroßvater Gustav als Schlitzohr und Schwejk vom Prenzlauer Berg, ein andermal als klassenbewussten Sozialdemokraten an der Seite Karl Liebknechts. Beides klang in sich schlüssig.

Matos Archiv immerhin enthielt Fakten. Die Überlieferung floss zu Beginn des Jahrhunderts noch als Rinnsal, doch schon nach dem Ersten Weltkrieg als kräftiges Flüsschen. Die Mietbücher verzeichneten Ein- und Auszüge von Mietern, in den Hauskladden war der Grundumsatz an Wasser, Gas und Strom festgehalten, dazu kamen die Krankenblätter in den Akten der Arztpraxis. Elise hatte ein Tagebuch geführt, Eintrittskarten, Briefe und die Schulhefte der Kinder aufgehoben. Mit dem Ende des Zweiten Weltkriegs begann Kurt Weiszheit Tagebuch zu führen und ab Mitte der siebziger Jahre sammelte Mato alles, was das Haus an Schriftlichem absonderte. Ein ganzes Meer floss schließlich im Archiv zusammen.

Tagelang schob ich die Scans auf meinem Computer herum und versuchte, mir ein Bild zu machen. Oft verfluchte ich Kurt Weiszheits Unzuverlässigkeit und die Subjektivität noch der scheinbar sachlichsten Dokumente. Bald sah ich den Wald vor lauter Bäumen oder besser die Geschichte vor lauter Fakten nicht mehr.

Andererseits hatte ich viel Spaß, mir Kurt fabulierend vorzustellen. Wenn ich meine Pankower Verwandtschaft im Kreise seiner Leser sah, hatte ich sofort Verständnis für seine Flunkerei und bewunderte seinen kreativen Umgang mit der »Wahrheit«. Ich musste nur erkennen, welche Beweggründe ihn zu welchen Abweichungen veranlasst hatten, und würde so die Erfindungen aus der Erzählung rechnen können.

An diesen Tagen sah ich Laura etliche Male aus ihrem neuen gelben Beetle steigen, sie winkte, wenn sie mich sah, und verschwand ins Haus gegenüber. Dauernd fragte ich meine Mails ab, checkte meine Facebook-Nachrichten, die SMS auf meinem Handy und die Sprachnachrichten auf der Mailbox meines Telefons, aber sie meldete sich nicht.

Ich träumte von ihr, sobald ich die Augen schloss. Meist befanden wir uns irgendwo in ländlicher Idylle, arbeiteten auf einem Feld und dann kamen Leute, vor denen ich sie beschützte, oder wir brachten gemeinsam ein krankes Kind zu einem Arzt. Es waren immer sehr familiäre Träume, die mir nicht guttaten. Wenn ich die Augen öffnete, fehlte Laura mir, als hätten wir uns nach Jahrzehnten gemeinsamen Lebens getrennt.

Sasha besuchte mich, wenn ihm bei Oma langweilig wurde. Ich kochte Kakao für ihn und hörte ihn erzählen, was es Neues im Outer Space gab, welch erstaunliche Leistungen Hunde bei der Suche nach Verschütteten erbrachten und warum Bienen unverzichtbar für das Leben der Menschen waren. Geduldig fragte ich, staunte und wunderte mich und sammelte die spärlichen Nachrichtenkrümel von Laura. Sie arbeitete und holte ihn zu den vereinbarten Zeiten bei seinen Vätern ab, alles war wie sonst, außer vielleicht, dass sie mit ihm nicht mehr Pizza essen ging, sondern einkaufte und selber kochte, weil sie fand, er werde zu dick. Da musste ich ihr zustimmen. Bei mir bekam Sasha von Stund an Kakao mit Süßstoff.

Manchmal bat er um Erlaubnis, meinen Computer benutzen zu dürfen, und ich sah geduldig zu, wie seine Finger mit angeborener Sicherheit über die Tastatur flogen, wie er unbekannte Gegner beim Online-Spiel herausforderte oder über fremdsprachige Seiten surfte, um beispielsweise Fotos von Wölfen im Sperrgebiet von Tschernobyl zu bestaunen. Ich mochte den kleinen Klugscheißer – und nicht nur als Abglanz seiner Mutter: Ich mochte auch MICH, wie ich da hockte und zuhörte und ihn bestärkte. Die Stunden mit Sasha bewiesen, dass ich die Fehler meiner Eltern nicht wiederholen musste, und vielleicht erzählte Sasha ja zu Hause von mir.

Wenn er gegangen war, versank ich wieder im Chaos des Archivs und meiner Gefühle. Conny fegte und saugte um mich herum, kochte Essen, wusch ab, putzte Fenster und fing wieder von vorn an. Sie mochte nicht, dass ich mich verlor.

»Du hast ja ein Ziel vor den Augen …«, trällerte sie, »… damit du in der Welt dich nicht irrst, damit du weißt, was du machen sollst, damit du einmal besser leben wirst.«

Von wegen besser leben. Ich wurde wütend.

»Du illiterate Kuh«, brüllte ich, »hör sofort auf zu singen!« »Denn die Welt braucht dich, genau wie du sie, die Welt kann ohne dich nicht sein. Das Leben ist eine schöne Melodie …«

Sie klappte das Notebook vor meiner Nase zu und trug es ins Hinterzimmer. Ich warf Teeglas und Zuckerdose nach ihr. Das Schöne an der Rollstuhlsitzerei ist ja, dass man ab und zu mal austicken darf. Sie kam zurück, lehnte mit verschränkten Armen in der Tür und fragte »Was willst du eigentlich?«

Was für eine bescheuerte Frage. Gehen können natürlich. Laura heiraten. Eine Familie. »Versuchs mal in umgekehrter Reihenfolge.« Sie stellte das Notebook wieder vor mich hin.

Ich fand keinen Schlaf und dachte die ganze Nacht: »Eine Familie. Laura heiraten. Gehen können.« Im Morgengrauen fasste ich den Entschluss, ein Buch aus meiner Familiengeschichte zu machen. Ich musste Laura überzeugen, dass sie kein Mitleid mit mir und keine Schuldgefühle haben musste. Ob ich gehen konnte oder nicht, war keine Vorbedingung für Liebe. Sie sollte mich kennenlernen. Unsere Beziehung, die so aufregend angefangen hatte und so tragisch in die Sackgasse geraten war, auf Anfang zu setzen, würde nicht leicht, aber ich wollte es versuchen.

Ich entwarf Gliederungen und wählte die Dokumente aus, die ich aneinanderfügen wollte. Ursprünglich gedachte ich, ohne Kommentar zu kompilieren, das kam mir sehr innovativ vor, aber es gab so viele Brüche und weiße Flecken einerseits und andererseits so viele Vorstellungen in meinem Kopf, zu denen keine Texte vorhanden waren, dass ich die Lücken füllen und SCHREIBEN musste.

Dabei lag es wohl in der Natur der Sache, dass ich Kurts Stil kopierte. Ich war als Schreibnovize empfänglich für Anregungen, und mehr noch: Ich war meinem Opa sehr ähnlich. Er hatte sich als »schreibendes Chamäleon« (seine Worte) Moden und Vorbildern angepasst, manchmal unreflektiert und manchmal voller Absicht den Stil der Kollegen kopiert, die er bewunderte.

Ich hielt mich also nicht mit Stilfragen auf und tröstete mich damit, dass Leserinnen und Leser Personen der Geschichte oder solchen aus Geschichten gleichermaßen Empathie entgegenbringen würden. Empfindungen sind Fakten für den, der sie fühlt, »und alles andere ist für den Elch«, wie Conny zu sagen pflegt.

8 Generalstab

Niemand hatte Jakob Abramowitz das Maß an Patriotismus zugetraut, mit dem er am 2. 8. 1914 die Leitung der Druckerei an seine Frau übergab und sich freiwillig an die Front meldete. In das letzte *Blatt für den socialdemokratischen Sangesfreund* setzte er sein Vermächtnis: »Wir stehen allein, ringsum sind Feinde.« Einige Tage später wurde sein Artillerieregiment nach Osten verlegt.

> »Zu klingender Musik marschiert Jakob Abramowitz in einer Reihe mit seinen Kameraden durch die Gleimstraße zum Güterbahnhof, wo die Berliner Truppen verladen werden ... Zwei Stunden später fährt der Zug auf der Ringbahn am Weiszheithaus vorbei. Die Frauen des Seitenflügels sitzen an ihren Fenstern und winken mit weißen Lappen. Anna steht auf der Brücke, während der Zug unter ihren Füßen rattert. Die Lafetten der Feldgeschütze sind mit Birkenreisern umkränzt, die Schornsteine der Feldküchen geschmückt mit Wimpeln, Gesang flattert aus den Waggons: ›Gäb es nur eine Krone, wohlan, ich schenkte sie zum Lohne der deutschen Artillerie.‹
>
> Hermann entfernt sich einen halben Schritt von der schiefen Gestalt Georg Merthens, der dem Zug hinterhergrüßt, ruck zuckt der Arm, kommt heil zurück! Wegen seiner Parese ist er kv Heimat gestellt, sehr bedauerlich.«

Andere marschieren unfreiwillig, wie Richard Salzl, der Schuhmacher.

> »Dorothea kriegt feuchte Augen, als ihr ›goldenes Herz‹ seinen Befehl erhält. Seit einigen Monaten hat er tagsüber, damit sie sich aufs Schreiben konzentrieren konnte, auf ihre Tochter aufgepaßt, obwohl die schwerer zu hüten ist als ein Sack Flöhe. Nun wappnet der frischgebackene Soldat sich mit selbstgeschusterten Stiefeln und der von Dorothea aus weichem Filz genähten Unterweste.«

»Arthur Adam wird grün im Gesicht, aber nicht grün genug, um zu Hause bleiben zu dürfen. Gerade hat er seine Finanzen ins Gleichgewicht gebracht, hatte sogar einen Garten zur Pacht in Aussicht, nun rufen ihn die Breslauer Kürassiere an ihre Krippe.«

Die Glocken von Gethsemane und Zion läuteten an den ersten Kriegswochenenden alle paar Minuten, die Hochzeiten fanden kriegshalber ohne Aufgebot statt, Passanten bejubelten die Paare vor der Kirche.

Auch Olga Pazckowiak heiratete, nämlich Max Lawrenz, Zeichner der *Berliner Chique*, der zu den Kartografen an die Westfront einberufen wurde. Überrascht war wohl niemand: Weil sie taub war und Max stotterte, hatten die beiden per Zeichnungen und Zetteln kommuniziert, welche Zeugnisse heißer Verliebtheit sich unter den Halbwüchsigen des Weiszheithauses größter Beliebtheit erfreuten. In Elises Tagebuch lesen wir über ihre Hochzeit:

»Pfarrer fragt Max ›Willst du …?‹ Er kriegt sein ›Ja‹ nicht raus. Der Pfarrer wiederholt ungeduldig, hinter den Säulen wartet das nächste Paar. Olga brüllt wie die Posaunen von Jericho ›Ich will!‹.«

»Gerd Koslowski hängt ein Schild an seine Ladentür ›Wegen Fronteinsatz vorübergehend geschlossen‹. Das klingt wie Ausflug und Sommerfrische.

Ingenieur Dr. Wiener wird von der AEG für die elektrische Front reklamiert. ›Hat was mit Horchen zu tun‹, verrät er, mehr darf er nicht erzählen. Er läßt sich einen Rekrutenschnitt verpassen, setzt das buntbestickte Käppchen seiner Burschenschaft auf und federt beim Gehen.«

Elise war natürlich dabei, wenn die Kapellen spielten und Hüte in die Luft geworfen wurden.

»Die Luft schwirrt von Gerüchten. Tamaschke aus der Schönhauser soll wegen Spionage verhaftet worden sein; Unter den Linden hat eine aufgebrachte Menge angeblich russische Studenten gelyncht. Von England aus sollen 20 Schmuggeltransporte mit

Gold für Rußland quer durch Deutschland unterwegs sein; französische Flugzeuge hätten, heißt es, Bomben über Nürnberg abgeworfen …

Elise beobachtet, wie ihr Schulkamerad Pietro Legnani, dessen Vater im Restaurant Genua in der Schönhauser 51 gekellnert hat, mit anderen Italienern von der Polizei zum Bahnhof eskortiert wird. Er ist jetzt ein Feind, wegen Tirol.«

Die Schule begann nach den Ferien mit Verspätung.

»Hilde und ihre Mutter sind nach Kuchelna zur Apfelernte gefahren, weil das Reiseverbot nicht für Hilfskräfte in der Landwirtschaft gilt«, schrieb Elise in ihr Tagebuch. »Wenn die Dzimken nicht mehr zur Arbeit kommen, könnte Onkel Freddy vielleicht Vater und mich anfordern.«

Zunächst aber wurde Mitte September Nachbar Klotzke einberufen. Mit unterschiedlichen Gefühlen hörten Elise und Hermann die Abschiedsrede, die der gefürchtete und bewunderte Lehrer vor der Klasse hielt:

»Eine schöne, deutsche Tradition bestimmt den Soldaten nicht irgendeinen, sondern SEINEN Truppenteil, in dem er einst die ersten Griffe lernte, aufzufüllen.«

Lehrer Klotzke wusste nicht, dass sein Regiment Prinz Friedrich in den ersten Kriegswochen bereits 1200 Gefallene hatte ersetzen müssen, sonst hätte er seine Rede wohl nicht mit »Die Fahne hoch, und werd ich auch getroffen!« beendet.

Gustav Weiszheit schloss die Bücher der »Loreley, feine Holzarbeiten« am 7. September 1914 mit einer Abrechnung für den Fiskus, nachdem die meisten Gesellen eingezogen und die Schuppen am Schlesischen Bahnhof von der Preußischen Militäreisenbahnverwaltung beschlagnahmt worden waren.

Im Herzen Pazifist und gewalttätiger Konfliktlösung zutiefst abgeneigt, wusste Gustav zwischen all den Begeisterten nicht ein noch aus. Sein Freund Karl Liebknecht war weit weg, unterwegs in Belgien, wo er die Repressalien des deutschen Militärs anprangerte und dafür von der eigenen Parteiführung Verräter genannt wurde. Kurt Weiszeit skizzierte in *Gustav, der Sucher* eine Art Midlifecrisis mit politischen Dimensionen.

»Er untersucht im Spiegel des Ankleideschranks die Spuren des Alterns. Der Haaransatz liegt höher, und auf dem Azur seiner Augen schimmert Reif ... Auch das Hausgesicht hat schärfere Konturen bekommen, der Ruß auf der Fassade hebt die Falten hervor, das Dach ist grau von Taubenscheiße.« Am 20. September 1914 wurde Gustav 36 Jahre alt.

»Der Kaiser, der keine Parteien mehr kennt, drückt das Volk an seine Ordensbrust. Was es wohl denkt? Der rote Dings, der Hausbesitzer muss es wissen. Schon braust der Ruf mit Donnerhall, wie Schwertgeklirr und Wogenprall, marsch marsch!«

Gustav wurde zum Verbindungsmann zwischen der Presseabteilung des Kaiserlichen Generalstabs und den Redaktionen sozialdemokratischer Zeitungen ernannt.

»Endlich wird anerkannt«, agitiert ihn Traurich vom Parteivorstand, »daß es die Arbeiter sind, die Deutschland zur stärksten Wirtschaftsmacht Europas gemacht haben. Nun werden wir uns das Mittun bezahlen lassen. Wenn die russischen Arbeiter ihren Zar nicht zum Teufel jagen, werden sie die deutsche Faust zu spüren bekommen. Fallen die französischen Arbeiter uns in den Rücken, werden sie ihr blaues Wunder erleben.«

Der Generalstab residierte am einstigen Königsplatz, an der heutigen Willy-Brandt-Straße unweit des Bundeskanzleramtes.

»Schreibmaschinen klickern, Schritte hallen, leise klirren die Sporen der Kavallerie-Offiziere auf den Stufen der rotbespannten Treppen. Zweite Etage, Oberstleutnant Calioni, Chef der Presseabteilung des Generalstabs, begrüßt Gustav mit Händeschütteln, mustert ihn und schnarrt: ›Laßer sich wat Anständjes schneidern, hier im Generalstab stört Drillich.‹«

Gustavs unmittelbarer Vorgesetzter war Reservemajor von Bailangue, im Zivilberuf Chefredakteur eines Unterhaltungsblattes, jetzt zuständig für Inlandspresse und Zensur.

»Sein Antrag auf Korrektur seines Namens hat gute Aussichten. Er keckert: ›Wäre lieber von Belang, haha.‹

Das Büro, in dem Gustav arbeitet, hat Telefonanschluß. Vom Schreibtisch geht der Blick auf den sommersonnigen Tiergarten.«

Er ließ sich bei Strauß und Honigmann eine neue, generalstabstaugliche Uniform anmessen.

»›Hirschlederhandschuhe dazu?‹, fragt Josef Honigmann und lächelt traurig. Gustav schüttelt den Kopf: ›So lange dauert der Krieg nicht.‹.«

Seine erste Mission bestand darin, die Lieferung des *Vorwärts* an die Abonnenten im Schützengraben sicherzustellen.

»Immer wieder beschlagnahmen Zug- und Kompanieführer die Zeitung, Feldpoststellen lassen die Pakete ungeöffnet zurückgehen, Korpsführer beschweren sich beim Generalstabschef Moltke über hochverräterische Antikriegsartikel. Es ist ein harter Kampf, aber Gustav setzt die Auslieferung durch: Der Arbeiter muß, soll er fürs Vaterland kämpfen, seine Zeitung lesen dürfen.«

Er ging noch einen Schritt weiter.

»Nicht mehr ›Gloria Victoria‹ oder ›Prinz Eugen, der edle Ritter‹ soll der Sozialdemokrat singen, sondern ›Glück auf, Kameraden, durch Nacht zum Licht, uns sollen die Feinde nicht kümmern. Wir hatten so manche verzweifelte Schicht und sahen die Sonne doch schimmern. Nur einig, einig müssen wir sein, so fest und geschlossen, wie Erz und Gestein.‹«

Gustav ließ in der Druckerei von Anna Abramowitz Text- und Notenblätter in fronttauglichem Format drucken und dem *Vorwärts* beilegen.

»Dem preußischen Leutnant fällt das Monokel in den Schlamm. Sozis singen dem Morgenrot entgegen, und er muß mit, fallera.«

Gustav bemerkte die Veränderung seines Spiegelbildes:

»Die Wangen rosig. Die Augen blitzen. Der graue Staub der Langeweile, der sich über sein Leben gelegt hatte, ist mit einem Mal wie fortgeblasen. Traurich hat recht: Der Krieg vernichtet das Alte wie ein Buschbrand das Gras.«

Abramowitz schrieb aus dem Osten.

»Danke für die Notenblätter. Sie sind ein wenig stark geleimt für die Verwendung als Zigarettenpapier. Besser wäre Bibelpapier, davon liegt ein Vorrat links hinter dem Kraftpapier im Lager.

Heute haben wir den ganzen Tag Munition und Schanzzeug in die Stellungen geschleppt. Stiefel und Uniformen schwer von Schlamm, Dreck in den Augen und immer gebückt, so daß wir schon ganz krumm sind, jederzeit eines Schusses in den Allerwertesten gewärtig. Nun erwarten wir den Angriff der Russen. Wo, darf ich natürlich nicht schreiben, denn es könnte sein, daß der Russe meinen Brief abfängt und Schlußfolgerungen daraus zieht, die zu unserer sofortigen Niederlage führen.«

Dem Seitenflügel brachte der Krieg auf makabre Weise Arbeit und Brot:

»Martha näht für Honigmann Hemden ohne Ärmel, Frieda Peters spezialisiert sich auf Hosen ohne Beine, ihre Tochter Victoria faltet kunstvolle Kragen zum Kaschieren fehlender Kinnladen.«

»Die AEG im Wedding, das Gaswerk an der Danziger und der Zentralviehhof an der Thaerstraße locken Arbeitskräfte mit steigenden Löhnen, vor allem Frauen sind gern gesehen: ›Die schriftliche Einverständniserklärung des Ehemanns kann nachgereicht werden‹.

Die Stadt richtet kostenlose Kindergärten ein, manche Fabriken sogar solche mit Schichtbetrieb. Bald gilt jedwedes Kinderkriegen als Dienst am Vaterland, selbst die Unverheirateten erhalten Reichswochenhilfe. ›Was auf einmal geht, wenn die Männer weg sind‹, spottet Dorothea.«

»Die Heimbergerin räumt Nuckelflaschen und Kinderspielzeug in den Keller und vermietet möbliert an Beamte, die aus ganz Deutschland nach Berlin ziehen, um die Zentralstellen zu verwalten: Herr ›Schupärt‹, einst Gerichtsdiener in Leipzig und frontuntauglich wegen Skoliose, sitzt nun in der Tabakstelle ... Die Heimbergerin preist ihr Glück: Ausgerechnet Tabak!

Der Untermieter enttäuscht sie: ›Mir in der Dabakstelle verwalten do ni den Dabak, sondern den Mangel, nu?‹«

Anna druckte mit einem alten Setzer und zwei jugendlichen Hilfsarbeitern neben Liederblättern für die Rekruten auch »Handzettel zur Flohbekämpfung« fürs Soldatengepäck und Lernheftchen für Französisch, Russisch, Serbisch und Armenisch.

»Sie stemmt Papierrollen und bleischwere Setzkästen. ›Also bitte: Armenisch!‹ schimpft sie, ›wo wollen die denn noch hin?‹«

Bis auf einige wenige Spielverderber wie Karl Liebknecht rückten die Deutschen zusammen, wollten dabei sein, obwohl's in den Büschen sicherer gewesen wäre, gleichwohl verständlich, wenn man berücksichtigt, wie die Lage sich von Stunde zu Stunde veränderte, bald jede verrückte Wende für möglich gehalten wurde, Anordnungen von Behörden einander jagten, das Leben der meisten Familien durch die Einberufungen umgekrempelt wurde und jeder sich plötzlich abhängig vom Ganzen sah. Der Einzelne kam nicht zur Besinnung und tat in seiner Not, was alle anderen taten, schob Zweifel beiseite, nur nicht abgehängt werden!

»Elise versucht, sich aus den Kriegsmeldungen ein Bild der Lage in Heydekrug zu machen. ›Landwehreinheiten haben in Schmalleningken, drei Meilen östlich von Tilsit, russische Eindringlinge zurückgeschlagen.‹ Nur 40 Kilometer südöstlich von Heydekrug! Am 5. August wird das Postamt in Bilderweitschen zerstört. Bei Stallupönen nehmen die Deutschen 3000 Mann feindliche Offiziere und Soldaten mit Pferden und Bewaffnung gefangen. Die Besatzung von Memel schlägt einen Vorstoß feindlicher Grenzwachen zurück, am 9. August werden vier russische Divisionen bei Eydtkuhnen vernichtet. Immerzu wird der Russe zurückgeschlagen, aber wie kommt er trotzdem bis an die Linie Angerburg-Gumbinnen?«

Elise bedrängte ihren Vater. Was der nicht verraten durfte, war: Die Russen hatten die nordöstlichen Reichsgebiete um Memel und Heydekrug besetzt, waren an der Ostsee entlang bis fast nach Königsberg vorgestoßen und hatten die Eisenbahnverbindungen abgeschnitten.

Der Oberkommandierende Prittwitz erwog, Ostpreußen ganz aufzugeben und sich auf die Weichsel zurückzuziehen. Generalstabschef Moltke ersetzte ihn durch Hindenburg.

»Am 30. August bejubeln Menschen auf der Sonnenbrücke den Sieg bei Tannenberg. Wildfremde fallen sich in die Arme. Mitten im Geschrei will Elise von Hermann wissen, was ›vernichtend geschlagen‹ bedeutet. Hermann hört in ihren Worten die Angst um Ludwig und schreit sie an: ›Erschossen. Zersprengt. Mitm Bajonett in den Bauch. Pferdehuf uffn Kopp, rattam, bis nur noch Matsch is.‹«

Bis Anfang September blieben Post und Telegrafenleitungen nach Heydekrug unterbrochen. Dann endlich brachte Niecklisch einen Brief von Ludwig.

»Bin mit der Schute nach Memel unterwegs, neuen Riemen für die Große beschaffen. Vater ist Chef des Kriegsversorgungsamts und kommt nur selten nach Hause. Mehr Arbeit mit weniger Leuten! Zwölf Arbeiter zum Heer gezogen, dafür ein Tauber, ein Hinkender und einer mit gelber Haut zugeteilt. Die Hälfte der Pferde requiriert, auch mein Brauner. Bernd und Vincent sind von der Schule befreit, um an der Säge zu helfen.«

Die russische Besatzung erwähnte Ludwig mit keinem Wort, was vermutlich daran lag, dass die russischen Truppen gar keine Zeit für eine Inbesitznahme des Hinterlands gehabt hatten. Auf den Maschinen des Sägewerks wurden nun Brücken-Fertigteile hergestellt,

»die so konstruiert [sind], daß sie schnell aufgebaut und schnell zerstört werden können. Wir verdienen daran, daß sich unsere Dzimken und Sägearbeiter gegenseitig totschießen.«

Ab 10. September 1914 besuchte Elise das Gymnasium, dessen Neubau im gleichen Block wie die Volksschule lag. Von ihrem Platz am Fenster konnte sie die Kinder sehen, die gegenüber auf ihrer alten Bank saßen.

»Kreidetrocken stehen die Formeln der Kreisumfangsberechnung an der Tafel, dazu bestimmt, ihren Kopf zu vernebeln, während draußen Soldaten sterben. Sie schreibt unter der Bank an Ludwig und wird erwischt. Der Lehrer schickt sich an, ihren Brief der Klasse vorzulesen, da bettelt sie hochrot und mit Tränen in den Augen und erhält ihn zurück.«

Im Oktober wurden die Freiwilligen aus der Oberprima zum Militär verabschiedet.

»Bleich und ernst stehen Johannes und Christoph, die beiden älteren Klotzke-Söhne, vor der schwarz-weiß-roten Fahne in der Aula. Sie haben sich zum Regiment Prinz Friedrich gemeldet, wie ihr Vater.«

In den folgenden zwei Jahren, bis Ostern 1916, wechselten einige Dutzend Briefe zwischen Berlin und Heydekrug/postlagernd, hin und her. Elise und Ludwig bestätigten sich gegenseitig in ihrer Verachtung für die zunehmend verrückter werdende Welt, in die sie ohne eigene Schuld hineingeboren waren.

»Marschieren unsere vorwärts, bestellen die Stäbe Brückenpfosten und Eisenbahnschwellen; geht die Truppe in Verteidigung, braucht sie Stempelholz und Stützbalken. Nur Bretter für Särge sind immer gefragt« schrieb Ludwig.

Auf einmal galt die Familie, das grenzübergreifende Fundament des Waldreichs, nichts mehr.

»Du erinnerst Dich an den schnauzbärtigen Grigori mit dem Akkordeon? Er ist an der Küste erschossen worden, weil er Deserteure durch das Moor geführt hat … Vater nennt ihn einen Verräter.«

Jos, der Sohn des Vorarbeiters Arnas Aschmutat, wurde bei Garten (Grodno, an der Memel) verwundet und lernte im Lazarett sozialdemokratische Kriegsgegner kennen. Nach seiner Heimkehr las und diskutierte Ludwig mit ihm die *Glocke* und Bücher über »Arbeiterbefreiung«. Auffällig veränderte sich die Rechtschreibung seiner Briefe:

»das proletariat kann sich nicht erheben ohne daß der ganze unterdrückerische überbau + das prinzip der ausbeutung selbst in die luft gesprengt werden.«

Sein rebellisches Pathos beeindruckte Elise, die zurückschrieb.

»Ente mit Grünkohl. Keinen Bissen runtergekriegt. Papa verkauft seine Lügen wie die Adam Fisch. Mutter hält ein Taschentuch mit Parfüm vor die Nase, und schon riecht der Krieg wie Frieden.«

Von ihren Ängsten schrieb sie nichts.

»Er soll nur daran denken, daß nicht jeder so denkt wie er und ich.«

Theodor Kerbaelen, Anwalt und Eigentümer des gegenüberliegenden Hauses, hatte erst kürzlich den 74 Jahre alten Zeugen Jehovas Johannes Guthermann mit seinem Spazierstock verprügelt, weil der auf der Sonnenbrücke gegen den Krieg gepredigt hatte:

»›Ihr habt gehört, daß gesagt worden ist: Auge um Auge, Zahn um Zahn! Jesus aber sagt: Leistet dem, der euch etwas Böses tut, keinen Widerstand.‹«

Auf Anordnung des Reviervorstehers Hauptmann Runkert wurde Guthermann verhaftet und nach Spandau gebracht. Drei Monate später starb er in der brandenburgischen »Idiotenanstalt« zu Lübben. Seine beiden Töchter gaben die Plätterei auf und verließen das Weiszheithaus.

Kurt Weiszheit fragte sich, warum die Männer ihrer Einberufung folgten.

»Ich meine nicht die Idealisten, Abenteurer, Gewalttäter, sondern die anderen, die Väter kleiner Kinder, oder solche, die ihre Frau liebten, die ein Unternehmen aufbauen, die eigentlich nur ein guter Mensch sein wollten.«

Sie mussten natürlich, es gab Gesetze und Nachbarn, das Zuchthaus drohte und soziale Verachtung, aber gab es nicht Schlupflöcher? Kurt Weiszheit testete die Fluchtmöglichkeiten mit einer Reihe Biografieskizzen: Ein Deserteur versucht, in die Schweiz zu fliehen, ein Simulant »erblindet«, ein Dieb klaut sich ins Gefängnis und ein Kuhjunge rettet sich ins Bett seiner Gutsherrin. Doch in welche Richtung er auch phantasierte: Es gab keine Rettung. Wer überlebte, war noch lange nicht davongekommen. Der Krieg zerstörte Gewohnheiten und Träume, Mitgefühl und Empfindsamkeit, Liebe und Vertrauen, an der Front und in der Heimat, und weiter bis ins dritte, bis ins vierte Glied.

Die Brüder Christoph und Johannes Klotzke fielen im Herbst 1914 bei der Abwehr eines russischen Kavallerieangriffs.

»Harald, der als Rußkratzer an den Lokomotiven im Güterbahnhof arbeitet, trägt weiße Tränenstreifen im Gesicht. Johannes ist beim Stellungswechsel verletzt im Stacheldraht hängengeblieben, Christoph hat ihn nicht im Stich lassen wollen und wurde ebenfalls getroffen. ›Kameradschaft, wie der Vater sie ihnen beigebracht hat‹, nennt es der Rektor beim Gedenkappell.«

»Koslowski schreibt von der Front bei Lodz an Gustav, er habe gar nicht gewußt, wie gut er schießen kann. Wenn er hinter dem Maschinengewehr liegt, stellt er sich vor, die Anstürmenden zu fotografieren. Dreck mischt sich mit Blut, Luft mit Qualm, Gesang mit Geschrei, ein großartiger Film.

Abramowitz schleppt Munitionskisten, zieht Lafetten aus dem Modder und ist schon halb taub vom Geböller … Weltorff, der Kinobetreiber, pumpt in Flandern mit acht Soldaten Schlammblutwasser aus den Stellungen. Ein Schrapnell trifft die Grabenpumpe, drei Mann aus seiner Gruppe fallen, fürs Überleben wird er zum Feldwebel befördert.«

13 der zu jener Zeit 24 Wohnungen des Vorderhauses waren im Oktober 1915 mit einem »K« für Kriegsdienst (oder Kredit) gekennzeichnet. Der Sold der Einberufenen reichte nicht, um die Miete zu zahlen und die Familie zu ernähren, zumal die Lebensmittelpreise spürbar anstiegen. Der Staat als »Arbeitgeber« der Soldaten behalf sich, indem er den Vermietern Kündigungen wegen Mietrückständen für die Dauer des Krieges verbot.

Gustav sorgte dafür, dass maßgebliche Redakteure und Journalisten der sozialdemokratischen Presse vom Fronteinsatz verschont blieben. Als jedoch im *Vorwärts* ein Artikel erschien, der über den Verkauf von Zielgeräten für schwere Schiffsartillerie der AEG an eine französische Tochterfirma – nach Kriegsausbruch! – berichtete und in der Folge ein Proteststreik ausbrach, verhaftete das Militär neben den »Rädelsführern« unter den Arbeitern auch drei Journalisten und schickte sie an die Front. Gustav protestierte, aber Traurich knickte ein und ließ im *Vorwärts* kundtun: »Wer das putschistische Treiben mitmacht, trägt zur Verlängerung des Krieges bei!«

Gustav bekam eine neue Aufgabe: Noch immer gab es im Offizierskorps des Heeres nicht einen einzigen Arbeiter. Vom Leutnant bis zum General kommandierten ausschließlich Bürger und Adlige die Truppe. Proletarier an die Epauletten!

»Gustav präsentiert Abramowitz, das sozialdemokratische Urgestein, aber der Genosse Traurich will keinen Juden. Weltorff gefällt ihm besser: Beruf Eisenbieger, das klingt doch richtig nach Arbeiter und Kraft, ausgezeichnet vorm Feind, verwundet und zum Feldwebel befördert.

Gustav holt seinen Nachbarn aus Flandern, um ihn ins Bild zu setzen. Nach einigem Telefonieren findet er Koslowski in einem Armeelazarett in Posen, wo er vier Wochen mit Wolhynischem Fieber gelegen hat. Gustav mietet ein Gelände in der Filmstadt Weißensee und läßt Weltorff ›stürmen‹. Der Zirkusprofi strahlt, trotz des Rheumas, das er sich in den nassen Gräben geholt hat. Breitschultrig und wettergegerbt unterscheidet er sich auf den ersten Blick vom schmalgesichtigen Leutnant aus adliger Familie.«

Koslowski erfand eine der Posen der Kriegspropaganda, die heute jeder kennt: den Führer, der mit erhobener Pistole den Angriff befiehlt.

»Der Wind bläst ihm ins Arbeitergesicht, die buschig schwarzen Augenbrauen sträuben sich wider den Erzfeind, der sich in den Buschreihen am Stadtrand versteckt. Ein bißchen Retusche, schon sind die Berliner Mietskasernendächer verschwunden, und der Rauch aus den Schornsteinen sieht wie Pulverqualm aus.«

Erich Weltorff wurde zum Leutnant befördert

»Der *Vorwärts* berichtet mit Pathos über seine Tapferkeit. Seine Frau bemängelt das Fehlen eines Pferdes, aber nur, weil sie mal Voltigeuse war und keine Ahnung hat vom Krieg. Höchsten Ortes ist man sehr zufrieden mit Gustav und zeichnet ihn aus mit dem Eisernen Kreuz.«

Im Dezember 1915 brachte Briefträger Niecklisch Dorothea ein Paket:

»Absender Lazarett Koblenz. Ein Kamerad von Richard Salzl schreibt: ›Ich schicke die Sachen von Richard, weil hier so viel geklaut wird ... Er ist im Abwehrkampf unter die Feldbahn geraten.‹ Dorotheas Tränen tropfen auf Richards blanke Stiefel.«

Wider Erwarten überlebte Richard:

»An einem Sonntag hält ein Fuhrwerk vor dem Weiszheithaus. Vier Soldaten tragen das Kameradenwrack in die Schusterwerkstatt und stellen es zwischen Tisch und Werkbank ab. Da hockt es auf seinem Brett mit Rollen, die kurzen Stümpfe mit schwarzem Tuch verbunden, brüllt ›raus!‹, will Dorothea nicht sehen und auch sonst niemanden, stiert durchs Schaufenster auf die fremden Beine, die über die Brücke defilieren, spazieren, stelzen, trappeln. Hosenbeine, Jungsrennbeine, Mädchenhüpfbeine, Hundeschnüffelbeine, Pferdebeine, Nonnenbeine.«

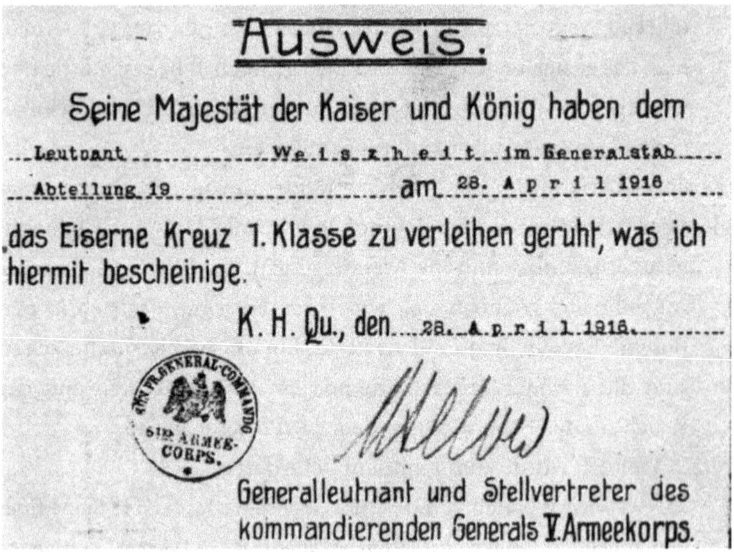

Ausweis.

Seine Majestät der Kaiser und König haben dem
Leutnant Weiszheit im Generalstab
Abteilung 19 am 28. April 1916
das Eiserne Kreuz 1. Klasse zu verleihen geruht, was ich hiermit bescheinige.

K. H. Qu., den 28. April 1916

K. PR. GENERAL-COMMANDO 5TE ARMEE-CORPS.

Generalleutnant und Stellvertreter des kommandierenden Generals V. Armeekorps.

Urkunde über die Verleihung des Eisernen Kreuzes an Gustav

»Dorothea näht aus Lederresten zwei Kappen für Richards Stümpfe. Ob er sonst was braucht. Ja, sagt er, ›einen Schubs über die Brüstung‹.

Dr. Wiener und seine beiden jugendlichen Assistenten Salomo Grünwald und Harald Klotzke bauen einen fahrbaren Stuhl, der mittels zweier Hebel die Stufe von der Werkstatt aufs Trottoir überwinden kann. Die Heimbergerin bedrängt ihn mit Mampe Halb und Halb, und wie er gerade in Heulstimmung kommt, erzählt sie von ihrem Besuch in Torgau, bei Griebel, der demnächst ›wehrunwürdig‹ entlassen wird, das macht ihn wenigstens wütend ... Manchmal spürt er [Richard] Schmerzen in seinen Beinen, die im Abfalloch hinter dem Feldlazarett vermodern.«

Für die Bewohner des Weiszheithauses wurde die Rückkehr Richards Anfang 1916 zu einem Wendepunkt. Angst kroch durch die dicken Mauern ins Weiszheithaus. Manche versuchten, sich abzulenken, andere krochen enger zusammen. Die Frauen trafen sich allabendlich in der Sonne, strickten Socken oder verpackten Liebesgaben in grabentaugliche Päckchen.

»›Wat die Männer so machen ohne Weiber‹, sinnt die Heimbergerin ins Geklapper der Stricknadeln. Vorschläge schwirren: ›Pück er sich nach der Seife, Pursche!‹ Prusten, Gelächter, rote Ohren.

Vera Klotzke, die Frau des Lehrers, läßt die Stricknadeln sinken. ›Ihr seid gemein‹, sagt sie mit sehr ernstem Gesicht. ›Bernhard hat musikalische Kameraden gefunden und singt in einem Chor. Man muß seinen inneren Menschen bewahren, schreibt er.‹

›Ach, schreibt er das, ja?‹ fragt Frieda Peters scharf. Die Lehrerfrau verschluckt ihre Antwort und schließt den Mund. Bei Frieda weiß man nie.«

Nur Merthen, der in die Abteilung »Leder und Häute« des Berliner Militärgouverneurs zwangsverpflichtet worden war, blieb optimistisch. Er berechnete abends die von deutschen U-Booten versenkten Brutto-Registertonnen feindlichen Schiffsraums.

Im Frühjahr 1916 wurde Ludwig einberufen. Drei Monate hörte Elise nichts von ihm. Onkel Freddy, den anzurufen ihr einmal gelang, wusste nur, dass Ludwig die Rekrutenschnellausbildung bei den Pionieren in Königsberg absolviert hatte, aber nichts über seinen Einsatzort. Die Stunden im Klassenzimmer ließen ihr viel Zeit für Sorgen.

> »Ostern 1916 werden die Klassenzimmer im Parterre des Gymnasiums geräumt, weil die Grauen Schwestern ein Lazarett einrichten. Elise meldet sich zur Ausbildung als Hilfsschwester.«

Offensichtlich protestierten Augusta oder Gustav nicht.

> »Das Biologiekabinett wird zum Operationssaal und die Hausmeisterwohnung zur Leichenkammer. Die Schränke in den Gängen füllen sich mit Binden und Ätherflaschen. Obenauf wachen ausgestopfte Falken und Mauswiesel.
> Elise arbeitet in der Wäscherei. Der Arbeitstag beginnt sechs Uhr und dauert zwölf Stunden. Ihre Finger und Zehen werden schrumplig und durchsichtig, ihre Nase leuchtet rot. Mit einem Dutzend anderer Schwesternhelferinnen schleppt sie Berge schmutziger Binden zu den Trögen im Keller. Die Seifenlauge ist kalt, mit Kohle muss gespart werden. Sie steigt mit bloßen Füßen in die Bottiche, trampelt auf den Binden und Halbfestem herum und denkt sich, um nicht kotzen zu müssen, in den Moorbrei des Krakerorther Lank. Nach einiger Übung kann sie den Atmath und das frischgesägte Holz in den Trockenhallen riechen.«
> »Nach dem Waschen und Spülen wringen die Mädchen die Binden in einer Holzmangel aus und schleppen sie in Körben hinauf zum Dachboden, um sie auf Leinen zu hängen. Manchmal ist Elise so erschöpft, daß sie auf einem Haufen zusammengeschnürter Uniformen einschläft. Alle zehn Tage hat sie frei.«

Im Anschluss an seine Rekrutenausbildung wurde Ludwig als Übersetzer in den Stab des Oberbefehlshabers Ost versetzt. Der kurz »OberOst« genannte Prinz Leopold von Bayern und seine Entourage residierten an der Ostseeküste in einem vornehmen

Strandhotel, von wo aus sie Kurland, Litauen, Teile Polens und den Westen Weißrusslands, ein riesiges Besatzungsgebiet mit drei Millionen Bewohnern, verwalteten.

»Sein [Ludwigs, d.A.] Zimmer hat einen kleinen Balkon zum Meer. Die Möbel sind weiß lackiert. Das Frühstück kann aufs Zimmer bestellt werden, in den Mittagsstunden ist strikte Ruhe befohlen. Die Illusion von Badekur wird nur gestört, wenn schlammbespritzte Wagen vor dem Portal bremsen und Melder in dreckigen Uniformen ins Hotel stürmen.«

In krassem Kontrast zum Urlaubsidyll stand das in OberOst herrschende Kriegsrecht, das bei Verfehlungen von Zivilisten nur die Todesstrafe vorsah.

»Mit Blick auf Dünen und Meer übersetzt Ludwig Ablieferungspflicht, Geiselerschießung und Zwangsarbeit. Er kann seinen Anblick im Spiegel kaum ertragen und muß doch versuchen, die Anordnungen deutlich auszudrücken, denn oft genug werden Zivilisten wegen banaler Verständigungsprobleme erschossen.«

Seine Briefe an Elise klangen bitter, doch je mehr er sich beklagte, desto optimistischer antwortete Elise, als wolle sie sagen: Riskiere nichts, das Leben ist so schön!

»Ich schreibe Dir von meinem Lieblingsplatz im Schulhausdach, das hoch wie eine Kathedrale ist. Schmale Sonnenstrahlen fallen durch die Dachluken, zwischen dem Kreuz und Quer der Balken flimmert goldener Staub.«

»Gegen das große Schlamassel, das dieser Krieg ist, kann sie nichts tun, aber gegen die Verzweiflung, die ihre Erinnerungen aufzufressen droht. Blatt um Blatt beschreibt sie die Stille im Moor, die Weite des Himmels über dem Krakerorther Lank und das Glitzern der Sonne in den Pfützen. Auch gibt es noch immer das Perlen des Goldbergschen Klavierspiels an stillen Sonntagen und das Zwitschern der Vögel, die sich um die dunkelroten Früchte der Ebereschen in der Kopenhagener Straße streiten. Anfangs muß sie sich anstrengen, um im wachsenden Elend die kleinen Krümel Schönheit zu finden, aber mit der Zeit bekommt sie Übung.

Die Tage werden kürzer, die Schatten länger. Sie entdeckt das Funkeln der gefrorenen Wassertropfen an der Pumpe, die Wirkung eines freundlichen Gesichts, die Kostbarkeit einer Kerzenflamme ... Mit dem anderen Blick verändert sich ihre Haltung. Sie schwebt aufrecht, lächelt, grüßt freundlich. Sie trägt gern helle, weite Kleider und steckt sich Blüten ins Haar ... Die Nachbarinnen tuscheln: Der Vater beim Generalstab, was weiß die Elise, daß sie so glücklich lächelt?«

Im Laufe ihres Lebens perfektionierte Elise diese Methode, die Kurt »Schönsehen« nannte. Je unschöner ihre Umgebung, so ihre These, desto wichtiger wurde es, sich von der Wirklichkeit nicht ängstigen zu lassen und das Schöne zu suchen. Sie bestickte ein Geschirrtuch mit den einzigen Zeilen aus dem Liedgut der Grauen Schwestern, die ihr gefielen:

»Was nützt es, wenn wir alle Tage beklagen unser Ungemach. Wir machen unser Kreuz und Leid nur größer durch die Traurigkeit.«

Das klingt zuerst nach Wirklichkeitsflucht, aber ist es nicht auch eine Form des Widerstands? Ich erinnerte mich an den Jugendwerkhof. Beim mitternächtlichen Feueralarm oder bei der x-ten Wiederholung des Stubendurchgangs, immer wenn die Erzieher glaubten, uns unter dem Fuß zu haben, pfiff jemand leise »Always look on the bright side«. Ein paar Töne reichten und sofort erschien ein Lächeln auf unseren Gesichtern. Man konnte uns schlecht behandeln, aber ob wir davon verbittert wurden, das entschieden wir selbst.

Auch Kurt Weiszheits Bücher sind übrigens, bei aller Kritik am Schönsehen, voll von Szenen, die Trauriges in das Gewand amüsant-rührender Anekdoten kleiden:

»Wenn die Frauen im Winter vor der Bäckerei Malinke Schlange stehen, bilden sich ›Warteklumpen‹, wie die Heimbergerin das nennt. Dorothea und Frieda umarmen sich gegen die Kälte, Victoria kriecht zwischen ihre Mäntel, Olga schließt sich an, Bertha und die Klotzke schieben, die Heimbergerin drängt mit ihrem Gewicht, Frauen aus anderen Häusern machen mit. Je mehr sich drücken, desto wärmer wird es. Wie Pinguine im Schneesturm bilden sie einen Kreis, hüten die gute Wärme und träumen von ihren fernen Liebsten.«

Eines Tages stand Schwester Argane auf dem Flur des Lazaretts. Eine abenteuerliche Flucht aus Rom, auf Fischerbooten und Eselsrücken lag hinter ihr.

»Sie beobachtet Elise beim Abendgebet und beim Morgengesang für die nachts Verstorbenen. Ohngeachtet des Elends der Söhne des Vaterlandes putzt die Gustavtochter sich heraus mit bunten Bändern und Glasperlen im frisierten Haar und lächelt immerzu, als lebe sie nicht in den gleichen dunklen Zeiten wie die anderen.«

Der Zusammenstoß ließ nicht lange auf sich warten.

Im Oktober kamen die Opfer des französischen Angriffs bei Verdun in Berlin an. Nach mehrtägiger Bahnfahrt war der Zustand der Verletzten erbarmungswürdig.

»Eiter suppt aus den Binden, aus manchen kriechen fette weiße Maden. Die Gefahr, Typhus oder Läuse ins Lazarett einzuschleppen, zwingt den Oberarzt Dr. Cothenius, trotz der Herbstkälte eine Seuchenschleuse auf der Wiese gegenüber der Schule einzurichten, wo die Schwestern den Angelieferten die Verbände öffnen und die Wunden prüfen. Manchmal, wenn die Binden angeklebt sind, dauert das Ablösen lange, denn Verbandsmaterial ist knapp, und aufgeschnitten werden darf nicht.

Elise schleppt Wassereimer, gibt den Frierenden zu trinken und füttert in halbe Gesichter von 17-Jährigen, die sich noch nie rasiert haben. Während sie die Arbeit der Schwestern beobachtet, stellt sie fest, dass sie durch die geschlossenen Verbände riechen kann, ob es darunter eitert.«

Argane wollte von dem »Nasentheater« nichts wissen, aber Dr. Cothenius überprüfte Elises Behauptung.

»Und tatsächlich: In keinem der von ihm geöffneten Verbände hat sie sich geirrt. Seite an Seite beschnuppern sie die Patienten, bis der letzte im Haus verschwunden ist.«

Es scheint, dass der Oberarzt nicht nur von Elises Nase beeindruckt war:

»Dr. Cothenius' Hacken knallen, als er vor ihr stehen bleibt. ›Dem Elend gewachsen?‹ Sie hört seine Lunge pfeifen, ihre Augen tränen vom Desinfektionsmittel. ›Watn für Elend?‹
Sein Räuspern geht über in einen Hustenanfall. Nachdem er wieder zu Atem gekommen ist, entschuldigt er sich mit keuchenden Sätzen: ›Suche stabiles Gemüt für Endstation. Jemanden zum Händchenhalten ... sofern vorhanden.‹
Er meint die Hausmeisterwerkstatt, wo die Hoffnungslosen zum Sterben abgestellt werden, halbe Körper, von Sepsis verzehrt.«
»Zwischen den eisernen Betten hockend, betupft Elise trockene Lippen, kühlt fiebernde Stirnen und lauscht dem Phantasieren der Soldaten. Alle paar Stunden kommt Cothenius vorbei, hebt Lider, prüft Pupillenreflexe und spritzt Morphium. Dann schlummern die Patienten eine Weile benommen, und Elise muß nur aufpassen, daß sie nicht aus dem Bett fallen. Manchmal aber reißt eine Traumhülle, einer der Sterbenden stürzt in die Wahnwirklichkeit des Krieges zurück, windet sich in Furcht und Schmerzen, fetzt seine Verbände auf und jammert. Der Lärm steckt die anderen Patienten an, weckt den Überlebenstrieb. Dann bricht in der Endstation das Inferno aus: Die Leiber werfen sich aus den Betten, kriechen wie Würmer blutend und eiternd über die Fliesen und versuchen, sich in dunklen Ecken zu verstecken. Es dauert, bis Elise die Patienten zurück in die Betten gehoben und Dr. Cothenius noch eine Dosis vom knappen Morphium gespritzt hat.
Morgens, wenn die Schwestern zum Dienst antreten, werden die Gestorbenen aus dem Haus getragen, während der ersten Kriegsmonate in Särgen, dann in Leinwand, und als auch die Leinwand knapp wird, in Zeitungspapier gewickelt. Die Helden sinken, mit Durchhalteparolen beschriftet, ins Grab.«
»Elise stellt fest, daß ihre Stimme die Aufregung der Sterbenden dämpft, vielleicht weckt sie Erinnerungen an eine Freundin oder Mutter. Sie liest die schönen Briefe an Ludwig laut vor.«

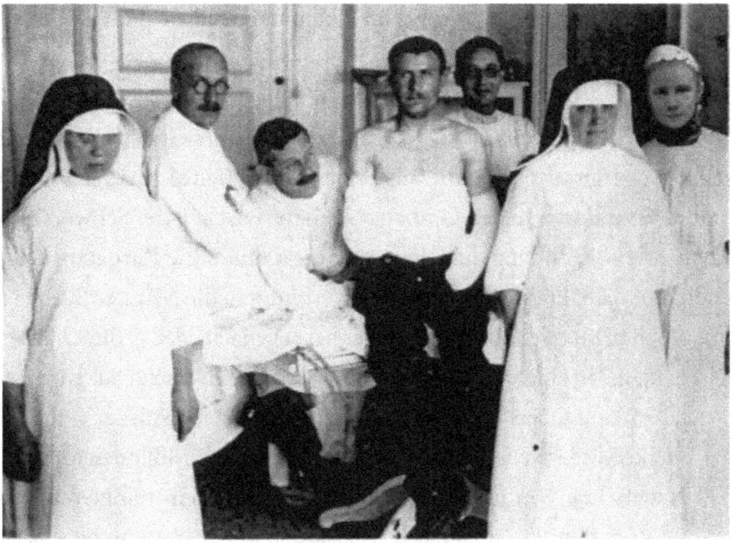

Elise (rechts am Bildrand) im Lazarett, ganz links Runa Gasske, Dritter v. l. vorgebeugt: Dr. Cothenius

»Wenn Cothenius um Mitternacht seinen letzten Rundgang gemacht hat, bleibt auch er eine Weile sitzen und hört zu. Anfangs ist sie geniert, dann gewöhnt sie sich an das Pfeifen seines Atems.«

»Eines ersten Frühlingsmorgens, an dem Elise die Fenster öffnet und das Zwitschern der Vögel hereinläßt, beginnt Cothenius von sich zu erzählen: ›Verkürztes Medizinstudium, Notapprobation 1915. Assistenz hinter der Front von Arras. Dann Lazarettarzt. Habe Feldlazarett nach Vorschrift errichten lassen, siebzehn Mannschafts- und OP-Zelte, trockene Mulde, vor Zugwind und Beschuß geschützt. Giftgas schwerer als Luft, wußte ich nicht, Lazarett im Totensee. 81 Verwundete erstickt, darunter frisch Operierte, qualvoller langer Todeskampf. Habe auf meinem Rücken drei Soldaten rausgeschleppt. Dann zusammengebrochen. Nase, Kehlkopf, Lunge – vom Gas verätzt. Blau, gelb, grün gekreuzigt ...‹

Der Wind trägt den Duft blühender Zierkirschen von der Straße herein, die Sterbenden seufzen in Morphiumträumen, bis der Morgengesang der Schwestern durch das Schulhaus hallt. ›Der ewig reiche

Gott woll uns in unserm Leben ein immer fröhlich Herz und edlen Frieden geben.‹«

Bei den wöchentlichen Lageinformationen sah Gustav Weiszheit eine Generalstabskarte, die sich trotz verzweifelter Anstrengungen kaum veränderte: In den Grabensystemen zwischen der Schweiz und dem Atlantik, entlang der Alpen und quer durch die Karpaten, Galizien und die Ukraine bis zur Ostsee verbluteten die Männer Europas.

»Schon im ersten Jahr des Krieges hat er gedacht, daß er diesen Krieg keinen Tag länger aushält. Da waren 800 000 deutsche Soldaten gefallen, und Oberst Calioni erklärte die Verluststatistik zur Geheimsache. Mittlerweile schweigt die Presseabteilung Millionen tot.

Nachts kriechen junge Männer auf blutigen Beinstümpfen durch Gustavs Bett. Er hat Schlachthausgeruch in der Nase, so oft er sich auch wäscht.«

Mitte 1916 wurden die Gürtel noch einmal enger geschnallt. Die Logik war überall in Europa gleich: Hätte man jetzt aufgehört, wären die bisher gebrachten Opfer vergeblich gewesen.

Die Helden von Tannenberg Hindenburg und Ludendorff übernahmen die Oberste Heeresleitung, kurbelten die Rüstungsproduktion an und setzten eine allgemeine Arbeitspflicht durch. Es gab keine Nischen mehr, alles Leben wurde nach seiner Nützlichkeit erfasst, keiner konnte sich verstecken, auf niemanden wurde verzichtet, nicht auf die Kriegsunlustigen, nicht auf die Frauen, nicht auf die Kinder.

»Auf der Ringbahn fährt tags frisches Soldatenfleisch an die Front, nachts kommt es verbrannt, vergiftet und zerschossen zurück. Der Krieg atmet räderröchelnd ein und aus. Wolken von Fliegen steigen aus den überfüllten Waggons der Verwundetentransporte; die Schwesternhelferinnen tragen Masken aus zerschnittenen Handtüchern, wenn sie die Verletzten auf Handkarren heben.«

Aus Elises Notizen wissen wir, dass ihr Vater »mit gesenktem Kopf zum Dienst« schlich. Die Auflage des *Vorwärts* sank. Ihm war schwer zumute.

»Was da vor sich geht, ist nicht die Geburt von etwas Neuem, sondern das Wüten eines blutsaufenden Ungeheuers. Er hat wohl gewußt, daß Werkzeuge und Eisenbahnen, daß Dampf und Strom die Kräfte des Menschen vervielfachen, aber doch nicht zu solch wilder Zerstörungslust! Der Fortschritt ist eine Katastrophe. Die Menschen wollen nicht gut leben, sondern besser als andere. Sie brauchen nicht Frieden, sondern das Gewinsel von Feinden unter ihren Füßen.«

Gustav tat, was er noch tun konnte, um Lücken zum Durchschlüpfen für die Bewohner seiner kleinen Weiszheit-Welt offen zu halten:

»Erich Weltorff, der Filmheld, wird in die Verwaltung eines Erholungsheims des Heeres an der Atlantikküste versetzt, denn natürlich darf der erste proletarische Offizier nicht auch gleich der erste gefallene werden. Gerd Koslowski wird Bildredakteur einer Grabenzeitung der Achten Armee, Jakob Abramowitz ›Kommandant‹ einer beschlagnahmten Druckerei in Klausenburg. Gustav reklamiert Max Lawrenz als Zeichner und Louis Koslowski als Fotograf für eine der entstehenden Frontredaktionen.«

Nach erfolgter Verschärfung der Briefzensur durch die neue Heeresführung leitete die Zensurstelle beschlagnahmte Feldpostbriefe an Gustav weiter, damit der die vaterländische Propaganda der sozialdemokratischen Zeitungen entsprechend beeinflusse. Die Lektüre elektrisierte ihn:

»Da versuchen einfache Arbeiter mit harten Händen, die des Schreibens ungeübt sind, ihr Kämpfen, ihren Alltag und ihr Leiden zu schildern, manchmal vulgär, manchmal wehleidig, in abenteuerlicher Rechtschreibung. Sie liegen im Dreck vor dem Feind, trauern um Kameraden, haben Sehnsucht und Löcher in den Stiefeln und Hunger und Läuse. Von Heldentum kein Wort. Er schickt ausgewählte Briefe in die Redaktion des *Vorwärts* und bittet um die Einrichtung einer täglichen Spalte: ›An die Heimat‹.«

In der ersten Woche erschienen die Briefe eines 45-jährigen Fuhrmanns, eines 19-jährigen Heizers, eines Gleisarbeiters und eines Anstreichers.

»Endlich hören die einfachen Leute in ihrer Sprache von ›draußen‹. Da schreibt ihrereins, wie es ihm kommt, der Schuster von nebenan, der Meta ihr Verlobter, vom Kohlenfritz der Sohn. Die seit langem fallende Auflage des *Vorwärts* steigt wieder, doch in der Obersten Heeresleitung schneidet sich so mancher an der scharfkantig gebrochenen Prosa.

Calioni macht ein ernstes Gesicht. Er wird die Ausgaben durchgehen lassen, aber er verkündet seine Regeln: Keine ›letzten Briefe‹ von Gefallenen mehr, nichts über Kannibalismus im Schützengraben oder von jugendlichen Soldaten, die bei Gewitter nackt im Niemandsland tanzen. Wirrr führen, lieber Weiszheit, nicht Krrrieg gegen das sittliche Empfinden unserrres Volkes.«

Gustav hatte nicht damit gerechnet, dass andere Zeitungen seine Idee aufnehmen und in ihr Gegenteil verkehren würden. Sie veröffentlichten Aufrufe, schrieben Wettbewerbe aus und überfluteten die Heimatfront mit einer Welle von Schützengraben-Märchen. Anthologien mit Feldpostbriefen erschienen in renommierten Verlagen, der »Moschusgeruch mit sich selbst spielender Männlichkeit« legte sich übers Land. Ludendorff lobte Calioni, den Anstoß zu einer »dringend notwendigen Besinnung« gegeben zu haben.

»Weil seit Beginn der Veröffentlichungen nur mehr ein paar Dutzend Frauen zu den sonntäglichen Friedensversammlungen vor dem Schloß erscheinen, wird Gustav mit einer Nennung im Tagesbefehl der OHL belobigt.«

»Augusta riecht die Bittermandelnote in Gustavs Apfelduft, aber vielleicht irrt sie sich, schließlich verbrennen die Leute in diesem dritten Kriegswinter alles, was Wärme gibt, von der lackierten Parkbank bis zum Gummirad. Hölzerne Keller- und Dachbodentüren verschwinden, Bücher werden aus den Kellern geklaut, die Türmchen, Leisten und Rhomben der Gründerzeitmöbel abgeschlagen. Was braucht man noch Gedrechseltes? Die Zivilisation verschwindet in den Ofenklappen der Kochmaschinen.

Augustas Nase wird spitz vom Gestank des Krieges. Die Frauen schleppen den Schwefelgeruch der Munitionsfabriken mit ihren

Kleidern ins Haus. Die Öfen qualmen, weil der Schornsteinfeger in Frankreich fegt; die Müllabfuhr kommt nur noch einmal die Woche. Auf den Balkonen halten die Mieter Kaninchen und Hühner oder bauen Tomaten an, die sie mit Gardinen gegen Krähen und Tauben verteidigen.
Augusta ist dank Kontinentalsperre fast wieder so schlank wie in ihrer Jugend, bloß nicht so glatt. Es gibt, wenn es gibt, nur Ersatz für Butter, Ersatz für Zucker, Ersatz für Fleisch, Ersatz für Kaffee. Die Sonntagsessen bei Familie Weiszheit ähneln einer Gedenkveranstaltung.«
»Die Malinke bäckt kleinere Brötchen, damit es keine Ausverkäufe gibt, klirr, so eine Schaufensterscheibe ist im Krieg nicht zu ersetzen. Sicherheitshalber hängt sie noch einen Zettel dran: ›Das Publikum wird gebeten, seinen Unmut über die durch den Krieg und dessen Fortdauer hervorgerufenen wirtschaftlichen Verhältnisse nicht an dem hier tätigen Personal auszulassen. Letzteres hat die derzeitigen Verhältnisse nicht herbeigeführt, kann sie auch nicht ändern und hat lediglich seine vorgeschriebene Pflicht zu erfüllen!‹
Auf dem Eckgrundstück neben der Volksschule treiben die Lehrer Landwirtschaft, nachts läßt der Hausmeister seinen mordsbissigen Pudel zwischen den Gemüsebeeten laufen.
In der Sonne richtet die Kriegsrohstofferfassungsstelle einen Sammelpunkt für Aluminium ein. Die Heimbergerin ätzt: ›Wer sowieso nischt zu essen hat, kann ooch sein Löffel abjehm.‹
Valentin Grünwaldt hat die Keller zu durchsuchen und zu konfiszieren, was wie Niete oder Nagel, Kaffeekanne, Blechteller oder Topf aussieht, dafür verteilt er kleine Schuldzettel für die Entschädigung nach dem Sieg.
Mit Hugos Tabakgeschäft ist Schluß, seit die Polizei seinem Bauern die Scheune abgefackelt hat. Das Gemüse wird von den Behörden nun schon vor der Ernte im Gewächshaus erfaßt, Schieberei lohnt sich nicht mehr. Franziska hätte gern gesehen, daß Hugo ackert wie andere Männer, aber ihn zieht es ins Dunkel der Druckerei. Anna nimmt ihn mit Kußhand und wird überrascht von seinem Eifer:

Hugo schiebt Schichten, lernt gierig, bald kann sie ihn nachts allein arbeiten lassen.«

»Bertha Schulze verlegt sich auf Witwen, seit ihre alten Herren wieder jung geworden sind, hurra! Sie massiert Weiberschultern, kämmt Haare, streichelt Brüste und wärmt Betten. Zu den Trinkgeldern erhält sie noch die Rinden und Krümel aus den Brotkästen ihrer Kundinnen, die sie für Feiertage in einer Blechdose sammelt.

Ihre Tochter Johanna, jetzt 16 Jahre alt, sitzt im frisch gestärkten, gebügelten weißen Jungfrauenkleid, mit Perlen in den Ohren, onduliert und sauber duftend, hinter dem Küchenfenster wie Dornröschen im Glassarg, auf daß sie unbeschädigt bleibe für den Tag, an dem ein Herr mit Vermögen sie entdecken und wegen ihrer Reinheit, die ihm höher gilt als uneheliche Herkunft, heiraten wird.«

»Der Hungerwinter [1916/17, d.A.] mergelt die Menschen aus, färbt ihre Haut grau und gärt in ihren Gedärmen. Er schnürt aus Klappergestellen Lumpenwürste, bis über den Scheitel umwunden mit löchrigen Schals, Zeitungspapier und Teppichen. Menschenwürmer fressen Schafgarbe und Löwenzahn von den Straßenrändern und verschmähen die Brennesseln nicht. Birken, Buchen und Eichen in den Parks sind kahl bis zu der Höhe, wohin die Menschen mit ihren Haushaltsleitern steigen können. Eine Krankheit, die man nur aus Expeditionsberichten und Seefahrerromanen kannte, hat ihren großen Auftritt: Vom Skorbut wackeln die Zähne, brechen die Nägel, wird die Haut dünn, daß selbst Kinder aussehen wie Greise.«

»Polizist Grünwaldt, der von Gesetzes wegen Zuständige für irdische Ordnung, redet beim Streifegehen mit seinem Hund, obwohl Asta längst im Kochtopf gelandet ist.«

»Um Kohle zu sparen, umwickeln die Mieter Briketts mit nasser Zeitung, verbrennen Laub und Lumpen und Kartoffelstroh; die Öfen setzen zu, der Qualm schlägt zurück. Vor allem im Seitenflügel werden die Betten klamm, die Kleider nicht mehr trocken. Abends fällt der Gasdruck, die Glühstrümpfe erlöschen, dann wirkt das Haus wie ein Grab.«

Dr. Scheithauer bat Elise, ihm an ihren freien Tagen bei der Sprechstunde zu assistieren.

»Er riecht nach zehrender Sehnsucht. Adrian fehlt ihm und seine bretonischen Liedchen, über die er sich immer aufgeregt hat, weil es darin immer nur um das Eine ging. Nein, er weiß nicht, was aus ihm geworden ist. Ein Held vielleicht. Ein Feindheld.

Die Patientinnen, es sind fast nur Frauen und Kinder, erschrecken, wenn sie das Ordinationszimmer betreten und ihre letzte Hoffnung weinen sehen ... Sie kommen mit Magenkrämpfen, weil sie Brot gegessen haben, das mit Gips und Sägespänen gestreckt war. Die Kinder haben Wasserbäuche und lernen nicht sprechen, beginnen spät mit dem Laufen, bleiben kleinwüchsig und dumm. Scheithauer müßte Kuchen verschreiben, ein bißchen Freude, Frieden und Väter, stattdessen folgt er der *Handreichung für den Arzt im Krieg* und erklärt seinen Patienten, wie Eicheln zu wässern sind.

Die Rußpartikel vom ständigen Lokverkehr auf der Ringbahn kann er aus den Augen wischen, aber gegen die Telegramme von der Front ist er machtlos. ›Der Mensch ist auf die Ebene des Schlachtviehs herabgesunken, doch nichts Nützliches wird aus ihm, weder Wurst noch Schinken. Sein Tod nährt nur weiteren Haß.‹

Elise bürstet ihm vor der Sprechstunde das Haar, stellt Zweige oder Blumen auf seinen Schreibtisch und wäscht seine Hemden, aber sie muss lernen, daß ihr Schönsehen nicht so ansteckend ist wie die Grippe.«

»Zu ihrem 17. Geburtstag bäckt Augusta Möhrenkuchen und kocht Punsch aus dem Apfelsaft, den Gerda Koslowski geschickt hat, doch Elise muss feststellen, daß ihre Nase nur immer Sepso und Lysoform, Eiter und Scheiße riecht. Olga schenkt ihr die handcolorierte, sehr echt wirkende Zeichnung eines Gänsebratens und ihr Vater ein für die Front entwickeltes Glasperlenspiel.«

»Johanna erwärmt in der Küche das letzte Öl und lauscht den Gesprächen der Grauen Schwestern, die sich gegenseitig aus den Kleidern helfen, um sich von Bertha den vom zwölfstündigen Bücken fürs Vaterland schmerzenden Rücken massieren zu lassen. Oberschwester Argane ist weit weg, und so erzählen sich die Nonnen giggelnd Geschichten aus dem Höllenkreis der Männer. Sie reiben sich, doch doch, in jedweder Stellung an Kissen, Pfosten, aneinander. So verwundet können die gar nicht sein, daß DAS nicht noch funktionierte. Es gibt welche ohne Arme und Beine, die um Erleichterung betteln, und es soll auch schon Schwestern gegeben haben, die ihrem Wunsch in christlicher Selbstopferung willfuhren.

Bis in den Schlaf wird Johanna verfolgt von dem, was sie besser nie gehört hätte. In ihren Albträumen berühren verkrüppelte Teufel ihren sauberen Körper, beschmutzen ihn, bis sie schweißgebadet erwacht, entsetzt von ihrer kribbelnden Lust. Ihr Sündenregister wächst mit jeder Nacht, kaum wagt sie noch zu schlafen. Sie schließt Schenkel und Mund, magert ab. Gott läßt unter ihrem Hals ein Wasserödem wachsen, als allen sichtbares Kainsmal.

Die Blechdose, in der ihre Mutter für Weihnachten die klebrigen Stücke alter Lebkuchen, Kuchenkrusten und Krümel aus den Brotkästen der Witwen sammelt, rappelt im Schrank. Johanna will es nicht hören, sie schlägt sich auf die Ohren, ißt Asche, betet Vaterunser. Doch sie ist schwach. Sie öffnet die Dose, feuchtet ihren Zeigefinger an, tippt ihn in die Spekulatiuskrümel. Schmerzhaft krampfen sich ihre Papillen zusammen. Sie nimmt noch eine Zeigefingerkuppe. Eine Prise, mehr nicht! Plötzlich kann sie nicht mehr aufhören, stopft sich Krümel in den Mund, schluckt und verschluckt sich und frißt, bis ihr Gesicht sich im Bodenblech spiegelt, die Hexenfratze. Sie versucht zu beten und erbricht statt dessen. Sie hat verspielt, sich dem Bösen vermählt, ihre Seele verloren.

Als Bertha abends nach Hause kommt, hängt ihre Tochter an der Gasleitung überm Küchentisch. Kohlrüben poltern auf die Küchendielen, zwei Stück für zwei Stunden Anstehen.«

Johanna wurde bei den Freireligiösen in der Pappelallee beerdigt, weil die Katholiken sie nicht nehmen wollten. »Schafft hier das Leben gut und schön, kein Jenseits ist, kein Auferstehn«, steht heute noch über dem Friedhofstor.

Ende 1917 fegte ein kalter Wind durch die Stäbe und Ministerien. Calioni ließ die Front-Redaktionen »auskämmen«. Nun kann Gustav seine Leute nicht mehr schützen.

»Leutnant Weltorff wird an die Spitze einer Kompanie versetzt, die an der Westfront einer australischen Einheit gegenüberliegt. Wer nicht gräbt, lauscht dem Schmatzen der Ratten, die sich im Niemandsland in die Leichen der Gefallenen fressen.

Um zu verhindern, daß seine Soldaten verrückt werden, veranstaltet Weltorff einen Wettbewerb unterhaltsamer Kunststücke; dem Sieger winkt ein Eßgeschirr voll Cognac. Ein Kandidat jongliert mit vier Handgranaten. Einer jodelt das Vaterunser rückwärts. Weltorff selbst will eine Australian Rifle zum Ring biegen. Plötzlich löst sich ein Schuß. Der Kompanieführer ist einer von nur drei Toten im Tagesbericht des Heeres von diesem 25. 11. 1917.

Weil es sich um eine gegnerische Waffe gehandelt hat und der erste sozialdemokratische Arbeiter-Offizier nicht im Ulk gefallen sein darf, erhält er postum den Pour le Mérite.«

Gustav Weiszheit wurde im Oktober zu einer Frontpropagandakompanie in Frankreich versetzt, um einen Lehrfilm über das Vorgehen von Stoßtruppen, die als neue Wundertaktik galten, zu drehen. Oberstleutnant Calioni beschaffte drei Kine-Messters mit je 300 Meter Film. Am 15. November 1917 trafen Gustav und Gerd Koslowski auf dem Übungsplatz Havrincourt in der Nähe von Cambrai ein. Die Soldaten der 183. Division, die sich nach der Flandernschlacht erholten, sollten als Darsteller dienen.

»Nach dem Training sitzen wir mit den Stoßtruppmännern am Feuer und wärmen unsere Kälberzähne.« In den Stunden des Wartens freundete Gustav sich mit einem jungen Musikstudenten aus Oppeln namens Caspar an, mit dem er – zumindest in Kurt Weiszheits Roman – lange Gespräche führte über den Untergang der bürgerlichen Welt und die Möglichkeit ewigen Friedens.

»Gustav deklamiert Heinrich Heine: ›Unten Schlacht. Doch oben schossen durch die Luft auf Wolkenrossen drei Valkyren …‹. Caspar setzt fort: › … und es klang schilderklirrend ihr Gesang: Fürsten hadern, Völker streiten, jeder will die Macht erbeuten.‹ Gemeinsam deklamieren sie zur Freude der Kameraden an den Grabenfeuern: ›Herrschaft ist das höchste Gut, höchste Tugend ist der Muth. Heisa! vor dem Tod beschützen keine stolzen Eisenmützen.‹«

Nach vier Tagen intensiver Trockenübungen wurden echte Filme in die Kameras geladen.

»Im Morgengrauen stehen Soldaten mit Fackeln bereit, um mit dem Rauch von Reisighaufen Schlachtfeldatmosphäre zu erzeugen. Koslowski will die Angreifer kontrastscharf und effektvoll gegen den Himmel filmen, deshalb stehen die Kameramänner in brusttiefen Gräben.

Auf Gustavs Kommando stürmen die Soldaten geduckt voran, mit gezogenen Handgranaten, suchen Deckung, springen auf, Sprung, Deckung, Sprung, Deckung. ›Sehr gut‹, ruft Gustav. Da explodiert der Truppführer, ein Schlag trifft Gustavs Kopf, Erdklumpen prasseln. Der Himmel braust und singt wie tausend Orgelpfeifen. Blut tropft auf die Filmtasche vor seiner Brust, um seine Füße ringeln sich Zelluloidschlangen. Sein rechter Stiefel ist aufgerissen, aber er fühlt keinen Schmerz. Koslowski zieht ihn am Arm zu Boden.«

Die britische Offensive bei Cambrai begann am 20. November 1917 um 6:20 Uhr.

»Das Artilleriefeuer hört so plötzlich auf, wie es angefangen hat … ›Gaaaas‹ gellt ein Alarmruf, die Soldaten streifen ihre Masken über und starren voller Angst auf die Nebelwand, die langsam auf sie zukriecht. Doch es ist kein Gas. Aus dem Nebel dringt das Quietschen und Dröhnen und Klirren von Panzerketten. Hunderte Tonnen Stahl lassen die Erde beben.«

Koslowski wurde in der ersten Welle von einem britischen Panzer überrollt, Gustav verschüttet.

»Er schmeckt Dreck zwischen den Zähnen, eine Ewigkeit kriegt er keine Luft, bevor es ihm gelingt, sich aus der Erde zu graben … Den Panzern folgt die Infanterie. Gustav sieht, wie deutsche Soldaten, die aus einem Granattrichter klettern und die Hände heben, von den

Briten erschossen werden. Er zieht den summenden brummenden Kopf ein wie eine Schildkröte.«

Rund sechs Kilometer brachen die Angreifer am ersten Tag der Offensive in die deutschen Stellungen ein.

»Der Lärm entfernt sich. Gustav liegt neben Koslowski, dessen Beine zerquetscht sind. Nachts kriecht er über die Wiese und sucht mit den Fingern nach Wasser, Konservendosen und Verbandspäckchen. Im Morgengrauen tarnt er sich und den Freund mit Laub und Erde.«

Nach zehn Tagen befreite ein Gegenangriff Gustav aus seiner grauenvollen Lage. Da war Koslowski bereits tot.

»Zwei deutsche Maschinengewehre nehmen die flüchtenden Briten ins Kreuzfeuer. Schreie gellen englisch und deutsch, ›cover‹ und ›vorwärts‹ durcheinander, Männer stolpern, fallen, kriechen … Plötzlich ragt ein Gefreiter im grauen Mantel über ihm und hebt das Bajonett.«

Bei der ersten Sichtung auf dem Verbandsplatz hinter der Linie wurde Gustavs Verletzung, die zunächst stark blutete, als gravierend eingeschätzt. Gustav diktierte am 7. Dezember 1917 ein Nottestament, das in dieser Geschichte noch eine wesentliche Rolle spielen wird.

Während der Weihnachts- und Neujahrszeit lag Gustav im Etappenlazarett Pierrepont. Am 14. Januar 1918 wurde er ins Armeelazarett nach Hohenlychen verlegt. Laut dort erstelltem ärztlichem Gutachten hatte Gustav neben dem gut verheilenden Lungenstich einen Streifschuss am rechten Fuß und ein Explosionstrauma mit Schädigung der Trommelfelle erlitten.

Nach seiner Genesung forderte Calioni ihn erneut für den Generalstab an. Zwei der drei Kameras waren beim Angriff zerstört worden, der Film in der dritten, der von Koslowski, war unversehrt geblieben und entwickelt worden.

»Großartige Bilder von nah vorbeistürmenden Soldaten, die so echt wirken, als könne man sie anfassen, vorbildlicher Truppführer, Deckung, Sprung, Deckung, Sprung … da wackelt plötzlich der Himmel, ein springender Soldat verliert sein Gewehr und verschwindet, torkelt rückwärts wieder ins Bild, vergeblich Halt suchend, bricht in die Knie, unmittelbar vor der Kamera. Es ist Caspar, Gustavs Freund. Mit beiden Händen hält der junge Student seinen Hals, schwarzrot sprudelt das Blut zwischen den Fingern. Aus wenigen Metern Entfernung stiert er direkt ins Objektiv, ruckt wieder hoch, sein Gesichtsausdruck wechselt zwischen Schreck und Bitten und Wut, seine Augen verdrehen sich, der Unterkiefer zittert, er stirbt fünfzig Meter Film lang, bis das lose Ende aus dem Apparat flattert und die Leinwand weiß flackert.

Gustav torkelt aus dem Vorführraum, stößt im Flur der Presseabteilung gegen Oberstleutnant Belang, schubst wartende Ordonnanzen beiseite, rennt blind durch die Gänge, prallt gegen die Wände, reißt im Foyer die Büste Scharnhorsts vom Sockel und stürzt schließlich die lange Treppe zum Portal hinunter, wo er zu Füßen der Wachen liegenbleibt.«

Ein Wagen brachte ihn zur Charité, wo man einen epileptischen Anfall vermutete und mit Phenobarbital behandelte.

»Gustav hört auf zu zucken, weint aber und ißt nur, wenn eine Schwester ihm den Löffel in den Mund steckt. Nach weiterer Behandlung mit höheren Dosen des Schlafmittels hört er auf zu weinen und starrt ins Nichts, so daß man ihm, um ein Austrocknen zu verhindern, die Augen schließen muß.«

In der Charité kam man mit Gustav nicht weiter und so wurde er erneut ins Lazarett nach Hohenlychen verlegt.

»Der Stellvertretende Generalarzt, Dr. Edler von Maltzahn, notiert in scharfer Fraktur auf dem Untersuchungsblatt: ›Strengste Beobachtung!! Bequemlichkeiten vermeiden!!‹

Wie viele Militärärzte seiner Zeit hielt auch er Soldaten, die nach Fronteinsätzen erstarrten wie Gustav, für Simulanten, bestenfalls für Weichlinge.

»Der Psychiater Dr. Jaeger-Gunwarg läßt Gustav nach vorheriger Aufwärmung im Schaffellsack mit Eiswasser übergießen und, als das keine Veränderung herbeiführt, mit Elektroschocks behandeln. Nach drei Wochen ›Therapie‹ reagiert Gustav überhaupt nicht

mehr, und Jaeger-Gunwarg schiebt ihn in die orthopädische Abteilung ab.
Dort haben die Ärzte Wichtigeres zu tun, als einen vermeintlichen Simulanten zu überführen. Gustav wird aus dem Weg geschoben, hierhin, dorthin und zurück, ein friedlicher Katatoniker, der sich nie beschwert. Immer häufiger vergißt die Hilfsschwester, ihn zu füttern. Er wird schmaler, noch leichter zu übersehen, ein Strich in der Krankenlandschaft.«

Augusta erfuhr von Gustavs Verlegung nach Hohenlychen, erhielt aber für das Armeelazarett keine Besuchserlaubnis. Zu der Sorge um Gustav kam die um das Haus:

»Selbst jemand mit mehr Talent zur Buchhaltung würde an dieser Rechnung scheitern: Die Ausgaben für Grundsteuern, Feuerversicherung, Müllgebühren und Wasser sind aufs Fünffache gestiegen, die Mieten eingefroren. Selbst diejenigen, die in der Rüstung arbeiten, brauchen jeden Pfennig für den Schwarzmarkt, bitten um Aufschub und weinen beim kleinsten Anlaß, von Hunger und Überanstrengung geschwächt. Fensterglas, selbst Nägel und Schrauben für die dringendsten Reparaturen gibt's nur noch zu Wucherpreisen. An eine Rücklage für die Abdichtung des Daches ist nicht zu denken. Solms junior, mittels Knicksenkspreizfußdiagnose vom Kriegsdienst befreit, schreibt ihr nach mehrmaligem Zahlungsverzug, daß er zwar kriegsbedingt den Vertrag nicht kündigen, aber leider auch die Zinsbindung nicht verlängern kann und künftig einen monatlich an die galoppierende Inflation neu anzupassenden Zins berechnen müsse, derzeit wären wir da bei 19,5 Prozent.
Augusta kuschelt sich im großen, leeren, kalten Nußbaumbett an Gustavs Leinenjacke und sucht mit der Nase nach Apfelduft.«

Briefträger Niecklisch war ein sensibler Mann.

»Er steht vor der Tür von Härtels und schaudert vor dem, was gleich kommt: ›Tach, hier ma bitte unterschreiben.‹ Er kennt das doch. Fällt der Empfängerblick auf das Brieftelegramm mit den schwarzweißroten Streifen, werden die Gesichter weiß, fangen die Hände an zu zittern. Manche lassen fallen, andere heulen gleich und können dann natürlich nicht mehr lesen: ›Ach Herr Niecklisch bitte, könn SIE nich ma?‹, und er hat zu können: ›Leider müssen wir Ihnen mitteilen, daß Ihr Gatte bei der Abwehr feindlicher Angriffe gefallen ist‹, ›daß Ihr Sohn vermißt wird‹, ›daß wir in Ihrem Vater einen wertvollen Kameraden und Freund verloren haben‹. So müßte er, will aber nicht und dreht vor der Tür ab.

Erst ist ihm leicht, dann wird ihm schwer. Zwei Tage schleppt er das Fatum Härtel mit sich rum, treppauf treppab, gebeugt vom wachsenden Gewicht. Schließlich versteckt er es in seinem Wohnzimmer-Buffet. Nach Härtel auch das Brieftelegramm für Schmidt, Sonnenburger Straße Zweite, dann Kudelka, Seitenflügel Dritte, Arthur Adam, na wo Trine schon so viel Pech hatte mit der Meerjungfrau. Max Lawrenz verwundet. Und Grünwaldts David, der ältere, der ganze Stolz der Familie, das war so ein schöner, unkaputtbarer, hatte das ganze Leben noch vor sich.«

Als die Unterschlagung im Juni 1918 aufflog, begann Olga Lawrenz, geborene Pazckowiak, zu schreien.

»Taub wie sie ist, hört sie sich nicht und hat keine Hemmungen. Ihre Urstimme ist lauter als die Ringbahn. Das Leid fließt direkt aus ihrem Herzen in den Mund und klingt wie ›Schißmiss und gorr!‹. So deutlich hat noch keine gesagt, was sie vom Krieg hält.«

In den Annoncen durften die Angehörigen nicht »fassungslos« sein und ihren Schmerz nicht »untragbar« nennen. Man senkte den Kopf, trug irgendwas Schwarzes. Strauß und Honigmann boten »Färben und Ändern« an, einfache schwarze Armbinden gab es für 15 Pfennig.

»Hanne Grünwaldt gurgelt ›Schißmiss und gorr!‹. Ein harmloser Brustdurchschuß, er müsse sich fast für das Verwundetenabzeichen schämen, hat David noch geschrieben, bevor die Sepsis begann. ›Schißmiss und gorr!‹, ja, die Olga hat ganz recht. Die Härtel, die Kudelka, die Schwester vom Schmidt stimmen in den Chor der Erynnien ein.

Der fürs Weiszheithaus zuständige Polizeichef Reservehauptmann mit Magengeschwür Bennbroich meldete per 21. 6. 1918:

»Verschiedentlich drücken Äußerungen von weiblichen Zivilpersonen Unzufriedenheit mit dem Kriegsverlauf aus. Auch kommen Würfe von Nachtgeschirren und Bierflaschen mit Zielrichtung auf dienstliche Personen vor.«

Niecklisch blieb dank seiner Drillinge von der Frontbewährung verschont und kam mit einem Verweis davon.

»Hermann steigt zum Schulprimus auf, was unter anderem bedeutet, daß er beim Gottesdienst in der Aula, wenn Mitschüler an die Front verabschiedet werden, aus den Persern rezitieren darf, und aus der Hermannsschlacht, wenn sie gefallen sind …

Anfang Dezember 1916 kommt sein alter Lehrer Bernhard Klotzke auf Heimaturlaub. Hermann beschließt, ihn um einen Beitrag zum Adventsgottesdienst zu bitten, zum Gedenken an seine gefallenen Schüler, seine Söhne nicht zuletzt.

Mutter Vera öffnet ihm mit blutig gebissenen Lippen. Der Heldenvater sitzt mit baumelnden Hosenträgern in der Küche, seine Tränensäcke hängen unter entzündeten Augen, über ihm weht die Schnapsfahne.

›Aha …‹, hustet er, ›Held Hermann!‹

Erstarrt bleibt Hermann in der Tür stehen. ›Nein, ich … Guten Tag, Herr Klotzke.‹

Der Stuhl, den der Lehrer unter dem Tisch hervorzieht, fällt um. Wütend schlägt er auf den Tisch. ›Die ganze Brut, die in den Leib Germaniens sich eingefilzt …‹, er wird von heftigem Husten unterbrochen und spricht danach keuchend weiter, ›wie ein Insektenschwarm muß durch das Schwert der Rache jetzo sterben! – woraus, Kunert? Welcher Akt?‹

›Hermannschlacht Kleist. Vie … vierter Akt, Herr Klotzke, Hermann zu Thusnelda über die Römer.‹

›Und wer ist damit gemeint?‹

›Die Franzosen, ihre Armee, aber auch ihre Kultur und …‹

›Falsch, Kunert! Die Kriegsgewinnler sind gemeint, die Juden und die Roten.‹ Er greift seiner Frau, die neben ihn getreten ist und ihm beruhigend die Hand auf die Schulter legt, zwischen die Beine. ›Es geht nicht mehr um Kultur. Es geht ums Überleben.‹ Frau Klotzke, mit violettrotem Kopf, stemmt sich von ihm ab, Stoff reißt, sie quiekt.

Hermann kriegt vor Scham kein Wort heraus. Er geht rückwärts, wirft eine Stehlampe um, findet die Tür und hört, bevor er sie schließt: ›Du kannst nichts für deinen Vater. Aber merke dir: Die roten Läuse werden wir jetzt knacken!‹«

Am darauffolgenden Tag notierte Elise in ihrem Tagebuch:

»H. mit roten Augen, als sei jemand Nahes gefallen. Dabei hat er nichts Nahes außer sich selbst.«

Das war ungerecht, denn Hermann hatte den einzigen Menschen verloren, der an ihn geglaubt hatte.

»Wütend tritt er die Magnolie im Hof, ›Mistding‹, Kleinholz will er machen, wie aus seiner Zukunft gemacht worden ist. Merthen schießt aus dem Kontor und reißt ihn am Schlafitt. ›Willste wohl, Lausebengel.‹«

Bernhard Klotzke fiel am Tag nach seiner Rückkehr an die Front. Hermann fühlte nur Angst vor sich selbst.

Unterricht gab es kaum mehr. Die Mädchen pflanzten Spinat, Rüben und Kartoffeln auf den Rieselfeldern in Pankow, die Jungen absolvierten Winkerübungen. Die Schüler des Luisenthalschen Gymnasiums bis zur Untersekunda wurden auf andere Schulen verteilt, die Älteren zum Arbeitseinsatz in verschiedene Großbetriebe im Wedding geschickt. Die »radikalste Anstrengung« der Obersten Heeresleitung vernichtete zwar nicht den Feind, aber Hermanns Zukunft.

»Er muß bei der AEG im Wedding Schrott sortieren. Nach einem Tag hat er Blasen an den Fingern, seine Zunge schmeckt nach rostigen Gabeln, und er kriegt Halsschmerzen beim Schlucken.

Fünf Uhr Aufstehen, halb sechs muß er los. Gleich ihm tröpfeln aus den Nachbarhäusern Mitschüler, Arbeiterinnen und Greise aufs Trottoir, laufen zu Rinnsalen in den Seitenstraßen zusammen, gluckern ›Mojn‹, sammeln sich in der Gleimstraße zu schnellerem Fluß, wirbeln stoßend und drängelnd durch den Tunnel Richtung Wedding, bis der graublaue Strom in den Rachen der AEG stürzt.«

In Berlin streikten im Januar 1918 400 000 Beschäftigte, im Reich eine Million. ›Schleunige Herbeiführung des Kriegsendes ohne Annexionen … Der Belagerungszustand ist sofort aufzuheben … Alle wegen politischer Handlungen Verurteilte und Verhaftete sind sofort freizulassen‹, stand auf den Flugblättern des Spartakus. Militär griff ein. Zahlreiche Beteiligte der Streiks und Aufstände wurden erschossen, Großbetriebe wie die AEG der Obersten Heeresleitung direkt unterstellt.

»Oberingenieur Sappner ist schwerer Diabetiker. Die Ernährung mit Kriegsersatz beschert ihm offene Beine, er kann seinen Schreibtisch nicht mehr verlassen. Ein Dutzend Jungen rennt als Boten für ihn durch das riesige Labyrinth zwischen Brunnen- und Ackerstraße, holen Akten und Auskünfte, überbringen Befehle, Anschisse, Strafen. Der Dienst ist gefürchtet: Sappner schlägt sie mit seinem berüchtigten Metallineal, das pfeift wie einfliegende Granaten. Arbeiter werfen Schraubenschlüssel oder vergießen Maschinenöl auf den Treppen. Mancher Bote verschwindet in den Treppenhäusern, Tunneln und Durchgängen auf Nimmerwiedersehen.«

Hermann sah eine Chance, dem geisttötenden Schrottsortieren zu entkommen, und meldete sich freiwillig.

»Er skizziert einen Grundriß vom Werk, trägt die Nummern der Abteilungen ein, kratzt Zeichen an schwierige Ecken, lernt die Namen der Vorarbeiter und die Telefonnummern der Abteilungsmeister auswendig. Bald ist er der schnellste von Sappners Boten.«

Kurt unterstellte, dass sich der vaterlose Junge nach einer Herausforderung und einer Möglichkeit zur Identifikation sehnte.

»Er bewegt sich in der vibrierenden, immerwachen Fabrik wie in einem Blutkreislauf, wird ein Teil des Ganzen, empfindet Genugtuung, wenn die Bänder Motoren, Dynamos, Zünder und Scheinwerfer in den Krieg pumpen, und er leidet unter den Stockungen, wenn Facharbeiter einberufen werden und der Ersatz Wochen für die Einarbeitung braucht.

Sappner schaut ihn durch seine dicken Brillengläser an wie eine Spinne die Beute. Das Kribbeln fährt Hermann die Wirbelsäule runter vom Nacken in die Hoden, er spürt gleichzeitig Fluchtreflex und Lähmung. Das Lineal pfeift in Sappners Hand. Arbeitsschritte dokumentieren, soso.

Hermann protokolliert zuerst die Herstellung von Suchscheinwerfern für Lastwagen, mißt die für einzelne Handgriffe nötige Zeit, faßt die Abläufe in einer Tabelle zusammen, läßt Wege mit farbigen Pfeilen aufs Linoleum und Bewegungen der Werkstücke auf die Tische malen, numeriert Werkzeuge und Menschen.«

So waren Arbeitskräftewechsel schneller zu bewältigen. Ganz nebenbei machte Hermann sich unentbehrlich und wurde vom Wehrdienst zurückgestellt.

»In der Zünderabteilung, wo nur junge Frauen arbeiten, hält Hermann sich häufiger auf als nötig. Anni Krawtschinski ist blond, hat zu Schnecken zusammengelegte Zöpfe und wird von ihren Freundinnen ›die Kraft‹ genannt. Hermann findet heraus, daß sie 24 Jahre alt ist, sechs Jahre älter als er selbst, na und? Sie wohnt allein mit ihrer schwerhörigen Großmutter in der Badstraße, zwei Zimmer.

Hermann besorgt einen Tiegel Handcreme, verpackt ihn hübsch in einen Munitionskarton und stellt ihn aufs Fließband. Überrascht schaut sie auf, packt das Geschenk aus und lächelt: ›Da soll ick dir wohl streicheln?‹

Ihre Wohnung riecht nach Paraffin, weil unten ein Kerzenzieher seinen Laden hat. Sie führt ihn ohne Umstände zu einem Sofa in der Küche, schubst ihn auf die Polster, kleidet sich aus und wäscht sich vor seinen Augen zwischen den Beinen, langsam und sorgfältig ... Er explodiert und sieht mit Schrecken, daß sein Samen von Annis Wange tropft. Sie lacht und holt eine Schachtel Präservative aus einer Kaffeedose im Küchenbuffet. ›Nu nochma langsam zum Mitzählen.‹

Sie liegen nebeneinander auf dem Sofa in der Küche, ein besticktes, nach Werg riechendes Kissen unter dem Kopf. Auf der Kochmaschine summt der Wassertopf.

›Willst du mich heiraten?‹ flüstert Hermann. Anni lacht. Aber er meint es ernst. Er kann eine größere Wohnung besorgen, mit Sappners Hilfe, in der Brunnenstraße gibt es Leerstand. Anni wird ernst.
›Und deine Mutter?‹
Hermann schweigt. Nachher ärgert er sich. Anni muß den Eindruck gewonnen haben, daß er sich schämt, dabei lauern im Weiszheithaus nur zu viele Erinnerungen an das arme Würstchen Hermann, das er nicht mehr ist.«

Trotz Niederschlagung der Streiks flammte der Widerstand, vor allem in der Berliner Metallbranche, immer wieder auf.

»Hermann registriert die Aufregung an der Glühlampenstrecke. Die Metaller stecken die Köpfe zusammen, rennen in andere Abteilungen, sogar die Pausen durch, soviel Kraft haben die also noch … Sappner lässt das Lineal pfeifen.«

»Auf dem Heimweg, im Gleimtunnel, drängen sich zwei Männer mit Schiebermützen an seine Seite, ein Langer links, einer mit kantigem Kinn rechts. ›Kunert? Hermann Kunert? Gruß von Emil. Mitkommen!‹

Den Langen hat er schon mal gesehen, Heinz Poschinger, der war Kandidat für den Arbeiterausschuß, aber wer ist Emil? Er spürt einen Knuff im Rücken. ›Vorwärts jetze‹, knurrt das Ziegelsteinkinn. Hermann gehorcht. Sie laufen die Brunnenstraße runter, rechts Usedomer, links Ackerstraße. Plötzlich bleibt Poschinger stehen und will Hermanns Jacke haben. ›Ausziehn!‹ knurrt er ungeduldig. Hermann schämt sich. Seinem Hemd fehlt das Rückenteil, er fühlt den kalten Wind auf der nackten Haut im Kreuz. Poschinger wickelt ihm die Jacke um den Kopf und hält die Ärmel fest. Hermann stolpert übers Pflaster, spürt Schwellen unter den Füßen, eine Hauseinfahrt, hört den Hall von Kinderplärren, ein Hinterhof, Latrinengeruch. Er wird Treppen hochgezogen, in einen Flur geschoben, auf einen Stuhl gedrückt. Jemand zieht ihm die Jacke vom Kopf.

Tisch und Stühle, an den Wänden Regale mit Plakatrollen, Leimtöpfen und Bürsten. Am Fenster sitzt ein breitschultriger Mann mit kurzgeschnittenem eisgrauen Haar. ›Erwachsen biste jeworden.‹ Hermanns Verwirrung wächst. Das Licht fällt dem Mann seitlich ins Gesicht. ›Wat wollt ihr denn?‹ fragt er, seine Stimme krächzt. Plötzlich hat er Halsschmerzen, schlimm wie schon lange Zeit nicht mehr.«

In *Von einem, der auszog, das Fürchten zu lehren* malt Kurt Weiszheit die Demütigungen dieses Abends breit aus, weil sie für ihn Hermanns Herzenskälte erklärten.

»Emil Kunert steht auf und geht hin und her, Hände auf'm Rücken. ›Soso, hat die Martha also jar nüscht von mir erzählt. Da muß ick ja staunen.‹ Er schüttelt den Kopf, bleibt vor Hermann stehen und streckt die Hand aus: ›Hermann, also ick bin jetze ... also dein Großvater!‹ Der Gedanke scheint ihm komisch, und er setzt eilig hinzu ›Sach Emil zu mir‹, und dann, wie um schnell abzulenken: ›Wat weestn von deim Vater?‹

Hermann spürt ein Kribbeln und Ersticken, als ob Blut in seine Gurgel fließt.

›Was ist mit meinem Vater?‹ mehr als Flüstern geht nicht. Warum schauen die ihn an? Hat er überhaupt was gesagt?

Poschinger hebt die Schultern. Emil zerklatscht eine Fliege am Fenster.

›Ick weeß och nischt. Paß uff. Du sollst nur mal paar Schlüssel ausm Stahlschrank rüberrutschen, so Tore, Verwaltung, Telefonzentrale und Werkschutz. Machste morgen Abend, gibste die aufm Heimweg unserm Boten, der spricht dir an, ›haste ma Feuer fürn friernden Hund‹ sachter, is nur für eene Nacht. Uffm Weg zur Schicht kriegste sie zurück, hängst sie wieder rin, keener merkt wat. Mehr mußte nicht wissen, kannste nischt verraten, wennse dir in die Mangel nehm.‹

Emil fragt nicht, ob Hermann mitmachen will, dies ist ein Befehl. Poschinger wickelt ihm die Jacke wieder um den Kopf.

›Und wejen dein' Vater fragste ma deine Mutter‹, hört Hermann und ein Schnauben, das auch Lachen sein könnte, bevor Poschinger die

Jacke so festzurrt, daß seine Ohren summen und nachher zwei nasse Flecken sind an den Stellen, wo seine Augen waren.«

Martha schlug die Hände vors Gesicht, als Hermann ihr von der Begegnung erzählte.

»Ick fleh dir an, Junge! Det Justav dein richtjer Vater is, nich nur vonne Papiere, ooch vom Herz her, dit gloob du mal.« Sie weinte, als Hermann laut wurde.

»Er schläft nicht in dieser Nacht. Seine Welt kriegt Risse. Sein Großvater ein Geheimer. Mit Mühe hat er sich herausgearbeitet und stürzt nun in den Abgrund zwischen den Klassen ... Das Militär fackelt nicht lange bei Spionage und Hochverrat, gegen den Spruch der Kriegsgerichte gibt es keine Einwendung. Er spürt die Striemen auf seinem Rücken, sieht Mauern mit Flecken von seinem Blut. Und wenn er Sappner warnt, um Hilfe bittet? Dann erschlagen Kunerts Leute ihn mit einer Eisenstange, Großvater hin oder her ... Er versucht zu schlucken, aber es gelingt ihm nicht. Sein Gesicht wird gelb und schmal, er riecht nach dem Brand, der in ihm schwelt.«

Am nächsten Morgen nimmt er den einzigen Ausweg, den er sieht:

»Hermann schert aus dem Schichtarbeiterstrom aus und läuft die Schönhauser Allee hinunter zur Kommandantur Unter den Linden.«

Er meldete sich freiwillig, wurde einem Truppenteil zugeordnet, bekam seinen Fahrschein und fuhr noch am gleichen Abend Richtung Westen. Im Stab der 26. Infanteriedivision in Valencienne herrschte nach der Ratifizierung des Friedensvertrages von Brest-Litowsk Hochstimmung: Mit massiver Verstärkung durch die Truppen von der Ostfront musste das Blatt zu wenden sein!

Am 21. März 1918 griff die deutsche Armee bei Cambrai an. In den ersten sechs Tagen brach die 26. ID knapp 60 Kilometer tief ins französische Hinterland ein und blieb dann vor Colinchamps liegen. Hermann war als Melder eines Bataillons eingesetzt und zeichnete sich aus: Trotz unbekannten Geländes und Beschusses verirrte er sich nur selten.

»Zum ersten Mal in seinem Leben fühlt Hermann sich gleichwertig und anerkannt, ohne sich verstellen zu müssen. Niemand denkt im Pulverdampf des Gefechts an so etwas wie illegitime Geburt, in der Hitze des Kampfes zählen weder Herkunft noch Alter noch Vermögen, nur Mut und Kameradschaft.«

»Am 12. Mai wird Hermann auf einem Meldegang aus kurzer Entfernung von Gewehrkugeln eines französischen Erkundungstrupps in die Brust getroffen, doch er hat Glück im Unglück: Kein wichtiges Blutgefäß ist getroffen, der Durchschuß sauber, die Rippenbrüche sind schmerzhaft, aber nicht lebensgefährlich.«

»Hermann freundet sich im Lazarett mit einem Gefreiten Kittner aus München an. ›Von vorn ham's mi in den Rückn gschossn‹, flucht der Gefreite auf die Amerikaner, die ihm den Wirbel ruiniert haben. ›Geld hams. Büffel hams. Aber kan Charakter hams net.‹ Ein heiliger Kampf ist im Gang: Geist gegen Profit, Germanen gegen Juden, Tiefe gegen Oberflächlichkeit, gerade gegen krumm, frisch gegen verdorben, Ideale gegen Götzen, Opfermut gegen Selbstsucht, Reinheit gegen Schmutz ... ›Betroang hams di‹, schimpft Kittner, ›und gefeixt, weilst eana aufn Leim gange bis!‹«

Der Gefreite Kittner lieferte Hermann die Erklärung für Groll und Halsschmerz, für all die erlittenen Benachteiligungen und Demütigungen. Zum ersten Mal war Hermann froh, nicht den Namen seines Vaters zu tragen, denn Weiszheit, das klang jüdisch. Stanken nicht Geld, Besitz und Holzhandel der Heydekruger Verwandtschaft nach schmierigem Itzig?

»Tiefe und Charakter, ja, das ist vielleicht das Wichtigste, denkt Hermann. An dem Tag, da Kittner einem plötzlich auftretenden Wundfieber erliegt, meldet Hermann sich gesund, gerade rechtzeitig, um Mitte Juli an der letzten deutschen Großoffensive im Westen teilzunehmen.«

Ausgerechnet die von Ludendorff euphemistisch »Friedenssturm« titulierte Großoffensive an der Marne Mitte Juli 1918 entwickelte sich zum Debakel.

»Als bei einem Durchbruch der Amerikaner am 18. Juli sein Zugführer fällt, übernimmt Hermann mit kühlem Kopf den Befehl, organisiert den Wechsel in eine günstigere Stellung und deren Verteidigung. Die wenigen Überlebenden halten einen Frontabschnitt von 300 Metern gegen mehrere Angriffe ausgeruhter Amerikaner.«

Hundert Tage in Folge drängten die Westalliierten, verstärkt mit Panzern und fast zwei Millionen amerikanischen Soldaten, langsam zwar, aber unaufhaltsam die Deutschen zurück. Am 29. September 1918 forderte Erich Ludendorff die Reichsregierung auf, Verhandlungen über einen Waffenstillstand zu beginnen.

»Hugo druckt die Verlustlisten des ›Zentralnachweisebureaus des Kriegsministeriums‹, die öffentlich ausgehängt werden – zuerst an den schwarzen Brettern der Kirchgemeinden, dann auch auf den Mauern daneben.

Nachts experimentiert er gemeinsam mit Doktor Wiener und Harald an einem Verfahren, das den Druck von Fotos ohne Kupfer ermöglichen soll. Wenn sein Kopf todmüde auf den Setztisch sinkt, träumt er von feinen Linien, Halbtönen, einem Patent, einer Million und zwölf und von Elise. In dieser Reihenfolge.«

Als Vorlage benutzten die drei Erfinder Zuckermarken. Bevor jedoch der Durchbruch gelang, machte das Wehrersatzamt Hugo, der von Anna Abramowitz bis dahin erfolgreich reklamiert worden war, einen Strich durch die Rechnung.

»Hugo überlegt nicht lang und zerknüllt die Einberufung. An der Front ist kein Blumentopf mehr zu gewinnen, das sieht ein Blinder mit dem Krückstock. Und lange kann der Kladderadatsch nicht mehr dauern: Gefühlt hat er bereits alle Nachbarn auf seine Verlustlisten gesetzt. Er stapelt die Papierrollen im Unterkeller zu einer Wand, hinter der ein Hohlraum für ihn bleibt, und gibt auf dem Schwarzmarkt all sein Geld aus, um Schnaps, Zwieback, Konserven und Dauerwurst zu kaufen.

In seinem Versteck gießt er sich einen Hennessy 1909 ein, legt sich auf die Matratze und träumt vom Geldverdienen im Frieden, der kommen muss. Draußen keucht der Krieg auf den Schienen der Ringbahn vorbei und zeichnet durch das handtellergroße Lochblech in der Außenwand ein Muster aus Lichtpunkten auf seinen Schutzwall aus Papier.«

Das Flandrische Fieber, das wir heute »Spanische Grippe« nennen, breitete sich im Tross des Weltkriegs aus. Im Herbst 1918 waren zwei von drei Berlinern erkrankt.

»Bei Schering schleppt Salomo, der vierzehnjährige Grünwaldtsohn, einen vollen Salicylsäureballon, als er von den verkrümmten Beinen kippt. Zum Glück spülen ihn zwei luxemburgische Arbeiter sofort mit kaltem Wasser ab und bringen ihn zur Krankenstation. Am nächsten Tag liegt Valentin Grünwaldt flach, dann seine Frau. Binnen zweier Wochen erkranken fast alle Bewohner im Vorderhaus und im Seitenflügel ...

Die Grippe beginnt mit plötzlich auftretendem hohen Fieber, begleitet von Schüttelfrost, starken Kopf- und Gliederschmerzen, Husten, Halsschmerzen und Nasenbluten. Klavierspiel und Treppengetrampel verstummen ...

Elise begleitet Scheithauer, der sein nutzlos gewordenes Wissen von einem Kranken zum nächsten schleppt. Bar jeden Medikaments, ohne Möglichkeit der Quarantäne oder zu kalorienreicher Diät, kann er nur dafür sorgen, daß die Bettlägrigen nicht austrocknen. Elise wäscht nach anstrengenden Nächten im Lazarett nun im Weiszheithaus Kleider, Bettwäsche und putzt stinkende Toiletten. Im Notenschrank der Klavierlehrerinnen Goldberg entdeckt sie einen Karton mit klebrigen Malzbonbons, löst sie in warmem Wasser auf, füllt eine Nuckelflasche und füttert die Kinder im Seitenflügel mit dem Zuckerwasser.

Gertrud und Dorothea, die unter den ersten Kranken waren, erholen sich langsam. Richard schläft auf ihrem Bettvorleger wie ein Wachhund, macht Pläne für die Zeit nach dem Krieg, für eine gemeinsame Kollektion aus Filz und Leder mit dem Namen ›Kopf und Fuß‹. Augusta fragt er nach der Miete für die Wohnung Vorderhaus Sonnenburger Straße 3. links. Vera Klotzke, so hat er erfahren, will umziehen, sie erträgt die Leere nicht.

Er hangelt sich beidarmig über die Treppenstufen wie ein Gorilla. ›Son Krüppel wie mir will Freund Hein nich haben‹, scherzt er, während er Elise hilft, Delirierenden Wasser auf die Lippen zu tupfen. Aber der Tod ist nicht fertig mit ihm. Dorotheas Fieber steigt plötzlich wieder an. Eine Lungenentzündung kommt dazu, sie hustet unter Schmerzen, verliert das Bewußtsein, ihre Haut verfärbt sich bläulich, dann hört sie auf zu atmen.«

So viel wurde gestorben in jenen Wochen, dass die Leichen zu Sammelstellen gebracht werden mussten, wo sie in Massengräbern mit reichlich Ätzkalk vergraben wurden. Am Ende der Grippewelle hatte die Krankheit so viel Leben vernichtet wie der Krieg.

»Richard Salzl sitzt in seiner Schuhmacherwerkstatt, starr und bleich. Gertrud begreift nicht, was passiert ist. Sie posiert wie immer und freut sich am stummen Geschimpf der Passanten draußen vor der Schaufensterscheibe. Richard Salzl bleibt ungerührt sitzen, nichts interessiert ihn mehr.«

Eines Abends war Bertha auf dem Weg vom Bibelkreis bei den Grauen Schwestern nach Hause.

»Ein bißchen schlechtes Gewissen hat sie ja, aber sie kann nicht ohne Gott leben. Wenn sie mit den Schwestern betet, ist es, als sei Johannas Geist in der Nähe. Wie Argane gesagt hat: ›Was kümmerts, wenn der Leib vermodert, die Seele lebet ewiglich.‹ Bertha schlingt das Wolltuch enger um den Hals, auf der Brücke zieht es immer so. Da sieht sie plötzlich in Salzls hell erleuchtetem Schaufenster eine Mädchengestalt, die aussieht wie ihre Tochter im Spitzenkleid, dem weißen mit dem Besatz auf der Brust, und leuchtet im Gaslicht, wie Johanna immer geleuchtet hat, wenn sie in der Abendsonne am Fenster saß und dem Ringbahnglitzern zusah. Bertha fiept wie ein Hündchen – aber im Näherkommen wandelt sich das Bild grauslich: Aus der keuschen Jungfrau wird die rohe Gertrud, die ihre Beine öffnet und ihr Geschlecht zeigt. Bertha wirft ihre Tasche gegen die Scheibe und schreit so fürchterlich, daß die Nachbarn aus den Fenstern schauen.«

Augusta sperrte Gertrud nach diesem Zwischenfall in ihrer Wohnung ein. Elise notierte in ihrem Tagebuch:

»Wie soll ich aufpassen? Ich werd wahnsinnig. Keine 5 Min. Ruhe. Allein anziehen kann sie [also Gertrud, d.A.] sich nicht, bloß allein ausziehen, und aufessen, was sie findet. Wenn sie nicht ihren Willen kriegt, reißt sie Federn aus Kissen oder stopft sich das Stroh der Stuhlpolster in den Mund. Sobald sie einen Fluchtweg sieht, humpelt sie davon. In ihrem Kopf zwitschert was. Salomo hat ein Blechschild mit Name und Adresse gestanzt, das trägt sie an einer Kette. Gestern ist sie über die Balkonbrüstung geklettert. Ein Wunder, daß sie sich noch nicht die Beine gebrochen hat.«

»Bertha bringt, nachdem sie sich von ihrem Schock erholt hat, Kleider, Hemden und Höschen, die Gertrud passen. Süchtig nach dem Schmerz der Verwandlung, sieht sie zu, wie Gertrud zu Johanna wird. Stundenweise nimmt sie das große Kind mit nach hinten in ihre Seitenflügelwohnung, setzt sie ans Fenster, an dem Johanna gesessen hat, und schaut zu, wie das Abendrot in ihren Haaren leuchtet. Gertrud läßt sich die Anbetung mucksmäuschenstill gefallen und sitzt sogar beim Kämmen ruhig. Nach dem Weihnachtsfest holt Bertha sie ganz zu sich.«

Am Morgen des Tages, an dem Kaiser Wilhelm II. abdankte, umfassten die Verlustlisten des Zentralnachweisebureaus 30 000 dreispaltig bedruckte Seiten im Zeitungskleinformat, mit mehr als neun Millionen Einträgen von Verwundeten, Gefangenen und Toten.

»Die Seitenflügelfrauen rufen ihre Kinder von der Straße, Augusta verschließt die Haustür. Auf der Sonnenbrücke wird von Arbeitern der AEG ein Mercedes mit Naumburger Jägern in Stahlhelmen angehalten. Der Eigentümer des Wagens, ein Zahnarzt aus der Stolpischen Straße, fordert sein Eigentum zurück. Vor Atemnot keuchend, schwört er auf die Revolution und hißt eine rote Tischdecke am Besenstiel. Die Jäger fliehen zu Fuß.

In der Schönhauser wird aus dem zerbrochenen Schaufenster von Strauß und Honigmann die Centenarmedaille von Strauß sel., seinerzeit von Kaiser Wilhelm II. für die Teilnahme am Deutsch-Französischen Krieg verliehen, gestohlen.

Hugo Lorenz blinzelt bleich in die Sonne, streift sich eine Armbinde mit der Aufschrift ›Arbeiterrat‹ über und macht sich auf den Weg zum Reichstag.«

Auf den Fotos, die von jenen Ereignissen geblieben sind, sind Männer zu sehen, jung, ernsthaft, mit blitzenden Augen, deren Gespür für Symbole die Bilder schuf, aus denen wir Nachgeborenen unsere Geschichte machen. Nicht fotografiert wurden die Frauen beim Hosenflicken und Wundenverbinden.

»Kurz vor elf hält ein Militärlastwagen vor der Druckerei Abramowitz. Hugo springt ab und kommandiert ein Dutzend Männer. Zwei Stunden später ist die Extraausgabe des Vorwärts im Flugblattformat gedruckt: ›Der Arbeiter- und Soldatenrat von Berlin hat den Generalstreik beschlossen‹ …

Boten bringen Nachrichten und Druckaufträge. Die zweite Sonderausgabe des *Vorwärts* an diesem Tag verkündet die Ernennung des Abgeordneten Ebert zum Reichskanzler, Nummer drei ruft den ›Freien Volksstaat‹ aus. Die vierte hat bereits Stockflecken, denn das Papier stammt aus dem Fundament von Hugos Antikriegswall und läßt die Revolution ausklingen: ›Soldaten! Kehrt ruhig in Eure Kasernen zurück. Ohne Ordnung keine Sicherung der Volksernährung. Lest morgen den *Vorwärts*, wo Euch weitere Mitteilungen bekannt gegeben werden.‹

Auf dem vom Novemberregen schwarz glänzenden Pflaster der Kopenhagener Straße kleben rote und gelbe Flugblätter wie Herbstlaub.«

Der Soldatenrat richtete in der Sonne eine Entlassungsstelle ein. Die Rückkehrer von der Front wurden überprüft, damit sich keine Deserteure legalisierten. So viel Bürokratie musste sein, Revolution hin oder her.

Jakob Abramowitz humpelte so müde und gebeugt nach Hause, dass Anna ihn erst auf den zweiten Blick erkannte.

»Nach Bad und Rasur steht der nackte Krieger vor dem frisch bezogenen Bett, das Laken leinenweiß wie 4B-A2. Anna hält ihm die Decke, er steigt hinein, legt sich auf den Rücken, wagt kaum zu atmen, beginnt schließlich zu weinen.«

»Louis Koslowski kommt an seinem 18. Geburtstag heim und hat Mühe, die Straße wiederzuerkennen. Hat er hier mal Postkarten verkauft? Wohnte dort die Alte mit den vielen Katzen? Seine Schritte werden langsamer. Vom Balkon in der dritten Etage ruft die Heimbergerin, seine Kindertante: ›Louis, der Louis ist zurück.‹ Griebel Wandt winkt mit einem roten Fähnchen.

Louis macht auf dem Absatz kehrt. Am S-Bahnhof, in der Bierhalle, trinkt er einen Kartoffelschnaps, der so stinkt wie die Männer in schmutzigen Soldatenmänteln, zwischen die er sich drängt wie zwischen Freunde.«

Die Soldaten kehrten heim in ein fragmentiertes Deutschland, das ihnen bei der Rückverwandlung vom Krieger in ein ziviles Wesen nicht helfen konnte, weil es selbst uneins war mit sich und seinem Gestern.

»Er [Louis] trägt Bilder in sich, die nicht ins Weiszheithaus gehören, die nur Kameraden verstehen, welche im Feuer standen wie er selbst. Im Februar vor Reval zum Beispiel. Eiseskälte, die Finger schmerzten. Eine Handgranate in den leeren Bunker geworfen. Die Kinder, ein Mädchen, zwei Jungen, haben noch die Augen bewegt, als er sie abstach, was sollte er machen, die wären doch nicht wieder geworden. Wir werden einsam sein, Kamerad!«

Die Gewalttätigkeit blieb, auch wenn der Krieg vorbei war. Bei einer Schießerei zwischen Spartakisten und Freikorps auf dem Helmholtzplatz gab es am 21. November 1918 mehrere Tote. Die Zahl der Selbstmorde stieg ebenso wie die der Einweisungen in die Irrenhäuser. Soldatenworte wie ›Grabenkämpfe‹, ›Vergasen‹ und ›Feuerwalze‹ verbitterten die Zivilistensprache.

Die konnten, zählten zusammen, was übrig war, und stürzten sich in die Arbeit. Zu Weihnachten 1918 holten sie das Lametta, das nur deshalb übrig geblieben war, weil man es weder hatte essen noch verheizen können, aus den Kellern, um den Frieden zu schmücken, doch selbst am Heiligen Abend forderten Kämpfe zwischen regulären Truppen der OHL und der Volksmarinedivision am Berliner Schloss Menschenleben.

Ludwigs Briefe wurden in den letzten Kriegsmonaten immer kürzer und strotzten von Ausrufezeichen.

> »der eins a feiert seinen geburtstag mit beutekaviar und krimsekt! würde man die etappenschweine für einen tag in die vorderste linie schicken, wäre der krieg sofort zu ende!«

Elise fühlte sich »brieflich angeschrien« und sorgte sich wegen seines Leichtsinns. Nach der russischen Februarrevolution 1917 schrieb er:

> »die in rußland machen es richtig. weg mit dem zaren!! preßfreiheit! briefzensoren nach sibirien!!«

Auf der russischen Seite der Front hatten sich nach der Februarrevolution Soldatenräte gebildet, die ein Ende des Krieges forderten und Verhandlungen anboten. Ludwig begleitete Offiziere in die russischen Schützengräben und lernte dort Kommunisten kennen.

Vom 24. September 1917 datiert Ludwigs Brief, der der letzte mit einer deutschen Feldpostnummer sein sollte, zwei eng beschriebene Blätter Millimeterpapier mit Tabak-, Vanille- und Pilzgeruch:

> »es ist nur der profit von wenigen, der die völker gegeneinander hetzt. expropriiert die expropriateure! friede den hütten, krieg den palästen. wir werden eines tages glücklich sagen: es ist vollbracht!«

Elise bemerkte die wachsende Entfremdung.

> »Er schreibt ›wir‹, aber er meint nicht sich und mich, sondern ES.«

Sie versucht, der Trauer keinen Raum zu geben; ihre Verdrängungsarbeit lässt sich an betont schönseherischen Einträgen in ihrem Tagebuch ablesen:

> »Ein Spatz auf dem Balkongeländer plustert sich im Federpelz wie eine Diva. Er trotzt dem eisigen Wind mit einer Arie.«

In seinem 1950 geschriebenen Lebenslauf schilderte Ludwig die Gründe für seine Desertation aus der kaiserlichen Armee:

»Als Dolmetscher hatte ich auf Inspektionsreisen unter anderem bei Vernehmungen durch Stabsoffiziere zu übersetzen. Ich mußte Zeuge werden, wie Kommunisten im Eilverfahren zum Tode verurteilt und erschossen wurden. In mir wuchs die Einsicht, daß nur die gerechte Sache der Arbeiterklasse dem imperialistischen Kriegstreiben ein Ende zu setzen vermochte. Es gelang mir schließlich, einen der Gefangenen zu befreien und mit ihm in der Nacht vom 15. auf den 16. Dezember 1917 über die Linie auf die russische Seite zu fliehen. Von Januar bis Ende März 1918 arbeitete ich als Dolmetscher beim Volkskommissar für Verteidigung, u.a. in Leningrad (damals Petrograd) und in Brest-Litowsk. Von April 1918 an kämpfte ich in der Roten Armee, zunächst bei der Eroberung von Orenburg und später als Kommandeur einer Pioniergruppe in der 24. Schützendivision in Südrußland.«

Dass Ludwig die Seiten gewechselt hatte, wusste Elise damals nicht. Ihrem Tagebuch zufolge machte sie sich wegen der ausbleibenden Briefe keine allzu großen Sorgen. An der Ostfront herrschte Waffenstillstand, und wenn die Post aus dem Tritt geriet, dann nur wegen der Grenzverschiebungen:

»Neuerdings lösen sich Frontpostämter in Luft auf und Hauptpoststempel tragen Namen, die man noch nie gehört hat: Bauske, Lida, Radun, Olita. Wo sind wir hier? Briefträger Niecklisch weiß nicht mal mehr, wo das Deutsche Reichspostland beginnt und wo es aufhört.«

Nach der deutschen Kapitulation besetzte die Rote Armee Riga und Umgebung, das Memelland wurde einem französischen Präfekten unterstellt und es gingen Gerüchte, dass die Alliierten große Teile Ost- und Westpreußens vom Reich abtrennen wollten. Jetzt hätte Ludwig auftauchen müssen. Enorme Telefonrechnungen zeigen, dass Elise trotz der häufig unterbrochenen Verbindung oft mit Lawrentija telefonierte.

»Bernd und Vincent patrouillieren mit Gewehren und gelbgrünroten Armbinden durch Heydekrug. Die sind alle verrückt geworden, der Riß geht durch die eigene Familie, man weiß schon gar nicht mehr, wer man ist: Litauer, Deutscher, Russe, Jude oder was? Sie muß froh sein, daß ein litauischer Arbeiterrat das Sägewerk besetzt hat und Freddy als Betriebsleiter duldet. Dem Barduhn in Schießgirren haben die ›Freiheitskämpfer‹ den Hof abgebrannt, dem Kaufmann Kausch den Laden ausgeräumt und dem Wirt in Gabuppen den Keller leergesoffen. Von Ludwig weiß sie nichts.«

Elise bat den einstigen Vorgesetzten ihres Vaters um Hilfe bei der Suche nach einem Lebenszeichen.

»Major Belang – beziehungsweise jetzt wieder Herr Bailangue – telefoniert aus seinem Redaktionskabüffchen am Anhalter Bahnhof mit einem Oberstleutnant Fäke vom Stab der 8. Armee, der Erkundigungen einzuholen verspricht, wenn der Stab in seinem neuen Königsberger Quartier Arbeitsbereitschaft hergestellt habe.«

Im März 1919 erhielt Bailangue von dort ein Telegramm:

»Pionier Ludwig Weiszheit, geb. 12. 2. 1897 Heydekrug Ostpr., zuletzt 8. Armee, Stab bei Oberquartiermeister/IVc/Referat Arbeit, vermißt seit 14. 12. 1917.«

Elise sagte sich, daß »vermisst« eben gerade nicht »gefallen« hieß. Wenn Ludwig sich – wie sie selbst das getan hätte – bei der ersten Gelegenheit in die Büsche geschlagen hatte, musste er jetzt abwarten, wie die neue Staatlichkeit die heimkehrenden Deserteure empfing, das hielt sie für klug und vorsichtig, aber in ihren Träumen war sie nicht Herrin ihrer Ängste:

»Niecklisch steht mit einem Paket vor der Tür. Warum trägt der Briefträger Gummihandschuhe? Sie packt nach Säure riechende Uniformfetzen aus und findet dazwischen Büschel von Ludwigs Haaren ... Mit tränennassem Gesicht und rasendem Herzen wacht sie auf und kann nicht wieder einschlafen: Was ist, wenn sie Ludwig einen Schaden an den Hals träumt?«

Vor Weihnachten 1918 wurden die Patienten und ein Großteil des demobilisierten Personals aus dem Militärlazarett in Hohenlychen entlassen. Der Orthopäde Dr. Ernst Lachner brachte Gustav nach Hause.

»In tiefem Schweigen stehen die Bewohner auf der Treppe und sehen zu, wie der fremde Riese ihren Vermieter die Stufen hinaufträgt. ›Viel is ja nich übrig‹, flüstert die Heimbergerin zusammenfassend, und meint nicht nur Gustav, sondern das ganze Vorkriegsleben.«

Über die erste Begegnung mit ihrem späteren Mann schrieb Elise am Heiligabend in ihr Tagebuch:

»Zur Begrüßung Bohnenkaffee Jahrgang 1915. Armer Papa. Immerhin wieder zu Hause. Werden ihn schon wieder aufbauen. Herr Lachner zum Abendessen. Krähen und Bratkartoffeln. Kerl mit großen Pranken, der den Mund nicht aufkriegt. Kann mir vorstellen, wie der Gelenke einrenkt.«

Gustav nahm ein wenig zu und bekam Farbe im Gesicht, aber seine geistige Verfassung blieb unverändert: Abwesend saß er im Eckzimmer und stierte geradeaus. Abramowitz kam zu Besuch und Dr. Wiener, die Heimbergerin und Griebel Wandt, doch erkannte er niemanden. Genosse Traurich verstand die Welt nicht mehr:

»Mensch, Justav. Jetz wo wir jewonnen haben. Ne jepfleegte Revolution ohne Krawall und Blutvajießen, wat wa uns imma jewünscht ham!«

»Äußerlich ist er ohne Wunde. Er macht den Mund auf, wenn Augusta ihm den Brei unter die Nase hält. Er läßt sich zum Bett führen und hinlegen, wenn die Zeit gekommen ist.

Zu Anfang glauben Elise und ihre Mutter an Fortschritte. Hat er die Hand bewegt? Zwinkern nicht seine Augen schon fast wieder so schelmisch wie früher?

Augusta zeigt ihm die wenigen Fotos, die das große Heizen überstanden haben. Er blickt hindurch. Sie stellt ihm Fragen. Er antwortet nicht.«

Dr. Scheithauer diagnostizierte eine Taubheit der Seele, etwa so, wie wenn man sich mit dem Hammer auf den Daumen geschlagen hat.

Nur auf Gerüche reagierte Gustav und wandte das Gesicht ab, wenn jemand rauchte.

»Eine Seegurke in Gustavgestalt, aufs Riechen reduziert, die ursprünglichste Sinneswahrnehmung der Lebewesen. Alle Entwicklung hat er sausen lassen.«

Dr. Lachner kam hin und wieder, um Gustavs Muskulatur mit Übungen zu kräftigen. Der Patient machte scheinbar mit: Man konnte ihn in die Kniebeuge stellen und er blieb unverändert stehen. Er hob den Arm, wenn man mit dem Finger leicht von unten dagegendrückte, und hielt ihn so. Aber nichts, rein gar nichts tat er aus eigenem Antrieb.

»Nachts lauscht Augusta seinen Atemzügen. Gustav scheint nie zu schlafen. Wann immer sie ihn ansieht, sind seine Augen offen. Als ob er ein Bild sucht, wie ein Blinder.

Einmal muß Augusta ihn kurz allein lassen, weil die Klotzke sich ausgesperrt hat. Ein Schwätzchen später, als sie zurückkommt, steht er immer noch draußen auf dem Balkon, nun im Nieselregen, klatschnaß, mit offenen Augen ... ›Immerhin läuft er nicht weg‹, tröstet die Heimbergerin. Doch Augusta riecht, daß sein Apfelduft vergeht, und muß weinen.«

Im Januar 1919 erkrankte Elise, die so lange von der Grippe verschont geblieben war.

»Sie fantasiert mit hohem Fieber, ruft nach Ludwig, ertrinkt im Moor. Die bleiche Haut ihres Halses färbt sich blau. Tiefe Augenringe liegen um ihre Augen. Bei einem schweren Hustenanfall bricht sie sich eine Rippe. Eines Morgens, zum Glück ist der Doktor gerade gekommen, liegt sie kalt und weiß im Bett.

Ernst Lachner trägt den federleichten Körper in die Küche und läßt Augusta ordentlich einheizen. Sie füttert die Kochmaschine mit allem Brennbaren, was sie auftreiben kann. Die Mietbücher der Kriegsjahre mit allen Schulden müssen daran glauben, ebenso wie Gustavs Universum-Hefte, 14 dicke Bände. Ernst badet Elise in heißem Lindenblütentee und massiert ihre Glieder, bis ihre Haut sich wieder rot färbt.«

Sie verpasste durch ihre Krankheit den Aufstand der Spartakisten und seine Niederschlagung, die Wahl der Nationalversammlung in Weimar und die von Ebert zum Reichspräsidenten. Erst Anfang Februar 1919 stand sie wieder auf und notierte in ihrem Tagebuch:

»Lawrentija und Freddy wollen das Sägewerk verkaufen und nach Amerika auswandern. Dann hat Ludwig keinen Ort mehr. Dr. Cothenius demobilisiert und nach Stuttgart. Hätte ihn gern noch einmal gesehen. Ein guter Mensch. Hermann zurück.«

Die Demobilisierung betraf nicht nur die Männer: Im Dezember 1919 lag die Beschäftigungsquote der Frauen im Deutschen Reich nur noch knapp über der von Juni 1914.

»Am ersten warmen Frühlingstag 1919 schauen müde Gesichter aus den Fenstern des Seitenflügels in den Sonnenuntergang und das Glitzern der blankgefahrenen Eisenbahnschienen. Gertrud wirft der vorbeifahrenden Lok eine Kußhand zu, Bertha stößt sie in die Seite. Hinter Franziska Lorenz steht ihr Sohn Hugo, nun einen Kopf größer als sie und Ernährer der Familie. Frieda Peters nutzt das Licht am Fenster, um ein Kleid ihrer Tochter Victoria zu ändern, damit es nicht mehr so kleinmädchenhaft wirkt. Zum ersten Mal nach drei Jahren blüht die Magnolie wieder.«

Obwohl der Krieg zu Ende war, hielten die Alliierten ihre Seeblockade aufrecht, um Deutschlands Zustimmung zum Versailler Vertrag zu erzwingen. Der Hunger forderte Opfer, als sei der Krieg nicht vorbei.

»Mutter und Hilde Koslowski bleiben in Kuchelna, das mitsamt dem Hultschiner Ländchen tschechisch wird. Die Erbtante hat sich mit einem in Ostrau stationierten tschechischen Major verlobt und darf ihr Berghotel, das jetzt ›Jablko‹ heißt, behalten. Hilde lernt bei ihr Buchhaltung. Sie bittet, als Anschrift künftig ›Chuchelná c.p. Hlučín‹ zu schreiben, sonst befördert die tschechische Post die Briefe nicht.

Louis Koslowski übernimmt das Atelier seines Vaters und fotografiert statt grauer Fassaden lieber rosig nackte Leiber. Seine Modelle findet er unter jungen Witwen und Flüchtlingen. Die Autochromeplatten für das Farbfotografieren liefert ein Frontkamerad, der nun als Vertreter der AGFA arbeitet.

Olga erfährt von Max' Verlegung in das Lazarett Spandau. Sie hört nicht den Protest der Pfleger, nicht die Drohungen der Wachen, sondern schleppt ihren Liebsten auf dem Rücken zur Straßenbahn. Weil Max ›in den Po‹ geschossen wurde, bleibt der Liebeslärm, der vor dem Krieg die Nachbarn erfreut und die Grauen Schwestern erbost hat, vorerst aus.

Die Heimbergerin kleidet sich in wallende Hexengewänder und läßt die Haare auf ihrer Warze wachsen. Griebel trägt die Locken jetzt geölt, statt Pelzmantel Anzug und in der Hand eine Zigarette. Sie dekorieren das Wohnzimmer mit Glaskugeln, Räucherwerk und einem Ballen Plauener Spitze und werben 1920 im Adreßbuch als ›Heilerey‹ mit dem Versprechen: ›Uraltes Geheimwissen zur Behebung geistiger und körperlicher Gebrechen, auch bei Versagen der Ärzte. Zahlreiche Dankschreiben können präsentiert werden.‹«

Hermann suchte nach Anni, aber die Wohnungstür in der Badstraße wurde von einem fremden Mann geöffnet, der nur wusste, dass die Vormieterin gestorben war. Hermann fand keine Arbeit, litt Hunger, und weil er seine kränkelnde, unzufriedene Mutter immer weniger ertragen konnte, packte er seine Sachen und meldete sich in der Döberitzer Kaserne, wo sein altes Regiment mit Freiwilligen neu aufgestellt wurde. Unerwartet bald tauchte Hermann in der Kopenhagener Straße wieder auf:

»Ein stählernes Monstrum biegt von der Schönhauser in die Kopenhagener Straße, vorneweg Hermann Kunert mit finsterem Gesicht. Die umlaufenden Gurtketten schlagen Funken aus dem Pflaster, Schaufensterscheiben fallen aufs Trottoir. Auf dem Panzer hockt ein

Offizier, gefolgt von Soldaten in Reichswehruniform, Hakenkreuze auf dem Stahlhelm. Der Trupp hält vor dem Weiszheithaus. Vier Maschinengewehre starren in die Fenster. Der Motorlärm erstirbt. Der Offizier donnert gegen die dreiteilige, faltbare Stahltür, hinter der die Treppe in die Druckerei hinunterführt.

Jakob Abramowitz öffnet – noch militärisch glattrasiert, aber schon im zivilen Druckerkittel – und versucht, das Zittern seiner Hände zu unterdrücken: ›Ich kann Sie … darf Sie nicht einlassen. Wir unterstehen der Regierung!‹

Ein Schlag der lederbehandschuhten Offiziersfaust triff ihn, Blut läuft aus seiner Nase, ein zweiter Schlag läßt ihn taumeln, ein dritter rückwärts die Kellertreppe hinunterstürzen. Die Freikorpssoldaten lachen rauh.

Aus der dritten Etage ruft die Heimbergerin: ›Schäm dir, Hermann. Ick hol deine Mutter!‹ Andere Fenster öffnen sich. Freikorpssoldaten heben ihre Gewehre und zielen nach oben … Hermann ist der Aufruhr unangenehm, aber die nationale Bewegung braucht Flugblätter und Zeitungen.«

Der Kapp-Putsch zeigte die Gefahren von rechts, aber auch die überwiegende Ablehnung, zumindest in Berlin. Er brach nach dem Aufruf der Reichsregierung zum Generalstreik zusammen. Hermann verschwand für lange Zeit aus dem Weiszheithaus.

»Hugo Lorenz kauft Hähnchen, die Bauer Jordan in ausgemusterten Mannschaftszelten züchtet. Er mietet die Restauration und räumt mit seiner jetzt 17-jährigen Schwester Charlotte den Papiermüll der aufgelösten Entlassungsstelle aus. Werbung braucht er keine drucken: So ein Bratenduft kriecht aus der Küche auf die Straße, die Trottoirs entlang und um Ecken, klettert an Häuserwänden hoch, dringt durch Fensterritzen, schiebt den Kohlrübengestank aus den Nasen und läßt den Speichel fließen. Und gerochen werden muß, ob du willst oder nicht.

Augusta zündet Räucherkerzen an, das hilft aber nicht gegen den Appetit. Die Obdachlosen bei den Grauen Schwestern rühren lustlos in ihrer dünnen Suppe. Wer sich eben noch satt glaubte, wird wieder hungrig.

Die Kundschaft drängt sich vor der Restauration, gierig und knurrend wie Wölfe mit tropfenden Zähnen, trotz des horrenden Preises: Halbes Brathuhn vier Mark. Wer nicht genug Geld hat, bildet eine Verzehrgemeinschaft mit anderen, einer kriegt den Schenkel, einer das Bruststück, einer den Flügel, wer die Haut? Es gibt Keilereien. Grünwaldt muß einschreiten. Das *Abendblatt* berichtet über einen ›Hungerkrawall‹ vor dem Weiszheithaus.

In einer Februarnacht sieht Hugo Kinder im Hof und denkt sich: Ist kalt und windig, sollen die armen Würmer auf der Kellertreppe schlafen. Während er sich zur Ruhe legt, dringen die minderjährigen Diebe durch eine Ventilatoröffnung in die Küche der Restauration ein, räumen Schnaps und Zigarren aus und fressen die für den nächsten Tag vorbereiteten Hähnchen; und beim Abgang zerschmeißen sie noch die Schaufensterscheibe.«

Zweimal startete Hugo neu. Nachdem Brandstifter jedoch beinahe das Haus abgefackelt hatten, gab er die Braterei auf. Abramowitz, dem die Aufträge bis zum Hals standen, stellte den gescheiterten Millionär mit Kusshand wieder ein. Er druckte jetzt für das neue Bezirksamt, das 1920 seine Arbeit aufnahm und ab 1921 Prenzlauer Berg hieß, Formulare und Aufklärungsbroschüren über Geschlechtskrankheiten.

»Augusta sucht mit Anzeigen bei Mosse nach einem Wirt für die Sonne, sonst hat sie im kommenden Winter wieder kalte Füße.

Alwin Kallweit ist Junggeselle, Jahrgang 1876. Sein steifes Bein stammt von einem Pferdetritt in seiner Zeit als Brauereikutscher, und dass er keinen Alkohol trinkt, ist zwar ein bisschen komisch für einen Wirt in spe, aber ohne Schnaps gäbe es keine Kriege, da sind sie sich schon mal einig. Bald nach der Übernahme der Restauration stellt sich heraus: Sie hatte den richtigen Riecher. Kallweits Leber ist krank, aber sein Herz ist gesund und groß.

Gleich morgens heizt er die Gaststube ordentlich ein. Für die Frauen vom Seitenflügel und die Witwen im Vorderhaus kocht er Muckefuck und für die Kinder Grießsuppe. Gibt es Streit, schlichtet er weise. Nachmittags, wenn nur wenige Stühle besetzt sind und das Geschäft flaut, liest er hinter der Theke Rudolf Steiner. Manchmal schließt er die Augen, lauscht nach innen, horcht nach außen, fühlt einem Kribbeln im Zeh hinterher, freut sich an der Fülle seines Lebens, und dann schlägt er die Augen wieder auf und liest weiter.

An den Samstagabenden gibt es Tanz, und weil die Zigeunerkapelle im Krieg abhanden gekommen ist, spielt Carola Goldberg auf dem Akkordeon Schimmy, bei dem die Leute sich bewegen wie Kriegszitterer. Sie ist gar nicht so etepetete, wie die Leute immer geglaubt haben.«

Elise nährte ihre Hoffnungen auf ein Wiedersehen mit Ludwig durch die Lektüre von Berichten Versprengter, die nach langem Umweg aus Russland heimgefunden hatten, wie der Musketier Paul Wichert, der zu Fuß und mit der Bahn, über Nowosibirsk und Irkutsk bis nach Wladiwostok am Japanischen Meer vor den Bolschewisten geflohen war und dafür siebzehn Monate gebraucht hat.

»Hugo Lorenz lädt einen Russen, den er bettelnd am Bahnhof aufgegabelt hat, zum Frühstück in die ›Sonne‹ ein. Vor der Revolution hat diesem Pjotr Kalukin eine Schnapsfabrik in Krasnogorsk gehört. Er behauptet, die Roten hätten im Bürgerkrieg deutsche Kriegsgefangene rekrutiert und solche, die nicht kämpfen wollten, erschossen. An einen weißgesichtigen, silberhaarigen Soldaten kann er sich nicht erinnern: ›Waren alle drrreckig und Schädel rasiert, mit Flöhe, daß du nicht wolltest nah sehen.‹«

Griebel Wandt machte Elise mit einer russischen Patientin der Heilerey bekannt, die im Groterjahn-Bierlokal als Animateurin arbeitete.

»Großfürstin Mascha Pawlowna erzählt mit Goldzahnblitzen von Erschießungen, Vergewaltigungen, Pogromen, Kannibalismus, Kinderbanden und Verhungernden. Einen Eimer Broschen, Ringe und Perlen, ›мнóго, много‹, hat sie auf der Flucht zum Bestechen von Kutschern und Grenzbeamten ausgegeben.«

»Wenn sie [Elise] die Augen schließt und sich auf ihre Nase konzentriert, weht Ludwigs Duft sie an: Tabak, streng und herb, ein wenig Vanille, und wenn sie mit der Zunge über die Lippen leckt, schmeckt sie sogar Karamel.

In ihren Träumen läßt sie seine Hände über ihren Körper gleiten. Sie räkelt sich auf dem weichen Moos, schmiegt sich an ihn und fühlt, wie die getrocknete Moorschicht von seiner Haut krümelt.«

Ende 1920 kam ein Päckchen aus London. Graham Ingelow, Offizier des britischen Expeditionskorps im Süden Russlands, erklärte, wie er in den Besitz der beiliegenden Dokumente gekommen war:

»After having prevailed in Surovikino, we confiscated all of the papers … I'm afraid, the author of these letters was among the victims of this day's battles. Please accept my deepest sympathy for your loss.«

Jedes der blutfleckigen Blätter war mit »passed military censor« gestempelt. Durch Tränenschleier entzifferte sie die vertraute Handschrift:

»dort haben wir bei hochwasser einen panzerzug gegen kirejewskis regiment über die solyna gebracht … für ein besseres morgen … ich bringe kein opfer, denn ich lebe für eine große sache. ein bürgerliches leben, wie mein vater es führt, will ich nicht. meine familie ist die partei, ich eile von front zu front wie ein fliegender kesselflicker.«

Sie verstand, dass der Offizier von Ludwigs Tod ausging, aber hatten die Briten Ludwigs Leichnam gefunden? Warum hatte er die Briefe bei sich und nie abgeschickt?

»Elise will ein helles Wasser sein, das plätschert und erfreut, aber jetzt gefriert sie.«

Zu dieser Zeit begriff Elise wohl, dass sie nicht alles manipulieren konnte, was auf sie einströmte. Sie musste die Wirklichkeit selbst reduzieren und ging nicht mehr aus dem Haus:

»Das Weiszheithaus ist groß und stark. Es hat eine dicke Haut aus mehreren Reihen hart gebrannter Ziegel, da kommt kein Wind durch, kein Licht, kein Lärm. Es hat Augen, in jedem Zimmer zwei, versehen mit Gardinen oder hölzernen Rollläden. Man kann hinaussehen oder sich abwenden. Zuschauen oder Scheuklappen anlegen. Ein Griff, die Lider zu, gute Nacht!«

Zum Jahresbeginn 1921 zog Ernst Lachner ins Weiszheithaus und übernahm die Praxis von Dr. Scheithauer, nachdem der alte Arzt an einer Lungenentzündung gestorben und unter der Engelsplastik, die Adrians Gesichtszüge trug und viele Jahre in seinem Schlafzimmer gestanden hatte, auf dem Friedhof der Französisch-Reformierten Gemeinde in der Liesenstraße bestattet worden war.

Der Orthopäde annoncierte:

»Dr. Ernst Lachner, im Kriege Hptm. der Sanitätstruppen, beehrt sich, die Gründung einer orthopädischen Praxis im Bez. Prenzlauer Berg mitzuteilen. Kriegsversehrte erhalten höchste Qualität aus eigener Werkstatt.«

»Habe von Orthopädie nicht den blassesten Schimmer, aber er will, daß ich für ihn arbeite. Ist sehr überzeugt von meinen ›Qualitäten‹ und daß er hier Erfolg haben wird«,

schrieb Elise und schon bald von »wir«, wenn sie die Praxis meinte:

»Wir haben nun auch Patienten aus Dresden und Leipzig« oder »Wir behandeln nicht Füße, sondern Menschen«.

Auch Richard Salzl wurde in die Organisation der Praxis einbezogen.

»Er schwört auf Holz als Konstruktionsmaterial, das wärmer ist und sich leichter reinigen läßt als Stahl. Drechsler Feserink von gegenüber, Kopenhagener Straße 66, liefert die Eschen- und Buchen-Rohlinge. 1921 wird Richard Salzl ein Reichspatent auf den Seilzugmechanismus, der durch die Bewegung des Oberkörpers einen sicheren Schwung des Unterschenkels und damit auch für beidseitig Beinlose das Treppensteigen ermöglicht, erteilt.«

Viele der Männer, die in die Praxis kamen, hatten eine Odyssee durch Lazarette und Heime hinter sich. Manche waren von der Schulbank in den Krieg gezogen und hatten kaum zu leben begonnen. Sie wurden von Albträumen geplagt, litten unter ihrer Einsamkeit, fühlten sich überflüssig. Manche hatten Schmerzen, einige waren abhängig vom Morphium, das in den Lazaretten leicht zugänglich war.

Wenn die Patienten zum ersten Mal in die Praxis kamen, trugen sie noch selbstgebaute Prothesen oder benutzten Skistöcke, um sich auf Bollerwagen fortzubewegen. Ihre Stümpfe waren wund, benachbarte Gelenke entzündet. Nicht wenige, die sich aus Mutlosigkeit vernachlässigten, mussten vor der Untersuchung von Elise gewaschen werden. In der Werkstatt, wo es ein Beinloser war, der sie wog, vermaß und abformte, bekamen sie eine Ahnung, dass ihr Leben nicht so traurig zu Ende gehen musste, wie sie sich im Moment fühlten; und wenn Ernst Lachner bei der Anamnese fragte, wozu genau sie die Prothese brauchen würden, erkannten manche zum ersten Mal seit ihrer Verwundung, dass sie so etwas wie eine Zukunft hatten.

Die meisten Patienten kamen über einen langen Zeitraum immer wieder zu Anpassungen und Reparaturen und bildeten mit den Angestellten und freien Helfern der orthopädischen »Fabrik« eine Art Versehrtenfamilie. Vera Klotzke, Martha Kunert und später Charlotte Lorenz nähten Strümpfe und Kaschierungen. Bertha massierte die Stumpfmuskeln und übte mit den Patienten Laufen oder Greifen. Die Heimbergerin vermietete Zimmer an Patienten von außerhalb. Louis fotografierte für den Versehrtenausweis und Hugo betätigte sich als Arbeitsvermittler. Unter der Woche aßen alle, die gerade da waren, bei Alwin Kallweit zu Mittag.

»Ernst organisiert seine Praxis so zielstrebig und umsichtig wie ein Mann, der ein Nest baut. Jahrgang 1887, ist er 13 Jahre älter als Elise. Das Haar auf seinem Scheitel wird bereits dünn und die Schläfen schimmern grau. Seine 189 Zentimeter wiegen fast zwei Zentner – die Art Mann, die von der Heimbergerin ›imposant‹ genannt wird, ein Fels in der Brandung.«

Er sprach, wenn es wirklich was zu sagen gab, und behielt Sorgen für sich.

»Er wirbt auf eine unspektakuläre, solide Weise um Elise, öffnet ihr die Türen, reicht ihr seine Jacke, sorgt sich um ihre Gesundheit und ihre Ernährung. Während der Arbeit – an manchen Tagen sind drei Dutzend Patienten zu behandeln – brauchen sie nur wenige Worte, um sich zu verständigen.«

Ernst schrieb über sich selbst:

»Gegen den Wunsch meines Vaters, der mich gern als Nachfolger seiner Kanzlei gesehen hätte, brach ich 1911 mein Jurastudium ab und wechselte in die Medizin. Ich gab vor, lieber mit Menschen als mit Akten zu arbeiten, doch der wahre Grund war meine Aversion gegen Winkeldenken und langwierige Verhandlungen, wie ich sie als Hospitant am Landgericht erlebt hatte. Ich wählte als Fachrichtung die Orthopädie und promovierte bei Professor Steinbeck in Berlin über ›Haltungsschäden bei Berliner Rekruten und Möglichkeiten ihrer Korrektur‹.«

Natürlich wusste bald jeder im Weiszheithaus, wo hinaus der neue Doktor mit seiner Werbung wollte.

»Der große Kerl und det dürre Lieschen. Wien Berg mit Kirche.«

Elise füllte Seite um Seite ihres Tagebuches mit Selbstvergewisserungen:

»Freue mich, ihn zu sehen. Will nicht, daß er fortgeht. Kann mir sogar vorstellen, mit ihm Kinder großzuziehen und alt zu werden. Ist das Liebe?«

»Es ist gut, daß die Beziehung zu Ernst nicht weh tut und nicht verrückt ist und daß genug Raum für Vernunft in meinem Kopf bleibt. Es ist gut, daß es nicht ist wie bei Ludwig.«

Sie spürte, dass Ernst ihre Fröhlichkeit, ihr »Schönsehen« brauchte.

»Einen Brief an Elise unterschreibt er mit ›Deine Motte‹. Sie macht mit ihrem Talent, allen Dingen eine schöne Seite abzugewinnen, sein Leben überhaupt erst erträglich.«

Er lachte selten und war kein Optimist – anders als Ludwig, wenn der Vergleich überhaupt noch eine Rolle für sie spielte.

»Habe ihn überredet, mit mir zum Spreegarten zu fahren. Weiße getrunken, mit dem Boot rüber zur Insel gerudert. Es muß auch mal ein Tag Ruhe sein.«

Weihnachten 1921 machte er ihr einen förmlichen Antrag.

Was Elise vor ihrer Hochzeit über Sex wusste, beschrieb sie später in ihren Erinnerungen:

»Schwester Argane, die bei uns katholischen Mädchen Religion gab, umstellte das Geschlechtliche mit Andeutungen und Drohungen, mit Äpfeln, Schlangen und Vertreibung aus dem Paradies. Hilde behauptete, der Mann würde in die Frau hineinpissen, und daraus wüchsen die Kinder. Hermann brachte ein aus einem Buch herausgerissenes Blatt mit, auf dem der durchgeschnittene Unterleib von Mann und Frau abgebildet war. Aber Quatsch, so sahen wir nicht aus.

Ich muss 15 gewesen sein, als mein Vater mich in sein Arbeitszimmer bat und die Verschmelzung der beiden haploiden Keimzellen zum Embryo auf ein Blatt Papier zeichnete. Als ich Mutter später, da war Karl schon geboren, davon erzählte, sagte sie: Vielleicht wusste er's nicht besser.

In den Romanheften meiner Mutter hob im entscheidenden Moment ›ein Schneegestöber‹ an oder ›die Bank verschwieg ihr Geheimnis‹. An den Frauenabenden während des Kriegs in der Sonne lauschte ich mit roten Ohren in einer Ecke, wie Dorothea von einem Liebhaber erzählte, der versprochen hatte, sich rechtzeitig zurückzuziehen, und es dann doch nicht getan habe. Ich verstand kein Wort. Die Frauen sprachen von ›vernaschen‹ und ›was mit dem Mund machen‹ und daß manches ohne Mann besser ginge.«

Kurt unterstellte, dass seine Mutter sich damals nicht sonderlich wohlfühlte in ihrem Körper:

»Wie häßlich sie ist. Ihre bläulich blasse Haut schimmert dünn, man sieht das Blut blau durch die Adern pulsen. Auf ihrer Scham hockt das Haar wie eine weiße Maus. Ihre Brustwarzen wirken wie Astlöcher in einem Brett und ihre Hüften sind schmal wie bei einem Knaben.«

Ihr Tagebuch enthält eine Art Programm für die bevorstehende Ehe:

»Zwei Kinder, ein Haus am See mit Atelier zum Malen, nicht zu weit weg von Berlin, der Patienten wegen. Hausmusik nicht nur zu Weihnacht. Sonntags Gäste.«

Am ersten Samstag im Januar 1922 stellte Ernst seinen Eltern die Braut vor:

»Ernst und Elise fahren mit einem Taxi in die Fasanenstraße [im ›feinen‹ Charlottenburg] und halten vor einer Villa, wo ein frierender Diener die Wagentür öffnet. Ernsts Mutter wartet auf der Treppe und Elise spürt, wie sie unter den prüfenden Blicken klein (noch kleiner) und fadenscheinig (noch fadenscheiniger) wird.«

Zum Glück ist Mutter Lachner dann aber sehr herzlich, redet in einer Tour, bietet ihr das Du an, »Linde für dich«, und schwups waren sie »Freundinnen«. Ihr Mann, von Zigarrenrauch umdampft, groß wie Ernst, von Beruf Notar und Wirtschaftsanwalt, wirkt etwas abwesend. »Nenn mich Bruno.«

Noch vor dem Essen kommt Schwiegermutter auf ihr Lieblingsthema »Luise«, auf das Ernst seine Braut vorbereitet hat. Schon als kleines Mädchen sei ihre Freundin die 2. Regimentschefin des 2. Leibhusaren-Regiments in Danzig gewesen. Elise staunt pflichtschuldig. »Gerade gestern kam ein Brief von ihr aus Holland.« Sie zeigt ihn stolz. »Sieh hier: Wie bescheiden sie mit L. unterschreibt.« Sie kann alle Titel ihrer Kinderfreundin in der richtigen Reihenfolge hersagen, was geschlagene fünf Minuten dauert.

»Am 4. März 1922 scheint eine kalte Wintersonne. Vater Bruno chauffiert das Paar im Mercedes, seinem Hochzeitsgeschenk, zum Standesamt und anschließend zur Gethsemanekirche. Mutter Lachner reißt die Augen auf: Kriegsversehrte in merkwürdig unvollständigen Uniformen klappern mit Krücken und Prothesen Spalier. Von den Bewohnern des Weiszheithauses fehlt nur Hermann, sogar von den Grauen Schwestern haben sich einige zu kommen getraut.«

Zur Beschreibung der Zeremonie geben wir der Heimbergerin das Wort:

»Pfarrer Clöwen war da noch janz jung. Viele ham jeheult, na war ja ooch die Kirche, also wat da allet passiert is, und denn die Namen, die alle im Krieg gefallen sin, uff die Platte. Und nu da vorn, die Elise janz in Weiß. Nacher vorm Haus ham Adalbert und Oskar [Niecklisch] nochn Jedicht uffjesacht.«

Die Damen Goldberg dirigierten den Willkommenschor vor dem Weiszheithaus. Alle Balkone waren mit Wachs- und Seidenblumen geschmückt, die Kinder hatten bunte Holzspäne gestreut. Gefeiert wurde in der Sonne. Auf Olgas Skizzen von diesem Abend sind alle Frauen schwanger, die Männer gliederamputiert oder in Kleider gewandet oder beides.

»Vor lauter Reden, Tanzen und Trinken kam ich nicht zum Essen und war am späten Nachmittag schon ziemlich betrunken. Ernst ging wie ein richtiges Familienoberhaupt von Tisch zu Tisch. Ich sah, wie er Nachbarn und Verwandte, Patienten und Journalisten, Orthopäden und Politiker miteinander bekannt machte, wie er fragte, scherzte, unterhielt – das alles schien mir, dem Einzelkind, ein Wunder, und ich war maßlos stolz auf meinen Mann ...

Um Mitternacht, als die Gäste schmutzige Lieder zu singen anfingen, büxten Ernst und ich aus. Wir stiegen im geschmückten Treppenhaus bis ganz nach oben ins Giebeltürmchen. Die Sterne funkelten. Vom Hof duftete die Magnolie herauf. Wir küßten uns und dann schalteten wir feierlich das Gaslicht, das so lange nicht hatte brennen können, wieder ein, ein Leuchtturm für uns und für unsere Kinder.«

Augusta schenkte dem Paar das Nussbaumbett zur Hochzeit. »Wir konnten es brauchen«, schrieb Elise in lakonischer Kürze über die Hochzeitsnacht. Ihr Sohn, der – wie noch zu erläutern sein wird – heimlich-unheimliche Spezialist für Sexuelles, stellte sich die Szene so vor:

»In der sonntäglich leeren Straße hallt der Gesang, mit dem sich die letzten Gäste verabschieden. Der Morgen schickt fahles Licht ins Zimmer. Elvira betrachtet im Spiegel des Kleiderschrankes ihren nackten Körper. Wieder spürt sie die Angst, zu versagen, nicht begehrenswert zu sein in den Augen ihres Bräutigams, der nun ihr Mann war. Wie häßlich sie ist.

Sie sieht im Spiegel, daß er das Zimmer betritt und bei ihrem Anblick stehen bleibt. Er lächelt, seine Zunge fährt über seine Oberlippe. Ihre Blicke treffen sich. Er läßt das Handtuch von seinen Hüften gleiten und sie atmet beim Anblick seines sich aufrichtenden Geschlechts erschrocken ein. Schauer rinnen über ihre Haut, als fröre sie, zugleich pulst das Blut heiß durch ihre Adern.

Sie fühlt seine Lippen auf ihrem Haar, im Nacken und riecht seinen warmen Sektatem. ›Wie Pan‹, denkt sie, als sein Schwanz an ihrem Po weiter wächst. Seine Hände legen sich auf ihre Brüste, streicheln die Brustwarzen, die sich straffen, gleiten über ihre Hüften. Sie schaut im Spiegel erstaunt ihrer Verwandlung zu. Mit jedem seiner Küsse werden ihre Lippen röter, ihre Haut frischer, ihr Schritt feuchter, sie erblüht wie eine Rose im Morgenlicht.

Der Meister faßt sie um die Hüften, hebt sie mit seinen starken Armen hoch und läßt sie langsam auf sein hartes Geschlecht sinken, während seine Zunge entlang der Wirbelsäule leckt. ›Er pfählt mich‹, denkt sie noch, bevor die Lust alles Denken davonschwemmt.«

Elise war im vierten Monat schwanger, als sich auf der Ringbahn hinter dem Weiszheithaus ein grauenvolles Eisenbahnunglück ereignete. Am 27. Juni 1922, dem Tag der Beisetzung von Walter Rathenau, legte das Personal der Verkehrsbetriebe die Arbeit nieder. Die S-Bahnen, die zur Reichsbahn gehörten und fahrplanmäßig fuhren, waren dermaßen überfüllt, dass Trauben von Menschen auf den Trittbrettern der Türen standen. Auf dem kurzen Gleisabschnitt zwischen S-Bahnhof Schönhauser und Weiszheithaus, wo die Bahnen der beiden Richtungen mit Mindestabstand aneinander vorbeifuhren, rissen die Passagiere zweier überfüllter Züge einander herunter, gerieten unter die Räder, prallten gegen Signalmasten oder erlitten Verbrennungen an den Stromschienen. Ernst eilte auf die Gleise und leistete erste Hilfe. Elise und Salomo halfen, bis sie von den Notärzten weggeschickt wurden. Es gab 45 Tote und mehr als 50 Schwerverletzte und selbst Elise kam an ihre Grenzen.

»Kann die Bilder nicht aus meinem Kopf vertreiben. Ernst ist keine Hilfe. Er hat so einen Hang zum Düsteren.«

Dazu kamen die Beschwernisse ihrer Schwangerschaft. Elise war schon immer mädchenhaft leicht und zierlich gewesen, aber selbst für ihre nur 1,64 Meter Körpergröße waren die 54 Kilogramm, die sie laut Ernsts Eintragungen im Alter von 22 Jahren wog, wenig.

»Nun schwillt ihr die Wampe. Im fünften Monat fühlt sie sich schwer wie eine Seekuh, im siebten sieht sie aus, als hätte sie ein U-Boot verschluckt, und im neunten fürchtet sie, jeden Moment zu platzen. Ernst erklärt ungefragt, was in ihrem Organismus vor sich geht und welche Mineralien das heranwachsende Monster aus welchen Knochen frißt. Er untersucht sie täglich, kontrolliert ihre Temperatur, ihr Gewicht und bestimmt ihren Tagesablauf. Elise muß sich gymnastischen Übungen unterziehen und Nährtränke zu sich nehmen. Am liebsten würde Dr. Lachner wohl das Kind selbst bekommen. Das frischvermählte Ehepaar hat seinen ersten Streit, weil Ernst nicht dulden will, daß seine Frau in ›ihrem Zustand‹ die Wohnung umgestaltet.«

Gustavs früheres Arbeitszimmer wurde als Kinderzimmer eingerichtet, im Zimmer daneben, dem mit den Fenstern zur Sonnenburger Straße, das Nußbaumbett aufgestellt.

»Ab September konnte ich mich nur noch mühsam vorwärtsbewegen, meine Zähne wackelten und Büschel von Haaren blieben im Kamm. Den letzten Monat der Schwangerschaft verbrachte ich mit hochgelegtem Becken auf dem Rücken wie Kafkas Käfer. Und der Herr Doktor hatte ein schlechtes Gewissen, mich in diesen Zustand versetzt zu haben.«

Von Ernsts Mutter war keine Unterstützung zu erwarten. Sie mochte den proletarischen Norden Berlins nicht, und die Krüppelpraxis ihres Sohnes war ihr seit dem Schock am Tag der Hochzeit suspekt.

Ernst bestand wegen der seit dem Krieg erhöhten Rate von Krankenhausinfektionen auf einer Hausgeburt und engagierte als Kindermädchen eine der Grauen Schwestern: Runa Gasske war wie Argane ausgebildete Hebamme und im Sommer als Novizin nach mehrfachen Verwarnungen bei den Grauen Schwestern ausgeschieden, weil sie der Sünde des Schmökerns verfallen war.

»Je dicker das Buch, desto besser. Gut gezeichnete Charaktere, seien es tugendhafte Maiden oder boshafte Schweinebuben, animieren sie zu spitzen Schreien des Entzückens. Oft, einige Male zu oft, hat sie das Rufen der Glocken überhört und weitergelesen, wenn die Schritte der anderen Schwestern an ihrer Tür bereits vorübergetrappelt waren.«

Elise reagierte zunächst ungehalten auf Ernsts Wahl.

»Ausgerechnet Runa mit ihrem Seufze-Tick! Im Lazarett dachte jeder, der sie nicht kannte, ihr sei gerade ein Patient gestorben!«

Doch Runa erwies sich als Glückstreffer:

»Unermüdlich liest sie historische Romane aus dem Mittelalter vor. Sie ist ein kostbares Medium, voller Leidenschaft für tapfere Bäuerinnen und Burgfräuleins, für Zunftmeister, rohe Söldner und finstere Verschwörer.«

In der Weiszheit-Bibliothek enthalten Bücher wie die Geierwally, der Voigt von Sylt und die von Wintzingerrode das Exlibris »Runa«.

»Runas Seufzen ist wie das Bimmeln der Glocke am Hals einer Kuh auf der Alm, also recht praktisch.«

Am 25. November 1922 wird ein laut Patientenbuch 3150 Gramm schwerer Junge geboren.

»Hans ist ein schönes Kind und riecht eindeutig: Apfel ohne Zitrone, ohne Nebel, ohne Fissimatenten. Apfelapfel. Schon nach ein paar Stunden schimmert der Weiszheitblick aus seinen azurblauen Augen.

Anfang November schleppt Niecklisch ein Paket in den Flur. Es kommt aus Schieß und enthält eine zusammenklappbare Wiege, von Onkel Freddy aus Schießer Lärche gebaut, von Tante Lawrentija mit Zauberbuchstaben bebrannt und von Jos Aschmutat bei Mondschein gesegnet. Ernst schüttelt nur den Kopf über so viel Ornament gewordenen Aberglauben.«

Mehrfach am Tag kam Ernst aus der Praxis herüber, erkundigte sich nach dem Befinden von Mutter und Kind, prüfte Reflexe und gab Ratschläge.

»Ernst ist Vater mit wissenschaftlicher Gründlichkeit. Spielt Hänschen auf dem Klavier vor und führt Protokoll: Chopin beruhigt (vier von fünf Versuchen) und Mozart belustigt (immer), Wagner läßt das Kind perplex verstummen, Beethoven löst Geschrei aus (von mir abgebrochen).«

Manchmal wird Elise die fürsorgliche Belagerung zuviel.

»Mutter, Runa und die H. reden durcheinander: mehr pudern, weniger pudern, mehr Gemüse, weniger Gemüse, mehr schlafen, mehr spazierengehen, am besten alles zur gleichen Zeit. Auch Ernst findet es zuviel. Heute beim Mittagessen hat er gebeten, daß Hinweise nur ihm vorgetragen und Spielzeuge zuerst ihm vorgelegt werden.«

»Während Runa den Tisch zum Abendessen deckt, lauscht Elise dem Grammophon, das Kallweit ihrer Mutter geschenkt hat. ›O terra, addio; addio, valle di pianti‹, das Schlußduett, das Aida und Radames in ihrem gemeinsamen Grab singen. Vielleicht hätten sie doch lieber Platten mit aufmunternden Märschen kaufen sollen. Mutter ist so still geworden seit der Hochzeit. Selten verläßt sie ihr ›Altenteil‹, umgeben von Gustavs Fotos und Bildern, Barometern, Schautafeln, Modell-Lokomotiven, Karten und Globen wie zwischen den Beigaben einer Grabkammer.«

Augusta hatte die Hoffnung verloren. Gustavs Zustand verschlechterte sich. Trotz regelmäßiger Gymnastik, die Ernst ihm angedeihen ließ, bauten Muskeln und Knochen ab.

»Ihr Mann ist noch nicht tot, aber sie ist schon seine Witwe.«

Dieser Schwebezustand hatte rechtliche Konsequenzen: Das Vormundschaftsgericht lehnte Augustas Antrag auf Einsetzung als Vormund für Gustav ab, denn es gab zwar den nicht zu leugnenden Augenschein der Geschäftsunfähigkeit, aber leider auch das Gutachten eines der höchsten Ärzte im Heer, in dem von Simulantentum die Rede war. Handwerker und Bezirksamt konnten jederzeit behaupten, Augustas Unterschrift gelte nicht ohne Vollmacht ihres Mannes. Die Mieter begannen, ihr auf der Nase herumzutanzen, allen voran die Familie des einstigen Kellners und Restaurantbetreibers Adam, der nach der Hochzeit seines Sohnes Anthelme mit Annabelle, der Witwe des hundsköpfigen Hygieneinspektors Komalla, seine Wohnung mit der von Vera Klotzke getauscht hatte.

»Adams ›können‹ erst die höhere Miete nicht zahlen und behaupten dann, Augustas Mahnung fehle es an der Gültigkeit. Augusta gruselt sich vor dem Zehnjährigen, den Annabelle mit in die Ehe bringt. Joschi riecht beim Einzug noch süßlich nach totem Vogel-Vater, aber schon bald nach Schweinshaxe wie der Adoptivvater.
Merthen weigert sich, die Grundbuchauszüge herauszugeben, die sich im Safe befinden, auf dem er schläft. Nur an Gustav selbst, oder später, Gott behüte, an seine Erben. Hinter vorgehaltener Hand kichert er: ›Weiß doch jeder, daß die Weiszheit nicht rechnen kann.‹«

Schließlich legte Ernsts Vater Bruno Lachner erfolgreich Widerspruch gegen die Entscheidung des Gerichtes ein.

»Während des Krieges hat niemand nach einer Vollmacht gefragt, warum soll sie sich im Frieden behandeln lassen wie ein unzurechnungsfähiges Kleinkind?«

Im August 1923 dauerte es 30 Tage, bis sich der Dollarkurs der Mark verzehnfachte, im Oktober nur noch acht.

»Es passiert, daß der Schornsteinfeger am nächsten Tag doppelt so viel Lohn verlangt. Wenn Augusta Miete kassiert hat, rennt sie gleich zur Gebührenstelle, zur Müllabfuhr und zu den städtischen Gaswerken, bevor die Preise wieder steigen.«

Mascha Pawlowna, die Großfürstin, bot einen Beutel Goldrubel im Wert von 100 Millionen Mark für das Weiszheithaus.

»Augusta lehnt ab, aber Witwe Griebenow von gegenüber überlegt nicht lang. Geknausert hat sie lang genug und die paar Jahre, die noch vor ihr liegen, will sie genießen.«

Sie konnte sich nicht vorstellen, dass sich die Entwertung des Geldes noch beschleunigte, und sie war nicht die Einzige, die sich irrte.

Das Papiergeld wurde immer heißer, die Leute wollten es loswerden, bevor es zu Asche verbrannte. Mit der baren Münze wurden auch die Regeln entwertet, verheerender noch als durch Mord und Totschlag an den Fronten. Wozu sich am Morgen aus den Federn quälen? Wozu plätten, nähen, auf Schicht gehen? Franziska stellte ihren Gemüseverkauf ein, weil sich der Aufwand nicht mehr lohnte.

Hugo nutzte die Auftragsflaute, um seine Fähigkeiten als Drucker zu üben:

»Guillochen aus mehreren ineinander verwickelten und überlappenden Linienzügen gelingen ihm schon recht gut, aber für Reichsmark fehlen ihm Papier und Farbe. Leichter herzustellen, wenn auch gering im Wert, sind Notgeldscheine, schwarzgraugrün, im Wert von 10 Pfund Roggen.

Der Schwarzmarkt liegt am Ende der Kopenhagener Straße. Entlang der Mauer des Güterbahnhofs schlendern in der Abenddämmerung Käufer und Verkäufer in einer geheimnisvollen Choreografie umeinander, Invaliden, Witwen, Halbstarke. Manchmal bleiben sie stehen, öffnen ihre Mäntel, flüstern, reichen sich die Hände, gehen weiter. Einige tragen Pelz, manche nichts darunter.

Der eine hat Kartoffeln und braucht Schmalz, findet aber nur jemanden, der nach Tabak jiepert und dafür goldene Ohrringe geben will. Was fehlt, ist Kleingeld. Ein Dollarschein ist ein Vermögen und eine Zigarette ist keine Zigarette mehr, wenn sie gefünftelt wird. Da kommen Hugos Notgeldscheine gerade recht.«

Die meisten Hausbesitzer und Hypothekenschuldner lachten sich während der Hyperinflation ins Fäustchen, weil sie die festgeschriebenen Zinsen für ihre Kredite mit wertlosem Papiergeld begleichen konnten. Beim Weiszheithaus sah das anders aus. Solms senior hatte wegen Augustas Zinsschulden die Verlängerung des Hypothekenkredits verweigert und hängte von Monat zu Monat mehr Nullen an seine Zinsforderungen. Die Rechnung vom 29. November lautete auf 225 Billiarden Reichsmark.

»Augusta und Elise machen sich auf die Ochsentour, um die Mieten und Außenstände zu kassieren. Am Nachmittag beladen Runa, Anna Eisfelder, Vera Klotzke und Augusta die Papierkarre der Druckerei mit Kopfkissenbezügen voller Geldscheine. Valentin Grünwaldt begleitet sie in Uniform, denn man hat von Trotteln gehört, die noch immer Papiergeld rauben. In der Schönhauser treten Geschäftsinhaber und Kunden aus ihren Läden. Unter den Linden vergrößert sich die Menge aus Schaulustigen, Studenten und Touristen auf ein paar Hundert Menschen. Der Türsteher der Hypothekenbank in der Französischen Straße rafft die langen Schöße seines gefütterten Mantels, tritt zurück ins Dunkel der Treppenhalle und betätigt die elektrische Alarmglocke.«

Die Vorsicht des Pförtners war vor dem Hintergrund allgegenwärtigen Aufruhrs verständlich. Anfang Oktober hatte die schwarze Reichswehr in Küstrin einen Putsch, in Hamburg die KPD einen bewaffneten Aufstand versucht. Am 9. November waren die Nationalsozialisten in München zum Sturm gegen die Republik angetreten. Im Rheinland und in der Pfalz proklamierten Separatisten die Loslösung vom Reich, in Thüringen und Sachsen setzte das Reich die Landesregierungen ab.

Kurt Weiszheits Geschichte nimmt eine absurde Wendung:

»In der ersten Etage der Französischen Hypothekenbank tritt Solms junior ans Fenster und schaut auf den Opernplatz. Er sieht aufständisches Volk. Schon lange ist er der Fron überdrüssig. Die bürgerliche Welt seines Vater ist dem Untergang geweiht, das fühlt er mit jeder Faser seines doch irgendwie noch jungen Leibes. Er öffnet das Fenster zu einer Rede.«

Aus der Überführung der Bank in Volkseigentum, wie Solms junior vorschlug, wurde nichts.

»Unter Hinweis auf die fehlende Genehmigung für eine öffentliche Versammlung fordert Oberwachtmeister Kessenrink den Mann am Fenster auf, zu verstummen. Solms junior, der Angesprochene, läßt sich vom Applaus der Umstehenden zu Widerworten hinreißen. Es bleibt kein anderer Weg, als die Bank zu stürmen, das Fenster zu schließen und den bourgeoisen Tumultanten in seinem Büro zu arretieren.«

Augusta bezahlte an diesem Tag nicht nur die Zinsen. Bruno Lachner hatte ihr gesagt, dass der Kreditvertrag wegen der monatlichen Zinsanpassung auch monatlich kündbar war. Die Restschuld von 180 000 Mark zu tilgen war für sie ein Kinderspiel. Solms junior hatte sich in jeder Beziehung verrechnet.

Zum 1. Dezember 1923 beendete die Reichsregierung die Inflation mit der Gründung der Rentenbank und ließ neue Banknoten im Verhältnis von einer Rentenmark zu 1 Billion Reichs-(Papier-)mark herausgeben. Im Grundbuch des Weiszheithauses wurde die sechsprozentige »Zwangshypothek auf allen Grundbesitz häuslicher, industrieller und landwirtschaftlicher Art« zugunsten der Rentenbank eingetragen, welche die Reichsregierung zur materiellen Absicherung der neuen Währung für notwendig erachtete.

»Hugo Lorenz steht seufzend in seiner Geheimkammer zwischen prall gefüllten Regalen mit Bündeln feinster Notgeldscheine, deren Papierwert höher ist als der aufgedruckte Geldwert, geeignet nur noch zum Verheizen. Auf der anderen Seite der Ringbahn bleiben Passanten stehen und blicken hinauf zum Schornstein, wo grüner und violetter Rauch im Winde verweht.«

Ungefähr zur gleichen Zeit stellte Elise fest, dass sie wieder schwanger war.

»Heute die ersten Schneeflocken. Hoffentlich wird es ein Mädchen.«

»Sie richtet sich diesmal auf ihre ›immobile Phase‹ ein wie auf einen ›Gefängnisaufenthalt‹. In der Buchhandlung Gerlach, Rykestraße 44, bestellt sie Lesematerial, die Feuilletons rauf und runter, 27 Bücher insgesamt.

Während der Hitzewelle des Frühsommers 1924 kühlt Runa ihr die Beine mit Eis, Ernst kommt alle Stunde aus der Praxis herüber und fühlt ihren Puls.«

Ende Mai 1924, Elise war im achten Monat, meldete das Amt für 23 Uhr ein Ferngespräch aus Heydekrug.

»Tante Lawrentija hat einen Artikel über ›Lumo‹ gefunden. Er arbeitet auf einer Großbaustelle.«

Die litauische sozialistische Zeitschrift hieß Pjautuvas ir plaktukas, und in dem Artikel ging es nicht um Ludwig, sondern um den Bau eines Staudamms an der Wolga:

»Die Arbeiter der Sowjetunion schaffen mit befreiten Händen. Sie werden die erste Ausbaustufe vorfristig fertigstellen, zu Ruhm und Ehre der Sowjetmacht.«

Das Foto zeigte Ludwig in einer dunklen Lederjacke, mit leuchtenden, vom Wind zerzausten Haaren vor einer Mondkraterlandschaft mit Reifenspuren.

Elise versuchte, die Ruhe zu bewahren.

»Er lebt, aber ich bin ihm egal. Mehr kann man dazu nicht sagen.«

Am 15. 6. 1924 wurde ihre Tochter geboren.

»Charlotte wiegt 2900 Gramm. Mutter behauptet, sie rieche wie ein Junge nach Fichte und Rosmarin. Mein Sorgen-Ernst ist froh, er hat wirklich gefürchtet, die Hitze hätte uns geschadet.«

Die Mapuche-Nase hatte Lotte, wie Augusta schnell herausfand, nicht geerbt.

Waren die Kinder zwischen ihren Kinderkrankheiten einmal gesund, unternahm Elise mit ihnen, begleitet von Runa, Spaziergänge über den Exer. Manchmal bummelte sie allein durch die Schönhauser, betrachtete die wieder gefüllten Schaufenster und beobachtete die Menschen, die sich alle Mühe mit der neugeborenen Rentenmark gaben. Auf dem Rückweg machte Elise einen Schlenker über den Falkplatz, wo Valentin Grünwaldt vor dem »Negerdorf« Wache hielt und froh war über Besuch.

Manchmal setzte Elise sich zu ihren Patienten ins Wartezimmer, um den Anschluss nicht ganz zu verlieren.

»Vor allem die Jüngeren, die keine eigene Familie haben, müssen nach ihrer einsamen Odyssee durch Lazarette und Heime das Reden und Spielen erst wieder lernen.«

Sie konnte sehr nachdrücklich werden, wenn ein Patient sich nicht von ihrem Optimismus anstecken lassen wollte.

»Sagt einer ›Sie haben ja Ihr Gesicht noch, Sie können das nicht verstehen‹, bringt mich das auf die Palme. Ernst meint, ich darf sie nicht so bedrängen, aber wenn sie immer nur das Schlechte sehen, wird es ihnen auch immer schlechter gehen.«

Salomo baute im Wartezimmer oberhalb der Wartebänke Bücherregale, die Elise mit ihrer Schwangerschaftslektüre bestückte:

»Stefan Zweigs *Amok,* Finkhs Jakobsleiter und Rudolf Herzogs *Die Buben der Frau Optenberg,* Döblins *Wallenstein,* Rilkes *Duineser Elegien* und Hesses *Siddharta.*

Ernst entscheidet, daß jeder nach Belieben Bücher einstellen darf, wenn sie ihm denn am Herzen liegen. So landen neben Historienschinken von Runa Gasske auch Liebesromanheftchen der Heimbergerin auf den Regalbrettern. Elise ärgert sich über ihre Mutter, die aus Gustavs Bücherschrank *Die Waffen nieder* und *Das rote Lachen* anschleppt – pazifistische Vorkriegsliteratur, als bräuchten die jungen Männer auch noch ein schlechtes Gewissen zu all ihrem Leid. Ernst stellt seine ledergebundenen Gedichtbände von Hölderlin dazu.«

Der größte Teil der Bücher aus den zwanziger Jahren stammte von den Patienten selbst, teilweise im wörtlichen Sinne. Mit wachsendem Lebensmut schrieben etliche der Versehrten ihre Kriegsmemoiren. Einige werteten ihr Leid um in eine Neugeburt, andere leiteten aus dem Kriegserlebnis das Recht auf eine nationale Revolution ab. Zweifel am Sinn von Gewalt und Hass suchte man in den Büchern der Wartezimmerbibliothek vergebens.

Elise hatte trotz der Kinder Muße, an den Sonntagsgesprächen teilzunehmen, denn Alwin Kallweit lieferte gern das Essen »nach oben« und Runna Gasske bediente bei Tisch. Als Gäste erwähnt sie im Tagebuch unter anderem Friedrichfranz Feeser, Eduard von Liebert und Fritz-Otto Busch, heute unbekannte, aber damals erfolgreiche Autoren rechts-völkischer Provenienz. Die Ärzte und Sozialpolitiker, die der im Verein für Krüppelfürsorge und im Fachausschuss des Preußischen Ministeriums für Volkswohlfahrt engagierte Ernst einlud, waren ebenfalls rechts oder zumindest sehr konservativ.

Dass Elise selten kritische Beobachtungen notierte, lag nicht daran, dass sie das Wesen der Eingeladenen verkannt hätte, im Gegenteil, sie sympathisierte mit ihnen und tendierte dazu, sich von den »illusorischen Utopien« ihres Vater abzugrenzen. Einwände äußerte sie nur, wenn es gegen Juden ging (»Abramowitz ist schließlich kein Feigling«) oder um die staatliche Lenkung der Zuchtwahl (»typischer Männertraum«).

Eher schon war es Augusta, die den Konsens störte und dafür von Ernst kritisiert wurde, bis sie den Sonntagsessen mit Verweis auf Gustav fernblieb.

Ernst hielt nicht viel von der Weimarer Demokratie.

> »Ich glaubte damals an die Verantwortung der Besten, die, im Staat organisiert, das Volk zu führen und den Einzelnen zu formen hatten. Den Massen billigte ich nur Gefolgschaft zu und stand ihrem Parteienstreit skeptisch gegenüber.«

Schon in seiner Dissertation hatte er eine weitgehende Bevormundung von Eltern gefordert, die aufgrund fehlender Bildung oder »erblicher Anlagen« nicht die nötigen Fähigkeiten zur Erziehung hätten. Andererseits verfolgte er das, was man heute einen integrativen Ansatz nennen würde:

> »Das Volk als Ganzes ist Nutznießer der Schaffung solcher Umstände, die dem Beschädigten einen Beitrag zum Volkseinkommen ermöglichen. Nicht schamhaft in Heime, Arbeitshäuser oder Behindertenstädte soll der Staat seine versehrten Krieger sperren, sondern durch die Förderung ihrer Mitarbeit in Fabriken und Behörden den Stolz auf Tapferkeit und Fleiß des Soldatenstandes erhalten.«

Im Hause Weiszheit muss zeitweise ein strenger Ton geherrscht haben. »Mutter [also Elise] duldete keinen Widerspruch«, erzählte Lotte ihrem jüngeren Bruder später.

> »Mu sagte beispielsweise ›Spinat ist gesund‹ und dann war jedem klar, daß es kein Aufstehen und kein Spielen gab, solange noch ein Restchen auf dem Teller lag. Sie wurde beim kleinsten Anzeichen von Kindertrotz fuchsteufelswild, vielleicht gerade weil sie so zart war und fürchtete, wir würden ihr sonst auf der Nase herumtanzen. Wenn sie besonders energisch sein wollte, stampfte sie auf. Wenn Gäste da waren, am Sonntag, beim Mittagessen, warnte sie: ›Ita est und amen‹. Sollte literarisch verbrämt heißen ›Keine Diskussion mehr, ich habe gesprochen‹.«

Weihnachten 1923 kehrte Hermann ins Weiszheithaus zurück, erwachsen geworden und sehr schweigsam. Wo er gewesen war, was er getrieben hatte, verriet er niemandem. Seinem Antrag zur Aufnahme in die Berufsliste der Reichspressekammer aus dem Jahr 1934 können wir entnehmen:

> »Nach dem Scheitern unserer Aktion betätigte ich mich ab März 1920 auf dem Gut Major Buchruckers bei Vetschau als Ausbilder, sowie habe ich von dort aus ein Waffendepot in der Lausitz aufgebaut und verwaltet. Ab 1. September 1921 schrieb ich auch für den Breslauer Volksruf und sammelte Erfahrungen in der Befeuerung des nationalen Aufbruchs. Nach Besetzung der Festung Küstrin wurde ich im Oktober 1923 verhaftet, aber ohne Anklage freigelassen.«

»Gut sieht er aus und fürchterlich«, schrieb Elise in ihr Tagebuch. Seine schwarz gefärbte Uniform ohne Schulterstücke flößte den Kindern Angst ein, aber der Kontrast zu seinen blonden Haaren stand ihm.

> »Martha verlangt, daß ihr Sohn sich bei Jakob Abramowitz entschuldigt. Hermann reicht dem Drucker die Hand, doch sein Lächeln hat was Metallisches.«
>
> »›Wie Blut‹ beschreibt Augusta seinen Geruch.«
>
> »Er schluckt sein Ressentiment herunter. In seinem Magen kocht die Wut wie Magma, aber außen läßt er das Gras wachsen und die Vögel singen.«

Dass Jakob Abramowitz, der altgediente Sozialdemokrat, und Hermann Kunert, der Jungnazi und Judenfresser, ein Jahrzehnt lang nicht mit-, aber nebeneinander, nicht versöhnt, aber friedlich im gleichen Haus lebten, gehörte zu den Merkwürdigkeiten der Weimarer Republik, erhellt aber auch, warum nur wenige dachten, die Verhältnisse könnten so bleiben.

Hermann wohnte mit 23 Jahren immer noch in der Stube an der Ringbahn, die er jeden Morgen »zur Arbeit« verließ und meist erst spät am Abend wieder betrat. Was er verdiente, lieferte er zuhause ab, doch seine Mutter wurde immer dünner und schwächer, so dass sie schließlich nicht mehr nähen konnte.

»Ernst rät Martha zu einer gründlichen Untersuchung, aber sie hat Angst, vielleicht vor der Behandlung, vielleicht vor den Kosten. An den Sonntagen ißt sie kaum und das Wenige erbricht sie heimlich im Bad. Ihre Wangen fallen ein, die Augäpfel werden gelb und ihre Pupillen milchig wie bei einer Greisin.«

Zu spät diagnostizierten die Ärzte bei ihr Magenkrebs.

»Viel Glück hat Martha nicht gehabt. Ihre Hände sind vom Lebenskampf so hart geworden wie ihre Seele. Die 28 Quadratmeter zwischen Ringbahn und Treppenhaus hat sie selten verlassen. Hier ist Hermann aufgewachsen, hier hat sie an der Nähmaschine gesessen, hat gekocht, gegessen, geschlafen und sich abgefunden.

Die Kranke erbricht Blut und ist so schwach, daß Hermann ihr auf die Toilette helfen muß. An den Beinen bilden sich offene Stellen, die eitern. Er tränkt Umschläge mit Ringelblumenöl und bedeckt die Wunden, damit sich keine Fliegen draufsetzen. Ernst besorgt Morphium, damit sie wenigstens ein paar Stunden schlafen kann.«

Hermann stieg in der Achtung der Seitenflügelfrauen, die ihm so viel Fürsorglichkeit nicht zugetraut hatten.

»Wenn Elise neben Hermann an ihrem Bett sitzt, erzählt er lächelnden Munds bittere Anekdoten: Wie Martha ihn geohrfeigt hat für das Lob im Hausaufgabenheft. Von Stubenarrest, weil sie ihn ›Vatermutterkind‹ mit der Eigentümertochter hatte spielen sehen. Von durcharbeiteten Nächten und von Hungersamstagen, an denen es keine Mahlzeit gab, weil sie am Sonntag bei den Weiszheits reichlich zu essen bekommen würden.«

Elise versprach Martha, sich um Hermann zu kümmern.

»Ich glaube, M. [Martha] will nicht mehr. Das macht mich verrückt, wenn jemand aufgibt. Und ich weiß, daß niemand Hermann zügeln kann, wenn die Wut kommt.«

Martha starb am 29. Oktober 1924.

»In der Friedhofskapelle der Gethsemane-Gemeinde in Rosenthal gibt es einen Eklat, weil Marthas Vater Emil Kunert auftaucht und Blumen auf den Sarg legen will. Hermann hält die Hand seines Großvaters fest, einen Moment sieht es so aus, als wollten die beiden Männer sich am Sarg schlagen, dann gibt der große Emil, Vorsitzender der Holz- und Möbelarbeitergewerkschaft Berlins, nach und verlässt die Kapelle mit einem schiefen Lächeln.«

Außer Anthelme, Louis Koslowski und Merthen wusste wohl niemand im Haus, wohin Hermann ging, wenn er am frühen Morgen seinen braunen Ledermantel mit Kragenpelz überwarf. »Vertreter in Papierwaren« gab er an, wenn jemand nach seinem Beruf fragte.

»Vergeblich hat er zu gefallen versucht, sich krummgemacht in der Schule, Elise gedient. Die Sozen haben ihn um den Lohn gebracht, Poschinger um die Karriere in der AEG, die Revolution um den Sieg an der Front. Sie wollten ihn nicht als Freund, nun kriegen sie ihn als Feind. Sein Groll liefert wie eine nie ermattende Batterie die Energie. Mit spitzer Feder bringt er am Redaktionstisch Vaterlandsverräter zur Strecke. Sein Haß muß raus, sonst platzt ihm der Hals.«

Seit März 1924 erschien im Verlag Anton Gerstner eine Männerbund-Zeitschrift unter dem Namen *Der Streiter*, die mit germanischen Sagen, Kameradschaftslyrik, pseudowissenschaftlichen Exkursen über »das männliche Prinzip in der Geschichte« und die »Erbpflege bei den Cheruskern« das Selbstbild des völkischen Kämpfers polierte, garniert mit ästhetisierenden Fotos von Arierknaben in Götterposen, halbnackten Bauern, Sportlern und Germanenkriegern in Fellkostümen.

»Das Startkapital stammt von einem Kameraden aus Vetschauer Tagen, Paul Schulz, der auch als Herausgeber firmiert. Hermann Kunert ist Strippenzieher, Autor und Anzeigenakquisiteur in einer Person. Seine Artikel schreibt er unter Pseudonymen wie Frank Tyr oder Wolf Heimdall.

Er geht am Morgen zeitig ins Büro in der Neuen Grünstraße, kehrt abends spät zurück oder übernachtet gleich auf einem Feldbett hinter dem Schreibtisch.«

Der anfänglich gute Absatz brach trotz seiner Anstrengungen ein.

»Die Auflagenhöhe des Streiter entwickelte sich umgekehrt proportional zu den Chancen des völkischen Strebens, denn der Streiter war das Trost- und Streichelblatt für den verkannten Helden, ein männliches Pendant zur Hausfrauenzeitschrift. Die Zahl der Möchtegernhelden, die Trost brauchten, stieg während der Verfolgung nach dem Hitlerputsch und sank nach der Wiederzulassung der NSDAP Anfang 1925. In Zeiten offensiver Straßenschlachten, von Wahlkämpfen, Siegestaumel und Gemeinschaftserlebnissen drängten aggressivere, weniger ästhetisierende, tatweisendere Konkurrenzblätter den *Streiter* vom Markt.«

Am 1. Mai 1925 betrug die Auflage nur noch 875 Exemplare. Paul Schulz erklärte sich außerstande, weiteres Kapital zuzuschießen.

»Hermann entläßt Stenotypistin und Fahrer, spart an der Margarine auf dem Brot und trägt löchrige Socken ... Um keine Gebühren für Fotolizenzen an die Hausagentur Edda zahlen zu müssen, bestellt er die Germanenbilder nun bei Louis Koslowski – und der erweist sich als wahres Talent im Billig-Inszenieren theatralischer Szenen, etwa der ›Überreichung von Waffen an Junggermanen auf einem Thingplatz‹ oder ›Siegfried im Kampf mit den Söhnen des Königs Nibelung‹. Arbeiterjungen als Modelle kosten weniger als professionelle Schauspieler, und verkleidet in bärenfarbenes Schafsfell oder blecherne Rüstungen sieht man keinen Unterschied.«

Die merkwürdige Mesalliance rettete den *Streiter*, denn seine Ästhetik passte zu der Mode, die gerade aufkam:

»Die antimoderne Romantik kulminierte in den Thingspielen Anfang der dreißiger Jahre, in denen Tausende SA-Männer als Darsteller vermeintlich germanischer Rituale agierten.«

Mit den Folgen hatte Hermann nicht gerechnet:

»Maria Desultori alias Magda Weltorff, die Witwe des Eisenbieger-Cineasten-Leutnants, fällt aus allen Wolken, als ein älterer Herr – ›gestatten: Oberpostrat a.D. Karl Beselitz‹ – in der Sonne ihren Sohn Valentino um ein Autogramm auf das Foto in der neuesten *Streiter*-Ausgabe bittet.

Wat is? Zeig ma! Steigt da ihr Fuffzehnjährjer als Elfe mit Schwanenflügel aus die Binsen? Ick werd ja nich ... Und da! Wird vom fe-

derstrotzenden Wotan tropfnaß aus ner Zinkwanne jezerrt! Kiek ma Franziska, det is doch deine!
Postbote Niecklisch reißt Maria das Heft aus der Hand, fassungslos: Seine Söhne Adalbert und Oskar grinsen als Lichtalben aus Weichzeichnerwolken.
Jedes Blättern ein ›Oh Gott‹ und ›dit is doch ...!‹. Der Lehrling der Malinke als gemeuchelter Siegfried mit einem Kuchenbrotspieß als Speer im Rücken, Klavierschüler der Goldbergfräulein als Hirten, als Nibelungen, Bockshornspieler, Tänzer und Sänger.
›Nun handelt es sich aber doch‹, versucht der passionierte Wochenendnudist Beselitz den höheren Zweck zu verteidigen, ›um eine Fotoerzählung über nordische Mythen!‹ Aber das bekommt ihm schlecht.«

Der Zusammenhalt im Haus war schon von Krieg und Nachkrieg wie von Säure zerfressen, nun brach offener Streit aus. Während die Frauen des Seitenflügels verlangten, Louis das Atelier und Hermann die Wohnung zu kündigen, entpuppten sich die Adams, Komallas und Merthens als Gesinnungsgenossen Hermanns und solidarisierten sich.

Elise geriet zwischen die Stühle. Stets hatte sie ihrem Halbbruder beigestanden und ihr Versprechen gegenüber Martha gehalten, nun bekam sie Gegenwind.

»Unfrieden im Seitenflügel. Klopfen an den Wänden, Kinder stopfen Pferdeäpfel in Briefschlitze.«

Ernst stärkte ihr den Rücken und Elise entschied:

»Das schwarze Schaf gehört zur Familie. Das müssen die Frollein lernen.«

Einziger Lichtblick für Hermann in dieser Zeit war Annis Rückkehr. Sie hatte sich von ihrem Schweißer getrennt, weil er »nichts aus sich machte« und zog zu Hermann in die kleine Einzimmerwohnung an der Ringbahn. Im Oktober 1925 wurde ihr erster Sohn Adolf geboren.

»Anni kann Entbehrungen ertragen und sie glaubt an ihn. Eines Tages werden er und seine Freunde in Deutschland das Sagen haben. Der Lohn wird reichlich sein.«

Im gleichen Jahr trat Hermann in die NSDAP ein und erhielt die Mitgliedsnummer 12562. In *Von einem, der auszog, das Fürchten zu lehren* schilderte Kurt Weiszheit Hermanns Zerrissenheit zwischen seinen Rollen als Redakteur am Tag und nächtlichen Anschlägen auf kommunistische Funktionäre.

> »Die Sorgen wegen des *Streiters* schlagen ihm auf den Magen, die Haut seines Gesichts schimmert gelb und sein Metallgeruch kriegt was Rostiges.«

Hermann verdiente einige Mark dazu, indem er Bücher des Ehler-Verlags in den Sturmlokalen der SA verkaufte. Während der Wahlkämpfe half ihm das Verfassen von Flugblättern und Anzeigen über die Runden. Seine wirtschaftliche Existenz blieb prekär und das zweite Kind, das Anni sich wünschte, vorerst ungeboren.

1924 begannen umfangreiche Bauarbeiten gegenüber vom Weiszheithaus. Auf dem Eckgrundstück, das der Stadt Berlin gehörte und bisher als Lagerplatz genutzt worden war, wuchs das neue Abspannwerk der Städtischen Elektrizitätswerke aus dem Boden. Nachts zuckte es blitzblau hinter den Schießschartenfenstern und es roch nach der bitteren Sauberkeit von Ozon.

In einem früheren Leben hätte Gustav sich für diesen Stein gewordenen Fortschritt begeistert. Jetzt hatte er keinen Blick dafür. Er wurde von Monat zu Monat leichter, die Bewegungen hinter seinen Augenlidern seltener. Nahrung musste für ihn klein geschnitten und püriert und mit einer Trinkflasche in den Hals gespült werden, sonst schluckte er nicht. In der Krankenakte ist der Eintrag vom 9. 8. 1923 rot umringelt: »42 kg« in der Spalte »Gewicht«. Am 2. November 1925 starb Gustav Weiszheit im Alter von 47 Jahren.

> »Es dämmerte, als ich ins Zimmer kam, Papa saß in seinem Stuhl wie immer. Ich habe das Fenster geöffnet, Lotte auf dem Arm. Erst als ich ihm das Wasserglas an die Lippen halten wollte, ~~habe ich gerochen~~ [im Original gestrichen], habe ich gesehen, daß der Kopf auf die Brust gesunken war. Aber glauben kann man das ja nicht sofort. … Heute Morgen, als die Pietät ihn abholte, erst das war endgültig.«

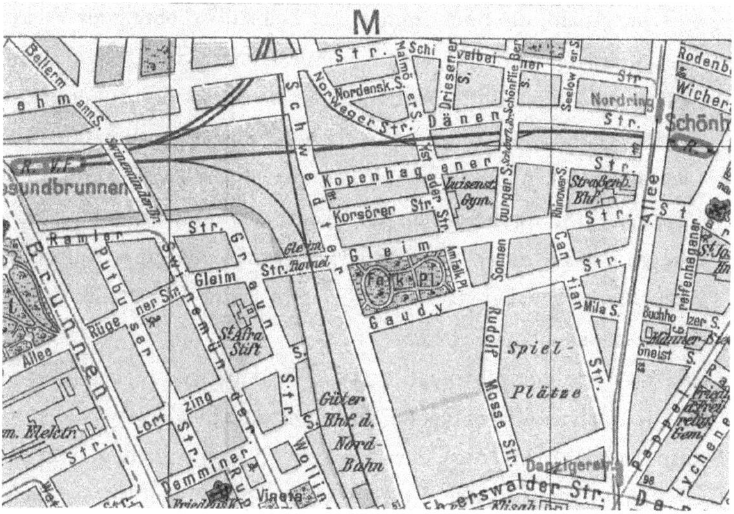

Griebenplan von 1925

Die Nachrufe in den sozialdemokratischen Zeitungen vermieden jeden Hinweis auf gehabten Dissens.

> »Ein Mensch geht von uns, der mit Güte und Humor Licht in unsere finstere Welt gebracht hat.« »Wenn der Genosse Weiszheit über Elektrizität sprach, kribbelte es in der Brust.« »Sein Naturell war die Neugier, seine Liebenswürdigkeit ansteckend.«

Bruno Lachner öffnete in seiner Eigenschaft als Notar den bei ihm hinterlegten Umschlag mit Gustavs Soldatentestament. Es war sehr kurz:

> »›Das Haus soll denen gehören, die drin wohnen. Die Universumhefte bekommt Elise.‹«

> »Elise kann im ersten Moment nicht glauben, was sie eben gehört hat. Auch der Schwiegervater kratzt sich ratlos am Kopf und räumt dann ein: ›Das läßt sich natürlich interpretieren.‹ Aber Augusta schüttelt den Kopf. ›Nee, nee. Er meint dit jenau so. Det is sooo typisch Justav.‹«

In der Tat wäre Augusta bereit gewesen, sich quasi zu enterben und einen Streit mit Ernst und Elise zu riskieren – hätten die Bevorteilten nicht selbst protestiert:

»Trine Adam, die noch immer ihre Selbstüberhebung als Wirtin der *Meerjungfrau* bereut, rechnet den Nachbarn vor: Dach undicht, Fassade bröckelt, Gitter rosten, Keller feucht, an der Außenmauer zur Ringbahn klaffen fingerbreite Risse. Abwasser-, Wasser- und Gasleitungen lecken und wer weiß, was nach einem Vierteljahrhundert noch alles im Argen liegt. Im Vorderhaus schmoren Stromleitungen, wegen der Vielzahl neuer Glühlampen müßte die ganze Anlage erneuert werden, aber statt Rücklagen gibt es nur die Inflationshypothek zugunsten des Reiches.«

Frau Adam drohte mit Anfechtung des Testaments.

»Die Köchin will den Staat nicht geschenkt haben.«

Bruno Lachner prüfte die Causa, fand aber nur einen Fall, in dem das Gericht aus § 153, Abs. 3 der Reichsverfassung (»Eigentum verpflichtet. Sein Gebrauch soll zugleich Dienst sein für das Gemeine Beste«) ein Verbot der Selbstenteignung abgeleitet hatte.

Um trotzdem Gustavs Letztem Willen gerecht zu werden, schlug er vor, die Bewohner qua Mietvertrag zu Mitgliedern in einem Mieterverein zu machen, der neben Elise und Augusta Gesellschafter einer »Weiszheithaus Ges.m.b.H.« sein sollte.

Augusta lud die Bewohner des Hauses zur Gründungsversammlung ein.

»Die Kinder spielen zwischen den Beinen der Erwachsenen, die Babys schreien. Kallweit drängt mit vollem Tablett durch die Menge. Die Stühle reichen nicht, manche Mieter sitzen auf den Schaufenstersimsen.

Augusta muss auf eine Kiste steigen, um gesehen zu werden. ›Ihr wißt ja ... Gustav war nicht immer der Zuverlässigste, kann man, glaub ich, so sagen, aber das Herz ging einem auf, wenn er von der schönen Zukunft sprach.‹ Die Frauen nicken sentimental. ›Er hätte ungefähr so gesagt: Wir sollen für das Haus sorgen wie für ein lebendiges Wesen, dann wird das Vertrauen wachsen, dann werden wir eine Familie sein, Brüder und Schwestern ...‹ Sie muß schlucken. Anthelme ruft dazwischen ›Amen‹, aber niemand lacht.«

Das Protokoll des Abends verzeichnet 36 Aufnahmeanträge von Haushaltsvorständen, es blieb also niemand abseits. Der Passus, der »modernen Wohnraum« als Ziel der Gesellschaft bezeichnete, wurde sogleich angeregt diskutiert.

»Die Fraktion der Kinderlosen plädiert für Beete im Hof, die Partei der Familien für Spielgeräte, das Vorderhaus wünscht Elektrifizierung unter Putz, der Seitenflügel will lieber beim billigeren Gas bleiben, die Facharbeiter halten eine zentrale Dampfheizung für zeitgemäß, die Knausrigen finden Veränderungen überflüssig. Harald Klotzke, seit drei Jahren Student der Elektrotechnik an der TH Charlottenburg, berauscht sich an elektrischen Waschmaschinen. Jakob Abramowitz braucht stärkere Betonfundamente im Keller für Schnelldruckmaschinen.«

Im Mai 1926 begannen die lang überfälligen Reparatur- und Modernisierungsarbeiten.

»In den Eingeweiden des Hauses hämmert und bohrt, grummelt und vibriert es wie Bohneneintopf im Darm. Staub wölkt aus den Fenstern. Rabitzwände werden aufgesägt, neben den Türen Löcher für die Lichtschalter gebohrt; Elektriker fummeln die Stromkabel durch stillgelegte Lichtgasleitungen. Im Treppenhaus werden Linoleum und Sisal neu verlegt, die Mapuchemuster verschwinden unter farbigen Quadraten.

Verrottete Regenrinnen und zerbrochene Ziegel, Gras und kleine Birken, Taubennester und löchrige Dachpappen werden dem Haus vom Haupt gerissen. Dachdecker legen eine neue Ziegelperücke, löten Regenrinnen und föhnen Dachpappebahnen. Der Gründerzeitschnickschnack wird von der Fassade gehobelt und durch große Farbflächen ersetzt, restauriert werden nur ein paar goldgrüne Mosaike unter dem Ecktürmchen. Im Keller werden die Zugänge zur Ringbahnseite zugemauert, weil die Bahn längst den innerstädtischen Güterverkehr eingestellt und die Rampen abgerissen hat.«

Mit viel Vergnügen las ich von jener Sanierung, deren Spuren wir gefunden hatten.

9 Biergarten

Eines Morgens fehlten die Baugeräusche von gegenüber. Stapel von gerade erst angelieferten Isolierplatten und Gipsstuck wurden wieder abgeholt. Männer mit grauen Gesichtern fuhren in grauen Audis langsam vorbei.

Salvador fluchte: Er hatte im Vertrauen auf die Ehrlichkeit von Handwerkern und Lieferanten Rechnungen bezahlt, ohne sie zu überprüfen. Ich sah die Papiere durch. Obwohl unsere Ausschreibungen und die Angebote auf Pauschalsummen lauteten, waren zusätzliche Leistungen und höherer Aufwand in Rechnung gestellt worden. Nachdem Salvador weitere Zahlungen verweigert hatte, verklagten ihn einige Auftragnehmer, andere wollten nur noch gegen Vorkasse arbeiten. In seiner Not hatte Salvador einen Baufortschrittsbericht so dilettantisch gefälscht, dass es im Controlling der Bank aufgefallen war. Nun saß er in der Tinte, es ging nicht vor und nicht zurück.

In aller Eile schrieb ich die Leistungen neu aus. Mit meinem Freund im Vorstand der Bank vereinbarte ich einen Kassensturz und die Beauftragung eines Architekten. Den Gläubigern schickte ich Gewährleistungsforderungen, an denen sie erst mal zu kauen hatten. Bald waren die Bauarbeiten eine Runde weiter als unsere Zahlungen. Irgendwas würde am Ende auf der Strecke bleiben, aber wenn wir es geschickt anstellten und nicht gerade die Heizung vergaßen, konnten wir die letzten Arbeiten aus den ersten Mieteinnahmen bezahlen. Wir brauchten nur solvente Mieter.

Ich lud Medienleute zu einem Empfang in die Restauration, die im Glanz von Messing, poliertem Nussbaum und Kristallspiegeln strahlte. Das Interesse an den alten Geschichten war lebhaft. Insgeheim suchte wohl jeder der Journalisten eine Wohnung für sich selbst. Echtes vermehrt sich nicht.

In mehreren Tages- und Wochenzeitungen erschienen Reportagen: »Weiszheithaus in neuem Glanz«, »Der rote Hausbesitzer und seine Kinder« und »Das Frauenschiff in der Kopenhagener Straße«. Noch in der gleichen Woche vermietete ich für einen Höchstpreis das gesamte Dachgeschoss.

Kurze Zeit später rief Laura an und bat um Hilfe für eine Klientin, die dringend eine Unterkunft brauche. Ich reservierte eine Maisonnette-Wohnung im Seitenflügel. Ein mulmiges Gefühl beschlich mich erst, als die Frau in einer Art Burka aus Lauras Auto stieg und mit drei Kindern zum Eingang rannte. Ein Passant blieb stehen und schaute mich an, als müsste ich seine Empörung erraten. »Meine Erstfrau«. murmelte ich. Irritiert machte der Mann meinem Rollstuhl Platz.

Die Burka erwies sich zum Glück nur als Vorsichtsmaßnahme gegen die Cousins des Ehemanns, der in Untersuchungshaft saß, nachdem er ihr mehrere Rippen gebrochen hatte – aber ihr Kopftuch reichte schon, um Mietinteressenten zu verunsichern. Ich beantwortete die Fragen der Praktikanten, die vorgeschickt wurden, wahrheitsgemäß: dass ich um Hilfe gebeten worden sei und nicht wisse, wie lange die Frau mit ihren Kindern bleibe.

Eine äthiopische Ärztin mit Zwillingen im Säuglingsalter, die für die WHO arbeitete und trotz eines soliden Einkommens keine Wohnung fand, zog ins Vorderhaus. Nachdem auch noch drei Romafrauen mit zusammen sieben Kindern eingezogen waren, kündigten die Medienleute ihre noch feuchte Unterschrift unter den Vorverträgen. Salvador war außer sich. Hatten wir uns nicht gerade am eigenen Schopf aus dem Sumpf gezogen? Wozu, wenn wir jetzt mit Arschbombe wieder hineinsprangen?

Mit unserem letzten Geld bauten wir die Klingelanlage ein; der Teppich im Treppenhaus, die Pflasterung im Hof, die TV-Anlage und der Anstrich der Rückseite des Hauses blieben erstmal unbezahlbar. Um den Biergarten eröffnen zu können, mussten wir einen zusätzlichen Kredit der Brauerei in Anspruch nehmen. Tag und Nacht wurde gehämmert, an Terrasse, Tresen, Gartenmöbeln und einem Balkon, der auf der gesamten Breite von Vorderhaus und Hinterhof entlang des Ringbahngrabens über die abschüssige Böschung ragte wie eine Uferpromenade. Ich glaubte an diesen Ausblick.

Wir eröffneten die »Hafensonne« am längsten Tag des Jahres, am 21. Juni. Der Andrang war enorm. Gebrabbel und Gelächter füllte den Hof, Gläser klirrten leise, der Rauch des Grills zog die angrenzenden Straßen entlang und lockte Hungrige herbei. Zur blauen Stunde waren die Gäste vom Alkohol schon etwas lockerer geworden. Elonka, eine der Roma-Frauen, spielte auf dem Balkon in der dritten Etage auf einer Mundharmonika. Auf den Gleisen der Ringbahn blitzte das Rotgold der untergehenden Sonne, spiegelte sich in den Fenstern, ein Flugzeug glitt durch das Dämmerblau in Richtung Tegel, über uns glänzten die Sterne. Frauen lehnten sich an Männer, Augen wurden feucht, ich hörte manchen Seufzer. Genau so hatte ich mir das erhofft. Nur Laura fehlte.

Die Dunkelheit brach herein, die Gläser klingelten leise, ein Tango ertönte. Leuchtende Züge fuhren auf der Ringbahn nach Paris und Moskau, London, Helsinki und Neukölln. Und schließlich kam sie, Laura, die noch eine Abschiebung zu verhindern gehabt hatte. Ich bat sie, mit mir zu tanzen. Sie setzte sich auf meinen Schoß und wir zogen im Rollstuhl langsam sphärische Kreise unter der Milchstraße. Ihre Haare kitzelten mich am Kinn, ihre Nase steckte in der Grube hinter meinem Schlüsselbein. Uns trafen verwunderte Blicke, ich schloss die Augen. Manchmal bewegten sich ihre Lippen. Ich weiß nicht, ob sie etwas sagte oder mich küsste, jedenfalls fühlte es sich an, als hätte ich früher eine Erektion bekommen.

Später, nach Mitternacht, legte ein DJ im unteren Keller auf, wo früher die Druckmaschinen gestanden hatten. Die Musik wurde lauter und die Stimmung ausgelassen. Die Romafrauen tanzten, jauchzten, trillerten und kreischten, erst ein halbes Dutzend, dann ein ganzes, sie mussten sich verabredet haben, es wurden immer mehr. Bunte Kleider wirbelten und Goldzähne blitzten wie auf einer osteuropäischen Hochzeitsfeier. Der DJ sampelte, der Rhythmus wurde schneller, die Gesichter glänzten, die Luft begann zu brennen. Ich verfügte mittlerweile über eine gewisse Geschicklichkeit im Rollstuhlfahren, legte mich einrädrig in die Kurven, schleuderte durch Achten und drehte Pirouetten. Die Umstehenden klatschten Beifall bei gelungenen Figuren. Nur ab und zu zeigte ein kurzes Holpern an, dass ich über einen Zeh gefahren war.

Laura stand mit Mutter Professorin am Tresen, trank Champagner und beobachtete mich. Ich konnte nicht aufhören, den Kasper zu geben. Dabei wäre ich, nachdem der Abend so erfolgversprechend begonnen hatte, viel lieber zu ihr gegangen. Aber ich saß im Rollstuhl, meine Nase befand sich auf Schritthöhe und ich hätte höchstens vor ihr gesessen wie ein Kleinkind vor der Mama. Ich raste in engen Kreisen, bis die Batterie schwächer wurde, und dann stand ich in einer dunklen Ecke. Am Joystick blinkte die rote LED langsam wie ein müder Herzschlag.

Sie hockte sich vor mich und legte ihren Kopf auf meine Knie. Dann schaute sie auf. »Ich bin müde. Gute Nacht.«

»Ich bleib noch. Bisschen aufpassen.«

»Das war ein schöner Abend. Danke.«

»Ja, war schön. Bis morgen, schlaf gut.«

Ich ließ mich nach oben bringen und schaute den Ringbahngraben entlang in den heller werdenden Himmel des Ostens. Tauben flogen aus ihren Nachtverstecken zum S-Bahnhof Schönhauser, um die Kotze von Partyleichen und die Brötchenkrümel von Schichtarbeitern zu frühstücken. In einer vorbeifahrenden S-Bahn stand ein Mann an der offenen Tür und ließ sich vom Fahrtwind zausen. Mein Herz wurde schwer. So würde das jetzt immer sein. Zwischen mir und dem Leben war eine Glaswand. Ich konnte mir viel Mühe geben und alles sehen, aber irgendwann sagten die anderen »Tschüss« und ich konnte ihnen nicht folgen.

10 Kinder

> »Schon wieder schwanger. Schreckliche Rückenschmerzen. Vielleicht wird es ein Walroß«,

schrieb Elise im Juli 1925. Im September wurde ihr häufig übel, Hände und Füße schwollen an. Ernst, der sonst so selbstgewisse Fachmann fürs Kinderkriegen, war beunruhigt und bat Professor Wagner, den neuen Direktor der Frauenklinik der Charité, Elise aufzunehmen. Am 17. Oktober 1925 brachte sie dort Zwillinge zur Welt, die Karl und Ilse genannt wurden und Augusta zufolge nach Wasser und Elektrizität rochen. Die Großeltern spendierten der gewachsenen Familie ein neues, geräumigeres Auto, einen Mercedes 70/100 PS mit Vierradbremsen, mit dem Ernst die Familie im folgenden Sommer häufig ins Grüne fuhr.

> »Ernst meint, eine Kupferspirale sei die beste Lösung. Ohne falsche Scham gäbe es weniger Unglück in den Ehen. Wir wollen unsere Kinder aufklären.«

1927 wurde Hans fünf Jahre alt, Lotte drei und die Zwillinge zwei. Ernst mochte, wenn die Kinder um seine Beine wuselten. Ein Kindergarten kam für ihn nicht infrage. Er überwachte ihren Schlaf, ihre Verdauung und ihre Ernährung. In der Küche prüfte er die Zubereitung und den Gehalt der Lebensmittel an Vitaminen und Mineralstoffen. Nach seinen Anweisungen sammelte Runa Hagebutten, Birkenblätter und Brennnesseln und trocknete sie auf dem Balkon für Tee. In der Speisekammer hingen Zwiebelzöpfe, Säcke mit getrockneten Apfelringen, Datteln und Feigen, Bunde von Bohnenkraut, Pfefferminze und Salbei. Erhalten ist ein Heft mit vegetarischen Rezepten in seiner Handschrift. Das klingt alles nicht unlecker, etwa »Sauerkrautkuchen«, »Ziserboulette« oder »Hirsebrei altdeutsch, mit Birne und Honig«, aber alles war eben auch fürchterlich vernünftig.

Konflikte blieben nicht aus. »Geschenk von der Heimbergerin«, berichtete Elise beispielsweise 1925:

»Regenbogen-Achat als Amulett ›gegen Blitzschlag‹, an den Wiegenbogen gebunden, wer könnte das nicht gebrauchen? Ernst hat das Amulett abgenommen und aus dem Fenster geworfen. Rede nicht mehr mit ihm. Auf der Straße Scharen von Kindern mit gesenkten Köpfen auf der Suche nach ›Bernstein‹.«

Elise nahm wieder Klavierstunden bei Carola Goldberg und führte mit Lotte und Hans zu Weihnachten 1928 eine »Käferoperette« auf. Sie kaufte eine Staffelei und malte die sieben Blicke aus den sieben Turmfenstern über die Berliner Schornsteinlandschaft.

»Hans übersetzt, was die Tauben auf dem Balkongitter gurren: ›Wo ist deine Mama?‹, sagt die eine, und die andere antwortet: ›Mama kann nicht raus, sie paßt auf das Nest auf.‹«

»Schuleinführung Hans, er sitzt am selben Fenster wie damals ich.«

Manchmal sommerabends, wenn die Kinder ins Bett gebracht waren, kam Salomo zu Besuch. Sie setzten sich auf den Balkon, lauschten dem Gelächter aus der Sonne, tranken Sekt mit Moosbeeren und schütteten einander ihre Herzen aus.

»Wir haben beide eine Macke und lachen darüber. Er schief und ich dünn. Salomo ist der Bruder, den ich gern gehabt hätte.«

Salomo fürchtete, nie ein Mädchen zu finden. Seine schiefe Hüfte war durch Korsett und Schuhe nur zu kaschieren, nicht zu heilen, er konnte nicht tanzen, nicht spazieren gehen und niemanden über die Schwelle tragen. »Wenn er nicht Familienvater sein kann, wird er Meister«, zitierte Elise ihn in ihrem Tagebuch.

Trotz aller Vernunft, familiärer Harmonie und täglicher »*Exercitien in Schönsehen*« fühlte Elise sich unwohl. »Das Leben eilt vorbei.« Irgendetwas fehlte.

»Beneide Runa, die mit Leuchtaugen und roten Wangen von ihrem Bibelkreis kommt.«

Deren Weg zum religiösen Rausch war kürzer geworden, seit 1928 auf dem Grundstück der früheren Fürsorgestelle der Grauen Schwestern, in Sichtweite des Weiszheithauses, die Augustinus-Kirche geweiht worden war. Backsteinschwer und breitsteißig, mit einem goldenem Kreuz auf dem 35 Meter hohen Turm, grüßte sie von Norden her über den Ringbahngraben. Im dazugehörenden Gemeindehaus bezog Argane Kuss, nun schon fast sechzig Jahre alt, ein Zimmer in der vierten Etage. Noch immer besuchte sie das Weiszheithaus regelmäßig, begleitet von der neunzehnjährigen Novizin Gerna Ukass, die nach dem Essig roch, den sie trank wie der Herr am Kreuz.

Am 23. September 1929 brachte Johannes Niecklisch ein Telegramm, aufgegeben im Hauptpostamt Dresden: »ankomme morgen halb elf anhalter bahnhof stop weiterreise abends stop L.«

»Reglos bleibt sie minutenlang in der Wohnungstür stehen. Wie durch Watte hört sie das Lachen aus dem Kinderzimmer.

Runa steckt den Kopf aus der Küche. Elise zerknüllt das Telegramm und lügt in größter Seelenruhe: Nein, die Heimbergerin habe nur die Adresse des Polsterers gebracht, über den sie neulich gesprochen hätten. Ihre Erwachsenenbravheit löst sich auf, die Gattinnenetikette wird löchrig wie ein Vorhang aus Spitzen.

Im Bad prüft sie ihr Spiegelbild: Eine vierfache Mutter steht da, die Haare zu einem strengen Knoten im Nacken gesteckt, das blauweiße Kleid mit Spitzenkragen am Hals eng geschlossen, verantwortlich für Mann und Kinder und Haushalt und Patienten. Das Glitzern ihrer Augen verrät sie. In der Kitteltasche knistert Telegrammpapier.

Beim Abendessen erzählt sie Ernst, Cothenius sei am nächsten Tag auf der Durchreise und wolle ihr seine Frau vorstellen. Sie treffe sich mit ihm am Potsdamer Platz, vielleicht gingen sie noch etwas essen, es könne spät werden.

Am nächsten Morgen läßt sie sich von Frieda Peters die Haare schneiden und holt das rote Kleid mit dem Hermelinbesatz aus dem Schrank. Sorgfältig manikürt sie Finger und Füße.«

»Am Potsdamer Platz fegen heftige Böen eines heraufziehenden Gewitters das Laub in den Treppenschacht der U-Bahn. Sie drängt sich durch die Menge vor dem Anhalter Bahnhof, betritt die Halle und erkennt ihn trotz der vielen Leute sofort: Ludwig in schwarzer Lederjacke, die weißblonden Haare etwas länger. Heiß drängt ein Gefühl in ihren Bauch, nimmt ihr den Atem, sie ist wieder 14 Jahre alt und die Welt weiß nichts von einem drohenden Krieg.«

»Sie halten einander ohne Worte, inmitten des Gedrängels. Elise riecht den bekannten Duft, Karamel mit Vanille, der Tabak eine Spur schärfer und kratziger als in ihrer Erinnerung, und wärmer. Seine Gesichtszüge sind kaum verändert, die Haut braungebrannt, eine Narbe auf der rechten Wange ist neu, die Augen schimmern, als weine er gleich.«

»Sie geht mit ihm, ohne zu wissen wohin, ohne schlechtes Gewissen. Manchmal bleibt er kurz vor einem Schaufenster oder an einer Litfaßsäule stehen, beobachtet die Straße hinter ihnen, sie soll sich nicht umdrehen.

Vier Kinder also. Und glücklich?

Nein, er hat keine Kinder, keine Frau, ist nicht verheiratet, die Sache läßt ihn nie lang genug los für ›sowas‹. Gerade war er im Auftrag Von-wem-darf-er-nicht-sagen in Wo-darf-er-nicht-sagen um Was-darf-er-nicht-sagen zu erledigen. Aber Rußland ist das freieste von allen europäischen Ländern und wunderschön und groß in jeder Beziehung. Er ist froh, Geburtshelfer einer neuen Menschheit zu sein.

Sie wünscht, er schwiege von der Sache, aber die sitzt ihm im Nacken. Unter den Linden grollen lange Donnerschläge, Wolkengebirge türmen sich auf. Unwirklich fahlgelb leuchtet das Schloß wie unter Wasser. Damals, bei ihrem Fahrradausflug zum Krakerorther Lank, hat es auch so nach Ozon gerochen. Sie fahren mit dem Bus bis Alex, wo es mit großen, schweren Tropfen zu regnen beginnt. Angestellte und Zeitungsjungen rennen an ihnen vorbei. Plötzlich stehen sie allein in stürzenden Wassern, die alle Fremdheit wegspülen.

Er umfaßt ihren Körper und küßt sie. Ihr Kleid klebt feucht am Leib. Ludwigs Kinn kratzt, salziges Wasser läuft in ihren Mund. Wie tanzend überqueren sie den Platz, er führt sie in die Münzstraße.

Wasserbäche fallen von den Häusern, in den Rinnsteinen kochen Pfützen.«

»Im Dämmerlicht eines Hauseingangs sucht Ludwig auf dem Stillen Portier nach einem Namen: dritte Etage, Poschinger. Die Wohnung ist dunkel und riecht wie gerade erst verlassen, die Jalousie in der Küche ist geschlossen. Neben einem Teller mit belegten Broten liegt ein Zettel, den Ludwig liest und einsteckt. Sie ziehen sich im Schlafzimmer mit dem frisch gemachten Federbett die feuchten Hemden über den Kopf ... Sie küßt seine Narben. Die auf dem linken Unterarm kennt sie, die stammt von der Kante des Bootes, auf die Ludwig schlug, als er sie in ihrem ersten Sommer vor dem Ertrinken gerettet hat. An der Innenseite des linken Armes, erzählt er, hat ihn ein Bewehrungsstahl am Staudamm von Dneprostroij erwischt, auf der Brust ein Streifschuß bei Feodosiya. Die Beine sind übersät mit kleinen Narben, entzündete Mückenstiche, ›Orden für den Bau einer Bahn durch die Sümpfe‹. Der Streich auf der Wange stammt von einem Überfall konterrevolutionärer Banditen, sagt er.«

Ungern unterbreche ich Kurts Erzählfluss an dieser Stelle, aber ich muss doch eine Tatsache ergänzen, die Ludwig ziemlich sicher an diesem Tag nicht erwähnt hat. Bei meiner Durchsicht der Unterlagen seines Prozesses von 1953 fand ich auch ein Protokoll der Staatsanwaltschaft, die Ludwigs Kontakte zu »Volksfeinden« untersucht hatte. Unter anderem war Ludwig nach Gaik Bschischkjan, seinem Divisionskommandeur (der später während der Stalin'schen Säuberungen erschossen wurde) gefragt worden. Ludwig gab an, bereits während des Dienstes in der sogenannten »Eisernen Samara-Uljanowsk-Division« vom INO angeworben worden zu sein. Die Briefe an Elise habe er im Kommandozelt bei Surivikino deponiert, um die Briten bezüglich der weiteren Taktik der Bolschewiki in Südrussland in die Irre zu führen. Der Finder hätte das Konvolut dann tatsächlich so ernst genommen, dass er es nach Auswertung an die ursprüngliche Adressatin weiterleitete.

Hätte Elise erfahren, dass ihr Schmerz über Ludwigs vermeintlichen Tod lediglich Kollateralschaden seiner Geheimdienstaktivität war, wäre sie vermutlich aus dem Bett gesprungen und unsere Geschichte hätte einen anderen Verlauf genommen – wenn sie denn überhaupt jemals aufgeschrieben worden wäre.

»Sie preßt ihr Ohr an seine Brust und hört das Murmeln der russischen Bäche, das Singen der Telegrafendrähte, das Knistern der Lagerfeuer, das Getrappel von Pferden und das Schmatzen von Schritten im Moor. Sein Haar weht im Fahrtwind auf einem Dampfer, das Gold der russischen Kathedralen leuchtet, da ist Samara, das Gewimmel der Händler auf den Märkten in Ufa, der Rauch der brennenden Paläste in Kasan und die Angst bei der Verteidigung der Wolgabrücke in Simbirsk. Er sagt oft ›wir‹, wenn er von seinen Abenteuern erzählt. Sie spürt, daß Ludwig kein geübter Liebhaber ist, sie muß ihn bremsen und ist gerührt, daß er sich entschuldigt.«

Dieses Kapitel ist im Original recht ausführlich – vermutlich weil Kurt sich den Akt seiner Zeugung auszumalen meinte. Ich fasse zusammen: Sie liebten sich über Stunden, vergaßen die Zeit, schliefen ein und verpassten beinahe den Moment, da Ludwig zum Bahnhof musste.

»Geweckt werden sie vom Klappern im Schloß der Wohnungstür. Ludwig ist sofort auf. Der Bursche in der Küche schaut Elise mit eng zusammenstehenden, schwarzen Augen im dunklen Hungergesicht erstaunt an.

Auf Ludwigs Stirn stehen Schweißperlen, als er auf der Münzstraße ein Taxi heranwinkt. Sie ordnet den Kragen unter seiner Lederjacke, er küßt sie ungeschickt, daß ihre Zähne gegeneinanderstoßen. Weg ist er und hat sich nicht umgedreht.

Sie friert in ihrem dünnen, noch nicht ganz trockenen Kleid. Mit schnellen Schritten läuft sie kreuz und quer, durch die Straßen links und rechts der Schönhauser, am Wasserturm vorbei, um den Exer herum und wieder zurück. So kann sie nicht nach Hause. Die Farben der Häuser, Menschen und Bäume wirken ausgewaschen, nur Grau und Silber und Grün sind nach dem Guß übriggeblieben.

Dabei ist ja nichts passiert – nichts hat sich verändert, keine ihrer Sehnsüchte hat sich erfüllt. Kein Ludwig weit und breit, er hat sie wieder verlassen und sie hat nicht einmal erwogen, mit ihm zu gehen, zu seiner ›Sache‹. Langsam kehrt die Vernunft zurück und eine große Verwunderung. Warum ist sie dieser Liebe ausgeliefert, so schlecht wie Ludwig sie behandelt?«

»In der dunkelsten Ecke einer Kneipe am Husemannplatz bestellt sie ein Glas Cognac. Am Tresen sieht sie Victoria mit einem Gesellen der Malinke. Die beiden trinken Brause, lachen und bemerken ihre Umgebung nicht. Plötzlich wird ihr bewußt, wie sehr sie die Menschen ihrer kleinen Weiszheit-Welt liebt. Die Heimbergerin, Bertha und Gertrud, Abramowitz, ihre Mutter, Ernst und die Kinder, auch Hermann, das ist ihre Familie, die sie nie, nie wieder verlassen wird!

Sie macht sich auf der Toilette frisch. Erstaunt sieht sie im Spiegel das Leuchten ihres Gesichts. Ihre Augen glänzen, ihre Lippen sind rot. Sie ist schön und ihr Herz tut weh.«

»Die Ausrede, sie sei im Gewitter nass geworden und habe in einem Bademantel von Cothenius' Frau – sehr nett, ja, nur vielleicht ein bisschen jung – gewartet, bis ihre Sachen getrocknet waren, wird von Ernst ohne Nachfrage geglaubt. Beim Abendessen erzählen die Kinder von ihrem Tag. Während sie Zähne putzen und sich in ihr Zimmer verabschieden, spielt Ernst Klavier. Wie immer. Nur Augusta bläht unauffällig die Nasenflügel und riecht, was passiert ist. Elise badet vor dem Schlafengehen mit einem Schuß Desinfektionsmittel im Wasser und beschließt, Ludwig zu vergessen.«

Ludwig schrieb nicht aus Moskau, nicht aus Sibirien, natürlich nicht. Er brachte sich anders in Erinnerung. Zuerst bemerkte Augusta, dass sich der Duft ihrer Tochter änderte. Deren Atem roch zunehmend nach Zimt und Nelken, und das lag nicht am bevorstehenden Weihnachtsfest. Der Spirale zum Trotz war sie schwanger.

»Ernst in Sorge weg. meiner ›Risikoschwangerschaft‹. Bin 30. Fühle mich geisterhaft und leicht. Warteraum übervoll. Viele Erfrierungen. Albtraum: Gruß aus Rußland/ es wird nie mehr warm.«

Am 13. 6. 1930 gebar Elise einen Sohn, ohne Mühe, und das lag nicht nur an der Übung, die sie mittlerweile hatte: Das Kind war ein echter Weiszheit, zart und leicht, kein Vergleich mit ihren Dreikilobabys bisher. Der Junge roch wie ein Mädchen nach Zimtrinde und Nelken, schrie nicht und blickte mit azurblau verschwommenen Augen verträumt in die Welt.

Ernst bestand darauf, ihn Kurt zu nennen. Er untersuchte das Neugeborene gründlich, es war ein bisschen spack, aber gesund.

»Ernst mit gerunzelter Stirn vor dem Spiegel. Geht allein spazieren.

Nach dem Mittagessen auf dem Kanapee mit offenen Augen.«

Wenn er an seiner Vaterschaft zweifelte, dann behielt Ernst das für sich. Mit »Hirngespinsten« hielt er sich nicht gern auf und der Alltag beanspruchte ihn. Dem Patientenbuch zufolge hatte die Orthopädische Praxis im Abrechnungszeitraum 1928/29 1620 Kassenpatienten, dazu kamen noch mehrere Dutzend Privatpatienten, die jeweils mehrmals zur Konsultation bestellt wurden. Außerdem arbeitete Ernst in verschiedenen Ärzteorganisationen und staatlichen Kommissionen mit, schrieb für die *Orthopädische Zeitung* und gab ein Lehrbuch der Prothetik heraus, für das Olga und Max Lawrenz die Illustrationen zeichneten.

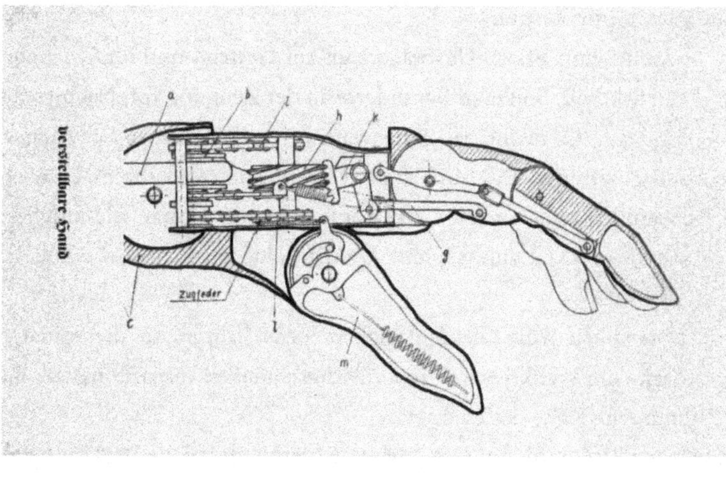

Verstellbare Hand

Der wachsende Bedarf an Prothesen konnte nur noch mit industrieller Herstellung der Einzelteile gedeckt werden, zugleich wuchsen die Ansprüche an Funktion und Stabilität. In den »Patentgreifer«, den Ernst gemeinsam mit Harald Klotzke, Dr. Wiener, Richard Salzl und Salomo Grünwaldt entwickelte, konnten die Patienten verschiedene Werkzeuge und Hilfsmittel einklicken: Kneifzangen und Pinzetten, Lupen und Leuchten, Stifte zum Schreibmaschineschreiben und einen »Klammerhaken«, mit dem man sogar Hosenknöpfe schließen konnte. Obwohl die gesetzlichen Krankenkassen nur selten die kompletten Kosten übernahmen, zauberte schon das Blättern im Katalog roten Eifer auf die Wangen der Patienten.

Die Fertigung von Korsagen, speziellen Hosen und Hemden für Prothektiker wurde zum Haupterwerbszweig der Näherinnen im Seitenflügel. Frieda Peters erlangte sogar eine gewisse Berühmtheit: Ihre »Sonntagshände« mit schmalen Fingern und Nägeln aus Perlmutt waren zwar recht zerbrechlich, aber sie sahen schön aus und minderten die Scheu vieler Patienten vor dem Flirten.

Ernst Lachner war Mitbegründer des Deutschen Ärztebunds zur Förderung der Leibesübungen, auf dessen Jahresversammlung er 1930 den späteren Reichsführer des Nationalsozialistischen Ärztebundes kennenlernte.

> »Conti zum Essen. Gespräch kam auf Gertrud und ihre Männerverrücktheit. Soll man Behinderte an der Zeugung von Nachwuchs hindern? C. meint, ja. Und wenn es doch zu einer Schwangerschaft kommt? Er: Muß man schwere Fälle von ihrem Leid erlösen. Ich frage ›wie‹? und er antwortet: So human wie möglich. Nennt es ›Mut zum Opfer‹. Der Einzelne ist nichts, sein Volk ist alles.«
>
> Elise spürte »die Gnadenlosigkeit zurückkehren, die die Soldaten nach dem Weltkrieg in ihren Wäscheschränken verpackt hatten, die stählerne Kälte des Bajonetts«.

Sie war zu folgsam, um sich gegen die verhängnisvolle Beziehung zu Conti zu wehren, außerdem überschritten nicht nur die Ärzte in der

Zwischenkriegszeit Grenzen. Der Krieg war zwar vorbei, aber die bürgerlichen Werte weichten nach. Die Fragen nach dem Sinn des Krieges stellten sich drängender und es gab keine Antwort – jedenfalls nicht im Rahmen der alten, humanistischen Werte. Vielleicht, mag mancher gedacht haben, hatte das vor dem Krieg herbeigesehnte »reinigende Gewitter« ja tatsächlich Platz für einen Neuanfang geschaffen, nur eben für Anderes, Kälteres, als man sich vorher hatte ausmalen können. Neuland wurde beschritten. Schauspieler, Maler und Magier aus dem Umfeld von Victoria Peters und Griebel Wand testeten die Grenzen des Möglichen in der Kunst, der Esoterik, der Wahrsagerei und im politischen Extremismus, Dr. Wiener und Harald Klotzke träumten von umfassender Elektrifizierung, Automatisierung und Weltbeherrschung. Langsam wich die Scheu vor dem Tabubruch der Lust daran.

An den Schnupperbewegungen erkannte Elise, dass Kurt die Nase geerbt hatte. Augusta schmückte seine Wiege mit frischen Blumen, die ihn mehr interessierten als Klappern. Sobald Kurt krabbeln konnte, verfolgte er die Duftspuren von Schuhen, Seifen und Vaters Rasierwasser.

> »Meine Mutter stillte mich früher ab als ihre anderen Kinder und fütterte mich mit großen Mengen Möhrenbrei, so daß meine Hautfarbe vom kränklichen Blauweiß zu einem nicht sehr natürlich wirkenden Rotbraun wechselte. Vielleicht sollte ich meinen Geschwistern ähnlicher sehen. Das war meine erste Übung in Mimikri …
> Vom Alter her am nächsten waren mir die Zwillinge Karl und Ilse, doch sie schlossen mich aus ihrer Geheimwelt aus. Meine Schwester Lotte roch gut, spielte aber lieber mit ihrem älteren Bruder Hans Fußball, als sich mit mir Winzling abzugeben. Hans war mein Stern, herrlich und weit entfernt, von Vater bei jeder Gelegenheit bevorzugt und als Vorbild hingestellt. Er konnte mich samt Stuhl hochheben, aber mehr als ein Turngerät wurde ich für ihn nie.«

Ernst Lachner

Kurt Weiszheit empfand seinen Vater als Despoten »von feldwebelhafter Strenge, Widerrede nicht hörend«. In der ersten Fassung des Entwicklungsromans *Von einem, der auszog, das Fürchten zu lehren* nutzte er ihn als Vorbild für den »Familienführer«:

> »Bei ihm gab es keine Kopfnüsse und kein Eckenstehen, keine Schläge mit dem Teppichklopfer und kein Zeitig-ins-Bett-Gehen, nichts, was ›unvernünftig‹ gewesen wäre. Hatte eines seiner fünf Kinder gegen eine Regel verstoßen, wurde es in die Praxis zitiert und mit freundlichen Worten belehrt. Beim Abendessen erläuterte er seiner Familie die Vernunftgründe seiner Anordnungen. Angesichts dieses idealen Familienlebens empfand Hermann schmerzhaft sein eigenes Versagen, er fühlte sich klein und schmutzig, und er haßte den Familienführer.«

Elise mochte nicht, wenn Ernst ihre phantastischen Erzählungen aus dem Waldreich mit ironischen Bemerkungen kommentierte.

> »Erst wenn der Herr Doktor den Kindern nach dem Zähneputzen in den Hals geschaut und sich mit der Korrespondenz des Tages an den Schreibtisch zurück gezogen hat, schaltet Elise im Kinderzimmer das Schlaflicht ein und erzählt von ihren Vorfahren, den Weiszheits im

fernen Schieß an der Ostsee. Hans lauscht, auf dem Rücken liegend, mit den Händen im Nacken. Lotte läßt die Füße vom Doppelstockbett baumeln. Karl und Lise verstecken sich gemeinsam unter der Decke. Kurt sitzt auf Elises Schoß.«

Was spielte es für eine Rolle, ob tote Pferde wiehern konnten? Wen interessierte, dass Elche mit nadelspitzen Zähnen in Wirklichkeit verhungern würden, weil sie Pflanzenfresser waren? Entscheidend war, dass man keine Angst hatte und sich rechtzeitig an einen passenden Zauberspruch erinnerte.

Kurt erinnerte sich später an Elises Erzählungen und Märchenbilder wie an wirkliche Geschehnisse.

»Oma Snaige schüttelt auf dem Balkon die Betten aus, damit die schmutzigen Trottoirs schön weiß aussehen. Rotkäppchens Großmutter muß schon sehr alt sein, wenn sie nicht riecht, daß ein Wolf vor ihr steht. Der böse König säuft Desinfektionsmittel und zwingt den Prinzen, über die Flöße zu springen. Rapunzel pinkelt von einem Leuchtturm an der Ostsee ihren Geschwistern auf den Kopf. Der Prinz verliebt sich ins Aschenputtel, weil sie ihm so schön Geschichten erzählt.«

Ab Ostern 1932 besuchte Hans das Schliemann-Gymnasium in der Gleimstraße. Das Lernen fiel ihm nicht leicht, aber er war gewissenhaft und pflichtbewusst und erfüllte sein Pensum. Nach der Schule berichtete er seinem Vater in der Praxis, der sich auch bei vollem Wartezimmer ein paar Minuten zu einem »Gespräch unter Männern« Zeit nahm.

Aus Elises Tagebuch wissen wir, dass Ernst an den Samstagen mit Hans, später auch mit Lotte um den Exer lief, auch bei Regen oder Frost.

»Das Ideal: Bewegung und Beweglichkeit, in körperlicher wie geistiger Hinsicht.«

Wenn die Hausaufgaben erledigt waren, griff Hans nach den Sportschuhen und stürmte auf den Fußballplatz.

»Kann kurz vor 18 Uhr aus dem Fenster Richtung Exer schauen und sicher sein, daß ich seinen Blondschopf pünktlich die Sonnenburger Straße raufkommen sehe.«

Lotte dagegen trödelte auf dem Schulweg und vergaß die Uhrzeit. Wenn sie beim Abendessen fehlte, schaute Elise vom Balkon zur Sonnenbrücke. Sah sie Lotte nicht dort, schickte sie Hans zur Rohrpoststation in der Greifenhagener Straße, wo ihre Tochter das Starten und Landen der Sendungen verfolgte. Nachdem 1931 das Radiogeschäft im Haus gegenüber eröffnet hatte, half Lotte dem Inhaber, Herrn Pohl, in der Werkstatt. Sie war ein Talent im Basteln, in Sport kaum zu bändigen, in Mathematik eine Niete – wie ihre Mutter.

»Hausbesuch von Hildebrand. Ganz entsetzlich: Lotte hat einen Jungen verprügelt. Fragte ihn, ob er meint, daß es umgekehrt ›normaler‹ sei.«

Ilse und Karl zogen mit ihrer Geheimsprache eine Mauer um ihr Zwillingstum.

»Ogor ist Ernsts Praxis. Keris scheint ein Alarmwort beim Nahen von Erwachsenen zu sein. Natürlich haben sie einen Treueschwur.«

Ernst sorgte dafür, dass Ilse und Karl 1931 in zwei verschiedene Klassen eingeschult wurden.

»Er nennt die Ähnlichkeit penetrant. Das Leben sei kein Jahrmarkttheater.«

Die innige Beziehung der Geschwister war durch räumliche Trennung freilich nicht zu lockern. Einen der Zettelbriefe in Geheimzeichen, die die Zwillinge sich während ihrer Schulzeit unter der Bank schrieben, trug Ilse bis an ihr Lebensende in einem Medaillon um den Hals.

Ernsts Paternalismus wurde mit zunehmendem Alter und wachsender Kinderzahl humorloser. Lotte erinnerte sich an seine Zutrittsverbote für Küche und Nähzimmer.

»Gefährliche Geräte seien nichts für Kinder, entschied Papa. Aber wie sollte man ihr Funktionieren durchschauen, wenn man sie nicht ausprobierte? Überaus anziehend war für mich auch das vollgerümpelte Zimmer meiner Großmutter mit dem Grammophon und einem Wecker, dessen Rückseite durchsichtig war.«

Seit Mitte der zwanziger Jahre fanden im Prater Kriegsbehinderten-Schauen statt, eine Art Messe für alle Arten von Kleidung, Bedarfsartikeln und orthopädischen Hilfsmitteln. Bei den Modenschauen arbeiteten einige der Frauen aus dem Weiszheithaus als Änderungsschneiderinnen. Victoria, inzwischen Mitte 20, lernte hier Nicoletta von Ostrowski kennen, Modezeichnerin und Inhaberin eines gut gehenden Ateliers am Kudamm.

> »Nicoletta besucht mit Victoria Premieren in der Staatsoper Unter den Linden und im Marmorkino am Kudamm, lehrt sie im Romanischen Café Champagnertrinken und erzählt überall herum: Vicky kann Dessous am Leib umnähen ohne zu stechen!«

Umgekehrt führte Victoria Nicoletta und deren Freundinnen in Alwin Kallweits Sonne, wo ApjoMa getrunken wurde, keine Jazzkapelle spielte, sondern bestenfalls Augustas Grammophon und Holzbeine anstelle von Stöckelschuhen auf den Dielen klackten.

> »Hier finden sie das ›Echte‹, das es in den Bars und Cafés des Kurfürstendamms, wo verrucht nur das ist, was Touristen mit ihrem Geldregen sprießen lassen, nicht mehr gibt.«

Natürlich war auch im Prenzlauer Berg nicht alles echt. Stricher verkleideten sich als Lehrlinge vom Bau, wenn das den Kunden gefiel, Transvestitinnen legten Wagenschmiere anstelle von Makeup auf, Huren spritzten sich Kalk ins Haar.

> »Tilla Durieux, Fränze Roloff und Ellen Widmann stehen zigarrerauchend vor der Tür und lassen sich bestaunen. Abramowitz nennt die Abende ›Klassentreffen‹.«

Tatsächlich begegneten sich bei Kallweit Welten. Erleichtert wurde die Grenzüberschreitung durch die U-Bahn-Linie 2, die den proletarischen Prenzlauer Berg im Nordosten mit dem bürgerlichen Charlottenburg im Westen verband.

> »Die Filmsternchen erzählen der Klatschpresse gern von ihren Exkursionen, preisen die ›Szene‹, doch die Fotostrecken dazu entstehen nicht auf der Straße.«

Louis kam wieder zu Ehren und zu Aufträgen. Seine Modelle trugen nun nicht mehr Keulen und Trinkhörner, sondern Schraubenschlüssel und Brechstangen in ölverschmierten Händen.

> »In Koslowskis Atelier hängen Prospekte grauer Fassaden ... Stundenweise bezahlte, original schmutzige Nachbarn spielen das Volk in Gestalt von Lumpensammlern, Zeitungsjungen und Blumenmädchen.«

Gebrannt von den Erfahrungen der Vergangenheit, verzichtete Louis auf Fotomodelle aus dem Weiszheithaus – was manchem auch wieder nicht recht war.

1928 zeichnete Victoria die Figurinen für den Film *Herrscherin der Welt* und tauchte im Abspann als »Kostümassistentin« auf.

> »Eines Tages prallt Olaf Fønss vor dem provisorischen Büro der Produktionsleitung in Berlin-Woltersdorf auf Victoria Peters, die mit vor Wut geröteten Augen auf Kettelhut [den Ausstatter, d.A.] schimpft. Tausende Statisten und Komparsen, die die gewaltigen Tempel und den Maharadscha-Palast mit Garten und Tigerhof bevölkern, kriegen Geld, bloß Victorias Kostümentwürfe zu bezahlen vergißt er immer wieder.«

Olaf verhalf Victoria zu einer ersten Rolle bei Fritz Holl, der an der Volksbühne einen gesellschaftskritischen Ton förderte. Sie spielte an der Seite von Fränze Roloff in *Vom lieben Augustin* und lernte in *Wer weint um Juckenack*? Heinrich George (der sich gerade in seiner kommunistischen Phase befand) kennen. Sie hatte Affären mit Rose Liechtenstein, Fritz Staudte und Veit Harlan.

Am 20. Juli 1926 gebar sie einen Jungen und nannte ihn Aljoscha. Noch immer durften Mütter nicht selbst Vormund ihres unehelichen Kindes sein, aber wenigstens war Aljoscha nicht in Gefahr, von den Grauen Schwestern bevormundet zu werden. Die sozialdemokratische Reichsregierung hatte 1924 die gesetzliche Amtsvormundschaft eingeführt.

Der Ruf der »schlechten Frauen«, der schon in der Vorkriegszeit das Weiszheithaus umgeben hatte, tauchte nun in Form von Gerüchten

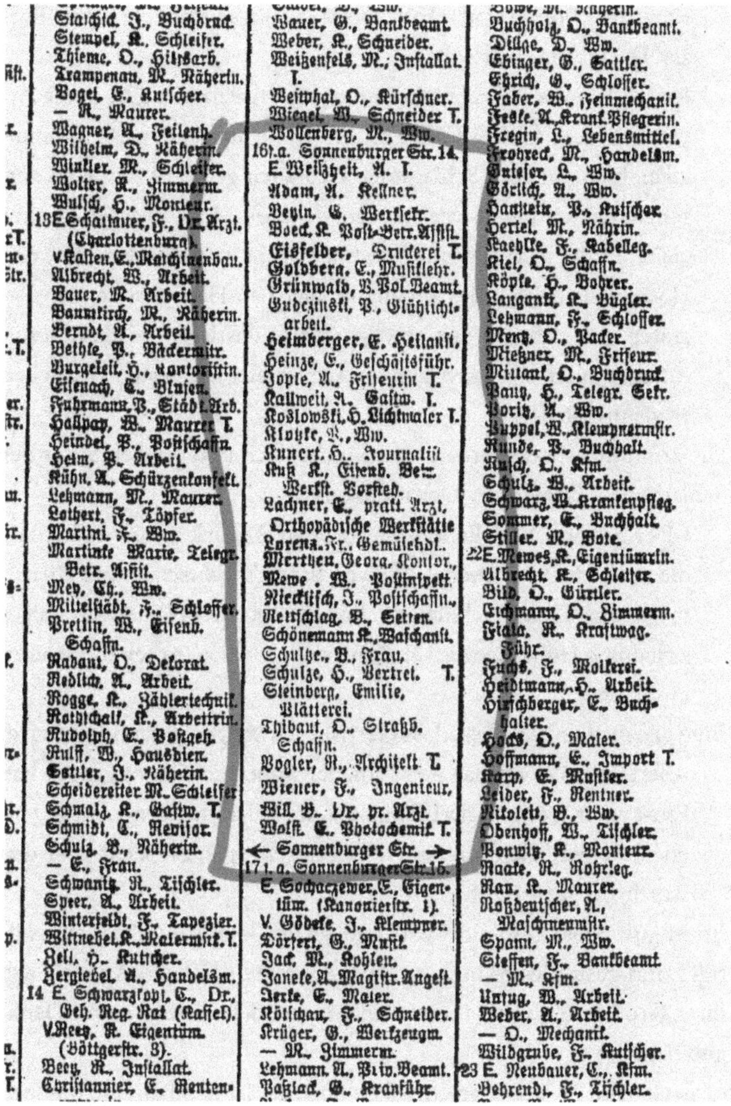

Stachick, J., Buchdruck.
Stempel, K., Schleifer.
Thieme, O., Hilfsarb.
Trampenau, M., Näherin.
Vogel, E., Kutscher.
— R., Maurer.
Wagner, A., Feilenh.
Wilhelm, D., Näherin.
Winkler, M., Schleifer.
Wolter, R., Zimmerm.
Wulsch, H., Monteur.
13 E Schaitauer, F., Dr. Arzt.
(Charlottenburg).
V. Kasten, E., Maschinenbau.
Albrecht, W., Arbeit.
Bauer, M., Arbeit.
Baumkirch, M., Näherin.
Berndt, A., Arbeit.
Bethke, P., Bäckermstr.
Burgeleit, H., Kontoristin.
Eisenach, E., Blusen.
Fuhrmann, P., Städt. Arb.
Hallpap, W., Maurer T.
Heindel, P., Postschaffn.
Heim, P., Arbeit.
Kühn, A., Schürzenkonfekt.
Lehmann, M., Maurer.
Lothert, F., Töpfer.
Martini, F., Ww.
Martinke Marie, Telegr. Betr. Assist.
Mey, Ch., Ww.
Mittelstädt, F., Schlosser.
Prellin, W., Eisenb. Schaffn.
Radant, O., Dekorat.
Redlich, A., Arbeit.
Rogge, K., Zählertechnik.
Rothschalk, K., Arbeiterin.
Rudolph, E., Postgeh.
Rulff, W., Hausdien.
Sattler, J., Näherin.
Scheidereiter M., Schleifer.
Schmalz, K., Gastw. T.
Schmidt, C., Revisor.
Schulz, B., Näherin.
— E., Frau.
Schwanitz, R., Tischler.
Speer, A., Arbeit.
Winterfeldt, F., Tapezier.
Wittnebel, K., Malermstr. T.
Zell, H., Kutscher.
Zergiebel, A., Handelsm.
14 E Schwarzkopf, C., Dr., Geh. Reg. Rat (Kassel).
V. Meetz, R., Eigentüm. (Böttgerstr. 3).
Beetz, R., Installat.
Christiannier, E., Renten-

Bauer, G., Bankbeamt.
Weber, K., Schneider.
Weißenfels, M., Installat. T.
Westphal, O., Kürschner.
Wiegel, W., Schneider T.
Wollenberg, M., Ww.
16 r. a. Sonnenburger Str. 14.
E Weiszheit, A. T.
Adam, A., Kellner.
Beyin, G., Werksekr.
Boeck, K., Post-Betr. Assist.
Eisfelder, Druckerei T.
Goldberg, E., Musiklehr.
Grünwald, B., Pol. Beamt.
Gudczinski, P., Glühlichtarbeit.
Helmberger, E., Heilanst.
Heinze, E., Geschäftsführ.
Jople, A., Friseurin T.
Kallweit, A., Gastw. T.
Koslowski, H., Lichtmaler T.
Klotzke, B., Ww.
Kunert, H., Journalist
Kuß, K., Eisenb. Betr. Werkst. Vorsteh.
Lachner, E., prakt. Arzt.
Orthopädische Werkstätte
Lorenz, Fr., Gemüsehdl.
Merthen, Georg, Kontor.,
Mewe, W., Postinspekt.
Niecklisch, J., Postschaffn.,
Nettschlag, B., Seiten.
Schönemann K., Waschanst.
Schultze, B., Frau,
Schulze, H., Vertret. T.
Steinberg, Emilie, Plätterei.
Thibaut, O., Straßb. Schaffn.
Vogler, R., Architekt T.
Wiener, F., Ingenieur,
Will, B., Dr. pr. Arzt.
Wolff, E., Photochemik. T.
← Sonnenburger Str. →
17 l. a. Sonnenburger Str. 15.
E Sochaczewer, E., Eigentüm. (Kanonierstr. 1).
V. Gödeke, J., Klempner.
Dörfert, G., Musik.
Jack, M., Kohlen.
Janeke, A., Magistr. Angest.
Jerke, E., Maler.
Kötschau, F., Schneider.
Krüger, G., Werkzeugm.
— M., Zimmerm.
Lehmann, A., Priv. Beamt.
Paßlack, G., Krankführ.

Buchholz, O., Bankbeamt.
Dillge, D., Ww.
Ebinger, G., Sattler.
Ehrich, G., Schlosser.
Faber, W., Feinmechanik.
Feske, A., Krank. Pflegerin.
Fregin, L., Lebensmittel.
Frohreck, M., Handelsm.
Gnieser, L., Ww.
Görlich, A., Ww.
Hanstein, P., Kutscher.
Hertel, M., Nährin.
Kaehlke, F., Kabelleg.
Kiel, O., Schaffn.
Köpke, H., Bohrer.
Langanki, K., Bügler.
Lehmann, F., Schlosser.
Mentz, O., Packer.
Mießner, M., Friseur.
Mittank, O., Buchdruck.
Paug, H., Telegr. Sekr.
Poritz, A., Ww.
Puppel, W., Klempnermstr.
Runde, P., Buchhalt.
Rusch, O., Kfm.
Schulz, W., Arbeit.
Schwarz, W., Krankenpfleg.
Sommer, E., Buchhalt.
Stiller, M., Bote.
22 E Mewes, K., Eigentümerin.
Albrecht, K., Schleifer.
Bild, O., Gürtler.
Eichmann, O., Zimmerm.
Fiala, R., Kraftwag. Führ.
Fuchs, F., Molkerei.
Heidtmann, H., Arbeit.
Hirschberger, E., Buchhalter.
Hocks, O., Maler.
Hoffmann, E., Import T.
Karp, E., Musiker.
Leider, F., Rentner.
Nikoleit, B., Ww.
Obenhoff, W., Tischler.
Ponwitz, K., Monteur.
Raake, R., Rohrleg.
Rau, K., Maurer.
Roßdeutscher, A., Maschinenmstr.
Spann, M., Ww.
Steffen, F., Bankbeamt.
— M., Kfm.
Untug, W., Arbeit.
Weber, A., Arbeit.
— O., Mechanik.
Wildgrube, F., Kutscher.
23 E Neubauer, C., Kfm.
Behrendt, F., Tischler.

Weiszheithaus im Adressbuch von 1927

über »Exzesse der freien Liebe« wieder auf und wurde von der völkischen Presse aufgegriffen:

»In der sattsam bekannten Judenschenke des Gustav Weiszheit in der Kopenhagener Straße fand am Vorabend des Jahreswechsels eine

Razzia der Polizei statt. ›Hört, hört!‹ denkt so mancher, ›eine Razzia! Das wurde auch Zeit!‹

Jedoch ist eine Razzia nicht immer eine Razzia. Da gibt es die Art von brutalem Überfall mit Dutzenden Schupos auf unser Stammlokal, bei dem vom Schlagstock Gebrauch gemacht und Glas zerschmissen wird, und wer nur den kleinsten Muckser wagt, kommt gleich in die grüne Minna. Und dann gibt es die andere Art, den Höflichkeitsbesuch des zufällig im gleichen Haus wohnenden Beamten, der sich von den anwesenden ›Künstlern‹ Postkarten mit Autogrammen signieren läßt, um sich zuletzt mit besten Wünschen zu verabschieden.«

Die kommunistische Presse stand nicht nach und schrieb unter der Schlagzeile »Orgien der Dekadenz!«:

»Der Sappho Verfallene lechzen beim Anblick junger Mädchen, die noch nicht verarbeitet sind von Fabrikknechtschaft und Dienstmagdpein. Trotz reichlicher Schminke verraten Hanussens Jünger sich durch Hinterngewackel, wenn sie versuchen, Arbeiterjungen zu imitieren.«

Im April 1927 erfuhr Elise, dass Gertrud schwanger war, und notierte:

»Bertha quält sich, daß einer von den Spuckern sich vergangen hat. Ernst stellt Gertrud drei Patienten, die allerdings leugnen, gegenüber. Sie will alle drei. Für Abtreibung zu spät. Sie lacht über den Bauch, der ihr wächst.«

Im August gebar Gertrud »wie der Esel im Galopp« (Elise) ein kräftiges und gesundes Mädchen. Bertha nannte das Kind Agnes, nach ihrer Großmutter, und zahlte den Grauen Schwestern einen Dankgottesdienst.

»Gertrud ist zuerst erschrocken über das laute Spielzeug, das zwischen ihren Beinen herausflutscht. Eine Woche später schon schreit sie verzückt, wenn es kackt. Gertrud hält ihr Kind mit Schaufensterpuppengeduld auf dem Arm, bis es aufwacht und ihre Brust sucht. Sie geht mit großer Würde spazieren und macht ›buh‹, wenn Agnes schreit.«

Im Juni 1931 ging die Französische Hypothekenbank, bei der Ernst und Salomo die Konten der Orthopädischen Praxis und der Werkstatt geführt hatten, pleite.

»Ernst und Salomo vergeblich am Opernplatz. Massen von Menschen vor geschlossenen Schaltern. Wir sind arm.«

Die Arbeitslosigkeit im Prenzlberg stieg im Laufe des Jahres auf 25, dann auf 30 Prozent. Die Kriegskrüppel hatten der Republik viel zu verdanken, aber in der Krise wurden sie von den Sparprogrammen in den Skat gedrückt. Die Notverordnung vom Juni 1931 kürzte ihre Renten. Patienten der Praxis und der Orthopädischen Werkstatt konnten Rechnungen nicht mehr zahlen. Berufsprothesen rosteten in Tatenlosigkeit und Tränennässe.

Seit der Vereinsgründung hatte es nicht mehr so viele Mietrückstände gegeben, vor allem den Frauen im Seitenflügel fehlten die Aufträge der Orthopädischen Werkstatt und der Filmproduktionen.

»Victoria geht Werbung als Odol-Flasche, mit Aljoscha als Schnupfenwattebausch.«

»Zum ersten Mal seit dem Krieg steht die Druckerei still, weil die Kunden nicht zahlen und Abramowitz Papier und Farbe ausgehen. Hugo versilbert Bleilettern und verkauft sie als Anhänger an Passanten. Das Geschäft läuft, bis die ersten Reklamationen kommen, weil die Beschenkten schwarze Flecke am Hals beklagen.«

Jakob Abramowitz konnte keinen Lohn mehr zahlen, so dass schließlich auch Hugo sich in die Schlange vor dem Arbeitsamt Nordost, seit 1930 auf dem Gelände des Straßenbahndepots an der Gleimstraße gelegen, einreihen musste.

»Jede Menge Nachbarn und Bekannte trifft er hier. Wer noch einigermaßen Hoffnung hat, trägt seinen guten Anzug, doch mit jeder vergeblich verwarteten Woche wird der Fadenschein dünner ... Ihm fällt ein, dass die Versehrten-Schneiderinnen über eine Sammlung abgeschnittener Hosenbeine und Ärmel verfügen. So kommt es, daß in den Seitenflügelwohnungen des Weiszheithauses bald Männer in Unterhosen sitzen und Muckefuck trinken, während die Frauen ihre Kleidung ausbessern. Als die Flicken in der nicht endenwollenden Krise schließlich doch ausgehen, kennt Hugo so viele hungrige junge Männer, daß er sie als Landarbeiter an die Gemüsebauern im Norden Berlins vermitteln kann, gegen kleine Gefälligkeiten und Geschenke, versteht sich.«

Viele Prenzlberger fürchteten eine Rückkehr des kohlrübenstinkenden Hungers der Kriegsjahre. Weltuntergangsstimmung machte sich breit, die Vernunft ging baden.

»›Weißkäse und Handauflegen – hilft gegen Husten, Krebs und Pech in der Liebe‹ – wütend reißt Ernst die Werbezettel der Heimbergerin vom Hauseingang ab. Nützt aber nichts, die ›Heilerey‹ kostet nur eine Mark pro Konsultation.«

Ernst konnte den Einbruch der weißkäsegläubigen Irrationalität in seine Welt nicht hinnehmen, schrieb Artikel in der *Zeitschrift für Volksaufklärung gegen Kurpfuscherei und Heilmittelschwindel* und klebte selbstverfasste Appelle »an die werten Hilfesuchenden«, sich doch bitte nicht dem Aberglauben zu ergeben, ans Schwarze Brett im Hauseingang. Vergeblich.

»Die Wundergläubigen stehen an manchen Tagen Schlange bis ins Treppenhaus, hinunter bis vor die Eingangstür der Lachnerschen Praxis, und der Herr Doktor muß sich durch die Menge drängen.«

Die Völkischen spannten auch das Elend der Versehrten vor ihren Propagandakarren. Ernst Lachner, der schon lange in Ausschüssen des Ministeriums für Volkswohlfahrt und im Preußischen Landesgesundheitsrat mitarbeitete, wurde von Leonardo Conti umworben.

»Conti ist Jahrgang 1900, hat sich mit 18 freiwillig in den Krieg gemeldet und nach seinem Studium über ›Weichteilplastik im Gesicht‹ promoviert. Daß er ein bißchen schielt, macht ihn nur sympathischer. Ernst ist vom Ehrgeiz des jüngeren Kollegen fasziniert. Sie fachsimpeln beim Sonntagsessen über Prothesen und Kriegsmedizin. Die Ärzte müssen einheitlich ausgebildet, die Prothesenfabrikationen standardisiert werden. Schon der Operateur an der Front soll wissen, welcher Glied-Ersatz später möglich ist.

Dr. Lachner fördert Contis Aufnahme in die Berliner Ärztekammer, lehnt jedoch die angebotene Mitarbeit im Sanitätsdienst des Reichsparteitags der NSDAP freundlich ab. Führerkult ist ihm suspekt. Für ihn ist nicht alles ›Rassefrage‹ wie für Conti, der die Uniform der SS mit Stolz trägt.«

»Hatte heute wieder die antijüdische Liga am Tisch«, schrieb Elise in ihrem Tagebuch: »Schädelvergleiche mit Kurtchen, Karl und Hans. Ich muß wohl froh sein, daß meine Kinder für arisch befunden und nicht aus dem Fenster geworfen wurden …«

Und über Hermann, der beim Sonntagsessen vor Ehrfurcht kaum einen Bissen herunterbekam:

»Er weiß von Ludwig. Keine Ahnung, woher, aber er sieht mich jedesmal an, wenn von Abstammung und Weiszheit-Genen die Rede ist. Ich habe Angst. Ich weiß nicht, was ich tue, wenn er uns verrät.«

Nachdem Conti 1932 neben seinen zahlreichen anderen Funktionen auch noch Landtagsabgeordneter der NSDAP geworden war, wurden seine Besuche seltener, doch Ernsts neues Interesse an Genetik hinterließ Spuren in der Bibliothek: *Volksaufartung. Erbkunde. Eheberatung* oder *Rasse und Rassenentstehung beim Menschen* lauten die Titel der Bücher mit der Jahreszahl 1932 im Exlibris, ebenso wie *Wälsungenblut*, die Novelle von Thomas Mann über Geschwisterliebe.

Offensichtlich kriselte es in der Lachner'schen Ehe.

»Ich entspreche mit meinem schmalen Becken nicht dem Ideal der gebärfähigen deutschen Frau«, schrieb Elise. »Das hätte der Herr Doktor sich mal früher überlegen sollen.« »Ernst redet seit gestern nicht mehr mit mir. Habe ihn Desinfektor genannt.« »Ernst schläft in der Praxis. Fasse sowieso lieber die Kinder an.«

Im Sommer 1932 reiste Elise mit ihren fünf Kindern und Runa nach Schieß zu Tante Lawrentija und Onkel Freddy. Das Memelland gehörte mittlerweile zu Litauen, man brauchte ein Visum für die Einreise.

»Mit der Bahn fahren sie im Privatabteil nach Stettin und nehmen von dort den Liniendampfer nach Memel. Der Wind bläst während

der Überfahrt heftig, die Wellen schlagen hoch, das Baby schreit um sein Leben, bei ihrer Ankunft sind alle grün im Gesicht. Jos Aschmutat wartet mit der Schute des Sägewerks auf sie. Er kann nicht fassen, wie erwachsen das Lieschen geworden ist …
Auch Schieß hat sich verändert, mit neuen Wohnhäusern und Sägehallen, Schornsteinen und Trockenlagern, deren gläserne Dächer blitzen. Anstelle des alten Holzstegs ragt eine steinerne Mole in den Atmath. Berge von Schälkanten türmen sich, die zur Papierfabrik in Karlskrona, drüben auf der anderen Seite der Ostsee, verschifft werden. Nur das Wasser riecht wie immer nach Sumpf.«

Die Schießer Weiszheits hatten ihre Auswanderungspläne fallen lassen.

»Onkel Freddy ist ein alter Mann geworden und stützt sich auf einen Stock. Mutter Snaige ist im vergangenen Jahr gestorben, mit 102 Jahren, zuletzt war sie nur noch ein Spinnwebchen. Tante Lawrentijas Gesicht legt sich jetzt beim Lachen in Falten. Für Elises Kinder bäckt sie Glumsfladen.«

»Im Obergeschoß knarren die Dielen wie eh. Der Duft des alten Hauses steigt Elise in die Nase: Moos und Lärchenharz. Plötzlich ist ihre Kindheit so nah und zugleich so vorbei, die Sehnsucht nach Ludwig und den Sommern im Sumpf so gegenwärtig, daß ihr die Tränen kommen.«

Mit schlechtem Gewissen ließ Elise sich von Jos nach Heydekrug chauffieren und telefonierte vom Postamt aus mit Ernst in Berlin. Er war gerührt von ihrem Heimweh und sie schämte sich noch mehr.

In den folgenden Wochen unternahm sie, während Lawrentija den kleinen Kurt in der Küche schaukelte, mit den Kindern Ausflüge, besuchte die Stellen, die Ludwig ihr gezeigt hat, und erklärte, was Ludwig erklärt hätte.

»Spätabends, Onkel Freddy ist bei einem Geschäftsfreund in Heydekrug, berichtet Lawrentija, daß Ludwig nach dem Krieg noch einmal auf dem Hof gewesen sei. ›Aber habe ich nichts verraten dürfen. Er hat müssen sich verstecken, weil sie haben ihn gesucht.‹ Sie legt den Finger auf die Lippen und flüstert: Ab und an kommt ein Genosse mit Grüßen von ›Lumo‹, den sie in den Trockenhallen übernachten läßt.«

Zurück in Berlin, hat der Alltag sie bald wieder.

»Er [Salomo Grünwaldt] sieht durch mich hindurch und grinst. Bin eifersüchtig.«

Oder mit den Worten von Kurt Weiszheit:

»Sie heißt Salomé und kommt jeden Dienstag fünf Uhr des Nachmittags zum Klavierunterricht ins Weiszheithaus.«

Ab 16 Uhr lauerte Salomo auf dem Treppenabsatz vor der Goldberg-Wohnung, um ihr im passenden Moment einen guten Tag zu wünschen.

»Sie kennt ihn schon, einmal lächelt sie, aber so traurig, daß er nicht wagt, sie anzusprechen. Ein zigeunerschönes Mädchen mit dunkelbraunen Augen und auf die Schultern fließender schwarzlockiger Haarpracht.«

»Elise inquiriert Carola, die jüngere der beiden Klavierlehrerinnen: Salomé ist die schwermütige Tochter von Kunstmaler Cohns in der Prenzlauer Allee. Nach einem Selbstmordversuch soll die Musik sie therapieren, bisher vergeblich.«

Elise beschloss, Salomo zu warnen.

»Der Freund hüpft, kaum daß sie endigt, mit einer Grazie, die allen Gesetzen der Rückgratverkrümmung Hohn lacht, um den Tisch: Wenn's weiter nichts ist! Er hatte gedacht, Salomé sei traurig wegen ihm. Froh will er sie machen! Er verkleidet sich mit Victorias Hilfe in Kostüme aus dem Fundus der Volksbühne, grüßt die traurige Salomé huldvoll als Fürst des Barock und kracht ihr humpelnd als Quasimodo entgegen. Er gewinnt Salomé mit seinem Narrenspiel wie der Hans die traurige Prinzessin mit der Goldenen Gans und wagt schließlich, sie zum Wohltätigkeitsabend des Vereins für Krüppelfürsorge einzuladen, wo er ihr zeigen kann, wem er Beine gemacht hat.

Sie ist wunschgemäß beeindruckt. Was spielte es für eine Rolle, daß er krumm und schief ist, wenn er ihr doch die Stunden verschönt!

Wen interessiert es, daß die Familie sie schneiden wird, wenn sie einen Goi heiratet, hat er sie doch das Lachen wieder gelehrt!«

Am 4. 5. 1932 heirateten die beiden, und schon im Februar 1933 wurde Runa Gasske in der Nacht zu Hilfe gerufen: Salomé brachte im siebten Monat eineiige Zwillinge zur Welt. Ob sie, gerade einmal zwei Wochen nach Hitlers Berufung zum Reichskanzler, ahnte, wie schwer ihnen das Überleben werden würde?

»Grundsätzlich stellt sich beim Schreiben historischer Romane die Frage, wie viel der Erzähler wissen darf. In gewisser Weise muß er sich dumm stellen und das Wissen um den Ausgang seiner Geschichte verdrängen, denn sonst stehen alle Entscheidungen seiner Figuren immer nur im Lichte des historischen Fortschritts, sind richtig oder falsch, gäbe es keine Hoffnungen und Zweifel mehr, nur noch Irrtum oder Rechthaben.«

Paul Schulz, der Herausgeber des *Streiter*, war 1931/32 in die Spitze der NSDAP aufgestiegen.

»Jetzt wird auch Hermann zu Fahnenweihen eingeladen und führt Anni zum Sportball aus.«

Goebbels beauftragte Hermann, das beklagenswerte Niveau der braunen Straßenkämpfer zu heben. Ab Nummer 4/32 trug das Titelblatt des *Streiter* die Unterzeile »Nationalsozialistische Kulturschrift des Gaus Groß-Berlin«.

»Er kauft sich eine NSU mit Güterwagen und Stiefel und Lederhose. Mehr als 100 SA-Lokale beliefert er mit dem *Streiter*.«

Anni war 1930 Mutter eines zweiten Kindes geworden, eines Jungen, den sie Günter nannte.

»Hermann und Anni geben sich Mühe, die Herzen ihrer Nachbarn zu gewinnen. Anni besucht erkrankte Mütter im Seitenflügel. Er läßt die Jungen auf seinem Motorrad mitfahren und lädt sogar Abramowitz zum Sportfest der SA auf dem Exer ein.«

Ende 1932 jedoch wurde infolge der Strasser-Affäre Paul Schulz aus dem NSDAP-Olymp gestürzt. Der neue Reichsorganisationsleiter Robert Ley verweigerte die Bezahlung der *Streiter*-Abonnements.

Von einem Tag auf den anderen war die Zeitschrift am Ende. Hermann musste das Motorrad in Zahlung geben.

»Zwischen Anni und mir herrschte eisiges Schweigen, als ob ich schuldig wäre«,

schrieb Elise nach dem gemeinsamen Essen am 2. Weihnachtsfeiertag 1932 in ihr Tagebuch.

Ein paar schwere Wochen lang stand Hermann, 32 Jahre alt und Vater zweier Kinder, am Abgrund. Aller Ehrgeiz, alle Mühe, die er sich doch wahrhaftig gegeben hatte, brachte ihn nicht auch nur in die Nähe einer geachteten Existenz.

Der 30. Januar 1933 war ein Montag.

»Hermann trägt die braune Uniform der SA. Seine Wangen glühen, trotz des eisigen Windes, der durch die Zimmerstraße fegt. An der Wilhelmstraße bewachen Schutzpolizisten mit Scheinwerfern eine Straßensperre. Er zögert. Wo bleiben die Kameraden?

Die Schupos winken ihm, er solle einfach durchgehen, und erst jetzt begreift er, daß er zu den Siegern gehört. Sie lassen ihn durch, weil er einer von ihnen ist. Endlich! Ihm steigen Tränen in die Augen. Die Fahne hoch! Er denkt zurück an die einsamen Tage am Schreibtisch, an die Sorgen wegen des schleppenden Verkaufs, an Schulden und Selbstzweifel. Er denkt an Anni und ihren Kummer, wenn er wieder eine Nacht nicht nach Hause kam, weil er sämtliche Texte allein Korrektur lesen mußte. Seit dem Krieg, trotz Dolchstoß und Rückschlägen, hat er Anfeindungen widerstanden und den Glauben an Deutschlands nationale Größe bewahrt. Er kann, ja, er muß stolz auf sich sein!

Am Palais Prinz Leopold trifft er seine Kameraden vom Sturm 34, die sich umarmen und auf die Schultern klopfen. Ein Kommando ertönt: Antreten! Hermann reiht sich ein. Fackeln werden verteilt, Fahnen gehoben, Sturmriemen unters Kinn geschoben. Drüben, auf der anderen Seite des Platzes vor dem Hotel Kaiserhof, blitzen die Lichter der Fotografen. Eine Kapelle spielt das Horst-Wessel-Lied. Trillerpfiffe. Der Zug setzt sich in Bewegung. Im flackernden Licht schwankt die Standarte. Vor der Reichskanzlei Gedrängel und Jubel.

Immer wieder staut sich der Zug, gerät der Marschtritt durcheinander, doch die Männer haken sich ein und stampfen mit den Stiefeln: ›Wir werden weiter marschieren, wenn alles in Scherben fällt, denn heute da hört uns Deutschland und morgen die ganze Welt‹. Wer glaubt, daß sie diese Macht wieder hergeben werden, der hat sich aber geschnitten.«

Die bekannten Fotos vom Fackelmarsch mit exakt ausgerichteten Reihen und von Scheinwerfern bestrahlten Fahnen wurden später nachinszeniert. In Wirklichkeit war die Machtergreifung eine Kakophonie von Jubel und Straßenterror.

»Hermanns Sturm räumt die Keller der Druckerei aus und zündet in der Mitte der Straßenkreuzung ein Feuer an. In den Flammen verbrennen Notenblätter, Pakete von *Vorwärts*-Ausgaben, Flugzettel und Wahlkampfplakate, Inflationsgeld und Brotmarken, bleischwarze Schürzen, verschimmelte Papierrollen und Hugos Matratze. Die SA-Männer jubeln, weil sich die alte Zeit in Rauch auflöst und Platz macht für ihr neues Leben.

Grünwaldt regelt den Verkehr und schimpft, wenn die Funken über die Dächer steigen. Kallweit hängt ein ›Geschlossen‹-Schild in die Tür, er hat eine Erkältung, schreckliche Kopfschmerzen, hoffentlich wird's keine Grippe.

Richard Salzl sitzt hinter der Glasscheibe seiner Werkstatt. Die Wärme der Flammen erhitzt sein Gesicht. Abramowitz, das alte Frontschwein, tut ihm leid, aber die Sozen sind schon lange am Ende. Er holt die Hakenkreuzfahne aus der Schublade. Die Zuschauer draußen applaudieren, als Hans, der Älteste von Lachner, sie anstelle des Stiefels über seiner Ladentür anbringt.«

Die Druckerei wurde im März, nach dem Reichstagsbrand, auf der Grundlage der »Verordnung des Reichspräsidenten zum Schutz von Volk und Staat« beschlagnahmt. Abramowitz und seine Frau flohen zu Freunden nach Leipzig. Eine Postkarte an Elise ist im Archiv erhalten. Auf der Rückseite eines Fotos des Völkerschlachtdenkmals steht:

»Grüße aus dem Urlaub. Wir haben ein herrliches Quartier bei Annas Verwandten. Nur das Wetter ist scheußlich. Grüß bitte die Kinder.«

Ein Absender war nicht angegeben.

»Merthen bringt seine Uniform aus den Tagen der Lederverwaltung zu Strauß und Honigmann, um sie färben zu lassen, auch Dr. Wiener und Louis Koslowski tragen jetzt Braun. Anthelme, der nicht so ranke Teil der nationalen Erhebung, plumpst in seiner SA-Uniform die Treppen runter.«

»Niecklisch hat zu schleppen. Behördenpost. Zeitungen im Band. Deutschland erwacht. Sogar Bertha abonniert den *Illustrierten Beobachter,* um teilzuhaben am Gemeinschaftserlebnis, sich zu erbauen an diesem katholischen Führer, der keinen Alkohol trinkt und nicht mit Frauen scharwenzelt.«

In Elises Tagebuch, sonst verlässliche Bühne ihrer Schönseherei, gibt es zwischen 30. 1. und 2. 3. 1933 keinen Eintrag. Erst dann kommentierte sie den Anbruch der neuen Zeit:

»Besuch von der Sitte, wegen eines Liedes von Claire Waldoff in der ›Sonne‹. Bruno angerufen. Er meint, sie testen uns nur.«

Zu diesem Zeitpunkt bereitete der Schwiegervater bereits seine Übersiedlung nach Bolivien vor, wo er schon 1932 ein Haus am Titicacasee gekauft hatte.

Hermann versuchte, den *Streiter* wiederaufleben zu lassen, aber die Parteistellen winkten ab: zu mythisch und verquast, jetzt wurde geklotzt.

Er bewarb sich als Redakteur beim *Angriff,* aber dort war kurz zuvor sein langjähriger Konkurrent Károly Kampmann Schriftleiter geworden. Die neue Zeit lief ihm davon. Tags Rennerei und Arbeitsamt, nachts Einsätze mit den Kameraden, sein Hals wurde trocken, seine Wangen glühten, seine Wut suchte ein Ziel.

»Beinahe erkennt er den Mann nicht wieder, der ihm mal die Jacke um den Kopf gewickelt hat. Alt sieht er aus, der Kommunist Poschinger. Hermann beobachtet über einen Spiegel bei Aschinger in der

Prenzlauer Allee, wie der einstige Funktionär Brot kauft, unrasiert, sich mit gehetztem Blick mißtrauisch umblickt. Hermann folgt ihm mit großem Abstand, Friedenstraße, Neue Königstraße, Alexanderplatz, der Mann läuft Zickzack, Hermanns Jagdinstinkt erwacht. Im Gedränge am Bahnsteig der U-Bahn Richtung Vinetastraße verliert er ihn beinahe, doch die Bahn muß nochmal halten, weil jemand seinen Schirm in der Tür eingeklemmt hat, und da sieht er ihn, zwischen breite Schultern geduckt. Auf der Schönhauser läuft das Häslein stadteinwärts, wechselt zweimal die Straßenseite, betritt in der Gaudystraße endlich ein Haus. Hermann wartet einen Moment, öffnet leise die Tür und lauscht in den Hausflur. Er zählt die hochsteigenden Schritte, zweite, dritte Etage, hört ein Klopfzeichen und wie eine Tür zufällt. Er schleicht nach oben, horcht. Kurbjuweit. Das muß die Wohnung sein.

Im Morgengrauen umstellt seine Schar das Haus. Ebers und Uschmann, die beiden schwersten, treten die Tür ein, danach geht alles Blitz auf Blitz:

Die Frau im Bett kreischt. Der Mann neben ihr zieht seinen Revolver unter dem Kopfkissen hervor, schießt in die Türfüllung, wird überwältigt. Die Frau wird geknebelt und in der Küche am Herd festgebunden. Heinz Poschinger, der Duzkumpel von Emil Kunert und Zeuge an jenem Abend der Demütigung vor 15 Jahren, flucht mit blutigem Mund, bis ihn ein Knüppel auf die Dielen schickt.

Hermann läßt das Treppenhaus sichern. Keiner der Nachbarn hat gewagt, seine Tür zu öffnen oder die Polizei zu rufen. Einer der SA-Männer bleibt zurück, um unauffällig Straße und Hauseingang zu beobachten, falls weitere Fische ins Netz wollen.

Vermummt und geknebelt bringen sie den Rotfrontfunktionär in den Druckereikeller, binden ihn auf einen Stuhl. Jeder darf ihm eine reinhauen. Hat uns massakrieren wollen, aber denkste, so schnell dreht sich die Welt.

Poschingers Augen und Lippen schwellen, aus dem Mundwinkel fällt ein Zahn. Spuck aus: Wo ist dein Sohn? Wo sind die Waffen? Wer hat das Geld? Wo sind deine Führer? Aber was Poschinger spuckt, ist nur blutige Rotze. Hermann tritt wütend den Stuhl um und schlägt mit einem zusammengerollten Zeitungsbündel auf den Mund des Trotzenden. Die Lippen gehen in Fetzen, er gurgelt und röchelt vor Atemnot – bis ein Kamerad Hermanns Arm festhält. Mann, der geht uns noch vor die Hunde.

Und wenn schon.

Vorher muß er reden.

Hermann überlegt, was schmerzt, aber nicht so schwer verletzt, daß der Mann draufgeht.

Sein Herz klopft heftig, als er Poschingers Finger ins heiße Blei taucht. Gellendes Schreien. Geruch nach gebratenem Fleisch. Eimer kaltes Wasser. Er ist kein Sadist, aber er tut, was getan werden muß. Hart wie Kruppstahl. Ich bin nichts, mein Volk ist alles.

Die Wache warnt: Das Schreien dringt bis raus auf die Straße. Sie zerren ihr Opfer weiter nach hinten, zwischen die Papierrollen.«

»Poschingers Leiche hängt im Regen an der Eisenbahnbrücke über der Gartenstraße, wie unsichtbar. Die Menschen gehen vorüber. Sie sind blind vor Angst.«

Ein alter Bekannter aus Weltkriegstagen, Alfred-Ingemar Berndt, stellte Hermann schließlich im Heimatbilddienst des neugegründeten Deutschen Nachrichtenbüros an. Das war nicht, was Hermann sich erhofft hatte, verschaffte ihm aber zum ersten Mal in seinem Erwachsenenleben ein festes Einkommen.

»Anni kauft einen Springbrunnen und nennt die Stube fortan ›Salon‹. Mit Mühe kann er sie überzeugen, kein eigenes Sonntagessen zu veranstalten, weil er die Kontakte bei Lachners braucht.«

Jakob und Anna Abramowitz kehrten Anfang Mai aus Leipzig zurück. Der Führer hatte ein großes Gewese um die Frontkämpfer des Weltkrieges gemacht – also hier stand einer. Gedient hat er vom ersten Tag des Weltkriegs bis zum letzten und bittet freundlichst um nichts weiter als die Wiedererlangung seines verfassungsrechtlich garantierten Eigentums. Die Behörden ignorierten ihn. Er schrieb Briefe an »liebe Kameraden« und listete seine Verdienste um das

Vaterland auf. Einziges Ergebnis war die formale Enteignung »wegen kommunistischer Propaganda« auf Grundlage der Reichstagsbrandverordnung. Alles nach neuem Recht und Gesetz. Hitler wusste schon, wie sehr seine Deutschen die Hintertürchen für ihre Skrupel brauchten.

Schließlich sprang Hugo Lorenz ein und kaufte die Druckerei mit einem Kredit der Disconto-Gesellschaft unter der behördlichen Auflage, Liedbeilagen für die Bewegung zu drucken, deren zahlreiche neue Mitglieder eingestimmt werden mussten. Als ersten Auftrag belieferte die Druckerei den Deutschen Jugendtag auf dem Exer.

> »Viele Jahre zogen dahin, geknechtet das Volk und betrogen; Verräter und Juden hatten Gewinn, sie forderten Opfer Legionen …«

Skrupel scheint Hugo nicht gehabt zu haben. Er verdiente gut. Mutter Lorenz, die offene Beine vom lebenslangen Stehen hatte, war froh, den Marktstand am Humannplatz aufgeben zu können. Anna Abramowitz führte weiter die Buchhaltung und Jakob reparierte die Maschinen.

> »Lottes [neunter] Geburtstag. Ernst hat ein Radio gekauft.«

Es handelte sich um ein Telefunken mit Sendertasten und automatischem Suchlauf. Lotte lauschte dem Führer mit Begeisterung. Am Sonntag, wenn Runa das Essen abgeräumt hatte, lud Ernst die Gäste ein, mit ihm die »Übertragung aus dem Konzertsaal« der Funkstunde Berlin zu hören und dabei gemütlich Kaffee zu trinken.

Elise legte ihren Kindern keine Steine in den Weg zur nationalen Herrlichkeit, die sie für »alternativlos« hielt:

> »Hans' Lieblingslehrer, der Sport und Physik unterrichtet, erscheint in brauner SA-Uniform zum Unterricht und wirbt für das Jungvolk. Hans besteht die Pimpfenprobe als Bester. Er braucht eine Uniform und für die Fahrt über Ostern Zeltbahn mit Heringen, Eßgeschirr, Feldflasche und Brotbeutel.«

Ihre Mutter Augusta ließ sich weder von Ernst noch von der neuen Zeit beirren. Mag sein, dass sie zu Gustavs Lebzeiten viele seiner

Ideen für luftig gehalten hatte, aber seit seinem Tod war sie die treueste Bewahrerin seines Vermächtnisses: »Das Haus soll denen gehören, die drin wohnen!«

Der Ausgleich verschiedener Interessen innerhalb des Vereins und zwischen Mietern und Eigentümern hatte viel Mühe gekostet und sie war nicht bereit, das jetzt für eine imaginäre Volksgemeinschaft und ihren Führer aufzugeben. Vielleicht meinte sie auch, mit ihren 60 Jahren nicht mehr viel zu verlieren zu haben.

> »Plötzlich steht Augusta im Halbdunkel des Treppenabsatzes vor ihm [vor Hermann Kunert, d. A.]. Ihre Nase bewegt sich wie die eines Raubtieres, das an der Beute schnuppert. Er hält die Luft an. Sie kann doch Poschingers Blut nicht riechen. Oder? Hermann ärgert sich über sein Gewissen und versucht, die Angst herunterzuschlucken. ›Was willst du?‹
>
> ›Kein Stunk im Haus. Und für Abramowitz ne Entschädijung.‹
>
> ›Denk nicht dran, die Judenzeit ist vorbei.‹
>
> ›Hermannchen, jetz pass ma uff!‹ Ihre Stimme nimmt an Schärfe zu, denn so klein sie ist, so giftig kann sie werden, wenn einer sich dumm stellt. ›Den wilden Max kannste draußen spieln. Du sollst nur ma wissen, dette selber vonnem Juden abstammst.‹
>
> Da muß er lachen und gleich noch mal mehr, weil sie son dummes Gesicht macht. ›Nee. Gustav is nich mein Vater.‹
>
> Sie klingt ein wenig versöhnlicher. ›Den meint ick nich, sondern Sigmar Dessauer. Dit is dein Vater. Der Gewerkschafter. Soll jetzt im KZ Oranienburg sitzen.‹
>
> Sein Hals brennt, seine Zunge stolpert und bringt vor Aufregung durcheinander, was er sich in endlosen Nächten zurechtgelegt hat. ›Bloß daß ich nischt kriege vom Erbe, deshalb sachst du das. Da gibt es keene Beweise für. Du haßt mich! Schon immer.‹ Seine Kehle klebt, vergeblich versucht er, was zu sagen, um nicht hören zu müssen, was Augusta erzählt. Er fiept vor Halsschmerz.«

Im Juli 1933 wurden Augusta Weizheit und Alwin Kallweit verhaftet, »wegen Begünstigung der Prostitution«, wie es im Haftbefehl hieß, sowie »Fluchtverdacht und Verdunkelungsgefahr«. Beide wurden ins Untersuchungsgefängnis Wedding gebracht. Eine Besuchserlaubnis wurde wegen der »Gefahr der Zeugenbeeinflussung« verweigert. Ernst bat Freunde seines Vaters, die Staatsanwälte und Richter waren, um Hilfe, aber die vertrauten Hebel griffen nicht mehr. Auch Conti konnte nicht helfen. Im Gerangel um die Macht war er mit dem Reichsärzteführer Wagner aneinandergeraten und aus der SS ausgeschlossen worden.

> »Ich habe 1932 nationalsozialistisch gewählt, weil ich mit der Machtergreifung die Hoffnung auf gesundheitspolitische Reformen, insbesondere eine verbesserte Gesundheitserziehung, die Förderung des Sports und ein Ende der Zweiklassenversorgung in der Prothetik erhoffte. Die Auflösung und Gleichschaltung von Parteien und Verbänden schien mir hinnehmbar, um die innere Zerrissenheit Deutschlands zu überwinden. Ich gebe zu, den Mut und die Entschiedenheit des Führers bewundert zu haben. Die militärische Organisation hielt ich schon immer für überlegen in Bezug auf Effektivität und Verantwortlichkeit der Tätigen.«

Über das Jahr 1933 schrieb er:

> »Insbesondere unter Ärzten herrschte eine freudige Aufbruchstimmung, wobei zunächst noch unentschieden war, wie die nationalsozialistische Wohlfahrt und Gesundheitspolitik zu gestalten wäre. Ich war bereit, die Spielräume zu nutzen und meine Kraft der Bewegung zur Verfügung zu stellen. Die Verhaftung meiner Schwiegermutter im Juli 1933 war ein zusätzlicher Antrieb, der mich veranlaßte, die Rolle zu spielen, die das Schicksal mir anbot, denn ich glaubte, meine Familie schützen zu können.«

Ernsts Mitgliedsausweis der NSDAP trägt das Aufnahmedatum 12. Juli 1933. Auf allen Familienfotos der Weiszheits in den Jahren bis 1939 trägt Ernst Lachner die braune Uniform des Nationalsozialistischen Deutschen Ärztebundes. Die arische Abstammung der Familie Lachner zeigte zwar kleine Makel, aber man sah Elise die Mapuche-Vorfahren ihrer Mutter nicht an und die väterliche Abstammungslinie führte ins (jetzt litauische) Ausland.

In einer Zeitschrift wurde Ernst Lachner im September als »Vertreter des Gauamtsleiters Berlin des Hauptamtes für Volksgesundheit der NSDAP« bezeichnet. Die Praxis führte er im gleichen Umfang weiter wie zuvor.

Augusta Weiszheit und Alwin Kallweit wurden Ende Juli 1933 aus der Untersuchungshaft entlassen. Georg Merthen, der während Augustas Abwesenheit die Hausverwaltung übernommen hatte, drohte nun mit Schwierigkeiten, wenn Augusta ihm die Kompetenzen wieder streitig machen sollte. Er prahlte damit, bereits seit 1925 in der Partei zu sein, und verkündete, die neue Zeit brauche keine Klemmschwestern und Harmonien mehr, sondern zackigen Marschtakt und sauberen Verkehr. Als Blockleiter »führte« er die Gruppe der NSDAP-Mitglieder und sorgte dafür, dass sich die NS-Nebenorganisationen wie Schuppenflechte über den Alltag ausbreiteten. »Mutter nach Kuchelna abgereist. Besser so!«, schrieb Elise.

Nur mit dem SA-Trupp vom Falkplatz, der allabendlich in der Sonne becherte, wurde Merthen nicht fertig. Die meisten der Randalierer waren junge Familienväter, die Gerüchte über das Weiszheithaus gehört hatten und von einer nebelhaften Sehnsucht getrieben wurden. Kallweit versuchte, sie mit Freibier, einem offenen Ohr und väterlichen Ermahnungen zu besänftigen, aber Grünwaldt musste immer wieder eingreifen und sah sich bald selbst bedroht.

In gewisser Weise rettete die Machtergreifung durch die Nazis Elises Ehe.

> »Letzte Nacht mit Ernst geredet, lange und gut. Wir halten zusammen. Für ihn und die Kinder würde ich mein Leben lassen. Unfug. Ich bin nur durcheinander.«

Ernsts Freund Conti wurde wieder in die SS aufgenommen und stach schließlich alle Konkurrenten aus. Bis 1939 stieg er zum obersten Ärzteführer des Reiches auf.

Augusta blieb bis kurz vor Weihnachten 1933 in der Tschechoslowakei. Sie brachte einen Koffer voller Duftessenzen mit, die sie im

Sommer und Herbst aus selbst gesammelten Blüten und Kräutern in der Hotelküche von Kuchelna destilliert hatte, und schien entschlossen, den braunen Gestank aus dem Haus zu parfümieren. Sie grüßte Hermann nicht mehr und sprach auch mit Ernst kein Wort, wenn der seine Uniform trug.

»Augusta beim Sonntagsessen wie eine Taubstumme. Hört aber genau hin und beim Abwaschen muß ich mir die Auswertung anhören. Runa fehlt mir.«

Die ehemalige Novizin war in den Schoß ihrer Kongregation zurückgekehrt und pflegte im Wohnheim ihre alt gewordenen Mitschwestern, darunter die inzwischen fast 70-jährige Argane Kuss. Elise zufolge war ihr »die Welt zu weltlich« geworden, zudem hatte Merthen den Nonnen verboten, im Weiszheithaus zu singen und zu missionieren.

Elise lud die Söhne von Hermann und Anni zum Spielen ein, schließlich waren sie offiziell Cousins ihrer Kinder.

»Kurt spielt mit Günter ›Sonntagsessen‹: Er ›bedient‹ den hübschen Kardinal.«

Im Sommer fuhr Ernst mit den größeren Kindern in die Sächsische Schweiz oder zum Baden an den Uckersee, wo Conti ein Ferienhaus hatte. Er war ein sportlicher, umsichtiger Vater und kannte keine übertriebene Scham.

»Wenn der Vater aus dem Haus ging, machten wir es uns ›schön‹«, schrieb Kurt Weiszheit. »Mu und ich frühstückten im Nußbaumbett und erzählten uns Geschichten von unseren Abenteuern als Tanzsklavin und Kameltreiber. Am Nachmittag, wenn die Sonne schien, wechselten wir ins ›Beduinenzelt‹ auf dem Balkon, eine luftige Konstruktion aus Bettlaken und Arztkitteln. Das Geplärr der Führerrede, das vom Lautsprecher am S-Bahnhof herüberhallte, bauten wir als Mullahrufe ein und das Getrappel der zu einem Aufmarsch Eilenden als Geräusche eines Basars.«

So lernte Kurt zeitig, Wirklichkeit durch Phantasie zu ersetzen oder, wie Elise gesagt hätte: schönzusehen.

Elise schrieb weiter Glückwunsch- und Weihnachtskarten nach

Schieß, aber Lawrentija Weiszheit antwortete nicht mehr. Sie wollte nicht verstehen, dass Ernst sich mit den Nazis so innig einließ.

Nach Augustas Rückzug wurde Elise formell neue Geschäftsführerin der »Weiszheithaus-GmbH«, konnte allerdings nur eingeschränkt agieren, denn Merthen beanspruchte als Blockleiter der NSDAP die »Führerrolle«. Er sammelte nicht nur für die Winterhilfe und kassierte den Eintopfsonntag, sondern führte auch eine Kartei mit Angaben über die Spenden der Haushalte und über Mitgliedschaften in NS-Organisationen, kontrollierte die Beflaggung zu Feiertagen, mischte sich in die Vermietung ein und schikanierte die Goldberg-Fräulein. Die Reibereien wurden zum Dauerthema in Elises Tagebuch:

> »M. muß alles erschnüffeln, überall seinen Scheuerlappengestank reinmischen ... M. hat Anthelme schon wieder die Miete gestundet, nennt meine Forderung ›Wucherzins‹ ... M. hat der Heimbergerin mit KZ gedroht, wenn sie ihn nochmal Merde nennt. Zu schade, daß Griebel wegen seiner Vorstrafe nicht in die Partei darf, NSKK reicht nicht für Blockwart.«

Merthen durchlöcherte Elises Bollwerk gegen all die Widrigkeiten des Draußen, die sie nicht zur Kenntnis nehmen wollte. Das Schönsehen wurde anstrengender. Und es kam noch schlimmer. Die Macht verlieh Merthens armseliger Gestalt offensichtlich einen kranken Glanz, jedenfalls wählte ihn eine Mehrheit auf der Jahreshauptversammlung 1935 zum Vorsitzenden des Weiszheithaus-Vereins.

> »Sein Arm zuckt, und er hängt daran und muß herumhampeln wie eine Puppe. M. neuerdings mit Freundin. Braune Zöpfe. Braunes Kleid. Braune Augen. Brauner Einkaufsbeutel. Sie heißt Ellen und riecht nach braunem Wasser.«

Wenn Elise überhaupt einmal Raum für eine Entscheidung blieb, entschied sie sich »für das kleinere Übel«.

> »Neue Bestimmungen. Das Firmenschild der Goldbergs muß weg. Streit mit Merthen, der ein judenfreies Haus melden will. Sie werden weiter hier wohnen und unterrichten. Basta.«

Kurze Zeit später notierte sie:

»M. wollte die Magnolie fällen lassen. Nimmt angeblich Luft und Licht weg. Habe Klartext geredet.«

Schon das Ausbleiben eines noch größeren Übels schien Elise ein Glücksfall und nährte die trügerische Hoffnung auf ein gutes Ende.

»Heute den ganzen Tag geflaggt und Bänder zwischen den Balkonen gespannt, Tulpen in den Blumenkästen, Eckfenster froh geschmückt«, notierte Elise zu Führers Geburtstag im April 1937.

Ihr »Schönsehen« fand auf perfide Weise in der Nazipropaganda ein Echo: Kult des Körpers und der Gesundheit, Abwehr alles Hässlichen und Entarteten, Verteidigung des Gutgemeinten und der hohen Pose. Im Haushaltbuch, das sie angelegt hatte, weil »neuerdings gespart und gespendet [wird,] als hätte man ein Loch in der Tasche«, sind an Putz- und Duftmitteln für das Jahr 1938 aufgeführt: 36 Lavendelkugeln, 17 Stück Arztseife, 7 Stück Seife Eau de Cologne, 2 Flaschen à 500 ml Eau de Cologne, 7 Flaschen Fichtennadel-Essenz, 30 Tütchen Badesalz, 159 Strauß Blumen, 17 Flaschen Sidolin, 9 Würste Bohnerwachs, 12 Packungen Räucherkerzen, 48 Duftkerzen, dazu enorme Wäschereirechnungen.

»Wenn wir sie beim Einkaufen begleiten, dürfen wir ›nicht meckern‹. Tränen sind ein schwerer Verstoß gegen die Regeln des GUTEN BENEHMENS. Blickt man einfach so drein, folgt unzweifelhaft die Frage ›Was ist?‹. Zufrieden ist sie nur, wenn man lächelt.«

Valentin Grünwaldt ging 1935 mit 64 Jahren in Pension.

»Wie bisher dreht er seine tägliche Runde über den Falkplatz, aber er spricht mit einem nicht vorhandenen Hund, als sei er ein bißchen wirr im Kopf, und kürzt die Rasenecken ab, was durchaus auffällt, weil er auch einen Kopf größer geworden zu sein scheint. Unrasiert und überhaupt ein wenig unsauber ist er, sollen andere sich jetzt um die Ordnung kümmern, ihn geht sie nichts mehr an.«

Hermann verschaffte sich über einen einstigen Sturm-Kameraden, der zu Leys engsten Mitarbeitern gehörte, Zugang zum Archiv der Deutschen Arbeitsfront.

»Sein lauter Stiefeltritt im Flur der ehemaligen Gewerkschaftszentrale am Engelufer läßt Zweifel gar nicht erst aufkommen. Der Archivar ist glücklich, daß der Führer endlich Schluß mit dem Klassenmuff gemacht, die Hetzer hinweggefegt hat mit eiserner Faust, bis Hermann ihn unterbricht: ›Dessauer Sigmar, geheime Ermittlungen, Geschwätz wird bestraft.‹ Bitte hier, danke, Heil Herr Kunert, wenn Sie Hilfe brauchen, schellen Sie nur immer.
Das ist er: ›Dessauer, S., Gewerksch. Angest., Augsburger Straße 7 in Charlottenburg. Geboren 7. 4. 1870 in Frankfurt, als Sohn von Carl und Chaja Dessauer, Vorsitzender der Berliner Holzarbeitergewerkschaft, Parteischule der SPD, Bundesvorstand des Gewerkschaftsverbandes, 1933 nach einem Herzinfarkt in der Charité gestorben. Pensionsansprüche der Witwe Rebekka Dessauer, geborene Davidsohn, von der DAF abgelehnt. Sieben Kinder. Daniel, Michael, Ephraim, Ruth, Eva, Dina, Deborah …‹
Er reißt seine Halbgeschwister aus der Akte und stopft sie unters Hemd. Sie kleben auf seiner Haut, als er an der Wache vorbeimarschiert, Heil! Zack! Unter einer Brücke am Luisenufer befreit er sich von der Pest. Der Wind treibt brennende Fetzen aufs Wasser.«
»Er kann kein Jude sein, das würde er fühlen. Oder?
Kleine und große Lügen seiner Kindheit fallen ihm ein. Der Stein aus nächtlichem Hinterhalt. Die Bastard-Rufe. Halsschmerzen. Auch Träume von Geld und Erfolg und eine gewisse Lust am Geschlechtlichen kann er nicht leugnen. Aber er wird das Jüdische in sich niederkämpfen und dem Guten zum Sieg verhelfen, so wahr ihm der Führer helfe.«

In der Nacht vom 8. auf den 9. Dezember 1934 wurden Hermann, Louis und Valentino von der Gestapo aus ihren Betten geholt und verhaftet, das Fotografische Atelier durchsucht und alle Abzüge beschlagnahmt.

»Klirren die janze Nacht. Allet zerschmissen hamse. Damals warn die Fotos ja noch uff Glas … Der Valentino tat eim schon leid, der war erst 24 und bißken dußlich. Hat sich uff seine braunen Freunde valassen, un nu warn die selber dranne.«

»Auf so brüchigem Eis hat er [Hermann, d.A.] noch nie gestanden. Kameraden! will er sagen. Ich habe für Hitler gekämpft, da saßen die meisten von euch noch in bequemen Sesseln, manche lagen gar noch in den Windeln. Die Hefte, die ihr jetzt mit spitzen Fingern anfaßt, haben geholfen, Ästheten und Feingeister für die Bewegung zu gewinnen. Ihr wißt doch: Manches an uns wirkte damals schmuddlig.

Aber sie wissen es nicht. Orgesch. Schwarze Reichswehr. Kennen sie nicht. Wollen sie nicht mehr kennen. Das waren andere Zeiten. Jetzt wollen sie Zeugen, Fürsprecher, Beweise, Aufträge. Er muß überlegen, wen er als Referenz benennt. Ein falscher Name und sein Kopf rollt.«

Hermanns Geldgeber und Förderer des *Streiter*, der bereits Ende 1932 entmachtete Paul Schulz, hatte im Juni auf der Liste der zu ermordenden SA-Führer gestanden und war nur mit viel Glück in die Schweiz entkommen.

»Der Familienführer [Ernst] legt seine Hand für Hermanns nationale Gesinnung ins Feuer und gibt eine Linie vor: Hermann hat redigiert, was die Partei von ihm redigiert haben wollte. Also Texte geschrieben, mit den Fotos hatte er nichts zu tun, weiß aber auch gar nicht, was so schlimm sein soll. Irgendwann sind die Beamten seiner Naivität überdrüssig, sie lassen ihn mit einer Verwarnung laufen: Sieh auf deinen Umgang, Kunert.«

Valentino Weltorff hatte weniger Glück. Er wurde ins Columbiahaus gebracht, misshandelt und anschließend ins KZ Buchenwald verlegt. Er starb 1935, angeblich an einer Lungenentzündung.

Louis Koslowski wurde entlassen und fiel sogar die Karrrieretreppe hinauf.

»Wie er dann jeden Morjen zur Willemstraße, wo die Ministerien warn, jefahrn is, da wußte doch jeder: Holzooche sei wachsam!«

Von 1934 an arbeitete er als Fotograf und Bildauswerter bei der Gestapo in der Prinz-Albrecht-Straße.

»Er sah Tausende, wenn nicht Zehntausende Inhaftierte durch den Sucher der Kamera, fotografierte sie bei der sogenannten ›Erfassung‹ ein letztes Mal in unbeschädigtem Zustand, bevor sie von der preußisch-gründlichen Knochenmühle zermahlen wurden. Louis Koslowski war kein böser Nazi, er war ›nur‹ ein typischer Lakai des Regimes, einer mit künstlerischem Anspruch.«

Hermann »bewährte« sich die nächsten vier Jahre im Amt für »Reisen, Wandern und Urlaub«, dem Reiseveranstalter der NS-Organisation »Kraft durch Freude«, mit dem Schreiben von Reklametexten für Gruppenreisen, beispielsweise in die bayerischen Alpen. Er wurde gelobt, denn

»das Lobpreisen des gesunden und kriegerischen Körpers beherrscht er seit *Streiter*-Tagen aus dem FF, die Bilder hat er im Kopf. Auf einer Konferenz im Propagandaministerium zitiert Erkwig [einer von Goebbels' »Presseberatern«, d.A.] Hermanns Artikel ›Sport und Volkskörper‹: ›Deutlicher noch als Geist und Leistung ist die körperliche Gestalt Ausdruck des Neuen Menschen, denn in ihr erscheint er am wenigsten verfälsch- und verstellbar‹, worauf sein Referatsleiter ihn mit der Aufgabe betraut, den Amerikanern, die nach der Verkündung der Nürnberger Rassegesetze die Olympischen Spielen zu boykottieren erwägen, deutschen Sportsgeist zu erklären.

›Wer könnte bezweifeln, daß der gesunde Mensch mit einem gesunden Geist auf das Siegerpodest gehört? Sport und Wettbewerbe sind Kampfmittel gegen die Degenerationserscheinungen der Zeit‹, schrieb Hermann, und was er schrieb, gefiel nicht nur den Riefenstahls und Brekers und Speers in Deutschland. Für seine Verdienste erhielt Hermann das Olympia-Ehrenzeichen, einen »lächerlich überproportionierten Strohstern«, wie Elise befand.

Einige Gruppenspiele des olympischen Fußballturniers wurden übrigens in der »Plumpe«, dem Stadion des FC Hertha Berlin, das auf der anderen Seite der Ringbahn in Sichtweite des Weiszheithauses lag, ausgetragen, so das Spiel Norwegen gegen Türkei am 2. August, das Ernst mit seinem ältesten Sohn Hans besuchte. Norwegen qualifizierte sich an diesem Tag mit einem 4:0-Sieg für das Viertelfinale, in welchem es fünf Tage später Deutschland aus dem Rennen warf.

Am 19. April des darauffolgenden Jahres, am Vorabend des Führergeburtstags, wurde der Jahrgang von Hans in die HJ »überwiesen«, eine Art NS-Pendant zum Konfirmieren.

»Wände und Bühne des Colosseum sind mit Fahnen und Hakenkreuzen geschmückt und von Scheinwerfern angestrahlt. Hans sitzt ganz vorn, einige Reihen dahinter recken Ernst und Elise zwischen den Eltern die Köpfe. Fanfarenruf. Die Schüler springen auf, manche Eltern singen mit. ›Vor uns marschieren mit sturmzerfetzten Fahnen die toten Helden der jungen Nation, und über uns die Heldenahnen. Deutschland, Vaterland, wir kommen schon!‹«

Anschließend gelobten die Kinder im Chor »allzeit Führer Adolf Hitler treu und selbstlos in der Hitlerjugend zu dienen …« und so weiter. Sie wurden namentlich aufgerufen und einzeln von Ortsgruppenleiter Kelch mit Handschlag beglückwünscht, während die Streichergruppe des soeben von »Heinrich-Schliemann-« in »Horst-Wessel-« umbenannten Gymnasiums das Deutschlandlied spielte.

»Eiskälte im Kino. Nase lief die ganze Zeit. Mir war zum Heulen. Zum Glück dachten die anderen Eltern, ich sei so gerührt.«

Elise empfand ganz richtig, dass die Zeremonie eine Beschlagnahmung der Kinder durch die Dreifaltigkeit von Staat, Bewegung und Nation symbolisierte.

»Hans begräbt seine Kinderträumchen von der Fliegerei und will Arzt werden wie sein Vater. Ernst nimmt sich viel Zeit für seinen Ältesten, will ihm nicht nur Vater sein, sondern Freund.«

Zu Hans' 14. Geburtstag am 24. November 1936 schenkte Ernst ihm einen Schweizer Chronographen, eine »Breitling« mit Stoppfunktion, vergoldet mit silbernem Ziffernblatt.

»Elise macht sich lustig über den ›Männerbund‹. In Wirklichkeit ist sie eifersüchtig. Sie hat Hänsels Geschrei ertragen, hat mit ihm gebabbelt und geplappert und dumme Fragen beantwortet, und nun, da er endlich erwachsen mit ihr reden könnte, hält der Bursche seine Mutter für minderbemittelt.

Elise muß eine rote Lebensrune auf den rechten Ärmel von Hans' Jacke nähen, das Zeichen der Feldscher-HJ. Künftig ist er an den Wochenenden kaum noch zu Hause, absolviert Kurse der Sanitätsausbildung, leistet Erste Hilfe auf Fahrten und in HJ-Rettungsstellen oder begleitet seinen Vater zum ›freiwilligen‹ Einsatz bei Sportveranstaltungen der SA.«

Bei Lottes »Überweisung« zum BDM zwei Jahre später hatte sich das System bereits etabliert und Elise lud zur Familienfeier, wie es – zumindest unter den Chargen – üblich geworden war.

»Conti fuhr mit schwarzem Dienstmercedes vor, nur kurz auf einen Tee, aber die Leute standen auf den Balkonen. Lotte freut sich über den Bastelsatz [für einen Langwellen-Empfänger].«

Das Konfektionsgeschäft »Strauß und Honigmann« hieß jetzt »Damen- und Herrenbekleidung«. Wo früher die Uniformen hingen, eröffneten die neuen Inhaber eine Kinderabteilung. Es lag nicht am Angebot, dass Elise und Lotte trotz eines Anprobemarathons nur mit einem Sportdress und ein paar Socken nach Hause kamen. Lotte fand ihre BDM-Uniform »praktisch, sportlich und bis zum Halstuch der Jungsuniform ähnlich, das hätte ich sonst nicht gedurft«. Wenn sie einen Nachmittag mit ihrer BDM-Gruppe zu organisieren hatte, führte sie die Mädchen garantiert nicht zum Deckchenhäkeln, sondern in die Werkstatt von Radio-Pohl.

Der Radiohändler Pohl hatte keine Vorbehalte gegen das Mädchen, dessen Geschick im Umgang mit dem Lötkolben ihn beeindruckte. Zudem konnte er Hilfe, zumal kostenlose, gut gebrauchen. Seit der Eröffnung hatte er den Laden um einen Hörraum, eine Werkstatt und ein Lager bis in den zweiten Hinterhof erweitert, Phonoschränke ins Programm aufgenommen und bot Reparaturen an. »Ernstes Wörtchen mit Pohl. Lotte stinkig.« Lotte hatte die Sonntagsessen geschwänzt, zu denen sie seit ihrem 14. Geburtstag verpflichtet war. Ein Sakrileg.

Lotte selbst erinnerte sich:

»Die Vorsuppe stand 14:00 Uhr auf dem Tisch, aber der ritualisierte Albtraum begann bereits beim Frühstück, wenn wir über die Gäste informiert wurden, die anwesend sein würden, ihre Titel auswendig lernen und die jeweils dazu passenden Begrüßungsformeln aufsagen mußten. Selbstverständlich Fingernägel schneiden und säubern, Haare bürsten, das ganze Mädchentheater. Dann noch einmal zu Vater, also wir Älteren. Er legte großen Wert auf ›Innehalten und die Woche Revue passieren lassen‹, das war eine Art äußere und innere Reinigung vor dem gesellschaftlichen Ereignis des Sonntags. Wer zu spät kam, durfte das Eßzimmer nicht mehr betreten. Wer einmal drin war, kam erst vor der abschließenden Zigarre, die selten vor 17:00 Uhr geraucht wurde, wieder raus. Dazwischen lagen in den guten Zeiten vier oder fünf Gänge, anstrengende und wohlerzogene Gespräche. Witzige Bemerkungen waren willkommen, wenn sie ›Niveau‹ hatten. Zuletzt Likör und Kaffee und dann, wie gesagt, meist im kleineren Kreis noch eine Zigarre.«

Auf den Klassenfotos sind die Zwillinge Ilse und Karl leicht zu identifizieren: Ihre weißblonden Schöpfe leuchteten über den anderen.

»Karl versteckt die Tolle unterm Sommerschiffchen. Sein Fähnleinführer ignoriert die unmilitärische Marotte, denn Karl ist sein bester Artillerierechner, ohne den sich kein Wettstreit gewinnen läßt.«

Ilse litt unter ihrer Größe, fand sich grob und ungeschlacht. In der früh beginnenden Pubertät (sie war 1938 13 Jahre alt) trug sie Schuhe ohne Absätze, zog den Kopf ein und scheute das Licht – während ihr Bruder Karl von Mädchen wie Jungen angeschwärmt wurde:

»›Ein schöner Junge‹ (Vera [Klotzke, d.A.]) und ›klug wie ein Rabe‹ (Wiener).« Die Zwillingsharmonie hielt trotzdem. »Ilse spielt Beethoven und Karl rechnet im Takt dazu Wurzelreihen«, notierte Elise. Karl träumte gern in der Klanghülle ihres Klavierspiels.

»Ilse hat den kräftigen Anschlag von Ernst. Manchmal höre ich nicht heraus, wer spielt.«

In den ersten Jahren nahm Ilse Unterricht bei Esther Goldberg. Ab 1938 kam, weil die Jüdin keine Nichtjuden mehr unterrichten durfte, eine junge Frau von »Glaube und Schönheit«. Erika Wurzbacher nutzt jede Unterbrechung des Unterrichts, um mit dem Weiszheit'schen Telefon ihren Cousin in Bamberg anzurufen.

Das Fundament aus Kurt Weiszheits biografischen und fiktionalen Erzählungen, auf dem wir uns bewegen, beginnt in dem Moment zu schwanken, in dem der Autor selbst es betritt. Plötzlich steigen Nebel auf, bilden sich Risse.

»In unserer Familie wurde viel erzählt. Während ich um die Tischbeine krabbelte, fielen die Worte wie Brosamen auf mich hernieder. Von Elfen und dem kühlen Licht sommerlicher Nächte war die Rede, ›vom Kaiser‹ und von ›vor dem Krieg‹ und von Opa Gustav, der immer im Mittelpunkt gestanden habe.«

Die Geschichten vom Großvater, den Kurt Weiszheit ja nicht mehr kennenlernte, müssen den Enkel sehr beeindruckt und seine Phantasie angeregt haben.

»›Ich liebe Opa Gustav sehr, liebér als ich wäré ich er‹ soll ich gedichtet haben. Aber wozu ein Konjunktiv? Ich konnte ganz einfach Opa Gustav sein, wenn ich wollte, mich gerade hielt und parlierte. Mu fand mein Geplapper ›überzeugend‹. Nur Vater nannte mein Lachen affektiert und wies mich aus dem Zimmer.«

Kurt war ein Spiegelkind: Machten die Geschwister Faxen, faxte er auch. Quatschten sie Kauderwelsch, kauderwelschte er nach. Verzog Lotte das Gesicht zum Weinen, heulte er los.

»Du hast einen Rock von Mutter als Kleid angezogen und warst Frau Holle, die die Betten durchwühlte wie eine alte Puffmutter. Du hast Dich mit Omas Maiglöckchenwasser parfümiert und wolltest immerzu, daß ich den Wolf spiele und Dich als Rotkäppchen fresse … Wenn wir gelesen haben, hast Du auch immer die Nase in Bücher gesteckt, aber Du hast die Seiten gekaut, statt sie zu lesen.«

Einige Bücher der Weiszheitbibliothek tragen deutlich erkennbar die Male von Zähnen und Sabberflecken: Löns' *Werwolf* beispielsweise, *Seefahrt ist not* von Gorch Fock, Plüschows *Abenteuer des Fliegers von Tsingtau* und *Hitlerjunge Quex* von Schnezinger.

Früh lernte Kurt lesen, so dass er mit fünf Jahren bereits die Patienten im Wartezimmer beeindrucken konnte, indem er auf die Stühle kletterte oder sich Bücher aus den oberen Regalen herunterreichen ließ, um daraus zu deklamieren. Manche Patienten machten sich einen Spaß daraus, ihm verfängliche oder besonders komplizierte Bücher zu reichen, aber Kurt schmökerte sich tapfer durch und stellte fest:

> »Meine Phantasie entzündete sich vorzugsweise an Sätzen, die ich nicht verstand.«
>
> »Ich spielte das Schicksal meiner Bücherhelden nach und weitete es nach Belieben aus. Natürlich konnte ich nicht essen, nicht einmal Sahnegries mit Erdbeeren, wenn mein Schiff in einem schweren Sturm bei Helgoland lag, denn mir war schlecht. Oft wußte meine Familie nicht, wer ich war. Während aber meine Geschwister lachten oder mitspielten, fragte mein Vater völlig humorlos ›Wirklich?‹ oder ›Was erzählst du da?‹.«

Ernst missbilligte, dass sein Jüngster sich in einen Kokon aus klebrigen Geschichtenfäden einspann, und warf seiner Frau vor, Kurts Neigung zur Flucht zu fördern. In gewisser Weise hatte er recht, denn Elise behauptete, im Reich der Phantasie sei ihr Jüngster sicherer als beim Kriegsspiel mit den Nachbarjungen.

> »Vater mochte es nicht, wenn ich meine Erlebnisse ausschmückte und mit Arabesken versah. Er nannte das ›Spintisieren‹ oder ›Lügen‹. Einmal zitierte er sogar die Bibel: ›Euer Ja sei ein Ja, euer Nein ein Nein; alles andere stammt vom Bösen‹ ... Doch in meinem Kopf mischten sich Ausgedachtes und Wirkliches. Der Unterschied leuchtete mir nicht ein. Arabesken gehörten zu einer Geschichte wie das Salz in die Suppe ... Manchmal nahm Mu mich vor Vaters Sticheleien in Schutz: ›Er ist ja noch ein Kind‹, sagte sie etwa. Ich begann, mich vor dem Erwachsenwerden zu fürchten.«

»Vater bestellte mich in sein Ordinationszimmer und unterzog mich einigen Tests. Ich mußte eine Garnrolle aufwickeln, auf einem Bein stehen, Farben unterscheiden und mir Tiere merken. Psychisch sei mit mir alles in Ordnung, erzählte Vater beim Abendessen, aber er sah dabei sehr besorgt aus.«

Kurt fragte die älteren Geschwister nach Bezeichnungen für das, was man nicht sehen, nur riechen konnte.

»Ich wollte nicht glauben, daß es keinen Namen geben sollte für ›wie Günters Hand riecht‹, für den unvergleichlichen Geruch von kürzlich getragenen Lederschuhen oder den Morgenduft des Schlafzimmers meiner Eltern.

Lotte, die große kluge Schwester, erzählte, in der Gleimstraße gäbe es einen Tunnel, in den die Kinder gesaugt würden, die ihrer Nase folgten, und dann würden sie zu Seife verarbeitet. Ich wagte mich bis zur Ecke der Sonnenburger Straße und sah in der Ferne ein schwarzes Loch, in dem tatsächlich Menschen verschwanden, Kinder darunter, aber es roch nur ölig, nicht besonders aufregend.

»Meine ›Schnupperei‹ empörte ihn [Ernst], und wenn er mich ›flügelnd‹ erwischte, drohte er mit ›Infektionen der Nase‹, die mich fürs Leben entstellen würden. In der Praxis stand immer eine Flasche mit Antiseptikum, um Bakterien und Geruch zu vertreiben.

Vater verlangte, ich solle nach dem Gang zur Toilette mit dem Spülen warten und ihn rufen. Während er in aller Seelenruhe meine Kacke im Klobecken betrachtete, mußte ich neben ihm stehen und meinte, sterben zu müssen – nicht vor Scham, sondern weil ich die Luft anhielt, bis er endlich sein Urteil sprach und ich ziehen durfte. Ging es ihm um Macht durch diese Grenzüberschreitung, hatte das Desinfektionsmittel ihm die Geruchsnerven aus der Nase geätzt? Ich weiß es nicht.«

Kurt war auch deshalb einsam mit »seiner Nase«, weil Elise ihr Talent verleugnete. Sie konstatierte »[Kurts] ungesundes Interesse an allem, was riecht. Versuche, ihn abzulenken«, wohl auch, um ärgerlichen Reaktionen von Ernst vorzubeugen. Wäre Augusta nicht gewesen, hätte Kurt sich mit seinem Interesse an Düften wohl ziemlich einsam gefühlt.

»Oma erzählte, wie Opa gerochen hatte, nach Apfel und Zitrone nämlich, mit einem Hauch Ingwer, manchmal nach Birke und See, immer wie Nebel, jedenfalls appetitlich! Endlich verstand jemand meine Fragen. Roch Opa anders, wenn er lachte? Wenn er in einen Regen geriet? Wenn er schwitzte? Sie antwortete leise, denn Vater mochte nicht, daß wir darüber sprachen.«

»Manchmal hockte ich im Halbdunkel des Treppenhauses und beschnupperte die Vorbeigehenden. Ich roch, was sie gegessen hatten, wie ihre Stimmung war, fragte testweise ›Voll in der U-Bahn heute, nicht?‹ und freute mich, wenn die Reaktion meine Vermutung bestätigte. Nur bei Josef Komalla, der mal nach Schweinshaxe, mal wie die Heimbergerin nach Leberwurst, mal nach Kreide roch [Josef K. arbeitete ab 1938 als Bote in der Bezirksverwaltung], geriet ich in Schwierigkeiten. Eines Tages zerrte er mich an den Haaren aus meiner Schnupperecke. Er hielt mich in meiner Weißheit wohl für ein leichtes Opfer, forderte den Inhalt meiner Hosentaschen, und dann mußte ich ihm auch noch die Schuhe putzen.

Ich erzählte Hans davon, nun ja, vielleicht übertrieb ich ein wenig, jedenfalls eilte mein Bruder sofort nach oben, klingelte bei Adams und nannte den sieben Jahre älteren Josef einen Feigling. David gegen Goliath. Das Ergebnis: ein blaues Auge, eine Platzwunde an der Lippe (oh, wie ich den Geruch seines Blutes liebte), eine zerrissene Jacke. Der Vater schimpfte nicht, wie er das sonst tat, wenn wir uns ›sinnlos prügelten‹. Beim Abendbrot servierte er Hans eine Schale Rosinen und Nüsse statt der heißen Suppe und sagte zu mir: ›Dein Bruder hat Ehre im Leib.‹«

Kurt war das Einzige der Kinder Elises, das im Vorschuljahr den Kindergarten besuchen musste, wohl weil Ernst hoffte, seinem Jüngsten würden von der Gemeinschaft die Nesthäkchenallüren ausgetrieben.

»Jeden Morgen gellte Günter Kunerts Knabensopran ein frisches ›Heitler‹ durchs Treppenhaus. ›Is Kurt fertig?‹, fragte er, wenn Elise öffnete. Dann sah man einen Blitz durch die Wohnung sausen, denn bummelte Kurt, verlor Günter schnell die Geduld und ging allein los.«

Auf dem kurzen Weg zum Kindergarten, der sich schräg gegenüber vom Weiszheithaus gleich neben der Schule befand, versuchte Kurt die Blicke seines Freundes, die wie Leuchtturmstrahlen seine Umgebung absuchten, einzufangen, indem er ununterbrochen redete und tanzte.

Hin und wieder stahl er den Schlüssel zum Ecktürmchen mit seinen sieben, in verschiedene Himmelsrichtungen weisenden Fenstern, um Luftschiffe oder Flugzeuge zu beobachten. Manchmal mussten die Jungen lange warten, denn der Himmel war – im Vergleich zu heute – leer.

»›Unten‹ marschierte das Leben im Gleichschritt. Immer in der Gruppe. ›Oben‹ im Türmchen aber hatte ich Günter für mich allein.«

Kurt fabulierte Zusammengelesenes über Fliegerei und Wolken und Wetter und entdeckte den Reiz des Cliffhangers.

»Ich wußte nicht, wie ich Opa den Absturz seines Flugzeugs an der Westfront überlebt haben lassen sollte, und behauptete deshalb, ich hätte keine Zeit mehr, weil ich mit meinem Vater zum Augenarzt müsse. Am nächsten Tag fragte Günter zum ersten Mal von sich aus, wie meine Geschichte weiterginge.«

Wäre Augusta Zeugin geworden, sie hätte geglaubt, Gustavs Geist sei in ihren Enkel gefahren.

»Aufregend süß ist Günters Geruch, wie Milchsuppe mit Honig, gleichzeitig scharf wie Pfeffer und ein wenig säuerlich, wie wenn man auf Lametta beißt. Gern würde Kurt Günters Ohrmuschel beriechen, im Kragen oder hinter der Ohren, wo der Geruch am stärksten ist, aber der Cousin reagiert unwirsch auf das Beschnuppertwerden. Einmal hat er sogar mit der flachen Hand nach ihm geschlagen.

Kurt träumt, er sei mit Günter in einem dunklen Forst, sie haben den Weg verloren, die Nacht bricht herein und sie kriechen in einen hohlen Baum. Im Schutz der Kälte riecht er an Günter, wagt sich ans

Ohr, leckt ihn über die Haare. Im Morgengrauen schreit Günter, weil sein Kopf angefressen ist wie ein Apfel.«

Wie seine Mutter konnte Kurt mit Zurückweisungen und Versagen nicht recht umgehen, und wie Elise einst schwänzte er hin und wieder die Schule, um einer Auseinandersetzung oder einer Prüfung auszuweichen. Elise schrieb jedes Mal eine Entschuldigung, auch weil er sonst seine Einbildungskraft ausspielte und tatsächlich krank wurde: Verhaltenes Weinen unter der Bettdecke ging in Magenkrämpfe über und steigerte sich, kaum dass der Vater »Drückebergerei« diagnostiziert hatte, zu hohem Fieber. Waren sie endlich allein, legte Elise sich zu ihm, lauschte seinen Geschichten und streichelte ihn gesund.

Ein halbes Jahrhundert später erinnerte Kurt sich:

»Mu hat ein Buch, in dem steht, wie man an trüben Tagen die Sonne sehen kann: Schließ die Augen, spür die Wärme auf der Haut.«

»›Laß dich nicht irre machen von den Zweiflern‹, sagt Mu, ›dein Gladsheim existiert, wenn du nur willst. Alles, was du brauchst, ist Phantasie.‹ Das klingt verführerisch einfach. Ich glaube ihr, gebe mir Mühe – aber ich werde nie so gut wie sie, scheitere immer wieder an Trübheit und Kälte. Erst sehr viel später begreife ich, daß es nicht so erstrebenswert ist, blind zu sein für Unglück, vor allem nicht, wenn es in nächster Nachbarschaft geschieht.«

An »Unglück in nächster Nachbarschaft« waren die Jahre der Nazidiktatur nicht arm, und nicht nur Elise war dafür blind. Ausflüchte in die Welt der Phantasie wurden zum Volkssport. Da triumphierte der Wille, erzählte der Wind unsagbar Schönes, geschah einmal ein Wunder und die Welt ging dermaßen nicht unter, dass die Alpen glühten.

Bereits im März 1933 hatten große Filmunternehmen ihre jüdischen Mitarbeiter auf die Straße gesetzt. Bekannte Schauspieler und Regisseure, die in der Sonne zu Gast gewesen waren, mussten Deutschland verlassen oder wurden verhaftet, darunter auch Bekannte und Freunde von Victoria Peters. Sie selbst zog es vor, nach Paris zu ziehen, um dort als Sekretärin der Galeristin Christine Tournier zu arbeiten. Ihre fünfjährige Tochter Melli nahm sie mit, doch der achtjährige Aljoscha, ein Vorzeigeturner seiner Schule, blieb bei seiner Großmutter Frieda. Die Trennung war nur vorläufig gedacht, aber die Verhältnisse in Deutschland verzögerten Victorias Rückkehr immer wieder, bis schließlich der Krieg ausbrach und Victoria weiter nach London fliehen musste.

Vera Klotzke hatte beim Umzug ihr altes Türschild »Familie Bernhard Klotzke« mitgenommen und an der neuen Wohnungstür im Vorderhaus zur Sonnenburger Straße, dritte Etage rechts angebracht. Harald, der letzte ihrer Söhne, arbeitete nach seinem Abschluss an der TU in Charlottenburg in einem Planungsbüro der Deutschen Reichsbahn, das Elektrifizierungen projektierte. Auf der Ringbahn hinter dem Haus dampften mit süßlichem Kohleduft nur noch die Fernzüge, während S- und Vorort-Bahnen mit blauem Blitzen einen Metallgeruch hinterließen, der im Hals kratzte. In seiner Kammer zum Innenhof hörte Harald den Strom bei der Arbeit: ein tiefes Summen beim Bergauffahren von der Schönhauser zum Gesundbrunnen, ein schnelles Sirren in der umgekehrten Richtung.

1934 vermittelte Dr. Wiener seinen einstigen Helfer zur AEG, die eine Gleichstrom-Experimentalleitung zwischen Charlottenburg und Moabit, mit der größere Energiemengen als mit den üblichen Wechselstromleitungen übertragen werden konnte, aufbauen sollte.

»Sonderprojekt der Reichsregierung! Wichtigwichtig! Vera ist stolz auf ihn. Bloß heiraten könnte er langsam mal.«

Griebel Wandt und die Heimbergerin mussten nach einem gescheiterten Versuch, sich den Nazis als »Hüter alter Volksweisheit« anzudienen, die Wahrsagerei und Weißkäseheilung einstellen. Eine Altersrente bekamen sie beide nicht und suchten deshalb nach einer Erwerbsmöglichkeit. Ernst Lachner war nicht nachtragend. Er sorgte dafür, dass Erna ihre Hebammenlizenz zurückbekam:

»Die Erna Heimberger ist mir seit vielen Jahren als fürsorgliche, fachlich versierte und hygienisch arbeitende Kranken- und Säuglingspflegerin von einwandfreier nationaler Gesinnung bekannt«, teilte er der jüngst zur Führerin der Reichsfachschaft Deutscher Hebammen aufgestiegenen Mutter seines Freundes Leonardo Conti mit. Die »Heilerey« wurde zur »Klinik für Menstrual- und Schwangerschaftsbeschwernisse«, in der junge Mütter, die in familiären Schwierigkeiten waren, gebären und sich erholen konnten. Griebel machte noch mit 60 einen Führerschein und fuhr Krankentransporte für die Orthopädische Praxis.

Maria Desultori alias Magda Weltorff hatte nach der Verhaftung ihres Sohnes zugenommen, ganz als wolle sie sich mit einer dicken Fettschicht vor den kalten Zeiten schützen. An guten Tagen saß sie in der Tür des Balkons und hörte Zirkusmusik vom Grammophon, aber die Einsamkeit machte sie nörgelig und das Nörgeln noch einsamer. In den Straßen unter ihr trugen die Menschen neue Uniformen und Symbole. Oft marschierten Gruppen von Jugendlichen oder Sportlern zum Exer. Die Sehnsucht, dabei zu sein, zehrte an der ehemaligen Zirkusdarstellerin.

> »1. Mai 1933, Feiertag der nationalen Arbeit im neuen Festkalender. Eugenie [Maria Desultoris Tochter] steht mit ihren Freundinnen seit dem frühen Morgen im Lustgarten. Große Jugendkundgebung mit Hindenburg und Hitler. Am Nachmittag Flugschau mit Zeppelin und Feuerwerk auf dem Tempelhofer Feld.
> Den ganzen Tag allein. In der Straße niemand, der die große Hakenkreuzfahne sieht, aus Zirkusseide genäht. Schließlich hält Maria ihre Einsiedelei nicht länger aus. Mit der Fahne unter dem Arm macht sie sich auf den Weg zur Wohnungstür, schleppt ihre drei Zentner die Treppen hinunter und auf die Straße, das Trottoir entlang zur Schönhauser. Sie entscheidet sich für die S-Bahn, runter geht leichter. Bis zum Bahnhof Tempelhof füllt sich der Wagen, die Bahnsteige sind schwarz-weiß-rot von Menschen und Fahnen. Hin und her schiebt das Gedränge ihren massigen Körper wie das Meer einen rollenden Stein. Auf der Treppe geht ihr die Kraft aus, sie hält sich am Geländer

fest und ringt um Luft. Die Menge drängt sich vorbei, ihr fällt die Fahne runter. Ein Mann verheddert sich mit dem Fuß und stürzt, sie hört das Tuch reißen, andere treten auf ihn, Schreie gellen zwischen den engen Wänden. Maria verliert das Gleichgewicht und reißt beim Fallen andere mit sich. Ihr Kopf schlägt gegen eine der Treppenkanten. Von Stürzenden beschwert, bricht ihr Genick. Es gibt weitere Verletzte, aber sie ist an diesem Tag die einzige Tote.«

Ernsts Wochenendeinsätze bei Manövern der SS und der HJ häuften sich. Die jungen Leute kannten keine Gnade, auch nicht mit sich selbst, sie riskierten Unfälle beim Schießen und Knochenbrüche und waren noch stolz auf die Verletzungen.

»Mehr Bauchschmerzen als der ärztliche Dienst bereiten ihm die Gutachten zur ›erblichen Veranlagung‹ von Patienten, die er schreiben soll. Natürlich haben nicht alle ›Ehrenbürger‹ des Dritten Reiches, wie die Kriegsversehrten offiziell genannt werden, nur ein Auge verloren, auf dem sie nun romantisch-piratenhaft eine schwarze Klappe tragen. Manchen fehlt das Gesicht, manche können sich nicht selbst waschen oder auf Toilette gehen und stinken halt. Und manche retten sich in käufliche Träume.

Beim Rassenpolitischen Amt macht er sich mit der Schilderung der Leidensgeschichten seiner Patienten unbeliebt. Er soll nur sagen, ob Zwangssterilisation des Morphinisten erforderlich ist, Punktum.«

Conti war inzwischen Reichsgesundheitsführer, Reichsärzteführer und Staatssekretär im Reichsinnenministerium. »Mir blieb nichts anderes übrig, als in gewissem Maße Karriere zu machen.« Ernst wurde Mitglied im Vorstand des neuen Reichsverbands der Orthopäden, als welcher er den Ausschluss der letzten, wegen ihrer Verdienste im Ersten Weltkrieg zunächst verschont gebliebenen Juden zwar nicht initiierte, aber doch mitverantwortete. Er wurde Professor an der Militärärztlichen Akademie und musste in der Kommission, in der Kriterien zur Umsetzung des »Gesetzes zur Verhütung erbkranken Nachwuchses« für körperlich Behinderte erarbeitet wurden, mitarbeiten. »Ich widersetzte mich erfolgreich der Sterilisierung von Patienten mit Pes varus«, gab er nach dem Krieg zu, aber er verschwieg, dass er der Sterilisierung bei erblicher Hüftluxation, Phokomelie, Kleinwüchsigkeit und … und … und … nicht widersprach.

Ende 1936 bestellte PG Braemer, der Leiter des zuständigen Gesundheitsamtes von Prenzlauer Berg, Gertrud Kleinschmidt als »Unfruchtbarzumachende« mit der »Sorgeverpflichteten Schulze« zum Termin ein. Bertha bat Ernst um ein rettendes Gutachten, das der auch verfasste. Daraufhin beschwerte Braemer sich bei Conti, der den Anlass nutzte, seinem alten Freund die Grundzüge der »Nationalsozialistischen Erbgesundheitspflege noch einmal von Freund zu Freund zu erläutern«. Zum Glück stellte der von Conti eingesetzte Gutachter fest, dass Agnes, Gertruds mittlerweile neunjährige Tochter, geistig normal entwickelt und die Hirnschädigung der Mutter mit einem Sauerstoffmangel unter der Geburt zu erklären sei.

> »Kallweit ist keine Schönheit mit seinen Glubschaugen und den weit hinten, unter dünnen, schwarzen Haaren versteckt sitzenden Ohren, aber er ist ein Herzmensch und sorgt bei Augusta für mehr als warme Füße. Gern geht sie nach dem Abendessen noch auf einen Schwatz in die ›Sonne‹. Hinter dem Tresen hat er einen Barhocker auf die Dielen geschraubt, an den lehnt er sich, um Gläser zu polieren, Kartoffeln zu schälen oder Kaffee zu mahlen.«

Für ihr Alter (1937 wurde sie 65 Jahre alt) war Augusta eine zwar kleine, aber gerade Frau, die ihren Körper nicht mehr in wallenden Kleidern versteckte, sondern Modekleider aus Friedas Nähmaschine trug.

> »Fremde blufft sie mit gespielter Arroganz. Ihre erhobene Nase scheint zu signalisieren, daß sie zu den Siegern gehört, mindestens aus urarischem Geschlecht stammt, möglicherweise sogar aus einer der Familien des Reiches. In einer Zeit, in der die sozialen Verhältnisse sich verflüssigen, ist alles möglich. In Wirklichkeit steckt sie ihre Nase mit der Wachsamkeit des Fluchttieres in den Wind: Draußen sind Wölfe.«

Zu ihrem und Kallweits Leidwesen gingen in der Sonne immer mehr braune Uniformen ein und aus: SA-Freunde von Merthen und Hermann, Besucher der Praxis, Lieferanten der Druckerei und Mitarbeiter der Ämter in der Gleimstraße. 1938 hängte Merthen, der in der Sonne seine Hochzeit feierte, sogar ein Schild an die Tür: »Juden und Hunde unerwünscht«.

Alwin Kallweit gab die Wirtschaft kurz nach seinem 62. Geburtstag auf und verlegte sich auf den Handel mit Apfelsaft aus dem Hultschiner Ländchen. Das von ihm vertriebene ApjoMa wurde in Frauenzeitschriften wie der *Frauenwarte* empfohlen, als Beispiel »für den neuen Geist, von dem unser Volkskörper beseelt« sei. Kallweit wurde Besitzer eines Hanomag 3 und kutschierte Augusta mit flotten 17 PS in den Spreewald, ins Riesengebirge und manchmal weiter bis nach Hultschin, wo sie Gerda Koslowski und ihre Tochter besuchten. Im Berghotel gab es immer was zu tun, und wenn nicht, saßen sie auf der Frühstücksterrasse und unterhielten sich mit Feriengästen. Gemeinsam lernten sie Tschechisch und eine neue Welt kennen.

Hugo Lorenz beschloss, die Sonne gemeinsam mit seiner Schwester Charlotte zu übernehmen – darüber gleich mehr –, und verkaufte die Druckerei an den Ehlers-Verlag, der die Produktpalette erweiterte und Material für die »aktive Propaganda« herstellte, also Plakate und Wandtafeln, Papierfähnchen, Türplaketten der Winterhilfe, Saalschmuck und Ausschneidebuchstaben, die u. a. im »Braunen Laden« Schönhauser Allee zu erwerben waren.

Die beiden Goldbergfräulein hatten kaum noch Schüler und mussten, um zu überleben, Noten verkaufen. Esther war 1935 80 Jahre alt geworden, zäh zwar für ihr Alter, aber zu schwerhörig für die immer leiser werdenden Töne ihrer Schüler. Carola gab noch eine Weile den Grauen Schwestern im Wohnheim der Augustinuskirche auf der anderen Seite der Ringbahn Orgel- und Gesangsunterricht, bis dem Pfarrer ihre jüdische Abstammung auffiel. Mutter und Tochter wollten nicht wie die Kaninchen darauf warten, als »arbeitsscheu« bezeichnet und ins Konzentrationslager eingewiesen zu werden. Eine

Ausreisegenehmigung zu beantragen bedeutete, Aufmerksamkeit auf sich zu lenken, also packten sie ein paar Wertsachen und Partituren und reisten mit der Bahn nach Ratibor.

> »Kallweit chauffiert den Wagen im Sonnenaufgang auf der gerade erst fertiggestellten Autobahn nach Dresden, weiter auf der Reichsstraße 5 über Breslau nach Krappitz, biegt in Richtung Süden ab und parkt das Auto an der Burg in Ratibor. Augusta und er machen – da ist es bereits später Nachmittag – einen Spaziergang zum Hotel Oberschlesien in der Altstadt, wo sie zu Abend speisen. Man kennt sie, die Herrschaften haben deutsche Verwandtschaft in der Tschechei.
>
> In der Dämmerung kehren sie mit zwei Frauen, die Pelze gegen die Septemberkühle tragen, zu ihrem Auto zurück. Um 22:37 Uhr passieren sie die deutsch-tschechoslowakische Grenze. Der Zollbeamte macht einen Krakel in der Spalte ›Personen‹ und kontrolliert nicht weiter. Man kennt sich.«

Die ersten Tage blieben Mutter und Tochter Goldberg bei Koslowskis in Hultschin, dann mussten sie weiter: Am 1. Oktober 1938 kam in Folge des Münchener Abkommens das Hultschiner Ländchen wieder zum Deutschen Reich. Eine Postkarte aus Ostrau vermeldete im Januar 1939, dass C. G. eine Beschäftigung als Salonpianistin gefunden habe, doch schon im März besetzte die Wehrmacht die »Rest-Tschechei«. Das weitere Schicksal der beiden Klavierlehrerinnen verlor sich im Durcheinander des Krieges.

Sobald der Goldberg-Flügel verstummt war, brach eine »spontane Menge« unter Führung von Annabelle Adam die Wohnung der Klavierlehrerinnen auf und verteilte Kleidung »an Bedürftige«.

> »Anni stolziert mit Carolas Kappe. Merthen hat Goldbergs Wohnung ›versiegelt‹. Ernst mahnt, ich soll mich nicht mit ihm anlegen.«

Im Mietbuch bleiben die fälligen 37,80 RM in der Zeile »Goldberg« für November unbezahlt, aber schon im Dezember ist Merthen als Mieter eingetragen.

»M. dilettiert besoffen auf dem Flügel. Heute Streit oben: Ellen hat ihren erbeuteten Zobel verkauft. So kann ›Gewissen‹ auch aussehen.«

Am 14. November 1938 wurde der einstige Besitzer der Druckerei, nun Jakob »Israel« Abramowitz, 60 Jahre alt und willigte, seiner Frau Anna zuliebe, in die Ausreise ein. Die beiden verkauften alles, zuletzt noch die Eheringe, um die nötigen Gebühren (und Schmiergeld) an Konsulatsbeamte zahlen zu können. Im Dezember mussten sie die Wohnung aufgeben, in der sie mehr als 3 Jahrzehnte gewohnt hatten, und zogen in den Seitenflügel, erste Etage, in die ehemalige Einraumwohnung von Merthen.

Am 17. Juli 1939 stellte die Reederei Hamburg Süd den Empfangsschein Nr. 216393 aus, mit Quittung über 493 Reichsmark, erhalten von Jakob Abramowitz für zwei Passagen dritter Klasse, anzutreten am 7. September nach Buenos Aires. Am 1. September begann der Krieg. Die verbliebenen Juden waren in Deutschland gefangen.

Den späteren Massenmord hätte Elise vielleicht nicht hingenommen, wenn sie sich bis dahin nicht schon angewöhnt hätte, keine Fragen zu stellen und glauben zu wollen, was die Zeitungen behaupteten, dass nämlich Gerüchte über Gräuel der Feindpropaganda entsprangen und die Vertriebenen in Wirklichkeit irgendwo im Osten siedelten, wo das Leben zwar auch kein Zuckerschlecken war, aber für wen war es das schon im Krieg, und warum sollte es den Juden besser gehen?

»Juden waren in meiner Kindheit kein Thema. Man denkt heute, die Deutschen hätten vor Antisemitismus geschäumt, aber die traurige Wahrheit ist, daß die meisten dachten: Der Führer kümmert sich um das Problem (daß sie ein Problem waren, galt als ausgemacht).«

Kurt war in den Jahren, als Juden noch Nachbarn und Freunde sein durften, zu jung, um sich erinnern zu können. Als er zu begreifen begann, hatten sie sich bereits »verwandelt«:

»Sie waren Eingedrungene und gehörten nicht zu unserem Volk. Es war also völlig normal, daß sie aus unseren Gesprächen, aus unserem

Haus, aus unserer Nachbarschaft verschwanden. Man vergaß sie wie ehemalige Mitschüler.«

Griebel Wandt wurde 1938 im Zuge einer Kampagne gegen »Gemeinschaftswidrige« festgenommen. Wer wollte, durfte auch nach dieser Propagandaoffensive glauben, dass nichts zu befürchten habe, wer nicht aus der Reihe tanzte, alle anderen hörten den Takt, nach dem man zu marschieren hatte. Griebel blieb 9 Monate im KZ Sachsenhausen inhaftiert und wurde zu Hitlers 50. Geburtstag am 20. April 1939 amnestiert. Er starb im letzten Sommer vor dem Krieg an einem Herzinfarkt.

Die Restauration erlebte unter Hugos neuer Bewirtschaftung eine unerwartete Konjunktur.

»Sie [Hugo und seine Schwester Charlotte] richten den Gastraum im heroischen Stil der Zeit ein, streichen das dunkle Eichenholz der Wandvertäfelung und des Buffets mit heller Farbe und kombinieren rote, an Hakenkreuzfahnen erinnernde Tischdecken mit einer Wandbespannung aus goldener Seide. Eine Weile schwanken sie zwischen ›Sonnenrad‹ und ›Zum Goldfasan‹, dann nennen sie die frühere ›Sonne‹ einfach ›Sonnenburg‹.

Die Speisekarten sind mit Runensymbolik verziert. Zwischen die Fenster hängen sie schwarz-weiße Fotos von Louis Koslowski in großformatigen Messingrahmen – genau die halbnackten Athleten und Germanen-Modelle, die den Fotografen beinahe ins KZ gebracht haben. Das ist gewagt, aber es funktioniert, weil die Funktionäre und Braunhemden, die das Lokal besuchen, ihresgleichen mit anderem Maß messen als das Volk, das sie beherrschen. Hier sind sie unter sich, erzählen politische Witze, für die andere verknackt würden, und fühlen sich in der Parteitagsästhetik zu Hause. Dem Führer zu Ehren gibt es viele Gerichte fleischlos, etwa Eiernockerln mit grünem Salat, Forelle mit Steinpilzen und brauner Butter … Die Sonnenburg erwirbt sich einen Namen unter den Halsabschneidern, die ihre Arisierungsgewinne genießen.«

Hugo Lorenz scheint auch beim erneuten Anlauf, eine »Millionundzwölf« zu verdienen, nicht von Skrupeln geplagt worden zu sein.

»Mütze auf Halbacht, Hemdknopf offen. Er macht ihnen den Clown oder was? Und Schwesterherz poussiert mit einem von der SS.«

Kurt Weiszheit zufolge servierte Hugo ausgewählten Gästen sogar »kleine Päckchen aus Görings Luftfahrtapotheke«, aber das war vielleicht nur ein Gerücht.

»Waschen, lüften, aufräumen, entstauben, kehren, wischen, Gummibaum gießen, kochen, auf die Kinder freuen«, das klingt nach Alltagseinerlei, aber Elise fühlte sich, im Gegensatz zu früheren Zeiten, damit wohl. So hätte es bleiben können, aber so blieb es nicht.

»Hans übt Verbände. Kurt sieht aus wie eine Mumie, nach allen Regeln der Ersten Hilfe umwickelt«, schrieb sie am 18. Juni 1939. Zum Sportfest auf dem Exer kamen am 22. Juni die Pimpfe aus den Bannen 21 (Prenzlauer Berg), 199 (Pankow-Weißensee) und 6 (Wedding-Reinickendorf), die Schüler von insgesamt 57 Schulen, um die Besten im 100-, 400- und 800-m-Lauf, im Dreisprung, Hochsprung, Kugelstoßen und Speerwurf zu ermitteln. Die gleichaltrigen Mädchen führten Volkstänze auf, turnten auf der Spielwiese und stellten die jubelnde Menge. Fahnen, Wimpel und kurze Hosen. Trommelwirbel, Gesang und Marschtritt. Zum ersten Mal leitete Hans den Sanitätstrupp der HJ selbständig.

»Der Lärm der Wettbewerbe dringt bis in die Küche Ecke Kopenhagener und Sonnenburger Straße, wo Elise die Linsensuppe für den Abend kocht. Sie freut sich schon auf das Durcheinander der Berichte beim Abendessen, auf die kleinen Frotzeleien und die großen Augen von Kurt, der seine Brüder bewundert. Hoffentlich hat Lotte sich nicht wieder danebenbenommen wie letztes Jahr, als sie bei den Jungs mitgerannt ist und Erste im 400-Meter-Lauf wurde.

Um kurz nach drei ändert sich die Geräuschkulisse, der Lärm wird diffuser, das Jubeln und Anfeuern verstummt, wie nach dem Ende eines Fußballspiels. Elise denkt sich zunächst nichts dabei, wundert sich nur ein bißchen, war der Abschlußappell doch erst für 18 Uhr geplant. Sie muß sich beeilen, Blutwurst braten, den Tisch decken. Da klingelt es auf einmal Sturm, und ehe sie noch zur Tür eilen kann, stürzt Lotte herein. Schluchzend berichtet sie, daß Karl zu einem Krankenwagen getragen und weggefahren wurde, daß Blut aus seinen Ohren lief, daß Hans mitgefahren ist. Mehr weiß sie nicht. In welches Krankenhaus sie ihn gebracht haben, auch nicht.«

Was passierte an diesem 22. Juni? Einige Jungen der Prenzlberger Fußballmannschaft hatten an einem Fußballtor geschaukelt, welches sich aus der Verankerung riss und kippte. Der Querholm traf den größten der Spieler, Karl, so unglücklich auf den Kopf, dass er sofort zusammenbrach. Hans war gerufen worden und hatte sich mit Beatmung und Herzmassage um eine Wiederbelebung seines Bruders bemüht.

»Stirnbein und Scheitelbein waren gebrochen, Splitter ins Gehirn gedrungen, die Schwellung klemmte die Sinusvenen ab und führte zum Hirninfarkt.«

Karl starb noch auf dem Weg ins Nordmarkkrankenhaus.

»Mitten am Tag stehen die Eltern stumm umarmt in der Küche. Vater, der Licht- und Frischluftfanatiker, hält die Fenster geschlossen. Hans erzählt immer wieder, was passiert ist. Er macht sich Vorwürfe. Glaubt, daß er Karl hätte retten müssen, daß er ihn mit seiner Behandlung umgebracht hat. Ernst versucht, ihn zu beruhigen. Die Praxis bleibt geschlossen. Am Sonntag spielt Ernst stundenlang die immer gleichen Takte auf dem Klavier, bis die Kinder ihre Bücher und Spielsachen sinken lassen und nur noch warten, daß er aufhört. Mutter bleibt einfach sitzen, wenn jemand an der Tür klopft.«

Über ihren Schmerz konnte Elise erst viele Monate nach der Beerdigung schreiben:

»Ilses trauriger Geburtstag. Eine Kerze, ein Kuchen, wo sonst immer zwei standen. Ich fühle mich so wund, als sei er mir gerade erst aus dem Herzen gerissen. Alle weinen.«

Für Ilse war der Tod ihres Zwillingsbruders gleichbedeutend mit einer Amputation des halben Leibes. Äußerlich schien sie bald genesen, sie aß und ging wieder zu Schule, aber sie sprach nur noch das Nötigste, und das sollte sich ihr Leben lang nicht mehr ändern. Oft saß sie apathisch in ihrem Zimmer, das nun keinen Namen mehr hatte, weil es das »Zwillingszimmer« gewesen war. Um sie abzulenken, überredete Ernst sie schließlich zu einem Helferinnen-Kurs beim Gesundheitsdienst des BDM.

Kurt Weiszheit stellte sich später eine Frage, die nur im ersten Moment eifersüchtig und herzlos klingt:

»War Mutters lang gepflegter Schmerz um Karl vielleicht auch Beschwichtigung für ihr Gewissen, indem sie, geschlagen wie sie vom Schicksal war, nicht protestieren konnte, wenn andere geschlagen wurden?«

Nach den XI. Olympischen Sommerspielen wurde Hermann zurückgeschickt in die Bleiwüste der Werbetexter für die Deutsche Arbeitsfront.

»In dem dunklen Bürozimmerchen am Engelufer, das er mit zwei fußlahmen Reiseleitern teilt, hat er den nationalsozialistischen Gehalt der Reiseprospekte für schlesische Warmbäder und Sanatorien zu erhöhen. ›Sprudeln für den Führer‹, nennt Anni das gehässig.«

»Beim Ankerwirt am Märkischen Ufer, einer Sturmkneipe, die auf seinem Heimweg liegt, trifft er Alte Kameraden, die ihm nicht helfen können, weil sie selbst im Arsch sind. Die Revolution ist gezähmt, räsonieren sie, das Feuer erloschen, die Ehelichen, Hausbesitzer und Abiturienten haben wieder Oberwasser. Sie können nur hilflos zusehen, wie Radfahrer und Gesinnungslumpen an ihnen vorbei Karriere machen. Hermanns Magen stößt den Ärger, den er mit Bier herunterschluckt, wieder auf, immer durch den engen, schmerzenden Hals. Da hilft nur hochprozentiger Honigkräuter.«

»Zu Hause wartet seine teure Frau mit den Kindern in der teuren Wohnung. Merthen warnt ihn: Jemand hat erzählt, daß jemand gefragt hat, weil jemand ihn im ›Anker‹ gesehen hat. Hermann reißt sich für ein paar Wochen zusammen.«

Anni verbrachte ihre Tage mit Handarbeiten und Schulungen in der NS-Frauenschaft. Ihr jüngerer Sohn Günter, Kurts Dachboden-Freund und Spielgefährte, war ehrgeizig und stahl seinem älteren Bruder mit Leichtigkeit die Show. Adolf schlug seinem Vater nach und roch auch so, nur feuchter oder, wie Elise urteilte:

»Die Spucke läuft, wenn einem der säuerliche Geruch in die Nase steigt. Andere Kinder riechen nach Milch, Adolf nach Quark.« Er gab sich Mühe, war brav und fleißig, auch nicht dumm, und was ihn von seinem Vater unterschied, war die Tatsache, dass ihm das Schlucken leichter fiel. Auf Zurücksetzungen reagierte mit einem ergebenen Lächeln; mit denen, die ihn besiegten, freundete er sich an. Er wird länger in unserer Geschichte vorkommen als alle anderen.

Hermann Kunert hatte sich bereits 1935, nach der Einführung der allgemeinen Wehrpflicht, bei der Wehrmacht um Einstellung bemüht, war jedoch abgelehnt worden. 1938 schien die Konstellation für einen neuen Versuch günstig.

»Wie eine Lawine rollen die Köpfe alter Generale, neue Sterne steigen am Wehrmachtshimmel auf ... Er [Hermann, d.A.] entdeckt im *Völkischen Beobachter* einen bekannten Namen: Der neue Chefadjutant Hitlers heißt Schmundt, jetzt Major. Wenn das mal nicht der kleine Schmundt ist, mit dem er im Graben gehockt und den er später im Wartesaal des Kölner Bahnhofs wiedergetroffen hat! Er zieht Erkundigungen ein, und als er sicher ist, ruft er an. Schmundt erinnert sich und vermittelt ihm ein Gespräch mit Overhues, dem neuen Hauptschriftleiter der Wehrmacht, einer vom Oberkommando herausgegebenen Zeitschrift.«

Zum 1. 6. 1938 wurde Hermann Kunert mit einem für ihn phänomenalen Gehalt von monatlich 384,90 RM eingestellt. Die *Wehrmacht* sollte Jugendliche für den Dienst begeistern, erschien zweimal im Monat, farbig illustriert, mit Rätsel, Roman und Zeichnungen.

»Hermann schreibt aus der Hüfte eine Reportage über die Ausbildung von Waffenwarten an der Heeresmunitionsanstalt Preußisch-Eylau, als nächstes über die neuen Spähwagen eines Bataillons in Neuhammer. Overhues ist begeistert. Hier brennt einer für die Truppe, ein echter Kamerad mit Herz und Seele.«

Die Zeichnungen, mit denen Hermanns Reportagen illustriert waren, stammten von einem Zeichner, der als »mala« signierte. Hinter dem Kürzel versteckte sich Max Lawrenz. Er hatte nach 1933 alle Auftraggeber verloren und vom Einkommen Olgas leben müssen, die in einem Kinderheim des Vituswerks als Zeichenlehrerin mit geistig zurückgebliebenen Kindern arbeitete. Ihre Taubstummheit machte sie unempfindlich gegen Geschrei und beliebt bei den Diakonissen, die sich vor Spitzeln fürchteten.

Max ging auf die 50 zu und meinte die letzte Chance ergreifen zu müssen, trotz schlafloser Nächte, in denen ihm die toten Kameraden des Weltkriegs (der damals noch nicht »erster« hieß) vorwurfsvoll über die Schulter schauten, und obwohl er sich selbst peinlich war, wenn er im Bendlerblock auf den militärisch straffen Sitzungen der Schriftleitung stotternd und schwitzend seine Ideen vorstellte. Er litt körperliche Schmerzen, weil ihm seit der Verwundung Sitzfleisch fehlte, aber die Zeit war, wie sie war. Unsäglich. Man durfte nicht wählerisch sein.

Mit Hilfe der Reiseprospekte aus Hermanns KdF-Zeit versetzte Max jede Aktion in eine fernwehheischende Kulissse. Die Fotos von Flugzeugen oder Panzern, die Max als Vorlage für seine Zeichnungen brauchte, besorgte Louis. Zusammen mit Hermanns suggestiven Texten waren die Artikel unwiderstehliche Köder für künftige Helden.

Am 23. März 1939 gab Litauen das Memelland an Deutschland zurück. Hermann wurde aufgefordert, die noch fehlenden Unterlagen zu seiner Abstammung väterlicherseits beizubringen.

»Ernst will ihn nicht fahren lassen, aber ich vertraue ihm.«

Hermann verbrachte eine Woche in Heydekrug und schaffte es, wie auch immer, pfarramtlich beglaubigte Auszüge von Kirchenbüchern, Kopien von Geburts- und Ehe-Urkunden für einen lückenlosen Nachweis ab 1798 zu besorgen, zurückgehend auf den Ururgroßvater Karl-Friedrich Weiszheit, den Vater des wegen seiner Habgier im Frühjahrshochwasser ertrunkenen Wilhelm Weiszheit. Eigentlich reichten seine Forschungen sogar noch weiter zurück, nämlich bis 1732, aber Jonas und Tomas, die ersten Bewohner der Siedlung an der Schieß, waren nur »erwähnt« und ihre christliche Abstammung nicht aktenkundig.

Niecklisch berichtete im Interview mit Kurt Weiszheit, die Ahnenforschung sei 1938 zum Tagesgespräch geworden. Er habe Stapel von Einschreiben austragen müssen, weil jeder sich bemühte, seine arische Abstammung wenigstens bis zur Urgroßmutter nachzuweisen.

> »Alle rennen plötzlich aufgeschreckt durcheinander. Suchen alte Fotos und Urkunden. Schreiben an Pfarrer und Verwandte. Erinnern sich gegenseitig an Muhmen und Oheime. Wer kam wann woher, hat wen geliebt, ist wann gestorben? Beziehungen werden wieder aufgenommen, Besuche verabredet, freudig wird von Entdeckungen erzählt. Verdächtig sind, die schweigen.«
>
> »Hermann erwacht mit Halsschmerzen aus seinem wiederkehrenden Albtraum, in dem er seinen Vater umgebracht und vergeblich nach einem Versteck für die Leiche gesucht hat. Das Gefühl von Schuld und Entlarvung bleibt.«

Die Wirkung dieser Ahnenforscherei erwies sich als propagandistischer Volltreffer der Nazis. Bis 1941/42 verwurzelten sich selbst diejenigen, die dem Rassegedöns skeptisch gegenüberstanden, in der Abstammungsgemeinschaft, der großen Germanenfamilie, im »Volk« des Reiches. Gerade das Neblige der Ränder ließ die Menschen ängstlich zusammenrücken.

11 Bomben

Am 30. August 1939 wurden Hermann und Max zum Stab der 10. Armee ins oberschlesische Oppeln befohlen.

»Vom 1 C erhalten sie die Parole und eine kurze Einweisung. Sie sollen die Köpfe unten und die Augen offen halten.«

Ein paar Tage nach dem Molotow-Ribbentrop-Pakt und nach einem Sommer propagandistischen Trommelfeuers gegen die Polen konnte Hermann sich denken, was das bedeutete.

»In der Nacht fahren sie mit einem Nachrichtenoffizier nach vorn, zur ›blutenden Grenze‹. Entlang der Waldwege im Beuthener Forst stehen Lastwagen mit verdunkelten Scheinwerfern, mit Zweigen getarnte Panzer und Lazarettwagen. Die Fahrer flüstern, Mücken summen, über den Wipfeln schwebt ein dolchdünner Mond. Im ersten Dämmerlicht des Morgens beginnt der Wald zu brummen, zu qualmen und zu beben.«

Im Stil des rasenden »Live-Reporters« wechselte Hermann in seinem Artikel die Perspektiven:

»›Vorwärts!‹ Der Funkbefehl reißt Unteroffizier Wendland aus seinen Gedanken an die Heimat. Mit einem tiefen Grollen springt der Motor des Panzerkampfwagens an. Jetzt beherrscht ihn nur noch ein Gedanke: Wo ist der Feind?

Im Stab des Generals von Reichenau herrscht höchste Konzentration. Jeder weiß, was er zu tun hat. Kein überflüssiges Wort fällt. Melder bringen Lageberichte und eilen mit neuen Befehlen zurück zu ihren Einheiten. Auf der Karte bewegen sich die Fähnchen schnell voran.

Der motorisierte Großverband schneidet den chaotisch fliehenden polnischen Truppen den Rückzug über die Weichsel ab. Wie ein Uhrwerk wirken Luftwaffe und Artillerie, die schnellen Spähtrupps und die nachrückenden Panzer zusammen ... Trotz der Staubwolken winken freudestrahlende Deutsche am Straßenrand. Keine Zeit zum Anhalten.«

Dokufiktion, würde man heute sagen. Hermann und Max lieferten das Fleisch an den trockenen Knochen der Wehrmachtsberichte, die etwa so klangen:

»Gestern Vormittag sind die ersten deutschen Truppen ohne Zwischenfälle in Warschau eingerückt.«

Max peppte die Texte mit Panzern im Morgengrauen, mit Soldaten, die im Ausguck einer Dorfkirche durch ihr Fernglas schauen wie Wanderer auf einem Bergfried, und mit Piloten über der Altstadt von Warschau auf. Er vergaß, wie er später behauptete, beim Arbeiten seine Umgebung:

»Manchmal flogen uns die Kugeln und Splitter um die Ohren, aber ich konzentrierte mich ganz auf die künstlerische Herausforderung.«

So kann man Opportunismus auch nennen.

Der Zweite Weltkrieg war propagandistisch ergiebiger als der tödlich langweilige Stellungskrieg des Ersten, und Hermann fand auf Anhieb den »richtigen« Ton. Im Bewegungskrieg wurde großräumig und großartig gekämpft, steigerten sich Schlachten zum tragischen oder triumphierenden Opernfinale, folgten die Feldzüge einer Dramaturgie der Spannung. Ständig wurde umgangen, überwältigt oder ausgetrickst. Landser erlebten Abenteuer, Generale wuchsen zu Helden, Überfälle erfolgten unerwartet, und überraschend waren die Erfolge. Genau das wollten die Deutschen hören. Die gleichgeschaltete Presse ging mit den 17 500 toten Wehrmachtssoldaten des Polenfeldzugs nicht hausieren, und an den Verwundeten übte sich der heilende Volksgeist. Nach seiner Rückkehr wurde Hermann beglückwünscht und bewundert.

»Hermann im Hof umringt von Halbstarken. Stellt in Schnee und Sand ›seine‹ Schlachten nach. Blutige Kinderspiele. Hoffentlich bliebt [sic!] jetzt Frieden«,

schrieb Elise in ihr Tagebuch, das im Krieg immer wortkarger wurde. 1939 hatte sie noch zwei Hefte zu je etwa 80 Seiten beschrieben, 1940 füllte sie nur noch ein halbes, und für die Jahre 1941 bis 1945 reichte ein Heft. Sie fand wohl keine adäquaten Begriffe mehr für das, was ihr und um sie herum geschah. Wenn ihre Fähigkeit, sich die Dinge schönzusehen, überfordert war, sah sie lieber gar nichts mehr.

Schon am 27. August 1939 hatte die Reichsregierung als Reaktion auf die »angespannte internationale Lage« die »Bezugsscheinpflicht« für eine Reihe von wichtigen Lebensmitteln verkündet, aber im Vergleich mit dem Hunger im Weltkrieg, an den man sich noch gut erinnern konnte, waren die Rationen üppig.

Die Angst vor einer Eskalation nach Beginn des »Zurückschießens« am 1. September 1939 und den Kriegserklärungen der Westmächte wich der Erleichterung, als am 17. September die Rote Armee im Osten Polens einmarschierte und an den Westgrenzen alles ruhig blieb. Die Stimmung schlug um in Begeisterung, als Deutschland im Verlauf der nächsten Monate ganz Europa und Nordafrika zum Bündnis zwang oder unterwarf und England scheinbar sturmreif bombardierte. Wie zuletzt im August 1918 wurden die Deutschen »mächtig erfasst«, unterwarfen sich der gemeinsamen Sache, berauschten sich an der »höheren Idee«. So gut konnte das kein anderes Volk in Europa.

Auf der Ringbahn fuhren pausenlos Züge mit Flugzeugen, Panzern und Kanonen in einer Zahl, als würden sie mehrfach durchs Land gekarrt. Die wartenden Passagiere in den Personenzügen freuten sich an ihrem Anblick und fachsimpelten über Reichweiten und Kaliber, obwohl das Propagandaministerium eine Kampagne begann, um die Deutschen zum Schweigen zu erziehen. Es war einfach zu schön, wie der Führer von Erfolg zu Erfolg eilte, wie er all die Demütigungen rächte, die seinem Volk angetan worden waren, wie umsichtig er dabei zur Tat schritt, ein wahres Genie.

Adalbert Niecklisch, der älteste Sohn und designierte Nachfolger des alten Briefträgers, war der erste Tote des Zweiten Weltkriegs aus dem Weiszheithaus. Er fiel im April 1941 als Fahrer in einer Fernmeldekolonne bei der Eroberung von Athen. Mit dem Telegramm, das er niemandem überbringen konnte, saß Niecklisch auf den Stufen des Postamts in der Eberswalder Straße, bis ihn sein Vorgesetzter ermahnte aufzustehen und die Arschbacken zusammenzukneifen.

»Augusta lehnt auf der Fensterbank und schnuppert in den Rauch, der aus dem Ringbahngraben steigt. Er riecht merkwürdig, und das nicht nur, weil er von französischer Steinkohle stammt. Heißes Metall, auf dem Öl verbrennt. Gleise, Weichen und rollendes Material verschleißen. Im Oktober entgleist ein Güterzug mit Kugellagern. Aus Oranienburg kommen KZ-Häftlinge zum Aufräumen. Schreckensgestalten. Aber die Leute gewöhnen sich auch daran.«

Ernst Lachner geriet mit Kriegsbeginn in eine ganz spezielle Hölle. Auf Vorschlag Contis sollte er als Gutachter die Akten derjenigen Heeressoldaten des Ersten Weltkrieges, die noch immer mit schweren körperlichen oder seelischen Schäden in Heilanstalten lagen, durchforsten und die »unheilbaren Fälle« herausfischen. Auch wenn Ernst den Wortlaut des Führerbefehls nicht kannte, nach dem »unheilbar Kranken bei kritischster Beurteilung ihres Krankheitszustandes der Gnadentod zu gewähren« war, wusste er als Funktionsträger, dass aus »kriegswirtschaftlichen Erwägungen« Heilanstalten aufgelöst wurden und die Insassen »verschwanden«. Das war etwas anderes als Sterilisierung und Heiratskontrolle.

»Fürchterliche Stimmung. Ernst nach einem Tag im RIM [Reichsinnenministerium] um Jahre gealtert. Den ganzen Abend stumm und grau. Ißt nicht. Spielt auch nicht Klavier.«

Lotte stellte später bei der Durchsicht der Hinterlassenschaft fest:

»Vater hat 1939/40 nach seinen Angaben 177 anerkannte Kriegsdienstbeschädigte, zumeist mehrfachamputierte Epileptiker, von denen einige seit 20 Jahren in Heilanstalten lagen, begutachtet. Dabei hatte er lediglich festzustellen, ob es eine Aussicht auf Besserung gab, was er in 143 Fällen verneinte. Er muß gewußt haben, daß er eine Art Vorauswahl traf für die Tötungen.«

Nach dem Osterfest, das Ernst Lachner noch mit den Kindern in der Sächsischen Schweiz verbracht hatte, bat er Heeresgruppenarzt

Dr. Waldmann, den er aus dem Ersten Weltkrieg kannte, sich für seine Verwendung an der Front einzusetzen.

»Ich habe mich zu dem Zeitpunkt, da mir der Druck im Amt unerträglich wurde, freiwillig ins Feld gemeldet. Sicher wird man mir vorwerfen können, meinen inneren Überzeugungen nicht in genügendem Maße Ausdruck verliehen zu haben. Dem habe ich zu entgegnen, daß ich mit meinen Verpflichtungen gegenüber Patienten, Familie und Nachbarn eine gewisse Vorsicht und Zurückhaltung rechtfertigen zu können glaubte, zumal mir der tatsächliche, grauenvolle Umfang der Hitlerschen Verbrechen damals noch verborgen war.«

Ernst war 53 Jahre und über das Wehrpflichtalter hinaus, als er sich freiwillig meldete, aber Ärzte mit Weltkriegserfahrung wurden mit offenen Armen empfangen und eingestellt. Als Stabsarzt hatte er die Armee- und Feldlazarette zu inspizieren, Personal zu schulen und den Aufbau der nötigen Operationsräume und Transportkapazitäten zu organisieren. Er folgte der kämpfenden Truppe auf ihren Eroberungen nach Dänemark und Norwegen (April 1940), Belgien und Holland (Mai 1940), Frankreich (Juni 1940), später dann auch nach Jugoslawien und Griechenland, bis er im Mai 1941 zum Oberstarzt befördert wurde und das motorisierte 256. Feldlazarett in Suwalki (etwa 150 Kilometer südlich von Heydekrug) übernahm.

»Hatte gedacht, daß wir zusammenhalten. Lasse mir nichts anmerken«, schrieb Elise in ihr Tagebuch. Sonst nichts.

1940 machte Hans ein Notabitur, das heißt, er legte die Prüfungen ohne Berücksichtigung des Stoffes aus dem noch fehlenden Halbjahr ab. Er hatte es eilig, an die Front zu kommen. Während der sechs Monate beim Reichsarbeitsdienst in Jena absolvierte er parallel einen Schnellkurs in Operationstechnik und Rettungsmedizin und arbeitete bereits im April 1941 in einem Lazarett in Zagreb:

»Vormarsch und Aufbau wie im Manöver. Wir haben mehr Kroaten als eigene Soldaten. Wenige Schwerverwundete. Assistiere dem Chef, Dr. Hillner, augenscheinlich zu seiner Zufriedenheit.«

Auf einem angetackerten »Fragenzettel« hat Kurt Weiszheit notiert:

»Was Hans nicht schreibt, aber wohl gewusst hat: Gemetzel in Jasenovac, Folterung und Exekution von Geiseln auf der Burg, Ausgangssperre, Partisanen, antideutsche Parolen an den Wänden und Sabotage.«

Hans bat um Versetzung nach Griechenland, wo sein Vater zuletzt Lazarette inspiziert hatte, aber die Ereignisse überschlugen sich. Statt nach Griechenland holte Ernst ihn nach Ostpreußen in sein Divisionslazarett.

»Ich glaubte, das Beste für meinen Sohn zu tun. Suwalki war weit entfernt vom Krieg, ein ruhiges Städtchen mit weißen Kirchen. Hier sollte er lernen und Erfahrungen sammeln bei der Orthopädischen Versorgung, die ich aufzubauen beabsichtigte.«

Am 22. Juni begann der »Ostfeldzug« gegen die Sowjetunion. »Man darf gar nicht drüber nachdenken. Man funktioniert einfach. Ändern kann man nichts«, schrieb Elise am 2. Juli 1941 in ihr Tagebuch.

Richard Salzl hatte 1938 die Anteile Salomos an der Werkstatt übernommen, weil dessen Name als »jüdisch Versippter« nicht mehr auf den Rechnungen stehen durfte. Sie erweiterten die Orthopädische Werkstatt um die Räume der Praxis Lachner, obwohl der Auftragsumfang nach Kriegsbeginn zunächst nur langsam stieg. Zum einen baute der Sanitätsdienst der Wehrmacht seine eigenen Ressourcen stark aus, zum anderen war die Gesamtzahl der Versehrten vor dem Überfall auf die Sowjetunion noch gering. Es waren eher prominente Nazis wie das »Fliegerass« Oberst Graf von Finckenberg (Finger) und Generalfeldmarschall Botho (Kinn), die vor ihrer Verwundung Gäste in der Sonnenburg gewesen waren und sich Spezialanfertigungen leisten konnten. »Rich und Salmon«, wie sie scherzhaft genannt wurden, waren Meister ihres Faches und neben Brahs & Berger am Kurfürstendamm die Nummer eins unter den Glied-Ersetzern in Berlin.

Nach dem Beginn des »russischen Feldzugs« schrieb Elise: »Guineveres Ritter im Schicksalskampf. Wie soll das enden?« Sie meinte wohl Ludwig und Ernst, die zeitweise zwar tatsächlich am gleichen Frontabschnitt waren, sich aber nicht begegneten.

Ihre Sorgen behielt sie für sich, wie immer.

»Malinkes Enkel gestorben. Sie steht im Laden und bedient wie immer, um die Augen Trauerringe. Kann sie nicht anschauen. Kann keine Zeitungen mehr lesen.«

Elises Briefe an Hans und Ernst klingen dagegen gewohnt fröhlich:

»Mit Deinem Foto [Hans in Uniform vor der Silhouette von Zagreb, d.A.] hast Du Deiner Mutter eine große Freude gemacht. Ich bin so stolz auf den schönsten Sohn vom Prenzlauer Berg!«, schreibt sie ihm, und an Ernst: »Die Socken habe ich aus Kurts aufgetrenntem Kinderpulli gestrickt. Passen sie in die Winterstiefel? Hier sind eigentlich alle sehr zuversichtlich, daß Du sie nicht brauchen wirst und wir Weihnachten vereint sein werden.« Als Ende 1941 die Lebensmittelrationen für Nichterwerbstätige und Juden zum zweiten Mal gekürzt wurden, schrieb Elise an ihren Mann: »Gertrud ist groß, gesund und stark, wie Du sie kennst. Bertha, die gute Seele, gibt ihr das letzte Brot von ihren Rationen.«

An ihre 16-jährige Tochter Lotte, die sich in einen Ferienkurs der Reichsluftnachrichtenschule in Halle an der Saale hatte schleichen wollen, aber als Mädchen entlarvt und an die Hauswirtschaftsschule in Hamburg verfrachtet worden war, wo sie einen heiligen Eid schwor, in ihrem künftigen Leben nie wieder zu kochen oder Socken zu stopfen, schrieb sie so aufmunternd wie vergeblich:

»Vertraue darauf, daß die neue Zeit auch große Aufgaben für uns Frauen bereithält. Verzage nicht, wenn Dir einmal eine Tür verschlossen bleibt!«

Wegen der Fälschung des HJ-Ausweises wurde Lotte nach ihrer Rückkehr von ihrer Führerinnen-Funktion entbunden und fiel »innerlich ab vom nationalsozialistischen Kinderglauben«.

Kurt Weiszheit fragte später, als seine Schwester bereits im Westen war und Nazis jagte, wie sie als Jugendliche die ungerechte Behandlung der Juden empfunden habe.

»Nun, vor allem sehnte ich mich nach jemandem, mit dem ich hätte über all das reden können. Ich war ja allein. Bis zum Ende dieser Zeit, bis 1945. Nicht nur ich. Auch Mama. Auch Oma (Kallweit war damals schon geflohen). Alle. In einer Diktatur gibt es nur zitternde Atome. Aber wem sage ich das, du lebst ja selbst in einer. Du warst übrigens der überzeugteste Nazi von uns Kindern: Du hast mein Taschenmesser geklaut, um es gegen Briefmarken von Horst Wessel, deinem Helden, zu tauschen.«

Jakob Abramowitz arbeitete ab Ende 1941 für 35 Reichsmark Wochenlohn als Maschinenarbeiter bei der AEG.

»Er ist 63 Jahre alt. Das Haar auf dem runden Schädel wird dünn. Die Jahre der Angst und der Demütigungen haben tiefe Spuren in seinem Gesicht hinterlassen, doch er hält sich aufrecht. Alter Weltkriegskämpfer. Über den Schwächsten fallen die Wölfe her. Gäbe es Anna nicht, hätte er sich längst von der Brücke vor einen Zug gestürzt.«

»Aus Nachbarn werden Feinde. Nachdem Anna von der Malinke vor den anderen Frauen im Laden als ›verfressen‹ beschimpft und trotz vorhandener Marken ohne Brot fortgeschickt wurde, hat sie tagelang gezittert. Jetzt liegt sie und kommt nicht mehr aus dem Bett.«

Die Nazipropaganda lieferte zur Diskriminierung die Rechtfertigung, indem sie beispielsweise behauptete, am Kohlrüben-Hunger im Ersten Weltkrieg seien die jüdischen Kriegsgewinnler schuld gewesen, weshalb das Hungernlassen jetzt eine gerechte Strafe darstelle.

Salomo und Salomé Grünwaldts »Mischehe« galt als privilegiert, weil die Kinder nicht im »mosaischen Glauben« erzogen wurden und der Mann deutschblütiger »Abstammung« war. Trotzdem kündigte Merthen den Grünwaldts die Wohnung und drohte mit Folgen, falls Salomé den Judenstern nicht tragen oder schwanger werden sollte.

Sorgen musste Salomo sich auch um seinen Vater machen.

»V. erzählt immerzu, daß sein Hund gefressen worden ist. Andeutungen, daß Menschen verschwinden. Läuft nachts ›Streife‹. Gestern Abend vor Adams Wohnungstür im Schlafanzug. Angst, dass er verrückt wird.«

Elise widerrief die Kündigung und pochte dabei auf »Recht und Gesetz«, obwohl sie wusste, dass Recht und Gesetz nur galten, soweit solche wie Merthen es wollten. Wirksameren Schutz boten die Namen illustrer Patienten, die Richard Salzl wie einen Rosenkranz murmelte, wenn er Merthen begegnete.

Alwin Kallweit verließ Berlin, zog nach Hultschin, im Jahr darauf weiter nach Brünn und 1942 nach Mischkolz (heute Miskolc in Ungarn), wo er das kleine Vermögen aus dem Verkauf des ApjoMa verbrauchte und im Winter 1947/48 an einer Lebensmittelvergiftung starb. Es gibt im Archiv keine Briefe von ihm, aber das heißt natürlich nicht, dass Augusta keinen Kontakt zu ihm gehalten hätte.

Ende 1941 erging die Anweisung, aus Brandschutzgründen die Dachböden komplett zu räumen. Der Luftschutz hatte sich bereits vor dem Krieg zu einer hocheffektiven Massenbewegung entwickelt. Wer hätte etwas einwenden wollen gegen Brandbekämpfung, Gasschutz und Erste Hilfe?

Im Weiszheithaus lagerten unter dem Dach Jahrgänge ausgelesener Zeitschriften, altes Kinderspielzeug und Schulbücher, Koslowskis Negativsammlung, aus der Mode gekommene Hüte von Dorothea, die Säuglingsausrüstung der Heimbergerin und Victors Knabenkleidung. Nun wurden unter Merthens lautstarker Leitung diese Familiensedimente abgebaut, darunter Artefakte, die inzwischen verboten waren – besser, man meldete keine Eigentumsansprüche. Nach dem ersten Krieg, in dem verheizt wurde, was entbehrlich schien, war das die zweite Entsorgungswelle, die übers Haus ging und Geschichte(n) löschte.

Nicht alle jedoch machten dabei mit. Augusta weigerte sich, Erinnerungsstücke an ihren Vater, an Gustav und all die Leute, die lange vor diesem dummen Scheuerlappen von Blockwart im Haus gewohnt hatten, preiszugeben. Wie eine Wegelagerin lauerte sie in der Wohnungstür, filzte die schwer beladenen Helfer und schleppte zu ihrem Nussbaumschrank, was sie aufhebenswert befand. Merthen schimpfte und drohte, aber Augusta starrte ihn nur aus Ölsockelhöhe an und murmelte Mapucheflüche ihrer Mutter, an die sie sich im Alter wieder erinnerte.

Ilse hatte sich nach Karls Tod für den Reichsluftschutzbund werben lassen. Der graue Overall und ihr Stahlhelm lagen stets griffbereit auf dem Schrank im Flur. Sie schien keine Gefühle, also auch keine Angst zu kennen.

Die Propaganda machte aus den Verlusten durch Luftangriffe kein Geheimnis oder übertrieb die Zahlen sogar in der nicht ganz unberechtigten Hoffnung, die Wut stärke den Widerstandswillen und legitimiere die zunehmend totalitäre Herrschaft samt »totaler« Kriegführung. Obwohl sich im Prenzlauer Berg die Schäden und Opfer durch Luftbombardements bis 1943 in Grenzen hielten, schufen die dauernden Alarme und die Nachrichten von verheerenden Bombardements eine Atmosphäre höchster Anspannung. »Gestern mit Ilse im Kino. Sommermelodie. Wunderbarer Jürgens. Von Ernst geträumt.«

Es gab Phasen, etwa im November 1943, in denen die Sirenen täglich heulten, aber dann auch wieder wochenlange Pausen – weil beispielsweise die Amerikaner ihre Angriffe wegen zu hoher Verluste einstellten. In den letzten Kriegsmonaten schließlich kannte jeder jemanden, der betroffen war. Die Opfer wurden anfangs »normal« beerdigt, später in Massengräbern beigesetzt.

Im Weiszheithaus lag der Luftschutzkeller in der unteren der beiden Kelleretagen neben der Druckerei, mit einem zusätzlichen Ausstieg zum Ringbahngraben.

> »Merthen steht am Eingang des Kellers, die Hand am Hebel der Stahltür, und lauscht auf das Flakfeuer vom nahen Hochbunker. ›Wilhelmsruh‹, brüllt er, ›Niederschönhausen‹ und dann ›Gesundbrunnen‹. Die Druckwellen der bereits bedrohlich nah explodierenden Bomben wirbeln Wolken aus Trümmerstaub von der Straße die Kellertreppe hinunter. Er läßt noch Passanten herein. Erst als das

Dröhnen der Flugzeugmotoren ohrenbetäubend wird, knallt er die Stahltür zu.

Im Funzellicht der Taschenlampe schreibt er die Namen der zufälligen Passanten in seine Luftschutzkladde und zählt die anwesenden Bewohner. ›Deine Mutter fehlt mal wieder‹, stellt er vorwurfsvoll fest und leuchtet Elise ins Gesicht.«

Augusta weigerte sich, den Luftschutzkeller aufzusuchen, seit Georg Merthen die Familie von Salomo Grünwaldt ausgeschlossen hatte.

»›Wat willste mir?‹, fragt sie, wenn Merthen sie auffordert, in den Keller zu steigen. Sie drückt den Rücken durch und drängt an ihm vorbei. Sie hat Glück, daß Ellen ihren Mann am Arm festhält, denn das Alter [1942 war Augusta 70 Jahre alt geworden, d.A.] schützt in diesen Zeiten keinen.«

»Mutter ändert nichts damit«, schreibt Elise in ihr Tagebuch, »ich kann mir diesen Luxus nicht leisten. Würde nur Kurt und die anderen gefährden.«

Auf der Ringbahn hinter dem Haus bewegte sich halb Europa vorüber. Lastwagen und PKWs, Busse und Pferde waren für die Front requiriert. Die S-Bahn beförderte 1943 eine Rekordzahl von 737 Millionen Reisenden, und das, obwohl sie nur am Tag fuhr. Bei Luftalarm hielten die Züge auf offener Strecke. Die Passagiere flohen in die Luftschutzkeller der umliegenden Häuser.

Nachts zischte und ratterte, klapperte und quietschte der Güterverkehr lichtlos im Ringbahngraben. Gefangene seufzten, Verwundete schrien, schwer dröhnten Munition und Panzer. Das Material war bis zum Brechen beansprucht, Beuteloks zogen Beutewaggons, Heizer und Lokführer aus allen besetzten Ländern fuhren übermüdet auf unbekannter Strecke. Nicht selten übersahen sie Signale und verursachten Unfälle.

Schon seit Beginn der Flächenbombardements war das nahe Nordkreuz Orientierungspunkt und Angriffsziel der Bomberverbände aus Richtung Großbritannien. Wurden die Bahnanlagen beschädigt, schwärmten Tausende, vor allem französische Zwangsarbeiter aus, um Weichen zu reparieren, Bombentrichter zu füllen und Ausweichgleise zu legen, über welche die Züge dann langsam wie Gliedertiere krochen. Manchmal stürzten Waggons in die Böschung. Ab und zu prügelten die Posten vom SS-Bahnschutz einen der Arbeiter.

Harald Klotzke hielt als Sonderbeauftragter des Reichsministers die Stromversorgung der S-Bahn aufrecht. Bombentreffer auf Umspannstationen, Brücken und Gleisanlagen machten immer neue Improvisationen und Umleitungen nötig. Reparaturtrupps flickten bei laufendem Betrieb unter Lebensgefahr Relais und Leitungen.

»›Der Dachboden ist Kriegsgebiet‹, sagt Merthen und kassiert Kurts Schlüssel. Essig ist's mit den schönen Stunden im Türmchen, in denen er seinen Herzensfreund mit Geschichten und Gerüchten, mit Apfelsaft und Roggenkeksen, Knopfannähen und Haarekämmen verwöhnt hat.«

»Günter schlägt vor, sich als Flakhelfer zu melden. Linksrum, rechtsrum, immer in der Gruppe, das stellt Kurt sich schrecklich vor. Er hat eine bessere Idee: Luftbeobachter!, und bimst feindliche Flugzeugtypen: Silhouette, Geschwindigkeit und Klang. Boeing, Lancaster, Mosquito und Halifax, ihre Bomben und Minen. Bei der Prüfung verblüfft Kurt den Blockwart mit exakter Bestimmung von Feindmunition. Spreng- oder Brandbombe, Aufschlag- oder Zeitzünder, er kann den Unterschied riechen. Merthen ernennt die Jungs zu Luftbeobachtern. Sie bekommen den Schlüssel zurück, dazu Stahlhelm und Fernglas. Bei Alarm dürfen sie nun ganz offiziell rauf in den Turm.«

Sie teilten den Himmel über den Dächern Berlins nach den sieben Fensterchen in sieben Sektoren, weiter untergliedert durch Straßen.

»Die Konzentration auf die technische Seite half mir, bei Angriffen nicht vor Angst in die Hose zu machen.«

Ringsum fielen Bomben, Menschen starben, die Schule fiel aus.

»Einmal kommt der Freund mit Brandgeruch zum Dienst, weil er heimlich geraucht hat. Kurt werden die Knie weich, er gönnt sich eine Ohnmacht und wacht in Günters Armen auf. Er liebt Körpergerüche. Füße, Hände, Armbeugen, Leiste. Sie riechen früh anders als abends, anders, wenn er Käse oder Bohnen ißt, munter anders als müde ... Bei seinen Geschwistern, Vater und Mutter, muß er Obacht geben. Oma Augusta stupst ihn mit ihrem Zeigefinger auf die Nase und flüstert lächelnd: ›Du kleiner Narziss.‹«

Augusta hatte ihm von Oma Urte und ihrem Gerüche-System erzählt. Eine lange Kinderzeit versuchte Kurt, seine Welt in solche Ordnung zu bringen, aber es funktionierte nicht. Möglicherweise sprach das nicht einmal gegen das Prinzip, sondern nur für das Chaos, in dem er aufwuchs. Selbst Augustas geschulte Nase schien von all den neuen Kunst- und Treib- und Sprengstoffen verwirrt.

»Qualmt ein Lastwagenauspuff die Straße voll, steht ihre Nase für Minuten im Nebel. Hitlerjungen riechen nicht mehr nach schwitzendem Kind, sondern nach Chemiefaser. Die Aluminiumnebel der Brandbomben kleben wie Puder auf den Schleimhäuten. Phosphorgas macht das Atmen zur Qual.«

Hugo Lorenz' Schwester Charlotte heiratete am 29. März 1942 den SS-Oberscharführer Albert Schneevogt, ihren Chef in der Buchhaltung des Wirtschafts- und Verwaltungshauptamtlagers der SS am Nordkreuz. Die Hausbewohner leckten sich die Lippen angesichts der Kisten mit Champagner und Kartons voller Dosen mit Kaviar und Sardinen, welche in die Keller der Sonnenburg geschleppt wurden – aber am Tag der Trauung wurde Schneevogts Dienststelle wegen des schweren Bombenangriffs auf Lübeck alarmiert, und die Feier fiel ins Wasser.

In der Sonnenburg stritten die Gäste nun häufiger über die Lage. Zwei Wochen nach der Kapitulation der 6. Armee vor Stalingrad Anfang 1943 trieb Goebbels mit seiner Sportpalastrede zum totalen Krieg. Hermann zitiert in einem Artikel seinen alten Bekannten General Reichenau:

»Je radikaler wir den Krieg führen, um so früher werden wir ihn siegreich beenden. Je höher unsere Opferbereitschaft, desto geringer die Opfer, die unser Volk wird bringen müssen.«

Totalitäre Regimes bieten Jugendlichen unter anderem die Chance, ihren autoritären Vätern zu entkommen, ohne das autoritäre Prinzip in Frage stellen zu müssen. Kurt bewunderte, wie Goebbels mit Zauberei und Ungeheuern, wunderbaren Rettungen und vernichtenden Siegen jonglierte. Die Redewendungen folgten einer ähnlichen Dramaturgie wie die von Elise, aber sie plätscherten nicht leise im Moor, sondern wateten in Blut.

»Günter und ich waren 12, wenn ich das zur Entschuldigung anführen darf: noch keine Männer, aber schon begierig aufs Töten. In Kinderspielen steckten wir unser Bajonett in Russenbäuche, schossen Engländer vom Himmel, walzten mit unserem Panzer Amis in den Schlamm. Wenn schon Krieg, dann richtig. Schließlich wollten wir dabei sein.«

Die Kriegsanstrengungen wurden erst langsam, dann aber immer schneller verschärft. Gäste verschwanden zur kämpfenden Truppe, die Gespräche wurden leiser, statt Champagner wurde Cognac bestellt. Im April 1943 wurde die Sonnenburg von den Behörden geschlossen. In den Gasträumen quartierte sich eine Dienststelle des Reichsluftschutzbundes ein.

Hugo Lorenz wurde zur Wehrmacht einberufen und dem Oberzahlmeister eines Regiments der 344. Division in Westfrankreich als Schreiber zugeteilt. Franziska las freimütig aus seinen Briefen vor, denn die bezeugten einen Eifer, den ihm kaum jemand in der Nachbarschaft zugetraut hatte:

»Täglich bete ich um die Erlaubnis, an einem Kampfeinsatz teilnehmen zu dürfen. Ich brenne darauf, die feigen Juden aus ihrem Versteck zu holen.«

Ob Hermann seinem Nachbarn nun glaubte oder nicht, er zitierte ihn jedenfalls in einem Artikel über die »zu Unrecht oft unterschätzten Verpflegungstruppenteile«:

»›Die Franktireurs [die Rede ist von französischen Partisanen] vermeinen, bei den rückwärtigen Diensten leichte Beute machen zu können, aber da haben sie nicht mit unseren Deutschen Kochlöffeln gerechnet. So mancher freche Dieb hatte schon den Duft von Speckbohnen in der Nase und mußte doch ins Gras beißen.«

Im letzten Brief an seine Mutter schrieb Hugo:

»Das ist einmal eine Freude, wenn die Kameraden meinen Bayonner Schinken kunstgerecht mit dem Bajonett zerlegen und voll sind des Lobes. Sie haben Freude so nötig wie ausreichend Munition. Täglich fallen Schüsse aus dem Hinterhalt, abgegeben von Partisanen, die nicht wagen, ihr Gesicht zu zeigen. Der Tod ist allgegenwärtig. Denkt immer daran, daß ich den Widrigkeiten trotze, und tuet desgleichen. Im festen Glauben an den Führer umarmt Euch Euer treuer Bruder und Sohn Hugo.«

Die merkwürdige Bekenntnislyrik fand für diejenigen, die ihn kannten, im Juni 1943 ihre Erklärung: Nach einem Partisanenüberfall zogen Kameraden aus den Trümmern des völlig ausgebrannten Fouragewagen Hugo Lorenz' Erkennungsmarke, sein Koppelschloss, eine halbzerstörte Pistole und verglühte Sohlennägel. Die Gestapo verhörte Mutter und Schwester und beschlagnahmte Hugos Briefe, stellte die Ermittlungen aber ein, nachdem ein Gutachter der Feuerwehr für möglich erklärt hatte, dass durch die Explosion zweier Fässer mit Speiseöl die Leiche restlos verbrannt war.

Der »totale Krieg« richtete sich auch gegen die Juden. Zwei Wochen nach Goebbels' Startschuss drangen Gestapo-Beamte in Grünwaldts Wohnung, streckten Valentin mit einem Faustschlag, der ihm die Nase brach, zu Boden und verhafteten seine Schwiegertochter Salomé.

Salomo, der gerade mit Richard in der Werkstatt arbeitete, erfuhr davon erst, als die Limousine mit seiner Frau davonraste. Er brachte seine Töchter zu Elise und machte sich auf den Weg in die Große Hamburger Straße, wo sich eine Sammelstelle für »Evakuierte« befand, um das »Missverständnis« aufzuklären, während Richard versuchte, irgendeinen seiner hochrangigen Patienten zu erreichen.

Zur gleichen Zeit sammelten sich in der Rosenstraße in Mitte die Frauen von in Mischehe lebenden Juden, um gegen die Verhaftung ihrer Männer zu protestieren. Vermutlich waren noch weitere Männer neben Salomo dabei, das überliefert die Geschichtsschreibung nicht. Jedenfalls wurden zahlreiche Angehörige der Protestierenden in den darauffolgenden Tagen wieder entlassen, darunter auch Salomé Grünwaldt.

Am Tag von Salomés Verhaftung umstellten Gestapo und SS auch das AEG-Werk in der Brunnenstraße und verhafteten die jüdischen Arbeiter. Jakob Abramowitz wurde zum Sammellager am Spandauer Weg gebracht. Anna suchte ihn und wurde von der Polizei, die an jenem Tag Passanten mit Judenstern jagte, festgenommen.

Als die Gestapo Elise am Abend des 2. März 1943 bat, die Wohnung der Abramowitz im Seitenflügel, 1. Etage, aufzuschließen, war der Kachelofen noch warm, standen Teller und Kaffeetassen vom Frühstück in der Spüle. Merthen versiegelte die Tür.

Vier Tage später kamen die Abramowitz in Auschwitz an, ein paar Stunden später war Anna tot. Jakob wurde zum Arbeitseinsatz nach Buna geschickt, brach sich dort ein Bein und wurde zurück ins Stammlager Auschwitz gebracht, wo er am 4. Juni 1943 starb.

Ende Juni kam ein Gerichtsvollzieher, um das Inventar zu schätzen:

> »Wäsche 15 Mark, Porzellan und Küchengeräte 3 Mark, zwei Blumentische 2 Mark, eine Couch 20 Mark, Kleiderschrank 15 Mark, runder Tisch und Stühle zusammen 10 Mark.«

Wir wissen das so genau, weil Elise als Zeugin geladen war und Buch führte. Woran dachte sie, während sie mitschrieb, was der Gerichtsvollzieher laut vorzählte? Kurt Weiszheit versuchte, sich in ihre Lage hineinzuversetzen:

> »Sie tröstete sich damit, daß sie mehr getan hatte als die meisten anderen und daß sie Salomé und die Kinder schützte, so gut sie konnte. Sie mußte an ihre Kinder und an ihre verrückte Mutter denken. Überspannte sie den Bogen, konnte sogar Ernst in Schwierigkeiten kommen.«

Vielleicht aber dachte Elise gar nicht so viel nach:

»Gestern rumgerannt. Glas, Draht, Dachpappennägel gesucht. Wegen Mehl für Sonntag angestanden, um zwei Bombenalarm, nicht nach Hause geschafft, zurück zum Bunker. Nochmal anstehen. Abends LS-[Luftschutz-, d.A.] Schulung. Feldpostpäckchen mit Schokolade (die letzte) an Ernst und Hans. Nacht im Keller. Karo getröstet, ihr Peter liegt mit Rauchvergiftung in der Charité. Heute Sandkasten, danach Hausreinigung. Bloß keine Verschnaufpause, sonst heulendes Elend.«

Dieses Rumrennen war Teil der Herrschaftsstrategie der Nazis und ist es in allen autoritären Systemen. Im Jugendwerkhof hieß es als Begründung für sinnlose Arbeiten wie Appellplatzharken oder Laub-von-den-Bäumen-Zupfen: »Wer rumsitzt, kommt bloß auf dumme Gedanken« (womit aufmüpfige gemeint waren). Es ist vielleicht immer eine gute Idee, langsam zu machen, wenn sie drängeln, und sich zu verpissen, wenn sie stressen.

Von Juni 1941 an arbeitete Hans Lachner als Assistent seines Vater. Während der Gefechte um Welikije Luki operierte er angesichts der hohen Zahl Verwundeter zum ersten Mal selbständig. Das Lazarett folgte der Division mit der 9. Armee und der Panzergruppe 3 im schnellen Vormarsch bis nach Kalinin nördlich von Moskau. Dort kehrte sich die Marschrichtung um. Verfolgt vom Lärm schwerer Rückzugskämpfe, bauten die Sanitäter das Lazarett immer wieder neu in größter Eile auf und ab, den Weg mit Kriegsgräbern säumend. Zwischen Januar 1942 und März 1943 war das Feldlazarett Teil des Armeelazaretts im Frontbogen von Rschew, den die sowjetischen Truppen mit zehnfacher Überlegenheit immer wieder attackierten und abzuschneiden versuchten.

»Im Wald von Monschalowo mußten wir im Sekundentakt die angelieferten Soldaten einteilen. Die Verwundungen waren so frisch, daß die hoffnungslosen Fälle, die offenen Bäuche und zerfetzten Hüftstümpfe zum Teil noch bei Bewußtsein waren, wenn wir ihnen die Karte umhängten. Sie bettelten und schrien, bis der Blutverlust sie endlich verstummen ließ. Mein Sohn Hans, der Karls Tod nie verwunden hatte, litt unter jedem verlorenen Patienten. Er verfügte nicht über die Hornhaut, die der [Erste] Weltkrieg bei mir hinterlassen hatte. Und es wurden immer mehr, Tausende, die unnütz fielen, denn den riesigen Frontbogen zu halten war glatter Selbstmord.«

An Tagen mit ruhiger Frontlage wurden erfrorene Gliedmaßen amputiert. Schlechte Ernährung, Fleckfieber und Typhus ließen die Sterblichkeit steigen. Von April 1943 an befand sich das Lazarett östlich Smolensk. An den wenigen freien Tagen unternahmen Vater und Sohn Spaziergänge durch die Kiefernwälder.

»Er wollte über den Eid des Hippokrates und christliche Gebote diskutieren, versuchte, für sich das zerrüttete Fundament des Sollens und Dürfens zu befestigen. Ich lenkte Hans mit wissenschaftlicher Arbeit ab: Während der vorangegangenen Monate hatte ich bei den älteren Soldaten eine günstige Wirkung von Gewichtsverlust auf arthritische Beschwerden, vor allem der Fußgelenke, festgestellt. Die Studie schien mir ein Ahnungsschimmer des kommenden Friedens zu sein. Wie konnte ich übersehen, daß Hans tödlich litt?Manchmal entfernte er sich von der Truppe, ganz allein, und kehrte erst nach Stunden zurück. Hätte ich ihn doch nur bestraft, wie es meine Pflicht gewesen wäre! Vielleicht würde er noch leben.«

Zu Beginn der sowjetischen Sommeroffensive im Juni 1944 stieß die Rote Armee so schnell in die Tiefe, dass selbst das weit zurückliegende Lazarett Ernst Lachners überstürzt geräumt werden musste. Weil nicht genügend Lastwagen und Fuhrwerke für den Abtransport zur Verfügung standen, ließ er die frisch Operierten zurück. Hans blieb gegen den ausdrücklichen Befehl seines Vaters bei ihnen.

In der Regimentsliste wurde Hans als vermisst geführt. Ernst informierte Elise erst fünf Wochen später. Rückblickend rechtfertigte er sein Zögern:

»Noch bis in den September kamen Soldaten, die sich einzeln oder in kleinen Gruppen durch die Linien hatten schlagen können. Zu diesem Zeitpunkt befanden wir uns mit den Resten des Lazaretts schon in Legionowo unweit Warschaus.«

Elise wollte nicht glauben, dass Hans etwas wirklich Schlimmes zustoßen konnte.

»Er war so vernünftig, und sie hatten ja diese roten Kreuze auf den Dächern. Mu legte Vaters Brief zu den anderen und schloß die Schublade. Ihre Felljacke aus Fuchs nähte sie zu einer Weste um, als Weihnachtsgeschenk für Hans. So sicher war sie, daß er zurückkommt.«

Merthen suchte stets Gelegenheiten, »persönliche Gespräche« mit »bedrückten Volksgenossen« zu führen. Er saß in den Küchen der Gebeutelten, redete von Sieg und Opfermut und ging nicht, bevor er das nationalsozialistische Glaubensbekenntnis von den Lippen des Volksgenossen gepflückt hatte.

Nach den heftigen Luftangriffen, die zwischen dem 2. und dem 26. November 1943 auch im Prenzlauer Berg zahlreiche Gebäude in Schutt und Asche gelegt hatten, wurde Kurts Schule ins Lager »Forst« der Kinderlandverschickung bei Jena evakuiert. Günter und er meldeten sich als Flakhelfer, um Berlin nicht verlassen zu müssen, aber Kurt fiel durch den Test, der im Schleppen von Munitionskisten über eine Distanz von 20 Metern bestand, und musste Abschied nehmen.

»Die älteren Schüler errichteten ein strenges Regiment. Zum Unterricht und zum Duschen, zum Essen und zum Fußballspielen ging es im Gleichschritt. An der Stirnseite des Speisesaals war zu lesen: ›Gläubig dienen wir der Erde und dem großen deutschen Werde!‹, eine Inschrift, deren gereimte Blödheit mir den Appetit verdarb.

Ausgerechnet Aljoscha, der sich jetzt Aljos nannte und behauptete, das sei altgermanisch, kommandierte die Jungs unserer Klasse. Er war ein Ass im Sport und ein Aas von Vorbild, für mich ein lächelnder Albtraum. Freudestrahlend keuchte er uns durch den Morgentau voran, rutschte auf glitschigen Blätterteppichen wie der Blitz bergab und schüsselte nach dem Frühsport eiskaltes Wasser über unsere erhitzten Körper. Ich haßte ihn und mußte ihn gleichzeitig dauernd anschauen. Er merkte das und bedankte sich. Quälten wir uns mit Liegestützen, stellte er mir aufmunternd die Fußsohle zwischen die Schulterblätter. Beim Stubenappell fiel mein Päckchen, oh weh, unter seinen Fingern auseinander.

Ich versuchte, mich in der Krankenstation mit Scharlach anzustecken, mir beim Skilauf ein Bein zu brechen, beim Ausflug ins Volksbad zu ertrinken, nichts half – er durchschaute mich. Oh, er meinte es nur gut: Wenn ich wie er sprinten, klettern und schwimmen könnte, würde sich mir ein Himmelreich an Wohlgefühlen öffnen. Ich machte drei Kreuze, als seine Meldung zu den Fallschirmjägern endlich akzeptiert wurde und er seine Sachen packte.«

Im Oktober 1944 bestellte Josef »Joschi« Komalla seine Vermieterin Elise Weiszheit in die Quartierstelle im Haus 7 des Bezirksamts Nordmarkstraße (heute Fröbelstraße).

»Heinrich [= Josef Komalla, K.W. verwendet in dieser Geschichte andere Namen, d.A.] sitzt zwischen grün, rot, gelb und blau bereiterten Akten. Sein Haar ist mit Wasser angeklatscht, er schwitzt im engen Hemdkragen.«

Blaue Aktenreiter verwendete er für die Großwohnungen, meist in den Vorderhäusern gelegen, in die wohnungssuchende Familien eingewiesen werden konnten. Weiß bedeutete »Reserve zur besonderen Verfügung«, rot bereitert wurden beschädigte Wohnungen, schwarz die zerstörten, gelb solche mit jüdischen Bewohnern. Schneller als in anderen Stadtbezirken wurden im Prenzlauer Berg Bombengeschädigte mit Wohnraum und Hausrat versorgt. Während die anderen Männer des Wohnungsamtes eingezogen und durch Frauen ersetzt wurden, blieb Joschi wegen seines empfindlichen Magens k.u. und wurde im Sommer 1943 sogar auf eine sechswöchige Kur nach Bad Berka geschickt.

Das alles wusste Elise.

»Warum hat er sie ins Amt bestellt? Hätte doch einfach an ihrer Wohnungstür klingeln können. Hier gurrt und ruckt er wie ein

Gockel, ganz anders als zuhause, wo er nuschelt, vor seiner Muttermegäre kuscht und durchs Treppenhaus auf leisen Sohlen huscht. Joschi Komalla reicht ihr ein Formular über den Tisch: ›Hier … Sie müssen unterschreiben, wo das Kreuz ist.‹ Sie soll Entschädigung beantragen, wegen des ›Leerstands aufgrund der Verhaftung der Juden Abramowitz‹. Entgangene Miete 95 Reichsmark und 47 Pfennige.

›Der spinnt doch. Nein, das will ich nicht‹, denkt sie, aber sie hat plötzlich Angst vor ihm. Sie kann eh nichts mehr tun. Es ist zu spät. Komalla reicht ihr den Stift, und sie unterschreibt. Unterschreibt, obwohl es falsch ist.

Auf dem Heimweg geht sie mit gesenktem Kopf. Sie duckt sich vor dem ›Falsch!‹, das sie denken muß, ob sie will oder nicht. ›Falsch!‹ klingt es ihr zu Hause in den Ohren. ›Falsch!‹ tönt es lauter als die Luftwarnung. Sie steht nachts auf, öffnet das Fenster und läßt die eiskalte Luft herein. Im fahlen Schneelicht sieht sie ihr graubleiches Gesicht im Spiegel des Nußbaumschrankes. Ihre Lippen bewegen sich wie die eines Geistes: Falsch! Ich will nicht die sein, die ich bin. Eine Falsche. Eine Mitschuldige. Ich kann gegen das große Schlamassel, das dieser Krieg ist, nichts tun. Aber gegen das kleine Schlamassel. Der rettende Gedanke kommt wie ein Licht: Wenn Salomé Hilfe braucht, werde ich sie nicht wegschicken.

Helene [Elise] bereitet den Keller vor mit allem, was nötig ist, um einige Tage zu überleben: Matratze und Decken, Kerzen und Streichhölzer. Sogar an Bücher denkt sie: Kafkas *Verwandlung,* Heinrich Manns *Untertan,* Rilkes *Sonette.*«

Kurt Weiszheits Geschichte zufolge erreichte man das Versteck durch Elises Kohlenlager im Oberkeller, stieg in einen Schrank und kletterte durch ein Loch im Boden nach unten. Vorn druckten die Maschinen Nazipropaganda, hinten lärmte die Ringbahn.

»Wenn Mu oder Oma (zu ihr würde das passen) so etwas gemacht hätten, wären sie auch nach dem Krieg nicht damit hausieren gegangen, da hast Du schon recht. Als ich Dein Buch gelesen habe, fiel mir die verschwundene Taschenlampe wieder ein. Ich weiß noch, daß Mu sie in der Küche ausprobiert hatte, und ein paar Tage später, als ich sie zum Dienst mitnehmen wollte und sie nirgends finden konnte, war Mu ganz gelassen. Dabei weißt Du ja, wie fuchsig sie werden konnte, wenn sie etwas nicht fand.«

In Kurt Weiszheits Geschichte wartete die »Heldin« umsonst auf eine Bewährung. Es ist niemand mehr da zum Retten.

»Das ›Falsch‹ pocht mit der Zeit leiser, aber es bleibt immer da, wie das Ticken einer Uhr. Gutmeinen ist nicht genug. Wer zu spät kommt, wird nicht erlöst.«

Lotte wurde Anfang 1944 zum Arbeitsdienst, der gerade auf 12 Monate verlängert worden war, eingezogen.

»Unsere Kameradschaft mistete Ställe aus und sortierte stinkende Kartoffellager. Auf dem Heimmarsch sangen wir fröhliche Lieder, um es ›denen‹ zu zeigen, womit Defätisten und Fremdarbeiter gemeint waren. Der alte Pfarrer pflegte im Kirchgarten verlassene Gräber und streckte mit schmerzverzerrtem Gesicht den krummen Rücken, wenn er uns kommen hörte. An Tischen mit Blümchendeckchen priesen wir die Mahlzeiten aus Sägespänen und Mäusegrind, die uns kein Volk der Welt nachmachte. Alles in mir sträubte sich gegen die süßliche Landromantik der ›Arbeitsmaiden‹.

Ich meldete mich freiwillig als Nachrichtenhelferin und wurde nach einer 8-wöchigen Ausbildung an der Heeresschule in Gießen der Fliegerhorst-Kommandantur Otopeni in der Nähe von Bukarest zugeteilt, wo ich genau an meinem Geburtstag ankam [15. 6.]. Bomberstaffeln landeten hier auf ihrem Weg aus Italien oder Frankreich nach Rußland und wurden mit Radargeräten nachgerüstet. Jedenfalls bekamen wir ein gutes Bild von der Lage an den Fronten. Wir waren drei Mädchen und bewohnten ein Zimmer in der Baracke einer Funkmesskompanie, das wir jeden Abend abschließen mußten, weil uns die Soldaten wie liebeshungrige Kater umschlichen.

Bis August 1944 blieb es in Otopeni weitgehend ruhig, wir unternahmen Ausflüge nach Bukarest und in die Umgebung. Während des Putsches [König Michael und die rumänische Armee wechselten am 23. 8. 1944 auf die Seite der Alliierten, d.A.] wurden wir von den Rumänen unter Arrest gestellt, aber schon zwei Tage später von deutschen Fallschirmjägern befreit.

Weil die Russen schnell vorstießen, mußten wir Hals über Kopf abhauen. Ein großes Durcheinander herrschte. Unsere Kolonne wurde mehrfach bombardiert und von Tieffliegern angegriffen. Ich verkleidete mich mit Soldatenmantel, Mütze und Kopfverband und lernte viel über Männlichkeit und ihre Rituale. Sechs Tage waren wir Richtung Ungarn unterwegs, umfuhren die Wegesperren der SS und der Feldgendarmie, aßen unreife Äpfel von den Straßenbäumen, zapften Benzin aus havarierten Wracks.«

In Budapest wurde Lotte wieder in eine Helferin-Uniform gesteckt und der Kommandantur des Flughafens Sármellék am Plattensee (Balaton) zugeteilt. Nach dem Scheitern der letzten deutschen Offensive im März 1945 floh sie nach Graz, wo sie in einem Lazarett am 9. Mai den Einzug der sowjetischen Truppen erlebte.

»Die durch nichts zu erschütternde Siegeszuversicht des Deutschen Volkes kann nicht besser gekennzeichnet werden als durch die Tatsache des unaufhörlichen Freiwilligenstromes, der auch im 6. Kriegsjahr den verschiedenen Waffengattungen zuströmt. Täglich rücken junge Männer ein, die bereits im Arbeitsdienst, in Wehrertüchtigungslagern und anderen vormilitärischen Lehrgängen der HJ bestens vorgebildet, nun von fronterfahrenen Ausbildern mit den neuesten und besten Waffen vertraut gemacht werden und bald an der Front ihren Mann stehen«, schrieb Hermann Kunert in der zweiten Januarausgabe der *Wehrmacht* von 1945. Max Lawrenz zeichnete Aljoscha Peters im Profil als Fallschirmspringer vor dem Hintergrund eines mondbeschienenen Schneegebirges.

Vergeblich hatte Frieda versucht, ihrem Enkel die selbstmörderische Freiwilligenmeldung auszureden. Mit einer Mutter, der die Reichsbürgerschaft aberkannt worden war, wäre es ihm möglich gewesen, dem Gekämpfe ganz zu entkommen, aber der Junge war ihr mit jedem Jahr weiter entglitten. Seit Einführung der neuen Lebensmittelmarken musste sie in einer Fabrik in der Greifswalder Straße Offiziersuniformen nähen und fand kaum noch Zeit für ein vernünftiges Gespräch.

Sie wusste nicht, dass Aljoscha beim Erscheinen seines Porträts in der *Wehrmacht* bereits tot war, in den Ardennen erschossen von den Köchen eines amerikanischen Nachschublagers. Als sie später davon erfuhr, schwor sie Hermann Rache, aber da war der bereits zu einer Schulung für Nationalsozialistische Führungsoffiziere in Sonthofen kommandiert worden und sollte nie mehr ins Weiszheithaus zurückkehren.

Auf dem Lehrgang brachte man Hermann alles Nötige über den Gebrauch von Standrechtpeitsche und Auszeichungszuckerbrot bei. Schon bald übertraf er seine Ausbilder an Wortmacht zur Beschreibung der gnadenlosen Rache, die vom jüdisch-bolschewistischen »Untermenschen« zu erwarten sei. Im Februar 1945 wurde er zum Oberleutnant befördert und der Heeresgruppe A als NSFO, als Nationalsozialistischer Führungsoffizier, zugeteilt. Seine erste Aufgabe war die Festigung der Moral in der angeschlagenen Panzergrenadier-Division Brandenburg.

Die Einheit war einmal so etwas wie die Elite der Kommandotruppen gewesen, aber durch die Winteroffensive der Sowjetarmee dramatisch dezimiert und gedemütigt worden. Im Raum Weißwasser an der Lausitzer Neiße warteten die verbliebenen Soldaten auf den erneuten Angriff der Russen und ihren Untergang.

Hermann übernahm die Straffung der Disziplin mit der Energie des geschulten Demagogen. Unermüdlich besuchte er die Soldaten in ihren Stellungen, überprüfte weltanschauliche Grundkenntnisse, mahnte Haltung und Kleiderordnung an und zeigte, wie in Ermangelung von Schuhcreme mit Ruß und Schweinefett Stiefel geputzt werden konnten. Soldaten und Führer scharten sich um ihn, weil er der Einzige war, der noch Worte hatte.

»Sie nährten und wärmten sich an der Vorstellung, unsterblich und zu Höherem berufen zu sein. Ein Leben ohne Illusionen (sie nannten das Ideale) schien ihnen wertlos.«

Im Einsatzgebiet der Heeresgrupppe befand sich auch das Festungslazarett in Neiße (Nysa), dessen Leitung Ernst Lachner nach der Zerschlagung der 256. Division bei Witebsk übernommen hatte.

»Eine ordnungsgemäße Versorgung der Verwundeten war unmöglich. Uns fehlte es an Verbandsmaterial und Desinfektionsmitteln, aber wir behalfen uns, so gut wir konnten. Mit Beginn der Schneeschmelze kamen Infektionen dazu, die Soldaten litten unter der kalten Dauernässe. Wir hatten Fleckfieber, Typhus, Gelbsucht, Kriegsnephritis, Wolhynisches Fieber, Tularämie und Diphtherie. Häufig mußten wir uns auf eine Notversorgung beschränken und die Transportfähigen so schnell wie möglich weiter ins Hinterland nach Dresden und Chemnitz schicken.«

Ernst Lachner erfuhr von der Stellung seines Schwagers Hermann bei Generaloberst Schörner, dem Befehlshaber der Heeresgruppe A, und lud ihn zu einer Inspektion ein, aber dessen Besuch im Lazarett endete statt mit der erhofften Hilfe ausgesprochen unerquicklich. Hermann inspizierte Unterkünfte, Schuhputz und Uniformen des Personals. Im Tornister eines Sanitätsgefreiten fand er ein Buch in hebräischer Schrift und führte sofort eine peinliche Befragung durch. Der Delinquent gestand den Diebstahl.

Als ich den Namen des Soldaten las, traf mich beinah der Schlag. Er hieß Herbert Nachtigall, auch Familiengeschichte und Geburtsjahrgang passten. Ausgerechnet Onkel Herbert, den meine Oma den »kleinen Papst« nannte, weil ihm »Anstand« über alles ging, ein Dieb!

Hermann war willens, ein Exempel zu statuieren. Dass die Synagoge anschließend angezündet worden und das Buch mit dem übrigen Inventar verbrannt wäre, spielte für ihn keine Rolle. Er beantragte beim Kriegsgerichtsrat der Division die sofortige Aburteilung Nachtigalls wegen Plünderung, was angesichts der Frontlage die Erschießung bedeuten konnte.

Ernst Lachner wollte nicht wegen »irgend so eines zerfledderten Buches« auf einen Mitarbeiter seines unterbesetzten Lazaretts verzichten und setzte ihn nach einer Verwarnung frei, worauf Schörner, der Befehlshaber, ihn am 15. März zu sich bestellte. Auf dem Weg wurde Ernsts Wagen von einer Katjuscha-Salve getroffen. Der Fahrer schleppte Ernst auf seinem Rücken zurück ins Lazarett, wo ihm gerade noch der zertrümmerte Arm bis zum Schultergelenk abgenommen werden konnte, bevor das Nahen einer russischen Panzerspitze den sofortigen Rückzug nötig machte.

Der Gefreite Nachtigall versteckte sich im Chaos zwischen den zurückbleibenden Nichttransportfähigen und Leichen des Lazaretts und ergab sich den Russen. Ich kannte die Geschichte so:

> »Im März 1945 fand ich endlich die langersehnte Möglichkeit zum Überlaufen. Ich schämte mich schon lange, dieser Wehrmacht anzugehören, hatte aber als Sanitätssoldat bis zu diesem Zeitpunkt stets weit hinter der Frontlinie gedient.«

Weil er sich als »Kommunist« ausgab und jemand seinen Vater, den berühmten Lehrer an der MASCH kannte, wurde er zu einem Propagandatrupp des Nationalkomitees Freies Deutschland gebracht und forderte noch in der Schlacht um Berlin Volkssturmeinheiten über Lautsprecherwagen zur Kapitulation auf.

Ernst überlebte seine schwere Verwundung.

> »Ich nutznießte von unverdienten Wundern. Auf dem Weg nach Westen wurde unser Lazarettzug angegriffen, links und rechts von mir starben Soldaten. Ich fieberte tagelang. Als ich in Görlitz schließlich zu mir kam, erzählte man mir, daß die Russen schon an der Oder stünden und die Heeresgruppe A zerschlagen sei.«

Hermann Kunert konnte nach der Einkesselung der Division ausbrechen, meldete sich bei einer Versprengtenstelle und wurde zum Chef einer Feldgendarmeriekompanie ernannt. An seiner Auffanglinie östlich von Berlin, zwischen Heinersdorf und Neuhardenberg, wurden Versprengte gesammelt, neue Einheiten zusammengestellt und mindestens sieben »Feiglinge« erschossen.

> »Man gewöhnt sich nicht. Im Gegenteil, die Angst wird immer schlimmer. Schon beim Sirenengeheul des Voralarms brennt der Ma-

gen, und das Herz klopft mit harten Schlägen. Wenn sich dann die Tür des Kellers schließt und die Luft dicker wird, wenn die Detonationen näher kommen, wenn das Haus über den Köpfen zu wackeln beginnt und das Licht flackert, dann ist das wie Salz auf die noch vom letzten Alarm offenen Wunden, ein Sich-wieder-Verstecken-Wollen und Feilschen mit dem Schicksal. Elise hört sich flüstern: ›Bitte, lieber Gott, laß uns davonkommen, bitte, den Kindern zuliebe.‹«

»Verkünden die Sirenen Vorentwarnung, setzt Ilse den Stahlhelm und die Feuerbrille auf, legt den Mundschutz an und sieht aus wie ein Insekt in einer fremden, seltsamen Welt.

Sie löscht Feuer, stellt Gasleitungen ab und trennt schmorende Stromleitungen. In qualmenden Trümmern gräbt sie nach Leichen und zerrt schreiende Verwundete aus volllaufenden Kellern. Es kommt vor, daß Luftschutzhelfer von Zeitzünderbomben zerrissen oder von einstürzenden Häuserwände begraben werden. Ilse hat keine Angst, kann keine Angst haben.«

Am 12. März 1944, dem Heldengedenktag, wurde ihr im Titania-Palast vom Präsidenten des Reichsluftschutzbundes Hirschauer höchstselbst das Luftschutz-Ehrenzeichen 2. Stufe verliehen.

Jetzt, da es ums Überleben ging, beendete Elise den Boykott ihrer Nase.

»Sie fahndet im ganzen Haus nach Brandgeruch. Stunden nach dem Angriff können herumfliegende Funken Löcher in die Dachpappe und in die Gardinen sengen. Sie zählt und meldet geborstene Fenster an Merthen, damit er Holz besorgt, um sie zu verschließen. Nur wenig Zeit bleibt zum Essenmachen und Luftholen, bevor der nächste Alarm wieder einen Krampf im Magen auslöst.«

Harald Klotzke stieg, nachdem die meisten Ingenieure der Reichsbahn zum Kriegsdienst einberufen waren, zum Chef der Reparaturkolonnen der S-Bahn auf. Infolge der Angriffe brach die Stromversorgung immer häufiger zusammen, liegengebliebene Züge blockierten die Gleise. Mit einem Sonderausweis des Stadtkommandanten fuhr er einen der wenigen, nicht für die Front beschlagnahmten PKWs und bekam eine Sekretärin, die seine Anweisungen aufschrieb und skizzierte. Melli Keese sprach Sächsisch, was Harald die Angst vor ihr nahm, und zusätzlich Französisch, Englisch und ein wenig Russisch, was von Vorteil bei der Verständigung mit den Zwangsarbeitern war.

Oft saß sie nach der Tagschicht noch bis spät in die Nacht in Veras Küche, zeichnete Schalt- und Netzpläne und träumte davon, einmal S-Bahn-Führerin zu werden. Es gab Frauen, die Straßenbahn fuhren, warum also nicht auch S-Bahn, am liebsten auf den langen Strecken, am allerliebsten auf der endlosen Ringbahn.

Haralds Mutter Vera war stolz auf ihren Sohn, aber weil er keine Anstalten machte, sich für andere Spannung zu interessieren als die der Stromleitungen, bot sie der fleißigen und nicht unansehnlichen Übersetzerin die leere Speisekammer ihrer Wohnung an, die ein schmales Fenster und Platz genug für ein Bett hatte. Melli war dankbar. Sie hatte bei einem Bombenangriff Mutter und Wohnung verloren und hauste in einer zugigen Baracke der Arbeitsfront am Ostkreuz, in der es nur kaltes Wasser gab.

Gemeinsam bügelten die beiden nun also Haralds Hosen, wuschen seine Hemden und schmierten ihm Stullen. Charlotte Lorenz besorgte bunten Kleiderstoff und Frieda schneiderte daraus ein Kleid für Melli, Vera frisierte ihr die Haare, schminkte sie und behandelte sie in jeder Beziehung wie die Schwiegertochter, die sie sich so sehr wünschte. Überrascht registrierte Harald die Verwandlung seiner uniformierten Aktenträgerin in ein gesalbtes Mädchen, das in seinen Armen lag, als er eines Montagmorgens aus seinen Träumen erwachte.

Die älteren Schüler des Wessel-Gymnasiums wurden nach Berlin zurückgeschickt, als das Lagerpersonal Ende 1944 zum Volkssturm eingezogen wurde.

»Vor Aufregung, Günter wiederzusehen, wurde mir heiß, ich bekam Fieber und heftige Bauchschmerzen. Zu meinem maßlosen Entsetzen wurde ich in die Jenaer Kinderklinik gebracht und auf eine Blinddarmresektion vorbereitet. Im Waschraum der benachbarten

Infektionsstation stahl ich ein Stück Seife, würgte es herunter und heulte vor Wut. Der Arzt nahm wegen meines schaumigen Durchfalls Abstand von der Operation. Allerdings hatte ich mich wohl bei meinem Beutezug mit Typhus angesteckt und lag die nächsten vier Wochen selbst in einem Bett der Infektionsstation. Völlig abgemagert und mit einem Gesicht so grau wie schmutziger Schnee kam ich Anfang 1945 nach dreitägiger Zugfahrt in Gesundbrunnen an. Ich weiß noch, daß die Fenster und Türen der S-Bahn mit schwarzem Papier zugeklebt waren und ich auf dem kurzen Stück Ringbahnfahrt unser Haus nicht sehen konnte. Einen Moment dachte ich, daß es vielleicht gar nicht mehr da wäre.«

Kurt war gewachsen, seine Stimme brüchig, sein Geruch hatte sich verändert. Zum ersten Mal nahm er den Lindenduft seiner Mutter bewusst wahr. »Ich erschrak und war gleichzeitig gerührt.« Sie fand kaum Zeit, ihn zu begrüßen, so viele Ausgebombte und Ostpreußenflüchtlinge musste sie unterbringen. Wenigstens ging Merthen ihr nicht mehr auf die Nerven: Der Blockwart war Zugführer beim Volkssturm geworden.

»Günter klopfte mir den Kameradengruß auf den Rücken und ich sog seinen Duft so heftig ein, daß er mich mit gestreckten Armen auf Abstand brachte und anschaute. Meine Knie wurden weich, ich wollte ihn küssen, meine Nase hinter sein Ohr stecken, ihn auffressen oder – weil das nicht ging – mit ihm kämpfen und sterben. Er hatte die Möglichkeiten schon ausgekundschaftet. Für den Volkssturm waren wir nicht alt genug. Splittergräben ausheben auf dem Falkplatz war das höchste der Gefühle.

Wir stiegen hinauf in unser Dachtürmchen. Die Umgebung sah beinah unbeschädigt aus, weil man beim flachen Blick über die Dächer die zahlreichen Lücken, die von den Bomben gerissen worden waren, nicht sehen konnte.

Plötzlich ertönten die Sirenen, gleich Vollalarm. Es war so 15:00 Uhr, noch hell. Ich schlug vor, im Ausguck zu bleiben. Natürlich war das leichtsinnig, aber Merthen hatte noch nicht bemerkt, daß ich zurück

war. Günter sah mich wieder so knieerweichend an und nickte. Ich war in seinen Augen gewachsen.
Zuerst war ein tiefes Brummen zu hören, das schnell lauter wurde und mein Herz klopfen ließ. Ich rückte näher an Günter heran, der mit verzücktem Gesicht und geschlossenen Augen lauschte. Ich roch ihn, die Süße von Honig und die metallische Schärfe von Lametta und Pfeffer. ›B17‹, rief er, ›Mauerknacker.‹ Der Anblick der sich langsam nähernden, riesigen Bomberflotte war überwältigend, kein Vergleich mit den Jahren zuvor. Da kamen tausende Flugzeuge, die in der untergehenden Sonne leuchtende Kondensstreifen hinter sich herzogen, und sie hielten genau auf uns zu. Ich würde sterben, das war sicher. Fast lag ich auf ihm, roch an seinen Haaren, die er mit Kernseife gewaschen hatte, spürte die Hitze seiner Wangen, als die ersten Bomben fielen. Die Flak am Gesundbrunnenbunker begann zu schießen. ›Zwölf komma acht‹, schrie Günter in das Dröhnen und rückte ein Stück weg von mir. ›Hörst du die Vierlingsflak?‹ Ich bejahte nickend und rutschte wieder näher. ›Treffer!‹ Er sprang auf. Wir sahen Leuchtspurgeschosse im Rumpf einer Maschine verschwinden. Das Flugzeug kippte zur Seite, eine Tragfläche flog weg, Rauch quoll aus dem Heck. Die anderen zogen unbeirrt ihre Bahn. Explosionen rumsten in den Nachbarstraßen und ließen das Haus unter unseren Füßen beben. Dann flitzten plötzlich Tiefflieger wie Schwalben über uns, aber es waren keine von uns, wie ich erst dachte, denn sie beschossen den Exer. Günter schrie, kein bißchen beunruhigt: ›Mustangs, mit Brownings!‹ Das Glas einer Kanzel blitzte, und ich meinte sogar, die Silhouette eines Piloten zu erkennen. Mein Herz raste, ich hatte Angst.
In Richtung Gesundbrunnen über dem Nordkreuz stiegen riesige Qualmwolken in den Abendhimmel, vielleicht war ein Tanklager getroffen worden. Im Ringbahngraben spritzten Fontänen, Blitze kamen näher. Es roch beißend nach Schwefel und Phosphor, nach Steinstaub und verbranntem Öl – und plötzlich gab es einen mächtigen Schlag, meine Lunge schien zu platzen, ich flog gegen eine Wand, und dann sah ich nichts mehr, fühlte nur noch den Staub zwi-

schen meinen Zähnen knirschen und die Hitze eines Feuers. Unter mir knackte brechendes Mauerwerk, so daß ich jeden Moment erwartete, in die Hölle zu stürzen. Auf dem Boden umherkriechend tastete ich mich voran, griff in Scherben und zersplittertes Holz. Ich roch Blut. Wegen des schwarzen, beißenden Rauchs konnte ich die Augen nur einen Spalt öffnen. Günter klemmte zwischen zwei aus den Rahmen gerissenen Fenstern. Sein Gesicht war von Glasscherben zerschnitten, seine Augen kaum zu erkennen. In der klaffenden Wunde an seinem Hals sah ich Knochen und Knorpel. Die Uniform auf Brust und Bauch war naß von Blut. Ich legte den Kopf in seinen Schoß und weinte. Irgenwann verkündeten die Sirenen Vorentwarnung. Ich stand auf. Erst jetzt registrierte ich, dass das Vorderhaus an der Ringbahn fehlte.

Ich rannte die Treppe hinunter und direkt gegen Anthelme. Er drückte mir einen Eimer in die Hand, zeigte in den Hof und brüllte ›Beeilung!‹.«

Eine Luftmine hatte das Fundament der Brücke getroffen und mit ihrer enormen Druckwelle das Vorderhaus zum Einsturz gebracht. Zwischen den Resten der Außenwände brannten Dachbalken und Trümmer. Auch beim Kerbaeleschen Haus in der Sonnenburger Straße gegenüber war die Fassade aufgerissen, man konnte in die Wohnungen schauen wie in ein Puppenhaus. Mauerwerk und Geländer der Brücke lagen auf den Gleisen, Rohre und Stromadern waren abgerissen.

»Helene [Elise, d.A.] steht regungslos in ihrem von Kalkstaub weiß bemehlten Hauskleid auf der Straße und glotzt wie ein gefrorenes Gespenst. Von ihrer Wohnung fehlt ein Zimmer, Augustas Zimmer. Anthelme brüllt irgendwas, sie kann ihn nicht hören.«

Knalltrauma nennt man die Schädigung des Hörvermögens durch einen heftigen Schalldruck, bei dem die feinen Sinneshärchen im Ohr zerstört werden.

»Im Vorderhaus gibt es noch Wasser, dort werden die Eimer gefüllt, auf der Treppe nach unten gereicht und von den Männern mit einem kurzen Sprung durch den glühend heißen Hof in eine der Fensterhöhlen geschüttet. Zischend verdampfen Spritzer auf den Backsteinen. Mit einem ›Wuff‹ geht die ausgetrocknete Magnolie in Flammen auf und verschwindet als Funkensäule im Himmel.

Plötzlich steht Bertel [Salomo] neben ihr. Mit Tränen in den Augen zeigt er auf die Trümmer und formt mit den Lippen ein Wort. ›Richard?‹ Sie brüllt ›Hast du Gregor [Kurt] gesehen?‹ Er schüttelt den Kopf und setzt sie vorsichtig auf die Stufen, von denen Wasserbäche fließen.«

Salomé Grünwaldt und ihre Töchter Ingeborg und Gisela blieben unverletzt, weil sie am Güterbahnhof zum Entladen von Kohlewaggons eingesetzt worden waren. Sie reihten sich in die Eimerkette ein, obwohl von ihrer Wohnung nur rauchende Trümmer übrig waren, nahmen mit ihren Judenhänden schwappende Wassereimer und reichten sie an reinrassige Arier weiter.

Die Bilanz dieses Treffers: 14 Tote in den beiden zerstörten Häusern, ein Dutzend Lungenverletzte. Die schätzungsweise anderthalb Tonnen Sprengstoff der amerikanischen Luftmine waren im Ringbahngraben zwei Meter unterhalb des Straßenniveaus explodiert. Nur weil die Böschung die Druckwelle trichterförmig nach oben gelenkt hatte, war der vordere, bahnfernere Teil des Vorderhauses stehengeblieben.

Komplett zerstört waren die Wohnungen auf der Ringbahnseite des Vorderhauses Sonnenburger Straße. Dort hatte eine Familie Krebs, die erst kürzlich am anderen Ende der Kopenhagener Straße ausgebombt worden und im Weiszheithaus eingezogen war, erneut alles verloren. Auch von der Klotzke-Wohnung war nichts übrig. In der zweiten Etage ragte eine Zimmertür der Grünwaldt-Wohnung halb aus dem Trümmerberg. Aus der Wohnung von Richard Salzl und der daruntergelegenen Werkstatt im Parterre waren Prothesen und Werkzeuge bis zur 200 Meter entfernten Kreuzung der Sonnenburger mit der Gleimstraße geschleudert worden.

Auf der ringbahnfernen Seite des Treppenhauses fehlten »nur« das Dach und jeweils ein Zimmer in der ersten bis vierten Etage. Bei Komalla hing wie durch ein Wunder noch der Führer an der rauchgeschwärzten Wand und schaute auf die Bescherung, bis Annabelle das Bild von der Tür aus mit einem Besenstiel herunterangelte.

Dass der Rest des Hauses stabil stand, war keineswegs sicher. Man wusste von Häusern, die noch Wochen nach einem Treffer unvermittelt einstürzten, weil die Ziegelwände von Feuer und Löschwasser zermürbt waren.

Die Leichen konnten erst zwei Wochen später geborgen werden, als die Temperaturen stiegen und das Löschwasser, das die Trümmer betonhart zusammengefroren hatte, auftaute. Augusta wurde verkohlt in dem Sessel sitzend gefunden, den sie in den letzten Monaten kaum noch verlassen hatte. Richard lag im Treppenhaus, er hatte wohl auf dem Weg in den Keller eine seiner Prothesen verloren und war gestürzt.

»Die Luftmine ist mitten hineingerauscht in Elises Bollwerk gegen die schnöde Wirklichkeit und hat es in seinen Grundfesten erschüttert. Dem großen, starken Weiszheithaus ist ein Vorderhaus amputiert worden, nun steht es wacklig wie ein Krüppel. Wieviel verbrannte Ziegelhaut überlebt so ein Haus? Zehn Prozent der Oberfläche? Zwanzig? Dreißig?

Mit den Mauern ist auch ihr Nichtwahrhabenwollen geborsten: Karl einem sinnlosen Unfall zum Opfer gefallen, Hans kommt nicht wieder, von Ernst keine Nachricht, ihre Mutter verbrannt.«

Ein Trupp Zivilarbeiter aus Frankreich beseitigte die Brückentrümmer und räumte die Gleise der Ringbahn.

»Charlotte Lorenz klopft heftig an Elises Tür und schlüpft durch den Spalt. Elise versteht nicht gleich. Das vielpfeifige Singen in ihren Ohren ist einem wattigen Summen gewichen, sie hört wie durch eine Bettdecke. ›Hugo‹, liest sie schließlich von Charlottes Lippen, ›ist unter den Franzosen.‹ Könnte Elise helfen? Als Besitzerin darf sie wohl auf die Schienen und nachschauen, wo ihr Zertrümmertes herumliegt.

Mit Einkaufskörbchen suchen sie die Böschung ab. Der angebliche Hugo, den Charlotte ihr zeigt, ist mager und grauhäutig, kahl auf

dem Kopf und dreitagebärtig, aber Elise riecht das Karottige. Er ist es. Ein Gleisarbeiter mit Armbinde kommt herüber, wedelt mit den Armen: ›Danger électrique‹, wiederholt er immer wieder.
Sie beobachten den Bahndamm. Mittags machen die Gleisarbeiter an der Böschung vor der Augustinuskirche Pause. Hugo-le-français faltet aus einem Zeitungsschnipsel einen Flieger und läßt ihn über die Gleise schweben.
›Eine Nachricht‹, mutmaßt Charlotte.
›Nein‹, erklärt Elise, ›er braucht Papiere, um fliehen zu können.‹
Gemeinsam überlegen sie, wer helfen kann. Albert, ihr SS-Mann? Charlotte schüttelt den Kopf. In der Hauptverwaltung stehen Sonderinspektoren hinter jedem Buchhalterplatz, weil Schiebungen in den KLs aufgeflogen sind. Aber Ilse vielleicht: Es kommt vor, daß Papiere von Bombenopfern nicht gefunden werden, weil beispielsweise die Leichen bis auf die Knochen verbrannt sind, oder zumindest das Stück Jacke, wo die Papiere drin waren.
Charlotte betet um einen Bombenalarm, während die Fremdarbeiter die Trümmer bereits vollständig beiseitegeräumt haben. Jetzt überbrücken sie die Lücke mit einer Bretterkonstruktion für Gasrohre und Fußgänger. Verdammte vier Tage lang bleibt es ruhig am Berliner Himmel. ›Faules Gesindel!‹ flucht Charlotte.«

Der Ausweis, den Ilse beim Tagangriff am 3. Februar fand, gehörte einem Blinden, der noch dazu einen Kopf kleiner und sehr viel älter als Hugo war. Weil keine Zeit war, auf eine Alternative zu warten, machte Charlotte die Fotografie mit Brandspuren unkenntlich und beschloss, es damit zu versuchen.

Während eines Alarms floh Hugo in die Trümmer.

»Der gasblinde Frontkämpfer des Weltkrieges geht trotz Bombengefahr spazieren, ein harter Hund, was der erlebt haben muss. Wenn die Sirenen heulen, hockt Hugo sich in einen der Splittergräben, von denen Parks und Sportanlagen durchzogen sind. Er sieht ausgemergelte Gestalten durch das Krachen der Explosionen zu den rauchenden Trümmern eilen: Deserteure, untergetauchte Fremdarbeiter und entflohene Gefängnisinsassen auf der Suche nach Eßbarem.«

Hugos alter Freund Louis Koslowski, der bei einem Treffer auf die Gestapozentrale in der Prinz-Albrecht-Straße zwei Finger der linken Hand, einige Kollegen und seine Verwendung verloren hatte, dachte über eine neue Beschäftigung nach. Filmmaterial, Entwickler und Fotopapiere hatte er reichlich abgezweigt, aber wem war in dieser Untergangszeit nach Erinnerungsfotos zumute?

»Hugo kommt mit den Bewohnern der Ruinen ins Geschäft. Die Männer laufen ohne Lebensmittelmarken und Papiere Gefahr, zu verhungern oder aufgehängt zu werden. Dann nützt ihnen auch nicht, dass der Krieg zu Ende geht. Sie folgen Hugo mißtrauisch, mit gefletschten Zähnen, bereit, ihm die Kehle durchzubeißen, wenn er sie verrät. Louis fotografiert und retuschiert die Urkunden in Nullkommanichts, wo hat er das nur gelernt? Ungläubig halten die eben noch Verlorenen ihren neuen Ausgebombtenpaß in der Hand. Sie küssen ihren Rettern die Hände. Wenige verfügen noch über einen Ehering oder eine Uhr, mit der sie die gefälschten Papiere bezahlen können, aber sie schwören, sich zu revanchieren, eines Tages, wenn es andersrum kommt.«

Kurt Weiszheit sah im Kriegsende den entscheidenden Wendepunkt seines Lebens:

»Am 26. April 1945 baute ein versprengter Trupp seine 2-Zentimeter-Zwillingsflak vor unserem Haus auf. Ich rannte hinunter, um zu helfen, und ließ mich auch von Mu, die seit der Luftmine undeutlich artikulierte, nicht aufhalten. Ein kraushaariger Bayer mit blauen Augen und EK I zeigte mir, wie ich die Munitionskisten öffnen mußte. Ob ich 14 oder 15 oder 16 Jahre alt war, spielte keine Rolle mehr. Wir schossen auf die Russen, die auf der anderen Seite der Ringbahn die Sonnenburger Straße in Richtung Gesundbrunnenbunker zu überqueren versuchten. Unsere Flak sägte alles weg, Panjewagen und Minenwerfer, Beine und Köpfe. Mit fliegenden Fingern gurtete ich Patronen und schob sie Sepp, dem Richtschützen, zu. Wir wurden beschossen, manchmal sirrte es metallen, einmal detonierten mehrere Granaten vor uns auf der Böschung.

Rings um uns wölkte der Höllenqualm des Krieges, es roch ganz unvergleichlich nach Schwefel und Schweiß. Am Abend hieß es, die Russen hätten sich nach Bernau zurückgezogen. Wir halfen in der Kopenhagener Straße 14 beim Brandlöschen, bis die Dunkelheit anbrach und wir vor Erschöpfung kaum noch stehen konnten. Mit ›meinen‹ Soldaten saß ich am Rand der Ringbahnböschung, mit offener Jacke, erhitzt vom Kampf und ›zum Mann geworden‹. Eine Frau brachte uns ein Weckglas voll Cognac, das wir reihum austranken. Um Mitternacht, ich hatte ordentlich einen sitzen, kam ein Befehl von der Batterie, sich am Bunker zu melden. Mein Flaktrupp wollte mich nicht mitnehmen, Sepp schickte mich nach Hause, ins Bett.

Wütend und betrunken torkelte ich zur Schönhauser. An den Laternen hingen Soldaten und Zivilisten. In manchen Hinterhöfen wurden Bücher und Akten in offene Feuer geworfen. Vor der Segenskirche bewegte sich im Schatten der Einfahrt ein blasser Arsch, eine Frau gab spitze Schreie von sich. So sah der Untergang meiner Kinderwelt aus, samt Weihnachtsmann und Osterhasen, mit Frieden und Fahrradwunsch, mit sauberem Taschentuch und Ausflügen am Wochenende. In der Adolf-Hitler-Straße [später Wilhelm-Pieck-, heute Torstraße, d.A.] humpelte ein blutendes Pferd aus den Ruinen, leckte durstig über das feuchte Pflaster und flüchtete vor mir in Richtung Friedrichstraße.

Irgendwann im Morgengrauen kehrte ich dreckig und nach Brand stinkend heim. Ich konnte nicht fassen, daß meine Mutter verlangte, ich solle mich vor dem Zubettgehen waschen. Wütend schmiß ich die Tür und ging wieder auf die Straße.«

»Auf der Schönhauser hebeln Frauen und Kinder, kaum schulpflichtige Jungen darunter, Pflastersteine aus, schaufeln Panzer- und Laufgräben quer über die Fahrbahn, entlang der Bürgersteige, in Einfahrten und zu Kanaldeckeln. Radeberg [leicht zu erkennen: Georg Merthen, d.A.] führt das Kommando und prahlt, daß der Russe ihnen ›in die Falle laufen‹ werde. Eine Volkssturmkompanie gräbt sich vor dem S-Bahnhof ein. Greise Männer schimpfen und ächzen über ihren Rücken und die Füße. Gregor [Kurt] behauptet, er könne schießen, und darf bleiben.

Am 30. April mittags greift eine SS-Kompanie die Schönhauser entlang an, im Schutz der Häuser stürmen 14 Mann links, 22 rechts nach vorn. Der Volkssturm gibt Feuerschutz. An der Bornholmer Geschrei, Handgranaten krachen, die Volkssturmlinie am S-Bahnhof liegt plötzlich unter Artilleriefeuer. Radeberg befiehlt ›volle Deckung‹, die Volkssturm-Opas verstehen ›Rückzug‹ und humpeln eilig die Böschung der Ringbahn runter. 16:00 Uhr kommen die Reste der SS zurückgekrochen, 7 Mann tragen drei Schwerverletzte.

Die Volkssturmkompanie besetzt fluchend wieder ihre Stellungen, jetzt sind sie ›Hauptkampflinie‹, na, welche Ehre. Gregor liegt mit ein paar Mann in einem Hausflur, da wo mal der Knöpfeladen war. Scheißhausparolen machen die Runde: Der Führer gefallen, die Reichskanzlei in russischer Hand, lauter Quatsch, aber die Volkssturmler diskutieren schon, auf welchem Weg man sich verpissen wird, wenn den Radeberg endlich der Gnadenschuß trifft. Gregors Stunde schlägt, als ein alter Mann ihm freiwillig seine Panzerfäuste überläßt. Stücker drei geschenkt.

Aufgeregt beobachtet Gregor die Allee. Über den Dächern brummen zweimotorige russische Bomber im Tiefflug Richtung Tiergarten, deutlich sieht man die Fahrwerkklappen. Kurz vor 18:00 Uhr kommen sie, russische Infanteristen, dick bemantelt, huschen wie Mäuse zwischen den Säulen der U-Bahn umher. Verflucht schwer, einen ins Visier zu kriegen, und sie nähern sich schneller, als Gregor für möglich gehalten hat. Radeberg brüllt immerzu ›Feuer‹ und zuckt mit dem Arm. Einzelne Schüsse knallen. Die Russen werfen sich zu Boden, verschwinden in den Einfahrten der Häuser und eröffnen kurze Zeit später das Feuer von den Dächern aus. Die Männer im Volkssturmgraben legen sich auf den Boden und beten.

An der Ecke Bornholmer geht ein Geschütz in Stellung. Radeberg gestikuliert. Das ist sein Ziel. Gregors Hand zittert, als er abdrückt. Seine Panzerfaust fliegt einen kurzen Bogen und krepiert weit vor

den Russen auf dem Pflaster, die Splitter sirren gegen den Hochbahnstahl.
›Stellungswechsel‹, brüllt Radeberg. Ein Volkssturmmann stolpert über Gregor, so daß auch die zweite Granate fehlgeht und zwischen den Streben der Hochbahn explodiert. Splitter regnen auf die fluchenden Volkssturmmänner herunter. Gregor schlägt wütend mit dem Rohr nach dem jammernden Kahlkopf. Der Alte hat nur einen Arm und riecht nach Schnaps und Tabakqualm.
Radeberg weist ihm heiser brüllend einen neuen Platz zu: Vorgeschobene Stellung in der Mitte der Straße, im Schutz der Fundamentmauern einer Säule der U-Bahn. Er soll daran denken, daß seine Panzerfaust nur 60 Meter fliegt, und die letzte Granate nicht verschwenden.
Gregor atmet ein paar Mal durch, um für den Sprung über die Straße Anlauf zu nehmen. Ganz sicher wird er getroffen werden, er kann den Einschlag der Kugel in seinem Bauch spüren, schon tut es weh. Doch er schafft es, prallt gegen die Mauer, so fühlt sich ein Held. Er nimmt wieder das Geschütz ins Visier, schielt um die Ecke, jetzt haben die Russen ihn entdeckt, er sieht eine Handgranate fliegen und schließt die Augen. Ein trockener Knall, scharfes Sirren von Metallsplittern, aber daneben. Warte, Iwan!
Hinter ihm dröhnt aus der Kopenhagener Straße etwas Monströses heran, der Boden vibriert, und Ketten klirren. Ein schöner starker Tiger der Waffen-SS geht an der Ecke bei Malinke in Stellung, bringt mit einem Schuß das Geschütz der Russen zum Schweigen und bestreicht mit seinem MG die Fassaden. Man sieht die Einschläge im Putz wie Perlenketten. Die Russen verschwinden.
Mit Beginn der Abenddämmerung ist ein Patt entstanden. Die Fenster der Häuser an der Schönhauser in nördlicher Richtung sind von russischen Schützen besetzt. An der Gleimstraße hinter der Volkssturmlinie sitzen MG-Schützen der SS in den Eckhäusern. Mitten auf der Schönhauser steht der turmlose Tiger und qualmt noch ein bißchen.
Im Keller unter ihrem Haus in der Kopenhagener Straße sitzt Helene

[Elise] zwischen den anderen Frauen, friert in ihrem dünnen, weißen Hauskleid und beißt sich die Lippen blutig. Solange sie den Lärm draußen noch hören konnte, hat sie sich gefürchtet wie alle – vor einem Treffer, vor den Russen, vor dem Durst. Doch die rauschende Meeresstille, die seit der Luftmine in ihrem Kopf herrscht, ist eine Bühne des Horrors. Sie hört Karl und Hans schreien: ›Mama!‹, sie hört die Schmerzensschreie ihrer verbrennenden Mutter, und sie hört Gregor mit kindlicher Jammerstimme um Hilfe rufen. ›Falsch‹, kommt ihr in den Sinn. Wir fressen und schnuppern wie Kaninchen, bis der Metzger kommt und uns an den Hinterläufen hochnimmt. Sie steht abrupt auf, die Kerze flackert. Ellen hebt erstaunt ihr Gesicht und sagt was oder bewegt nur den Mund. ›Ich muß mal dringend‹, entgegnet Helene schnell.

Oben, am Rand des Ringbahngrabens, verschafft Helene sich einen Überblick. Soldaten sieht sie nicht. Wie Nebelschwaden treibt der Wind Rauchwolken aus dem Ringbahngraben, die im letzten Abendlicht gespenstisch leuchten. Vorn auf der Schönhauser, Höhe Trikotagen-Schulz, steht ein Panzerwrack mit dem deutschen Kreuz. Sie steigt hinunter auf die Gleise. Leichen liegen auf der Böschung, ein Soldat mit dem Kopf nach unten, eine Frau zwischen umgekippten Wassereimern. In den Fensterhöhlen der Häuser gegenüber sieht sie plötzlich zwei Russen, die überrascht zurückstarren. Angst hat sie keine. Zwischen ihr und dem Krieg ist eine Scheibe. Auf ihrer Seite ist es still.

Gregor versucht, im Halbdunkel ein lohnendes Ziel auszumachen. Da klettert eine schmale, weiße Gestalt an der Brückenmauer aufs Straßenpflaster. Gregor schluckt, als er seine Mutter erkennt. Sie muß wahnsinnig geworden sein. Ihr silberblondes Haar leuchtet, eine Zielscheibe wie ihr weißes Kleid.

Radeberg brüllt ›volle Deckung‹, aber Helene hört ihn nicht. Von der anderen Seite brüllt ein Russe warnend und scharf ›stoi‹, dann rattert eine Salve. Sie hört den Lärm nicht und reckt sich suchend. Gregor winkt den eigenen Leuten, daß sie nicht schießen sollen.

Kaum hat Helene ihren Sohn entdeckt, stürzt sie quer über die

Schönhauser auf ihn zu, zerrt an seiner Jacke und droht Radeberg mit ihrer kleinen Mäusefaust. Von den russischen Dächern tönt höhnisches Gelächter. ›Schalopai damoi!‹ ruft eine tiefe Stimme, und andere fallen ein: ›Idti k neij!‹ und ›Dawai s mamoi!‹ [Lümmel, geh nach Hause! Geh mit ihr! Schnell mit Mama!]. Gregor möchte im Boden versinken. Das darf doch alles nicht wahr sein.

›Hau doch ab!‹ klingt es nun auch aus Richtung der Volkssturmmänner, ›wer hat den überhaupt zugelassen?‹ Radeberg winkt ungeduldig mit den Handrücken ›weg, weg!‹, als könne er nicht erwarten, ungestört weiter Krieg zu führen. Helene zieht ihren Sohn zur Brückenmauer und schiebt ihn hinunter.«

Blockwart Merthen, das muss man ihm zugute halten, warf kurz nach ihrem Auftritt das Handtuch und schickte die Volkssturmmänner seines Zuges nach Hause. Sie verschwanden gerade rechtzeitig, um nicht im Zangenangriff der Russen auf die Kreuzung Gleimstraße zermalmt zu werden.

Als die SS-Einheiten abzogen, näherten hungrige Anwohner sich den Baracken des Hauptwirtschaftslagers der SS am Güterbahnhof, angelockt von den Gerüchten über Kühlräume voller Kaviar und Salami. Nachbarn erzählten von KZ-Häftlingen, die noch in den letzten Tagen Lastwagen ausgeladen hatten. Einige Wagemutige warfen Decken über die weißen Isolatoren und zerschnitten den Stacheldraht. Niemand hinderte die Plünderer. Bald gab es kein Halten mehr. Durch die Fenster der Baracken wurden Schmalzblöcke, Suppenkonserven und Säcke mit Kartoffeln herausgereicht. Immer mehr Menschen strömten ins Paradies der Hülsenfrüchte und Suppenwürze, schleppten Zuckerwaren, Puddingpulver und Gemüsekonserven, Reis, Eier, Backobst und Spirituosen davon.

»Max Lawrenz humpelt eilig nach Hause. Wer nie eine gierig plündernde Menge gesehen hat, der kennt die Menschen nicht. Drei Dosen Schmalzfleisch hat er im SS-Lager am Gleimtunnel erbeutet, andere sind mit Eimern voll Marmelade und Säcken Zucker abgezogen.

Von der Schönhauser klingt MG-Feuer herüber. Er bleibt erschrocken stehen und beobachtet die Fassaden. Nicht fünf vor Ende noch erschossen werden. Er weint den Nazis keine Träne nach. Sechs Jahre lang hat er für die Rotzschriften den Krieg so zeichnen müssen, wie sie ihn gern gehabt hätten: sportlich wie ein Wagenrennen im Circus Maximus, abenteuerlich wie eine Andenexpedition und lustig wie eine Schnitzeljagd.

Circus Maximus, ja doch, er hat die Vorlagen für seine Soldatengestalten einem Bildband mit römischen Skulpturen entnommen. Stets griffbereit stand der all die Jahre neben seinem Zeichentisch. Die wollten doch betrogen sein.

Nun hat er alles verbrannt. Ihm tut es nicht leid um seine Werke, höchstens um die verlorene Zeit. Obwohl, da sollte er sein Licht nicht unter den Scheffel stellen – unter den gegebenen Bedingungen ist ihm manche Gestaltung außerordentlich gelungen. Im Vergleich zum üblichen Klischee – ›byzantinisch‹ hat er die darstellende Kunst der Nazis immer genannt – drücken seine Illustrationen gewissermaßen Widerstand aus, reiben sich am Erwarteten, zwinkern dem aufmerksamen Betrachter zu: Obacht! Da stimmt was nicht.

Die Sieger werden freilich, zumindest in der ersten Zeit, wenig Sinn für Feinheiten haben. Schade, aber verständlich. Zum Glück hat er seinerzeit den Karton mit Belegexemplaren aus dem Simplicissimus und dem Wahren Jacob hinter der Rückwand des Kleiderschranks versteckt. Auch ein Wagnis. Damit kann er jetzt die leeren Regalfächer auffüllen.

Endlich wird auch Olga wieder zeichnen können. Richtig zeichnen. Schöngeredet hat sie sich das Krikelkrakel mit den Kindern, was ja tapfer und verständlich ist, wenn man keine andere Wahl hat. Aber er weiß, wie unglücklich sie oft war, wie gereizt und abweisend. Alles wird nun anders, auch ihre Beziehung.

Er bückt sich nach einer Zeitungsseite, die ihm vor die Füße gesegelt ist. ›Gebirgsjäger im Angriff‹. Sein Herz sticht plötzlich. Die Zeichnung kennt er: Apoxyomenos auf Skiern im norwegischen Fjord, für eine Ausgabe der *Wehrmacht* gezeichnet irgendwann. Da schmeißt einer einfach seine Altlasten raus, den sollte man erschießen. Er zerknüllt das Blatt und steckt es in die Tasche.

Im Weitergehen bemerkt er weitere Zeitungsseiten, die in den Straßenbäumen hängen. Das wird doch nicht. Er versucht, sie aus den Zweigen zu pflücken, aber der Schmerz im Arsch bringt ihn zur Besinnung. Seine Kriegsverletzung ist vom vielen Sitzen der letzten Jahre schlimmer geworden.

Im Rinnstein entdeckt er die Quelle des Übels: halbverbrannte Pakete *Wehrmacht*, von denen der Wind eine Seite nach der anderen abreißt. Wie Stare flattern sie davon. Rings um den Exer, jetzt sieht er erst das ganze Ausmaß der Bescherung, hängen die Pappeln voll. Idioten, nichts als Idioten, diese Nazis, nicht mal ordentlich verbrennen können sie. Er stellt den Fuß auf das Paket.

Nicht durchdrehen jetzt. Er hat unter Pseudonym gezeichnet, zum Glück. Die Sieger werden nicht wissen, wer ›mala‹ ist, war, gewesen war. Wenn ihn niemand verrät. Wenn. Wenn er bloß nicht so oft damit angegeben hätte. Im Haus wissen es alle. Ihm wird heiß auf den Wangen, als er begreift, daß seine Vergangenheit ihn an der Kehle hat. So ungerecht! Hat er damit angefangen, mit all dieser Nazischeiße? Den Arsch hat er hingehalten, auf Kinder verzichten müssen, die Karriere haben sie ihm versaut, und jetzt soll er den Rest seines Lebens büßen? Plötzlich scheint ihm der Krieg zu früh vorbei zu sein. Noch ist nicht genug zerstört.«

Sowjetische Aufklärer bemerkten am Nachmittag die immer größer werdende Ansammlung am Hauptwirtschaftslager neben den Nordkreuzgleisen und meldeten sie weiter. Jetzt rächte sich die Verwischung der Grenzen zwischen Soldaten und Zivilisten durch die nur teilweise uniformierten Volkssturmeinheiten. Eine in Malchow stehende Batterie russischer Feldhaubitzen feuerte mehrere Salven, es gab Dutzende Tote unter den Plünderern.

»Die Grauen Schwestern von St. Augustinus kommen am 2. Mai kurz vor Sonnenaufgang im Gänsemarsch. Grauweiß gefiedert, steigen sie die schmale Eisenbahnertreppe zur Ringbahn hinunter, die Jüngeren stützen die Alten, Argane liegt auf Runa Gasskes Rücken.

Sie überqueren die im Morgendämmergrau stumpf leuchtenden Gleise und bitten mit angstzitternden Stimmen vor den Lüftungsgittern des Weiszheithauses: An der Bornholmer sind schon die Russen! Christi Mutter stand mit Schmerzen bei dem Kreuz und weint von Herzen, als ihr lieber Sohn da hing. Durch die Seele voller Trauer, schneidend unter Todesschauer, jetzt das Schwert des Leidens ging.

Gemeinsam hocken die Heiligen Schwestern und die Sünderinnen vom Seitenflügel zwischen Stapeln Nazipropaganda, Hakenkreuzen zum Ausschneiden, Ordensverleihungsformularen und Hitlerbildern, schmieren sich Dreck auf die Wangen und lauschen auf den Lärm von oben. Die jüngste Novizin, Susan Karge, eine sechzehnjährige Beutedeutsche aus Eupen-Malmedy, mit einer Haut so dünn und durchscheinend wie geöltes Pergament, zittert vor Angst. Gerna Ukass sättigt die Luft mit ihrem Essiggeruch. Salomé sitzt Hand in Hand mit ihren Töchtern Ingeborg und Gisela auf dem Sofa, dem besten Platz im Keller. Sie zucken zusammen unter den Flüchen und Kommandos russischer Soldaten, die im Ringbahngraben nach Westen marschieren.«

Die kämpfenden Stoßtrupps der Russen hielten sich mit Durchsuchungen nicht auf. Erst in der zweiten Welle kamen die Besetzer, Beschlagnahmer und Vergewaltiger.

»Am 3. Mai durchkämmen die Russen die Häuser. Sie rufen die Kellertreppe runter, und als niemand antwortet, schießen sie blind ins Dunkel. Kugeln durchschlagen die Tarnung, Flaschenglas klirrt. Im Licht des Lüftungsgitters sieht Elise, wie Argane ihre knochige Hand auf Gernas Mund preßt.

Aus der ›Sonne‹ tönt Gesang. Die Russen trinken den Reinigungsalkohol aus Koslowskis Atelier, zuletzt grölen nur noch einzelne Stimmen. Irgendwann nach Mitternacht torkeln Schritte treppauf, treppab durchs Haus, Türen werden eingetreten, die Frauen im Keller hören Schreie und Schüsse.«

Zu diesem Zeitpunkt saß Kurt im Kinderzimmer der Weiszheitwohnung unter dem Spieltisch, im viel zu großen grauschwarzen Hochzeitsanzug seines Vaters, den Elise absichtlich nicht gekürzt hatte, weil Kurt so kindlicher wirkte. Neben ihm Harald Klotzke.

Kurt und Harald hörten die Wohnungstür krachen und Holz splittern.

»Der Schein einer Taschenlampe blendet sie, ein Fußtritt lässt den Tisch fliegen. Eine Stimme lallt ›Uri, Orden, Hackenkreuz‹. Die Jungen müssen sich in schwankenden Lichtkegeln ausziehen. Die Soldaten saufen braunes Zeug aus Arzneiflaschen und pissen sich ein vor Lachen über die zitternden Elendsgestalten. Wecker und Globus, Modellflugzeuge und Hans' Anatomische Puppe werfen sie aus dem Fenster.

Einer der Soldaten hebt die Urkunde des Deutschen Nationalpreises auf, die aus Haralds Unterhemd segelt. Großes Siegel mit Hakenkreuz und Hitlers Unterschrift. ›Charald Klotzke‹ liest die betrunkene Stimme, zieht eine Pistole, hält sie an Haralds Schläfe und fragt ›Tui jest?‹.«

Sie steckten die Urkunde ein und führten Harald ab.

»Sie hätten mich erschießen können. Ich war ein Werwolf, vielleicht. Sie taten es nicht. Ich heulte, als der letzte Russe die Treppe runterpolterte.«

Über Vergewaltigungen und willkürliche Erschießungen hat Kurt nie geschrieben, nicht einmal nach dem Ende seiner literarischen Karriere, als er keine Rücksicht mehr nehmen musste. Die Schere im Kopf kriegt man wohl irgendwann nur noch unter Lebensgefahr raus.

Elise deutete in ihren Erinnerungen an, was passiert war:

»Schließlich kamen sie auch in den Keller, rissen das Flaschenregal um und fanden uns. Sie holten zuerst Salomé und Gerna Ukass. Ich weiß nicht, warum gerade sie. Runa wurde von einem der Russen mit der Faust bewußtlos geschlagen. Ich hatte nur einen Gedanken: Hoffentlich macht Kurt keinen Blödsinn.

Später in der Nacht kam Salomo herunter. Er hatte eine Platzwunde über dem Auge und konnte nicht reden. Er zeigte nach oben. Wir waren vor Angst gelähmt. Die Heimbergerin wußte als Einzige, was zu tun war.«

Die bekannten Luftbilder von Berliner Trümmerlandschaften mit ausgebrannten Mauern stammen nicht aus dem Prenzlauer Berg, wo »nur« etwa 10 Prozent der Wohnungen durch Luftangriffe oder in den letzten Kriegstagen (vor allem Eckhäuser) zerstört worden waren. Insgesamt war die »Hardware« des Bezirks weitgehend intakt. Sogar Lebensmittelvorräte waren zunächst noch vorhanden, die Ausgangssperre galt über Nacht von 8 bis 8.

Am auffälligsten fehlten die Männer. Gefallen waren Aljoscha Peters, Adalbert Niecklisch und zuletzt auch noch Anthelme Adam, vermisst Hans Lachner und Oskar Niecklisch, auf andere Weise zu Tode gekommen schließlich Günter Kunert, Griebel Wandt und der Ingenieur Dr. Franz Wiener, der Kurt Weiszheit zufolge bei »Versuchen mit einem Antigravitationsantrieb verstrahlt« wurde. In Gefangenschaft waren Hermann Kunert, Harald Klotzke und Ernst Lachner, aber niemand konnte sicher sein, dass sie noch lebten.

Verschwunden war auch Louis Koslowski, aber seltsamerweise ging bei ihm jeder davon aus, dass er durchkam. Tatsächlich lebte er zu diesem Zeitpunkt nicht weit weg, in Schöneberg. Er hatte sich einen Schnauzer stehen und von Hugo Papiere auf den tschechischen Namen seiner Schwester, die inzwischen das Berghotel geerbt und den Krieg wohlbehalten überstanden hatte, fälschen lassen. Den Amerikanern gegenüber gab er sich als Verfolgter aus und arbeitete bald schon wieder bescheiden als Passbildfotograf.

»Georg Merthen füllt mit seiner Schaufel die Laufgräben auf der Schönhauser, mit allem, was da ist, Erde und Sand samt Pflastersteinen, Granatsplittern, Stiefelsohlen, Papierfetzen, wie's kommt. Die Russen brauchen eine zweite Fahrspur. Lastwagen, Sankras, Pferdefuhrwerke bringen Soldaten in die Stadt. Seit Stunden geht das so. Er ist müde, seine Augen brennen. Die Nacht auf dem Exer hat er unter freiem Himmel gefroren, in einem improvisierten, schnell

mit Stacheldraht umzäunten Gefangenenlager unten an der Einsamen Pappel. Zu essen gab es am Morgen nur einen schmalen Kanten schwarzes Brot und kaltes Wasser.
Die Russen haben Alte und Jungen unter 17 nach Hause geschickt. Neben Merthen schaufeln die letzten sieben seiner Volkssturmmänner. Wortlos. Reden ist verboten. Der russische Wachposten raucht am Straßenrand, die Maschinenpistole hängt schußbereit unterm Arm.
Vielleicht müßte ihm jemand sagen, daß sie die Pflastersteine später wieder herausbuddeln müssen, die sie jetzt zum Verfüllen der Gräben benutzen. Die werden ja irgendwann gebraucht, um die Fahrbahn zu pflastern. Das wissen die ja vielleicht nicht. Sehen aus wie vom Dorf. Kennen vielleicht nur Sandwege. Er schaufelt weiter, aber der Gedanke läßt ihn nicht los. Die Russen werden Spezialisten brauchen. Sich als kundig darstellen. Ein bißchen kennt er sich ja wirklich aus im Straßenbau – vom Aufsichtführen, aber das muß er ihnen nicht auf die Nase binden.
Jetzt schaut der Russe zum Turm der Gethsemane-Kirche und lächelt auf einmal. Denkt vielleicht an seine Liebste zu Hause. Die Russen sind auch nur Menschen. ›Towarischtsch‹, so müßte er ihn ansprechen. Aber wie weiter? Deutsch verstehen wird der nicht, ihn womöglich noch mißverstehen, wenn er einen Pflasterstein in die Hand nimmt, und dann gute Nacht, Merthen, siehste deine Ellen nicht wieder.
Ein Wagen hält, zwei Offiziere steigen aus. Der Soldat wirft seine Papyrossi weg und steht stramm. Einer der Offiziere ruft gut gelaunt, fast ohne Akzent: ›Gutten Tag! Wenn ihr fertig bis Abend, gibt warme Suppe!‹
Ein Hauptmann, wenn Merthen die drei Sterne richtig deutet. Jetzt oder nie. Er steckt die Schaufel in den Erdhaufen und nimmt Haltung an. ›Gestatten zu sprechen, Herr Hauptmann! Die Steine, mit denen wir die Gräben füllen, werden noch zum Pflastern gebraucht. Die müßte man aussortieren.‹
Neugierig schaut der Offizier ihn an. Na also, geht doch. Ermutigt

stößt Merthen mit dem Fuß gegen einen der Steine. ›Die hier. Das sind die Pflastersteine, die vorher drauf waren.‹

›Wärr sagt das?‹

›Georg Merthen.‹

›Aha! Georg Merthen sagt, daß wir mjussen Steine sortieren. Warum nicht machen?‹

›Jaja, ich meine wir‹, er zeigt eifrig auf die Volkssturmleute, die ihre Köpfe einziehen. ›Die müßten das machen.‹ Sein Herz schlägt bis zum Hals. Sein Arm will zucken.

›Immer laß machen. Einmal Fjuhrer, immer Fjuhrer. Ja?‹

Er muß alle Kraft darauf verwenden, seinen Arm stillzuhalten. Hätte er bloß die Klappe gehalten.

›Antwort!‹ brüllt der Russe, daß der Speichel spritzt.

Merthens Arm zuckt nach oben. Er versucht, ihn zu bändigen, zieht ihn mit der anderen Hand sofort wieder runter, doch vergeblich, wumm, ist er wieder oben. Heilhitler. Dem Hauptmann bleibt der Mund offen stehen. Runter. Hoch. Heilhitler. Heilhitler.

›Ich kann nichts dafür‹, beeilt Merthen sich zu sagen. Blut schießt ihm ins Gesicht. ›Der Arm ist krank. Kinderlähmung. Ganz unwillkürlich. Wenn ich ... wenn ich erregt bin.‹

Der Offizier hört ihm nicht zu, brüllt auf Russisch, wird immer wütender bei jedem Versuch Merthens, sich zu erklären. Heilhitler. Die Volkssturmmänner glotzen mit angstgeweiteten Augen zu den beiden Offizieren, die jetzt den blaß gewordenen Wachposten anbrüllen: ›Prikas! Dawai!‹

Der Soldat richtet die Mündung seiner Maschinenpistole auf Merthens Brust. Der Offizier drückt den Lauf nach unten und zeigt, jetzt ganz kalt, in die nächste Seitenstraße. Eine Bewegung der Waffe bedeutet Merthen, voranzugehen.

Was ist das? Merthen zählt die Möglichkeiten, den Russen im Nacken. An den schweren Schritten hört er, daß der ab und zu stehen bleibt und sich umschaut. Der soll ihn doch sicher zur Kommandantur bringen?

›Stoj!‹, hört er und bleibt stehen. Mehr als alles andere alarmiert ihn die plötzliche Heiserkeit in der Stimme seines Bewachers. Der schaut auf die Hausnummer, dann nach oben, als sei er hier verabredet, dabei ist niemand zu sehen. Dann schiebt er Merthen ans Haus, tritt zurück auf die Straße und entsichert seine Waffe. Der wird doch nicht. Heilhitler, ist schon wieder der verdammte Arm oben.

Der Posten verdreht die Augen, schüttelt den Kopf. Jetzt kommt er zurück. Gott sei Dank, er hat schon gedacht, der will ihn erschießen. Der Wachposten dreht Merthen um, mit dem Gesicht zur Wand. Bevor er den Arm noch einmal hochreißen kann, spürt er den gräßlichen Schmerz in der Brust und bricht zusammen.

Vorn auf der Schönhauser nickt der Hauptmann beim Verhallen der Salve und zeigt auf zwei Volkssturmmänner: ›Du und du machen Fjuhrer weg. Andere sorrrtieren Steine!‹«

Das Klingeln und Summen in Elises Ohren veränderte sich mit Kriegsende. Sie hörte Stimmen, die kein anderer vernahm, und Schritte unsichtbarer Heimkehrer. Manchmal drehte sie sich erschrocken um, so echt klang Hans' verlegenes Hüsteln. Was sie nicht hörte, waren Gerüchte und Radionachrichten über Konzentrationslager oder den Zerfall der Antihitlerkoalition.

Sie konzentrierte sich auf die Wiederherstellung der Ziegelhaut. Strom-, Wasser- und Gasleitungen mussten abgeklemmt, Bretter, Steine, Drähte, Balken und Brennholz aus der Ruine des eingestürzten Vorderhauses geborgen werden, bevor jemand sie klaute. Als die Wasserversorgung zusammenbrach und das Haus zu stinken begann, sorgte Elise dafür, dass die Frauen mit Kohlenschaufeln und Kehrblechen ein Loch als Latrine in die Böschung gruben und mit Brettern verkleideten. Die Kinder schickte sie auf die andere Seite der Ringbahn, wo es noch Wasser gab. Für einen Eimer stand Kurt zwei, drei Stunden an der Pumpe in der Schivelbeiner Straße.

Die Mieter gehorchten ihren Anweisungen, als habe es nie einen Blockwart gegeben. Merthens Frau Ellen floh zu ihrer Mutter nach Finsterwalde. »Noch nie so eine saubere Wohnung übernommen«, schrieb Elise am 22. Juni 1945 in ihr nun wieder wortreicher werdendes Tagebuch. Die Schlüssel gab sie Vera Klotzke, die seit dem Bombentreffer in der Weiszheit'schen Küche genächtigt hatte und nun mit Frieda Peters zusammenzog. Nach Aljoschas Tod und Haralds Entführung trösteten die beiden Alten einander.

Weil Dachpappe nirgends zu bekommen war, ließ Elise Ofenbleche und Linoleum aus den Trümmern bergen, um die zerlöcherten Dachflächen abzudichten. Die Ruine schrumpfte wie eine Mumie, das Haus stieß sein vertrocknendes Körperteil ab.

Elises unbedingter Wille zum »Schönsehen« siegte. Lotte erinnerte sich an die Sonntagsessen, die gleich nach Merthens Verschwinden wieder veranstaltet wurden. »

> Schon am Donnerstag vorher wurden die Marken eingesammelt, und dann machte sich einer auf die Suche. Sonntags saßen wir am Tisch, das Besteck war poliert, die Servietten gefaltet. Einmal lag ein Zwölftel Hering neben einem Krümel Brot auf einem Bett von Kräutern vom Bahndamm mit ein paar Tropfen Erdnußöl, das Kurt besorgt hatte. Er war der Talentierteste in solchen Dingen. Wir beklagen uns nicht, befahl Mu, denn der Hunger wird nicht geringer, wenn wir darauf herumreiten. So war sie. Und gerade sitzen! Wir redeten und lachten viel, das Essen zog sich hin wie früher, als es noch mehrere Gänge gab, nur wurden wir immer hungriger dabei.«

Im Ringbahngraben kampierten Flüchtlinge aus Pommern und Schlesien, Ost- und Westpreußen, bauten Zelte aus Bettlaken und Mänteln, entzündeten winzige Feuerchen, die sie mit Gestrüpp und abgerissenen Zweigen nährten, und krochen unter die mitgeschleppten Bettdecken. Ganze Bauernfamilien mit Knechten und Mägden saßen auf Säcken mit den Überresten ihres Hofes, warteten auf Nachrichten, Hilfe, Züge, irgendwas. In den feuchten Nächten zog Rauch den Graben entlang und drang, wie das Husten der Kranken, in die Fenster der angrenzenden Häuser.

Die Kommandantur beschlagnahmte den Unterkeller des Weiszheithauses und richtete eine Sammelstelle für ausgesonderte Nazi-Schulbücher ein, die von hier aus in Altpapierwaggons auf der Ringbahn verladen wurden. Der Rotarmist vor der Tür schreckte Diebe ab.

Im Juni 1945 explodierte das Munitionslager, das die Sowjetarmee im Gebäude der Volksschule in der Sonnenburger Straße eingerichtet hatte. Dutzende Deutsche Zivilarbeiter und Schüler starben, zum Glück niemand aus dem Weiszheithaus. Splitter schlugen durch die notdürftig reparierten Fenster, die Druckwelle fegte die Notabdeckungen wieder vom Dach. Elise schüttelte nur den Kopf wie ein nasser Hund. Sie ließ Enttäuschung und Resignation auch nicht zu, als Plünderer die Stahltür in der Außenwand zur Ringbahn aufbrachen und die in den Kellern versteckten Notrationen an Konserven und Kohlen stahlen.

Komalla setzte nach seiner Rückkehr aus dem Harz, wohin das Bezirksamt evakuiert worden war, eine Brille seines Vaters Anthelme auf und streifte die Ärmelschoner über, die seine Mutter Annabelle aus den Resten der Kapitulationsflagge genäht hatte. Er glaubte, so auszusehen, wie die Russen sich einen deutschen Fachidioten vorstellten, und ging einfach wieder zur Arbeit, als sei nichts geschehen. Bürgermeister Bombach hatte sich umgebracht, die NSDAP-Mitglieder unter seinen Kollegen wurden verhaftet, er hatte also im Wohnungsamt alle Hände voll zu tun. Leerstände mussten erfasst und die bunten Reiter an die neue Zeit angepasst werden. Weiß blieb »Reserve«, nun aber »zur besonderen Verfügung« der Russen und der von ihnen eingesetzten Bürgermeister. Blau stand für Großwohnungen, in die Familien mit vielen Kindern eingewiesen werden konnten. Gelb wurde zur Markierung für Naziwohnungen, die von ihren Bewohnern umgehend zu räumen waren. Im Laufe des Sommers übernahmen Sozialdemokraten und Kommunisten die Leitungsposten im Bezirksamt. Josef Komalla wurde Mitglied der KPD.

Elise staunte über die »Metamorphose« ihres Mieters, aber Joschi war ja keine Ausnahme. Er versorgte sie mit Nägeln, Dachpappe und Glas für die notwendigsten Reparaturen. Rechtzeitig vor dem ersten Frost waren die Keller leergepumpt und alle Fenster mit Glas oder Brettern verschlossen. An Heiligabend 1945 leuchtete anstelle des früheren Türmchens sogar wieder eine Lampe, wenn auch nur für wenige Minuten, dann fiel der Strom aus.

> »Anni Kunert protestiert unter Tränen und verlangt eine Versammlung des Mietervereins, weil das Amt sie doch schließlich nicht über alle Köpfe hinweg aus der Wohnung werfen kann. Ihr Mann ist von den Nazis immer wieder zurückgesetzt worden, und wo ist er denn überhaupt bitte schön, es trifft ja doch wieder nur die Frauen und Kinder, die nichts dafür können.
>
> Ihr älterer Sohn Adolf, mittlerweile 20 Jahre alt, trägt die Möbel und Koffer zurück in die Einraumwohnung an der Bahn und liefert die Schlüssel bei Elise ab, dann setzt er die Mütze auf und geht zur Arbeit, Schultheiß in der Schönhauser Allee, da ist er Brauer. Das letzte Kriegsjahr hat er in Dora als Vormann des Reichsarbeitsdienstes Wassertanks gebaut, bauen müssen, mit einem Kommando aus KZ-Häftlingen, Polen, Russen, Rumänen. Nie wieder Krieg. Das kann er unterschreiben.«

In die frei werdende Wohnung, Vorderhaus 4. Etage zur Kopenhagener Straße, zog Familie Grünwaldt – mit gemischten Gefühlen: Salomo fürchtete Neid und Missgunst, auch war Salomé mit dem Ende der Naziherrschaft in die tiefe Traurigkeit ihrer Jugend zurückgefallen. Stundenlang stand sie am Fenster und starrte nach draußen, als warte sie auf jemanden.

> »Sie hat wohl die Geister jehört, von all die toten Verwandten, mit die se doch verkracht jewesen war.«

Valentin, Salomos Vater, bekam die Umzieherei und die vielen Fremden im Haus nicht mehr auf die Reihe. Er verlief sich und schreckte die Nachbarn mit seiner Größe, denn er wuchs und wuchs – in einem Alter, in dem andere zu schrumpfen pflegten.

Der folgende Auszug aus dem Mietbuch erzählt vom Kommen und Gehen in einem einzigen Monat, dem Juni 1945: »Charlotte Rogalle, 3/4 Kinder bei Heimb.; Minna Bednarz bei Kohl (verst.); Anna Pritzkowski, ~~verheiratet~~, verwitwet, bei Grünwaldt; Alma Kaluza u. Anna Wollny mit sieben Kindern bei Weiszheit; Else Reiter, 2 Kinder bei Klotzke; Hedwig Arnim, 2 Kinder bei Rebenschindt; Elfriede Olesch bei Lorenz.«

12 Ruinen

Kurt fiel es schwer, sich wieder an die Normalität zu gewöhnen.

> »Ein verheerender Sturm war durch unser Leben gefegt. Es gab den ganzen Sommer über keine Schule. Die Väter waren in Kriegsgefangenschaft, das Vaterland zerstört. Wir fühlten uns befreit von Verpflichtungen und Vorschriften.«

Mit »wir« meinte Kurt eine Gruppe von Jungen zwischen 12 und 18 Jahren, die er auf dem Schwarzmarkt am Güterbahnhof kennen lernte und später als Vorbild für die Bande in seinem Buch *Klaus und Karola* benutzte.

> »Er riecht sofort, daß der Tabak der Luckys gestreckt ist, *40* Prozent Knaster mindestens. Der Knirps macht ein Gesicht, als würde er gleich anfangen zu heulen, aber bevor Klaus [Kurt] ihm die Seife wieder wegnehmen kann, macht er eine schnelle Verbeugung und flutscht ihm unterm Arm durch. Klaus folgt der stark duftenden Seifenspur in der ungewaschenen Menge der Schwarzhändler ohne Mühe. Plötzlich steht er vor einem Jungen, der mit verschränkten Armen deutlich macht, daß kein Vorbeikommen ist. Groß und glatt rasiert, sieht er mit seinen gewellten Haaren auf dem kurzen Hals aus wie eine zum Leben erwachte Beethovenbüste.«

Der in Kurt Weiszheits erstem Buch als Gymnasiast eingeführte und Clemens Schadow genannte Jugendliche war trotz seiner erst 16 Jahre der unbestrittene Führer der »Bande«. Das historische Vorbild hieß übrigens Werner Gladow, wir kommen auf dessen Schicksal noch zu sprechen.

Freimütig bestätigte Clemens Kurts Tabakanalyse und entschädigte ihn mit echten amerikanischen Zigaretten, wollte dafür aber genau wissen, wie Kurt den Betrug festgestellt hatte.

> »Schadow lässt Kurt Dollar- und Reichsmarkscheine, Erdnußöl, Kaffee, Wodka und Brot, das ganze Betrügerrepertoire vom Schwarz-

markt zur Prüfung vorlegen. Der findet alle Fälschungen. Schadows Misstrauen wandelt sich in Bewunderung.«

Dass der Betrüger sich für die Nase interessiert, die ihn vor Betrug schützen kann, ist nachvollziehbar, aber umgekehrt? Was wollte Kurt bei den Straßenkindern?

»Clemens riecht nach Leder und Pelz und ein wenig nach schlafendem Hund. Klaus widersteht dem Bedürfnis, seine Nase sofort in den Kragen von dessen französischer Pilotenjacke zu stecken, in das Futter von silbrig-weißem Hermelin, das ihn kitzeln würde. Langsam und strategisch wird er vorgehen, er ist kein kleiner Junge mehr und Clemens nicht der dumme Günter.«

Die meisten Jungen der Bande hatten ihre Eltern verloren, Flucht und Volkssturm überlebt und zu viele Tote gesehen. Sie trugen die Haare unmilitärisch lang und goldene Kettchen als Erkennungszeichen. In den Ruinen rings um das Nordkreuz bewohnten sie Höhlen und Keller. Mit einem System von Pfiffen informierten sie sich über Beute oder warnten vor Streifen, denn nichts war ehrenrühriger, als in ein Kinderheim gesperrt zu werden und zwischen Waisen Brei zu löffeln. So unwillig sie waren, sich der Friedensordnung zu unterwerfen, so dankbar waren sie für Gruppenwärme und Führerschaft. Schadow sorgte dafür, dass sie auf ihre Kalorien kamen.

»Sie taten nicht so, als könne man nahtlos anknüpfen an der Stelle, bevor das Pech mit den Nazis angefangen hatte. Sie waren auf ihre Art ehrlicher als alle Erwachsenen in meiner Umgebung.«

Kurt musste zeit seiner Mitgliedschaft in der Bande nie über eine Mauer steigen, nie durch ein Fenster klettern und niemals Schmiere stehen. Er beschränkte sich aufs Riechen. »Spezialisten« standen damals in allen Sektoren hoch im Kurs.

»Clemens' graue Augen schielen, als beobachte er gleichzeitig sein Gegenüber und die Umgebung, immer auf der Hut, immer bereit zur Flucht. Er ist Halbwaise, sein Vater war Lateinlehrer am Französischen Gymnasium und ist in der Ukraine verschollen. Dem Verhältnis seiner Mutter zu einem GI verdankt er die englischen Vokabeln und seine ersten Erfolge auf dem Schwarzmarkt.

Die Ruinenlandschaft ist ihr Räuberwald, das Gleisgelände ihr Jagdgebiet. Hier, zwischen den Gerippen der ausgebrannten Baracken des SS-Lagers am Güterbahnhof, feilschen die Hungernden und die Satten, die sorgenvollen Mütter, die Exnazis aus den PW-Lagern und die Invaliden, die für die Bauern des Umlandes ihre Haut zu Markte tragen. Schadow betrügt sie alle. Er fälscht die Währung des Marktes, die amerikanischen Zigaretten, deren Inhalt er herausklopfen, mit getrocknetem Huflattich und Brennesseln strecken und wieder einstopfen läßt. Betrogene, die protestieren, werden im Straßentunnel der Gleimstraße ›geradegebogen‹, ebenso Konkurrenten.«

Die Sektorengrenze zwischen Russen und Franzosen verlief in der Mitte der Gleisanlagen, quer durch den Schwarzmarkt. Die einstigen Alliierten sprachen schon wenige Monate nach Kriegsende nur noch schlecht über- und kaum noch miteinander, die west- und ostdeutschen Hilfspolizisten desgleichen. Fand auf der französischen Seite eine Razzia statt, flohen die Bandenmitglieder mit allen Wertsachen auf die sowjetische Seite und umgekehrt.

Bald reichte der Ertrag der Zigarettenfälschung nicht mehr, um die stetig wachsende Gefolgschaft zu ernähren. Gladow dehnte seine Aktivitäten auf den riskanten, aber höchst lukrativen Waffenhandel aus.

»Die Russen sind dermaßen betrunken, daß sie die Militärstreife nicht bemerken, die ihnen folgt. Im Zickzack fahren sie mit ihrem GAZ durch den französischen Sektor und schütten sich Schnaps wie Wasser in die Kehlen. Im Dunkel des Gleimtunnels kracht die Kiste mit den bestellten Pistolen aufs Pflaster, und Schadow gibt seinen Leuten das vereinbarte Zeichen für die Bezahlung, da blenden die Verfolger ihre Scheinwerfer auf und schießen sofort, als die besoffenen Delinquenten nach ihren Maschinenpistolen greifen. Schadow schmeißt sich zu Boden, während Klaus blind seiner Nase folgt: Weg von Blut und Schwefel ist immer richtig.«

Die gefassten Bandenmitglieder behaupteten, einander nicht zu kennen. Schadow nahm alle Schuld auf sich: Er habe mit den Soldaten Schnaps gegen Tabak tauschen wollen und nicht gewusst, dass es sich um Waffenschmuggler handle. Die drei russischen Unteroffiziere waren tot und konnten nicht widersprechen. Schadow wurde wegen Schwarzmarkthandels zu einer dreimonatigen Jugendstrafe verurteilt, die er in Lichtenberg absaß. Er kam dort mit KZ-Überlebenden, Bankräubern, Trickbetrügern und Safeknackern in Kontakt, lernte juristische Fallstricke kennen und fasste den festen Vorsatz, nach seiner Entlassung Boss des größten Berliner Verbrechersyndikats zu werden.

Kurt bescherte das nächtliche Erlebnis im Gleimtunnel eine wichtige Erkenntnis: Die Welt da draußen war nicht nur im Krieg verrückt und lebensgefährlich. Wer überleben wollte, durfte sich nicht mit der Macht anlegen, musste seine Nase benutzen und immer eine Tür im Rücken haben. Das war auf den ersten Blick eine andere Strategie als die seiner Mutter. Elise ignorierte die Gefahr, Kurt beobachtete sie, aber im Ergebnis hielten beide Abstand.

Im Oktober 1945 ging Kurt Weiszheit wieder zur Schule, trotz seiner schon 15 Jahre noch einmal in die 7. Klasse. Der humpelnde Neulehrer (Erfrierungen an beiden Füßen, Russland) war abgebrochener Medizinstudent und so alt, wie Hans jetzt gewesen wäre, aber ansonsten Kurts Bruder so unähnlich wie nur möglich. Mit einer Hand hielt Herr Henze sich an der Tafel, mit der anderen am Lehrbuch fest. »Er riecht nach Kreide, bin auf der Hut.«

Kurt schrieb seit Schulbeginn Tagebuch, was dem Geschehen im Hause Weiszheit eine Art Gegenperspektive hinzufügt: »Ich rauche. ›Oh Gott, es brennt.‹ Eine Katastrophe für Mu!« Während Elise am gleichen Tag notiert:

»K. vergleicht sich mit Vater [gemeint ist Elises Vater Gustav, d.A.]. Aber der hat sich für Luftschlösser begeistert, K. immer nur für sich selbst.« Und wieder Kurt: »Wer ihre Maiglöckchen im Hof umknickt, hat sein Leben verspielt. Sie wischt das Haus mit Zitronenöl. Ihre Welt riecht ranzig.«

Von der Verwundung ihres Mannes hatte Elise Ende März 1945 durch einen Kameraden erfahren, aber niemand konnte ihr Auskunft über sein weiteres Schicksal geben. Im Juni 1945 verschwand auch noch Ilse von einem Tag auf den anderen. Eine Kameradin ihres Aufräumkommandos, das mit Seilen und langen Stangen entlang der Ringbahn Häuserwände und Brückenreste einriss, berichtete, dass Ilse von einem sowjetischen Offizier, »der aussah wie ein Tatar«, mitgenommen worden sei. Die sowjetische Kommandantur wusste von keiner Verhaftung.

Im September 1945 kehrte Ilse aus dem Speziallager Sachsenhausen zurück, abgemagert und schweigsamer denn je.

> »Sie war als vermeintliche Krankenschwester in ein Kriegsgefangenenlazarett zwangsverpflichtet worden, das sich anfangs auf dem Charitégelände befand und später nach Sachsenhausen verlegt wurde. Alles geheim. Die Patienten verwundete Stabsoffiziere der SS und Waffen-SS, die am Krankenbett von sowjetischen Ermittlern vernommen und verurteilt wurden. ›Tote auf Urlaub‹, wie sie sich selbst nannten.«

Einige Zeit später stand ein »alter Mann« vor Elises Tür und behauptete in siebenbürgischem Dialekt, Ilse und er hätten sich im Lager verlobt. Sie musste niesen, so kräftig roch er nach Paprika. Der einst übergewichtige, im Lager auf 75 Kilo geschrumpfte Walter Müller wirkte, obwohl in den Vierzigern, »wie aus einem Sarg gestiegen«. Die Haut hing ihm von den starken Knochen, der kahle Schädel war von Narben und Dellen verbeult. Von Stund an wohnte der Verlobte in Ilses Zimmer.

Von Lotte kam im Mai 1945 eine Postkarte, die schon Ende März, zwei Wochen vor der sowjetischen Besetzung, in Wien abgeschickt worden war, mit einem knappen »bin wohlauf«.

> »Meine Heimreise dauerte acht Wochen und damit länger, als wenn ich von Graz nach Berlin gelaufen wäre. An der tschechischen Grenze wurde ich verhaftet, mußte in Bautzen unter russischer Aufsicht Schwellen schleppen und entkam kurz vor dem Ziel in Luckau einer Bande Halbwüchsiger nur durch einen Sprung in die Berste.

Ich hüllte mich nachts in meinen Soldatenmantel oder zwängte mich, mit kurzgeschnittenen Haaren und knurrendem Magen, in Bahnhofswartesäle und überfüllte Züge. Oft schlief ich im Stehen zwischen Versehrten und Flüchtlingen, Zuchthäuslern und entlassenen Gefangenen. Immerfort wurden Geschichten geflüstert, gejammert, geschrien, aber statt sich gegenseitig zu trösten, hielten die Menschen einander ihre Schicksale vor wie Anklagen.«

»Später, als im Kalten Krieg die Erinnerungen instrumentalisiert und mit Legenden überformt wurden, kamen mir die Erlebnisse und Erzählungen jenes Sommers 1945 vor wie ein Traum, so unwirklich, skurril und herzzerreißend waren sie und – anders als die späteren Lügen – so wenig einer glatten Seriosität verpflichtet.«

Am späten Nachmittag des 12. Septembers 1945 hielt ein schwarzer Wagen – Kurt zufolge ein »Vorkriegswanderer« vor dem Weiszheithaus in der Kopenhagener Straße.

»Ein silberhaariger Mann im groben Anzug steigt aus und schaut an der branddunklen, von Granatsplittern und Einschüssen zernarbten Fassade hinauf. Die Rolljalousien und Regenrinnen klappern im Wind.«

»Elises Ohren klingeln. Was Ludwig sagt, hört sie nicht, aber sie riecht Karamel und Vanille und den Sumpf in Heydekrug und den Regen auf dem Alexanderplatz.«

Schon seit Juli hatte Ludwig »Lumo« Weiszheit in Berlin gearbeitet und Reparationen für die SMAD organisiert, aber keine Zeit oder keinen Mut zu einem Besuch in der Kopenhagener Straße gefunden.

»Sie kleidet ihn aus und entdeckt die bekannten Narben wieder. Am linken Unterarm die von der Kante des Bootes, als er sie vor dem Ertrinken gerettet hat. An der Innenseite des linken Armes der Bewehrungsstahl von Dneprostroij, auf der Brust der Streifschuß von Feodosiya. Neu hinzugekommen sind streifige Narben auf dem Rücken, angeblich von einem Autounfall, aber sie kann sehen, wie sein Blick dunkel wird. Er küßt ihr den Mund zu. Ein guter Lügner ist er nie gewesen.«

In seinem 1950 geschriebenen Lebenslauf vermied Ludwig das Wort »Lager«:

»In verschiedenen Funktionen war ich von 1924 bis 1943 für das Ekki der Komintern tätig, unterbrochen von Kommandierungen u.a. zum Aufbau der Kohleförderung in Workuta. Nach Auflösung der Kommunistischen Internationale blieb ich in Ufa und übernahm die Funktion eines Politkommissars im Kriegsgefangenenlager 319. Ab 1944 lehrte ich in Moskau an der Parteischule der KPD und im Kurssystem des NKFD, wo ich Kader auf die Rückkehr nach Deutschland vorbereitete.«

Es war ein merkwürdiges Verhältnis, das sich da entwickelte. Elise und Ludwig teilten die Erinnerung an den Krakenorther Sommer wie eine Traumwelt, so unwirklich schien sie nach diesem Krieg und bei allem Elend. Vielleicht suchten sie beieinander Schutz vor der Einsamkeit ihrer geschäftigen Gegenwart.

»Ludwig muß Arbeiter überzeugen, die Maschinen, Bahnschienen, Elektrokabel und Rohrleitungen, die sie gerade erst aus den Trümmern ihrer Werkhallen gegraben haben, an die Russen auszuliefern. Er reißt ihnen die Zukunft aus dem Herzen. Alte Kommunisten, KZ-benarbt, knien weinend vor seinem Schreibtisch, andere fluchen so lästerlich, daß Ludwig froh über die Lederpolsterung seiner Bürotür ist.«

Aus Westberlin kamen Flugblätter mit der Aufforderung »Arbeiter wehrt euch« und die darin geschilderten Skandale waren nicht immer erfunden: Es gab Fälle, in denen die beschlagnahmten Maschinen auf Lagerplätzen verrosteten oder auf dem Schrott landeten.

Deutsche, die sich der Demontage verweigerten, wurden als Saboteure in Schnellprozessen verurteilt. Ludwig soff Wodka mit den sowjetischen Offizieren und rettete mal eine Werkstatt, mal eine Lok, mal ein Leben, aber alles in allem war er loyaler Parteisoldat und Klassenkämpfer.

Die SMAD hatte ihm die erste Etage einer Villa in Pankow zugewiesen, aber dort fühlte er sich nicht wohl. Zwanzig Jahre hatte er in Kommunalkas Küche und Toilette mit vielköpfigen Familien, fluchenden Kutschern, saufenden Arbeiterinnen und lustschreienden Paaren gewohnt, die übrige Zeit eine Pritsche im Arbeitslager mit Staatsfeinden und Ungeziefer geteilt. Er konnte nicht allein sein. Unter der Woche übernachtete er hinter dem Schreibtisch im ehemaligen Luftfahrtministerium auf einer Pritsche oder während seiner Dienstreisen im Auto.

An den Sonntagen brachte er Kartoffeln, Butter, Gemüse, Zucker und manchmal sogar Fleisch mit zu Elise. Er schwieg während des Essens, rauchte Papyrossi und hörte den Gesprächen der Nachbarn zu. Nachmittags fuhren Elise und er im Auto aufs Land. Sie ließen Ruinen und bleichgraue Städter hinter sich, passierten Kontrollposten, holperten über brandenburgische Chausseen und schliefen miteinander in gemieteten Bauernstuben oder am Ufer einsamer Seen.

Elise fragte nach Sonja, Vincent und Ludwigs anderen Geschwistern, aber er wusste nur, dass Daniel in Leningrad überlebt hatte und als Musiker arbeitete. Sie hielt seine Wortkargheit für Gleichgültigkeit.

»Hat mit seiner Herkunft und der Bourgeoisie gebrochen, für immer! hu! Die große Sache eine eifersüchtige Braut, Genossen seine Familie. Zu Heirat und Kindern keine Zeit. Wie einfach«.

Kurt hörte den Erzählungen aus dem Riesenreich Sowjetunion gern zu. Gestern hatte er noch einen Nazivater, heute saß am Familientisch ein »bolschewistischer Jude mit amerikanisch-russischer Mutter, viersprachig aufgewachsen, kann Butter beschaffen«.

Ludwig sprach das rollende Deutsch der Balten und machte kein Geheimnis aus seiner Jüdischkeit, aber wenn es um »Abstammungslinien« ging und die Frage, um welche Ecken Kurt mit ihm verwandt sei, blieb er einsilbig.

»Das, dachte ich damals, war ihm zu deutsch, das klang zu sehr nach Ahnenpaß und Rassegesetzen.«

Elise hatte Ludwig verboten, seine Vaterschaft auch nur anzudeuten, also blieb er der Onkel aus Heydekrug. Auf dem Balkon fragte er Kurt, während er eine Papyrossi aus kratzendem Russenkraut drehte und sein Sohn eine amerikanische Zigarette anzündete, was er werden wolle, ob er eine Freundin habe, welcher Sport ihn interessiere, wie er sich Deutschlands Zukunft vorstelle. Kurt antwortete brav, er wolle studieren, Orthopädie vielleicht, Haltung sei immer wichtig. Er wollte sich nicht aushorchen lassen, denn die idealische Treue Ludwigs zur »Sache« schien ihm allzu ähnlich jenem Pflichtgefühl, das seinen Vater getrieben und seinen Bruder getötet hatte.

Hinter Elises Rücken steckte Ludwig dem Jungen ab und zu ein paar Mark in die Tasche und brachte ihm Bücher mit, die er vom Verlag der Sowjetischen Militäradministration bekam: Tjulpanow, Tschakowski, Ostrowski, meist Romane über junge Männer, die sich in Ernteschlachten und Häuserkämpfen bewährten, ausgewählt von Offizieren, die kein anderes Leben kannten.

»Hastig schließt Kurt die Badezimmertür. Nicht beschnitten, denkt Ludwig, natürlich nicht. Warum betrübt ihn das? Mit Religion hat er doch nichts am Hut. Die Weltgeschichte hat sie in zwei verschiedene Züge gesetzt und in entgegengesetzte Richtungen transportiert. Nur weil die Erde rund ist, sind sie wieder aufeinandergetroffen. Nu budet. Dialektik ist das.«

Lotte, inzwischen eine junge Frau von 22 Jahren, blieb dem »russischen Onkel« gegenüber skeptisch, hielt seine Wortkargheit für Erklärungsnot und insistierte: warum Stalin gemeinsame Sache mit Hitler gemacht habe, ob Ludwig von Liquidierungen und Straflagern wisse und wie viel länger es nach diesem Krieg dauern werde, in der Sowjetunion den Kommunismus aufzubauen.

Ludwig wusste, dass sie ihn provozieren wollte, und natürlich gab es Widersprüche. Sie waren der Motor der Entwicklung. Dialektik eben. Er sorgte dafür, dass ihre Bewerbung beim damals noch russischen Sender Berlin in der Masurenstraße nicht abgelehnt wurde.

»Am 27. November 1945 sitzen Ludwig und Elise vor dem Telefunken und lauschen der Stimme von Lotte, die in der Sendereihe ›Pulsschlag Berlin‹ ihre erste Reportage spricht. Im Admiralspalast findet ein Konzert der Singakademie statt. Sie drückt seinen Arm, als Lotte sich bei ›h-Moll-Messe‹ verhaspelt, und wischt eine Träne der Erleichterung aus den Augen, als nach einem kurzen Interview mit dem Dirigenten Dr. Schumann die Musik von Bach erklingt. Wie erwachsen ihre Tochter geworden ist, denkt sie. Viel erwachsener, als sie selbst jemals sein wird.«

Hugos Hilfe für Untergetauchte im Endzeitberlin erwies sich nach dem Krieg als kluge Investition: Einer der Flüchtlinge, Mario Spahn, früher KJVD-Funktionär, dem er mit einem falschen Kriegsbeschädigtenausweis das Leben gerettet hatte, war jetzt mit dem Aufbau einer neuen Jugendorganisation beauftragt und bedankte sich, indem er einen Telefonanschluss in Hugos Wohnung legen ließ. Der Genosse Carl Reblaus war in der Provinzialverwaltung Brandenburg für die Aufstellung deutscher Hilfspolizei-Einheiten zuständig und bot Hugo den Posten des Leiters Versorgung an. Andere Angebote betrafen die Kantine des Roten Rathauses, ein Ferienheim für russische Offiziere oder die Meldestelle Mitte. Manche seiner Schuldner wurden auf Lehrstühle berufen oder machten Karriere beim Radio, andere besetzten Posten in Verwaltungsämtern und Stempelstellen, gaben Marken aus und beglaubigten Urkunden. Im Handumdrehen sorgte Hugo dafür, dass seine Schwester Charlotte, die von den Russen verhaftet worden war, freikam. Seinen Schwager dagegen, den zuletzt noch zum Hauptscharführer avancierten Albert Schneevogt, ließ er in russischer Kriegsgefangenschaft, wo er 1946 oder 1947 in einem Lager in Tjumen, Westsibirien, starb. Sein Foto blieb über der Anrichte in der kleinen Wohnung hängen, die SS-Runen auf den Kragenspiegeln der Uniform sorgfältig mit Kunstblumen verdeckt. Charlotte heiratete nie wieder und führte ihrem Bruder bis zu ihrem Tod 1960 den Haushalt. Für seine Mutter Franziska, die mit ihren von Unterernährung schmerzenden Beinen nicht mehr laufen konnte, besorgte er Sprotten und Butter. Eine herrliche Zukunft lag vor ihm und seiner Familie.

Unglücklicherweise sprachen sich Hugos gute Beziehungen unter den alten Kameraden aus der Sonnenburg herum. Ehemalige Kreisleiter, Standartenführer und Generale, die nach dem Zusammenbruch abgetaucht waren, boten ihm silberne Totenkopfringe, Goldene Parteiabzeichen und brillantenbesetztes Eichenlaub für falsche Papiere. Sie erinnerten ihn an Verdienste und Protektion und schöne Stunden. Hugo verhalf den Leichen in seinem Keller zur Flucht und verbrauchte damit die Dankbarkeit der neuen Herren.

Haralds Freundin Melli Keese bewarb sich nach Kriegsende für einen Fahrerkurs der S-Bahn und wurde angenommen. Sie kannte das Netz in- und auswendig und erwies sich als weitsichtige, reaktionsschnelle Fahrerin. Weil ihr Vater vor dem Krieg Sozialdemokrat und Betriebsratsmitglied im Sachsenwerk gewesen war, porträtierte das *Zentralblatt* sie sogar für eine Folge in der Reihe »Unsere Frauen der Zukunft«.

Im November 1945 bestand sie die Prüfung als »Führer elektrischer Triebzüge«. Heiligabend kotzte sie Veras kostbare Vorkriegs-Götterspeise aus. In der Silvesternacht stand sie zwischen Frieda und Vera, die mit ihren Körpern die werdende Mutter vor dem Wind schützten, auf dem Balkon und sah die Leuchtspurgarben sowjetischer Soldaten in den Himmel steigen.

Anfang des neuen Jahres brachte Briefträger Niecklisch einen vielbestempelten Brief aus Russland. Harald schrieb, dass die Russen ihn nach Moskau gebracht hätten. Nun wohnte er mit Ingenieuren aus Chemnitz und Dresden und deren Familien in einer komfortablen Datscha in einem Vorort, hatte Personal und reichlich zu essen und hoffte, nach Fertigstellung »des Projektes« in ein oder zwei Jahren heimkehren zu dürfen. Vera verfluchte die hochgespannten Erwartungen, die ihren Sohn zum Spielball am Netz machten. Frieda öffnete eine Flasche Mampe und stieß mit ihren beiden Wohngenossinnen an: »Immerhin, wir leben.« Vera hob das Glas: »So halb und halb.«

Kurz nach der Geburt ihres Kindes saß Melli, während Frieda und Vera sich um das Neugeborene kümmerten, wieder hinter dem Steuer einer S-Bahn. Morgens pumpte sie ihre Milch ab, ging um 8:00 Uhr aus dem Haus, fuhr viermal die Ringbahnstrecke, kam zur

Mittagszeit heim, gab Michael die Brust und fuhr anschließend weiter bis 18:00 Uhr. Sie war glücklich.

Vera hätte es lieber gesehen, wenn ihre designierte Schwiegertochter zu Hause geblieben wäre, aber die jungen Mädchen rannten den Versprechen der Kommunisten hinterher wie die Hasen den Möhren. Seufzend holte sie den Koffer mit Kinderkleidern, den sie in Erinnerung an ihre gefallenen Söhne nicht wegzuwerfen gewagt hatte, aus dem Schrank.

Ihr Enkel Michael wuchs in der stoff- und rüschenreichen Knabenmode der Kaiserzeit auf. Er trug ein Babykleid mit Spitzenkragen und später Matrosenanzüge, gestreifte Badehosen und Knickerbocker. Selbstredend hasste er die Kostümierung, die ihm den Spott der Gleichaltrigen eintrug. Sie lehrte ihn früh, die Fäuste zu gebrauchen.

Frieda hoffte nach dem Ende des Krieges auf ein Wiedersehen mit ihrer Tochter Victoria und fürchtete sich gleichzeitig davor. Ihre Briefe an die Adresse in Paris kamen als »unzustellbar« zurück. Was sie über die Schicksale anderer Frankreich-Emigranten hörte, ließ sie fürchten, dass Victoria umgekommen war. Sie hasste die Naziweiber ringsum, die über ihr »Elend« heulten wie kleine Mädchen, denen man an den Haaren gezogen hatte.

> »Frieda und Vera sitzen seit dem Umzug in die gemeinsame Vorderhauswohnung bei fast jedem Wetter auf dem Balkon. Beschirmt von einer alten Wagenplane, vor den Augen Operngläser aus besseren Tagen, betrachten sie die menschlichen Gezeiten.
> Auf der Schönhauser sausen die Generale der Besatzungsmacht von links nach rechts zu den Hebeln ihrer Macht und abends zurück nach Niederschönhausen. In der entgegengesetzten Richtung schleichen Gauner und Nutten zwischen dem französischen und dem sowjetischen Sektor über die Gleise. Unter ihren Füßen laufen Lehrer, AEG-Facharbeiter und Stellwerker zur Arbeit, Schulklassen zum Sportunterricht auf den Exer und Obdachlose an kalten Wintertagen zur Wärmehalle im Colosseum.«

Am 17. August 1947 um 19:30 Uhr geschah ein Wunder:

»Friedas Unterkiefer klappt herunter. ›Wat is?‹, will Vera wissen, ›bisse tot?‹ Frieda zeigt mit offenem Mund auf die andere Straßenseite zu der Frau, die aussieht wie Victoria, aber nicht Victoria sein kann, weil die inzwischen 47 Jahre alt ist, die dort ist jung. Sie trägt ein Kleid aus roter Seide und winkt.«

Friedas Enkelin, also Victorias Tochter Vivienne, berichtete, dass sie und ihre Mutter beim Vormarsch der Deutschen aus Paris geflohen und nach London gegangen waren. Sie hat einen Brief von Victoria dabei, die ihrer Mutter die Schuld an Aljoschas Tod gab und schwor, nie wieder deutschen Boden zu betreten. Trotzdem kam jeden Monat eine Überweisung aus London, dank der Frieda, Vera, Melli, Michael und Vivienne die Hungerjahre überlebten.

Vivienne zog mit ein paar Kisten voller Noten in das Musikzimmer, in dem noch immer der Goldbergflügel stand. Melli wurde mit ihrem Sohn Michael in die Kammer neben der Küche umquartiert, von dessen Fenster sie ihre Ringbahn fahren sehen konnte.

»Vivienne will ihren Vater ausfindig machen. ›Must have been a famous somewho‹, aber mehr, als daß er beim Film und ›nicht unberühmt‹ gewesen war, hatte ihre Mutter nicht verraten. ›Presumably a Nazi then.‹«

In den Trümmerbergen hinter dem Lehrter Bahnhof stieß sie auf das Filmteam, das *Der Mann, den ich töten werde* drehte (später als *Die Mörder sind unter uns* berühmt geworden). Sie freundete sich mit Hildegard Knef an und beschloss, Schauspielerin zu werden, bekam aber nach einer Probeaufnahme für einen Berlinfilm mit dem Titel *Und über uns der Himmel* nicht die versprochene Rolle, weil sie lachen musste, sobald die Kamera lief.

Vera und Frieda hielten die lieb gewordene Stellung auf dem Balkon. Weil Vera – sie zählte 1945 immerhin schon 71 Jahre – entfernte Personen nicht mehr erkannte, schilderte Frieda ihr, was sie sah: »Da kommt der gelbe Säufer« oder »der Hausmeister, der früher bei der SS war« oder »die ausm Rüstungsministerium« – und weil Vera immer schlechter hörte, musste Frieda immer lauter sprechen.

Volks- und Bahnpolizisten, die sich in ihrer neuen Staatsdienerehre verletzt fühlten, beschwerten sich über »Beleidigungen« wie diese: »Kiek ma, der Junge da is so schlecht anjezogen, den würd ick jerne ma ausziehn.« Josef Komalla berief ein Hausaktiv ein, vor dem die beiden Frauen Stellung nehmen sollten, aber sie erschienen nicht. Dem Polizisten, den Komalla um Hilfe bat, schlugen sie die Tür vor der Nase zu.

Elise fand die Gespräche »nicht so laut, aber das kann an meinen Ohren liegen«. Melli verfluchte den Altersschwachsinn ihrer Schwiegermutter, denn die Ringbahnrunde durfte bei der S-Bahn nur fahren, wer eine saubere politische Akte vorweisen konnte.

Vermutlich auf Lottes Initiative berichtete der RIAS in der Reihe »Skurriles von Drüben«:

> »Die ostzonale Vopo fürchtet sich vor einem Balkon! Zwei Pensionärinnen, die nicht mehr gut zu Fuß sind und deshalb auf dem Balkon ihrer Wohnung in der Kopenhagener Straße frische Luft schnappen, tauschen manch spitze Beobachtung über den Stacheldraht zur Abgrenzung der Sowjetzone und seine Bewacher aus. So schwach die Augen, so taub die Ohren, so scharf ist doch der Verstand der beiden schwer geprüften und frechen Damen, was wohl in Kürze dazu führen wird, daß ihr Balkon wegen ›Baufälligkeit‹ gesperrt wird.«

Bevor es dazu kam, besorgte Hugo für Vera ein »Sonotone«, ein amerikanisches Hörgerät auf Transistorenbasis. Die seitliche Arabeske löste das Problem auf technische Art: Die Lautstärke der Balkongespräche sank, und Komalla konnte die Angelegenheit zu den Akten legen, ohne sein Gesicht zu verlieren.

Ende des Jahres 1946 herrschten Temperaturen unter null Grad, der Frost forderte allein in Berlin 10000 Menschenleben; im November gab das Bezirksamt Pankow einige Buchen im Bürgerpark frei. Wer sich an den Fäll- und Zerteilarbeiten beteiligte, konnte ein paar Scheite mit nach Hause nehmen:

»Ich kam zu spät, mit offenem Mantel und einem viel zu kleinen Beil.

Ursula fiel mir sofort auf, sie überragte die Menge der wartenden und frierenden Menschen, nicht weil sie größer war, sondern weil sie sich nicht wie die anderen duckte und zusammenkrümmte. Ihr Haar war blond und ihre Augenbrauen dunkel, die Nase verriet Eigensinn, Augen und der große Mund Sinnlichkeit. Wir lächelten einander über das Meer der Mützen und Kopftücher an. Ich drängte mich durch die Menge. Ihr Geruch erinnerte mich an Günter, aber in Milch und Honig versteckte sich etwas fischig Teures, wie Kaviar.«

Ich sah die Szene plastisch vor mir. Ursula, also meine Oma, hatte ganz sicher keinen Spaß an Kälte und Arbeit. Die beiden müssen sich ohne viele Worte verstanden haben und verdrückten sich in die nahe Wohnung von Onkel Herbert in der Florastraße.

»Entzückt von ihrem Namen: Sie heißt Nachtigall! Die Wohnung voller Bücher. Zufällig in die Hand genommen: Friedrich Nicolai. René Schickele. Walter Benjamin. Kannte ich alle. Glaube, sie beeindruckt zu haben. Russischen Tee getrunken.«

»Sie legt ihm [Kurt] den Finger auf die Lippen und zieht ihn in ein Zimmer mit deckenhohen Bücherregalen, das nach Chrysanthemen und Rasierwasser riecht. Er umgreift ihren Nacken und küßt sie auf den Mund, auf das Kinn, auf den Hals, spürt ihren Atem an seinem Ohr, in seinem Nacken, ihre Hände an seinem Bauch, ihre Finger unter seinem Hemd. Er fingert am Verschluß ihres BHs, sie am Gürtel seiner Hose. Sein Blick fällt auf den riesigen Schornsteinphallus vor dem Fenster, der mit weißen Buchstaben bemalt ist: VEREINIGT EUCH«

Kurt war 16 Jahre alt, Ursula ein Jahr älter. Ihnen schien, als würfen sie mit ihren Nazikleidern (Kurts einzige Jacke war die der HJ und auch Ursula trug »Luftschutz«) zugleich die Spießermoral der Nazis ab.

Nackt erzählte Ursula ihm von ihrer Familie. Urgroßvater Carl Heinrich Nachtigall war Erbe einer Schnapsfabrik in Pirna, begeisterter Reisender durch die Länder des Orients und Verfasser von Baedecker-Texten gewesen. Vater Richard Nachtigall hatte als Nationalökonom an der MASCH, der »Marxistischen Arbeiterschule« in Berlin, gelehrt und war mit Albert Einstein, Ludwig Renn und Arvid

Harnack bekannt gewesen. Die Eltern hatten sich angesichts drohender Verhaftung umgebracht und Ursula war von ihrer Großtante Hedwig in Dresden, die im Erdgeschoss ihres Hauses eine öffentliche Sauna betrieb, Tuba spielte und einen lockeren Umgang mit Alkohol pflegte, aufgenommen worden. Die Schule brach Ursula nach der achten Klasse ab und erhielt von ihrer Tante Unterricht im Zeichnen und Töpfern. »Ewiger Dank, Hedwig, von welcher Wolke auch immer du jetzt herabschaust!« schrieb Kurt in sein Tagebuch und widmete ihr später einige seiner erotischen Erzählungen. Zur Verteilung des Holzes waren die beiden rechtzeitig wieder im Bürgerpark.

Elise stellte fest, dass der Geruch ihres Sohnes sich änderte:

> »K. morgens aus dem Haus, kommt spät heim, riecht nach saurer Milch und Tuberose. Boudoir. Samt. Ludwig muß mit ihm reden.«

Auch Kurt bemerkte die Veränderungen: »Unter den Armen wie Erde nach dem Regen. Zwischen den Beinen wie Ursula.« Und er reagierte wie ein 16-Jähriger halt reagiert, wenn die Mutter an seiner Duftschleppe schnuppert: Er rauchte die doppelte Menge und versprühte Ludwigs russisches Rasierwasser, dessen scharfer Wodka-und-Leder-Duft sich auf Elises Lunge legte »wie Salzsäurenebel«.

Ursula bemühte sich um Elise mit einem Päckchen duftenden Kakaos und einem selbst illustrierten Schwitters-Gedicht auf einem Stück Fallschirmseide, aber vorerst ohne merklichen Erfolg: »Mädchen aus Künstlerfamilie. Rieche die Faulheit. Die passen zusammen.« Dabei registrierte Elise durchaus wohlwollend, dass Ursula all die Bücher gelesen hatte, die sie aus Angst vor Konflikten mit der (Nazi-)Macht versteckt hatte. Sie bat die Schwiegertochter in spe, die Bibliothek im Wartezimmer zu ergänzen und neu zu sortieren, was diese auch tat – bis sie die Lust verlor.

Kurt berichtete über das sonntägliche Essen:

> »Diskutiere mit U und Mu über Phantasie. Einigkeit, daß Befreiung des Menschen nicht nur von tatsächlicher Ausbeutung und Unterdrückung, sondern auch aus Ängsten und Opportunismus nötig.

> Mu sieht darin Befreiung VON der Wirklichkeit (typisch!). Gehe d'accord, soweit es Befreiung von Scheuklappen betrifft. Die neue Gesellschaft braucht ein Denken auf Flügeln. U: Was Lenin mit ›Träumen‹ meint.«

Interessant ist vielleicht noch, dass Elise einen anderen Geruch schildert, als Kurt ihn wahrgenommen hat. Für sie roch Ursula »nach Tuberose. Boudoir. Wie ein Blumenladen«. Das mag an der generellen Schwierigkeit liegen, komplexe Geruchsbilder sprachlich zu fassen, aber auch daran, dass jeder Mensch anders riecht.

Weil sich kein Pächter für die Restauration fand, bot Elise Kurt und seiner Freundin an, den Gastraum als Treffpunkt zu benutzen (und zu heizen). Ursula war seit der Gründung der FDJ im März Mitglied, Kurt wurde es nun, und als ein Briefbogen des Parteivorstands der SED mit einem entsprechenden Vorschlag auf Josef Komallas Schreibtisch flatterte, gab er pflichtschuldigst sein Placet: Ab Oktober 1946 firmierte die ehemalige »Sonnenburg« ganz offiziell als Jugendklub der FDJ und Ursula als seine Leiterin.

Von der früheren Einrichtung der Restauration waren nur ein paar Stühle und Tische übrig, Glas und Spiegel des Buffets gestohlen, die Kücheneinrichtung vom Luftschutz abtransportiert, aber es gab Platz zum Tanzen und eine Steckdose für Lottes Radio: Für die Jugendlichen eine Insel des Friedens, denn in den meisten Wohnungen drängelten sich Verwandte und Ausgebombte, nervten überforderte Mütter, wurde viel geweint.

Vivienne besorgte Swing-Platten aus dem Casino einer britischen Kaserne in Spandau. Auf Augustas altem Grammophon erklangen Frank Sinatra, Ella Fitzgerald oder Count Basie. Einen »Musikalischen Abend« hat Kurt Weiszheit später in seinem Buch *Klaus und Karola* beschrieben, allerdings von »amerikanischem Gift« gereinigt:

> »Der kleine Bertie kann ein paar Akkorde auf der Klampfe, Jaffo improvisiert auf einem leeren Mülleimer, Ute kratzt auf einem Waschbrett und Klaus [also Kurt, d.A.] bläst dazu auf dem Kamm.
>
> ›Was war das?‹, fragt Bertie, ›die Melodie kannte ich noch gar

nicht‹, und er pfeift anerkennend, als Klaus antwortet, daß er sie sich eben erst ausgedacht hat.

›Vielleicht wird er mal Komponist‹, lächelt Karola [Ursula, d.A.]. Ihm wird heiß oberhalb der Magengrube, ein unsichtbarer Finger streicht auf seiner Wirbelsäule den Rücken hinunter. Für ihr Lächeln würde Klaus alles werden, Komponist oder auch Kommunist, ganz egal.«

Die Ehe der Eltern von Gisela und Ingeborg ächzte unter der Befreiung wie eine morsche Brücke. Mutter Salomé meinte, lange genug in einem Gefängnis gelebt zu haben. Sie ging allein aus, geschminkt und mit hochgestecktem Haar, und wenn sie zurückkam, roch sie nach amerikanischen Zigaretten. Vater Salomo machte ihr keine Vorwürfe. Er arbeitete täglich 14 Stunden, Samstage und Sonntage eingeschlossen, an Prothesen für die heimgekehrten Krüppel.

Seine Töchter verdrängten die Nazizeit wie einen bösen Traum. Im Jugendklub waren sie nicht Juden, sondern Zukunft. Hatten sie früher unterschiedliche Kleider tragen müssen, um identifizierbar zu sein, entzogen sie sich nun der Kontrolle, indem sie einander mittels Schminkkasten und orthopädischer Camouflage so ähnlich wie möglich wurden. Sie lachten, sprachen und dachten gleich, verschmolzen miteinander, so dass nicht einmal mehr ihre Eltern sie unterscheiden konnten.

»Als hätten sie aus den Jahren der Gefährdung gelernt und beugten einem Verlust vor, indem sie ihr Ich verdoppelten«, vermutete Kurt Weiszheit später einmal.

Im Laufe der Zeit wurden die beiden Zwillinge eins, und manchmal vergaß ihre Umgebung, dass es sich bei Ingeborg und Gisela um zwei verschiedene Personen handelte. Während der Feier zu ihrem 14. Geburtstag im Februar 1947 beispielsweise ging IngeborgoderGisela mit Helmut Henze, einem angehenden Neulehrer, auf dem Exer spazieren. Den Gästen fiel das nicht weiter auf, weil eigentlich niemand fehlte. Nur Helmut hätte gern gewusst, welcher der Zwillinge ihn so frech küsste.

Herbert Nachtigall erfuhr erst am Rande einer Sitzung des Wohnparteiaktivs Pankow, dass er die Einrichtung eines Jugendklubs im Weiszheithaus gefördert hatte. Der Genosse Komalla hielt das für einen überlegten Schachzug und Nachtigall widersprach nicht.

Es wurde Zeit, die Zügel straffer zu ziehen. Seine Schwester machte kein Geheimnis aus ihrer Beziehung zu einem Mann und pinnte dessen Liebesbriefe über ihrem Bett an die Wand. »Der Mond ist rund wie Dein Mund …«, reimte ein gewisser »K.« und verhob sich mit »Du Süße komm, das Köpfchen neig und sing auf meinem Brombeerzweig …«. Nachtigall nahm an, dass dieser Bursche K. die Ursache ihrer Swingpfeiferei war. Oh, er wusste, dass seine kleine Schwester ihn nur provozieren wollte, damit er sie aus der Wohnung warf.

Heimlich zog er Erkundigungen über »K.« ein.

»Kurt Lachner, so heißt der Lude, hat den NSFO Hermann Kunert zum Onkel und Ernst Lachner zum Vater, der im Krieg sein Lazarettkommandeur gewesen ist. Ihm bricht der Schweiß aus. Die Mutter ist Mietskasernen-Eigentümerin, der Großvater war ein Generalstäbler mit Eisernem Kreuz, die Urgroßmutter stammt aus einer Priesterfamilie in Südamerika! Klassenmäßig ist der Kerl das reinste Armageddon.«

»Von der Ecke Kopenhagener und Sonnenburger Straße folgt er dem blassen Hemdchen, dessen Gesicht und Körperhaltung das bürgerliche, von Eigensinn angekränkelte Wesen verraten. Dieser leichte Gang! Hüpft mit jedem Schritt von der Linie. Zum Güterbahnhof … zum Schwarzmarkt!«

»Herbert beschließt, seine Schwester zur Melioration ins Oderbruch zu schicken, denn er glaubt an Makarenko und die erzieherische Kraft des Kollektivs. Körperliche Arbeit, Schulung und Gesang! Soll die FDJ ihr die Undiszipliniertheit austreiben. Wenn sie nach Hause zurückkommt, wird sie des Bruders fürsorgliche Umarmung für Freiheit halten.«

Herbert Nachtigalls Plan ging nach hinten los, denn Kurt meldete sich freiwillig und verbrachte den Sommer des Jahres 1947 im gleichen FDJ-Lager wie Ursula.

»Es regnete Strippen. Wir standen bis zu den Knien im klebrigen Matsch und schaufelten Gräben. Nach wenigen Stunden hatten wir Blasen, am Abend brannten die offenen Wunden. Es hieß, man müsse darauf pissen, und das taten wir dann alle ohne Scham. Auf den harten Liegen schliefen wir wie die Toten. Beim Aufstehen am nächsten Morgen schmerzte jeder Muskel, jeder Knochen. Zwar hörte der Dauerregen schließlich auf und die Wolken zogen davon, dafür brannte nun die Sonne unbarmherzig.«

»Was ich in jenem Sommer erlebte, waren, wie Gorki das nannte, meine Universitäten. Vor allem lernte ich, die Arbeit und die Erfahrungen meiner Leser zu achten und meine literarischen Figuren entsprechend zu gestalten.«

In Wirklichkeit hielt Kurt keine drei Tage an der Schippe durch. Seine empfindliche Haut, ein Erbteil Elises, reagierte mit heftigem Sonnenbrand. Auf einem Fuhrwerk wurde er ins Krankenhaus nach Seelow gebracht, wo er, in Mull eingepackt, seine Verbrennungen kurierte. Nach der Rückkehr übernahm er die »Bibliothek« genannte Bücherecke in der Kantine, die aus siebzehn Vorkriegs-Romanen der Ullstein-Bücherei, den Gesammelten Werken Lenins und einigen Broschüren mit Stalin-Reden bestand. Dennoch blühte das literarische Leben im Lager, denn Kurt las an den »musikalisch-literarischen Abenden« vor, oder genauer: Er erzählte aus den Büchern so, dass sie seine Zuhörer begeisterten.

»Er schwindelte ohne Not«, schrieb meine Oma Ursula in der Erklärung, die ihrem Testament beilag.

»Mit jeder Wiederholung wurde sie [die Geschichte] dramatischer, mit scheinbar überflüssigen Details ausgestattet und echter. Nur ich, die sie alle hörte, glaubte immer weniger.«

Aber das, wie gesagt, schrieb sie ein halbes Jahrhundert später. 1947 war sie noch begeistert.

»Täglich nach dem Zapfenstreich um 22 Uhr im Schlafsaal der Mädchen erzählte ich weiter. Sie kannten das Geheimnis meiner Nase nicht, sie wußten nicht, was ich roch, und selbst wenn sie etwas merkten: Sie konnten es nicht wirklich begreifen.«

Das erinnerte mich sehr an Gustav Weiszheit.

Ursula regte ihren Freund an, seine Geschichten aufzuschreiben – was ihm zunächst schwerer fiel als das Erzählen vor Publikum, denn das Papier antwortete nicht mit dem süßen Duft der Neugier und dem schweißigen der Erregung.

Nach ihrer Rückkehr aus dem FDJ-Sommer fand Herbert Nachtigall neue Gedichte an Ursulas Wand:

»Öffne Deine Blüte für mein Gesumm«, forderte der unverschämte Jungdichter oder kalauerte »müde sind wir vom Geplänkel, falln erschöpft uns in die Schenkel.«

Ihm stockte der Atem. Wenn sie nun schwanger wurde von diesem bürgerlich-silbrigen Luftikus? Die Genossen würden ihm den Kopf abreißen. Und dann auch noch Kinderlärm und die Kosten!

Obwohl älter als seine Schwester, fehlten ihm – kriegsbedingt, nur kriegsbedingt, wie er sich selbst versicherte – Erfahrungen mit dem anderen Geschlecht. Nach allem, was er über Tante Hedwig wusste, musste er froh sein, dass Ursula »es« nur mit einem trieb.

Seiner Autorität als älterem Bruder drohte zusätzlich Gefahr von einer ganz anderen Seite: Die FDJ forderte die Herabsetzung der Volljährigkeit von 21 auf 18 Jahre und es sah so aus, als unterstütze Präsident Wilhelm Pieck die Linie. In diesem Falle würde Ursula ganz sicher ihre Sachen packen und ausziehen.

Es blieb ihm eigentlich nichts anderes übrig, als den jungen Mann einzubinden und auf die Seite der Partei zu ziehen. Immerhin, Mitglied der FDJ war Kurt Weiszheit schon, und die Tätigkeit als Bibliothekar im Sommerlager konnte man als außerordentliches gesellschaftliches Engagement werten.

Vorsichtig erkundigte er sich, ob die Kaderabteilung einen Bewerber, dessen Vater NSDAP-Mitglied und Offizier gewesen war, für die gerade frei gewordene Botenstelle der Abteilung akzeptieren würde. Die zuständige Genossin Erika Lohr horchte auf, als Nachtigall vom

Weiszheithaus erzählte. Ob der Infragekommende irgendwie mit Lumo Weiszheit, dem mächtigen Demontage-Verantwortlichen der Russen, verwandt sei, wollte sie wissen.

So ein Prachtkerl!, dachte der Genosse Nachtigall und lud überglücklich seine Schwester samt Bräutigam in den jüngst eröffneten Künstlerklub Möwe in der Luisenstraße. Ein neues Kapitel konnte beginnen!

13 Gymnastik

Der Biergarten am Ufer des Ringgrabens wurde ein großer Erfolg. Von Sonnenaufgang bis weit nach Mitternacht saßen Gäste auf unserer Terrasse und schauten auf das Hin und Her der Züge wie in ein Lagerfeuer. An warmen Sommerabenden erreichten wir Umsätze von mehr als 5000 Euro. Weil sich im Herbst und Winter Besucher auch von Kälte und Schnee nicht abhalten ließen, kaufte ich auf Ebay altmodische Thermoskannen, die an Schichtarbeit und Staubsaugervertreter erinnerten, und bot den Draußenträumern heißen Kaffee und Punsch an.

In unserem Haus selbst gab es kaum Probleme mit den Mietern, doch in die umliegenden Häuser zogen mehr und mehr Vertreter einer Klientel, die sich von Musik und Gläserklingeln gestört fühlte. Ich versuchte es mit Geld, denn wenn der Lärm die Miete zahlt, ruft man nicht die Polizei – aber bei solch hochmotivierten Anrufern wie dem Journalisten, der in einer Dachgeschosswohnung 300 Meter entfernt auf der gegenüberliegenden Ringbahnseite den Schlaf seiner Kinder gegen die Profitgier des Gastrokapitals verteidigte, funktionierte die Methode nicht. Unsere Roma schafften es in die Abendschau des Regionalfernsehens, weil Nachbarn, die »wirklich nichts gegen Ausländer« hatten, vom »mitternächtlichen, markerschütternden Kreischen« aus dem Bett gerissen wurden. Der Kommentator »enthüllte«, das Haus gehöre einem verurteilten Drogendealer, womit Salvador gemeint war. Zettel mit anonymen Warnungen vor »jungen Männern aus islamischen Familien, die versuchen, die Scharia auf Prenzlberger Straßen durchzusetzen«, tauchten in den Briefkästen der Bewohner auf. Von In-den-Hausflur-Pissern bis zu den »Huren«-Rufern schien sich die ganze Geschichte zu wiederholen.

Ich erinnerte mich an Gustavs Taktik, sich einen Polizisten ins

Haus zu holen. Laura kannte eine engagierte Beamtin im Revier 15 am Mauerpark, die tatsächlich gerade eine Wohnung für sich und ihren türkischen Freund suchte. Ich bestach sie mit einer günstigen Miete und Nadine zog ins Vorderhaus Kopenhagener Straße, dritte Etage rechts.

Ich will nicht behaupten, es habe keine jungen Männer, die gern die Scharia eingeführt hätten, gegeben. Manchmal sah ich von gegenüber durch den Beobachtungsschlitz meiner Schaufensterscheibe Bärtige und Weißbekappte, die ihren Schwestern oder Schwägerinnen auflauerten, und ich musste mehr als einmal meinen Rollstuhl als schnelles Einsatzfahrzeug benutzen. Zum Glück hatten die Männer Respekt vor Behinderten, der vorhielt, bis Nadine zur Stelle war.

Wenn es ein wirkliches Problem mit unseren romischen Mieterinnen gab, dann war es ihre mangelnde Phantasie beim Geldverdienen. Sie bettelten mit ihren Kindern auf den S-Bahnhöfen der Ringbahn, als gäbe es nicht Schöneres. Außerdem bekamen sie regelmäßig Ordnungsstrafen wegen Verletzung der Schulpflicht, also suchten wir nach Alternativen.

Sie fuhren gern über Land und wanderten über die Dörfer, holten frische Kartoffeln und sammelten Kräuter und Blätter, von denen ich gar nicht wusste, dass man sie essen kann. Das Paradeiskraut mit Lärchenlaibchen verschaffte uns einen Ruf unter Vegetariern. Einmal brachten sie von einem Imker Drohnen mit, die fortan gegrillt an Spießchen von April bis August auf unserem Menü standen. Andere Roma-Mieterinnen vermittelte ich an Eltern, Schulen und Vereine, die Lehrerinnen für Musik und Tanz suchten. Ich schwindelte, indem ich die Bulgarinnen und Rumäninnen als »spanische Roma« verkaufte, aber so lief das einfach besser.

Während es für die älteren Kinder keine Alternative zu den Klassen voll flötespielendem und ergotherapiertem Akademikernachwuchs gab, eröffneten Elonka und Janka für die Kleineren eine multilinguale Kita, übrigens in der gleichen Wohnung wie einst die Heimbergerin, nämlich im Vorderhaus Kopenhagener Straße, 3. Etage.

Eines Abends saßen Laura und ich auf der Uferpromenade der Hafensonne, es duftete nach Jasmin und S-Bahn-Strom, eine Nachtigall sang im Gebüsch der Bahnböschung. Wir hatten eine Flasche Wein getrunken, Kerzen flackerten und wir spielten, weil der Abend vor Romantik triefte, einen alten Film. Sie näherte ihren Mund, als wolle sie mir einen Kuss geben – und ich hatte nur die Wahl zwischen Vereisen und Entflammen. Kurz entschlossen legte ich meine Hand auf ihren Hinterkopf und wir küssten uns lang und leidenschaftlich, als säße ich nicht im Rollstuhl und als sei ich nicht impotent. Das Einzige, was mich sehr erschreckte, waren die Speckröllchen an meiner Hüfte.

Ich begann mit täglicher Gymnastik und überzeugte Conny von den Vorzügen einer Gemüsediät. Laura erzählte ich davon nichts. Heimlich übte ich mit Hanteln, machte fünfmal täglich Klimmzüge bis zur Erschöpfung, dehnte Finger-, Hand-, Ellbogen-, Brustmuskeln. Ich knetete meinen Unterleib wie ein Bäcker den Stollenteig und widmete den wenigen reagierenden Müskelchen im Po und an der Innenseite der Oberschenkel eine Aufmerksamkeit wie ein besessener Egosexueller.

Die Mühe war vergeblich, zumindest wenn ich gehofft hatte, dadurch irgendeine schnelle Verbesserung der Lähmungen zu erreichen. Aber es gab andere, unerwartete Effekte. Hatte ich bisher häufig Launen und deprimierte Tage, war ich nun meist guter Stimmung. Meine Umgebung reagierte erleichtert und ich lernte, sie meine Lähmung vergessen zu machen.

Empfindliche Leser sollten jetzt vielleicht ein paar Seiten überspringen. Seit dem Unfall war ich inkontinent und musste Windeln tragen. Conny schrubbte meinen Arsch jeden Tag zwei- oder dreimal in der Badewanne mit Unmengen warmen Wassers sauber. Ihr stank es, mir mit meiner empfindlichen Nase stank es noch mehr, und es gab kaum einen Tag, an dem ich während der Prozedur nicht dachte, ich wäre besser in der Nacht gestorben. Irgendwann schlug Conny »eine schicke Analrasur« vor und ging mit der Klinge zu Werke. Das vereinfachte die Reinigung und ich war ihr sehr dankbar. Vier Kinder eben.

Für mich blieb trotzdem eine der sehnlichsten Erinnerungen, einmal zu jenen Glücklichen gehört zu haben, die nur eine Taste drücken mussten, um ihre Ausscheidungen aus den Augen und aus dem Sinn zu spülen.

Ich konzentrierte mich in jeder freien Minute auf die Gefühle in meinem Unterleib. Stunden um Stunden verbrachte ich auf der Toilette, wartete auf ein Bedürfnis, registrierte die verschiedenen Meldungen meines Inneren und versuchte, es zu kontrollieren. Manchmal verzweifelte ich, weil ich mich erschöpft von meinen Übungen einmachte, gerade wenn ich die Toilette verlassen hatte. Aber es gab Fortschritte.

Eines Tages konnte ich, als Conny bereits in der Tür stand, die Gummihandschuhe überzog und fragte »Solln wir mal?« verkünden: »Danke, Conny, ich war schon. Machste Kaffee?« Sie grinste: »Dachts ma schon. Richtig nen Knackarsch haste gekricht.«

Ich errötete.

Die Windeln musste ich weiterhin tragen, denn nicht immer spürte ich es kommen oder hatte Zeit genug, darauf zu warten. Manchmal, wenn ich müde oder erschöpft war, funktionierte die Kontrolle nicht, aber ich hatte einen ersten Erfolg errungen und setzte mir neue Ziele. Ich ließ elastische Bänder an der Decke anbringen, mit denen ich das Aufstehen und Hinsetzen übte, bis meine empfindlichste Stelle wund war, was mich wiederum glücklich machte, weil ich es spürte.

Mit Laura sprach ich nicht über meine Fortschritte, wie ich ihr auch keine Details über meinen intimen Alltag verriet. Ich lenkte, wenn wir uns sahen, das Gespräch möglichst schnell von mir weg. Zum Glück gab es interessantere Themen, meine Familienforschung etwa, ihre Arbeit, Sasha, Politik oder die Nachbarinnen. Ich versuchte, witzig, unterhaltsam und anregend zu sein. In guter Stimmung brachte ich Laura zum Lachen und machte ihre Zweifel, die sie gewiss hatte, ja haben musste, vergessen. Ihr Gesicht war der Spiegel, in dem ich mich sah, wie ich wirklich war. Vielleicht war unsere Beziehung deshalb eine Schönwetter-Beziehung, aber das war mir nur recht. Ich wollte in ihren Augen so wenig behindert wie möglich erscheinen und vor allem nicht auf die Ebene ihrer Klientinnen geraten, gerade weil sie sich so stark engagierte, gerade weil sie ein so großes Herz hatte.

Mein Leben wurde enorm anstrengend, aber ich kam mir weniger behindert, ja manchmal geradezu sportlich und potent vor. Vielleicht funktionierte es so wie der Trick mit dem künstlichen Lächeln: Am Anfang ist da nur ein muskelmechanisches Gesichtsverziehen, das sich blöd anfühlt. Aber die Meldung über das Grinsen wird im Gehirn an Areale weitergereicht, die noch nicht mitgekriegt haben, dass die gute Laune ein Fake ist und voilà – macht das Herz einen Hopser, geht die Atmung tiefer und verzieht sich der Mund zu einem echten Lächeln.

Mit der Kraft der Illusion die Wirklichkeit verändern – das war eine echt Weiszheit'sche Methode: Wie Gustav in seinen jungen Jahren lächelte ich dem Schicksal ins bärbeißige Gesicht, wie Elise sah ich mir die Welt schön, wie Kurt verfasste ich eine Erzählung von mir, die ich lieber hatte als die Wirklichkeit. Ich liebte diese »Familie in Geschichten«, meine Vorfahren, meine Vorbilder.

O.k., natürlich nicht alles, was sie getan hatten. Sie hatten weggeschaut und waren in die falsche Richtung mitgelaufen. Das Jahrhundert ließ keinen ungeschoren, nicht mal wenn ein doppelter Boden wie der Unterkeller vorhanden war. Immerhin hatten die meisten lieber den Kopf eingezogen, statt andere Köpfe abzuschneiden, hatten sich in Traumtänze geflüchtet, statt Ausderreihetänzern den Marsch zu blasen. Feige waren sie manchmal, sicher, aber waren es nicht eher die Menschheitsretter und Volksbeglücker, die das Zeitalter in ein Schlachthaus verwandelt hatten, als die Weggucker und Spintisierer?

Kurt Lachner, der sich als Schriftsteller Kurt Weiszheit nannte, hatte aus dem Phantasieren einen Beruf gemacht. Die Zeit war günstig: Nach dem Krieg waren viele Stühle und Pulte unbesetzt, das Himmelsblau noch unbeschrieben, und am Anfang konnte er nicht ahnen, wie politisch und also gefährlich das öffentliche Geschichtenerzählen bald wieder werden würde.

14 Jugend

Kurt erhielt als Bote der Kulturabteilung nicht nur die Sonderrationen aller Mitarbeiter des SED-Vorstands, sondern auch ein Fahrrad, das er außerhalb der Dienststunden nutzen durfte. Im Auftrag Nachtigalls radelte Kurt kreuz und quer durch die Sektoren, zu Kreis- und Bezirksleitungen in ganz Berlin, zur Druckerei des *Zentralblattes* im Osten, zum Rundfunk im Westen.

»Die meisten Pakete übernahm und übergab ich in versiegeltem Zustand. Ich konnte nur rätseln, was sie enthielten, ging aber natürlich von höchster Brisanz aus. Im Osten verschaffte mir ein Sonderausweis freie Fahrt, in den Westsektoren galt die Anweisung, Militärpatrouillen und Polizeistreifen aus dem Weg zu gehen.«

Zerstörte Brücken oder Straßensperrungen oder Blindgängeralarm oder Abrissarbeiten zwangen ihn zu Umwegen durch unbekannte Viertel.

»Vom Wegesrand sprangen immerzu Textfetzen in meine Augenwinkel: Wahlwerbung, Straßenschilder, Theaterankündigungen, Filmplakate, die sich in meinem Kopf wie in einer Salatschüssel vermengten: ›Helft den Hochwassergeschädigten‹, ›Juxbaron‹, ›Chausseestraße‹, ›Oberst Kusmin‹, ›Ruhrgebiet muß uns bleiben‹, ›Sonntags ins Rübezahl‹, ›Stoppt die Plünderung Deutschlands‹, ›Ich küsse Ihre Hand, Madame‹, ›Danziger‹, ›Einheit und gerechter Friede‹.«

Rhythmisch hoben und senkten sich seine Knie und stampften die Worte zu Versen. So entstanden die »verdichteten Selbstgespräche«, wie er sie später einmal genannt hat.

Im Jugendklub, nach Feierabend, rezitierte er vor seinen Freunden und Nachbarn »Selbstgemachtes«:

»Volk soll wollen. Soll nicht Knollen schmollen. Wolk wüll Stollen. Bald voll Wollen wird es tollen.«

»Ich klaute hemmungslos bei den Dadaisten, Surrealisten und Lautmalern, die ich in der Bibliothek von Ursulas Bruder kennengelernt hatte, und spielte die Rolle des ›weltreisenden Dichters‹.«

Kurt konnte den Stil fast jeden Autors nachahmen. Eine halbe Stunde Lautlesen genügte und er dichtete im Tonfall von Rilke, Morgenstern oder George. Bei Heine gelang ihm das so perfekt, dass Ursula lange in der Werkausgabe suchte, weil sie Kurt die Autorenschaft des für sie geschriebenen Liebesgedichtes nicht abnahm.

»Ich testete die Grenzen und verdichtete beispielsweise die Beschreibung einer Jahreszeit auf immer weniger Worte oder breitete umgekehrt das kühle Glitzern eines Wassertropfens aus, bis er eine ganze Welt beschrieb.«

»Ich gab imaginären Gefühlen Ausdruck und verwechselte sie, wie das Anfängern häufig passiert, mit meinen eigenen. Ich spielte mit Rhythmen, Knittelversen, Hexametern und Sonetten. Manches geriet, wie man damals sagte ›formalistisch‹. Beispielsweise benutzte ich die Buchstaben eines Spruchbandes als Bergbau für einen Vers oder verwendete nur bestimmte Buchstaben des Alphabets, nur Vokale oder nur Zischlaute.«

Eines Abends im Jugendklub erfand er den »fliegenden Boten Walter Wedukind«, sein Alter Ego, einen Pegasus auf zwei Rädern:

»Wedukind sprang als Zeitreisender von der ruinierten Gegenwart ins kommunistische Schlaraffenland und zurück, sozusagen zwischen Traum und Trümmern. In seiner Zukunft gab es keinen bevormundenden Staat, die Produktion war komplett automatisiert, die Menschen beschäftigten sich mit Kunst und miteinander … Also mich interessierte das, aber im Klub roch es, wenn ich mein Lieblingspferd ritt, nach Langeweile.«

Ursula fragte, um ihm auf die Sprünge zu helfen, wo Wedukinds Familie lebe und ob er Kinder habe. Folgsam fügte Kurt eine Freundin hinzu, die in der amerikanischen Wirtschaftskommission spionierte. Karola, die nach Apfelblüten duftende Heldin, war von leidenschaftlicher Gerechtigkeitsliebe, silbrig lachender Fröhlichkeit, hübsch dazu und hingebungsvoll, dabei verletzlich und leicht zu ängstigen. Für sie schmuggelte Wedukind Mikrofilme aus Westberlin zu einem sowjetischen Kontaktmann in den Osten – und die Geschichte gewann an Fahrt.

Karola gefiel Ursula, während die Figur des Wedukind ihr zu linientreu und ihrem Bruder Herbert zu ähnlich schien, also sorgte Kurt für einen ehrenwerten Abgang. Er ließ Walter Wedukind, nachdem Karola enttarnt und verhaftet worden war, den Gefangenentransport überfallen:

> »Held Wedukind rettete Karola das Leben, indem er sich in die Flugbahn einer angloamerikanischen MP-Kugel warf«, während ihr die Flucht in den Ostsektor gelang.

Gemeinsam entwarfen Ursula und Kurt einen neuen Freund für Karola namens Klaus.

> »Die beiden wohnen in Häusern, die einander an der Ringbahn gegenüberstehen. Klaus kann sehen, wie sie mit den Tomaten auf ihrem Fensterbrett spricht. Karola beobachtet ihn nachts in dem einzigen erleuchteten Fenster auf der anderen Seite und nimmt an, daß er lerne. In Wirklichkeit puhlt er Ami-Zigaretten auf und streckt den Tabak mit getrockneten Brennesseln.«
>
> »Also sie lernen sich nicht über Politik kennen! Zum Beispiel könnten einmal Polizisten hinter ihm her sein, und er flieht in ihr Haus, klingelt bei ihr und fragt, ob er sich mal die Tomaten anschauen kann. Sie erkennt ihn und läßt ihn rein.«

Die Zusammenarbeit von Ursula und Kurt führte zu einem interessanten Kontrast zwischen Klaus' kapitalistischer Abgebrühtheit und Karolas Begeisterung für den Kommunismus.

> »Wie Zeus und Hera saßen wir auf dem Olymp und lenkten die Geschicke unserer Figuren, warfen Blitze und schickten Träume. Ursula fragte nach, wenn ich übertrieb; sie bremste, wenn ich Konflikte zu schnell löste. Gemeinsam waren wir ein perfektes Duo. Wir lachten

viel und manchmal feilschten wir um das Schicksal einer Figur wie auf einem Pferdemarkt.«

Die Geschichte ging im Ergebnis etwa so: Karola arbeitet als Reporterin für die Jugendredaktion einer Ostberliner Tageszeitung und eilt täglich zu »den Brennpunkten« der Enttrümmerung, wo sie Klaus kennenlernt. Nachdem sie erfährt, dass er auf dem Schwarzmarkt handelt, wirft sie ihn raus. Um sie wiederzusehen, beteiligt er sich an einem Arbeitseinsatz in den Sportanlagen auf dem Exer und überredet sie schließlich zu einem Ausflug mit dem Ruderboot auf die Spree. Während (!) sie ihn küsst, nimmt Karola sich vor, ihn für die gute Sache und die FDJ zu gewinnen. Gemeinsam besuchen sie Tanzveranstaltungen im Jugendklub Sonne. Will Klaus zuerst nur mit Karola schlafen, verliebt er sich nun ernsthaft und gerät in Konflikte mit seinen »Spießgesellen« vom Schwarzmarkt.

»Von U. Konzeptpapier und Bleistift zum Geburtstag. U. meint, ich könne Schriftsteller werden. Spüre schon den Hunger.«

Die erste Niederschrift zu dem späteren Buch notierte Kurt mit Bleistift auf bräunliches, stark säurehaltiges Konzeptpapier, welches 50 Jahre später beim Scannen zerfiel und heute nur noch Staub in Tüten ist:

»Kapitel ›in der Melioration‹, ›am Schlesischen Bahnhof‹ [dort wurde von Jugendgruppen enttrümmert] und ›im Klub‹ fertig. U. fragt ihren Bruder wegen Verlag für K&K [Klaus und Karola, d.A.].«

Kurt träumte sich derweil schon mal in die Rolle des Schriftstellers.

»Versuche, mich zu sehen in einem schwarzen Gerhart-Hauptmann-Mantel auf der Freitreppe am Schloß, in Georges Brokatschlafrock auf einem Dreibein sitzend oder wie Thomas Mann in Anzug und Weste ...«,

aber jedes Mal tauchte dann im Traum sein Vater auf und lobte, wie erwachsen er geworden sei. Rita Grabowski, die »dreifache Witwe und Mutter« aus dem Hinterhaus, nähte auf seinen Wunsch eine Jacke aus französischem Uniformstoff; bei Clemens tauschte er mehrere Nylonhemden, wie seine Romanfigur Klaus sie trug, ein.

»Die Leser sollten glauben, ich sei, wie ich schrieb. Ich wollte mich in Verkehr bringen wie gut gemachtes Falschgeld, nach Lucky Tiger und Lucky Strike duftend. Das hielt ich für eine Frage des Talents, nicht der Persönlichkeit. Meine Vorbilder waren Fallada, Thomas Mann und Ludwig Renn.«

Instinktiv benannte er damit drei Schriftsteller, die je auf ihre Weise Gaukler waren: Ludwig Renn, der Spanienkämpfer, lebte mehr oder weniger offen, aber keineswegs offiziell, mit seinem Mann zusammen; auch Thomas Mann sublimierte seine homosexuellen Neigungen und Fallada floh immer wieder in den Rausch. Auf etlichen Fotos trägt Kurt die gleiche runde Brille (mit Fensterglas, weil er keine Korrektur benötigte) wie Fallada und Renn, Brecht und Arnold Zweig.

An Ursula schrieb er:

»Stell Dir vor: ich auf einer Wiese liegend, umgeben von Kindern, die meinen Erzählungen aufmerksam lauschen. Zwei, drei Frauen, die Mütter meiner Kinder, flechten Kränze. Sei nicht eifersüchtig, weil es mehrere sind. Sie sehen alle aus wie Du. Hinter uns erhebt sich auf dem Hügel ein großes, mit rotem Wein bewachsenes Haus, von den Honoraren meiner Bücher bezahlt. Aber was ist das? Aus einem offenen Fenster dringt der verführerische Duft von Schnitzel mit Ei und Bratkartoffeln. Sollte Mu sich in meinen Traum geschlichen haben? Nein, in der Küche steht eine Köchin, die Mascha heißt, außerdem haben wir einen Gärtner, einen Chauffeur und einen Stallburschen für die Pferde. Den rufen wir ›Roland, viens!‹, wenn etwas Schweres zu heben ist, und freuen uns am Spiel seiner Muskeln. Er trägt schwere Stiefel und eine Lederhose mit Latz, aber, weil natürlich immer Sommer in meinem Traum ist, kein Hemd. Braungebrannt ist er und riecht nach Stroh und Pferdeschweiß und …«, leider bricht der Brief, der nie abgesendet wurde, an dieser Stelle ab.

Kurt ließ sich ein Schnauzerchen stehen, aber das wirkte in seiner blassen Silbrigkeit filigran, beinahe feminin – sofern man das von einem Bart behaupten darf. Er rasierte es bald wieder ab.

Herbert Nachtigall wurde von seinen Genossen im Parteivorstand auf das bunte Nylonhemd des neuen Boten angesprochen – das war doch wohl kein Amihemd?

»›Der Botendienst ist eine Vertrauensstellung, für die nur überprüfte, bewährte Genossen in Frage kommen!‹ ›Kaderfragen sind Klassenfragen!‹, so hat er auf der Parteischule gelernt. Ach hätte er nur besser gewacht! Sein Magen lodert, die Hitze steigt in der Speiseröhre bis in den Rachen. Sein Atem raucht, seine Stimme klingt verkohlt. Beim Mittagessen in der Kantine wird ihm übel. Die Genossen wundern sich, ist unser Nachtigall vielleicht nicht voll einsetzbar? Ein schwaches Glied in unserer Kette?

So schnell wie möglich füllt er am Morgen die Begleitzettel aus und schickt Kurt in die Botenspur, bloß weg mit dem, bloß keine Fragen beantworten müssen. Herbert spürt einen wachsenden Klumpen im Magen, der auch auf der Toilette nicht verschwindet.«

Mit weiter wachsendem Schrecken las er Kurts Entwurf von *Klaus und Karola*. Die »apfelblütenduftende FDJ-Prinzessin Karola« war seiner Schwester wie aus dem Gesicht geschnitten. Der junge Mann, mit dem sie sich abgab, trug eine französische Fliegerjacke auf den Schultern, spottete über Ulbrichts Spitzbart und las Groschenromane. Ganz unbefangen stritten die Hauptfiguren über Erwachsenenthemen wie Kinderkriegen und Alkohol, über Gewalt und geschlechtliche Beziehungen außerhalb der Ehe. Natürlich ergriff SIE – das hatte er Tante Hedwig zu verdanken! – die Initiative und küsste IHN zum ersten Mal. Ganz unverhohlen bestach der Liebhaber (seiner Schwester … er wurde die Vorstellung nicht los) einen Volkspolizisten mit amerikanischen Zigaretten. Kurts Worte liefen mit spitzen Krallen und feuchten Saugnäpfen über seinen Rücken. Nein, das Manuskript konnte er nicht zum Druck empfehlen, im Gegenteil, es gehörte eigentlich sogar auf den Tisch des Staatsanwalts.

Aber andererseits … er zögerte. Wenn er Kurts Manuskript zurückwies, beschwerte der sich vielleicht bei seinem mächtigen Onkel Lumo. Und wenn Ursula direkten Kontakt zu Verlagen aufnehmen würde, rollte sein Kopf erst recht. Er fühlte, wie sich ihm die Haare im Nacken aufstellten und die Wurzeln kribbelten, als ob eine Hand (eine Riesenhand, warum musste er an Stalin denken?) ihn streichelte.

Kurt roch den Kamillentee, den Herbert literweise trank, um das Brennen in seinem Magen zu löschen. Der käsige Geruch der Angst klebte sogar an den Dokumentenrollen, die er als Bote übernahm. Herbert behauptete in seiner Not schließlich, bereits mit dem Lektor eines infrage kommenden Verlags gesprochen zu haben. Daraufhin rief Ursula ihn alle fünf Minuten an, um das Ergebnis zu erfragen, und legte ihm zu Hause sogar Zettel auf die Ablage im Bad oder neben den Frühstücksteller: »Manuskript von Kurt?????« Bald bekam er »das Problem« überhaupt nicht mehr aus dem Kopf, die Ringe um seine Augen wurden dunkler.

Der Genosse Abteilungsleiter mahnte, »oben« werde im Zuge der von Stalin vorhergesagten Zuspitzung des Klassenkampfes eine Kampagne vorbereitet, eine große Auseinandersetzung mit der bürgerlich-formalistischen Literatur, da müsse jeder Genosse auf verantwortlicher Stelle topfit sein.

Und plötzlich wusste Nachtigall, was er tun musste: Klotzen statt kleckern, vernichten statt zähmen. Er fingierte Ablehnungen, die wie Keulen das Selbstbewusstsein des Autorenpflänzleins zerschlagen würden, und schickte sie im Namen erfundener Lektoren an Kurts Adresse im Weiszheithaus:

> »Nicht jeder Liebhaber des Wortes ist auch ein Schöpfergeist. Genießen Sie die Literatur, lesen Sie! Zum Schreiben fehlt ihnen das Talent«, lautete ein Urteil, ein anderes: »Jede Zeile atmet Kleingeist und Anbiederung«, und schließlich: »erlaube ich mir, so unverschämt zu antworten, wie Ihre Einsendung ist. Tun Sie der Menschheit einen Gefallen und verstummen Sie!«

Doch Nachtigall irrte sich in dem jungen Narziss, der eher gekränkt als deprimiert reagierte. Kurt zerriss die Briefe und sammelte die Schnipsel in einem Karton unter seinem Bett. Ihr Leim- und Papiergeruch zog durch seine Träume

»wie Rauch über ein Schlachtfeld, auf dem ein Ritter mit Bleistiftlanze auf einem geflügelten Pferd, bewundert von einer großen blonden Dulcinea, Lektoren wie Schaschlik aufspießt«.

Ursula spürte die erotisierende Wirkung der Wut am eigenen Leib: »jede Nacht ein Freudenfest« – und man könnte auf die Idee kommen, Nachtigalls Intrige habe ungewollt vor allem eins bewirkt, nämlich dass seiner Schwester die homoerotische Veranlagung ihres Geliebten weiter verborgen blieb.

»Krämpfe beim Lesen ... vom Lachen«, notierte Kurt am 16. September 1948. Obwohl er den Grund im Tagebuch verschweigt, ist leicht zu erraten, welche Lektüre ihn und Ursula an diesem Tag so erheiterte: Die Zeitungsseiten strotzten an diesem Tag wie jedes Jahr zu Stalins Geburtstag von Telegrammen, Grußadressen, Gedichten und Hymnen lobhudelndster Art.

Er solle, schlug Ursula vor, doch mal so ein Gedicht auf Stalin schreiben, das würde sicher keiner der Lektoren abzulehnen wagen. Kurt war sofort Feuer und Flamme. »Ganz groß!« müsse es sein, nahm er sich vor, »nicht so ein Fliegenschiss auf Seite 3«. Er »staunte selbst darüber«, wie die Worte der Losungen und Parolen, die er während seiner Botenfahrten wie mit Netzen eingefangen hatte, sich zu Zeilen und Strophen fügten. »Dein Name, geflüstert von sterbenden Helden, wird Sturmwind und fegt Volkes Feinde hinweg.« An anderer Stelle wird Stalins Name »Lied auf den Lippen der säenden Bauern« oder sogar zum »Seufzen im Munde gebärender Frauen«.

Kurt rechtfertigte sich später, er habe Stalin als Symbol »des fortschrittlichen Teils der Menschheit«, nicht als Person huldigen wollen, und behauptete, »rituelle Verehrung geht mir nicht von der Hand«, aber das konnte man anders lesen.

Ursula schrieb das schließlich siebenseitige Poem mit drei Durchschlägen auf der Schreibmaschine ihres Bruders ab und gab ihm die Überschrift »Deutschlands Jugend hört den Ruf. Ein Poem von Kurt Lachner«.

»Bei der Korrektur hatten wir viel Spaß«, behauptete Kurt später. Sie sandten das Werk an das *Zentralblatt*, wohl wissend, dass deren Redaktion es zur Genehmigung an Herbert Nachtigall weiterreichen würde.

Der Genosse Literaturwächter nahm das neue Manuskript seines Boten in die zitternde Hand und las, von Seite zu Seite leichter und zuletzt wohlgemut: DAS lag auf der Linie, eindeutig. »Der Adler, dem wir uns anvertrauen, fliegt stolz über Gipfel und goldgrüne Auen …«, he, das ließ sich sogar singen! Sollte seine Schwester vielleicht doch den richtigen Riecher gehabt haben?

Mit anderen Augen las er *Klaus und Karola* noch einmal. Gut, es gab Schwächen im Text, Rechtschreibfehler, misslungene Vergleiche, hin und wieder schoss die Begeisterung mit dem jungen Mann übers Ziel hinaus, aber das konnte man korrigieren. Kleine Ausdeutungen der Linie würzten die Lektüre, das würde jugendlichen Lesern gefallen. Hier jubelte einer, der selbst noch jung war, mit frischer Stimme, stürmte voran, ohne Schnick und Schnack, einer von uns und vor allem: hausgemacht!

Genosse Franzen, der Abteilungsleiter, war ebenfalls begeistert: Künstler selbst herstellen, statt auf ihr zufälliges Auftauchen zu warten? Ausgezeichnet, Genosse Nachtigall! Der Neffe vom Lumo, tja, der Apfel fällt nicht weit vom Stamm! Hervorragende Arbeit!

Bis zu diesem Zeitpunkt hatten sowjetische und lizenzierte Verlage nur entweder Übersetzungen aus dem Kanon der sowjetischen

Kurt Lachner, bekannt als Weiszheit, ca. 1950

Literatur gedruckt oder das wiederhergestellt, was den Flammen der Büchervernichter und ihrem Krieg zum Opfer gefallen war: Bürgerliche »Klassiker«, Lyrik, Friedenssymbolik. Eine eigene Literatur, die zum Neubeginn passte, fehlte – wohl auch, weil über die richtige Linie noch gestritten wurde. Nach Stalins Diktum sollte die Literatur inhaltlich dem Aufbau und Fortschritt verpflichtet, in der Form national und den Traditionen des Volkes nah sein. Was auf den Schreibtischen der Lektoren landete, waren dagegen verstaubte Manuskripte des inneren Exils, Selbstrechtfertigungen von Fossilen der Weimarer Zeit und Gequältes von Kriegsheimkehrern und Versehrten.

Klaus und Karola gab eine Antwort auf die Frage nach »neuer« Literatur und er, Herbert Nachtigall, hatte den Autor entdeckt! Ihm war eine wichtige Rolle beim Aufbau sicher, als Leiter Literatur, später vielleicht der ganzen Kultur, als Kulturminister. Man durfte ja träumen.

Das machen wir so, sprach der Genosse Franzen: Kurt Lachners Talent wird durch geeignete Maßnahmen gefördert. Der Barthel kriegt einen Parteiauftrag und übernimmt das Lektorat.

Einige Genossen des Vorstands befanden auf der erweiterten Abteilungssitzung den Dichter zu jung, der Junge war noch nicht einmal 18, ein zartgrünes Pflänzchen. Andere betonten, das sei ja gerade das Großartige: Der Junge warf manchmal die Türen? Das bewies sein Künstlertum. Er war bürgerlicher Herkunft? Die Verwandtschaft mit dem Genossen Lumo war wertvoller als proletarisches Blut. Jugend spreche für sich selbst, und manchmal trage sie dabei bunte Nylonhemden.

Kurt erfuhr, dass sein Poem im Herbst, in der Sonderausgabe des *Zentralblattes* zum 70. Geburtstag des Generalissimus am 18. 12. 1948, erscheinen würde, das Honorar in Höhe von 1250 Mark erhielte er in zwei Raten, eine sofort, die andere nach Erscheinen. Man habe darüber hinaus weitreichende Pläne zu seiner »Entwicklung«. Er solle an der Vorstudienanstalt der Humboldt-Uni Deutschkurse belegen und sich in Rhetorik und Poetik weiterbilden. Parallel zum Studium könne er als Bote angestellt bleiben und weiterhin Gehalt beziehen, solle aber nicht täglich zum Dienst erscheinen, sondern habe drei von sechs Wochentagen Zeit zum Dichten. Im Übrigen sei heute und hier ein guter Zeitpunkt, den Antrag auf Mitgliedschaft in der Sozialistischen Einheitspartei Deutschlands zu stellen.

Der Duft des Köders stieg Kurt in die Nase und verführte ihn, trübte aber nicht seinen Pragmatismus. Er äußerte eine Bitte, die von den Anwesenden als Bedingung verstanden werden konnte, nämlich die Wohnung der Familie Weiszheit künftig von der Belegung mit Flüchtlingen auszunehmen, da er sich im Trubel nicht konzentrieren könne. Im Archiv fand ich ein Schreiben von Komallas Behörde an Elise mit Wohnungsangeboten für sämtliche Zugewiesenen. Weil nun allerdings deren Kohlenkarten fehlten, blieben die leeren Zimmer kalt.

> »So renitent er sich gebärdete, so heftig er später in die Hand biß, die ihn gefüttert hatte, den Makel seiner Geburt als Schriftsteller von Stalins Gnaden wurde er nie wieder los – nicht in den Augen der nächsten Generation und nicht in seinen ehrlichen Stunden vor dem Spiegel. An jenem Abend im Januar 1948 verkaufte Kurt Lachner, später bekannt geworden als Kurt Weiszheit, seine Seele«, urteilte der Niederländische Germanist Julius C. Posseboom rückblickend im Jahre 1991.

Aus Kurts Sicht jedoch war es besser, von einem Funktionär, den er persönlich kannte, überwacht zu werden als von einer gesichtslosen Armee. »Zum Feierabend gibt der Kunstwächter sich jovial und lächelt.«

Umgekehrt brauchte der Genosse Herbert Nachtigall den jungen Autor, um seine Schwester Ursula unter Kontrolle zu halten. Ob sie ahnte, dass ihr Bruder Herbert hinter den Ablehnungsbriefen steckte, wissen wir nicht. Vielleicht war sie verliebter in meinen Großvater, als sie später zugeben mochte. Jedenfalls ließ sie sich von Herberts Drohung, sie als Ausreißerin in ein Heim zu stecken, nicht beeindrucken, packte ihre Sachen und zog nun auch offiziell von Pankow in den Prenzlauer Berg zu Kurt und Elise. Eine

»Karawane schwankt über die Schönhauser Allee, also ich, die

Grünwaldt-Zwillinge, Meta, Vivienne und Adolf [Kunert] mit Kartons voll schwerer Bildbände, Schallplatten und Kleider«.

»U. wieder zum Essen. Sie bleibt. Natürlich ohne Karte. Ißt, wie sie aussieht: breitschultrig. Nasebetäubender Boudoirduft.«

Kurt und Elise bekamen das Eckzimmer. Ernsts Schreibtisch blieb am Fenster zur Kopenhagener Straße stehen, wo er immer gestanden hatte. Der Nussbaumschrank rollte auf zwei Dutzend Flaschen »wie ein Sandsteinquader beim Bau der Pyramiden von Gizeh« an die nördliche Wand. Das Piano rückte in den Flur.

»An unserem ersten Abend standen wir im Eckzimmer am Fenster und schauten in Richtung Gesundbrunnen. Wo in meiner Kindheit Häuser gestanden hatten, flirrte die Luft über flachen Schutthaufen, den Ringbahngraben und die Ruine des Herta-Stadions. Die rote Sonne blitzte auf den Gleisen. Ursula sagte ›Wir halten ein Stück Zukunft in der Hand. Jetzt müssen wir was draus machen‹, und dann machten wir was draus.«

Kurt bekam weiterhin sein Botengehalt und behielt seine Lebensmittelkarte Stufe I. Zusammen mit dem Honorar machte ihn das nicht reich, aber es ermöglichte ihm und Ursula einen Lebensstil, der zwischen den bleichen Hungerwangen ihrer Nachbarn à la Boheme wirkte.

»Spät aufgestanden, Bratkartoffeln in der Kantine [des Parteivorstands, d.A.], dabei Andrießen getroffen. Im Klub [gemeint ist der Jugendklub im Weiszheithaus] Herbert mit Vortrag ›Aktuelle Tendenzen in der sowjetischen Jugendliteratur‹.«

Die »Arbeitssitzungen« mit Kurts Mentor »Kuba«, wie Kurt Barthel sich als Autor nannte, fanden jeweils Dienstag von 18 bis 21 Uhr in einer Straße mit dem unpoetischen Namen »201« statt. Schon im Vestibül des gerade erst fertiggestellten Hauses schlug dem Schreibschüler der Geruch »nach Kalk, totem Kohl und Chlorbenzol« auf die Schleimhäute, und bevor Kuba sich dem Manuskript zuwandte, musste Kurt die neuesten Anekdoten über die Nachbarn Erich Weinert, Willi Bredel und Arnold Zweig zur Kenntnis nehmen. Um schneller fertig zu werden, stimmte Kurt so manchem Änderungsvorschlag zu, den er später bereute. Er war nie der Typ für geduldiges Korrigieren. »Erfinden schafft Treibstoff, Überarbeiten verbraucht ihn.«

Erholung suchte er auf nächtlichen Ausflügen in die Nachtbars im französischen Sektor.

> »Bis fünf unterwegs. Cognac mit Ro. Hamamelis und Salbei und warmer Wollpullover. In der Morgendämmerung nach Haus geschwebt.«

Wir kommen auf »Ro« und seinen Duft zurück.

Elise nannte im Tagebuch ihre Schwiegertochter in spe bald nur noch »Kurts Uschi« oder »die Dame«, was ein wenig verächtlich klingt und wohl damit zu tun hat, dass die neue Untermieterin Hausarbeit und Kochen für gestrig hielt und ihre schmutzige Wäsche in Elises Korb stopfte.

Weil Ursula keine Lust mehr auf Schule hatte, vermittelte Herbert ihr eine Arbeit als Klischeezeichnerin in der Druckerei des *Zentralblatts*, wo sie allerdings auch selten gesehen wurde. Lieber bemalte sie die Fallschirmseide, die Ludwig aus russischen Beständen beschaffte, mit selbst entworfenen Ornamenten. Rita nähte daraus Schals, die Ludwig kaufte und an sowjetische Offiziere verschenkte.

> »Manchmal, vor allem wenn ich ›an einer Sache dran war‹ und keine Zeit für sie hatte, stand sie im Morgengrauen auf und fuhr in den amerikanischen Teil der Friedrichstraße, wo sie Kaugummi vom Pflaster kratzte, der, in Benzin aufgelöst, das zum Trennen der Farben nötige, aber selbst von Ludwig nicht zu beschaffende Guttapercha ersetzte. Ich glaube, sie brauchte diese Malerei, um sich irgendwie ›künstlerisch‹ zu fühlen.«

Im Winter 1947/48 entstanden die Kapitel von *Klaus und Karola*, in denen Kurt die Schwarzmarktbande in gewalttätigere Verbrechen und seine Hauptfiguren in schärfere Konflikte treibt. Kurts Tagebuch vermerkt »Ärger mit U. wegen W. [Werner]«. Es ging dabei um die

Frage, wie authentisch die Erfahrungen des Autors sein müssen, um den Stoff glaubwürdig gestalten zu können. Ursula war nicht ängstlich, aber sie dachte pragmatisch und meinte, man müsse nicht selbst kriminell werden, um den kriminellen Hintergrund einer Figur zu erfassen. Kurt war wohl anderer Meinung. In der folgenden Szene trifft Klaus seinen Freund »Schadow« nach dessen Entlassung aus der Haft:

»›Und sonst? Wat is mit die Weiber?‹, will Clemens wissen. Klaus antwortet nicht gleich. Clemens hebt die Augenbrauen und schiebt das gewellte Haar aus der Stirn, um besser zu sehen. ›Ick höre, du hattest eene von der FDJ? Wie war se?‹

›Arme Leute.‹

›Uff Versammlung warste mit ihr.‹ Schadow lacht über Klaus' Gesichtsausdruck. ›Hab meine Leute. Denk mal nicht, ick sitz im Knast und krieg nischt mit.‹

›Na ja, die labern halt viel. Über Zukunft und daß man sich anstrengen muß. Mußte durch, wenn du ran willst. ‹ Er kann nicht verhindern, rot zu werden.

›Paß bloß uff, mein Schnupperchen, det se dir nich umgarnt.‹«

Nachtigall ließ sich von Kuba regelmäßig über den Stand der Überarbeitung von *Klaus und Karola* informieren, und was er las, bereitete ihm einiges Kopfweh. Kurt Barthel war gelernter Dekorationsmaler. Ließ er sich vom Zierrat ablenken? Merkte er nicht, was das junge Schlitzohr an vergifteten Pfeilen verschoss? Den sowjetischen Genossen würde das nicht entgehen, und die wussten, wie man Geständnisse erwirkt.

Nachtigall wachte mit klopfendem Herzen auf, sah Sterne an der Decke über seinem Bett pulsieren und neben sich Barthel in gestreifter Häftlingskleidung. Unausgeschlafen quälte er sich ins Büro. Das Licht der Schreibtischlampe wurde ihm zu grell. Beim Klingeln des Telefons erschrak er, und als er Poschingers Stimme hörte, der ihn »in der Sache Lachner« dringend sprechen wollte, warf er vor Schreck die Teetasse um.

Auf dem Weg in die Wilhelmstraße schmerzte ihn die Helligkeit, obwohl die Wolken tief zwischen den Dächern hingen. Der Optiker am Gendarmenmarkt führte nur grüne Sonnenbrillen, »hebt die Stimmung«. Zum Abschied wünschte er gute Reise. Ja, nach Sibirien, dachte Nachtigall.

Egon Poschinger bat ihn ohne Wartezeit herein. Noch in der Tür begann Herbert, Selbstkritik an seiner mangelnden Sorgfalt bei der Auswahl des jugendlichen Dichters zu üben. Doch Poschinger unterbrach ihn: Wie gut oder wie schlecht die Verse des jungen Lachner seien, könne er nicht beurteilen, aber der Feind unseres Feindes ist unser Freund. Er reichte ihm einen Zeitungsausschnitt und zeigte auf den Lesesessel in der Ecke.

Herbert Nachtigall versuchte, das Zittern seiner Hände zu unterdrücken. »Vorsicht, Leser!«, schrieb da ein gewisser H. K. im *Berliner Boten*, einer Tageszeitung im französischen Sektor.

»Halten Sie einen Eimer bereit, wenn Sie einen empfindlichen Magen haben. Ich muß Ihnen heute einen jungen Dichter namens Kurt Lachner aus Pankow vorstellen, der jüngst fürs *Zentralblatt* eine Eloge auf Stalin verfassen durfte, die bei Ihnen möglichweise Übelkeit verursachen wird:
›Der Adler, dem wir uns anvertrauen,
fliegt stolz über Gipfel und goldgrüne Auen‹.
Ja, der Dichter hat Humor, werden Sie jetzt denken. Aber ich fürchte, dieser Kurt Lachner meint es völlig ernst. Sein bedauernswerter Generalissimus schwebt über Auen, die goldgrün schillern wie Schmeißfliegenrücken.«

Herbert schielte zu Poschinger, der Akten unterschrieb. Er selbst hatte die von Kurt gestrichenen Zeilen wieder eingefügt. War das nicht ein schönes Bild, wie so ein König der Lüfte das Land beschützte?

»Der mit stupender Unempfindlichkeit gegen Metrum und Klang geschlagene Silbenstecher verklärt in seinem Poem den Massenmörder zum ›Vater der Völker‹, macht aus paranoidem Größenwahn ›genialen Weitblick‹ und nennt den sowjetischen Imperialismus ›Hoffnung der Welt‹.«

Ah, von daher wehte der Wind.

»Wir prophezeien dem gerade erst 19-jährigen Speichellecker eine großartige Karriere. Wie wir aus gut unterrichteten Kreisen erfuhren, bekommt man in der SBZ für solch linientreuen Erguß 1000 Ostmark (rund 200 West) und eine Schreibmaschine. Mit dem Geld darf der junge Dichter in den Tag hinein faulenzen und die Nächte mit Pupenjungen in einschlägigen Bars am Gesundbrunnen verbringen.« Verflucht. Nachtigall rieb sich über die Lider und sah brennende Ringe. Was wusste dieser Autor? Er las weiter.

»Plötzlich versteht man auch Zeilen wie diese:

›Warm unter Stalins Blick wird den Buben
und Mädchen, die wohnen in kriegskalten Stuben.‹

Ach, Sie können das Gesülze nicht ertragen? Passen Sie nur auf, daß Sie sich damit nicht einer schweren Straftat schuldig machen. Die Extrablatt-Redaktion des *Zentralblatts* erklärt nämlich: ›Die heutige Lage in der Welt verlangt auch von jedem Nichtsozialisten, wenn er nicht zum Verbrecher an der Menschheit werden will, (…) Liebe zur Sowjetunion, Liebe zu Josef Wissarionowitsch Stalin.‹ Also dawaij! Liebt den wärmenden Georgier innig, sonst gibt's eins auf den Po!«

Offensichtlich hatte er gestöhnt, denn Poschinger stand auf und griff nach einem Aktenordner, auf dessen Vorderseite in roten Großbuchstaben »GEHEIM« stand.

»Hinter der Abkürzung H.K. versteckt sich Hermann Kunert, ehemaliger NS-Führungsoffizier bei Schörner, dem Bluthund, ganz scharfer Nazi. Heutigentags Feuilletonredakteur von Ganevals Gnaden.«

Er klopfte auf die Akte.

»Die Schweine werfen in Paris unsere Leute aus der Regierung und hier lassen sie die alten Nazis hetzen.«

Hermann Kunert! Der Name klang dem Genossen Herbert Nachtigall in den Ohren. Er sah das teigige Gesicht des Oberleutnants vor sich, die dünnen Haare, die wässrigen Augen, das Fußwippen beim Rumbrüllen, das Geschlucke nach jeder wutspritzenden Frage während der Vernehmung: »Auf Plünderung steht Todesstrafe! Schämen Sie sich denn nicht vor Ihrem Volk?!«

Verdammt nein. Er hatte kein schlechtes Gewissen wegen des Diebstahls. Aber ein Sohar, jüdische Mystik, 13. Jahrhundert, wie sollte Herbert das seinen Genossen erklären? Wer würde ihm denn glauben, dass er nicht aus religiösen Gründen gehandelt hatte? Dass er kein Zionist war, dass die Verbindungen seines Vaters zu amerikanischen Juden mit ihm nichts zu tun hatten? Wenn Kunert herausfand, dass der Dieb von damals heute Verantwortlicher für den literarischen Nachwuchs im Vorstand der SED war, konnte er ihn gnadenlos fertigmachen.

Das übliche Problem mit Professorenkindern, überhaupt mit bürgerlichen Kommunisten wie ihm: Sentimentalität und humanistische Duselei. In ihrem tiefsten Inneren wirkten Kinderstube, verweichlichende Fürsorge und die Gene nach. Wenn er wenigstens das *Manifest der Kommunistischen Partei* geklaut hätte.

»Schon eine Idee?«, fragte Poschinger.

»Wir müssen unseren jungen Autor verteidigen. Äh, brauner Sumpf versucht, äh, Nazi wirft mit Schmutz. Gestern ein Lügner, heute ein Lügner.«

Poschinger schien zu überlegen. »Konzentrieren wir uns ganz auf den Nazi. Wir gehen in die Offensive. Lachner erwähnen wir nicht. Die sind übrigens verwandt, wusstest du das? Kunert ist ein Halbbruder seiner Mutter. Hier in der Akte findest du, was die Genossen der K5 über ihn wissen. Nimm das und mach ihn fertig!«

In Herbert Nachtigalls Kopf explodierten die Buchstaben wie Feuerwerk. Wenn Kunert Lachners Onkel war, dann fehlte nicht viel und er selbst war mit ihm verwandt!

»Alles klar?«, drängte Poschinger.

Nachtigall nickte eifrig. »Klar wie Kloßbrühe.«

»Moment noch ... Der junge Lachner ist wohl tatsächlich ein bisschen, ähm, anders?«

Jetzt hatte er ihn. Nachtigall! Wo war dein Klasseninstinkt, deine

Wachsamkeit? »Janaja«, stammelte er zu, »hab nicht ganz so auf die Linie geachtet.«

Poschinger beachtete sein Schwitzen und Stottern nicht, im Gegenteil: Er schien sich zu freuen. »Gut so. Paradiesvögel bringen Farbe ins Spiel und erfreuen das Herz. Den Frauen gefällt das. Schau dir die großen Dichter an, Schiller, Tolstoi und Gorki. Was haben die gemeinsam?«

Nachtigall dachte »glühende Augen«, weil gerade eine Supernova in seinem Occipitallappen zerbarst, aber zum Glück antwortete Poschinger sich selbst: »Lange Haare. Man kann sie nicht über den Kamm scheren. Sie sind anders, und genau das macht ihre Wirksamkeit aus. Wir brauchen die Künstler bunt und singend! Sie sollen unseren Kampf schildern, unseren Mut, unsere Geschlossenheit und unsere Disziplin, weil wir selbst das niemals schildern könnten. Wir sind zu bescheiden. Für uns ist der Kampf normal, wir sind Opfer gewohnt. Ist doch so, oder?«

Nachtigall gab ihm recht.

»Vergiss nie: Qui bono? Wem nützt es?«

»Lenin. Ja. Wir oder sie.«

»Lass ihm seine Marotten, na, jedenfalls solange er nicht allzusehr von der Linie abweicht. Mal einen über den Durst, bitte schön. Nachts in einer Bar am Gesundbrunnen, wenn's dem Schreiben hilft. Pupenjungen, na ja. Du wirst mit ihm reden. Freundschaftlich. Ich will keinen Ärger mit Lumo.«

Poschinger erhob sich. »Der Jugendfreund Lachner steht unter meiner besonderen Beobachtung. Schick ihn zu einer Schulung«, schloss Poschinger, während er Nachtigall aus der Tür schob.

Der Genosse Jugendliteraturbeauftragte setzte die grüne Brille wieder auf. Leuchtschriften, Feuerwerkskörper und Paradiesvögel sausten durch sein überanstrengtes Gehirn.

Rechtzeitig vor Kriegsende hatte Oberleutnant Kunert sich aus seiner Auffanglinie abgesetzt und zu den Amerikanern gerettet, die ihn allerdings, weil die Franzosen einen Anteil an der Kriegsgefangenenbeute reklamierten, mit dem gesamten Lager Bretzenheim übergaben.

»Érman Kunér schützt eine Kriegsverletzung vor und hat das zweifelhafte Glück, zum Minenräumen nach Neufchâtel-Hardelot an der Atlantikküste versetzt zu werden. Mit dünnen Stecken stochert er im Sand, legt die stählernen Scheiben mit den Händen frei und geht in Deckung, bis der französische Pionier den Zünder entfernt hat. Im Küstenabschnitt ist ein tödlicher Unfall pro Tag normal. Wer die Woche überlebt, kann am Sonntag in den Dünen liegen und aufs Meer schauen.«

»Hermann nutzt einen der beiden pro Woche erlaubten Briefe, um Journalistenkollegen zu kontaktieren. Anfang 1947 meldet sich Karl Korn, ein früherer Redakteur des *Reichs*, den Hermann Kunert von Besprechungen im Propagandaministerium kennt, jetzt mit dem Aufbau des *Berliner Boten* beschäftigt.«

Drei Monate später wurde Hermann Kunert entlassen. Die Redaktion saß in der Reinickendorfer Straße, unweit der Grenze zum Sowjetischen Sektor. Er übernahm das Feuilleton. In der ersten unbeobachteten Minute rief er bei Elise an. Er musste seinen Namen mehrfach wiederholen, weil sie ihn nicht verstand, bis er begriff, dass sie schwerhörig war.

Ein paar Tage später kam ein Päckchen in der Redaktion an. Es enthielt all seine Briefe an Anni, sämtlich ungeöffnet, und einen Zettel von Elise: »Niecklisch bittet mich, Dir die von Anni nicht angenommenen Briefe zurückzusenden. E.«

Er fühlte angenehme Kühle im Hals, Anni war Vergangenheit. Vergessen. Vorbei. Sie wollte es nicht anders. Er war frei.

Er stürzte sich in seine Arbeit. Unweit der Redaktion mietete er sich bei einer Witwe ein kleines Zimmer. Er ließ sich einen Bart stehen und trug bunte Tücher zum weichen Jackett.

Herbert Nachtigall grübelte, wie er Hermann »fertigmachen« konnte. Reisen in den französischen Sektor waren ihm als Vorstandsmitarbeiter nur mit ausdrücklicher Genehmigung und Passierschein gestattet. Die Zeit drängte, gewiss beobachteten die Genossen von K5 nun auch ihn. Seine Sonnenempfindlichkeit wurde von Tag zu Tag schlimmer. Am Morgen kam er im Dunkeln und saß als Erster in seinem Büro, am Abend machte er Überstunden, um wieder im Dunkeln nach Hause gehen zu können. Die Wochenenden verbrachte er unter der Bettdecke, vergraben wie ein Maulwurf. Spazieren ging er nur noch nach Sonnenuntergang. Nach ein paar Tagen stellte er fest, dass sich sein nächtliches Sehvermögen verbesserte. Er wurde zur Eule. Passanten konnte er beobachten, ohne dass die ihn bemerkten.

Er beschaffte sich eine verschmierte Eisenbahneruniform und ein altes Wehrmachtsbajonett. Mit klopfendem Herzen fuhr er spätabends mit der S-Bahn zum Gesundbrunnen und schlich im Schatten der Häuser zur Redaktion des *Boten*. Das Feuilleton saß in der dritten Etage. Die Gardinen waren zugezogen, außen glänzte ein Thermometer am Fensterrahmen. Obwohl die Mondsichel dünn und die nächste Laterne weit entfernt war, konnte er die Einschusslöcher im Putz der Fassade erkennen.

Kurz nach 22 Uhr flammte im Hausflur Licht auf. Die Eingangstür knarrte. Ein Mann schlug den Kragen hoch. Herbert erkannte seinen einstigen NSFO trotz Bart und Verkleidung am Gang: Wippend, als wolle er sich größer machen, war der Vernehmer vor ihm auf und ab geschritten.

Hermann Kunert lief über die Millionenbrücke zum Güterbahnhof und verschwand in einem Schuppen auf dem Gleisgelände. Traf er sich mit einer der Huren vom Schwarzmarkt? Vorsichtig schlich Herbert Nachtigall näher, das Bajonett lag kalt in seiner Hand.

Wenig später sah Nachtigall eine Bewegung auf dem Dach des Schuppens. Kunert schaute mit einem Fernglas Richtung Osten. Nachtigall folgte seinem Blick: Im Ringbahngraben summte eine S-Bahn. Schwarz ragten die Brandwände der Hinterhäuser auf. Wenige Fenster leuchteten. An den Trümmern der Sonnenbrücke erkannte er die Häuserecke, wo sich der Jugendklub seiner Schwester befand, das Weiszheithaus – und plötzlich verstand er. Der Herr Oberleutnant hatte Heimweh!

Es erfüllte ihn mit Genugtuung, dass der Feind einsam war. Er selbst lebte auch allein, äußerlich gesehen unterschieden sich ihrer beider Lebensweisen nicht, aber er kämpfte auf der Siegerseite und hatte eine Zukunft, während dieser Kunert nicht einmal wusste, wie aus es mit ihm war.

»Hermann sah die Sonne hell erleuchtet und fragte sich, was dort gefeiert wurde. Vielleicht ein neuer Erfolg des kleinen Speichelleckers? Mit einem Juden und Bolschewisten zum Vater lag eine gebohnerte Lebensbahn vor ihm, ohne Anstrengung, ohne Selbstzweifel, wie schon für Gustav und Elise, während er wieder einmal von vorn anfangen musste.

Immer fremder wurde ihm seine Heimat, während die Fremde ihm kein Heim bot. Er war im Krieg und würde es immer bleiben. Ausgezogen, um das Fürchten zu lehren, stand er nun hier auf dem Dach eines Schuppens im Dunkel, und Halsschmerz schnürte ihm die Kehle zu. Er hob die Faust in hilflosem Haß.

Beim Herabsteigen der Leiter übersahen seine nassen Augen eine Sprosse, und er vertrat sich den Fuß. Zum Haß gesellten sich Wut und Schmerz. Mit zusammengebissenen Zähnen humpelte er über das unebene Pflaster des Ladesteigs. Er hörte leise Schritte auf dem Schotter zwischen den Gleisen hinter sich, blieb stehen, aber er sah nichts. Es war stockfinster.

Ein scharfer Schmerz fuhr in seinen Hals. Er öffnete den Mund zu einem Schrei, der nie mehr erklang. Heißes Blut füllte seine Lungen. Er stürzte in den glühenden Atmath, seine Füße versanken im Sand, Strudel zogen ihn ins Tiefe, die Wellen schlugen über seinem Kopf zusammen. Er sah Elise in einem Ruderboot auf sich zukommen, ihr weißes Kleid flatterte im Sturm. Hinter ihr stand Ludwig in glänzender Rüstung mit einem Spieß wie Georg, der Drachentöter. Seine Mutter flog an ihm vorbei und setzte sich auf die Spitze des Türmchens, wo sie sang: ›Hermann ist ein Bastard.‹ Das Haus lachte hell aus allen Fenstern, dann erlosch das Licht.«

In den Ermittlungsakten ist die Meldekladde des Grenzpostens auf der Ostseite des Gleisgeländes enthalten, in der es heißt:

> »7. 4. 1950, Posten S. Schmitz, 23:45 Stupo auf der Westhälfte des Bahngeländes … 8. 4. 1950, Posten Nerwig, 7:45, an Ecke Kopenhagener Straße: Stupo sperrt Gleise ab (7 bis 9 auf dem Lageplan). Aufsteller verhindern Sicht … 8. 4. 1950, 8:50 leblose Person wird abtransportiert. Grenzüberschreitende Aktivitäten konnten nicht festgestellt werden.«

Kurt Weiszheit schrieb in *Von einem, der auszog, das Fürchten zu lehren* nicht, wer der Mörder Hermann Kunerts war, natürlich nicht, sonst hätte er das Manuskript ja auch gleich in die Tonne werfen können. In der sehr umfangreichen Materialsammlung zum Buch (immerhin arbeitete er daran zwei Jahrzehnte) fand ich aber jede Menge Hinweise auf seinen Verdacht.

Anfangs war ich irritiert, doch je länger ich darüber nachdachte, desto eher traute ich meinem Onkel Herbert diesen Mord zu. Der kleine Papst hatte so was Reinigendes an sich, wie ein Inquisitor, ein Mönch und er war Hermann Kunert ähnlicher, als er wahrhaben wollte. Hier die Halsschmerzen, da die Lichtempfindlichkeit. Beide fühlten sich benachteiligt und glaubten, Skrupel seien ein Zeichen von Schwäche. Standen sie auch ideologisch auf verschiedenen Seiten, so war die Struktur ihrer Persönlichkeit doch die gleiche.

Am übernächsten Morgen las Herbert Nachtigall mit Freude die kleine Nachricht vom Leichenfund auf dem Schwarzmarkt: Der Tote war ausgeraubt worden und damit bereits das 79. Opfer der steigenden Kriminalität in diesem Jahr, ein weiterer Beweis für die Unfähigkeit der französischen Besatzung, Frieden und Ordnung auf den Straßen zu gewährleisten.

Nachtigall legte die Sonnenbrille ab, riss die Vorhänge auf und atmete tief durch. Nach dem Mittagessen mit seinen Genossen machte er einen Verdauungsspaziergang über den Friedhof, der auf der anderen Seite der Prenzlauer Allee im gleißenden Sonnenlicht lag. Er war zufrieden mit sich, so zufrieden wie eine Hausfrau nach dem Frühjahrsputz. Alles sauber. Alles auf Linie.

Hin und wieder übernachtete Ludwig im Weiszheithaus. Elise störte sich nicht daran, für seine Geliebte gehalten zu werden. Vielleicht war sie es, soweit eine Frau das überhaupt sein konnte für diesen Mann, der immer unterwegs und ganz erfüllt von seiner Sache war. Seinen Geburtstag und Silvester feierte er mit Saufgelagen im Kreise der Genossen, nur zum Weihnachtsfest kam er spätabends, mit blauen Lippen und Wodkafahne, vor Kälte zitternd, weil über die Feiertage im Büro die Heizung ausgeschaltet blieb. Er trank zu viel, aber wenn er nicht trank, so behauptete er, liege er die wenigen Stunden der Ruhe, die ihm blieben, schlaflos.

Sie massierte seinen Rücken und seine Narben mit dem angewärmten Leinöl, das Hugo im Tausch gegen Wodka beschaffte, bis seine Haut sich rötete und der vertraute Duft nach Vanille und Karamell den Akten- und Auspuffgeruch verdrängte. Und auch Elise roch endlich, endlich wieder nach sich selbst, nach Lindenblüte.

Dank Ludwigs Verbindungen zur sowjetischen Armeeführung erfuhr Elise 1948, dass ihr Mann lebte.

»In Fünfeichen [sowjetisches Speziallager Nr. 9, d.A.] wurde ich zu meiner Arbeit im NS-Ärztebund und meinen Kontakten zu Conti befragt. Ich glaubte ihn in russischer Gefangenschaft und hielt mich deshalb sehr zurück. Im September [1945] nahm ein amerikanischer Arzt im Rang eines Captains an den Vernehmungen teil. Ich erfuhr, daß ein Prozeß gegen führende Ärzte des Reichs vorbereitet und ich als Zeuge geladen würde. Was er mir über die Aktion T4 erzählte, klang wie der Albtraum eines Paranoiden. Wenn es überhaupt Tötungen gegeben hatte, dann nur in ganz unheilbaren, völlig aussichtslosen Fällen. Die Zahlen der Ankläger mussten übertrieben sein. Ich hielt das Verfahren für Siegerjustiz.«

»In keiner Situation ist es naheliegender und zugleich schwieriger, die eigene Schuld zu reflektieren, als in der des Angeklagten. Man versucht, sich zu verteidigen, das ist natürlich, sucht die Nähe von Kameraden, bestätigt sich gegenseitig den guten Glauben. Ich habe an vielen meiner Mithäftlinge beobachtet, wie die Selbstentschuldigung funktionierte. Doch in meiner Abwehrfront gab es eine Bresche: meinem Sohn Hans. Er war ehrlicher, aufrechter, gesünder gewesen als ich. Statt ihm den Rücken zu stärken, hatte ich Zweifel in seine junge Seele gesät, statt ihn zu retten, hatte ich ihm Durchhalten empfohlen. Ich empfand Reue.

Nachts lag ich wach. In mir stiegen Erinnerungen auf, an ›Scheißhausparolen‹, an Kollegen, die über Leben und Tod herrschen WOLLTEN und an Diskussionen über eugenische Gesetze, an denen ich ja teilgenommen hatte. Mir wurde heiß und kalt. War es möglich, dass die Zahlen stimmten?

Im November [1945] wurde ich in die Sowjetunion gebracht. In Kirow wiederholten sich die Vernehmungen, aber es ging jetzt um die Ermordungen russischer Kriegsgefangener, mit denen ich rein gar nichts zu tun hatte. Erst Ende 1946 erfuhr ich, warum ich nicht mehr für den Ärzteprozeß gebraucht wurde. Conti hatte sich schon Anfang Oktober 1945 das Leben genommen. Kurz vor Weihnachten wurde ich nach Wolosniza ins Kriegsgefangenenhospital 3007 verlegt.«

Hier blieb Ernst in unterschiedlichen Rollen bis zu seiner Entlassung.

Am Abend von Kurts 19. Geburtstag, also am 13. Juni 1949, saßen Ludwig, Kurt und Elise auf dem Balkon zur Sonnenburger Straße, tranken Tschatscha und blinzelten in die Abendsonne. Augustas Grammophon krächzte *Good rockin' tonight* und *Kalinka*. Es dauerte eine Weile, bis die drei bemerkten, dass es sich bei dem Einarmigen, der unten auf der Straße stand und heraufstarrte, um Ernst handelte.

»E. liegt mit offenen Augen, beinah wie Vater. Wir werden frei geboren. Warum enden wir als Puppen?«, schrieb Elise am nächsten Morgen in ihr Tagebuch. Sie fragte nach Hans. »Viele Worte und keine Antworten. Stöhnen. Befehle. Schicksal. Tinnef.« Elise verstand seine Rechtfertigungen nicht, und das lag nicht nur an ihren

Ohren: Ernst konnte über seine tatsächlichen Erlebnisse im Krieg nicht reden. Zu den Gründen, die schon die Soldaten des Ersten Weltkriegs hatten schweigen lassen, kam jetzt ein weiterer: Kriegserinnerungen passten nicht zum Aufbauenthusiasmus der Davongekommenen, die gleichzeitig eine Vergessensgemeinschaft bildeten, zumal im Osten, der sich als den antifaschistischen Teil Deutschlands sah.

Ernst erfuhr erst nach seiner Rückkehr, dass seine Eltern 1943 gestorben waren und das Wohnhaus am Titicaca-See nun der Kirche gehörte. Er scheute den Kontakt mit alten Patienten. »Dr. Lysol riecht nicht mehr«, notierte Kurt.

Der Einzige, mit dem Ernst nach seiner Rückkehr gern über den Krieg gesprochen hätte, war Ludwig, der Feind und Sieger, aber der entzog sich mit freundlichen Entschuldigungen. Meistens jedenfalls, denn wie Kurt Weiszheit berichtet, tranken die »alten Herren« manchmal in der Küche Wodka und nannten sich

> »in trauter Wehleidigkeit ›mein lieber Iwan‹ und ›Fritz, Kamerad‹. Ach weißt du noch? Die Mücken fraßen uns auf. Ständig Alarm. Wir wollten nur noch schlafen. Der Wolf. Der Hunger. Die Hitze! Die Kälte! Ach!
> Da gab es einen See. Herrlich, nach dem Hauptkampftag. Hinter, also von dir aus vor dem Birkenwäldchen war unser Gefechtsstand eingegraben, unsichtbar für eure Aufklärer. – Unsere Aufklärer. Die Schule, das war der Hauptverbandsplatz der vierten. In Woldowschina gab es diese übergroßen Holzfiguren im Gutspark. Warn das Hexen oder was? Ach Kolchosbäuerinnen, so, wir haben uns immer gefreut, wenn wir vorbeikamen. – Dort haben wir unseren Kommandeur begraben. Der ganze lange Graben voll mit unseren Panzerwracks. – Euren Panzerwracks.«

Sie gingen ritterlich miteinander um, diese Offiziere feindlicher Truppen, immerhin liebten sie die gleiche Frau und sprachen die gleiche Sprache. Aber Ludwig konnte mit der quälerischen Selbstbefragung Ernsts nichts anfangen. In seiner Welt gab es schon genug Durcheinander. Feinde wurden Freunde und umgekehrt, aus Schwarz wurde

Weiß und die besten Genossen entpuppten sich als die schlimmsten Verräter. Am irritierendsten aber war, dass das Volk, Ziel aller Mühen und Opfer, sich immerfort in Personen konkretisierte, die menschlich, also unzuverlässig, also gefährlich waren. Er mochte es nicht, wenn ihm jemand zu nahe kam.

Er packte seine wenigen Sachen und stellte sie in die Villa, die ihm ihn der Kronprinzenstraße, dem späteren Majakowskiring, zugewiesen worden war. Bei seiner Verhaftung drei Jahre später waren ein Stuhl am Fenster und die Matratze, auf der Elise und er sich einst im Dachboden des Weiszheithauses geliebt hatten, immer noch die einzigen Möbel.

Im Juni 1948 unterbrach die sowjetische Besatzungsmacht die Stromversorgung und alle Verkehrswege nach Westberlin. Das Gebäude des (sowjetisch dominierten) Berliner Rundfunks in der Masurenallee, wo Lotte arbeitete, wurde seinerseits von britischen Besatzungstruppen blockiert.

> »Wir übernachteten in den Büros und wärmten mit Spirituskochern Notrationen der sowjetischen Armee, die – oh Wunder – im Keller ›gefunden‹ worden waren. Morgens und abends traten wir im Foyer zum Appell an. Zweifel an einem schnellen ›Sieg‹, also am Nachgeben der Westmächte, galten als Defätismus.«

Lotte sah zwar bessere Aufstiegsmöglichkeiten für Frauen in der sowjetischen Besatzungszone, doch die nervtötende Gängelei wog schwerer und so ging sie im September 1948 zum RIAS, wo ihr Christopher Wallace, der »Nazijäger«, eine Assistenzstelle einrichtete. Nach Hause konnte sie als »Republikflüchtige« nicht mehr und nahm sich deshalb ein Zimmer in der Kaiserallee.

> »Leider setzte sich zu dieser Zeit bei den Amerikanern die Überzeugung durch, daß man im Kampf gegen den Kommunismus gemeinsame Sache mit dem bisherigen Feind machen und die Entnazifizierung stoppen müsse. Unsere Sendereihe wurde eingestellt. Christopher kehrte in die USA zurück, und ich versuchte, eine Stelle bei irgendeinem Sender oder irgendeiner Zeitung zu finden. Leider

vergeblich. Schließlich dachte ich sogar daran, in die Schweiz oder nach Kanada auszuwandern.«

Lotte verdiente ihren Lebensunterhalt zunächst bei Hermann Pohl, dem einstigen Nachbarn aus der Kopenhagener Straße, der jetzt in der Martin-Luther-Straße Radios reparierte – bis sie erfuhr, dass er sich Ende der Dreißiger an jüdischem Eigentum bereichert hatte.

»Gekauft, Lotte, gekauft, mit meinem ganzen Ersparten, als sonst keiner mit denen redete.«

Sie machte sich mit Lötkolben und ein paar geklauten Röhren (»geklaut, bei Pohl geklaut, mit gutem Gewissen«) selbständig und reparierte Radiotruhen bei den Kunden zu Hause. 1950 schrieb sie sich an der Freien Universität ein und studierte Geschichte, Philosophie und Soziologie u. a. bei Friedrich Meinecke, dem Gründungsrektor. Zeitweise lebte sie mit Rainer-Marie Filz in einer heftig-unglücklichen Beziehung. Der ehemalige Diplomat war von den Nazis wegen seiner Kontakte zum Widerstand in Frankreich verurteilt und später im KZ Sachsenhausen befreit worden. Er trank und spielte, schrieb für die *Außenpolitische Rundschau,* war viel unterwegs und hatte zahlreiche Freundinnen.

Die Familie fehlte ihr, aber Besuche im Osten waren ihr verwehrt. Nur Kurt besuchte sie hin und wieder in Wilmersdorf. Elise weigerte sich, das Haus für die »weite Reise« in den Westen zu verlassen und »Ilse interessiert sich nur für ihr Gespenst« Walter.

Weil er Ilse und Walter nie bei Zärtlichkeiten gesehen oder ein liebes Wort hatte sagen hören, witzelte Kurt, als Ilse schwanger wurde: »Er hat sie mit Soße angedickt.« Am 6. Oktober 1949, einen Tag vor der offiziellen Gründung der Deutschen Demokratischen Republik, gebar seine Schwester ein Mädchen, nannte es Angelika und legte es in die Wiege mit den Zauberbuchstaben. Elise stellte fest, dass das Kind nach Babypuder roch, in einer Zeit, in der Babypuder nicht zur Verfügung stand und vermutlich auch das Letzte war, was ein Kind brauchte.

Am 1. 1. 1950, ihrem 50. Geburtstag, fragte Elise in ihrem Tagebuch: »Zeit für eine Bilanz?«, blieb sich aber eine Antwort schuldig.

Das Knalltrauma hatte im Laufe der vergangenen Jahre seinen Charakter verändert. Die anfangs watteartige Taubheit (»als ob mir jemand heftig auf die Ohren geschlagen hat«) war einem Konzert von Tönen und Geräuschen gewichen, einem Chor von hohen Orgelpfeifen und Schritten in Holzschuhen. »Von Zeit zu Zeit wechselt der Gesang der fallenden Bombe seine Tonhöhe.« Manchmal wachte sie mitten in der Nacht auf.

> »In der rauschenden Brandung die Stimme von Hans, der von seinem Leben zu erzählen scheint, wie der Sprecher in einem weit entfernten Radio, den man hört, aber nicht verstehen kann.«

Wer etwas von ihr wollte, musste vor ihr stehen, so dass sie den Mund sehen konnte. »Gebrüll« mochte sie nicht. Sie war ja nicht im eigentlichen Sinne taub, sondern auch ohne das Geschrei ihrer Gesprächspartner ständigem Gelärm ausgesetzt. Es gab nicht mehr viel, was sie interessierte. Was sie wissen musste, konnte sie riechen.

Tagsüber arbeitete sie stumm als Miet-Buchhalterin, Putzfrau und Hausmeisterin. Sie war (wieder) Geschäftsführerin des Weiszheithaus-Vereins und half darüber hinaus Salomo beim Führen der Patientenkartei der orthopädischen Werkstatt. Sie kochte und wusch für die ganze Familie und betreute ihre Enkelin Angelika, wenn die Eltern zu tun hatten.

Für Sentimentalität hatte sie keine Zeit. Anders als früher brauchte sie jetzt ihre Umwelt nicht mehr, um sich die Dinge schönzusehen. Sie hatte einen eigensinnigen Kopf und konnte sich von zwei Männern geliebt fühlen, wenn sie ausblendete, dass beide mit den Gedanken abwesend waren, der eine in Russland und der andere bei seiner »Sache«.

Walter und Ilse buken zu Elises 50. Geburtstag Schnitzel aus selbstgezogenem Kohlrabi mit Ei-Panade und echter Sahnesauce. Ernst schenkte ihr ein gebundenes, in Leder geschlagenes Tagebuch, Vorkriegsware mit Goldschnitt und Bändchen, aber sie legte es beiseite und blieb bei den Schulheften, mit denen sie sich nach dem Ersten Weltkrieg so reichlich eingedeckt hatte, als wolle sie 100 Jahre alt werden.

Lotte schickte aus Schöneberg einen Schokoladenkuchen, Herbert Nachtigall brachte aus seiner Kantine eine Kiste »Schampanskoe« mit und Ludwig die Lebkuchen seiner Weihnachtszuteilung. Hugo stach alle aus und schenkte Elise ein paar Damenschuhe.

> »›Hoch soll sie leben, Marken soll sie kleben, drei mal hoch!‹ singt der frostzitternde Chor bei Kerzenlicht. Weiße Wolken dampfen aus den Mündern. Die Heimbergerin nimmt schnaufend Ilses schreiendes Baby auf den Arm. Sie rücken zusammen, trinken Sekt und schwatzen.«

Natürlich ging es um Politik.

> »Hugo glaubt an die Macht des Handels und der Vernunft. Nachtigall erklärt die Widersprüche für antagonistisch. Ost und West werden unaufhaltsam wie die Kontinente auseinanderdriften. Salomo hustet, bis Salomé ihn gereizt auffordert, nach Hause zu gehen. Für einen Moment herrscht betroffenes Schweigen.«

Elise fasste am nächsten Morgen zusammen: »Alle weg. Ich hüte das Haus.«

Die Zerstörung der Brücke hatte aus der Sonnenburger Straße wieder die Sackgasse gemacht, die sie beim Bau des Weiszheithauses gewesen war, und auch die Häuserreihen sahen mit ihren Bombenlücken wieder so lückenhaft aus, nur lag jetzt die Assoziation zu einem Greisenmund näher als die zu einem Kleinkind.

Viele Läden waren im Krieg wegen Einberufungen geschlossen worden und öffneten nach dem Krieg nicht wieder, weil die Inhaber gefallen oder in den Westen gegangen waren. Die Geschäftsräume wurden bewohnt, obwohl sie meist keine Küche hatten. Nachdem die größte Wohnungsnot behoben war, standen sie leer und träumten mit heruntergelassenen Jalousien von besseren Zeiten, während die Dielen moderten und die Wände verschimmelten.

Der Gesundheitszustand des Weiszheithauses blieb nach der Amputation des Vorderhausflügels kritisch, es fehlte sozusagen an Nahrung, Medikamenten und Fachärzten. Die Wucht der Explosion und des Einsturzes des Vorderhauses hatte die Fundamente erschüttert. Risse waren in der Mauer zum Ringbahngraben entstanden, für deren Reparatur Zement und Drainageröhren nicht zur Verfügung standen. Feuchtigkeit drang ein, im Keller rosteten die Eisentüren und Gitter. Es roch wie in einem Schrotthaufen. Farbe platzte ab, das Holz der Fensterrahmen und Balkontüren gammelte. Im Treppenhaus blühte der Salpeter. Die Geländer wackelten, weil etliche Pfosten gestohlen und verheizt worden waren. Im Dachboden tropfte Regen durch zerbrochene Schindeln. Bei kräftigem Wind lösten sich Steine von den Schornsteinen und stürzten auf die Straße.

Eines Tages blieb Vera Klotzke beim Treppensteigen mit der Fußspitze im zerlöcherten Linoleum einer Stufe hängen, stürzte und brach sich den Oberschenkel. Die Polizei ermittelte gegen Elise wegen Fahrlässigkeit, die Sache endete mit einer Ordnungsstrafe.

Komalla weigerte sich, das »eigene Haus bevorzugt« mit Material für Reparaturen zu versorgen, bestand andererseits aber darauf, über die Belegung zu entscheiden, natürlich nur stellvertretend für das Wohnungsamt und die Partei und im Namen des Fortschritts und der Menschheit. Elise ließ ihn reden und nickte stumm. De facto war sie es, die Mieten kassierte, das Hausbuch führte und die Schlüssel verwaltete – während Komallas Aktenreiter der Wirklichkeit hinterhergaloppierten.

Im Seitenflügel herrschte ein reges Kommen und Gehen, was oft nicht weiter auffiel, denn viele zogen mit nur ein paar Habseligkeiten ein und aus. Lag die nächste Wohnung in einem Westsektor, vermieden die Betreffenden sich abzumelden. Elise roch, wenn eine Wohnung leer stand, und schuf mit der Neuvergabe vollendete Tatsachen, bevor Komalla die Wohnung des »Republikflüchtigen« beschlagnahmen konnte. Sie achtete darauf, dass nicht die lautesten (meist) Männer, sondern die Bedürftigsten, also alleinstehende Mütter, einzogen. Im Babygeschrei und Topfgeklapper hörte man Schlesisch, Pommersch, Platt, Kaschubisch und Oberländisch. Wie vor dem ersten Weltkrieg bildeten die Frauen Wohngemeinschaften, wie ihre Mutter einst schrieb Elise »Briefe ans Amt«.

Die Heimbergerin wäre wieder als Kindergärtnerin gebraucht worden, doch sie fühlte sich zu alt. Auf dem Weg in ihre Wohnung musste sie auf jedem Absatz verpusten, und die Untermieter beklagten sich, ihr Essen würde immer salziger. Schließlich zog sie ins Parterre des Seitenflügels. Vor ihrer Wohnungstür saß sie nun jeden Nachmittag mit Strickzeug. Sie kannte sich mit wunden Popos ebenso aus wie mit wunden Herzen, erzählte von den früheren Bewohnerinnen und ihren Kindern und flocht Lieblingsstellen aus ihren Romanheften ein, schwatzte mit Ratsuchenden über Ernährung, Hygiene und Erziehung, tröstete, seufzte und weinte. Die Kinder mochten ihren Leberwurstgeruch. Weil sie schlecht sah, entsprangen ihren Stricknadeln merkwürdige Gebilde, die nur Salomo gebrauchen konnte, der sie an seinen Prothesen als Kälteschutz für ebenso merkwürdige Stümpfe befestigte.

1949 hatte die »Schdanowschtschina« die noch aus dem gemeinsamen antifaschistischen Kampf herrührende Liberalität in der Kulturpolitik und damit auch die Zeit des Swing in der DDR beendet. Herbert Nachtigall versuchte, seiner Schwester die neue Linie mit Logik zu erklären: Der Jazz konnte als antifaschistisch gelten, solange die Amerikaner an der Seite der Sowjetunion gegen die Faschisten kämpften. Da die Amerikaner nun gegen die Sowjetunion kämpften, musste ihre Musik als faschistisch gelten. Ursula protestierte nicht laut, aber sie legte die Leitung des FDJ-Klubs nieder. Weder im Haus noch unter den Jugendlichen aus der Nachbarschaft fand sich ein Nachfolger für einen Klub, in dem man nur Eigenproduktionen des jungen DDR-Rundfunks wie die *liebe kleine Volkspolizistin* hören konnte.

Bevor Komalla vom Freiwerden der Restauration erfuhr, hatte Elise den Schlüssel an Walter und Ilse weitergegeben, die schon lange davon träumten, ein eigenes Lokal zu eröffnen. Es war die Zeit der volksdemokratischen Bruderküchen, der »Café Prag« oder

»Moskau«, der »Budapester Stuben« und »Balaton-Bars«, also beschlossen sie, ungarisch zu kochen, und nannten ihre Gaststätte »Pusztasonne«. Sie schrubbten die Töpfe und Pfannen, die im Keller rostig geworden waren, schliffen und lackierten Tischplatten, reparierten Stühle und Bänke, dekorierten den Gastraum um, stellten Krüge auf Bretter, hängten ein Kummet an die Wand und Strohkränze an die Lampen. In ihrem kleinen Gärtchen an der Bornholmer Straße zogen sie Gemüse.

»Menschmaschine. Arbeitet unermüdlich, wird nie fertig, läuft rund und guckt eckig«, schrieb Elise einmal über ihre Tochter.

Ilse blieb der geteilte Zwilling, nur in der Bewegung hielt sie die Balance. Das Reden über Privates überließ sie Walter, Zärtlichkeiten für Angelika ihrer Mutter. Man war nichts Besonderes, »hatte sich nicht so«, riss sich zusammen und packte an.

Obwohl die Pusztasonne schon Anfang April Gäste bewirtete, wurde die offizielle Eröffnung erst »zu Ehren« des 1. Mai 1950 gefeiert. Komallas Ärger über Elises Eigenmächtigkeit legte sich, als er gemeinsam mit dem neuen ungarischen Botschafter József Hajdú das rote Band am Eingang durchschneiden und auf die Völkerfreundschaft anstoßen durfte.

Auf der Speisekarte standen natürlich Gulasch, Palatschinken und Wein. Der kleine schwarze Punkt dahinter verriet dem Eingeweihten, dass das Betreffende »aus« war. In der Not geborene Erfindungen wie die »Krusta«, ein tellergroßer Hefeteigfladen, konnte mit jeder Art gerade verfügbarem Ersatz oder Gemüse belegt und in der Pfanne gebacken oder zusammengelegt und frittiert werden.

Die Essensdüfte zogen nach oben in die Weiszheitwohnung, wo Elise das Baby hütete. Angelika hatte einen runden Kopf, Ilses Kusslippen und Walters grüngraue Augen, vom Weiszheiterbe war nur ein Hauch Silber im Blond ihrer Haare zu erkennen. Sie schrie mit einem »kräftigen Baby-Tenor«, wie Kurt fand, und verstummte mit großen Augen, wenn Vivienne eine Etage höher auf dem Goldbergflügel zu spielen begann.

15 Lehrgang

Das vergilbte Nachkriegspapier der ersten Fassung von *Klaus und Karola* ist schwer von Klebstoff und Korrekturband: Fast alle Seiten sind ein- oder mehrmals zerschnitten und wieder zusammen- oder mit Streifen überklebt. Manche Korrekturen wurden mit der Maschine so heftig gehämmert, dass die Os und Ds ausgestanzt sind.

Nach dem letzten Termin bei Kurt Barthel nummerierte Kurt die Seiten, rollte das Manuskript mit einem Gummiband und radelte zum SED-Vorstand. Nachtigall sei in einer Sitzung, teilte ihm die Abteilungssekretärin mit, das könne dauern. Am liebsten hätte Kurt seinen Roman wieder mitgenommen. Unschlüssig wartete er eine Weile, ließ das Manuskript dann bei der Abteilungssekretärin und ging nach Hause mit dem Gefühl, etwas Wichtiges verloren zu haben.

Herbert Nachtigall versuchte, das Manuskript mit den Augen Poschingers zu lesen.

»Sein Blick wandert zur anderen Straßenseite, wo ein Trupp Jugendlicher enttrümmert. Eine blaue Fahne mit einer goldgestickten Sonne steckt in einem Kubus entmörtelter Ziegelsteine. Das Mädchen mit dem wippenden Pferdeschwanz scheint die Chefin zu sein. Sie hält den Hammer ohne Mühe. Klaus tritt einen Schritt zurück in den Schatten der Telefonzelle und zwingt sich, den Verkehr zu beobachten. Heute muss der Kupferlaster aus Mansfeld kommen, den Schadow anhalten und nach Westberlin entführen will. Eine freche Sache, wenns klappt. Er muss nur anrufen, damit die Jungs die Straße sperren können.«

Genosse Nachtigall biss die Zähne zusammen. Ein Klassenfeind als Hauptfigur. Wie konnte Barthel sowas durchgehen lassen?

»Ein Holzvergaser verqualmt die Sicht. Als der Rauch sich verzieht, sieht er das Mädchen direkt auf sich zukommen. Zu spät zum Verschwinden. Sie stellt sich vor ihn in die helle Sonne und lacht ihn an: ›Na, wat is, trauste dir nich? Komm doch mitmachen, Mittach gibts dicke Bohnen!‹ Er atmet ihren Duft nach Rosen und Heu. Sie streckt ihre Hand aus, und er faßt sie, kann nicht anders. ›Karola heiß ick, und selba?‹

Sie zieht ihn mit sich über die Straße, reicht ihm einen Hammer und zeigt ihm, wie die Steine abgeschlagen werden. ›Bau auf, bau auf‹ stimmt einer aus dem Trupp an. ›Jugend erwach, erhebe dich jetzt, die grausame Nacht hat ein End. Und die Sonne schickt wieder ihre Strahlen hernieder vom blauen Himmelsgezelt.‹ Beim Refrain singt er mit: ›Bau auf, bau auf!‹ Sie lächelt ihn an. Vergessen ist der Kupferlaster. Glück strömt durch seine Adern.«

Aha! Der Held wandelte sich. Vom Saulus zum Paulus. Eine Bekehrung nach biblischem Vorbild. Er blätterte ein paar Seiten vor.

»Der Vater zwinkert Klaus beim Abendessen zu, während Karola mit einer Bratkartoffel fuchtelt: ›Ich meine, all die Menschen, die von Gerechtigkeit geträumt haben, seit Tausenden von Jahren immer wieder und immer vergeblich, die in den Klassenkämpfen gefallen sind, und jetzt, ausgerechnet in unserer Lebensspanne, soll es soweit sein. Das ist ein unglaublicher Glücksfall. Das kann euch doch nicht kaltlassen, daß wir den Kommunismus erleben werden!‹ Sie schaut Klaus an, und er nickt. Ihr Duft ist überwältigend. Am liebsten würde er sie gleich hier und jetzt küssen. ›Das läßt niemanden kalt, Karola.‹ Sie lächelt und hebt die Gabel: ›Manchmal denke ich: Um jede Minute, die wir verschlafen, ist es schade … oh pardon.‹

Ihr Vater fischt die Kartoffel aus seinem Tee und legt sie zurück auf Karolas Teller. ›Iß erst mal. Der Kommunismus läuft euch ja nicht davon.‹«

Das ist doch … Der Kerl machte sich lustig über die Sache! Und Barthel, der naive Poet, sollte davon nichts mitgekriegt haben!? Oder war er es, der alles falsch versteht? Mit schmerzenden Zähnen las Nachtigall weiter.

»Sie zieht ihn aus. Eine Hauch Röte liegt auf ihrer Stirn, ihre Bluse ist feucht. Ein bißchen nervös ist sie also doch, denkt Klaus erleichtert. Er sucht mit der Nase ihren Duft, der am stärksten ist zwischen ihren Brüsten. ›Liebster‹, flüstert sie an seinem Ohr und beißt ihn sanft ins Ohrläppchen. Als er in sie eindringt, seufzt sie und lächelt. Er bewegt sich in ihr, und sie kommt ihm entgegen, sie verschmelzen. Sie hält ihn fest. ›Was ist?‹ fragt er. ›Ich bin so froh.‹ Erst später versteht Klaus, daß sie noch Jungfrau gewesen ist.«

Am nächsten Morgen wurde am Frühstückstisch »wissend gelächelt«, bevor alle Familienmitglieder aufbrachen, um den Sozialismus ein Stück voranzubringen.

Herbert Nachtigall kaute seinen Speichel. Er wurde das Bild von Ursula nicht los: Wie sie ihre Beine spreizt und Kurt über die Schulter schaut, ihm die Zunge rausstreckt und grinst. Seine Schwester in einem Pornoheftchen.

»Der Held findet auf der Matratze zum wahren Glauben«, schrieb er auf den Rand des Manuskriptes und radierte es sofort wieder weg. Der Kerl steckte ihn mit seiner flapsigen Erzählweise an. So durfte eine ideologisch fundierte Beurteilung nicht klingen.

Dem Paradiesvogel Raum zum Flattern lassen, das war leicht gesagt. Er hatte nichts schriftlich für den Fall, dass Poschinger ETWAS passierte!

Um Zeit zu gewinnen, sandte er ein paar Seiten ans Ministerium des Innern mit der Bitte, die Details der Polizeiarbeit zu überprüfen.

Noch auf dem Heimweg knirschte er vor Anspannung mit den Zähnen. In der Nacht bekam er üble Zahnschmerzen, die überfallartig mal von der linken, mal von der rechten Seite in Hirn und Hoden schossen, so dass er hochfuhr und danach erschöpft wie von schwerer Feldarbeit zusammensank.

Im März 1950 begann, begleitet von propagandistischem Dauerfeuer, der Prozess gegen Gladow und seine Bande. Vor dem ersten »Deutschlandtreffen« der Jugend, das zu Pfingsten mehr als eine halbe Million Jugendliche nach Berlin führen sollte, wollte die DDR-Führung mit der Vergangenheit abrechnen: Die Gladow-

Bande wurde als das braune Gestern präsentiert, die FDJ als blauschimmernde Zukunft.

Genosse Nachtigall verfolgte die Berichterstattung mit wachsender Verblüffung. Was die Zeugen erzählten, hatte er schon gelesen. Woher kannte Kurt Lachner die Geschichten der Verbrecher?

> »Utz raubt die ihm gewiesenen Opfer mit roher Gewalt aus. Sein Herz ist im Winter 1944 erfroren. Er hat den Treck als Einziger seiner Familie überlebt. Jan, genannt ›Piranja‹, ist im Wachstum zurückgeblieben. Er zaubert Uhren von Armgelenken und Geldbörsen aus den Innentaschen von Mänteln und reißt, wenn er erwischt wird, blutige Wunden mit seinen kleinen, spitzen Zähnen.«

Zahlreiche Details im Buch stimmten mit den Aussagen im Prozess überein. Herbert Nachtigall besorgte sich einen Besucherausweis und saß an einem nebligen Apriltag selbst auf der Zuschauerbank im Gerichtssaal, um sich ein Bild zu machen. Die Verhandlungen waren fortgeschritten, die Beweisaufnahme beendet, nun ging es um die Einsichtsfähigkeit der zum Teil noch jugendlichen Angeklagten.

Der wirkliche Gladow war ein dickliches Bürschchen. Er schwadronierte und seine Prasen klangen, als sei ihm der Ernst seiner Lage nicht bewusst. Herbert Nachtigall war enttäuscht. Da gefiel ihm der Schadow des Buches besser.

> »Schadow verleiht Klaus, seinem silberblonden Märchenerzähler, die in seinen Augen höchste Würde: Er läßt ihn seinen Revolver tragen. Nun bleibt Klaus stets in seiner Nähe und wird zu seinem engsten Vertrauten. Vor den anderen Bandenmitgliedern gibt der Chef sich lässig, aber in der Zweisamkeit durchwachter Nächte erzählt er Klaus von seinen Träumen und Ängsten. Er glaubt, daß bald ein neuer Weltkrieg zwischen Russen und Westalliierten ausbrechen werde. Man müsse einen Bunker bauen, mit meterdicken Wänden, eisernen Jalousien und Feuerlöschanlage, mit Vorratskammer, Gewächshaus und einer Bibliothek, zwanzig Meter tief, in einem erloschenen Vulkan.«

Der Autor wollte offensichtlich Verständnis wecken und Nachtigall konnte sich der Faszination nicht entziehen. Es waren die Umstände, die einen Menschen zum Verbrecher machten. Andererseits war so viel Verständnis vielleicht Kapitulantentum. Der Klassenkampf verschärfte sich, da gab es keine Gnade. Er traute seinem eigenen Instinkt nicht mehr.

Poschinger fragte nach dem Stand der Veröffentlichung. Dazu kamen die Anrufe von Ursula und Kurt, die sich verabredet zu haben schienen, um ihm keine ruhige Minute zu lassen. Er verwies auf das noch ausstehende Gutachten des Innenministeriums, aber die Genossen machten seiner letzten Hoffnung ein Ende und bescheinigten dem Autor Sachkenntnis. Gegen die Veröffentlichung hatten sie nichts einzuwenden, im Gegenteil.

Seine Kieferschmerzen wurden mit jedem Tag schlimmer. Die Zahnärztin im Regierungskrankenhaus zog einen verdächtigen Backenzahn, dann einen zweiten. Der Wundschmerz verschlimmerte sein Leiden, er konnte nicht mehr essen und magerte ab.

Als an der Jugendhochschule ein Platz im dreimonatigen Lehrgang »Kunst und Literatur in der Volksdemokratie« frei wurde, zögerte er nicht lang und unterschrieb die Delegierung Kurt Lachners. Wer nicht da war, konnte auch kein Manuskript redigieren.

Mit leichtem Gepäck kam der junge Autor am 2. April 1950 nach Karow, wo der Autobus der Hochschule die Kursanten abholte. Die zwölf anderen Teilnehmer stammten aus Arbeiterfamilien und wollten Journalisten oder Kulturfunktionäre werden, Kurt war der einzige Künstler.

Die Gruppen waren klein, jeweils fünf Studenten bildeten ein »Lernkollektiv«. Der Tag begann mit Frühsport und endete mit einer gemeinsamen Lesestunde am Kamin. »Immerzu höre ich ihn mit den Zeitungen rascheln.« Das Haus roch nach Mörtel, Milch und reichlich Putzmittel.

> »Wunderbare Gemeinschaftsunterkunft, prima Gemeinschaftsessen, mittwochs bin ich mit Kloputzen dran.«

Neben dem Studium der Klassiker standen Kunstgeschichte, Stil und Rhetorik, Ästhetik, Grundlagen des Sozialistischen Realismus,

Politische Ökonomie, Dialektischer Materialismus, Führung der Politischen Arbeit im Kollektiv der Kulturschaffenden, wöchentliche FDJ-Versammlungen und Arbeitseinsätze in der Maschinen-Traktoren-Station Klosterfelde auf dem Plan.

Schon in der ersten Woche wurde Kurt auf der Gruppenversammlung gerügt. Er hatte mit seinem Fernbleiben von der Diamat-Vorlesung den Tages-Siegerwimpel im Sozialistischen Wettbewerb verspielt. Verschlafen, es tat ihm leid! Er stimmte mit der Mehrheit und verdonnerte sich zu einer Extrawache vor dem großen Stalinbild im Foyer, wo er sich einem Vergnügen ganz eigener Art hingab: Während sein Körper strammstand, streifte sein Geist durch die Säle eines imaginären Palastes.

> »Auf samtenen Diwanen sitzen Märchenerzähler mit seidenen Turbanen, geschmückt mit bunten Edelsteinen in Form von Spinnen und Vögeln, vor ihnen hocken Kinder in Tuniken und Alte mit zerfurchten Gesichtern. Lakaien stechen Schlafende mit Lanzen. Kurz nur stört ein Rascheln den Erzähler, wenn ein Tuschler an den Haaren aus dem Saal gezerrt und durch ein Fenster in den tiefen Graben zu den Schlangen gestürzt wird.«

Eine Woche nach seiner »Selbstkritik« beteiligte er sich an der Maßregelung einer Jugendfreundin, deren Rock für zu kurz befunden wurde. Prüde waren die Fünfziger sowieso. Mode hatte funktional zu sein. Unter den künftigen Arbeiterfunktionären herrschte besonderer Ehrgeiz, sich und ihre Frauen »sauber« zu zeigen, sauberer als die bürgerlichen »Damen«. Nichts gegen Geschlechtsverkehr, versicherten sich die Kursanten auf der Gruppenversammlung gegenseitig, aber gesund und aufgeklärt sollte es dabei zugehen.

> »Ich schlug vor: ›Etwa in der Art von Leibesübungen?‹, was alle sehr ernsthaft bejahten. Dabei schaute ich demjenigen, von dem ich nur noch den Vornamen Heiko erinnere, tief in die Augen. Er errötete auf die erregendste Weise.«

Vielleicht übertrieb Kurt Weiszheit diese kleinen Übungen im Provozieren, um seine grundsätzlichere Anpassung vor sich selbst zu kaschieren? Wir werden darauf zurückkommen müssen.

»Die Lehrer an der Hochschule waren bis auf wenige Ausnahmen keine kleinen Geister. Da gab es Manni Wilke, Mitglied einer Widerstandsgruppe im KZ Buchenwald, der beim Bier von seiner anarchistischen Jugend in der Weimarer Republik erzählte. Unsere Lehrerin der Literatur- und Theatergeschichte Raja Kisselowski kam aus dem mexikanischen Exil. Wladimir Müller, ein Rußlanddeutscher, unterrichtete in einem Sprachsalat aus Russisch und Deutsch sowjetische Kunstgeschichte und machte sich über ideologische Vorgaben lustig. Er fragte mich eines Tages, ob ich mit Lumo verwandt sei, er kenne ihn aus dem Lager. 14 Monate hätten sie nebeneinander im Dunkel eines Kohlenschachtes gegraben. Ich hatte mir so was schon gedacht, aber es schockierte mich trotzdem, daß Ludwig ›gesessen‹ hatte.«

Am Kamin lasen die angehenden Literaturfunktionäre einander jene Autoren vor, die an der Schule als Vorbilder galten, also Schiller, Heine, Keller, Lessing und den im Jahr seines 200. Geburtstags hochgepriesenen Goethe, sowie von den jüngeren deutschen Autoren Franz Jung und Becher, Koplowitz und die Gedichte Erich Arendts, von den Russen vor allem Majakowski, Gorki, Scholochow und Makarenko. Kurt trug aus *Klaus und Karola* vor und erntete Beifall. Zu seinem Geburtstag, den er kurz vor dem Ende des Kurses feierte, schenkten die Kursanten seines Lernkollektivs ihm »Flachmann, Bleistift, Ohrstöpsel und Spiegel. Alles, was der Dichter braucht.«

Zu den wenigen Lehrern, die ihm beziehungsweise denen er von Anfang an unsympathisch war, gehörte Wendel Rothermann, welcher »Führung der Politischen Arbeit im Kollektiv der Kulturschaffenden« unterrichtete. »Wenn R. spricht, riecht der Saal nach Mäusescheiße.«

Rothermann war Sohn eines Schusters aus Bernau und hatte 1928 einen Roman auf der tagespolitischen Linie der KP über Bergarbeiter, die eine neue, revolutionäre Gewerkschaft gründen, geschrieben. Trotz wohlwollender Besprechungen in den Parteiblättern blieb der Erfolg aus, weil ihm die Figuren grau, ihre Dialoge humorlos, die persönlichen Konflikte unbedeutend geraten waren.

Während der Nazizeit veröffentlichte er in Blättern wie der *Gartenlaube* harmlose Geschichtchen und schrieb insgeheim an einem Text über heldenhafte Arbeiter, die eine Fahne russischer Genossen aufbewahren, um sie am Tag des Sieges zu hissen. Dank seiner fleißigen Vorarbeit war *Die Fahne* eines der ersten vom Verlag der Sowjetischen Militäradministration gedruckten Bücher. Eigentlich war Rothermann der Autor gewordene Traum eines sozialistischen Literaturfunktionärs: fleißig und immer auf Linie, verheiratet und bescheiden in seinen Bedürfnissen. Nur leider ohne Leser. Umso ärger war sein Hass auf Talent und Eigensinn, auf Jungautoren wie Kurt, die Spaß hatten an dem, was ihm Ernst war.

»Ich lerne bei ihm«, schrieb Kurt in einem Brief an Ursula,

»daß Sprache sich nicht nur verdichten, sondern auch verdünnen läßt. Nie wieder werde ich einen Baum grün, eine Kirsche rot, ein Glas zerbrechlich nennen.«

Rothermann hielt ihn für einen Heuchler und Betrüger, der den wohlmeinenden Arbeiterstaat auf perfide Weise ausnutze, heimlich über die Dummen (wie ihn) lache und jederzeit bereit zum Verrat sei.

»Bei der Verabschiedung langer Händedruck und sein kaum hörbares Mäuseflüstern: Er behält mich im Auge. Fühlte mich gleich ein bißchen verhaftet.«

Kurt notierte in seinem Tagebuch »Habe was über Mu gelernt«, als im Fach »Ästhetik« Schillers Briefe über die ästhetische Erziehung des Menschen behandelt wurden. Sein Exzerpt ist erhalten:

»Kunst = Schein, den man von der Wirklichkeit und Wahrheit unterscheidet, Mu: Flucht ins Schöne, Flucht in die Kunst, Eskapismus = rosa Brille. Seit dem großen Knall ist für sie alles Gemurmel.«

Aber Kurt Weiszheit war klug genug, auch die tapfere Seite ihrer »Flucht« zu sehen:

»Mu ist taub für Propaganda und Komallas Drohungen.«

Ende Mai, als Kurt vom Bodensee zurückkehrte und die Entscheidung nicht mehr aufzuschieben war, schickte Nachtigall das Manuskript einer Kollegin vom Jugendfach. Die Genossin Sonja Paris, Literaturredakteurin der *Jungen Zeit,* galt als mutig und hatte einige Autoren, die Paradiesvögeln ähnlich sahen, unter ihren Fittichen.

Eine Woche lang wälzte Nachtigall sich jede Nacht vor erneut aufflammenden Zahnschmerzen, dann rief sie zurück. Zu seiner Verblüffung lobte sie begeistert: Frisch komme die Erzählung daher, ein bisschen frech auch. Sie wolle den Autor zu einem Gespräch sehen. Nach dem Auflegen stellte Herbert Nachtigall fest, dass er Hunger hatte.

»In der Redaktion der *Jungen Zeit* am Arkonaplatz stehen die Türen der Büros offen, Telefone klingeln, Schreibmaschinen klappern, es riecht nach grusinischem Tee und ausgeblasenen Kerzen.«

Kurt erschien unrasiert und mit einem Kater zum Gespräch. Noch wusste er nicht, dass er sein ganzes Leben jedes Mal nach der Abgabe eines Manuskriptes würde ausnüchtern müssen wie nach einem schweren Besäufnis.

»Sonja Paris ist keine 30, braune Locken, runde Brille, Kleidung teils Theatervamp, teils Strickliesel. Hinter dem Schreibtisch mäkst ein Kind im Korb. Sie fragt nach Familie, Schulbildung, ob ich Gladow persönlich kenne und nach einer Freundin. Antworte humorvoll, ich kann auch Interviews.«

Sonja Paris lobte ihn für die unerwarteten Wendungen seiner Geschichte, zitierte ein paar unglückliche Formulierungen, riet ihm zu mehr Abstand bei der Beschreibung Schadows/Gladows. Die Frauenfiguren seien ihm, mit Ausnahme von Karola, ein wenig schematisch geraten. Sie schlug eine Veröffentlichung als Fortsetzungsroman in der *Jungen Zeit* vor, eine Buchausgabe könne später folgen.

»Schön überfahren mit Nochmal-Überarbeitung und ›Rhythmisierung‹. Kriege einen Korrektor zugeteilt. Im Russenhotel an der Invalidenstraße mit Ursula und Alkolade gefeiert.«

Die Jugendhochschule hatte Kurt Weiszheit verändert. Knappe Tagebuchnotizen zeigen, dass er sich nun als Autor fühlte, der die Erwartungen und allfällige Allüren kannte: Da ist die Rede vom »schöpferischen Rausch, obwohl ich nicht an ›Genie‹ glaube«. Er schuf »eine neue Welt inmitten von Trümmern« und gab damit dem »Lebensgefühl einer Generation« Ausdruck.

Er hatte im Kurs gelernt, dass Konflikte als Ausdruck gesellschaftlicher Umbrüche zu gestalten waren. Und es gab einen weiteren Grund für die Radikalität, mit der Kurt im Sommer 1951 seinen Roman überarbeitete: Im Lichte mancher Zeugenaussagen des Prozesses und des folgenden Todesurteils für Werner Gladow wirkten die Anflüge anarchistischer Jungsromantik in der ersten Romanfassung zynisch.

> »Hämmert, raucht wie der Hibok-Hibok und trinkt mir den Kaffee weg. Hoffentlich wird's nicht noch ein Pöm.«

Ursula stellte ihm Teller mit Broten neben die Schreibmaschine, bis er sie bat, ihn nicht zu stören.

Erhalten blieb die Sinnsuche zweier Jugendlicher nach dem Krieg. Klaus, der ohne Vater aufwächst, erliegt den Verführungen des Kriminellen Schadow, freilich nicht ohne Skrupel, denn er ist im Herzen ein Guter, nur die Verhältnisse, die sind nicht so. Seine Freundin Karola dagegen verkörpert einen neuen, tatkräftigen und selbstbewussten Mädchentyp, jetzt (neu) mit stabiler Familie und einer sympathischen FDJ-Gruppe (Jugendliche, die sich gegenseitig Bücher ausleihen!). Karolas Vater ist in der neuen Fassung Kommissar der Volkspolizei und verbindet die beiden Erzählstränge: Er jagt die »Schadow-Bande«.

> »Ideengehalt: ideologisch, parteilich; Ton: volkstümlich, optimistisch, verständlich; Held: positiv.«

Im letzten Kapitel schilderte Kurt Scham und Reue seiner Hauptfigur. Die verständnisvollen, aber konsequenten Richter verurteilen ihn zu einer Freiheitsstrafe.

> »Der Kommissar berührt ihn [Klaus] an der Schulter und zeigt auf eine Bank, von der ihm Karola entgegensieht. ›Ihr habt fünf Minu-

ten.‹ Er nickt seiner Tochter zu und verschwindet in einer Tür mit der Aufschrift ›Diensthabender‹.

Ihre Augen sind gerötet und von Schatten umrandet. Klaus sucht nach Worten, aber es gibt nichts zu entschuldigen.

›Ich will mich nur verabschieden‹, kommt sie ihm zuvor und reicht ihm ein Buch. ›Es geht um ein junges Paar wie ...‹ Sie spricht das ›UNS‹ nicht aus. ›Es ist ganz gut geschrieben. Stell es in die Bibliothek ... dort ... wenn du es gelesen hast.‹

›Darf ich dir schreiben?‹ fragt er schließlich mit rauher Stimme. Sie schließt die Augen und schüttelt den Kopf. Dann springt sie plötzlich auf und rennt den Gang entlang davon. Er hört ihre Schritte auf der Treppe nach unten verhallen. Der Kommissar tippt ihn auf die Schultern. ›Komm jetzt. Du hast noch einen weiten Weg vor dir!‹«

Ursula las mit gemischten Gefühlen Korrektur. Sie akzeptierte, dass ein bisschen Schaumschlägerei und das richtige Verhältnis zwischen kalkulierter Provokation und Rücksichtnahme zum Handwerk des Schriftstellers gehörten. Aber Kurt hatte ihre gemeinsamen Erfindungen eliminiert und das fühlte sich an, als hätte er sie aus seinem Leben rausgeschrieben. Sie beschwerte sich nicht, das wäre unprofessionell gewesen, aber sie ließ das Gewicht auf der Waage.

Der Winterwind wirbelte Schneeflocken durch die Kopenhagener Straßenschlucht, als Kurt Weiszheit die letzte Seite der überarbeiteten Fassung aus der Schreibmaschine zog.

»Es riecht brenzlig, als glühe irgendwo Laub. Wohin ist der Frühling verschwunden? Wann war eigentlich Sommer?«

Seit Juni 1950 tobte auf der Koreanischen Halbinsel ein blutiger Krieg zwischen einstigen Partnern der Antihitlerkoalition, der innerhalb kürzester Zeit Millionen Menschen das Leben kostete. Ein Großteil der Deutschen hielt einen Atomkrieg in nächster Zukunft für wahrscheinlich.

»Schild bei der Malinke: ›Personalausweis ist auf Verlangen vorzuzeigen. Keine Hamsterkäufer!‹ Kaffee, Mehl und Eier ausverkauft. Nicht mal mehr in der HO zu kriegen.«

Kurt brachte das Manuskript persönlich ins Büro von Sonja Paris. Ihre Tochter schrie hinter dem Schreibtisch.

»Die Krippe nimmt sie nicht, aus Angst, daß es Keuchhusten sein könnte. Das Zimmer riecht nach Thymian und grusinischem Tee.«

Frau Paris tippte auf die Titelseite: »Kurt Weiszheit«? Kurt begründete die Namensänderung mit der Biografie seines Vaters.

»Na ja, und finden Sie nicht auch, dass ›Lachner‹ irgendwie nach jemandem klingt, der die Dinge nicht ernst nimmt?«

Sonja Paris hatte nichts gegen das Pseudonym; sie ahnte wohl, dass Kurt damit der Erinnerung an sein Stalin-Poem zu entkommen hoffte.

Nachtigall hatte die Wolken am Horizont richtig gedeutet. Im März 1951 blies das Zentralkomitee der SED auf seiner 5. Tagung zum Kampf gegen die Formalisten, welche

»leugnen, daß die entscheidende Bedeutung im Inhalt, in der Idee, im Gedanken des Werkes liegt. Nach ihrer Auffassung besteht die Bedeutung eines Kunstwerks nicht in seinem Inhalt, sondern in seiner Form.«

Extravaganzen und Künstlerallüren, lautete die Ansage, würden nicht mehr geduldet. Wer die Form überschätze, unterschätze den ideologischen Klassenkampf, und das bedeute eine direkte Unterstützung der Kriegspolitik des amerikanischen Imperialismus. Ausgepiept, Paradiesvogel!, dachte Nachtigall, doch Sonja Paris änderte nur ein paar Formulierungen ihrer Druckbegründung und hielt am Zeitplan für *Klaus und Karola* fest.

Seit seiner Rückkehr aus der Gefangenschaft lief Ernst Lachner jeden Tag die Bahnhöfe ab und studierte die Suchmeldungen an den Mauern, in der Hoffnung, Kameraden von Hans zu finden. Er befragte jeden, der irgendwann einmal in der Gegend von Smolensk gewesen war, aber keine der Spuren führte weiter. Was er hörte, waren Berichte über Hunger, Kälte und Läuse, Sklavenarbeit und Demütigungen, die ihn doppelt bedrückten, weil er meinte, sein Überleben nicht verdient zu haben. 1951 sank die Zahl der Rückkehrer und damit seine Hoffnung.

»E. sammelt Material über Menschenversuche, Ärzteprozesse. Fürchte mich«, schrieb Elise. Im Gegensatz zu den meisten seiner alten Kameraden quälte Ernst sich mit Vorwürfen, er war geradezu besessen von seiner Schuld. Nach Leonardo Contis Tod hatte das Interesse der Ermittler am Euthanasieprogramm der Nazis nachgelassen, im Westen wurden Anfang der fünfziger Jahre die meisten Verurteilten begnadigt, im Osten schritt man fröhlich in eine bessere Zukunft, aber er hatte seinen Richter im Kopf.

Ernst verzichtete auf einen Antrag zur Wiedererteilung der Approbation (die in anderen Fällen Erfolg gehabt hatte) und wollte nicht einmal mit Salomo über eine Armprothese reden. Ein Orthopäde brauche beide Hände, argumentierte er. Wenn er den Patienten nicht fühlen könne, richte er nur Schaden an.

Am 21. März 1951 fand Elise ihren Mann leblos an seinem Schreibtisch. Ein Ledergürtel, der um Lehne und Bauch gebunden war, hielt ihn aufrecht. Schuhe und Hände rochen nach Desinfektionsmittel. Er trug seinen Hochzeitsanzug, die Hosen gebügelt, den leeren Ärmel sorgfältig hochgesteckt. Vor ihm lag ein sauber ausgerichteter Stapel handbeschriebenes Papier, obenauf zwei Briefe, einer »An den Herrn Kollegen, der den Totenschein auszufüllen hat«, der andere »An meine Familie«. Auf dem Untersetzer ein leeres Wasserglas.

> »Sie schließt seine Augen und setzt sich ihm gegenüber auf den Stuhl, so wie sie früher gesessen haben, wenn sie über die Kinder, über Bücher, Musik und die Arbeit sprachen. Er ist mager geworden, der Anzug hängt von seinen Schultern. Erschöpft sieht er aus, wie nach einer schweren Wanderung. Den Rest des Weges muß sie allein gehen. Sie fühlt sich verlassen, obwohl sie weiß, daß sie ohne ihn besser dran ist.«

Ernst wurde auf dem Friedhof der Gethsemane-Gemeinde beerdigt, wo schon der kleine Victor, Ole Pazckowiak und seine Frau Gabriele, Dorothea Kleinschmidt, Dr. Scheithauer, Martha Kunert, Oscar Grünwaldt und Maria Desultori alias Magda Weltorff lagen. Beim Totenschmaus in der Pusztasonne schwiegen die Überlebenden. Was sollte man dazu auch sagen? Der Krieg holte, was ihm gehörte. Das war traurig, passierte tausendfach und Aufbäumen nützte nichts.

Am Abend der Trauerfeier, als Ursula ihn in die Arme nehmen und trösten wollte, verließ Kurt die Wohnung und blieb die ganze Nacht fort.

> »Es war egal, was ich tat. Ich habe ein Buch geschrieben? Den Nobelpreis für Literatur erhalten? Egal. Hans war tot, da hatte das Leben für Vater keinen Sinn mehr.«

Den 24 Seiten langen Abschiedsbrief las Elise nur ein einziges Mal und legte ihn dann zusammen mit der Feldpost und den Fotos aus den Jahren des Krieges in den vom Führer dafür vorgesehenen Karton, wo Kurt ihn erst nach ihrem Tod fand.

Salomo wurde er mit Aufträgen überhäuft, einer dringender als der andere, dabei arbeitete er in der orthopädischen Werkstatt allein. Er musste die Prothesen ohne Richard Salzl anpassen und die Abrechnungen mit den Kassen selbst erledigen, weil Salomé ganze Tage mit Depressionen im Bett lag. Viel Zeit vergeudete er mit der Suche nach Material. Er reparierte Prothesen mit Gitterstäben ausrangierter Krankenhausbetten und dem Gummi alter Reifen.

Elise beabsichtigte, die orthopädische Werkstatt auf Salomo zu überschreiben, doch Komalla nahm Anstoß, weil auf der entsprechenden Karteikarte ein dunkelblauer Reiter steckte, der »kleinkapitalistischer Gewerbetreibender« bedeutete. Nach Ernsts Tod, beschied sein Schreiben, sei die Überführung der Werkstatt in Volkseigentum die einzige Option.

Salomo saß am Fenster und starrte durch die Gardinen auf die Straße. Er hing nicht am Eigentum, aber die Werkstatt war sein und Salomés Rettungsring gewesen und war es vielleicht noch. An einem Samstagnachmittag begegnete er Komalla, der im Treppenhaus Schuhe putzte. Die Lauscher hinter den Wohnungstüren hörten

Worte wie »Nazi« und »Sabotage«, dann flog eine Bürste, schließlich ein Schuh.

Salomé machte ihrem Mann heftige Vorwürfe, er beklagte sich über ihr Unverständnis und forderte Dankbarkeit für die Opfer, die er ihretwegen auf sich genommen hatte. Am gleichen Abend packte Salomé zwei Koffer und verließ die Wohnung. Sie war 40 Jahre alt, noch immer schön, und sie wollte etwas vom Leben haben. Am Bahnhof Gesundbrunnen stieg sie in den Zug nach Hamburg. Einen Monat später brachte Niecklisch einen Brief aus Phoenix, Arizona. Er enthielt ein Foto der glücklich lachenden Salomé an der Seite eines amerikanischen Soldaten mit schaufelgroßen Händen. »Sie hat ihre Depression exportiert«, befand Elise in ihrem Tagebuch und schlug Salomo vor, er könne bei ihr »unterkriechen«.

Wie schon so oft waren es die Patienten, die Salomos Werkstatt retteten. All die HO-Vorsitzenden und VEB-Direktoren, Hochschullehrer und Staatskünstler, die sonst den Sieg der sozialistischen Produktionsverhältnisse im Munde führten, wollten ihren Prothesenhandwerker lieber privat. Mit Erfolg.

Ingeborg und Gisela Grünwaldt hatten nur halbherzig versucht, zwischen den Eltern zu vermitteln. Das Unglück der Nazijahre war nicht zu heilen. Jetzt hieß es, nach vorn zu schauen.

Die beiden zogen die Blicke der Männer auf sich, wenn sie durch die Lehrerbildungsanstalt liefen. Ihrer Mutter sehr ähnlich, schlank und beweglich, flogen ihre dunklen Locken und beim Lachen blitzten ihre Zähne. Manchem Studenten blieb der Mund offen stehen, doch die Zwillinge interessierten sich nicht für Gleichaltrige, die waren viel zu kompliziert. Bedacht und systematisch verführten sie Helmut Henze, den uns schon von der Geburtstagsfeier bekannten Dozenten, um von ihm schwanger zu werden.

Kurz vor dem Ende der Sommerferien des Jahres 1952 gebar Ingeborg (oder Gisela) einen Jungen, den die beiden Mütter Wolfgang nannten. Einen Vater gab sie (oder sie) nicht an.

Salomo machte Platz für das Kind und räumte sein Bett in die ehemalige Speisekammer neben der Küche. Er trat der Produktionsgenossenschaft des Orthopädischen Handwerks bei und wurde Mitglied der NDPD, sehr zum Ärger Komallas, der die Karteikarte zum Gewerberaum nun mit einem violetten Reiter versehen musste, »Genossenschaftlicher Handwerker bzw. Reparaturbetrieb«.

Klaus und Karola erschien im Frühjahr und Sommer 1951 zunächst als Fortsetzungsroman in der *Jungen Zeit* und nach positiver Resonanz ein Jahr später als Buch.

Die Kritik lobte die »vorbildliche Umsetzung unserer Literaturpolitik«, was Kurt so kommentierte:

> »Sie stellen sich vor, daß ich nach einer Vorschrift geschrieben hätte.«

In Wirklichkeit war es eher die Sinnlichkeit mancher Szenen, die jüngere Leser zum Kauf animierte.

> »Nicht aus Wolkenkuckucksheim schaut er auf die Jugendlichen herab. Unsere sozialistischen Schriftsteller leben mitten unter uns und beschreiben unsere Lebensumstände so, daß wir das Besondere daran erkennen.«

Kurts Honorar betrug 2600 Mark und eine Schreibmaschine, für die Buchausgabe bekam er noch einmal 2500 Mark. Allerdings war das Geld auch schnell wieder weg, weil er dringende Reparaturen am Dach des Weiszheithauses bezahlen musste.

Dankbar nahm er die Einladungen von Kulturhäusern, Brigaden und Schulklassen, die Lesehonorare zahlten, an. »Fahnentuch auf dem Tisch, Blumenschmuck und Scheinwerfer« gaben seinen Auftritten oft das Gepräge einer Parteiversammlung. Er wurde vorgestellt als »unser« junger Schriftsteller, was ganz unbeabsichtigt enthüllte, dass er nicht mehr sich selbst gehörte. Hier sprach Kurt Weiszheit, die Stimme unserer Jugend.

Bei den gastgebenden Lehrerinnen, Bibliothekarinnen und Buchhändlerinnen löste seine Erscheinung Brutpflegeinstinkte aus:

> »Lesung vor Näherinnen in Chemnitz. Geruch nach Müttern,

dunkel, nahrhaft, wie warme Wolle, ein bißchen schweißig. Empfang mit Stulle und Tee, ›nach der langen Reise‹. Verhasple mich beim Lesen, sie lächeln erfreut. Anschließend Gespräch: Soll ihnen ihre Kinder erklären, muß es doch wissen, bin doch in ihrem Alter. Ich protestierend: ›Aber ich bin doch schon 21!‹ Das finden sie komisch.«

Manchmal begleitete Herbert Nachtigall »seine Entdeckung« zu einer Lesung und beantwortete »Fragen zur aktuellen Kulturpolitik der Sozialistischen Einheitspartei Deutschlands«. Manchmal gab es andere, weniger sichtbare Begleiter:

»Der Autor W. kam zwanzig Minuten zu spät. Zur Begründung trug er vor, daß man im Depot leicht vom rechten Wege abkommen kann. Er trug einen Anzug und einen dunkelroten Schal. Zuerst war es sehr unruhig, weil die Jugendfreunde so lange gewartet mußten [sic], doch nach einer Mahnung durch den FDJ-Sekretär M. wurde diszipliniert zugehört. Der Autor las laut und versprach sich nur selten. Es war aber schwierig, den Faden zu verlieren [sic], weil die vorgetragenen Stellen nicht zusammenpaßten, also er ›sprang‹. In der anschließenden Aussprache fanden die Jugendfreunde das Buch insgesamt positiv. Es wurde der Hoffnung Ausdruck verliehen, daß bald noch mehr solche Bücher erscheinen sollen, die sich der aktuellen Problematik der Jugend und des Aufbaus des Sozialismus widmen. Negativ beurteilt wurde, daß der [sic] Beschreibung von Straftaten in unserer sozialistischen Literatur nicht so ausführlich sein braucht. Während der Lesung rauchte der Autor, obwohl in der Bibliothek das Rauchen verboten ist. Es wagte aber keiner der anwesenden Lehrfacharbeiter, ihn darauf hinzuweisen.«

Kurt und Ursula genossen ihre Rolle als »Boheme« vom Prenzlauer Berg: Sie frühstückten im Bett und standen spät auf. Irgendwann vor Mittag radelte Kurt den Berg hinunter, erfragte den neuesten Kulturtratsch bei Nachtigall (der anschließend jeweils »politisch-ideologisches Aufklärungsgespräch mit dem Genossen Weiszheit« in seine Wochenkladde notierte) und überflog in der Bibliothek die Zeitungen. Nach dem (markenfreien) Mittagessen in der ZK-Kantine stöberte er in der Friedrichstraße durch Antiquariate und Buchhandlungen und traf Ursula im Künstlerklub »Möwe« auf einen Schoppen Wein. Die Abende verbrachten sie in der Y-Bar in Pankow oder im Gorki-Klub in Weißensee, wo sich die Nachwuchsnomenklatur traf. Er trug bunte Nylonhemden zum Anzug, und Ursula fiel mit einer dreiviertellangen Caprihose auf.

> »Großer Tag: In der Buchausgabe der Stabi stutzt die Bibliothekarin, als sie meinen Namen auf dem Ausweis liest. Sie errötet: Ob ich DER Kurt Weiszheit sei. Sie und ihre Kolleginnen hätten mein Buch gelesen, den Autor jedoch für viel älter gehalten. Bot ihr das DU an. Sie entzückt. Herrliches Wetter.«

Das klingt, als habe er nicht viel Zeit am Schreibtisch verbracht, und tatsächlich gelobt er im Tagebuch immer mal Besserung und Fleiß: »Drei Stunden pro Tag müssen sein.«

Auf Viviennes Geburtstagsfeier lernte er den fünf Jahre älteren Leipziger Filmdramaturgen Carl Andrießen kennen. Gemeinsam schrieben sie das Drehbuchfragment »Fabryczna«, in dem ein blutjunger Betriebsdirektor aus Görlitz zum ehemaligen Stammsitz der Firma in Breslau, jetzt Wroclaw, fährt, um ein dort zurückgebliebenes Maschinenteil zu erbitten. Er begegnet Misstrauen unter den einstigen Kriegsgegnern, aber in der hübschen Chefingenieurin auch einer Helferin – und verliebt sich. Der Entwurf wurde abgelehnt.

> »Die Chefs der DEFA waren alt, und sie nannten uns ›die Jugend‹, da waren die Kunst-Verhinderer schnell ausgemacht.«

Kurt suchte, wie jeder früh Erfolgreiche, die schnelle Wiederholung, fieberhaft, auf der Flucht vor der Leere und dem Entzug. Die Dramaturgen und Redakteure kannten seinen Namen bald: Er war der Autor, der schon am nächsten Tag eine neue, »gründlich überarbeitete« Fassung schickte.

Immer wieder fing er neue Projekte an, versuchte sich an Theaterstücken, Hörspielen und Kurzgeschichten. Nichts von all den Projekten dieser Monate ist gedruckt, gefilmt oder sonst wie produziert worden. Sein Gemütszustand verdunkelte sich wie ein Ballsaal nach dem Fest.

Seinen 22. Geburtstag feierte er in der Pusztasonne:

»Früh Max und Konrad mit Cognac am Bett. Nachmittags Defilee ›führender Persönlichkeiten‹. Abendessen: Branuschpfanne in Flammen. Walter mit ›Fez‹, Ilse in Blümchen. Sehr albern. Mu ging zeitig. Mitternacht U. aufm Tisch. Muß kotzen.«

Im Juni 1952 teilte Ursula ihm mit, dass sie schwanger war.

»Muß heiraten. Brauche eine Brotarbeit, aber was? Ich kann ja nichts.«

Kurt floh ins nächtliche Abenteuer. Wenn wir nicht annehmen wollen, dass er sich die 480 Seiten der *Tausendundeine Nacht in Sodom* aus den Fingern gesogen hat, können wir uns seine Fluchten ungefähr so vorstellen:

»Die Nacht war leise, man hörte das Plätschern der Enten im Landwehrkanal. Albert folgte dem Geruch nach Seife und Bier. Vor einem kleinen Gebüsch an der Belle-Alliance-Brücke blieb der Mann stehen, drehte sich um und wartete, bis Albert ihn eingeholt hatte. Er fragte ›Hast du eine Zigarette?‹. ›Nein‹, antwortete Albert, ›aber Feuer.‹ Sie lachten. Albert bemerkte, daß dem Mann beide Schneidezähne fehlten. Er legte ihm die Hände auf die Brust und schob ihn rückwärts ins Gebüsch.«

Ursula warf ihm Herumtreiberei vor, er redete sich mit »Recherchen« und »Eingebungen« heraus. »Sie versteht nicht, daß Erlebnisse der Betriebsstoff meiner Phantasie sind.« Wenn es um Selbstrechtfertigung ging, war Kurt selten um Argumente verlegen:

»Ein erstaunliches Phänomen: Wir gewöhnen uns an einen Geruch innerhalb von Minuten, stumpfen ab. Die wenigen, für die jeweiligen Moleküle empfänglichen Rezeptorzellen in unserer Nase sind schnell ermüdet. Wir haben ›die Nase voll‹, müssen nach frischen Gerüchen, nach neuen und stärkeren Reizen suchen.«

Schon im Sommer 1950 hatte Kurt Weiszheit in einer der Bars am Gesundbrunnen den französischen Kulturoffizier Robert Declay kennengelernt, der ihn während der folgenden Jahre manchmal zu Lesungen mit französischen Autoren einlud, unter anderem in den Club Bagatelle in der Zeltinger Straße. Robert war im Krieg Soldat der Résistance gewesen und im Alter von Kurts Vater.

»Von seiner algerischen Mutter und dem sephardischen Vater hatte er die dunklen, wissende Augen und die glatte Haut. Er roch nach Kaffee und Kakao.«

Kurt Weiszheit wurde angesteckt von Roberts Begeisterung für Rimbaud, den »frühgerühmten, hochbegabten«, und kopierte nicht nur Verse, sondern auch Attitüde und Lebensstil.

»K. mit Schleife, die Mundwinkel hängen, spricht neuerdings mit Akzent. Ein richtiger Poet«, befand Elise, obwohl sie keine Ahnung hatte, was ihr Sohn da dichtete:

»Auf schwarz gebrannten Steinen funkelt kalt Kristall,
das Gras wächst dünn auf weißgebleichten Knochen,
wie Lichter tasten Hände über dunkle Leiber,
Skelette flüstern heiß aus Trümmerspalten, Ritzenlöchern,
der Mond zieht schaudernd Wolkenschleier vors Gesicht.«

Robert Declay sorgte für die Veröffentlichung von Kurts Gedichten unter dem Pseudonym Pierre Mauriac in den *éditiones bagatelles,* einer zweisprachigen Kulturzeitschrift der französischen Besatzungszone.

Anlässlich der Eröffnung der neuen Französischen Bibliothek notierte Kurt:

»Die Offiziersgattinnen tun so, als sei ich sein Sohn und ihm atemberaubend ähnlich ... Mit Ro im Kino. ›L'Éternel Retour‹ von Jean Delannoy, Buch Jean Cocteau, mit Marais in der Hauptrolle. Ro zweifelt, daß es Liebe wirklich gibt: Die großen Liebesgeschichten immer nur Sehnsucht, nie Erfüllung, ›jamais, jamais‹. Zuviel Champagner.«

Ursula schluckte Eifersucht und Ärger über Kurts nächtliche Eskapaden lange Zeit herunter. Kurt war zärtlich, wenn er von seinen Abenteuern zurückkehrte, und verwöhnte sie ein paar Tage mit Aufmerksamkeiten, und vielleicht stimmte es, dass er durch die Kneipen zog und zuhörte, was die Leute so erzählten? Wenn seine Geschichten erlogen waren, so gab er sich wenigstens viel Mühe.

In seiner Jacke fand sie Eintrittskarten und Zettel mit französischen Namen und Adressen. Sie beschwerte sich bei ihrem Bruder, der Erkundigungen einzog. Der Klassenkampf spitzte sich mal wieder zu. Frankreich war inzwischen der NATO beigetreten, führte Krieg in Vietnam, die Reaktion marschierte. Vielleicht war dieser Robert Declay vom französischen Geheimdienst auf seinen Schützling angesetzt, um ihn und die ganze Literaturpolitik der Deutschen Demokratischen Republik lächerlich zu machen?

> »Nachtigalls Zunge wird vor Schreck pelzig. Er hätte besser aufpassen müssen ... Mangelnde Wachsamkeit ist die schlimmste Sünde und hat schon manchen seiner Genossen den Kopf gekostet.«

Nachtigall wird die Schauprozesse in den Ostsblockstaaten verfolgt haben, in denen jeder gefährdet war, der jemanden kannte, der mit einem Angeklagten auch nur einmal zu Mittag gegessen hatte.

> »Er gibt sich alle Mühe, auf Linie zu bleiben. Das Problem ist aber, die Linie ist nicht gerade, sondern gebogen, manchmal krumm, eine giftig zischelnde, sich windende Schlangenlinie, und ehe man sich's versieht, ist man ABGEWICHEN!«

Nachtigall lebte im Zustand angespannter Angst und sein Körper reagierte mit somatischen Störungen. Er bekam im wahrsten Sinne des Wortes die Schwämmchen.

> »Sein Mund ist trocken. Das Wasser, mit dem er seine ausgedörrte Kehle anfeuchten will, schmeckt seltsam.«

Der Arzt stellte einen Pilzbefall durch Candida albicans fest und verordnete schabende Reinigung der Zunge und Desinfektion mehrmals täglich. Die Tinktur färbte stark, er sah aus, als stünden in seinem blutigen Mund braunrote Zähne.

Der Pilz fühlte sich auf der vom Schrubben gerauten Schleimhaut erst recht wohl und blieb. Am Montag mokierten sich die Genossen über sein schmallippiges Schweigen. Am Dienstag versuchten sie, ihn mit Sticheleien und Mutmaßungen zu provozieren. Am Mittwoch bestellte ihn der Chef zu sich und fragte, ob er den Kanon »Steig empor, du lodernde Flamme« zum Geburtstag des Hauptabteilungsleiters mitsingen könne, das obligate Witzchen über Nachtigalls Nachnamen hinterdreinschiebend. Traurig schüttelte der Umworbene den Kopf. Verärgert über dessen Mangel an Gemeinschaftsgeist strich der Chef ihn von der Liste der am nächsten Republikgeburtstag Auszuzeichnenden.

Die Tochter von Kurt und Ursula, also meine Mutter Brigitte, wurde am 7. Dezember 1952 in der Charité geboren. Kurt durfte die Säuglingsstation nicht betreten, weil er mit der Mutter nicht verheiratet war.

Wenn Brigitte brüllte, dann mit ganzem körperlichen Einsatz. Sie brachte die mit Zauberbuchstaben geschmückte, bei Mondschein gesegnete Wiege zum Schaukeln. Schlaflos von durchwachten Nächten, brüllten die Eltern sich an, warfen mit Türen und Beleidigungen.

> »Es riecht nach Blei, und wenn es schreit, auch ein bißchen nach Benzin, als könne es gleich explodieren.«

»Gerade eben bei Nachtigall«, notierte Kurt am 4. Februar 1953 in seinem Tagebuch,

> »Riesenanschiß: Undankbarkeit, Überheblichkeit, Verrat (der Sache), Enttäuschung (ihn), Verführung (seiner Schwester). Droht mit Parteiverfahren, Ausschluß. Aber gibt mir noch eine Chance. Ich soll herausfinden, wo die *Bagatelles* gedruckt werden und wer die Endredaktion der Texte verantwortet.«

Kurt war entschlossen, so nicht mit sich umgehen zu lassen. Er war kein Spitzel, sondern Schriftsteller. Robert würde ihm mit seinen Beziehungen beim Start im Westen helfen. Er packte ein paar Sachen und seine Manuskripte in den Rucksack seines Vaters und fuhr nach Frohnau.

> »Robert war nicht zu Hause, aber ich fand den Schlüssel hinter dem Sicherungskasten. Ich zog mich aus und legte mich in sein Bett. Er kam nach Mitternacht.«

Erst nachdem sie miteinander geschlafen hatten, bemerkte Robert den Rucksack und Kurt erklärte, er wolle bleiben, als Dichter könne er schließlich arbeiten, wo immer man Deutsch verstand. Der verehrte Mäzen war *pas du tout amusé*, stand auf, zog sich an und schenkte, nachdem er Mut gefasst hatte, Kurt reinen Wein ein: Die Veröffentlichung seiner Gedichte habe ihn eine Erhöhung des Papierkontingents der *éditiones bagatelles* gekostet. Aussichten als Dichter habe Kurt im Westen nicht, dafür sei er kaum begabt genug. Was seine eigene Gefühlsverwirrung (er sagte tatsächlich »émotifs troubles«) betreffe, machte er das überhitzte Klima der Frontstadt und die Berliner Luft verantwortlich. Jetzt jedoch sei Schluss mit ihrer »relation contrainte«. Er drückte ihm eine halb volle Flasche *Eau de vie* in die Hand und schob ihn aus der Tür.

Im Morgengrauen fand Kurt sich auf die Straße entlassen wie ein Stricher. Die S-Bahn fuhr noch nicht, also marschierte er zu Fuß los. Alle paar Schritte trank er einen Schluck Lebenswasser. Die leere Flasche warf er gegen einen Brückenpfeiler – und plötzlich wusste er, wo sein Zuhause war. Mit Tränen in den Augen dachte er daran, wie das Publikum im Osten ihn liebte und brauchte. Die Genossen. Mutter. Ursula. In jeder Beziehung musste man sich mal nach der Decke strecken.

An der Schildower Straße wechselte er von West nach Ost. Ein Wartburg stand einsam am Straßenrand, er konnte die Silhouette eines Mannes erkennen. Sein Herz klopfte heftig, aber nichts passierte. Eine halbe Stunde später watete er durch das Tegeler Fließ zurück nach Westberlin. Nachtigall konnte ihn mal. Zum Trotteltum von Genossens Gnaden hatten sie ihn angestiftet. Nein, er war kein Lohnschreiber des Proletariats. Er würde es Robert zeigen. Lernen, arbeiten, mit Fleiß und Ausdauer. Auf Höhe Zabel-Krüger-Damm blieb er stehen. Er war schon fast wieder nüchtern. So komfortabel wie im Osten würde er im Westen nie leben können. Was musste er schon dafür leisten? Ein paar Zeilen Gebrauchsreime schmiedete er im Handumdrehen, und die übrige Zeit konnte er tun, was er wollte. Er kehrte um und ging in Richtung aufgehende Sonne.

Nein, konnte er nicht. Mit einem Ruck blieb er auf der Zonengrenze stehen. Der Wind pfiff durch seine dünne Jacke. Wilhelmsruh oder Reinickendorf? Ost oder West? Langsam wanderte er weiter – zögerlich einen Fuß vor den anderen setzend, immer auf der Zonengrenze, unschlüssig balancierend zwischen den Systemen. Mit dem erwachenden Tag nahm der Fußgängerverkehr zu. Ostberliner gingen in den Westen zur Arbeit und Westberliner in den Osten, hatten es eilig, rempelten ihn auf den Straßenkreuzungen an. Kurt wusste irgendwann nicht einmal mehr, wo er war, denn jüngst hatte man die Verbindungsstraße nach Pankow von »Felseneck-« in »Klemkestraße« umbenannt.

Ein Volkspolizist hielt ihn an. »Na Bürger, wohin wollen wir denn?« Ein zweiter stand mit gesenktem Gewehr ein paar Meter weiter. Kurt musste lachen: »Der Klassenfeind schläft nicht, was? Recht so, Recht so. Vorsicht ist die Mutter der Porzellankiste.« Die Genossen hatten keinen Humor. Weil sein Rucksack Fluchtgepäck enthielt, wurde er verhaftet.

Kurt Weiszheit verbrachte eine Woche im Reviergefängnis Eberswalder Straße. Früh, mittags und abends begleitete ein Polizist ihn zur Toilette. Die Tür blieb offen, während er sein Geschäft verrichtete. Bei seiner Rückkehr stand ein Blechteller in der Zelle, zwei Stullen und Suppe. Hinter ihm krachte die Tür ins Schloss. Am schlimmsten war die Ungewissheit. Oder das Halbdunkel? Oder war der Geruch das Schlimmste? Oder die Schreie, die manchmal aus den Eingeweiden des alten Gemäuers hallten?

»Nachtigall wippt im Stehen, nach vorn auf die Zehenspitzen und zurück auf die Fersen. Es sieht aus, als atme er mit den Beinen. Sein

Mund wirkt verkniffen. Er wendet den Kopf ab und spuckt die Worte in die dunkle Ecke neben der Zellentür.«

Das Urteil lautete: Trennung von Ursula, Verfassen dreier Kurzgeschichten für den Sammelband des FDJ-Verlags *Im Zeichen der Sonne* und Übernahme einer Funktion (Gewerkschaft oder Kulturbund, das konnte er sich aussuchen).

»Kurt war unstet und egozentrisch, was einem Künstler verziehen werden mochte, aber nicht zu dem Vater paßte, den ich mir für Brigitte vorstellte. Außerdem hatte ich gerade Deinen Opa [also Werner Heinze, d.A.] kennengelernt.

Wir vereinbarten, daß er monatlich eine bestimmte Summe zahlen sollte, ich glaube, 90 Mark, und sich von meiner Tochter fernhielt. Er zahlte nie. Später adoptierte Werner Deine Mutter und kümmerte sich darum, daß ihre Papiere in Ordnung kamen. Also, Brigitte hat keine Ahnung gehabt, daß da ein anderer Vater war.

Anfangs habe ich Kurt noch einmal im Jahr getroffen, bin mit ihm ins Esplanade Eis essen gegangen und habe ihm Fotos von seinem Kind gezeigt, aber das hat Werner nicht gefallen. Und ich glaube, daß Kurt auch einfach nicht der Typ für die Verantwortung war, die ein Vater nun mal hat.«

Elise muss von der Abmachung gewusst haben, denn sie schrieb in ihr Tagebuch »Schade, aber besser für Kurt« und erwähnte ihre Enkelin Brigitte nie wieder.

Obwohl die wenigen Fotos des jugendlichen Kurt Weiszheit schlecht erhalten sind, lässt sich erahnen, dass Kurt sich während der Haft sehr veränderte: Vorher hatte er seine Kleidung locker und seine Haare lang getragen, außerdem war er nie allein abgebildet. Nun stand er steif, machte sich groß und lächelte undefinierbar in die Kamera. Vivienne gab ihm ein paar Stunden Sprecherziehung und Schauspielunterricht. Sie brachte ihm bei, die »Beine fest in den Boden« zu rammen und so zu sprechen, dass seine Stimme nicht vor Lampenfieber höher rutschte. Rita Grabowski nahm den Vater-Anzug in Zahlung und nähte für ihn eine zweifarbige Jacke, die er mit

Weste und einem Tuch anstelle der üblichen Krawatte kombinieren konnte.

»Fremd in der Stadt« heißt eine unvollendete Geschichte aus dieser Zeit, die sich im Duktus an Max Beckmanns »Draußen vor der Tür« orientierte.

»Du bist der Andere. Ein schwaches Glied. Ein kranker Zahn. Wie Du Dich in die Schatten drückst. Geh fort. Draußen gibt es viele wie Dich. Nichts habt Ihr gemein mit uns, nicht einmal mit Euch selbst. Jeder von Euch ist ein anderer Anderer.«

Immer wieder entstanden im Laufe der Jahre solche kurzen Geschichten, Szenen, Stücke, die nie veröffentlich wurden und die er wohl auch nie zu veröffentlichen versuchte. Er beschrieb die Fremdheitsgefühle nicht zur Selbstvergewisserung, sondern um sie zu bannen.

Herbert Nachtigall bestand nicht auf Fertigstellung der Kurzgeschichten für den FDJ-Verlag. Sicherheitshalber fügte er eine Reihe von Vermerken in Kurt Weiszheits Akte ein: »Ratschläge zur ideologischen Weiterentwicklung erteilt«, »Warnung vor hs. Bekanntschaften ausgesprochen«, »bezgl. Lebenswandels ermahnt«. Wie wachsam er war! Das eine oder andere Gedicht ist nur überliefert, weil Nachtigall es zum Beleg des kleinbürgerlichen Wankelmuts seines Sorgenautors zu den Akten nahm:

»Ich liebe die Straßen, die festen Steine unter den Füßen, die Arme
zackig zeigend nach Westen. Ich liebe die Winde, die zerren
am Tuch meiner Jacke, die Nase umtobend, die Richtung oft ändernd.
Ich liebe die Sonne, die früh mir den Weg weist nach Osten.«

16 Zuchthaus

Elise hatte sich daran gewöhnen müssen, Ludwig selten zu sehen. Seit er in der »Zentralen Kommission für Staatliche Kontrolle« arbeitete, war er oft auf Reisen. Ihm oblagen Ermittlungen wegen Korruption und Bereicherung im Amt, außerdem leitete er Entschädigungsverfahren für von den Nationalsozialisten enteignete jüdische Sozialisten (beziehungsweise ihre Kinder und Erben) ein, unter anderem für Igor Abramowitz, einen Neffen des ermordeten Druckers, der den Holocaust in Schweden überlebt hatte.

Manchmal brachte sein Chauffeur ein paar Äpfel vorbei, manchmal eine Dose Brot. Telefonieren konnten sie wegen ihrer Taubheit nicht, aber abends ließ Ludwig das Telefon zweimal klingeln. So wusste sie, dass er an sie dachte.

Sie beklagte sich nicht über seine Umtriebigkeit. Wozu auch? Er hätte ihr nur wieder des Langen und Breiten erklärt, warum es Wichtigeres in seinem Leben gab als sie, die Weltverbesserung nämlich.

> »Geträumt: Sitze auf dem Steg und schaue über den Atmath. Ludwig stakt auf einem Boot, weiß wie ein Gespenst, mit schwarzem Modder an der Stelle des Herzens. Meine Hände spitzknöchlig wie Snaige. Neben mir Aschmutat mit Pfeife und dem gleichen Ring wie ich. Wen habe ich da geheiratet?«

Während des Slánský-Prozesses in der Tschechoslowakei steigerte sich die SED-Spitze in Klassenkampfhysterie. Ludwigs Sorgenfalten und die Schatten um seine Augen wurden tiefer, er rauchte noch mehr als sonst und zuckte zusammen, wenn auf der Kreuzung vor dem Haus Reifen kreischten. Er kannte Rudolf Slánský, den geschassten Generalsekretär der Tschechischen Kommunistischen Partei, persönlich. Wie er war auch jener jüdischer Abstammung.

Am Nachmittag des 25. November kam Ludwig auf einen Kaffee und ein Stück Kuchen zu Elise, saß wie auf heißen Kohlen und verabschiedete sich plötzlich eilig. »Böse Vorahnung« steht in Elises Tagebuch, und dann über die nächsten zwei Wochen jeden Tag das Gleiche:

> »Nichts von Ludwig gehört.« »Immer noch nichts von Ludwig gehört.« »Angeblich sind welche in Hohenschönhausen inhaftiert.«

Sie bat Freunde und Genossen um Auskunft, schickte Postkarten und Telegramme an die Pankower Adresse und beauftragte schließlich Kurt, einen Zettel an Ludwigs Wohnungstür zu pinnen.

> »Gegenüber wusch ein Chauffeur seine Karosse, ein netter Mann, der bestätigte, daß welche abgeholt worden waren. Als wäre es das Normalste. Abgeholt. Wie von der Müllabfuhr. Ludwig? Namen wollte er nicht kennen.«

In Prag bekannte Slánský sich schuldig der Spionage und des Hochverrats und bat schließlich selbst um die Todesstrafe. Eine Woche später wurde er gehängt. Und immer noch keine Nachricht von Ludwig.

> »Sie sitzt mit Salomo auf dem Balkon. Ihre Hand zittert, als sie das Glas nimmt. ›Hätte ich ihn nur nicht fortgeschickt.‹
> ›Du hast ihn nicht fortgeschickt. Er ist gegangen.‹
> ›Ich hätte Ernst verlassen sollen. Ihm war ja nicht zu helfen, und die Kinder waren groß.‹ Sie knispelt ein Blatt von der Hortensie, die Walter neben den Eingang der Pusztasonne gepflanzt hat und die mittlerweile bis in die erste Etage geklettert ist. ›Warum bin ich immer feig?‹«

Ludwigs Wohnung wurde geräumt. Sein Name verschwand vom Briefkasten und wurde in der Öffentlichkeit verschwiegen. Bald erinnerte nichts mehr an ihn, als habe er nie existiert. »Schlimme Gerüchte. Werde noch verrückt.«

Kurt war »wütend auf bürokratische Betonköpfe, schlimmer als der Feind«. Nach einer Lesung in der Akademie der Künste passte er Arnold Zweig ab und bat ihn, zugunsten Ludwigs zu intervenieren, doch der Präsident versicherte ihm, seine Macht sei schwach und überdies auf den Bereich der Künste begrenzt. Helmut Holtzhauer, Vorsitzender der Staatlichen Kommission für Kunstangelegenheiten, wollte sich mit »den Freunden« auf keinen Fall anlegen. Kurt schrieb an Walter Ulbricht, Wilhelm Pieck und Otto Grotewohl, ohne jemals Antworten zu erhalten.

Nach außen hielt Elise die Fassade des Optimismus aufrecht. »Mach dir nicht zu viele Sorgen«, schrieb sie an Lotte, die angeboten hatte, den Fall im Westen öffentlich zu machen, »Ludwig hat wichtige Freunde, sogar Russen.«

Währenddessen saß Ludwig in Untersuchungshaft und durfte zwölf Monate lang keinen Brief schreiben. In den Vernehmungen wurde er absurder Straftaten bezichtigt, unter anderem des »Zionismus« und der »Zuarbeit für den Spionagering von Noel Field und für die CIA«. Er leugnete zuerst, versucht, mit Vernunftgründen zu argumentieren, aber schließlich gab er auf und schwieg.

> »Ludwig denkt: Die Partei hat immer recht, auch wenn sie unrecht hat. Widerstand gegen die eigenen Genossen nützt nur dem Klassenfeind«,

lautete einer der Erklärungsversuche, an denen Kurt Weiszheit sich abarbeitete, um die Genossen nicht hassen zu müssen.

> »Letztlich können wir nicht wissen, was einen Soldaten veranlaßt, sich für seine Kameraden, für den Sieg, fürs Vaterland ins Feuer eines feindlichen Maschinengewehrs zu werfen. Dazu fehlen uns nicht nur Mut oder Phantasie, sondern auch der Sog des unmittelbaren Kampferlebens.«

Überraschend lud Max Fechner, der Minister für Justiz, Kurt Weiszheit zu einem Gespräch über seine »Eingabe« zum Abendessen ein.

> »Fettige Schwaden bis vor die Tür. Der Minister kocht selbst, mit Blümchenschürze und hochgekrempelten Ärmeln. Wohnzimmer mit Präsentier-Buffet und Raucherecke. Chaiselongue wie in einem preußischen Offizierskasino. Sülze und Bratkartoffeln zu Radeberger Export.
>
> Ob ich die Szenen zwischen K. und K. nach eigenen Erfahrungen

geschrieben hätte, traps-traps! Und ganz nebenbei, im Sommer sei er ja wieder zu Renns Gartenfest in Kaulsdorf eingeladen gewesen, traps-traps.

In Untersuchungen seiner ›Organe‹ kann er nicht eingreifen, darf er nicht, soll ja alles mit rechten Dingen zugehen, weiß eigentlich gar nicht Bescheid, versichert, daß jeder einen fairen Prozeß bekommt, und zieht mich dabei fast auf seinen Schoß. Wenn ich mal in Ruhe schreiben will, bin ich in seinem Häuschen am Wandlitz-See willkommen. Beim Abschied verspricht er, mir eine Abschrift der Anklage gegen Ludwig zukommen zu lassen.«

Die Nachricht von Ludwigs Verhaftung schockierte Herbert Nachtigall, war er doch der Förderer von dessen Wie-auch-immer-Verwandten Kurt Weiszheit. Sein Sichtfeld engte ein, ringsum floss schwarzes Blut, er schaute in eine Röhre. Zugleich wurde er das Gefühl nicht los, angestarrt zu werden wie eine Fliege von der Spinne. Er wendete den Kopf hin und her, bis sich die Halsmuskulatur verkrampfte, trotzdem stieß er gegen Türrahmen, riss Zeitungsständer um und rempelte am Eingang zum ZK-Gebäude den Volkspolizisten an. Mehrfach fragten ihn die Genossen im Laufe des Tages, warum er so glotze. In der Kantine wagte er nicht, mit seiner Schüssel voller Kartoffelsuppe zum Tisch seiner Abteilung zu gehen, weil er nicht sah, wem er in die Quere kam, sondern setzte sich gleich neben der Ausgabe an den erstbesten Tisch.

Auf dem Heimweg versuchte er, auf die Ampeln zu achten, aber am Alexanderplatz nahm er ein falsches Ampellicht in den Blick, hörte Rufe und das Kreischen von Reifen auf dem Asphalt, dann spürte er einen schmerzhaften Schlag an der linken Seite und verlor das Bewusstsein.

Er wachte im VP-Krankenhaus auf, der Kopf fixiert in einer Maske aus Gips. Nun war alles, was er sehen konnte, ein Stück weißer Zimmerdecke mit dem Blechrand einer Lampe. Als die Genossen aus der Abteilung ihn besuchen kamen, stellte er sich schlafend.

Er wusste: In der Phase des härtesten Klassenkampfes überlebte nur, wer den ersten Stein warf. Er musste Kurt opfern, um sich von Lumo zu distanzieren, vorausgesetzt, Poschinger zog mit. Zum Glück waren seine Akten in Ordnung, er hatte zahlreiche Vermerke zu Äußerungen des Lachner alias Weiszheit zu Kafka, Proust und Joyce angelegt. Der klebte sich in seiner Eitelkeit das Etikett »Kosmopolit« selbst aufs Herz.

In seinem Überschwang brachte er das Bett zum Schaukeln, bis eine Krankenschwester ihm beruhigend über die Augen strich und eine Kanüle in den Arm stach. Der Lichtfleck wurde kleiner und verschwand schließlich ganz.

Kurt Weiszheit roch die Gefahr und suchte nach Wegen, sich vor Nachtigall zu schützen. Vielleicht konnte Max Fechner helfen, oder er versuchte sich nochmal in einem Lobgehudel wie seinerzeit auf den Generalissimus. Wenn die Declays und Nachtigalls dieser Welt belogen werden wollten, nun gut, dann würde er lügen. Er konnte das.

Bei einer Lesung im Gewerkschaftshaus Anfang 1953 zeigte der Archivar ihm ein originales Flugblatt von 1911, das die Namen von Gustav Weiszheit und Heinz Poschinger als Redner auf einer Wahlveranstaltung der SPD nannte. Kurt begriff sofort, welche Chance sich damit auftat.

> »Mu gefragt: Es stimmt. Sie erinnert sich an einen Theaterbesuch mit ihrem Vater, bei dem Onkel Haase [Hugo Haase, von 1911 bis 1916 einer der beiden Vorsitzenden der Sozialdemokratischen Partei Deutschlands, d.A.] ihr einen Schokoladenosterhasen geschenkt hat!«

Am 27. Mai 1953 erwähnte Kurt Weiszheit zum ersten Mal das Projekt »Gustavroman« in seinem Tagebuch:

> »Ein Roman in Träumen von Gustav, dem Sänger, der den Sklaven auf dem Prenzlauer Berg von der Freiheit erzählt hat. Meine Wurzeln in der Arbeiterbewegung gehen tiefer und sind weiter verzweigt als die von Nachtigall: Mein Großvater kannte das sozialistische Urgestein August Bebel. Leicht möglich, daß er befreundet war mit Karl

Liebknecht. Warum sollte er nicht Rosa Luxemburg gekannt haben? War er im Spartakusbund? Gründungsmitglied der KPD?«

Und nach einer Lesung im Studentenklub der Humboldt-Uni:

»Mein Publikum: Arbeiter- und Bauernkinder. Die künftigen Herrscher des Landes.«

Im Archiv des ZK erfuhr er, dass die Akten zu Heinz Poschinger als geheim eingestuft seien. Schon am nächsten Tag rief dessen Sohn Egon ihn an und lud ihn ins Café Warschau in der Stalinallee ein.

Egon freute sich, Kurt »kennenzulernen«. Soweit er sich erinnere, sei sein Vater mit dem Drucker Abramowitz bekannt gewesen und habe im Weiszheithaus Gustav kennengelernt, mit dem ihm bald eine enge Freundschaft verband. Allerdings wisse er wenig über die Details der politischen Zusammenarbeit, der Vater habe »aus Gründen der Konspiration« davon nicht viel erzählt.

»Bietet mir das ›Du‹ an und spendiert Kontuszówka. Gibt mir seinen Lebenslauf und bittet, falls ich bei meinen Recherchen auf Widersprüche stoße, zuerst ihn zu informieren. Im Gegenzug wird er mir Zutritt zum Geheimarchiv der SED verschaffen.«

Das war mehr, als Kurt erhofft hatte.

Herbert Nachtigalls Schädel wurde im Regierungskrankenhaus geröntgt und beklopft und jede Öffnung gründlich inspiziert, eine Ursache der Sehfeldeinengung aber nicht gefunden.

Zurück in seinem Büro, distanzierte sich der Genosse Nachtigall zuallererst »aus tiefstem Ekel« von den verräterischen Umtrieben des »ehemaligen Genossen Ludwig Weiszheit«.

»Der Tunnelblick ermöglicht es ihm, sich voll und ganz auf seine Arbeit zu konzentrieren. Er schaut geradeaus, ohne sich von Schlaglöchern oder Einzelschicksalen ablenken zu lassen.«

Dann bestellte er Kurt zu einer Aussprache ins ZK.

»Ich dachte: Endlich was von Ludwig. Aber kalte Dusche. Ludwig ›vielleicht kein böser Mensch‹, aber ›objektiver‹ Gegner, seine

Verhaftung notwendige Korrektur. Besser dem Volk erklären, daß Genossen Fehler machen, als daß der Sozialismus fehlerhaft. Will widersprechen, da zieht er vom Leder. Bin maßlos und überheblich. Ein gefundenes Fressen für den Klassenfeind.

Glotzt dabei die ganze Zeit auf meine Nasenspitze, als hätte ich da 'ne Fliege sitzen, wendet den Kopf nicht einmal, als er nach einem Stift tastet.«

Anfang der Fünfziger wusste man als einigermaßen informierter Zeitgenosse, dass solch eine Philippika von höchster Stelle Gefahr bedeutete.

»Sofort Egon angerufen. Er kümmert sich. Kann trotzdem nicht schlafen. Was für Zeiten!«

Am nächsten Tag bat Nachtigall Kurt Weiszheit um Entschuldigung und um ein Exposé für das geplante Buch *Gustav und Egon.*

»Er [Nachtigall] sieht die Linie, sonst nichts. Der Tunnelblick fokussiert, und manches, so stellt er fest, wirkt nun viel schärfer.«

Am 17. Juni eskalierten die seit Monaten zunehmenden Spannungen in der DDR.

»Vormittags mit Andrießen in der Volksbühne, plötzlich die Souffleuse: ›ZK brennt.‹ Weltuntergang. Alle in Panik. Wir raus, überall Menschen. Die U-Bahn fährt nicht, zu Fuß zum Alex. In der Leipziger ein Auflauf. Bekomme einen Schlag aufs Ohr, stürze. Schüsse, alle rennen. Andrießen wie vom Erdboden verschluckt. Geschwollene Lippe, Teetrinken geht nur mit Strohhalm. Schreibe mit Schrammen auf den Händen.«

Ein halbes Jahrhundert später schrieb Kurt Weiszheit:

»Wir erschraken über das Ausmaß, in dem das Experiment DDR gefährdet war. Wie blauäugig meine Karola auf einmal dastand: Mit der Überlegenheit des Sozialismus war es nicht weit her.«

Bekanntlich führte der Aufstand nicht zum Nachdenken in der Führung, sondern zum Sieg der Fraktion, die die »Samthandschuhe« auszog. Justizminister Fechner, der mit den Arbeitern vor seinem Ministerium diskutiert und sich in den Tagen nach dem Aufstand des Meisters, pappt dicken Eintopf auf die Blechteller der vier Männer, die um den Hobeltisch der Werkstatt sitzen, nass gekämmt und mit gewaschenen Händen. In ihrem r.nden geröteten [redacted] Gesicht[redacted] it den schmalen Lippen eigt sich keine Regung, daß sie den fettigen Geruch des Schweinebauchs haßt.

Altgeselle Emil Hubert Kunert, ein großer Mann mit kantigen Zügen, spricht das Tischgebet.
"Oh Gott, von dem wir alles habwn, wir danken dir für diese Gaben."

Die Geslen lassen die Verschlüsse ploppen und stoßen an.

" Prost[redacted] Karl" .
" Prost Johann".
" Prost Hugo".
[redacted]
" Prost Emil".
Die Bierflaschen krachen aud den Hobeltisch. Mit gutem Hunger beginnen die Männer zu essen. Augusta setzt sich auf w eine Bank am Fenster wo ein bißchen frische Luft durch die Ritzen kommt.

"Haste jut jekocht", lobt Johann. Die anderen nicken. Augusta lächelt.

[redacted]
"Wie jeht's dem Vater heute"?, fragt Hugo.
"Hat wieder üblet Reißen. Dat Wetter macht ihm zu schaffen."
"Ja, det wird Hwerbst jetze. Prater hat och schon rinjeräumt."

Plötzlich fegt der Windzug Späne von den Drechsekbänken, wirbelt sie an die Decke, wirft sie in die Suppenteller und lässt den Kanonenofen glitzern. Die Männer spucken und fluchen.

"Brett ran!", brüllt Kunert wütend.

Augusta hebt die Nase. Ein weißhäutiger Engel mit blauen Augen und Silberhaaren steht im Sägesprngestöber und verströmt einen Duft von grünem Apfel, unüberrichbar trotz Qualm und Schweinefett und Holzleim. Sie springt auf, reicht ihm den spangefüllten Graupentopf zum Tragen nd schiebt ihn aus der Tür, bevor die Gesellen ausgespuckt haben.

Gustav staunt. Das kleine Mädchen riecht wie die Schwester, die er gerne gehabt hätte, nach Rosen- und Lorbeerblättern. Und wie sie kaninchenhaft die Nasenflügel bewegt, sieht sie aus wie seine Mutter beim Kräuterschnuppern. Er spürt Verwandtschaft, [redacted] auch wenn er noch nicht durchschaut, wie selten ihrer bei-

Seite [redacted] 72
[redacted] 12. 11. 1953

Manuskriptseite aus Gustav, der Sucher *(1. Fassung)*

gegen eine Strafverfolgung ausgesprochen hatte, wurde geschasst und zu einer Zuchthausstrafe verurteilt. Sein Versprechen, Kurt über die Anklagepunkte gegen Ludwig Weiszheit zu informieren, konnte er nicht mehr erfüllen.

Mit größter Eile schrieb Kurt Weiszheit an seinem Schutzschild, das ihn als Enkel Gustavs mit kommunistischen Weihen ausstatten sollte. Der Roman trug zunächst den Arbeitstitel »Gustav, der Träumer«. Im Parteiarchiv fand er Ermittlungsakten eines Parteiverfahrens gegen Heinz Poschinger, aber wenig Brauchbares über Gustav. Berichte über seine Kandidatur in den Zeitungen klangen widersprüchlich. Er stöberte im Archiv des Magistrats und in den Kellern des Rates des Stadtbezirks an der Fröbelstraße. Johannes Niecklisch, Vera Klotzke und Frieda Peters erzählten, was sie von Gustav wussten.

»Wenige Fakten. Sehr gut. Auf einem weißen Blatt schreibt es sich am besten.«

Und Elise? Sie fand die Idee eines Romans über ihren Vater absurd.

»Traue ihm nicht über den Weg. Er wühlt doch! ... Von mir erfährt er kein Wörtchen mehr!«

Kurt ließ hin und wieder ein Kapitel in der Küche liegen. Er wusste, dass sie es lesen, sich aufregen und schließlich doch einige seiner Fragen beantworten würde.

Recherchen in Gustavs Geburtsort an der Ostsee waren zu jener Zeit unmöglich; das Örtchen Schieß hieß nun Šyša und lag in der Sozialistischen Sowjetrepublik Litauen. So kurz nach dem Krieg wollten die »Freunde« keine Deutschen dort sehen. Notgedrungen ließ Kurt sich von den wenigen Fakten, die er kannte, inspirieren und erfand im Übrigen, was er für möglich (oder nützlich) hielt.

Egon Poschinger versorgte ihn mit Papier und Farbbändern, was für andere Autoren in jener Zeit keineswegs selbstverständlich war. Seine Sekretärin tippte die fertigen Kapitel mit Durchschlägen ab.

Kurt Weiszheit stellte die Wandlung eines leichtsinnigen Fabrikantensohns zum sozial engagierten Bündnisgefährten der Arbeiterklasse in den Mittelpunkt der Romanhandlung. Skrupel kannte er nicht, schließlich stand ja »Roman« auf dem Titelblatt. Erinnern war für ihn nicht das Gegenteil des Vergessens:

»Wir stellen eine Möglichkeit her, wenn wir uns erinnern. Der historische Roman ist der Versuch, eine Möglichkeit auszumalen, nicht etwa ein Reiseführer in die Vergangenheit.«

Zugleich wusste er ganz genau, dass die Leser seinen Roman wie eine Dokumentation aufnehmen würden:

»Da kann ein Leser noch so sehr ›memento reperti‹ murmeln, er wird doch dem Sog erliegen, den die Folge der Ereignisse darstellt. Ursache-Wirkung, Rede-Gegenrede, der Kampf zwischen Freund und Feind, Sehnsucht und Erfüllung – das sind die Mittel, die der Fiktion die Kraft des Faktischen verleihen.«

Anfang 1954 schrieb Kurt optimistisch:

»Bin auf der richtigen Spur. Brauche keinen Beifall, keine Ratschläge und erst recht keine Fragen.«

Er arbeitete bis spät in die Nacht, trank dann ein paar Bier in der »Schönhauser Klause«, setzte sich danach wieder an die Schreibmaschine, korrigierte Kapitel, schrieb, trank weiter und torkelte im Morgengrauen zu Bett. »Schreibend fühle ich mich ich.« Er magerte ab, seine Wangen glühten. »Fast 400 Seiten bei Junge Zeit abgegeben. Muß mich zur Ruhe zwingen.«

Die Ablehnung des Buches durch Sonja Paris traf ihn völlig unvorbereitet.

»›Ist das wirklich Ihre Familiengeschichte?‹ fragt sie, nach saurer Milch riechend. Das Kind quäckert. Nein, ja, blabla, was spielt das für eine Rolle?«

Wütend rief er im ZK an, weil er glaubte, sein Ex-Schwager habe die Finger im Spiel. Herbert Nachtigall fiel aus allen Wolken. Natürlich musste Poschingers Lieblingsprojekt erscheinen! Er verlangte das Manuskript zu sehen, las es an einem Wochenende durch und lud Kurt am Sonntagabend zu einem Schoppen in die Pusztasonne.

»Reblaus vom Verlag der Freundschaft wird lektorieren. Soll außerdem am neuen Liebknecht-Film mitarbeiten, Recherche und Drehbuch.«

Christoph Reblaus war ein zäher Arbeiter im Bergwerk der Literatur. Die Manuskriptseiten der zweiten Fassung sind übersät mit Anmerkungen in dünnem Bleistift und Radierstellen. Reblaus entdeckte einige Unstimmigkeiten bei den Fakten: Gustav Weiszheit konnte beispielsweise nicht Gast in Karl Liebknechts Gartenhaus am Orankesee gewesen sein, denn ein solches hatte es nicht gegeben. Dass Gustav 1903 mehrere Monate bei der AEG gearbeitet habe, um das Leben der Arbeiter kennen zu lernen und gemeinsam mit Heinz Poschinger die Gewerkschaft der Metallarbeiter aufzubauen, war ebenso unglaubwürdig wie die Behauptung, er sei kurz vor Kriegsausbruch noch mit selbigem nach Paris gereist, um Jean Jaurès (wenige Tage vor dessen Ermordung) zu sprechen.

Er hatte nichts gegen Erfindungen, aber unakzeptabel fand er, dass Kurt die Geschichte der Arbeiterbewegung mit Skandalgeschichtchen um Lumpenproletarier wie Griebel Wandt verwebte. Mussten die Wurzeln der Familie Weiszheit ausgerechnet im nicht mehr deutschen Osten liegen? Warum sollte dieser Hausbesitzer und Vortragsredner attraktiv sein? Das machte Leser glauben, es sei die elegante Erscheinung und nicht die Überlegenheit des Marxismus gewesen, die seine Zuhörerinnen überzeugt hatte.

Kurt Weiszheit verteidigte Satz um Satz seiner 400 Seiten, stritt sich bis aufs Messer und beschimpfte Reblaus. Änderte er schließlich doch einen Satz, setzte der Lektor wie ein Fechter nach, kam vom Hölzchen aufs Stöckchen, schob »den einfachen Leser, an denen wir denken müssen« vor, vergaß aber nie hinzuzufügen: »Letztlich ist es deine Entscheidung, du bist der Künstler.«

Im Tagebuch häufen sich die Klagen: »Hasse R.s spitzmundige Verklemmtheit.«

Der Roman ging auf wie ein Hefezopf, erklärte mehr, als er erzählte, und wurde immer unlesbarer. Kurt spürte das. Oft sprang er auf, weil ihm der Schweiß am ganzen Körper ausbrach. Er trat ans Fenster, presste die Stirn gegen die kalte Scheibe und stöhnte. Im Herbst 1954 lag ein verschwitzter Sommer hinter Kurt Weiszheit und ein Stapel von fast 900 Seiten neben seiner Schreibmaschine.

»Tatenlos ruhen die Hände des Dichters. Er kann sich weder zum Aufstehen noch zum Korrekturlesen entschließen. Neunhundert

Seiten aufgeblähtes Geschwätz, aus dem Schimmelgeruch steigt. Ein ganzes Jahr verloren.

Vielleicht hat nur ein einziges Buch in ihm gesteckt. Wenn er nur wüßte, was er anfangen soll, gelernt hat er ja nichts. Er duscht heiß, aber der Gestank des befleckten Papiers bleibt in seiner Nase. Mit nassen Haaren läuft er durch die kalten Novemberstraßen des Prenzlauer Bergs, die Stargarder hinüber zum Gaswerk an der Prenzlauer, wo es nach Teer riecht, die Raumer Straße zurück über den Helmholtz-Platz zur Schönhauser. Er stellt sich vor, mit den Arbeitern zur Schicht zu gehen, oder mit den Angestellten in ein Büro. ›Moin!‹ Er gießt wie jeden Morgen zuerst die Agave. Die Spitzen sehen ein bißchen trocken aus, finden Sie nicht, Frau Müller?

Er biegt nach links und wandert in Richtung Alexanderplatz hinunter und die Straßburger wieder auf den Berg hinauf. Aus den Fenstern der Schultheiß-Brauerei dringt der Geruch nach Malz und saurem Bier; sein Nachbar Adolf Kunert lächelt mit seinem Faltengesicht von der Siegertafel des Sozialistischen Wettbewerbs.

Im ›Schusterjungen‹ an der Dimitroffstraße sitzen die Arbeiter der Nachtschicht im dichten Tabakrauch bei Molle und Korn und spielen Karten. Während der Dichter am Tresen einen Schnaps nach dem anderen kippt, fliegt seine Phantasie. Harte, schmutzige Hände halten ihn an den Handgelenken fest. Seine frisch geduschte Weiszhaut erschauert.

Er bestellt einen weiteren Schnaps, aber der Wirt legt einen Bierdeckel auf sein Glas und brummelt ›Nu ma nach Hause mit die jungen Pferde‹.

Der Dichter lacht ihn an, er fühlt sich nicht betrunken, Ihr Spießer könnt mich mal. Seit Beginn der Überarbeitung hat er sich diszipliniert. Schluß damit, jetzt läßt er die Sau raus! Da hat der Wirt ihn aber schon am Nacken und schiebt ihn aus der Tür. ›Mach leise, Junge‹, rät er ihm, ›laß dich nicht wegfangen.‹«

Ein Dutzend der äußeren Seiten der zweiten Fassung des *Gustav* sind angekokelt und schwarz von Ruß.

Nach ihrer Berufung zur neuen Justizministerin im Juli 1953 ordnete Hilde Benjamin die sofortige Erledigung der offenen Anklagen gegen Staatsfeinde an. Ein kalter Wind wehte durch die Untersuchungsgefängnisse. Vom 7. bis 19. März 1954 fand vor dem Strafsenat des Bezirksgerichts Leipzig der (nichtöffentliche) Prozess gegen Ludwig Weiszheit statt.

»Der Staatsanwalt gräbt tief, um die eingeborene Schlechtigkeit des Angeklagten zu beweisen: Wen hat er seinerzeit aus deutscher Gefangenschaft befreit? Den Neffen eines Sozialrevolutionärs, des verfluchten Sawinkows! Und wem diente er im September und Oktober 1918 als Dolmetscher? Niemand anderem als dem Verräter Trotzki, dessen Name vergessen werden möge! Soll das alles ein Zufall gewesen sein, wie uns der Angeklagte glauben machen will? Wurde nicht sogar der Kommandeur der ›Eisernen Samara-Uljanowsk-Division‹, mit der Ludwig an den Kämpfen um Simbirsk, Orenburg und Ufa beteiligt war, Gaik Bschischkjan, als Feind der UdSSR entlarvt und erschossen?«

Der Prozess endete mit Ludwigs Verurteilung zu einer sechsjährigen Zuchthausstrafe. Elise kannte damals die Gründe nicht und selbst Ludwig, dem Verurteilten, wurde das Urteil nur ein einziges Mal vorgelesen. Sie sammelte Raucherkarten, bat Hugo um Traubenzucker und packte zu Ludwigs Geburtstag ein Päckchen, das sie nicht abschicken konnte, weil sie nicht wusste, wo er einsaß.

»Soll Verwandtschaft mit L. belegen, sonst bin ich nicht ›auskunftsberechtigt‹.«

Erst am 22. August 1953 erhielt sie aus dem Zuchthaus in Cottbus einen aufmunternden, fast fröhlichen Brief von Ludwig und wusste sofort, dass sie hinfahren musste.

Zu diesem Zeitpunkt hatte sie das Haus schon seit vielen Monaten oder gar Jahren nicht mehr verlassen. Vor dem Spiegel übte sie eine gerade, optimistisch wirkende Körperhaltung. Nur keine Sorgen zeigen, die Umstände waren auch so schon schlimm genug. Sie ließ von Victoria das rote Kleid auf Taille nähen, wie es neuerdings modern war, und lehnte Kurts Begleitung ab, obwohl sie das

Verlassen des Hauses so fürchtete, dass sie in der Nacht davor Fieber bekam.

»Besucher-Regeln unterschreiben. Umarmung verboten. Wachtmeister immer dabei. Blauer Ölsockel. Bibberkalt, durfte das Fenster nicht schließen. Eine Stunde warten. Dann Ludwig in grauer Uniform, mit rasiertem Schädel. Er lächelte mich an – und ich mußte heulen. Konnte die ganzen 20 Minuten kein Wort sagen. Und zwei Monate bis zum nächsten Sprecher.«

Die Besuche gestalteten sich schwierig. Ludwig musste wegen ihrer Taubheit sehr laut sprechen und der Diensthabende unterbrach sie häufig. Sie hatten keinen gemeinsamen Alltag, über den sie hätten unbefangen reden können. Ludwig durfte nicht über Politik sprechen und beinahe hätte Elise deshalb geglaubt, er sei in Gedanken bei ihr. Aber er war ihr eben nur bei-nah:

»wenn ich mir etwas vorwerfen muß, dann meine naivität. ich habe in tiefem glauben und aus reinem herzen gehandelt, aber vielleicht war ich nicht immer wachsam genug. ich brenne darauf, mich wieder einreihen zu dürfen. wohin auch immer die partei mich stellt, ich werde mich bewähren.«

In der Zeit zwischen den Besuchen in Cottbus schrieb Elise täglich ein paar Zeilen an dem einen Brief, den er alle zwei Wochen bekommen durfte. »Stollen (mit Rosinen von Lotte) gebacken« – den sie nicht abgeben durfte, weil der Taschenkontrolleur fürchtete, sie könne darin Feilen oder Waffen schmuggeln.

»Später, wenn sie an seine Haftzeit zurückdachte, erinnerte sie sich nicht mehr an die Wochen, Monate und Jahre des Wartens, sondern nur an die Minuten in seiner Zelle.«

Kurt notierte seine Eindrücke nach ihrer Rückkehr aus dem Gefängnis:

»Mu in C., L. mager und krank.« »Neuerdings brauchen sie eine Woche, um den Brief an ihn zu lesen. Sie sind jetzt zu siebt in einer Zelle für drei, angeblich ist das besser als Einzelhaft.« »Mu sitzt in der Küche, Hände auf den Knien, Blick ins Leere. Sie kriecht nach innen, in die Vergangenheit, in ihr ›Krakerorther Lank‹.« »Erfüllte

Liebe ist literarisch unergiebig. Besser ist Sehnsucht. Am spannendsten das Scheitern.«

Joschi Komalla witterte nach Ludwigs Verhaftung eine Gelegenheit, Hand auf das Weiszheithaus zu legen. Seine Macht wuchs, je mehr Häuser verfielen und Wohnungen knapp wurden, und verfallen sollte der Prenzlauer Berg, denn irgendwann würde ja alles abgerissen und neu bebaut.

»Das Ungemach hat einen Namen. K. will das Haus ›retten‹ vorm ›Volksfeind‹. Er spekuliert auf Mus Ängste.«

Elise wusste, dass Komalla am längeren Hebel saß. Die Nachbarhäuser waren schon lange verstaatlicht, auch ausländischer Besitz und jüdisches Eigentum wurden wie selbstverständlich von der kommunalen Wohnungsverwaltung belegt. Doch einschüchtern ließ sie sich nicht.

Anfang 1954 beanspruchte die Vergabekommission der Nationalen Front die Schlüsselgewalt über die Wohnung Seitenflügel 2. Etage rechts, doch Elise wollte sie an eine hochschwangere Frau aus Radebeul vermieten. Komalla setzte einen Termin für die Herausgabe des Schlüssels und drohte mit der Volkspolizei.

Kurt bat die Frauen des Hauses um Hilfe. Gisela (oder Ingeborg?) Grünwaldt verfasste einen Artikel für *Die Frau von heute*, in dem es hieß:

»Vorbei die Zeiten selbstherrlicher Hausbesitzer und Klassenteilung in bessere und schlechtere Etagen. Wo es etwas zu reparieren gibt, schwingt Elise Lachner als erste den Hammer und macht so manchem Mann etwas vor. Die resolute Mutter Courage wird von allen respektiert. Elise Lachner organisiert die Frauen ihres Hauses im Demokratischen Frauenbund Deutschlands. Zu Ehren des IV. Parteitags der SED pflanzten sie im März einen Baum zur Verschönerung des Hinterhofes. Nun leuchtet weiß ein junges Bäumchen als Symbol des Friedens.«

Auch Kurt selbst griff zur Feder resp. in die Schreibmaschinentasten, nämlich mit einem Artikel für die *Architekturzeitschrift der DDR* über den »sozialistischen Weiszheitverein«. Er bat seinen Freund, den Bauingenieur Konrad Wild, ihn unter seinem Namen zu veröffentlichen, und weil der gerade an der Bauakademie promovierte, erschien der kleine Aufsatz mit der Autorenangabe »Autorenkollektiv unter Leitung von Kurt Liebknecht« – welcher sein Doktorvater und tatsächlich ein Neffe von Karl Liebknecht war. Der Artikel schilderte die Geschichte des Weiszheitshauses und schloss den historischen Exkurs mit den Worten.

> »Nach dem Ende der Nazizeit hat ein neues Kapitel im Weiszheithaus begonnen. Endlich ist wahr geworden, wovon Gustav Weiszheit und Karl Liebknecht geträumt haben: Das Haus gehört denen, die darin wohnen.«

Elise berief eine Mieterversammlung ein und ließ eine neue Hausordnung beschließen. »Eigensucht und Schlendrian werden nicht mehr geduldet.« Brettchen mit der Aufschrift »Trottoir«, »Hof« und »Treppenhaus« wurden verteilt, wechselnde Beauftragte aus dem jeweils anderen Aufgang kontrollierten das Fegen, Wischen und Schneeräumen. Staub verschwand von den Fensterbänken, die hervorstehenden Schraubenköpfe versanken wieder in den Messingleisten an den Treppenstufen. Mit einer Sonderzuteilung Rohr, Schellen und Hanf gelang es, die im eisigen Winter geborstenen und nur behelfsmäßig gelöteten Wasserleitungen zu erneuern.

Komalla gab angesichts des steifen Gegenwinds sein Vorhaben auf, vorerst zumindest.

Hugo hatte sich, nachdem seine Nazi-Bekanntschaften in den Westen verschwunden waren, auf den Handel mit Reparationsgütern verlegt. Er bewegte die Dinge gern im großen Stil, schmierte sowjetische Divisionskommandeure und die Chefs amerikanischer Transportstaffeln, tauschte Eisenbahnschienen, Elektrokabel und Rohre über die Zonengrenze gegen Kaffee, Strumpfhosen, Zigaretten und Benzin.

Seine Ersparnisse wuchsen der Millionundzwölf entgegen, auch wenn er hin und wieder Rückschläge verkraften musste. In der Währungsreform zerschmolz sein Bargeld über Nacht. Im Jahr darauf beschlagnahmte die Polizei des französischen Sektors ein Lager mit Fensterglas, in dem fast sein gesamtes Vermögen steckte. 1950 wurde er verhaftet, weil er einen wichtigen Offizier der SMAD zu bestechen vergessen hatte.

Poschinger sorgte für seine Freilassung. Er brauchte begabte Schmuggler wie ihn, nachdem 17 westliche Länder ein Rüstungs- und Technologie-Embargo gegen den Ostblock beschlossen hatten. Hugo bekam einen Pass (beziehungsweise mehrere) und ein Büro in einem Hinterhaus am südlichen Ende der Friedrichstraße, in Wurfweite zum Checkpoint Charlie.

Im Weiszheithaus sollte niemand vom wahren Umfang seiner Geschäfte wissen, und so blieb Hugo, als ob er sich nichts Besseres hätte leisten können, in der kleinen Wohnung im Seitenflügel des Weiszheithauses, in der er aufgewachsen war, wohnen. Zwar gönnte er sich teuren Wein und wurde im Laufe der Jahre dick vom guten Essen – aber das unterschied ihn nicht von anderen, die im Krieg gehungert hatten und nun nicht aufhören konnten, bevor der Magen schmerzte.

Für seine Geschäfte konnte Hugo auf ein Netz von Helfern zurückgreifen, die ihm aus den unterschiedlichsten Gründen verpflichtet waren, darunter Kommunisten, die er vor den Nazis, und Nazis, die er vor den Kommunisten gerettet hatte. Er »importierte« nun auf mäandernden Pfaden kugelfeste Flugzeugreifen, Niobnuggets und Monomethylanilin und »exportierte« Kunst, Juwelen und Antiquitäten.

Auf einem der diplomatischen Empfänge, die er besuchte, um Kontakte zu pflegen, lernte er die Tibeterin Khandro Lobsang, Dolmetscherin der chinesischen Botschaft, kennen. Unter dem Lammledermantel trug sie ein langes grünes Kleid mit einer Regenbogenschürze. Während sie für ihn die Worte des Handelsattachés übersetzte, stürzte er in ihre großen braunen Augen wie in einen warmen See.

Sie tauschten Telefonnummern aus. Ein paar Tage später holte er sie mit einem Dampfer der Weißen Flotte ab, der mit einer halben

Waggonladung Altarkerzen beflammt war. Vom Anleger am Kupfergraben fuhren sie zur Liebesinsel. Die Nacht war tropisch warm.

Doch das Rad der Weltgeschichte malmte. Nach Stalins Tod im März 1953 kühlten die Beziehungen zwischen den kommunistischen Supermächten China und Sowjetunion und in der Folge auch die zur DDR ab. Khandro wurde nach Bekanntwerden ihrer Schwangerschaft von ihrem Botschafter unter Hausarrest gestellt. Hugo dachte über Entführung nach, doch Poschinger erklärte ihm, dass die Maoisten die ganze Lobsang-Sippe in Tibet erschießen würden, sollte er sich dem Wohnheim auch nur nähern.

Ende März 1954 klingelte ein Botschaftsmitarbeiter bei Hugo Lorenz und überreichte ein in Lammleder eingewickeltes Kind. Die Mutter befinde sich bereits wieder in Tibet, von Nachfragen empfehle man abzusehen. Mit Verbeugung und unbewegtem Gesicht wünschte er alles Gute. Auf dem Zettel am Zeh des Kindes stand ein Name: Coco.

Das Baby schielte mit beiden Augen auf die eigene Nase. Schwarze Haare klebten auf der Stirn, es sah angestrengt aus und hatte Schmutzflecken im Gesicht, aber es duftete, wie Elise befand, sehr appetitlich nach Schaf, Wachs und getrockneten Orangenschalen.

Hugo ließ seine Haare wachsen und färbte sie asiatisch schwarz, als wolle er der Mutter Khandro ähnlich werden. Seine Geschichte von exotischer Liebe und ewiger Treue zu einem Mädchen in Tibet rührte die einsamen Mütter im Seitenflügel, die ihn später, nachdem sie weitergezogen waren und ›drüben‹ als Sekretärinnen oder Putzfrauen in Fabrikantenhaushalten oder Chefetagen arbeiteten, mit Informationen und Kontakten versorgten.

Das Mietbuch des Weiszheitshauses verzeichnete zwischen 1949 bis 1953 einen kontinuierlichen Anstieg der Ein- und Auszüge. Im Seitenflügel wurden einzelne Wohnungen bis zu dreimal im Jahr neu vermietet. Tatsächlich waren die meisten »Auszüge nach unbekannt« Fluchten in den Westen.

»Das schnadderd neuerdings im Drebbenhaus«, stellte Kurt

Weiszheit fest. Aus irgendeinem Grund, vielleicht weil die Adresse dort von Hand zu Hand ging, waren es unverheiratete Mütter aus Dresden, die das Weiszheithaus als Basis für ihre Fluchtvorbereitung nutzten. Von hier liefen sie nur 10 Minuten durch den Gleimtunnel in den Wedding oder fuhren mit der S-Bahn von der Schönhauser Allee über die Grenze zum Gesundbrunnen. Drüben suchten sie Unterkunft und Arbeit, um das übliche Flüchtlingsprozedere abzukürzen.

»M.s Schwester saß acht Monate in einem Aufnahmelager fest, weil niemand sie haben wollte. ›Fünf Ginder, geene Arbeit, geene richtsche Schule, 'n winzscher Spielblatz, da krichsde doch ne Meise. Also nä. Isch geh vorher guggen‹«, zitierte Kurt eine der Frauen, die in Elises Küche ihr Herz ausschütteten.

Insgesamt verließen 1953 mehr als 300 000 Flüchtlinge die DDR. »Komalla droht Mu mit Anzeige wg. Beihilfe zur Republikflucht«; er forderte Elise auf, jeden Verdacht sofort zu melden. Elise tat, als habe sie ihn nicht gehört (hatte sie vielleicht wirklich nicht). Ihr Eigensinn sprach sich herum und lockte weitere alleinerziehende Mütter (wieder aus Dresden) ins Weiszheithaus.

Komalla ließ Ermittlungen einleiten, aber noch hielt der Schutzschild aus guten Beziehungen Kurts und Hugos Heimlichkeiten. Nicht-Denunziation war 1953 noch nicht strafbar, was freilich nichts bedeutete, wenn es nichts bedeuten sollte.

Quasi stellvertretend wurden Walter und Ilse wegen des Schmuggels von Eiern und Fleisch angezeigt, mussten sich vor einer Konfliktkommission des Stadtbezirks rechtfertigen und in der Folge die Pusztasonne dem »geselligen Beisammensein« von Brigaden umliegender Großbetriebe öffnen.

Hin und wieder blieben Fotos, Briefe und andere persönliche Dokumente der Flüchtlinge in den Wohnungen zurück, die Elise den Frauen hinterherschickte oder in Verwahrung nahm und später ins Archiv gab (Karton Nr. 26).

»Neuer Mitbewohner: Mu hat ein Kind gefunden. 8 oder 9 Jahre alt, ein Junge. Saß nackt in einem Regenbogen aus farblich sortierten

Söckchen, Höschen, Taschentüchern und Scherben eines Krugs mit Sonnenblumenmuster. Mindestens zwei Tage allein, durstig, stinkend. Redet nicht. Keine Nachricht von der Mutter.«

Deren Anmeldeschein war gefälscht, die Adresse gab es in Dresden nicht.

Der Junge hatte abstehende Ohren, Sommersprossen und einen rotorangen Haarschopf, der am Schädel klebte und aussah wie ein Helm. Nach einem gründlichen Bad roch er wie Heuschober und Wacholdergebüsch. Er mied Blickkontakte und kroch, wenn Fremde in die Wohnung kamen, unter den Tisch.

Seinen Namen konnte oder wollte er nicht sagen und rollte statt dessen die Augen. Manchmal wiegte er den Oberkörper und murmelte »Ma ma ma ma«, oder er zeigte in Richtung eines Geräusches, dessen Ursache er nicht sehen konnte, und sagte »to to«. Nach diesen beiden Silben nannte Elise ihn »Mato«.

»Dachschaden von einem Bombenangriff? Könnte verschüttet gewesen sein«, vermutete Elise. Einmal setzte sie ihm eine Quietschente in die Badewanne. Er sprang aus dem Wasser, als koche es, und schrie, bis sie das Spielzeug vor seinen Augen aus dem Fenster warf.

Die Amtskinderärztin diagnostizierte eine schizophrene Störung und empfahl die Einweisung in eine psychiatrische Heilanstalt. Auch Komalla verlangte, den Jungen in ein sozialistisches Kinderheim zu geben. Elise aber beharrte, dass die Mutter sich noch melden werde. »Aus dem Nest vor meine Füße gefallen. Kann ihn nicht fortschicken.«

Elise versuchte, Mato das Lesen und Schreiben beizubringen. Er verstand, was sie ihm sagte, blieb jedoch stumm. Wenn er etwas wollte, zeigte er darauf; im Laufe der Zeit entwickelten die beiden eine eigene Zeichensprache.

»Mato ist nicht dumm. Sein räumliches Vorstellungsvermögen ist phänomenal, seine Rechenkünste sind denen von Elise weit überlegen: Bei der monatlichen Mietabrechnung benutzt sie ihn als Abakus.

> Er ist nur eigen. Spielsachen, die er zum Geburtstag geschenkt bekommt, verschwinden in den Schubladen oder werden weiterverschenkt, denn er fürchtet sich vor Kuscheltieren, Holzlokomotiven und Würfelspielen. Er zeichnet stundenlang Striche nebeneinander, wie ein Gefangener, der die Tage zählt. ›Zäune sind das‹, korrigiert Mu, ›das sieht man doch.‹«
>
> »Max will Mato Malstunden geben, aber der Versuch endet in einer Katastrophe. Mato erträgt das Durcheinander auf dem Zeichenpapier nicht. Er geht mit dem Bleistift auf seinen Lehrer los, zerschneidet die Zeichnungen und ordnet sie neu, daß sie aussehen wie Gitter.«

Er mochte Reihen und Wiederholungen. Wenn die Wirklichkeit sich seinem Sortieren und Ordnen widersetzte, geriet er in Stress und begann zu riechen wie verbranntes Wacholderharz. Fand seine Umgebung sich mit der speziellen Ordnung ab, in die er Lappen, Bücher, Stifte, kurz alles, was sich irgendwie nach Farbe und Form sortieren ließ, brachte, war er zufrieden und ein pflegeleichtes Kind. Reißverschlüsse, die er auf- und zuziehen konnte, beglückten ihn.

> »Mutters neues Spielzeug sitzt mir im Nacken. Arbeite ich, lauscht er still und zufrieden. Hört das Rattern der Schreibmaschine auf, beginnt er zu brummen und zu schaukeln, bis ich mich wieder setze und weiterschreibe. Gestern zwölf Seiten geschafft.«

Trotz ihrer Schwerhörigkeit behielt Elise die Tradition des gemeinsamen Sonntagsessens bei. Sie schaute zu, wie die andern sich unterhielten, und lächelte fein, weil sie sich einbildete, dass nur über angenehme Dinge gesprochen wurde.

Weil die Pusztasonne sonntags erst am Nachmittag öffnete, kochten Walter und Ilse. Kurt lud so unterschiedliche Gäste zu Tisch wie den später berühmten Stanisław Lem, dessen erster Roman *Die Astronauten* gerade auf Deutsch erschienen war, oder den heute vergessenen Franz Fabian, dessen *Rat der Götter* Anfang der Fünfziger in aller Munde war. Literaturfunktionäre kamen zu Besuch, wie der Genosse Rerik, Archivleiter des Gewerkschaftshauses, der einmal selbst die Tradition erleben wollte, die Kurt in *Gustav, der Sucher* beschrieben hatte.

»Gleich nach dem Eierkuchen gegangen. Hatte sich das wohl anders vorgestellt, politischer.«

Im Sommer des Jahres 1954 kehrte Harald Klotzke aus Moskau zurück, mit dem Leninorden dekoriert und mit besten Empfehlungen der sowjetischen Genossen. Er wurde als Nachfolger des in den Westen geflohenen Dr. Ing. Radszuweit zum technischen Leiter des Berliner Bahnstromnetzes ernannt, aber eigentlich war seine Aufgabe eine politische: Das Schienennetz war zu teilen wie die Stadt.

Harald, der nie gelernt hatte, sich Befehlen zu widersetzen, amputierte auf Weisung der Reichsbahndirektion trotz schwererer Bauchschmerzen die Stromversorgung der Kopfbahnhöfe der S-Bahn und koordinierte die Elektrifizierung des Außenrings als Teil der Abkopplung Westberlins. Die S-Bahn nach Pankow und Bernau, ursprünglich eine Verlängerung der Süd-Nord-Strecke durch die Innenstadt Berlins (via Bahnhof Gesundbrunnen), fuhr jetzt auf der neugebauten »Stalinkurve« von der Schönhauser Allee ab.

Die komplette Auftrennung des S-Bahn-Rings war nur eine Frage der Zeit. Melli hasste Harald dafür. Schon jetzt betrug die Haltezeit auf dem S-Bahnhof Schönhauser Allee, dem letzten vor der Zonengrenze, fünfzehn Minuten, weil vor der Weiterfahrt Polizisten und Zoll den ganzen Zug durchsuchten.

Obwohl Melli und Harald sich nur spätnachts und an manchen Wochenenden begegneten, vergiftete ihr Schweigen die Atmosphäre in der überbelegten Wohnung. Michael, jetzt 9 Jahre alt, der auf die Rückkehr seines Vaters wie auf den Messias gewartet hatte, war tief enttäuscht. Der Fremde trug das Parteiabzeichen der SED am Revers seines Anzugs und sprach, wenn er Wodka soff, verächtlich von den Russen, die ihn doch ausgezeichnet und befördert hatten.

Die Großmutter zwang Michael, die Schuluniformfetzen von Toten zu tragen, und für die schöne Vivienne war er nur ein Floh, wegen dem sie warten musste, wenn er auf dem Klo saß. Sehnlich erwartete er den Ausbruch des dritten Weltkriegs, von dem alle sprachen. Sollten sie doch im Feuer der Atome verglühen! Vorerst begnügte er sich damit, Michael Grünwaldt zu verprügeln und ihm sein albernes Pionierhalstuch in den Mund zu stopfen.

Kurt Weiszheit arbeitete in den Wintermonaten 1954/1955 gemeinsam mit Carl Andrießen an einem Drehbuch über Karl Liebknecht, der als Sohn des SPD-Gründers Wilhelm Liebknecht und Führer der Spartakusgruppe zu den Ikonen der DDR gehörte. Die »allerhöchste Richtlinie« für die DEFA lautete,

> »Filme herauszubringen, die hervorragende Persönlichkeiten der Geschichte unseres Volkes in ihrem Schaffen darstellen«.

Die Eckpunkte der biografischen Erzählung mit dem Arbeitstitel *Trotz alledem* waren von einer Historikerkommission vorgegeben: Kindliche Erfahrungen mit den Ungerechtigkeiten des Sozialistengesetzes – Anwalt der Geschundenen in Berlin – Zuchthaus – im Preußischen Abgeordnetenhaus und im Reichstag – Verrat der Sozialdemokraten zu Kriegsbeginn – Karl Liebknechts Fronterlebnis – Novemberrevolution und schließlich die Gründung der KPD als Ziel der Geschichte. Im Abspann sollte darauf hingewiesen werden, dass die DDR Liebknechts Vermächtnis erfülle.

Die beiden jungen Drehbuchautoren diskutierten die Gefahr, die darin bestand.

> »K.L. auf seine geschichtliche Rolle zu reduzieren, das Gefühl für den Menschen zu verlieren. Allein gegen die Kriegskredite, während alle anderen begeistert sind, das macht doch einsam, und wenn wir nicht zeigen, wie er leidet, denken die Zuschauer, mit dem stimmt was nicht. Und beim Vormarsch der Konterrevolution: ›Flucht mit den Kindern in die sichere Schweiz‹ oder ›Trotz alledem‹ und Standhaftigkeit?« »Hatte er Schuldgefühle wegen der Toten? Ist er traurig über seine Irrtümer? Haßte er die Massen für ihre Trägheit? Zweifelte er an den Aussichten der Revolution?«

Sie bauten die Rolle von Sophie, seiner Frau, so stark aus, dass der Chefdramaturg kritisierte, »wir hätten uns mehr mit Frauen beschäftigt als mit der Parteilinie«, und die erste Fassung rundweg verwarf. Carl Andrießen gab zu Ostern 1950 wegen einer Tuberkulosebehandlung seine Mitarbeit auf, so dass Kurt allein weitermachen musste.

»Ich wurde bezüglich Kürzungen nicht gefragt und war auch während der Dreharbeiten nicht immer anwesend. Von einigen Eingriffen erfuhr ich erst auf der Premiere im Kino Babylon, am Vorabend des 1. Mai 1955. Für Änderungen war es da natürlich zu spät.

Vielleicht hätte ich mich im Interesse anderer Drehbuchautoren beschweren sollen, aber auch im Herzen des Schriftstellers ist nicht endlos Platz: Meines war bereits wieder mit anderen Figuren bevölkert, mit Gustav Weiszheit und seiner Familie.«

Im Ergebnis der Streichungen wirkte die Ermordung Liebknechts und Luxemburgs, als sei sie nicht Ergebnis, sondern Ursache des Scheiterns des Januaraufstands – was sicher im Sinne der Auftraggeber lag. Im fertigen Film fehlt leider auch die Szene, in der Liebknechts Forderung, Häuser müssten denen gehören, die darin wohnen, von einem Hausbesitzer namens »Hellmann« begrüßt wird.

Trotz alledem war nicht als Unterhaltungs-, sondern als Propagandakino konzipiert. Schulklassen und Brigaden füllten die Säle, manche gezwungenermaßen, manche gern. Bis in die sechziger Jahre, als ihn ein neuer Liebknecht-Film mit aufpolierter Ästhetik verdrängte, prägte *Trotz alledem* das Geschichtsbild der Heranwachsenden.

Am 7. Oktober 1955, zum sechsten Jahrestag der Gründung der DDR, wurde dem »Künstlerkollektiv« einschließlich Drehbuchautor in der Werner-Seelenbinder-Halle der Nationalpreis II. Klasse verliehen, der mit 50000 Mark dotiert war. Kurt Weiszheit war 25 Jahre alt.

»Ruhm und Geld hatten eine verheerende Wirkung auf mich, denn ich glaubte mich talentiert und verdientermaßen geehrt. Man durfte sich als Nationalpreisträger jederzeit an den Genossen Ulbricht wenden, was mir eine Art eingebildete Freiheit verschaffte, ohne die ich vielleicht nicht in der DDR geblieben wäre.«

Ist es Zufall, dass Kurt Weiszheit zur gleichen Zeit ein Heft für die Notizen zum Thema »Riechen« anlegte?

»Ziel: Wirkung von Düften erkennen. Als Geheimwaffe nutzen. Gerüche als Anzeiger für Angst und Unsicherheit, Bereitschaft und Entschlossenheit. Auf der Linie oder danebenliegen.«

Der Nase nach – das klingt doch sehr nach Karrierismus.

»Nachtigall und Komalla = Geruchskünstler, L.M. fragen, wie die das machen! Andrießen muß immer nach sich riechen, ist das vermeidbar? Selbstversuch unmöglich: Rieche ich anders, rieche ich anders.«

In der Absicht »Gelegenheiten zu riechen« unternahm Kurt Weiszheit Exkursionen zu den Straßen und Plätzen der Macht in Pankow.

»Auffällig: linientreue Menschen riechen wie traurige Menschen nach ihren Kleidern! Vater = Nachtigall? Umkehrung: Hat Humor einen spezifischen Duft? Herausfinden: Ideologische Wirkung von Desinfektionsmitteln.«

Olfaktorische Erkenntnisse dieser Art tauchten später in den *Nächtlichen Erlaufungen* wieder auf.

Mit dem Selbstbewusstsein des Nationalpreisträgers verfasste Kurt Weißheit bis Anfang 1956 eine neue, die nunmehr dritte Fassung von *Gustav, der Sucher*. Er strich die gesamte ostpreußische Vorgeschichte der Familie und ließ Gustav an der Kriegsverwundung sterben. Aus dem Druckereibesitzer Abramowitz machte er einen klassenbewussten Druckereiarbeiter, von dem Gustav proletarisches Denken lernt.

Auf der Habenseite sind die Kapitel zu verbuchen, in denen er Augustas Entwicklung an der Seite Gustavs schildert. Am Ende des Buches ergab sich daraus ein Cliffhanger: »Wird Augusta den Staffelstab weitertragen?« Entsprechend kündigte Kurt Weiszheit im Begleitschreiben eine Fortsetzung an. Beeindruckt telegrafierte Reblaus: »gratuliere stop gustav im weihnachtsprogramm«.

Gustav, der Sucher erschien dann aus mir unbekannten Gründen doch erst Anfang 1956. Kurts Kalkül, seinen Großvater zum karriereförderlichen Vorfahren umzuschreiben, ging auf. Herbert Rosen, Kritiker des *Zentralblatts,* schrieb:

»Dieser ›Gustav guten Willens‹ meint, das Richtige nicht tun zu können, weil er allein steht. Dürfen wir ihm das verübeln? Nein! Er ist ein Genosse ohne Partei. Wir müssen mit ihm fühlen. Kurt Weiszheit gelingt es wie kaum einem Autor vor ihm, die Verzweiflung deutscher Sozialisten beim Ausbruch des imperialistischen Völkermordens (be-)greifbar zu machen.«

Wendel Rothermann jedoch ritt in der Monatszeitschrift der Jugendhochschule eine Attacke gegen den »literarischen Mitläufer«:

»Kurt Weiszheit liefert den Bündnispartner aus dem fortschrittlichen Bürgertum, der eigentlich ganz gut zur neuen Bündnispolitik unserer Partei passen würde. Nur verblaßt die Arbeitermasse leider neben dem sauberen Individualisten, die Arbeiterfrauen sind müde, die Männer saufen und die Funktionäre tragen Ärmelschoner.«

Kollegen, bei denen *Klaus und Karola* Hoffnungen geweckt hatte, reagierten enttäuscht: »Hast du den neuen Weiszheit gelesen? Mußte nach den ersten Seiten auf den Umschlag schauen, ob es der gleiche Autor ist.«

Der Verkaufserfolg war anständig, ohne freilich die Auflagenhöhe von *Klaus und Karola* zu erreichen.

Kurt Weiszheit fiel nach der Abgabe des Manuskripts in das bekannte »schwarze Loch« und versuchte, dem Entzug entgegenzuwirken, indem er die Buchhandlungen abklapperte, nach *Gustav, der Sucher* fragte und dem Verlag sofort meldete, wenn der Titel irgendwo ausverkauft war. Er nahm Einladungen in Clubs der Volkssolidarität und Betriebskrankenhäuser an, las vor müden Bauern und zur »Kultur« verdonnerten Soldaten, lernte entlegene Provinzkäffer und menschenleere Landschaften kennen, verirrte sich mit dem Fahrrad zwischen den amöboiden Tagebauen der Lausitz und strandete im falschen Dorf in Mecklenburg, wo der Bus nur einmal am Tag hielt. Nach der Lesung saß er manchmal mit Bibliothekarinnen in Restaurants oder aß in verrauchten Kneipen Bockwurst mit Brot, saß auf dem Sofa einsamer Buchhändlerinnen oder wankte betrunken durch stockdunkle Gassen und konnte sein Hotel nicht finden.

Er versuchte, mit einem neuen Projekt anzuschließen, aber die Entwürfe für *Augusta*, kamen nicht voran. Manchmal signierte er aus Versehen mit »Kurt Lachner« und fürchtete, dass ihm die Identität abhandenkomme. Er stapelte hoch und prahlte mit Projekten. Auf der Neujahrskarte des Verlags der Freundschaft schrieb Reblaus: »... wünschen wir dir (und uns) für das Jahr 1957 einen gelungenen Abschluß deiner vielen neuen Bücher!«

Herbert Nachtigalls Tunnelblick normalisierte sich nach dem Erscheinen des Gustav. Er bemühte sich, sein Fehlverhalten der letzten Wochen wiedergutzumachen. Er grüßte ringsum, zeigte sich informiert, unterhielt bei Tisch und steuerte während der Sekretariatssitzungen Ideen bei – erreichte jedoch das Gegenteil: Der Sekretär fragte mit Sorgengesicht, ob Nachtigall mit seiner Arbeit zurechtkomme, er wirke zerfahren; wenn er überlastet sei, könne man ihm weitere Aufgabenfelder abnehmen. Erschrocken wehrte Nachtigall ab und erklärte, dass er nur eben wieder über Breitbild und Weitblick verfüge. Das kam nicht gut an. Seine im Gespräch gewesene Ernennung zum »Abteilungsleiter Literatur« im Kulturministerium wurde abgeblasen. Man hätte jemanden mit Scheuklappen gebraucht.

Wenn bei irgendjemandem Zweifel an Kurts ideologischer Festigkeit bestanden, wurden diese im darauffolgenden Jahr vom Westwind zerblasen: Ein bayerisches Amtsgericht indizierte *Gustav, der Sucher* wegen der Verherrlichung spartakistischer Gewalt.

»Man bittet Dich, bis auf weiteres von Reisen in die BRD Abstand zu nehmen«, übermittelte Herbert Nachtigall eine Warnung von Walter Borning, Instrukteur der Abteilung Sicherheitsfragen des ZK. Für Kurt kam diese Einschränkung, zumindest nach außen, einem Ritterschlag gleich.

»Durch Zufall lag mein Wohnort in der sowjetischen Besatzungszone, schon nicht mehr ganz zufällig war ich zum DDR-Bürger geworden. Die Tatsache aber, daß in der Bundesrepublik wieder braune Verbrecher das Steuerrad drehten, machte mir die DDR zur Heimat und ihren Antifaschismus lieb. Sie wurde mir zum schützenden Gehäuse für meine Arbeit und meine Hoffnungen.«

»Mein Bruder ist ein echter Zwilling«, schreibt Lotte an ihre Mutter, »er kann so und auch anders, im Zweifel entscheidet er sich für beides.«

Gerna Ukass kam fast täglich über die Ringbahn herüber, um Bertha und Gertrud zu besuchen – zum religiösen Gespräch, zum Saubermachen oder einfach, um nach dem Rechten zu sehen. Bertha war in ihren Siebzigern, litt an grauem Star und trug Brillen mit dicken Gläsern, die sie einem Uhu ähnlich machten; Gertrud hatte das Sprechen nie gelernt. Sie war korpulent geworden, so dass die feinen Kleider aus Johannes Hinterlassenschaft spannten, aber sie weigerte sich, etwas anderes als Rosa-Weiß und Rüschen zu tragen. Täglich inspizierte sie, wie eine Gutsherrin ihre Domänen, die Hinterhöfe der Kopenhagener und der Sonnenburger Straße. Sie beschlagnahmte Pfandflaschen, Lumpen und Papier.

Ihre Tochter Agnes war mit Anfang 20 ausgezogen und arbeitete als Diakonieschwester in den Hoffnungstaler Anstalten in Lobetal. Sie kam nur selten nach Hause. Der Umzug von Bertha und Gertrud ins Schwesternheim gegenüber, wo seit dem Tod von Argane nur noch drei Nonnen wohnten, war fest verabredet.

Elise bemerkte die Anwesenheit der Polizei im Hause erst, als der Uniformgeruch, dieser über alle Zeiten gleiche Geruch nach Bürostuhl, Schweiß und Kleiderkammer, die erste Etage und ihre Nase erreicht hatte. Sie folgte ihm und bemerkte, dass er sich mit der Essigschleppe von Gerna Ukass vereinigte und zur Haustür führte. Am Straßenrand parkte ein schwarzer Framo. Die Kriminalbeamten behaupteten, Gerna Ukass habe einer Mutter und ihren Kindern aus dem Seitenflügel Fluchthilfe geleistet.

Wegen »bandenmäßigen Menschenschmuggels« wurde die Nonne zu einer Haftstrafe von 3 Jahren verurteilt, von denen sie etliche Monate in Bautzen absitzen musste, bevor sie am Vorabend des Weihnachtsfestes 1956 in den Westen freigekauft wurde. Vermutlich ging es in Wirklichkeit darum, den Druck auf die Grauen Schwestern zu verstärken: Die Nonnen sollten ihre Mission und vor allem ihre Immobilien aufgeben.

Elise wurde zu einem Gespräch in die Abteilung Wohnungswesen eingeladen, wo Komalla sie in Anwesenheit des stellvertretenden Bürgermeisters und zweier Herren von der Sicherheit »aktenkundig« verwarnte und einen Vortrag über die Amoralität des Privateigentums an Produktionsmitteln und die Vorzüge einer Kooperation mit den Siegern der Geschichte hielt.

»Herzrasen. Schwindel. Totenglocken.«

Komalla holte verwandschaftliche Verstärkung ins Haus: Der Mann seiner Halbschwester Fricka arbeitete bei der SMAD und war Parteimitglied seit der Vereinigung. Er sollte ihm (dem im Haus niemand traute) von republikfeindlichen Gesinnungen unter den Bewohnern berichten. Kurz darauf beantragte Komalla für die bevorstehende Mitgliederversammlung eine Beschlussfassung über die Selbstauflösung des Mietervereins, quasi die bedingungslose Kapitulation.

Kurt Weiszheit beschloss, endlich einmal die Privilegien seines Nationalpreises zu nutzen, rief in Walter Ulbrichts Vorzimmer an und bat um einen Termin. Kurz darauf meldete sich Poschinger bei ihm.

»Von Chauffeur zu Hause abgeholt. Poschinger mit offenen Armen, ganz leger im Hausmantel, umgeben von einer Wolke aus Radeberger und Westzigaretten. Er macht Witze über ›Leute, die wir brauchen, aber nicht lieben‹. Rätsle noch, ob er Nachtigall meint.

Die ›Problematik Weiszheithaus‹ sei schon geklärt. Nächstes Mal soll ich mich lieber gleich an ihn wenden, der Walter sei nicht so fürs Praktische.«

Der Sicherheits-Mann erschreckte Kurt mit der Andeutung, Rothermann und gewisse andere Genossen zweifelten an der Echtheit der in *Gustav der Sucher* geschilderten Freundschaft mit Karl Liebknecht. Das betreffe auch ihn, zumal in Auswertung des XX. Parteitags der KPdSU und der Rede des Genossen Chrustschow eine Parteiüberprüfung anstehe, der »wir« uns alle stellen müssten. Er bot sich als Zeugen für den geplanten Roman über Augusta an, denn er selbst sei ja unter jenen Verfolgten gewesen, denen Augusta Quartier gewährt hatte.

»Fühlte mich wie eine Maus, die von einer Katze umschnurrt wird.«

Poschinger fuhr fort, er habe bisher aus altgewohnter Konspiration – verrate dem Feind nicht die Methoden des illegalen Kampfes! – geschwiegen. Jetzt aber, unter dem Schirm des antifaschistischen Staates, wolle er davon sprechen, dass er während seiner Kurierreisen nach Deutschland in den Jahren 1937 und 1938 mehrfach Augustas Hilfe in Anspruch habe nehmen müssen. Einmal sei er bei einer Razzia verhaftet worden, vom Lastwagen gesprungen und habe sich mit einem gebrochenen Fußgelenk zum Weiszheithaus gerade noch so schleppen können.

Er goss Kurt Weiszheit ein großes Glas französischen Cognac ein. Dann räusperte er sich verlegen. Also da gibt es natürlich keine Dokumente, nun ja, man habe damals Namen und Adressen schnell »vergessen«, um unter der Folter nichts verraten zu können. Er brauche Kurts Hilfe, um sich »richtig zu erinnern«, an das damalige Aussehen Augustas beispielsweise, ihre Figur und Kleidung, Lage und Bauart des Kellers, die Namen etwaiger Helfer, all jener Umstände also, die den Wahrheitsgehalt seiner Legende belegen. Er goss die Gläser nach.

Kurt begriff, dass von ihm eine Geschichtsfälschung erwartet wurde, aber er sah zumindest kein prinzipielles Problem darin:

> »Unser Gedächtnis verändert mit jedem Erzählen Form, Gestalt und Farbe. Entscheidend ist das Wie und Wozu der Erzählung. Alles andere ist Religion.«

Von den Gerüchten, nach denen Poschinger in Moskau Schuld an der Verhaftung und Erschießung eines Studienfreunds Erich Honeckers von der Internationalen Leninschule tragen sollte, erfuhr er nach eigenen Angaben erst nach der Wende.

Kurt verknüpfte für die Legende von Poschingers Kurierreise Fakten über eine Widerstandsgruppe bei der AEG mit Lottes Quellen über die Arbeit der Gestapo und einer authentischen Schilderung der Verhältnisse im Weiszheithaus, so dass sich ein recht glaubhaftes Alibi für den altgedienten Parteifuchs ergab.

Die vom XX. Parteitag eingeleitete »Abrechnung mit dem Stalinismus« war dann doch schneller vorbei, als Poschinger zu hoffen gewagt hatte, und so bat er Kurt schon wenige Wochen später, das ihn betreffende Kapitel vorerst nicht zu veröffentlichen. Der stimmte umso bereitwilliger zu, als ihm die Arbeit an der *Augusta* insgesamt nicht von der Hand ging. Erst viele Jahre später sollte er das Manuskript wieder aus der Schublade holen.

Im Protokoll der Mitgliederversammlung des Vereins vom 25. 7. 1956 heißt es lapidar:

»Zu Beginn der Versammlung beantragt Josef Komalla den Punkt ›Auflösung des Vereins‹ von der Tagesordnung zu streichen.«

Bis zum Mauerbau 1961 herrschte zwischen Elise und dem Wohnungsamt eine zwar angespannte, aber friedliche Koexistenz. Sie vergab die Schlüssel, Komalla schickte ihr hin und wieder eine Mieterin und kümmerte sich ansonsten nicht um das Haus. Was Kurt verdiente, reichte für den laufenden Unterhalt und die dringendsten Reparaturen.

»Die Zeit zehrt, aber es geht, solange es geht«, schrieb er an Lotte, »und wenn es nicht mehr geht, wird Mu auch darin Vorteile entdecken.«

Eine weitere Folge des »Deals« mit Poschinger war, dass Nachtigall den »lieben Genossen Weiszheit« zu einem »Kadergespräch« einlud: Die Kommission des Gewerkschaftsbundes für kulturelle Erziehung des neuen Menschen sei mit einem literaturkundigen Genossen zu besetzen.

Kurt bat sich Bedenkzeit aus, doch er wusste: Es gab kein Zurück. »Wer etwas ändern will, muß mitmachen.«

Im Protokoll der Sitzung der Kokult von November 1956 heißt es:

> »Genosse Rothermann zweifelt an der Eignung des Genossen Weiszheit. Genosse Ortwin betont, daß die Kandidatur auf Wunsch des ZK erfolgt. Nach einer kurzen Aussprache übt der Genosse Rothermann Selbstkritik wegen des Fehlers des Voluntarismus. Die Wahl des Kandidaten Weiszheit erfolgt einstimmig.«

»Beobachten oder mitmachen?« musste sich nur fragen, wer das Experiment Sozialismus grundsätzlich guthieß, und das stellte Kurt trotz der ungarischen Ereignisse des Jahres 1956 nicht in Frage. Nach der sowjetischen Intervention wurden Anfang Dezember jene seiner Kollegen verhaftet, die Kontakt zum ungarischen Kulturminister, dem in der DDR sehr einflussreichen Georg Lukács, gehabt hatten. Ein Schauprozess zeigte den Literaten die Instrumente. Kurt drehte für sich die Logik um:

> »Der Wind weht uns jetzt ins Gesicht, aber daß im P. [Petőfi-Klub] die Zukunft [des Sozialismus] kontrovers diskutiert werden konnte, beweist, daß erfindungsreicher S. [Sozialismus] möglich ist, im Prinzip, und darauf kommt es an.«

»In die Falle gegangen«, schrieb er ein Jahr später. In der Welt der Funktionäre gab es nur »wir« oder »sie«, nur Schwarz oder Weiß. Kurt Weiszheit sah keine Möglichkeit, sich zu entziehen, ohne den Bruch zu riskieren.

Im Januar 1955 nahm er an einer Konferenz des ZK mit »Genossen Schriftstellern und Künstlern« teil, auf der festgestellt wurde, dass »in der BRD eine erneute faschistische Machtergreifung« drohe, gegen die es nicht mehr ausreiche, nur »schöngeistig« zu schreiben. Er wurde aufgefordert, seinen Stift in den Dienst des Antifaschismus zu stellen.

> »Die Frage war nicht, ob ich hätte ›Nein‹ sagen können, denn ich wollte ja. Lotte saß in Zürich und forschte über die gleichen Nazis wie ich, aber als Poschinger erfuhr, daß ich Lotte Informationen zu-

kommen ließ (wie ich ja auch ihre nutzte), gab es großes Trara: Wir müßten unsere Munition selbst verschießen und dürften die Initiative nicht an bürgerliche Antifaschisten verlieren.«

Am 11. Februar 1956 erschien im Zentralblatt ein erster Artikel von Kurt Weiszheit, und zwar über die Nazivergangenheit des Bundesinnenministers Gerhard Schröder (geboren 1910, nicht zu verwechseln mit dem späteren Bundeskanzler gleichen Namens).

»Herr Assessor S. ging jeden Tag in die Kanzlei und beugte sich so fleißig über die Gerichtsakten, daß er gar nicht merkte, wie seine zahlreichen jüdischen Kollegen einer nach dem anderen verschwanden. Als er sich schließlich doch wunderte, konnte er angeblich nichts dagegen tun, er war ja nur ein kleiner Rechtsassessor. 15 Jahre später wird er ganz vergessen haben, daß er seit 1933 Mitglied in der NSDAP, der SA und im Nationalsozialistischen Rechtswahrerbund war.«

Der Antifaschismus wurde zu einem propagandistischen Eckpfeiler des »besseren Deutschlands«, und natürlich gibt es keine Propaganda ohne Übertreibungen und Vereinfachungen. Differenzierungen waren nicht verlangt und wären vermutlich auch nicht durchgegangen, aber es war Kurt selbst, der sie gar nicht erst vorschlug. Von sich aus verschwieg er die Tatsache, dass Schröder 1941 eine Frau geheiratet hatte, die nach den Nürnberger Gesetzen als Mischling 1. Grades galt, und begründete das später mit seiner Empörung,

»daß ... Schröder derjenige [war], der die ›Volksbefragung gegen die Remilitarisierung‹ verbot, als sie schon neun Millionen Unterschriften gesammelt hatte«.

Kurt durchforstete auf der Suche nach verwertbarem Material das Konvolut seines Vaters über Conti und die Euthanasie, dazu zwei Kartons voller Zeitungsartikel, privater Briefe und Karteikarten. Die davon heraufbeschworenen Erinnerungen taten ihm weh.

»Albtraum: ER wabert in einer Nebelwolke überm Schreibtisch ... Erfülle nicht seine Erwartungen. Bin zart statt hart. Schmal statt Stahl. Schwach statt wach. Fürchte, daß er mich verstößt. Wache auf.

Rieche tatsächlich Desinfektionsmittel. Öffne das Fenster zum Lüften: Vatermord!«

Er schickte das Material an Lotte, die aber vorerst nicht dazu kam, sich damit zu beschäftigen. Sie trennte sich gerade von Filz und zog in die Villa einer Generalswitwe nahe der Universität, wo sie Julius Barmann, ihren späteren Mann, kennenlernte. Der aus Frankfurt stammende Buchhändler und Verleger war dabei, die neugegründeten Universitäten und Hochschulen Westberlins mit Fachliteratur auszustatten. Offensichtlich liefen die Geschäfte gut, jedenfalls bat er Lotte, als seine Mission beendet war, mit ihm in die Schweiz zu kommen, wo er am Zürichsee ein Haus kaufen und sich zur Ruhe setzen wollte. Julius war 20 Jahre älter als sie und hatte in der Nazizeit seine Familie verloren, mit Ausnahme jener älteren Schwester, die ihn 1938 zu sich in die Schweiz geholt hatte.

Lotte liebte ihn, aber sie fürchtete auch, »als Trösterin seiner Seele und Hüterin seines Herdes meine Freiheit zu verlieren«. Kurt schrieb zurück:

»Jetzt kriegst Du, was Du immer wolltest. Mach einen Vertrag mit ihm, mit 99 Paragraphen, Vertragsstrafen und Kündigungsfristen. Vergiß nicht, Dir die Hälfte des Hauses überschreiben zu lassen.«

1955 schloss Lotte nach einem Semester an der Sorbonne ihr Studium ab und heiratete Julius Barmann. »Alte Männer!«, reagierte Elise in ihrem Tagebuch am 22. 10. 1955, »von mir haben sie das nicht!«

Beim Auspacken der Kartons in Zürich entdeckte Lotte das Material ihres Vaters wieder.

»Ich erinnere mich an Vater nach dem Krieg nur als ernst und verschlossen, und wenn Du schreibst, daß Du das schlechte Gewissen riechen konntest, so wirst Du recht haben. Mein vorherrschendes Gefühl war Mitleid.«

Bei Recherchen im Parteiarchiv fand Kurt Weiszheit Personalakten des Reichssicherheitshauptamts, deren größerer Teil 1945 verbrannt oder mit dem Ziel »Alpenfestung« fortgeschafft worden war. Den

Tipp gab er an seine Schwester Lotte weiter, die der Spur über verschiedene Umwege zu einem fotografischen Atelier in München folgte.

»Valentin Meisser war ein gebeugter Herr, der zwischen den Stellwänden und Rolladenschränken in seinem dämmerdunklen Atelier fast verschwand. Ich hätte ihn nie erkannt. Er war abgemagert, sein Schädel kahl, er trug einen Bart, und selbst seine Stimme klang belegt. Aber ich sah die Angst in seinen Augen aufblitzen, und da wusste ich, dass ich eine Spur hatte.«

Louis »Daguerre« Koslowski hatte einen Teil der Negativfilme, die bei der Herstellung von Dienstausweisen der Gestapo-Mitarbeiter entstanden waren, vor den Bomben gerettet.

»Er wußte, daß ich kein Druckmittel gegen ihn hatte, trotzdem half er mir, den Gestapo-Beamten Namen und Dienstgrade zuzuordnen. Er starb dann leider mit gerade einmal 58 Jahren.«

Mit Hilfe von Louis' Material recherchierte Lotte die Nachkriegskarrieren von Gestapo-Beamten, darunter einiger, deren Weg in die DDR geführt hatte. Kurt bat sie, die Namen nicht zu veröffentlichen,

»wenn sie nur geringe Schuld auf sich luden und beim Aufbau zeigen, daß sie aus ihren Fehlern gelernt haben«.

Lotte gab zu bedenken, dass

»beim Aufbau der Diktatur der Arbeiterklasse mitzuwirken wohl eher beweist, daß sie nichts gelernt haben«,

folgte aber seiner Bitte.

Darauf Kurt:

»Kann ja sein, daß es ähnlich aussieht, wenn zwei Männer sich Blut von den Lippen wischen, aber vielleicht sind dem einen gerade zwei Zähne ausgeschlagen worden, während der andere einen lebenden Hamster kaut.«

Und nochmal Lotte:

»Sagt Ihr nicht immer, daß das Materielle das Bewußtsein bestimmt? Was macht das Verfolgen, Verhören und Verprügeln mit denen, die die Macht haben?«

Am 6. Oktober 1956 wurde Ludwig vorzeitig aus der Haft entlassen.

»Zum Glück duster wegen Stromausfall, hatte rote Nase und Schrumpelfinger«, schrieb Elise im Tagebuch.

Die Einsamkeit der Zelle und das Alter (im Februar nach seiner Entlassung wurde er 60 Jahre alt) hatten Ludwig weich gestimmt. Sogar sein Bimmellachen war wieder zu hören – ein Ergebnis der Hirnwäsche, die Elise ihm mit ihren Familienromanen hatte angedeihen lassen, wie Kurt vermutete:

»Im letzten Jahr der Haft darf sie ihm alle zwei Wochen ein Buch ins Gefängnis schicken. Das hat er nach einer Woche durch, liest es in der zweiten noch einmal und kennt es zuletzt fast auswendig. Feuchtwanger, Sudermann, Döblin, die Manns. Mutter, Vater, Kind. Schwüre, Schmerz und Eifersucht. Liebe, Lust und Leidenschaft. Treue, Tod und Tränen.«

Dass die irdischen Tatsachen Ludwig zwar auf den Boden gezogen, ihm aber keineswegs die Flausen ausgetrieben hatten, ahnte Elise, als er beim Sonntagsessen Angelika beiläufig versprach: »Du wirst den Kommunismus noch erleben.«

Poschinger bat den Genossen Ludwig Lumo Weiszheit um Stillschweigen über »eventuelle Erlebnisse« während der Haft. Man könne sich »gerade jetzt« keine Fehlerdiskussion leisten und sei im Übrigen dabei, »die Gesetzlichkeit« wiederherzustellen. Ludwig sprach bis kurz vor seinem Tod nicht über »das, was war«.

»Die Partei ist unser schärfstes Schwert, und natürlich hat sie eine Eigengesetzlichkeit. Zwischen den Interessen ihrer Funktionäre und der Masse der Parteimitglieder entstehen dialektische Widersprüche, so wie auch zwischen der Partei und ihrer Klasse, der Arbeiterklasse.«

Verurteilung und Haft waren nach objektiven Gesetzmäßigkeiten unvermeidbar gewesen.

Nachtigall bat Ludwig zum Kadergespräch ins ZK:

»Wir haben uns Gedanken über deine künftige Verwendung gemacht und sind, ähem, zu dem Schluß geraten, daß wir dich vorerst nicht in die Schußlinie stellen wollen.«

Er bot ihm an, die Leitung des neu errichteten Kulturhauses der BEMARK Prenzlauer Berg zu übernehmen. Ludwig überlegte nicht lange und sagte zu.

»Mein Kopf sagt: Ludwig ist ein Dummkopf, der sich ausnutzen läßt, aber mein Herz bewundert ihn trotzdem.«

Der traditionsreiche Werkzeugmaschinenhersteller mit 5000 Beschäftigten war gerade von einer sowjetischen Aktiengesellschaft in einen VEB umgewandelt worden. Geld für die Kulturarbeit war reichlich eingeplant, nur Personal gab es nicht.

»Die BEMARK an der Ringbahn zwischen Prenzlauer Berg und Weißensee ist eine Stadt für sich, die nach Maschinenöl und heißem Metall riecht. Lichtbögen blitzen nachts in den Hallen, ihre Straßen klingen wider vom Sirren der Elektromotoren und vom Hämmern der Einrichter.

Unter dem weiten Himmel steht ein wunderbares neues Kulturhaus, ein Palast für freie und selbstbewußte Arbeiter. Im Foyer Kandelaber und mit Rotbuche furnierte Wände. Im Saal Tresen, Bühne und ein silberner Vorhang. Es gibt bequeme Künstlergarderoben und Probenräume, Musikzimmer und Ateliers, sogar an ein Radiostudio für den Betriebsfunk haben die Gestalter gedacht.«

Was Kurt Weiszheit in seiner Lobeshymne verschwieg: Die Produktionsanlagen der BEMARK waren jahrelang auf Verschleiß gefahren worden, Arbeitsunfälle häuften sich, Pläne wurden Makulatur, Werkzeuge aus dem Westen verrosteten unter löchrigen Dächern. Der Betriebsdirektor und etliche Ingenieure waren wegen Sabotagevorwürfen in den Westen geflohen. Die Arbeiter, zum großen Teil familienlose Flüchtlinge aus Ostpreußen und Oberschlesien, soffen nach Feierabend in den Unterkünften oder, wenn das Material fehlte, auch während der Schicht. Prügeleien waren an der Tagesordnung. Niemandem stand der Sinn nach Kultur, auf der Bühne des neuen Kulturhaussaales sammelten sich die Flusen.

Im Büro des Betriebsdirektors traf Ludwig einen alten Bekannten.

»Paul Busch trägt seinen grau gewordenen Anarchistenschnauzer noch immer mit Stolz. Er hat Spanien, Gurs und Buchenwald und die Verhaftungswelle überlebt. Er umarmt Ludwig und flüstert ihm ins Ohr: ›Willkommen im Himmelfahrtskommando!‹«

Sie mussten improvisieren und sich am eigenen Schopf aus dem Sumpf ziehen. Investitionen für die Reparatur oder Neuanschaffung von Maschinen waren nicht vorgesehen. Edelstahl und wichtige Ersatzteile standen auf der Boykottliste der Alliierten.

Schnell sprach sich unter den Betriebsangehörigen herum, dass »die neuen Chefs« aus dem Knast kamen, und so wunderte sich niemand, als sie Freiwillige für einen »kleinen Grenzschmuggel« rekrutierten. Mit Hugos Hilfe tauschten sie in Westberlin Eier und Butter gegen Drehmeißel und Ölfarben. Paul, der Anarchist, brachte Ordnung in die Produktion. Ludwig bearbeitete die Köpfe.

Er bestellte Olga Lawrenz, die taube Zeichnerin aus dem Weiszheithaus, zur Leiterin eines Malzirkels: 10 Minuten mit der S-Bahn und ein Stundenhonorar, für das Max einen ganzen Tag Gemüse für die Werbetafel der HO-Verkaufsstelle »Gesund einkaufen« in der Schönhauser Allee zeichnen musste.

»Hoch fliegen ihre Pläne. Leinwände, Farben und Stifte stellt der Betrieb. Doch am Abend steht die alte Malerin statt vor erwartungsvollen Schülern in einem leeren Studio. Sie besucht ›ihre‹ Arbeiter in den Unterkünften. Der Geruch von Seife und der Dampf der Duschen zieht durch die Flure. Gejohle begrüßt sie. Ungerührt schreibt sie die Frage, ob sie sich in eine Ecke setzen und zeichnen darf, mit Kohle auf ein großes Blatt Papier. Mißtrauisch gewähren ihr die Arbeiter den Wunsch. Still sitzt sie am Tisch, ihr Stift schabt, bald ist sie umringt von Zuschauern. Gesichter füllen den Skizzenblock, müde Augen, schmutzige Hände, fleckige Kragen, beinahe kann man die Bohrmilch riechen.

›Die Schramme an der Stirn, det bist du, Schulze!‹

Ja! Schlosser Schulze und Hilfseinrichter Meier werden Kunst. So haben sie sich noch nie gesehen.

Das ist die beste Werbung für den Malkurs, etliche finden den Mut. Im Atelier greifen sie zaghaft mit ihren harten Fingern zum Stift, wiegen ihn in den schwieligen Händen, schauen in den Spiegel und beginnen mit ersten Strichen. Ein Dürer oder Rembrandt ist nicht unter ihnen, aber die Freizeitkünstler sind zufrieden, wenn sie den Gesichtsausdruck beim konzentrierten Schweißen treffen oder die Erschöpfung nach einer erfolgreichen Schicht darstellen können. Arbeiter entdecken sich selbst und ihre Klasse.

Bald schon hängen in der ›Straße der Besten‹ die Porträts der Wettbewerbssieger in Öl – wie in einer Schloßgalerie. ›Das sind unsere Könige‹, sagen die malenden Arbeiter vom Prenzlauer Berg.«

Nach diesem reichlich pathetischen Gesellenstück folgt Kurt »dem Ruf der Schichtsirene« und übernimmt die Leitung des »Zirkels schreibender Arbeiter«.

»Mit klopfendem Herzen steht der junge Dichter in dem nach frischer Farbe riechenden AG-Raum vor ›seinen Schülern‹. Die sieben Frauen und zwei Männer schauen ihn an … Eine Köchin ist dabei, die vier Kinder in der Obhut einer Nachbarin gelassen hat für diesen Kurs, ein Lagerist mit Händen, breit wie Schaufeln, und ein Lehrling mit einem blau geschlagenen Auge. Die übrigen Teilnehmer kommen aus der Verwaltung.«

Kurt hatte keinen Plan und keine Vorbilder für diesen Schreibkurs mit Erwachsenen, die »nur die ›Glocke‹ und das ›Horst-Wessel-Lied‹ auswendig kennen«. Er ließ sie erstmal laut lesen und Gedichtanfänge von Rilke, Wilhelm Busch, Richard Dehmel und Johannes R. Becher weiterschreiben, aber was ihm leicht von der Hand ging, ließ seine Schüler vor Ehrfurcht erstarren. Rose, die übergewichtige Köchin, war nach drei Monaten die Erste, die sich traute, eine eigene Geschichte mitzubringen.

»Sie erzählt von einer Prinzessin, ›die war vom Krieg so dünn geworden, daß leichte Lüftchen sie verwehten‹. Das Blatt in ihrer Hand zittert: ›An der Stelle pusten meine Kinder mich dann immer an.‹ Sie errötet. ›Also, der Wind wehte sie über Meere und Berge, auf Inseln und ferne Kontinente. Wenn sie irgendwo bleiben wollte, musste sie sich Steine in die Taschen stopfen.‹«

In den Jahren vor dem Mauerbau war die Spannung zwischen Reisen und Bleiben, Utopie und Wirklichkeit oder wie immer man das nennen will, eminent politisch. Ob Kurt seine Köchin absichtlich falsch verstand? Oder schützte er sie, wenn er sie im jährlichen Rechenschaftsbericht des Zirkels zitiert?

> »Schiller sagt, daß dem politischen Gemeinwesen am besten gedient ist, wenn jeder das Beste aus seiner Natur machen kann. Wir, die DDR, sind diese ästhetische Republik, und immer wenn die Fluchtsucht kommt, sagen wir: ›Ich hab zwar einen dicken Po, doch weht der Wind, mein liebes Kind, mich nicht gleich weg. Das macht mich froh.‹«

Ich jedenfalls fühlte mich an Opa Werner erinnert, der verächtlich über Flüchtlinge als »Glücksritter« sprach, und Oma Ursula, die nach dem Konsum größerer Mengen Rotkäppchen ihre Utopie vom Kommunismus schilderte: ein Paradies der Sitzenbleiber.

Peter Roehle, der »nach angebranntem Grießbrei« roch und dessen blaues Auge erst grün und schließlich braun wurde, las unter Schlucken und Ohrenreiben die Beschreibung eines »Traums« vor, in dem er die Kleider seiner verstorbenen Mutter trug.

> »Nicht nur er, auch die Geschichte verkleidet: der Poltergeist, der ihn verprügelt, wohl sein Vater.«

Kurt nahm den Zwanzigjährigen unter seine Fittiche.

> »Wasser aufsetzen, Kaffee mahlen für Ludwig. Sie [Elise] selbst trinkt Tee. Tassen auf den Tisch, eine Handvoll Haferflocken in die Schüssel, dann ins Badezimmer ... oder ist sie da schon gewesen? In letzter Zeit muß sie oft innehalten und überlegen, was sie schon erledigt hat. Bei ihrer Mutter war das genauso, so beginnt das Alter. Noch mal zurück. Wasser aufsetzen. Wieso ist der Kaffee schon aufgegossen? Die Tassen stehen auf dem Küchentisch, daran kann sie sich erinnern ... aber der Kaffee? ... Komisch. Erst jetzt fällt ihr auf, daß der Abwasch erledigt und Kurts leere Weinflasche vom Abend verschwunden ist. Sie hebt den Deckel des Mülleimers: leer. Hat Kurt ihn runtergebracht? Der ist noch nicht mal aufgestanden. Irgendwas geht hier nicht mit rechten Dingen zu. Unschlüssig geht sie zum Bad. Bin ich so verkalkt? 57 wird sie demnächst, das ist doch kein Alter. Im Flur kommt sie sich selbst entgegen: Peter in ihrer

Kittelschürze, mit ihrem Kopftuch, hebt den Besen: ›War Schnee fegen!‹ und grinst mit geschminktem Mund.«

Vivienne, von Ludwig als Leiterin der Laientheatertruppe gewonnen, inszenierte im Winter 1957/58 mit 130 Darstellern *Die Wanze* von Majakowski, ein phantastisches Märchen über die Zeitreise eines revolutionären Spießers in die Zukunft.

»Kommentare, Gekicher und Füßerutschen. Alles bißchen laut und wie Kneipe. Sie rufen Ludwig auf die Bühne. Werfen Blumen vor seine Füße«,

schrieb Elise am 2. März 1958, dem Abend der Premiere, in ihr Tagebuch, »sie lieben ihn«.

Für manche in der BEMARK wurde Ludwig eine Art Guru, dessen Visionen vor allem den Heimatlosen und Wurzellosen, insbesondere den Vertriebenen unter seinen Facharbeitern Hoffnung gaben. Ein Leben lang hatte er GEGEN etwas gekämpft, gegen Bourgeois, gegen die Nazis, gegen Spione, gegen seine eigene Herkunft. Nun gab er den väterlichen Kulturnik, einen Genossen Pfarrer und Seelentröster, pflegte die Gemeinschaft und glättete Konflikte. An den Wochenenden rief er zu Subbotniks, freiwilligen Arbeitseinsätzen nach russischem Vorbild. Er ließ die Unterkünfte malern und zwischen den Baracken Gärten angelegen.

»Gestern im KH [Kulturhaus] Diskussion über Kommunismus. L. [Ludwig] glaubt an ›Inseln‹ wie unseren Betrieb, bzgl. Kultur, Persönlichkeitsentwicklung, Umgestaltung der Arbeit. Ein bißchen Schlendrian gehöre zu den Überlegenheiten des Sozialismus. Schon die alten Griechen priesen die Muße.«

Das Betriebsklima besserte sich, die Zahl der Kündigungen sank und die Tafel »BEMARK sucht aus der nichtwerktätigen Bevölkerung« vor dem Werkseingang blieb schwarz. Das Radio berichtete vom vielbesuchten Rezitationswettstreit, das *Zentralblatt* schrieb über Theateraufführungen und zum einjährigen Bestehen des »Zirkels schreibender Arbeiter« brachte die *Aktuelle Kamera* ein Interview mit Rose, Kurt und Ludwig.

Heimlich neidete Herbert Nachtigall Ludwig das öffentliche Lob.

»Er kennt die Angst des Kleinbürgers vor dem Schwanken, die Feigheit, die heimlichen Ressentiments und unterdrückten Skrupel, die auch in einem Fabrikantensohn wirken, wirken müssen.«

Nachtigall beschloss, seinen ideologischen Eifer zu beweisen und gleichzeitig den guten Ruf des Kulturhauses für sich zu nutzen:

»Im Kulturhaus des volkseigenen Betriebes BEMARK in Berlin veranstaltete das ›Kuratorium zum Kampf gegen die Vergiftung unserer Jugend durch Schund und Schmutz‹ am Wochenende einen öffentlichen Prozeß. Angeklagt waren Comic Books wegen des Verdachtes der Gewaltverherrlichung und Förderung der Jugendkriminalität. Unter dem Vorsitz des Genossen Nachtigall erfolgte die gründliche, zehn Stunden andauernde Beweisaufnahme. Ein Schuldspruch erging gegen alle Autoren, Verleger und Verkäufer von Schundliteratur sowie gegen Kanzler Adenauer als den politisch Hauptverantwortlichen.«

Die federführende ZK-Abteilung hatte Ludwig zum Verteidiger bestimmt. Er sollte Argumente zur Entlastung der Angeklagten finden, nur immer zu! Die Ankläger stünden auf Seiten der Wahrheit und würden sich schon durchsetzen. In Wirklichkeit bedeutete die Aufgabe, sich mit viel Phantasie dumm zu stellen. Ludwig bat Kurt um Hilfe bei der Vorbereitung.

»Dauernd dieses Kannichnicht, Sagichnicht, wo lebt der Mann? Muß ihm alles aufschreiben.«

Ludwig litt körperlich unter der Verbiegung. Nachts wälzte er sich schlaflos. Die roten Flecken auf seiner sonst so blassen Haut alarmierten Elise.

»Sie starrt ihm auf den Mund, wie immer, wenn sie zuhören will, aber sie versteht ihn nicht. Er spricht während des Essens, zwischendurch pustet er auch noch auf die heißen Bratkartoffeln.

›Wirf das hin!‹

Er legt die Gabel ab und stöhnt: ›Darauf warten die doch nur!‹«

Am Tag vor der Veranstaltung brach Ludwig mit starken Schmerzen in der Brust zusammen und wurde von einem Rettungswagen in die Charité gebracht. Er protestierte.

»Natürlich kann ich Sie entlassen«, nuschelt der Arzt bei der Visite am nächsten Morgen, läßt sein Klemmbrett sinken und wendet sich an die Stationsschwester: ›Sie machen bitte den Totenschein fertig.‹ Die Studenten hinter ihm grinsen.«

Kurt Weiszheit übernahm Ludwigs Verteidigerrolle beim »Prozess«. Zahlreiche hohe Funktionäre schlenderten in den Verhandlungspausen durch die Produktionshallen, schüttelten die Köpfe über die rostigen Skulpturen der »AG künstlerische Metallgestaltung« oder blätterten in den Manuskripten des Zirkels schreibender Arbeiter.

»Schlendrian und Firlefanz«, tuscheln sie. »Der hat wohl nicht umsonst gesessen. Und Paul Busch ändert sich auch nie. Einmal Anarchist, immer Anarchist.«

Paul Busch hatte zwar die Produktion reorganisiert, aber das verhinderte nicht, dass die veralteten Maschinen den Geist aufgaben. Ein Neurervorhaben zur Ersetzung von Schmier-Ringen aus Kupfer durch solche aus Keramik scheiterte. Ein Totalausfall der hauseigenen Umspannstation legte die Produktion zwei Wochen lahm. Paul Busch wütete mit anarchistischem Furor gegen ausbleibende Materiallieferungen, gestrichene Investitionsmittel und erlogene Erfolgsmeldungen, was ihm Sympathien im Betrieb, aber zusätzliche Feindschaften in der Plankommission, diversen Ministerien und im ZK einbrachte.

In den fünfziger Jahren gewann die wirtschaftliche Seite des Aufbaus des Sozialismus zunehmend an Bedeutung. Ähnlich wie nach der Revolution in Russland wurden die »Experimente des befreiten Beginnens« durch zentralistische Planung unterdrückt. Die Volkskammer verabschiedete die Vorgaben als Gesetz, gegen das zu verstoßen geahndet wurde. Walter Ulbricht verkündete ehrgeizige Ziele: Innerhalb von 1000 Tagen sollte die Pro-Kopf-Produktion der BRD überflügelt werden – dank

»Erkenntnis objektiver Gesetzmäßigkeiten in der Gesellschaftsentwicklung und Vermeidung der Reibungsverluste kapitalistischer Konkurrenz«.

Anfang April 1958 besuchte Egon Poschinger den Betrieb. Während des Rundgangs wurde sein Gesichtsausdruck immer finsterer. In der Zangenmontage traf er auf Arbeiterinnen, die im Stuhlkreis neben den Bändern saßen und für den Weihnachtsbasar strickten. Die Drehmaschinen der Schraubenabteilung standen wegen Materialmangels still; und während die eine Hälfte der Zerspaner einer Generalprobe im Kulturhaus zusah, schwitzte die andere in der betriebseigenen Sauna. Bei Kartoffeln mit Soße – niemand hatte daran gedacht, ein paar Rouladen für die hohen Gäste aufzuheben – polterte Poschinger in der Kantine: Den Sozialismus verrate, wer den Plan nicht erfülle. Der Klassenkampf werde auf dem Feld der Arbeitsproduktivität entschieden, ob die Genossen Weiszheit und Busch »ihren Lenin vergessen« hätten. Ab sofort sei Schluss mit der »Überausstattung« des Kulturhauses. Beim Abschied gab Poschinger niemandem die Hand.

Am nächsten Tag wurde Paul Busch von seinen Aufgaben als Betriebsdirektor entbunden und als Schichtleiter in den neu zusammengewürfelten VEB Kinowerke nach Dresden »delegiert« (wo er ein paar Monate durchhielt, bevor er nach Köln floh).

Die Mittel für Kulturarbeit wurden infolge des Poschinger-Besuchs auf ein Drittel gekürzt. Ludwig war machtlos. Seine Kontakte zur Besatzungsmacht waren durch die Haft beschädigt, außerdem zog sich die Sowjetunion Schritt um Schritt aus inneren Angelegenheiten der DDR zurück. Doch er fühlte sich verpflichtet, die Stellung in der BEMARK zu halten, und verdoppelte seine Anstrengungen: Tropfende Wasserhähne, zerbrochene Scheiben und klemmende Schlösser reparierte er selbst. Er malte Plakate und druckte Eintrittskarten. Häufig blieb er bis spät in der Nacht und schlief dann gleich auf einer alten Matratze zwischen Eimern, Bohnerwachs und feuchten Wischlappen im Kabuff des Hausmeisters, der in den Westen abgehauen war.

Der Veranstaltungskalender von Januar 1958 verzeichnet immerhin noch Auftritte der Donkosaken und einer sorbischen Trachtengruppe, eine Volkskunstausstellung mit Soli-Basar und eine Fahrt der Theater-AG zum Ballettabend in der Staatsoper mit anschließendem »geselligen Beisammensein« im Operncafé.

Kurt bewunderte Ludwig und versuchte, die Widersprüche literarisch zu verarbeiten, anfangs noch optimistisch: »Neuer Mensch mit neuer Wahrnehmung = neue Erzählweise«. Er war sicher, »den Weg zu unverwechselbarer DDR-Literatur« gefunden zu haben.

Die Hauptperson der später unter dem Titel *Nächtliche Verlaufungen* erschienenen Novelle ist ein »T.« genannter Stadtplaner, Ort der Handlung eine Stadtgründung an der polnischen Grenze, die unschwer als Eisenhüttenstadt zu erkennen ist.

> »T. kommt mit Gepäck: Scheidung, Parteistrafe, Enttäuschungen, Schulden. Er ist entschlossen zu einem radikalen Neuanfang. Er stürzt sich mit Lust und Phantasie in die Arbeit. Nicht nur um den Aufbau geht es, sondern um seine Voraussetzungen und seine Folgen.«

Auf Widerstände ist er gefasst, Niederlagen steckt er weg, aber als Kurt Weiszheit erkennt, dass es für seinen T. (und für Ludwig) kein Happy End geben wird, versiegt der Schreibfluss.

Der »Mission Schreibender Arbeiter« blieb Kurt trotz zunehmender Schwierigkeiten treu.

> »Gestern im Zirkel. Keiner will schreiben. Es sind wieder ›die da oben, die uns hetzen‹. Von wegen ›Staat der Arbeiter und Bauern‹ ... Peter schweigt. Beim Bier im Alten Fritz auf einmal redselig: Sein Vater quält ihn wie einen Rekruten. Anschließend zu mir. Getröstet. Heute Morgen noch 2 Stunden am Frühstückstisch. Mutter mag ihn.«

> »Im Januar 17, im Februar 28 Fehlmeldungen [ein Euphemismus für Republikflucht]. Kruse [Paul Buschs Nachfolger als Direktor der BEMARK] hält das für Auslese. ›Die Guten ins Töpfchen, die Schlechten ins Kröpfchen.‹ In Wirklichkeit ist es andersrum: Wir behalten die Trägen, die Dickfelligen.«

Auch Peter Roehle floh in den Westen.

»P. bei einem alten Notar in der Joachimstaler Straße als Hausmädchen, leert den Nachttopf, kocht und bügelt. Darf Frauenkleider tragen und kostenlos wohnen. Käufliche Gesellschaft. Bis 2 bei Tanja gesoffen. Ärgere mich über mich.«

Herbert Nachtigall bekam das Jucken, als er von Poschingers Philippika in der BEMARK erfuhr. War damit auch Kurt in Ungnade gefallen? Sollte er ihn abschießen oder zog er damit den Unwillen der Sicherheit auf sich?

Schorfige Stellen breiteten sich von der Brust bis zum Hals und von den Ellenbogen bis zu den Handgelenken aus. Er musste hochgeschlossene Hemden tragen und band seinen Schlips eng.

Noch schlimmer wurde das Jucken, als Informanten ihm mitteilten, dass »eine Literaturfraktion« (in Wirklichkeit handelte es sich um die Mitglieder des Schreibzirkels) im Weiszheithaus konspirierte, mal in Kurts Arbeitszimmer, mal in der Pusztasonne, häufig am Mittwochabend, manchmal auch an den Wochenenden. »Fraktionsbildung« wie in Ungarn – das war in den fünziger Jahren der GAU für einen Genossen Aufpasser.

Seine Reizbarkeit fiel oberenorts auf. Er verließ in seiner Not Sitzungen zur unpassenden Zeit, weil er sich auf dem Männerklo kratzen musste. Kamillencreme linderte die Beschwerden, aber nun hinterließ er Fettflecke auf Leder- und Kantinenstühlen, auf Gläsern, Schreibtischplatten und vertraulichen Dokumenten.

Im Februar 1958 beauftragte Ludwig den Dramatiker Horst Bonstedt mit dem Verfassen eines Theaterstücks für die Feiern zum 75-jährigen Bestehen der BEMARK und stellte ihm einen Arbeitsraum im Kulturhaus zur Verfügung. Kurt begleitete den berühmten Autorenkollegen durch die Hallen, machte ihn mit Werktätigen bekannt, leistete ihm Gesellschaft in der Kantine und lernte die Launen einer Diva kennen. Er musste den kippelnden Schreibtisch mit Schrauben fixieren, dann war dem Schriftsteller der Arbeitsplatz zu perfekt und schließlich wollte er lieber diktieren.

Im März wurden Thema, Form und Umfang des zu verfassenden Stückes in einem Fördervertrag vereinbart. Horst Bonstedt bat Kurt, ihn zum Pelzower See zu begleiten, wo er ein Bootshaus besaß.

»... aufgewacht mit seinem Mund um meinen Schwanz. Er riecht nach Wermut. Sehr muskulös für sein Alter. Bis Mittag im Bett. Knacken tauenden Eises, strahlendweiße Wintersonne.«

Kurt versuchte an seinem Buch über T. zu arbeiten, aber Bonstedt ertrug das Kratzen des fremden Stiftes nicht.

»Holz hacken, Ofen heizen, Bier aus Pelzow holen, dafür bin ich gut, und ihm abends Gesellschaft leisten, weil: er kann nicht allein sein.«

Kurt fühlte sich als »Ebenfallsautor« nicht ernst genommen und wollte zurück nach Berlin. Bonstedt weigerte sich, ihn mit dem Auto zu fahren, so dass Kurt die 12 km bis zum nächsten Bahnhof durch Schneematsch und Pfützen stapfte. Keine 24 Stunden später tauchte Bonstedt im Weiszheithaus auf.

»H. steht mitten in der Nacht wie ein eifersüchtiger Liebhaber vor der Tür, verspricht, mich zu ehren und zu achten. Sogar ›Bitte!‹. Er kann sonst nicht schreiben.«

Kurt liebte die Idylle am Ufer des Sees. Nach dem morgendlichen Schwimmen gingen die beiden Dichter an die Arbeit. Um die Mittagsstunde ruderten sie, angelten, sonnten sich und schliefen miteinander. Wenn sie Hunger bekamen, brieten sie Fische oder aßen im Ochsen in Pelzow.

»H. extrem anstrengend, immer großes Theater. Beleidigt, wenn ich nicht applaudiere.«

Bonstedt war verheiratet. Obwohl seine Frau um seine bisexuelle Veranlagung wusste, bestand er, wenn im Sommer seine fast erwachsenen Kinder zu Besuch kamen, darauf, dass Kurt den befreundeten Autor spielte.

Nachdem Bonstedt im Juli sein Stück der Theatergruppe des Kulturhauses vorgestellt und Vivienne die Regie übernommen hatte, gab er Kurt den Laufpass. Versöhnungsversuche endeten im Streit.

»Ertrinke in Tränen. Bin süchtig nach Wermutduft und Schilf. Leide unter Entzug.«

Poschingers und Bonstedts Schatten verdunkelten Kurts Arbeit an den *Nächtlichen Erlaufungen*:

»Die Straßen sind von Gerüchen erfüllt wie ein Konzertsaal von Tönen. Was T. sucht, weiß er selbst nicht. Ein Abenteuer? Nein, er wüßte, wo er es findet. Die Wahrheit? Ein Duft ist nicht wahrer oder falscher als der andere. Vielleicht hat die Stadt keinen Geruch, wenn man all die einzelnen Menschen abzieht, oder schlimmer noch: Vielleicht bleibt nur der Gestank eines Schlafsaales am Morgen.«

Kurt tilgte die Hinweise auf T.s neue Stellung und nahm den Beobachtungen damit das Programmatische. »Der Mann namens T.« spazierte nun planlos durch die nächtlichen Straßen einer namenlosen Großstadt und spürte »mit Hunger, dem eines Raubtiers ähnlich« dem Duft von Schichtarbeitern und Müllmännern, Polizisten, Betrunkenen und verliebten Paaren nach, kein Utopist mehr, sondern ein Spanner und Dieb:

»Mit jedem Atemzug saugt T. Millionen Moleküle von der Oberfläche anderer Menschen, ohne daß die Bestohlenen etwas vermissen.«

Kurt Weiszheit versuchte, eine Sprache zu finden für die »Nase, die keine Namen kennt«:

»Ein Duft, so sauber wie der, welcher bleibt, wenn das Chlorwasser ausgeschnaubt ist.«

»T. setzt die Füße leise voreinander wie ein schnürender Fuchs. Sein Mund wird feucht, er öffnet die Lippen, riecht mit den Zähnen, ganz Raubtier. Je weiter der Fliehende sich entfernt und der Duft sich verdünnt, desto aufregender, appetitlicher wird die Spur. Die Schritte sind längst verklungen, als T. noch Talg- und Schweißmoleküle mit der Nase fängt und in die Stirnhöhle sperrt, zu den anderen Gefangenen der Nacht.«

Allen Episoden gemeinsam ist, dass die Beobachteten den Beobachter nicht brauchen. Ein Schleier der Einsamkeit liegt über dem Text. »T.« selbst meidet Nähe oder gar Gespräche, soweit das möglich ist.

Im Morgengrauen endet die Verlaufung ganz profan:

»In den Backstuben werden die Öfen geheizt. Plötzlich riecht T. überall Brötchen. Sein Magen knurrt.«

Er sucht eine geöffnete Kneipe, doch als er sie gefunden hat, schlägt ihm der Wirt die schwere Eichentür vor den Kopf und bricht ihm die Nase.

Sonja Paris vom Verlag Neue Jugend lehnte das Manuskript ab, weil es ihr zu depressiv war, mit Reblaus wollte Kurt nicht noch einmal arbeiten. Der schmale Band erschien Anfang des Sommers 1958 im Zentaurenverlag Rudolstadt, der zwar geografisch und literarisch eine Randerscheinung in der DDR darstellte, aber ebenso wenig ohne Genehmigung und Papierzuteilung publizierte wie die Hauptstadtverlage.

Herbert Nachtigall beurteilte das Manuskript in seiner Stellungnahme zur Druckempfehlung als »manchmal unappetitlich«, konzedierte jedoch, dass es

»die Grenzen der sozialistischen Moral nicht überschreitet. Das Werkchen fügt der literarischen Produktion unseres Landes eine neue Farbe hinzu.«

Nach Änderung des Titels (ursprünglich hatte Kurt Weiszheit es *Nächtliche Erriechungen* genannt) in *Nächtliche Verlaufungen* ließ er das merkwürdige Werk passieren.

In *Kulturelles Leben* erschien der schon zum Ritual gewordene Verriss von Wendel Rothermann.

»Dem Leser dreht sich der Magen um von all dem Achselschweiß und Mundgeruch. Vielleicht sollte der Autor härter arbeiten, weniger trinken und vor dem Zubettgehen duschen, dann klappt es auch mit dem Durchschlafen.«

Kurt ging in die Offensive und antwortete:

»Herr Rothermann rümpft seine Kritikernase, aber er bleibt die Antwort auf T.s Frage schuldig: Wie soll er denn nun riechen, der Kommunismus? Der Klassenfeind behauptet, wir röchen schlecht. Wenn man unsere Literatur liest, kann man tatsächlich nur zu dem

Titelseite Nächtliche Verlaufungen, *1958*

Schluß kommen, daß wir was zu verbergen haben, daß irgendwas faul sei im Staate DDR, denn wir verschweigen schamhaft unseren Stallgeruch. Wir sprechen über Warendüfte von Parfüm und Seife, bestenfalls noch über die Natur, wir benutzen noch immer die alte Sprache der Herren und Sklaven.

Aber die Arbeiterklasse, sagt Karl Marx, muß alle Verhältnisse umwerfen, in denen der Mensch ein erniedrigtes, ein geknechtetes, ein verlassenes, ein verächtliches Wesen ist. Auch die sprachlichen Verhältnisse.«

Kurts Autorenkollegen reagierten pikiert auf die merkwürdige Auseinandersetzung. Während der Pausen von Verbandsversammlungen der Schriftsteller stand Kurt allein im Foyer. In der Möwe setzte sich niemand an seinen Tisch. Einigen Beobachtern im Westen jedoch fiel Kurt als »kritische Stimme« auf:

> »Der Fuchs unter den ostdeutschen Autoren erzählt uns, wie der Sozialismus riecht, wenn er nicht gerade für einen Parteitag parfümiert wurde: nach Scheuerlappen und Gully, Klostein und heißem Öl, Sauerkraut und Biergerülps.«

Herbert Nachtigalls Neurodermitis begann in der Gürtelgegend zu nässen. Er musste eine harnstoffgetränkte Bauchbinde tragen und altmodische Hosenträger benutzen. Nach dem morgendlichen Rasieren sah er aus wie verprügelt. Der Versuch, sich einen Bart stehen zu lassen, endete im Spott seiner Genossen, außerdem juckte ihn sein eigenes Haar. Siegfried Wagner, Nachtigalls neuer Chef, der sich grässlich vor Ekzemen ekelte, erwog, ihn ins Lausitzer Braunkohlegebiet zum Kombinat Schwarze Pumpe zu delegieren.

Nachtigall lud seinen Problemautor zu einer Aussprache über Walter Ulbrichts »Zehn Gebote der sozialistischen Moral«, in denen es u. a. hieß: »Du sollst sauber und anständig leben.«

> »Ob es nicht genug zu riechen gäbe am Hochofen oder ›wenn man an einem frisch gedüngten Feld vorbeifährt‹, warum es unbedingt Umkleideräume im Stahlwerk sein müßten. Das sozialistische Menschenbild (er meint ›Männerbild‹) schließe das gesunde Interesse ›an der Frau‹ ein, nicht aber das heimliche Schnuppern an männlichen Körperteilen.«

Nachtigall wähnte sich auf der richtigen Linie, doch Kurt konterte. Auf dem gleichen Parteitag hatte der Erste Sekretär auch gefordert:

> »Die Arbeiterklasse der DDR muß jetzt die Höhen der Kultur stürmen und von ihnen Besitz ergreifen.«

In der Abteilung Kultur rätselte nicht nur Nachtigall, was das bedeuten sollte. Arbeiterbeiräte in der Oper? Bäuerinnen in Eselsmilch?

Die Unsicherheit verschlimmerte sein Ekzem weiter. Vom ständigen Kratzen und Reiben gingen seine Haare aus, hinter den Ohren bildeten sich kahle Stellen. Eine Heilkreidekur auf Rügen, die seine Hautärztin ihm nahelegte, verschob er aus Furcht, die Linie nicht verfolgen zu können, und aus einem weiteren, sehr peinlichen Grund:

> »Seine Eichel schuppt und juckt. Ständig beult eine halbe Erektion seine Hose. Versucht er, sich Erleichterung zu verschaffen, wird alles noch schlimmer.«

Eine kulturpolitische Konferenz wurde einberufen. Kurts Redebeitrag trug den Titel »Erfahrungen als Leiter eines Zirkels schreibender Arbeiter«. Was er unter dem Spruchband »Greif zur Feder Kumpel« am Rednerpult der Bitterfelder Konferenz im April 1959 dann vortrug, stieß seine meist älteren Kollegen kräftig vor den Kopf:

> »›Schönheit liegt im Auge des Betrachters‹, sagt Thukydides. Auf unsere Literatur bezogen heißt das: Wir Schriftsteller können im besten Falle taugliches Ausgangsmaterial liefern. Ohne eine gebildete und einbildungsfähige Leserschaft bleibt ein Buch bloß Papier mit Tinten-Schißchen drauf. Ja, man muss sagen: Der Leser hat den größeren Anteil an der Entstehung von Literatur. Er ist es, der das Gemeinte versteht, der die Worte zu lebendigen Bildern phantasiert und die Gefühle in seinem Herzen weckt. Es sind diese Künstler, die wir fördern müssen.«

Sicher kam in der Empörung der Kollegen ob dieser Entzauberung der »literarischen Urzeugung im Gehirn des Schriftstellers« eine gehörige Portion Narzissmus zum Ausdruck, andererseits fürchteten die Betroffenen zu Recht, dass Kurts Attacke die Ehrfurcht proletarischer Kunstrichter vor der Kunst und damit die Freiheit ihrer Schöpfer mindere. Vielleicht glaubte sogar mancher, der sich noch an das Stalin-Poem des jungen Weiszheit erinnerte, einen Auftragsredner gehört zu haben. So jedenfalls verstand Nachtigalls Abteilungsleiter Siegfried Wagner die Rede:

»Ganz in unserem Sinne, nämlich gegen Allüren und Dandytum gerichtet.«

Er lobte Nachtigall als vermeintlichen Initiator.

»Nachtigall atmet durch und befreit sich von der fettigen Bauchbinde … Das Leben ist schön! Das Leben auf der Linie!«

In einem Beitrag für die Studentenzeitschrift der Philosophischen Fakultät an der Karl-Marx-Universität in Leipzig führte Kurt später aus, was er unter »Lesertalent« verstanden wissen wollte:

»Ein guter Leser kann Klänge, Gerüche und Bilder aus Worten erblühen lassen wie ein Gärtner Blumen aus unscheinbaren Samen. Ein guter Leser nimmt sich Zeit und fühlt den Text, auch wenn der Autor ihm keine Gefühlsworte vorgibt. Er schafft sich Platz, schützt seine Phantasie vor Störungen und Klischees (eigenen und denen des Autors). Eine gewisse Selbstvergessenheit, eine Fremdheit in der wirklichen Welt ist Voraussetzung, um der Literatur zu voller Wirkung zu verhelfen.«

Nachtigall schlug Kurt Weiszheit für die Kommission zur Organisation der vom V. Parteitag beschlossenen Arbeiterfestspiele vor. Im Dezember 1958 wurde dieser weisungsgemäß zum Leitungsmitglied gewählt, zuständig für den literarischen Wettbewerb »Ein gutes Wort zur guten Tat«.

Elise kämpfte unterdessen an ihrer »Front« ganz allein. Die Mieten, eingefroren auf dem Stand von 1936, trugen kaum die Bewirtschaftungskosten. Die Schamottekerne der Kachelöfen hatten ihre Lebensdauer überschritten und zerbröselten wie Sandstein. Während der Heizperiode roch es gefährlich nach Ofengasen. Wasserhähne und -leitungen erstickten im Kalkbelag. In den versifften Abwasserleitungen stiegen Ratten bis in die vierte Etage und erschreckten die Toilettenbenutzer. Sicherungen versagten und wurden von Mietern mit Büroklammern überbrückt. In der faltigen Gesichtshaut der Fassade wuchsen Flechten wie Altersflecken. Das Haupt ergraute von Taubenscheiße und Birkenschösslingen.

Zwar grüßte Komalla im Treppenhaus lächelnd, aber aus dem Amt sandte er Briefe, die Elise schlaflose Nächte bereiteten: Mal behauptete er, sie verheimliche Leerstand, mal forderte er die »Gefahrenbeseitigung durch herabfallende Fassadenteile«, dann wieder sollte sie einen Nachweis über die statische Sicherheit der Dachkonstruktion beibringen. Kam sie den Auflagen nicht nach, veranlasste er seinerseits Reparaturen und schickte überzogene Rechnungen. Zahlte sie nicht innerhalb der Fristen, drohte die Zwangsenteignung. Etliche Häuser in der Kopenhagener und in der Sonnenburger Straße hatten auf diese Weise schon den Besitzer gewechselt.

Nach Berthas und Gertruds Umzug ins Schwesternheim drohte Komalla mit einer hohen Geldstrafe, wenn Elise die Wohnung ohne Erlaubnis wieder vermiete, also meldete Elise den Leerstand, wie es neuerlich Vorschrift war, an die »Wirkungsbereichswohnkommission«, welche Wohnungen vorzugsweise an junge Familien vergab, die bereit waren, sie zu modernisieren.

Die Mieter brachen Türöffnungen und Durchreichen in tragende Wände, Fenster in die Außenwand zur Ringbahn und scherten sich weder um Statik noch um Brandschutz. Die Kosten ihrer bautechnischen Missetaten konnten sie zu vorgegebenen Sätzen abrechnen und mit Nachlässen von bis zu 50 Prozent abwohnen. »Wie ich's auch dreh, die Re. geht nicht auf.«

Elise beklagte sich bei Ludwig und Kurt, ihren »Bolschewisten in d. Familie«, aber die zögerten, ihre (sowieso sehr beschränkten) Möglichkeiten einzusetzen. Wie die meisten Mieter auch, glaubten sie, »Privateigentum verkrümmt den Besitzenden und demütigt den Besitzlosen, das weiß jeder außer Mu«.

»Großer Ärger«, schrieb Elise in ihr Tagebuch, nachdem Ludwig mit Komalla »von Genosse zu Genosse« gesprochen und einen Kompromiss ausgehandelt hatte:

»Verein bleibt, KWV tritt als Gesellschafter ein. Ich angestellt als Hausmeisterin.«

Zur Putze degradiert sein, das war das Letzte, was Elise wollte, aber immerhin blieb sie formal Eigentümerin. Im Keller zog die Bezirksniederlassung der DEWAG ein. Auf den Abramowitz'schen Musikalienpressen druckte der Parteibetrieb jetzt Ausschneidebögen für Wandzeitungsgestaltung und Saalschmucke zu den Themen Jugend, Deutsch-Sowjetische Freundschaft und Sozialistischer Wettbewerb, die nicht nur wegen der Herstellung auf den gleichen Maschinen der Nazisymbolik ähnlich sahen.

Der im Protokoll der Jahreshauptversammlung des Mietervereins von 1958 erwähnte »Kindergarten« bestand in Wirklichkeit nur aus drei oder vier Kindern, die Olga unter der Woche tagsüber in ihrer Wohnung betreute, aber den Komallas und Fiedlers im Haus galt er als Hort des widersetzlichen, kleinbürgerlich-individualistischen Weiszheitgeists. Mit Datum 12. Oktober 1958 erging die Weisung der Abteilung Inneres des Berliner Magistrats, den Betrieb zum 1. Januar 1959 einzustellen.

Bei seinem Auffinden hatte Mato ausgesehen wie ein magerer Achtjähriger, so dass Elise den 1. Oktober 1942 als seinen Geburtstag bestimmt hatte, den 43. Hochzeitstag ihrer Eltern. In den folgenden Monaten holte er in seiner Entwicklung auf. »Auf seiner Oberlippe ein Flaum, er ist deutlich im Stimmbruch«, notierte Elise am 4. Mai 1955, blieb aber bei dem einmal festgelegten Geburtsdatum, um keine schlafenden Behörden aufzuwecken.

Mato ignorierte Fremde. Wütenden ging er nicht aus dem Weg, wodurch er manchmal in gefährliche Situationen geriet. Nach einem verlorenen Spiel des SC Vorwärts im neugebauten Stadion an der Cantianstraße hetzten ein paar angetrunkene Fußballrowdys ihn durch die Straßen.

Er verstand wohl, was gesagt wurde, konnte aber über Witze nicht lachen. Wortspiele und Andeutungen blieben ihm rätselhaft. Hörte er, dort und dort würden schon die Bürgersteige hochgeklappt, wollte er die Gäste am Gehen hindern. Behauptete jemand, er sterbe vor Hunger, musste Mato weinen.

Er terrorisierte Elise mit dem Sortieren von Wäsche und Garderobe nach Größe und Farben. In der Küche mischte er die Gewürze in den Gläsern um, bis ihm die Muster passten. Er half gern beim Kochen und produzierte Eintöpfe, in denen Möhren-, Kohlrabi- und Kartoffelstücke exakt die gleiche Größe aufwiesen.

Mit gleichaltrigen Nachbarn konnte er nichts anfangen. Im Buddelkasten des Kinderspielplatzes neben der Schule sortierte er die Förmchen nach Farben und Größen, während die Kinder greinten, die Mütter schimpften und ein Rentner mit seinem Stock auf ihn einschlug.

Nach dem Frühstück (pünktlich 8 Uhr, ein Ei rechts vom Teller, ein Brötchen links, die Marmelade musste rot sein) übte Elise mit ihm Lesen und Schönschrift. In Mathematik konnte sie ihm nichts beibringen, sein Umgang mit den Zahlen der Monatsabrechnung kam ihr zauberisch vor.

Körperlich war er bald schon einen Kopf größer als sie (bei ihrer Größe von 1,56 m keine Kunst), folgte ihr aber wie ein Lämmchen dem Mutterschaf. Ludwig versuchte, sich als »Ziehvater« einzubringen, gab aber bald wieder auf, er war einfach zu ungeduldig.

Mato wurde von der Polizei arretiert, nachdem er Propagandaplakate von einer Mauer in der Schönhauser Allee abgerissen hatte. Als Elise in der Schönhauser Allee (das Polizeirevier befand sich im ehemaligen jüdischen Altersheim) vorsprach, glaubte man ihre Erklärung, Mato habe nur die schief angeklebten Plakate gerade rücken wollen, brachte ihn aber in die Kinderpsychiatrie des Krankenhauses Herzberge, weil er in Elises Personalausweis nicht eingetragen war. Zum Glück brauchte der Chefarzt die Betten dringend für ernstere Fälle, so dass Kurt ihn schon eine Woche später wieder abholen konnte.

Elise beantragte beim Familiengericht Mitte das Sorgerecht. Eine Amtsvormundschaft (wie in der Weimarer Republik eingeführt und in der Bundesrepublik üblich) gab es in der DDR seit 1950 nicht mehr, auch bestand kein Zweifel, dass die leibliche Mutter das Kind verlassen hatte. Nach langen Verhandlungen, Ermittlungen und Begutachtungen wurde die Pflegschaft genehmigt und eine Reihe Auflagen erlassen.

Bei der schulärztlichen Untersuchung beantwortete er keine Fragen (Elise sagte dem Arzt nicht, dass Mato NIEMALS sprach) und scheiterte an den einfachsten Aufgaben: Den Finger, dem er mit den Augen folgen sollte, wollte er nicht einmal anschauen. Einen roten Ball warf er nicht zurück, sondern legte ihn in eine rote Schale. »Narzisstisch und wahrnehmungsgestört«, urteilten die Ärzte, zu Elises Unwillen: »Vielleicht ist er der Normale und alle anderen sind verrückt.«

An der Sonderschule, die er seit September 1957 besuchte, brachte er durch unermüdliches Sortieren von Kleidungsstücken, Schultaschen, Stiften, Schreibheften und Lehrbüchern Mitschüler und Lehrer gegen sich auf. Nachdem Mato zweimal auf dem Schulhof verprügelt worden war, willigte das zuständige Jugendamt ein, Mato zu Hause zu beschulen – bestand allerdings auf »Fachpersonal«.

Die beiden Töchter von Salomo hatten inzwischen ihr Lehrerstudium beendet. Weil sie für ihren Sohn Wolfgang keinen Kindergartenplatz bekamen, nahmen sie eine Stelle an der 26. Volksschule in der Greifenhagener Straße an. Eine Stelle gemeinsam: Henze, der Vater ihres Kindes, war inzwischen Schulrat und hatte Giselas Kaderakte verschwinden lassen. Die beiden Junglehrerinnen wechselten sich, unbemerkt von Schülern und Kollegen, wöchentlich mit Unterrichten und Kinderbetreuung ab. Als kurze Zeit später die Kinder- und Jugendsportschule in der Kopenhagener Straße erbaut wurde, wurden sie dorthin versetzt und verschmolzen dabei zu einer Person.

»Das Fräulein Grünwaldt« galt unter Eltern und Kollegen als Muster an Belastbarkeit und Langmut, der auch schwierige Schüler anvertraut werden konnten. Und Mato begann auf einmal zu sprechen, als hätte er es schon immer gekonnt und nur nicht gewollt. Er genoss es, »eine« geduldige Zuhörerin gefunden zu haben, der er die Bedeutung von Ordnung und Farben immer wieder aufs Neue erklären konnte.

»Faszinierender Junge«, notierte Kurt seine Beobachtungen, »sortiert sich eine Welt nach eigenem Bild. Man könnte neidisch werden, wenn er nicht so einsam wäre.«

Doch einsam war Mato gern. Wenn ihm der Familientrubel zu viel wurde, schloss er sich im weiß gefliesten Badezimmer der orthopädischen Werkstatt ein, weshalb die Patienten oft lange betteln mussten, bis sie aufs Klo durften.

Elise sann auf eine Alternative. Der Trockenboden über dem Seitenflügel war im Krieg weitgehend unbeschädigt geblieben. Wäsche wurde dort nicht mehr aufgehängt, seit an der Schönhauser Allee eine Annahmestelle des VEB Blütenweiß eröffnet hatte. Salomo half ihr, die unregelmäßig verteilten Haken der Wäscheleinen zu entfernen und Löcher zu vergipsen. Sie brachte ein Schild »Unbefugten ist der Zutritt verboten« an und gab Mato den Schlüssel. Ohne das Gesicht zu verziehen, zog der die Tür hinter sich zu. Sie lauschte, aber natürlich vergeblich. Kein Dielenknarren oder Husten konnte das schrille Dauerkonzert in ihren Ohren übertönen.

Nach einigen unruhigen Stunden, in denen sie die Treppenhausfenster putzte und die Befürchtungen zu verdrängen suchte, Mato könne mit Feuer spielen, aufs Dach klettern oder sich mit Glasscherben verletzen, kam Mato runter und setzte sich zum Abendessen an den Tisch. Im gleichen Moment summte die 18:05-Uhr-S-Bahn im Ringgraben Richtung Westen.

So behielten sie es bei. Kam er einmal nicht, war der S-Bahn-Verkehr gestört und sie ging, ihn zu holen.

> »Sie riecht durch den Spalt der Tür Papier, Leim, Heu und Wacholder, aber sie betritt seine Dachklause nie. Was er nicht erzählt, muß sie nicht wissen.«

Am 30. September 1956 wurde in Zürich Elises Enkel David geboren. Lotte bot ihrer Mutter an, die Reisekosten zu übernehmen und sich um die nötigen Papiere zu kümmern, aber im letzten Moment scheute Elise davor zurück, die steinerne Hülle ihres Hauses zu verlassen, und schickte stattdessen zu Weihnachten ein

Paket mit den Kinderspielsachen, die nicht im Krieg verbrannt waren.

»Ich hätte es vor dem Fest kontrollieren sollen«, schrieb Lotte am 2. 1. 1957 an ihren Bruder, »Julius saß wie ein bestraftes Kind vor all den Hakenkreuzen und ›Deutschen Reichspatenten‹.«

Zum darauffolgenden Weihnachtsfest 1957 versuchten Lotte und Julius, die Großmutter in Ostberlin zu besuchen. Sie kamen bis zum Grenzübergang Friedrichstraße, durften dann aber trotz gültiger Visa nicht einreisen. Kurt erkundigte sich bei Poschinger, was gegen seine Schwester vorlag. »P. weicht aus: Die Genossen wissen, was sie tun.«

In den Monaten danach verschwanden immer wieder Briefe und Pakete der Barmanns. Telefongespräche nach Zürich kamen erst nach langer Wartenzeit zustande und wurden wegen Elises Schwerhörigkeit immer mühseliger. Noch vor dem Mauerbau machte sie ihre eigene Ziegelmauer dicht und ließ den Kontakt zu ihrer Tochter einschlafen.

Enkelin Angelika erledigte ihre Hausaufgaben an Elises Küchentisch, holte die Einkäufe und half an den Samstagen beim Bohnern der Treppen. An den meisten Tagen der Woche schlief sie bei ihrer Oma.

Walter und Ilse waren froh, ihre Tochter beaufsichtigt zu wissen. Häufig wurde es Mitternacht, bevor die letzten Gäste gingen und sie anfangen konnten, Küche und Gastraum der Pusztasonne zu putzen. Im Morgengrauen quälten sie sich aus den Federn, um auf dem Großmarkt frisches Gemüse zu besorgen. Gewürze, Butter, Fleisch, Eier und vieles andere gab es nur auf Kontingent. Das für ein ungarisches Restaurant unabdingbare Paprika schmuggelte Walter in einem von Salomo präparierten orthopädischen Schuh aus Westberlin ein.

Angelika war ehrgeizig und eine ausgezeichnete Schülerin. Sie sang im Pionierchor und stand beim Schulappell als Wimpelträgerin vor der Klasse. Onkel Kurt, oder, wie sie ihn später in einem ihrer Lieder nennen würde, »meine liebste Onkeltunte«, ließ seine Beziehungen spielen, damit sie den Sommer in der Pionierrepublik am

Werbellinsee verbringen konnte. Dort durfte sie 1958 während eines deutsch-sowjetischen Pionierfestes einen Blumenstrauß an Wilhelm Pieck überreichen. Der alte Präsident fragte, was sie einmal werden wolle, und sie antwortete fröhlich »Pionierleiterin«, worauf er die damals neunjährige Angelika umarmte. Sie erblasste und erbrach die Marmeladenstulle vom Frühstück in den Wald der Erwachsenenknie. »Sie hat das Sterben gerochen«, vermutete Elise.

Wie ihre Großmutter zwei Generationen zuvor erforschte die Enkelin das Haus, doch nun waren die Türen verschlossen, die Mieter misstrauisch und sie selbst nicht mehr als Eigentümertochter privilegiert, weshalb sie ihre kleinen, spitzen Ellenbogen einsetzte.

Sie kommandierte die jüngeren Kinder, darunter Wolfgang und Coco, herum und baute mit ihnen am »Pioniernachmittag« aus Holzbeinen, Bruchbändern, Schädelplatten, Kunsthänden und anderen Abfällen der orthopädischen Werkstatt den »neuen Menschen« im Hinterhof:

> »Coco war die Leichteste, die mußte auf die Räuberleiter und die Augen mit Knete festkleben, zwei braunrot leuchtende Glasscherben waren das. Er [der neue Mensch] schwankte im Wind. Man konnte ihm sogar die Hand schütteln, und er schepperte dann zur Antwort.«

Manche Nachbarn amüsierten sich über den Golem, doch Fricka Fiedler regte sich fürchterlich »über die Verhöhnung all der Opfer« auf.

Ludwig stürzte sich nach seiner Genesung in die Arbeit. Elise verstand nicht, warum er sich wieder einließ mit Genossen, die ihn so schlecht behandelt hatten, warum er Zeit und Gesundheit für eine Sache einsetzte, die so viel Unglück über die Menschen brachte.

Für seine Erklärungen brauchte er viele Worte, denn die Antworten wurden komplizierter. Man müsse, verlangte er, alles im Zusammenhang, historisch und dialektisch sehen. Doch Ludwig solle, so konterte Elise, endlich mal den Kopf aus den Wolken und die Tatsachen vor seinen Füßen zur Kenntnis nehmen. »›Vor den Füßen‹, nickte er sarkastisch. ›Das ist was für Kurzsichtige.‹«

So ein Worteverdreher und Apologet war das Gegenteil des Träumers, den Elise geliebt hatte. Er roch anders als früher, statt nach Tabak und Vanille nun nach Kohlenkeller, Auspuff und Fahrradschmiere. Dass er nicht persönlich von seiner Linientreue profitierte, sondern sich opferte und sogar unter den Verdächtigungen seiner Genossen litt, machte die Sache in ihren Augen kein bisschen besser.

Sie stritten bei jeder ihrer seltener werdenden gemeinsamen Mahlzeiten, gingen verletzt zu Bett und wachten eingeschnappt auf. »L. ist weg, und ich habe kalte Füße.«

Immer häufiger übernachtete Ludwig im Kulturhaus, auch wenn abends gar keine Veranstaltung stattfand. Zweifel spülte er mit Unmengen von Wodka weg.

Christine »Lissy« Lau war Mitte 20, Kranfahrerin in der BEMARK und Fernstudentin an der Hochschule für Maschinenbau. Bei Kriegsende noch ein Kind, kannte sie nichts anderes als die DDR und nutzte die Chancen, die einem jungen Mädchen aus »gut proletarischer Familie« geboten wurden. Lissy wusste von Ludwigs Zeit im Lager und im Gefängnis, aber es bedeutete für sie nur, dass er das Leben kannte. Er verlangte von ihr – ganz anders als von Elise – nicht, seinen Idealismus zu teilen oder zumindest zu verstehen, sondern war beglückt, dass sie nicht einmal darüber nachdachte:

> »Ein Kind der neuen Zeit. Nutznießer unserer Opfer. Wie gut, daß sie unser Mißtrauen nicht teilt. Sie ist für mich eine duftende Blume, ein fröhlich plätschernder Bach, kein Ziel der Begierde.«

Das waren für seinen Erklärungsversuch wohl die falschesten Worte, die er finden konnte.

In Elises Tagebuch findet sich der Name Ludwig in den nächsten drei Monaten nicht ein einziges Mal, stattdessen jede Menge Beschreibungen des herrlichen Herbstes:

> »Morgennebel zieht still durch die Straßenschlucht. Nachmittags mit Salomo im Sonnenschein auf dem Balkon. Rotgelb leuchtet das Laub.«

Die Selbstreflexion, die Elise bei sich vermied, fand sie bei anderen überflüssig, wenn nicht sogar widerlich.

»Was sie nicht sieht, meint sie, gibt es nicht. Was sie nicht anerkennt, gilt nicht«, schrieb Kurt in sein Tagebuch, »aber die Humussäure vermodernder Erinnerungen reizt ihre Laune. Neben einem überhitzten Dampfkessel würde ich mich sicherer fühlen.«

Am gleichen Tag notierte Elise:

»K. sitzt den halben Tag in meiner Küche rum und nascht und wartet auf Inspiration. Angeblich eine Schreibblockade. Hatten Schriftsteller das früher auch?«

Sonja Paris hatte, »um endlich wieder einmal etwas Bewegung in unsere Zusammenarbeit zu bringen«, ein Kinderbuch über die Oktoberrevolution in Russland vorgeschlagen. Ihr schwebte wohl ein Ersatz für das in der DDR damals nicht erwünschte, im Westen sehr erfolgreiche Buch *Die rote Zora und ihre Bande* vor.

»Obdach- und elternlose Kinder in einer vorsozialistischen Gesellschaft, vielleicht eine Bande, die ihren eigenen Krieg für eine bessere Welt führt. Sozusagen das fehlende Kapitel, bevor solche Kinder nach der Revolution bei Makarenko ein Zuhause finden.«

Bei seinen Recherchen stieß Kurt auf das Phänomen der »Heiligen Narren« im vorrevolutionären Russland. Diese sogenannten »Jurodiwy« waren Exzentriker, verrückte Außenseiter, deren Worte als göttlich inspiriert galten und die nicht selten in der orthodoxen Kirche Heiligenstatus erlangten.

»Gedankenexperiment: Mato in Rußland, das ›geschützte Haus‹ verlassen.«

Die Handlung des *Heiligen Narren* beginnt im Jahre 1905.

»Suma sieht den Blitz, bevor er getroffen wird. Dann zerteilt ein scharfer Wind die Nebel in seinem Kopf, ihm wird leicht, als fiele eine Last von seinen Schultern. Funken springen aus seinen Knien und Ellbogen. Die Bauern sehen ihn heftig atmen, knurren, kreischen und um sich schlagen.«

Eine Bäuerin glaubt in dem Waisenjungen die Reinkarnation ihres gestorbenen Sohnes zu erkennen.

> »Ihre Augen hängen an seinen Lippen. Die Bauern rutschen in schweren Pelzen und wollenen Röcken auf ihren Knien näher. Sie ringen die Hände, auf ihren Gesichtern tanzt der Widerschein der brennenden Holzkirche. ›Er ist es!‹ ruft die dicke Kutscherin wieder.«

So beginnt die Karriere des Heiligen wider Willen. Seine Verehrer nennen ihn Suma, von »Sumasschedschi«, der Verrückte.

> »Er sortiert die Worte, die er dem Popen vom Mund geklaubt hat, nach den Farben, in denen sie strahlen. Mit Rot fängt er an, dann folgt Gelb und Braun, Violett und Blau, zuletzt Grün, Schwarz und Weiß, Gras, Kohle und Schnee: ›Nicht gerufen habe ich euch, noch gebeten. Denn Wärme ist allein im Herzen und aller Schein vergänglich. Baut euch kein Haus und hortet keine Schätze!‹
> Die vorderen Zuhörer drehen sich um und wiederholen das Gesagte für die Hintenstehenden. Die Männer fangen an zu tanzen. Eine Frau mit verfilztem Haar wagt sich näher. Sie reicht ihm einen Becher mit dampfender Flüssigkeit. Das heiße Rubinrot rinnt durch seine Kehle. Sie öffnet den Mantel und zeigt ihre grindigen Brüste.«

Der Student Maxim versucht – immer auf der Hut vor der Ochrana und stets erfolglos – die von der Industrialisierung aufgeschreckten Bauern für die Revolution zu begeistern und entdeckt das Potential Sumas. Die beiden Außenseiter freunden sich an. Kreuz und quer reisen die Freunde gemeinsam durch ein verrücktes Russland, wobei der eine das Chaos ordnen, der andere es mehren will. Erzählt wird das Ganze mal aus der Innensicht der Hauptfiguren, mal durch den zaristischen Polizeioffizier Wsewolod Michailowitsch Oreschin, der Berichte an seinen Gouverneur schreibt und die Gefährlichkeit der Unruhestifter gehörig herausstreicht. Es gelingt Maxim schließlich, die Bauern zum Angriff auf eine Munitionsfabrik anzustacheln, aber das Militär erwartet die Angreifer und verhaftet die Rädelsführer. Nach einem kurzen Prozess, den Oreschin seinem Gouverneur als großen Sieg schildert, werden Suma und Maxim erschossen.

Sonja Paris lehnte das 146 Seiten umfassende Manuskript ab. »Wir kommen wohl nicht mehr zueinander«, schrieb sie auf dem Begleitzettel der Rücksendung. Der kleine Verlag »Morgenröte«, der in der 2. und 3. Etage eines Hinterhauses in der Münzstraße residierte und sich der Kinder- und Gebrauchslyrik, unter anderem mit einer Hefte-Reihe »Kopfnüsse«, widmete, galt nicht gerade als Insidertipp. Verlagsleiter Dr. Grubotschnik verdankte seinen Posten der engen Freundschaft zum einstigen Kulturminister Becher, entsprechend vorsichtig agierte er unter dem neuen. »Das Manuskript ehrt unser Haus«, befand er und schlug zahlreiche Änderungen vor.

> »Der Gebrauchswert wüchse möglicherweise, höbe eine Zeitleiste die wichtigsten historischen Ereignisse ins Bewusstsein des Lesers.«

Kurt schlug zur »weiteren Erhöhung des Gebrauchswertes« die Ausstattung mit Illustrationen vor. Die Kinderfiguren der inzwischen fast 70-jährigen Olga Pazckowiak-Lawrenz sehen uralt aus mit ihren schmalen Lippen, dünnen Nasen und weit hinter der Stirnwölbung ansetzenden Haaren. Ellbogen und Knie wirken wie Knoten in ihren dünnen Gliedern, an den Beinen schlenkern viel zu große Füße. Sie tragen merkwürdige Kronen auf dem Kopf, in den Händen undefinierbare Werkzeuge und sind gekleidet wie Vogelscheuchen in fürstlichen Lumpen.

Herbert Nachtigall zweifelte, als er das zum Druckgenehmigungsverfahren eingereichte Manuskript las. Ging das noch als Paradiesvogelei durch? Was würden die sowjetischen Freunde sagen? War dieser Student überhaupt ein fortschrittlicher Held, wenn er sich Diskussionen über die Farben des Vogelflugs oder die Vorzüge offener Vokale aufzwingen ließ? In Ungarn hatte das Ende damit angefangen, dass Leute über abseitige Dinge fabulierten. Die Lust am Abweichlertum verbreitete sich wie Feuer auf einer trockenen Wiese.

Andererseits handelte es sich um verbürgte Ereignisse der Geschichte des Brudervolkes (Kurt Weiszheit hatte vorsorglich einen Brief des Slawisten Dr. Igor Wachmann beigefügt) und direkt Feind-

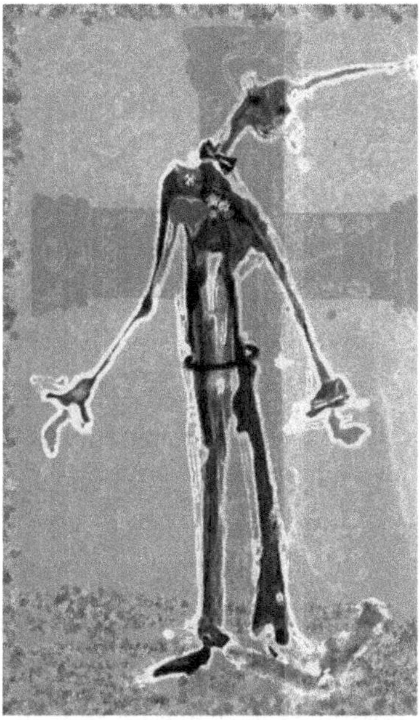

Illustration von Olga Pazckowiak-Lawrenz zu Heilige Narren

liches konnte er nicht finden. Er notierte »kleine Auflage« auf den Rand.

Heilige Narren erschien in einer Erstauflage von 1500 Exemplaren, was zur Folge hatte, dass der Titel schnell ausverkauft war und zum Geheimtipp wurde. Kulturbundgruppen und Clubs der Deutsch-Sowjetischen Freundschaft luden Kurt zu Lesungen und Olga zu Ausstellungen ein, die Evangelische Akademie bat ihn als Redner zu einer Tagung über den Umgang mit geistig Behinderten.

Wendel Rothermann bemängelte die Darstellung Maxims, der ja wohl eher ein skrupulöser Revoluzzer als ein Revolutionär sei, während Oda Peschinskaja im *Zentralblatt* ausdrücklich lobte, dass der Revolutionär

> »die Frage, welche Mittel durch das hehre Ziel der Menschheitsbefreiung gerechtfertigt sind, immer wieder stellt und nicht einfach durch ›alle‹ beantwortet, wie das die Anarchisten des Narodnaja Wolja getan haben«.

Schon während der Arbeit für *Heilige Narren* hatte Olga über Kopfschmerzen geklagt. Ihre Sehschwierigkeiten nahmen zu und ließen sich auch durch noch stärkere Brillen nicht korrigieren. Sie bekam Schwierigkeiten mit dem Schlucken und Sprechen. Nach der feierlichen Eröffnung einer Ausstellung mit den Originalgrafiken in Wittenberg spürte sie auf dem Weg zum Bahnhof ihre Beine nicht mehr, und Max, der sie begleitete, brachte sie ins Krankenhaus, weil er einen Schlaganfall befürchtete. Er saß an ihrem Bett im Paul-Gerhardt-Stift, als die Ärzte ihr mitteilten, dass in ihrem Gehirn ein Tumor wachse. Eine Operation war nicht möglich, aber man wollte sie am nächsten Tag nach Berlin verlegen. Mühsam und langsam, gegen sein Stottern kämpfend, las Max ihr die neuesten Rezensionen und Leserbriefe vor. Bald darauf starb sie.

Max verlor nach Olgas Tod die Orientierung. Niemand legte ihm eine Zeichnung vor, damit er sie koloriere. Niemand ging für ihn ans Telefon. Weil er sich für sein Stottern schämte, kaufte er nicht mehr ein und aß nichts. Die Wohnung verwahrloste, Fiedlers beschwerten sich bei Elise über den Gestank.

Vielleicht wäre er verhungert, wenn Elise ihn nicht manchmal zum Mittagessen geholt hätte. Eines Sonntags kam er nicht zur verabredeten Zeit. Weil er auch am Abend nicht auf ihr Klopfen und Klingeln reagierte, öffnete Elise die Tür mit dem Ersatzschlüssel und fand Max auf dem Boden des Flurs sitzend, die eingetrockneten Augen zur Wohnungstür gerichtet, als warte er auf Olgas Rückkehr.

»Dann lieber vor den Zug, solange man noch übers Geländer steigen kann.«

Schon wenige Tage später schickte Komalla einen neuen Mieter, den Zolloffizier Angerer, der am Grenzübergang Bornholmer Straße arbeitete, einen Witwer mit zwei Kindern, einem Mädchen mit Pferdeschwanz bis zu den Knien und einem kleineren Jungen mit neugierigen braunen Augen. Elise riss das Siegel von der Tür und Mato half Kurt, Max' Skizzenbücher und Zeichnungen ins Archiv zu bringen.

Oberkommissar Angerer entpuppte sich als häuslicher Gemütsmensch und bewies einen grünen Daumen bei der Pflege der Myrten,

Mato im Alter von etwa 15 Jahren

Gummibäume und Bromelien im Treppenhaus, so dass Besucher wie in einem Dschungel zu seiner Wohnung aufstiegen. Sein Einzug markierte eine neue Strategie des Wohnungsamtes, das versuchte, die Wohnungen im grenznahen Bereich mit politisch zuverlässigen Mietern, vor allem Offizieren der Grenztruppen, Lehrern, Mitarbeitern des Staatsapparates und Funktionären zu belegen.

Über die Rolle Matos beim Schreiben des *Heiligen Narren* notierte Kurt: »Er ist mein Wald. Rufe ich hinein, gibt er mir ein Echo zurück.« Echolalie, also das Wiederholen der Worte von Gesprächspartnern, ist bei Autisten nicht selten. Kurt sprach Sumas »Predigten« laut und tippte sie so, wie sie aus Matos Mund verwandelt klangen, in die Maschine. »Eigtl. ist er der Dichter und ich bin nur sein Be-Diener.« Elise erfuhr in der Küche aus Matos Mund, was Kurt an jedem Tag diktiert hatte. Sie nannte ihren Sohn einen

> »selbstverliebte[n] Clown ... Er benutzt die Leute, quetscht Geschichten aus ihnen heraus und läßt sie leer wie Zitronenschalen liegen. Macht aus Mato ein dressiertes Kaninchen.«

Das war nur die halbe Wahrheit, denn Kurt kümmerte sich um Mato wie ein Bruder. Sie unternahmen Spaziergänge durch die Straßen des

Prenzlauer Bergs und erklärten sich die Welt aus ihren verschiedenen Sichtweisen. Kurt versuchte, Mato als Bibliothekshelfer bei Ludwig im Kulturhaus der BEMARK unterzubringen, doch die Bibliothekarin beschwerte sich nach wenigen Stunden unter Tränen bei ihrem Chef, Mato sortiere *Die schönsten Minnelieder* neben das *Ketzerbrevier* von Mehring und Lenins *Ausgewählte Werke* – nur weil sie ins gleiche hellrote Leder gebunden waren.

Kurt Weiszheit bat die Leiterin der Kaufhalle Schönhauser/Ecke Milastraße um Hilfe. Frau Küster, die »ständig Einräumhilfen aus der nichtberufstätigen Bevölkerung« suchte, war eine Frau von schnellem Verstand. Sie schärfte Mato die Ordnungsregel ein: »kalt, warm, dann Dose, Glas, Tüte, zuletzt rot, gelb, schwarz.« Am Abend, als sie Kurt von Matos erstem Arbeitstag berichtete, nannte sie ihn »mein fleißigstes Aschenputtel«.

Zum ersten Mal hatte Kurt Weiszheit den Hermann-Stoff, mit dem er sich Anfang der sechziger Jahre intensiv auseinandersetzte, bereits 1956 in seinem Tagebuch erwähnt.

> »Entwicklungs-Roman über Nazi-Idealist. Keine Puppe wie üblich (und viell. noch notwendig). Ein Überzeugungstäter. Zeitgeschichte nur, soweit es ein Licht auf meine Figur wirft: Wie entwickelt sich das Böse? Wer nährt es, absichtlich oder unabsichtlich?«

Lotte stellte ihm zur Verfügung, was sie über Hermann in Erfahrung gebracht hatte. Im Herbst 1960 schrieb Kurt Weiszheit an Dr. Grubotschnik, er könne

> »keine Lesungen des Narren mehr durchführen ohne meiner Arbeit am neuen Buch zu schaden«,

und bat Herbert Nachtigall um Unterstützung bei der Recherche, denn er brauchte eine spezielle Erlaubnis, den sogenannten »Giftschein«, um in der Staatsbibliothek Bücher wie *Mein Kampf* und Zeitungen wie den *Völkischen Beobachter* lesen zu dürfen.

Nachtigall zog den Kopf ein. Was schnüffelte dieser Weiszheit in den Akten seines Onkels herum? Musste er nicht irgendwann auf den *Boten* stoßen und auf die Zeitungsmeldungen über jene Nacht, an die er sich selbst kaum noch erinnerte? War er überhaupt auf den Gleisen des Güterbahnhofs gewesen?

Die gebeugte Körperhaltung behinderte Nachtigalls Atmung und führte zu einer Ansammlung von Zellflüssigkeit in der Lunge. Nachtigall hörte sich im Traum röcheln. Manchmal sprang er in panikartiger Erstickungsangst aus dem Bett und lief auf die Straße, aber im Licht der Laternen fühlte er sich beobachtet, duckte sich in den Schatten und schlich bald zurück in die Gruft, wo die Albträume warteten. Seine Haut nahm eine violette Fleckfarbe an, seine Augen quollen aus den Höhlen, er litt unter quälenden Hustenanfällen, Schweißausbrüchen und Rückenschmerzen.

Die Genossen im ZK rieten zu einer Kur. Bad Elster könne man kurzfristig organisieren, für die Lunge besonders zu empfehlen sei Tatranska Polianka in der ČSSR, doch Herbert Nachtigall lehnte alle Angebote ab und behauptete, die angespannten Beziehungen zwischen Ost- und West-PEN erlaubten ihm keine Ruhepause.

Er stellte sich vor, das Weiszheithaus anzuzünden. Weg mit allem Material, und wenn Kurt mit verbrannte – auch gut. Aber es gab diese unerreichbare Schwester in Zürich. Und wenn sie gar nichts wussten, weckte er nur schlafende Hunde! Seine Grübelgedanken gruben sich ein wie die Räder eines im Kreis fahrenden Wagens. Im Juni 1961 blieben sie stecken.

Am Freitagabend vor Beginn der großen Ferien alarmierte der Wachhabende des ZK-Gebäudes, nachdem er den Genossen Nachtigall in seinem Büro starr am Schreibtisch sitzend gefunden hatte, den Medizinischen Dienst. Versuche, den Genossen zu bewegen, scheiterten an ausgeprägtem Stupor. Der Arzt verabreichte eine hohe Dosis Chlorpromazin, woraufhin Nachtigalls Körper erschlaffte und vom Stuhl rutschte.

Zwei Wochen lang wurde er in der psychiatrischen Abteilung der Charité untersucht und von einer Physiotherapeutin durchbewegt. Als er sich wieder einigermaßen selbständig regen konnte, brachte ihn ein graufarbener Barkas auf die Ostseeinsel Tinker. Sein Chef Siegfried Wagner fertigte eine Notiz für die Kaderakte:

»Wenig belastbar in Kampfsituationen. Bei Genesung ggf. Verwendung im Archivdienst.«

Die Insel Tinker war für die Öffentlichkeit unzugänglich und auf den Karten als Vogelschutzgebiet ausgewiesen. Die dortige Klinik, äußerlich ein maßstabsgerecht verkleinertes Abbild der Lomonossow-Universität in Moskau, war Funktionären vorbehalten, die unter der Last ihrer Verantwortung zusammengebrochen und nicht mehr diensttauglich waren. Während drei- oder sechsmonatiger Kuren wurden sie wieder aufgebaut. Zu den therapeutischen Mitteln gehörten Selbstkritik-Gruppen (»Ich bin Herbert und ich bin Kleinbürger«), Übungen in Dialektik (»Widersprüche aushalten«), körperliche Ertüchtigung und selektive Wahrnehmung.

Täglich um 19:30 Uhr versammelten sich die Patienten im Fernsehraum, um die *Aktuelle Kamera* zu sehen. Im Anschluss wurde unter Anleitung eines Therapeuten darüber diskutiert, wie zwischen den Zeilen des Gesagten oder aus seinem Gegenteil die Linie zu lesen sei. Bei solcher Gelegenheit hörte Herbert Nachtigall am 15. Juni 1961 Walter Ulbricht in einer Pressekonferenz den Satz »Niemand hat die Absicht, eine Mauer zu errichten!« sagen. Seine Zehen zuckten und er wusste, dass große Ereignisse bevorstanden.

Anfang August 1961 wurde Herbert Nachtigall vorzeitig aus der »Kur« nach Berlin beordert. Er bewährte sich beim Mauerbau als Propagandist im FDJ-Regiment, das der »akuten faschistischen Gefahr« jugendlichen Opfermut entgegensetzte, und wurde anschließend mit der Medaille »Kampfauftrag der FDJ« ausgezeichnet. Die Kollegen in der Abteilung Kultur waren stolz auf ihn.

Kurt Weiszheit legte im Juni 1961 den Hermann-Stoff beiseite. Ahnte er Nachtigalls Verstrickung in den Tod seines Onkels?

»Komme mit dem ›Fürchten‹ nicht weiter. Einzige Quälerei. Alles zahnlos. Vergreife mich an den Sternen. Hätte ich nur Tischler gelernt! Dem Holz wäre ich gewachsen. Vielleicht.«

17 Familien

Ich las, was ich kriegen konnte, um meine Familie und die Geschichte des 20. Jahrhunderts zu verstehen. In der Ladenwohnung wurde es eng. Bücherstapel kippten um und manchmal fuhr ich mich in Haufen aus Zeitungsausschnitten fest. Wenn Conny nicht da war, um mich zu befreien, musste ich mich wie eine Raupe durchwinden.

Ich bat Salvador um die Gewerberäume rechts vom Eingang in der Kopenhagener Straße, wo sich früher das fotografische Atelier Koslowski befunden hatte. Er seufzte, aber er war ein im Grunde weicher Mensch, der nicht gut Nein sagen konnte.

Nun hatte ich ein 40 Quadratmeter großes Ladenlokal und ein weiteres Zimmer, eine richtige Küche und einen langen, langen Flur für Bücherregale. Der einzige Nachteil, dass ich nämlich nicht mehr einfach einen Schuh an die Decke werfen konnte, um Conny zu rufen, fiel nicht sehr ins Gewicht, weil ich selbständiger geworden war.

An den Sonntagen, wenn Conny frei hatte, kam Sasha nach dem Frühstück zu Besuch, immer pünktlich. Ich bewunderte ihn für seine Verbindlichkeit, die mir in diesem Alter völlig abgegangen war. Seinen Wochenkalender hatte er im Kopf ebenso wie die verschiedenen U-Bahn- und S-Bahn-Linien, die ihn zur Ergotherapie, zum Oboenunterricht und zu seinen Freunden brachten. In der Tasche trug er einen dicken Bund mit Schlüsseln zu seiner Wohnung, zu meiner, der seiner Großmutter und zur Wohnung von Ernest und Ralf.

Neuerdings interessierte er sich für Politik, Klimaentwicklung und Nordkoreas Atomprogramm. Er hatte eine Meinung zum Bürgerkrieg in der Ukraine und zu amerikanischen Drohneneinsätzen in Pakistan, auch befürwortete er die Quotierung des Frauenanteils in den Führungsetagen deutscher Großkonzerne. Ich war wohl eine Art Testlabor für seine Versuche, sich die Welt zu erklären, also hörte ich aufmerksam zu. Wenn es um die DDR ging, galt ich als »Zeitzeuge«

und freute mich immer, wenn ich »als ich in deinem Alter war« sagen konnte. An einem 17. Juni lud seine Klassenlehrerin mich sogar zu einer Podiumsdiskussion in die Schule ein.

Sein Geruch veränderte sich. Aus dem Milchpulver- wurde ein Quarkgeruch mit wechselndem Müffel nach Käse und Vanillesauce. Manchmal wandte ich den Kopf ab und atmete tief durch, aber ich bemühte mich, ihn meine Empfindlichkeit nicht spüren zu lassen, und er gewann mein Herz endgültig mit dem Satz: »Wundere dich nicht, wenn ich komisch werde, ich pubertiere nämlich demnächst.«

An seinem Geburtstag fuhren wir nach Wolfsburg ins »phaeno«, wir beide allein. Er nahm die Fahrkarten, suchte den Schaffner, besorgte Getränke und öffnete mir die Türen. Die Mitreisenden im ICE waren angetan von seinem charmanten Geplauder. In der Ausstellung erklärte er mir, wie die Experimente funktionierten, und obwohl ich mir ein bisschen minderbemittelt vorkam, hielt ich den Tag geduldig aus, achtete auf die Uhr, behielt den Weg im Kopf und lenkte seine Schritte unauffällig um gefährlich aussehende Mitmenschen herum.

Sonntagmittag kam Laura und kochte in meiner Küche Gemüseaufläufe, deren Kalorien handgezählt waren. Manchmal aß ihre Mutter mit uns und gab, wenn sie gut gelaunt war, Anekdoten aus ihrer riesigen »Mischpoke« zum Besten.

Nach dem Essen »spazierten« wir zu Bacchio, dem berühmten Eisladen in der Gleimstraße. Sasha und ich aßen Nougat-Kirsch mit extra Sahne, und wenn Laura uns Sorbet aufschwatzen wollte (»gefrorenes Fruchtmus ist viel gesünder als dieses fettige Süßzeug«), sahen wir uns mit einem Bäh-Gesicht an. Laura verdrehte die Augen, wie nur sie es konnte: eins nach links und das andere nach oben. Anschließend legten wir uns, während Sasha bei Jessica den Flügel traktierte, zu einem Mittagsschläfchen aufs Bett. Ich wartete mit geschlossenen Augen, bis ihr Atem gleichmäßig ging, dann beschnupperte ich sie.

Meine Beziehung zu Ernest und Ralf blieb zunächst schwierig. Mit Laura besuchte ich die Premieren von Ernest, den *Mikado* in

Potsdam und *Eine Nacht in Venedig* auf dem Theaterschiff. Nicht nur sein Gesicht hatte einen aristokratischen Schnitt, auch sein federnder Gang rief, wenn er auf die Bühne stürmte und seine Hauptdarsteller an die Hände nahm, Beifallstürme hervor. Die Frauen liebten ihn, und er konnte sie alle haben, ohne dass eine eifersüchtig wurde. Guter Trick, das mit dem Schwulsein. Ich verdrückte mich jeweils vor Beginn der Premierenfeiern.

Einmal hatten die beiden mit Laura meinen Biergarten besucht, aber ich war sehr beschäftigt gewesen und nach Mitternacht, als endlich Ruhe einkehrte, waren die beiden mit jugendlichen Piraten in einen leidenschaftlichen Streit über Urheberrechtsfragen verwickelt.

Sasha beantwortete meine vorsichtigen Fragen nach dem Alltag bei seinen Vätern einsilbig und ich hörte Missbilligung heraus, dass ich mir nicht mehr Mühe gab, sie näher kennenzulernen.

Am Tag meines Umzugs kamen Ernest und Ralf, um zu helfen. Ich zischte Laura an, ob sie die beiden gebeten hatte, und sie zischte zurück, ob ich glaube, dass schwule Intellektuelle keine Bücherkisten tragen könnten. Sie waren regelmäßige Muckibudenbesucher, hatten Spaß am Anpacken und zogen schon nach kurzer Zeit die T-Shirts aus. Da war ich dann doch ein bisschen neidisch.

Im August lud Ralf mich zu einer abendlichen Dampferfahrt auf der Spree ein, die sein Verlag anlässlich irgendeines Internationalen Literaturfests veranstaltete. Das Gefangensein auf dem eisernen Kahn stellte ich mir schrecklich vor, aber Laura bat mich, als ihr Partner mitzukommen (sie sagte wörtlich »Du bist der beste Tänzer, den ich kenne«), also besorgte ich mir einen rollstuhltauglichen Anzug.

Am Anleger Jannowitzbrücke wartete und schwatzte eine schwarzgewandete, nach maßgemischten Parfümen duftende Künstlermenge, in der ich zu ertrinken fürchtete. Laura legte ihre Hand auf meine Schulter und ließ sie liegen und ich fand, dafür hatte sich der Abend schon mal gelohnt.

Ernest kam etwas später, mit einem australischen Bestsellerautor im Schlepptau, und steuerte auf uns zu. Ein Kreis bildete sich, als er

Steven Boyd und mich einander vorstellte: »This is Sven, you wanted to ask.« Ich verkrampfte mich, weil ich die Frage fürchtete, wie es ist, im Rollstuhl zu sitzen.

Aber der Autor, so alt wie ich, hockte sich neben mich und erklärte leise, er habe gehört, ich sei im Jugendwerkhof gewesen. Seine Familie habe ihn mit 14 wegen ein bisschen Drogenhandel in ein »boot camp«, eine private Besserungsanstalt für jugendliche Querulanten, gesteckt. Wir suchten uns auf dem Dampfer ein stilles Eckchen und tauschten Geschichten aus, zwei Männer mit grau werdenden Haaren und Kloß im Hals. Heimkinder finden selten Gelegenheit, über die Demütigungen oder gar über die schönen Erinnerungen ihrer Insassenzeit zu reden. Irgendwie bleibt für uns drinnen immer drinnen und draußen immer draußen.

Heimlich verliebten wir uns wieder in ein unerreichbares Mädchen; unheimlich hassten wir einen Erzieher. Ich zog mein erstes Geschäft mit eingeschmuggelten Zigaretten auf, er verkaufte seine erste Crimestory an eine Perther Zeitschrift. Am Ufer zogen die Lichter von Villen und Restaurants vorbei, es roch nach Diesel, Fisch und Brackwasser.

Ralf brachte immer mal Wein und Wasser an unseren Tisch, entschuldigte sich und lächelte nervös, aber er wagte nicht, an die Erinnerungsblase zu rühren, die uns wie eine Glaskugel umgab. Nach drei Stunden kam er aufgeregt und reichte dem Schriftsteller ein Handy: Steven hatte den Preis des Festivals gewonnen und wurde in einem Fernsehstudio erwartet. Wir verabschiedeten uns leise und mit einer Umarmung, ohne auch nur eine Telefonnummer auszutauschen. Kurz darauf legte der Dampfer in Treptow an, wo ein Taxi auf Steven wartete.

Ich war aufgewühlt und suchte Laura. Auf der Tanzfläche traten die Passagiere beiseite, um mir Platz zu machen. In ihren Augen sah ich die goldschimmernde Glorie, die mich jetzt umgab. Ernest saß im Heck des Schiffes allein vor zwei Gläsern an einem Tisch und machte sofort Platz für den Rollstuhl, als er mich sah. Ich wollte nicht über Steven reden, deshalb fragte ich, wie er mit Sasha zurechtkomme.

Er habe gerade ein Buch über Geschlechterrollen gelesen, erklärte Ernest, und überlege jetzt, ob man *Pinocchio* als Musical über die Schwierigkeiten von Jungs, zu Männern zu werden, und über Männer, Väter zu sein, inszenieren könne.

Wer lügt, dem wächst die Nase; wer faulenzt, wird ein Esel?

Genau! Er selbst fühle sich eher wie Meister Gepetto: vor Liebe blind. Manchmal sitze Sasha bei ihm nur am Computer. Das gräme ihn zwar, aber er wolle eben nicht dauernd verbieten und so borniert erscheinen wie seine eigenen Eltern.

Als Laura eine halbe Stunde später zurückkam, steckten wir mit heißen Ohren in einer Väter-Diskussion. Wie sollten wir Grenzen setzen und wie die Grenzen, die andere setzten, erklären? Wie hoch durften Risiken sein, wie kalkulierte man Gefahren und wie spannte man möglichst unsichtbar die nötigen Netze? Laura unterbrach uns mit der nüchternen Frage, wer Sasha am nächsten Morgen zum Kieferorthopäden begleiten könne. Ich hob die Hand. Sie nickte und kramte die Versichertenkarte aus ihrer Tasche.

Wir waren eine merkwürdige Patchworkfamilie: Vier Eltern, drei Wohnungen, ein Kind. Als ich das lachend aufzählte, sahen die beiden mich erwartungsvoll an, als hätte ich was vergessen.

Ein paar Tage später besuchte Ernest mich, um mit mir über seine Pinocchio-Bearbeitung zu besprechen. Wir lachten viel, während wir die Szenen der Originalgeschichte in den Prenzlauer Berg »übersetzten«. Irgendwann kamen wir auch auf seine Beziehung mit Ralf zu sprechen.

Die beiden führten seit mehr als 20 Jahren einen Salon in ihrer Wohnung in der Neuköllner Karl-Marx-Straße. Schriftsteller lasen aus noch unveröffentlichten Manuskripten, Musiker spielten ihr Programm vor großen Auftritten, Koryphäen hielten Vorträge über wissenschaftliche und politische Themen. Eintrittskarte war jeweils ein Beitrag zum Buffet. Im Laufe der Jahre war der Salon zum Sprungbrett für junge Talente geworden, die beiden Gastgeber zu Knoten in einem globalen Netz aus Mäzenen und Nachwuchskünstlern, und umgekehrt der Salon zum Zentrum ihrer Partnerschaft.

Eines Abends rief Ernest an und bat darum, kommen zu dürfen. Er sei bitter enttäuscht von Ralf. Wir tranken zwei Flaschen Wein, bevor er erzählen konnte, was passiert war: Ralf hatte sein Mobiltelefon zuhause vergessen und Ernest »nur mal so« damit herumgespielt. Im Speicher hatte er ein Video gefunden, das Ralf beim Sex mit einem anderen Mann zeigte. »Ungeschützt«, betonte Ernest. Er habe nichts gegen Sex mit anderen »als solchen«, er nehme das Recht für sich selbst ja auch in Anspruch, aber Leichtsinn im Zeitalter von Aids betreffe auch ihn. Er sei zutiefst enttäuscht über den Vertrauensbruch.

Im Morgengrauen stand Ralf vor der Ateliertür, grau und erschrocken: Er hatte Ernest die ganze Nacht bei Freunden und in Kneipen gesucht. Ich bat ihn herein, drückte ihm ein Glas in die Hand und ließ ihn mit seinem Freund, der ein versteinertes Gesicht machte, allein. In meiner Küche hörte ich das Gespräch auf- und abebben, im Hof zwitscherten die Spatzen, die Sonne schob die Dämmerung im Ringbahngraben westwärts. Nach zwei Stunden, ich war inzwischen um eine weitere Flasche Wein betrunkener und recht müde, beschloss ich, die beiden zu unterbrechen. Ralf stand in der Tür, als wolle er gerade gehen, während Ernest mit verschränkten Armen auf der für ihn vorbereiteten Schlafcouch saß. Ich verkündete mit schwerer Zunge, dass wir jetzt noch einen Absacker trinken müssten und danach ICH auf der Schlafcouch, Ralf und Ernest aber auf dem größeren Bett in meinem Schlafzimmer übernachten würden. Sie sahen sich nicht an, aber sie widersprachen auch nicht. Aus dem einen Glas wurden drei. Vermutlich rettete ich damit ihre Beziehung, aber ich bezahlte das mit einem elenden Kopfschmerz.

Conny pflegte mich mit Kamillentee und lenkte mich ab mit Anekdoten über ihre Männer. Sie bereute keine ihrer Affairen. Die Väter ihrer Kinder waren für einige Zeit ihre Prinzen, auch wenn sie sich später als Ganoven entpuppten. Ihr neuer Freund, ein »schnittiger Siebzigjähriger«, legte Wert auf seine Freiheit. »Ick will ihn schön anziehn, und er will mir schön ausziehn«, lachte sie.

Vor meinem Unfall war ich davon ausgegangen, dass es Liebe auf Dauer nicht gebe. Nicht dass ich unglücklich gewesen war deshalb, ich hatte es nicht anders gekannt und nicht anders wollen können. Jeweils nach der Phase der Euphorie, wenn mich der schlechte Mundgeruch am Morgen zu stören begann, wenn ich die Marotten meiner Freundinnen bemerkte, war ich weitergezogen, auf der Suche nach neuen Abenteuern. Traf ich Paare, die seit Jahrzehnten zusammenlebten, hielt ich das für Bequemlichkeit, bestenfalls für Selbsttäuschung.

Nun, gefangen in meinem Rollstuhl und abhängig, dachte ich anders darüber. Ganz sicher war der Mensch, dem die Sehnsucht eines Liebenden galt, nicht der »objektiv Beste« unter 7 Milliarden, manchmal sogar ein ziemlicher Reinfall, wie beispielsweise ich für Laura. Aber ich musste akzeptieren, dass sie mich mochte und auf ihre Weise liebte. Es war halt ihre Sache, wenn sie damit einer Illusion erlag. Manchmal spürte ich den Impuls, zu fliehen, bevor sie aus ihren Träumen erwachte, aber das war ja nicht mehr so einfach.

Wenn ich von meinem Opa Kurt Weiszheit etwas lernte, dann dass ein bisschen Selbstbetrug, ein bisschen Kalkül erlaubt, vielleicht sogar unerlässlich war. Die unscheinbare, ölsockelgroße Augusta hatte sich den schönen Gustav »geangelt«. Mit ihrer »Schönseherei« hatte Elise ihr Leben und das ihrer Mitbewohner aufgehellt. Kurt hatte seine Karriere auf eine Täuschung gegründet. Es war nicht zu leugnen, dass aus Wunschvorstellungen Tatsachen werden konnten.

In dieser Zeit hatte ich einen Traum, in dem ich plötzlich begriff, selbst nur eine literarische Figur zu sein. Ich diskutierte die Problematik mit Laura, die glücklicherweise im gleichen Buch vorkam. Sie glaubte, dass unsere ganze Welt ausgedacht sei, allerdings hätten wir uns selbst erfunden. Ich bezweifelte, dass ich mir meinen Stasi-Opa und den Jugendwerkhof auf den Leib geschrieben haben könnte, aber ich wusste auch nicht, wer es sonst gewesen sein sollte. Laura riet mir aufzuwachen, die Wahrheit über mich könne ich nur so herausfinden. Ich wachte tatsächlich auf und war kein bisschen klüger.

Nach ihrer Versöhnung baten Ernest und Ralf mich, für ihre Hochzeit den »Zeremonienmeister« zu spielen. Ich führte sorgfältig die Gästeliste, reservierte Zimmer, bestellte Sekt und das Buffet, verwaltete die Finanzen und koordinierte Geschenke. Das Paar sollte mit Studiotechnik überrascht werden, mit deren Hilfe der Salon künftig ins Internet übertragen werden konnte.

Im Standesamt saß die »engere Familie« in der ersten Reihe: Laura und Sasha, Conny und ich. Hinter uns schluckten die Mütter von Ralf und Ernest ihre widerstreitenden Gefühle herunter, die Väter hatten sich geweigert, zu kommen. Auf der anschließenden Feier setzte sich Salvador neben mich und stieß mit mir an »auf die Familie«, auf meine zweite oder dritte, je nachdem, wie man zählte.

18 Mauer

Die Schließung der Grenze am westlichen Ende der Kopenhagener Straße ließ den schon seit Jahren schwächer werdenden Strom von Arbeitern und Angestellten, die zumeist im Osten gewohnt und im Westen gearbeitet hatten, endgültig versiegen. Ratlos starrten Aus- und Eingesperrte in den dunklen Gleimtunnel, wo über Nacht Panzerigel aufgestellt worden waren. Grenzsoldaten zogen Stacheldrahtspiralen auf den Mauern des Bahnhofs.

Der Ring zerbrach, wie Melli gefürchtet hatte. Die Züge bogen auf den Gleisen der Stalinkurve nach Bernau ab. Vom S-Bahn-Steig Schönhauser Allee hallten noch eine Weile die schleppenden Durchsagen: »Kein Zugverkehr in Richtung Gesundbrunnen.«

Ohne Gleimtunnel und ohne Sonnenbrücke war der Kiez um das Weiszheithaus nun wieder eine Halbinsel, auf drei Seiten eingegrenzt von Mauer, Ringbahn und »Exer«. Die Bürgersteige verwaisten, die Kneipen blieben leer. Polizeistreifen patrouillierten, nachts wurden Fußgänger kontrolliert. Bald durfte die Kopenhagener Straße nach 22:00 Uhr ab der Kreuzung Sonnenburger Straße nur noch von denen betreten werden, die polizeilich dort gemeldet waren, was für die Gäste der Pusztasonne manchmal schwierig wurde:

> »Noch geblendet vom Licht in der Kneipe, trat Mönkeberg in die Nacht und versuchte, sich zu orientieren. Er hatte wohl doch ein Glas mehr getrunken, als ihm guttat. Er bog in die Lindenallee [Kopenhagener Straße] ein, den seiner Erinnerung nach kürzesten Weg zur S-Bahn. Plötzlich materialisierte sich ein Wesen aus der Dunkelheit und durchstrahlte ihn. Später, bei der Vernehmung, behauptete Mönkeberg, nur deshalb geflohen zu sein, weil er den Polizisten für einen Außerirdischen gehalten hatte, der mit seinem GGO seine zu jenem nächtlichen Zeitpunkt wenig präsentablen Privatgedanken lesen wollte.«

Die letzten Meter der Kopenhagener Straße wurden schließlich von einem Zaun abgesperrt, hinter dem Hunde liefen, so dass Passanten nicht mehr in Wurfweite der Mauer kamen. Die Grenzstraßen wurden »Sonderbelegungszone«, was bedeutete, dass nur noch überprüfte Bürger einen Mietvertrag abschließen konnten. Das Weiszheithaus gehörte nicht zu diesem Bereich, aber es grenzte daran.

Die Frauen des Seitenflügels träumten noch immer im Licht der untergehenden Sonne, aber ihr Blick ging jetzt in eine andere, unerreichbare Welt. Die Schienen der Ringbahn Richtung Westen rosteten, der Glanz des Abendlichts verstumpfte. Vom Wachturm an den Bahngleisen blickten junge Männer mit ernsten Gesichtern durch Ferngläser zurück.

Wenn der neunjährige Wolfgang vom Balkon der Grünwaldtwohnung zaghaft die Hand hob, winkten manche Posten mit kaum über die Brust gehobener Hand zurück. Andere griffen nach dem Telefon und strafften ihre Haltung, während sie in die Muschel sprachen. Wolfgang lernte sie nach dem Gang und der Haltung zu unterscheiden. Wo die meisten seiner Nachbarn nur die tödliche Gefahr sahen, hatte er Freunde, denen er heimlich Namen gab.

Der Mauerbau beendete Kurts Ausflüge zum Nollendorfplatz und in den Tiergarten. Treffpunkte für schwule Männer gab es auch in Ostberlin, das Café Peking etwa oder die Cityklause, den Parkplatz zwischen Kastanienallee und Schönhauser, den Märchenbrunnen im Friedrichshain oder die Toiletten am Senefelder Platz, aber wie viele Männer seiner Generation war er nicht stolz genug, seine Veranlagung und seine Diskriminierung politisch zu sehen. Anfang der Sechziger waren homosexuelle Handlungen unter Erwachsenen noch immer strafbar, wenn der § 175 auch seit Ende der fünfziger Jahre weitherzig ausgelegt wurde. Bei Bedarf hing das Schwert jederzeit bereit.

»Bin froh über die gewonnene Zeit. Große Pläne!«, redete Kurt Weiszheit sich die Mauer schön.

»Zum Beißen gehören immer zwei Hunde. Wenn einer weg ist, bellt der andere noch ein bisschen und verpißt sich dann.«

Kurt Weiszheit war nicht der Einzige, der sich solchen Hoffnungen hingab, und eine Zeit lang schien es, als seien sie berechtigt. Die kurze Zeit bis zum elften Plenum 1965 war von Aufbruchstimmung und liberalerer Handhabung der Zensur geprägt.

Kurt Weiszheit scheiterte mit dem Versuch, an den *Narren* anzuschließen und die *Traumtänze eines Gauklers* zu schreiben. Die Handlung spielt zuerst in den zwanziger Jahren auf einem Gutssitz in Ost-Elbien. Nach 70 Seiten brach er ab und begann von neuem, die Handlung diesmal in den Dreißigjährigen Krieg nach Thüringen verlegend. Dieses Setting schien immer noch zu nah an seiner Gegenwart, denn der dritte Versuch spielt in einer Villa im antiken Rom und der vierte schließlich in einer steinzeitlichen Höhle, wo ein Schamane zwischen Dies- und Jenseits wandelt, bewundert und gefürchtet von seiner Horde. Nach Fertigstellung von fast 200 Seiten ließ er das Projekt endgültig liegen.

Stattdessen widmete er sich seinen Erinnerungen an Ausflüge in die Bars am Gesundbrunnen. »Ein typischer Fall von Sublimierung.« Weil er nicht mehr selbst »die unvollendeten Tage in dunklen Ecken zum Höhepunkt treiben konnte«, dachte er sich erotische Abenteuer in immer neuen Szenerien aus. »Spiele mit Rollen und Stoffen und mit dem Feuer meiner Begierde.«

Das klingt zunächst privat und unpolitischer, als es war. Die Geschichte eines exhibitionistischen Paares beispielsweise, das sich in einem hellerleuchteten Schlafzimmer am Gesundbrunnen verlustiert, bekommt eine merkwürdige Färbung, wenn der Leser langsam begreift, dass er beziehungsweise der Erzähler beziehungsweise der Voyeur auf der anderen Seite der Mauer, also im Osten, sitzt und die »andere Welt« mit einem Fernglas beobachtet. Kurt Weiszheit begann damit eine Art neue Karriere.

Er muss in dieser Zeit Peter Roehle, der sich jetzt Petra Pelosi nannte, von seinen erotischen Schreibversuchen erzählt haben, jedenfalls bat der ihn im Oktober 1961 um ein oder zwei Texte »für seinen alten Herrn«. Kurt gab ihm die Geschichte zweier Wehrmachtskameraden, die einander nach vielen Jahren wiederbegegnen und sich an ihre erotischen Sommernächte in einer Stellung am Atlantik erinnern.

Peters Notar berichtete seinem Kölner Freund, dem Verleger Jossi Berlhuber, begeistert von der Heilung seiner Erektionsstörungen, und auch der las die zugesandten Blätter mit Vergnügen.

Berlhubers Schweinskramverlag war eine Neugründung des 1955 verbotenen P. Hallusverlags, produzierte erotische Literatur und war regelmäßig Gegenstand richterlicher Indizierungen – was einerseits die Bekanntheit des Verlages förderte und andererseits ständigen Nachschub verlangte.

Berlhuber war ein fröhlicher Mensch, der seine Tage damit verbrachte, einstweilige Verfügungen abzuwehren und beschlagnahmte Bücher zu retten. Die Spießigkeit der Gesellschaft und ihrer Sittenpolizei verbitterte ihn nicht, im Gegenteil. Er behauptete, ein Buch, das keinen Anstoß errege, sei überflüssig.

Berlhuber bot Kurt für eine erotische Geschichte von 10 Seiten die Pauschalsumme von 75 DM, was für ihn sehr günstig, für seinen Autoren aber bei einem Schwarzmarktkurs von 1:5 (in manchen Wechselstuben zeitweilig bis 1:10) ein Vermögen darstellte. Mit Freuden stürzte Kurt sich in das Abenteuer und es störte ihn nicht einmal, dass er »solcherart lohnschreibend auf den literarischen Strich« ging.

Er stellte bald fest, dass seine erotischen Ideen am reichlichsten sprudelten, wenn er sich in einer ganz und gar unerotischen Umgebung befand.

> »Die Inhaltsleere in der Parteigruppe des Verbandes gab die beste Leinwand für meine erotischen Filme ab. Gewerkschaftstage, Schulungen und Mitgliederversammlungen sahen mich als zuverlässigen Teilnehmer. Selbst Brandschutzbelehrungen versäumte ich nicht. Je langweiliger, desto bunter wucherte meine Phantasie. Während rings um mich Genossen entschliefen, keuchte, schwitzte und spritzte es in meinem Gehirn. Einmal sprach ein Referent mich nach einem sterbenslangweiligen Vortrag an und bat um eine Rückmeldung – ihm sei aufgefallen, wie ›wach und neugierig‹ ich zugehört

hätte. Ich lernte Steno, um meine Notizen verschlüsseln zu können.«

Zu Hause verwebte Kurt die Notizen aus den »Sudelheften« mit Anregungen aus seiner Bibliothek, den »Sonetti lussuriosi« des Aretino beispielsweise, Louis Koslowskis Inszenierungen der zwanziger Jahre, zeitgenössischen Reportagen über die Gastarbeiterkultur in Westberlin und Klatsch aus seinem eigenen Freundeskreis.

> »Ich habe schmutzigen Sex im Kopf, mache Erfahrungen als Hure und Freier, als Domina und Sklave, hämmere meine Schreibmaschine und ejakuliere Tinte.« »Wie nackt ist erotisch, wie viel Schleier ist erotischer? Wieviel Anlauf braucht der Leser, bevor er ›auf Hormon‹ liest?«

Für »präsentable« Literatur fehlte ihm unter diesen Bedingungen sowohl die Zeit also auch die Lust, aber er vermisste

> »das Offizielle, also Ruhm und Ehre nicht. Der Beifall ist das Brot des Schauspielers, das Brot der Beifall des Schriftstellers.« »Ich habe den öffentlichen Auftritt nie gemocht [was nicht stimmt]. Man steht doch nur im Licht und erkennt kaum Gesichter. Nur weil sie [die Zuschauer] deine Qual beobachten, glauben sie, dich zu kennen.«

Kurt Weiszheit hätte in der DDR »ausländische« Einkünfte deklarieren müssen, was er angesichts der Quellen auf keinen Fall wollte. Um die Spuren seiner Urheberschaft zu verwischen, vereinbarten Kurt und Peter, dass Letzterer unter dem Künstlernamen »Petra Pelosi« die Verträge abschließen und die Honorare im Westen entgegennehmen und anlegen solle. Im Gegenzug erfüllte er Kurts Wünsche und schickte Bücher, Kaffee und Kosmetik, Ersatzteile, Baustoffe und Armaturen für das Haus als »Westpaket«. Es blieb nicht aus, dass Nachtigall davon erfuhr.

Der Genosse sorgte sich sowieso schon wegen der Schreibblockade, unter der sein Schützling litt, wo doch grade jetzt jede spitze Feder gegen den KZ-Baumeister Lübke gebraucht wurde, um dessen Wiederwahl zum Bundespräsidenten zu verhindern. Nun duftete Kurt Weiszheit neuerdings auch noch nach Aftershave, das nicht aus heimischer Produktion stammte, trug einen Rollkragenpullover wie gewisse französische Schauspieler, und das Schlimmste: Er wirkte zufrieden! So sahen Leute aus, die sich der Kontrolle entzogen! Angstphantasien gaukelten Herbert Nachtigall vor, Poschinger stecke dahinter und kontrolliere seine Wachsamkeit.

Vorsichtshalber schaltete er die Genossen der Abteilung Finanzen und des Zolls ein, die Kurt Weiszheits Sparkassenkonto und Postscheckverkehr überprüften, aber keine Auffälligkeiten fanden. Plötzlich sah er überall Westsachen: Seine eigenen Genossen schrieben mit Pelikan und rauchten HB in der ZK-Kantine. Nachtigall erkannte in den Reden seines Chefs, des erfahrenen und bewährten Genossen Wagner, typische Phrasen aus dem Westfernsehen wieder. Es war entsetzlich. Er bekam Angst vor sich selbst, vor einer westlich wirkenden Äußerung.

Von der ängstlichen Daueranspannung gereizt, tröpfelte seine Blase im unpassendsten Moment. Er stopfte Zellstoff in seine Unterhose, aber bald reichte das nicht mehr. Er musste einen Arzt aufsuchen, der ihm eine hochgradig peinliche rektale Untersuchung angedeihen ließ, ohne freilich eine organische Ursache seiner Inkontinenz zu finden.

Das von Herbert Nachtigall aufgestachelte Misstrauen gegen Kurt und seine Familie entwickelte sich zum Selbstläufer. Anfragen eilten weiter zur Gastspieldirektion und zur Künstleragentur, zur Hauptverwaltung Verlagswesen und zur DEFA. Praktisch überall, wo Kurt einmal gearbeitet hatte, wurden Funktionäre »vertraulich« um Beurteilungen gebeten. Das Wohnungsamt, also Komalla, schickte Elise eine Aufforderung, sie möge nachvollziehbar darstellen, aus welchen Quellen sie die Mittel beziehe, mit welchen sie jedes Jahr wieder die Fehlbeträge in der Betriebskostenabrechnung des Hauses ausgleiche. Niecklisch lieferte Briefe an Kurt um Tage zu spät aus und behauptete, er wisse von nichts.

Kurt beschwerte sich bei Poschinger, der den Unruheherd schnell ermittelte und Nachtigall verwarnte: Er habe den Schriftsteller Weiszheit im Blick und wünsche künftig direkt informiert zu werden, wenn

Klärungsbedarf bestehe. Doppelte Kontrolle sei überflüssig. Nachtigall machte eine Aktennotiz, verzichtete tagsüber auf Kaffee und Tee und trug Windeln. Hauptsache, der Genosse Poschinger saß fest im Sattel.

Nach der harschen Künstlerschelte auf dem 11. Plenum des ZK der SED im Dezember 1965 zogen sich eine Reihe Schriftsteller und Künstler (u.a. Christa Wolf und Wolfgang Joho) von ihren politischen Posten zurück und bescherten der Partei ein Legitimationsproblem. Händeringend wurde Funktionärsersatz gesucht. Hans Koch, Mitarbeiter bei Kulturminister Klaus Gysi, schlug den Mann vor, der ihm durch seine rege Teilnahme an den Versammlungen der Genossen Künstler aufgefallen war: Kurt Weiszheit. In der folgenden Nacht pisste Herbert Nachtigall ins Bett.

Kurt Weiszheit wurde ins Festkomitee der Arbeiterfestspiele gewählt, übernahm Funktionen in der URANIA und im Kulturbund. Er machte mit, weil er sich der »einnehmenden Umarmung« nicht zu entziehen wagte, aber auch weil die Arbeit mit literarischen Laien ihn tatsächlich interessierte.

Er organisierte die Leistungsschauen der Zirkel schreibender Arbeiter, 1966 in Potsdam, 1967 in Dresden, 1968 in Neubrandenburg, 1969 in Karl-Marx-Stadt, arbeitete mit Theatern und Kulturhäusern, mit Schriftstellern und Schauspielern zusammen und berief die Jury für den Laienautoren-Wettbewerb »Ein gutes Wort zur guten Tat« des FDGB. Ein Kolloquium widmete er seinem Lieblingsthema »Die Rolle des Lesers bei der Entstehung unserer Literatur«.

Kurt Weiszheit führte in *Alle meine Fehler* zahlreiche Beispiele an, um zu belegen, dass er die Freiheiten der Literatur in der DDR auf seinem Gebiet erheblich erweitert habe, aber was er nicht reflektiert, ist das, was er nicht getan hat: Er protestierte nicht gegen die Niederschlagung des Prager Frühlings, nicht gegen die Verminung der innerdeutschen Grenze und nicht gegen Berufsverbote, die auch Redakteure und Lektoren in seinem Bekanntenkreis betrafen, welche einen Ausreiseantrag gestellt hatten.

Zur Belohnung durfte er mit Funktionärsdelegationen nach Kuba, Nordkorea und in die Sowjetunion reisen.

> »Drei Tage in Wonsan: Sommeridyll mit Spuren des Krieges. Das ›Freundschaftstreffen‹ mit Kim Il-sung so aufregend wie ›Malen nach Zahlen‹.«

Leider sind die Reisetagebücher dieser Zeit im Touristikverlag, wo sie bis 1989 auf eine Veröffentlichung warteten, verlorengegangen.

Auf Fotos der siebziger Jahre trägt Kurt Weiszheit graue Anzüge, vorsichtig gemusterte Binder, Parteiabzeichen und Drahtbrille. »K. riecht neuerdings nach Stroh«, befand Elise. Kritiker wie Rothermann hießen ihn (heimlich) einen »karrieresüchtigen Heuchler«, andere (öffentlich) einen »erfolglosen Kleingeist, der Trost in Macht und Titeln« suchte oder (nachträglich) eine

> »tragische Figur, tragisch in dem Sinne, daß die Mächte, zwischen denen er sich einrichten mußte, übermenschlich groß waren, wie die Zahnräder einer riesigen Mühle für eine hineingeworfene Maus«.

Die wachsende Zahl von Geschichten, die im Schweinskramverlag unter dem Namen Petra Pelosi erscheinen, belegt, WIE langweilig die Versammlungen, an denen er so »rege« teilnahm, in Wirklichkeit waren: 1964 *Das neue Decamerone*, 1965 *Der Meister von Alcatraz*, von 1966 bis 1968 neun Hefte in der Reihe *Fannys Garten der unreifen Lüste* und ab 1968 schließlich die Zeitschrift *Pelosis Welt, Monatsblätter für erotische Anregungen*. Zusammen ergibt das in 12 Jahren mehr als 4000 Seiten erotischer Gebrauchsliteratur!

Kurt Weiszheit versuchte, einen Pass für Westreisen zu bekommen, aber der Antrag wurde ohne Begründung abgelehnt. Der Genosse mit dem »heißen Unterleib« lacht

> »über [seine] schizophrene Situation: An einem Schreibtisch zwischen Mauer und Staatsführung [womit er die Protokollstrecke auf der Schönhauser meint] schreibt er als jemand, der er nicht ist, über Gelüste, die er nicht lebt, für Leser, die er niemals kennenlernen wird, und über Figuren, die erlöschen, sobald das Sperma vergossen ist.«

Für Harald Klotzke begann mit dem Mauerbau ein Albtraum, aus dem er vergeblich zu erwachen suchte. Die Westberliner boykottierten die S-Bahn trotz der niedrigen Fahrpreise, weshalb die Deutsche Reichsbahn auf Investitionen verzichtete und bald die einfachsten Ersatzteile fehlten.

»Er muß Brücken verbarrikadieren, Kabelschächte verschließen und Relais demontieren lassen. In Westberlin werfen Freiheitskämpfer Wurfanker auf die Fahrstromschienen, im Osten kappt die Stasi Signalleitungen, S-Bahnhöfe werden einfach zugemauert. Er kämpft gegen Gespenster, versorgt Umleitungen mit Notstromtrassen, repariert verkohlte Trafo- und Umspannstationen über Nacht. Der Gestank schmorender Isolierung verfolgt ihn in seine Träume.«

Immer strenger wurden die Reichsbahner auf Westtauglichkeit geprüft. Nachdem sie zweimal bestanden hatte, fiel Melli Keese im Mai 1962 durch, weil sie nicht verheiratet war und damit als »ungebunden« galt.

»Michael [Mellis mittlerweile 15-jähriger Sohn] hört, daß er als Geisel nicht wertvoll genug ist, daß sein Vater seine Mutter verraten hat und andersrum. Oft streiten die Eltern die ganze Nacht. Am Morgen, er will nur sein Frühstück für die Schule holen, sitzt Mutter stieren Blicks am Küchentisch vor einer leeren Flasche Wodka, lallt Flüche gegen seinen Vater, den Vater seines Vaters und den Sohn seines Vaters und das restliche Schicksal, das ihr nicht erspart bleibt, trotz Schinderei. Für dir hab ick allet jetan, aber wat nützt mich dit jätze?«

Melli wurde in den Innendienst zum Fahrkartenverkauf am Alex versetzt und später, weil sie während der Arbeit trank, als Pförtnerin ins Reichsbahnausbesserungswerk nach Treptow. Ihr bisher von Fahrplänen reglementiertes Leben lief aus dem Gleis.

Michael hatte schon vor dem Mauerbau Probleme in der Schule.

»Er war nicht dumm, entzog sich aber den Anforderungen, schwänzte Leistungskontrollen und FDJ-Nachmittage und ging Aussprachen aus dem Weg«, wie Ingeborg-Gisela in einer Beurteilung schrieb.

1966 wurde Harald Klotzke 65 Jahre alt und Rentner, aber ein Ruhestand kam für ihn nicht in Frage. Die Stromversorgung des Rings war sein geplagtes, grämliches und vielfach gestörtes Kind, das niemand sonst verstand. Wenn er überhaupt einmal zuhause übernachtete (es gab ein Bett in seinem Büro und eine Kantine im Haus der Reichsbahnverwaltung, die auch am Sonntag geöffnet hatte), brachte er es fertig, auf Mellis Tiraden nachdenklich zu antworten:

»Die 20 Stromschienen für den Feuchten Winkel, die bauen wir am Westhafen ab.«

Er schien taub für ihr Geschimpf, sein Geist blieb auch nach Feierabend im Kabelgefitz der malträtierten Großstadt gefangen. Mit Kaffee und Tabletten kämpfte er gegen Müdigkeit und Schlaflosigkeit, bis sein Herz den Dienst mit einem Infarkt quittierte.

»In der Charité rettet man sein Leben, aber die Gerinnsel in den Koronararterien lassen sich nicht auflösen, die Pumpleistung des Herzens bleibt wegen Sauerstoffmangel so gering, daß eine Entlassung, geschweige denn eine Rückkehr an die Arbeit, ausgeschlossen ist. Bei der S-Bahn bricht Chaos aus. Wegen Kabelschadens geht zwei Tage nichts mehr auf der Nord-Süd-Linie.

Der ehrgeizige Kardiologe F. schlägt eine Bypassoperation vor: Dem Patienten wird dabei eine körpereigene Vene aus dem Bein entnommen und im Herzkranzsystem wieder eingesetzt. In den USA und in Westdeutschland ist diese OP schon mehrfach erfolgreich durchgeführt worden, doch in der größten DDR der Welt hat man noch keine Erfahrungen damit, das Risiko ist enorm. Der Minister für Gesundheitswesen S. gibt grünes Licht: K. werde dringend gebraucht.

Die Operation findet im neuen Herzzentrum der Charité statt. Ein erfahrener Anästhesist übernimmt die schwierige Aufgabe, in der Narkose Muskelentspannung und Herzleistung auszubalancieren, doch er dosiert zu gering, der Körper des Ingenieurs reagiert auf das Eindringen des Skalpells mit heftigem Aufbäumen, und der Chirurg schneidet fehl.

Im selben Moment trennt ein Bagger am Nordkreuz ein Hauptkabel durch und löst eine Kettenreaktion aus. Im Umspannwerk an der

Kopenhagener Straße zucken Blitze, Porzellanisolatoren bersten, Gleichrichter schmelzen, Rauch steigt aus den Kabelkanälen und die Signale des Bahnnetzes versagen. Zwischen Charlottenburger Chaussee und Wiesendamm rast ein Güterzug in eine S-Bahn, wobei einer der Lokführer stirbt. Zur gleichen Zeit wird der Tod des Patienten K. infolge hohen Blutverlustes festgestellt.«

Mellis Zorn schmerzte wie ein Hammer, der sein Ziel verfehlt. Sie spuckte ihr Spiegelbild an und stürzte billigen Fusel herunter, als wolle sie sich vergiften. Im 10-Minuten-Rhythmus fuhren auf der Ringbahn diejenigen vorbei, die auf ihrem Fahrerplatz saßen, und hörten sie nicht, so laut sie auch schrie. Die Witwenpension der Reichsbahn wurde ihr verwehrt. Mutter und Sohn lebten von Viviennes Unterstützung und Veras Rente.

Michael schwänzte die Schule immer häufiger. Erschien er doch einmal zum Unterricht, trugen ihm Prügeleien Verweise und seiner Mutter mahnende Briefe der Lehrer ein.

In der Nacht vom 9. auf den 10. September 1962 wurden vom Dach eines Hauses an der Ecke Kopenhagener Straße/Schwedter Straße wassergefüllte Wodkaflaschen auf den Postenweg zwischen den Gleisen geworfen. Der Verdacht fiel auf Michael. Melli erschien betrunken zum Anhörungstermin im Jugendamt, woraufhin sie zur Entziehung in die geschlossene Anstalt Göschwitz und ihr Sohn zur »Beobachtung« in ein Spezialkinderheim bei Leipzig eingewiesen wurde. Sechs Wochen blieb Melli eingesperrt, ohne Alkohol, zwischen grauen Wänden und schaukelnden Irren.

Michael lernte in Eilenburg ein komplexes System von Strafen und Unterordnung kennen – und respektieren. Die Lehrer lobten seine »vernünftige Art«, mit der er für die Einhaltung der Nachtruhe und die Ordnung in seiner Stube sorgte, und bescheinigten ihm, er spiele eine »vorbildliche Rolle im Kollektiv«. Ich würde denken, dass er sich in Wirklichkeit von Schwächeren mit Essensrationen dafür bezahlen ließ, dass er sie nicht verprügelte, und Stärkere von seinen Dienstleistungen abhängig machte. Warum sonst wäre er sechs Monate später voller Rachegelüste zurückgekommen und hätte Wolfgang, jetzt 11 Jahre alt und so blauäugig wie brav, hinter der Ecke des Umspannwerkes aufgelauert? Er drückte ihm einen schmierigen Batzen aus Erde und Hundescheiße auf die saubere Pionierbluse.

Am nächsten Morgen klingelte es an Melli Keeses Wohnungstür Sturm. Sie öffnete und sah Wolfgangs Mutter doppelt, obwohl sie nach ihrer Entlassung keinen Tropfen angerührt hatte. Die Doppelstimme versprach, ihr das Leben zur Hölle zu machen, sollte Michael ihren Wolfgang noch ein einziges Mal unfreundlich anschauen. Nach dem Zuknall der Tür trank Melli eine Flasche Haarwasser auf Ex.

Michael verließ die Schule im Alter von 16 Jahren mit dem Abschluss der 8. Klasse. Die private Autowerkstatt in der Cantianstraße nahm ihn trotzdem als Lehrling, denn er zeigte sich gleichermaßen geschickt im Umgang mit Motoren wie mit Kunden: Er frisierte die Motorräder von Reifenhändlern, Fliesenlegern und anderen Angehörigen der informellen Upperclass der DDR, fräste Kolben und Zylinderköpfe, verlieh Auspuffanlagen einen kraftvollen Sound und bohrte Einspritzdüsen auf. An den Wochenenden fuhr er zu Motorradrennen am Sachsenring, am Teterower Bergring und »Rund um Zschopau«. Hin und wieder gewann er beim Wetten, nachdem die Volkskammer im Dezember 1968 ein neues DDR-Strafgesetzbuch verabschiedet hatte, in dem privates Glücksspiel nicht mehr verboten war. Seiner Mutter zahlte er davon einen Ablass, obwohl er wusste, dass er nur ihren Suff finanzierte.

Von Jahr zu Jahr wurde es stiller im Kiez westlich der Schönhauser Allee. Viele Arbeiter, die ihre West-Arbeitsplätze verloren hatten, waren in die Neubaugebiete nach Lichtenberg und Oberschöneweide gezogen. Unter den Zurückbleibenden stieg der Anteil der Kriegswitwen. Auf Trümmergrundstücken, in Hinterhöfen und auf Dächern wucherte das Grün.

Malinkes gaben die Bäckerei auf. Die beiden Gemüseläden in der Kopenhagener Straße schlossen, nachdem vorn an der Schönhauser mit »Gesund einkaufen« ein Gemüsepavillon der HO eröffnet hatte. Schuster und Fotografen, Schlosser und Schmiede, zwei Lebensmittelgeschäfte, ein Salzlager, die Gärtnerei hinter den Häusern am ehemaligen Güterbahnhof, zwei Fuhrunternehmer, ein Schneider und die Tischlerei machten dicht. Die einen wollten sich nicht einer PGH anschließen, die andern gingen pleite wegen fehlender Laufkundschaft, wieder andere fanden keinen Nachfolger. In die leerstehenden Läden zogen Büros von Handelsfirmen, deren Namen häufig ein Im- oder Ex- enthielten und die sich in der publikumsarmen Gegend wohlzufühlen schienen.

Seit ihrem 60. Lebensjahr bezog Elise eine Rente von monatlich 127 Mark, was nur knapp über der Mindest- und ebenso knapp unter der Durchschnittsrente lag. Sie putzte die beiden verbliebenen Treppenhäuser immer noch selbst und schleppte die gusseiserne Bohnerkeule bis in den vierten Stock. Sie stieg sogar auf die Fensterbretter und polierte die Treppenhausfenster von außen, so dass manchmal Fußgänger auf der anderen Seite des Ringbahngrabens erschrocken stehenblieben. Walter und Ilse zweigten für sie aus dem Kontingent der Gaststätte Gemüse und Fleisch ab, so musste sie wenigstens nicht hungern.

Doch das Mietbuch verzeichnete von Jahr zu Jahr sinkende Einnahmen. Schon 1962 hatten die Mieten nur 5290 Mark eingebracht, Handwerker, Reparaturen, Versicherung, Grund- und Vermögenssteuer aber 11258 Mark gekostet. Mit jedem Jahr stieg das Defizit und wurde von Kurt unter immer größeren Anstrengungen ausgeglichen.

Das Haus kam herunter wie ein alter Säufer: Die Dachpappe auf dem Turmdach, mit der die im Krieg eingeschmolzenen Kupferplatten ersetzt worden waren, wehte im Wind, die Balken des Dachstuhls faulten. Die Regenrinnen, von Moos und Taubenkot beschwert, rutschten in den einst schmiedeeisernen, nun zu dünnen Reifen gerosteten Halterungen nach unten, aus den klaffenden Ritzen spritzte Regenwasser gegen die Fassade. Seit die Luftmine das

Haus durchgerüttelt hatte, drang Wasser durch Mauerrisse. Im Winter stürzten große Stücke des Putzes ab, auf den Balkonen gefroren Pfützen, der Frost sprengte die meergrünen Glasbrandziegel aus der Sockelfassade. Die eisernen Türen und Gitter im nassen Keller rosteten und schlossen nicht mehr richtig; Brecheisen von Mietern, die ihre Schlüssel nicht fanden oder einfach einen leerstehenden Keller in Benutzung nahmen, taten das ihre. Muffig zog die feuchte Luft hinauf und durchs Treppenhaus, wo die Blumen und Ornamente des Lincrusta-Sockels von den Wänden blätterten.

> »Mieter sind wie Brandung. Man kann noch so Buhnen bauen, die Mieter sind stärker. Kann sie nicht aufhalten«, schrieb Elise im August 1965 in ihr Tagebuch.

Kinder brachen Glassteine aus den Fenstern, Sammler stahlen die Messing-Kandelaber der Treppenhausbeleuchtung und sägten Treppenpfosten heraus. Die Zierleisten an den Wohnungs- und Zimmertüren, die zwei Weltkriege überlebt hatten, wurden beim Neuanstrich aus modischen Gründen abgehebelt, die Stuckvouten, Rosetten und Medaillons in den Wohnzimmern abgeschlagen; selbst die Fliesen in einigen Küchen wurden, wo schadhaft, mangels Material nicht repariert, sondern durch Latex, Bleche oder Plastikfolie ersetzt. Mieter rissen die Speisespinde in den Küchen heraus, um Platz für Topfregale zu schaffen.

Das Protokoll der Mitgliederversammlung des Weiszheithaus-Vereins von 1965 verzeichnet nur noch vier Teilnehmer: Neben Walter, Elise und Kurt war Erich Fiedler erschienen. Alle hatte Wichtigeres im Kopf. Weltrevolution, Haartollen, Plisseeröckchen, Schlaghosen. Altbauten wie das Weiszheithaus galten als »Mietskasernen«, die nur deshalb noch nicht abgerissen und durch moderne Wohnblöcke ersetzt worden waren, weil man nicht alles gleichzeitig erledigen konnte. Die Mieter fühlten sich für das Haus nicht verantwortlich, und wenn sie im Wettbewerb »Schöner unsere Städte und Gemeinden – Mach mit!« doch einmal tätig wurden, machten sie die Sache in Elises Augen nur schlimmer. »Vater würde sich im Grabe umdrehen. Sie haben die Hauseingangstüren grau lackiert!« Farbe gab es bei der KWV kostenlos. Im April 1991 war das Schnitzwerk unter Lackschichten verschwunden.

Immer häufiger schaltete Elise einfach ab und reagierte dann nicht mehr. Sie »hörte«, was sie brauchte, und was sie nicht brauchte, existierte nicht.

»Komalla sitzt in ihrer Küche, hat Kuchen mitgebracht, spielt ›netten Nachbarn‹. ›Es geht noch mal um die Schulden‹, beginnt er und kommt sich albern vor, so laut und übertrieben deutlich sprechend. Sie starrt seine Hände an, und gleich ist er wieder der kleine Junge, der ›Hausbesitzers‹ grüßen muß. Seine Fingernägel sind sauber, er raucht nicht mehr, und gewaschen hat er seine Hände auch. ›Das kann doch so nicht weitergehen!‹ Sie schweigt. ›Herrgottnochmal‹, er schlägt auf den Tisch, und gleich tut's ihm leid, weil sie erschrocken zusammenzuckt.«

Die jungen Mütter sprachen zu schnell, als dass Elise die Worte von den Lippen hätte ablesen können. Charlotte Lorenz, die oft auf ein Glas Wein herübergekommen war, lebte nicht mehr. Die Runde der Sonntagsgäste wurde kleiner. Manche gingen ihr aus dem Weg.

»Altersstarrsinn? Zu mir war sie schon immer so.«

Halten wir Elise zugute, dass die Welt ihrer Taubheit nicht wirklich still war, sondern voll nervtötender Ohrgeräusche, ein unaufhörliches Bombenexplodieren, Todesschreien und Balkenbrechen.

Ludwig lud Elise zu Premieren der Laienspieltruppe seines Kulturhauses ein, aber sie weigerte sich, die schützende Ziegelhaut zu verlassen. Stattdessen schrieb sie ihm Briefe, ganz altmodisch. Am großen Esstisch sitzend, konnte sie sich einbilden, er röche noch nach Vanille und Tabak wie der alte, junge, der leidenschaftlich-unsichere Ludwig im Rugelner Moor. Sie hatte ihn in der Nase, und diesem echten Ludwig konnte sie erzählen, was sie sah und roch. Von der Taube, die schon das zweite Jahr auf ihrem Balkon brütete, oder von Salomo, der immer klappriger wurde.

»Sonntags, nach dem Mittagessen machten wir auf ihrem Sofa, mit den Katzen im Arm, ein Mittagsschläfchen«, erzählte Enkelin Angelika.

Die Katzen waren Siam-Mischlinge mit wunderbar azurnen Weiszheit-Augen. Sie hießen »Regen«, »Schnee« und »Nebel« – nicht nach der Wetterlage, sondern nach dem Geruch ihres Fells. Elise mochte, dass sie sauber waren und sich trotzdem ständig putzten. Katzen fügten sich ihrem Willen, waren dankbar und zur Stelle, wenn man sie brauchte. Dass sie Kurt zufolge manchmal »miauten wie am Spieß«, hörte sie nicht.

Angelika war die erste Weiszheit, deren Erziehung ganz von der DDR geprägt wurde. Geboren im Jahr der Gründung, war sie beim Mauerbau 12 Jahre alt. Sie trug das weiße Pionierhemd ebenso gern wie später das blaue der FDJ, sie war »im Klassenkollektiv anerkannt« und leistete »wertvolle Arbeit als Vorsitzende des Gruppenrats«. Weder Walter noch Ilse noch Kurt säten in der Heranwachsenden Zweifel an der gegebenen Ordnung. Elise belohnte jede der »Einsen« auf Angelikas Zeugnis mit einer Mark, egal ob es die in Gegenwartskunde (ab 1957 Staatsbürgerkunde) oder eine in Mathematik war. Angelika war stolz auf ihre Urkunden für gutes Lernen und die Lessing-Medaille, mit der sie als Einzige ihres Jahrgangs nach den Abschlussprüfungen der POS ausgezeichnet wurde. Sie wuchs zu einem großen und schlanken Mädchen mit kräftiger Stimme heran, ein wenig schüchtern höchstens im Umgang mit dem anderen Geschlecht.

Nach der Oberschule begann sie ein Studium an der Pionierleiterschule in Droyßig, Bezirk Halle. Sie wohnte im Internat und kam nur über die Feiertage und Ferien nach Hause. Zu ihrer eigenen Überraschung war sie keine gute Studentin. In Fächern wie »Leitung der gesellschaftlichen Arbeit« konnte sie kaum das Einschlafen vermeiden, sie quälte sich in Russisch, nur die musikalische Ausbildung tröstete sie. Zwar hatte zu Hause das Weiszheit'sche Klavier immer zu ihrer Verfügung gestanden, aber niemand hatte je an Unterricht gedacht. Nun lernte sie Noten und Gitarre, Flöte und Schlagzeug spielen. Vor allem ihr Gesang wurde gelobt. Sie wurde umworben, sang bald im Chor, in einer Singegruppe und in einem Oktett, das unter Leitung der ehrgeizigen Musikpädagogin Frau Hammerstädt Hits wie »Mr. Sandman« einstudierte.

»Wir sangen beim Frühsport und zu Beginn des Unterrichts, beim Marsch zum Mittagessen und auf Wanderungen. Wir konnten uns im Studio an jeder Art Instrument ausprobieren, es gab eine hervorragende Notenbibliothek. ›Die Singegruppe hat einen Auftritt‹ war immer ein guter Grund, den Unterricht zu schwänzen.«

In Droyßig studierten außer den deutschen Pionierleiterinnen (es waren fast ausschließlich Mädchen) zwei Dutzend junge Kubaner, die auf einer Etage unter dem Dach wohnten. Eine Aura von Romantik und Exotik umgab die bärtigen Jungrebellen, die gegen Batista gekämpft und den Tod gesehen hatten. Abends hörte man Gitarrenklänge und Gesang aus den hellerleuchteten Fenstern. Angelika summte leise mit.

Kontaktaufnahme, gar Gespräche waren streng verboten, ebenso das Fotografieren. Es hieß, amerikanische Spione trachteten den künftigen Funktionären der Kubanischen Pionier- oder Jugendorganisation nach dem Leben, und hinter vorgehaltener Hand: Kubanische Männer dächten nur an Sex und fickten notfalls Hühner.

Der Student, dessen schwarzglühende Augen sie verfolgten, hieß Francesco. Er war breitschultrig, braungebrannt und bärtig, dabei nicht sehr groß, vielleicht sogar einen halben Kopf kleiner als sie, aber er sprang beim Volleyball am höchsten.

Am nächsten Sonntag legte sie Orangenparfum auf, um ihren angeborenen Babypuderduft zu überdecken, zog eine hellglänzende Bluse über und ging am Hasselbach spazieren. An der Untermühle holte er sie ein. Er fragte etwas in einer Sprache, die er wohl für Deutsch hielt, sie antwortete mit ihren paar spanischen Höflichkeitsfloskeln, die er nicht verstand – bis sie lachen mussten, sich an der Hand fassten und eine uneinsehbare Stelle im Unterholz suchten.

Angelika kam zu spät zum Abendessen ihrer Gruppe und antwortete nicht auf Fragen. Die Seminarsekretärin und der Gruppenleiter der Kubaner stellten Angelika zur Rede.

»Es ging um ungewollte Schwangerschaften, meine Schwachheit und die angebliche Schwächung der antiimperialistischen Einheitsfront. Wenn sie vorgehabt hatten, mich zurück auf die Linie zu bringen, dann ging der Plan nach hinten los.«

Angelika und Francesco trafen sich nach dem Zapfenstreich an der Bank hinter dem Küchentrakt.

»Wir sahen uns in jeder unbeobachteten Minute und sprachen mit unseren Zungen, ohne ein Wort zu sagen.«

Angelika lernte Spanisch, sang kubanische Volkslieder, trommelte sich auf Tombas, Congas und Quintos in Trance, las *Der Partisanenkrieg* von Che Guevara und träumte von einem Leben an der Seite Francescos, vorzugsweise als Guerrillera. Wie viele Völker bedurften der Hilfe gegen Militärdiktatoren und ihre US-imperialistischen Unterstützer: In Peru, Brasilien, Guatemala, Argentinien, Paraguay und Bolivien wurden Indiovölker ausgerottet, verschwanden Gewerkschafter und Bauernsprecher, starben Kinder an Hunger und Krankheiten. Eine Geburtstags-Postkarte an ihre Mutter ist mit einem roten Stern und den Worten »hasta la victoria siempre!« verziert.

»Liebende sollten immer so stumm bleiben, wie sie beim ersten Kuß waren«, resümierte Angelika später in einem Interview. Ein halbes Jahr nach dem Beginn ihrer leidenschaftlichen Beziehung war ihr Spanisch gut genug, zu verstehen, dass Francesco verheiratet war.

»Er hat drei Kinder und war niemals bei den Rebellen. Er hat ein Studium als Bauingenieur aus gesundheitlichen Gründen abbrechen müssen und war Mitarbeiter einer Gebietsleitung der Unión de Pioneros de Cuba. Seine größte Sorge ist, daß die Verwandtschaft seiner Frau, die in Miami ein Restaurant betreibt, ihm einen Strich durch die Karriere-Rechnung macht.«

Angelika floh nach Berlin. »Den ganzen Tag Gitarre in Moll.« Sie schrieb aus Liebeskummer Gedichte.

»Ich sah ein Kind, von Tränen schwer der Saum des Rocks,
und über ihm die Vögel zogen fort und ließen es allein.«

Als Angelika nach den Sommerferien 1970 nicht in die Fachschule zurückkehrte, tagte die FDJ-Gruppe und drohte mit Ausschluss, wenn sie ihr Studium nicht zu Ende bringe. Angelika kam ihnen zuvor und schickte den FDJ-Ausweis samt Austrittserklärung an den Zentralrat.

Hinter den Kulissen brach jene Mischung aus Empörung und Panik aus, die Genossen jedes Mal ergriff, wenn »einer von uns« den Bettel warf. Ein Dr. Pschorr aus dem Ministerium für Volksbildung rief Kurt an, schilderte ihm die möglichen Verwicklungen und bat ihn, seinen Onkel-Einfluss geltend zu machen. Komalla drohte Ilse und Walter zwischen Gulasch und Tokaier, ihnen die Kneipenlizenz zu entziehen, wenn sie ihre Tochter nicht zur Vernunft brächten.

Angelika floh vor dem Druck, packte ihre Sachen und zog zu ihrer einstigen Schulfreundin Karen Gauss in ein Schwesternzimmer der Augustinuskirche. Nur noch an den Sonntagen kam sie zum Essen ins Weiszheithaus.

> »Ich versuchte, so weit wie möglich von zu Hause wegzukommen, und fand die weiteste Ferne gleich gegenüber, auf der anderen Seite des Ringbahngrabens.«

Zwar war Ilse katholisch getauft, ihr Vater Walter evangelisch, aber solche Zuschreibungen aus einer untergegangenen Epoche bedeuteten den meisten Jugendlichen in Angelikas Generation nichts mehr.

Sie begleitete Karen vier Tage in der Woche ins katholische Altenheim Weißensee und an den übrigen Tagen in die Wohnungen der bettlägerigen Schäfchen ihrer Gemeinde.

Angelika und Karen waren beide im Jahr 1949 geboren, aber von Charakter und Gestalt so unterschiedlich wie nur möglich. Schon im Kindergarten hatte Karen beharrlich geschwiegen, während Angelika russische Kinderlieder sang oder beim Besuch der Ministerin Elisabeth Zaisser jubelte. Karen trug das graue Habit, das ihren schmalen Körper noch schmaler erscheinen ließ, mit gerader Würde, eine hagere Ritterin der Nächstenliebe, die ihre Inkontinenten im Altenheim windelte, ohne die Nase zu rümpfen, während Angelika sich krümmte und gegen den Brechreiz kämpfte.

»Oft habe ich Karen, die in ihrem Glauben ruhte und genau wusste, wozu sie auf der Welt war, beneidet. Für mich war alles, was ich tat, zweifelhaft bis fragwürdig.«

Angelika verarbeitete ihre Erfahrungen in einem Programm »Lied des Sterbens«, bei dem sie nicht nur über, sondern auch mit den Insassen des Altersheims sang. Während eines Auftritts seiner Nichte im Gemeinderaum der Augustinus-Kirche kam Kurt Weiszheit die rettende Idee:

»A. wird von Nachtigall für ein Studium an der Hanns Eisler vorgeschlagen. Erhöhung der Qualität unserer Jugendmusik.«

Ende der sechziger/ Anfang der siebziger Jahre erlebten neue Lyrik und Folksongs eine erste Blütezeit in der DDR.

»N. nach Rücksprache einverstanden. Gesang, Klavier, Gitarre. Sie muß nur wieder in die FDJ.«

Angelika nahm das Angebot an, »obwohl es mich kitzelte, den Weg zu gehen, den mir die Konfrontation vorzeichnete, also mich auf die Feindseite stellen zu lassen, und dann ganz klar zu wissen, wer ich bin. Aber das wäre irgendwie nur das Echo jener Dummheit kleiner Bonzen gewesen, die mit ihren Auftrittsverboten Ausreiseanträge provozierten, wie hautkranke Hunde, die sich selbst beißen und verbluten.«

Angelika zog in die Weiszheitwohnung zurück und bekam ein eigenes Zimmer, nämlich jenes mit der Tür zum Treppenhaus, in welchem einst Gustav Weiszheit die Miete kassiert hatte. Hierher wurde auch das Klavier geschoben und neu gestimmt.

»Egal, was man heute über meinen Onkel sagt, er hat damals zu mir gestanden, und das war mutig. Menschen sind eben nicht eindeutig, im Sinne von einseitig. Er hat nie versucht, mich zu irgendwas zu zwingen, obwohl seine Genossen ihm sicher manchmal die Hölle heiß gemacht haben.«

An der Hochschule für Musik waren Auftritte der Studenten gern gesehen, diesbezüglich hatte Angelika viele Freiheiten und nutzte sie. Texte der Lieder, mit denen sie während des Studiums in FDJ-Jugendklubs auftrat, wurde in der Literatur-Beilage der *Jungen Zeit* veröffentlicht.

Aber die Harmonie währte nicht lange, weil Angelika immer wieder die Grenzen des Erlaubten touchierte:

»Wir sangen über Verrückte im Park und Rollstuhlfahrer, kleine Kinder und alte Säufer, Indianer, Schwule, Blinde. Da waren die Siebziger im Osten genauso wie im Westen, auch für uns war Unterdrücktes aller Art interessant. Obwohl wir damals meinten, konkreter als beispielsweise Biermann zu sein, standen unsere Metaphern immer gleich fürs Ganze, ging es um die Epoche, die Weltgeschichte und den Sinn von allem.«

Mato hatte die Zeit von Angelikas Studium und Abwesenheit genossen und manchmal sogar wie früher im breiten Nussbaumbett Elises geschlafen. Im Laufe der Jahre lernte er die »wahre« Bedeutung zahlreicher Wendungen auswendig, so wie ein Legastheniker Orthographie lernt, aber in der deutschen Sprache (wie vermutlich in jeder anderen) sind Umschreibungen, Ironie und Andeutungen eine komplexe Angelegenheit; Gesichtsausdrücke und Körpersprache kommen so verschiedengestaltig daher, dass ihm alle Mühe nichts nutzte. »Gefühle sind wie Farben«, tröstete Elise ihn,

»dafür haben wir rote, grüne und blaue Worte. Du bist halt farbenblind. Es gibt Schlimmeres.«

Mato versuchte, sich auf Umwegen ein Bild vom Gefühlsgeflecht im Weiszheithaus zu machen: Er sammelte in seiner Dachkammer Artefakte als Stellvertreter für Personen und verband sie mit verschiedenfarbigen Fäden um Gefühlsbeziehungen, Verwandt- und Liebschaften, Vertraulichkeiten oder Aversionen sichtbar zu machen.

Manches mag ihm dabei aufgefallen sein, was den Zeitgenossen verborgen blieb (oder absichtlich verborgen wurde). Trotzdem war seine Parallelwelt weit einfacher strukturiert als die Wirklichkeit. Im Dachboden irritierte ihn niemand mit Andeutungen und Stirnrunzeln. Er konnte seine Mitmenschen mit Fäden verbinden und niemand fühlte sich belästigt oder vorgeführt. Elise hielt ihn für glücklich.

Leider gingen diese Verbindungen zwischen den Dokumenten

bei der Einlagerung weitgehend verloren. Zwar hatten die Studenten zu jedem Dokument die Farbe und Zahl der abgehenden Fäden notiert, sie dann aber kappen müssen, um das Archiv transportieren zu können.

Der VI. Parteitag der SED 1963 hatte das »Neue Ökonomische System der Planung und Leitung« verkündet. Seitdem setzte die Führung auf »höchsten ökonomischen Nutzeffekt« und materielle Interessiertheit, was selbständigeres Agieren der Leiter, Wirtschaftsspezialisten und Wissenschaftler ebenso wie Freiräume in der Bildung und Kultur mit sich brachte.

Poschinger fürchtete deshalb eine neue Entstalinisierungskampagne. Außerdem wurden die Genossen der Kampfzeit alt, manche senil und geschwätzig. Er bat Kurt zu einem Gespräch in die Mokka-Milch-Eisbar und erkundigte sich bei einem Erdbeerflip nach den neuesten Buchprojekten.

»Plötzlich unterbrach er mich: ›Diese Geschichte mit Augusta, du weißt schon, wie sie mir bei der illegalen Arbeit Quartier gegeben hat und so. Das war doch eigentlich ganz schön geschrieben?‹ Er drehte den kleinen Papier-Regenschirm zwischen den Fingern und blickte aus dem Fenster. Die Haut auf seinem Schädel glänzte zwischen den dünn gewordenen Haaren.

›So also riecht der mächtige Poschinger, wenn er Angst hat‹, dachte ich, ›nach saurer Milch‹. Natürlich ahnte ich, worauf er hinauswollte, aber ich bekam Pickel, wenn ich nur daran dachte, mich noch mal an den verkorksten Stoff setzen zu müssen.

›Das wird nichts‹, behauptete ich deshalb. ›Nicht mit meiner Oma als Hauptfigur. Ich hab's probiert. Die war keine reflektierende Person, sie handelte mehr aus dem Bauch raus, verstehst du? Es gibt so Leute, einfache Leute, die tun, was ihnen in den Kopf kommt. Manchmal sogar, ohne daß es ihnen erst durch den Kopf geht. Instinkt vielleicht. Bewundernswert, aber literarisch völlig unergiebig.‹

›Ja, komisch, nicht?‹, antwortete der Genosse Poschinger nachdenklich und rührte in seinem Glas. ›Diese einfachen Leute‹, er biß sich auf die Lippe, ›bewundernswert.‹ Er seufzte und knallte den Löffel auf den Tisch. ›Wir machen das so: Du schreibst das Kapitel mit Augusta und mir. Bloß Geschichte, ohne Reflexionen oder so was, nur einfach die Fakten. Und ich spreche mit Köster und Nachtigall, daß eine Anthologie herauskommt über den Widerstand der einfachen Leute. Da tun wir das mit rein. Ganz unauffällig. So wie du das gesagt hast, das gefällt mir. Aus dem Bauch raus, kleine Leute, Arbeiter, Klasseninstinkt und so, kein intellektuelles Gekränkel. Schreib mir ein paar Stichpunkte auf, dann bringe ich das auf den Weg.«

Kurt Weiszheit übernahm nolens volens die Herausgabe eines Sammelbands mit »Großen Geschichten von kleinen Leuten« im Verlag der Freundschaft. In seiner Einladung an Schriftstellerkollegen beschrieb er das Projekt so:

»Sie lebten auf der anderen Seite der Straße oder in der Wohnung über uns. Sie waren keine glühenden Idealisten und wären gern durchgekommen, ohne aufzufallen. Aber die Zeiten waren nicht so. Da war vielleicht der Polizist, der nicht wegschaute, wenn SA-Leute Cohns Tabakladen ausraubten. Da gab es Jugendliche, die bei einem Überfall durch die HJ zu ihrem kommunistischen Freund standen. Da war die Hausbesitzerin, die der Gestapo die Herausgabe von Schlüsseln verweigerte. Sie alle verfolgten keinen Plan und hatten Angst vor den Folgen ihres Tuns, aber in dem kurzen Moment der Entscheidung konnten sie nicht anders, als anständig zu handeln.«

»Keine Überzeugungstäter wie sonst. Keine gestählten Klassenkämpfer. Ich will Not, Angst, schlechtes Gewissen! Die Leser werden uns das Buch aus der Hand reißen.«

Das Buch mit dem Titel *Licht in dunkler Zeit* blieb nach Kürzungen und Überarbeitungen hinter diesem hohen Anspruch zurück. »Die proletarischen Helden agieren aus dem gesunden Instinkt ihrer Klasse«, urteilte ein Rezensent, was in Kurt Weiszheits Ohren unangenehm nach »gesundem Volksempfinden« klang.

Er hatte sich beim Schreiben seines eigenen Beitrags mit dem Titel »Eine kleine Frau« gequält. »Eine Woche für zwei Seiten. Jeder Legastheniker hat mehr Talent«, hieß es in seinem Tagebuch, und am nächsten Tag: »Kopfschmerzen, Fieber, Durchfall.« Seine Geschichte war die kürzeste der dreizehn in den Sammelband aufgenommenen:

»Egon [Poschinger] war gerade erst aus Spanien zurückgekehrt, da schickte ihn das ZK nach Deutschland, um den abgebrochenen Kontakt zu Widerstandsgruppen bei der AEG und in anderen Berliner Großbetrieben wiederherzustellen. Erneut verabschiedete er sich von seiner Frau und fuhr mit einem Transportschiff von Odessa nach Athen, auf Eselskarren durch Albanien und Serbien, lief zu Fuß über die Grenze nach Ungarn und von dort in die Tschechoslowakei. Anfang April herrschten eisige Temperaturen, und er fror jede Nacht, obwohl er sich zum Schlafen tief in Strohmieten eingrub. Das Geld, das die Genossen ihm mitgegeben hatten, ging für die Bestechung von Grenzpolizisten drauf. Wochenlang nahm er nur kaltes Wasser und ein paar geklaute Rüben zu sich.

In Hlučín mußte er einige Tage warten, bis ihm von der anderen Seite signalisiert wurde, daß die Luft rein war. Augusta, deren tschechische Verwandte das Berghotel betrieben, wartete am Ende einer Apfelallee. Ihm wurde schwarz vor den Augen, als er ihr mit letzter Kraft in die Arme torkelte.

Er wachte in ihrem Auto wieder auf. Sie hatte ihn vor dem Grenzbeamten, den sie persönlich kannte, als ihren Cousin ausgegeben. Die echt aussehenden Papiere, die sie beschafft hatte, lauteten auf Gerhard Jürgens, Vertreter für Bürsten und Besen aus Breslau.

Augusta war von Statur eher klein, und sie hatte Angst. Übertrieben vorsichtig und langsam fuhr sie auf der neuen Autobahn nach Berlin. Sie brauchten fast 14 Stunden für die fünfhundert Kilometer. Während der Fahrt erzählte sie von ihrem Sohn, der bei einer Sportveranstaltung der HJ umgekommen war. Sie war keine Genossin, aber sie mochte die Nazis nicht. ›Sie stinken‹, faßte sie ihre Aversion zusammen, und das war nach Egons Meinung eine so kurze wie treffende Kennzeichnung.

Weil in der Nachbarschaft immer wieder Haussuchungen durch die Gestapo stattfanden, beherbergte sie Egon in einem Versteck, das in dem unteren der beiden Keller ihres Hauses lag, der ursprünglich einmal als Gemüselager gedient hatte.

Nach Einbruch der Dunkelheit schlich er aus dem Haus und suchte die Adressen auf, die er sich gemerkt hatte. Doch die Gestapo war gründlich gewesen und hatte alle Kontakte verhaftet. Einmal entkam er nur knapp einer SA-Streife und verletzte sich beim Sprung von einer Brücke am Fuß. Er konnte nicht mehr laufen, seine Mission war gefährdet.

Augusta übernahm die Aufgabe, einen Kontaktmann in Oberschöneweide aufzusuchen. Zwei Mal kehrte sie ohne Erfolg zurück. Nachbarn des Gartenhäuschens, dessen Vogelhäuschen als Toter Briefkasten diente, waren aufmerksam geworden. Doch sie wollte nicht aufgeben. Tage des Wartens vergingen.

Am 1. Mai dröhnte die blecherne Stimme des Führers aus den Lautsprechern in Egons Versteck. Die Nazis hatten den heiligen Kampftag der Arbeiter zu einem Tag des Kapitals gemacht. Er zündete eine Kerze an und dachte an all die Genossen, die daheim auf dem Roten Platz demonstrierten, und an die, die für eine bessere Zukunft der Menschheit ihr Leben verloren hatten.«

Von achtzehn Helden in den dreizehn Geschichten werden vier hingerichtet oder kommen im KZ um, zwei sterben während der Haft im amerikanischen Bombenhagel. 14 Menschen überleben, können untertauchen und erfahren die Solidarität anderer »einfacher« Menschen. Einer wird aus dem KZ befreit, einer flieht aus dem Strafbataillon zu den sowjetischen Truppen. Kurt Weiszheits Schlussfolgerung: »Widerstand war zumutbar.«

Die Autoren wurden gegen nobles Honorar zu Lesungen in Kasernen und Kulturhäuser der NVA, der Grenztruppen und des MfS eingeladen. Ingeborg-Gisela bat Kurt zu einer Lesung in die Kinder- und Jugendsportschule »Werner Seelenbinder« ein, schließlich spielte »Eine kleine Frau« in der Straße, durch die ihre Schüler täglich gingen.

Zum ersten Mal seit langer Zeit sah Kurt seine Tochter wieder:

»Brigitte saß in der zweiten Reihe. Traurig-verträumte Azur-Augen, riecht nach Blei mit einem Hauch Benzin, ›meine‹ Brigitte.«

Zum Turnen war meine Mutter zu groß geworden, aber weil Volleyball 1964 Olympische Disziplin werden sollte (die DDR baute den Lorbeer vorausschauend an), hatte sie die Sportart gewechselt.

Oft stand Kurt am Fenster, wenn seine Tochter von der Schönhauser kam und unter seinem Arbeitszimmer entlang zur Schule lief. Zehn Minuten vor sieben wurde er unruhig, weil er fürchtete, sie könne zu spät kommen. Wenn sie ausblieb, fühlte er sich krank.

Unter den neuen Mietern des Vorderhauses war die stellvertretende Direktorin der KJS, ein Chefarzt des Nordmark-Krankenhauses und die Vorsitzende der PGH »Chic«, Angehörige der Nomenklatura, die selbstbewusster als die Altmieter Ansprüche stellten. Beschwerden und Eingaben richteten sie gar nicht erst an Elise oder Komalla, sondern gleich ans ZK oder den Ministerrat. Manchmal führte das Eingreifen der Mitarbeiter eines »Büros für Eingaben der Bürger« zum Auftauchen von Reparaturkolonnen der KWV, meist aber zu Drohungen Komallas gegen Elise.

Kurt Weiszheit, der seine Honorare in einem Fass ohne Boden versinken sah, drängte seine Mutter zum Verkauf des Hauses, aber Elise dachte gar nicht daran und schlug, wenn ihr die Argumente ausgingen, sogar mit ihrer kleinen harten Faust auf Kurts Oberarm, dass »er blaue Flecke und Beulen vom Klassenkampf in unserer Familie« davontrug.

Immerhin belebten die neuen Mieter das Vereinsleben, denn sie dachten gar nicht daran, auf ein Forum zu verzichten, das sie mit ihrem Auftreten und Redetalent spielend dominierten.

Hugo Lorenz kaufte eine Datsche am Wandlitzsee, wo er die Wochenenden verbrachte. Wann immer Poschinger seiner bedurfte, schickte er einen Fahrer. Hugos Spezialität waren Geschäfte, die so speziell waren, dass sie selbst den Bruderstaaten im RGW verborgen bleiben mussten:

> »Er ist mit Helden der antikolonialen Unabhängigkeitsbewegungen befreundet, mit Houari Boumedienne in Algerien, Ismail al-Azhari im Sudan und mit Gamal Abdel Nasser aus Ägytpen, mit deren Hilfe er Westembargos umgeht, Geld wäscht und Transportwege verschleiert. Er beschafft delikate Geschenke und geheime Dokumente, EDV-Anlagen und Waffentechnik, manches davon so neu und geheim, daß es noch nicht einmal auf den Embargolisten des Westens verzeichnet ist.«

Obwohl er mit den Jahren (1965 ging er offiziell in Rente) stark zugenommen hatte, trat er bei seinen Auslandsreisen als Sportfunktionär auf. Zu diesem Zweck verfügte er über verschiedene extraweite Jacketts mit dem Olympia-Emblem der DDR, welche seit den Spielen in Mexiko 1968 mit einer unabhängigen Mannschaft auftrat.

Hin und wieder fielen ein paar Devisen ab, die er auf Nummernkonten in der Schweiz, in Liechtenstein und Luxemburg sammelte. In Ostmark hatte er seine »Millionundzwölf« längst zusammen, durfte allerdings Elise nicht einweihen und konnte deshalb die Kinderwette nicht gewinnen.

Nach dem Auszug der DEWAG mietete er das Lager im Unterkeller.

> »Hin und wieder hält nach Mitternacht der Barkas einer Möbelspedition mit laufendem Motor vor dem Haus. Junge Männer in dunkelblauen Overalls eilen mit Holzkisten die lange Treppe hinunter und hinauf. Elise riecht Leder und Stiefelwichse. Das sind keine Zivilisten.«

Coco, die 1970 16 Jahre alt wurde, blieb häufig allein in der kleinen Seitenflügelwohnung unterm Dach. Von seinen Reisen brachte Hugo Spielzeug mit, dessen Wert sich direkt proportional zu seinem schlechten Gewissen verhielt: Handpuppen aus Venezianischen Renaissance-Kinderzimmern oder Bronzefigürchen aus der Etruskerzeit. Noch nicht volljährig, verfügte Coco bereits über Schätze, die manchen Sammler hätten erblassen lassen.

Mit 14 wurde sie zur Erweiterten Oberschule Carl von Ossietzky »delegiert«. Sie engagierte sich, wie das gefordert war, mit »gesellschaftlicher Tätigkeit« und leitete die »Arbeitsgemeinschaft Schülerhilfe«, deren Mitglieder nach dem Vorbild der sowjetischen »Timur-Bewegung« für Rentner einkauften, Kohlen schleppten und putzten und nebenbei nach Jugendstil-Leuchtern und Ölgemälden Ausschau hielten. Die Volkssolidarität zeichnete Coco 1972 mit der bronzenen Solidaritätsnadel aus. *Frösi* und *Junge Zeit* berichteten.

Wolfgang Grünwaldt, Salomos Enkel, bewunderte Coco in unbändiger Knabenliebe. Mit 14 wuchs er in die Länge, aber seine Glieder blieben ungelenk, seine Schultern schmal, seine Haut blass und sein Kinn picklig. Immerhin aber gingen sie auf die gleiche Schule, und so fuhr er sie jeden Morgen auf dem Gepäckträger seines Fahrrads, was ihren Schulweg von einer halben Stunde auf 10 Minuten verkürzte. Sein Herz klopfte vor Anstrengung, aber ihre Hand auf seiner Hüfte und ein flüchtiges Winken beim Absteigen waren ihm Lohn genug.

> »Michael [Keese, der Sohn von Melli] lehnt mit verschränkten Armen an der Hauswand und sieht zu, wie Coco sich von Wolfgang verabschiedet. Er trägt ein Hemd mit Kreismuster, ein buntes Tuch um den Hals und Jeans mit Matrosenschlag. Die dunklen Locken fallen ihm auf die Schultern.
> ›Willstn mit dem? Der is langweilig‹, fragt er laut. Wolfgang kriegt rote Ohren, aber er tut, als habe er die Beleidigung nicht gehört. Beim Griff nach der Haustürklinke faßt er daneben. Coco wartet, bis die Tür sich hinter ihm geschlossen hat.
> ›Und du nicht?‹
> Er lächelt. ›Zeit für 'ne Spritztour?‹
> ›Mußt du nicht arbeiten?‹
> Er zeigt auf das Motorrad am Straßenrand, eine ETS 250: ›Det is meine Arbeit. Wird erst morjen abjeholt.‹
> ›Wohin?‹

›Ick weeß 'n See janz für uns alleene.‹

Sie tippt mit dem Finger in die Mitte seiner Brust. ›Aber 18:00 Uhr bin ich zurück, ich muß nämlich noch Hausaufgaben machen.‹«

Sie fuhren fortan häufiger mit »geliehenen« Motorrädern und Autos durch Brandenburg, machten Feuer an einsamen Waldseen, badeten im nachtschwarzen Wasser und liebten sich im Licht des Mondes. Michael ignorierte Stoppschilder und Sperrgebiete. Manchmal wurden sie von Männern in sowjetischen Uniformen zum Halten aufgefordert. Dann stieg er ab, holte eine Flasche Schnaps aus der Satteltasche, schwatzte und lachte ein paar Minuten mit ihnen. Sie durften immer weiterfahren.

»Vom Tag ihres ersten Kusses an schleppt er für sie antike Schränke und Kommoden, stemmt Truhen und schwere Marmortische. Er besucht Kunden, wenn Coco unabkömmlich im Unterricht sitzt, und fährt auf der Suche nach Bauernmöbeln über die Dörfer.«

Aus dem anfänglichen Verkauf gelegentlicher Fundstücke wurde mit Michaels Hilfe ein Antiquitätenhandel, der zwar auf den Namen ihres Vaters registriert war, aber allein auf Cocos Rechnung lief. In der Wohnung wurde es eng. Sie verlegte sich auf kleinere Objekte wie Uhren, Bronzen oder Vasen. Trotzdem musste Hugo, dessen Leibesfülle weiter zugenommen hatte, eines Tages an der Wohnungstür umkehren, weil er im Flur nicht mehr durch das Gebirge aus Wiener Regulatoren, Comtoises, Pendules, Ming-, Song- und Quingvasen, Pate-verre- und Noverdy-Lampen kam. Er mietete die gerade frei gewordene Wohnung in der Etage darunter und ließ eine Wendeltreppe einbauen.

In den Ferien reiste Coco mit Michael nach Prag, Poznan und Danzig, wo immer mal wieder Objekte aus deutschen Sammlungen angeboten wurden. Ihr jugendliches Alter verleitete manchen Verkäufer zu der Annahme, sie sei naiv und leicht übers Ohr zu hauen, und sie leistete dem durch ihre mädchenhafte Kleidung Vorschub, aber sie hatte scharfe Augen und ein unbestechliches Gedächtnis.

Wolfgang litt unter der Vernachlässigung durch Coco. Er versuchte, ihrer Ausstrahlung zu widerstehen und sie als Fremde in der sozialistischen Menschengemeinschaft zu sehen. Eine Kapitalistin. Es half nichts. Er träumte von ihren Mandelaugen und ihrer Goldhaut. Um sich abzulenken, lernte er. Sein Abitur bestand er mit »sehr gut«.

In der zweiten Hälfte der sechziger Jahre mehren sich in Kurt Weiszheits Tagebuch Einträge, die zeigen, wie unwohl er sich in seiner Haut fühlte:

> »Dostojewski berühmt mit 25. Kleist mit 34 unsterblich. Hymnen an die Nacht mit 28! Aber ich: Stolpere auf die Bühne, entschuldige mich im Scheinwerferlicht.«

Mit Ausnahme des Beitrags zu *Licht in dunkler Zeit* hatte Kurt Weiszheit seit den *Nächtlichen Erlaufungen* kein größeres Werk mehr veröffentlicht (in der DDR).

Finanziell kam er über die Runden, solange er als Petra Pelosi schrieb. Seine Taschenkalender aus dieser Zeit sind voll mit neuen Namen, Adressen und Telefonnummern, darunter Verlagsleute und Kollegen aus dem Verband, Arbeiter aus der BEMARK, Kneipenbekanntschaften, Leser und Verehrerinnen. Wenn er die Kopenhagener Straße zur Schönhauser ging, grüßte er links und rechts und man hatte den Eindruck, dass die Leute ihn mochten.

In Wirklichkeit aber blieb er immer auf der Hut und wahrte Distanz. Über seinem Schreibtisch prangte der kalligrafisch gestaltete Auszug aus dem Korintherbrief:

> »Wenn ich in den Sprachen der Menschen und Engel redete, hätte aber die Liebe nicht, wäre ich dröhnendes Erz oder eine lärmende Pauke.«

Er fühlte sich einsam. 1968 zog ein Offizier in die dritte Etage des Vorderhauses zur Kopenhagener Straße.

> »Hatte heute morgen eine Erscheinung. Ein Sonnenburger Strahl im herbstlichen Grau vor staubigem Ziegelrot. Konnte vor Aufregung nicht mehr pinkeln gehen. Er heißt Postulait«,

floss Kurt Weiszheit beim Tagebuchschreiben über. Kurze Zeit später:

»Jetzt habe ich auch den Vornamen: Mirko. Mirrrko. Wie Katzenschnurren.«

Jeden Morgen, auch bei Regen und Schnee, lief der Major zu den Sportanlagen am Exer und drehte seine Runden. Auf dem Rückweg fiel er in der Sonnenburger Straße ins Schritttempo, entblößte seinen durchtrainierten Oberleib und dehnte seine Muskeln.

Der Stellvertreter für Technik und Bewaffnung eines Grenzbataillons war 42 Jahre alt und nicht verheiratet. Seine Arbeit interessierte ihn lange nicht so wie Fußball, Geländeläufe und Reiten.

»Bin IHM ›zufällig‹ heute morgen begegnet. Lächelt und wedelt sein Sporthemd in meine Richtung. Götterschweiß, Meerwasser und frisches Eichenholz. Adieu Arbeitstag. Jetzt kann ich an nichts anderes mehr denken.«

Kurt Weiszheit besorgte sich Turnschuhe, stellte einen Wecker und machte zum ersten Mal seit der Hitlerjugend wieder Sport.

»Keuche wie ein alter Mann. Er überholt mich so dicht, daß sein Luftzug mich berührt. Ich habe Sex mit dem Wind. Mir wachsen Flügel.«

An einem Sonntagmorgen lud der Major ihn zum Duschen in seiner Wohnung ein.

Der Offizier war der erste Mann in Kurts Leben, der kein schlechtes Gewissen beim Sex hatte. Sie besuchten gemeinsam die Heimspiele des BFC, für den gerade erst das Cantian-Stadion am Exer umgebaut worden war. Samstags fuhren sie nach Karlshorst auf die Trabrennbahn und wetteten. Der einzige Wermutstropfen in ihrer Beziehung war, dass Kurt in der Öffentlichkeit, vor allem wenn Mirko fürchtete, anderen Offizieren seiner Einheit zu begegnen, Abstand halten und so tun musste, als seien sie nur oberflächlich bekannt. Der § 175 des Srafgesetzbuches, der Homosexualität zwischen Erwachsenen unter Strafe gestellt hatte, war kürzlich aufgehoben worden, doch drohte Offizieren noch immer die Entlassung.

Petra Pelosi erkundigte sich mehrfach und immer dringender nach dem Verbleib der vereinbarten Texte, doch Kurt fehlte die Energie zum Sublimieren. Die Halde zurückgestellter Texte, auf der sich weniger Gelungenes oder Gewalttätiges befand, schmolz dahin.

Über Ostern fuhren Kurt und Mirko in seinem Trabant nach Dollgow und mieteten für zwei Wochen einen Bungalow mit zwei Schlafzimmern. Während Mirko auf einer Trakehnerstute durch das Seenland und die Ruppiner Schweiz ritt, nahm Kurt Reitstunden. Am letzten Wochenende ritten sie gemeinsam über die Felder nach Schulzenhof und besuchten die Strittmatters. »Ein paar Berliner Gäste. Ein paar zuviel für M.« Der Major warf Kurt vor, ihn der Künstlergesellschaft vorgeführt zu haben. Er stammte aus einer preußischen Offiziersfamilie mit einer langen Ahnenreihe von Kavalleristen, sein Großvater war General unter Wilhelm II. gewesen.

Nach dem Urlaub in Dollgow war nichts mehr wie zuvor. Mirko mied den Kontakt und gab nicht einmal Bescheid, wenn er für mehrere Tage zu einer Truppenübung fuhr. Im Mai verkündete er, sich zum Grenzkommando Nord an die Ostsee versetzen lassen zu wollen. »Halte mich aufrecht. Weiß aber eigentlich nicht, wozu.«

Kurts 39. Geburtstag 1969 geriet zu einer Katastrophe. Er hatte in die Pusztasonne zur Geburtstagsfeier eingeladen, wahllos, Hinz und Kunz, vielleicht aus Angst, an dem Abend allein zu bleiben. Irgendwann verlor er den Überblick. Am Tag vorher bekam er Fieber, aber da war es bereits zu spät für eine Absage.

> »Die Gaststube füllt sich. Er stößt mit den Ankömmlingen an, nimmt Geschenke entgegen, Ilse bringt einen zweiten Eimer für die Blumen … Freunde bringen Freunde mit, was sind das für Leute? Ludwig schaut rein, winkt, es ist ihm zu voll, er verschwindet wieder. Bald ist der Gastraum überfüllt, Walter schiebt die Tische beiseite und reichte ganze Weinflaschen über den Tresen. Immer wieder schaut Kurt zum Eingang und hofft, daß Mirko kommt. Vergeblich.
>
> Schließlich steigt er auf einen Stuhl und hält eine kurze Ansprache. Seine Stimme ist leise, hinten murmeln die Leute weiter. Er redet belanglose Freundlichkeiten, lieber würde er weinen. Sein Hals ist trocken und er trinkt zu schnell, Bier, Wein, dann Schnaps. Irgend

> jemand ›schenkt‹ ihm den Auftritt einer Bauchtänzerin, die ihn auffordert, mit ihr zu tanzen, aber er fühlt sich zu betrunken. Das Mädchen ist Ungarin, sie versteht ihn nicht, er wird laut und die Situation peinlich, er spült den Ärger mit Schnaps herunter. Es ist noch nicht 22 Uhr, da sieht er seine Gäste schon wie durch eine Glasscheibe, Fremde und Kaumbekannte, sie unterhalten sich, rauchen, lachen, umarmen sich, saufen und fressen auf seine Kosten, niemand achtet auf ihn. Er drängt sich nach draußen, durch die Traube vor der Tür. Hier kennt er niemanden, und niemand hält ihn auf. Er läuft davon.«

Vielleicht litt Kurt nicht nur unter Liebeskummer, sondern unter einer selbst verursachten Persönlichkeitsspaltung. Im Versuch, seine Einsamkeit und Fremdheit zu überwinden, hatte er sich wieder und wieder neu erfunden, hatte sich getarnt und mit Pseudonymen geschützt. Nun umstanden ihn seine Alter Egos wie eine Mauer, zeigte mit dem Finger auf ihn und fragten: Wer bist du?

In der BEMARK zog er den Blaumann an, den ihm die Mitglieder seines Zirkels Schreibender Arbeiter geschenkt hatten. Widmete er sich der Familiengeschichte, kleidete er sich in die Zimmermannsjacke seines Großvater. Eine Lederhose, die Rita ihm genäht hatte, wahlweise eine Kittelschürze (vermutlich je nach Rolle), dienten ihm als Verkleidung, wenn er an den erotischen Geschichten für Petra Pelosi arbeitete. Tagebuch schrieb er im Schlafanzug (während er nackt schlief). Er ahnte es selbst: »Bin das Chamäleon auf einer karierten Decke.«

Literaturfunktionäre und Kritiker hielten ihn für flatterhaft und wetterwendisch, andere kritisierten ihn als Vertreter einer Generation, die

> »nach dem Krieg mit unbefleckter Zukunft versehen wurde, von unseren Aufbauerfolgen nutznießte, jetzt aber nur noch nach Selbstverwirklichung strebt.«

> »Was war das überhaupt, ›ein wahres Gesicht‹? Aufgewachsen war ich in einer Wirklichkeit, die nicht bleiben wollte, was sie war, mit

> einer Mutter, die sich das Schlimmste schönsah. Man zog besser den Kopf ein. Ich verstellte mich vor meinem Vater und log in der Schule und verzauberte Günter in eine Parallelwelt. Nach dem Erfolg des Stalin-Poems wechselte ich meinen Namen wie einen Mantel. Verstellung und Heimlichtuerei wurden mir zur Lust und schließlich zur Last.«

Die Bilanz, die er nach seinem 39. Geburtstag zog, tat weh:

> »Die Figuren seiner Geschichten verlassen das Boot, sobald sie flügge sind. Gott treibt an fremde Strände. Zuhause in einer zerbrochenen Flasche.«

Er beschloss, dort wieder anzuknüpfen, wo er seiner Meinung nach mit dem »Erwachsenwerden« aufgehört hatte, nämlich bei der Weiszheit'schen Familiengeschichte. Das Exposé für das große Projekt sah drei weitere Bücher vor: *Snaige und Urte* für die Zeit vor *Gustav, der Sucher*, *Ernst und Elise* und *Ludwig und Kurt* für die Zeit danach. Das Werk sollte einen Zeitraum von mehr als 100 Jahren abdecken und bis in die unmittelbare Gegenwart führen. »Ein Jahrhundertroman. Wahrheit und Farben. Mein Opus Magnum.«

Kurts Hauptquelle für diese Familiengeschichte war natürlich Elise, auch wenn seine Mutter sich an manche Fakten ungern und an einige partout nicht erinnern wollte, beispielsweise an die Klavierlehrerinnen Goldberg. Fast 40 Jahre lang sammelte Kurt mit wenigen Unterbrechungen Fakten und Anekdoten, sortierte und sortierte neu, arbeitete Kapitel aus und wieder um – und zumindest in Bezug auf die schiere Menge wurde das Opus tatsächlich »magnum«.

Mutter und Sohn lebten seit Jahren zusammen »wie ein altes Ehepaar«. Die Männer, mit denen er sein Bett teilte, saßen am Morgen in ihrer Küche. Im Tagebuch kürzte sie die Namen mit dem Anfangsbuchstaben ab und vergaß sie.

Kurt schleppte die Kohlen und betätigte sich als Hausmeister, während Elise ihn, Mato und Angelika täglich zwei Mal, nämlich 12 und 18 Uhr, zum Essen rief – mit einer Schiffsglocke,

»neben der man unvermeidlich taub wurde, wenn man es nicht schon war«.

Während der Mahlzeiten erzählte Kurt den neuesten Klatsch aus dem Haus und schwelgte in Ausschmückungen und Weiterspinnen.

»Manchmal wusste ich nicht, ob er das wirklich ernst meinte, so wie er sich selbst in Unwahrscheinlichkeiten überbot. Mato riss die Augen auf und fürchtete sich, ich warf ab und zu ein ›nu is aber gut‹ ein. Bremsen konnten wir ihn eh nicht. Oma und er hatten eine merkwürdige Kommunikation, immer so im ›Nein‹-›Doch‹-Wechsel. Wenn Onkel Kurts Phantasie irgendein Elend ausmalte oder kritisch wurde, musste sie entgegnen, dass es doch ganz schön war. Das war ein Ritual.«

Zwei Wochen vor Weihnachten 1969 stolperte der Briefträger Oskar Niecklisch im Seitenflügel mit einem Westpaket. Vielleicht wäre der Sturz glimpflich verlaufen, hätte er sein Postgut losgelassen und sich selbst festgehalten. So aber stürzte er vom Podest, geriet mit dem Kopf zwischen zwei Treppenpfosten und brach sich den Hals. Der Notarzt musste das Paket zerschneiden, um es aus Niecklischs Griff zu winden. Es enthielt mehrere Kilogramm Kupfernieten und war an Rita adressiert, die Näherin, die für Salomos Patienten beinlose Jeans nähte.

Meta Niecklisch kam erst nach der Beerdigung in der leeren Wohnung zu sich und begriff, dass sie nun Witwe war. Bis zu Oskars Tod hatte sie eine unscheinbare Existenz im »Zustand der Versorgtheit« geführt, den Haushalt geführt und die Kinder erzogen. Tochter Irmchen war nun jüngst zu ihrem Verlobten gezogen und arbeitete als Einlasserin in der Werner-Seelenbinder-Halle. Ihr Sohn Ingo lernte Maschinist bei der Weißen Flotte und wohnte in einem Internat auf der Altstralauer Halbinsel. Er war übrigens jener »Jugendfreund Niecklisch«, über den die *Aktuelle Kamera* am 17. 4. 1970 berichtete, weil er mit einem beherzten Sprung von der Treskowbrücke das verunfallte Schwein Dagmar, Dressurstar des Staatszirkus der DDR, vor dem Ertrinken gerettet hatte.

Meta stand vor ihrem Spiegelbild in der Flurgarderobe. Einmal, in ihrer Jugend, hatte sie Krankenschwester werden wollen, aber erst kam die Dienstpflicht dazwischen, dann der Willinger-Peter vom Nachbarhof, dann Krieg, Tod, Flucht und schließlich Oskar. Andere Frauen ihrer Generation hatten studiert. »Entwickle dich weiter«, hieß es auf der Wandzeitung der Postfrauen in der Filiale Schönhauser Allee.

Kurz entschlossen hängte sie die Urkunde, die man ihrem Niecklisch postum »für treue Pflichterfüllung im Dienste der Post« verliehen hatte, übers Buffet und bewarb sich, obwohl bereits 45 Jahre alt, auf die vakante Stelle.

Begabt mit gutem Gedächtnis und kräftigen Beinen eilte sie die Stufen hinauf und hinab, schwatzte hier auf einem Podest und dort vor einer Haustür, erinnerte sich an Namen, von denen Oskar erzählt hatte, merkte sich mühelos neue und knüpfte Treppenhaus-Freundschaften. Sie nahm sich, weil sie die Einsamkeit in der Wohnung nicht ertrug, den ganzen Tag Zeit und lieferte an Berufstätige Pakete auch abends aus. Am 7. Oktober 1971 wurde sie Aktivistin und lernte auf dem anschließenden »geselligen Beisammensein« den Walzerkönig Jens John kennen, der sie nach einem gemeinsamen Urlaub an der Bulgarischen Schwarzmeerküste bat, für das MfS zu arbeiten. Meta liebte ihn sehr und bat sich Bedenkzeit aus. Am Morgen der Rückreise legte sie ihm die Halskette, die er ihr geschenkt hatte, auf seinen Frühstücksteller. Er schlug die Hände vors Gesicht und begann zu weinen. Auch er liebte sie sehr.

Frieda Peters starb 1969 an Krebs. »Noch immer Erdbeere und Eigelb, aber faulig«, merkte Elise nach einem Krankenhausbesuch an. Vera Klotzke starb kurz darauf mit 95 Jahren im Schlaf.

> »Kein Geschrei mehr vom Balkon. Kein böser Blick des ABV. Kein Lob des Likörs.«

Elise erinnerte sich: »Wenn er einmal da ist, nimmt er [der Sensenmann] immer gleich mehrere mit.«

Salomo Grünwaldt wurde im Dezember 1972 Opfer eines Verkehrsunfalls. Bei Glatteis rutschte ein Kübelwagen der Grenztruppen aus der Kurve und zerquetschte seinen rachitischen Körper an einer Linde. Er starb im Nordmark-Krankenhaus, ohne das Bewusstsein wiedererlangt zu haben. Am zweiten Baum, von der Ecke Kopenhagener und Sonnenburger Straße in Richtung Cantian-Stadion gezählt, auf der linken Straßenseite sieht man auf Hüfthöhe noch heute eine tiefe Narbe.

»In der Gaillardstraße rollen und keuchen die Lädierten mühsam zum Eingang des Berliner Städtischen Friedhofs Pankow II, kein Hüpfen mehr, kein Schwingen wie früher. Sie sind alt geworden, die Schwerbeschädigten des Weltkriegs. Die Kapelle ist übervoll. Die Zuhörer klappern ihrem Salomo Grünwaldt einen letzten Gruß, Holz auf Holz.

Sie fragen besorgt: ›Was soll werden?‹, ›Wer repariert meine Zweizughand?‹, ›Wer liefert Ersatz für das Patent-Steck-System?‹, ›Was wird aus dem Schwarzen Brett im Wartezimmer mit den Tausch-Anzeigen für Ortho-Schuhe und Telefonnummern der Witwen verstorbener Prothesenträger?‹.«

Doch für die orthopädische Werkstatt fand sich kein Nachfolger. Die Maschinen wurden verschrottet.

Am 17. Juli 1972 erlitt Elises Schwiegersohn Walter einen Infarkt. Er litt schon lange an schweren Beinen, nächtlichen Wadenkrämpfen und Anfällen von Atemnot. Das Kochen, einst seine größte Freude, wurde zur Qual. Immer häufiger mischte sich Angebranntes in die Duftschwaden aus der Küche der Pusztasonne.

Mitten in der Arbeit brüllte er plötzlich. Im Gastraum erstarrten die Gäste. Ilse eilte zu ihm und sah, wie er mit der Pfanne um sich schlug, doch der Tod krampfte die dürren Knochenfinger um sein Herz, bis es stehen blieb. Langsam rutschte er in der fettigen Pfütze Richtung Abfluss.

Vom Juli an hing ein Schild »vorübergehend geschlossen«, das sich langsam mit einer grüngrauen Patina überzog, an der Tür der Restauration. Ein Nachfolger für die ungesunde, mit Nachtschichten verbundene, wenig lukrative und staatlich gegängelte Unternehmung – zumal in einem ramponierten Privathaus – war nicht zu finden. »Ilse ohne Initiative, unbeteiligt, wie froh über den Zwangsurlaub«, notierte Kurt.

Nach der Beerdigung Walters suchte Ilse, jetzt 47 Jahre alt, eine andere Beschäftigung. Nächtliche Arbeitsstunden mochte sie, also nahm sie ein Angebot des Kaderleiters der HO an und arbeitete Spätschicht in der Bar des Restaurants Moskau an der Karl-Marx-Allee.

Sie zog aus der Weiszheit-Wohnung in eine eigene, anderthalb Zimmer große Wohnung im Vorderhaus Kopenhagener Straße, vierte Etage rechts und richtete sie funktional, mit einer MDW-Schrankwand der Deutschen Werkstätten Hellerau und einem Farbfernseher Stassfurt Color 20 ein.

In der Weiszheitwohnung wohnten danach nur noch vier Personen in fünf Zimmern, drei Kammern, Küche und Bad, weshalb Kurt, der Probleme mit Komalla wegen der »Unterbelegung« vorhersah, in einem Brief an den Minister für Kultur um eine Sonderzuweisung bat, für unter anderem

> »7500 Bände, die in drei Zimmern und im Wartezimmer der einstigen Praxis meines Vaters die Wände füllen, darunter der Nachlass von Gustav Weiszheit mit Erst- und Originalausgaben seines Freundes Karl Liebknecht (wie der Schrift *Militarismus und Antimilitarismus unter besonderer Berücksichtigung der internationalen Jugendbewegung* von 1907), sowie 300 Bücher des Arbeiterinnenbildungsvereins, die von meiner Familie vor der Nationalsozialistischen Bücherverbrennung gerettet wurden, und mehr als 1000 Erstausgaben von Belletristik der DDR aus zwei Jahrzehnten, mit Autographen u.a. von Apitz, Becher, Brecht, Bredel, Claudius, Fürnberg, Gotsche, Kellermann, Marchwitza, Weinert, Weisenborn, Friedrich Wolf und Arnold Zweig.«

Im Auftrag des Ministers antwortete Komalla:

> »Ihnen wird die Nutzung vorläufig gestattet. Personenstandsveränderungen sind der Kommunalen Wohnungsverwaltung unverzüglich anzuzeigen.«

Das alternde Haus knackte mit Balken, klapperte mit Ziegeln im Wind und ächzte mit allen Dielen. Der Zolloffizier Angerer zog wieder aus, weil die Kinder vom Schimmelbefall der Wände krank wurden. Im Seitenflügel galt mittlerweile die Hälfte der Wohnungen als reparaturbedürftig und wurde offiziell nicht mehr belegt; weil infolge der Auszüge nicht mehr geheizt wurde, herrschte sommers wie winters feuchte Kälte in dem alten Gemäuer.

Die Weiszheitwohnung wurde mangels Restaurationsbetrieb fußkalt, als ob sie unter Durchblutungsstörungen leide. Vom Ringbahngraben floss bei Regen ein Bach in den unteren Keller. Die Fundamente wurden nicht mehr trocken, die im Boden fest verankerten Sockel der Abramowitz'schen Druckmaschinen rosteten.

Auch der Geruch des Hauses veränderte sich. Die Luft im Treppenhaus wurde dicker, das »Wischwasser dünstet Brechgeruch«. Es fehlten der Braten- und Paprikageruch aus der Pusztasonne, stattdessen dominierten Schwamm und Moder. Ein Schädlingsbekämpfer stellte Schlagfallen im Keller auf, um die Ratteninvasion zu stoppen. »Leichen im Keller«, witzelte Kurt und entsorgte an manchen Tagen ein halbes Dutzend Kadaver.

Elise schaffte es nicht mehr, die Bohnerkeule bis in die vierte Etage zu tragen, und erst recht nicht, Kurt oder Angelika von der Notwendigkeit regelmäßigen »Glänzens« zu überzeugen. Das Linoleum warf Falten und das Glas der Treppenhausfenster stumpfte ab wie altes Haar.

Elise sagte sich, dass sie tat, was sie konnte. Trotzdem plagte sie ein schlechtes Gewissen:

> »Im Traum gehe ich mit V. [Vater] durch eine Wohnung. Putz fällt von der Decke. Mit einem Fuß bricht er durch eine morsche Diele, tut aber, als wär nichts, humpelt weiter.«

Das Haus verging wie einst Frieda, wie Martha, wie Gustav, wie sie selbst. Ihr Haar verlor den Silberglanz und wurde weiß, die Haut dünn und trocken.

> »Hornhaut am Knie. Haare am Kinn. Zähne wackeln«, notierte Elise im März 1972. »Heute mit niemandem gesprochen. Ich

glaube, mein Mund wird kleiner. Vielleicht verschwindet er bald ganz.«

Ludwig arbeitete auch nach Erreichen des Rentenalters weiter im Kulturhaus der BEMARK, als Impresario, Klempner, Putze und Garderobier. Seit Paul Buschs Absetzung hatten die Direktoren mehrfach gewechselt und jeder hatte versucht, Ludwig loszuwerden, doch er machte ordentliche Arbeit. Die Arbeiter halfen ihm, und jene Freunde der Aufbauzeit, die Karriere gemacht hatten, hielten ihre schützende Hand über ihn. Auf seiner Bühne spielte Renft, sang Bettina Wegner, lasen Sarah Kirsch, Hermann Kant (der noch nicht ZK-Mitglied war) und Stephan Hermlin (ein Duzfreund des Genossen Honecker). Werner Lamberz, der aufgeschlossenste unter den Politbüromitgliedern und zuständig für Agitation, schätzte die offene Atmosphäre der »Debatte«, eines Diskussionswettstreits, der einmal jährlich im Kulturhaus stattfand.

Ludwig wohnte im Kabuff des Hausmeisters und aß in der Kantine. Lissy hatte ihr Fernstudium an der Hochschule für Ökonomie abgeschlossen und im Braunkohlenkombinat Lauchhammer angefangen. Ihre Postkarten mit Neujahrs- und Geburtstagsgrüßen umrahmten den Spiegel über seinem Waschbecken.

Eines Morgens wachte er von einer merkwürdigen Kälte auf:

»Die Beine sind schwer wie Blei. Sein ganzer Körper fühlt sich fremd an. Er versucht, den Oberkörper zu heben. Ihm wird übel davon.

Um Hilfe braucht er gar nicht erst rufen. Am frühen Sonntag ist außer ihm niemand im Kulturhaus. Soldaten sterben stumm. Er versucht, sich zu entspannen. Aus lang vergrabenen Erinnerungen taucht ein Gesicht auf: schweißnass, dreckig und bartlos, ein Kind fast noch, Fjodor, der ehemalige Kadett, dritte Kompanie der roten Schützen. Eine Kugel hat ihn im Bauch getroffen, als sie gestern von den Weißen auf dem Gelände des Klosters vor den Toren von Zarizyn in die Verteidigung getrieben wurden. Reiter lärmen draußen, MGs feuern. Der Freund jammert leise ›Mama‹, wie ein Kleinkind, immer wieder ›Mama‹. Ludwig verspricht schließlich, nach der ›Mama‹ zu suchen. Fjodor krallt im Schmerz seinen Arm. ›Erzähl ihr …!‹ Jaja, er wird ihr erzählen, dass Fjodor zuletzt an sie gedacht hat.

Trotz der Kälte im Kabuff bricht Ludwig der Schweiß aus vor Scham. Er hat nie nach Fjodors Mutter gesucht. Nach dem Ende des Bürgerkriegs drängten andere Aufgaben, immer, es gab nie Urlaub und keine freien Tage, aber nein, er darf sich nichts vormachen, er hat das Versprechen vergessen, nicht einfach nur vergessen, sondern vergessen wollen. Die Mama! Ein Soldat stirbt stumm. Wenn er gewollt hätte, wäre es schon möglich gewesen. Ufa? Ja, Fjodor kam aus Ufa.«

Es dauerte zwei Stunden, bis er auf dem Bauch zum Telefon gekrochen war und Hilfe rufen konnte. Die Ärzte diagnostizierten einen Schlaganfall. Während der Kur in Bad Elster gingen die Lähmungen zurück, doch die Schwäche der linken Körperseite blieb. Er konnte nicht ohne Stock laufen, hatte Schwierigkeiten beim Sprechen und sabberte beim Essen. Das linke Auge vermochte er nur halb zu öffnen, der Tränensack hing tiefer als der rechte. »Wie ein alter Pirat«, dachte er.

Nach der Reha packte er Rasierapparat und Kaffeetassen, seine Bücher, Papiere und Fotos in einen Karton. Die Leninbüste, ein Geschenk der Delegation aus Kujan Bulak, stellte er in die Vitrine im Foyer des Kulturhauses.

Die Verabschiedung in der BEMARK sollte am 12. Februar 1972 stattfinden, an seinem 75. Geburtstag. Er war überrascht vom Andrang der Gratulanten. Alte Kameraden humpelten auf die Bühne, Schauspieler rezitierten aus Briefen, die er ihnen geschrieben hatte, Arbeiterinnen und Arbeiter überreichten im Namen ihrer Brigaden Blumensträuße und umarmten ihn linkisch. Minister Gysi ließ gratulieren, der sowjetische Botschafter grüßte von Kossygin, Willi Stoph schickte den Vaterländischen Verdienstorden.

Ludwig zog mit seinen kaum sieben Sachen wieder bei Elise ein. Sie buk zur Feier seiner Rückkehr einen Schokoladenkuchen, über dem er nach einem Glas Likör einschlief.

Bei schönem Wetter saß er auf dem Balkon von Elises Schlafzimmer, sah dem Rauch der Lokomotiven auf der Ringbahn nach und versuchte, nicht an Zigaretten zu denken.

»Mit geschlossenen Augen rät er Geräusche. Das ›tong-papamm‹ sind die schweren Güterzüge mit Kohle und Betonfertigteilen für den Wohnungsbau; ›tosch-papasch‹ machen die leeren Flachwaggons. ›Brassih‹ singen die S-Bahnen bergauf und ›brassah‹ die bergab. Eine Reparaturlok brummt geschäftig wie eine Hornisse und hält einen Moment auf Höhe der Bahnstromtrafos, der Fahrer kurbelt das Fenster herunter und schnipst einen Zigarettenstummel in den Schotter.

Seit einem Jahrhundert geht der Verkehr auf diesem Stück Gleis daher und dahin, ob der Genosse Lumo nun wilde Reden führt oder auf einem Balkon sitzt oder tot unter der Erde liegt. Das Meer wird weiter branden, der Wind wird weiter wehen.«

Elise spürte, dass Ludwig aufgegeben hatte, und so leid ihr das tat, so angenehm war doch seine unabgelenkte Anwesenheit. Auf ihren Wunsch besorgte Kurt einen Color 20, wie Ilse ihn hatte, ein Farbfernsehgerät aus DDR-Produktion, das damals vergleichbaren Westprodukten eine Nase voraus war.

Doch Ludwig schimpfte über das Programm: Der *Kessel Buntes* sei Zirkus für Spießer und die *Aktuelle Kamera* die pure Langeweile. Er war nicht mehr verantwortlich und sah die Welt nun so, wie sie war. Bis er die Westsender entdeckte.

»L. lockt mich mit ›ist wichtig‹ in sein Zimmer, serviert Likör und Pralinen, will über ›Transporter‹, ›Zeitreisen‹, ›Phaser‹ und ›Tricorder‹ diskutieren. Schließlich stellt sich heraus: Er hat ›Raumschiff Enterprise‹ gesehen.«

Jeden Samstag um 17:45 Uhr schaltete Ludwig das Westfernsehen an und notierte, während Captain Kirk und seine Crew Abenteuer in fernen, künftigen Welten bestanden, auf der Rückseite roter Parteiauftragsformulare seine Gedanken:

»Planet der Götter. Communis nicht nur Gegenteil von bürgerlicher Vereinzelung, sondern Unsterblichkeit. Entwurf selbst mit Muttermalen; im Kommunismus Entwicklung, vielleicht ist Gemeinschaft dann ganz anders?«

Ludwig kannte keine Distanz zur künstlichen Welt jenseits der Mattscheibe.

»Fragt ernsthaft, ob sich nicht Bewusstseinsveränderungen beim Beamen einstellen müssten, mit Gelegenheit zur Umprogrammierung. Weise darauf hin, dass die Pappwände des Studios wackeln, aber das macht ihn ärgerlich. ›Darum geht es nicht‹. Behaupte, dass es keine Traktorstrahlen gibt, und er: ›Na, jetzt noch nicht, aber das wird entwickelt!‹«

Am 2. September 1972 starb Ludwig an einem weiteren Hirnschlag. Als Kurt ihn fand, lief im Fernseher die Episode »Ein Planet genannt Erde«, in der die Enterprise eine Zeitreise zurück ins Jahr 1968 unternimmt, um die Explosion einer Atomrakete zu verhindern.

Die Partei bemächtigte sich ein letztes Mal Ludwigs und verordnete eine Grabstätte auf dem Friedhof der Sozialisten in Friedrichsfelde, ein halbe Ewigkeit vom Weiszheithaus entfernt. Zu den wenigen Hinterlassenschaften gehörte ein leerer Lederkoffer, mit dem Kurt schon auf dem Weg zum Grobmüllcontainer war, als ihn das Gewicht stutzig machte. Hinter einer mit Futterstoff bezogenen Pappe fand er Fotos sowie zwei Dutzend Briefe, die in Rio de Janeiro, Paris und Algier abgestempelt waren. Elise musste weinen, als sie darin las. Niemand hatte gewusst, dass Ludwig einen Briefwechsel mit seinen Geschwistern unterhielt.

19 Zeitreisen

Die Ärzte hatten mich schon oft nach ungewöhnlichen Empfindungen im Unterleib gefragt – allerdings nicht, wie ich zuerst glaubte, in der Hoffnung auf Besserung, sondern in Erwartung von Phantomschmerzen. Einige meiner Mitpatienten in der Reha wurden verrückt von Kältegefühl oder Schmerzen. Deshalb war ich alarmiert, als ich eines Nachts vom Jucken meiner rechten Fußsohle erwachte. Zwischen Ballen und Zehen kribbelte, krabbelte und pikste es unerträglich. Ich versuchte mich mit Lesen abzulenken, aber ich konnte mich nicht konzentrieren. Trugbilder von Ziegen, die an salzigen Fußsohlen lecken, torkelten durch mein erhitztes Gehirn, Ameisenkolonnen durchquerten mein Bett und widerliches Gewürm fraß mich bei lebendigem Leib. Den Gestank, mit dem meine Zehen verbrannten, meinte ich zu riechen. Ich kroch zur Dusche, steckte meinen Kopf unters kalte Wasser und heulte, auf der Badematte zitternd, enttäuscht von der Vergeblichkeit meiner Anstrengungen. Meine Ängste hatten mich so fest im Griff, dass ich erst im Morgengrauen auf die Idee kam, mich in die Fußsohlen zu kneifen.

Als Conny kam, lag ich mit verkrampfter Hüfte neben dem Bett und ächzte beim Versuch, mir mit einem auf dem Besenrücken festgebundenen Korkenzieher in die Fußsohlen zu stechen. Sie half mir in den Rollstuhl und folgte meinen Anweisungen. Ich konnte ihre Berührungen fühlen, dumpf wie bei einem unterkühlten Glied, aber überall am Fuß und am Unterschenkel. Conny knetete, bis meine Beine rot leuchteten und ihr der Schweiß von der Stirn lief. »Stärker«, schrie ich wie ein Masochist vor dem Höhepunkt, »kräftiger«, »noch mal!«, »tu mir weh!«.

In den folgenden Wochen versuchte ich, die Muskeln meiner Beine gezielt anzusteuern. Immer wieder schickte ich Befehle hinunter: anspannen, bewegen, beugen! Ich konnte die Bewegung fühlen, aber wenn ich meine Füße anschaute, passierte da nichts. Gelblich und tot wie Leichenteile lagen sie auf der Decke. Ich beschimpfte und verfluchte sie, bis Conny warnte, ich sei dabei, in den alten Krüppelselbsthass zurückzufallen.

Ich studierte Anatomietafeln zu Nervenbahnen, Knochen und Muskeln des Fußes. Es war der Musculus abductor digiti minimi rechts, der schließlich mein Herz schneller schlagen ließ. Er zuckte! Diesem Muskelchen am entferntesten Ende meines Körpers, den ich früher nur beachtet hatte, wenn ich mit dem kleinen Zeh gegen eine Kante geknallt war, sollte nun meine ganze Aufmerksamkeit und Fürsorge gelten.

Laura erzählte ich nichts von meinen Mühen und Erfolgen, wie ich auch sonst meine Behinderung nicht thematisierte. Andere Männer waren kurzsichtig oder spritzten dreimal am Tag Insulin, ich brauchte halt einen Rollstuhl. Und Laura spielte mit. Im Restaurant stellte sie den überflüssigen Stuhl einfach beiseite. In der Oper folgte sie mir durch die Menschenmenge, die sich vor mir teilte, und schubste mich nur manchmal unauffällig über Teppichkanten. Nach dem Sonntagsessen räumte sie den Tisch ab und wusch das Geschirr, nicht weil ich das nicht konnte, sondern weil ich mit Sasha sprach.

Ihre Mutter Jessica ließ sich von unserem »Überspiel« nicht täuschen. Sie missbilligte die Vorliebe ihrer Tochter für defekte Männer und erzählte gern vom »Goldberg«, ihrem früh verstorbenen Ehemann und Lauras Vater, der als Kind die Nazis überlebt hatte, mit Fleiß und Chuzpe zum Dirigenten wurde, das New Yorker Opernfestival durch Krisen und Finanznöte gesteuert hatte und auch sonst in jeder Hinsicht ein Ausbund an Perfektion und Schaffenskraft gewesen war. Dass er mit anderen Frauen während ihrer Ehe weitere drei Kinder gezeugt hatte, bewies nur einmal mehr seine Produktivität.

Ich gab mir Mühe, ihr Herz zu gewinnen, aber in ihren Augen litt ich neben meinem körperlichen Gebrechen an einem weiteren, gravierenderen Defizit: Mir fehlte ein richtiger Beruf, eine Berufung. Jessica akzeptierte Behinderte, die kämpften, wie Thomas Quasthoff und Stephen Hawking. Meine Schrauberlehre war nur eine Episode gewesen, mein indisches Studium zugegebenermaßen ein Fake, und was ich sonst in meinem Leben geleistet hatte, gehörte bestenfalls in die Kategorie »Broterwerb«.

Sie wusste natürlich von meiner Familienforschung, glaubte aber vermutlich, ich sammelte Vorfahren wie Weihnachtsschmuck für den Stammbaum.

Eines Sonntags nach dem Essen erzählte Laura ihrer Mutter, dass meine Uroma Augusta Weiszheit vermutlich diejenige gewesen war, die den Goldberg-Fräulein zur Flucht aus Berlin verholfen hatte. Ich liebte es, wie Laura »Wohnung mit dem Flügel« sagte. Ihre Zunge stieß dabei an die Zähne und es klang, als beschreibe sie eine Wohnung mit nur einem Flügel, eine behinderte, aber flugfähige Einflügelwohnung.

»Really?«, schaute Jessica mich auf einmal an, als bemerke sie mich erst jetzt.

Ich erzählte, was ich wusste von Augustas Reise nach Hultschin, von Kallweits Auto und den Puppenbällen in der Sonne, von den Goldberg-Bonbons, die in den Nachkriegsmonaten Leben gerettet hatten, und von der versehentlichen Erschießung Merthens in der Schönhauser einen Krieg später. Ich erwähnte Gustavs Wirkung auf Frauen, musste zurück auf die Bauzeit des Hauses, streifte durch die Heydekruger Verwandtschaft. Eins ergab sich aus dem anderen, ohne die Absicht zu prahlen.

Als ich erzählte, wie die kleine Augusta sich für ihren Apfelduft-Gustav schön machte, stiegen mir plötzlich Tränen in die Augen und meine Stimme klang gequetscht. Mir war das peinlich und ich gab vor, etwas trinken zu müssen, aber nun schaute Jessica mich erst recht neugierig an. Laura stand mit dem Geschirrtuch überm Arm in der Tür. Sasha grinste eingeweiht, denn er kannte die Szene aus unseren Zeitreisen. Schließlich rief die Frau Professor ihrer Tochter zu: »But he's wonderful!«

Sie nannte, was ich da in ihren Augen unternahm, »Microstory« und »Chronopic«. Die Begriffe kannte ich nicht. Ich versuchte ja nur, die Vergangenheit wiederauferstehen zu lassen, weil ich dabei sein wollte – beziehungsweise wir, Sasha und ich –, und wenn sie wollte, war das beispielsweise eine »Concretion« der Geschichte.

Jessica hörte nicht auf zu fragen: woher meine Quellen stammten, was genau ich »kompiliere«, welche Teile ich selbst schrieb und ob sie mehr lesen könne. Ich verneinte erschrocken, »bin noch nicht so weit«. Sie verstand das, aber wenn ich mal etwas vorlesen wolle, wäre sie gern Zuhörerin. Sie bot an, mir zu helfen, also beispielsweise Praktikanten aus dem Studiengang »kreatives Schreiben« ihrer Uni zu organisieren, die für mich recherchieren und korrigieren konnten.

Am Abend versuchte Laura, mich zu beruhigen. Ihre Mutter überfahre die Leute oft mit ihrer Begeisterung, aber ich solle bei meinem eigenen Zeitplan bleiben. Dass ich niemanden in meinem Manuskript lesen lassen wolle, solange mein Gefühl mir nicht signalisiere, dass es so weit wäre, fand sie gut.

Da hatte ich mich schön in die Nesseln gesetzt. Alle erwarteten, dass ich »ein Werk« zu Ende brachte. War das nicht der Sinn des Ganzen? Und es hätte meine Entlarvung als familiensüchtiger Lügner bedeutet.

Ich schloss mich ein. Etwas sehr Ungewöhnliches geschah: Niemand klingelte oder klopfte, das Telefon blieb stumm. Eine einzige kurze Mail in 24 Stunden kam von Laura: »Wenn du was brauchst, Anruf genügt!« Die Hausbewohner flüsterten im Hausflur und schlichen auf leisen Sohlen vorbei. Die Haustür, deren Ins-Schloss-Krachen mich oft aus dem Schlaf geschreckt hatte, war nicht zu hören.

Ob es Kurt Weiszheit manchmal so gegangen war?

Meine Familiensuche wurde zur Familiensache. Salvador unternahm Recherchen in Archiven, die ich mit meinem Rollstuhl nicht besuchen konnte. Conny besorgte Bücher und sortierte meine Ablage. Laura telefonierte und schrieb für mich.

Sasha liebte es, wenn ich ihn auf eine Zeitreise mitnahm. Wir ließen uns von einem Unterrichtsthema, einem Buch oder einer Ausstellung anregen, wählten einen bestimmten Tag des vergangenen

Jahrhunderts aus und versuchten, in der Gegend um die Schönhauser Allee spazieren zu gehen, ohne allzu großen Schaden zu nehmen. Er gab die Richtung vor und dann beschrieben wir einander, was wir sahen und wie sich die Menschen benahmen.

Sasha baute ein Brettspiel, das sich »Sonne, Mond und Sterne« nannte, und verwandelte sich, wenn Laura und ich am Sonntag mit ihm spielten, in »das Kind aus einer anderen Welt«, das von Hugo und Elise erzählen konnte wie von lebenden Zeitgenossen. Alles war ein bisschen verrückt.

Laura wollte wissen, was nach dem Anschluss des Memellandes aus den jüdischen Weiszheits, aus Tante Lawrentija und Ludwigs Geschwistern geworden sei? Es dauerte eine Weile, bis ich die von Kurt erwähnten Briefe von Ludwig im digitalen Archiv fand. Mindestens vier der Absender hatten zum Zeitpunkt seines Todes noch gelebt: Bernd und Sonja in Paris, eine ihrer Töchter in Algier und Vincent in Rio de Janeiro. Nun, zwanzig Jahre später, fand ich sie weder in einschlägigen Telefonbüchern noch im Internet, meine Briefe an die seinerzeit angegebenen Absender kamen zurück oder blieben unbeantwortet. Über verschiedene Datenbanken ermittelte ich Weiszheits in Birmingham, Marseille, Paris und Lausanne, in Port Elizabeth und Rio de Janeiro, in San Francisco und in Sydney, aber wenn die Befragten überhaupt antworteten und Verwandte in Deutschland kannten, dann stammten die aus Süddeutschland und hatten mit uns nichts zu tun.

Ich erweiterte die Suche auf Abwandlungen und Übersetzungen des Namens wie Weisheit, Weißheit, Wisdom, Sagesse und so weiter. Schließlich fand ich einen John Curran in den USA, im Bundesstaat Michigan, der ein Enkel von Miriam Weiszheit war, einer der Töchter von Lawrentija, die nach Palästina ausgewandert und 1946 in die USA übergesiedelt war. John bestätigte, dass seine Vorfahren aus dem Memelland stammten, aber seine Großmutter habe Zeit ihres Lebens nicht über die Vergangenheit reden wollen. Mit Hilfe von »Ancestors of Israel« fand ich Hinweise auf Rosa und Ezra Weiszheit in Haifa und eine Spur zu Lea Ehrenkranz in Tel Aviv, einer der

Schwestern Ludwigs, die zwar kinderlos gestorben war, aber vor ihrem Tod ein Interview für die Shoa Foundation gegeben hatte. Ich sah mir das Video im Center für Digitale Systeme der FU Berlin an: Eine gebrechliche, weißhaarige und sehr dünne Frau erzählte von ihrer Kindheit in Schieß, ihrer Lehrerausbildung in Memel und der Arbeit an einer Schule, in der Jugendliche auf die Ausreise nach Palästina vorbereitet wurden. Lea sprach English, benutzte aber deutsche Vokabeln wie »Anlegestelle«, »Küchengarten« oder »Schoßhündchen«. Die Augenfarbe konnte ich wegen der Sonnenbrille nicht erkennen.

Sie erwähnte weitere Geschwister, die den Holocaust überlebt hatten, unter anderem einen Vincento Sabedorão, der in Brasilien Vorsitzender der Trotzkistischen Partei gewesen war. In São Paulo lebte Vincents Tochter Leonida, nun 78 Jahre alt, die mir in einem krakeligen Brief schrieb, was sie über die Geschwister ihres Vaters wusste.

Bernd war 1920 zur Fliegerausbildung nach Frankreich gegangen, war nach der Hochzeit mit einer algerischen Französin naturalisiert worden und flog dann lange als Postpilot von Marseille aus auf den Mittelmeerlinien.

Auch Vincent hatte zunächst in Frankreich gelebt. Er schlug sich als Hilfsarbeiter in den Bleihütten des Elsass durch und versuchte, seine Kollegen für die Revolution zu begeistern, als Staatenloser ständig bedroht von der Ausweisung.

Sonja hatte einen Offizier der französischen Schutztruppe geheiratet. Lea war Mutter geworden und arbeitete als Lehrerin im Beth Hechaluz in Memel, einer Schule zur Vorbereitung junger Zionisten auf die Auswanderung. Der Vater ihres Kindes war nach Palästina ausgewandert und betrieb in Haifa die Bäckerei Ehrenkranz.

Daniel studierte in Kaunas Cello und blieb, nachdem er auf dem großen Festkonzert zum 10. Jahrestag der Oktoberrevolution unter Glazunow in der Leningrader Philharmonie gespielt hatte, in der Sowjetunion.

Jana, bei Elises letztem Besuch in Schieß noch ein kleines Mädchen mit Rotznase, reiste in den zwanziger Jahren als Gesellschafterin einer polnischen Fabrikantenwitwe durch Italien.

1935 war Freddy Weiszheit mit 75 Jahren an einem Asthmaanfall gestorben. Sein jüngster Sohn Tobias führte Sägewerk und Holzhandlung zunächst weiter, doch 1938, als die Juden im (noch litauischen) Memelland zunehmenden Anfeindungen der Deutschen Bevölkerung (die etwa 80 % der Einwohner ausmachten) ausgesetzt waren, beschloss Lawrentija Weiszheit schweren Herzens – immerhin war sie bereits 62 Jahre alt – Firma und Haushalt in Schieß aufzulösen und nach Frankreich zu ziehen, entweder zu Sonja, die in Südfrankreich ein Gut bewirtschaftete, oder zu ihrem Sohn Bernd, der auf dem Militärflugplatz Saint-Dizier-Robinson, etwa auf halber Strecke zwischen Paris und der deutschen Grenze gelegen, Piloten ausbildete. Ihr Sohn Vincent, der sich französischen Trotzkisten angeschlossen hatte, war als Staatenloser ausgewiesen worden und wartete in irgendeinem Lager an der spanischen Grenze auf Papiere für die Ausreise in ein Land, das ihn haben wollte. Von den übrigen Kindern hatte sie zu diesem Zeitpunkt keine Nachricht. Ihre Tochter Lea lebte in einem Kibbuz, zu dem es nicht einmal Briefverkehr gab. Auch Daniel in Leningrad schrieb nicht mehr. Die Zeitungen brachten Gräuelmeldungen über Schauprozesse und Lager.

Sie verkaufte also das Sägewerk samt Wohnhaus an eine Möbelfirma, legte das Geld in Schmuck an und bezog gemeinsam mit Rebecca eine kleine Wohnung in der Polangener Straße in Memel, direkt über einem Geschäft für getrockneten Fisch. Aschmutat, den sie einst den »jungen Aschmutat« genannt hatte, ging in Pension. Tobias nahm eine Stelle als Förster der Grafen Tyszkiewicz im nördlichen Grenzgebiet zu Litauen an.

Bevor Lawrentija die Formalitäten ihrer Übersiedlung nach Frankreich abschließen konnte, übergab die litauische Regierung das Memelland Anfang 1939 ans Deutsche Reich, dessen Behörden sogleich die Ausgrenzung der Juden auf den Stand der Altgaue brachte. Lawrentija musste ihr und Rebeccas Visum neu beantragen, wurde zur Reichsfluchtsteuer veranlagt und ausgeplündert. Ohne ihren Schmuck, mit nur noch ein paar hundert Reichsmark und zwei Koffern voller Wäsche strandeten sie und Rebecca am 19. August 1939 im damals polnischen Vilnius, wo sie von Jana aufgenommen wurden, die immer noch als Gesellschafterin der polnischen Fabrikantenwitwe arbeitete – wenige Tage vor Beginn des Zweiten Weltkriegs.

Lawrentija hatte sich unter »Witwe« immer eine alte Frau vorgestellt, nun zeigte sich, dass diese Maria Stryjkowska Auto fuhr, in ihren Mietshäusern selbst kassierte und mit Jana nicht nur den Schreibtisch, sondern auch ein Schlafzimmer der herrschaftlichen Villa in der Rudens Galve oberhalb von Vilnius teilte. Bereits einen Monat nach ihrer Ankunft marschierte am 19. September 1939 die Rote Armee ein. Eine Welle jüdischer Flüchtlinge aus dem deutsch besetzten Teil Polens erreichte die Stadt und war hier gefangen: Im Osten und Süden ließen die Russen niemanden über die Grenze, der Seeweg war von britisch-deutschen Gefechten vor Norwegen blockiert.

Maria packte ihre Koffer wieder aus. Die Flüchtlinge zahlten für eine Unterkunft jeden nur geforderten Preis, und für eine kurze Zeit fühlte sich das Leben in der Villa an wie das auf einem sehr gemächlich sinkenden Luxusschiff.

Im letzten erhaltenen ihrer Briefe schrieb Lawrentija an ihren Sohn Vincent in Lissabon:

> »Die Leute lachen und beten wie in Fieber. Und ich geh wieder in die Schul wie ein Kind.«

Tobias, der Verfolgung und Terror überlebte, erzählte seinen Kindern später, dass seine Schwester Jana nach der Okkupation Litauens durch ein sowjetisches Tribunal zur Zwangsarbeit verurteilt worden sei. Der Grund blieb im Dunkeln. Sie starb vermutlich während des Krieges in einem Reparaturlager an der Murmanbahn.

Rebecca und Lawrentija Weiszheit mussten nach Janas Verhaftung die Villa verlassen. Ende Juni 1941 besetzten die Deutschen Vilnius und begannen sofort mit der Konzentration und zielgerichteten Vernichtung der Juden. SS-Einsatzkommandos und die örtliche litauische Ordnungspolizei mordeten Hand in Hand. Lawrentija starb, so vermutete Tobias, 1941 im Ghetto von Vilnius. Rebecca wurde wenig später im Wald bei Aukštieji Paneriai erschossen.

Unterdessen war Sonja im Mai 1940 mit ihren inzwischen drei Kindern vor den in Frankreich vorrückenden deutschen Truppen zu Verwandten ihres Mannes nach Algerien geflohen, wo sie bis Ende der fünfziger Jahre blieb.

Bernd Weiszheit französisierte seinen Namen in »Sagesse«. Der Kriegsgefangenschaft entkam er mit einem ausgemusterten Schulflugzeug, verletzte sich allerdings bei der Landung in Marseille schwer. Nach seiner Genesung floh er im April 1941 nach London und meldete sich freiwillig zur FAFL (Forces aériennes françaises libres). Seine aus Memel stammende Frau Eliza und der dreijährige Sohn Serge wurden im Juli 1942 bei einer Razzia von französischen Polizisten in Paris verhaftet und starben vermutlich in Auschwitz. Bernd flog Aufklärungsmissionen über Frankreich und nahm an den Abwehrkämpfen gegen die Ardennenoffensive der Deutschen im Januar 1945 als Navigator auf einer B-25 teil.

Tobias hatte sich nach der Verhaftung seines gräflichen Arbeitgebers antibolschewistischen Partisanen angeschlossen und floh, als diese zu Hilfsbataillonen der Deutschen gemacht wurden, in die Wälder, wo er sich bei einer Waldbauernfamilie namens Simonaitytė im Grenzgebiet zu Lettland, unweit der Ostsee, versteckte. Er verliebte sich in Kristine, die jüngste Tochter. Am 5. September 1942 wurde ihr gemeinsamer Sohn Juozas geboren, also jener Juozas Simonaitytė, den wir schon als Autor der Geschichten vom Waldreich kennengelernt haben. Nach der Eroberung Litauens durch sowjetische Truppen wurde Tobias wegen angeblicher Kollaboration mit den Deutschen gesucht und musste wieder fliehen. Das NKWD verhaftete statt seiner dann einfach seine Frau Kristine und verurteilte sie zu 25 Jahren Lagerhaft. Bis Ende der Vierziger lebte Tobias bei den »Waldmännern«, arbeitete dann in einem Flugzeugwerk in Kasan und begann nach seiner Frau zu suchen, während Juozas bei den Großeltern aufwuchs. 1953 fand Tobias Kristine in einem Lager nahe Kirow, und konnte sie, unglaublich, mit nach Hause nehmen, nach

Litauen, ins Waldbauernhaus der Familie Simonaitytė, wo die beiden zurückgezogen bis zu ihrem Ende lebten.

Zu berichten ist hier auch über Daniel Weiszheit, der mit 2,5 Millionen anderer Bewohner im September 1941 vom deutschen Belagerungsgürtel um Leningrad eingeschlossen wurde. Inmitten des Massensterbens hielten er und die anderen Dozenten den Studienbetrieb aufrecht und nahmen sogar Prüfungen ab. Am 9. August 1942 spielte er unter Karl Eliasberg bei der Aufführung der 7. Sinfonie von Schostakowitsch mit. Die Aufführung wurde aufgezeichnet und in der gesamten Sowjetunion ausgestrahlt. Anlässlich des 25. Jahrestages produzierte der sowjetische Rundfunk 1967 eine Reportage über dieses Ereignis, in der unter anderen Daniel zu Wort kam:

> »Wir mussten die Celli zu zweit auf die Bühne schleppen, so schwach waren wir geworden. Unsere Fräcke flatterten beim Spiel wie schwarzes Fahnentuch um unsere Skelette, wir mussten sie mit Gummibändern befestigen. Bei den Proben brachen wir vor Ergriffenheit in Tränen aus, wir konnten kaum die Noten lesen. Eine Flötistin starb nach der Vorstellung vor Entkräftung in der Garderobe.«

1950 wurde Daniel zionistischer Verbindungen verdächtigt und von der Lehrtätigkeit am Konservatorium ausgeschlossen. Sieben Jahre fristete er sein Leben als Theatermusiker in Kiew, bevor er 1957 rehabilitiert wurde und nach Leningrad zurückkehren durfte.

Bernd Sagesse, der vormalige Pilot, wurde nach dem Krieg Mitarbeiter der Verwaltungskommission des Saarlands für Verkehr und später des Verkehrsministeriums in Paris. Die Kinder von Sonja de Lamartiné gingen in Constantine und Algier zur Universität. Lea heiratete in Palästina einen Anwalt namens Ehrenkranz und wurde Mitarbeiterin des israelischen Zentralinstituts für Aufklärung und Sicherheit (eines Vorläufers des späteren Mossads), bevor sie zur Fluggesellschaft Panam wechselte. Vincent machte in Brasilien Karriere in der dortigen Trotzkistischen Partei.

Jessica nannte meine Geschichten »absolutely fabulous« und meinte, wir müssten unbedingt alle Nachfahren der Schießerweiszheits zu einem Familientreffen einladen, einmal sagte sie sogar »unsere Nachfahren«. Vielleicht schwebte ihr eine Art Adelstag vor, aber eigentlich war ich nicht besonders erpicht auf eine Party mit Verwandten, denen ein anderer Zweig meiner Familie die Heimat geraubt hatte.

Komischerweise kamen mir in jener Zeit oft meine Großeltern in den Sinn. Einmal träumte ich, ich sei mit Opa Werner angeln. Der See, auf dem wir ruderten, war verboten, er gehörte den Russen, an unserem Boot klebte ein »Propusk«, eine Erlaubnis. Ich wollte Opa, der hektisch einen Motor in Gang zu bringen versuchte, etwas zeigen, von dem ich zwar nicht mehr weiß, was es war, aber im Traum genau wusste, dass er es bewundern würde. Ich drehte mich zu ihm um – da war er plötzlich verschwunden und der See lag unbewegt wie geschmolzenes Blei.

Ich wachte auf mit einem Gefühl tiefer Trauer. Trauer um wen? Um meinen rauchstinkenden Opa? Das brachte mich doch sehr durcheinander. Mein Unterbewusstsein schien sich selbständig zu machen. Ich zog mich zurück und schützte, wenn die Frau Professorin mich zum Essen einlud, Arbeit vor. Arbeit an meiner Familie.

20 Pseudonyme

Kurt Weiszheit kämpfte lange mit dem wachsenden Materialberg zu seinem *Opus Magnum,* dem mehrbändigen, Jahrhunderte umfassenden Roman seiner Familie. Nach Krisen und Selbstzweifeln fand er sich damit ab, nicht zu den großen Schriftstellern der DDR zu gehören – das waren in seinen Augen

> »nach der Weltbürgerlichkeit Anna Seghers, Stephan Hermlin, Eduard Claudius, nach der Auflage Hermann Kant und Erwin Strittmatter«.

Er selbst fühlte sich »noch auf dem Weg. Mit der Nase nicht vorn, aber tief drin.«

Das Eingeständnis erleichterte ihm die Arbeit an kleineren Formaten. 1971 erschien sein *Vortrag in Öl,* im Jahr darauf *Die Turmbauer zu Babylon,* ebenfalls Anfang der Siebziger entstand ein großer Teil des Manuskripts *Von einem, der auszog, das Fürchten zu lehren.*

In *Die Turmbauer zu Babylon* kommen sich Ende der sechziger Jahre der Amerikaner William Whistler und der Russe Dmitrii Pfeiffer auf einer Tagung von Atomphysikern in Warschau nahe. Beide arbeiten im jeweiligen Atomprogramm ihrer Regierung.

> »Während wir uns mit gezogenen Revolvern auf der Dorfstraße gegenüberstanden, vergingen die Jahre und mit ihnen das Leben, das wir hätten führen können, wenn wir nicht im Duell erstarrt wären. Wir haben uns keinen Blick gegönnt, nicht zu den Sternen, nicht zu den Abendfeuern und Morgennebeln, nicht zu den Pferden und Steppenwölfen. Nun sind wir alt und blind. Vielleicht sollten wir endlich schießen? Für alles andere ist es zu spät.«

Größere Resonanz war dem Buch nicht beschieden.

Im *Vortrag in Öl* (Ausbau 1972) erzählt der Drehbuchautor Lutz Harkewicht, der von einer dreimonatigen »Bewährung in der Produktion« heimkehrt, einem kunstsinnigen Publikum im »Club der

Intelligenz« zu Potsdam von seinem »kohleschwarzen Wunder«. Sechs Monate lang hatte er im »Gaswerk«, in dem unschwer die Großkokerei Danziger Straße wiederzuerkennen ist, mit seinen Kollegen an den Öfen geschwitzt, über ihre Zoten gelacht, während der Schicht gesoffen und auf ihren durchgesessenen Sofas übernachtet, kurz: Die Lebensverhältnisse jener Klasse studiert, die in der offiziellen Terminologie der DDR die »herrschende« hieß. Die Schilderung »ungeschminkt« zu nennen ist ein Euphemismus angesichts des in der Geschichte allgegenwärtigen Kohlenstaubs, Benzolgeruchs und Ölfilms, der sich auf die Worte zu legen und im Hals zu kratzen scheint. Die kriminalistisch anmutende Handlung – es geht um Betrug bei einer Planabrechnung – verblasst neben den sinnlichen Beschreibungen, den verwirrenden Gerüchen, dem Schweiß, der nackten Haut, aber auch den erotisch aufgeladenen Duschszenen und Fußballkämpfen mit den Kumpeln. Die Zuhörer (des Vortrages im Buch) reagieren indigniert auf die Darstellung: »Unsere Menschen sind nicht so«, protestiert einer. In der Wirklichkeit blieb das Buch bis zum Ende der DDR begehrte »Bück-dich-Ware«.

Im Herbst 1970 hatte Kurt Weiszheit den 32-jährigen Ofenbauer Frieder kennengelernt. Der junge Mann wohnte noch bei seinen Eltern am Arkonaplatz, einer Gegend, die ebenso im Schatten der Mauer lag wie die Kopenhagener Straße.

> »Blonde Löckchen, schlank, von unkomplizierter Art. Er riecht nach Maschinenöl und Teer, nach lauter würzigen Sachen, aber ich glaube nicht, dass ich verliebt bin.«

Sie trafen sich ein paarmal zum Bier in den Altberliner Bierstuben am Senefelder Platz, bevor Kurt ihn mit zu sich nahm. Frieder bestaunte die Bibliothek. In der Wohnung seiner Eltern, erzählte er, gebe es drei Bücher: *Weltall – Erde – Mensch*, Mutters Kochbuch und das Parteibuch seines Vaters.

> »Er spielt als rechter Verteidiger in der Werksmannschaft, ist stolz auf sein Proletariertum und seine Potenz, ganz einfach, ohne doppelten Boden und Hintergedanken. Vielleicht macht ihn die Schlichtheit so glücksfähig, er ist ein heller Mensch, hell nicht im geistigen

Sinn, sondern wie Sonnenlicht. Die Kantinenfrauen, seine Eltern, die Kollegen, Elise, überhaupt alle mögen ihn.«

An den Wochenenden übernachtete Frieder in der Kopenhagener Straße, am Samstagmorgen gingen sie ins Stadion, aßen anschließend in Elises Küche und gingen abends tanzen, meist in den 1970 eröffneten Franzclub. Den Sonntag hatte Frieder für seine Eltern reserviert.

Unter der Woche rief er manchmal vom Münzfernsprecher im Betrieb bei Kurt an, zu Hause hatte er kein Telefon. Über den Jahreswechsel 1970/71 mietete Kurt ein Zimmer im tschechoslowakischen Harrachov, das sie wegen eines Schneesturms drei Tage nicht verließen. »Von allen schönen Zeiten in meinem Leben war das die schönste.«

Zum Geburtstag am 2. Januar 1971 schenkte er Frieder und sich goldene Verlobungsringe, die Peter Roehle aus Westberlin geschickt hatte. »Kitschig, aber es macht ihm Freude.« Frieder akzeptierte, dass Kurt ihn selten zu einer Premiere oder einem Empfang mitnahm, das Getue kam ihm sowieso unecht vor, er traf sich lieber mit Freunden in den Altberliner Bierstuben.

Obwohl der Altersunterschied nur 7 Jahre betrug, gehörten sie wohl in Bezug auf ihre schwule Identität unterschiedlichen Generationen an.

»Frieder machte kein Geheimnis aus mir. Einmal hatte ich mich bei der Maidemo unter die Gaswerker gemischt, weil ich dachte, es wäre schicker, mit kräftigen Proleten als mit den Hänflingen im Block der Schriftsteller zu marschieren. Während der langen Wartezeit leerten wir ein Rohr. Der Parteisekretär sprang im Dreieck, ein kleines, von Nikotin- und Alkoholmissbrauch gezeichnetes Männlein. Beim Vorbeimarsch waren wir dann schon einigermaßen blau. Frieder und seine Kumpels fingen direkt vor der Tribüne an Kusshändchen zu werfen, den Hintern zu schwenken und mit verstellter Stimme ›hoch, hoch, hoch‹ zu kreischen. Die Genossen der Sicherheit wurden unruhig.«

Kurt dagegen stellte in seinen Kreisen Frieder nur vor, wenn es sich nicht vermeiden ließ, und nannte ihn »meinen Arbeiter«, als sei jener für ihn nur Quelle frischer »Eindrücke aus der Welt der herrschenden Klasse«.

Von »herrschender Klasse« wollte Frieder allerdings nichts wissen.

> »Er war als Jugendlicher in der FDJ gewesen, zahlte seine Gewerkschafts- und DSF-Beiträge, und ja, für den Frieden war er auch. Er nannte das: ›was eben so üblich ist‹.«

Wenn sie stritten, dann um Kleinigkeiten.

> »F. rasiert sich überall. Was denkt er, wozu die Haare da sind? Waschen heißt: sich verstecken. Wer ist nun also verklemmt?«

Die Arbeitswelt, die Kurt so sinnlich zur Schau stellte, war Anfang der Siebziger ein angesagtes Motiv in der Literatur. Kurt Weiszheit nutzte die Synergieeffekte seiner beiden Schreibwelten, der literarischen und der pornografischen. In der Novelle *Feierabend* beispielsweise heißt es:

> »Karlfrieds schweißnasse Haut, unter der die Muskeln spielten, glänzte im roten Glutlicht … Mit einem Eisenschieber stieß er die Kohlen tief in den Ofen. Funken sprühten … Er fasste nach der eisernen Kette und schloss mit einem klirrenden Ruck die Ofenklappe. Es wurde kühl in der grauen Halle, wie im Abendnebel nach einem Sommertag.«

Sein Beitrag für die *Monatsblätter für erotische Anregungen* zwei Jahre vorher hatte so geklungen:

> »Karlfrieds schweißnasse Haut, unter der die Muskeln spielten, glänzte im roten Glutlicht der Bar … Mit seinem Schwanz stieß er tief ins Eingeweide, der Mann stöhnte … Er fasste nach der eisernen Kette und zog den Mann wie an einem Halfter zurück.«

1972 wurde Kurt gebeten, dem Werkkreis »Literatur der Arbeitswelt« in der Bundesrepublik die Erfahrungen der Zirkel schreibender Arbeiter aus der DDR näherzubringen. Herbert Nachtigall befürwortete die Reisegenehmigung und Poschinger, bereits schwer erkrankt, gab ebenfalls grünes Licht. Kurt Weiszheit bekam einen Pass fürs »NSW«, den er allerdings nach jeder Reise wieder bei

Nachtigall abgeben musste. Im Oktober traf er Detlef Kiesner, einen Vertreter der Westberliner Arbeitsgemeinschaft:

»Türkisches Restaurant in Schöneberg. Hammel mit viel Knoblauch für 9 DM, kein Alkohol. Einige Kollegen befürchten Vereinnahmung, wollen aber eventuell gemeinsame Veröffentlichungen unter Friedensaspekt etc.«

Im Gegensatz zu dieser nüchternen Einschätzung deutete er in seinem Reisebericht die Möglichkeit an, »uns näherstehende Genossen zielgerichtet zu fördern und so unseren Einfluss zu vergrößern«, was wie Unterwanderung klingt, aber vermutlich nur weitere Reisen ermöglichen sollte.

Beim nächsten Ausflug nach Westberlin besuchte er Peter Roehle, den Mann, der Petra Pelosi zu sein vorgab.

»P. empfing mich in einem Dirndl in einer nach edlen Hölzern duftenden Wohnung am Schoellerpark. Tiefe Teppiche, Nippes, Kronleuchter, Plüsch und Spitze. Aufgeregt schleppte er Ordner um Ordner herbei, zeigte mir Verträge, Quittungen und Abrechnungen, rechnete mir Einnahmen und Ausgaben vor – und ich nickte immer nur, beeindruckt von seiner Gewissenhaftigkeit und von den Summen, die sich da angesammelt hatten.

Wir tranken Champagner und sprachen über Geldanlagen – unter anderem über eine Villa in der Humboldtstraße im Grunewald, was mir schon ein bisschen größenwahnsinnig vorkam. Er ging zwischendurch hinaus zum Telefonieren und ich nutzte die Gelegenheit, das merkwürdige Bücherdurcheinander in der Regalwand des Arbeitszimmers zu studieren: Erotisches und Basteihefte, Mädchenromane, Krimis und Bildgeschichten, bis er zurückkam. Ich fragte ihn nach den Autoren, deren Namen ich nicht kannte, und er wurde rot: ›Das sind alles Pseudonyme von deinen Kollegen.‹ Er tippte auf die Buchrücken. ›Den kennst du, die hier auch.‹

P. hatte sein Geschäft ausgebaut und vertrat außer mir noch mehrere Dutzend pseudonymer Autoren aus der DDR als Agent im Westen. Ich muss so konsterniert geblinzelt haben, dass er mir versicherte, ich sei sein ›bestes Pferd im Stall‹.

Er bat mich, zum Essen zu bleiben, aber ich vertröstete ihn auf ein anderes Mal und diktierte ihm noch schnell meine Wunschliste an Schallplatten und Büchern, für meine Mutter Zahngold, für Angelika eine Höfner. Pünktlich um Mitternacht war ich am Bahnhof Friedrichstraße, um heimzulaufen in meine graublau gekachelte DDR.«

Nach diesem Besuch versiegte Kurt Weiszheits Lust-Schreiben endgültig. Ab 1972 enthielten die *Monatsblätter für erotische Anregungen* nur noch Gastbeiträge. Ihr Erscheinen musste Ende 1976 eingestellt werden.

Kurt Weiszheit hatte sich in seiner »graublau gekachelten DDR« eingerichtet. Noch immer war das Haus im Besitz der Familie, er hatte einen Freund und gehörte mit verlässlich fließenden Honoraren und Pass zu den arrivierten, wenn auch nicht zu den berühmten Autoren des Landes. Er nahm »um die Hüften zu und an den Schultern ab«. Hin und wieder kriselte die Beziehung mit Frieder, weil der nicht monogam leben wollte. »Liegt es am Altersunterschied?«, fragte Kurt sich und schimpfte: »F. hat Gonorrhoe und meinen Namen beim Arzt genannt.« Alles in allem aber konnte es so bleiben.

Es war schon merkwürdig, als ich mir selbst in Kurt Weiszheits Tagebuch begegnete:

»Mit d. Fahrrad in d. Bürgerpark. Wollte eigentlich nur zum Biergarten, bißchen lesen, bin stattdessen Opa geworden: Ursula mit Kind, Brigittes Sohn. Er heißt Sven. Er hat d. Augen!!!«

Meine Mutter hatte ihr Studium noch vor meiner Geburt abgebrochen und sich von meinem Vater Jochen Gabbert getrennt. Ich weiß gar nicht, ob sie freiwillig und gern wieder nach Pankow zog oder nur keine Alternative sah, die Großeltern waren jedenfalls entsetzt: Ein Studium abzubrechen, das kam gleich nach Ladendiebstahl. Opa Werner setzte alles in Bewegung, um meine Mutter auf der standesgemäßen Hochschule für Ökonomie unterzubringen, wo sie Außenhandel studierte. Ich wurde zum Oma-Kind. Bei schönem Wetter holte Oma Ursula mich nach dem Mittagsschlaf aus der Kinderkrippe ab und schob den Kinderwagen durch den Bürgerpark.

> »Vakante Stelle in meinem Leben: ein Kind. Katze funktioniert nicht. Vielleicht ein Hund? Besser doch ein Kind. Vaterspiel. Mit Brigitte und ihrem Sven vielleicht.«

Aber er traute sich nicht. Mein Leben wäre sicher anders verlaufen, wenn er das »Vaterspiel« ernster genommen hätte.

Im September 1972 kam Lotte Barmann, Kurts Schwester, zu einer Tagung des NS-Dokumentationszentrums nach Westberlin. Die Geschwister trafen sich im Pressecafé am Bahnhof Zoo und gingen durch den Tiergarten spazieren, redeten über Familie, Kinder und Arbeit, aber viel Gemeinsames war in dem Vierteljahrhundert, das sie nun schon in verschiedenen Welten lebten, nicht übrig:

> »Sie ist im Krieg, eine Menschenjägerin mit Paranoia, wittert mit ihrer Raubkatzennase überall Nazis und Schuld, auch bei uns.«

In einer Hinsicht aber war die Begegnung für Kurt Weiszheit produktiv: Er brachte die Arbeit an *Von einem, der auszog, das Fürchten zu lehren* zum Abschluss, als wolle er seiner älteren Schwester trotzig beweisen, dass er kein Konformist sei. Weil er den Ärger mit Nachtigall voraussah, notierte er während der Arbeit schon immer Argumente, um dem Manuskript zum Druck zu verhelfen:

> »Dreischritt der Entnazifizierung: Erstens Abrechnung mit den Tätern. Zweitens Aufbau des antifaschistischen Staates. Was uns zu tun bleibt ist drittens Herausschälen des neuen Menschen aus autoritären Strukturen.«

Er wusste, auf welch dünnem Eis er sich bewegte. Hannah Ahrendts *Elemente und Ursprünge totaler Herrschaft* galt in der DDR wegen ihrer Gleichsetzung von Faschismus und Stalinismus als »feindlich«.

> »Indem ich biografisch erzählte, baute ich die Bosheit aus Jahresringen auf. Ich konnte Hermann nur werden lassen, wie ich ihn verstand, insofern war es ganz logisch, daß ich schließlich verständlich machte, wie er so und nicht anders hatte werden können. Die Frage,

wie er anders, ein besserer Mensch hätte werden können, muß der Leser beantworten.«

Nachtigall brauchte das Manuskript nicht zu Ende lesen, um zu erkennen, dass es Licht in Ecken lenkte, die besser dunkel blieben. Was wollte dieser Weiszheit nur damit? Schon fühlte er wieder seinen Hals steif werden. Konnte er die Veröffentlichung ablehnen?

Vorsichtshalber rief er bei Poschinger an und erkundigte sich, aber der alte Mann verstand gar nicht, worum es ging. Für ihn war das Kapitel »Nazis« seit dem Bau des »antifaschistischen Schutzwalls« geschlossen.

Also verbieten. Aber da gab es noch immer diese Schwester, mit der Kurt Weiszheit sich erst neulich wieder getroffen hatte! Besser, er versuchte, ihn hinzuhalten.

Das Sächsische Verlagshaus in Leipzig wurde angewiesen, mit Kurt einen Vertrag abzuschließen und einen ordentlichen Vorschuss zu zahlen, dabei aber keinen Termin festzulegen und den Autor zu Überarbeitungen zu verpflichten.

»Warten. Warten. Warten. Das ist, worauf der Sozialismus spezialisiert ist. Auf das Morgen, die bessere Zukunft, den nächsten Parteitag, ein vielleicht irgendwann vom Himmel fallendes Papierkontingent.«

Entgegen Nachtigalls Rat gab Kurt Weiszheit das Manuskript an Freunde und Bekannte zum Lesen, darunter auch an Fritz Kühnlein, Mitglied des Werkbundes in Westberlin, der Hausmeister an der Rostlaube der Universität war und selbst einen Roman über seinen Nazi-Großvater, den Marinerichter Wilhelm Kühnlein, schrieb. Durch seine Vermittlung erhielt Kurt Weiszheit im April 1973 eine Einladung des Marxistischen Studentenbundes Spartakus. Der Genosse Herbert Nachtigall wartete lange mit der Erteilung seiner Reisegenehmigung. Neuerdings hieß es, dass wegen der bevorstehenden Weltfestspiele »antiimperialistisch« reiche, um auf der Linie zu liegen. Aus der Linie war sozusagen ein breiter Streifen geworden. Aber da gab es so viele verschiedene Fraktionen und Wirrköpfe bei all diesen SDS- und MLAO-Partei-Dings, sogar Trotzkisten, und statt eines roten Fadens oft nur bunte Knäuel, und unterschrieben war die Einladung natürlich auch wieder nicht, bloß immer »wir« und »die Spartakisten«.

Ach, die Unschärfe gefiel ihm nicht, dem Genossen Nachtigall, eine kleine Anfangsabweichung konnte sonst wohin führen, und bevor der Streifenrand erreicht war, war es vielleicht schon zu spät. Als er sich schließlich doch überwand, führte er den Kugelschreiber so zögerlich, dass seine Unterschrift kaum zu sehen war.

Die Mitglieder des MSB wussten von Herberts Zweifeln nichts. Ihre Sympathie galt dem »revolutionären Genossen« Weiszheit, dessen Stalinkantate im Westen indiziert war, der in verbotenen Zeitschriften publiziert hatte und nun die faschistischen Strukturen ins Visier nahm.

In einem Hörsaal des Henry-Ford-Baus las der vermeintliche Aufrührer vor mehr als 500 Studentinnen und Studenten ein Kapitel aus *Von einem, der auszog, das Fürchten zu lehren:* »weil ich annahm, damit von gemeinsamen Angelegenheiten zu sprechen«. Schon nach wenigen Minuten ertönten einzelne Buhrufe. Die Studenten hatten sich eine Abrechnung mit dem »braunen Geschmeiß in Bonn« und scharfe Töne erhofft, nicht »weichgespülte Konsenskacke«, wie ein studentischer Zeuge das später nannte. Verwirrt bat Kurt um Ruhe, worauf die Studenten »hau ab« skandierten und Stühle auf das Podium warfen. Kurt rettete sich völlig konsterniert auf die Toilette, wo er hyperventilierte und das Bewusstsein verlor.

> »Vor und hinter mir keuchen die Rettungssanitäter. Ich schwebe mit geschlossenen Augen durch die Menge der jungen Leute, rieche ihre ungewaschenen Haare, all das Testosteron ihrer aufgeregten Ahnungslosigkeit, Marihuana mit saurer Milch. Draußen schlägt mir kalter Nieselregen ins Gesicht, ich kann kaum etwas sehen, aber irgendwie schaffe ich es, von der Trage zu steigen, auf eine belebte Straße zu fliehen und ein Taxi anzuhalten. Am Grenzübergang falle ich dem überraschten Wachhabenden schluchzend in die Arme.«

Unerwähnt ließ Kurt Weiszheit, dass er einem der Rettungssanitäter, der ihn bei seinem Sprung von der Trage in guter Absicht festzuhalten versucht hatte, mit einem Schwung seines Ellbogens den Kiefer gebrochen hatte. Das folgende Verfahren wegen Körperverletzung zwang ihn für lange Zeit, auf Besuche in Westberlin zu verzichten.

Der Schock saß tief, und als sei des Unheils nicht genug, gab ihm Frieder den Laufpass, um zu einem Reifenhändler nach Mahlsdorf zu ziehen, »einem Greis mit Eigenheim und Kaninchen«, der ihn an seiner Firma beteiligen und als Erben einsetzen wollte. Kurt Weiszheit fühlte sich im Stich gelassen, obwohl ja er derjenige war, der Frieder auf Abstand gehalten hatte.

»K. mit Katzenjammer. Sitzt am Küchentisch, stiert auf die Brandflecken, stochert im Essen. Jede halbe Stunde runter zum Briefkasten, und wenn er zurückkommt: ob jemand angerufen hat.«

Coco liebte das orchestrale Ticken der inzwischen zu Hunderten zählenden antiken Uhren, das die beiden Etagen der Wohnung füllte. Trotz ihrer Jugend war sie zu einer der ersten Adressen für Sammler aus dem Westen geworden, die bereit waren, für ihr Lieblingsstück exorbitante Ausfuhrgebühren zu zahlen.

Hugo sorgte sich, weil er wusste, dass die Behörden manchmal wegen »Gesellschaftswidrigkeit« und »Wucher« gegen private Händler vorgingen, vor allem aber, weil die Schulzeugnisse seiner Tochter schlechter wurden. Coco lernte Tschechisch, Polnisch, Ungarisch und Rumänisch und las, was sie über Kunstgeschichte in die Finger bekam, aber die künstlich-heile Welt der Erweiterten Oberschule bereitete ihr Unbehagen. Sie hätte am liebsten auf das Abitur verzichtet. Wenigstens ging sie vorsichtig mit dem Geld um und demonstrierte, wie ihr Vater, nach außen kleinbürgerliche Bescheidenheit. Niemand in ihrer Klasse wäre auf die Idee gekommen, dass sich unter ihrem Bett ein mit DDR-Mark gefüllter Koffer befand, der kaum noch zu schließen war.

Im Februar 1972 stellte sie fest, dass sie schwanger war. Michael wollte sofort heiraten und wurde wütend, als sie einen unpassenden Witz über seinen Namen riss. Doch der Name »Keese« war nicht der einzige Grund für Cocos Ablehnung: Michael benahm sich noch immer wie ein Halbstarker und konnte mit Geld nicht umgehen. Sie wollte das Bett, aber nicht den Tisch mit ihm teilen.

Michael machte seine Drohung wahr und verließ sie nach einem Streit. Sie konnte ohne ihn nicht schlafen, sie war süchtig nach seinen kräftigen Händen, seiner Sorglosigkeit und seinem unangepassten Charme. Ihr Versöhnungsversuch endete in einer Katastrophe. Im Keese'schen Wohnzimmer warf Melli einen vollen Aschenbecher nach ihr. Coco erbrach inmitten des stinkenden Desasters und dachte, auf dem Boden hockend, dass sie nun tiefer nicht mehr sinken könne.

Am nächsten Morgen war Michael verschwunden und mit ihm der Koffer voller Geldscheine, den sie ihrem Vater zum 75. Geburtstag hatte schenken wollen.

> »Sie weiß nicht mal genau, wieviel drin gewesen ist. Das Geld hat sich angesammelt wie Staub in den Ecken. Sie stellt sich vor, wie Michael die Scheine mit feuchten Fingern zählt, und muß lachen. Soll er am Geld ersticken.«

Hugo verhalf ihr mit seinen Beziehungen zu einem Termin im Regierungskrankenhaus, wo ein Frauenarzt halb offiziell Abbrüche bei Angehörigen der Nomenklatura vornahm. Am 9. März 1972 jedoch veränderte die Volkskammer mit dem »Gesetz über die Unterbrechung der Schwangerschaft« die Lage. Kaum war die Entscheidung ganz ihr allein überlassen, zweifelte Coco daran, das Kind nicht haben zu wollen. Sie zögerte, bis der Zeitraum für einen legalen Abbruch verstrichen war. Das Mädchen, das schließlich am 28. August 1972 in der Charité geboren wurde, war goldhäutig wie sie selbst.

Ihr Vater Hugo hatte nichts dagegen, nochmal eine Etage nach unten zu ziehen. Er tauschte die Wohnung in der vierten gegen die Wohnung von Kerstin Schaffranke in der zweiten. Coco verkaufte ihre Uhrensammlung an einen Händler in Eisenach und verlegte sich auf alten Schmuck und Edelsteine.

Zu den Nachfolgerinnen von Argane Kuss hatte sie schon als Kind ein vertrautes Verhältnis gehabt, weil die Nonnen in ihrem grauen

Habit ebenso exotisch wie sie in ihrer goldenen Haut wirkten und ebenso behandelt wurden. An den Freitagen ging Coco, interessiert an alt- und neutestamentarischen Verhältnissen, zur Bibelstunde. Sie freundete sich mit Karen Gauss an und schlug der Nonne ein Geschäft auf Gegenseitigkeit vor: Sie wollte gegen geringe Vermittlungsgebühr Edelsteine und Münzen, die manche Insassin des Altersheims der Kirche testamentarisch vermachte, in Westberlin verkaufen und so die 80- bis 90-prozentige Erbschaftssteuer der DDR umgehen, wenn Karen den Schmuggel übernahm.

Natürlich wurde die Nonne an der Grenze kontrolliert, manchmal musste sie sich bis auf die Unterwäsche ausziehen, aber ihre schweigsame Königlichkeit hielt die Grenzer davon ab, die Nähte ihres Habits aufzureißen.

Während der Kirchenanteil des Verkaufserlöses als offizielle Bruderhilfe in die DDR zurückfloss, musste Coco für den ihren eine sichere Anlage im Westen finden.

> »Zuerst steckte ich das Geld einfach in einen Fonds der Grund- und Bodenbank, aber bei deren Konkurs 1973 konnte ich nicht einmal zum Amtsgericht fahren, um Ansprüche geltend machen, also das war nix. Im gleichen Jahr wurde der erste ›Club-of-Rome-Fonds‹ aufgelegt, der Regenwald kaufte, um ihn der Abholzung und Spekulation zu entziehen. Fußballfeldgroße Stücke für durchschnittlich 50 Pfennig! Ich fand das eine gute Idee und investierte all meine Gewinne in Brasilien. So wurde ich zur Großgrundbesitzerin.«

Wolfgang Grünwaldt wurde 1973, nachdem er die Offiziersschule der Grenztruppen in Plauen beendet hatte, an die Grenze nach Berlin versetzt. Aus dem pickligen Knaben war ein ansehnlicher junger Mann geworden.

Obwohl der junge Leutnant nur an dienstfreien Wochenenden außerhalb seines Ledigenwohnheims in Pankow übernachten durfte, stand er stets wie hingezaubert bereit, wenn Coco ihren Kinderwagen in die vierte Etage getragen haben wollte. Er brachte ungarische Salami und Halberstädter Würstchen aus der MHO mit und kochte für Coco und das Kind nach Rezepten aus einem Kochbuch, das einst seiner Großmutter Salomé gehört hatte.

Wolfgang Grünwaldt behauptete in dem Gespräch, das wir miteinander führten, er habe anfangs geglaubt, Coco verdiene kaum eigenes Geld und er müsse deshalb für den Unterhalt Cocos und Emmas sorgen. Vermutlich fiel er aus allen Wolken, als er die Schatzkammern zum ersten Mal betrat.

> »Beim Sex rutschen die Pelze von den Ständern, ergießen sich Gold und Edelsteine aus ihren Schatullen auf die Perserteppiche, und die Kristallvasen singen auf den Fensterbänken.«

Und umgekehrt? Cocos Bedarf an Geschwindigkeitsüberschreitungen und Besäufnissen war gedeckt.

> »Coco liebt seine Unfähigkeit, etwas anderes zu sagen, als er denkt. Seine Schulter ist, wenn man sich anlehnen will, dort, wo man sie vermutet. Er klagt nicht über Kindergeschrei, wenn er nach 24-Stunden-Diensten todmüde ist, und nicht über die drangvolle Enge in der mit antiken Kostbarkeiten vollgestopften Wohnung. Ein bißchen ernst ist er, zugegeben, naiv auch manchmal. Fragt er nach der Herkunft eines Schmuckstücks, beeilt sie sich, ihm den Mund mit einem Kuß zu verschließen.«

Zu Beginn des Sommers stellte Coco fest, dass sie wieder schwanger war. Ihr zweites Kind, wieder eine Tochter, wurde am 10. 11. 1973 geboren und Vanessa genannt.

Die Anekdote vom Hochzeitsantrag, den Wolfgang ihr in seiner Paradeuniform, mit Ehrendolch in der einen und einer Rose in der anderen Hand gemacht haben soll, ist fest im Gedächtnis des Hauses verankert. Coco willigte ein, aber Wolfgang musste vor der Eheschließung, so wollte es die Vorschrift, einen Fragebogen ausfüllen, in dem Verwandte ersten, zweiten und dritten Grades der Frau samt Adressen, Arbeitsstellen und Verbindungen ins nichtsozialistische Ausland anzugeben waren. Umgehend wurde er zur Abteilung 2000 des Regiments zitiert, wo die Genossen ihm knapp mitteilten, dass eine Ehe mit der Tochter der Bildungsministerin der von der CIA unterstützten tibetischen Exilregierung in Indien so ziemlich das

Absurdeste sei, was sich ein Offizier der Grenztruppen ausdenken könne.

»Wenn ich nicht versprochen hätte, mich von ihr zu trennen, hätte Coco den Preis zahlen müssen, wären möglicherweise sogar die Kinder hineingezogen worden. Wir mussten unser Zusammenleben, unsere Liebe geheimhalten. Was haben wir manchmal Blut und Wasser geschwitzt. Andererseits, von heute aus gesehen, wer weiß, ob wir zusammengeblieben wären ohne diesen Kitzel der Heimlichkeit.«

Im ersten Halbjahr 1973 bereitete Kurt im Auftrag des FDJ-Zentralrats die literarischen Veranstaltungen vor, die während der Weltfestspiele im August in Berlin stattfinden sollten. Jugendliche sollten in Kulturhäusern und Zelten, in Betrieben und Schulen vor Gleichaltrigen lesen.

»Der Zentralrat legte Wert darauf, möglichst alle Sprachen der aus 140 Ländern anreisenden Teilnehmer zum Klingen zu bringen.«

Die Jungautoren aus sozialistischen Ländern zu finden war nicht das Problem, auch Verbände aus Westeuropa hatten ihre Schreibzirkel, aber was in den kleinen Organisationen Afrikas gelesen wurde, beschränkte sich auf die Schriften ihres militärischen Führers.

»Es gibt keinen Verlag in Malawi. Der einzige Schriftsteller Guineas lebt in Lissabon. Literatur ist eine europäisch-amerikanische Veranstaltung.«

In manchen Delegationen jedoch erwachte durch Kurts Anfrage der Ehrgeiz, und so nahmen ungewöhnliche Autoren aus immerhin 112 Ländern an den Veranstaltungen teil:

»Größter Applaus des Abends für Sergio, 14, von der Guerilla Nicaragua, der seine ersten, im Alphabetisierungskurs geschriebenen Sätze vorlas.«

Sorgfältig vorbereitet und mit Bedacht inszeniert, präsentierte sich die DDR international und weltoffen. Die ausländischen Delegationen wurden vor laufenden Kameras empfangen, Jassir Arafat und Angela Davis dankten der ostdeutschen Jugend für ihre Solidarität, auf fast 100 Bühnen spielten Singgruppen und Rockbands. Doch die

8 Millionen Besucher aus aller Welt fraternisierten auch und entwickelten eine Dynamik, die sich der Kontrolle der Veranstalter entzog.

Im Weiszheithaus strandeten lateinamerikanische Delegierte, für die Angelika dolmetschte. Kurt lud die jungen Autoren seiner Veranstaltungen nach Hause ein. Coco knüpfte, was die Sicherheit vermutlich im Dreieck springen ließ, während der Weltfestspiele Beziehungen zu Delegierten aus Tibet, China, Burma, Nepal und Indien. Elise, die keine Sprachbarrieren kannte, weil sie Gesten und Mimik zu lesen geübt war, übersetzte selbst Ungesagtes. Für ihre Gäste kochte sie »Reis, Kartoffeln und Bohnen, mit und ohne Schweinefleisch«, während Kurt seine Nase nicht nur in die Töpfe steckte: »Knoblauchvölker und Weintrinker riechen würziger als Gemüseesser und Biertrinker.«

Besonders angetan hatte es ihm der Geruch eines westsaharischen Studenten namens Fetah. Vom Unabhängigkeitskampf der UESARIO hatte Kurt zwar noch nie zuvor gehört, doch in der Hitze der Augusttage waren alle Menschen Brüder.

> »Sein Geruch geht direkt ins Gehirn, ohne Umweg. Bin trunken ohne einen Tropfen Alk. Jetzt liegt er in meinem Bett. Kann nicht schlafen.« »Mit Fetah beim Solikonzert am Strausberger Platz. Fragt mich, ob ich schon mal Sex mit Männern hatte. So süß! Heute Nacht bei Inti Illimani im HdjT, als wir rauskamen, schien die Sonne. Tolle Stimmung. Leben im Fieber.«

Nach einem Auftritt brachte Angelika eines Abends die chilenischen Musiker der Gruppe Inti Illimani, gefolgt von zahlreichen Fans, mit ins Weiszheithaus, wo sie im Hof weiterspielten, bis die Polizei im Morgengrauen unter Hinweis auf die »werktätige Bevölkerung« um Rücksichtnahme bat.

> »Alejandro faßt einen der Polizisten am Ärmel, will diskutieren. Der fällt fast in Ohnmacht. Wir sind so brav, so deutsch.«

Kurt ließ die Paletten, die von der DEWAG bei ihrem Auszug stapelweise zurückgelassen worden waren, im Unterkeller auslegen, so dass ein trockener Fußboden und eine provisorische Bühne entstanden. Über das nächtliche Konzert heißt es in einem Bericht:

»Anwesend waren ca. 100 Personen, darunter etwa 10 Bürger der SPE Westberlin und zwei vermutl. tibetanische Inder. Es wurden große Mengen Rum aus volkseigener Produktion und Kaffee (Bohnenkaffee) konsumiert. Von VI-1/a wurde das Herrschen einer zum Teil anarchistisch-anarchosyndikalistischen Grundstimmung festgestellt. Drei verdeckte Agitatoren der Gruppe 2 wurden zum Einsatz gebracht. Ein Besucher, der für die Teilnahme an den bewaffneten Kämpfen der ›dritten Welt‹ warb, wurde beim Verlassen der Veranstaltung auf die gesetzlichen Bestimmungen der DDR hingewiesen.«

Für die Dauer der Weltfestspiele tolerierten die »Organe« die spontanen Veranstaltungen, aber gleich nach deren Ende wurden sämtliche Zugänge zum Keller mit gelben Warnzetteln vom Bauamt »gesichert«. Angelikas Gitarrenklimpern hallte noch leise durchs Treppenhaus und Elise schrieb: »Wände sind noch warm.«

Einen Monat nach den Weltfestspielen putschte am 11. September 1973 das chilenische Militär gegen die linke Allende-Regierung. Das Politbüro der SED beschloss, die Flüchtlinge zu unterstützen, schon weil Franz-Josef Strauß auf Seiten der Putschisten stand. Etwa 2000 Flüchtlinge wurden im Herbst 1973 medizinisch versorgt, mit Papieren versehen und untergebracht, die meisten in Hotels und FDGB-Heimen.

Kurt schlug dem Präsidium des Schriftstellerverbandes die Unterbringung chilenischer Kolleginnen und Kollegen im Weiszheithaus vor. Eine Delegation kam, um die Möglichkeiten zu begutachten, und berichtete:

»Im Hausflur herrschte reger Betrieb, viele Wohnungstüren standen offen. Im Moment sind elf Wohnungen bereits inoffiziell mit Flüchtlingen belegt. In manchen Fluren liegen Matratzen auf dem Boden. In der Wohnung des Genossen Weiszheit wurde gekocht. Laut Hausbuch stehen acht weitere Wohnungen leer, die in freiwilligen

Arbeitseinsätzen repariert werden könnten, wenn das entsprechende Material, insbesondere Wasserhähne und Gasheizkörper, zur Verfügung gestellt werden.«

Zähneknirschend sah Komalla seine jahrelangen Bemühungen um Entvölkerung des Weiszheithauses verpuffen und stattdessen rote Reiter seine Wohnungskarten stürmen – rot für »zentral belegt« und gleichbedeutend mit »tabu«. Er machte gute Mine zum Spiel. Er war jetzt 57 Jahre alt und hatte noch sieben Jahre bis zur Rente.

Angelika bemühte sich um Visa für ihre Freunde von Inti Illimani, die noch auf Tournee in Westeuropa waren. Zwar blieb die Gruppe schließlich doch lieber in Italien, aber eine ganze Reihe anderer Musiker, Dichter und Maler, die der strengen Hausordnung der Wohnheime entkommen wollten, zogen ins Weiszheithaus. Die anfangs zufällig zusammengewürfelten Gemeinschaften in den Wohnungen sortierten sich nach Parteien.

»Kaum in Sicherheit, geben sie sich wechselseitig die Schuld am Putsch. Oben singen die Sozialisten, unten die Kommunisten, dazwischen die Anarchosyndikalisten.«

Wie sich das unter Linken gehört, spalteten sich Fraktionen ab, wurden Verräter ausgeschlossen und Koalitionen gebildet. Streit hallte durch den Hinterhof, von Fenster zu Fenster, von Etage zu Etage, unterbrochen nur vom Rattern der Züge auf der Ringbahn. Die Wände im Hauseingang und Treppenhaus füllten sich mit spontan entworfenen und immer wieder veränderten Fresken, auf denen die verschiedenen Fraktionen die Parolen der jeweils anderen übertünchten. »Freimaurer-Augen, schwarze Katzen, rote Sterne.«

Als die Vertreter der radikalen Partei zum Boykott der »kommunistischen Küche« im Vorderhaus aufriefen, intervenierte Elise und erzwang einen »Waffenstillstand für die Zeit bis zum Sturz Pinochets«. Gekocht wurde weiterhin gemeinsam. Mato brachte Bohnen und Knoblauch aus der HO-Kaufhalle Schönhauser Allee mit.

»Das Haus verändert wieder seinen Geruch. Kraut und Kohlen und Bohnerwachs werden von Coscorrones, Chanchos und Cazuelas aus den Ritzen getrieben.«

An Elises 74. Geburtstag trugen die Männer sie von Wohnung zu Wohnung, und überall wurde für die »Mariposa blanca«, den weißen Schmetterling, gesungen.

Die Grauen Schwestern waren entzückt über den hohen Katholikenanteil unter den chilenischen Immigranten, halfen mit Decken und Wäsche und sangen im Hof ihr »Lauda Sion Salvatorem«.

Aus dem Hausbuch geht hervor, dass Ende 1974 sämtliche Wohnungen belegt waren. Vierzehn »Haushaltsvorstände« hatten einen chilenischen, drei einen spanischen Pass; nur noch sieben waren Bürger der DDR, die übrigen neun kamen aus Algerien, Vietnam und Angola. Zum ersten Mal wohnten mehr Männer als Frauen im Weiszheithaus. In der Spalte »Beruf« stand häufig »Straßenarbeiter«, »Gärtner« und »Mitarbeiter Reinigung U-Bahn«, doch gehörte die Zuweisung von Arbeitsstellen zu den üblichen Formalien der Eingliederung, und mancher Betriebsleiter war nicht böse, wenn sein kaum Deutsch sprechender und politikfixierter »Chileno« nicht erschien.

Die meisten Neuen stammten aus bürgerlichen Familien, hatten studiert und bis zum Putsch zu den Aufsteigern gehört. Das Exil war eine Unterbrechung, eine Auszeit, man saß auf gepackten Koffern, und wenn es eine Tatsache gab, über die sie sich mit den Genossen in der DDR absolut einig waren, dann dass es sich um einen zeitweisen Rückschlag im Kampf gegen den Imperialismus handelte und sie schon bald wieder zu den Siegern gehören würden.

Eine neue Erfahrung war es für sie, einzig auf Grund eines gültigen Reisepasses zu den Privilegierten zu gehören. Wer kann es ihnen verdenken, dass sie die Vorurteile ihrer nicht gerade weltläufigen Umwelt ausnutzten? Die Ostdeutschen schrieben ihnen Unpünktlichkeit, Spontaneität und Körperlichkeit zu. Wer nicht schon unpünktlich und spontan gewesen war, wurde es jetzt.

Elise gefiel, dass die neuen Bewohner mit dem ganzen Körper sprachen, so konnte sie alles verstehen, wie es gemeint war. Weniger erfreut war sie, dass die neuen Bewohner sich nicht um Wasserflecke oder Putzschäden scherten, Gardinen zu Bettdecken umfunktionierten, Türen aushängten und neue Durchgänge in die Wände zwischen den Wohnungen brachen. Auf den Fensterbrettern balancierten Kästen mit Melisse, Minze und Marihuana.

Zum täglichen »Sonnenuntergangstheater« kletterten die Bewohner aufs Dach, gingen zwischen den Schornsteinen spazieren, kifften und genossen den Anblick des abendrot leuchtenden Gesundbrunnenbunkers. Mauer und Wachtürme der Staatsgrenze erinnerten sie auf makrabre Weise an zu Hause.

Nach Intervention des Solidaritätskomitees gab das Bauamt den Unterkeller wieder für Veranstaltungen frei, wenn auch unter Auflagen: Die Lüftungsöffnungen mussten vergrößert werden und die maximale Besucherzahl wurde auf 50 begrenzt.

Kurt Weiszheit ließ sich von Peter Roehle einen Citroën GS schenken.

> »Zement für das Fundament im Keller gefahren, Sessel und Sofas vom Sperrmüll. Stühle und Tische aus der Volksbühne. Erfolg mit neuesten Schallplatten ausm Westen. Ach, sie sind so jung und leicht zu beeindrucken und ich bin der gute Onkel.«

In der nun Bóveda de libertad genannten Kellerbar trafen sich Chilenen mit Flüchtlingen aus anderen Staaten, traten Sänger und Gruppen auf, brillierten Neulinge und dilettierten Stars. Die *Junge Zeit* berichtete über die Patenschaft, die eine Brigade der BEMARK für den Klub übernommen hatte. Bier gab es aus der Kiste, der Rum kreiste in Flaschen.

Vielleicht romantisiert Kurt Weiszheit in seinen Erinnerungen die Atmosphäre:

> »Aus den Ritzen in den verbretterten Fenstern der Pusztasonne strahlt das warme Licht von Kerzen und Glühbirnen auf die Straße. Leise tönen Gitarren und Maracas, Bongos und der sentimentale Klang von Bandoneons aus dem tiefen Unterkeller. Ein Hauch von großer weiter Welt umgibt das Haus in der Kopenhagener Straße. Hier umarmen sich Freunde nach langer Reise und trennen sich wieder. Hier wird in vielen Sprachen der Erde gelacht, werden Tränen

der Sehnsucht und solche des Heimwehs vergossen. Auf der Ringbahn rast der Zug Moskau–Paris vorbei.«

Die Behörde griff nur ein, wenn chilenische Fahnen auf den Balkonen das einheitliche Straßenbild am »Republikgeburtstag« störten oder als sich im Sommer 1975 ein Wandgemälde auf die Fassadenseite zur Ringbahn hin ausbreitete und so auch von der Protokollstrecke aus sichtbar wurde.

Spätestens ab Anfang 1974 wohnte Angelikas Freund Alejandro in der Weiszheit-Wohnung. Der chilenische Musiker sang und begleitete auf der Gitarre revolutionäre Folklore seiner Heimat, solo oder unter dem Namen »Canto libre« mit wechselnden Freunden an den Trommeln und Angelika als Partnerin. Kurt fiel auf, dass er »riecht wie der Kebab am Bahnhof Zoo«.

»Er war ein Kerl, im guten wie im schlechten Sinne. Zupackend, aber manchmal auch grob und egoistisch. Wenn wir sangen, fingen die Menschen schnell an zu tanzen. Seine Haut war von einem exotischen Olivbraun, und er küsste, dass mir die Knie weich wurden. Er sah aus wie ein Boxer, mit breiten Schultern und Haaren auf der Brust, und so war er im Bett: Runde um Runde kämpfte er mit vollem Einsatz.«

Die Gruppe Canto libre trat in Jugendclubs und beim Studentensommer, auf Pfingsttreffen und »Solisingen« auf, wurde zum Festival des Politischen Liedes eingeladen und im Radio gespielt. Gemeinsam mit Alejandro dichtete Kurt Weiszheit Texte des »Canto General« von Pablo Neruda auf Deutsch nach, die Angelika in der Bóveda sang, lange bevor die Vertonung von Mikis Theodorakis im Palast der Republik aufgeführt wurde.

»Angelika läßt das Orangenparfüm weg. Riecht wieder nach Babypuder wie früher, wie sie selbst. Ihre Stimme entwickelt Volumen. Sie scheint aus der Erde zu wachsen. Vielleicht wäre sie zu einer anderen Zeit Wagner-Sängerin geworden.«

»Es lag eigentlich in der Luft, dass er [Alejandro] nach Chile zurückkehrt und kämpft, statt im warmen Exil zu sitzen und bürgerlich zu werden. Manchmal dachte ich, dass ich vielleicht mit ihm gehe.«

Zum Bruch kam es, als Angelika schwanger wurde:

»Das muss ein Sonntag gewesen sein. Wir saßen beim Essen und redeten darüber, ob es besser war, für die Geburtsurkunde den Vater anzugeben oder ›unbekannt‹ eintragen zu lassen. Da sagte Alejandro auf einmal, auf Spanisch, beiläufig und wie für sich: ›wieso ich?‹ Ich hakte nach: ›Was hast du gesagt?‹, und da hat er die Frage vor allen wiederholt, als kämen noch ein Dutzend andere Erzeuger in Frage. Ich war wie vor den Kopf geschlagen, muss wohl auch blass geworden sein. Ich weiß noch, wie Elise immer fragte: ›Was sagt er? Was sagt er?‹

Ich bin rüber in mein Zimmer, habe seine Sachen auf den Balkon gezerrt und runtergeschmissen, Anzug, Zahnbürste, Koffer, alles und zuletzt die – (lacht) oh Gott, ich trau mich gar nicht, das zu sagen – die heilige Gitarre.

Also das [chilenische Männer] sind Machos, wie sie im Buche stehen, und die lassen sich von einer Frau nicht einfangen. Für den Revolutionär ist ›Ehre‹ ein bürgerlicher Scheiß. Entweder Frau oder Revolution.«

Im Oktober 1974, Angelika war im siebten Monat, setzten Blutungen ein und zwangen sie für die letzten Wochen der Schwangerschaft ins Bett.

»Ich stellte mir vor, wie das Baby im Fruchtwasser schwamm, beschienen vom roten Licht, das durch meine Bauchdecke fiel. Ich fürchtete, es könnte davondriften wie Treibholz, und summte, um es wie die Sirene zu locken. Nichts auf der Welt war mir wichtiger als dieses Kind, weder Karriere noch Kunst.«

Angelika nannte ihren Sohn Salvador.

»Er rettete mich von meiner übergroßen Sucht, geliebt zu werden.«

Der Junge sah mit seinen schwarzen Haaren, kaffeedunklen Augen und dem olivfarbenen Teint seinem Vater Alejandro sehr ähnlich. Sein merkwürdiger, für ein Baby ungewöhnlich würziger Geruch versetzte Elise in Aufregung. Sie kannte diesen Geruch aus der Küche ihrer Mutter, die zum Kochen gern eine Gewürzmischung der Mapuche verwendet hatte.

Im Januar 1975 ließ sie sich zu einem Spaziergang mit Enkelin und Urenkel überreden. Elise hatte das Haus seit Jahren nicht mehr verlassen – prompt rutschte sie auf einer Glatteisbahn vor der Kinder- und Jugendsportschule aus und brach sich den Oberschenkelhals. Nach vier Wochen im Nordmarkkrankenhaus kehrte sie im Rollstuhl heim.

> »Mu ein Jahrzehnt gealtert. Nimmt Tabletten gegen Bluthochdruck, ist sehr vergeßlich.«

Sie litt außerdem unter grauem Star.

Kurt und Angelika versuchten, die Mieter an der Reinigung von Treppenhäusern und Hof zu beteiligen, aber das funktionierte nicht, wie die Beschwerden Erich Fiedlers belegen. Also sprach Kurt mit Komalla über eine Abtretung des Hauses an die KWV.

> »Wegen Grenznähe eventuell Sondervertrag möglich, Wohnrecht für alle Familienmitglieder auf Lebenszeit.«

Die Konditionen klangen in seinen Ohren »annehmbar«. Die anderen Häuser in der Kopenhagener Straße waren längst verstaatlicht, die Zustimmung des Vereins war eine Formsache, aber Elise weigerte sich – und letztlich war sie es, die im Grundbuch stand und der Übertragung zustimmen musste.

Alles blieb, wie es war. Die Nachbarn und Freunde der Nachbarn kamen Sonntagmittag zum Essen und Schwatzen in die Weiszheit-Wohnung.

> »Wir aßen am Tisch oder mit den Tellern auf den Knien auf dem Boden, rauchten, sangen, redeten durcheinander. Wenn das Essen nicht reichte, ging jemand in die Küche und kochte Nudeln nach. Mein Vater hätte sich im Grabe umgedreht. Manchmal gab es Falafel und Hummus, Tofu auch. Das hing davon ab, was die Leute mitbrachten.«

Die meisten Einträge im Tagebuch Kurt Weiszheits jener Jahre galten seinem Großneffen Salvi.

»Geheimwaffe gegen Schreien entdeckt: an Fingern und Zehen knabbern. Sofortiges Verstummen. Große Augen, offener Mund. Schmeckt nach Curry und Knoblauch.«

Er fütterte und windelte das Baby und dachte am Schreibtisch über Geschichten nach, die er schreiben und dem Kind erzählen wollte, wenn es größer war. »Wir ziehen ein Genie groß. Unglaublich, wie schnell er lernt.«

Angelika beendete 1975 ihr Studium an der Musikhochschule und durfte sich nun »Diplomsängerin« nennen.

»Ich wollte nicht mehr auf Spanisch singen und so tun, als hätte ich Latino-Feuer im Blut. Andererseits gefiel mir die Musik, die wir bei Canto libre gemacht hatten, sie weckte eine südliche Möglichkeit in uns, eine unpreußische Lust zum Hüpfen und Tanzen. Ich suchte in der Szene nach Gleichgesinnten, um deutsche Texte mit Latino-Rhythmen zu verbinden. Wir – also Schlagzeug, Bongos und zwei Gitarren – nutzten die Auftrittsmöglichkeiten in den Jugendclubs, denn das war die Zeit, in der die DDR versuchte, eine eigene Jugendmusikszene zu etablieren.

Onkel Kurt war einer der ersten, die ein Kind im Wickeltuch trugen, nicht nur von den Männern, sondern überhaupt. Während unserer Auftritte saß er mit Salvador in der Garderobe. Wenn ich in der Nacht vor einem Auftritt nicht schlafen konnte, weil der Kleine nicht aufhörte zu weinen, nahm er ihn mit in sein Zimmer.«

Die Spaziergänge mit seinem Neffen führten Kurt Weiszheit auf Gustavs Spuren durch den Prenzlauer Berg. Mit dem Kind als Tarnung wagte er sich bis nach Pankow, in »unsere Gegend«, auf den Spielplatz am Majakowskiring.

»Brigitte kennengelernt. Ergab sich unauffällig, weil wir die Einzigen auf dem Spielplatz waren. Ihr Sohn heißt Sven, geboren 15. 11. 71. Sie arbeitet im Lindencorso. Mußte ein bißchen schwindeln: Wir wohnen angeblich Parkstraße. Ich heiße Marius. Salvi ist mein Kind, seine Mutter ist Kubanerin. Merken!«

Mein Herz klopfte, denn plötzlich erinnerte ich mich an den geheimnisvollen Mann mit Sonnenbrille, der mir ein Matchboxauto geschenkt hatte. Auf dem Heimweg musste ich das Westgeschenk meiner Mutter ausliefern und versprechen, niemandem davon zu erzählen. Die Luft im Hause eines Stasi-Generals war geschwängert von Verdacht und Heimlichtuerei. Ich war noch keine vier Jahre alt und lernte: Wenn Dich ein Fremder anspricht, erzähl ihm nichts und merk dir, wie er aussieht. So ist der Klassenfeind: nett und verboten.

Seine Mundwinkel zu einem skeptischen Lächeln nach oben gezogen, seine Augen von einer getönten Brille mit Drahtgestell verschattet, trug er Trenchcoat und war stark. Ich weiß sogar noch, dass es ein Mittwoch war, denn nur mittwochs, wenn meine Oma zu ihrem Seidenmalerei-Kurs in der Volkshochschule ging, war ich nicht mit ihr, sondern mit meiner Mutter auf dem Spielplatz am Majakowski-Ring. Dann warfen wir das kühl gestellte Abendbrot (Gurken, Tomaten und Kohlrabi) in die Specki-Tonne des Nachbarn, gingen zum Grill im Bürgerpark und kaufte ungesunde, halb verkohlte, krebserregende Rostbratwürste, die wir auf der Bank am Kinderspielplatz mit heimlichem Genuss verzehrten.

> »B. [Brigitte] mit Bierflasche. Hageres Gesicht. Sie hat nicht einen Moment in das Buch geschaut, das sie bei sich hatte (Bennos Georgienreise). Ihr Sohn (oh Gott: mein Enkel!) rennt um die Geräte, kreischt überdreht, zieht Mädchen an den Haaren, schmeißt mit Sand.«

Nachdem er auf »meinem« Spielplatz allerdings den Puppenspieler Patrick kennenlernte, waren meine Mutter und ich gänzlich abgemeldet:

> »Knie sind noch immer weich. Er [also Patrick natürlich] hat eine Tochter in Salvis Alter. Immer Mittwoch und Samstag. Lebt nicht mit der Mutter von Nicole zusammen, so viel hab ich schon rausgefunden. Das Kind ein ›glücklicher Unfall‹. Oh, er ist so schön, und auch noch klug dazu. Nächsten Samstag treffen wir uns am Planschbecken im Freibad Pankow.«

Dieser Patrick duftete nach »Leim und Ballettfüßen, wie Bühnenboden, außerdem nach Muskat und aromatischem Pfeifentabak«, obwohl er nicht rauchte. »P. riecht älter, als er ist« (er war 23). Es war der Kontrast seiner hellgrünen Augen zum von dunklen Haaren umrahmten gebräunten Gesicht, der Kurt so verliebt machte. Patrick spielte Puppentheater, schrieb eigene Stücke und träumte von einer unabhängigen Wanderbühne. »Ladefläche eines Lastwagens als Plattform. Leben wie auf dem Rücken eines Kamels.«

Sie trafen eine Abmachung: Kuscheln und umarmen ja, aber nicht küssen und kein Sex. Patrick mochte insbesondere nicht, dass Kurt ihn beschnupperte wie ein Hund, und verließ, als Kurt einmal das Verbot übertrat, mitten in der Vorstellung das Kino. Später klaute Kurt von Patrick einen Pullover, an dem er riechen konnte, wann immer ihm danach war.

Er versuchte, sich für den jungen Mann unentbehrlich zu machen, beispielsweise indem er mit Hilfe seiner Beziehungen Karten für ausverkaufte Inszenierungen beschaffte.

> »Mit P. gestern in der Volksbühne, Shakespeares *Wie es euch gefällt*. Orlando umwirbt Ganymed. Anschließend in der Kantine. Zufall: Christoph mit französischen Gästen. Gut parliert. Patrick aufgeregt, frischwangig. Schwarztaxi zu mir.«

An den Wochenenden unternahmen sie mit dem Citroën Ausflüge ins Schlaubetal, nach Sanssouci oder an die Ostsee. Bei Kontrollen wurde der Wagen oft durchgewinkt, weil das DDR-Kennzeichen am Westwagen »nach irgendwas Besonderem« aussah.

> »P. mein Jungbrunnen: Wir erfinden neue Worte, die glänzen im Staubsprech wie frisch geschlüpft. Unsere Traurigkeit verfliegt, wenn wir reden.«

Patrick schlug sein Angebot, zu ihm ins Weiszheithaus zu ziehen, aus, also ließ Kurt wieder seine Beziehungen spielen und beschaffte für Patrick eine Ausbauwohnung in der Florastraße, gleich mit Duschkabine, Fliesen und Fliesenleger.

> »Streit, weil ich einen Schlüssel für die Flora behalten wollte.«

Zu gleichen Zeit investierte Kurt viel Zeit und Geld in den Ausbau des Unterkellers zu einer Bühne. Ein Graben an der Außenseite der Hauswand sorgte dafür, dass bei starken Gewittern nicht mehr Sturzseen den Keller fluteten. Er ließ Scheinwerfer und Lautsprecher kommen und bezahlte Handwerker mit Westgeld für das schnelle Verlegen von Leitungen. Als Patrick polizeilich vorgeladen wurde, weil er keiner, jedenfalls keiner offiziell genehmigten Arbeit nachging, sorgte Kurt dafür, dass die FDJ-Kreisleitung eine »Theaterwerkstatt« in der Bóveda unterstützte und Patrick die Leitung übertrug. Dafür musste er mit Schulklassen Stücke nach deren eigenen Ideen entwickeln und den Deutschlehrern bei der Inszenierung helfen.

Kurt verbrachte die Abende in der Bóveda, sah Proben zu oder lauschte Konzerten, trank Bier und Rum und unterhielt sich mit »Göttern über die Welten«. Während des Festivals des Politischen Liedes bereiteten sich im Keller Gäste auf ihren Auftritt in der Werner-Seelenbinder-Halle vor. Unter anderem probten hier Guy Carawan, Miriam Makeba, Floh de Cologne und Franz Josef Degenhardt. An Sonntagnachmittagen lasen Autoren aus einem der Zirkel schreibender Arbeiter Lyrik oder Kurzgeschichten.

Gerade als Kurt anfing, sich in seiner »unglücklich-glückseligen Verliebtheit« einzurichten, passierte etwas, das ihm die »Narbenhaut des Herzens« wieder aufriss: Patrick verliebte sich in Violetta, eine sieben Jahre ältere Sängerin, die mit der chilenischen Folkloregruppe Los cabezónes im Bóveda aufgetreten war.

> »Patrick geht mir aus dem Weg. Dabei habe ich ihm keine Vorwürfe gemacht. Glaube, ich werde krank. Magengrippe geht um.«

Nach dem Tod des Diktators Franco im November 1975 beschlossen die Musiker von Los cabezónes die Übersiedlung nach Spanien.

> »Patrick mit tiefen Augenringen. Wenn er nur wüßte, wie ich mit ihm leide.«

Weihnachten kroch Patrick todunglücklich bei Kurt unter und betrank sich bis zur Bewusstlosigkeit.

> »Grünes Elend auf meinem Bett. Ich halte seinen Kopf und wechsle die Eimer.«

Violetta und ihre cabezónes waren nicht die einzigen Chilenen, die vor Wintern und Kleingeist in den Süden oder in die Nachbarländer Chiles entflohen, andere zogen in komfortablere Neubauwohnungen am Ostrand der Hauptstadt. Ende 1976 wohnte von der Comunidad nur noch die Familie Guillén im Weiszheithaus.

In Komallas Wohnungs-Karteikästen trug 1975 wieder die Hälfte der Wohnungen einen »apokalyptischen Reiter«: Grau für sanierungsbedürftig (Wohnung auf der Warteliste für eine grundlegende Modernisierung), Weiß für unbewohnbar (versiegelt, Betreten verboten) und Schwarz für Abriss (Wohnungen im Seitenflügel). Wann immer die Zipperlein seinen nun auch schon 60 Jahre alten Körper schüttelten, tröstete er sich mit einem Blick aus dem Küchenfenster: Die dunklen Fensterhöhlen im Seitenflügel zeigten, dass es dem Weiszheithaus noch schlechter ging. Die Fenster der leer stehenden Wohnungen waren undicht oder zerbrochen, leckende Wasserhähne wurden nicht mehr repariert. Die noch vermieteten Wohnungen waren schwerer warm zu bekommen.

Er selbst bereitete seinen Umzug in den »Palazzo Komalla« vor, wie die Handwerker sein Eigenheim am Mittelsteg in Pankow nannten: ein Haus mitten in der Stadt und doch, weil direkt an der Mauer, auf einer grünen Insel. So gesehen hätte ihn das Weiszheithaus nicht weiter kümmern brauchen, aber die Gelegenheit war günstig, die »Bóveda« genoss nach dem Abzug der Chilenen keinen Schutzstatus mehr. Wieder einmal breiteten sich gelbe Zettel wie Pestwarnungen aus und verboten das Betreten von Keller und Seitenflügel. Mochte die FDJ-Kreisleitung protestieren, er hob die Hände: Jugendfreunde, die Sicherheit von Kindern und Jugendlichen geht über alles.

Damit betrat er vermintes Gelände. Kurz nachdem Kurt Weiszheit in seinem Tagebuch notiert hatte: »W.G. über Komallas Bauprojekt. Sehr interessante Details.« – erschien im Westberliner *Weddinger Anzeiger* ein anonymer Bericht über Nepotismus, Bestechlichkeit und Schlamperei in der Ostberliner Wohnungsbehörde. Vom Verfall tausender Häuser war die Rede, von Babys in schimmelnden Küchen, kaputten Dächern und feuchten Kellern. Der zuständige Wohnungschef von Prenzlauer Berg dagegen baue sich einen Palast mit vergoldeten Wasserhähnen, Meißener Fliesen und einer Beregnungsanlage im Garten. Ein Foto zeigte eine über die Mauer ragende Fernsehantenne, die eindeutig für Westempfang ausgelegt war.

Eine Abordnung der Arbeiter- und Bauerninspektion kontrollierte die Baustelle und fand eine Baubrigade der Kommunalen Wohnungsverwaltung bei der Arbeit. Komallas Entlassung schien zum Greifen nah, doch im letzten Moment griff Honecker ein. Dem Generalsekretär ging die Kritik der ABI schon lange zu weit, und so beschloss das Politbüro, ihre Kompetenzen auf die Kontrolle der Planerfüllung zu beschränken. Der zuständige Inspektor wurde in die Provinz versetzt, Komalla erhielt eine Parteistrafe und musste an einem Kurs der Bezirksparteischule teilnehmen. An seiner Stelle zog die Familie Fiedler im September 1976 aus ihrer Wohnung in der dritten Etage des Vorderhauses in die Villa nach Pankow. Kurt half freiwillig beim Tragen der Schrankwand.

Im Laufe der folgenden Monate wurden die offiziell nicht mehr existierenden Wohnungen im Seitenflügel des Weiszheithauses bezogen von Menschen, deren Existenz ebenfalls nicht ganz offiziell war: Bluesmusiker und Puppenspieler ohne Zuzugsberechtigung für Berlin, Ausreiseantragsteller oder Vorbestrafte, die statt eines Personalausweises nur einen PM12 besaßen.

Wie viel neue Mieter genau und wann einzogen, lässt sich nicht mehr nachvollziehen, weil die meisten das Hausbuch ignorierten und keine Miete zahlten. Wenn Elise Geld brauchte, humpelte sie mit einer Sammelbüchse von Wohnung zu Wohnung.

> »Sie [Elise, d.A.] muss 70, 80 Jahre alt gewesen sein, taub und ein bisschen verrückt. Klein und schmal, in einem hellblauen Küchenkleid, die langen weißen Haare zum Zopf gebunden, sah sie aus wie ein sehr faltiges Mädchen, aber sie konnte wirklich energisch sein. Behauptete jemand, nichts zahlen zu können, steckte sie ihre Nase in Vasen und Sofaritzen, Betten und Bücher, schnüffelte wie ein

Hund, als könne sie das Geld riechen. Es war unheimlich. Doch ehrlich, einmal fand sie in meiner Manteltasche einen 50-Mark-Schein, den ich selbst vergessen hatte. Na ja, sie plünderte uns aus, das muss man schon sagen, und war taub gegen Proteste. Am besten nahm man es mit Humor, ging auf das Spiel ein und versteckte gut, was man nicht entbehren konnte.«

Nach seiner Rückkehr von der Parteischule sah Komalla beim abendlichen Blick aus seiner Küche die Lichter in den Wohnungen des Seitenflügels, aber er redete sich ein, die seien nicht wirklich. Mehr als seinen Augen traute er den apokalyptischen Reitern auf seiner Hängeregistratur, und die sagten ihm, dass die Wohnungen erledigt waren. Punktum und aus. Mit dieser Methode lebte und überlebte die gesamte Nomenklatura in den letzten Jahren der DDR.

»Wir fangen jetzt mit den Diskussionen nicht wieder von vorn an, nach all den Jahren der Endsiege«,

ließ Kurt den alternden König Mise Enabyme in einem Theaterstück dozieren, das er zusammen mit Patrick geschrieben hatte. Weil niemand dem König widersprach, beschränkte dieser sich darauf, den Mund zu bewegen, und träumte dabei vom Fliegenfischen. Heimlich stellten die Zuhörer Pappfiguren auf und stahlen sich davon. Die Generale klatschten lauter, damit der König nichts merke, bis ihre Hände glühten und ihre Herzen versagten.

In all dem Kommen und Gehen, Singen und Palavern gab es Inseln der Ruhe, zu denen neben der Wohnung von Ilse, die sich aus allem heraushielt, auch der Dachboden von Mato gehörte, dessen Unberührbarkeit zu respektieren Kurt jedem neuen Bewohner ans Herz legte. Die wechselnden Namenlosigkeiten der neuen Mieter brachten dessen Registratur der Gefühle und Beziehungen schon genug durcheinander.

»Jedes Mal muß er von vorn anfangen mit dem Kennenlernen und Müllsammeln, Briefeklauen und Einsortieren, Strippenziehen und Verbindungenherstellen.«

An den Wohnungstüren wurden die Riegel und Schlösser, die während der chilenischen Besiedlung verschwunden waren, wieder angebracht. »Man hört das Rascheln der Buchseiten beim Umblättern«, behauptete Kurt Weiszheit. Die Studenten brachten sogar ihren eigenen Duft mit. Statt nach Knoblauch, Zwiebeln und schwitzender Haut roch das Treppenhaus nun nach Katzenklo, Farbe und Räucherstäbchen. Auf den Absätzen stapelten sich Bündel von Zeitungen und Zeitschriften.

An warmen Tagen kletterten die Bewohner über eine hölzerne Leiter vom Wäscheboden des Vorderhauses auf das Dach.

> »Hinauf! Hinaus! Männer und Frauen breiten Matratzen aus und lassen ihre nackte Haut von der Höhenbrise liebkosen.«

Der aromatische Duft weichen Teers mischte sich mit dem von Sonnenmilch und lauwarmer Brause.

Karen Gauss, die jüngste der Grauen Schwestern, sang ihr »Kyrie« und »Salve Regina« im Hof des Weiszheithauses nun allein.

> »Sie schwitzt in der hochsommerlichen Hitze, trotz des schattigen Hinterhofs und des leichten Windchens, das immer im Ringgraben weht. O Haupt voll Blut und Wunden. Was ist ihr Leid im Vergleich zum Leid des Herrn? Sie legt alle Kraft in ihre Stimme. Da treten zwei fast nackte Mädchen aus der Tür des Seitenflügels, stutzen bei ihrem Anblick kurz, raffen die Handtücher und huschen eilig zum Vorderhaus. ›Schau her, hier steh ich Armer, der Zorn verdienet hat. Gib mir, o mein Erbarmer, den Anblick deiner Gnad'!‹ Ein gelber Strahl plätschert auf den Schotter der Ringbahngleise. Ihr Blick folgt ihm nach oben, sie sieht einen Penis mit einer Hand daran, schwarz umrissen gegen den milchblauen Himmel.«

Wenn sich die Sonne in jenen Jahren gen Westen senkte, prallte der Blick der Bewohner gegen das wuchernde Betongeschwür der aufgestockten Mauer. Dahinter drehten sich die Baukräne. Die »Plumpe«, das Hertha-Stadion, war abgerissen, an seiner Stelle wuchsen fünf- und siebengeschossige Häuser mit mehreren hundert Wohnungen.

»Gestern Abend mit Patrick auf dem Dach. Er nickt in eine bestimmte Richtung: ›Siehst du?‹ Ich suche, sehe nichts, er flüstert: ›Sie sind so nah‹, und zeigt auf den Balkon, wo eine Familie grillt.«

Kurt Weiszheit hat an mehreren Stellen festgehalten, wie selbstverständlich ihm der Anblick der Mauer im Laufe der Jahre geworden war.

»Ich bin wie der Leguan, der noch die kleinste Fliege im Terrarium sieht, aber nicht die Glasscheibe. Oder schaue ich gar aus Furcht nicht mehr hin, weil ein eifriger Volkspolizist glauben könnte, ich würde die ›Grenzbefestigungsanlagen‹ studieren?«

In den Siebzigern verhandelte die DDR auf der KSZE über Regeln für eine friedliche Koexistenz von Ost und West und feierte auf sportlichem Gebiet Triumphe.

»Im Land herrschte Friede Freude Eierkuchen, oder? Heute weiß man ja, dass die Stasi sich zu der Zeit enorm aus …, also die Zahl der Mitarbeiter sich verdoppelte. Die alten Kommunisten sanken ins Grab, und Leute, die in jedem System Karriere gemacht hätten, übernahmen ihre Posten.«

Patrick bearbeitete *Warten auf Godot* und *Die kahle Sängerin* fürs Puppentheater.

»Wir nähen, sägen, malen überlebensgroße Puppen in der Sonne, trinken Rotwein und leben.«

Jeden Abend stand eine Schlange vor dem Unterkellereingang des Weiszheithauses. Manchmal zählte ein Feuerwehrmann die Besucher und schloss bei fünfzig die Tür.

»Also nicht, dass Patrick ihn besonders ausgenutzt hätte, aber die Gefälligkeiten nahm er hin, als ob sie ihm zustanden. Er hatte laufend neue Freundinnen und hinterließ reihenweise gebrochene Herzen. Sein eigenes blieb dabei kalt. Fand ich, sorry.«

Nach zwei Überarbeitungen des Manuskripts *Von einem, der auszog, das Fürchten zu lehren* stand noch immer kein Veröffentlichungstermin fest, abgelehnt worden war das Manuskript aber auch nicht. Kurt Weiszheit war deprimiert.

»In der Hand einen Strauß verwelkter Blütenträume. Hinter mir rumpelt bei jedem Schritt die Eisenkugel an einer Kette aus Irrtümern.«

Er zwang sich zur Arbeit an seiner »Ursache«, der Familiengeschichte, diesmal im Licht ihres Niedergangs:

»Wo G. [Gustav] als Morgenlicht strahlt, macht E. [Elise] das Hauslicht an, geht der Enkel unter im Abendrot.

G. erobert die Zukunft, E. zieht sich zurück in die eigenen vier Wände, und K. [Kurt] versucht nur noch, sein Leben auf die Reihe zu kriegen. Untergang. Buddenbröckchen.«

Unter der Hand entstand ihm ein Abgesang auf den »historischen Optimismus« der Sozialisten, dessen geringe Chancen auf Veröffentlichung ihm bewusst gewesen sein muss. Kurt schwankte zwischen Euphorie und Niedergeschlagenheit: Mal verkroch er sich im Archiv der Berlinbibliothek in alte Zeitungen, mal entwarf er Tableaus mit Handlungssträngen an der Wand seines Arbeitszimmers, dann wieder soff er Nächte durch, bereute anschließend und zweifelte an seinem Talent:

»Erfinde ein Alter Ego, mich ANDERS, und wahrer in seiner Vielgestalt und Unsicherheit.«

Das klingt zu kompliziert, als dass es hätte funktionieren können.

»Das Fundament ist falsch konstruiert, zu schwach. Müßte *Gustav, der Sucher* komplett neu schreiben. Geht natürlich nicht. Nüchtern betrachtet, habe ich schon vor zwanzig Jahren den geraden Weg verpaßt. Muß mich für eine gescheiterte Existenz halten.«

Er unterbrach die Arbeit am Familien-Manuskript, um gemeinsam mit der Dramaturgin Erika Fichtner eine Ost-West-Romanze für die DEFA zu schreiben, die ihm so kitschig geriet, dass er sie nach drei quälenden Überarbeitungen aufgab. Die geplanten Hörspielproduktionen gelangen ebenso wenig wie die Bearbeitung der *Perser* für das Theater der Bergarbeiter in Senftenberg.

»Ohne die Orgien in meinem Kopf war ich den Versammlungsrednern schutzlos ausgeliefert, und was ich sah, waren schlaffe Puppen mit staubigen Augen, und was ich hörte, waren Phrasen, die aus mümmelnden Mündern krümelten. Sprachflüsse trockneten aus, Staub wehte auf den Beeten.«

Unter diesen Bedingungen war für ihn selbst der Trubel der Arbeiterfestspiele, die ab 1972 nur noch alle zwei Jahre stattfanden, eine Erholung. Die Hochphase der Vorbereitung begann jeweils im Frühling. Bis Mai musste der Veranstaltungsplan fertig sein, wobei Kurt abseitige Veranstaltungsorte wie Betriebskantinen, Jugendklubs und Klassenzimmer bevorzugte:

»Sollen die Kollegen mal ihre *Aktuelle Kamera* schön auf die volkstanzenden Kinder richten. Unsere zarten Stimmchen brauchen Stille.«

Meist fiel Kurts Geburtstag mitten in die Festspielwoche und er feierte im Kreise »hoffnungsvoller Talente und altgedienter Dilettanten«. Vor der abschließenden Preisverleihung drückte er sich und fuhr zurück nach Berlin – mit Ausnahme des Jahres 1974, als Werner Lamberz ihn zu einer Dankesfeier ins Hotel Erfurter Hof einlud. »Kluger Mann mit Stil. Ein Jahr älter als ich. Woher ich Poschinger kenne. Ob ich mir vorstellen könnte, eines Tages größere Aufgaben zu übernehmen. Soll mich mehr zeigen.«

Mit dem »Mehr-Zeigen« hatte Kurt Weiszheit Probleme: Die meisten Berliner Schriftstellerkollegen kannten ihn, befreundet war er mit wenigen. Ein einziges Mal hat Kurt Urlaub im Schriftstellerheim am Schwielowsee gemacht und an keiner Weihnachtsfeier des Verbandes teilgenommen.

Ein merkwürdiges Verhältnis entwickelte sich zu Grete Raphael, der einstigen Privatsekretärin von Anna Seghers, die ihm nach ihrer Lektüre des Gustav geschrieben hatte.

»›Doller Mann, der Gustav‹, sagt sie und zwinkert mir zu. So 'ne kleine Frau und so'n großes Herz.«

Grete war so alt wie Elise, aber im Gegensatz zu dieser weit herumgekommen, als Jüdin, Kommunistin und Emigrantin. Hellwach und gierig nach Leben versuchte sie, den Anschluss an Jüngere nicht zu verlieren. In ihrer kleinen Wohnung in der Lichtenberger Straße bekam Kurt Tee, Geschichten aus Shanghai, wo sie während der Nazizeit gelebt hatte, und Anekdötchen über die lieben Kollegen. »Sie haben nie recht. Merk dir das«, riet sie ihm nach einer weiteren Verschiebung des Hermann. Das war umso wichtiger für ihn, als sich wieder einmal dunkle Wolken am Himmel der Ideologie zusammenzogen.

Am 16. November 1976 verkündete die *Aktuelle Kamera,* dass Wolf »Biermann das Recht auf weiteren Aufenthalt in der DDR entzogen« worden sei. Überall, in der Partei, auch in den Zirkeln, im Kulturbund, im Schriftstellerverband wurden Bekenntnisse verlangt. Kurt Weiszheit erwog ein »Sowohl-als-auch«.

»Ja zu seiner Kritik an den Lakaien, nein zu seinem Geschrei.«

Aber Wägen wurde nicht akzeptiert.

»Nachtigall lädt zu einer Aussprache ins ZK. Altenburger von der Atze, Wiesner vom Eulenspiegel und Seeger sollen auch geladen sein.«

Gegen die Ausbürgerung protestierten am 17. November Stephan Hermlin und schon bald Hunderte Schriftsteller und Künstler. »Patrick fragt, ob ich den Protestbrief unterschrieben habe.« Hatte er nicht und wagte er nicht.

Er habe Amöbenruhr, ließ er Nachtigall wissen. Beim Ersatztermin vier Wochen später redete er sich mit Zahnschmerzen heraus.

»Hätte nicht für möglich gehalten, daß ich eines Tages lieber ein graues Mäuslein wäre.«

Nachtigall seinerseits durfte ihn nicht auslassen, denn in der Abteilung Kultur war ein Wettbewerb um Menge und Qualität der Jasagungen zur Biermann-Ausbürgerung entbrannt. Er lag beim Unterschriftensammeln weit zurück. Nachts entwarf er Argumentationsketten, die am Tag kein Gehör fanden. Die Schlaflosigkeit zeichnete Ringe um seine Augen und rote Flecken auf seine Wangen. Er fand büschelweise Haare im Kamm und halluzinierte vor Müdigkeit. Im Flur des ZK sah er Gespenster auf sich zukommen, während der Sitzungen schwankte er auf seinem Platz vor und zurück, bis die Chefin (seit

1976 war Ursula Ragwitz neue Abteilungsleiterin) ihn aus dem Büro wies. Um Ruhe zu finden, trank er abends eine halbe Flasche Wodka – und delirierte dann Foltermethoden, mit denen er renitente Schriftsteller zum Unterschreiben zwingen konnte.

Während einer Gewerkschaftstagung im Januar 1977 notierte Kurt Weiszheit erste Gedanken über den »Sprachverbrauch«:

> »Funktionäre fressen unsere Sprache wie Mäuse den Weizen, höhlen das Gebälk der Wortschatzkammer wie Würmer. Leicht wehen die Worthülsen vom Rand ihrer Wege.
>
> Einst starke Worte wie ›Subjekt‹ oder ›Individuum‹ verhunzen sie zu Beschimpfungen, brechen ›Muße‹ und ›Besinnung‹ aus dem Fundament. Die Zahl der vernutzten und erkrankten Worte wächst von Jahr zu Jahr.
>
> Ach, protestierte der Leser doch! Statt dessen degeneriert er zum Zuhörsklaven der Redemächtigen. Die Phrase schaltet sein Streben aus. Erschöpft wendet er sich ab, jätet den Garten und baut eine Laube.«

Kurt Weiszheit überarbeitete wieder und wieder und fand stets neue Bilder:

> »Schneiden wir aus einem beliebigen Redeabdruck in unserer Zeitung, etwa bei der Verleihung von Auszeichnungen an Aktivisten, auf einer Lehrerfortbildung oder zu Begrüßung der Delegierten einer LPG-Jahresversammlung all die Worte mit einer Schere aus, die nur Allgemeinplätze aus dem Funktionärssprech sind (›unerschöpfliche Kräfte‹, ›reiche Erfahrungen‹, ›fortschrittliche Kultur‹, ›schöpferische Aufgaben‹, ›weitere Senkung‹ bzw. ›-Steigerung‹, ›objektive Ursachen‹ …), bleibt übrig ein Papiergitter, das nichts mehr hält.«

Mal verschärfte Kurt Weiszheit den Ton, mal milderte er ihn, mal verteilte er den Text an Freunde, mal fürchtete er die Folgen, aber irgendwann hatte er die Verbreitung nicht mehr unter Kontrolle, weil der Text abgetippt und weitergegeben wurde. Er schickte die *Phrasen* an Sinn und Form, obwohl er wusste, dass sein Manuskript abgelehnt werden würde, denn er wollte auf keinen Fall zum Autor »konfiszierlicher Konterbande« werden. Den Begleitbrief an den lieben Genossen Chefredakteur unterschrieb er mit »sozialistischen Grüßen« und zählte in einer kurzen Werk-Biografie *Gustav*, den Nationalpreis und sogar das Stalin-Poem, das er sonst lieber verschwieg, auf, als wolle er sagen: »Seht her, ich bin einer von Euch!«

Dem Genossen Herbert Nachtigall wurde heiß. Was sollte er nur tun? Die Linie wurde von Zufallswinden hin und her geworfen und verfitzte. Selbst der Westpresse schien die Linie der Partei klarer zu sein als ihm, da war von Repression die Rede, von Bevormundung und Schikane. Stimmte aber nicht immer. Durchgegriffen wurde, aber nicht bei jedem.

Er lockerte den Binder, öffnete den obersten Hemdknopf und atmete am offenen Fenster tief durch, aber die Hitze wurde heftiger, als befeuere der Sauerstoff eine offene Flamme.

> »›Auf die Linie! Auf die Linie!‹ Der Speichel der Schreienden zischt auf seiner Haut. Brandgeruch steigt in seine Nase, die Narren zerreißen und verbrennen sein Parteibuch. ›Schickt mich ins eisige Workuta‹, bettelt er, ›ich schmelze euch den hohen Norden zu einem blühenden Sowjetparadies!‹
>
> Er wacht auf. Oh Gott! Er hat sich im Traum lustig gemacht!
>
> Im Morgengrauen kriecht er gerädert unter die Dusche. Der kalte Strahl rinnt lauwarm von seinem Schädel, heizt sich an Brust und Bauch auf und dampft ihm kochendheiß um die Füße.
>
> Das Hemd ist naßgeschwitzt, kaum daß er es übergezogen hat, der Kragen brennt am Hals wie ein Feuerring. In der U-Bahn wechseln die anderen Fahrgäste kopfschüttelnd das überheizte Abteil. Die abgestandene Nachtluft im Büro bringt keine Kühlung, im Gegenteil: Neuerdings sind wir abhörsicher, die Alufenster sind nicht mehr zu öffnen, die Kernschmelze nimmt ihren Lauf.«

Auf einer Dienstbesprechung sollte Nachtigall seinen Genossen das Vorgehen im Fall Weiszheit erklären.

> »Mit tropfendem Haar verbrennt der Nachtigall auf dem Scheiterhaufen. Er japst. Nur Luft! Luftluft! Die Ragwitz faucht wie eine Bunsenflamme: ›Hör auf zu fächeln, du machst mich verrückt!‹«

Der Genosse Herbert Nachtigall wog nur noch 60 Kilogramm und magerte weiter ab, weil sein ständig überhitzter Körper mehr Kalorien verbrauchte, als er essen konnte. Seine Kompetenzen schrumpften im gleichen Tempo: Die Zuständigkeit für junge Exilliteratur wurde einem anderen Genossen übertragen. Und vielleicht wäre er sogar in irgendein Archiv abgeschoben worden, wenn der Wind sich nicht gedreht hätte.

Rothermanns bekam ein Exemplar der *Phrasen* in die Hände. Das war der Beweis! Jetzt hatte der Weiszheit sich verraten.

»Manch Künstler in unserer DDR pflegt auf Kosten der Werktätigen einen weichlich-verzärtelten Lebensstil. ›Wenn es dem Esel zu wohl ist, geht er aufs Eis tanzen‹, sagt der Volksmund. Müßte der Genosse Weiszheit um sein täglich Brot bangen, wie die meisten Künstler in kapitalistischen Ländern, würde er nicht Ghaselen dichten, wo seine Leser Werkzeug brauchen.«

Rotherman, blind vor Wut, sah nicht, wie dumm es war, mitten in der Biermann-Krise ausgerechnet den Hiergebliebenen Verwöhntheit vorzuwerfen. Sofort schrieben die Kommissionsmitglieder Kultur der Gewerkschaft an den Genossen Lamberz, zuständig auch für die Parteipresse: »Der Genosse Rothermann beschimpft in unerträglicher Weise solche werktätigen Schriftsteller, die in Erfüllung der Beschlüsse des IX. Parteitages um höchste Leistungen auf dem Gebiet der Literatur kämpfen.«

Herbert Nachtigall wurde zur Genossin Rackwitz bestellt.

»›Die Linie in der Causa Weiszheit‹, zögerte die Genossin Leiterin nachdenklich und strich die Papiere vor ihr glatt, ›wir müssen sie korrigieren.‹

›Wusch‹ machte der Reifen um Nachtigalls Brust und stand in Flammen. Trommelwirbel. Man musste nur scharf wenden und durch sich selbst hindurchspringen, dann würde alles wieder gut.

›Kurt Weiszheit gilt als kritisch, aber als einer von uns. Wir können uns das leisten, sagt der Genosse Lamberz.‹

›Paradiesvogel‹, dachte Herbert Nachtigall erleichtert und erkannte die Reste einer alten Linie im Wüstensand wieder.

Die Genossin Leiterin reichte ihm an der Tür die Hand. ›Der Genosse Rothermann wird entsprechend belehrt.‹«

Nachtigall bestellte den siebzigjährigen Rothermann zu einer Aussprache ins ZK. Was der sich dabei gedacht habe, einen der eigenen Genossen anzugreifen. Rothermann verteidigte sich. Er hat doch recht mit seinem Urteil. Ein Parasit ist das, ein lüsterner Triebtäter!

Nachtigall steigerte sich mit Genuss in einen Wutanfall. »Die Linie ist Gesetz! Was du weißt, interessiert mich nicht. Die Partei hat Recht und basta.« Die Genossen auf dem Flur der ZK-Abteilung für Kultur nickten anerkennend, als sie Nachtigall schreien hörten.

»Rothermann sucht die Hausnummer. Dieser Parteiauftrag ist der schwerste seines Lebens. Sein Herz schmerzt. Sein Gang ist unsicher, er hat Angst, auf dem unebenen Gehwegpflaster zu stürzen. Letztes Weihnachten hat er noch mit Räucherkerzchen, Weihnachtsmusik und Kerzenschein gefeiert, dieses Jahr ist alles dunkel. Seine Frau ist gestorben. Statt Ideen kommen ihm nur noch die Tränen. Er hat schon lange nichts mehr geschrieben.

Irgendwo weit oben wummern Hammerschläge gegen eine Wand, dann kreischt eine Bohrmaschine. Er hört Schritte, eine Leiter fällt um, ein Mann flucht, ist das der Weiszheit? Sein Gedärm revoltiert schmerzhaft.

Langsamer steigen, daß ich nicht keuche vor ihm, dem Robin Gutfreund, den der Genosse Stalin aber ruckzuck schnipp schnapp, und kalt wär der warme Bruder.

Da steht der Dichter ja, vor ihm auf dem Treppenabsatz, mit geröteten Augen. Rothermann beißt die Zähne zusammen. Für die Sache. Seine Selbstachtung zum Opfer bringt er der Partei. Sonst hat er ja nichts mehr.

›Ich bitte …‹, jedes Wort ein Stich, er muß muß muß, ›lieber Genosse … Ich … muß … will‹, ein Furz quetscht sich durch seine zusammengekniffenen Arschbacken, ›mich entschuldigen!‹«

Kurt Weiszheit legte trotzdem seine Posten nieder. Der plötzliche Tod Werner Lamberz' bei einem Hubschrauberabsturz im März 1978 hatte ihn und viele andere der Hoffnung auf eine »biografische Lösung des Reformproblems« beraubt.

»Ich wählte, erbost ob der Harthörigkeit meiner Genossen, das lauthalse Verstummen.«

Wendel Rothermann zog in ein Heim nach Gera, seine Geburtsstadt. Ihn quälten Wahnvorstellungen und Ängste. Mehrfach floh er nackt und bei Minusgraden vor halluzinierten Klassenfeinden, so dass er in der geschlossenen Psychiatrie untergebracht werden musste, wo er 1976 starb.

Nachtigall nahm wieder zu und trug bald stolz ein kleines Bäuchlein vor sich her.

Kurt Weiszheit und Patrick hatten Silvester 1977 gemeinsam im Oderbruch verbringen wollen, ohne Böller, ohne Party, nur Bücher, Kerzen und Sekt, in einem Haus mit Kamin, das einem Kartenverkäufer vom Deutschen Theater gehörte. Am Tag vor der Abreise kam ein Telegramm von Patrick, der seine Mutter in Halle besucht hatte: Sie habe einen Unfall gehabt, liege im Krankenhaus, er könne nicht weg. Kurt fuhr allein nach Bleyen.

»Ich konnte nicht anrufen und sorgte mich. Er hatte kein Telefon, dort in Halle. Nachts knirschte und krachte das Eis der zugefrorenen Oder. Einmal träumte ich, ich säße auf einem Sofa auf dem Balkon eines Hochhauses, mit dem Gesicht zur Tür. Er betrat das Wohnzimmer, gemeinsam mit einem Mann, der aussah wie ein Funktionär, also eigentlich wie ich, Anzug mit Schlips und Bonbon. Sie küßten sich, dann kamen sie auf den Balkon, stiegen über mich hinweg und stürzten eng umschlungen in die Tiefe. Ich erwachte von brennender Eifersucht.

Von einer Gaststätte aus rief ich sämtliche Krankenhäuser in Halle an, aber nirgends kannte man eine Frau Cremer. Am Neujahrsmorgen hielt ich es nicht länger aus und fuhr nach Berlin zu seiner Wohnung. Er öffnete nicht, aber ich lauschte und wartete, weil ich sicher war, Geräusche gehört zu haben. Nach einer Stunde öffnete ein junger Mann, den ich nicht kannte, die Wohnungstür. Ich roch die Wolke von Sex und stürzte an ihm vorbei, riß die Bettdecke weg, außer mir vor Enttäuschung, weil Patrick doch immer behauptet hatte, keine Gefühle für Männer empfinden zu können. Der junge Mann war mir zurück in die Wohnung gefolgt und drehte mir den Arm auf den Rücken. Patrick schlug mir auf die Nase. Als ich auf dem Boden neben dem Bett wieder zu mir kam, waren sie aus der Wohnung geflohen und die Bastmatten voller Blut, wie in einem schlechten Krimi.«

Getrunken hatte er schon immer viel, unterbrochen von Phasen der Abstinenz, die sein Gewissen beruhigen sollten und im Laufe der Jahre seltener wurden. Abends leerte er in der Bóveda oder am Schreibtisch eine Flasche Wein. Nach Mitternacht ging er in eine der Kneipen an der Schönhauser, in die »U-Bahn«, das Wiener Café oder in die Altberliner Bierstuben am Senefelder Platz, trank zwei, drei oder vier Bier, bevor er heimkehrte und mit einem letzten Hieb aus der Wodkaflasche, die immer neben dem Bett stand, ins Kissen sank. Nun aber stürzte er sich in kaum verhohlener »Selbstvernichtungsabsicht« in den Suff.

»Ich stolperte beim Aufstehen über die leeren Flaschen vom Vortag und trank erst mal ein Bier, um auf die Beine zu kommen. Nachmittags war ich bereits wieder betrunken. Zwischendurch schrieb ich krudes Zeug, über das ich am nächsten Tag staunte.«

Nachts »schreit und singt er, daß ich mich frage, ob er die Rollen seiner Stücke deklamiert«, beschwerte sich Vivienne, die unmittelbar über Kurts Arbeitszimmer schlief, in einem Brief an die »liebe Elise«. Die hörte den Krach nicht, aber sie roch natürlich den sauren Atem und die schweißigen Hände. »Gewitterluft«, nannte sie das in ihrer Schönseherinnensprache.

Kurt reiste nach Prag, wo Patrick am Divadlo Na zábradlí Unterschlupf und Arbeit gefunden hatte.

»Er blaß und versunken in einem Zuschauersessel. Ich knie im Halbdunkel vor ihm, bringe sogar eine Träne zustande. Schlage die ›Alice‹ vor: weiß, dass er da nicht widerstehen kann.«

Patrick hatte schon 1976 gemeinsam mit seinen Kommilitonen und Mitbewohnern aus dem Weiszheithaus Erik-Michael (genannt

Emme) Kreiner und Olaf Wenzke an einer Inszenierung von Carrolls *Alice im Wunderland* gearbeitet, aber damals hatte sich kein Kulturhaus oder Staatstheater einlassen wollen. Nun brachte Kurt eine Auftrittsmöglichkeit im Psychiatrischen Krankenhaus Herzberge, im Osten Berlins, ins Gespräch, wo der Arzt Dr. Uwe Hellmann mit Patienten darstellendes Spiel als Therapie praktizierte.

Patrick zog, weil seine Wohnung in Pankow vermietet war, bei Kurt ein.

Freunde von Patrick bauten die Bühne, Vivienne gab den Laiendarstellern Sprechunterricht, ein Bühnentechniker der Volksbühne verlieh Scheinwerfer und Kabel.

> »Wir fahren gemeinsam zur Arbeit nach Herzberge. Vertrauter als zuvor. Wir haben einiges durch, nichts vergessen, aber vergeben. Er inszeniert, ich bearbeite den Text. Zum Abendessen nach Hause. Er ist Familie. So kann es bleiben.«

Aber so blieb es natürlich nicht.

Ein Mitarbeiter der Kreisleitung der FDJ kam vorbei, um »sich mal umzuschauen«, und ging »beeindruckt«. Kurze Zeit später wurde der Arzt von der Krankenhausleitung aufgefordert, das Projekt abzublasen.

> »Stochern im Nebel, was sie dagegen haben könnten. Proben einstweilen weiter und hoffen, daß sie sich beruhigen.«

Während der Generalprobe am 1. Februar 1979 erschienen mehrere Volkspolizisten, verhafteten Patrick und luden »gestohlene« Technik in einen Barkas. Kurt protestierte, einer der Männer drückte ihn auf eine Treppenstufe und hielt ihn bis zur Abfahrt mit einem schmerzhaften Griff fest.

Während der folgenden Ermittlungen redete der Arzt sich heraus, er habe nur die Rollenkompetenz seiner Patienten verbessern wollen. Der Bühnentechniker behauptete, er habe die Technik einer FDJ-Veranstaltung zur Verfügung gestellt.

Die Staatsanwaltschaft erhob gegen Patrick Anklage wegen Hausfriedensbruch und Diebstahl sozialistischen Eigentums. »Meinen sie mich? und schlagen den, den ich liebe?«, fragte Kurt sich, kratzte all seinen Mut zusammen und machte den Einfluss geltend, den er noch zu haben hoffte.

»Nachtigall will sich auf Hausarrest nicht einlassen. Anweisung von oben.« Noch am selben Abend fuhr Kurt nach Wandlitz. »Gespräch mit Poschinger. Soll meinen ›Trieb beherrschen‹. Er kann nichts versprechen.«

Anfang April wurde Patrick zu einer Bewährungsstrafe verurteilt und von der Abteilung Inneres des Rates des Stadtbezirks auf eine Arbeitsstelle im Schlachthof an der Leninallee »vermittelt«, was eine euphemistische Umschreibung für »Berufsverbot« darstellte.

»Patrick von der Nachtschicht abgeholt. In der S-Bahn sank sein Kopf auf meine Schulter. Konnte mich nicht überwinden, ihn zu wecken. In Bernau Endstation. Er sauer.«

Im Herbst 1978 wurde Patrick dann mit 26 Jahren zum Wehrdienst eingezogen. Er bat um Versetzung in eines der Baubataillone, aber angeblich fehlte eine Befürwortung der kirchlichen Stelle. Im Panzerregiment bei Riesa wurde er zum Panzerfahrer ausgebildet.

»Heißer Stahl ringsum. Kaum Luft. Wenn du den Motor anläßt, dröhnt dein Kopf. Du siehst kaum, wo du hinfährst, kippst in Gräben, stößt gegen Bäume.«

Fehler wurden mit Verweisen, Zusatzdiensten und Urlaubsstreichung bestraft. Vor einer Unterwasserfahrt an der Elbe verweigerte Patrick den Befehl und kam für etliche Tage in Arrest.

»Die Hölle hat eine eiserne Tür und Gitter vor dem Fenster«, schrieb er an Kurt, der nichts tun konnte außer »jeden Tag schreiben, Plätzchen backen, Päckchen schicken«.

Das Jahr 1978 endete mit einem Rekordminus in der Jahresabrechnung des Weiszheithauses und einem Rekordstau bei den dringenden Reparaturmaßnahmen.

»Mu lächelt. Hält es für einen Sieg, daß das Haus noch steht. Versteht die Zahlen nicht. Wie geht das weiter?«

Das Bauamt erteilte in Beantwortung der »Eingabe der Bürgerin Dobereit und nach erfolgter Besichtigung vor Ort« Auflage, die durchgetretenen Treppenstufen bis zur dritten Etage zu erneuern, fehlende Trittleisten zu ersetzen und die Treppenläufe in einen verkehrssicheren Zustand zu versetzen, was Zimmermannsarbeiten für mehr als 3000 Mark nach sich zog.

»Die neuen Kanthölzer mit Originalpfosten aus der Bodenetage getauscht, damit Mus Protokollstrecke schön aussieht.«

Weil Ziegelsteine aus den gemauerten Böden einiger Balkone aufs Trottoir gefallen waren, wurden im Sommer 1978 die Balkone baupolizeilich gesperrt. Die Anwohner legten Bretter quer über die Eisenträger.

»Rauchen auf dem Balkon: Oben Nikotin, unten Adrenalin. Es kratzt in der Lunge und kribbelt unter den Sohlen.«

Im Herbst stellte auch noch der Schornsteinfeger ein Ultimatum: Die versotteten Schornsteine sollten noch vor dem Winter saniert, die Schornsteinköpfe neu gemauert und undichte Öfen repariert werden – sonst werde er die betreffenden Züge komplett sperren.

An manchen Samstagvormittagen sah man Josef Komalla bei schönem Wetter mit einer Thermoskanne und dem *Zentralblatt* über die Sonnenburger Straße zur gegenüberliegenden Brache schlurfen, die seit der Enttrümmerung als Lagerfläche genutzt wurde. Er schob ein lockeres Zaunbrett beiseite und kletterte durch die Öffnung. Das Grundstück war mit Brennnesseln und Disteln überwuchert. Er bahnte sich einen Weg zum Rand des Ringbahngrabens, wo er sich an einen rostigen Campingtisch setzte, ein paar Seiten las und vor sich hin döste. Er hatte noch zwei Jahre bis zur Rente und keinen Karrieresprung mehr zu erhoffen, aber manchmal träumte er doch vom Vaterländischen Verdienstorden. Der Genosse Huhn hatte ihn bekommen und die Schumann und die Gsell; der eine war sein Stellvertreter gewesen, die beiden anderen Karteikartenreitschülerinnen, und dass er den Orden noch nicht hatte, lag am Weiszheithaus, wo man über ihn lachte und das er mit aller Kraft hasste.

»Beim ersten Grollen des Gewitters steigt er auf den Dachboden. Die Schüsseln unter den Lecks schubst er mit dem Fuß beiseite, so daß die Regentropfen das Holz der Dielen durchnässen. Bei Frost schleicht er in den Keller und öffnet die Fenster. In unbeobachteten Momenten biegt er die Messingleisten an den Treppenstufen auf und wartet, daß jemand stürzt. ›Aber nein‹, kann er dann sagen und die Hände heben, ›Amtsleiter hin, Amtsleiter her, dieses Haus ist in Privatbesitz, da bin ich machtlos!‹

Elise bekam davon nicht mehr viel mit. Ihre Schwerhörigkeit verschlimmerte sich im Alter zu völliger Taubheit. Vom Mund ablesen wurde unmöglich, weil der graue Star ihre Augen lichtempfindlich machte und das Azurblau milchig trübte. Sie weigerte sich, mit Kurt zum Augenarzt zu gehen. In der Annahme, nicht mehr lange zu leben, trug sie ihre Sachen auf. Bei Sonnenschein zog sie die Vorhänge zu und streichelte eine ihrer leise vibrierenden Katzen. An manchen Tagen weigerte sie sich, ihr Zimmer zu verlassen.

Beim sonntäglichen Mittagessen, wenn sie vermutete, dass vom Haus geredet wurde (und es war fast unmöglich, mit Bewohnern beim Essen zu sitzen und nicht über undichte Gasleitungen oder tropfende Regenrinnen zu reden), unterbrach sie mit den Worten »bitte nicht dieses Thema beim Essen«, als handele es sich um etwas Unappetitliches.

Ein Tagebuch führte sie schon lange nicht mehr. Hugo war der einzige von ihren alten Freunden, der noch zu Besuch kam. Wenn er sich auf das große, rosenduftende Sofa neben Elise setzte, sank er tief ins Polster und Elise stieg in die Höhe.

»Mu nennt ihn ›armer Freund‹ und bedauert nicht etwa seine Krankheit, sondern nimmt an, daß er noch immer keinen müden Heller besitze, wie einst der schwarzlockige Knabe. Ihre Nasenflügel beben, wenn sie schnuppert: ›Arbeitest du nicht mehr am Kartoffelstand? So wird das aber nichts mit dem Kuß!‹«

An seinem 78. Geburtstag wog ihr »armer Freund« 120 kg. Während des Aufstiegs zu seiner Wohnung liefen seine Lippen blau an, seine Hände zitterten und er keuchte, dass die Seitenflügelbewohner in ihren Küchen den Löffel sinken ließen – 26 Stufen –, bis er die Wohnungstür hinter sich geschlossen hatte. Ein Herzinfarkt zwang ihn zu einem neuerlichen Wohnungstausch, eine weitere Etage tiefer, diesmal in die dunkle Parterrewohnung, in der einst die Chemikalienflaschen des Fotografen Koslowski gestanden hatten. Der nächste Umzug würde ihn unter die Erde bringen. Er wusste, dass die Zeiten vorbei waren für Händler wie ihn. Sein Freund Nasser war an einem Infarkt und al-Azhari im Gefängnis gestorben, Boumedienne litt an einer tückischen Blutkrankheit. In der Ära der friedlichen Koexistenz übertönte Münzenklingeln das Säbelrasseln, traten kühl kalkulierende Bürokraten an die Stelle schlitzohriger Abenteurer. Mächtige Geheimdienstfirmen betrieben den Embargo- und Waffenhandel in großem Stil, finanzierten Armeen und Diktatoren, man wusste manchmal nicht mehr, wer für wen. Die einstige Abteilung Kommerzielle Koordinierung des Außenministeriums der DDR war zu einem Kraken herangewachsen und handelte mit allem, was Devisen einbrachte, von alten Autos bis zu Menschen. Ihr Leiter galt als goldener Stern am grauen Himmel der Planwirtschaft – und er duldete keine Konkurrenz.

Anfang Juli 1978 erlitt Hugo einen Schlaganfall. Eine Woche später starb er, ohne noch einmal aufgewacht zu sein, im Regierungskrankenhaus. Seinem Wunsch entsprechend wurde er auf dem Gethsemane-Friedhof beerdigt, in der Nähe seiner früheren Nachbarn, der Adams, Grünwaldts, der Heimbergerin und Niecklischs. Während der Trauerfeier bemerkte Coco sportliche Männer im weiten Umkreis, die mit ihren Gießkannen sprachen. Noch am gleichen Tag wurden alle Nummernkonten ihres Vaters umgebucht und aufgelöst, am nächsten Morgen stürmte ein Trupp der Staatssicherheit den Seitenflügel, verhaftete Coco und räumte die Wohnung aus.

»Emma und Vanessa konnten sich nicht beruhigen, sie waren damals erst fünf und sechs Jahre alt und die Abwesenheit ihrer Mutter nicht gewohnt. Nach der Hausdurchsuchung wussten sie, dass ich oft in der Wohnung gewesen war.

Mein Regimentskommandeur tobte. Die anstehende Beförderung zum Hauptmann konnte ich knicken, und dass ich dann doch nicht, wie angedroht, in den Thüringer Wald versetzt wurde, lag nur an dem

Deal, den Coco mit der Stasi abschloss. Von alldem erfuhr ich aber erst nach der Wende. Damals machte sie mir, als sie nach Hause kam, Vorwürfe: ›Meine‹ Freunde hätten sie arm gemacht. Das war so ein Moment, da fehlte nicht viel und wir wären für immer auseinandergegangen.

Ich staunte nicht schlecht, als sie mich keine drei Monate später zum Chef der Grenzkompanie im Abschnitt zwischen Eberswalder Straße und Ringbahn, also direkt hier am Ende der Straße machten. Offiziere bekamen normalerweise nicht die Abschnitte, wo sie wohnten. Aber dann begannen die Schleusungen durch den Gleimtunnel. Sie wurden mir jeweils 48 Stunden vorher mit dem Code ›Passage‹ angekündigt, damit ich bestimmte Soldaten für die Wache einteilen konnte. Zur vorgegebenen Zeit führte ich eine Postenkontrolle durch, die ich ganz normal im Wach-Protokoll vermerkte. Wenn alles in Ordnung war, gab ich per Telefon die Meldung ›Weg frei‹ durch. Dann zog ich den Posten vom Durchgang ab und reduzierte die Beleuchtung. Ein paar Minuten später kam ein Auto ohne Licht und hielt dicht vor dem ersten Zaun am Tunnel. Was dann passierte, sahen wir nur als Schatten. Wenn das Auto abgefahren war, rief ich erneut an, meldete ›Auftrag erledigt‹ und fertig. Im Durchschnitt kam der Befehl alle zwei, drei Wochen. Ich war also eine Art heimlicher Grenzpförtner.

Ich durfte nicht über meine Arbeit sprechen und sie … also wenn Coco diejenige gewesen wäre, die da heimlich über die Grenze ging, hätte sie geleugnet, und wenn nicht, hätte sie mich ausgelacht. War schon ziemlich absurd, diese Geheimniskrämerei. Auf jeden Fall trug mein Verdacht dazu bei, dass ich jede Waffe prüfte, jedem Soldaten einschärfte, nur bei Gefahr für Leib und Leben zu schießen, dafür sorgte, dass meine Leute genug schliefen und entspannt waren.«

Natürlich fragte ich Wolfgang Grünwaldt, ob es Grenzdurchbrüche oder gar Tote in seinem Bereich gegeben hatte. Er wich aus.

»Die Welt war für uns eingeteilt in Gut und Böse, und alles, was passierte, wurde da einsortiert. Du bist doch auch in diese Klassenkampfwelt hineingeboren. Wir konnten nicht immer erkennen, was Propaganda war, also ich konnte das nicht.«

Nach ihrer Quasi-Enteignung konnte Coco Kurt nicht mehr unterstützen und dieser das Defizit des Hauskontos nicht mehr ausgleichen. Die Mieten waren immer noch auf dem Stand von 1936 eingefroren. Eine Zweiraumwohnung von 60 Quadratmetern kostete, wenn es denn überhaupt einen Mietvertrag gab, um die 30 Mark.

»Mutter denkt, ich will sie betrügen. Tränen. Wutanfall. Sie begreift nicht, daß Stempel mit Reichsadler niemanden mehr interessieren.«

Man kann Elise nicht verdenken, dass sie sich verraten fühlte, aber unter den gegebenen Bedingungen gab es für Kurt Weiszheit keine Alternative. Das Zivilgesetzbuch der DDR sah für diese Fälle mit dem § 310 die eigens geschaffene »Verzichtserklärung« des Grundeigentümers vor.

Weil Elise trotz allem ihre Zustimmung verweigerte, griff Komalla – vermutlich mit Billigung Kurt Weiszheits – zu einem Trick. Er ließ undichte Öfen in mehreren Wohnung abreißen und durch moderne Gasheizgeräte ersetzen. Die Kosten gewährte die KVW der Familie Weiszheit als Kredit, der als Zwangshypothek eingetragen und, nachdem Elise drei Monate die Zinsen nicht gezahlt hatte, vollstreckt wurde. Zum 1. 1. 1979 ging das Weiszheithaus in Volkseigentum, genauer gesagt in das Eigentum der Stadt Berlin über.

Komalla ließ ein Schild »VEB Kommunale Wohnungsverwaltung Prenzlauer Berg« anbringen. Unter der darauf angegebenen Adresse fanden die Mieter eine

»Altbauwohnung im Parterre, deren fünf Zimmer als Büros dienen. Man reiht sich im Flur in die lange Schlange der Wartenden ein und hat nun einige Stunden Zeit, im flackernden Licht der Neonröhren die Selbstverpflichtungen der Mitarbeiter, die Wasserflecken an den Wänden oder den getüpfelten, beigefarbenen Fußbodenbelag aus Plastik zu studieren. Den Mitwartenden in die Augen zu schauen, sollte man tunlichst unterlassen, denn hier, im Herzen des Mangels, ist jeder des anderen Wolf. Da ist die junge Verkäuferin, alleinstehend mit zwei Kindern, die ein Attest vorlegen kann, welches die Anschaffung einer Duschkabine für zwingend erklärt. Dort lehnt der technische Zeichner vom Denkmalschutz an der Wand, mit einer Bescheinigung vom Ofensetzer, daß der Kachelofen nicht zu retten sei. Das Studentenpaar wechselt sich ab beim Anstehen. Sie ist schwanger, er trägt einen Verband auf dem Kopf, denn ihm ist in der Ausbauwohnung die frischgemalerte Decke auf den Kopf gefallen.«

Wer von den Schwarzmietern des Weiszheithauses Wert darauf legte, konnte nun einen Mietvertrag mit der KWV abschließen. Aber wozu? Hatte man keinen Vertrag, zahlte man eben keine Miete. Brauchte man einen, berief man sich auf mündliche Vereinbarungen. Sonst änderte sich nicht viel, außer dass Komalla vollmundig verkündete, die Sanierung des Daches, der Fassade, der Leitungsstränge und der Keller sei in irgendwelche Pläne aufgenommen worden und stünde bevor.

Im Frühjahr 1979 hielt der Kranwagen der Kommunalen Wohnungsbetriebe, der viele Jahre vorbeigefahren war, auch am Weiszheithaus. Zwei Arbeiter schlugen vom Krankorb aus mit langstieligen Hämmern den lockeren Putz von der Fassade. Als der Staub sich legte, leuchtete das Rot der nackten Ziegelsteine wie blutige Wunden.

Elise stand hinter dem geschlossenen Fenster. Ihre Ohren waren taub, ihre Augen blind, aber sie spürte die Schläge der Hämmer. Die Ratten nagten am Haus! Sie tastete sich zum Schaukelstuhl, in dem ihr Vater die letzten Lebensjahre verbracht hatte, unberührbar von seiner Umwelt.

Die Standuhr blieb stehen. Äußerlich reglos und mit geschlossenen Augen ging sie in ihrem Kopf zwischen Erinnerungen spazieren, betrachtete hier, was war, polierte da ein bißchen, räumte auf, warf weg. Sie ließ unsympathische Zeitgenossen verblassen und malte die Lücken mit lieben Bekannten aus. Manchmal huschte ein Lächeln über ihr Gesicht.

»System der Vergeßlichkeit: Mu löscht, was ihr nicht paßt: den Tod von Karl, Ernst, ihren Halbbruder Hermann. Dagegen leuchten die angenehmen Erinnerungen, an Heydekrug beispielsweise, den jungen Ludwig, an ihre Arbeit im Lazarett und Dr. Cothenius.«

Manch Verdrängtes tauchte wieder auf, wegelagerte am Rande ihres Bewusstseins, aber sie kannte kein Pardon. Maske runter! Vergessen! Sie war wie Pippi Langstrumpf, die sang: »Zwei mal drei macht vier, widewidewitt und drei macht neune, ich mach mir die Welt, widewide wie sie mir gefällt.«

Einzig ihre Nasenflügel bewegten sich immerzu – wie bei einem wachsamen Kaninchen. Sie roch, was die trägen Luftströme an ihre Nase trugen: Essen und Trinken, Gäste und Parfüms, den Kalk der Wände, das Atmen der Fliegen, das Wachs auf dem Holz des Nussbaumbettes, von der Straße her Kohlerauch und Autoabgase, Taubenkot und Zigarettenqualm. Manchmal steckte sie ihre Nase in das rettende Fell einer Katze oder Maiglöckchenduft aus einem Geschenkflakon von Ludwig. »Zu viel«, dachte sie dann jedes Mal mit schlechtem Gewissen wie ein Säufer, der rückfällig geworden ist.

Kurts Schwester Ilse arbeitete mit ihren 50 Jahren immer noch als Bardame im Café Moskau.

»Sie mixt die ›langsamen Getränke‹: Sekt mit Moosbeeren, Sibirische Minze. Wenn ein Gast sein Herz ausschütten will, ist er bei ihr richtig. Sie sagt nichts dazu. Zuhören ist anstrengend genug.«

Die ganze Kopenhagener Straße kannte ihre Kleider, die sie zum Lüften auf den Balkon hängte. Vor verwittertem Mauerwerk glitzerten Strass und Pailletten im Sonnenlicht, wehten Fähnchen in Sonnengelb und Türkis; Samt und Seide vor blutendem Putz.

Ihr Alltag war regelmäßig strukturiert: Nach dem Frühstück (Fischbrötchen und Pfannkuchen) schaltete sie den Fernseher ein und schaute sich die für Schichtarbeiter gedachte Wiederholung des Fernsehprogramms vom Vorabend an, rauchte noch eine Zigarette und ging dann schlafen. Am Sonntag kam sie zum Mittagessen in die Weiszheitwohnung, sonst pflegte sie keinerlei Kontakte im Haus, hatte auch keine Freundinnen oder Freunde. Einmal im Jahr nahm sie zwei Wochen Urlaub, fuhr mit der S-Bahn nach Oranienburg und mietete sich im Waldhotel am Lehnitzsee ein, ganz nah am Lager Sachsenhausen, in dem sie ihren Mann Walter kennengelernt hatte.

Sogar als Rentnerin behielt sie den Rhythmus bei, stand mittags auf, ging nach dem »Frühstück« einkaufen und sah die Nacht durch fern. An den Samstagnachmittagen zog sie eines ihrer Barkleider an und stattete Walters Grab einen Besuch ab – bis sie selbst 2003 mit 78 Jahren starb.

Auf der weiten Skala aller Möglichkeiten, sich der ideologischen Gesellschaft gegenüber zu verhalten, besetzte Ilse den »Pol« der Indifferenz. Im Schatten der Macht (denn das Café Moskau bewirtete vor allem die Angehörigen der Nomenklatura) hielt sie sich aus allen Situationen heraus, in denen sie eine (moralische) Entscheidung hätte treffen müssen. In seinem Tagebuch nannte Kurt sie »la lune: die nicht aus eigner Kraft leuchtet«.

Zuletzt sei in diesem Kapitel noch erwähnt, dass im Weiszheithaus eine sorgfältige Chronistin wirkte:

> »Eines Tages hieß es: ›Meta zur Kaderabteilung.‹ Als ich ankam, ging die Sekretärin raus, und ein Mann stellte sich als Dienstaufsicht vor. Also zur Verhinderung von Sabotage, gegen Nazis und so wäre meine Mitarbeit wichtig.«

Anders als Jens John war dieser Werber nicht in Meta Niecklisch verliebt und ließ keine Ausreden gelten. Die Alternativen hießen: Mitarbeit oder Keller. Meta wurde als IM Sisyphos registriert und führte weisungsgemäß Buch über alle Besucher, die sie vom Fenster ihrer Wohnung in der zweiten Etage des Vorderhauses erblicken konnte. Sie glaubte, Umfang und Regeln der Zusammenarbeit bestimmt zu haben: »Was ich meldete, war nur, was jeder sehen konnte. Ich habe in dem Sinne keine Geheimnisse verraten«, aber das war eine Illusion, denn die Staatssicherheit verfügte, wenn sie die Informationen mit anderen Quellen zusammenführte, über mehr als nur die Summe ihrer einzelnen Quellen.

21 Spielräume

»So eine HGL war eigentlich eine langweilige Sache, und niemand hatte große Lust darauf. Aber dann kriegten wir so eine Broschüre über die VMI in die Hand, und da stand schwarz auf weiß, dass Hausgemeinschaften gefördert werden, zum Beispiel Material und eine Vergütung bekommen, wenn sie am Haus und den Grünanlagen arbeiten. Das Geld musste wieder für die Gemeinschaft ausgegeben werden. Genau das wollten wir ja: Gemeinschaft. Das war auch im Westen die Zeit der Kinderläden und besetzten Häuser; das schwappte also zu uns rüber. Kurt dachte vor allem an Theaterprojekte mit Patrick, der wieder bei ihm wohnte.«

Komalla konnte die Wahl von Angelika zur Vorsitzenden nicht gut blockieren. Der Stadtbezirk Prenzlauer Berg war seit Jahren, bedingt durch den hohen Anteil maroder Bausubstanz, Schlusslicht in der VMI.

»Gestern Plenum. 9:00 Uhr Bóveda. Fast alle da, manche mit verschlafenen Augen. Rita teilt Kaffee aus.« »Zuerst wurden Themen gesammelt. Das Dach sollte saniert werden und die Fassade und die Rohrleitungen und die Fenster und die Treppe, lauter große Sachen, und Komalla spielte sich in den Mittelpunkt, weil nur er eine Lösung organisieren konnte. Kurt und ich haben dann vorgeschlagen, über das Machbare zu sprechen, also kleine Dinge, die wir gleich und ohne erst jemanden zu fragen, machen konnten. Komalla guckte säuerlich, als ob wir ihn abgesetzt hätten.

Mehrfach kam die Frage auf: ›Wer leitet denn das Ganze hier?‹. Einige wollten sich, wie sie das gewohnt waren, melden, mit dem Finger schnipsen wie in der Schule und dann drangenommen werden. Das schafften wir ab, jeder konnte reden, ohne sich zu melden und so lange er wollte. Es gab keine Tabus. Mit der Zeit erst merkten wir, daß damit die Langsamen und Leisen ins Hintertreffen gerieten, aber das sind so Lernprozesse … Am Anfang war Initiative das Wichtigste.«

Die HGL erstellte einen »Arbeitsplan« und rief für Mai 1980 zu einem ersten Subbotnik auf, bei dem eine Drainage gebaut und an die Entwässerung der Reichsbahn angeschlossen wurde. »Teilnehmer: 62. Prozentuale Teilnahme: 105 %.«

Bei weiteren Gemeinschaftsaktionen wurden in den folgenden Monaten schadhafte Stellen im Dach mit Dachpappe und Heißkleber geflickt, Altpapier und Müll aus den Kelleretagen geräumt und ein Sandkasten im Hof angelegt.

»Wir hatten Nachbarn mit großartigen Ideen, aber ganz unterschiedliche Blickwinkel und viel Diskurs. Es bildeten sich Arbeitsgruppen zu bestimmten Themen. Zum Beispiel: Was heißt selbstbestimmt handeln? Welche Werte des Zusammenlebens sollen bei uns im Haus gelten? Wie verbindlich war das dann? Das zog andere Fragen nach sich, also die Geschichte der Kommunen oder was ist Toleranz nun eigentlich, da flogen manchmal die Fetzen. Aber es war wichtig, diesen Weg zu gehen, denn wenn wir die Welt verändern wollten, mussten wir uns selbst verändern.«

Schlimm genug, dass Josef Komalla nicht Herrscher im Weiszheithaus werden konnte, jetzt sah er sich mit dem Schlimmsten konfrontiert: mit dem Versuch, Herrschaft ganz zu beseitigen, mit Anarchie!

»Er [Komalla] kam also eines Tages mit der Überraschung, dass unser ›Plenum‹ den Rechtsrahmen einer Hausgemeinschaft sprenge und eine Vereinigung sei, die wir bei der Abteilung Inneres anmelden müssten. Das war natürlich bürokratischer Bonzenscheiß; aber wir, brave DDR-Bürger von Geburt und Erziehung, haben in den Stock gebissen, den er uns hingehalten hat. Sind also hin zum Bezirksamt, Abteilung Inneres, und die haben uns natürlich angeschaut, äh, Mietervereinigung, 1925?«

Der einst von Augusta gegründete Mieterverein war 1952 ordnungsgemäß in das neu begründete Vereinsregister der DDR übernommen und 1968 entsprechend den neuen Bestimmungen über das

Vereinsrecht »staatlich anerkannt« worden. Bei der Zwangsvollstreckung 1979 waren alle Rechtsbeziehungen erhalten geblieben, also auch die Mitbestimmungsrechte des Mietervereins. Im Zuge der Abschaffung der Vereinsregister Ende der siebziger Jahre hätte der Verein eine schriftliche Mitteilung über das Fortbestehen der staatlichen Anerkennung bekommen müssen, deren Ausbleiben allerdings Niemandem aufgefallen war. Und so ergab sich eine

> »Absurde Situation: Vereinigung nach §§ 266 ZGB kann nicht staatlich anerkannt werden. Ersatzweise sind wir Mietergemeinschaft nach ZGB §§ 144ff., aber auch dafür müssten wir erst den Verein auflösen, den es eigentlich nicht mehr gibt.«

Angelika machte es so wie alle und schrieb eine Eingabe an den Genossen Honecker,

> »die ordentlich Staub aufwirbelte. Nachdem die Wolke den Gipfel des Olymp erreicht hatte, kam eine Vorladung zur Abteilung Inneres des Magistrats. Rita und ich also hin. Wir erklärten, dass wir gerne am sozialistischen Wettbewerb der Hausgemeinschaften teilnehmen würden, aber nicht dürften. Der Mann fragte noch einiges und kam dabei aus dem Kopfschütteln nicht mehr raus. Schließlich griff er nach dem Telefon und rief Komalla an.«

Komalla musste das aufgelaufene Geld an die HGL auszahlen lassen. Der Verein existierte oder auch nicht und die Hausgemeinschaft hielt sich strikt an die sozialistischen Grundsätze des Zusammenlebens – oder auch nicht.

> »Wir haben also beispielsweise die Grünfläche, wo immer wieder Trümmerstücke und Eisen von dem Vorderhausflügel, der da früher stand, aus dem Gras wuchsen sozusagen, da hat uns das Gartenamt Muttererde hingeschüttet, und wir haben das dann in VMI verteilt und bepflanzt und Bänke aufgestellt und unseren eigenen kleinen Park gestaltet.«

1980 wurde Komalla 65 Jahre alt und ging in Rente. Seine Mitarbeiterinnen schenkten ihm einen bequemen Campingsessel und Wollsocken für kühle Sommerabende.

Sein Nachfolger wusste nichts von Nachbarschaften, Rücksichtnahmen und verlorenen Gefechten. Ihn interessierte nur seine Statistik, die von einem reparaturbedürftigen Unterkeller vermiest wurde. Ein nicht mehr sanierbarer Unterkeller dagegen war quasi nicht mehr vorhanden. Eines Tages klebten also wieder die im Haus bereits sattsam bekannten gelb-schwarzen Zettel mit der Aufschrift »Baupolizeilich gesperrt * Betreten verboten * Eltern haften für ihre Kinder« an den stählernen dreiflügeligen Eisentüren, hinter denen die langen Treppen in den Unterkeller führten.

Die Musiker, die auf der Bühne geprobt hatten, standen über Nacht auf der Straße und beschwerten sich in der Bezirksleitung der FDJ. Das Wohnungsamt reagierte mit einer Liste von »Sicherheitsgründen«, die neben der Gefahr leckender Gasleitungen, herunterfallender Teile der Kellerdecke und den Feuchtigkeitsschäden an der Elektroanlage auch eine mögliche Verletzung der Staatsgrenze durch »aufgeputschtes Konzertpublikum« anführte.

> »Die Kreisleitung bot uns einen alternativen Raum auf dem Gelände der Pfefferbergbrauerei, und wir wollten da auch hin, da probten schon andere Bands. Aber Tom, unser Schlagzeuger, also von Huckleberry, meiner damaligen Band, der hatte noch Sachen unten.«

Es war eher Zufall, dass der Unterkeller zum »doppelten Boden« des Weiszheithauses wurde:

> »Nach Adam Riese musste direkt hinter der einen Seitenwand der Pusztasonne die Treppe in den Unterkeller liegen. Wir also Hammer, Axt und Meißel genommen und begonnen, die Wand durchzubrechen. Einen halben Meter und immer noch Ziegel, da bekamen wir es mit der Angst zu tun. Aber jetzt war das Loch einmal angefangen. Wir besorgten Stücke von Bahnschienen, die wir als Sturz einmauerten, damit uns das Haus nicht auf den Kopf fiel, dann machten wir weiter. Bei 80 Zentimeter Wand, wir haben das ausgemessen, waren wir endlich durch. Strom und Wasser vom Unterkeller funktionierten wie immer, bloß dass jetzt keiner mehr die Zähler ablas. Trotzdem war natürlich unsere Geheimhaltung ein Witz bei dem Lärm, den wir da immer gemacht haben.«

Die meisten Häuser im Prenzlauer Berg waren zwischen 70 und 90 Jahre alt. Die Original-Tonziegel der Dacheindeckung hatten eine Lebensdauer von 40 bis 60 Jahren, der Dachstuhl (bei intakter Abdeckung) von 80 bis 100 Jahren, die ursprünglichen Fallrohre von 20 bis 40 Jahren und die Leitungen unter Putz von 40 bis 80 Jahren. Die Kriege hatten den Verschleiß verstärkt, nach dem zweiten war sogar bewusst auf Abnutzung gesetzt worden. Nun wurde der Reparaturstau kritisch, den Wohnungsämtern fehlten Material und Handwerker.

Berliner und Zugezogene bauten aus und um, zogen hin und her, tauschten und besetzten Wohnungen, wie sie wollten. Mitten im durchregulierten, planmäßig gestalteten Sozialismus entstanden Inseln des Anarchismus.

1976 startete die FDJ die FDJ-Initiative Berlin. Aus allen Bezirken wurden 17- bis 30-Jährige in die Hauptstadt delegiert. Von den mehr als 800 Jugendbrigaden arbeiteten zwei Drittel auf Baustellen, der größte Teil an Plattenbauten, etliche aber auch in Schwerpunktgebieten der Altbausanierung, etwa am Kollwitz- oder am Arnimplatz. Das Weiszheithaus wurde 1980 Jugendobjekt.

> »Junge Maurer turnen auf dem Gerüst vor meinem Fenster. Nackte Oberkörper, braungebrannt und kalkverschmiert, Haare wehen im Wind. Wie soll ich da arbeiten?«

Die Jugendbrigade flickte das Dach mit Asbestziegeln, ersetzte Schneefanggitter und lötete die Regenrinnen. In Ermangelung von Kupfer wurde das Türmchen mit Zinkblech beschlagen. Die Ziegelböden der wegen Baufälligkeit gesperrten Balkone wurden mit Hämmern zertrümmert, die Eisenträger an der Hauswand abgesägt. Kurt versuchte, seinen Balkon zu retten.

> »Sie haben mir ein Transparent vors Fenster gehängt: Zentrales Jugendobjekt der FDJ-Initiative Berlin. So ahnungslos im Schwung. Nichts widersteht ihrer Lust.«

Immerhin wurde die Dachpappe frisch geteert, einfache Fenster durch doppelt verglaste und die noch vorhandenen Öfen durch Gasthermen ersetzt. Vor dem Winter war die Fassade verputzt und grün angemalt – wenn auch einiges an Farbe bereits im nächsten Frühjahr wieder abblätterte. Die Fresken der chilenischen Maler im Treppenhaus verschwanden unter einem orangebraunen Ölsockel. Die Treppenstufen wurden mit PVC und Leisten aus Hartplastik belegt.

»Das Treppenhaus dünstet Lösungsmittel aus, die den Nasenschleim in Salzsäure verwandeln. Frau Fuhr sagt, sie röche nichts. Glücklich, wessen Nase schon ausgebrannt und tot ist.«

Die Bewohner strichen ihre Fenster und Wohnungstüren selbst. »Dadurch allein kamen zweitausend Mark auf unser Hauskonto«, von dem nach Ende der Bauarbeiten ein Hausfest bezahlt wurde.

»Patrick wieder da. Lange Umarmung. Sein Geruch ist älter geworden: mehr Wolle, weniger Knoblauch. Wir reden nicht über die Vergangenheit.«

»Im Sommer nach der Sanierung hat Patrick mit uns Onkel Kurts ›sehr traurige Moritat von den zwei Königskindern, die nicht fliegen konnten‹ inszeniert.«

Aufgeführt wurde die Geschichte im »buschigen Amphitheater« westlich der Sonnenburger Straße, zwischen Hinterhäusern und Nordring, wo die Bomben der Alliierten eine hügelige Brache hinterlassen hatten. Patrick baute für die große Bühne entsprechend übermannshohe Puppen, die an Stangen getragen wurden: Vater König trug eine Drahtbrille mit Heckflossen, sein Kopf steckte in einem Bilderrahmen; die Belehrungsministerin trug ein goldenes Korsett. Nur Prinz und Prinzessin wurden von Schauspielern dargestellt, die Vivienne in sehr enge graublaue, nur locker zusammengeheftete Maoanzüge gesteckt hatte. Während der Vorstellung rissen die Nähte, so dass ihre bunt bemalten Körper wie Schmetterlinge aus der Puppe schlüpften. Auch Salvador, der im Oktober sechs Jahre alt geworden war, bekam eine kleine Rolle. »Ein kleiner Prinz in blauem Samt!«

»Der ›Rettungsflieger‹ hing an bunten Luftballons, aber nach den ersten Proben kam ein ›Bahnmitarbeiter‹ und erklärte uns, das ginge nicht aus Gründen der ›Bahnsicherheit‹, was natürlich ›Grenzsicherheit‹ bedeuten sollte. So bekam die Figur diesen winzigen Propeller auf die Stirn, der auf dem Plakat zu sehen ist und vom Publikum noch viel deutlicher auf die Mauer bezogen wurde.

Onkel Kurt strich seinen ursprünglichen Text während der Proben immer weiter zusammen, bis zuletzt nur noch Vokale übrig waren. Die Figuren sangen mehr, als sie sprachen, das wurde also eine Mischung aus Oper und Pantomime.«

Patrick wohnte zu jener Zeit in der Weiszheitwohnung, aber die Nähe tröstete Kurt nicht, sondern machte die Beziehung eher noch schwieriger.

»Das ist das Problem mit schönen Männern, dass sie sich in der Bewunderung einrichten. Patrick hat nichts gemacht im Haushalt und keine Miete gezahlt, aber Kurt war ihm nun mal verfallen, muss ich so sagen.«

Das »verfallen« las sich in Kurts Tagebuch so:

»Er [Patrick] will im Tagebau Theater spielen. Kulissenbrücke, Scheinwerfer, riesige Bühnen. Große Idee!«

»Zwei neue Fassungen von Grimms Märchen in einer Woche fertig: Rotkäppchen als Kollontai über Rollenverständnis; Tischlein-deck-dich über Konsumstreben und Lebensglück (und frisches Gemüse).«

Fünf Jahre vor Gorbatschow war der Spielraum der unabhängigen Szene im Prenzlauer Berg noch klein.

»Der Unterschied war vor allem, dass Anfang der Achtziger noch die meisten Kritiker nicht bleiben, sondern weg wollten.«

Angelika dagegen schlug Einladungen zum Liedermacher-Festival nach Hannover und zu einem Konzert in Bielefeld aus.

»Manche zeigten mir einen Vogel, sie wären gern an meiner Stelle gewesen und gefahren. Aber ich dachte immer: Wenn die mich dann nicht zurücklassen, Salvador durfte ja nie mit, das ist es nicht wert. Vielleicht war das ein bisschen paranoid, aber nach Biermann konntest du kein Vertrauen mehr haben. Durch das Hierbleiben war ich natürlich aber auch gezwungen, mich auseinanderzusetzen. Damals war ich oft verzweifelt, aber ich dachte: Das muss man eben aushalten, das Herzeleid um etwas, das man liebt. Nein, ich habe nicht die DDR geliebt, dieses Abstraktum, aber doch die Menschen und ihre sehr konkreten Hoffnungen.«

Ein Rundschreiben der FDJ-Bezirksleitung vom 2. März 1980 informierte die Klubleiter, dass Auftritte von Angelika Müller und ihrer Band »Die Huckleberries« in den Klubs der FDJ nicht mehr erlaubt seien. Trotzdem trat sie hin und wieder, nun unter dem Namen »La Casanueva«, in Klubs auf.

Josef Komalla baute, aus bei der Sanierung »übrig gebliebenen« Brettern und Steinen, ein kleines Hüttchen auf die Kerbaelen-Brache, mit einer Veranda zur Ringbahn. Daneben legte er Beete mit Möhren und Erdbeeren an und fand Trost beim Jäten. Der Vaterländische Verdienstorden wurde neuerdings ohne lebenslange Prämie verliehen, und aus Gold war das Stück auch nicht mehr.

An schönen Tagen saß Komalla auf der Veranda, trank Bier aus einem Sammelglas des BFC Dynamo, blickte den vorbeifahrenden S-Bahnen zu und träumte davon, Eigentümer des Weiszheithauses zu sein: ein fieser Scrooge mit Hakennase, ein kleine-Fische-fressender Miethai, der Kapitalismus in Person. Da würden sie sich aber wundern, die puppenspielenden Anarchisten. Wenn der Dampf einer Lokomotive ihn umhüllte, probierte er ein böses Lächeln und knurrte leise »You are fired!«.

Wie ein Geist aus der Vergangenheit stand Michael Keese eines Februarabends 1981 vor Coco Lorenz' Wohnungstür. Emma und Vanessa, ihre jetzt acht- und neunjährigen Töchter, ließen den Gast herein und bewirteten ihn mit Schokolade. Regungslos saß Michael auf dem dünnfüßigen Rokoko-Sofa aus dem Prinzessinnenpalais, das einst dem »schlimmen Markgrafen« Friedrich Heinrich von Brandenburg-Schwedt gehört hatte, und rätselte, welches von den beiden fast gleich großen Mädchen seine Tochter sein mochte.

Nach seinem Verschwinden hatte er auf Rennbahnen in der DDR und in der benachbarten Tschechoslowakei die 85 000 Mark, die er Coco gestohlen hatte, verzockt. Wegen Betrugs verhaftet und wieder freigelassen, wegen Steuerhinterziehung erneut verhaftet und zu drei Jahren Gefängnis verurteilt, war er nach der Entlassung Platzwart beim Motorradsport-Club in Dresden geworden. Im letzten Sommer hatte er beim Großen Preis der DDR die Maschinen internationaler Teilnehmer repariert und neue Hoffnung geschöpft, aber dieses Jahr war dem Rennen der Weltmeisterschaftsstatus entzogen worden und seine Kunden blieben weg.

»Seit seinem zwölften Lebensjahr versperrt ein steinernes Band seinen Horizont. Er ist Gefangener dieser engen und grauen Welt namens DDR. Hinter der Mauer geht es weiter, immer weiter, in unbekannte Länder mit exotischen Völkern. Er hat keine Lust, sich an der Grenze erschießen zu lassen. Wozu kennt er Leute wie Coco und Wolfgang? Er hofft, daß sie ihn loswerden wollen.«

Kurt Weiszheit erwähnte Michaels Anwesenheit nur am Rande:

»Der gleiche prüfend-ungeduldige Blick wie Clemens [Schadow], der gleiche Geruch nach Leder und Orangenschalen. Vielleicht mal eine Krimifigur nach seinem Vorbild. Der gute Böse.«

Michael schämte sich für seine Mutter Melli, die am helllichten Tag über die Schönhauser Allee torkelte, Männern um den Hals fiel und Geld oder Zigaretten schnorrte. Sie schminkte sich grell und trug Kleider, die zu dünn und zu kurz waren. Manchmal wurde sie von der Polizei aufgegriffen und nach Hause gebracht. Ordnungsstrafen konnte sie nicht bezahlen.

Ende März verschwand Michael Keese so unangekündigt, wie er gekommen war.

»Große Aufregung im Haus. Die ›K.‹ fragt an allen Wohnungstüren nach MK. Mellie verhaftet.«

In Wolfgang Grünwaldts Einheit fanden tagelang Vernehmungen statt.

»Drei Mal wurde ich zur 2000 bestellt und musste immer wieder die gleichen Fragen beantworten. Warum ich diesen und nicht jenen

Soldaten hatte auf Posten ziehen lassen. Warum ich Michael Keeses Rückkehr ins Weiszheithaus nicht gemeldet hätte. Sie drohten mit Degradierung, Versetzung, Schwedt.«

Mellie wurde nach ein paar Tagen wieder entlassen, weil es keine Hinweise auf Fluchthilfe gab.

»Hatte sie getrunken, stieg sie über das Geländer der Fußgängerbrücke, hielt sich mit einer Hand fest, schwebte, schwankte hin und her, dass mir das Herz stehen blieb, und sie schrie, dass sie jetzt S-Bahn fahren würde. Und eines Tages ist es dann passiert, also nicht, dass sie runterstürzte, da hat sie immer das unwahrscheinliche Glück der Besoffenen gehabt, sondern da ist sie an den Strom gekommen. Ich sehe sie noch auf diesem Vorsprung, da war so ein Isolierblech, da lag sie drauf, und niemand traute sich ran, bis der Strom abgestellt war. Sie hat es nicht geschafft, runterzuspringen und wieder S-Bahn zu fahren, nicht mal im Tod.«

Die Kripo Ost ging davon aus, dass Michael Keese die Flucht gelungen war. Im Westen jedoch registrierten die Behörden ihn nicht als Ankömmling.

Von all den dramatischen Ereignissen, Theaterinszenierungen, von Ein- und Auszügen und Bauarbeiten nahm Elise nur Gerüche war. Manchmal hörte man sie in ihrem Zimmer reden, mit Ludwig, Ernst und Hans und anderen Personen, die in ihrem Kopf weiterlebten.

»Sie vergißt so vieles. Lobt Patrick fürs Putzen, weil sie ihn mit Frieder verwechselt. Starrt Salvador an und schockiert uns, als sie schließlich den Mund öffnet: ›Du bist ja ein Bastard.‹ Ihre Erinnerungen lösen sich rückwärts auf, zuerst die jüngsten, die an gestern, letzte Woche und voriges Jahr. Sie schmelzen wie eine Eisscholle auf dem Weg zum Äquator. Manchmal bricht ein Ereignis ab und treibt davon, manchmal ein Mensch.«

Eines Tages nannte sie Angelika »Lawrentija«. Sie vergaß sich selbst und ihr eigenes Altern. Während ihr Körper verfiel, glaubte sie sich von Anfall zu Anfall jünger.

»Mu wieder gestürzt. Weigert sich aber, einen Stock zu benutzen.«

Ihr Lebensfilm lief rückwärts. Sie weigerte sich, von dem Kuchen zu essen, auf dem eine 80 prangte, weil sie glaubte, jünger zu sein. Ludwig erwachte wieder zum Leben. Ernst spuckte das Gift aus. Die Luftmine verschwand im Bauch des Flugzeugs und reiste zurück nach England. Die Abramowitz kamen zurück und zogen wieder in ihre alte Wohnung. Die Goldbergs spielten Klavier und Hans kam verschwitzt von einem Geländespiel. Richard Salz marschierte zur Marschmusik auf eigenen Beinen rückwärts ins Haus, ihr Vater zog die Uniform aus und wurde wieder der leichtfüßige Phantast, der ihre Kindheit mit Geschichten und Erfindungen erhellt hatte. Sie verlernte das Schwimmen und wurde von Ludwig gerettet. Sie gab ihrer Mutter die Schultüte zurück und durfte wieder ganze Tage auf allen vieren durch die Wohnungen des Vorderhauses krabbeln.

Kurt musste ertragen, dass Elise seine Geburt und seine gesamte Existenz vergaß. Sie nannte ihn »Ludwig« und später, wenn er sie sauber machte, »Papa«. Sie fragte nach dem Kleid, das sie auf der Hochzeit von Ashmutat tragen wollte, und erzählte von den Dzimken, die nachts auf ihren Flößen traurige Lieder sangen.

»Mu lächelt wie ein glückliches kleines Mädchen in der Sommerfrische. Konsequenteste Schönseherei: Alles auf Anfang. Übrig bleibt Kitsch.«

»Sie lebte mit den Toten. Wir brachten es nicht über uns, sie zu korrigieren, ihre Lieben wieder und wieder sterben zu lassen. Oma schwamm auf dem Fluss ihrer Erinnerungen davon, wurde immer kleiner, und wir standen am Ufer und wussten, dass sie bald verschwunden sein würde.«

»Namen aus einer anderen Welt wie ›Schießgirren‹ und ›Krakerorther Lank‹ sind ihr geläufiger als die Nachbarstraßen«, schrieb Kurt und begriff, dass er »Zeuge des letzten Aufflackerns unwiederbringlicher Erinnerungen« war, »unwiederbringlich, weil niemand nach dieser Generation sich an die untergegangene Welt Ostpreußens erinnern wird«.

Er suchte in der Staatsbibliothek nach alten Karten und fand die Namen aus den Erzählungen seiner Mutter wieder: Memel, Heydekrug, Schieß, die Augustumaler Kanäle und das Krakerorther Lank. Er betrat eine merkwürdig vertraute Welt, in denen die Gutenachtmärchen und Anekdoten seiner Kindheit zu neuem Leben erwachten. Er las die Ostpreußen Sudermann und Wiechert und entdeckte, dass Gregorovius nicht nur über Italien geschrieben hatte. Die Schwermut der Wälder wehte ihn an, er spürte die Kraft des Ostseewindes und die Sehnsucht beim Anblick des Sonnenglitzerns auf den Wellen der flachen Bodden – als sei er in einem vergangenen Leben selbst dort gewesen.

»Sammle für Erzählungen und Geschichten, die nicht (mehr) von dieser Welt sind. Geisterflimmern im Sonnenschein, Dufthauch von Ostsee und Kiefernharz am Abend der Welt«, so bruchstückhaft zusammengesetzt wie die deutsche Erinnerung nun einmal war, nachdem Krieg und Vertreibung sie zerschlagen hatten. »Wie wachsen Kinder auf in einem Land, in dem Straßennamen in leere Räume weisen und die Lebensläufe der Eltern im Nichts beginnen? Woher kommen wir, woher unsere Immanuel Kants und Simon Dachs?«

Während Elise mit einer Wunde am Bein, die sich infiziert hatte, im Krankenhaus Friedrichshain behandelt wurde, durchsuchte Kurt Weiszheit die Papiere in den Kisten und Koffern auf dem Nußbaumschrank,

»… mit schlechtem Gewissen wie ein Kind auf der Suche nach den Weihnachtsgeschenken. Ich studierte die wenigen Fotos der Schießer Verwandten, um Ähnlichkeiten herauszufinden, und fand ein dickes Bündel Briefe mit Marken des Kaiserreiches in der Handschrift Ludwigs.«

Der vertrauliche Ton dieser Briefe überraschte und rührte Kurt. Die beiden mussten sich schon in ihrer Jugend nähergestanden haben, als sie zugegeben hatten. Schade, dass Ludwig zu den Bolschewiki geflohen war, »vielleicht wäre sonst Ludwig mein Vater geworden«, touchierte Kurt Weiszheit unwissentlich die Wahrheit.

Er dachte auch erneut über Möglichkeiten nach, das Memelland zu besuchen. Über den Schriftstellerverband erhielt er die Adresse von Michail Arons, dem Sekretär des Kreisverbandes in Klaipeda, der Deutsch sprach und selbst zur Heimatgeschichte publiziert hatte. Mit einer reich bestempelten Einladung stellte Kurt den Antrag auf ein Visum für die Sowjetunion.

Herbert Nachtigall schrieb »künstlerisch unergiebig und politisch fragwürdig« an den Rand des Reiseantrags. Die polnischen und sowjetischen Genossen verstanden keinen Spaß, wenn Deutsche die alten Stammesgebiete visitierten. Sein Blick fiel auf den Stahlschrank, hinter dessen Blechtüren bereits drei verschiedene Fassungen *Von einem, der auszog, das Fürchten zu lehren* lauerten. Er ließ den Stift sinken und dachte nach. Aufbau hatte gerade Christa Wolfs *Kindheitsmuster* neu aufgelegt, die *Blechtrommel* lief in den Kinos der Republik – konnte es sein, daß eine neue kulturpolitische Linie sich ankündigte? Man konnte ihn für unbelehrbar halten, wenn er die Zeichen der Zeit nicht las. Manche warteten nur darauf, ihn wie Kurzke, den alten Stalinisten, in irgendein Provinzkaff abzuschieben.

Er mußte die Risiken abwägen. Revanchismus hier, Stalinismus da. Beides sehr unangenehm. Sein Nacken verspannte sich. Er bekam Kopfschmerzen.

Kurt Weiszheit beschreibt in seinem Tagebuch Anfang Sommer 1981 einen Aufenthalt in Litauen, obwohl sein Reiseantrag zuletzt doch noch abgelehnt worden war. Angelika erklärte das so:

> »Er hat einen Antrag für Rumänien gestellt, zu Freunden in Suceava. Die Bahnlinie dorthin führte über Lwow in der SU, und dafür bekam man eine befristete Transitgenehmigung und konnte da für ein paar Tage ›aussteigen‹.«

Kurt Weiszheit fuhr von Minsk mit dem Überlandbus nach Vilnius und weiter nach Memel.

> »Šilutė, Heydekrug. Mit M. [Michail Arons] zum Atmath, wo das Sägewerk lag. Auf der Uferstraße klapprige Ladas und stinkende Traktoren.«

> »Schieß, heute Šyša, ländliche Siedlung, Datschen, ein paar Fischer,

Wiesen, viele Gräben. Wo die Straße, von Šilutė kommend, aufs Ufer trifft, muss das Sägewerk gewesen sein. Der Fuß tastet Reste von Ruinen zwischen den Brennesseln.

Die Sümpfe, erzählt uns ein rotgesichtiger Angler, waren 1944 heftig umkämpft und sind in den fünfziger Jahren für die Landwirtschaft melioriert worden. Ziegelsteine und Holz von der ›deutschen Fabrik‹ hat man als Baumaterial für die neuen Häuser der Kolchose verwendet.«

»Der Wind am Haff riecht nach Wasser, Pflanzenatem und Moder. Am weißblauen Himmel kreist ein Raubvogel, ein Seeadler, behauptet M.«

In der Städtischen Leihbücherei von Šilutė zeigte Michail Arons ihm eine maschinegeschriebene Märchensammlung.

»Da hatte ich sie wieder, die Helden aus den Geschichten meiner Mutter: die Brüder Jonas und Tomas, den Schmied Antanas und seine Frau Jurga, die kräuterkundige Waldläuferin Urte mit der Nase, den Schmuggler Herkus und den ›Verpėjas‹, den Spinner, der mit den Bäumen und Vögeln redete. Der Autor dieser Lokalgeschichten war Lehrer an einer Šilutėr Mittelschule gewesen und vor langer Zeit gestorben.«

Herbert Nachtigall zog den Kopf ein, sobald in der Abteilung über »seinen« Autor gesprochen wurde. Er litt fürchterliche Rückenschmerzen, konnte die Arme nur unter Qualen heben und sich nicht hinlegen, denn sobald er einschlief, träumte er von ungenehmigten Veröffentlichungen in westdeutschen Revanchistenverlagen und Protesten im ganzen RGW, die ihm Muskelkrämpfe bescherten.

Seine gebeugte Körperhaltung veranlasste die Genossen, ihm zum Trost auf die Schulter zu klopfen. Er musste die Zähne zusammenbeißen, um nicht aufzuschreien. Bei der Abteilungssitzung zappelte er so, dass die Ragwitz ihn Kuchen holen schickte.

Er machte Liegestütze und schüttelte den Kopf, um der Blockade in seinen Halswirbeln zu begegnen. Unter seinem Schreibtisch steckte er den Kopf in eine Schlaufe aus seinem Gürtel, der am Stahlschrank befestigt war, und versuchte, mit den Füßen seine Wirbelsäule zu strecken, als wolle er sich henken. Für einen Moment spürte er Erleichterung, aber kaum saß er wieder am Schreibtisch, wurde der Schmerz erneut unerträglich.

Kurt Weiszheit hingegen schwebte auf Flügeln der Inspiration, hörte nach seiner Rückkehr aus Litauen sogar auf zu trinken und stellte innerhalb von 4 Monaten ein Manuskript von 295 Seiten zusammen.

> »Habe einen Schatz gehoben. Heute selbst in die Glinkastraße [Sitz des Verlags der Völker], um d. Manuskript abzugeben.«

Das Gutachten, das dem ablehnenden Brief des Verlags beilag, schockierte ihn:

> »›Der Autor ist vom Thema sichtlich überfordert‹, hieß es und ›Ein so komplexer Stoff, mit vielerlei Bezügen auf unverheilte Wunden, hätte einen reflektierenderen Erzähler gebraucht. Die Vermischung von Hörensagen, privater Familienüberlieferung und baltischen Märchen ist wenig originell, die Geschichte der Grenzverletzung muss man wohl illegal nennen.«

Das war bereits das zweite Werk, das unveröffentlicht zu bleiben drohte. Wieder setzte Kurt sich an die Überarbeitung, löschte die Geschichte der inoffiziellen Abweichung von seiner Reiseroute und suchte nach weiteren Stellen des Anstoßes.

> »Mir blutet das Herz. Reisebericht, aktuelle Bezüge, Stalin, alles raus. Wenn ich nur das Waldreich und seinen Zauber retten kann!«

Die Überarbeitung dauerte länger als das Schreiben des ersten Manuskripts.

> »Je länger ich mich an dem Manuskript abarbeitete, desto schlimmer wurde es. Der Text überzog sich mit einer Schimmelhaut aus Erklärungen und verirrte sich in seinen Umwegen. Ich verachtete meine Sklavendenke und dachte oft an Selbstmord.« »Trauriges Silvester. Fühle mich wie ausgekotzt, schleppe die ganze Rotze mit ins neue.«

Herbert Nachtigall informierte ihn nach Eingang der zweiten Fassung »vertraulich« über grundsätzliche Einwände der polnischen Genossen, die »gerade in der gegenwärtigen Situation keine außenpolitischen Komplikationen« gebrauchen könnten. Kurt Weiszheit solle sich lieber wieder der Geschichte der Arbeiterbewegung zuwenden, da habe er doch schöne Erfolge gefeiert. Eines Tages werde man entspannter über die Geschichte reden können. Und wenn es ihn tröste: Auch andere Autoren hätten unveröffentlichte Werke hinterlassen, die ihren Nachruhm nährten.

»Mir wird schlecht vom Intimgeruch seines Vertrauens«, kommentierte Kurt Weiszheit das Gespräch. Er fand die Ablehnung durch die »Betonköpfe« umso bedauerlicher, als er sein *Kurisches Flüstern* für einen »klaren Gegenentwurf zum Revanchismus der Vertriebenenverbände in der BRD« hielt, denn schließlich erzählte er nicht von deutschen Geburtsrechten, sondern von Litauern, Deutschen und Russen, von Orthodoxen, Katholiken, Juden und Protestanten, von Grenzschmugglern, Pazifisten und Kommunisten. Aber vielleicht war genau dieser Kosmopolitismus das Problem der Zensoren.

Kurt Weiszheit drängte Peter Roehle alias Petra Pelosi, im Westen nach einem Verlag zu suchen, obwohl er zu Beginn seiner Arbeit kategorisch ausgeschlossen hatte, »die Geschichte in einen falschen Hals zu stopfen«, und sandte Anweisungen mit, die so detailliert wie verworren klangen:

> »Natürlich mußt Du sagen, daß *Kurisches Flüstern* keine Vertriebenenprosa ist, sondern Naturlyrik und Fabelei. Betone nach Möglichkeit die Grundsätzlichkeit der Aussage, damit das Manuskript nicht erst auf der Ablage beim dritten Nebenlektor landet. Mehr sage ich nicht, Du wirst schon die richtigen Worte finden.«

Als ihm die Wartezeit zu lang wurde, suchte Kurt den Mitarbeiter der polnischen Botschaft Ludwik Stawiński, den er von Lesungen im Haus der polnischen Kultur kannte, in dessen Wohnung auf, doch der fühlte sich belästigt und beschwerte sich im Außenministerium, was bei Nachtigall zu einem Krampf der Nackenmuskulatur führte.

»Ich wanderte durch das nächtliche Berlin, schlaflos und auf der Flucht vor dem gräßlichen Tier in meinem Arbeitszimmer ... Einmal verlor ich irgendwo im Gebüsch am Friedrichshain meinen Schlüssel. Elise hörte mein Klingeln nicht, Angelika war nicht zu Hause, ich schlief auf dem Absatz vor der Wohnungstür ein und erwachte erst am Morgen, als die Nachbarn über mich wie über einen Aussätzigen hinwegstiegen.«

Mehr als einmal torkelte er nachts einer Polizeistreife in den Weg.

»›Fahndungsgondrolle Wachtmeister Soundso, ma de Babbiere bidde.‹ Komisch eigentlich. Es können ja nicht immer Sachsen gewesen sein.«

Wenn er keine Papiere dabeihatte, wurde er »zugeführt«.

Angelika litt unter seiner Unzuverlässigkeit.

»Es gab eine Zeit, da war ich nur noch seine Putze, Krankenschwester für Oma, Hausmeisterin und Sparkasse – und der Herr Schriftsteller sagte nicht mal Danke. Wegen ihm verpatzte ich Auftritte, fand keine Ruhe zum Schreiben – und als er dann mal irgendwas der Art meinte, ich solle mich nicht beschweren, er habe ja wohl von uns beiden das größere Talent, schmiss ich seine Weinflasche auf die Straße. Wir brüllten uns so laut an, dass Salvador zu Elise flüchtete.«

Im Juni 1982 erschien in der Zeitschrift *Asorp und Kyril* in Westberlin das »Poem zur Steigerung der Arbeitsproduktivität zu singen«. Der offensichtlich aus dem Osten stammende und sich hinter dem Pseudonym Jan Antoin versteckende Autor wütete im Vokabular des DDR-Sprech wie ein jähzorniger Elefant im Porzellanladen, zerschlug die »Betonfloskeln«, »stopft der Nomenklatura das Maul mit Blut, Schleim und Sperma« und rechtete mit einem »Kadergott, dem janusschwänzigen«.

Asorp und Kyril erschien als hektografierte Broschüre eines Literaturcafés mit einer Auflage von nur 500 Exemplaren. Vermutlich war die Zahl der Leser im Sicherheitsapparat der DDR größer als die der Käufer im Westen. Die Fülle der Anspielungen auf die Produktion nährten in der ZK-Abteilung Befürchtungen, es könne sich um einen Dilettanten aus dem Kreis der Kombinatsdirektoren handeln. Poschingers Leute versuchten verzweifelt das Pseudonym aufzudecken, aber Petra Pelosi hielt dicht.

»Nachtigall mit Augenringen und Sorgenseufzern, schiebt mir das Heft rüber: Lies mal ob du den Stil erkennst. Ich (nach gründlichen Studium): Vielleicht Biermann?
Er macht ein Gesicht, als hätte ich gesagt, daß er nur noch drei Monate zu leben habe. Ob ich nicht mal im Zirkel [schreibender Arbeiter] des Zeisswerks herumhören könnte, da habe es doch bestimmt einen Helfer gegeben.«

Im September 1982 überfuhr Kurt Weiszheit bei einem mitternächtlichen Ausflug zur Klappe am Bahnhof Lichtenberg ein Vorfahrtsschild und krachte einem Trabant in die Seite. Während an seinem Citroën nur die Motorhaube aufsprang und ein Blinklicht zerbrach, bekam die Trabi-Fahrerin beim Anblick ihrer völlig zerstörten Karosserie einen Weinkrampf. Die herbeigerufene Polizei transportierte Kurt zur Nordmarkklinik.

»Ärztin bei der Blutabnahme mit extra dicker Kanüle. Böse Blicke. 1,2 Promille.«

Eine schmerzhafte Rippenprellung zwang ihn mehrere Wochen zu flachem Atmen. Ihm wurde der Führerschein entzogen, eine dreistellige Geldstrafe auferlegt und das Auto beschlagnahmt.

In der Nacht zum 17. Oktober 1982 geriet er in der Schönhauser Allee in Streit mit zwei Streifenpolizisten. Die Staatsanwaltschaft eröffnete ein Verfahren wegen Widerstands gegen die Staatsgewalt.

Nachtigalls Muskeln glühten von der Daueranspannung und schweißten seine Schulter an die Wirbelsäule. Er lief wie ein Brett durch das ZK; beim Telefonieren musste er den Kopf neben den Hörer legen, weil er ihn nicht länger als ein paar Sekunden halten konnte. Auf seinem Rücken bildeten sich Blasen vom dauernden Einreiben mit Rheumasalbe. Sein Magen schmerzte infolge der Übersäuerung mit Analgin und Faustan. Als das BfU ihn über Gerüchte von einer Veröffentlichung des *Kurischen Flüsterns* im Westen informierte, dachte er daran, noch schnell aus dem Fenster zu springen, bevor er auch dafür zu steif wäre. Die Genossin Ragwitz bestellte ihn zu sich.

> »Sie schlägt mit ihrer Faust auf den Tisch, daß die Kugelschreiber zittern. ›Jetzt ist Schluß, Genosse. Das machen wir nicht mehr mit. Du …‹, sie zeigt mit dem Finger auf Nachtigalls Nase, der versucht, den Kopf zwischen seinen Schultern verschwinden zu lassen, ›du hattest recht mit deiner Einschätzung des Weiszheit. Wir schicken ihn nach Tinker!‹
> Nachtigall wiegt seinen Kopf hin und her, den Rücken, die Hüfte. Die Genossen schauen ihn an, entsetzt die einen, peinlich berührt die anderen: Er weint.«

Die »Kur« auf der Ostseeinsel Tinker beschreibt Kurt Weiszheit in *Feiner Sand, grundlos*:

> »Das erste, was ich beim Verlassen des Schiffes sehe, sind alte Männer, die auf dünnen Beinen im kalten Herbstregen nackt über die Dünen stolpern, jeder auf der rechten Schulter ein weißes Handtuch, in der linken Hand einen gelben Gummiball. Ihre Bäuche hängen schlaff über das Geschlecht, als hätten sie unlängst sehr abgenommen. Neben ihnen läuft ein junger Mann im Armeetrainingsanzug, immer vor und zurück, wie ein Hütehund.«

Tinker hatte seit Nachtigalls Aufenthalt Anfang der sechziger Jahre seinen Charakter sehr verändert und diente jetzt als Hospitalinsel. Die herrschende Klasse der DDR rekrutierte sich nur noch aus sich selbst, Verluste waren nicht mehr hinnehmbar. Verbogene mussten gerichtet, Zerbrochene geflickt, Alkoholiker genüchtert werden. Die Existenz der Insel wurde geheim gehalten, ihre Lage war auf den Karten nicht eingezeichnet.

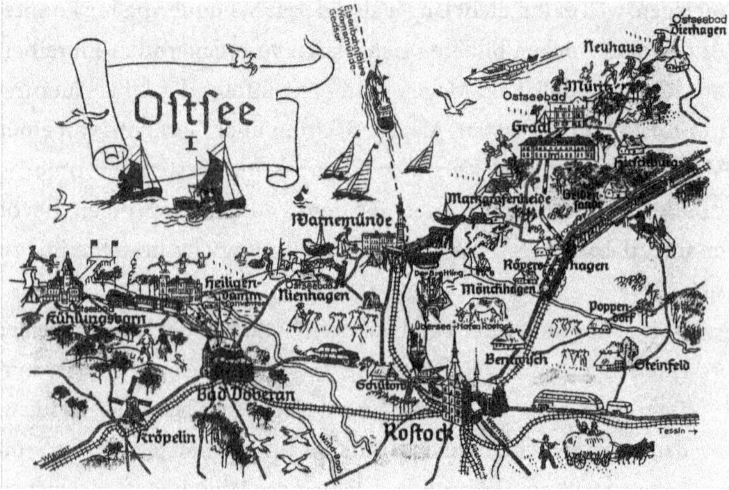

(Post-)Karte der Ostseeküste – ohne Tinker
(Mit freundlicher Genehmigung des Verlags Bild und Heimat, Berlin)

»Man zeigt uns zuerst die Instrumente: den Steinbruch samt Brecheisen und Spitzhacken, die Gärten mit Spaten, Schaufeln und Schubkarren, die Klinik mit Zahnarztstühlen, die Labore zur Blut- und Urinuntersuchung, die Sportgeräte aus Leder und Gußeisen, die Schwitzkammern und Kaltwasserduschen. Jede erdenkliche Art körperlicher Qual ist hier möglich.«

Kurt Weiszheit war immer Außenseiter gewesen, aber nun entkam er nicht einmal mehr im Geiste, denn das Lager war eine »Gehirngroßwäscherei«, basierend auf Erfahrungen aus 60 Jahren stalinistischer Lagerwelt. Jede Sekunde des Tages war mit einer Hürde versehen, so dass die Insassen ständig aufpassen mussten, nicht zu stolpern. Ein System von Vergünstigungen und Bestrafungen sorgte für Misstrauen untereinander und beugte Solidarisierungen vor. Die Gruppenführer, Studenten des zweiten Semesters der Militärmedizinischen Fakultät in Greifswald, manche im Alter der Kinder oder Enkel der Eingewiesenen, waren mit »Genosse« anzureden.

»Der Vormittag gehört der Körperertüchtigung. Wir rudern in Mannschaftsbooten hinaus auf die Ostsee und schwimmen bibbernd zurück zum Ufer. Wir schleppen Steine über gefrorenen Dünensand. Wir keuchen beim Eilmarsch.

Nach dem Mittagessen arbeiten wir an der Renovierung der Gebäude, in der Küche oder in den Gärten. Alle Wege sind im Gleichschritt, in der Gruppe und mit Gesang zu absolvieren. Getragen werden darf ausschließlich Anstaltskleidung: alte Trainingsanzüge der NVA ohne Emblem. Es gibt keine Besucher, keine Post und keine Zeitungen; Radios und Fernseher sind verboten. Im Kulturhaus finden am Dienstag und Donnerstag Kinoveranstaltungen und Vorträge statt, in der Bibliothek stehen nur Marx, Engels und Lenin.

Zu Essen gibt es Gemüse, nur sonntags Fleisch, nichts Süßes. An jeder Zimmertür hängt die Selbstverpflichtung der Bewohner mit den zu erreichenden Blut- und Leberwerten. Der Tagesablauf ist komplett durchgeplant, vom Aufstehen um 4:00 Uhr des Morgens bis zur Nachtruhe um 20:00 Uhr.«

Die Parteiversammlungen, auf denen die Genossen »ohne Ansehen der Person« gleich viel galten und sich wie »draußen« duzten, waren nicht etwa eine Ausnahme vom System, sondern übten nur die Freiwilligkeit der Unterwerfung. Der Aufenthalt konnte 6 Wochen oder 12 Monate dauern, das wusste niemand vorher.

»Einmal in der Woche samstags legt ein Schiff an der kleinen Mole an. Die neuen Patienten treten unsicher blinzelnd auf den Steg. Mit ihrer käsigen Trinkerhaut, den dünnen Haaren und der gebeugten Haltung unterscheiden sie sich deutlich von denen, welche die Insel verlassen und im Dunst über der Ostsee verschwinden.«

Die Zahl derjenigen, die im Meer ertranken, der Überanstrengung erlagen oder sich aufhängten, war ebenso geheim wie die Existenz des Lagers als solches oder gar die Statistik der Rückfälle.

»Der neue hieß Bert und war ein phänomenaler Typ: breitschultrig, kantigen Gesichts, weißzahnig und in seiner zweifelsarmen Geradlinigkeit perfekt geeignet für eine Karriere als Kieferchirurg. Mit masochistischer Lust ließ ich mich von ihm aus dem Bett brüllen, drückte nach seinen Pfiffen Liegestütze, bis mir schwarz vor Augen wurde, und rannte nackt über den schneebedeckten Strand. Natürlich spürte er meine Hingabe und triezte mich umso intensiver. Ich wollte auf der Insel bleiben. Am liebsten für immer.

Durch meine Leistungen im sozialistischen Wettbewerb war ich von vorzeitiger Entlassung bedroht und mußte Lügen und Räuberpistolen bemühen, um weiter therapiebedürftig zu scheinen. Leider war der Einsatz der Studenten der militärmedizinischen Fakultät auf jeweils sechs Wochen begrenzt, und als Bert die Insel verließ, hatte auch ich keinen Grund mehr zu bleiben.«

»Er sah genesen aus«, erzählte Angelika, »richtig braun gebrannt und mit vollem Haar, das noch heller geworden zu sein schien – vielleicht von der Sonne, vielleicht auch, weil das Silber langsam weiß wurde.«

Der Genosse Nachtigall schickte Kurt Weiszheit zum Kadergespräch ins Ministerium für Volksbildung.

»Ich soll Deutschlehrer am IfL in Hohenschönhausen werden. Mein Mund öffnet sich, noch suche ich nach Worten, der Genosse der Kaderabteilung lächelt, als habe er meine Gedanken erraten. ›Ja, die jungen Frauen, ich beneide dich. Du kannst den Damen beibringen, wie man Schreibkurse und Lyrik-Wettbewerbe organisiert …‹ Weiter kommt er nicht, weil mir ein ›um Gottes willen‹ entfährt. Am Ende des Gesprächs schaut der Genosse mich betrübt an und seufzt: ›Was soll nur aus dir werden?‹«

Um sich vom Durst abzulenken, begann Kurt Weiszheit aufzuräumen. Zettel, Manuskripte, Briefe wanderten ins Altpapier.

»Mein Problem: Ich bin noch nie umgezogen! Die Regale sind so verstopft, wie mein Gehirn vor Tinker war. Ich kann nur denken, wenn ich vergesse. Mehr Platz! Mehr Luft!«

Was Kurt Weiszheit am Tag in die Mülltonnen stopfte, zerrte der inzwischen 40-jährige Mato nachts wieder heraus und trug es in seine Dachkammer. Beim Licht einer Glühbirne sortierte er die Dokumente in sein schon vorhandenes System nach »Name, Farbe, Form und Größe« und versuchte damit, der wirren und widersprüchlichen Existenz der Menschen unter seinen Füßen eine Ordnung zu geben. Vielleicht war er damit sogar erfolgreicher als Kurt selbst.

»Onkel Kurt hatte einen Barkas organisiert und schaute mit verschränkten Armen vom Treppenabsatz zu, wie Patrick seine Siebensachen aus dem Haus schleppte. Das hatte etwas sehr Brutales. Die Trennung war ja vernünftig, jeder war froh, dass die Quälerei vorbei war, aber insgeheim dachte ich, dass mir Onkel Kurt als verliebter Narr lieber gewesen war.«

Patrick ging, seine Puppen blieben:

»Im Hauseingang lehnt Mrs. Smith mit dem Kopf an der Wand, den Eintretenden ihren buntbeblümten Hintern zuwendend. Der Vater aus den *Königskindern* winkt mit seinen bebrillten Augen den Reisenden auf der Ringbahn. Mère Ubu steht mit ihren sperrigen Wegweisern den Bewohnern des Seitenflügels im Weg. Auf dem Dach wehen die bunten Fetzen von Genets Huren.«

Nach dem »großen Ausräumen« begann Kurt Weiszheit die Familienbibliothek zu sortieren. Im Laufe der Jahre hatten die Bücher alle Zimmer der Wohnung mit Ausnahme der Küche und des Bades erobert. Natürlich las er sich fest.

»Biografien trösten mich: Kein Schriftsteller ohne Zweifel, keine Kunst ohne Not, kein Leben ohne Brüche.«

»Getrunken hat er gar nicht mehr, keinen Schluck. Ich hätte in den Monaten nach seiner Rückkehr die Uhr nach dem Klappern seiner Schreibmaschine stellen können. Am Vormittag arbeitete er von 8 bis 11, dann ging er spazieren, aß eine Kleinigkeit – meist im Fischladen am S-Bahnhof – und hielt einen kurzen Mittagsschlaf, gefolgt von einer Nachmittagsschicht, die bis 18 Uhr dauerte. Zum Abendessen trafen wir uns in der Küche. Das war zu der Zeit übrigens immer einfarbig, weil Mato sich weigerte, Gemüse unterschiedlicher Farbe aus seiner HO-Kaufhalle mitzubringen. Anschließend schauten wir *Aktuelle Kamera* und *Tagesschau* und redeten über Gott und die Welt. So gegen 22 Uhr ging Kurt in sein Arbeitszimmer, und ich konnte mir endlich ein Glas Wein einschenken.«

Im April 1983 fegte ein heftiger Sturm über Berlin. Bäume stürzten um, und auch die Dachkonstruktion des Weiszheitshauses hielt dem Druck des Windes nicht stand. Zuerst brachen die Stützbalken am nördlichen Ende des Vorderhauses zur Sonnenburger Straße, dann hob der Wind die Dachhaut an.

»Alte Kleider aus den Bodenkammern flogen mit weit geöffneten Ärmeln durch die Kopenhagener Straße wie Gespenster.«

Bretter, Dachpappe, die Bleche vom Ecktürmchen und Ziegelsteine der Schornsteinköpfe stürzten in die Kopenhagener Straße.

»Bäche rannen die Treppenhäuser hinunter. In den Wohnungen weichte der Deckenputz und begrub Teppiche, Möbel und Fernsehgeräte unter sich wie einst die Lava-Asche Pompeij.«

Die Kommunale Wohnungsverwaltung war mit der Reparatur überfordert. Viele der nach der Sanierung eingezogenen Familien wichen in Umsetzwohnungen aus und kehrten nicht zurück.

»Wir mussten eimerweise Putzschlamm und nasses Stroh von den Böden kratzen, damit das Haus überhaupt erst mal wieder trocken wurde. Die Preßspantüren, die während der Sanierung eingebaut waren, konntest du wegschmeißen, genauso die Gasbetonwände, die sich auf den gequollenen Dielen neigten und umkippten. Ich muß sagen, daß Komalla jetzt, wo er nicht mehr die Amtsperson war, uns sehr unterstützt hat, vor allem mit seinen Beziehungen zum Staatlichen Baustoffhandel.«

Das von Angelika geführte Hausbuch verzeichnet für 1984 nur 17 Familien, davon elf im Vorderhaus. Die übrigen Wohnungen wurden im Laufe der nächsten Jahre peu à peu wieder besetzt.

Kurt Weiszheit lernte mauern, verputzen, verkitten, löten und Gewinde schneiden.

»Mit Hardt Eichenbohlen aus dem Bauschutt gezogen, zufrieden«, »Treppenpfosten geschliffen, üble Blutblase am linken Daumen, müde und zufrieden«, »Rückenschmerzen vom Vergipsen an der Decke. Zufrieden«, »Türen und Gitter im Unterkeller entrostet. Fühle jeden Knochen. Sehr zufrieden.«

Zur gleichen Zeit, da die Proletarier der Stahlwerke und Fließbänder aus der Wirklichkeit verschwanden (in Ost- ebenso wie in Westdeutschland), kultivierte Kurt das Image des »ehrlichen« und »unabhängigen« Handarbeiters – als Gegenbild zum smarten Karrieristen im real existierenden Sozialismus. Die Ähnlichkeit mit Gundermann, dem singenden Baggerfahrer aus der Braunkohle, oder mit Erik Neutzschs Balla in *Spur der Steine* war ihm bewusst.

> »Ich sehe im Bücken und Stemmen eine angemessene, vielleicht sogar die beste Haltung für den Schriftsteller, der in der Falle sitzt. Unsere saturierte Kleinbürgerlichkeit und Abschottung will ja gar nichts wissen von den wirklich brisanten Themen, will lieber die Idylle genießen und das Ungemach verdrängen. Ich habe keine Lust auf Sklavensprache und Fabelmetaphern, also ziehe ich es vor, zu schweigen und zu schwitzen.«

Angelika sah die Attitüde kritischer:

> »Er trug Fleischerhemden und Latzhosen. Seine Fingernägel waren immer schmutzig. Aber er war auf eine ungesunde Weise stolz auf sein, also wie soll ich sagen: Scheitern? Er schlussfolgerte, um es mal böse zuzuspitzen, aus seiner eigenen Unfähigkeit zur literarischen Auseinandersetzung, dass die literarische Auseinandersetzung generell unmöglich geworden wäre. ›Samisdat‹ beispielsweise war für ihn der Beweis, dass auch andere sich zurückzogen, als ob die das freiwillig getan hätten.«

Doch Kurts »Schweigegelübde«, wenn es überhaupt ernst gemeint war, hielt nicht lang. Während er malerte, schnitzte, verputzte oder schliff, spazierte seine Phantasie wie ein »Poet durch die Rosengärten«. Er notierte seine Einfälle in ein kleines braunes Büchlein, dessen Bemusterung mit Farbklecksen noch heute von seiner Tagesarbeit erzählt und den Titel »Nebenprodukte« trägt.

> »Gestern bis 19:00 Uhr Steine geschleppt. Abend auf dem Dach im Sonnenuntergang. Notizen vom Tag abgeschrieben. War so glücklich, wie man nur sein kann.«

In *Der nasse Clown* wäscht ein Straßenkünstler mit der Schminke versehentlich sein Gesicht ab. Maßlos über das »rosa Nichts« erschrocken, beginnt er, sich selbst Gesichter aufzumalen. Ein Trupp »gesunder und gepanzerter« Palastgardisten führt ihn zum König, den das »lebende Gemälde« amüsiert. Der Künstler darf auf den großen Jahrmärkten des Landes auftreten und wird bejubelt. Als er jedoch wagt, sich ein weinendes Gesicht zu malen, schrubbt das Volk ihn mit Drahtbürsten blutig und ersäuft ihn.

Die nur 7 Seiten lange Geschichte *Unter dem Pflaster* beschreibt den Arbeitstag eines Rattenbekämpfers, der in der Kanalisation Berlins Köder auslegt und einsammelt, Käfige aufstellt und Kadaver entsorgt. In seinen Pausen steigt er ans Licht, mal in Friedrichshain, mal in Kreuzberg, wie es die Arbeit mit sich bringt. Er sitzt auf einem Mauervorsprung oder einer Bank, kaut eine Stulle, trinkt Kaffee aus einer roten Thermoskanne und betrachtet Verkehr, Menschen und Häuser, ohne die Unterschiede zwischen Ost und West zu reflektieren, als gäbe es keine Mauer, keinen Stacheldraht, keine Grenzkontrollen. Die Beiläufigkeit der Beobachtung karikierte den Fatalismus, mit dem die Zeitgenossen die Teilung der Stadt hinnahmen. *Unter dem Pflaster* kursierte bald in einer handvervielfältigten Matritzenfassung unter dem Pseudonym Stephan Jahnke.

> »Mir gefällt die Vorstellung: Abgegriffene Seiten, die von Hand zu Hand wandern; die Seiten vergilben, der Text wird unleserlich, aber er lebt hinter den Augen, die ihn gelesen haben. Der Leser ist für Literatur, was der Prinz für Dornröschen war: Er küßt sie wach.«

Herbert Nachtigall wusste, wer hinter dem Pseudonym steckte. Jeden Morgen fiel ihm ein Stein vom Herzen, wenn die Petschaft unberührt und keiner seiner Kollegen an seinen Stahlschrank gegangen war. 180 Tage noch, dann hatte er's geschafft!

> »Heimlich schneidet er den täglichen Zentimeter von seinem Maßband. Mit dem letzten Schnipsel, am 1. Oktober 1985, wird er der Genossin Ragwitz die Verantwortung für die Linie auf den Schreibtisch legen und in Rente gehen. So frei und leicht fühlt er sich bei der Vorstellung, daß er wie ein Luftballon in den Himmel steigt, die

Sächsische Schweiz unter sich, ein Haus an der Elbe, Sonja steht im Vorgarten und winkt ihm zu.

Letzten Sommer war er mit ihr im Elbsandsteingebirge klettern, und siehe da: Anschmiegen, Festkrallen, Sichern, das ist seine Welt. Die Wege sind vorgeschrieben, Abweichungen streng verboten, da kann nicht einfach ein Eifriger an den anderen vorbei. Er klettert gut, trotz seines Alters. Schlank ist er, seinem empfindlichen, oft verfluchten Magen sei Dank.

Er räumt schon mal seinen Schreibtisch auf, verschenkt die Schreibgarnitur (Braunkohlebrocken mit Goldschrift) und bringt Bücher zurück in die Bibliothek, erinnert sich an seinen Anfang und die Sorgen um die jungen Wilden, die die sozialistische Literatur neu erfinden wollten. Ach, was hat er gelitten. Aber stets zuverlässig hat sein Körper auf Abweichungen von der Linie reagiert. Seine Augen werden feucht von Selbstmitleid und Stolz. Schade, daß die Genossen sein Talent niemals ernst genommen haben.«

Er fühlte, dass es Zeit wurde, zu gehen. Die Führer der Sowjetunion wechselten in schneller Folge, die Linie erstarrte und löste sich zugleich in Punkte auf. Zwei Wochen vor seiner Pensionierung wurde Herbert Nachtigall zu seiner Chefin gerufen. In sicherer Erwartung, von der Ragwitz für seine langjährige Tätigkeit ausgezeichnet zu werden, vielleicht Held der Arbeit?, wischte er seine Handflächen trocken.

»Die Ragwitz lacht: ›Nein, den Laufzettel kannste wieder einstecken. Deine Schriftsteller gehen ja auch nicht in Rente.‹ Sie klickt ihren Kugelschreiber wie ein Bombenrelais. ›Sieh mal: Ohne deine wertvollen Erfahrungen würde ein junger Genosse es schwer haben.‹

Herbert Nachtigall beginnt, fürchterlich zu schwitzen. Worte fetzen um seine Ohren: angespannte Lage, Zuspitzung der Krise. Nachfolger einarbeiten.«

Zurück in seinem Büro sortierte er die ausgesonderten Akten wieder ein. So ’n Mist. Nochmal ein neues Maßband.

»Das Projekt Wohngemeinschaft entstand ursprünglich, weil Helene eine Praxis aufmachen wollte. Rosetta kannte ich schon lange als Saxophonistin, und Helene war ihre Freundin, bis 1982 Ärztin im Krankenhaus Friedrichshain, aber sie wollte nicht mehr in so einem medizinischen Großbetrieb arbeiten, sondern was mit Homöopathie machen. Da gab es im Osten ein großes Interesse. Und seit Salomos Tod stand ja die Praxis leer.

Ich trat mein Zimmer neben der Praxis an Helene und Rosetta ab und zog ans andere Ende der Wohnung, in das Zimmer neben Elise. Vom Balkon der Praxis hatte man einen herrlichen Blick nach links bis zur Schönhauser, wo der Verkehr brauste und die gelb-roten Züge der U-Bahn auf Höhe der ersten Etage hielten. Man musste nur die Fassaden der Kopenhagener Straße betrachten, um zu wissen, wie weit die Staatsgäste von der Schönhauser hineinschauen konnten. Auf der rechten, der ›unsichtbaren‹ Seite wurde die Straße dunkler, Gras wuchs zwischen den Pflastersteinen, der Blick prallte ab von staubblinden Fensterscheiben und verrammelten Schaufenstern, verhedderte sich am Ende der Straße im Gewirr von Stacheldraht und Vorzäunen und krepierte schließlich an der schmutzig roten Ziegelmauer des ehemaligen Güterbahnhofs. Aber wenn die Sonne in den Ringbahngraben sank, wurden die Fassaden der Mietshäuser zu leuchtenden Ufern eines graugrünen Flusses. Dann saßen wir draußen auf dem Balkon, tranken Rotwein und redeten, bis es kalt wurde.

Die Patientinnen, es waren meistens Frauen, kamen aus der ganzen Republik. Oft blieben sie zum Abendessen, manche übernachteten in unserem Gästezimmer. Wir suchten ja immer Austausch, redeten über Feminismus und alternative Lebensformen, Kinder, Schule, Männer, all das. Wir waren politisch und selbstbewusst, kritisch in vieler Hinsicht, suchten natürlich auch Vorbilder im Westen, aber in Bezug auf Abtreibung, Selbständigkeit und so weiter, Arbeitsmöglichkeiten, Kinderbetreuung hatten wir keinen Grund, jemanden zu beneiden.«

Bezahlt wurde Helene unter anderem mit Werken ihrer dankbaren

Künstlerinnen-Patientinnen, so dass die Weiszheitwohnung bald einem Museum für zeitgenössische Kunst glich.

»Wir kleideten uns in Selbstgewebtes, aßen von handgeformten Tellern und tranken aus mundgeblasenen Pokalen. Jeder Zentimeter Wand war mit Zeichnungen und Gemälden geschmückt. Wenn es zu voll wurde, veranstalteten wir einen Kunstmarkt, verkauften ein paar Sachen und tanzten Tango.«

Heilungsuchende kamen auch aus den Reihen der Nomenklatura.

»Ich erinnere mich an einen Enkel von Axen mit einem Hautausschlag. Oder die Frau oder die Tochter, ich weiß nicht mehr genau, des Berliner Parteichefs, die ließ sich von Wandlitz zu uns kutschieren im Tschaika, die schwärmte von den Wundern, die Helene vollbringen konnte.«

Mit seinen hellgrünen Augen und langen, dunkelbraunen Locken verzauberte Salvador die Besucherinnen. Ein Gemälde von Erica Rönne aus dem Jahr 1983 zeigt ihn neunjährig, in bunte Tücher gekleidet, mit Perlen in den geflochtenen Haaren und dem glitzernden roten Edelstein im silbernen Käfig am Ohr. Er duldete die fürsorgliche Belagerung mit träger Verachtung und floh, wenn es ihm zu viel wurde, zu Coco Lorenz' Töchtern in den Seitenflügel.

Emma war zwei Jahre und Vanessa ein Jahr älter als er. Sie spielten Fußball, rauften wie Jungs und kletterten lieber über die Zäune des Exer, als dass sie Tore benutzten. Sie hatten zerzauste, nach allen Seiten abstehende schwarze Haare, Stupsnasen, sehr asiatisch wirkende Augen und Münder mit großen Zähnen. Bei einer ersten Schultauglichkeitsuntersuchung fiel Vanessa durch, weil sie alle Fragen mit Gegenfragen beantwortete. Sie könne sich nicht auf das Wesentliche konzentrieren, beschied die Kommission, und stufte sie einen Jahrgang zurück. Salvador und Vanessa wurden 1980 in die gleiche Klasse eingeschult.

Im Gegensatz zu ihren Altersgefährten hatten die beiden kaum Erfahrungen mit der Dynamik einer Kindergartengruppe.

»Er hat zu Hause gelernt, die Welt auf Distanz zu halten, aber was für erwachsene Frauen stimmt, passt nicht für einen Minderjährigen. Rangeleien auf dem Spielplatz, hämische Bemerkungen von ›kackebraun‹ bis ›Schokokuss‹, das waren SEINE Erfahrungen. Es gab in der DDR offiziell keinen Rassismus, niemand durfte das thematisieren, weil wir offiziell doch immer die Fahne der internationalen Solidarität schwenkten.

Salvador hatte Probleme in Heimatkunde. Er wusste alles über Tiere und Pflanzen, Klima und Pflanzen, aber eben nicht die der DDR, sondern in Chile. Das war das Land, von dem er träumte.

Negativ wirkte sich aus, dass er immer umschwärmt worden war, dass er sich nie hatte anstrengen müssen. Lehrer stellten Forderungen, mussten sie ja, und waren automatisch die Bösen, vor allem der Deutschlehrer. Von Onkel Kurt, der ihm vielleicht mal ins Gewissen hätte reden können, kam leider keine Unterstützung – dem hätte Salvi Stricknadeln in die Fußsohlen treiben können und er hätte noch ›ach, wie reizend!‹ gerufen. Auch Helene war lieber die Gute, also blieb letztlich aller Ärger an mir hängen.«

In Salvis Hausaufgabenheft häuften sich Einträge wie

»Salvador hat ein Messer mit in die Schule gebracht«, »Salvador war in eine Prügelei verwickelt« oder »Salvador summt im Unterricht«.

»Pfeifen, Singen, Summen machten bei uns alle, immer. Einer summte, aus dem Radio oder so, und wer wollte, summte eine zweite Stimme. Aber die in der Klasse fanden das blöd. Sie nannten uns Idioten, und wir mussten sie bestrafen.«

Gemeinsam schwänzten Vanessa und Salvador die Pioniernachmittage, wurden beim Klauen in Matos Kaufhalle erwischt und fuhren Bahn ohne Fahrschein. Um »die Kinder von der Straße zu holen«, nahm Wolfgang Grünwaldt sie übers Wochenende mit zum Hundetraining in der Döbelner Heide und ließ sie im Gelände auf seinem Jeep mitfahren. Das gefiel Angelika nicht:

»Salvi kriegte sooo große Augen, wenn ein Mann seinen Weg kreuzte, noch dazu einer mit Uniform, Hund und Knarre und Karre und alles. Er war ja von klein auf nur von Frauen umgeben, zu Hause, im Kindergarten, in der Schule; das Defizit an Rollenvorbildern wog schwerer, je älter er wurde.«

Während Vanessa trotz aller Versäumnisse zu den Klassenbesten gehörte, drohte Salvador am Ende der fünften Klasse die Nichtversetzung und damit die Trennung von seiner liebsten Freundin. Diese Vorstellung konnte er nicht ertragen. Es gab einen Ausweg, der keine Anstrengung bedeutete, und als die Klassenlehrerin ihn vorschlug, war Salvador sofort dabei.

»Ich fiel aus allen Wolken. Berufsoffizier! Der Junge war erst zwölf! Wie konnte die Lehrerin so eine Äußerung überhaupt ernst nehmen? Aber die wollten natürlich unbedingt ihren Bewerberplan erfüllen, da freuten sie sich über jeden kleinen Dummkopf, der sich beschwatzen ließ. Als ich Wolfgang [Grünwaldt] bat, Salvi davon abzubringen, kam ich ins Stottern. Sag mal jemandem, mit dem du aufgewachsen bist, ins Gesicht, dass er einen Beruf hat, den du zum Kotzen findest.«

»Als ›BOB‹ stand die Versetzungsampel für mich auf Grün. Ich konnte machen, was ich wollte, in der Schule wie auch zu Hause, provozieren oder faulenzen, egal, ich erntete höchstens traurige Blicke. Die Lehrer wussten, dass sie meine Leistungen nicht ehrlich benoten durften, und die Mitschüler straften mich mit Verachtung. Ich habe sie gehasst und zugeschlagen, wann immer sich eine Gelegenheit bot.«

Im Sommer 1988 fuhr Salvador mit seiner Klasse in ein Wehrlager und wurde als Gruppenführer eingesetzt in der Annahme, seine Offiziersbewerbung lasse auf eine militärische Begabung schließen. Das Gegenteil war der Fall. Salvador kam am Morgen nicht aus dem Bett und auf der Sturmbahn nicht über die Eskaladierwand. Er weigerte sich, Gleichschritt zu kommandieren, und ließ seine Gruppe beim Frühsport nach 500 Meter Laufen zur Pause wegtreten. Die Gasmaske erklärte er für überflüssig angesichts der atomaren Hochrüstung und das Stiefelputzen für lächerlich.

Der Zugführer, ein Offiziersschüler, sah seine Autorität untergraben und drohte, Meldung beim Wehrkreiskommando zu machen.

Salvador hängte lachend die hässliche Uniformjacke an den Fensterknauf, lief zur Fernverkehrsstraße, trampte bis zur S-Bahn-Station Erkner und fuhr nach Hause.

»Es gab ein Riesentheater, mit Polizeibesuch in der Wohnung und Vorladung zum Elterngespräch. Es gab ja damals eine Menge Proteste gegen den Wehrkundeunterricht an Schulen, vor allem von den Kirchen, Schwerter zu Pflugscharen, Friedenskreise und so, das war die Zeit. Der Schuldirektor sprach von Desertation, als ob Salvi Soldat sei, aber eigentlich war er sauer, weil er seinen Urlaub unterbrechen musste. Ich flippte aus, er nahm das mit der Desertation zurück, bestand aber darauf, dass Salvi das Wehrlager mit dem nächsten Durchgang nachhole, sonst sei ›Polen offen‹, wörtlich.«

Helene sorgte dafür, dass Salvador ein Attest vorweisen konnte, aber noch in den Ferien ordnete der Schulrat seine Versetzung von der POS Thomas Mann auf die weiter entfernte Rudolf-Gyptner-Schule in der Scherenbergstraße an.

Am ersten Schultag nach den Sommerferien saß Salvador trotzdem auf seinem alten Platz neben Vanessa. Die Lehrerin brachte ihn zum Direktor.

»Wir saßen uns gegenüber. Ich wollte nicht auf diese andere Schule. Die hätten mich hintragen müssen.«

Er durfte unter der Bedingung bleiben, dass er seine Verpflichtung erneuerte.

»Was sagst du deinem Sohn, wenn alles, was du für richtig hältst, ihn nur umso tiefer in Schwierigkeiten bringt? ›Sag die Wahrheit, steh zu deiner Meinung, lass dich nicht einschüchtern‹? Er war ja derjenige, der mit den Folgen klarkommen musste.«

Wie um ihn festzunageln, erschien einige Tage später in der FDJ-Zeitung *Junge Zeit* eine Doppelseite mit Kurzporträts von Schülern und Lehrlingen, die »Konsequenzen aus der Bedrohung des Friedens durch den Imperialismus« gezogen hatten. Unter dem Foto von Salvi stand:

»Die Aggressivität des Imperialismus nimmt immer mehr zu, deshalb will ich meinen Beitrag als Berufsoffizier zum Schutz des Sozialismus und des Friedens leisten!«

An einem Gewitterabend im Sommer 1988 kletterten Salvador und Vanessa aufs Dach, zogen ihre Sachen aus und tanzten nackt im Regen. Es roch nach Sommer, das Dach unter ihren Füßen dampfte vor Wärme und unten im Ringbahngraben blitzte es blau, wenn eine S-Bahn durch den Regen fuhr. Von einem Grenzposten alarmiert, erschienen Polizisten auf dem Dach.

»Vor dem Schuldirektor sollten wir, also Coco, Wolfgang und ich, uns für Versäumnisse in der ›Erziehungsarbeit‹ rechtfertigen. Fehlstunden, Disziplinarvergehen, angebliche Gewalttaten, also wenn man das hörte, konnte man glatt den Eindruck bekommen, es handele sich bei unseren Kindern um Bonny und Clyde.«

»Wegen Nichteinhaltung der gesetzlichen Bestimmungen über die Schulpflicht Ihres Sohnes Salvador Müller« bekam Angelika ein Ordnungsgeld in Höhe von 125 Mark aufgebrummt.

Im Oktober 1988 wurde Salvador 14 Jahre alt, einen Monat später Vanessa 15.

»Zugehängte Fenster und Kerzenlicht. Unter der Tür quellen süßliche Räucherkerzenschwaden und Musik von Sade in den Flur. Sie trinken Tee aus hölzernen Schalen. Wenn sie zum Klo schweben, sind ihre Augen schimmernde Monde.«

In Wirklichkeit wurden die beiden zerrissen von Widersprüchen, die selbst die Erwachsenen nur schwer aushalten konnten.

»Unser berühmtes Weiszheithaus war in Wirklichkeit ein Kaninchenstall voll ängstlicher Häschen. Sie hatten Schiss vor der Stasi, vor dem Coming-out, vor den eigenen Genossen. Ich meine, nimm doch mal Wolfgang, der da an der Grenze stand mit seinem Fernglas und sagte, er beschützt den Frieden, und seine Freundin schmuggelt Zeug über die gleiche Grenze, das war doch schizo. Oder dass sie mich als Offizier haben wollten, aber meinen revolutionären Vater nicht besuchen ließen, weil er in Chile wohnte.«

Im November 1988 kapitulierte Angelika angesichts immer neuer

Schikanen und Auftrittsverbote und stellte einen Ausreiseantrag für Salvador und sich.

»Vor den Wahlen Anfang Mai [1989] kriegte ich Besuch von der Abteilung Inneres und einer Frau von der KGD, die wussten hundertprozentig über mich Bescheid und versuchten, zusammengefasst, mich zu kaufen mit Versprechen in Richtung Auftritte, auch im Radio.«

Es war der sozialistische Alltag, in dem Kurt Weiszheit nicht mehr als Schriftsteller hatte auftreten wollen, der ihn jetzt wieder zum Schreiben zwang:

»Ich konnte irgendwann das Gefressene und Geschluckte nicht mehr bei mir behalten, ich mußte wiederkäuen, wie ich das immer getan hatte. Meine hart gewordenen Fingerkuppen klickten hornig auf den Tasten. Das klang gut.«

Die erste Geschichte unter dem Pseudonym Gunter Gonzalis erschien im August 1986 und hat die Prämienbetrügereien eines Angestellten im Ministerium für Leichtindustrie, der Planüberfüllungen in den ihm unterstellten Betrieben simuliert, zum Thema. »Er schadete niemandem außer allen.«

Held dieser und aller weiterer Geschichte(n) von Gunter Gonzalis in der Krimireihe »KR«, die an Bahnhofskiosken für fünfzig Pfennig das Heft verkauft wurde, ist der noch recht jugendliche Kriminalassistent Marco Krossank, also kein Chef oder Einzelgänger, sondern Mitarbeiter in einem Team, genannt »Ermittlerkollektiv«. Er macht Vorschläge, kann sich oft nicht durchsetzen, zweifelt, denkt nach, ärgert sich.

»Alles an ihm wirkt schlicht, fest und gerade, vor allem wenn er Uniform trägt. Dem äußeren Bild entspricht eine innere Haltung.«

Unverkennbar trug Marco Krossank Züge Wolfgang Grünwaldts. Auch die anderen Figuren schrieb Kurt nach dem Vorbild von Nachbarn aus dem Weiszheithaus. Er machte keinen Hehl aus seiner voyenristischen Lust.

»Wenn abends die Lichter im Haus gegenüber angehen, ist das besser als Fernsehen. Sie kochen. Sie streiten. Sie schlafen miteinander. Ein Hurra auf den Mangel an schweren Gardinen!«

»Ich wurde auch schon mal hinter vorgehaltener Hand gefragt, ob ich nicht in seinem Arbeitszimmer nachschauen könne. Jeder wollte wissen, ob er oder sie in dem neuen Gonzalis-Heft vorkam und wenn ja, in welcher Rolle.«

»Zum Glück brauchte ich immer mehr ›Gute‹ als ›Bösewichte‹, und für Letztere benutzte ich vorzugsweise Josef Komalla.«

Kurt schrieb über Themen wie Drogenhandel während der Messe, Missbrauch von Kindern, Fälschung von Forumschecks, Pfusch beim Bau einer Kaserne, Medikamentenschmuggel über die deutsch-deutsche Grenze oder die Erpressung eines Richters durch einen ehemaligen Polizisten. Das von »Gonzalis« gezeichnete Bild des DDR-Alltags entsprach zwar nicht gerade der offiziellen Propagandalinie jener Zeit, aber es gab andere Autoren, die mehr wagten. Das änderte sich mit zunehmder Ausstrahlung von Perestrojka und Glasnost.

»Michail [Arons] zu Besuch. Draußen wird's grad hell. Bis eben diskutiert. Konnten einfach nicht aufhören. Fühle mich jung, ganz ohne Alkohol wie betrunken. Zittere vor überdrehter Müdigkeit. Die Menschen in Klaipeda wie verwandelt. Das Fernsehen überträgt offene Diskussionen. Die Geschichte wird neu geschrieben.«

Heft 204 vom Juli 1987 erzählt von einem »Direktor«, der mittelalterliche Gläser aus einem Schlossmuseum »ausleiht«. Einige der Exponate gehen während einer Party kaputt. Zur Vertuschung des peinlichen Vorfalls wird ein Einbruch inszeniert, der Museumswärter kommt unglücklich zu Tode. Die nachfolgenden Ermittlungen werden von Freunden des Direktors, dessen Beziehungen »bis ganz oben« reichen, behindert. Die Parteigruppe des VPKA diskutiert: Während die Jüngeren Rechtsstaatlichkeit einfordern, bringt Alfred das Argument, mit dem die meisten Reformer in der DDR zum Schweigen gebracht wurden:

»Wir dürfen mit der Macht nicht spielen. Wenn wir eine Tür öffnen, werden alle hindurchgehen.«

Nach dem 27. Parteitag der KPdSU ging die SED-Führung auf Distanz zum »großen Bruder«.

»Hitzige Diskussion in der WGG. Ich rede, zitiere Gorbatschow. Die anderen schweigen. Plötzlich haut Grete auf den Tisch. ›Nun laß doch die Alten auch mal was sagen. Wilhelm, was meinst du dazu?‹ Der Angesprochene erhebt sich: ›Ja, also den Teddy habe ich 1923 in Hamburg kennengelernt.‹ Alle gucken betroffen, aber niemand wagt, ihn zu unterbrechen.«

In Heft 211 lässt »Gonzalis« einen zu Unrecht der Schwarzarbeit beschuldigten Handwerker beim Fluchtversuch an der türkisch-bulgarischen Grenze ums Leben kommen. In Heft 251 schilderte er die Zwänge in der Redaktion einer Bezirks-Tageszeitung, Heft 276 behandelt den Selbstmord des Bürgermeisters eines Dorfes, das einem Braunkohletagebau weichen muss.

»Das neue Heft [gemeint ist Folge 251, d.A.] innerhalb von 24 Stunden ausverkauft«, stellte Kurt Weiszheit fest.

»Meine Figuren hatten formatbedingt niemals die Nase voll. Sie erlitten Demütigungen, Niederlagen und Enttäuschungen, begannen aber in der nächsten Folge wieder unbeeindruckt und unbeschädigt von vorn. Marco Krossank war mein unkaputtbarer Supersozi.«

Insgesamt schrieb Gonzalis 14 Hefte à 96 Seiten, die Auflage stieg von 30 000 Exemplaren bei seinem ersten Heft auf 69 000 bei seinem letzten. Ende der achtziger Jahre versiegte der Schreibfluss – obwohl die zuständige Lektorin im Verlag des Inneren, Karin Warendorf, im Wochenrhythmus Postkarten schickte, um ihren Autor anzutreiben.

Angelika kam in den letzten Monaten der DDR nur gerade so über die Runden.

»Ich verkaufte ab und zu ein paar selbstgenähte Hemden. Da fuhr ich jedesmal zum Bahnhof Lichtenberg, weil mich dort keiner kannte. Onkel Kurt unterstützte uns, das Geld war nicht so das Hauptproblem, sondern daß dein Leben vorbeigeht, und sie lassen dich einfach nicht.«

Nachtigall lauschte in sich hinein, ob da irgendwo ein Schmerz war, ein Anzeichen für linienmäßige Unsicherheit. Ein bissel Stechen in den Fußgelenken, Haarausfall, Schwerhörigkeit, Mundgeruch – das hatten seine Kollegen alle, damit lag er sozusagen auf der Linie des Alterns.

Kurt Weiszheit schrammte manchmal am Rand des Erlaubten, aber der alte Fuchs von Schriftsteller kriegte immer die Kurve. Der war ein anderes Kaliber als die jungen Schriftsteller, die wegen einer vorübergehenden Unklarheit der sowjetischen Linie gleich die Nerven verloren, den Narren spielten und ihre Sätze zerstückelten.

So wohl wie mit 68 hatte er sich mit 20 nicht gefühlt. Dreimal schon hat er sich zu einem weiteren Jahr im Dienst der Partei verpflichtet, und seinetwegen konnte die Ragwitz ihn auch nochmal fragen. Man konnte die Linie klarer sehen, wenn andere abwichen. Das schien beinahe ein Gesetz zu sein: Die Linie ist immer das, wovon ein Abweichler abweicht. Das »Nachtigall'sche Gesetz«: Je mehr Abweichungen, desto klarer die Linie.

Bei den Freunden hat es einige Unsicherheiten in Bezug auf fehlgeschlagene Militäroperationen in Afghanistan gegeben. Des Weiteren der Alkoholmissbrauch des Sowjetmenschen, historisch bedingt, wie auch ein etwas laxeres Verhältnis zu Disziplin, Ordnung und Pünktlichkeit. Da schlingern wir einfach nicht mit, sondern machen den Alten Fritz und preußische Tugenden zur offiziellen Linie.

Herbert Nachtigalls 68. Geburtstag war gerade vorbei, da rief ihn die Ragwitz »in einer Kadersache« zu sich.

Ein junger Mann saß an ihrem Beratungstisch.

»›Das ist der Genosse Jörg Fafner, 29 Jahre alt. Er kommt frisch aus Moskau, Absolvent der Parteihochschule der KPdSU. Mit Sehr gut, stimmt's?‹ Sie lächelt den jungen Mann verliebt an. Fafner nickt und reicht die Hand übern Tisch. Fester Händedruck. Kurze Haare, fast militärische Frisur, nicht Sakko noch Schlips, so einen grauen Pullover mit einem Anstecker in Form eines Spasskisternssss hätte er sich mal trauen sollen an seinem ersten Tag, denkt Nachtigall. Der

Kurisches Flüstern, *links Verlag der Völker, 1988, rechts Verlag der Vertriebenen, 1991*

Junge ist doch mit Peresssstroika infiziert. Die Ragwitz flötet: ›Der Genosse wird dich unterstützen, lieber Nachtigall, und so langsssam ablösen.‹

Herbert Nachtigall beobachtet ›nenn mich Juri‹, der sein Nachfolger sein soll, ihm aber nicht nachfolgt, sondern widerspricht und ›Papierkram‹ verabscheut.

Manchmal spricht er russisch, wie um ihn zu ärgern. Die Schlange in Nachtigalls Kopf windet sich. ›Peressstroika‹, das Wort mag sie gar nicht. ›Öffentlissskeit‹ auch ganz sssslimm. Sie zischelt die bösen Worte weg. Perezisch, Glassssss, Demssss, Wahrssss.«

Anfang 1988 verkündete Gorbatschow, jeder Staat des Ostblocks könne sein politisches System selbst bestimmen. Im August sprachen die Kommunisten der polnischen Führung wieder mit der Solidarność. Ende des Jahres verstummte der Genosse Honecker wegen einer Krebserkrankung.

»Seine« Schriftsteller bombardierten Nachtigall mit Fragen, wo er doch gewohnt war, sie einzubestellen, zu mahnen und zu belehren.

Das Zischeln wurde lauter. »Sozssss«, »Genossssss«, »Refssfss«, bald hörte er nicht mehr, wovon die Genossen sprachen. Verzweifelt versuchte er, ihre Lippen zu lesen. Wie groß war sein Entsetzen, als das Zischen, Fisseln und Sisseln sogar weiterging, wenn er allein war. Er stopfte sich Stöpsel ins Ohr, dichtete die Türen und Fenster ab, aber das Zischeln blieb. Er versuchte, die Schlange mit Alkohol oder Schlaftabletten zu betäuben. Vergeblich.

Tausss flohen über die ungarische Grenssss, Opposss sss Wahlfälssss, Sssondzzzzü über Dresss, Montagssss in Leipzzzz, Gründung der Ssss in Schsch – und keine Verhaftungswelle in Sicht, kein Prozess, kein Militäreinsatz, um die Linie zu klären.

Manchmal, wenn er sich schon fast ansss Gezischel gewöhnt zu haben glaubte, wechselte das Geräusch plötzlich die Frequenz, zog wie ein Düsenjet im Steilflug himmelan, wurde zu einem hohen Pfeifen und stürzte dann wieder ab in ein tiefes Brummen. Oder es wurde unvermittelt lauter oder – schlimmer noch – leiser. Dann musste er lauschen, war es weg??, sich konzentrieren, hinhören, obwohl er gerade das nicht mehr wollte. Er hatte Angst, wahnsinnig zu werden. Manchmal jaulte das Geräusch in seinen Ohren wie ein gequälter Hund oder schmatzte, als würde die Schlange an seinem Gehirn fressen. In seiner Not stach er sich selbst mit einer spitzen Schere, duschte eiskalt und weinte vor Selbstmitleid.

Die Ärztin schickte ihn zu verschiedenen Tests, stellte eine Schallempfindlichkeitsminderung fest und verschrieb ein Hörgerät. Am Zischeln änderte das nichts. Die Kollegen flüsterten, um ihn zu ärgern, und wenn er die Lautstärke erhöhte, überzischelte das Gerät in einer Rückkopplungsschleife. Der Stress zehrte ihn aus. Er wurde kurz angebunden, unterbrach seine Gesprächspartner, bevor sie ausgeredet hatten, und schlug auf das *Neue Deutschland*: »Hier stehen alle Antworten!« In den Augen des Genossen Fafner sah er tiefe Verachtung.

»Nachtigall wegen ›Schwächeanfall‹ im Regierungskrankenhaus«, notierte Kurt Weiszheit am 4. 10. 1989, »er soll einen Westwagen mit den Füßen getreten haben, weil der Fahrer ihn angehupt hat.«

Auf der Intensivstation des Regierungskrankenhauses zertrümmerte Nachtigall die piepsenden Überwachungsgeräte und wurde mit Gummibändern fixiert. Tags darauf stellte sich heraus, dass es die Ragwitz gewesen war, die sich den Wagen von ihrem Masseur geliehen und in einem Anfall guter Laune gehupt hatte, um ihren Genossen Nachtigall zu grüßen.

»Salvi und Vanessa verschwunden. Es fehlen Rucksäcke, Schecks und ein paar Steine.«

»Vermisstenmeldung hab ich natürlich überlegt, aber letztlich doch nicht gemacht, das wäre mir wie Verrat vorgekommen. Später hab ich's dann bereut, aber mir gesagt, dass es nicht meine Schuld war, denn man konnte dem Staat, der Polizei nicht mehr vertrauen.«

Erst als einige Tage später der Rostocker Pfarrer Gluck meldete, dass Vanessa und Salvador in seiner Gemeinde Unterschlupf gefunden hätten, ließ die Aufregung nach.

»Seine Lehrerin rief zweimal an. Beim ersten Mal erzählte ich, Salvi habe die Schule gewechselt, und als sie dann rausfand, dass er da nicht war, hab ich behauptet, er wohne bei seinem Vater in Dresden.

Alle paar Tage kam eine selbstgemalte Postkarte, das war alles, was ich von ihnen wusste. Diese ganzen Stationen, davon hab ich ja später erst erfahren. … Ich hab nicht mehr singen können, meine Kehle war so eng vor Sorge und schlechtem Gewissen, weil ich immer dachte, dass ich der Grund für sein, für ihr Ausreißen war. Meinen Ausreiseantrag hab ich zurückgezogen.«

Kurt Weiszheit reiste den beiden hinterher – auf dem Fahrrad, mit Zug oder per Anhalter, denn eine Fahrerlaubnis besaß er nicht mehr –, kam aber stets zu spät.

»Ich lernte eine DDR kennen, wie ich sie nicht für möglich gehalten hatte. Inspirierte Leute, die von Luft und Liebe lebten und frei waren. Ich bewunderte und bedauerte sie gleichermaßen. RAF-Fans, Mönche, Ökobauern, Friedensaktivisten. Ausgeprägte Charaktere, das Beste, was die DDR hervorbringen konnte. Sie halfen mir bei der

Suche, obwohl ich keinen Hehl daraus machte, Salvador und Vanessa zurückholen zu wollen.«

»Wir haben ihn ›das idealische Kurtchen‹ genannt. Er war ein bisschen verkitscht, unser Onkel. In Wirklichkeit hatten wir zu tun, was zu essen und eine Penne zu finden, möglichst ohne dafür mit alten Männern ficken zu müssen.«

Im August 1989, nach Aufenthalten in Dagelow, Jena, Hartroda und Berlin-Friedrichshain, bei Bekannten und neuen Freunden, meldeten Vanessa und Salvador sich: Sie wohnten ganz in der Nähe, in einem besetzten Haus an der Schönhauser Allee, Ecke Senefelder Platz.

Seitdem Ende Juni 1989 der ungarische und der österreichische Außenminister den Grenzzaun zwischen ihren Ländern zerschnitten hatten, flohen immer mehr DDR-Bürger über die grüne Grenze.

»Üblich war, daß bei einer Republikflucht erst mal von der Polizei und der Stasi alles durchsucht und die Wohnung versiegelt wurde, aber im Sommer 1989 kamen die Organe nicht mehr nach, so viele sind über Ungarn weg. Wir haben bei Freunden persönliche Sachen und wertvolle Stücke rausgeholt und dabei gewitzelt: ›Der letzte macht das Licht aus.‹ Bald standen alle Zimmer unserer Wohnung voll mit antiken Buffets und Kommoden, Garderoben, Stühlen, Sesseln. Im Flur prangte ein riesiger Apothekenschrank mit hunderten Schubladen.«

Im September, Wolfgang Grünwaldt hatte gerade seiner Tochter mit Heimeinweisung gedroht, wenn sie nicht endlich wieder die Schule besuche, machten Vanessa und Salvador sich wieder auf den Weg. Weil sie ohne Papiere nicht einmal nach Ungarn durften, wählten sie die lange Route.

»Sie steigen von Königstein nach Cunnersdorf und am Kippenbach im Erzgebirge Richtung tschechische Grenze, klettern über Felsen, waten durch Flüßchen, braten Jagdwurst in einer Konservendose über dem Spirituskocher und kriechen nachts gemeinsam in den Schlafsack.«

In Bratislava wurden sie von einer tschechoslowakischen Zugstreife festgenommen und einer DDR-Botschaftsmitarbeiterin übergeben, entkamen aber unter Zurücklassung ihres Gepäcks.

»Per Anhalter und zu Fuß sind wir nach Budapest und dort zu István, einem Schriftstellerkollegen von Onkel Kurt. Ende Oktober waren wir in Wien, dann im Auffanglager Gießen und von da sind wir wieder nach Berlin. Ich nannte mich Julio Cienfuegos und Vanessa war Mercedes Lehmann, glaube ich.«

Kurt Weiszheit geriet eher zufällig am Abend des 7. Oktober in die Menge vor der Gethsemanekirche.

»Eine Freundin von Angelika wohnte am Helmholtzplatz. Ich bot ihr an, sie nach Hause zu bringen. Vor der Gethsemanekirche blieben wir stecken und kamen nicht weiter. Plötzlich kamen sie in breiter Reihe, und wir riefen mit den anderen ›keine Gewalt‹. Dann sind wir gerannt, in die Seitenstraßen, in einen Hinterhof, die Jüngeren haben den Älteren über die Mauer geholfen – und unsere Verfolger kannten sich offensichtlich nicht aus, wir hatten Heimvorteil oder sie hatten Angst, vielleicht beides.«

Überall in der DDR erwachten die Menschen aus ihrer Lethargie.

»Bei der Versammlung im Deutschen Theater ist uns aufgegangen, wie stark Menschen in der Gemeinschaft sind, wie sie die Angst verlieren, wenn sie sich versammeln und was also das Demonstrationsrecht bedeutet.«

Kurt war nicht glücklich mit den Folgen:

»Am 4. November kam auf einmal eine halbe Million gestern noch unpolitischer kleiner Leute hinter dem Ofen hervor. Sie trugen jetzt Transparente mit ›Reisen ohne Wenn und Aber‹ oder ›Sieger der Geschichte – ausgesiegt!‹ und räsonierten und pfiffen aus und zeigten es denen mal so richtig. Ich stand zwischen den Basta-Gesichtern auf dem Alexanderplatz und hörte, wie sie Markus Wolf ›aufhören‹ und ›aufhängen‹ entgegenriefen, dem Mann, der mehr Chuzpe gezeigt hatte, als die meisten Demonstranten jemals gewagt hatten oder wagen würden.«

Vanessa und Salvador wohnten zu diesem Zeitpunkt in einer WG in der Oranienstraße in Kreuzberg.

»Wir haben in der Küche gekifft, und dann kam im Radio die Meldung, daß die Mauer auf ist, und wir sind zum Checkpoint. Diese Typen alle mit ihren Trabis. Vanessa hat sie der Reihe nach umarmt und abgezogen, das war ganz leicht, wir sind aus dem Lachen nicht mehr rausgekommen.«

Wolfgang Grünwaldt ließ in der Nacht der Maueröffnung in hektischer Betriebsamkeit seine Soldaten auf Wache ziehen und einander ablösen, um zu verbergen, dass die Befehle von oben einander widersprachen.

»Ich stand im Dunkel auf einem Turm und schaute zur GÜSt, wo Menschenmassen sich durchs Licht schoben. Erleichterung? Ja, nach all den Monaten der Spannung und weil jetzt keiner von uns mehr schießen musste, aber auch voller Sorge, weil du nie weißt, ob nicht einer durchdreht, und was sie mit uns machen, dann.«

Am nächsten Morgen waren die Straßen Ostberlins verwaist. Ämter stellten ihre Arbeit ein, die Schule fiel aus. Wer konnte, lief oder fuhr nach Westberlin. Angelika suchte nach Salvador und Vanessa. Kurt traf Peter Roehle auf dem Kudamm. Vivienne führte ihre Freundinnen in die Cafés, von denen sie so oft erzählt hatte. Rita Grabowski humpelte – einmal im dunklen Hof fehlgetreten und knacks – an Krücken über den Kudamm.

»Elise spürt die Stille. Sie legt die Finger auf die Reifen ihres Rollstuhls: Nichts. Langsam schiebt sie sich im Rollstuhl zum Fenster und legt die Hände auf die Scheiben: Tot. Die Stadt hat aufgehört zu vibrieren. Kein zu- und abnehmendes Grollen von Autos auf dem Kopfsteinpflaster, keine langen Wellen von Zügen auf der Ringbahn, keine Stimmen, kein Wind. Mit Mühe öffnet sie einen Fensterflügel und erwartet, den Qualm brennender Barrikaden zu riechen, aber nichts.

Vorsichtig tastet sie sich zur Zimmertür und legt ihre Hände aufs

Holz. Keine Schritte in der Wohnung, kein Stühlerücken oder Topfdeckelgeklapper, kein Rums von Wohnungstüren im Treppenhaus. Kein Essen, kein Babypuder, kein Zimt.

Die werden sie doch nicht allein gelassen haben?«

Zur gleichen Zeit sah zwei Etagen höher Josef Komalla fern und versuchte, den Sinn der Ereignisse zu enträtseln. Wie wollten die im Politbüro die Chose gar kochen, wenn sie das Wasser abließen? Oder steckte ein Plan dahinter, in den er nicht eingeweiht war? Oder die Genossen waren alt und hatten keine Lust mehr. Er schaltete den Fernseher aus.

»Die plötzliche Stille schlägt ihm aufs Ohr. Er hebt den Hörer ab. Das Freizeichen tutet wie immer, aber er weiß nicht, wen er anrufen soll. ›Die Partei, die Partei, die hat immer recht‹ klingt es in seinen Ohren nach. Gestern noch auf hohen Rossen, heute in die Brust geschossen.

Plötzlich fühlt er sich sehr einsam. Seine Frau ist am frühen Morgen zu ihrer Freundin Caroline gefahren, die letztes Jahr ausgereist ist und seitdem bei ihrem libanesischen Freund in Charlottenburg wohnt. Er steht auf, geht den Flur entlang, öffnet leise die Wohnungstür und lauscht. Ein kalter Wind zieht durch den Spalt und läßt seine Augen tränen.

Weiter unten knackt eine Diele. Er ist also doch nicht allein. Jemand, dem es ähnlich geht wie ihm, ist da, jemand Leichtes, sonst wäre das Dielenknacken knarziger. Die Lachner vielleicht? Hinter ihm fällt die Tür ins Schloß. Schnell fährt seine Hand zur Hosentasche, aber er hat keinen Schlüssel dabei.«

Komalla brachte Elise zurück in ihr Zimmer und blieb bei ihr, bis Kurt heimkehrte.

»Wenn das Rad der Geschichte über einen Stein springt, fallen die Alten vom Wagen.«

Angelika überredete Salvador und Vanessa zur Heimkehr.

»Von heute aus gesehen, war das ein Fehler. Ich hätte ihn nach Chile bringen sollen, zu seinem Vater. Weg von all dem Durcheinander in

Deutschland. Aber ich glaubte, nicht wegzukönnen, dabei sein zu müssen. In der Sektion Chanson diskutierten wir zum ersten Mal, ohne ein Blatt vor den Mund zu nehmen. Überall entstand Neues, wurden Parteien gegründet und Projekte begonnen.«

22 Wechseljahre

Nach dem Mauerfall gab es für Kurt Weiszheit keinen Grund mehr, seine Autorenschaft für den Schweinskramverlag geheim zu halten. Er rechnete mit einem Paukenschlag, aber die Enthüllung verpuffte. Seine Leser hatten mit krassen Umbrüchen zu tun und: Er war zu alt. In der jugendfixierten Schwulenszene interessierte das Coming-out eines 60-Jährigen niemanden.

»Im Winter nach dem Mauerfall quetschten wir uns in Onkel Kurts alten Citroën und machten Ausflüge nach Paris, nach Kopenhagen und nach Wien. Ich trat in Kreuzberg und Christiania auf, sogar der RIAS spielte mich. Wir gaben alles Westgeld, das wir verdienten, für Döner und Lampen von IKEA aus, saugten auf, was der Westen an Kultur zu bieten hatte, sahen Monty Python, Woody Allen, alles von Fassbinder und Herzog, lasen *1984* und *Doktor Schiwago* und *Exodus*, es war ein Rausch.«

Vanessa und Salvador hätten sich Anfang 1990 auf die Abschlussprüfungen der 10. Klasse vorbereiten müssen, aber auch in den Schulen lösten sich die Strukturen auf.

»Niemand wusste, was in Geschichte, Staatsbürgerkunde, Erdkunde, Deutsch und selbst in Russisch geprüft werden würde. Lehrer heulten im Unterricht und verschwanden. Was sie uns beigebracht hatten, galt nicht mehr, und was anderes wussten sie nicht, also sind wir nicht mehr hingegangen.« Sie zogen wieder in die Oranienstraße. »Fanta, Mister X und die anderen in der O waren nicht gegen das Schweinesystem. Sie brauchten es nicht. Klamotten, Musik und Drogen machte die alternative Szene selbst. Klar, dass uns das gefiel.«

Für Kurt Weiszheit schien eine gute Zeit anzubrechen. *Von einem, der auszog, das Fürchten zu lehren* erschien Anfang 1990, *Kurisches*

Flüstern gleich in zwei Auflagen: jeweils einer in Ost und West. Das *Flüstern* wurde zudem ins Litauische übersetzt, vom *Heiligen Narr* und den *Nächtlichen Verlaufungen* gab es Neuauflagen. Doch während andere diese »Zeit der Wendungen und überraschenden Möglichkeiten« für den Beginn einer besseren Zukunft hielten, spürte Kurt schon die kalte Zugluft. Nach den Wahlen zur Volkskammer im März 1990 war klar, dass es kein Zurück zur DDR mehr gab.

»Angst und Gier wecken das Schlechteste im Menschen. Will das nicht sehen.«

Er verschanzte sich im Arbeitszimmer.

»Der Draht zum Leser: zerrissen. Das weiße Blatt nicht mehr unschuldig.«

Im April 1990 brachte das *Zentralblatt* einen Artikel über Egon Poschinger, in dem Kurt Weiszheit als Vollstrecker der offiziellen DDR-Literaturpolitik bezeichnet und der Verdacht geäußert wurde, er sei IM gewesen, was zwar nie bestätigt wurde, aber an ihm haften blieb. Kurt Weiszheit warf Ballast ab, als bereite er seine Flucht vor.

»Antiquar vom Mehringdamm mit Marx-Bart zu Besuch. 300 Bände Sozialistika für 1000 DM verkauft.«

Zum Auswandern fühlte er sich zu alt, aber die allerorts aus dem Boden schießenden Reisebüros weckten seine Sehnsucht nach der »kleinen Emigration«:

»Poster aus ›Casablanca‹ und ›Marrakesch‹ im Schaufenster. Humphrey Bogart, as time goes by, Tausendundeine Nacht.«

Kurt flog nach Agadir im Süden Marokkos. Nach ein paar Tagen am Strand reiste er mit Bussen und per Anhalter Richtung Norden bis zum Mittelmeer, rund 1000 Kilometer.

»Teppich gekauft wegen der schönen Augen des Verkäufers. Für hundert Mark Haschöl andrehen lassen.«

In einem Hotel am Hafen von Tanger schloss er sich ein, kiffte und las *Let It Come Down* von Paul Bowles in einer billigen marokkanischen Heftausgabe. Eine Woche später fuhr er über das Rif-Gebirge zurück, verliebte sich in einen Prostituierten, wurde ausgeraubt und schrieb darüber die Geschichte eines »Trottligen Weltreisenden aus der DDR, der für einen Kapitalisten gehalten und entführt wird«.

Herbert Nachtigall ging, als die meisten ZK-Mitarbeiter im Dezember aus dem Dienst an der »Sache« entlassen wurden, in Rente, trat aus der SED aus und wurde Mitglied des Deutschen Bergvereins, der DDR-Bürgern Sonderkonditionen und 6 Monate Beitragsfreiheit bot. »Wir lieben die Berge. Wir sind die meisten!«

Im April 1990 zog Sonja Paris, die einstige Verlagsmitarbeiterin, zu ihm in die Vinetastraße, nachdem ihre Schwiegertochter in den Westen gegangen war und das Haus an der Elbe aufgegeben hatte.

> »Am Fenster sitzend, liest er das Vereinsblatt. Im Radio Nachrichten. Er hört kaum hin, ist nur froh, für den Zerfall der Linie keine Verantwortung mehr zu tragen.
>
> ›Hör mal, Sonja, hier gibt es die Ötztaler Alpen für 1600. Mit Wildspitze und Gepatschferner.‹ Er zeichnete mit dem Rotstift einen Kreis um die Anzeige.«

Im August 1990, gleich nach der Währungsunion, buchten Herbert Nachtigall und Sonja Paris eine Woche Halbpension im Hotel Taschach zu Mittelberg. Am 22. 8. 1990 gegen 10 Uhr fuhren sie mit der Pilztalbahn zur Bergstation auf 2840 Meter Höhe und von dort mit dem Lift weiter auf den Mitterkopf.

> »Mit jedem Höhenmeter weitet sich der Blick, kommt der Himmel näher, werden die Häuser im Tal kleiner, die Straßen dünner. Wie hat er nur so lange im Flachland aushalten können? Er läßt die Vergangenheit im Tal zurück, die Erinnerung, die DDR, die Literatur, und fühlt sich leicht wie ein Vogel. Der Wind fährt ihm in die Federn. Wolken schwimmen eilig im Blau dahin und rufen: ›Komm! Nachtigall flieg!‹ Vorsichtig bewegt er seine Flügel.
>
> Sonja hat die Sonnenbrille aufgesetzt und schaut hinunter auf die blendend hellen Schneefelder. Ein Steilweg führt oberhalb des Pilztaler Gletschers am Hang hinauf zum Mitterkopf. Schilder warnen in verschiedenen Sprachen: ›Lebensgefahr!‹ und ›Do not cross the line‹.

›Do not!‹, das versteht er. Die Linie nicht übertreten. Da lacht er jetzt drüber. Was wollen sie ihm noch. Sein ganzes Leben hat er die Linie geachtet, jeden Schritt dreimal bedacht, daß er sich bloß keiner Übertretung schuldig macht. Er ist auf den Strich gegangen. Doch doch, da macht er sich nichts vor. Sie haben ihm Angst eingejagt, die Ulbrichts und Honeckers, die wußten schon, wie sie's machen mit den Klassenfremden aus dem Kleinbürgertum. Aber jetzt muß er sie nicht mehr fürchten, niemanden, er hat keinen Chef mehr über sich, nur noch den blauen Himmel und die Sonne. Was wollen sie machen, wenn er abweicht von der Linie? Gar nichts können sie ihm, er ist frei und kann übertreten, was und wie er will.

Sonja stemmt sich auf dem schmalen Pfad gegen den Wind, der ihr Halstuch flattern läßt und an ihrer Jacke zerrt. Übers sonnenleuchtende Eis des Gletschers fegen Schneewolken. ›Ist das nicht herrlich?‹ Sie könnte singen vor Freude und dreht sich um zu ihrer Nachtigall. Doch der Pfad ist leer.«

Herbert Nachtigalls Leiche konnte erst ein paar Tage später aus dem Gletscher geborgen werden.

Mato ertrank in dem bunten Warenstrom, der seine Kaufhalle in der Schönhauser flutete. Plötzlich gab es sieben Sorten Linsen, 50 verschiedene Packungen Kaffee und zehn verschiedene Arten von Salz. Dagegen verschwanden die gewohnten, im Design seit Jahrzehnten unverändert gebliebenen Waren aus den Regalen. Alles knirschte durcheinander und bekam einen neuen Platz. Hilflos und schwer atmend stand Mato im Weg, während die Verkäuferinnen umräumten. Frau Küster, die alt gewordene Leiterin der Kaufhalle, nahm ihn an der Hand, führte ihn in ihr Büro und eröffnete ihm, dass sie in Vorruhestand gehe und ihn nicht mehr beschützen könne. Die neuen Eigentümer bauten Stellen ab, und auch er werde, leider, entlassen.

Fast 30 Jahre hatte Mato Montag, Dienstag und Freitag Waren in die Regale sortiert, dieses Ritual konnte er nicht einfach abstellen. Er ging weiter zur Kaufhalle, richtete die Einkaufswagen an einer gedachten Linie aus oder bot den Kunden hinter der Kasse an, ihre

Einkäufe zu verpacken, sortiert nach Farben und Größe, versteht sich. Die Kolleginnen ließen ihn gewähren, bis ein Mitarbeiter der Sicherheitsfirma ihm den Zutritt verbot.

Zuhause das gleiche Bild: Die Mülltonnen quollen über von aussortierten Büchern, Fotos und Urkunden. Zentnerweise schleppte Mato altes Papier aufs Dach. Das Durcheinander von Farben und Formen ließ ihm keine Ruhe, er versäumte die Mahlzeiten und schlief kaum.

»Dass Mato so schnell abnahm, merkte ich natürlich. Aber wir waren blind. Jeder von uns suchte nach seinem Platz, hatte seine eigenen Sorgen und Existenzängste.«

Mato starb am 5. 11. 1990 an Kreislaufversagen.

»Die Hausgemeinschaft löste sich auf. Etliche Nachbarn zogen wegen einer Arbeitsstelle in den Westen. Salvador meldete sich nur, wenn er Geld brauchte. Auch unsere Frauen-WG war am Ende. Helene fand für ihre Praxis größere Räume an der Schönhauser, im gleichen Haus kauften sie und Rosetta das Dachgeschoss und bauten es aus. Für mich wurde das Bleiben schwierig, denn die KWV passte die Mieten an. Ende 1991 zahlten wir schon das Zehnfache der DDR-Miete.«

Im April 1991 überredete Salvador seinen Onkel Kurt, den Rückübertragungsanspruch geltend zu machen. Der Antrag wurde abgelehnt, weil es sich bei der Zwangsvollstreckung nicht um eine politisch motivierte Enteignung, sondern eine freiwillige Abtretung gehandelt habe, ging in die nächste Instanz und »verschlang meine Honorare, so wie ich sie verdiente«.

»Salvi tobte, aber ich hätte ihm damals das Geld sowieso nicht gegeben. Wir wussten, dass sie ›fixten‹. Eine Weile waren sie in Zürich, da wurden sie aber ausgewiesen, dann hat sie jemand an der Côte d'Azur gesehen. Ich weiß nicht, wie sie das gemacht haben, sie lebten von Tag und Tag, gingen auf den Strich, nahmen Touristen aus, dealten selbst.

Ich meine, wir haben alles versucht, erst mit Geld, dann ohne Geld,

Sozialarbeiter, Polizei, Drohungen. Wolfgang ist auf der Suche nach Vanessa und Salvi zusammengeschlagen worden, ich hatte eines Nachts ein Messer an der Kehle. Man sagt immer, man müsse erst das zugrunde liegende Problem lösen, aber solange die Sucht den Menschen beherrscht, kannst du gar nichts machen. Sie wollten nicht gerettet werden, da musste erst das Schlimmste passieren.«

1994 wurde Salvador zu einer 18-monatigen Freiheitsstrafe verurteilt, während der Vanessa in Hamburg an Aids starb.

»Das hat mich schockiert, wie sie da so allein krepiert ist, im Abfall an der Hafentreppe. Ich hab versucht, mir die Pulsadern aufzuschneiden. Wir wären zusammen gestorben, wenn ich mich nicht hätte erwischen lassen. Und dann lag ich da, gefesselt, und der Pfarrer textete mich voll und wischte mir die Tränen ab.«

In der JVA nahm Salvador an einem Substitutionsprogramm teil und holte die mittlere Reife nach. In Berlin finanzierte Onkel Kurt ihm eine Ausbildung zum Versicherungsfachmann und die Einrichtung eines Büros.

In Elises letzten Lebensmonaten besuchte Josef Komalla sie täglich. Meistens kam er nach dem Frühstück und blieb bis zum Abendessen. Seine Frau schickte Fotos von ihrer Reise durch den Nahen Osten, auf denen sie Hippie-Kleider trug und glücklich aussah. An warmen Abenden rollte er Elise auf den Balkon. Die Abendsonne blitzte wieder rot und abenteuerlustig, unbehindert von Mauern und auf Schienen, die wieder befahren wurden. Elise spürte die warmen Strahlen auf dem Gesicht und WUSSTE, dass sie mit Hugo auf der Sonnenbrücke stand. Sie flüsterte seinen Namen und Komalla schrie in ihr Ohr »Hieß die Mutter nicht Franziska?«. Sie dachten an Hugos Schwester Charlotte, an Frieda Peters und den kleinen Victor, der bunte Papierschnipsel sammelte, an die hochmütige Johanna, an die Heimbergerin und ihren Leberwurstgeruch, an Hermann und seine unglückliche Mutter Martha, an den Briefträger Niecklisch und Scheuerlappen-Merthen. Wenn alle Geister gerufen waren, seufzte Elise zufrieden, und Komalla schüttelte bei dem Gedanken, dass sie einmal die Klassenfeindin gewesen war, den Kopf. Dann fingen sie wieder von vorne an.

Im Sommer 1992 erlitt Elise einen Schlaganfall. »Mus linker Arm geschwollen. Gesicht im Schreck erstarrt.« Helene Sodorowoski sprach mit den Ärzten der Gerontologie und verantwortete Elises Entlassung und Rückkehr ins Weiszheithaus. »Mu nur noch 33 Kilo schwer.«

Sie musste gewaschen, gewindelt und gepudert werden wie ein Baby.

> »Helene behauptete, dass Elise uns hören könne, dabei war sie vorher schon taub. Aber die Nase! Wenn man ihr den Löffel vor den Mund hielt, wurden die Nasenlöcher größer. Manchmal öffnete sie den Mund, manchmal drehte sie das Gesicht weg, und dann halfen keine guten Worte. Kurt kaufte jeden Tag frische Blumen, und wenn er sie vor ihr auf den Tisch stellte, hellte sich ihr Gesicht auf. Sie hob das Kinn, und dann machte sie wieder das Kaninchen, also riechen konnte sie bis zum Schluss.«

Elise starb am 19. November 1992, im Alter von fast 93 Jahren.

> »Beim Essen eingeschlafen, zwischen einem Löffel für Papa und einem Löffel für Mama.«

Begraben wurde sie, wie so viele ihrer Nachbarn, auf dem Friedhof der Gethsemane-Gemeinde, neben ihrem Mann Ernst.

> »Komalla mit Tränen: ›Sie war ein wertvoller Mensch.‹ Habe ein paar Fransen von Ludwigs Schal in das Urnenloch gesteckt.«

Kurze Zeit später zog Angelika aus der alten Weiszheitwohnung in die dritte Etage Vorderhaus zur Sonnenburger Straße.

> »Ohne Elise wurde Kurt unerträglich. Und er soff mehr denn je.«

In der Nachbarschaft wechselten zahlreiche Häuser den Eigentümer. Zahnärzte, Oberstudienräte und Handwerksmeister aus München, Hildesheim und Bad Godesberg nutzten Steuersparmodelle und sanierten nach Schema F. Pastellbunt zog von der Schönhauser über die kohlenstaubgrauen Fassaden der Kopenhagener Straße. Jüngere, schickere Mieter verdrängten die Alten, Säufer und Wendeverlierer.

»Kaum trete ich aus der Tür, schlägt mir der siegreiche Wohlgeruch auf die Nase. ›Neu‹ dunstet der Peugeot am Straßenrand. ›Iß mich‹ räuchert der Imbiß. ›Kauf!‹ duften die Supermarktregale im Chor. ›Frisch geduscht‹ haucht das Fräulein vor mir. Die Kleiderstände furzen ›Gift!‹. Nichts und niemand riecht mehr nach sich selbst, alles ist überdieselt mit Deo und Parfüm, mit Glutamat und Vanillin. Altes Brot riecht wie warm aus dem Ofen, Plastikschuhe nach echtem Leder, Vakuumpackungen nach frisch gemahlenem Kaffee und kaltes Obst nach süßer Reife. Ach, könnte ich doch meine Nasenflügel verschließen.«

Das Weiszheithaus dagegen roch, als wolle es mit ungewaschener Natürlichkeit provozieren. Aus undichten Abflussrohren müffelte der Siff, aus den Kellern stieg der Geruch von Rost, Scheuerlappen und Moos, im Treppenhaus mischten sich Essens- und Kaffeedüfte mit dem säuerlichen Aroma feuchter Bücher. Es stand wie ein fauler Zahn in einem ansonsten tadellos sanierten Gebiss.

Nach der Entscheidung des Bundesverfassungsgerichts in einem ähnlichen Fall wurde Kurts Antrag auf Rückübereignung stattgegeben. Mit einem Kredit der Berliner Landesbank ließ er die gröbsten Schäden in den Wohnungen reparieren und entfloh der »schnöden Wirklichkeit der Straßenschlucht« aufs Dach des Seitenflügels, in Matos Archiv. Hier roch es noch, wie die Welt von gestern gerochen hatte: nach Papier und Putzmittel, nach Mühe und Kohlenmief, nach Männerschweiß und ein bisschen nach der Limonade mit Himbeergeschmack, die Mato am liebsten gemocht hatte.

Die leerstehenden Zimmer in der Weiszheitwohnung bot Kurt zur Untermiete im Schwulenstadtmagazin *Siegessäule* an. Im ehemaligen Atelier Koslowski kam die Redaktion einer neuen Schwulenzeitschrift namens *Rozza* unter, in der Restauration wurde Bier aus Kisten verkauft, in die Wohnungen zogen junge Männer, die vor Verfolgung, Kriegen und Aids aus Osteuropa geflohen waren.

»In der Dunkelheit sitzen Jungs händchenhaltend am Bahndamm. Hin und Her der leuchtenden S-Bahnen, Regionalzüge und Intercitys, flackernd wie Lagerfeuer. Sie könnten meine Enkel sein. Mich sehend, reden sie leiser, als kämen ihre Eltern ins Kinderzimmer.«

Im Unterkeller des Weiszheithauses legten am Wochenende DJs auf und erschütterten das Haus mit wummernden Beats. Rings in den Straßen um die Schönhauser Allee entstand eine schwule Szene, mit Bars und Kneipen, Darkrooms und einer Sauna.

Wenn Kurt Weiszheit nüchtern war, las er sich in Matos Archiv durch weggeworfene und verloren geglaubte Manuskripte, Briefe und Notizzettel, »schockierendes Altpapier«. Er fand misslungene Briefentwürfe an verflossene Liebste, Briefe mit verdrängten Vorwürfen, vergessene Fassungen von *Elise* und anderer Versuche, die Familiengeschichte fort- oder neu zu schreiben. »Abwechselnd Schweißausbrüche vor Peinlichkeit und Tränen von rührender Erinnerung« bescherte ihm die Lektüre der Jahreskalender von 1968 bis 1973, die in Kürzelsprache Porno-Ideen festhielten: »Sch.st.feger s/w Köchin, Zebra, Hautfarbe, Teig wächst.«

Angenehm war die Begegnung mit seiner Vergangenheit nicht.

»Im Dach deklamieren Geister, sie schreien in Verzweiflung, flüstern Gestrichenes, verblassen in Filzstiftblau.«

Zur gleichen Zeit wurden überall im Land Archive geöffnet, Enthüllungen veröffentlicht und Geschichte verfasst.

»Ich schaue der öffentlichen Erinnerung bei ihrer Metamorphose zu.«

Es kränkte ihn, »von denen, die heute das Sagen haben«, als Schriftsteller auf das Stalinpoem und den *Gustav* reduziert zu werden. Das »Wer ist wer« der Edition Pegasus verzeichnete ihn in ihrer Ausgabe von 1999 sogar irrtümlich als »1997 verst. in Berlin«.

»4. 9. 1929« – das war das Datum von Ludwigs Besuch in Berlin,

»plus 9 Monate ... eine Rechenaufgabe, die sich nicht ohne Rest auflösen läßt. Wen nenne ich nun meinen Vater? Vielleicht habe ich zwei: Ernst Lachner, den Nazi, und Ludwig Weiszheit, den jüdischen Kommunisten. Vielleicht habe ich keinen.«

Die »Kuckuckskindgeschichte« fügte seiner »multiplen Fremdheit« eine neue Facette hinzu. Die nach der Wende überarbeiteten Kapitel über seine Kindheit im Weiszheithaus zeigen, wie er von Fassung zu Fassung das Kind Kurt in der Familie, in die es hineingeboren war, sich fremder fühlen lässt.

Alle Versuche, im Nachwende-Deutschland Fuß zu fassen, scheiterten. Manuskripte, die zu DDR-Zeiten nicht hatten gedruckt werden können, interessierten niemanden mehr. Stipendien und Förderungen waren für Jüngere gedacht.

> »Ich fand, dass er enorm alterte. Man konnte beinahe zusehen, wie sein Haar weiß wurde. Er schlurfte, auf der Treppe blieb er alle paar Stufen stehen. Nur wenn er mit seinen Mietern sprach, leuchteten seine Augen azuren wie früher.«

Er verließ das Haus so ungern wie Elise früher. Seine Spaziergänge verlegte er auf die Dächer und kokettierte dabei mit seiner Fremdheit:

> »Zeus-Perspektive: Schaue von oben in die erleuchteten Fenster der Hinterhöfe. Höhlenbewohner beim Fernsehen oder Abendessen.«

> »Ich sah ihn am Rand der Dächer entlangtorkeln, mit einer Weinflasche in der Hand. Er hatte etwas unglaublich Negatives in dieser Zeit. Anfangs bin ich noch manchmal rauf und habe ihn geholt [zum sonntäglichen Mittagessen], aber nachdem er einmal volltrunken gegen den Tisch getorkelt war und eine Riesensauerei veranstaltet hatte, war ich nicht traurig, dass er wegblieb. Ehrlich gesagt haben wir uns dann auch ganze Wochen nicht mehr gesehen.«

Unter dem Datum 13. Juni 1993, an seinem 64. Geburtstag, notierte Kurt Weiszheit den Entschluss, nicht mehr zu trinken und die Familiengeschichte »diesmal wahrhaftig« aufzuschreiben:

> »Eine Familie im unerbittlichen Mahlwerk. Großartiger Stoff: verschwundene Landschaften, Weltkriege, Dichter und Richter, Henker und Denker. Ein Jahrhundert Deutschland.«

Mieter schenkten ihm einen Computer. Erst skeptisch, fand er schnell Gefallen an den technischen Möglichkeiten und rüstete auf.

»Alles, was ich schreibe, immer griffbereit in einem kleinen Kästchen. Leichtes Gepäck, falls ich mal wegmuß.«

Im Suff setzte er eines Nachts mit seinem kleinen Kanonenöfchen ein Regal voller Manuskripte, Zeitungsstapel und Bücher in Brand. Nachbarn bekämpften das Feuer mit Eimern und Feuerlöschern, bis die Feuerwehr kam und mit einem C-Schlauch das halbe Haus unter Wasser setzte. Verletzt wurde niemand, und auch das Notebook blieb unbeschädigt, sonst gäbe es dieses Buch nicht. Kurt Weiszheit verbrachte eine Nacht in der Ausnüchterungszelle, kam aber mit einer Ordnungsstrafe und etlichen Rechnungen davon.

In einem Brief an Peter Roehle, dessen Geschäftsmodell sich mit dem Mauerfall erledigt hatte und der seitdem auf Mallorca vom Ersparten lebte, schrieb er:

»Jeder, der eine Individualität hat, glaubt heute, sie mit einem Buch unsterblich machen zu müssen. Im Zeitalter der universellen Reproduzierbarkeit jedes Textes sind die berufsmäßigen Schriftsteller die letzte, kranke Blüte am Baum der Literatur.«

Angelika, die im Wendejahr 40 geworden war, konnte ihre unterbrochene Karriere als Sängerin und Liedermacherin nicht fortsetzen.

»Nach dem Brand zog ich zu Pedro nach Friedrichshagen ins alte Wasserwerk. Wir schauten auf Bäume, zum Müggelsee liefen wir keine fünf Minuten, die Leute waren viel entspannter.«

In den Neunzigern organisierte sie für eine Hamburger Konzertagentur Auftritte amerikanischer Musiker, darunter Harry Belafonte, und machte sich 1997 als Konzertagentin selbständig. Seit der Jahrtausendwende wohnt sie in Havanna und heiratete 2003 den kubanischen Diplomaten Rubén Elías.

2004 erlitt Kurt Weiszheit einen Herzinfarkt und verbrachte nach der Entlassung aus dem Krankenhaus Friedrichshain drei Wochen in einer Thüringer Reha-Klinik. Dank Betablockern und Gerinnungshemmern fühlte er sich besser als zuvor, hörte auf zu rauchen und ging wieder mit Zuversicht an den Jahrhundertroman.

»Gut, daß man noch Reserven hat. Zehn Jahre mache ich noch! Zeit genug für mein Opus Magnum!«

Am Vormittag des 7. März 2007 stolperte Kurt Weiszheit bei einem Spaziergang auf dem Dach, stürzte 22 Meter tief auf das Pflaster der Kopenhagener Straße und starb, wie es heißt, »ohne das Bewusstsein wiedererlangt zu haben«, an seinen schweren Kopfverletzungen.

Angelika reiste sofort nach Berlin.

»Der leitende Ermittler, ein Herr Brand, sah die Bilder an den Wänden seiner Dach-Kemenate, hob die Augenbrauen und wollte wissen, in welchem Milieu Kurt verkehre. Sie haben dann alles durchsucht, aber natürlich keine Hinweise auf Fremdverschulden gefunden, und auch keinen Abschiedsbrief. Laut Autopsie hatte er fast drei Promille im Blut.«

Josef Komalla schrieb in seinen letzten Lebensjahren ein Buch über sein Leben, das er auf eigene Kosten drucken und in blaues Leder mit dem goldenen Titel »Unter Falken« drucken ließ.

Nach dem Tod ihrer Tochter Vanessa lösten Wolfgang und Coco ihren Haushalt auf und reisten nach Indien, wo sie Onkel und Tanten aus der Familie Lobsang kennenlernten und überzeugte Vertreter der tibetischen Sache wurden. Emma schloss in der Nachwendezeit ihre Physiotherapeutin-Lehre ab und arbeitet heute auf britischen Ölplattformen in der Nordsee.

Meta Niecklisch wurde wegen ihrer IM-Tätigkeit aus dem Postdienst entlassen. Sie heiratete Jens John, der seine Kenntnisse als Abhörspezialist nach der Wende nutzte, um für private Auftraggeber Wanzen aufzuspüren.

Karen Gauss trägt noch immer die graue Ordenstracht und arbeitet, nun weit über 60, in der Jugendmission.

Adolf Kunert, der 1990 als Letzter »Held der Arbeit« geworden und in Rente gegangen war, zog in den Wedding, wo er seine Liebe zum Dartspiel entdeckte und mit der Mannschaft vom »Biertreff« mehrfach Sieger der regionalen Meisterschaften wurde.

Vivienne sah ihre Mutter erst bei deren Beerdigung wieder.

»Das Gesicht Victorias schien noch toter zu werden, als ihre Tochter an den Sarg trat. ›Deutschland verrecke‹, hörte Vivienne so deutlich, als flüstere ihr jemand ins Ohr.«

Vivienne erbte »Peters and West«, die einzige Damenschneiderei auf der Savile Row, verzichtete aber zugunsten der Mitarbeiterinnen und kehrte nach Berlin zurück, wo sie 2008 starb.

Epilog

Ich hätte gern gewusst, was aus Esther und Carola Goldberg geworden war, aber die Dokumente des Archivs gaben nichts her. Laura vertrat die Ansicht, dass die Klavierlehrerinnen vor Kriegsende gestorben sein mussten, weil sie sonst nach dem Krieg den Kontakt zu Elise Weiszheit gesucht hätten. Ich forschte in den Holocaust-Datenbanken, fand die Namen aber weder unter den Opfern des Ghettos Theresienstadt noch in den Transportlisten zu den Ghettos in Łódź, Minsk und Ujazdów, den Orten also, wohin die meisten tschechischen Juden deportiert worden waren.

Auch Jessica wusste nicht viel über die entfernte Verwandtschaft ihres Mannes. Die Anekdote vom eingemauerten Bechstein hatte ihr Mann von seiner Mutter gehört, deren Eltern noch vor dem ersten Weltkrieg in die USA ausgewandert waren.

Wir beauftragten eine Prager Detektei, die sich auf jüdische Schicksale spezialisiert hatte, mit den Nachforschungen, doch auf keinem der Friedhöfe Tschechiens gab es ein Grab mit ihren Namen. Vielleicht waren Mutter und Tochter untergetaucht, als die Deportationen begannen, vielleicht weiter nach Osten geflohen, vielleicht irgendwo mit falschen Papieren gestorben und unter einem Namen beigesetzt, den wir nicht kannten.

Ich rechnete schon nicht mehr mit Ergebnissen, als der Detektiv aus Prag anrief. Antonín Diviš hatte in den Archivbeständen des Justizministeriums die Ablehnung eines »Antrags auf Anerkennung als tschechische Staatsbürgerin« der Carola Podivínská aus Přerova beim Volksgericht in Olmütz/Olomouc vom 15. August 1945 gefunden. Der Vorname stimmte, das Geburtsjahr auch, und Přerova lag keine 100 Kilometer von Hlučín entfernt. Der tschechische Nachname konnte heißen, dass sie geheiratet und ihre jüdische Abstammung erfolgreich vor den Deutschen verborgen hatte.

Frau Professorin-Mutter Jessica drängte mich, der Sache nachzugehen, am besten vor Ort. Sie würde die Reisekosten übernehmen und Laura, die sich mit »Gerichtssachen« und Archiven auskannte, überreden, mich zu begleiten. Ich lehnte ab. Jessica hob auf ihre unvergleichlich divenhafte Art das Kinn und piekte mich mit dem Zeigefinger auf die Brust: »You are jewish!«

Ich wollte nicht mit Laura reisen. Das heißt: Eigentlich wollte ich nichts lieber, aber sie würde mich fahren, waschen und anziehen müssen. Den Gedanken ertrug ich nicht.

Kurze Zeit nach dem Telefonat lud Laura mich in ihre Schöneberger Wohnung zum Essen ein. Bis dato hatte ich ihre Einladungen unter Vorwänden abgelehnt. Nun aber bestand sie auf meinem Kommen und schickte ein Taxi (»janz ruhig, junger Mann, ick bin bezahlt, det ick Ihn' uff Händen trare«). Sie bewohnte drei Zimmer in einem Nachkriegsbau am Bayerischen Platz. Durchs Fenster ihres Arbeitszimmers blickte man auf einen finsteren, von Pappeln verschatteten Hinterhofpark, nach vorn lagen Sashas Zimmer und die Wohnküche.

Ralf kam in Begleitung eines brasilianischen Dichters, außerdem ein Lektor, der mit Jessica »sehr befreundet« war, was mich sofort eifersüchtig machte, und zwei Kolleginnen aus der Kanzlei.

Ich stichelte ein wenig, um herauszufinden, wie ernst die Sache mit Oliver war. Er hatte mit Laura studiert, einige Jahre als Wirtschaftsanwalt gearbeitet, dann aber alles hingeworfen, um Bücher herauszugeben, schöne Bücher. Laura holte ein paar Exemplare zum Anschauen: In gewachste Buchdeckel gebundene Kostbarkeiten, mit feinem Papier, Goldschnitt und Bändchen. Er war hetero und Single, 1,80 Meter groß und schlank, vollhaarig blond und gesund, jedenfalls ohne erkennbare Krankheit, und, soweit ich das beurteilen konnte, Lauras Typ. Ich beobachtete ihr Gespräch, aber wenn Laura meinen Blick bemerkte, lenkte sie »Olis« Interesse wieder auf mich. Ich nahm an, sie wolle uns als Autor und Lektor zusammenbringen, aber er sprach unkonzentriert mit mir und hatte Absichten in Bezug auf Laura, das war eindeutig. Es juckte mich (im wahrsten Sinne des Wortes), aufzustehen, aber ich war nicht sicher, ob mir mehr als ein Hopser gelingen würde. Ich animierte Oliver zu trinken und blieb selbst nüchtern. Im Zustand fortschreitender Enthemmung schwärmte er von ihr, immer lauter, immer peinlicher, bis sie reagieren musste. »Ich mag dich auch. Aber nun lass gut sein.«

Das klang nicht sehr verliebt, oder? Allerdings hatte ich nicht mit ihrer Florence-Nightingale-Ader gerechnet. Sehr fürsorglich legte sie dem auf ihrem Sofa eingeschlafenen Oliver eine Decke über, während ich die Spülmaschine einräumte, noch ein bisschen herumpusselte und dann notgedrungen das Taxi rief.

Ich konnte nicht schlafen vor Eifersucht. Am nächsten Tag fasste ich mir ein Herz und sie willigte sofort in die gemeinsame Reise nach Tschechien ein. In Prag war sie noch nie gewesen, und ich gedachte, uns vom Geld ihrer Mutter ein wenig Luxus zu gönnen. Ich lieh einen Mercedes-Transporter mit Automatik und absolvierte ein paar zusätzliche Fahrstunden. Die von selbst aufklappende Hecktür und eine Rampe ermöglichten mir, mit dem Rollstuhl bis hinter den Fahrersitz zu fahren, von wo aus ich mich wie ein Affe hinters Lenkrad schwingen konnte. Die Überraschung gelang.

Ich hatte Hotels gebucht, in denen Boys das Gepäck ins Zimmer trugen, Plätze in Restaurants reserviert und den Besucherservice der Prager Staatsoper engagiert, wo Lauras Favoritin Christina Vasileva die Mimi in der *Bohème* sang. Das Personal, mit Trinkgeld verwöhnt, ebnete mir alle Wege. Alles lief perfekt.

Am zweiten Abend, beim Essen auf der Burg, fragte Laura: »Sag mal, du kommst so gut zurecht – warum wolltest du, dass ich mitfahre?« Wie gern hätte ich gesagt: »Weil ich dich liebe«, stattdessen zählte ich auf, was sie für mich wichtig machte: ihre Fröhlichkeit, mit der sie meine dunklen Tage hellte, ihre neugierigen Augen, die mich zum Erzählen anregten, ihr bedingungsloses Engagement für Klientinnen, das mein Vertrauen in die Menschheit gestärkt hatte, und natürlich ihre Familie, allen voran Sasha.

Nachdenklich schaute sie hinunter auf die Altstadt. Irgendwann griff sie nach meiner Hand und ich fürchtete schon ein »lass gut sein«, aber sie drückte sie nur stumm, stand auf und ging auf die Toilette. Bald danach zahlten wir. Ein Chauffeur des Hotels holte uns ab und fuhr, wie beauftragt, einen Umweg durch das nächtliche Prag, an der Moldau entlang bis zum Zoo und auf der anderen Seite zurück. Wir saßen aneinandergelehnt auf der Rückbank, ihr Kopf auf meiner Schulter. Draußen glitten die Lichter vorüber. Mehrfach setzte Laura an, sagte dann aber doch nichts. Wir schwiegen, bis wir im Hotelflur vor unseren nebeneinanderliegenden Zimmertüren angekommen waren.

»Ich wollte nur sagen«, begann sie, lächelte verlegen und fächelte sich mit der Schlüsselkarte Mut zu, während mein Herz so laut klopfte, dass ich ihre von den weichen Teppichen gedämpften Worte kaum hören konnte: »Ich brauche dich. Und ich danke dir, dass du für mich da bist. Und für Sasha. Das wollte ich sagen.« Sie ließ das »aber«, das jetzt kommen musste, unausgesprochen, gab mir einen Kuss auf den Mund und verschwand in ihrem Zimmer.

In dieser Nacht lehnte ich lange an der Verbindungstür, durch die ein Hauch von ihrem Harz-und-Heu-Duft drang.

Wir fuhren nach ein paar Tagen Prag mit Antonín Diviš nach Olomouc, das frühere Olmütz, wo er uns zum Grab einer Esther Singer führte. Tatsächlich war das der Mädchenname von Carolas Mutter Esther, geboren in Berent/Kościerzyna in Westpreußen. Gestorben war sie am 27. Februar 1940. Im Standesamt fanden wir weitere Hinweise. Eine Carola Singer hatte am 14. 3. 1939 den tschechischen Staatsbürger Herman Podivínsky geheiratet. Das waren sie, zweifellos: Esther und Carola und beide im passenden Alter, das konnte kein Zufall sein. Aber wie waren sie in jener misstrauischen Zeit den jüdisch klingenden Namen Goldberg los- und zu zwei Fräulein Singer geworden?

Antonín Diviš, der studierter Historiker war, gab uns eine Nachhilfestunde in Geschichte. Der tschechoslowakische Staat hatte sich gleich, nachdem die Westmächte Hitler in München Entgegenkommen signalisiert hatten, aufzulösen begonnen. Schon vor seinem Ende etablierten sich deutsche und slowakische Nationalisten als Nachfolger und bildeten eigene Verwaltungen. In so einer Situation ließen sich falsche Papiere leicht beschaffen und legalisieren. Und die Goldbergs wussten, dass die Zeit drängte. Ab Februar 1939 standen sieben deutsche Armeekorps an der Grenze, in der deutschen Presse tobte eine Kampagne gegen das »tschechische Terrorregime«.

Zwei Tage nach der Hochzeit von Carola Singer mit Herman Podivínsky marschierte die Wehrmacht in Prag ein. Carola profitierte von der »Verordnung über den Erwerb der deutschen Staatsangehörigkeit durch frühere tschechoslowakische Staatsangehörige«, mit der das Reich großzügig einbürgerte, was es an Deutschen kriegen konnte. »Sie wird Glück trotzdem nötig gehabt haben«, fügte Antonín hinzu.

Wir blieben fünf Tage in Olomouc. An den Vormittagen begleiteten wir Antonín in Archive und Museen oder interviewten Beamte und Historiker. Wir fanden heraus, dass der Bahnbeamte, der bereits mit 55 Jahren in Pension gegangen war, sich bei Ausbruch des Krieges hatte reaktivieren lassen und den Wachschutz für ein Ausbesserungswerk der Bahn übernahm, in dem bis Kriegsende mehrere Hundert slowakische Zwangsarbeiter eingesetzt waren. 1942 ließen Carola und er ihren Namen in Podivenke germanisieren. Bei der Befreiung von Olmütz im April 1945 erschossen Partisanen den Lagerleiter Podivenke, brannten sein Haus nieder und verhafteten seine Frau. Sie konnte kaum Tschechisch und besaß natürlich auch keine Papiere, mit denen sie hätte nachweisen können, dass sie eine aus Deutschland geflohene Jüdin war. Niemand glaubte ihr, folglich wurde ihr »Antrag auf Anerkennung als tschechische Staatsbürgerin« abgelehnt.

Die Vorstellung, dass Carola Podivenke, geborene Goldberg und der Judenverfolgung in Deutschland gerade so entkommen, nun ein »N« (für Němec) auf der Kleidung tragen musste, war mehr als makaber. Da sie in Deutschland nie ankam, zumindest nicht registriert wurde, liegt die Vermutung auf der Hand, dass sie während der Deportation starb und in einem der Massengräber entlang der Fluchtrouten in Tschechien bestattet wurde.

Nach unserer Rückkehr in die Gegenwart zeigte Antonín uns die wunderschöne Altstadt von Olomouc. Wir besuchten eine Generalprobe des Musiktheaters und trafen Professor Bártek, der an der Univerzita Palackého ganz erstaunliche Fortschritte bei der Wiederherstellung beschädigter Nervenzellen des Rückenmarks erzielt hatte. Am letzten Abend in Olomouc sahen wir im Studentenkino einen Film, in dem die Tochter von Professor Bártek mitspielte. Ein Vater nimmt Abschied von seiner krebskranken Tochter. Der Film war schrecklich sentimental und zugleich humorvoll, so dass wir zwischen Lachtränen und Tränen des Mitleids kaum zum Luftholen kamen. Ich jedenfalls war emotional sehr aufgewühlt.

Wie üblich kamen wir im Hotel bis vor unsere Zimmer, wo die gleiche zögerliche Verabschiedungs- und Gutenachtwünsch-Szene wie an den Abenden zuvor sich wiederholte. Lauras Augen glänzten noch feucht und gerötet, ihr Haar stand wirr nach allen Seiten ab, doch bevor sie sich zu mir herabbeugen und mir den üblichen flüchtigen Kuss auf den Mund drücken konnte, erhob ich mich, legte einen Arm um ihren Hals und küsste sie. Überrascht lehnte sie sich gegen die Wand. Die Muskeln meiner Beine waren trotz täglicher Übung schwach, und weil ich nicht wie ein nasser Sack an ihr herunterrutschen wollte, ließ ich mich zurück in den Rollstuhl fallen. Sie schaute mich einen Moment an und ich fürchtete, sie in eine peinliche Situation gebracht zu haben. Doch sie schob mich kurz entschlossen in ihr Zimmer, kippte mich auf die Matratze und setzte sich auf meine Hüften. Ich wollte sie umarmen, aber sie hielt meine Handgelenke fest und murmelte »Jetzt bist du mal hilflos«.

Ich hatte vorher noch nie so lange am Stück Sex gehabt, mir so viel Zeit genommen beziehungsweise nehmen müssen. Ein bisschen Angst war dabei, ob »es« funktionieren würde. Wir erforschten die ganze Nacht langsam und uns immer wieder bremsend unsere Körper. Sie roch fantastisch, meine Laura. Der Orgasmus (mein erster seit zwei Jahren) begann tief im Bauch und dauerte und dauerte … Aber Schluss damit, ich bin wohl doch etwas verklemmter als mein pornografischer Großvater Kurt Weiszheit. Jedenfalls fühlte ich mich danach am ganzen Leib wie eingecremt.

Am nächsten Morgen fuhren wir zurück nach Berlin. Jessica fiel das debile Grinsen in unseren Gesichtern natürlich sofort auf und sie entschuldigte sich, als sie mir den Umschlag mit dem schwarzen Trauerrand aushändigte.

Mein Vater war gestorben. Ich dachte an den gelbgesichtigen Säufer, den ich 1989 getroffen hatte, und wunderte mich, dass er es geschafft hatte, so lange am Leben zu bleiben. »Bitte komm!«, stand handschriftlich auf der Einladung zur Beerdigung, die von Nikola und Petar unterschrieben war – vermutlich das Kind, das ich vor einem Vierteljahrhundert auf ihrem Arm gesehen hatte.

Ich wollte nicht nach Wien fahren. Jochen Gabbert war nur mein Erzeuger und überhaupt war so eine Reise für Rollstuhlfahrer viel zu kompliziert.

Am nächsten Tag konnte ich mich nicht auf meine Arbeit konzentrieren. Laura und Jessica fragte nach meiner »königlichen Familie«, von der ich rein gar nichts wusste. Hatte ich nicht schon genug an meinem Pankower Päckchen zu tragen?

Wenigstens googelte ich, und was mich da gleich als Erstes ansprang, änderte meine Meinung. Nikolas Sohn war ein berühmter Rennfahrer, oder genauer gesagt: Er war es gewesen, denn die Fotos im Internet zeigten seinen demolierten Wagen in den Felsen unterhalb einer Serpentinenstraße in den italienischen Alpen und einen traurigen jungen Mann im Rollstuhl. Montenegrinisch konnte ich nicht lesen, aber einem englischen Blog entnahm ich, dass in der Heimat bestritten wurde, dass sein Montenegrinertum echt sei.

Weil die Beerdigung schon am nächsten Tag stattfinden sollte, blieb mir wenig Zeit, die Reise vorzubereiten, aber ich reiste trotzdem allein. Am Grab meines Vaters standen kaum ein Dutzend Trauernde. Petar und ich verbrachten die folgenden beiden Tage zusammen, rollten an der Donau entlang und redeten.

Er sprach viel über seine Vergangenheit. Sein Vater war im Balkankrieg gefallen, seine Mutter hatte wieder geheiratet, deshalb wusste er nicht so recht, wohin er gehörte. Er fragte mich in seinem putzigen Wienerisch aus, wollte wissen, wie ich mit der Behinderung zurechtkomme und wie ich vorher gelebt hatte. Dabei geschah etwas Merkwürdiges: Ich erzählte von meiner Pankower Kindheit und meiner Prenzlberger Familie, als gehörten die beiden Welten zusammen. Oma Elise und Oma Ursula, der schöne Gustav und mein Generalsopa und all die anderen Verwandten und Nachbarn, denen ich bei meinen Recherchen begegnet war, und jene Fremden, von denen Petar mir erzählte, waren nicht immer gut, aber auch nicht nur böse. Sie waren die beiden Seiten meiner Identität: Ein Teil von mir war brav, ein anderer renitent, ich war ängstlich und mutig, kalt und heiß, unterwegs und gelähmt. Ich war wie jeder, ob ich das nun mochte oder nicht. Aber das Verrückte war: Ich mochte es.

Nachdem wir einen Termin für die Hochzeit festgelegt hatten, begann Jessica sofort mit den Hochzeitsvorbereitungen. Die Vermählung ihrer Tochter musste mindestens so großartig werden wie ihre eigene. Die Einladungsliste wurde immer länger, das Festmahl teurer, die Musik lauter und schließlich teilte sie uns mit, dass sie den Ballsaal des Hotel de Rome angefragt habe, weil in der Hafensonne nicht genug Platz zum Tanzen sei. Laura flippte aus und schmiss Türen, während ich mich darauf beschränkte, meine künftige Schwiegermutter über unsere finanziellen Verhältnisse aufzuklären. Ich weiß nicht, was sie mehr entsetzte.

In der Nacht vor der Trauung weckte mich ein Traum: Hunderte Gäste waren vor dem Weiszheithaus zusammengeströmt und riefen uns auf den Balkon. Sie jubelten und warfen mit Rosen, Luftballons stiegen auf, Carola Goldberg spielte Akkordeon, die Heimbergerin dirigierte einen Kinderchor, Valentin Grünwald leitete auf der Kreuzung den Verkehr um. Hermann trug seine SA-Uniform, Abramowitz den Judenstern. Und jetzt erkannte ich auch die anderen: Goldbergs und Weiszheits in großer Zahl, umringt von Petrovićs, Gabberts,

Nachtigalls und Heinzes. Die Männer trugen Uniformen, Fracks und Fummel und Häftlingslumpen, die Frauen Wagenradhüte, Ballkleider und Hosenanzüge. Komalla schwenkte eine rote Fahne, Merten riss den Arm zum Hitlergruß empor und hinter uns im Zimmer schrie Jessica etwas, das wie »Lie-hi-hi-hiebe« klang, aber auch ein teuflisches Lachen sein konnte.

Sasha drängte zum Balkongeländer und rief hinunter: »Ihr seid doch alle tot!«. Mit einem Schlag herrschte Ruhe, Kleider fielen zu Boden und enthüllten Skelette, die sich langsam und stöhnend in Bewegung setzten. Mit Knochen und Zähnen klappernd kamen sie auf uns zu, krochen wie Untote in einem Gruselfilm die Hauswand empor; schon griff eine Hand durch das Gitter des Balkons und fasste mein Schienbein.

Ich erwachte mit klopfendem Herzen, berührte mein Schienbein und fühlte … nichts. Ich war enttäuscht. Eben noch hatte ich deutlich die kalten Finger gespürt, fast wünschte ich mich zurück in diesen Albtraum, aber dann fiel mir ein, dass heute mein Hochzeitstag war. Ich lauschte Lauras ruhigem Atem, legte meine Hand auf ihren Arm und schlief wieder ein.

Bei unserer Rückkehr vom Standesamt war das Haus mit Luftballons geschmückt, Nachbarn warfen Reis und Walnüsse von den Balkonen, Blumen bedeckten den Bürgersteig, unsere Romafrauen sangen und trommelten. Ich war froh, fest in meinem Rollstuhl zu sitzen, und nahm Laura, die weiche Knie bekam, auf den Schoß. Jessica half uns über die Rührung hinweg, indem sie nach jüdischem Brauch ein Weinglas auf den Boden legte und – stellvertretend für mich – zertrat.

Im Nachhinein betrachtet war der Unfall wohl das Beste, was mir passieren konnte. Hätte mich die Lähmung nicht daran gehindert, vor Schwierigkeiten zu fliehen, wäre ich heute nicht mit Laura verheiratet und es gäbe unsere wunderschöne Tochter Aliyah nicht. Ich habe gelernt, abhängig zu sein – und lebe nicht langweiliger, sondern wilder als zuvor.

Trotz aller Übungen sitze ich noch immer im Rollstuhl. Mein Unterleib hat eine rudimentäre Tiefenempfindlichkeit wiedererlangt, die mein Gehirn im Laufe der Zeit zu interpretieren gelernt hat. Unfälle wie jener, bei dem ich mir selbst einen Zeh brach, weil ich glaubte, die Autotür klemme, passieren mir heute nicht mehr.

Die Hafensonne steht in vielen Reiseführern, unsere Gäste kommen aus der ganzen Welt und vor allem während der Sommersaison gibt es rund um die Uhr zu tun. Ich bin gern Wirt, einen schöneren Beruf kann ich mir nicht vorstellen. Besonders liebe ich die blaue Stunde, wenn die untergehende Sonne auf den Schienen blitzt, wenn die Gespräche verstummen, der Himmel dunkelt und die kühle Nachtluft aus den Büschen steigt.

Einmal im Jahr besuchen Laura, Aliyah, Petar und ich unsere Freunde in Prag. Nach ein paar Tagen lassen wir Männer die Frauen in der Pařízka úlica allein und fahren nach Olomouc, wo Professor Bártek sehr erfolgreich an einer Methode arbeitet, die Nervenfortsätze des Rückenmarks zum Wachstum anzuregen und über eine Art Brücke aus implantiertem Gewebe um die Schadstelle herumzuleiten. Aber das ist dann wieder eine andere Geschichte.

Anhang

Familie Weiszheit vor dem Kirchlein in Schieß, 1911
untere Reihe v. l. n. r.: Elise, Tante Lawrentija, Oma Snaige, Snaiges Schwester, Onkel Freddy; oben links Ludwig, gen. Lumo, siehe auch Stammbaum im Anhang

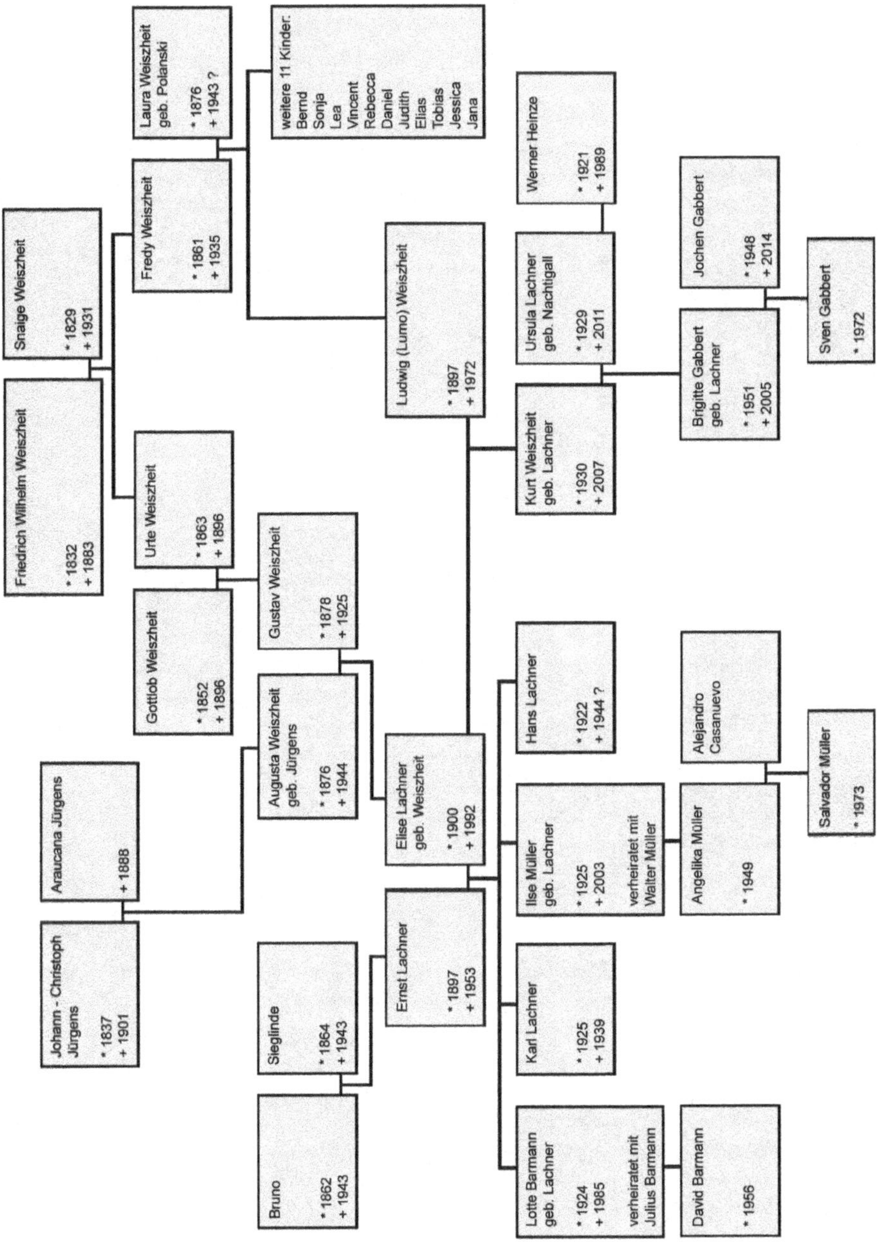

Stammbaum der Familien Weiszheit und Lachner

Bibliografie Kurt Weiszheit

Klaus und Karola, ein Buch für die neue Jugend. Verlag Neue Jugend, Berlin 1951

Trotz alledem. Drehbuch 1955

Gustav, der Sucher. Verlag Neue Jugend, Berlin 1956

Nächtliche Verlaufungen. Zentaurenverlag, Rudolstadt 1958

Heilige Narren. Verlag Morgenröte, Berlin 1959

1962ff. unter dem Pseudonym Petra Pelosi: *Tausendundeine Nacht in Sodom. Das neue Decamerone. Der Meister von Alcatraz. Fannys Garten der unreifen Lüste. Pelosis Welt: Monatsblätter für erotische Anregungen.* 1968 bis 1974, alle Schweinskramverlag

»Wie ich Schriftsteller wurde«, in: *Junge Zeit* vom 17. 6. 1964

Licht in dunkler Zeit. Verlag der Freundschaft, 1966

Vortrag in Öl. Ausbau-Verlag, 1971

Die Turmbauer zu Babylon. Ausbau-Verlag, 1972

Handreichung für die Leiter von Zirkeln schreibender Arbeiter. Schriftenreihe des Zentralhauses für Kulturarbeit der DDR

Von einem, der auszog, das Fürchten zu lehren (1968). Ausbau-Verlag, 1990

Kurisches Flüstern. Verlag der Völker, 1989 (Manuskript der 2. Fassung 1974, Hängeregister 7)

14 Krimi-Romanhefte unter dem Pseudonym Gunter Gonzalis im Verlag des Innern

Kurzgeschichte »Million und Zwölf«, in: *So gut wie die alte Zeit nie war. Eine Anthologie Berliner Schriftsteller.* Verlag neuer Mensch, 1979

»Mein coming out«, in: *Berlin von hinten,* 10/1989, S. 154 ff.

Kurz und Blut. Paper-Verlag Ostberlin, 1992

Archiv Mato und andere Quellen

»Jahrhundertroman«, Zettelsammlung und Dateien, u. a. jahrhundertroman/kochbuch.doc

»Alle meine Fehler«, unveröffentlichte Manuskript- und Zettelsammlung, Hängeregister 4, teilw. identisch mit »Meine Kindheit und Jugend«, verfasst ca. 1970–74, später umfangreich ergänzt

Briefe von Kurt Weiszheit, 1950–2007, MA, Karton 8, Briefe von verschiedenen Absendern an Kurt Weiszheit in Karton 8 und 8a

»Essay über das Riechen«, unveröffentlicht, Kurt Weiszeits Notizsammlung, MA Karton 17

Interviews Kurt Weiszheits mit Hausbewohnern 1948 bis 1955: Karton 15 u. a. mit Johannes Niecklisch 7. 9. 1948, Erna Heimberger (die Heimbergerin) 16. 1. 1954, spätere in Karton 16, jeweils weiße Abteilung

»Kurt Weiszheit«, Stasi-Akte unter der Nummer BStU MfS XX 6189/54

Tagebuch Kurt Weiszheit, MA Karton 31 bis 35, nach Jahrgängen geordnet

»Kurt Weiszheit« von Julius C. Posseboom, in: Materialien zur Konferenz »DDR-Literatur zwischen Anpassung und Widerstand«, Bonn, 1991

Akten der Arztpraxis, Praxiskalender Dr. Scheithauer, Notizbuch (Handakte) Dr. Lachner, 4 Kontorbücher, vgl. auch Archiv der Ortskrankenkassen Berlin, Registratur B, VI 11

Briefe Ludwig in drei Bündeln (1911 bis 1914, 1914 bis 1918, 1918 bis 1930), Notizhefte und -zettel, alle MA Karton 7

Interviews Sven Gabbert mit Wolfgang Grünwaldt und mit Angelika Müller-Casanueva 12. u. 15. 2. 2012

La Casanueva: Gedichte und Lieder aus drei Jahrzehnten. Lem-Verlag Förde, 1998

Nachlass von Lotte Barmann, geb. Lachner, MA Karton 19, u.a. mit dem handschriftlichem Lebenslauf Hermann Kunerts von 1934

Nachlass Elise Lachner, vordere Türseite rechts im Archiv (außerhalb der Ordnung des Mato-Archivs) Kartons 9–18 darin zahlreiche Briefe (Kartons 9–12)

Elises Tagebuch, bis 1930 sieben Hefte graue Abteilung, danach 15 Hefte grüne Abteilung (MA Karton 17 und 18)

Abschiedsbrief Ernst Lachner v. 21. 3. 1952, Karton 13

Martynas Simonaitytė, *Pasakėčias ir Mitai, Mokyklos vadovėlis.* (Fabeln und Mythen, Lehrbuch für die Schule) typografiertes Exemplar in der Städtischen Leihbücherei Šilutė, o.J., Übersetzungen Gintaras Tumas

Weiszheithaus-Verein und Stiftung, Satzung, Kassenbuch und Protokolle, in MA Karton 23

Weiszheithaus, die Mietbücher, Bestand 1900–2010, lückenhaft, MA Karton 24

Wölfe im Schafspelz. Lotte Barmann et al., Zürich, Frankfurt, Los Angeles 1956, darin das Kapitel über Hermann Kunert, S. 46 bis 84

Anmerkungen

Prolog

8 KWV: Kommunale Wohnungsverwaltung

11 DHFK: Deutsche Hochschule für Körperkultur in Leipzig

13 HSC: Higher Secondary Examination Certificate, die Zugangsberechtigung für Indische Hochschulen

18 aus dem Testament von Ursula Saiathian, geb. Nachtigall, verh. Heinze

19, 13 Der andere Eingang des Eckhauses ist Sonnenburger Straße 14.

1 Waldreich

30 »beim Sammeln von Buchdruckern und Kupferstechern«: Gefürchtete Arten von Holzschädlingen.

31, 3 Snaige: Litauisch »Schneeflocke«.

31 *Kurisches Flüstern*, S. 105

31 *Kurisches Flüstern*, S. 112

32 Martynas Simonaitytė, ein litauischer Lehrer und Heimatforscher, in seinem Buch *Pasakėčias ir Mitai, Mokyklos vadovėlis*, o. J.

32 Kurt Weiszheit, *Essay über das Riechen*

32 *Gustav, der Sucher* (1. Fassung), S. 10

33 *Kurisches Flüstern*, S. 28

34 Dzimken: Litauische Holzflößer.

34 A. a. O.

34 Martynas Simonaitytė, *Pasakėčias ir Mitai, Mokyklos vadovėlis*, S. 3

34 *Gustav, der Sucher* (2. Fassung), S. 14

36 *Gustav, der Sucher*, S. 49

36 *Kurisches Flüstern*, S. 42

38 *Essay über das Riechen*

38 Kurt Weisheit, *Essay über das Riechen*

39 *Gustav, der Sucher* S. 81 f.

40 *Kurisches Flüstern*, S. 153

42 *Gustav, der Sucher*, S. 54 und 56

45 *Gustav, der Sucher* (1. Fassung), S. 65 f.

46 Das Kontorbuch der Firma verzeichnet 1898 und 1899 monatliche Zahlungen von je einer Mark an »Weiszheit Lehrbursche«, Karton 1, schwarze Abteilung.

47 *Daheim* hieß eine der im Kielwasser der Gartenlaube erscheinende Familienzeitschrift konservativ-christlicher Gesinnung, für die u.a. Theodor Fontane, Julius Stinde und Paul Heyse schrieben.

47 Bestehend aus Honig, Kräutern und zwölfprozentiger Cannabis(!)tinktur.

48 *Gustav, der Sucher*, S. 71

52 *Gustav, der Sucher* (1. Fassung), S. 74 f. und 76 f.

52 MA Karton 21, gelbe Abteilung

53 *Gustav, der Sucher* (1. Fassung), S. 81 f.

53 *Gustav, der Sucher*, S. 78 f.

54 Material zum *Jahrhundertroman*, Hängeregister 21

55 Jahrhundertroman/Kochbuch.doc

55 Erst nach der Jahrhundertwende wird mit dem Gleimtunnel eine Verbindung unter den Gleisen hindurch in den Wedding geschaffen.

56, 10 Hier ist schon bei der Anlage der Straße ein späterer Brückenbau über die Ringbahn vorgesehen (Planung der Stadterweiterung 1862 von James Hobrecht).

56 *Jahrhundertroman*, Hängeregister 21

57 *Gustav, der Sucher* (1. Fassung), S. 80 f.

58 Das »Nussbaumschiff«: von Johann-Christoph Jürgens 1870 für sich und seine Frau Araucana gebautes, 2 × 2,50 m großes Bett, 1899 Hochzeitsgeschenk für Augusta und Gustav, dazu gehörte ein ebenfalls aus Nussbaum bestehender Kleiderschrank.

58 *Gustav, der Sucher* (1. Fassung), S. 87

58 *Gustav, der Sucher* (1. Fassung), S. 90

61 *Gustav, der Sucher* (1. Fassung), S. 91 f.

61 Jahrhundertroman/Kochbuch.doc

62 Jahrhundertroman.doc

63 Über das Weiszheithaus erschienen mehrere Artikel in Architekturzeitschriften, darunter einer von Dr. Wiener in der *Zeitschrift für moderne Architektur* mit einem Foto des Türmchens und der Überschrift: »Ein Leuchtturm im Norden«.

64 Die Wohnung der Weiszheits befand sich in der ersten Etage zwischen dem Treppenhaus Sonnenburger Straße (wo sich die Hintertür befand) und dem Treppenhaus in der Kopenhagener Straße (Haupteingang). Sie umfasste insgesamt sechs Zimmer, Toilette, Bad, Küche, Speisekammer und Mädchenkammer. *»Der lange Flur machte in der Mitte einen Knick, so dass man beim Rollschuhfahren*

manchmal gegen den Kleiderschrank wummste«, aus: *Jahrhundertroman*, Hängeregister 21.

65 Material zum *Jahrhundertroman*, Hängeregister 7

65, 5 z. B. in der *Berliner Tageblatt und Handels-Zeitung*: »Wohnungen in bester Lage zu vernünftigen Preisen vermietet Gustav Weiszheit Ecke Kopenhagener und Sonnenburger Straße. Fortschrittlichste Küche. Innentoilette. Balkon.«

65, 21 Nebenprodukte der Faserherstellung aus Hanf und Flachs, als Polstermaterial verwendet.

67 Material zum *Jahrhundertroman*, Hängeregister 7

4 Frauen

79 Eleonore Bitschkowski im Gespräch mit Kurt Weiszheit, 7. 11. 1967, Karton 15, weiß/linierte Abteilung

81 Marthas Schicksal ist gut dokumentiert, nachdem sie einmal in das Blickfeld der Obrigkeit geraten war. Exzerpte aus Originaldokumenten, die Kurt Weiszheit während seiner Archivrecherchen anfertigte, in MA Karton 15 und 20, jeweils grüne Abteilung.

81 Das Gesetz über uneheliche Kinder bestimmte, dass, wenn ein Vater nicht bekannt war, das Jugendamt die Vormundschaft übernahm und nach Belieben auf kirchliche und andere geeignete Einrichtungen übertragen konnte. Unterstützungsempfängerinnen waren bei »Besserung ihrer Lage … zur Rückzahlung der empfangenen Wohltaten verpflichtet«.

82 Material zum *Jahrhundertroman*, Hängeregister 7

83 Erinnerungen Elise, MA Karton 18

83 *Gustav, der Sucher* (1. Fassung), S. 93

84 Material zum *Jahrhundertroman*, Hängeregister 14

84 Hilde Koslowski in einem Brief an Kurt Weiszheit

85 1901

86 *Gustav, der Sucher* (2. Fassung), S. 217 f.

87 Jahrhundertroman.doc

88 Jahrhundertroman.doc

89 Material zum *Jahrhundertroman*, Hängeregister 7

89 *Gustav, der Sucher* (1. Fassung), S. 324

90 *Gustav, der Sucher* (2. Fassung), durchgestrichene Manuskriptseiten, hinter S. 125

90, 33 Richtig muss es heißen »Lincrusta«.

91 Material zum *Jahrhundertroman*, Hängeregister 15

92 A. a. O.

93 Erinnerungen Elise, MA Karton 18

94 Martha verdiente mit 2,70 M fast die Hälfte mehr als andere Heimarbeiterinnen bei Strauß und Honigmann.

96 *Von einem, der auszog, das Fürchten zu lehren*, S. 48

96 *Von einem, der auszog, das Fürchten zu lehren*, S. 49

98 Material zum *Jahrhundertroman*, Hängeregister 14

98 *Jahrhundertroman*, Zettelsammlung Hängeregister 14

98 *Von einem, der auszog, das Fürchten zu lehren*, S. 35 f.

99 *Jahrhundertroman*, Zettelsammlung Hängeregister 14

99 Christoph geb. 1895, Johannes, geb. 1896 und Harald, geb. 1901

99 *Jahrhundertroman*, Hängeregister 14

101 Elise Erinnerungen, MA Karton 18

102 *Jahrhundertroman*, Karteikasten mit den Biografien der Figuren (Bibel)

102, 19 Bäckerei und Ladengeschäft in der Kopenhagener Straße, zwischen den Kreuzungen mit der Sonnen- und der Rhinower Straße.

102 *Gustav, der Sucher* (1. Fassung), S. 99 f.

103 *Die Frau und der Sozialismus*, August Bebel, Berlin, 1973, S. 500

104 *Gustav, der Sucher* (2. Fassung), S. 216. In der letzten Fassung Kurt Weiszheits fehlt dann dieser Teil über Augustas Traurigkeit.

104 Sozialdemokratische Frauenzeitschrift aus dem Dietz-Verlag, die Auflagenzahl stieg von 30 000 verkauften Exemplaren 1905 auf 125 000 während des Ersten Weltkriegs.

104, 15 Erinnerungen Elise, MA 18

105 *Jahrhundertroman*, Hängeregister 7

105 Frauen und Mädchen war die Teilnahme an Versammlungen gemeinsam mit Männern in geschlossenen Räumen aus »sittlichen Gründen« verboten. Vor Inkrafttreten des neuen Reichsvereinsgesetzes im Mai 1908 galt außerdem die Bestimmung von 1850: »Für Vereine, welche bezwecken, politische Gegenstände in Versammlungen zu erörtern, gelten (…) nachstehende Beschränkungen: a) sie dürfen keine Frauenspersonen (…) als Mitglieder aufnehmen.«

107 Jahrhundertroman.doc

108 Karton 7, rote Abteilung, aus dem Nachlass von Anna Eisfelder

108 *Gustav, der Sucher*, S. 148

108 *Gustav, der Sucher*, S. 145

109 Auch wenn es nicht wirklich sein Verdienst war: Nach meinen Recherchen wurden mit einer größeren Spende des Verlegers Rudolf Mosse der Exerzierplatz zwischen Schönhauser und Bahngelände (heute Mauerpark) gekauft und Spielwiesen, Sportplätze und eine Schule für tuberkulosekranke Kinder eingerichtet. Stadtgartendirektor Brodersen befürwortete daraufhin den Bau der Brücke, um den Park auch für die Bewohner nördlich der Ringbahn zu erschließen. Zum Dank an Mosse wurde das Teilstück der Sonnenburger Straße, das durch das Exer-Gelände führte, in den 20er-Jahren in Rudolf-Mosse-Straße

umbenannt. Die Nazis tilgten später den jüdischen Namen, und nach dem Krieg passte der Kapitalisten-Name wohl auch nicht ins sozialistische Deutschland. Heute ist das Teilstück keine öffentliche Straße mehr.

109 *Vorwärts*, 10. 4. 1906

109 *Gustav, der Sucher*, S. 147

6 Kandidat

115 Der ersten Klasse wurden die Wähler mit den höchsten Steuerzahlungen zugeteilt, bis die Summe ihrer gezahlten Steuern einem Drittel des gesamten Steueraufkommens des jeweiligen Wahlbezirkes entsprach. Nach dem gleichen Muster wurde die zweite Klasse mit den nächsthöheren Steuerzahlern aufgefüllt usw. Im Ergebnis besetzte manchmal ein Großverdiener (wie beispielsweise Krupp in Essen) allein die gesamte erste Klasse und verfügte über ein Drittel aller Stimmen. In der dritten Klasse sammelten sich die »Wenigzahler« und alle steuerfreien Bürger. Natürlich war unter diesen Bedingungen die Motivation zur Wahlbeteiligung bei den Geringverdienern niedrig.

115 *Gustav, der Sucher*, S. 152.

115 In Wirklichkeit fanden die nächsten Wahlen zum Preußischen Abgeordnetenhaus erst 1913 statt. Vermutlich waren es die Wahlen zur Stadtverordnetenversammlung 1911, bei denen Gustav zu kandidieren erwog.

116 *Gustav, der Sucher*, S. 145

116 So viel zu nicht geheimen Wahlen: Die Wähler (nur Männer) versammelten sich am Wahltag in ihrem Wahllokal und wurden dort in der Reihenfolge der Wahlliste aufgerufen. Sie mussten den Namen des von ihnen bevorzugten Kandidaten öffentlich nennen, damit er in die Liste eingetragen werden konnte.

116 Erich Weltorff wohnte im Vorderhaus Kopenhagener Straße des Weiszheithauses, vierte Etage, gemeinsam mit seiner Frau Magda (als Maria Desultori eine in jungen Jahren berühmte Reitkünstlerin) und den Kindern Eugenie und Valentino.

117, 28 Hintergrund dieser Geschichte war ein Politikum, das die Anwohner der Arbeiterbezirke täglich vor Augen hatten: Undichte Gasleitungen führten seinerzeit immer wieder zum Absterben von Straßenbäumen. Während im reicheren Charlottenburg und in den »besseren« Gegenden des Westens eingegangene Bäume schnell ersetzt wurden, blieben die Baumleichen in den Arbeiterquartieren teils jahrelang stehen.

118 Jahrhundertroman/Kochbuch.doc

118 Jahrhundertroman.doc

119 *Gustav, der Sucher* (1. Fassung), S. 104

119 A. a. O., S. 111

119 *Gustav, der Sucher*, erste Fassung

121 *Begleiter durch die Berliner Nacht*, Reiseverlag Rose, Berlin 1912

121 Dienstbuch AZ 345 d. Reviers XII Eberswalder Straße, 1912

121 Jahrhundertroman.doc

121, 16 U. a. in: Halbjahresberichte der wissenschaftlich-humanitären Kommission, Nr 2/1913, Hrsg. Magnus Herzfeld und in *Der Vorzügliche*, Nr.13/1913, Hrsg. Adolf Brandel

121 Jahrhundertroman/Kochbuch.doc

121 *Stopover at Anhalter Bahnhof*, Hogarth Press, 1939.

121 Meta Peschke, *Auf den Flügeln meiner Lieder*, Tonart-Verlag Hamburg, 1983

122, 10 »Kuppelei« und »öffentliches Ärgernis«

122 Dienstbuch AZ 1458 d. Reviers XII Eberswalder Straße, 1913

122 *Jahrhundertroman*, Hängeregister 7, vgl. auch die kurze Erwähnung in *Gustav, der Sucher* (1. Fassung), S. 143

122 Berufungsschreiben der Oberin im Archiv der Berliner Provinz der Schwestern von St. Afra.

123 Jahrhundertroman/Kochbuch.doc

123 Jahrhundertroman/Kochbuch.doc

123 Richard Salzl ist Schuhmacher, seit 1903 Mieter des kleinen Ladens hinter der Einfahrt im Vorderhaus Sonnenburger Straße, direkt an der Mauer, die eigentlich eine Brücke sein sollte. Ob er in der Werkstatt wohnt, geht aus den Eintragungen im Mietbuch nicht hervor, wäre aber zu dieser Zeit nicht unüblich.

124 Material zum *Jahrhundertroman*, Hängeregister 7

124 Erinnerungen Elise, Karton 18

124 Jahrhundertroman/elisewiesiedieweltsah.doc

128 Jahrhundertroman/elisewiesiedieweltsah.doc

128 Erinnerungen Elise, im Tagebuch vom 14. 5. 1951, Karton 17, grüne Abteilung

130 Jahrhundertroman/elisewiesiedieweltsah.doc

130 Erinnerungen Elise, im Tagebuch vom 13. 5. 1951, Karton 17, grüne Abteilung

131 Jahrhundertroman/elisewiesiedieweltsah.doc

131 Erinnerungen Elise, im Tagebuch vom 13. 5. 1951, Karton 17, grüne Abteilung

132 *Von einem, der auszog, das Fürchten zu lehren*, S. 54

134 *Von einem, der auszog, das Fürchten zu lehren*, S. 55

134 Tagebuch Elise, 4. 1. 1914

134 Erinnerungen Elise, im Tagebuch vom 13. 5. 1951, Karton 17, grüne Abteilung

135 *Von einem, der auszog, das Fürchten zu lehren*, S. 59 f.

136 *Gustav, der Sucher*, S. 157 ff.

136 *Jahrhundertroman*, Hängeregister 15

136 *Von einem, der auszog, das Fürchten zu lehren*, S. 56

137 beschäftigt, unterwegs.

138 Jahrhundertroman/elisewiesiedieweltsah.doc

139 *Von einem, der auszog, das Fürchten zu lehren*, S. 62
140 Jahrhundertroman/elisewiesiedieweltsah.doc
142 Martynas Simonaitytė, *Pasakėčias ir Mitai, Mokyklos vadovėlis* (Fabeln und Mythen, Lehrbuch für die Schule), S. 117 ff.
143 Jahrhundertroman/elisewiesiedieweltsah.doc

8 Generalstab

148 MA, Karton 2, blaue Abteilung
148 Jahrhundertroman/Kochbuch.doc
149 Modezeitschrift, deren Redaktion sich in der Leipziger Straße befand.
149 Tagebuch Elise, 19. 8. 1914
149 Jahrhundertroman/Kochbuch.doc
149 Ein bekannter Lebensmittel-Großhändler.
150 Jahrhundertroman/Elise.doc
150 Tagebuch Elise, 5. 8. 1914
151 *Gustav, der Sucher*, S. 215 ff.
151 Der Name ist ein Anagramm auf den Oberstleutnant, später Oberst Nicolai, Erfinder moderner Kriegsberichterstattung und -propaganda, und als Chef der Nachrichten gleichzeitig Organisator des ersten preußischen Geheimdienstes.
151 *Gustav, der Sucher*, siehe auch Bundesarchiv Koblenz BArch Pers 4/186116, Oberkommando des Heeres, Heeres-Personalamt.
153 Mappe »Briefe in die Kopenhagener Straße 1900–1933«, MA Karton 7, grüne Abteilung
155 Jahrhundertroman/Kochbuch.doc
155 Brief v. 21. 8. 1914, im Briefpaket Ludwig 1911 bis 1914, MA Karton 7
155 A. a. O., Brief v. 29. 9. 1914
156 Jahrhundertroman/Kochbuch.doc, vermutl. aus Elises Tagebuch.
156 A. a. O., Brief v. 17. 11. 1914
156 Vermutlich handelte es sich um die von dem späteren KP-Vorsitzenden Mizkjawitschjus-Kapsukas in Tilsit mitverfasste Zeitschrift *Varpas*, die nur deshalb im Reich gelesen werden durfte, weil sie in Russland verboten war.
156 Briefe Ludwig 1911 bis 1914, MA Karton 7
157 Tagebuch Elise, 12. 3. 1915
157 Material zum *Jahrhundertroman*, a. a. O.
158 Jahrhundertroman/Kochbuch.doc
158 *Gustav, der Sucher*, S. 248
160 *Gustav, der Sucher*, S. 294
161 *Jahrhundertroman*, Hängeregister 7
161 Jahrhundertroman/Kochbuch.doc

162 *Jahrhundertroman*, Hängeregister 7
163 Jahrhundertroman/Kochbuch.doc
165 Jahrhundertroman/Elise.doc
166 *Jahrhundertroman*, Hängeregister 16
168 Jahrhundertroman/Kochbuch.doc
168 Jahrhundertroman/Kochbuch.doc
168 Die OHL wurde zu Beginn des Weltkriegs aus den Generalstäben der deutschen Länder gebildet und hatte ihren Hauptsitz im preußischen Generalstab am Königsplatz, wo auch Gustav arbeitete.
169 *Gustav, der Sucher*, S. 305
169 *Gustav, der Sucher*, S. 274
170 *Gustav, der Sucher*, S. 278
170 Tagebuch Kurt Weiszheit, 30. 3. 1954
170 *Gustav, der Sucher*, S. 281
172 *Gustav, der Sucher*, S. 309
173 Jahrhundertroman/Elise.doc
174 *Jahrhundertroman*, Hängeregister 7
175 *Gustav, der Sucher*, S. 357
175 Im September 1917 hatte General Hutier bei Riga Sturmbataillone unter kriechendem Artilleriefeuer vorrücken lassen und überraschende Erfolge erzielt.
175 Brief Gustav Weiszheit vom 19. März 1918, in MA Karton 8. Kälberzähne hießen die wenig beliebten großen Graupen im Soldatenjargon.
176 *Gustav, der Sucher*, S. 299
177 *Gustav, der Sucher*, S. 305 ff.
177 Nottestament: Form des Testaments, das in vereinfachter Form und ohne Notar errichtet werden kann, wenn der Erblasser beispielsweise nur noch kurze Zeit zu leben hat und Eile geboten ist; die Geltungsdauer ist auf drei Monate befristet, wenn der Erblasser dann noch lebt und die Möglichkeit hat, ein ordentliches Testament zu errichten (was bei Gustav nicht der Fall war).
177 Kriegsbeschädigtenakte Gustav Weiszheit, Bundesarchiv Freiburg, Militärarchiv, 419156 WE, Geb.-Jg. 1878, darin Gutachten der Ärztekommission vom 19. 4. 1918
178 Kriegsbeschädigtenakte Gustav Weiszheit, Bundesarchiv Freiburg, a. a. O.
179 *Gustav, der Sucher*, S. 353
179 *Gustav, der Sucher* (1. Fassung), S. 357 ff.
181 Wochenbericht, AZ 1456 v 21. 6. 1918 d. Reviers XII Eberswalder Straße
182 Tagebuch Elise, 5. 12. 1916
182 Winken: Nachrichtenübermittlung per Handflagge.
183, 11 Gemeint ist Acomatol, ein Insulinersatz der Kriegszeit.
183 *Von einem, der auszog, das Fürchten zu lehren*, S. 92
187 *Von einem, der auszog, das Fürchten zu lehren*, S. 95 ff.

187 *Von einem, der auszog, das Fürchten zu lehren*, S. 89 ff.

189 *Von einem, der auszog, das Fürchten zu lehren*, S. 112 ff. und 124 ff.

190 Hängeregister 16 zum *Jahrhundertroman*

191 *Jahrhundertroman*, Hängeregister 14

192 Tagebuch Elise, 4. 11. 1918, MA Karton 17, graue Abteilung

192 Jahrhundertroman/Kochbuch.doc

194 Bei »4B-A2« handelte es sich um »feinstes, gebleichtes Papier aus 100 % Holzschliff«, 160 g, echte, saubere Friedensware.

194 Jahrhundertroman/Kochbuch.doc

194 Jahrhundertroman/Kochbuch.doc

195 9. 12. 1916, Briefe Ludwig 1914 bis 1918, MA Karton 7

195 17. 3. 1917 Briefe v. Ludwig 1914–1918

195 Tagebuch Elise, 21. 4. 1918

195 Tagebuch Elise, 12. 12. 1917

196 Lebenslauf Ludwig Weiszheit für die Personalabteilung des Parteivorstands der SED v. 3. 4. 1950

196 Jahrhundertroman/Kochbuch.doc

197 Jahrhundertroman/Kochbuch.doc

197 Jahrhundertroman/Kochbuch.doc

198 Jahrhundertroman/Kochbuch.doc

198 Tagebuch Elise, 25. 12. 1918, MA Karton 17, graue Abteilung

198 *Gustav, der Sucher*, S. 388

198 *Gustav, der Sucher*, S. 395

199 Anhang Notizen zu *Gustav, der Sucher* (1. Fassung)

199 A. a. O.

199 *Jahrhundertroman*, Hängeregister 15. All die Jahre des Krieges dezimierten das schriftliche und fotografische Gedächtnis des Hauses nicht so sehr wie der erste Friedenswinter.

200 Tagebuch Elise v. 9. 2. 1919, MA Karton 17, graue Abteilung

200 Ute Daniel, *Arbeiterfrauen in der Kriegsgesellschaft*, Vandenhoeck & Ruprecht, S. 38

200 Jahrhundertroman/Kochbuch.doc

200 Die letzten Beschränkungen für Lebensmittelimporte fielen erst im Juli 1919.

201 Jahrhundertroman/Kochbuch.doc

201 Ich habe keine Belege dafür gefunden, dass Hermann tatsächlich ausgerechnet in der Kopenhagener Straße eingesetzt wurde. Er selbst gab später lediglich an, zu den Truppen gehört zu haben, die im März 1920 gegen die Republik putschten.

202 *Von einem, der auszog, das Fürchten zu lehren*, S. 139

203 »Millionundzwölf« in *So gut wie die alte Zeit nie war*, Anthologie Berliner Schriftsteller, Verlag neuer Mensch, 1979, S. 165

204 Gemeint ist wohl Shimmy, ein Tanz, der Anfang der Zwanziger aus den USA nach Europa kam.
204 Jahrhundertroman/Kochbuch.doc
204 A.a.O.
204 Elise Tagebuch, 16. 4. 1920
205 Jahrhundertroman/Kochbuch.doc
205 Jahrhundertroman/Kochbuch.doc
206 Jahrhundertroman/Elise.doc
206, 7 Das Grab ging 1961 beim Bau der Mauer verloren.
206 *Morgenpost*, 5. 6. 1921
206 Tagebuch Elise, 23. 3. 1921
206 Tagebuch Elise, 5. 6. 1921
206 Tagebuch Elise, 25. 7. 1921, a. a. O.
206 Jahrhundertroman/Kochbuch.doc
207 Jahrhundertroman/Kochbuch.doc
208 Abschiedsbrief Ernst Lachner v. 21. 3. 1952, MA Karton 13
208 Interview mit Erna Heimberger (die Heimbergerin) 16. 1. 1954, Karton 15, weiße Abteilung
208 Tagebuch Elise, 2. 11. 1921
208 *Jahrhundertroman*, Hängeregister 14
208 Tagebuch Elise, 4. 8. 1921, a. a. O.
209 Tagebuch Elise, 5. 8. 1978, Karton 18, grüne Abteilung
209 P. Pelosi, Heft 7 »eine Lustehe« aus der Reihe *Fannys Garten der reifen Früchte*, Schweinskramverlag Köln, 1967
209 Tagebuch Elise, 22. 1. 1922
210, 14 Gemeint ist die Tochter Kaiser Wilhelms, mit der sie als Kind gespielt hatte.
210 Elise war zum Protestantismus übergetreten.
210 Jahrhundertroman/Elise.doc
210, 33 Eine Bronzeplatte, die heute nicht mehr existiert.
210 Interview mit Erna Heimberger, 16. 1. 1954, Karton 15, weiße Abteilung
211 Tagebuch Elise, 28. 5. 1951
212 P. Pelosi, Heft 7, »eine Lustehe« aus der Reihe *Fannys Garten der reifen Früchte*, Schweinskramverlag Köln 1967
212 Tagebuch Elise, 3. 7. 1922
213 Jahrhundertroman/Elise.doc
214 Jahrhundertroman/Kochbuch.doc
214 Tagebuch Elise, 14. 10. 1922
214 Jahrhundertroman/Elise.doc
214 Tagebuch Elise, 14. 10. 1922
214 Jahrhundertroman/Kochbuch.doc

215 Tagebuch Elise, 2. 8. 1923
215 Tagebuch Elise, 11. 9. 1923
215 Das Grammophon, beziehungsweise das, was nach neun Jahrzehnten davon übrig geblieben war, habe ich in Kurt Weiszheits Wohnung gefunden.
215 Jahrhundertroman/Elise.doc nach Elises Erinnerungen (1951)
215 Material zum *Jahrhundertroman*, Hängeregister 8
216 Jahrhundertroman/Kochbuch.doc
216 a. a. O.
216 Jahrhundertroman/Kochbuch.doc
217 a. a. O.
218 Jahrhundertroman/Kochbuch.doc
219 Jahrhundertroman/Kochbuch.doc
219 Tagebuch Elise, 24. 11. 1923
219 Jahrhundertroman/Kochbuch.doc
219 Tagebuch Elise, 28. 3. 1924
219 Hammer und Sichel
220 Tagebuch Elise, 28. 5. 1924
220 Tagebuch Elise, 21. 6. 1924
220, 15 Eine Holzhaussiedlung entlang der Schwedter Straße, die 1919/20 für Wohnungssuchende errichtet wurde und Ende des 2. Weltkrieges bei einem Bombenangriff abbrannte.
220 Tagebuch Elise, 17. 8. 1923
221 Zwei seinerzeit erfolgreiche, heute vergessene Autoren von Heimat- und Familienromanen.
221, 2 Bertha von Suttner, 1889
221 Leonid Andrejew, 1905
221 Jahrhundertroman/Kochbuch.doc
221 Helmut Müssener errechnet in *Anti-Kriegsliteratur zwischen den Kriegen* für die Jahre 1914 bis 1939 eine Gesamtauflagenhöhe von 10 560 000 Büchern, die sich mit dem Ersten Weltkrieg auseinandersetzten, darunter 88 %, die ihn verherrlichten.
222 Abschiedsbrief Ernst Lachner, 21. 3. 1952, Karton 13
222 *Orthopädisches Monatsblatt*, 2/1926, S. 64
222 Brief von Lotte Barmann an Kurt Weiszheit, 7. 10. 1954
223 Kapp-Putsch.
223 In Wirklichkeit militärische Verbände.
223 Waffendepot der Orgesch = Organisation Escherich; auf dem Höhepunkt ihres Einflusses in den zwanziger Jahren hatte sie etwa eine Million Mitglieder.
223, 1 Eine völkisch-nationalistische Wochenzeitung.
223 MA Karton 18, Nachlass Lotte Barmann, geb. Lachner
223 *Von einem, der auszog, das Fürchten zu lehren*

224 Jahrhundertroman/Kochbuch.doc

224 Tagebuch Elise, 13. 8. 1924

225 *Von einem, der auszog, das Fürchten zu lehren*

226 *Wölfe im Schafspelz*, Lotte Barmann et al., Zürich, Frankfurt, Los Angeles 1956, S. 59

226 *Von einem, der auszog, das Fürchten zu lehren*

226 *Wölfe im Schafspelz*, Lotte Barmann et al., Zürich, Frankfurt, Los Angeles 1956, S. 62

227 *Jahrhundertroman*, Hängeregister 14

227 Tagebuch Elise, 26. 3. 1925

227 Tagebuch Elise, 2. 4. 1925

227 *Von einem, der auszog, das Fürchten zu lehren, S. 185*

228 *Von einem, der auszog, das Fürchten zu lehren, S. 186*

228 Tagebuch Elise, 3. 11. 1925

229 In: *Die Bibel in Berlin*, Nr.12/1925

229 *Jahrbuch der Arbeiterinnenbildungsvereine* 1926, S. 5678

229 *Märkische Volksstimme* Frankfurt a. d. Oder, v. 7. 11. 1925

229 Eine Kopie des Testaments befindet sich in den Akten des Prozesses Adam, Merthen, Kunert gegen Weiszheit, l B 4591923 V 805 beim Amtsgericht Mitte von Berlin.

229 Jahrhundertroman/Elise.doc

230, 8 Kurt Weiszheit bezieht sich hier auf die Köchin, die nach Lenin den Staat mit dem Kochlöffel regieren kann.

230, 12 Ein Bauschlosser wollte sein Unternehmen an die Belegschaft verschenken.

230 aus der Satzung i.d.Fassung v. 14. 3. 1926, Vereinsregister Charlottenburg Az145616/278: »§ 1. Die »Weiszheithaus Ges.m.b.H.« verwaltet das Weiszheithaus Ecke Kopenhagener und Sonnenburger Straße mit dem Ziel, den Mietern preiswerten und modernen Wohnraum zur Verfügung zu stellen. § 2. Höchstes Organ der Gesellschaft ist die Gesellschafterversammlung, die mit einfacher Mehrheit der Stimmen entscheidet. Die Eigentümer haben in wesentlichen Fragen ein Veto-Recht. § 3. Die Gewinne aus der Geschäftstätigkeit der »Weiszheithaus Ges.m.b.H.« werden ausschließlich zur Erfüllung der Ziele der Gesellschaft eingesetzt. § 4. Die Eigentümer ernennen den Geschäftsführer der Gesellschaft. Gegen die Ernennung kann der Verein ein Vetorecht geltend machen … § 5. Der Verein schlägt die Hausordnung vor. § 9. Eine Auflösung der »Weiszheithaus Ges.m.b.H.« darf nur im Einvernehmen aller Gesellschafter erfolgen.«

230 *Jahrhundertroman*, Hängeregister 14

231 Weiszheit-Verein und Stiftung, Satzung, Kassenbuch und Protokolle, in MA Karton 23

231 Jahrhundertroman/Kochbuch.doc

236 Tagebuch Elise, 18. 7. 1925

236 Tagebuch Elise, 12. 1. 1926

236 Ziser: alte Bezeichnung für Kichererbsen, die nach dem 1. Weltkrieg wiederentdeckt wurden.

237 Tagebuch Elise, 4. und 9. 12. 1925

237, 10 Die Bilder verbrannten 1944.

237 Tagebuch Elise 1928/1929

237 Tagebuch Elise, 17. 6. 1928

237 Der erhalten gebliebene »Gesellenbrief des Bandagisten« (heute einem Orthopädiemechaniker vergleichbar) trägt das Datum 16. 6. 1922.

237 Tagebuch Elise, 12. 1. 1926

237 Tagebuch Elise, 22. 5. 1928

240 Bezirksgericht Leipzig, Strafsenat, Az. 3 KLs 51 Ws 530/54, jetzt Staatsarchiv Leipzig Signatur 20255

240, 28 inoffizielle Abkürzung Иностранный отдел Секретно-политическое управление Объединённое Государственное Политическое Управление, d. h. des Auslandsgeheimdienstes.

241 Jahrhundertroman/Kochbuch.doc

242 Jahrhundertroman/Kochbuch.doc

242 Der Winter 1928/29 war der bis dahin kälteste des Jahrhunderts, im Februar herrschten oft Temperaturen von –25°Celsius. Prothesenträger waren bei fehlender Sensibilität in den geschädigten Gliedmaßen besonders gefährdet.

242 Tagebuch Elise, 21. 2. 1930

243 Tagebuch Elise, 29. 6. 1930

243 *Orthopädische Hilfsmittel*, Hrsg. Ernst Lacher, Berlin 1926

244 Tagebuch Elise, 12. 4. 1931

244 Jahrhundertroman/Kochbuch.doc

245 *Alle meine Fehler*, S. 21

246 Jahrhundertroman/Kochbuch.doc

246 *Von einem, der auszog, das Fürchten zu lehren*, S. 115

247 Jahrhundertroman/Kochbuch.doc

247 *Alle meine Fehler*

247 Tagebuch Elise, 4. 4. 1926

248 Tagebuch Elise, 8. 10. 1932

248 Tagebuch Elise, 6. 4. 1932, gemeint ist wohl Prof. Hildebrandt, der Rektor des Gymnasiums.

248 Tagebuch Elise, 8. 10. 1932

248 Tagebuch Elise, 11. 10. 1932

248 Brief von Lotte Barmann an Kurt Weiszheit, 7. 10. 1954

250 Jahrhundertroman/Kochbuch.doc

250, 13 Dänischer Schauspieler, der u.a. im »indischen Grabmahl« den Herbert Rowland spielte.

250 *Der Dänische Schauspielerverband und seine Vorsitzenden,* Kopenhagen o.J.

250, 30 Nach dem Jugendwohlfahrtsgesetz war Vormund für die unehelichen Kinder Ella Kay in ihrer Eigenschaft als Leiterin des Jugendamtes (übrigens nach dem 2. Weltkrieg erste Bezirksbürgermeisterin von Prenzlauer Berg).

252 *Der Streiter* 5/1927, S. 8

252 Rote Bühne, April 1927, S. 34

252 Tagebuch Elise, 4. 4. 1927

252 Jahrhundertroman/Kochbuch.doc

253 Tagebuch Elise, 13. 7. 1931

253, 19 Soll nicht heißen, dass er sie stahl, sondern dass er sie durch Galvanisieren mit Silber überzog.

253 Jahrhundertroman/Kochbuch.doc

254 Jahrhundertroman/Kochbuch.doc

254 Jahrhundertroman/Kochbuch.doc

254 Jahrhundertroman/Kochbuch.doc

255 Tagebuch Elise, 4. 3. 1931

255 Tagebuch Elise, 7. 5. 1931

255 von Alfred Plötz, 1930.

255 von Eugen Fischer, erschienen 1927 bei Ullstein.

255 eine schöne Ausgabe in Türkisblau mit Gold und Steindrucken von H. T. Heine auf Japanpapier.

255 Tagebuch Elise, 30. 03. 1932

255 Tagebuch Elise, 11. 4. 1932

255 Tagebuch Elise, 5. 5. 1932

255 1923 hatte Litauen mit Einverständnis der französischen Militärverwaltung das Memelland besetzt, was 1924 vom Völkerbund anerkannt wurde.

257 Jahrhundertroman/Kochbuch.doc

257 Tagebuch Elise, 17. 4. 1931

258 Jahrhundertroman/Kochbuch.doc

258 Kurt Weiszheits Redemanuskript für die Schulung der Leiter von Zirkeln schreibender Arbeiter im Juli 1972.

258 *Von einem, der auszog, das Fürchten zu lehren,* S. 164

258 Jahrhundertroman/Kochbuch.doc

260 *Von einem, der auszog, das Fürchten zu lehren* S. 178

260 *Von einem, der auszog, das Fürchten zu lehren* S. 182

261 Jahrhundertroman/Kochbuch.doc

261 Der (nach dem »Preußenschlag« neue) Berliner Polizeipräsident Melcher hatte im Oktober 1932 Tanzlustbarkeiten homosexueller Art verboten, zu denen die Abende in der »Sonne« nach Aktenlage gezählt wurden.

263 *Von einem, der auszog, das Fürchten zu lehren*, S. 190

263 *Von einem, der auszog, das Fürchten zu lehren*, S. 192

264 Tagebuch Elise, 16. 6. 1933

264 Jahrhundertroman/Elise.doc

265 Kriminalgericht Moabit, Az. Strs/7234/WE/405/1933

266 Abschiedsbrief Ernst Lachner, 21. 3. 1952, Karton 13

266 In *Von einem, der auszog, das Fürchten zu lehren* lässt Kurt Weiszheit ihn auch in die SS eintreten und »die schwarze Uniform eines Standartenarzt und Obersturmführers« tragen, aber das hatte vermutlich nur dramaturgische Gründe: Kurt Weiszheit wollte verdeutlichen, dass wieder einmal andere als Hermann, der gern SS-Mann geworden wäre, aber wegen seines »nichtarischen Geheimnisses« nicht wagte einen Aufnahmeantrag zu stellen, Karriere machten.

266 Argane Kuss hatte den Namen »Araucana«, den Augusta in Einnerung an ihre Großmutter vorgeschlagen hatte, nicht auf den Geburtsschein gesetzt.

267 *Orthopädisches Monatsblatt*, 5/1934, S. 343

267 z.B. Deutsche Arbeitsfront, NS-Frauenschaft, NS-Volkswohlfahrt

267 Tagebuch Elise, 2. 7. 1933

268 Tagebuch Elise, 22. 3. 1936

268 *Alle meine Fehler*, im 2. von vier Hängeordnern

269 Tagebuch Elise, 29. 1. 1934

269 Tagebuch Elise, 2. 5. 1935

269 Tagebuch Elise, 24. 9. 1935

270 Jahrhundertroman/bruchstuecke.doc

270 Jahrhundertroman/experimente.doc

271 *Von einem, der auszog, das Fürchten zu lehren*, S. 201

272 Interview mit Erna Heimberger, 16. 1. 1954

272 *Von einem, der auszog, das Fürchten zu lehren* S. 208

272 Interview mit Erna Heimberger, 16. 1. 1954

273 *Wölfe im Schafspelz*, Lotte Barmann et al., Zürich, Frankfurt, Los Angeles 1956, S. 59

273 »Berlin grüßt die Welt«, Werbeblatt der Kraft durch Freude

273 *Von einem, der auszog, das Fürchten zu lehren* S. 211

273 Tagebuch Elise, 2. 8. 1936

273 im Gleisbogen an der Behmstraße.

274 Tagebuch Elise, 19. 4. 1937

275 Jahrhundertroman/Kochbuch.doc

275 Tagebuch Elise, 21. 4. 1938

275 Brief an Kurt Weiszheit, Nachlass von Lotte Barmann, MA Karton 19

275 Tagebuch Elise, 4. 6. 1938
276 Brief an Kurt Weiszheit, Nachlass von Lotte Barmann, MA Karton 19
276 Jahrhunderroman.doc
276 Tagebuch Elise, 7. 2. 1939
276 Tagebuch Elise, 15. 6. 1939
277 Tagebuch Elise, 11. 10. 1925
277 *Alle meine Fehler*
277 Brief von Lotte Barmann an Kurt Weiszheit, 7. 10. 1954
278 *Alle meine Fehler*
279 *Alle meine Fehler*
279 Jahrhundertroman/Kochbuch.doc
279 Tagebuch Elise 23. 8. 1935
280 *Alle meine Fehler*
280 *Alle meine Fehler*, im 2. von vier Hängeordnern
281 A. a. O.
281 aus »Wie ich Schriftsteller wurde«, Artikel in der *Jungen Zeit*, 17. 6. 1962
282 Jahrhundertroman.doc
282, 14 Gemeint ist Johannes Heinrich Schultz' *Das autogene Training* (1932, in der Weiszheitbibliothek).
282, 16 altnordisch »Frohheim«.
282 *Alle meine Fehler*
284 Eine Durchschrift des Briefes befindet sich im Hefter mit dem Transkript des Interviews von Kurt Weiszheit mit Erna Heimberger v. 16. 1. 1954.
285 Jahrhundertroman.doc
285 Jahrhundertroman/Kochbuch.doc
285 Abschiedsbrief Ernst Lachner v. 21. 3. 1952
285, 29 Insgesamt, so schätzt Rütt in *Geschichte der Orthopädie im deutschen Sprachraum*, 1993, wurden 12 Prozent der Orthopäden Deutschland und Österreich in Exil getrieben oder ermordet
286, 1 Klumpfuß.
286 Notizen zu einem Roman, Arbeitstitel: Wenn wir sterben, dann nicht allein, Karton 12
287 Kalender der Zeitschrift *Das neue Volk* für 1935, Leipzig
288 Jahrhundertroman/Kochbuch.doc
288 Tagebuch Elise, 20. 11. 1938
289 Tagebuch Elise, 3. 4. 1939
289 Lotte Barmann, geb. Lachner, im Interview mit der *NZZ*, 4. 12. 1956
290 *Alle meine Fehler*
290 Jahrhundertroman/Kochbuch.doc
291 Tagebuch Elise, 2. 10. 1938
291 Jahrhundertroman/Kochbuch.doc

291 Tagebuch Elise, 12. 6. 1939

292 Jahrhundertroman.doc

292 Ernst in seiner Lebensbilanz (Abschiedsbrief)

292 Jahrhundertroman/Elise.doc

293 Zettelkasten, unter Karl Weiszheit

293 *Von einem, der auszog, das Fürchten zu lehren*

294 Tagebuch Elise, 4. 4. 1937

295 *Von einem, der auszog, das Fürchten zu lehren*

295 Tagebuch Elise, 14. 4. 1939

296 Jahrhundertroman/Elise.doc

296 *Von einem, der auszog, das Fürchten zu lehren*

11 Bomben

297 *Von einem, der auszog, das Fürchten zu lehren*, S. 265

298 *Die Wehrmacht*, Heft 18/1939

298, 6 f. zitiert nach http://www.nexusboard.net/sitemap/6365/oktober-1939-t296623/

298 Vortrag in der Akademie der Künste, Ostberlin, Steno-Mitschrift v. Olga Lawrenz, 29. 3. 1954

298 Tagebuch Elise, 14. 11. 1939

300 Jahrhundertroman/Elise.doc

300, 18 f. zitiert nach Udo Wohlfeld, *Der Dank des Vaterlandes ist dir gewiss!*, Apolda 2014

300 Tagebuch Elise, 25. 11. 1939

300 Brief von Lotte Barmann, MA Karton 8

301 Abschiedsbrief Ernst Lachner v. 21. 3. 1952

301 Tagebuch Elise, 7. 4. 1940

301 Brief von Hans, 19. 4. 1941

302 Im KZ Jasenovac schlachtete die Ustascha Menschen mit Äxten und Messern ab.

302, 1 unter dem Eintrag »Hans Lachner« im »Zettelkasten«.

302, 5 Die zahlreichen Synagogen hat er »vergessen«.

302 Abschiedsbrief Ernst Lachner v. 21. 3. 1952, Karton 13

302 Tagebuch Elise, 24. 10. 1941

303 Tagebuch Elise, 2. 9. 1941

303 Nachlass Elise, MA Karton 16

303 Brief Elises Lachners, 7. 6. 1940, Nachlass von Lotte Barmann

303 Interview Lotte Barmann in der *Neuen Zürcher Zeitung*, 7. 12. 1969

304 Brief von Lotte Barmann an Kurt Weiszheit, 7. 10. 1954

304 Jahrhundertroman/Elise.doc

305 Tagebuch Elise, 8. 12. 1942

305 Das Gesetz über Mietverhältnisse mit Juden nahm privilegierte Mischehen explizit aus, was in der Praxis aber ab 1943 nicht verhinderte, dass auch solche Familien in Judenhäuser gezwungen wurden.

305 1939 hatte der Reichsluftschutzbund 15 Millionen Mitglieder, 75300 Dienststellen und mehr als 28000 Lehrer, und natürlich eine eigene Uniform.

306 Tagebuch Elise, 27. 6. 1944

307 Jahrhundertroman.doc

307 Tagebuch Elise, 25. 8. 1942

308 Jahrhundertroman/anfaenge.doc

308 *Wie ich anfing zu schreiben, Neue Zeit*, 17. 6. 1964

309 *Alle meine Fehler*

309 Jahrhundertroman/augusta.doc

310 *Die Wehrmacht*, Heft 47/1941

310 *Alle meine Fehler*

310 Hugo Lorenz an seine Mutter, Brief v. 2. 5. 1943

311 *Die Wehrmacht*, 2. Maiausgabe 1943

311 Brief Hugo Lorenz an seine Mutter v. 4. 6. 1943

312 Jahrhundertroman/Elise.doc

313 Mit dem Verstreuen von Sand auf den hölzernen Dielen des Dachbodens versuchte man, die Wirksamkeit der von den Briten eingesetzten kleinen Brandbomben zu mindern.

313 Tagebuch Elise, 12. 11. 1943

314 In Adolf Hitlers Haltebefehl vom 20. 12. 1941 hieß es: »Unter persönlichem Einsatz der Befehlshaber, Kommandeure und Offiziere ist die Truppe zum fanatischen Widerstand in ihren Stellungen zu zwingen, ohne Rücksicht auf durchgebrochenen Feind in Flanke und Rücken.«

314 Abschiedsbrief Ernst Lachner, 21. 3. 1952

315 A. a. O.

315 Brief von Lotte Barmann an Kurt Weiszheit, 7. 10. 1954

316 *Alle meine Fehler*

316 *Licht in dunkler Zeit* S. 80 f.

318 Brief von Lotte Barmann an Kurt Weiszheit, 7. 10. 1954

318 *Licht in dunkler Zeit* S. 86. Als das Buch erschien, hatte Brecht gerade seinen Fluch gegen »Gutgemeintes« geschleudert, entsprechend lobend urteilte der Rezensent der *Berliner Zeitung* über diese Geschichte.

319 Erinnerungen von Lotte Barmann in MA, Karton 19, handschriftliches Manuskript

320 Lotte Barmann, *Wölfe im Schafspelz*, S. 72

321 Abschiedsbrief Ernst Lachner, 21. 3. 1952

322 Herbert Nachtigall »Dem Genossen Stalin habe ich mein Leben zu verdanken« in: *Was Du ererbt von Deinen Vätern*, Verlag der Freundschaft Berlin-Moskau, 1953

322 *Wölfe im Schafspelz*, S. 65

323 Jahrhundertroman/Elise.doc

323 Jahrhundertroman/Elise.doc

327 *Alle meine Fehler*, S. 158

328 *Licht in dunkler Zeit*

329 Jahrhundertroman/Elise.doc

330 *Licht in dunkler Zeit*, S. 127 f.

330, 33 Hugo erzählte, er habe u.a. Wolfgang Harich kennengelernt, der als Deserteur ein paar Monate in Berlin untergetaucht war.

331 *Licht in dunkler Zeit*, S. 141 f.

332 *Alle meine Fehler*, S. 160 f.

336 *Licht in dunkler Zeit*

338 Jahrhundertroman/experimente.doc

339 Zur Ergänzung hier ein Auszug aus dem Interview von Kurt Weiszheit mit Erna Heimberger vom 16. 1. 1954: »Die waren ganz injeschüchtert und wussten nicht, ob sie den Stern jetzt abmachen sollten oder wat. Waren ja ooch den Keller nich wie wir jewohnt, det schwere Haus überm Koppe, wenn et kracht und bummert. Die fürchteten sich. Und wir ooch. Wenn die uns jetz verraten? Hätt ihn keena übel nehm könn. Ick meine, die Fremdheit mit den Juden, die war ja nich gleich weg, bloß weil die Nazis weg waren.«

339 Jahrhundertroman/Elise.doc

340 Jahrhundertroman/experimente.doc

340 *Alle meine Fehler*

341 Elise in ihren Erinnerungen von 1951, Karton 18

344 Jahrhundertroman.doc

345 Brief von Lotte Barmann an Kurt Weiszheit, 7. 10. 1954

347 *Von einem, der auszog, das Fürchten zu lehren*, S. 323

347 Interview Kurt Weiszheits mit Erna Heimberger

12 Ruinen

348 *Alle meine Fehler*

348 *Klaus und Karola*, S. 22

349 *Klaus und Karola*, S. 26

349 *Alle meine Fehler*

350 *Klaus und Karola*, S. 32 f.

350, 17 Dazu kam, dass die Franzosen zunächst Schwierigkeiten hatten, sich in ihrem Sektor zu etablieren. Es mangelte an Material für die Straßenbeleuchtungen, die Polizei verfügte nicht über genügend Schusswaffen, die zur Verfolgung Krimineller notwendigen Fahrzeuge fehlten.

351 Kurt Weiszheit, Tagebuch, 2. 11. 1945

351 Kurt Weiszheit, Tagebuch, 20. 12. 1945

351 Tagebuch Elise, 13. 12. 1945

351 Kurt Weiszheit, Tagebuch, 28. 5. 1946

352 Die »Wehrmachtsauskunftstelle für Kriegerverluste und Kriegsgefangene« registrierte Ernst Lachners Gefangennahme durch die Sowjetarmee erst 1946.

352 Jahrhundertroman/Elise.doc

352 Tagebuch Elise, 2. 7. 1945

353 Nachlass von Lotte Barmann, geb. Lachner, MA Karton 19

353 Jahrhundertroman.doc

354 Lebenslauf Ludwig Weiszheit für die Personalabteilung des Parteivorstands v. 3. 4. 1950

354 Jahrhundertroman/experiment.doc

355 Tagebuch Elise, 14. 7. 1946

355 *Alle meine Fehler*

356 kochbuch.doc, mit Verweis auf die Datei elise_ludwig

357 Jahrhundertroman/Elise.doc

358 Bau einer Gleichstromleitung von Moskau ins 100 km entfernte Kaschira.

360 Jahrhundertroman/miszellen.doc

360 Jahrhundertroman/miszellen.doc

361 alles zitiert nach *Quartheft* 4/1962, Uli Kissel (Freund von Kurt Weiszheit und Dramaturg an der Volksbühne).

362 *Alle meine Fehler*

362 Tagebuch Kurt Weiszheit, 28. 11. 1946

362 Petra Pelosi, Reihe *Fannys Garten der unreifen Lüste*, Heft 4, S. 25

363 Tagebuch Kurt Weiszheit, 26. 5. 1946

363 Tagebuch Elise, 13. 5. 1947

363 Tagebuch Kurt Weiszheit, 26. 5. 1946

363 Tagebuch Elise, 12. 8. 1946

364 Tagebuch Kurt Weiszheit, 28. 9. 1946

365 *Klaus und Karola*, S. 194

366 »Flieg, Nachtigall, flieg« in Jahrhundertroman.doc

367 aus »Wie ich Schriftsteller wurde«, Artikel in der *Jungen Zeit*, 17. 6. 1962

368 *Alle meine Fehler*

375 *Alle meine Fehler*

375 aus »Wie ich Schriftsteller wurde«, Artikel in der *Jungen Zeit*, 17. 6. 1962

376, 2 Diesen Vers habe ich von Oma Ursula, die im Zustand fortgeschrittener Trunkenheit »große Weisheit« (wie ich damals verstand) zitierte.

376 *Alle meine Fehler*

376 aus »Wie ich Schriftsteller wurde«, Artikel in der *Jungen Zeit*, 17. 6. 1962.

376 *Alle meine Fehler*

377 *Alle meine Fehler*

377, 18–30 Notizen auf der Rückseite einer Getränkerechnung.

378 *Alle meine Fehler*

378 Die Lebensmittelmarken wurden nach Kalorienverbrauch und politischen Vorgaben in fünf verschiedenen Klassen ausgegeben; Schriftsteller rangierten in der Mitte zwischen Schwerarbeitern/ Politikern (Stufe I) und Hausfrauen/ Nazis (Stufe V, die sogenannte »Sterbekarte«). Das wäre für Kurt also eine deutliche Verschlechterung im Vergleich zur Sonderversorgung im ZK gewesen.

378 Tagebuch Kurt Weiszheit, 16. 6. 1948

378 Tagebuch Kurt Weiszheit, 4. 12 1947

379 Lucky Tiger: eine amerikanische, in den fünfzigern bekannte Rasierwasser-Marke.

380 »Flieg, Nachtigall, flieg« in Jahrhundertroman.doc

382 *Alle meine Fehler*

384, 1 Autor des von höchster Stelle gelobten »Gedichts vom Menschen«.

385 Tatsächlich war es bis zu Kurts Privilegierung in der Wohnung eng geworden, in der sich mit Zugewiesenen und Dauergästen (u. a. Ursula und Ludwig) 15 Menschen drängten.

385 Materialien zur Konferenz *DDR-Literatur zwischen Anpassung und Widerstand* Bonn, 1991

385 Tagebuch Kurt Weiszheit 27. 9. 1952

386 Tagebuch Kurt Weiszheit, 29. 7. 1948

386, 3 Gemeint ist die Lebensmittelkarte. Tagebuch Elise, 2. 8. 1948

386 *Alle meine Fehler*

386, 29/34 nach dessen Frau die Straße heute heißt: Beatrice Zweig; damals wohnten die Staatsdichter nur wenige Fußminuten entfernt von ihrem Kulturminister Johannes R. Becher.

387 *Alle meine Fehler*

387 Tagebuch Kurt Weiszheit, 1. 8. 1947

388 *Klaus und Karola*, S. 265 f.

389 Hier und im Folgenden stark gekürzt nach Jahrhundertroman/flieg_nachti gall.doc

390, 6 Abwertend für Strichjungen.

390 *Der Berliner Bote*, Ausgabe v. 27. 12. 1949, S. 5

390 Jean Ganeval, 1946 bis 1950 Kommandant der französischen Besatzungszone in Berlin.

391 Abteilung 5 der Kriminalpolizei in der SBZ, zuständig v.a. für Ermittlungen zur Entnazifizierung, 1950 im Ministerium für Staatssicherheit aufgegangen.

392 Ob nun Tatsache oder Propaganda, das Gerücht über einen Streit zwischen Becher und Renn im Westberliner »Milieu« war an Poschingers Ohr gedrungen.

395 *Von einem, der auszog, das Fürchten zu lehren*, S. 223 f.

396 Stupo: Abkürzung für »Stumm-Polizei«, nach Johannes Stumm, Berliner Polizeipräsident (West).

396 Bundesarchiv. Tatsache ist, dass Hermann Kunert am Güterbahnhof gegen Mitternacht des 7. 4. 1950 durch mehrere Messerstiche in den Rücken zu Tode kam. Die Ermittlungen der Westberliner Polizei wurden ohne Ergebnis eingestellt, der Fall gilt bis heute als ungelöst. In seinem Buch *Blutige Grenze* vermutete Andreas F. Kuntze 1992, dass Kunert versucht habe, vertrauliche Dokumente von einem Informanten aus der K5 entgegenzunehmen und dabei von sowjetischen Agenten eliminiert worden sei.

398, 20 Arbeitslager mit zahlreichen Außenlagern an den westlichen Ausläufern des Nordurals.

398 Abschiedsbrief Ernst Lachner, 21. 3. 1952

398 Tagebuch Elise, 14. 6. 1949

399 Tagebuch Kurt Weiszheit, 8. 7. 1949

399 Jahrhundertroman/wiedersehen.doc

400 Bevor die Staatsspitze Ende der fünfziger Jahre in die Waldsiedlung bei Bernau zog, wohnte die Nomenklatura hier, in der Villengegend am Schloss Niederschönhausen.

400 Nachlass von Lotte Barmann, geb. Lachner, MA Karton 19, »Unsortierte Erinnerungen«

400, 28 Die heutige Bundesallee.

401 Nachlass von Lotte Barmann, geb. Lachner, MA Karton 19, »Unsortierte Erinnerungen«

402 Jahrhundertroman/Elise.doc

403 Jahrhundertroman.doc

403 Tagebuch Elise, 21. 1. 1950

405 Ideologische Grundsätze des Stalinvertrauten A. Shdanow.

406 Tagebuch Elise, 2. 8. 1951

15 Lehrgang

410 *Klaus und Karola*, S. 45

411, 28 Gemeint ist vielleicht Goebbels. Die Jugendhochschule residierte in dessen ehemaligem Anwesen am Bodensee.

411 Tagebuch Kurt Weiszheit, 7. 4. 1950

412 Jahrhundertroman/miszellen.doc

413 *Alle meine Fehler*

413 Tagebuch Kurt Weiszheit, 13. 5. 1950

413 Tagebuch Kurt Weiszheit, 4. 4. 1950

414 Brief Kurt an Ursula, 21. 4. 1950

414 Tagebuch Kurt Weiszheit, 24. 5. 1950

414 Tagebuch Kurt Weiszheit, 3. 8. 1976

415 Tagebuch Kurt Weiszheit, 18. 6. 1950

416, 19 Ein Vulkan auf der Insel Camiguin (Philippinen), der seit 1948 aktiv und in aller Munde war.

416 Tagebuch Elise, 1. 8. 1951

416 MA Karton 2, Vorlesungsmitschrift

417 Klaus und Karola, S. 220 f.

417 Tagebuch Kurt, 2. 12. 1950

417 Tagebuch Elise, 12. 7. 1950

418 Jahrhundertroman/miszellen.doc

418 »Der Kampf gegen den Formalismus in der Kunst und Literatur, für eine fortschrittliche deutsche Kultur«, Entschließung des ZK der SED auf der 5. Tagung vom 15.–17. März 1951.

419 Tagebuch Elise, 25. 9. 1949

419 Jahrhundertroman.doc

420 *Alle meine Fehler*

420 »vom Führer dafür vorgesehenen Karton«, so etwas gab es tatsächlich, nämlich ein Kistchen mit der Aufschrift »ein Gruß des Führers an seine Verwundeten«.

422 Nationaldemokratische Partei Deutschlands.

422 Tagebuch Kurt Weiszheit, 24. 8. 1952

422 Leserbrief in der *Jungen Zeit* vom 8. 11. 1951

422 Der Durchschnittsverdienst in der DDR betrug zu dieser Zeit ca. 270 Mark.

423 Bericht über eine Lesung vor Lehrlingen der Verkehrsbetriebe am 25. März 1952 in Leipzig.

424 Julius C. Posseboom, 1991. Das Wort Nomenklatur wurde zu Beginn der DDR-Zeit (nach sowjetischem Vorbild) noch für die Gesamtheit der Kader benutzt, bevor es durch den Gebrauch in den Westmedien eher negativ besetzt und im Osten vermieden wurde.

424 Tagebuch Kurt Weiszheit, 18. 8. 1952
424 *Alle meine Fehler*
425, 4 Gemeint ist Max Aussinger.
425 Konrad Arndt, Autor der *Kataklypse der Honorazier*
425, 5 flambierte Lammfleischpfanne, der Renner der Speisekarte, vermutlich von »bárányhús«, ungarisch für Lammfleisch.
425, 4–7 Tagebuch Kurt Weiszheit 14. 6. 1952; Fez und die von Roswitha mit Blumenmustern bestickten Leinenschürzen blieben übrigens Kellnertracht in der Pusztasonne bis zu deren Ende.
425 Tagebuch Kurt Weiszheit, 14. 6. 1952
425 Tagebuch Kurt Weiszheit, 19. 6. 1952
426 *Alle meine Fehler*, Notizen in der Anlage.
426 Tagebuch Elise, 2. 10. 1952
426 *éditiones bagatelles* Nr.4, Verlag der FMA, Berlin Wedding 1953
426, 26 Vermutlich im Cercle la Bagatelle, der ehemaligen »Villa Worch« in der Zeltinger Straße 6.
426 Tagebuch Kurt Weiszheit, 7. 1., 18. 1. und 23. 1. 1953
427 Jahrhundertroman/nachtigall.doc
428 Tagebuch Kurt Weiszheit, 12. 12. 1952
428 Tagebuch Kurt Weiszheit, 4. 2. 1943
429 *Alle meine Fehler*
429 nach Jahrhundertroman.doc
431 Jahrhundertroman/nachtigall.doc
431 Aus dem Testament von Ursula Saiathian, geb. Nachtigall, verw. Heinze.
432 Die Hörspielfassung von 1947 könnte er gekannt haben.

16 Zuchthaus

433, 7 Hervorgegangen aus der Deutschen Wirtschaftskommission, Vorläufer der Arbeiter- und Bauern-Inspektionen (ABI) und der Staatlichen Plankommission.
433 Tagebuch Elise, 3. 7. 1952
433 Auffällig viele der Beschuldigten des Jahres 1953 wurden von der Propaganda »Zionisten« oder »Kosmopoliten« genannt. Auch der »Aufdeckung« der »Ärzteverschwörung« in der Sowjetunion fielen Anfang 1953 vor allem jüdische Ärzte zum Opfer.
434 *Alle meine Fehler*
434 Jahrhundertroman/Elise.doc
434 Tagebuch Elise, 9. 5. 1953
434 Tagebuch Kurt Weiszheit, 7. 4. 1953
435 Postkarte v. 31. 4. 1953, Nachlass Lotte Barmann, geb. Lachner, MA Karton 19

435 Anklageschrift. Bezirksgericht Leipzig, Strafsenat, Az. 3 KLs 51 Ws 530/54, jetzt Staatsarchiv Leipzig Signatur 20255.
435 Jahrhundertroman/experimente.doc
436 Ludwig Renn lebte in Kaulsdorf mit seinen Freunden Max Hunger und Hans Pierschel zusammen.
436 Tagebuch Kurt Weiszheit, 2. 6. 1953
437 Tagebuch Gustav Weiszheit, 5. 2. 1953
438 Tagebuch Kurt Weiszheit, 20. 6. 1953
438 Tagebuch Kurt Weiszheit, 7. 6. 1953
438 Tagebuch Kurt Weiszheit, 28. 6. 1953
439 Tagebuch Kurt Weiszheit, 29. 6. 1953
439 Jahrhundertroman/nachtigall.doc
439 Tagebuch Kurt Weiszheit, 18. 6. 1953
439 *Alle meine Fehler*
441 Tagebuch Kurt Weiszheit, 21. 6. 1953
442 *Handreichung für die Leiter von Zirkeln schreibender Arbeiter*, Schriftenreihe des Zentralhauses für Kulturarbeit der DDR.
442 Tagebuch Kurt Weiszheit, 12. 2. 1954
442 Tagebuch Kurt Weiszheit, 17. 5. 1954
442 Tagebuch Kurt Weisheit, 2. 6. 1954
442 Tagebuch Kurt Weiszheit, 9. 6. 1954
443 So behauptet in *Gustav, der Sucher* (1. Fassung), S. 158.
443 *Gustav, der Sucher* (2. Fassung), S. 418
443 *Gustav, der Sucher*, S. 233
445 Jahrhundertroman/Elise.doc
446 Tagebuch Elise, 22. 8. 1954, »Sprecher« – Bezeichnung für die Sprechzeit.
446 Brief Ludwigs vom 12. 4. 1955 an Kurt Weiszheit
446 Im Archiv fehlt jede Spur der Briefe von Elise. Möglicherweise wurden sie bei Ludwigs Entlassung einbehalten und vernichtet.
446 Tagebuch Elise, 2. 12. 1954
446 Jahrhundertroman.doc
446 Tagebuch Kurt Weiszheit, 29. 1. 1955
446 Tagebuch Kurt Weiszheit, 14. 4. 1955
446 Tagebuch Kurt Weiszheit, 19. 4. 1955
447 Tagebuch Kurt Weiszheit, 7. 5. 1954
447 Tagebuch Kurt Weiszheit, 12. 3. 1953
447 *Die Frau von heute*, Nr. 10/1954
448 *Architekturzeitschrift der DDR*: »Wohngenossenschaften in den zwanziger Jahren. Sozialistische Experimente im Prenzlauer Berg.«, Nr. 11/1954
448 Weiszheit-Verein und Stiftung, Satzung, Kassenbuch und Protokolle, in MA Karton 23

449 Die CoCom, Coordinating Committee on Multilateral Export Controls, seit 1949.

451 Während die Grenze zwischen der DDR und der Bundesrepublik bereits gesperrt war (»Verordnung über Maßnahmen an der Demarkationslinie zwischen der Deutschen Demokratischen Republik und den westlichen Besatzungszonen« vom 26. 5. 1952) konnte die innerstädtische Sektorengrenze zwischen West- und Ost-Berlin noch unkontrolliert passiert werden.

452 Tagebuch Kurt Weiszheit, v. 31. 8. 1953. Der Junge war wegen Unterernährung kleinwüchsig und wirkte jünger. Die Altersschätzung wurde später korriert. In seinen Personalausweis wurde der 30. 8. 1942 eingetragen.

452 Tagebuch Elise, 30. 8. 1953

452 Tagebuch Elise, 2. 9. 1953

453 Jahrhundertroman/Elise.doc

453 Tagebuch Kurt Weiszheit, 6. 2. 1954

455 Tagebuch Kurt Weiszheit, 25. 3. 1955

455 Gemeint waren wohl die Toten des Januaraufstands 1919. Rosa Luxemburg beispielsweise hatte von bewaffneter Aktion abgeraten.

455 Tagebuch Kurt Weiszheit, 24. 3. 1955

456 *Alle meine Fehler*

457 Dr. Leopold Müller, Mitarbeiter des 1951 von Theodor Brugschs gegründeten Instituts für experimentelle Endokrinologie an der Charité

457 MA, Karton 17

458 *Zentralblatt*, 12. 4. 1956

459 Die Karte befindet sich im Karton 12 in der Tüte mit U-Bahnfahrkarten und Programmheften der Städtischen Oper (Theater des Westens).

459 und ab 1960 Leiter dieser Abteilung.

460 *Wie ich Schriftsteller wurde*, Artikel in der *Jungen Zeit*, 17. 6. 1962

460 Brief Lotte Barmann, 11. 12. 1956

461 Tagebuch Elise, 30. 4. 1956

461 Tagebuch Kurt Weiszheit, 28. 5. 1956

462 Parteiüberprüfungen dienten bis dahin der Stalinisierung der SED. Vermutlich fürchtete Poschinger nun eine Säuberung unter umgekehrtem Vorzeichen.

462 Tagebuch Kurt Weiszheit, 28. 5. 1956

462 Tagebuch Kurt Weiszheit 25. 12. 1964

463 Brief an Lotte Lachner (Barmann), 2. 10. 1956

464 Brief an Gundel Schnibben, 20. 12. 1956

464, 5 Rothemann war schon seit Gründung des FDGB als Berater für kulturelle Angelegenheiten im Vorstand tätig.

464 Protokolle der Sitzungsperiode 1955/56, Abschriften im Archiv der Akademie der Künste

464 Tagebuch Kurt Weiszheit, 3. 3. 1957

465 *Alle meine Fehler*

465, 5ff. *Zentralblatt* v. 11. 2. 1956. Die Reihe erschien seit 1955 und bis Anfang der sechziger Jahre. 1962 folgte das »Braunbuch. Kriegs- und Naziverbrecher in der Bundesrepublik und in West-Berlin. Staat, Wirtschaft, Verwaltung, Armee, Justiz, Wissenschaft«, das SS-Dienstränge und NS-Parteiämter von 1800 Wirtschaftsführern, Politikern und führenden Beamten der Bundesrepublik Deutschland aufführte, mit einer »Irrtumsquote … deutlich unter einem Prozent« (Götz Aly).

465 *Alle meine Fehler*

466 Tagebuch Kurt Weiszheit, v. 17. 7. 1955

466 Brief von Lotte, MA Karton 8

466 Brief von Kurt Weiszheit, Durchschlag in MA Karton 8a

466 Brief von Lotte Barmann, MA Karton 8

467 Vorwort zu *Wölfe im Schafspelz*, Lotte Barmann et al., Zürich, Frankfurt, Los Angeles 1956, S. 12

468 Jahrhundertroman/Elise.doc

468, 29 Makaber, aber wahr: Im *Zentralblatt* wurde zugegeben, dass Strafurteile zu hoch gewesen seien, doch weil die USA versucht hätten, »aus dem Kalten Krieg einen Atomkrieg auf deutschem Boden entstehen zu lassen«, seien die überharten Urteile gegen »Spione, Agenten, Terroristen und Saboteure und auch Hetzer … notwendig und geboten« gewesen. (*Zentralblatt* vom 21. 6. 1956)

468 Jahrhundertroman/ludwig.doc

469 Tagebuch Kurt Weiszheit, 22. 3. 1957

469 Kurt Weiszheit, »Arbeiterpersönlichkeiten entfalten sich« in *Unsere Stadt*, 3. Jg. Heft 11/1957

470, 1 Gemeint ist die Zerschlagung der Gruppen, die sich um den Anarchisten Wilhelm Jelinek organisiert hatten, 1948 in der Sowjetischen Besatzungszone.

470 Jahrhundertroman/ludwig.doc

471 Kurt Weiszheit, »Arbeiterpersönlichkeiten entfalten sich« in: *Unsere Stadt*, 3. Jg. Heft 11/1957

471 Jahrhundertroman/miszellen.doc

472 zit. nach *Dokumente der Bitterfelder Konferenz vom 24. 4. 1959*, Berlin: Trietz Verlag, 1959

472 Tagebuch Kurt Weiszheit, 4. 10. 1957

473 Jahrhundertroman/Elise.doc

474 Jahrhundertroman/nachtigall.doc

474 *Zentralblatt*, 23. 11. 1957

474 Tagebuch Kurt Weiszheit, 14. 11. 1957

474 Jahrhundertroman/Elise.doc

475 Jahrhundertroman/ludwig.doc

477 Tagebuch Kurt Weiszheit, 12. 1. 1958

477 Tagebuch Kurt Weiszheit, 13. 12. 1957

477 Tagebuch Kurt Weiszheit, 2. 2. 1958

478, 3 Tanjas Stübchen war ein schwuler Treffpunkt in der Nähe des Bahnhofs Zoo.

478 Tagebuch Kurt Weiszheit, 3. 8. 1958

480 Tagebuch Kurt Weiszheit, März bis August 1958

481 Stiftung Archiv der Parteien und Massenorganisationen der DDR im Bundesarchiv, Hauptverwaltung Verlage und Buchhandel – Druckgenehmigungsvorgänge, Jg. 1958.

481 *Kulturelles Leben*, monatliche Zeitschrift für die Kulturarbeit der Gewerkschaften im Verlag Tribüne Berlin-Treptow, 12/1958

483 *Kulturelles Leben*, monatliche Zeitschrift für die Kulturarbeit der Gewerkschaften im Verlag Tribüne Berlin-Treptow, 1/1959

483 Literaturzeitschrift *Salon im Teehaus*, München, März 1959

483 Verkündet auf dem V. Parteitag der SED 1958

483 *Alle meine Fehler*

483 Protokoll der Verhandlungen des V. Parteitages der SED, 10. bis 16. 7. 1958 in der Werner-Seelenbinder-Halle zu Berlin, Berlin 1959

484 Jahrhundertroman/nachtigall.doc

484 zit. nach »Dokumente der Bitterfelder Konferenz vom 24. 4. 1959«, Berlin: Trietz Verlag, 1959

484 zit. nach »Dokumente der Bitterfelder Konferenz vom 24. 4. 1959«, Berlin: Trietz Verlag, 1959

485 Jahrhundertroman/nachtigall.doc

485 *Katze und Kiste*, Heft 2/ 1959

486 Tagebuch Elise Lachner, 2. 1. 1957

486 Tagebuch Kurt Weiszheit, 25. 6. 1958

486 Tagebuch Elise Lachner, 17. 7. 1959. KWV ist die Kommunale Wohnungsverwaltung.

489 Tagebuch Elise, 22. 7. 1955

490 Tagebuch Kurt Weiszheit, 18. 9. 1957

490 Jahrhundertroman/Elise.doc

491 Tagebuch Kurt Weiszheit, 17. 2. 1958

492 Tagebuch Elise, 21. 8. 1959. Wilhelm Pieck war schon schwer krank und trat nur noch selten öffentlich auf. Er starb am 7. September des folgenden Jahres.

492 Gespräch mit Angelika Casanueva, 12. u. 15. 2. 2012

493 Jahrhundertroman/Elise.doc

493 Tagebuch Elise, 7. 11. 1957

493 MA, Nachlass Elise Lachner, Karton 11

493 Tagebuch Elise, 31. 9. 1958

494 Tagebuch Kurt Weiszheit, 7. 9. 1958

494 Tagebuch Elise, 7. 9. 1958

494, 16 Ein Abenteuerbuch von Kurt Held, das nur leider in Jugoslawien spielte.

494 Aus dem Formular »Kurzbeschreibung des zu veröffentlichenden und zu genehmigenden Objekts«; Makarenkos *Weg ins Leben* war in der DDR 1950 neu aufgelegt und weithin diskutiert worden.

495 *Heilige Narren*, Verlag Morgenröte Berlin 1958, S. 68

496 Brief vom 21. 7. 1958

497 Bei einer durchschnittlichen Auflagenhöhe in der DDR von 20 000 Büchern.

497 Literaturbeilage des *Zentralblattes* vom 11. 12. 1959

498 Tagebuch Elise, 23. 9. 1961

499 Tagebuch Kurt Weiszheit, 30. 11. 1957

499 Tagebuch Elise, 27. 8. 1958

500 Tagebuch Kurt Weiszheit, 14. 9. 1960

500 Tagebuch Kurt Weiszheit, 30. 5. 1956

500 Archiv des Verlags Morgenröte im Landesarchiv Berlin.

502 Aus den Unterlagen Herbert Nachtigalls, mit denen er 1990 gegen die Streichung seiner Zusatzrente Einspruch erhob, zur Verfügung gestellt von seiner Ehefrau.

502 Tagebuch Kurt Weiszheit, 17. 6. 1961

18 Mauer

511 *Totensonntag*, unveröffentlicht, MA; mit »GGO« zitiert Kurt Weiszheit das »Gefühls- und Gedanken-Objektiv« aus dem Science-Fiction-Film *Der Mann mit dem Objektiv*, den er im Kino gesehen hatte.

512 Tagebuch Kurt Weiszheit, 20. 8. 1961

513 Tagebuch Kurt Weiszheit, 27. 9. 1961

515 *Alle meine Fehler*

515 Tagebuch Kurt Weiszheit 17. 11. 1962

515 Tagebuch Kurt Weiszheit 2. 4. 1963

515 Tagebuch Kurt Weiszheit, 24. 8. 1976

515 *Alle meine Fehler*

517 Die Arbeiterfestspiele fanden auf Beschluss der SED seit 1959 statt, um zu zeigen, wie die herrschende Klasse die Höhen der Kultur erstürmte.

517 Bis 1966 »Gesellschaft zur Verbreitung wissenschaftlicher Kenntnisse«, die übrigens 1954 im Kulturhaus der BEMARK gegründet worden war.

517 Freier Deutscher Gewerkschaftsbund.

518 Brief an Angelika Müller

518 So der Feuilletonchef der *Zürcher Nachrichten*, Heino Gonzalis in einem Bericht über das »Friedenstreffen Deutscher Schriftsteller« 1970 in Wien.

518 Julius C. Posseboom in Materialien zur Konferenz »DDR-Literatur zwischen Anpassung und Widerstand« Bonn, 1991

519 Jahrhundertroman.doc

519 aus einer »Stellungnahme und Beurteilung« von Ingeborg (und Gisela) Grünwaldt nach dem Verschwinden Michael Keeses 1984, BStU MfS XX 6189/54.

521 Jahrhundertroman.doc, alle Namensabkürzungen wie im Original.

523, 6 Produktionsgenossenschaft des Handwerks.

523 Wie sich nach der Wende herausstellte, unterhielt das MfS in der Kopenhagener Straße mindestens fünf konspirative Wohnungen.

524 Tagebuch Elise, 16. 6. 1969

525 Jahrhundertroman/Elise.doc

525 Tagebuch Kurt Weiszheit, 1. 8. 1969

526 Die Anfang der sechziger Jahre zum Teil spontan entstandene Singebewegung wurde 1966 mit Beschluss des Zentralrats der FDJ ideologisch auf den Sozialismus ausgerichtet.

527 Interview des Autors mit Angelika Casanueva

528, 11 Erschienen 1962 im Deutschen Militärverlag.

528 »Dreiklang, das Schweizer Musikmagazin« Nr. 03/1996

528 Jahrhundertroman.doc

528 Tagebuch Kurt, 5. 7. 1969

529, 21 Interview in »Dreiklang, das Schweizer Musikmagazin« Nr. 03/1996

530 eigenes Interview mit Angelika Müller

530, 11 Unter anderem infolge einer Veranstaltungsreihe »Jazz & Lyrik« des Verlags Volk und Welt.

530 Tagebuch Kurt Weiszheit, 21. 1. 1971. Unklar bleibt, ob es sich bei »P.« um Poschinger oder den erwähnten Dr. Pschorr handelt. Mit »Hanns Eisler« ist die Berliner Hochschule für Musik gemeint.

530 Gespräch mit Angelika Müller-Casanueva, 12. u. 15. 2. 2012

530 Interview in »Dreiklang, das Schweizer Musikmagazin« Nr. 03/1996

531 Gespräch mit Angelika Müller-Casanueva, 12. u. 15. 2. 2012

531 Jahrhundertroman/Elise.doc

533 *Alle meine Fehler*

533 Tagebuch Kurt Weiszheit 5. 1. 1964

533 Textgleich mit »Junge Zeit« vom 27. 9. 1966

533 Brief an Karl Stahmer, 30. 5. 1967

533 *Volksarmist*, Nr. 13/1967

533 Tagebuch Kurt Weiszheit, 14. 4. 1967

535 Kurt Weiszheit, »Eine kleine Frau«, in: *Licht in dunkler Zeit* 1966, Verlag der Freundschaft

537 Jahrhundertroman/miszellen.doc

539 Jahrhundertroman.doc
540 Tagebuch Kurt Weiszheit, 28. 3. 1967
541 Tagebuch Kurt Weiszheit, 27. 11. 1968
542 Tagebuch Kurt Weiszheit, 17. 5. 1969
543 Tagebuch Kurt Weiszheit, 28. 1. 1969
543 Wendel Rothermann in »Aufgaben der Kulturpolitik nach dem VII. Parteitag«, Halle 1967, S. 55
544 *Alle meine Fehler*
544 Tagebuch Kurt Weiszheit, 28. 1. 1969
544 Tagebuch Kurt Weiszheit, 26. 2. 1969
545 Gespräch mit Angelika Müller-Casanueva, 12. u. 15. 2. 2012
546 Notizbuch zum Jahrhundertroman, 1971
546 Tagebuch Elise, 8. 10. 1969
548 Tagebuch Kurt Weiszheit, 16. 5. 1972
548 Durchschlag des Briefes an den Minister für Kultur Klaus Gysi vom 28. 12. 1972
548 Briefe an Kurt Weiszheit, MA Karton 8, das »Vorläufig« ist im Original mit Tinte unterstrichen
549 Tagebuch Elise, 7. 3. 1972
549 Tagebuch Elise 15. 3. 1972
551 Jahrhundertroman.doc
551 Kossygin, den Ludwig aus dem Bürgerkrieg kannte, war jetzt sowjetischer Ministerpräsident.
552 Jahrhundertroman.doc
552 Tagebuch Kurt Weiszheit, 24. 6. 1972
553 Bündel Zettel mit Banderole »Ludwig 1972f« in MA, Karton 7
553 Tagebuch Kurt Weiszheit, 24. 6. 1972

19 Zeitreisen

561, 22 Von Vincents Sohn Celso zur Verfügung gestellt; mit »Schul« ist die Synagoge gemeint.
561 Brief von David Weiszheit, 9. 3. 2011
563 »Ленинградская Консерватория в воспоминаниях«, Beitrag für die *Festschrift zum 100. Jahrestag der Gründung des Konservatoriums*, Leningrad, 1967

20 Pseudonyme

565 Tagebuch Kurt Weiszheit, 19. 2. 1971
565 *Die Turmbauer zu Babylon*, S. 81 ff.

565, 27 Anagramm von Kurt Lachner-Weiszheit, wobei die Buchstaben »Sirene« übrigbleiben.
567 Tagebuch Kurt Weiszheit, 22. 12. 1970
567 *Alle meine Fehler*
567 Jahrhundertroman/Kochbuch.doc
568 Zitiert nach dem Wochenbericht Herbert Nachtigalls über die politisch-operative Lage 41/1969.
568 Tagebuch Kurt Weiszheit, 12. 1. 1971
568 14. Arbeiterfestspiele Schwerin, Verlag Tribüne 1972
568 *Pelosis Welt*, Monatsblätter für erotische Anregungen, Heft 3/1970
569 Tagebuch Kurt Weiszheit, 9. 10. 1972
570 Jahrhundertroman/Kochbuch.doc
570 Tagebuch Kurt Weiszheit, 2. 12. 1971
570 Tagebuch Kurt Weiszheit, 19. 8. 1972
571 Tagebuch Kurt Weiszheit, 9. 3. 1973
571 Tagebuch Kurt Weiszheit, 29. 9. 1972
571 »Notate zu Hermann-Arminius«, MA Karton 12
572 »Notate zu Hermann-Arminius«, MA Karton 12
572 Tagebuch Kurt Weiszheit, 27. 2. 1973
573 *Roter Fleck*, Studentenzeitung des FB Geisteswissenschaften der FU Berlin, Nr. 12 1973
573 Jahrhundertroman/Kochbuch.doc
574 Tagebuch Elise, 18. 11. 1972
575 Jahrhundertroman.doc
576 Coco Lorenz im Interview mit dem Autoren.
576 In den größeren Standorten des Militärs gab es eigene Verkaufsstellen der HO.
577 Jahrhundertroman.doc
577 Jahrhundertroman.doc
577, 27 So nannten sich die jeweiligen Niederlassungen des militärischen Zweigs der Staatssicherheit.
578 Interview Sven Gabbert mit Wolfgang Grünwaldt, 2012
578 *Alle meine Fehler*
578 Tagebuch Kurt Weiszheit, 29. 7. 1973
579 Tagebuch Kurt Weiszheit, 4. 8. 1973
579 Haus der jungen Talente, seit 1954.
580, 4 Selbständige politische Einheit Westberlin.
580, 10 In der DDR war der Begriff verpönt, stattdessen sprach man von Entwicklungsländern oder der dritten Hauptsäule des antiimperialistischen Kampfes.
580 zitiert nach Kurt Weiszheit, Stasi-Akte unter der Nummer MfS XX 6189/54.
580 Tagebuch Elise, 19. 9. 1973
581 Archiv der Akademie der Künste, 1973, SV B 4562

581 Tagebuch Kurt Weiszheit, 4. 5. 1974
581 Tagebuch Elise Weiszheit, 23. 8. 1974
581 Jahrhundertroman.doc
583 Tagebuch Kurt Weiszheit, 16. 6. 1974
584 Jahrhundertroman.doc
584, 10 Ursprünglich Titel eines Albums von Victor Jara aus dem Jahr 1970.
584 Gespräch mit Angelika Müller-Casanueva, 12. u. 15. 2. 2012
584, 21 Wortbildung aus »Solidarität« und »Singe« (Veranstaltung mit Liedermachern).
584 Jahrhundertroman.doc
585 Gespräch mit Angelika Müller-Casanueva, 12. u. 15. 2. 2012
586 Merkén, ein scharfes Pulver aus geräuchertem rotem Chili, Koriander und Salz, das noch heute in der chilenischen Küche verwendet wird.
586 Tagebuch Kurt Weiszheit, 2. 3. 1975
586 Tagebuch Kurt Weiszheit, 23. 4. 1975
586 Gespräch mit Angelika Müller-Casanueva, 12. u. 15. 2. 2012
587 Tagebuch Kurt Weiszheit, 24. 5. 1975
587 Gespräch mit Angelika Müller-Casanueva, 12. u. 15. 2. 2012
587 Tagebuch Kurt Weiszheit, 2. 6. 1975
588 *Wie ich nach Swanetien reisen wollte*, Kinderbuchverlag 1974. Kurt Weiszheit traf Benno Pludra manchmal in der Möwe.
588 Tagebuch Kurt Weiszheit, 6. 8. 1975
588 Tagebuch Kurt Weiszheit, 24. 6. 1975. Das Schwimmbad wurde Ende der 50er Jahre mit Hilfe von Pankowern erbaut und am 9. 7. 1960 als »Berlins modernstes Freibad« eröffnet (von der Webseite volksbad-pankow.de).
589 Tagebuch Kurt Weiszheit, 2. 8. 1975
589 Tagebuch Kurt Weiszheit
589 Tagebuch Kurt Weiszheit, 19. 9. 1975
590 Tagebuch Kurt Weiszheit, 12. 10. 1975
590 Tagebuch Kurt Weisheit, 27. 11. 1975
590 Tagebuch Kurt Weiszheit, 25. 12. 1975
592, 18 Vorläufiger Ersatzausweis für verlustig gegangene Dokumente, wurde mit einem Stempel »für einen eingezogenen PA« zum Stigma der Unangepassten, der unregelmäßig Arbeitenden, Haftentlassenen und Fahrenden.
592 Nach dem Meldegesetz von 1965 waren »der Eigentümer, Besitzer oder Verwalter eines Hauses für alle Hausbewohner, mit denen ein Mietverhältnis besteht« nebenmeldepflichtig, d.h. Elise hatte zu überprüfen, ob ihre Mieter sich bei der Volkspolizei unter der Adresse des Weiszheithauses angemeldet hatten. »Wurde der Meldepflicht nicht nachgekommen, ist die zuständige Dienststelle der Deutschen Volkspolizei innerhalb von 3 Tagen zu verständigen.« Soweit das Prinzip.
593 aus einer E-Mail von Klaus Haber, Mieter im Weiszheithaus von 1975 bis 1979.

593, 10 Der Name ist lt. Tagebuch abgeleitet von »mise en abyme« (ein Bild, das sich selbst enthält). Die Figur stammt aus dem »PuppenProduktionsStück über die Selbstvergrößerung des Landes GeGoGuGana«.

593 Jahrhundertroman/mato.doc

594 Jahrhundertroman/jahrhundertsommer.doc

595 Tagebuch Kurt Weiszheit, 19. 5. 1976

595 Gespräch mit Angelika Müller-Casanueva, 12. u. 15. 2. 2012

595 Der Gastraum der ehemaligen Pusztasonne diente Patrick als Atelier.

595 Tagebuch Kurt Weiszheit, 17. 1. 1976

595 Gespräch mit Angelika Müller-Casanueva, 12. u. 15. 2. 2012

596 Tagebuch Kurt Weiszheit, 13. 6. 1976

596 Tagebuch Kurt Weiszheit, 15. 6. 1976

596 Tagebuch Kurt Weiszheit, 14. 6. 1976

597 *Alle meine Fehler*

597 Zitat aus einem Brief Kurt Weiszheits an Gregor Kamenz (1972), Leiter einer Poetenwerkstatt.

597 Tagebuch Kurt Weiszheit, 16. 6. 1974

597 Tagebuch Kurt Weiszheit, 31. 10. 1974

598 Tagebuch Kurt Weiszheit, 9. 3. 1974

598 Gemeint ist der Schriftsteller Bernhard Seeger, geb. 1927, Mitglied von ZK und Akademie.

598 Tagebuch Kurt Weiszheit, 21. 11. 1976

598 Tagebuch Kurt Weiszheit, 18. 12. 1976

599 Durchschlag mit dem Titel »Phrasen« vom 2. 2. 1977 in MA, Karton 8

600 Jahrhundertroman/Kochbuch.doc

601 Thüringer Volkszeitung vom 6. 4. 1977, Seite 3, die Ghaselen sind eine Anspielung auf den homosexuellen Grafen von Platen.

602 Jahrhundertroman/nachtigall.doc

603 Tagebuch Kurt Weiszheit, 30. 12. 1978

603 *Alle meine Fehler*

603 »Bonbon« steht für Parteiabzeichen.

604 *Alle meine Fehler*

604 Tagebuch Kurt Weiszheit, 11. 8. 1983

604 *Alle meine Fehler*

604 Brief Vivienne vom 4. 5. 1978, in Briefe von Mietern, MA Karton 24

604 Tagebuch Elise, 22. 6. 1978

604, 22 Das »Theater am Geländer« pflegte das Absurde, hier arbeitete u. a. Václav Havel.

604 Tagebuch Kurt Weiszheit, 27. 1. 1977

606 Tagebuch Kurt Weiszheit, 5. 2. 1977. Hausarrest wurde z. B. im Fall Havemann praktiziert.

606 Tagebuch Kurt Weiszheit, 6. 2. 1977
606 Tagebuch Kurt Weiszheit, 4. 8. 1977
606 Brief von Patrick Barthes an Kurt Weiszheit, 15. 11. 1977
606 Tagebuch Kurt Weiszheit, 24. 12. 1977
606 Tagebuch Kurt Weiszheit, 27. 1. 1979
608 Jahrhundertroman/Elise.doc
610 Interview Sven Gabbert mit Wolfgang Grünwaldt, 2012
611 A. a. O.
611 Tagebuch Kurt Weiszheit, 14. 6. 1978
612 Jahrhundertroman.doc
613 Tagebuch Kurt Weiszheit, 29. 4. 1980
613 Jahrhundertroman/miszellen.doc
614 Interview Meta Niecklisch mit Sven Gabbert 2007

21 Spielräume

615, 7 Abk. für Hausgemeinschaftsleitung, deren Mitglieder von den Mietern gewählt wurden.
615, 9 Abk. für Volkswirtschaftliche Masseninitiative
615 Gespräch mit Angelika Müller-Casanueva, 12. u. 15. 2. 2012
615 Tagebuch Kurt Weiszheit, 27. 10. 1979
616 Gespräch mit Angelika Müller-Casanueva, 12. u. 15. 2. 2012
616 105 % deshalb, weil auch Nachbarn aus anderen Häusern teilnahmen.
616 Gespräch mit Angelika Müller-Casanueva, 12. u. 15. 2. 2012
617 Tagebuch Kurt Weiszheit, 2. 12. 1980
617 Gespräch mit Angelika Müller-Casanueva, 12. u. 15. 2. 2012
619 Tagebuch Kurt Weiszheit, 30. 5. 1980
619 Tagebuch Kurt Weiszheit, 2. 7. 1980
620 Tagebuch Kurt Weiszheit, 19. 11. 1980
620 Gespräch mit Angelika Müller-Casanueva, 12. u. 15. 2. 2012
620 Tagebuch Kurt Weiszheit, 5. 9. 1980
620 Gespräch mit Angelika Müller-Casanueva, 12. u. 15. 2. 2012
620 Tagebuch Kurt Weiszheit, 7. 10. 1980
621 Gespräch mit Angelika Müller-Casanueva, 12. u. 15. 2. 2012
621 Tagebuch Kurt Weiszheit, 12. 6. 1980
622 Gespräch mit Angelika Müller-Casanueva, 12. u. 15. 2. 2012
623, 7 Weltmeisterschafts-Motorradrennen auf dem Sachsenring
623 Jahrhundertroman/experimente.doc
623 Tagebuch Kurt Weiszheit 7. 2. 1981
623 Tagebuch Kurt Weiszheit 24. 2. 1981

624 In Schwedt befand sich das Militärgefängnis.

624 Gespräch mit Angelika Müller-Casanueva, 12. u. 15. 2. 2012

624 Tagebuch Kurt Weiszheit, 8. 5. 1980

625 Tagebuch Kurt Weiszheit, 12. 6. 1980

625 Gespräch mit Angelika Müller-Casanueva, 12. u. 15. 2. 2012

625 Tagebuch Kurt Weiszheit 17. 12. 1979

626 Hermann Sudermann, geboren im Kreis Heydekrug, Autor u.a. der *Litauischen Geschichten.*

626 Ernst Wiechert aus Masuren, u.a. *Wälder und Menschen.*

626 Ferdinand Gregorovius, aus Neidenburg/Ostpr., u.a. *Idyllen vom Baltischen Ufer.*

626 Tagebuch Kurt Weiszheit, 26. 12. 1979

626 *Alle meine Fehler*

628 Tagebuch Kurt Weiszheit, 14. 6. 1981

628 *Alle meine Fehler*

629 Tagebuch Kurt Weiszheit, 14. 10. 1981

629 *Alle meine Fehler*

629 Tagebuch Kurt Weiszheit, 2. 1. 1982

630, 3 Gemeint ist wohl das Kriegsrecht, mit dem die PVAP-Führung Ende 1981 auf das starke Anwachsen der Solidarnosc reagiert hatte.

630 Brief Kurt Weiszheit an Peter Roehle, 4. 2. 1982

631 *Alle meine Fehler*

631 Gespräch mit Angelika Müller-Casanueva, 12. u. 15. 2. 2012

631 Besprechung von Konrad Wiesenmüller in *Feurige Fliegen*, Zweimonatsblätter für flüchtige Literatur, Nr. 4 1982, Meckelfeld bei Hamburg

632 Tagebuch Kurt Weiszheit, 18. 9. 1982. Der Generaldirektor des Kombinats Zeiss Jena hieß seit 1976 Wolfgang Biermann.

632 Tagebuch Kurt Weiszheit, 22. 9. 1982

633 Das Büro für Urheberrechte (BfU) war eine (Zensur-)Behörde, die über Veröffentlichungen im Ausland entschied und gleichzeitig als Inkassostelle für alle daraus resultierenden Honorare diente.

633 Jahrhundertroman/nachtigall.doc

635 Tinkertagebuch.

636 *Alle meine Fehler*

636 IfL Institut für Lehrerbildung, an dem vor allem Grundschullehrer(innen) ausgebildet wurden.

636 Kurt Weiszheit, Tagebuch v. 24. 2. 1983

636 Tagebuch Kurt Weiszheit 2. 3. 1983

636 Tagebuch Kurt Weiszheit 1. 6. 1993

637 Gespräch mit Angelika Müller-Casanueva, 12. u. 15. 2. 2012

637 Jahrhundertroman/miszellen.doc

637 Tagebuch Kurt Weiszheit, 13. 3. 1983
637 Gespräch mit Angelika Müller-Casanueva, 12. u. 15. 2. 2012
638 Gespräch mit Angelika Müller-Casanueva, 12. u. 15. 2. 2012
638 Tagebuch Kurt Weiszheit, 7. 2. 1984
638 Tagebuch Kurt Weiszheit, 14. 4. 1984
639 Tagebuch Kurt Weiszheit, 6. 6. 1985
639 Brief Kurt Weiszheit an den Dresdner Schriftsteller Thorsten Wigram
639, 21 Von russisch »Eigen-Ausgabe«: ohne Druckgenehmigung veröffentlichte und verbreitete Texte.
639 Gespräch mit Angelika Müller-Casanueva, 12. u. 15. 2. 2012
639 Tagebuch Kurt Weiszheit, 24. 6. 1985
639 *Kurz und Blut*, Paper-Verlag, 1992
640 Brief vom 11. 8. 1985, in MA Karton 8
641 Jahrhundertroman/nachtigall.doc
642 Gespräch mit Angelika Müller-Casanueva, 12. u. 15. 2. 2012
643 Hermann Axen, 1916 bis 1992, SED-Politiker, Mitglied des Politbüros.
643 Gespräch mit Angelika Müller-Casanueva, 12. u. 15. 2. 2012
644 Gespräch mit Angelika Müller-Casanueva, 12. u. 15. 2. 2012
644 Erinnerungsprotokoll eines Gesprächs mit Salvador
645 Gespräch mit Angelika Müller-Casanueva, 12. u. 15. 2. 2012
645 Abk. für Berufsoffiziersbewerber.
645 Erinnerungsprotokoll an Gespräche mit Salvador Müller
646 Gespräch mit Angelika Müller-Casanueva, 12. u. 15. 2. 2012
647 Gespräch mit Angelika Müller-Casanueva, 12. u. 15. 2. 2012
647 Tagebuch Kurt Weiszheit, 12. 10. 1988
647 Erinnerungsprotokoll
648 In der Abteilung Inneres wurden die Ausreiseanträge bearbeitet, »KGD« war die »Konzert- und Gastspieldirektion« und zuständig für das Auftrittserlaubniswesen.
648 Gespräch mit Angelika Müller-Casanueva, 12. u. 15. 2. 2012
648 *Alle meine Fehler*
648 KR, Heft 145 *Hundertfünfzehn Prozent*, S. 4
648 KR, Heft 148, *Fehlfarbe*
649 Tagebuch Kurt Weiszheit, 26. 11. 1976
649 Gespräch mit Angelika Müller-Casanueva, 12. u. 15. 2. 2012
649 KR, Heft 227, *Blut im Schuh*, S. 17
649 Tagebuch Kurt Weiszheit, 26. 3. 1987
650 Перестройка и новое мышление для нашей страны и для всего мира
650 WGG=Wohngebietsgruppe: Organisationsform der SED für diejenigen ihrer Mitglieder, die nicht im Betrieb organisiert waren, also v. a. Selbständige und Rentner.

650 Tagebuch Kurt Weiszheit, 12. 5. 1987, »Teddy« war der Spitzname Ernst Thälmanns
650 *Alle meine Fehler*
652 Jahrhundertroman/nachtigall.doc
654 Tagebuch Kurt Weiszheit, 12. Mai 1989
654 Gespräch mit Angelika Müller-Casanueva, 12. u. 15. 2. 2012
655 *Alle meine Fehler*
656, 5 István Eörsi.
656 *Alle meine Fehler*
656 Gespräch mit Angelika Müller-Casanueva, 12. u. 15. 2. 2012
656 Markus Wolf war Stellvertreter des Ministers für Staatssicherheit, bevor er sich 1986 »beurlauben« ließ.
657 Erinnerungsprotokoll der Gespräche mit Salvador
657 Gespräch mit Wolfgang Grünwaldt
658 Jahrhundertroman/Elise.doc
659 Gespräch mit Angelika Müller-Casanueva, 12. u. 15. 2. 2012

22 Wechseljahre

660 Gespräch mit Angelika Müller-Casanueva, 12. u. 15. 2. 2012
660 Gespräche mit Salvador Müller
661 Tagebuch Kurt Weiszheit, 12. 4. 1990
662 *Alle meine Fehler*
663 Jahrhundertroman/nachtigall.doc
664 Für das Weiszheithaus galt bis dahin die 1936 eingefrorene Miete in Höhe von 0,35 Mark pro Quadratmeter.
664 *Alle meine Fehler*
665 Gespräch mit Angelika Müller-Casanueva, 12. u. 15. 2. 2012
665 Erinnerungsprotokoll eines Gesprächs mit Salvador
666 Tagebuch Kurt Weiszheit 14. 8. 1991
666 Gespräch mit Angelika Müller-Casanueva, 12. u. 15. 2. 2012
666 Tagebuch Kurt Weiszheit, 19. 11. 1992
666 Tagebuch Kurt Weiszheit, 25. 11. 1992
667 Jahrhundertroman/miszellen.doc
667 Das Urteil betonte den Zwangscharakter der Eigentumsübertragung stärker als zuvor.
668 Tagebuch Kurt Weiszheit, 12. 7., 24. 7. und 9. 8. 1994
668 Tagebuch Kurt Weiszheit, 5. 7. 1994
668 Tagebuch Kurt Weiszheit, 12. 4. 1992, nach der Lektüre von Elises Tagebuch.
669 Gespräch mit Angelika Müller-Casanueva, 12. u. 15. 2. 2012

669 Tagebuch Kurt Weiszheit, 18. 9. 1994
669 Gespräch mit Angelika Müller-Casanueva, 12. u. 15. 2. 2012
670 Gespräch mit Angelika Müller-Casanueva, 12. u. 15. 2. 2012
671 Gespräch mit Angelika Müller-Casanueva, 12. u. 15. 2. 2012

Zum Buch

2011 erbt Sven Gabbert ein Mehrfamilienhaus im Prenzlauer Berg, Baujahr 1900 mit 30 Wohnungen: Das Weiszheithaus. Das Dachgeschoss beherbergt ein skurriles Archiv, in dem jemand jahrzehntelang nicht nur die Werke, Tagebücher, Manuskripte und Briefe des DDR-Schriftstellers Kurt Weiszheit gesammelt hat, sondern auch Fotos, amtliche Schreiben und andere Dokumente der unterschiedlichen Hausbewohner.

Durch einen Unfall an den Rollstuhl gefesselt, bleibt Sven zur Ablenkung nur die Erforschung der Geschichte seines Hauses. Die scheinbar üppige Quellenlage erweist sich als Mahlstrom, denn Kurt Weiszheits Schriften sind wie Spiegelscherben, verschiedene Fassungen seiner Weiszheit-Geschichte widersprechen einander. Briefe, Tagebücher, Patientenakten, Reklameschilder und Mietbücher belegen oft das Gegenteil. Was ist wahr? Und was ist erfunden?

Im Spiel mit Wirklichkeiten erzählt Sven anhand subjektiver Bruchstücke die Geschichte seines Berliner Mietshauses, der Erbauerfamilie Weiszheit und die der Bewohner.

Weitere Informationen unter www.weiszheit.de

Zum Autor

HOLGER SIEMANN, 1962 in Leipzig geboren, studierte Philosophie an der Humboldt-Universität in Berlin. Er arbeitete als Offizier, Schauspieler, Sozialwissenschaftler, Familienhelfer und Journalist und ist Autor zahlreicher Hörspiele, Features und Libretti. Seine ersten beiden Romane *Arbeit und Streben* und *Karlas Versuch, die Welt zu verbessern* erschienen 2006 und 2008. Holger Siemann lebt in Berlin und in der Uckermark.